한국문인명
자호훈고사전

韓國文人名字號訓詁辭典

劉暢 · 許敬震 · 趙季

이회

머리말

∙

劉暢

    이 사전은 한국 고전이나 한문학을 연구하는 사람과 관심을 가지고 있는 사람을 위해서 편찬한 것이다. 전근대 문인들은 한자로 글을 쓸 때 존경을 표시하기 위해서 보통 이름을 쓰지 않고, 자(字)와 별호(別號)와 시호(諡號) 등을 썼다. 독자들이 이 사전을 읽으면 어떤 자와 호가 어느 사람의 이름에 대응하는지 알게 될 뿐만 아니라, 이름과 자와 호를 짓게 된 출전을 보며 그 의미도 이해할 수 있다. 현대인들도 모두 이름이 있으며, 서재(書齋)나 집에 이름을 붙이는 사람들도 있다. 이 사전을 참조하면 자기 이름의 의미를 이해할 수 있을 뿐만 아니라, 손아랫사람에게 이름을 지어주거나 자기를 위해 별호를 만들 때도 이 사전이 참고할 만하다. 지금까지는 국내외에 이 사전처럼 한국 문인의 이름과 호를 집대성하여 설명하는 책이 없었으니, 이 사전은 이 유감스러운 점을 보완하는 첫 작업이라고 할 수 있다.

    오랫동안 학계는 전근대 시대 한국인의 이름, 자, 호, 시호에 대하여 넓고도 깊게 연구하지 않았다. 신용호 교수가 1997년에 작성한 석사학위논문 〈先代士類의 字號研究〉를 바탕으로 증보하고 교정해서 〈先賢들의 字·號·諡號〉를 완성하였으며, 그 뒤에 강현규 교수의 〈韓國人의 字와 號에 관한 研究〉와 합본해서 『先賢들의 字와 號』라는 서명으로 출판했다. 그러나 이 책은 이름과 자에 대한 해석이 전면적인 명자 훈고를 바탕으로 하지 않고, 호에 대한 연구도 방대한 문헌 자료를 수집하지 않았으며, 시호에 대한 연구도 대량의 실례를 수집하지 않아, 조금은 아쉬웠다.

    예로부터 한국은 동양문화권에서 중요한 지위를 차지하였다. 조선 시대까지

의 문인들은 어렸을 때부터 중국 경전을 공부하고, 문장을 지을 때도 한자를 많이 활용하였다. 그들에게 중국어는 모국어가 아니었지만, 한자는 자연스럽게 쓸 수 있었다. 또한 본국의 독특한 상황과 결합하여, 한자 탄생지 중국과 다르면서도 찬란한 문학과 문화를 창조하였다. 한문학과 한문화는 태생지 중국에만 속하지 않고 한국 고전문학과 문화의 매우 중요한 구성 부분이다.

일반적으로 전근대 사람들은 태어날 때 이름을 지어주고, 가관(加冠)할 때에 자를 지어주었는데, 대부분 스스로 자기의 이름과 자를 만들지 않았다. 사람마다 이름과 자를 모두 하나씩 가졌으며, 특별한 이유가 아니면 변경하지 않았다. 이와는 달리 별호는 대부분 문인들이 어떤 상황에서 스스로 만들었으며, 몇 개라도 만들었으니, 가장 유연성이 있고 풍부하다. 시호(諡號)는 아무나 가질 수 없었으며, 가장 높은 벼슬을 거친 사람이나 절의(節義)와 사람됨이 뛰어난 사람들만 죽은 후에 시호를 받을 자격이 있었다. 시호는 한 사람의 한평생에 대한 개괄적인 평이기에, 정치적인 색채를 가장 많이 띠었으며, 시호를 신청하고 심사하여 내려받는 과정이 가장 번거로웠다. 그렇지만 좋은 시호를 받을 수 있으면 본인뿐만 아니라 후손들에게도 큰 영광이 되었다.

한국 문인의 이름과 별호와 시호는 형식과 의미적인 방면에서 모두 중국 고대 문화와 매우 긴밀한 관계를 맺고 있다. 이름과 자를 구성하는 방식, 손윗사람들이 손아랫사람을 위해 이름을 지어주는 방식, 형제간 이름과 자가 관련되는 방식은 모두 중국과 비슷하였다.

필자는 조계 선생님의 지도를 받아서 2009년부터 명자를 훈고하는 학문을 접촉하였다. 『기아(箕雅)』에 실린 시인의 이름과 자를 훈고하기를 시작하였고, 이것을 바탕으로 삼아서 연구 대상의 범위를 점차 확대하였다. 그동안 이름과 자를 훈고하는 연구의 창시자인 중국 청나라 때 왕인지(王引之)가 지은 『춘추명자해고(春秋名字解詁)』와 현대 학자 길상굉(吉常宏), 길발함(吉發涵)이 같이 지은 『고인명자해고(古人名字解詁)』가 필자의 연구에 매우 큰 도움이 되었다. 필자는 전인의 훈고방법을 바탕으로 하였지만, 고인들이 지은 자사(字辭)와 자설(字說) 등의 문장 수집을 더 중시하였다. 해석의 정확성을 확보하기 위해서였다.

필자는 조계 선생님 밑에서 별호 연구도 거의 동시에 시작하였다. 이름과 자가 상대적으로 일정한 것과 달리, 별호는 수시로 마음대로 바꿀 수도 있고 몇 개의 별호를 동시에 활용할 수도 있다. 이 사전의 별호에는 집과 방의 이름도 들었다. 왜냐하면 중국이나 한국에서 문인의 별호는 모두 집과 방의 이름과 갈라놓을 수 없고, 문인들의 생활과 인생관 등을 체현하기 때문이다. 또 이름과 자는 훈고가 필요한 것과 달리, 별호에 관해서는 실명(室銘)이라든가 재기(齋記), 당기(堂記), 묘지(墓誌) 등의 문체에 기록이 많이 남아 있으니 별도로 훈고하면 안 된다.

예를 들면 『先賢들의 字와 號』에 "李仁老의 호를 雙明齋라 하는 것은 그의 子 李世黃이 ≪破閒集≫의 서문에 李仁老가 ≪雙明齋集≫을 撰하였다고 한데 연유한다. 그러나 당시 執權武臣의 총애를 받던 崔讜이 致仕하여 70이 넘었는데도 두 눈이 밝아 雙明齋라 堂號를 정하고 老退한 高官들과 耆老會를 조직하여 詩와 바둑으로 소일하면서 당시 젊은 文人이었던 李仁老에게 이들이 雙明齋에서 唱和한 詩集을 편찬하도록 한 것일 뿐이므로, 雙明齋는 崔讜의 호요 李仁老의 호가 아니다."[1]고 쓰여 있다. 또 "耄老 내지 '점잖음[老]'의 분류에서 "靑莊館(李德懋)"를 수록하고 "호가 지어지는 것이 立志(30才)후라 한 대도 '老'가 主되어 있다는 것, 靑莊館 이외에는 靑莊이 보이지 않는 것은 우리 선인들의 정신적 耄老現象 내지 점잖음[老]이 美德으로 통하였다는 것을 보여주는 것일 수 있다."[2]고 쓰여 있다. 이런 경우는 모두 구체적 문헌 자료를 보지 못하기 때문에 오해한 것이다.

호를 해석하는 작업의 난점은 다양한 문헌의 조사와 수집, 열람이다. 2012년 초에 허경진 선생님 덕분에 필자가 한국에 올 기회를 얻었다. 그 이후 허경진 선생님께서 다양한 책을 제공해 주시고 바쁘신 시간을 할애해 주셔서 지도를 해주셨으니, 원고의 잘못이 많이 수정되고 내용도 더욱 풍부해졌다. 원고가 어느 정도 완성되자 출판사도 소개해 주시고, 사전의 체재도 의논해 주셨다. 문인

---

1) 申用浩·姜憲圭, 『先賢들의 字와 號』, 전통문화연구회, 2010, 82~83면.
2) 『先賢들의 字와 號』, 253면.

의 별호에 대한 연구가 이렇게 다양하게 집대성될 수 있었던 것은 조계, 허경진 선생님 두 분의 지도와 도움 덕분이다. 이 자리에서 도움을 주신 두 분의 선생님 께 진심으로 감사드린다.

시호에 대한 연구로는 필자가 2010년에 〈조선시대 신하의 시호에 관한 제도 의 연구 – 箕雅에 실린 시인을 중심으로〉라는 논문을 이미 써 보았다. 조선시대 에 쓰였던 시법(諡法)에 대한 규정, 신하들의 시호를 입안한 과정, 시호를 받을 수 있는 자격, 이 세 가지는 모두 중국 고대 신하 시호의 제도와 매우 깊은 연원 이 있지만 그대로 답습하지 않고 본국의 구체적인 상황을 기초로 해서 큰 혁신을 이룩하였다. 이 사전에 실린 시호의 해석은 대부분 왕조실록과 『태상시장록(太常 諡狀錄)』, 묘지(墓誌) 등에서 취재하고 이론적인 분석이 없다.

이름, 자, 별호, 시호, 이 네 개는 고대 문인의 생활과 관계가 밀접하기 때문 에, 이에 대해 훈고 연구하면 글의 뜻을 밝히고 가장 진실한 문인 세계를 점차 탐구하여 문자의 밖에 있는 의미, 예컨대 고인이 흠모한 사람, 익숙한 전적(典 籍), 추앙한 절의(節義), 심지어 중국 문화에 대한 동경, 조국에 대한 사랑 등까지 다 발견할 수 있다.

예를 들면, 이름과 자를 훈고하는 내용 가운데 "鄭可宗字子因"의 조목이 있다. 이색(李穡)은 〈자인설(子因說)〉을 짓고 자(字)를 자인(子因)으로 정한 원인이 "名可 宗이니 所當愼者는 不失其可親之人이라"고 하였다. 이 문장의 출처가 『논어(論語)』 〈학이(學而)〉에 쓰여 있는 "有子曰 '信近于義면 言可復也며 恭近于禮면 遠恥辱也 며 因不失其親이면 亦可宗也라'"이다. 『소(疏)』에서 "因은 친하다는 뜻이다. 친한 것을 잃지 않는 것이 의(義)와 같이 있다는 뜻이다. 인의(仁義)와 친해서 잃지 않 을 수 있으면 사람의 인품과 재능을 알아보는 안목을 가지고 있으니 존경할 만하 다. 역(亦)자를 말한 것은 사람의 선행(善行)이 존경할 만한 것이 한 가지만 있는 것이 아니라, 그 선행이 존경할 만한 것들 가운데 이것이 행위의 하나이기 때문 이다. 그래서 역(亦)자를 말했다."라고 하였는데 이색의 "不失其可親之人"의 원문 이 나오지 않았다. 주자(朱子) 『집주(集注)』의 이 문장에 대한 해석의 의미가 『소

(疏)』와 같은데『집주』에서 "所依者는 不失其可親之人이면 則亦可以宗而主之矣라" 고 하였으니 이색이『집주』를 인용했음을 살펴볼 수 있다.

이 사전의 이름과 별호와 시호에 대한 연구는 조계 선생님과 허경진 선생님의 공동 지도를 받아서 완성한 것이며, 나중에 진일보할 전면적인 연구의 기초이다. 이 자리를 빌려 두 분 선생님께 깊고깊은 사의를 표한다. 앞으로 필자가 갑절로 노력해서『한국고인명자해고(韓國古人名字解詁)』등의 저작을 완성하여, 두 분의 큰 도움에 보답하고 큰 기대도 저버리지 않기를 다짐한다.

序

本辭典供廣大韓國古典文學研究者、愛好者使用。韓國古人行文中, 為表尊敬, 大都不直書其名, 而代以表字、別號、諡號。讀者查閱本辭典, 不僅可知其人, 更可知訓詁後名字號的涵義。此外, 今人亦皆有名, 雅士亦或有室名齋號, 故通過閱讀本辭典, 不僅可推知自己名字之義, 更可用作為晚輩起名、為自己取號之參考。此前, 海內外並未有如此大規模將韓國文人名字號彙聚釋義者, 本辭典乃彌補此類缺憾的第一部學術著作。

韓國古人名、字、別號、諡號研究, 長久以來未在學界引起廣泛、深入重視。韓國申用浩教授曾在1977年碩士論文≪先代士類의 字號研究≫基礎上增補修訂, 完成≪先賢들의 字‧號‧諡號≫, 與姜憲圭教授≪韓國人의 字와 號에 관한研究≫合訂出版, 名為≪先賢들의 字와 號≫。然該書名字解釋未能系統全面建立在名字解詁之基礎上, 別號研究未能大量蒐集相關文獻, 諡號研究未能大量蒐集實例, 實為學界之憾。

韓國自古以來就在東亞漢文化圈中佔有極為重要的地位。韓國古代文人自幼學習中國經典, 在文字表現方面, 并非母語的漢字, 在其手中亦可得到極為自如而自然的運用, 並且結合本國及自身的獨特狀況, 創造出有異乎漢字誕生地中國的燦爛文學乃至文化。在此角度而言，漢文學與漢文化并不專屬於發源地中國，更加是韓國古代文學、文化的最重要組成部分之一。

一般情況下，古人生而有名，加冠後而有字，此二者均罕有自取，且大都一名一字，少有變動者。與此不同，別號大都因文人平居中某種境遇而自取，更為靈活豐富。惟有諡號，並非人人均可享有，惟生前為官顯赫抑或節行突出等，死後方有賜諡之資格，作為一生之概括評價，此者最帶有政治色彩，獲得過程最為繁瑣，而好的諡號，不僅對本人，於後世子孫也是最高榮譽。

韓國古人的名字、別號、諡號，均在其外在形式、意義內涵等方面，與中國古代文化有着千絲萬縷的聯繫。名字方面，韓國古人名與字的組合方式、長輩如何為晚輩取名，乃至兄弟間名與字之關連，均與中國古人相仿而略有不同。

筆者在趙季老師的指導下，自2009年前接觸名字解詁學，進行《箕雅》詩人名字的解詁研究，并以此為基點逐漸擴展，而中國清代王引之所寫名字訓詁奠基性專著《春秋名字解詁》，以及現代學者吉常宏、吉發涵所著集大成性《古人名字解詁》，為筆者的研究予以莫大幫助。筆者在借鑑前人訓詁方法的基礎上，亦更加注重對於古人字辭、字說等文體之搜集，以儘量保證解釋的正確性。

筆者對於別號的研究，亦在趙季老師的指導下，與解詁名字幾近同時開始。與名字的相對固定不同，別號可以隨時隨意更換，亦可若干一起共用。本辭典所稱別號，實際包含室名齋號，因為不論中韓，古代文人之別號均與室名齋號密不可分，二者同樣體現出文人之生活狀況、自身境遇，乃至興趣愛好等等。與名字解詁不同，別號大都有齋記、墓誌等等可循，不可自行解詁。如《先賢들의 字와號》一書言，雙明齋非李仁老別號，李仁老子世黃之《破閑集序》言李仁老有《雙明齋集》，但實際上崔讜(1135~1211)號雙明齋，與耆老會諸人在雙明齋唱和，李仁老僅為其編輯而已。[3] 又，李德懋號青莊館，姜憲圭將其歸入莊重、老一類，且言"我國古人作號時，將'早衰現象'甚至'莊重之老'視作美德。年紀才過三十便號以'老'者極多，而'青莊館'以外'青莊'二字未見"[4]，均屬未見具體文獻資

---

3) 『先賢들의 字와 號』，82~83면.

4) 『先賢들의 字와 號』，253면.

料而產生的誤解。

別號解釋的難度實在於文獻的大量搜查與閱讀。故2012年初，許敬震老師為學生創造機會赴韓國，幫助提供大量書籍，并於百忙之中撥冗予以指導，修正書稿中的問題，豐富原稿之內容。書稿頗具規模之際，又介紹聯繫出版社、商討辭典編纂體系。此番別號研究得以大量補充、完善，兩位老師的共同指導、幫助功不可沒，特此向二位老師致以由衷感謝。

關於諡號的研究，筆者2010年已嘗試寫作≪從〈箕雅〉得諡詩人看朝鮮時代臣諡相關制度≫一文。大體說來，朝鮮時代諡法的制定、臣諡擬定過程、賜諡資格，雖與中國古代臣諡制度有着深厚淵源，但並非一味因循，而是在結合本國具體情況基礎上大加去取創新。而本辭典諡號方面的解釋，亦大都取材於王朝實錄、≪太常諡狀錄≫與墓誌等書中對於諡號用字的釋義，並不涉及理論分析。

名、字、別號、諡號，正因此四者與古代文人生活最為貼近，故而對其進行解詁研究，有助於發掘文字間的意味，漸漸觸碰文人最為真實的文化世界，感受到字義以外所蘊涵的意味－－其所欽慕之古人、熟諳之典籍、崇尚之節義，乃至對於華夏文化之向慕、對於其祖國之熱愛等等。

例如，名字解詁中"鄭可宗字子因"條，李穡所作≪子因說≫，言字之曰子因，乃以"名可宗，所當慎者，不失其可親之人"，而此句雖出自≪論語·學而≫"有子曰：'信近于義，言可復也。恭近于禮，遠恥辱也。因不失其親，亦可宗也'"，然≪疏≫言"'因不失其親，亦可宗也'者，因，親也，所親不失其親，言義之與比也。既能親仁比義、不有所失，則有知人之鑑，故可宗敬也。言'亦'者，人之善行可宗敬者非一，於其善行可宗之中，此爲一行耳，故云'亦'也"，並未出現李穡所言句之原文。朱子≪集注≫意雖與≪疏≫略同，然卻有"所依者不失其可親之人，則亦可以宗而主之矣"之言，可見李穡所引用者，乃為朱熹≪集註≫。

本辭典對於名字、別號、諡號的研究，是在趙季老師與許敬震老師的共同指導幫助下，所取得之階段性成果，并為未來進一步全面研究之鋪墊。僅此，向兩位老師致以最誠摯的謝意。在未來若干年內，學生定要倍加努力，完成≪韓國古人名字解詁≫等著作，不負二位恩師之辛勤培育與熱切期望。

범례

1. 이 책에서 1341명의 한국 인물을 수록해서 1034개의 이름, 994개의 자, 1083 개의 호와 148개의 시호를 해석했다.

2. 이 책에서 인물들을 생년 선후의 순서대로 배열했는데, 생년이 확실하지 않 은 인물은 몰년을 참조해서 배열하고 생년과 몰년이 모두 확실하지 않은 인물 은 다른 상황을 참고해서 배열했다.

3. 이름, 자, 호에 대한 훈고가 합리적이지 않으면, 뒷날 보완하기 위해 보류하 였다.

4. 이름은 소자(小字)와 초명(初名)과 개명(改名) 등을 포함했다.

5. 자는 초자(初字)와 개자(改字) 등을 포함했다.

6. 이름과 자의 관계가 매우 분명해도, 근거를 밝히기 위해서 해석했다.

7. 호는 자호(自號, 자기가 부른 호)와 호칭(다른 사람이 부른 호)과 정, 당, 서재, 누각, 산수전원 등의 호, 심지어 시호까지 포함했다. 호를 훈고하기 위해 사서나 문집에 의거했다. 사서와 문집에 모두 실리지 않으면 수록하지 않았 다. 주관적인 추측을 피하기 위해서이다.

8. 각 인물은 이름, 자, 호, 시호의 순서대로 해석했다.

9. 자와 호만 알고 이름이 확실치 않은 경우에는 조목에서 [字]로 표기했다.

10. 열람 편의를 위해 〈인물 색인〉, 〈인명 색인〉, 〈자 색인〉, 〈호 색인〉, 〈시호 색인〉을 만들어서 책의 말미에 덧붙였다.

凡例

一、本書共收韓國人1341名。解詁人名1034個，表字994個，別號1083個，謚號148個。

二、全書人物排列主要以生年先後為序。生年不詳者，以卒年為參考，排入相應位置。生卒年均不詳者，參考其他條件，排入相應位置。

三、人物名、字、號之解詁務求合理，其義不詳者闕疑。

四、人物之名包括初名、改名、又名、小字。

五、人物之表字包括初字、改字。

六、人物名、字之間意義關聯顯豁者亦予闡明。

七、人物之號包括自號、稱號(他人稱呼人物之號)、室名齋號(含亭堂樓閣溪山林園等)、甚至謚號。人物號之解詁一律根據史書或文集。史書、文集未記載者不列，以免臆斷。

八、每位人物名下解詁以名、字、號、謚為序。

九、或有僅知其人字、號而未詳其名者，以其字作為條目，後以[字]標誌之。

十、書後列有≪人物索引≫、≪人名索引≫、≪表字索引≫、≪別號索引≫、≪謚號索引≫，以便讀者查閱。

목차

색인(索引)

한국문인명
자호훈고사전

韓國文人名字號訓詁辭典

왕유(王儒) ?-?. 고려 전기. 자는 문행(文行)이다. 해주왕씨(海州王氏)의 시조이다.

❀ 名 - 儒　字 - 文行

【≪論語·述而≫："子以四教, 文行忠信。"】

최충(崔冲) 984-1068. 고려 전기. 본관은 해주(海州). 자는 호연(浩然)이고, 호는 성재(惺齋)·월포(月圃)·방회재(放晦齋)이며, 시호는 문헌(文憲)이다.

❀ 字 - 浩然

【≪孟子·公孫丑上≫："我善養吾浩然之氣 …… 其爲氣也, 至大至剛, 以直養而無害, 則塞于天地之間。"】

최유선(崔惟善) ?-1075. 고려 전기. 본관은 해주(海州). 시호는 문화(文和)다.

❀ 名 - 惟善

【≪禮記·大學≫："楚書曰：'楚國無以爲寶, 惟善以爲寶。'"】

최사제(崔思齊) ?-1091. 고려 전기. 본관은 해주(海州). 시호는 양평(良平)이다.

❀ 名 - 思齊

【≪論語·里仁≫："子曰：'見賢思齊焉, 見不賢而內自省也。'"】

이중약(李仲若) ?-1122. 고려 중기. 도교(道敎)의 도사. 본관은 경주(慶州). 자는 자진(子眞)이고, 호는 청하자(靑霞子)이며, 시호는 양평(良平)이다.

❀ 逸齋

【≪西河先生集≫卷五≪逸齋記≫："眞隱者能顯也, 眞顯者能隱也。凡涕唾爵位、粃糠芻豢、枕白石、漱淸流者, 索隱行怪而已, 於顯能之耶？桎梏名檢、汩溺朝市、首蟬冠、腰龜印者, 奔勢循利而已, 於隱能之耶？必有不苟同, 不苟異, 時乎退, 不夷而齊之, 時乎進, 不皐而夔之, 一浮沈, 一往來, 無適而不自得者, 乃眞隱顯, 而隱與道俱藏, 顯與道俱行也。世之有道之士, 體是道者, 惟海東李左司一人而已。仲若, 先生名也；子眞, 先生字也。內天外人, 先生道也。金堂玉室, 先生家也；紫府丹臺, 先生官也。先生係出雞林宗室, 至先生凡七代爲文章家。而先姚李氏嘗夢黃冠而遂有娠, 故先生幼而嗜讀≪道藏≫, 服事眞風, 則於儒玄之業，蓋有宿習而然者。常宅心事外，脫落羈束，棄家歸隱于加耶山，自號青霞子。先生父某以存家祀爲念，恐不可奪其志，知處士殷元忠與禪師翼宗解祕術，遂貽書以誠告之二人者謀曰：'江南諸山，其形勢若奔螭伏虎、控扶蘇而朝大內者，莫奇於道康郡之月生山。居此者當旬月被徵矣。'遂斬茅築室於其上，乃邀致之曰：'此山有道氣，必異人然後應之，君可以爲修眞之所乎？'先生未知其計，欣然從之。旣至，以所居爲逸齋。齋之北，有小嶺蔚然秀出而聳立者名爲玉霄峯。恒以幅巾鶴氅登其頂，燕坐彌日，如抱葉之蟬、凝目之龜，澹乎自處。《黃庭》在左，素琴在右，或撫而弄之，聲振林木。樵蘇遇之，以爲神仙也。至今其迹宛然，每煙消雨霽，萬竅不呼，泠泠清響，如在人耳。先生方將傲睨物表，揖堯謝舜，與扶桑公、陶隱居、張天師遙爲師友，盈縮造化，轇轕璿璣，漱亭午之元氣，思青冥之輕舉。待其功圓行滿，駕龍轡鸞，上朝玉帝，則吾見先生之與道俱藏，而得所謂眞隱也。先生嘗以醫者可以惠衆，因究其術，妙如專家，活人多矣。時邑倅有嬰疾拘攣而不行者，先生往鍼之，應時而愈。倅後因蕭廟不豫，旁求醫術之士，乃薦焉。上聞而悅之，召赴闕下。方上道，而鼎湖龍駕已莫及矣。睿祖以在藩邸時素聞其名，遂屬籍禁闈，將用祿秩以縻之。先生於是迹出心隱，徘徊宮掖間。非其好也，然旣出應昌期，爲時廣成子，欲以至道之精播於理術，日鑿生靈之耳目。後航海入宋，從法師黃大忠、周與齡親傳道要。玄關祕鑰，罔不洞釋。及還本國，上疏置玄館以爲國家齋醮之福地，今福源宮是也。乃撞鴻鍾於講席，廣開衆妙之門，而問道之士塡門成市，如衆星之環天津也。則吾又見先生之與道俱行，而得所謂眞顯也。其屈伸於理亂之際，消息於夷曠之域，如雲出於山而遊於寥廓，卷舒無心，不可得而累也。達人之一行一止，皆繫盛衰於時耳，安肯制乎陰陽術數之間哉？彼元忠輩自以爲用奇術而得鉤之者，亦無足取信矣。夫境之殊尤者，必待人而後彰其異，則非斯人無以住斯境矣。設無先生孤峙絕俗之姿，則人與境兩失其宜，而但窮谷蟠林中一虎兕、狐貍之區爾。不知先生之待斯境耶，斯境之待先生耶？是以自先生起應玄纁之禮，居斯者復無其人。寂寥累稔，寢爲荒墟，使雲山煙水長有餘恨者久矣。及毅廟在宥之十二載，先生子今尚書久脩適出鎭錦城，始尋而往焉。古壇廢井，遺址尚存。其松楸之聲、谿壑之容，有如怨者，有如慕者，有如訴其堙沒者。公乃感之，有肯構之志。遂出俸錢爲工徒費，因時於農隙，因材於林谷。鏟荒剔翳，創爲梵

宇。至於鍾磬几案種種莊嚴之具, 悉無不備。功旣訖, 以狀聞于晃旒。上乃頷其
奏, 特內降觀世音畫像, 且以良田十五頃賜焉。又私峙穀一百石。權子母法, 歲
取其贏, 求充供養, 擇芟葤之修潔者俾管其事焉。蓋斯境之綿世伏匿, 而遇先生
一朝朗發, 使窮崖潤色, 幽澗光耀, 名著千祀, 非待人而彰其異者耶? 噫! 余雖
不獲操篲服勤於先生之門庭, 嘗拜其遺像於尙書之第, 整冠拭目而觀之, 淸姿秀
格如融融春露曉濯金莖。追味其平生, 則使人足以忘鄙吝之心, 何必親見元紫
芝眉宇耶? 但恨瓊都命淺, 玉籙道微, 不能捫蘿發雲, 一叩仙扃, 窺丹竈之留煙,
蔭瑤壇之餘竹。含嗟慕仰, 瞻跂不足, 而爲之歌曰: '先生去兮控靑虯, 肩松喬兮
隱嵩丘。先生來兮乘玉麟, 動星象兮謁紫宸。八極外兮追汗漫, 入東海兮今不
返。古洞天兮寂無事, 白日長兮珪鸞睡。' 余常謁尙書, 獲齒諸子侍坐于側。公
屬余謂曰: '吾先之奇迹久而不述, 其若待子。子其筆之可乎?' 余辭以文不長於
記事, 而强之再三, 遂承命書始創歲月, 因及出處大槩。至若官民與行年之始
末, 備於大史氏, 故不記。林椿記。"】

박인량(朴寅亮) ?-1096. 고려 초기. 본관은 죽산(竹山). 자는 대천(代天)이고, 호는
소화(小華)이며, 시호는 문열(文烈)이다.

❋ 名 − 寅亮　字 − 代天

【≪尙書·周官≫: "貳公弘化, 寅亮天地, 弼予一人。"≪傳≫: "敬信天地之敎, 以
輔我一人之治。"】

곽여(郭輿) 1058-1130. 고려 전기. 본관은 청주(淸州). 자는 몽득(夢得)이고, 호는
동산처사(東山處士)이며, 시호는 진정(眞靜)이다.

❋ 名 − 輿　字 − 夢得

【≪高麗史≫卷九七: "輿少時夢有人命名'輿', 遂以爲名, 字夢得。"】

❋ 號 − 東山處士

【≪高麗史≫卷九七: "旣而固求退居, 賜城東若頭山一峰構室以居, 號'東山處士',
名其堂曰'虛靜'、齋曰'養志'。"】

정지상(鄭知常) ?-1135. 고려 중기. 본관은 평양(平壤). 초명은 지원(之元)이고, 호

는 남호(南湖)이다.

❀ 名 － 知常

【≪老子·十五章≫：“夫物芸芸, 各歸其根。歸根曰靜, 靜曰復命, 復命曰常, 知常曰明。不知常, 妄作凶。”】

김부의(金富儀) ?-1136. 조선 전기. 본관은 광산(光山). 초명은 부철(富轍), 자는 자유(子由)이고, 호는 읍청정(挹淸亭)이다.

❀ 初名 － 富轍　字 － 子由

【≪海東繹史≫卷九八引≪高麗圖經≫：“金氏世爲高麗大族, 自前史已載, 其與朴氏族望相埒, 故其子孫多以文學進。富軾豐貌碩體, 面黑目露, 然博學强識, 善屬文, 知古今, 爲其學士所信服, 無能出其右者。其弟富轍亦有時譽。嘗密訪其兄弟命名之意, 蓋有所慕云。”≪海東繹史≫卷九八引≪香祖筆記≫：“余昔閱≪高麗史≫, 愛其臣金富軾之文。又兄弟一名軾一名轍。疑其當宣和時, 去元祐未遠, 何竊取眉山二公之名？讀≪游宦記聞≫云, 徐兢以宣和六年使高麗, 密訪其兄弟命名之意, 蓋有所慕。文章動蠻貊, 語不虛云。觀此則知余前疑不誤, 而是時中國方禁錮蘇黃文章字畫, 豈不爲外夷所笑哉？”其人善文, 敬慕蘇軾兄弟, 故襲用其名。】

이자현(李資玄) 1061-1125. 조선 전기. 본관은 인주(仁州). 자는 진정(眞精)이고, 호는 식암(息庵)·청평거사(淸平居士)·희이자(希夷子)이며, 시호는 진락(眞樂)이다.

❀ 名 － 資玄　字 － 眞精

【≪老子·一章≫：“道可道, 非常道；名可名, 非常名。無名, 天地之始；有名, 萬物之母。故常無欲以觀其妙, 常有欲以觀其徼。此兩者同出而異名, 同謂之玄, 玄之又玄, 衆妙之門。”≪老子·二十一章≫：“道之爲物 …… 其中有精, 其精甚真。”】

❀ 號 － 淸平居士

【≪東文選≫ 卷六十四≪淸平山文殊院記≫：“春州淸平山者, 古之慶雲山, 而文殊院者, 古之普賢院也 …… 其後希夷子弃官隱居于玆而盜賊寢息, 虎狼絶迹, 乃易山名曰淸平。又再見文殊, 宜應諮決法要, 乃易院名曰文殊, 而仍加營葺。希夷子即李公之長男, 名資玄, 字眞精, 容貌瑰偉, 天性恬淡 …… 居山唯蔬食衲衣, 以儉約淸淨爲樂。院外別洞構閑燕之所, 其庵堂亭軒凡十有餘處: 堂曰聞性, 庵曰見性, 曰仙洞、息庵等, 各有其名。"】

김부식(金富軾) 1075–1151. 고려 중기. 본관은 경주(慶州). 호는 뇌천(雷川)이고, 시호는 문열(文烈)이다.

❀ 名 – 富軾

【參見金富儀。】

정서(鄭敍) ?–?. 고려 중기. 본관은 동래(東萊). 호는 과정(瓜亭)이다.

❀ 號 – 瓜亭

【≪石門先生文集≫卷一≪鄭瓜亭賦≫注: "鄭叙, 蓬原人。仕高麗睿宗朝, 位知臺事, 以直見廢。謫居蓬原, 亭于浦淑之上, 而治圃其前, 手種瓜爲事, 旣取以自號, 又作歌詞, 以寓戀君憂國之忠。其詞悽惋, 殆不免過哀而傷, 後人謂之 ≪鄭瓜亭曲≫。嘗見≪麗史・樂府≫中有≪鄭瓜亭曲≫, 而其詞無傳。"】

박춘령(朴椿齡) ?–?.

❀ 名 – 椿齡

【≪莊子・逍遙游≫: "上古有大椿者, 以八千歲爲春, 八千歲爲秋。"】

임극충(任克忠) ?–1171. 고려 중기. 본관은 장흥(長興).

❀ 名 – 克忠

【≪尙書・伊訓≫: "居上克明, 爲下克忠。"≪疏≫: "事上竭誠。"蔡沈≪集傳≫: "言能盡事上之心。"】

이지저(李之氐) 1092–1145. 고려 중기. 본관은 인주(仁州). 자는 자고(子固)이고, 시호는 문정(文正)이다.

❀ 名 – 之氐   字 – 子固

【≪老子・五十九章≫: "是謂深根固柢, 長生久視之道。"≪說文通訓定聲・履部≫:

"氏 …… 實即柢之古文。蔓根曰根, 直根曰氏。"】

최유청(崔惟淸) 1095-1174. 고려 중기. 본관은 창원(昌原). 자는 직재(直哉)이고, 시호는 문숙(文淑)이다.

❁ 名 - 惟淸　字 - 直哉

【≪尙書 · 舜典≫: "夙夜惟寅, 直哉惟淸。"≪傳≫: "言早夜敬思其職, 典禮施政敎, 使正直而淸明。"】

김약수(金若水) ?-?.

❁ 名 - 若水

【≪老子 · 八章≫: "上善若水, 水善利萬物而不爭, 處衆人之所惡, 故幾于道。"】

김신윤(金莘尹) ?-?. 고려 중기.

❁ 名 - 莘尹

【≪孟子 · 萬章上≫: "伊尹耕于有莘之野。"≪注≫: "有莘, 國名。伊尹初隱之時, 耕于有莘之國。"】

임춘(林椿) ?-?. 고려 중기. 예천임씨(醴泉林氏)의 시조. 자는 기지(耆之)이다.

❁ 名 - 椿　字 - 耆之

【≪莊子 · 逍遙游≫: "上古有大椿者, 以八千歲爲春, 八千歲爲秋。"≪說文≫: "耆, 老也。"】

이공승(李公升) 1099-1183. 고려 중기. 본관은 청주(淸州). 자는 달부(達夫)이고, 시호는 문정(文貞)이다.

❁ 名 - 公升　字 - 達夫

【≪周易 · 升≫: "升, 元, 亨。用見大人, 勿恤。"≪禮記 · 儒行≫: "程功積事, 推賢而進達之, 不望其報。"】

문극겸(文克謙) 1122-1189. 고려 중기. 본관은 남평(南平). 자는 덕병(德柄)이고, 시호는 충숙(忠肅)이다.

❊ 名 - 克謙　　字 - 德柄

【≪周易·繫辭下≫:"是故履, 德之基也。謙, 德之柄也。復, 德之本也。"≪周易
集解≫卷十六:"干寶曰:'柄所以持物, 謙所以持禮者也。'"】

오세재(吳世才) 1133-?. 고려 중기. 본관은 고창(高敞). 자는 덕전(德全)이고, 시호
는 현정(玄靜)이다.

❊ 字 - 德全

【≪莊子·天地≫:"執道者德全, 德全者形全, 形全者神全。"≪疏≫:"言執持道
者則德行無虧, 德全者則形不虧損, 形全者則精神專一。"】

최당(崔讜) 1135-1211. 고려 중기. 본관은 창원(昌原). 시호는 정안(靖安)이다.

❊ 號 - 雙明齋

【≪東文選≫卷六十五≪雙明齋記≫:"世皆以長生久視之術爲可學, 非也。夫神
仙者流, 吸風飲露, 揮斥八極, 而外患莫得侵, 故其壽與天地相終始。是豈枯槁忍
飢、茹芝採朮者所能得到耶?蓋喬松難老之骨、蓬瀛不世之氣皆得於自然, 不與
壽期而壽乃自至耳。且卽物以觀之, 世之所謂久而不朽者, 金玉爲最。在泥不
爛、投火不灰, 其剛硬不移之質, 豈與夫臭銅死鐵一槩視之耶?植物之壽者, 莫
如松栢也。雨露之所養、日夜之所息, 與草木皆同。至於冰霜裂地, 獨也靑靑, 一
色而不變, 此豈朽壤之芝菌所能髣髴哉?抑亦鱗蟲羽族之壽者, 龜鶴是已。從胎
而化, 向日而吸。其鳴之遠也, 可以聞於天;其骨之輕也, 可以巢於蓮。此非尋常
魚鳥品彙匹儔也。則物之所以卓乎出群而特以久名於世者, 皆得之自然, 固非人
僞容於其間。豈唯物如是?人亦有焉。今太尉昌原公歷仕四朝, 夷險一節。及登
庸於黃閣, 薦進賢能, 鎭安宗社。年未七十, 上章乞退, 獲遂懸車之禮。曩於崇文
舘之南、斷峯之頂, 愛一佳樹, 作堂其側, 與當世士大夫年高而德卲者八人遊息
於其中, 日以琴碁詩酒爲娛, 凡要約一依溫公'眞率會'古事。時有學士張公自牧
謂座賓曰:'昔韓退之自恨其早衰也, 乃云"尋常間不分人顏色", 老杜亦有"看花如
隔霧"之嘆。而我公紫瞳欲方、爛爛如電, 賞遙岑於雲霞斂散之表如指諸掌, 盍以
"雙明"題其榜焉?'人皆以爲破的。未幾, 公之弟大師公亦解鈞衡以從方外之遊。

每宴飲，子姪皆紆金拖紫趨走於堂下，望之如鸞鳳接趐、椿楥交陰。四子之在姑射、五老之遊汾河，實非世人所得覿也。爰命畫工製爲≪海東耆老圖≫刻石以傳於世。雖在遐荒萬里幽隱埃奧者，一見其畫，爽氣襲人。夫留侯，稱漢傑也。掉三寸舌取萬戶侯。自知布衣之極，欲從赤松子遊，竟不得踐言。謝安，江左名臣也。挫秦兵於一局，安晉祚於泰山。俄白雞入夢，不復尋東山賞月之遊。今我公立朝燮理之功旣如彼，白首林泉之樂又如此，眞所謂兩得而有之，古今所罕也。蓋其仙風道骨自天而生，顏色如嬰兒，語音振金石，尙無一毫衰憊之氣。外物莫得以撓其眞，則壽固無涯，而其視蒼海桑田猶朝暮也可知矣。莊周有云'不刻意而高'、'非導引而壽'者，實謂此也，焉得知異日不飄然出六合絶浮塵，與金童玉女遊於閬風玄圃之上，而騎鶴還鄕，擧手謝世人耶？僕嘗跪履而進受一篇之書。謹爲之記。"】

임극인(任克仁) 1149-1212. 고려 중기. 본관은 장흥(長興). 유(濡)로 개명했고, 시호는 양숙(良淑)이다.

❀ 名－克仁

【≪尙書·仲虺之誥≫："克寬克仁，彰信兆民。"≪傳≫："言湯寬仁之德明信於天下。"】

이인로(李仁老) 1152-1220. 고려 중기. 초명은 득옥(得玉), 자는 미수(眉叟)이고, 호는 쌍명재(雙明齋)이다.

❀ 名－仁老　字－眉叟

【≪論語·雍也≫："子曰：'知者樂，仁者壽。'"≪詩·豳風·七月≫："爲此春酒，以介眉壽。"≪傳≫："眉壽，豪眉也。"≪疏≫："人年老者必有豪眉秀出者。"】

❀ 號－雙明齋

【≪雙明齋先生文集·附錄·事實≫："先生姓李氏，諱仁老 …… 製進御座元宵燈詩曰：'風細不敎金燼落，更長漸見玉虫生。須知一片丹心在，欲助重瞳日月明。'王大嘉稱賞，賜號雙明。"】

금의(琴儀) 1153-1230. 고려 중기. 자는 절지(節之)이고, 시호는 영렬(英烈)이다.

❖ 名－儀　字－節之

【≪春秋左傳注疏≫卷四十一≪昭公元年≫："君子之近琴瑟, 以儀節也, 非以慆心也。"≪注≫："為心之節儀, 使動不過度。"】

혜문(惠文) ?-1235. 고려 후기. 본관은 고성(固城). 성은 남(南)씨, 자는 빈빈(彬彬)이고, 호는 송월화상(松月和尙)이다.

❖ 名－惠文　字－彬彬

【≪論語·雍也≫："質勝文則野, 文勝質則史, 文質彬彬, 然後君子。"何晏≪集解≫："彬彬, 文質相半之貌。"】

❖ 號－松月和尙

【≪白雲小說≫："禪師惠文, 固城郡人也。年三十餘始中空門選, 累緇秩至大禪, 嘗住雲門寺。為人抗直, 一時名士大夫多從之遊。喜作詩, 得山人體。嘗題普賢寺云:'爐火烟中演梵音, 寂寥生白室沈沈。路長門外人南北, 松老崖邊月古今。空院曉風饒鐸舌, 小庭秋露敗蕉心。我來寄傲高僧榻, 一夜清談直萬金。'幽致自在, 頷聯為人傳誦, 因號松月和尙。"】

이규보(李奎報) 1168-1241. 고려 중기. 본관은 황려(黃驪, 驪興). 초명은 인저(仁氐), 자는 춘경(春卿)이고, 호는 백운거사(白雲居士)·지지헌(止止軒)·사가재(四可齋)·삼혹호선생(三酷好先生)이며, 시호는 문순(文順)이다.

❖ 初名－仁氐　字－春卿

【≪禮記·樂記≫："春作夏長, 仁也。"】

❖ 改名－奎報

【≪東國李相國後集≫卷終≪附錄·守大保金紫光祿大夫門下侍郎平章事修文殿大學士監修國史判禮部事翰林院事太子大保致仕贈謚文順公墓誌銘幷序○侍郎李需述≫:"公之官爵次序旣列於前, 其瑞應行事之跡敢闕于後?公之生數月, 惡瘡滿身, 面目皆爛, 乳媼出置門外。有一老父過, 視之曰:'此兒不啻萬金, 宜善護養。'媼走報家君, 君疑其神人, 數路追之不得。此神物護公於襁褓中也。公之欲赴司馬試, 夢見着碪鍊縝布衣人群飲堂上, 傍人曰:'此二十八宿也。'公驚悚再拜, 問今年試席捷否, 有一人指一人曰:'彼乃奎星, 宜就問之。'公就問, 未聞其言而寤。俄復夢，其人來報：'子必占魁頭。此天機，但勿洩耳。'前名仁底，因改今名，赴試果中第一。此靈曜之攝公於名教中也。"】

❀ 號－白雲居士，三酷好先生

【≪東國李相國全集≫卷二十≪白雲居士語錄≫："李叟欲晦名，思有以代其名者曰：古之人以號代名者多矣。有就其所居而號之者，有因其所蓄，或以其所得之實而號之者。若王績之東皐子、杜子美之草堂先生、賀知章之四明狂客、白樂天之香山居士，是則就其所居而號之也；其或陶潛之五柳先生、鄭熏之七松處士、歐陽子之六一居士，皆因其所蓄也；張志和之玄眞子、元結之漫浪叟，則所得之實也。李叟異於是。萍蓬四方，居無所定，寥乎無一物可蓄，缺然無所得之實，三者皆不及古人。其於自號也，何如而可乎？或目以爲草堂先生，予以子美之故讓而不受。況予之草堂暫寓也，非居也。隨所寓而號之，其號不亦多乎？平生唯酷好琴、酒、詩三物，故始自號三酷好先生。然鼓琴未精、作詩未工、飲酒未多而享此號，則世之聞者其不爲噱然大笑耶？翻然改曰白雲居士。或曰：'子將入靑山臥白雲耶？何自號如是？'曰：'非也。白雲，吾所慕也。慕而學之，則雖不得其實，亦庶幾矣。夫雲之爲物也，溶溶焉洩洩焉，不滯於山，不繫於天。飄飄乎東西，形迹無所拘也；變化於頃刻，端倪莫可涯也。油然而舒，君子之出也；斂然而卷，高人之隱也。作雨而蘇旱，仁也。來無所著，去無所戀，通也。色之靑黃赤黑，非雲之正也。惟白無華，雲之常也。德旣如彼，色又如此，若慕而學之，出則澤物，入則虛心，守其白處其常，希希夷夷，入於無何有之鄉，不知雲爲我耶，我爲雲耶？若是，則其不幾於古人所得之實耶？'或曰：'居士之稱何哉？'曰：'或居山或居家，惟能樂道者而後號之也。予則居家而樂道者也。'或曰：'審如是，子之言達也。宜可錄。'故書之。"】

❀ 號－止止軒

【≪東國李相國全集≫卷二十三≪止止軒記≫："城之東奉香之里之西肘有草堂數十楹，白雲居士所寄也。身寄而已，心不寄也。居士謂誰？春卿自號也。榜其軒曰止止，居士自名之也。蓋以≪玄≫筮之，得止之首而名之也。止之首☰☰人玄陽家八木曰：初一，止于止，內明無咎。此言君子時止則止，其智之明如水之內朗也。陰陽隔絕，各止其所，故能如水之內自淸明。初二，馬齒止，車軔俟。此言二爲平人，不隱不仕，故車軔俟而馬就止也。居士喜曰：'是皆予之志也。予能識其所止

而止，則可謂應初一之體；進不急於仕，退不苟於隱，以是而爲平人，則可謂叶初
二之辭。予得是而名軒曰止止，果不類予之行藏耶？夫所謂止止者，能知其所止
而止之者也。非其所止而止，其止也非止止也。且虎豹、麋鹿、蛟龍之於藪澤窟
穴，識其所止而止之者也。設客行旅寄以止于城市之中，則人以爲祅而從而害之，
必矣。居士之於世偃蹇寡合，非馴擾之物也。若與人同趨竝騖以止于名利之域，
則是何以異於虎豹、麋鹿、蛟龍之城市哉？此予所以求其所止而止之者也。不
然，祅而害之者至矣。'或曰：'若子之所言，則必山林窮谷之是處、不與人雜然同
域，然後可謂止止矣。今子之所止乃城市之中，而猶謂之止止，譬之虎豹、麋鹿、
蛟龍之藪澤窟穴，何也？'曰：'蟲獸之藪澤窟穴、人之城市，亦各其所止之常也。
假使人厖然伏藪澤，仄然入窟穴，則亦猶虎豹、麋鹿、蛟龍之入城市也。毒蟲猛
獸亦必以爲祅，而群而害之矣。人而避人，被蟲獸所害，吾不忍爲也。且人所以
忌人規有以害之者，非城市之隘而與處之咎也，徒以競其所求、爭其所利而已。
苟與人不爭不競，雖白日有肷吾篋者避而不見，則人之城市，亦虎豹、麋鹿、蛟
龍之藪澤窟穴也，庸有害之者乎？居士之名軒蓋以此也。'丁卯三月十日記。"
《東國李相國全集》卷十九《止止軒銘解在止止軒記》："子欲觀我，觀我所止。止
止，而其不動乎，然則猶未止。不動之謂靜，靜則有動意。動靜不見，然後曰止。
止止以名軒，軒亦不可視。"】

❊ 四可齋

【《東國李相國全集》卷二十三《四可齋記》："昔予先君嘗置別業於西郭之外。
溪谷窅深，境幽地僻，如造別一世界，可樂也。予得而有之，屢相往來，爲讀書閑
適之所。有田可以耕而食、有桑可以蠶而衣、有泉可飲、有木可薪，可吾意者有
四，故名其齋曰四可。且祿豐官重、乘威挾勢者，凡所欲得，無一不可於意者，若
予則既窮且困，顧平生百無一可，而今遽有四可，何僭如之？夫大牢之享始於藜
羹，千里之行起於門前，蓋其漸也。予居是齋也，若有得田園之樂，則其唾棄世
網，拂衣裹足，歸老故園，作大平農叟，擊壤鼓腹，歌詠聖化以被于管絃，亦何有
不可哉？嘗於是齋著詩三首，詩集中有《西郊草堂詩》是已。其一句云'快哉農家
樂，歸田從此始'，是眞予志也。某月日，白雲居士記。"】

❊ 四輪亭

【《東國李相國全集》卷二十三《四輪亭記》："承安四年，予始畫謀欲立四輪亭於

園上。俄有全州之命，未得果就。越辛酉，自全州入洛閑居，方有命搆之意，又以母病未就。恐因此不能便就，且失其謀畫，遂記之云。夫四輪亭者，隴西子畫其謀而未就者也。夏之日，與客席園中，或臥而睡，或坐而酌，圍棋彈琴，惟意所適，窮日而罷，是閑者之樂也。然避景就陰，屢易其座。故琴書枕簟、酒壺棋局，隨人轉徙，或有失其手而誤墮者。於是始設其計，欲立四輪亭，使童僕曳之，趨陰而就，則人與棋局、酒壺、枕席摠逐一亭而東西，何憚於轉徙哉？今雖未就，後必爲之，故先悉其狀。四其輪，作亭於其上。亭方六尺，二梁四柱。以竹爲椽，以簟蓋其上，取其輕也。東西各一欄，南北亦如之。亭方六尺，則摠計其間凡三十有六尺也。請圖以試之……曰：‘作亭而輪其下，有古乎？’曰：‘取適而已，何必古哉？古者巢居，不可以處，故始立棟宇以庇風雨。至於後世，轉相增制，崇板築謂之臺，複欄檻謂之榭，構屋於屋謂之樓，作谺然虛敞者謂之亭，皆臨機商酌，取適而已。然則因亭而輪其下以備轉徙，庸有不可乎？雖曰取適，亦豈無謂下輪而上亭者？輪以行之，亭以停之，“時行則行”、“時止則止”之義也。’輪以四者，象四時也。亭六尺者，像六氣也。二梁四柱者，貳王贊政柱四方之意也。嗚呼！亭成之後，當邀同志者落之，使各賦詩以記其詳。今取大概，先夸於朋友，欲令翹首而待成耳。辛酉五月日記。”】

❀ **自娛堂**

【《東國李相國全集》卷二十四《桂陽自娛堂記》：“貞祐七年孟夏，予自左司諫知制誥謫守桂陽，州之人以深山之側、蘿葦之間一頹然如蝸之破殼者爲大守之居。觀其制度，則拋梁架棟，強名屋耳。仰不足以擡頭，俯不足以橫膝。當暑處之，如入深甑中而遭蒸灼也，妻兒臧獲瞳之皆不欲就居。予獨喜焉，灑掃而處之，因榜其堂曰‘自娛’。客有詰其由者曰：‘今之太守，古之邦伯。賓客請謁，日相踵繼。登是堂者，皆官曹之俊秀、儒釋之魁奇，無不與太守享其樂者，而太守遽稱之曰自娛，則其不以向之賓客置人品中耶？何示人以不廣歟？’予笑而應之曰：‘客安有是言哉？方僕之爲省郎也，出則黃裾喝道，入則方丈滿前。當是之時，在膏粱之子則雖若不足，於僕則大過矣。然詩人命薄，自古而然。忽一旦被有司所誣枉而落此幽荒卑濕之地者，殆天也，非人也。若屋宇宏傑，居處華靡，不痛自貶損，則非天所以處我之意，而祇益招禍耳。然則玆陋也，獨予之所自娛，而衆人之所深瞘也。豈可以己之所偏嗜而欲強人之同之哉？如或有邊豆之設、聲色之歡，則予亦何心獨享其樂，而忍不與賓客共之耶？然居是州，處是堂，其無此樂也審矣，又何疑哉？'客憮而退，因以誌之。時己卯六月二十四日也。"】

안치민(安置民) ?-?. 고려시대. 본관은 안강(安康). 자는 순지(淳之)이고, 호는 기암(棄菴)·수거사(睡居士)·취수선생(醉睡先生)이다.

❈ 號 - 醉睡先生

【≪補閑集≫卷中："嘗自寫醉睡先生真，書其後曰：'有道不行不如醉，有口不言不如睡。先生醉睡杏花陰，世上無人知此意。'"】

조충(趙沖) 1171-1220. 고려 중기. 본관은 횡천(橫川). 자는 담약(湛若)이고, 시호는 문정(文正)이다.

❈ 名 - 沖　　字 - 湛若

【≪老子·四章≫："道沖而用之 …… 湛兮似若存。"河上公≪注≫："沖，中也。道匿名藏譽，其用在中 …… 言當湛然安靜，故能長存不忘。"】

최자(崔滋) 1188-1260. 고려 중기. 본관은 해주(海州). 초명은 종유(宗裕), 자는 수덕(樹德)이고, 호는 동산수(東山叟)이며, 시호는 문청(文淸)이다.

❈ 名 - 滋　　字 - 樹德

【≪尙書·泰誓≫："樹德務滋。"≪傳≫："立德務滋長。"】

이장용(李藏用) 1201-1272. 고려 중기. 본관은 인주(仁州). 초명은 인기(仁祺), 자는 현보(顯甫)이고, 시호는 문진(文眞)이다.

❈ 名 - 藏用　　字 - 顯甫

【≪周易·繫辭上≫："顯諸仁，藏諸用。"≪注≫："衣被萬物，故曰顯諸仁；日用而不知，故曰藏諸用也。"≪疏≫："顯諸仁者，言道之為體。顯見仁功，衣被萬物，是顯諸仁也。藏諸用者，潛藏功用，不使物知。"】

장일(張鎰) 1207-1276. 고려 후기. 초명은 민(敏), 자는 이지(弛之)이고, 시호는 장간(章簡)이다.

❀ 初名 - 敏　　字 - 弛之

【≪說文≫ : "敏, 急也。"≪廣韻≫ : "弛, 置也, 舍也, 緩也。"相反取義。】

김구(金坵) 1211-1278. 고려 말기. 본관은 부령(扶寧). 초명은 백일(百鎰), 자는 차산 (次山)이고, 호는 지포(止浦)이며, 시호는 문정(文貞)이다.

❀ 名 - 坵　　字 - 次山

【≪尙書·禹貢≫ : "桑土旣蠶, 是降丘宅土。"≪傳≫ : "地高曰丘。"丘即坵。≪說 文≫ : "山, 宣也。宣氣散, 生萬物, 有石而高。"山, 坵同義相協。】

❀ 號 - 止浦

【≪止浦集≫附錄≪年譜≫ : "公諱坵, 字次山, 初諱百鎰。姓金氏, 系出扶寧 …… 公初卜居于扶安縣東仙鶴洞, 又築室於縣西邊山海上, 名之以知止浦。逍遙兩處, 琴書自老。訓誨後學, 嚴立課程, 人才蔚興。"

≪止浦集跋(金麟淳)≫ : "余曩監扶風縣, 縣卽止浦金文貞公所居之邦也 …… 公 嘗退居知止浦, 因以自號。知止者, 至善之極致也。斯可見爲學之大方, 而敎養 子孫, 訓迪後學, 卒以是進之。扶風賢士大夫出於公之脚下者多, 則宜其建祠而 尊之曰'止浦先生'也。"】

이승휴(李承休) 1224-1300. 고려 중기. 가리이씨(加利李氏) 시조. 자는 휴휴(休休)이 고, 호는 동안거사(動安居士)이다.

❀ 名 - 承休　　字 - 休休

【≪左傳·襄公二十八年≫ : "以禮承天之休。"≪注≫ : "休, 福祿也。"又≪詩·唐 風·蟋蟀≫ : "好樂無荒, 良士休休。"≪傳≫ : "休休, 樂道之心。"】

❀ 容安堂, 葆光亭, 瓢飮淳, 知樂塘

【≪動安居士雜著·葆光亭記≫ : "頭陁山之中臺洞也, 旣奇旣絶, 露盡天慳, 且束 且盤, 叢然地縮。于以便於徙倚, 羌難得而形容。若使東坡見之, 當以西子況者。 其遊觀之致, 則十四觀詩言之詳矣。洞之東北隅, 有獨立作頭而盤落者, 大文岫 也。岫之南, 鼎立而起, 翺翔而來者, 三公峯也。斜界兩間, 沿廻曲折, 而東入于 海者, 布鋪川也。川之北, 有重阜倚大文、面三公, 穹豐廻抱, 而別成一小區者, 龜山洞也。洞之中, 自西北激激然派于東南者, 龍溪也。沿溪兩邊, 有田二頃, 是

動安居士外家所傳柴地也。地雖狹薄，可以資數口之家。乃結茅於溪西田之短原上，取陶淵明《歸去來辭》'審容膝之易安'名之曰'容安堂'。堂之南，有泉湧洌。旱不加小，雨不加多，而泠泠然爽氣逼人。手未捫掬，身已清涼。因作亭其上，雜以松竹，花草繞之。雖朴素无文，亦不至於陋也。取南華眞人《齊物篇》'注焉而不滿，酌焉而不竭，不知其所由來，是謂葆光'者，名之曰'葆光亭'。亭之心，編薄石爲茵，中開小井以備煎烹之用。取雪堂居士《田中》詩'一飽未可期，瓢飮已可必'，名之曰'瓢飮淳'。亭之下開方塘，種蓮養魚，銀刀玉尺，浮沈游泳於紅衣翠蓋之間，得其所哉，是魚樂也！又取'安知我之不知魚之樂也'，名之曰'知樂塘'。時有衲衣竹杖、鶴氅綸巾者乘泠而至，引與臨池而坐。清談雅笑之餘，酒不必旨，隨所有而酌之，杯飮不足而清歡有餘，蓋寓之酒而醉乎山水也。因散步行吟於其間，乃作歌曰：'玆之山兮，奇且安兮。餘生能有幾兮，廉退豈无味兮？歌聖德而傳不朽兮，轉海藏而薦退壽兮。於焉足足以奉吾君兮，夫何趨造於東華之門兮？'傍有客書以爲《葆光亭記》。時至元二十六年六月日也。"】

❉ 看藏寺

【《動安居士雜著·看藏寺記》："看藏寺者，古之容安堂也。容安堂者，動安居士將披覽海藏而結構者也。語在《葆光亭記》…… 自庚辰十月至今己丑，十年而畢覽者，識淺根微，縱未承當於聖意，月將日就，豈无涉獵之善緣？…… 乃作最後供養絶云：'淺碧山隈構小庵，明窓十載轉千函。捨田施納名看藏，永作禪門淨勝藍。'"

《謹齋先生集》卷三增補《看藏菴記》："至治三年秋，李君德孺造于僕曰：'先動安先生在至元間事忠烈王爲諫官，以言事不入去其職。素愛外家三陟縣之風土，遂往卜頭陁山下以終焉。先生自初業儒，於學蓋無不究。性好佛，晚年事之愈謹。於是置墅，命曰"容安堂"以居。就山之三和寺借浮圖藏經，日繙閱其中，十年而畢。後以墅施僧，易扁曰"看藏菴"云。'"

《拙藁千百》卷一雞林後學崔氏彥明父《頭陁山看藏庵重營記》："至治三年秋，李君德孺造于僕曰：'先動安先生在至元間事忠烈王爲諫官，以言事不入去其職。素愛外家三陟縣之風土，遂往卜頭陁山下以終焉。先生自幼業儒，於學蓋無不究。性好佛，晚年事之愈謹。於是別置墅，命曰"容安堂"以居。就山之三和寺借浮屠藏經，日繙閱其中，十年而畢。後以墅施僧，易扁曰"看藏菴"，仍捨近田若干頃，

故爲常住資。’”】

박항(朴恒) 1227-1281. 고려 중기. 춘천박씨(春川朴氏) 시조. 자는 혁지(革之)이고, 시호는 문의(文懿)이다.

❀ 名 - 恒　字 - 革之

【≪周易 · 恒≫ : “天地之道, 恒久而不已也。”≪朱子語類≫ : “革, 是更革之謂。”恒、革皆≪周易≫卦名, 一持久, 一變革, 相反取義。】

백문절(白文節) ?-1282. 고려 후기. 본관은 남포(藍浦). 자는 빈연(彬然)이다.

❀ 名 - 文節　字 - 彬然

【≪論語 · 雍也≫ : “文質彬彬, 然後君子。”】

곽예(郭預) 1232-1286. 고려 후기. 본관은 청주(淸州). 초명은 왕부(王府), 자는 선갑(先甲)이다.

❀ 初名 - 王府

【≪尙書 · 五子之歌≫ : “關石和鈞, 王府則有。”≪疏≫ : “人旣足用, 王之府藏則皆有矣。”】

주열(朱悅) ?-1287. 고려 후기. 본관은 능성(綾城). 자는 이화(而和)이고, 시호는 문절(文節)이다.

❀ 名 - 悅　字 - 而和

【≪周易 · 夬≫ : “≪象≫曰 : 夬, 決也。剛決柔也。健而说, 決而和。”說通悅。】

안향(安珦) 1243-1306. 고려 후기. 본관은 순흥(順興). 초명은 유(裕), 자는 사온(士蘊)이고, 호는 회헌(晦軒)이며, 시호는 문성(文成)이다.

❀ 初名 - 裕　後改名 - 珦　後仍以初名稱

【≪晦軒先生實記 · 墓誌銘幷序≫ : “先生諱裕, 後改珦, 避我朝顯陵諱, 以元諱稱, 如濂溪之改名焉。”】

❀ 改名 - 珦　字 - 士蘊

【≪說文≫："珬, 玉名。"≪論語·子罕≫："有美玉于斯, 韞匵而藏諸？"韞、蘊通。】

❀ 晦軒
【≪晦軒先生實記·墓誌銘幷序≫："丁酉僉議參理世子貳保, 先生以儒學歷試內外, 尤斥異端, 聲稱赫然 …… 至是筑精舍於居第後, 奉孔、朱眞像, 朝夕瞻謁以寓景慕, 仍號晦軒。"】

이진(李瑱) 1244-1321. 고려 후기. 본관은 경주(慶州). 초명은 방연(方衍), 자는 온고(溫古)이고, 호는 동암(東菴)이며, 시호는 문정(文定)이다.

❀ 名－瑱　字－溫古
【≪詩·鄘風·君子偕老≫："鬒髮如雲, 不屑髢也。玉之瑱也, 象之揥也, 揚且之晢也。"≪傳≫："瑱, 塞耳也。"≪說文解字≫卷一："玉, 石之美, 有五德, 潤澤以溫, 仁之方也。"】

이혼(李混) 1252-1312. 고려 후기. 본관은 전의(全義). 자는 태초(太初)이고, 호는 몽암(蒙菴)이며, 시호는 문장(文莊)이다.

❀ 名－混　字－太初
【≪老子·二十五章≫："有物混成, 先天地生。寂兮寥兮, 獨立而不改, 周行而不殆, 可以爲天下母。吾不知其名, 字之曰道。"≪莊子·知北遊≫："以無內待問窮, 若是者, 外不觀乎宇宙, 內不知乎大初。"≪疏≫："大初, 道本也。"】

정해(鄭瑎) 1254-1305. 고려 후기. 본관은 청주(淸州). 초명은 현계(玄繼), 자는 회지(晦之)이고, 시호는 장경(章敬)이다.

❀ 名－瑎　字－晦之
【≪說文·玉部≫："瑎, 黑石似玉者。"≪詩·鄭風·風雨≫："風雨如晦, 鷄鳴不已。"≪傳≫："晦, 昏也。"】

채홍철(蔡洪哲) 1262-1340. 고려 후기. 본관은 평강(平康). 자는 무민(無悶)이고, 호는 중암(中菴)이다.

❀ 字 - 無悶

【≪周易·乾·文言≫：“遯世無悶, 不見是而無悶。樂則行之, 憂則違之。確乎其不可拔, 潛龍也。”≪疏≫：“‘遯世无悶’者, 謂逃遯避世, 雖逢无道, 心无所悶。‘不見是而无悶’者, 言舉世皆非, 雖不見善, 而心亦无悶。上云‘遯世无悶’, 心處僻陋；‘不見是而无悶’, 此因見世俗行惡, 是亦无悶, 故再起无悶之文。‘樂則行之, 憂則違之’者, 心以爲樂, 己則行之；心以爲憂, 己則違之。‘確乎其不可拔’者, 身雖逐物推移, 隱潛避世, 心志守道, 確乎堅實其不可拔, 此是潛龍之義也。”】

❀ 活人堂

【≪稼亭先生文集≫卷十一≪有元奉議大夫太常禮儀院判官驍騎尉大興縣子高麗純誠輔翊贊化功臣三重大匡右文館大提學領藝文館事順天君蔡公墓誌銘≫：“公諱洪哲, 字無悶……嘗於第北刱旃檀園。常養禪僧, 頗有得道者。又施藥園中, 國人賴之, 呼爲活人堂。”】

권부(權溥) 1262-1346. 고려 후기. 본관은 안동(安東). 초명은 권영(權永), 자는 제만(齊滿)이고, 호는 국재(菊齋)이다.

❀ 號 - 菊齋

【參見權希顏(? - ?)葵軒條。】

김이(金怡) 1265-1327. 고려 말기. 본관은 안동(安東). 춘양김씨(春陽金氏) 시조. 초명은 지정(之踵), 자는 열심(悅心)이고, 시호는 광정(匡定)이다.

❀ 名 - 怡　　字 - 悅心

【≪楚辭·九章·哀郢≫：“心不怡之長久兮, 憂與愁其相接。”≪補注≫：“怡, 樂貌也。”≪爾雅·釋詁≫：“悅, 樂也。”】

유청신(柳淸臣) ?-1329. 고려 후기. 본명은 비(庇)이다.

❀ 改名 - 淸臣

【≪於于野談≫：“始祖初名庇, 元世祖改以淸臣。命儒臣張相公詩以贈之, 其詩曰：‘聖主知賢相, 親呼改舊名。千金輕似葉, 一字重難衡。月白秋江淨, 塵磨故鏡明。願君留此德, 孫後見孫榮。’”】

우탁(禹倬) 1263-1342. 고려 후기. 자는 천장(天章), 탁보(卓甫)이고, 호는 백운(白雲)·단암(丹巖)이며, 시호는 문희(文僖)이다.

❈ 名 - 倬　　字 - 天章

【≪詩·大雅·棫樸≫："倬彼雲漢，爲章于天。"≪傳≫："倬，大也。雲漢，天河也。"≪箋≫："雲漢之在天，其爲文章。"】

이조년(李兆年) 1269-1343. 고려 후기. 본관은 성주(星州). 자는 원로(元老)이고, 호는 매운당(梅雲堂)·백화헌(百花軒)이며, 시호는 문열(文烈)이다.

❈ 名 - 兆年　　字 - 元老

【≪韻會≫；"十萬爲億，十億爲兆。"兆年，極言年之長也。≪爾雅≫："黃髮、齯齒、鮐背、耈、老，壽也。"故言長壽之義。】

권준(權準) 1280-1352. 고려 후기. 본관은 안동(安東). 자는 평중(平仲)이고, 호는 송재(松齋)이며, 시호는 창화(昌和)이다.

❈ 名 - 準　　字 - 平仲

【≪說文≫："準，平也。"】

❈ 號 - 松齋

【參見權希顔(？-？)葵軒條。】

최해(崔瀣) 1287-1340. 고려 후기. 본관은 경주(慶州). 자는 언명보(彦明父), 수옹(壽翁)이고, 호는 졸옹(拙翁)·예산농은(猊山農隱)이다.

❈ 名 - 瀣　　字 - 壽翁

【東方朔≪七諫≫"含沆瀣以長生"，故與"壽"相應。】

❈ 號 - 拙翁，猊山農隱

【≪大元故將仕郎遼陽路盖州判官高麗國正順大夫檢校成均大司成藝文館提學同知春秋館事崔君墓誌≫："皇朝進士有名東方者，曰雞林崔壽翁 …… 君諱瀣，一字彦明父 …… 平生不理家人生產，自號拙翁。後居城南獅子山下，開園曰'取足'，遂稱'猊山農隱'。"】

안축(安軸) 1287-1348. 고려 말기. 본관은 순흥(順興). 자는 당지(當之)이고, 호는 근재(謹齋)이며, 시호는 문정(文貞)이다.

❖ 名 - 軸   字 - 當之

【桓寬≪鹽鐵論‧雜論≫："車丞相即周、呂之列, 當軸處中。"】

한종유(韓宗愈) 1287-1354. 고려 후기. 본관은 청주(淸州). 자는 사고(師古)이고, 호는 복재(復齋)이며, 시호는 문절(文節)이다.

❖ 名 - 宗愈   字 - 師古

【韓愈文宗秦漢, 以恢復孔子道統自任, 自謂"非三代兩漢之書不敢觀, 非聖人之志不敢存"(≪答李翊書≫)。故以"師古"應"宗愈", 言宗法韓愈之師法古代。慕其人, 故襲其名, 以其事應之。】

이제현(李齊賢) 1287-1367. 고려 후기. 본관은 경주(慶州). 초명은 지공(之公), 자는 중사(仲思)이고, 호는 익재(益齋)‧역옹(櫟翁)‧실재(實齋)이며, 시호는 문충(文忠)이다.

❖ 名 - 齊賢   字 - 仲思

【≪論語‧里仁≫："子曰：'見賢思齊焉, 見不賢而內自省也。'"】

❖ 號 - 櫟翁

【≪牧隱文稿≫卷五≪樗亭記≫："樗櫟, 散材也, 故終天年。我東方學者仰之如泰山北斗者, 益齋侍中也。益齋自稱曰'櫟翁', 蓋必有所取也 …… 益齋之言曰：'櫟之從樂, 樂其無用也。'蓋謙詞耳。"】

윤택(尹澤) 1289-1370. 고려 후기. 본관은 금주(錦州). 자는 중덕(仲德)이고, 호는 율정(栗亭)이며, 시호는 문정(文貞)이다.

❖ 名 - 澤   字 - 仲德

【≪韓非子‧解老≫："有道之君, 外無怨讎於鄰敵, 而內有德澤於人民。"】

❖ 號 - 栗亭

【≪淡庵先生逸集≫卷二≪栗亭說≫(白文寶)："尹相君初卜宅于坤岡之陽, 宅東西栗林稠密, 因構屋曰'栗亭'。今又少西而新購宅, 栗林愈蕃焉。城居罕植栗, 尹公購宅則惟栗是取, 嘗謂余曰：'春則枝疏, 相映于花卉；夏則葉密, 可憩乎其陰；秋則實美, 足克乎吾口；冬則房墜, 通燒乎吾堗。吾是用取栗焉。'余曰：火就燥、水流濕, 同氣相求, 理固必然。蓋其所尙, 則物我之無間有不得不然者。何也？天地之間, 草木之生均是一氣, 然其根苗花實有難易先後之不一, 獨是栗最後于萬物之生。栽甚難長, 而長則易壯；葉甚遲發, 而發則易蔭；花甚晚開, 而開則易盛；實甚後結, 而結則易收。蓋其爲物有虧盈謙益之理矣。尹公與余同年登科, 年已三十有餘, 而逾四十始沾一命。人皆以爲晚, 而公就仕尤謹。及知遇于先君之大用, 一日九遷, 登顯仕, 作司命, 不待矯揉而蔚乎其達矣。其所立者先難, 而其所就者後易, 蓋有同于是栗之花實。余請以理喩：夫草木之句土, 其萌深而其坼遲。坼則芽, 芽而枝, 必成乎幹矣。水泉之盈科, 其出漸而其流止。止則匯, 匯而淵, 必達乎海矣。故其遲必將以速也, 其止必將以達也。則虧可以盈, 謙可以益者, 亦何異哉？可格其一物而質焉, 亦足以觀人之所尙。則火燥水濕, 物我之無間者, 不得不然矣。然則公之榮達則栗之生長, 而栗之收藏則公之卷舒。其長也, 有輔世之道焉；其藏也, 有養生之用焉。余于是亭故表其理而爲之說。"】

민사평(閔思平) 1295-1359. 고려 후기. 본관은 여흥(驪興). 자는 탄부(坦夫)이고, 호는 급암(及庵)이며, 시호는 문온(文溫)이다.

❈ 名 - 思平　　字 - 坦夫

【≪玉篇≫："坦, 平也。"同義相協。】

안목(安牧) 1290-1360. 고려 후기. 본관은 순흥(順興). 자는 익지(益之)이고, 호는 겸재(謙齋)이며, 시호는 문숙(文淑)이다.

❈ 名 - 牧　　字 - 益之

【≪周易·謙≫："君子以哀多益寡, 稱物平施……謙謙君子, 卑以自牧也。"】

설손(偰遜) ?-1360. 고려 후기. 초명은 백료손(百遼遜), 자는 공원(公遠)이다.

❈ 名 - 遜　　字 - 公遠

【≪尙書·堯典·序≫："昔在帝堯, 聰明文思, 光宅天下, 將遜于位, 讓于虞舜。"≪傳≫："言聖德之遠著。遜, 遁也。老使攝, 遂禪之, 作≪堯典≫。"】

이곡(李穀) 1298-1351. 고려 후기. 본관은 한산(韓山). 초명은 운백(芸白), 자는 중보(仲父)이고, 호는 가정(稼亭)이며, 시호는 문효(文孝)이다.

❋ 號 - 稼亭

【≪稼亭集・稼亭雜錄・稼亭記≫："李君中甫世家三韓山陽，居有桑麻秔稌之饒，賓婚燕祭之用取具，題其亭曰稼，請余記。三韓去京師數千里，重江複關之阻，海隅障徼之聚，襏襫鉏耒于衍沃之野。視晨昕以作止，候寒暑以發斂者，風雨時若，田出以倍，枹鼓之警不聞，室家之樂怡如也，可不知其所自耶？而況釋耒耟而軒冕者，又可不知其所自耶？聖朝薄海內外罔不臣妾，德之所幷容徧覆，恩之所涵煦生養，聲敎之所漸被。田耕井飮者，固與草木昆蟲游泳太和，莫知其然，士而軒冕者，可不知所以報耶？夫王事惟農是務，粢盛于是乎出，供給于是乎在。于以興和協輯睦，于以成敦厖純固。夫知慕義于天朝，可不出于此歟？彼篚賮橐負，航浮手筰，以修貢職，特事上之常典耳。必以鐵以鑄鈐鉏斸而不以兵，民尙田作而耻末技。士之未仕，其恪恭于農；既仕，必嗇民力，必重民時。穀祿受于己，其思耕獲之勤勞；政令加諸人，毋忽田野之利病。以繩墨自馭，以愛利爲行，庶乎其可也。中甫始由其鄉歌≪鹿鳴≫而來，戰藝春官，策于天子之庭。中乙科，授承事郎翰林國史院檢閱官。已而遷掌故徽政院，未幾擢征東行丞相府員外郎。逢辰休嘉，方施其所學，入從出藩，亦可謂榮矣。視其名亭，若將與耘夫蓑笠相從于隴畝之上，庸詎不忘民事之艱，其知所以報者夫！至元三年秋九月望，承直郎國子博士王沂書于神州之官舍。"】

백문보(白文寶) 1303-1374. 고려 후기. 본관은 직산(稷山). 자는 화부(和夫)이고, 호는 담암(淡菴)이며, 시호는 충간(忠簡)이다.

❋ 動齋

【≪霽亭先生文集≫卷三≪動齋說≫："常侍白公文寶嘗有說'動'之命，而余不敢者久矣。今公之存撫關東也，君子皆有詩。余有憂患來，詩益拙，不能爲之歌咏，姑以≪動齋說≫爲別，以代一夕之話，觀者幸毋誚。白公號淡庵，謚忠簡。動也者，吉凶晦吝之所由生，雖聖人未嘗不致意于此。故非禮則勿之，慮善則以之。方其靜也不養之以誠敬，則其發也或歸于躁妄矣。動之時義盛矣哉！≪乾≫之象曰：'天行健，君子以自强不息。'行而健，動之至也。而君子以之，則强且不息，然猶

有‘勿用’之潛、‘有悔’之亢。故或見而田， 或躍而淵， 且惕且厲， 然後可以有爲
也。苟非其時，動必殆矣。善處動者，必侍時，必順時。時者，幾也。見幾而動者，
其惟君子乎？稷山白常侍扁其所居曰‘動齋’，其所以自處者不旣丕乎？余聞之動
靜之理循環無端，靜而動、動而靜，互爲其根而無毫髮之間，一于靜不可，一于動
亦不可。而公之所以取動者，何居？余思之不得，乃題‘動’于壁而觀其義。有問則
曰‘某公之扁’。或曰：‘公過于仁厚而歉于勇敢，其將以自勵乎？’或曰：‘欲彼必由
此，亦理也。公之名日騰而不可掩，故將由動以求靜也。’非也。居，吾語子，‘一
陰一陽之謂道’，動靜之義也。聖人貴陽而賤陰，將爲聖人之徒者，寧可不知其所
勵哉？公之動也，內而堯吾君，外而堯吾民。敷闡大猷，優游至治，不極不止，其
爲動爲如何哉？然亦不足爲公之動。公之居是齋也，整襟肅容，寂無思爲，凝然
而坐。人知其爲靜，而不知其有不動之動也。公嘗由定靜安之鄉，游于大化聖神
之國，主至善之家而求用焉。一日上御明光殿，召見公，問以天下之故，對稱旨，
上甚悅曰‘朕將大用’，賜以中和之酒。公輒釂而醉，歸休于所居之齋，或曰命之
矣。”】

이인복(李仁復) 1308-1374. 고려 후기. 본관은 성주(星州). 자는 극례(克禮)이고, 호
는 초은(樵隱)이며, 시호는 문충(文忠)이다.

❈ 名－仁復　　字－克禮

【≪論語·顏淵≫："克己復禮爲仁。"】

정포(鄭誧) 1309-1345. 고려 후기. 본관은 청주(淸州). 자는 중부(仲孚)이고, 호는
설곡(雪谷)이다.

❈ 名－誧　　字－仲孚

【≪說文≫：誧，“大也。一曰人相助也。”≪詩·大雅·下武≫："成王之孚。"≪註≫
："成王者之信於天下也。"】

이달충(李達衷) 1309-1385. 고려 후기. 본관은 경주(慶州). 자는 지중(止中)이고, 호
는 제정(霽亭)이며, 시호는 문정(文靖)이다.

❈ 初名－達中　　字－止中

【達有"至"之義。≪禮記·中庸≫:"子曰:'中庸其至矣乎!民鮮能久矣。'"≪論孟精義≫卷三下≪注≫:"楊曰:夫道止於中而已矣。過乎中則為過,未至乎中則為不及也。故以中庸為至。"】

❀ 改名－達衷, 子皆 "立" 字名

【≪霽亭先生文集≫卷四≪行狀≫:"惟我外先祖高麗文靖公霽亭先生諱達衷, 初名達中, 玄陵以御筆改'中'爲'衷', 字仲權 …… 恭愍王元年壬辰, 拜典理判書 …… 七年夏, 以戶部尙書出爲東北面兵馬使。將還, 我桓祖以朔方道萬戶, 餞于咸州之鶴仙亭, 太祖大王侍立其左而十七歲矣。公一見, 知其異表。適有七獐過岸上, 公曰:'可得一乎?'太祖彎弓一發, 殪五獐。及進酒, 桓祖行酒則公立飮, 太祖行酒則公跪飮。桓祖怪之曰:'故人之子, 何乃爾?'公對曰:'誠異人, 非公所及。公之家業, 此子必大之。'因以子孫屬焉。及太祖龍興, 命其子孫以'立'字名之, 蓋誌其立飮也。有四男四女。男:長濤, 密直戶曹典書;次溥, 同知密直月城君;次端, 工曹判書;次竑。"

≪霽亭集序·霽亭先生文集序(李仁行)≫:"霽亭李文靖公, 麗季名儒也 …… 嘗見≪麗史·名臣傳≫, 公之沒, 在辛禑十一年。逮我藝祖龍興初, 特命公子孫皆名以'立'字。蓋志咸州餞席, 立在桓祖後事也。然今以公言志諸作及≪愛惡≫≪惕若≫等≪箴≫看之, 其毅然有以自立於昏亂之世者, 猶可想見一二, 則安知非屹立頹波之志節有挽於當日, 聖意而要使爲後承者, 名言在玆, 勿墜其百世立懦之風者耶?"】

유숙(柳淑) 1316-1368. 고려 후기. 본관은 서산(瑞山). 자는 순부(純夫)이고, 호는 사암(思庵)이다.

❀ 名－淑　字－純夫

【≪爾雅·釋詁≫:"淑, 善也。"≪禮記·郊特牲≫:"貴純之道也。"≪注≫:"純, 謂中外皆善。"同義相協。】

전록생(田祿生) 1318-1375. 고려 후기. 본관은 담양(潭陽). 자는 맹경(孟耕)이고, 호는 야은(埜隱)이다.

❀ 名－祿生　字－孟耕

【≪禮記·王制≫:"諸侯之下士, 視上農夫, 祿足以代其耕也。"】

❋ 號 – 檉隱

【≪檉隱先生逸稿≫卷六≪有明高麗國推忠贊化輔理功臣匡靖大夫門下評理藝文館大提學知春秋館事兼司憲府大司憲檉隱先生田公家狀≫:"先生諱祿生, 字孟畊, 姓田氏, 潭陽人也。檉隱, 其號也 …… 而至於言行諸節, 尤難追攷, 試以同時諸賢記實之語採摭而蔽之于後。謹按:牧隱李文靖公稿之言曰:'近世雞林崔拙翁自號曰農隱、星山李侍中自號曰樵隱、潭陽田政堂自號曰檉隱, 予則隱於牧。今又得侍中族子子安氏焉, 蓋陶乎隱者也。'然則其推先生爲隱淪可知 ……"】

혜근(惠勤, 慧勤) 1320-1376. 고려 후기. 성은 아씨(牙氏), 속명은 원혜(元惠), 호는 나옹(懶翁)·강월헌(江月軒)이다.

❋ 江月軒

【≪陽村先生文集≫卷十四≪月江記≫:"近世浮屠最顯者曰懶翁, 號江月軒, 盖取現像應機之義。"】

설악상인(雪岳上人) ?-?. 고려 후기. 호는 부훤(負暄)이다.

❋ 雪嶽, 負暄堂

【≪牧隱文藁≫卷六≪負暄堂記≫:"雪嶽上人, 懶翁弟子也。師之卓錫神光, 移于圓寂, 于露骨, 于淸平, 于五臺, 而住松廣, 自松廣而檜岩, 由檜岩而瑞雲、吉祥諸山, 然後復住檜岩也, 上人皆從之。朝夕熏炙, 頗有所得。其與一宿覺雖曰異調, 然非日用而不知者所敢望也。求予名其堂。予之□□神勒, 上人在群中, 目其貌, 秀而靜。耳其言, 簡而當。予心奇之矣, 故不復讓。乃以負暄塞責而告之曰:'師之師號師以雪嶽, 蓋取"千山鳥飛絶, 萬徑人蹤滅"之氣象也。纖塵不立, 全體獨露, 迥出雲表, 非陰陽寒暑之所可得而凌轢也明矣。然血氣之所在, 性命之所存, 淡飱以實其腹, 麤衣以掩其體, 則雖絶學無爲者, 亦所不免也。吾想雪嶽冬居, 瓶水凍、爐火灰、井氷合, 寒洌甚矣。朝日出高峯, 入短簷, 溫溫乎其可親也。負之暄日, 氣舒而神融, 雖犀帷鳳炭深閨之燠, 無以過之。扁之堂, 不爲虛美矣。夫至道無形, 因物可見, 而物與我又非二也。雪則寒, 日則暄。暄氣舒, 寒氣縮, 非獨吾身也, 天地之道也。而其至理存乎其間, 心焉而已矣。心之微雖曰方

寸, 至道之所在也。故不以寒熱故有小變, 堂堂全體, 蓋天蓋地矣。上人宴坐所
求, 不在斯歟, 不在斯歟？予之熱惱熾甚, 對師煎茶, 未知何日也。"】

권주(權鑄) ?-1394. 조선 초기. 본관은 안동(安東). 자는 희안(希顔)이고, 호는 규헌 (葵軒)이다.

❀ 號 - 葵軒

【≪牧隱文藁≫卷三≪葵軒記≫："永嘉權希顔, 吾所愛敬者也。淸而不苟異, 和而
不苟同。立于朝久矣, 未獲施其志, 取葵花向日之語題其軒曰'葵', 請予記。予則
義不辭, 從而誦所聞曰：'夫理, 無形也。寓於物, 物之象也, 理之著也。是故龍圖
龜書, 聖人之所則。而蓍草之生, 所以盡陰陽奇耦之變, 而爲萬世開物成務之
宗。則雖細物, 何可少哉？如近世觀梅之學, 亦本於此。觸類而長, 烏可已也？是
以希顔之曾大父文正公道德文章式百寮, 號其所居曰菊齋。大父昌和公功名富貴
冠諸君, 號其所居曰松齋。而尊公腰萬戶之符, 踞外戚之勢, 作樓于崇敎里蓮池
之傍, 額曰雲錦, 樂其親以及宗族。益齋文忠公爲之記。吁！盛矣！今希顔之取
於"葵"也, 蓋家法也。葵之爲物傳於≪春秋≫, 涑水先生又取之著于詩, 葵之遇也
大矣。水陸草木之花甚蕃, 獨葵也能衛足焉, 則知也；能向日焉, 則忠也。君子之
有取焉者, 豈徒然哉？霜露零而菊黃, 冰雪盛而松靑。風雨離披而蓮香益淸, 大
陽照耀而葵心必傾。其異於尋常草木也遠矣, 孰不愛而敬之哉？菊也隱逸, 松也
節義, 蓮也君子, 葵也智矣、忠矣, 胡然而華乎一家哉！祖子孫相繼奕世, 所取以
自表者如此, 權氏之不與尋常草木同腐焉者亦明矣。垂耀士林、敷華王國, 可竢
也。請志之。'丁巳臘月記。"】

곽충수(郭忠守) ?-?. 고려 후기. 본관은 청주(淸州)이다.

❀ 永慕亭

【≪牧隱文藁≫卷四≪永慕亭記≫："淸之楸洞, 郭氏之田在焉。郭氏因盧其中, 耕
稼以供賓婚喪祭之用。饔飧之具粗給, 不願餘。仕于朝, 則或廢而蕪, 若復不
顧。已, 則携妻孥往耕之, 讀書哦詩, 羲夫耕叟與之談笑, 而於勢利漠然也。郭氏
之大父狀元公, 在至元間忠直有文章。世祖皇帝混一天下, 惟日本氏獨不庭。乃
曰：'懷遠以德, 莫尙招徠, 其令高麗馳一介明諭朕意。'於是高麗君臣隄越承命,

愼簡可使者。書狀闕其人，人皆以計避，獨狀元公有願行之言。或以白宰相，宰相大喜，入告于王，出命狀元行。婦翁崔瀩欲誚宰相覆奏，狀元公奮然曰：'死，一也。死國不猶愈於死妻子之手乎？'旣去，果不歸。君臣哀之，授官與田，今之楸洞是已。長楸出《騷經》，釋者曰'猶言喬木，指故國也'。其子正郎君終身悲號，不樂進仕，年七十餘矣，而慕之益深。其孫通憲公作亭洞中，引水種蓮，謀所以養其志，靡所不爲。正郎公嘗曰：'幼失嚴顏，吾悲何言？汝幸官達，吾喜可知。而吾無恙，汝又在傍，吾定不及汝矣。其誚文當世秉筆者，書吾東望之思以示子孫。'於是名之曰'永慕'。蓋朝而慕、夕而忘，非永慕也；子而慕、孫而忘，非永慕也。朝夕如一刻，子孫如一身，其爲慕也不曰永乎？通憲公徵予言久矣。通憲公，予同年也，慷慨有志。在法司，則執法而已，不畏強也；在言官，則敢言而已，不避事也。是以行省之詰而綱紀益振，海島之竄而聲名益張。持斧則嚴明而已，不務於苛察。專城則撫字而已，故稱其公勤。狀元之忠直、正郎之孝思，蓋兼之矣。宜其致身華顯，冠冕士林。而立于朝也，未嘗有終歲之安；楸洞之居，未嘗有間歲之離也。三槐王氏，修德於身，責報於天。如持左契，交手相付。而狀元公忠義之報如是，何耶？天之報善人也，以名焉、以位焉、以德焉，其致一也。有德而名不聞、有名而位不稱，君子不患也；而德之不稱其位、名之或過其情，君于之所大畏也。今通憲公之德之名，天之所以報狀元也。若其位也雖顯矣，士論則猶慊然有不滿之望。然年才耳順，見用與否，未可以前知也。則天之報以位也與其否也，皆非今日之所可決也。天將大其報，故遲之耶？何其宜報而尙未之報耶？天之定未定久矣，予將於郭氏焉徵之。鐵原崔氏八十而生子，今其孫之多也。郭氏未有後，無患焉，天必有以厚郭氏矣。郭氏無後矣，天果未可必矣。永慕亭，丘墟矣，天果未可必矣。使天而可必也，郭氏何患焉？蒼龍丁巳冬十一月日，前朝列大夫征東省左右司郎中推忠保節同德贊化功臣三重大匡韓山君領藝文春秋館事牧隱李穡記。】

박재중(朴在中)[字] ?-?. 고려 후기. 호는 국간(菊澗)이다.

❀ 號 - 菊澗

【《牧隱文藁》卷三《菊澗記》："同年朴兵部在中扁其所居曰菊澗，求予記。予曰：'菊，花之隱者也。澗，水之幽者也。隱必乎幽，幽必乎隱，蓋其氣類也。在中與吾旣釋褐, 入玉堂, 歷錦省, 凡士大夫之所歆艷者, 皆受而不小辭, 烏在其有慕於隱乎哉？在中氣秀而明, 質美而淸, 高爽之志、閑雅之容如良金粹玉, 輝山潤海, 烏在其有近於幽乎哉？然其所取也如是, 必其所好也無疑。蓋'仁者樂山, 智者樂水', 德性之所使然也。在中之得於心者必有所在, 其所以表之居室者不得不如此。在中孝于親, 養志是急。其仕也, 將以榮其親也, 非圖榮其身也。在中修其身, 明德是務。其所以文其言也, 將以顯其道也, 非圖顯其身也。是則孝親而已, 身則志乎隱逸；明德而已, 身則志乎幽閑, 非功名富貴之所浼也明矣。一旦逢辰, 進居喉舌之司, 遷掌爪牙之士, 所以養親之志遂矣。豈徒榮華其身者所可比哉？而況登山臨水, 遇物興懷。丘壑之姿、煙霞之想, 固有所不可得而掩者, 宜乎自扁其居之若是也。予也近於牡丹矣, 近乎潢潦矣。今富貴之足羞, 況神明之奚薦？瞻望菊澗, 竊自恥焉。雖然, 天地本一氣也, 山河草木本一氣也, 豈可輕重於其間哉？嗚呼！此可與在中道之。'庚申夏四月記。"】

원송수(元松壽) 1324-1366. 고려 후기.

❀ 名－松壽

【≪詩 · 小雅 · 天保≫："如南山之壽, 不騫不崩；如松柏之茂, 無不爾或承。"】

김직지(金直之)[字] 1324-?. 고려 후기.

❀ 六益亭

【≪牧隱文藁≫卷五≪六益亭記≫："上洛金直之, 予同年進士也, 年長吾四歲, 甚相善, 日相從不忍別, 則夜同宿, 挑燈哦詩。直之之父母亦喜其好學也, 厚以酒食啖我輩, 予至今不能忘也。予旣僥倖驟登宰府, 再知貢擧；直之猶爲諸生, 出入棘闈。每考閱畢, 則語于心曰：'直之今又如何？'及榜出, 則直之不第, 心自痛焉。雖直之自痛, 亦何加於予哉！由是知公於心不如公於法也。直之長於詩律, 幸今詩賦取士, 直之又丁外艱, 不得赴試者兩科矣。嗚呼悲哉！然直之之心猶未已也。不得於世, 則必悶于心。求所以娛心之術, 莫如山野之自適, 晨昏之自養焉。於是卜地於尙之支縣曰靑驪者, 作室以居。取晉處士陶靖節松, 竹, 菊三益之語, 益樹以桑, 栗, 柳, 而自名其亭曰六益。求予記。予曰：'≪損≫, ≪益≫之象, 著於≪易卦≫, 不必言也。損益之友, 詳於≪論語≫, 又不必言也。直之好吟

≪詩≫, ≪詩≫之比興, 蓋其所得者深矣, 予又何敢贅哉？然賓客之登斯亭者, 未
必皆知直之之心, 名亭之義, 故略述直之之拳拳於立物者以告焉。松之有心, 竹
之有苞, 貫四時而不改柯易葉, 君子之所取也。菊之隱逸, 隱者之所取也。桑記
≪爾雅≫, 衣裳之本也。栗著楚丘, 祭饗之用也。柳之爲物, 因時感人, 忘其私而
勤於奉公, 給於用而易於求取者也。直之之居於其中, 觀寒暑之推移, 樂時物之變
化。隨感而應, 吟爲詩歌。入於無形之形, 嚼其無味之味。四時之景不同, 而樂亦
無窮矣。直之雖不得於世, 其所以自得於身者如此。嗚呼！與齒去角, 造物眞斳
人矣。吾今也憂病困頓, 至于九年之久, 適足以延吾年, 直之之不遇而老也, 宜得
以娛其心而寧其軀, 爲同年奔走摧頹者之所跂也。六益, 益其德乎, 益其壽乎？
直之, 眞吾益友矣。'己未四月二十二日記。"】

이집(李集) 1327-1387. 고려 말기. 본관은 광주(廣州). 본명은 원령(元齡), 자는 호연
(浩然)이고, 호는 묵암자(墨巖子)·둔촌(遁村)이다.

❖ 名 - 集　字 - 浩然

【≪海東雜錄·本朝≫三："李集, 廣州人, 字浩然, 號遁村, 初名元齡。恭愍王朝登
第。性剛直, 容貌充充, 無飢餓色。見忤於辛旽, 旽欲害之, 負父南走。旽誅, 還京
謂諸友曰：'悅若旣夢而覺, 旣死而蘇。實吾身之再初也。身者, 名所寄也。今再
初矣, 名獨可仍舊乎？'遂改名曰集。選 仕本朝, 官至判典校寺事。有集行于世。"
≪三峰集≫卷四≪李浩然名字後說≫(按：李原齡避辛旽之禍, 竊負其父唐。晝伏
夜行, 隱于永川。旽誅始還, 改名與字。李崇仁作≪名字說≫。)："客問曰：'李君
原齡更名集, 字浩然, 何也？李君蓋嘗困于憂患, 豈徵其平日而有所改歟？'予曰：
'否, 不然也。李君, 義士也。凡事苟自外至者, 擧不能動其中, 況改平日哉？李君
憂患, 我知之。當逆旽用事時, 君之鄉人有爲旽門下者, 君不義其所爲, 大忤其
意。將害之, 君避之南方。携老扶幼, 野處草食, 風霜雨雪之所侵, 盜賊虎狼蟲蛇
之患, 饑寒凍餓, 憂勞窮厄, 凡所謂人所苦者, 方叢于一身, 而君之志不小衰, 是
其中必有所養者存。故於憂患之來, 其安之以義也若泰山之重, 人不見其動轉；
其去之以勇也若鴻毛之於燎原之火, 泯然無迹；其愈困而愈堅, 其志也如精金良
玉, 雖有烘爐之鑠、沙石之攻, 而其精剛溫潤之質愈益見也。非中有所養者, 能
然乎？由是言之, 李君之更名字, 蓋將識其養之素而守之固, 以加勉之也。謂是

爲困於憂患, 徵其平日而改之云者, 非知李君者也。'客曰:'聞命矣。其所養者與養之之方何如?''今李君, 集其名, 字浩然, 是本于≪孟子≫之言也。近星山李氏爲李君名字序甚詳且明, 奚容贅焉? 然不可孤問意, 强一言之。夫所謂浩然者, 乃天地之正氣也。凡物之盈于兩間者, 得是氣以爲之體。故在鬼神爲幽顯, 在日月星辰爲照臨, 軋之爲雷霆, 潤之爲雨露, 爲山嶽河海之流峙, 爲鳥獸草木之所以蕃。其爲體也, 至大而至剛, 包宇宙而無外, 入毫芒而無內。其行也無息, 其用也無所不周。而人則又得其最精者以生。故其在人, 耳目之聰明、口鼻之呼吸、手之執、足之奔, 皆是氣之所爲。本自浩然, 無所欠缺, 與天地相流通, 此則李君之所養者。而其養之也, 又非私意苟且而爲也。舍之不可也, 助之不可也, 必有事焉, 集義而已矣。噫! 是氣流行之盛, 雖金石不可遏, 入水而水不濡, 入火而火不熱, 觸之者碎, 當之者震裂而莫能禦, 況吾既得最精者以生, 而又養其最精者于吾身之中以爲之主, 則向所謂人所苦者, 皆外物之生於是氣之餘者, 又安能反害於吾之最精者哉? 此吾斷然以爲李君中有所養而無所改於憂患而無疑者也。'客唯唯而退。書以贈李君爲名字後說。"

≪遁村雜咏附錄·題浩然字說後≫:"虛無汗漫, 惟道之誕。褊心鑿智, 惟道之否。一心之微, 聖賢是希。曰求其正, 惟去其非。廓爾四達, 用之不竭。塞乎天地, 入乎毫髮。而況彝倫, 孰梗于馴。處之泰然, 克全其天。惟廣李氏, 慷慨君子。字曰浩然, 敢述厥旨。"

〇≪孟子·公孫丑上≫:"我善養吾浩然之氣 …… 是集義所生者。"】

❀ 號 - 遁村

【≪遁村雜咏≫ 附錄≪遁村記≫(牧隱):"廣李氏既取孟子'集義'之集爲名, 而取'浩然之氣'爲字, 星山李子安說其義, 予又題辭其後以與之。浩然曰:'吾名吾字既受敎矣, 吾之遁于荒野以避鷟城之黨之禍, 艱辛之狀, 雖鷟忍者聞之, 不能不動乎色。雖然, 吾之所以得至今日, 遁之力也。夫叔向勝敵以名其子, 蓋喜之也。子, 身之分也, 猶且名之以志其喜, 況吾一身乎? 今吾既皆更之, 則我之再初也。遁之德于我也, 將終吾身而不可忘焉者。故名吾所居曰"遁村", 所以德其遁也, 亦欲寓其出險不忘險之意以自勉焉。蓋遁者, 知言之一也, 而義則竊取之如是。惟先生哀憐之, 忘其再三之瀆以終惠焉。'予曰:'子于鄒國之書誠味而樂之矣。其求觀聖人之道殆庶幾乎? 予故不徵他書, 就≪孟子≫以畢其說。'或問:'舜爲天子,皐陶爲士, 瞽瞍殺人, 則如之何?'孟子曰:'竊負而逃, 遵海濱而處, 欣然樂而忘天下。'此雖設辭, 處之不過如此爾。浩然之禍, 雖自其身致之, 親老子幼, 抱負携持, 晝藏榛莽, 夜犯雨露。崎嶇山谷之中, 猶恐追者踵至, 屏氣縮縮, 戒妻子無敢出聲。其遁也亦慘矣, 是宜夢驚而悟愕也。方且揚揚焉內以樂于己, 外以誇于人, 浩然信非常人矣。其中必有所主, 而名不虛得矣。孟子曰:'天將降大任于是人也, 必將餓其體膚, 行拂亂其所爲, 增益其所不能。'浩然信乎餓其體膚矣, 拂亂其所爲矣, 則其降大任也, 又信乎其可必也。予恐浩然之不得終身于遁村也。若其江山風物之勝、朝耕夜讀之樂, 浩然自有地矣, 故不詳著云。蒼龍丁巳九月記。"】

이색(李穡) 1328-1396. 고려 말기. 본관은 한산(韓山). 자는 영숙(穎叔)이고, 호는 목은(牧隱)이며, 시호는 문정(文靖)이다.

❈ 名 - 穡　　字 - 穎叔

【≪詩·大雅·生民≫:"誕后稷之穡 …… 實穎實栗。"】

❈ 號 - 牧隱

【≪牧隱文稿≫卷四≪陶隱齋記≫:"古之人隱于朝者, 詩之伶官、漢之滑稽是已;隱于市者, 燕之屠狗、蜀之賣卜者是已。晋之時隱于酒者, 竹林也;宋之季隱于漁者, 苕溪也。其他以隱自署其名者, 唐之李氏、羅氏是已。三韓儒雅, 古稱多士, 高風絶響, 代不乏人, 鮮有以隱自號者。出而仕, 其志也。是以羞稱之耶?隱而居, 其常也, 是以不自表耶?何其無聞之若是耶?近世鷄林崔拙翁自號曰農隱, 星山李侍中自號曰樵隱, 潭陽田政堂自號曰野隱, 予則隱于牧, 今又得侍中族子子安氏焉, 蓋陶乎隱者也 …… "

≪貞齋先生逸稿≫卷一≪贈李牧隱穡≫:"出入並居問幾年, 況吾世誼兩家傳。情懷交結私齋誓, 道脈應從太學筵。林邃竹枝難自挺, 巖層月影不能圓。於山不隱隱於牧, 窮巷樂貧那得專?"】

이석지(李釋之) ?-?. 여말선초. 영천이씨(永川李氏) 시조. 호는 남곡(南谷)이다.

❈ 號 - 南谷

【≪牧隱文藁≫卷一≪南谷記≫:"龍駒之東有南谷, 吾同年李先生居之。或問:'先生隱乎?'予曰:'非隱也。'曰:'仕乎?'曰:'非仕也。'或者疑之甚。又問:'非仕非隱則何居？’予曰：“吾聞隱者不獨隱其身，又必名之隱；不獨隱其名，又必心之隱。此無他，畏人知而不使人知也。仕者則反是。身必立朝廷之上，而軒裳圭組以華之。名必聞海宇之內，而文章道德以實之。則其心之所存，形于政事，被于歌詩，而灼于四方矣，心可隱乎哉？予以是知南谷非隱之地也。今先生居南谷，有田有盧。冠婚賓祭之取足，無心於勢利也久矣，然非以隱自居也。故歲至京都訪舊故，縱飲談笑，往來途中，羸僮瘦馬，竪鞭吟詩，而白鬢如雪，紅頰浮光。使善畫者傳其神，未必讓三峯≪蓮葉圖≫矣。南谷，山可採，水可釣，足以無求於世而自足也。而山明水綠，境幽人寂，舉目悠然，雖曰神游八極之表，亦不爲過矣，宜先生有以自樂於是也。予之衰病久矣，每欲歸去來而未果也。有田而近於海，有盧而薄於田。思得兩全而終吾身，予之望也，而豈可易而致之哉？先生之爲正言也，僕忝諫大夫。同言事，忤宰相，諸公皆外遷，獨穡也叨蒙異擢，至今令人愧赧。先生屢斥屢起，位纔至三品，然遺愛存於民心，華聞孚於物望。永之李氏，罕有儷美焉。是必鳴騶入南谷矣。異日立大策，決大議，上贊南面之化，如諸葛公起於南陽，可必也，抑未可必也，皆天也。先生名釋之，先稼亭公門生及第也，嘗與予同中辛巳進士科云。丁巳臘八日記。”】

원천석(元天錫) 1330-1402. 여말선초. 본관은 원주(原州). 자는 자정(子正)이고, 호는 운곡(耘谷)이다.

❀名－天錫　字－子正

【≪尚書·仲虺之誥≫：“天乃錫王勇智，表正萬邦，纘禹舊服。”孔傳：“言天舉王勇智，應爲民主，儀表天下，法正萬國。”】

탁광무(卓光茂) 1330-1410. 고려 말기. 본관은 광주(光州). 자는 겸부(謙夫)이고, 호는 경렴정(景濂亭)·졸은(拙隱)이며, 시호는 문정(文正)이다.

❀號－景濂亭

【≪三峰集≫卷四≪景濂亭銘後說≫：“謙夫卓先生光茂於光州別墅鑿池種蓮，築土池中爲小島，構亭其上，日登以樂。益齋李文忠公命其亭曰景濂，蓋取濂溪愛蓮之義，欲其景慕之也。未見其物則思其人，思其人則必於其物致意焉，感之深而厚之至也。嘗謂古人之於花草各有所愛，屈平之蘭、陶潛之菊、濂溪之於蓮是也。各以其中之所存而寓之於物，其意微矣。然蘭有馨香之德、菊有隱逸之高，則二子之意可見。且濂溪之言曰：'蓮，花之君子也。'又曰：'蓮之愛，同予者何人？'夫以其所樂與人共之，聖賢之用心也，而嘆時人之莫己知，以俟後來於無窮。苟知蓮之爲君子，則濂溪之樂庶乎得矣。然因物而得聖賢之樂，亦豈易言哉？黃魯直曰：'周茂叔胸中灑落如光風霽月。'程子曰：'自見周茂叔每令尋仲尼顏子樂處、所樂何事，自是吟風詠月，以歸有"吾與點也"之意。'道傳私竊以爲，景濂有道，須要識得灑落氣象，有'與點之'意，然後可以言至。文忠公之銘曰'鉤簾危坐，風月無邊'一句，截斷古人公案。安得一登其亭，與謙夫同參？】

박상충(朴尙衷) 1332-1375. 고려 말기. 본관은 반남(潘南). 자는 성부(誠夫)이고, 시호는 문정(文正)이다.

❀ 名 - 尙衷　字 - 誠夫

【≪韻會≫："衷，誠也。"】

박익(朴翊) 1332-1398. 고려 말기. 본관은 밀양(密陽). 호는 송은(松隱)이다.

❀ 號 - 松隱

【≪松隱先生文集≫卷三≪行狀≫："及麗運將訖，時政日非，公心懷慷慨，無意仕進。與弟密城君天卿，解官歸密城鄉第，自號松隱。徜徉山水，嘯詠遣懷。逮我太祖大王革命，公杜門遯跡，調養謝世 …… 考終于錘浦松溪里之箕山下。前夕，沐浴翦爪正席，呼四子啓手足，有遺書曰："吾歸王魂，汝在李世。既爲人臣，忠則竭力。先天後天，父子異時。"蓋種松，名溪，仍以自號，寔出於不忘舊都。山名曰箕，亦寓巢、許隱跡之趣，而歸以王魂。凜乎其自靖之義也！"】

임박(林樸) ?-1376. 고려 후기. 본관은 길안(吉安). 자는 원질(元質)이다.

❀ 名 - 樸　字 - 元質

【≪文選·陸雲〈大將軍宴會被命作詩〉≫："神道見素，遺華反質。"李善≪注≫："華謂采章，質謂淳樸也。"】

이강(李岡) 1333-1368. 고려 후기. 자는 사비(思卑)이고, 호는 평재(平齋)이며, 시호는 문경(文敬)이다.

✿ 名－岡　　字－思卑

【《詩·小雅·天保》:"如山如阜, 如岡如陵。"《玉篇》:"卑, 下也。"反義相成。】

김제안(金齊顔) ?-1368. 고려 후기. 본관은 안동(安東). 자는 중현(仲賢)이다.

✿ 名－齊顔　　字－仲賢

【《論語·雍也》:"子曰:'賢哉回也! 一簞食, 一瓢飮, 在陋巷。人不堪其憂, 回也不改其樂。賢哉回也!'"】

유백유(柳伯濡) ?-?. 여말선초. 자는 순부(淳夫)이고, 호는 저정(樗亭)이며, 시호는 문정(文靖)이다.

✿ 名－伯濡　　字－淳夫

【《詩·小雅·皇皇者華》:"我馬維駒, 六轡如濡。"《正義》:"此文王教使臣曰:'我使臣出使所乘之馬, 維是駒矣。所御六轡, 如汙物之被洗濯濡渥, 甚鮮澤矣。'"《周禮·考工記·鍾氏》:"鍾氏染羽, 以朱湛丹秫, 三月而熾之, 淳而漬之。"《注》:"淳, 沃也。"濡、淳字義相近而應。】

✿ 號－樗亭

【《牧隱文稿》卷五《樗亭記》:"門生己酉科壯元柳伯濡題其所居曰'樗亭', 請予記。予訊其義, 伯濡曰:'樗櫟, 散材也, 故終天年。我東方學者仰之如泰山北斗者, 益齋侍中也。益齋自稱曰櫟翁, 蓋必有所取也。濡在先生之門, 視益齋猶大父也。子思述《中庸》亟稱仲尼, 道之所出也, 身之所出也。今伯濡優游省垣, 冠冕異常, 行路辟易, 入以孝吾親, 出以友吾友, 揚揚至于今, 皆益齋侍中波及之餘也。故取"樗"以名吾亭。極知僭踰無所逃罪, 然慕之也深, 故親之也切。親之也切, 故比之也彌近而不知讓焉。幸先生演其義。'予曰:'吾少也不讀《詩》, 草木之不知也。益齋之言曰"櫟之從樂, 樂其無用也", 蓋謙詞耳。今子既曰散材, 亦是無用焉而已矣。天下之物, 無不可用, 而木之用尤多。宮室之居、器皿之用, 朝夕之不可無也;戈楯之備、車輿之具, 緩急之不可無也, 則其入用之材皆可知已。今伯濡不此之取, 而惟樗之是求, 眞樂於無用者矣。益齋自號"櫟", 而終身廟堂,歷事五代, 道德文章聞天下, 伯濡可謂知所慕矣。益齋不世出, 人固不可不知量。 然"舜, 何人也？予, 何人也", 有志者取法於上耳, 不可以自暴自棄, 伯濡其益勉 之哉！道德也, 文章也, 天豈斬人乎哉？故曰"天命之謂性, 率性之謂道", 伯濡無 怠於明誠之敎, 則於體物不可遺之地自有呈露而不可掩者, 尙何無用有用之可言 哉？"】

송문귀(宋文貴) ?-?. 고려 말기. 문중(文中)으로 개명했고, 자는 일창(日彰)이다.

❀ 改名 - 文中　　字 - 日彰

【《說文》"彰, 文彰也", 故以"彰"應"文"。又《禮記·中庸》："《詩》曰'衣錦尙絅', 惡其文之著也。故君子之道, 闇然而日章。"此章與彰同, 故以"日"飾"彰"。】

❀ 初名 - 文貴, 改名 - 文中, 齋名築隱

【《牧隱文稿》卷五《築隱齋記》："門生宋文貴, 改'貴'以'中', 字日彰。取'版築' 之'築'名其所居曰'築隱'。求予記曰：'文中之少也, 父母愛之甚。愛之甚, 則欲其 身之顯于世, 其心可知也。凡顯于世者三, 曰儒、曰吏、曰武, 而吾之氣質近於 儒, 故名曰文貴。嗚呼！父母愛子之心如是, 可不深致其思乎？文中私自念曰, 人 人之身有良貴, 天爵是已。修天爵而人爵從之者, 士君子之所大欲也。直欲求人 爵而不顧天爵, 則非吾儒者之事也。天爵者, 仁義忠信、樂善不倦也。仁義忠 信、樂善不倦, 一中而已也, 故更以中。中, 天、地、人所由立, 貴無對焉, 則 於父母命名之義不少反, 而吾之所以用力者亦有所據依矣, 非有慕於河汾也。願 倂記之。'予曰：'中之訓, 《中庸》盡之, 夫何庸贅？然日彰旣以"中"自命, 而所居 則曰"築隱", 予以是知日彰有志者也。中之用, 著於語默, 見乎行藏, 其體則卓爾 而莫可從也。於是築室自居, 環堵蕭然, 日彰之"中"在焉。茅茨土階, 聖人之用其 中也；瑤臺瓊室, 後世之先其中也。日彰之"中", 予益慕焉。今夫士大夫得志行 己, 華其居, 豐其食。內以適其欲, 外以夸其榮。日惟不足, 幸而傳之子, 又幸傳 之孫, 蓋無幾也。至於席未暖而移居, 壁未乾而易主, 築隱之室, 非此之類也明 矣。但未知瓮牖歟, 圭竇歟？繩樞歟, 華門歟？如陶復歟, 如區脫歟？上雨歟, 傍 風歟？所可必者, "談笑有鴻儒, 往來無白丁"耳。日彰偃息其中, 其必有所慕焉。 非傅岩之野乎？高宗之夢與否, 又在乎天矣。日彰惟中之是執焉。終身于築, 非 所惡；以形旁求, 非所欲。中乎, 在人乎, 在天乎？福善禍淫, 厥類惟彰, 天道自

不僭也。日彰其益勉焉！'"】

정추(鄭樞) 1333–1382. 고려 말기. 자는 공권(公權)이고, 호는 원재(圓齋)이다.

❀ 圓齋

【≪圓齋先生文稿≫卷之下≪圓齋銘幷序≫："無形子以其生于無形，故西原鄭公權氏自號之也，扁其居曰'圓齋'。或贊之曰：'天以形圓，故其旋也生物不息；日以形圓，故其行也成歲不窮。圓之義大矣哉！'無形子笑曰：'君將以諛我耶？夫物生于無形而梏于形，梏于形則難乎變，難乎變則理有缺矣。予則主乎無形而尙其變者也。故所謂"圓"，無滯無缺之爲貴也。君之言形也，奚足尙哉？雖然，有是形則有是理，若分而二之，必也舍形而求其理，則烏得爲圓也？既君之言足以起予，宜乎以是而銘諸座側也！'乃爲銘。銘曰：'器之觚也，易爲缺兮；轂之周也，何所弗達兮？苟予學圓兮，不滯于一隅，夫何險之足虞兮？'"】

곽충룡(郭翀龍) ?–?.

❀ 君子池

【≪益齋亂稿≫卷九下≪泗州池臺堂亭銘郭翀龍少卿作守時所開·君子池郭君種蓮其中，取濂溪說名之≫："花實同時，不染淤泥。有似君子，見愛濂溪。"】

❀ 衢罇臺

【≪益齋亂稿≫卷九下≪泗州池臺堂亭銘郭翀龍少卿作守時所開·衢罇臺≫："民吾同胞，橫渠之辭。獨樂何樂？衢罇在玆。"】

❀ 緇衣堂

【≪益齋亂稿≫卷九下≪泗州池臺堂亭銘郭翀龍少卿作守時所開·緇衣堂≫："邑雖十室，有信與忠。好賢之化，比屋可封。"】

❀ 康衢亭

【≪益齋亂稿≫卷九下≪泗州池臺堂亭銘郭翀龍少卿作守時所開·康衢亭≫："澹臺不徑，≪魯論≫紀之。有道如砥，君子履之。"】

우현보(禹玄寶) 1333–1400. 여말선초. 본관은 단양(丹陽). 자는 원공(原功)이고, 시호는 충정(忠靖)이다.

❖ 獨樂堂

【≪陽村先生文集≫卷十三≪獨樂堂記丹陽伯禹公玄寶自扁≫："或嘗語予曰：'宋之司馬君實、范希文、俱以儒術位宰相，道德勳烈亦與之相上下。范公之言曰"先天下之憂而憂，後天下之樂而樂"，其志大而其仁廣，宜其致君澤民以濟四海也。夫聖賢之道非貴乎獨善，欲以及人焉爾。故朋來而樂者，孔子也；與衆而樂者，孟子也。二公皆學孔孟者也。范公之志，其大如此，司馬公乃以獨樂名其園，何哉？'予曰：'君子之樂，有本有末。得於胷中者，本也；現於及物者，末也。自其胷中之樂，推而至於及物，則天地萬物猶吾一體，無一不在吾樂之中。而人，同類也，其及宜先。故有朋遠來，可樂也；英材教育，可樂也。形於一時，而樂只之詠作矣；及於後世，而樂利之澤遠矣。至其及物，則大而鳥獸魚鼈之咸若，微而庭草之不除，是物與我皆圍於大和之中而得其所，其可樂也爲如何哉？然及物者難盡也，有吾樂未充而爲吾之憂者焉。博施濟衆，堯舜猶病，況其下者乎？若夫得於胷中者，不隨物而有變，常浩然而自存。內省不疚，俯仰無怍，此獨樂也。范公極於及物言之，司馬專於自得明之。非有自得之樂者，不能極於及物。二公之言，互相發也。雖然，樂之自得亦有淺深之異。孔門高弟親炙聖人，而其所之亦各不同。車馬衣裘，共敝無憾，子路之志可謂大矣，然視曾點童冠詠歸、胷次悠然之樂，則有間矣。是皆於及物之際見之爾。若顏子"簞瓢陋巷，不改其樂"，卽與孔子"疏食飮水，曲肱而枕，樂亦在其中"者殆庶幾矣，是眞自得於胷中而獨樂者也。千載之下，濂溪先生盖嘗知此，每令學者尋孔顏所樂者何事，而二程夫子有得於此。夫濂溪，胷中洒落如光風霽月，唯其如此，然後可以造孔顏樂處矣。此非本歟？'或唯唯而退。旣後日，予謁丹陽禹相公。時公罷相閑居有年矣，以'獨樂'扁其堂，命予曰：'吾雖慕司馬氏，然其意非盡出於司馬也。春朝看花，花可樂也，而花不與吾同樂；秋宵看月，月可樂也，而月不與吾同樂。雲峯之奇、松雪之秀，可樂翫也；珍禽之音、好雨之聲，可樂聞也。凡物之接耳目而樂吾心者雖不可窮，而無一物能同吾所樂，則得不謂之獨樂乎？書可獨觀，而不必講論也；詩可獨吟，而不必唱酬也；酒可獨斟，而不必有賓客也。晏而起，倦而睡。或涉于園，或偃于床。唯意所適，與影而偕，此吾閑居而獨樂者也。感懷今昔興亡得喪之變無窮，往者旣皆夢而非眞，則來者又可保其爲實耶？猥以無能，久玷顯位而獲免，久罹患難而獲全。遭遇聖明之朝，以老大平之世，幸莫大焉！弔前人於旣往，慶餘喘

之尙存。視一世之營營，獨無求而自足，此吾撫躬而獨樂者也。子爲我記之。’予
不獲辭，爲進其嘗所與或人論者，因告之曰：‘夫人有欲則其心紛擾而多憂，無欲
則天理自明，隨處泰然而可樂。惟公，早以周程之學講究孔顏之樂，方其貴也，以
希文之志而爲憂樂、君實之德而爲事業，及釋位而去也，窮抑困厄，極其慘酷。
而公處之恬不動心，悲歡榮辱自外而至者，如寒暑晝夜更代乎吾前，而吾無忻戚
於其間，惟自信自慊以全吾胷中之樂。此衆人所不知，而君子所獨得也。又況公
之功成名遂而身退，優游怡養，以樂餘年，亦與司馬公洛中閑居之日無以異焉。
宜乎以此名其堂也！吁！吾心之樂充於中，而形於一堂之上。苟得推之，天地之
大，萬物之多，可使熙熙同於一堂之上也。’”】

변안열(邊安烈) 1334-1390. 고려 말기. 호는 대은(大隱)이다.

❀ 號－大隱

【≪大隱先生實記·神道碑銘≫：“戊辰，從我太祖攻遼東。至威化島擧義回軍還，
我太祖會諸將，議將放禑於江華。公遂杜門，自號大隱，從李穡議，與曹敏修立禑
子昌。禑遷驪興，公私謁議迎。”】

이성계(李成桂) 1335-1408. 조선 초기. 조선 1대 왕. 본관은 전주(全州). 자는 중결 (仲潔)이고, 호는 송헌(松軒)이다.

❀ 名－成桂　　字－仲潔　　號－松軒

【≪松窩雜說≫卷上：“牧隱大爲我太祖所重。太祖嘗請其字及居室號，又請名其
二郎。牧隱以爲‘桂花秋皎潔’，配桂莫如松。公之所重者節義，尙其不變也。故字
之曰‘仲潔’，扁其居曰‘松軒’。且三郎之名芳毅，故名一郎曰芳果，果毅相須者
也。吟成一篇曰：‘著鞭樞府愧揚揚，同日磨肩入省堂。月滿海山何皎皎，歲寒松
柏愈蒼蒼。友恭可見親情洽，果毅何憂敵勢強。願與一時諸大將，共師始終郭汾
陽。’芳毅，太祖第三男益安大君，贈馬韓公，諡安襄，神懿王后誕生。芳果，定廟
御諱，太祖第二男。”】

노서(魯舒) 1337-1386. 고려 말기. 본관은 강화(江華). 자는 화숙(和叔)이고, 호는 경모(景慕)이며, 시호는 효간(孝簡)이다.

❀ 名 - 舒　字 - 和叔

【《論語·述而》："子之燕居, 申申如也。"《集解》："申申, 和舒之貌也。"和、
舒義近相協。】

❀ 號 - 景慕

【《白村先生文集》卷一《贈金紫光祿大夫知門下省判禮部事孝簡公景慕齋魯先
生行狀》："公諱舒, 字和叔, 號景慕 …… 公以尊德性、道問學為學之本, 掛朱夫
子畫像於壁上, 朝夕拜禮以致景慕, 故人號曰景慕先生。"】

정몽주(鄭夢周) 1337-1392. 고려 말기. 본관은 연일(延日). 초명은 몽란(夢蘭)·몽룡
(夢龍), 자는 달가(達可)이고, 호는 포은(圃隱)이며, 시호는 문충(文忠)이다.

❀ 初名 - 夢蘭, 夢龍

【《高麗史》卷一百十七："鄭夢周, 字達可, 知奏事襲明之後。母李氏有娠, 夢抱
蘭盆忽墮, 驚寤而生, 因名夢蘭。生而秀異, 肩上有黑子七, 列如北斗。年至九
歲, 母晝夢黑龍升園中梨樹, 驚覺出視, 乃夢蘭也, 因改夢龍。既冠, 改今名。"
另, 《左傳·宣公三年》："鄭文公有賤妾, 曰燕姞, 夢天使與已蘭, 曰：'余為伯
鯈。余, 而祖也, 以是為而子。以蘭有國香, 人服媚之如是。'既而文公見之, 與之
蘭而御之。辭曰：'妾不才, 幸而有子, 將不信, 敢徵蘭乎？'公曰：'諾。'生穆公,
名之曰蘭。"】

❀ 改名 - 夢周

【《論語·述而》："子曰：'甚矣, 吾衰也久矣, 吾不復夢見周公。'"《注》："孔曰
：'孔子衰老, 不復夢見周公。明盛時夢見周公, 欲行其道也。"】

❀ 圃隱齋

【《牧隱文藁》卷五《圃隱齋記》："予讀《魯論》至樊遲請學圃, 夫子曰：'吾不
如老圃。'予以謂遲也從聖人久矣, 仁義禮樂之不問而汲汲于此, 果何意哉？聖人
之志未嘗忘天下, 遲也不及知之歟？聖人雖自道：'吾少也賤, 故多能鄙事。'然委
吏、乘田皆在官者也。在其官則盡其職, 盡其職者, 非獨聖人為然, 凡為君子者
之所共由也。沮、溺耦耕之對不恭矣, 夫子責之曰：'鳥獸不可與同群。'則聖人
之志在天下, 可謂至矣。老而不遇也, 刪定贊修, 垂教萬世, 則若可以農圃矣, 然
猶未之聞也。然則遲也之問不獨自鄙, 又不足以知聖人也明矣。雖然, 聖人以天

自處, 其視天下無不可有爲之時。故公山之召亦不遽斥, 陽貨之禮亦不遽絶, 千載之下猶可以想見其爲心之苦矣, 其鄙遲也之問宜矣。至于遲, 則其自處必不敢企顔子。顔子猶在陋巷, 則其不學干祿而學圃也, 何傷哉? 由也、求也見責于夫子, 至欲鳴鼓而攻之, 遲也親見夫子怒形于色, 心自語曰: '由也、求也, 我同列之良也, 而尙如此, 矧我輩乎? 不仕則隱, 不隱則仕, 退而求吾終身之地, 莫圃若也。'于是乎問。其所以爲圃之說, 誠于中而發于外, 其摳衣函丈, 悲惋低回, 所以不得已之狀又可以想見矣。《詩》曰: '濟濟多士, 文王以寧。'周之治所以不可及也。以聖門速肖七十, 從游三千, 而學圃之問起于其間, 豈不益可悲也哉? 烏川鄭達可歌《鹿鳴》而賁丘園之束帛, 擢狀元而擅文苑之英華。續道緒于濂洛之源, 引諸生于詩書之圃, 尤以善說《詩》見稱當世。奉幣金陵, 浮舟日本, 專對之材, 可謂不負所誦矣。嘗曰: '折柳樊圃, 則因晨夜之限, 通于天道之有常; 十月築圃, 則因寒暑之運, 而知民事之有序。民事治于下, 天道順乎上, 學問之極功、聖人之能事畢矣, 吾舍此何適哉?'于是以'圃隱'名其齋, 求予記。予曰: '井田之法, 二畝半在田, 圃之所由始也。但未知其時亦有隱乎無也。巢、許隱矣, 食不可一日無也, 其爲農圃也可知已。'今達可隱于圃而立于朝, 以斯道自任, 抗顔爲學者師, 非其眞隱也明矣。將與牧者、陶者而伯仲乎? 歲己未春二月庚申記。"】

전오륜(全五倫) ?-?. 고려 말기. 본관은 정선(旌善). 자는 중지(仲至)이고, 호는 채미헌(採薇軒)이다.

❀ 名 - 五倫   字 - 仲至

【《牧隱文藁》卷十《仲至說》: "大姨夫全氏, 旌善望姓。仲子曰五倫, 請予字說曰: '人之倫也有五, 其名曰五典, 天所敍也, 而人之所以爲人者也。故吾名曰五倫。聖人, 人倫之至也。故吾字曰仲至。夫至者, 吾所望也。而道之云遠, 將竭吾力而吾未敢必, 將盡吾進而吾未之忍, 然由之而鮮知、習矣而不察, 吾儕之謂也。願先生明以敎我, 倫將書紳焉。"子曰至有二義: 以道言, 所至之地也; 以人言, 能至之功也。夫道之大原出於天, 而淪於民生日用之間, 著於聖賢功化之表。詩書禮樂之秩然, 典章文物之粲然。則所謂倫理者, 豈不如揭日月而行哉? 然氣稟之異、物欲之拘, 罕有得其髣髴於形影之末者, 況其精微之蘊奧也哉! 嗚呼! 能至於其間者, 何可多得哉?《虞、夏書》所載格言甚衆, 十六字傳心之語,可見危微之辨、精一之功, 所以至夫道之準的也。孔氏弟子月至日至, 獨顔氏、曾子得其宗。求其所以能至, 則喟然之嘆、一貫之唯如在目前。雖曰不至, 吾不信也。然則所至之地、能至之功, 果可二乎哉？仲至氣質清明, 蒙養有素。游學成均, 問難折衷, 諸生皆服其識之高也。宰相知其才, 授以臨民之政。晉陜已受其賜矣, 他日所就其可量乎？予喜其有志於道也, 作字說以貽之。己未夏閏五月癸卯。"】

김이첨(金爾瞻) ?-?. 고려 말기. 자는 자구(子具)이다.

❀ 名 - 爾瞻   字 - 子具

【《牧隱文藁》卷十《茂珍金氏三子名字說》："通憲金景先請予名其三子, 予以病未果久矣。長子成均學官又來曰：'父命也, 願先生有以敎焉。'予不獲已, 迺言曰："伯氏名爾瞻, 字爾子具。瞻之言視也, 字以子具, 十目所視之謂也。《語》曰"尊其瞻視", 動作威儀之見於外者, 可以見其內故也。夫令聞廣譽之施於身, 豈可以聲音笑貌爲哉？必也積於中者和順, 然後發於外者爲英華, 人之仰之, 不啻如師尹之赫赫矣。瞻乎, 其以'具'銘諸心乎！《詩》曰"民具爾瞻"。……《孟子》七篇述《詩》,《書》, 仲尼之意而作者也, 而於《詩》斷章取意爲多。故學《孟子》作《金氏三子名字說》。"】

김이우(金爾旰) ?-?. 고려 말기. 자는 자하(子何)이다.

❀ 名 - 爾旰   字 - 子何

【《牧隱文藁》卷十《茂珍金氏三子名字說》："通憲金景先請予名其三子 ……仲氏名爾旰, 字爾子何。旰之言, 亦視也。字以子何, 望道未見之謂也。《語》曰："不曰如之何、如之何者, 吾末如之何也已。"吾之德, 如之何則進？吾之業, 如之何則修？夙夜以孜孜, 則其至於道也必矣。一日至焉, 前日之所望畢矣。旰乎, 其以'何'銘諸心乎！《詩》曰"云何其旰"。……《孟子》七篇述《詩》, 書仲尼之意而作者也, 而於《詩》斷章取意爲多。故學《孟子》作《金氏三子名字說》。"《孟子·離婁下》："文王視民如傷, 望道而未之見。"《集注》："民已安矣, 而視之猶若有傷。道已至矣, 而望之猶若未見。聖人之愛民深, 而求道切如此。不自滿足, 終日乾乾之心也。"《論語·衛靈公》："不曰如之何, 如之何者, 吾末如之

何也已。"≪疏≫:"≪正義≫曰:此章戒人豫防禍難也。如, 奈也。不曰如之何,
猶言不曰奈是何。末, 無也。若曰奈是何者, 則是禍難已成, 不可救藥, 吾亦無奈
之何?"≪詩·小雅·何人斯≫:"爾之安行, 亦不遑舍。爾之亟行, 遑脂爾車。壹
者之来, 云何其盱。"≪注≫:"盱, 病也。女可安行乎?則何不暇舍息乎?女當疾
行乎?則又何暇脂女車乎?極其情, 求其意, 終不得一者之来見我, 於女亦何病
乎?"牧隱取義朱子≪詩經集傳≫:"盱, 望也。…… 言爾平時徐行猶不暇息, 而
況亟行, 則何暇脂其車哉?今脂其車, 則非亟也, 乃託以亟行而不入見我, 則非其
情矣。何不一來見我?如何使我望女之切乎?"】

김이반(金爾盼) ?-? 고려 말기. 자는 자미(子美)이다.

❀ 名 - 爾盼   字 - 子美

【≪牧隱文藁≫卷十≪茂珍金氏三子名字說≫:"通憲金景先請予名其三子 ……
季氏名爾盼, 字爾子美。盼之言, 目之黑白均也。字以子美, 謂其生質之美也。孟
子自道善知言, 其言曰:"聽其言也, 觀其眸子, 人焉廋哉?"而以瞭眊判人心術,
若鑑照物, 姸媸無遁形。則眸子者, 心之著也。 盼乎, 其以美銘諸心乎!≪詩≫
曰"美目盼兮"。≪孟子≫七篇述≪詩≫, 書仲尼之意而作者也, 而於≪詩≫斷章取
意爲多。故學≪孟子≫作≪金氏三子名字說≫。"】

박인을(朴仁乙) ?-?. 고려 후기. 자는 경춘(景春)이다.

❀ 名 - 仁乙   字 - 景春

【≪牧隱文藁≫卷十≪景春說≫:"予之遊關東也, 杆城知郡朴君仁乙求字且徵
言。予老矣, 學問之荒落也, 文辭之蹇澁也。吐言而不成文, 談義而未底蘊。何由
塞其責?然同在琳宮, 不爲非舊。今之遇我, 其情油然, 不可無辱。乃字以景春,
而告之曰:仁在天曰生, 在人曰心。乙於方在東, 於物在木。故仁包四德, 乙冠四
方, 卽帝出而運乎一歲者也。其運也, 在東曰春、南而夏、西而秋、北而冬, 冬而
復乎春, 生生不窮, 萬古一日, 則春之冠四時也不誣矣, 仁之包四德也不虛矣。乙
之爲訓, 尙何言哉!其於人也, 存心曰仁, 居家慈孝, 爲政惻隱, 是其推也。且其
粹面盎背, 心廣體胖, 仁之發而春之暢也。民之從化, 如立春風。和氣四達, 流乎
無窮。況一州之地乎?達而在上, 布唐陽春, 非異事也, 君其潛心焉!"】

박의중(朴宜中) 1337-1403. 여말선초. 본관은 밀양(密陽). 초명은 실(實), 자는 자허(子虛)이고, 의중(宜中)으로 개명했으며, 호는 정재(貞齋)이다.

❀ 初名 - 實   字 - 子虛   改名 - 宜中

【≪貞齋先生逸稿≫卷二附錄≪字說≫: "貞齋朴先生, 高麗壬寅科壯元也. 資禀端謹, 學問精博, 爲一時縉紳之秀. 初諱實, 字子虛. 後改宜中, 字仍舊. 嘗謂予曰: '吾嘗取≪魯論≫"實若虛"之說以爲名若字. 後改今名而字不改, 子爲著其說以貽吾子孫.' 予以鄙拙辭不獲, 告之曰: 君子之學, 德欲其務實而心欲其謙虛. 虛者, 即吾心之本體而衆理之所具也. 故欲正其心者必虛其中, 而後私欲不留而天理常存. 行道者, 亦虛其心, 而後驕吝不生而已德益尊. 是虛者, 實之本也. 故先生之前也, 既以是爲名字而自勉之. 然君子之爲學, 將以措諸事業也. 能措諸事而不失其時宜者, 唯其中而已矣. 上而堯舜湯武之所以治, 下而孔顏思孟之所以傳, 皆以此中也. 然所謂中者, 有體有用. 方其未發而極其虛, 以守其無所偏倚之體, 然後有以發而中節, 以全其無過不及之用. 是虛字, 亦中之體也. 故先生之後也, 又以是爲名字而益勉之. 先生進德修業之序、明體適用之學, 觀其名字而可以知其用力矣. 蓋先生之學專用心於內, 故持守既密而不敢以是自足, 充積既實而不敢以是自滿. 彝倫日用之常, 動靜語默之際, 以至夫窮通患難之中, 凡所以自處者, 每欲必合乎其宜. 是以魁大科, 歷顯仕, 以登相府, 而其氣無驕矜；奉使於兵交之日, 拘留敵國, 命在晨夕, 其志不少挫, 卒能以專對之才完我封疆. 爲功既大, 斂而閑居. 窮約自守, 若寒士然. 是緣其心能虛而有主, 故其德能實而有常. 所以現乎事爲之上者, 皆合乎時措之宜, 如此其卓也. 昔先生之爲講官於成均也, 予以鼓篋而受業. 由是從游者數十年之久, 故知先生甚詳. 爲著其學問事業之大略以爲其說, 非敢佞也. 建文三年秋八月既望. 陽村權近謹著."】

❀ 號 - 貞齋

【≪牧隱文藁≫卷四≪朴子虛貞齋記≫: "予既冠之明年, 鼓篋璧雍. ≪易≫, 家學也, 未得師. 會先君同年宇文子貞先生以學官召至, 予即上謁, 進而自請曰: '稽, 高麗李稼亭牛馬走也, 願從先生受≪易≫.' 先生曰: '中甫, 明≪易≫者也, 吾所畏也. 汝年少, 汝父未必授. 同年之子猶子焉, 無患吾不汝授也.' 數日有所求正, 先生曰: '可敎也. 然≪易≫非少年所可學, 吾且訓汝句讀.' 既踰時, 進≪易義≫一篇, 先生欣然曰: '義理其殆庶幾矣, 措辭失其序爾.' 因授筆而書. 如雲行流

水，略無點綴。予拱立案前，喜形于色。先生曰：‘章不已就乎？然此《易》之粗
也，汝數年後當自知其精者矣。’僥倖科第，奔走職事，前功盡棄，況於新得？日消
月磨，卒與未學者無少異焉，惜哉！壬寅科壯元朴子虛號其所居曰‘貞齋’，蓋取諸
《易》也。一日謂予曰：‘子嘗理《易》，幸爲我衍其義。’予曰：‘《乾》，《坤》，
《易》之門也。《乾》，《坤》廢，《易》不可見。六十四卦，貞之著也，言之長
也。且就《乾》，《坤》言之，《乾》之貞大也，至於《坤》則加牝馬焉，尊無二
上也。《詩》之《二南》風化，繫於后妃之貞也，是以配乾坤之重卦焉。《禮》
之‘一人元良’，形於萬國之貞也，是以致乾坤之交泰焉。《乾》，《坤》二卦，足以
見貞之訓矣，而況《虞》，《夏》，《商》，《周》之《書》紀此貞也，故其理教如
天地之貞觀焉；顏、曾、思、孟之學傳此貞也，故其道學如日月之貞明焉。貞之
用，其大矣哉！子虛氏明敏之資，篤實之學，動而貞夫一也。故其操履之確乎不
可拔也，如松柏之有心也，貫四時而不改柯易葉，雨露霑濡而不加榮，風霜摧敗
而不加瘁。是以華袞貴如也，而子虛無慕焉；斧鉞威如也，而子虛無怵焉。所以
周旋士林，和而不苟同，清而不苟異，凜然有不可犯之色，人固以貞目之矣。予也
學《易》而未卒業，欲貞而莫能貞也，故於子虛氏深有望焉。子虛氏能保其貞也，
則予也受賜多矣。異日撰《中州集》者書子虛之傳曰“夫夫，貞者也。知其貞而勖
之者，韓山李穡也”，豈非予之幸哉？’子虛氏曰：‘先生止矣。是足以記吾齋矣。’
於是題其目曰《朴子虛貞齋記》。或問：‘先生以《易》主而引《書》，《詩》，
《禮》以暢之，獨不及《春秋》，何也？’予曰：‘吾志在《春秋》，讀者不之察
耳。雨露風霜，天時之春秋也；華袞斧鉞，王法之春秋也。《春秋》奉天時、明
王法，一出於正而已，非“春秋”而何？’併以著之。丁巳仲冬下澣記。”
《貞齋先生逸稿》卷二《〈貞齋記〉附〈演義〉》：“先生號其齋曰‘貞’。貞字之義大
矣哉！貞，正固也。貞，固足以幹事也。’《乾》，元，亨，利，貞。’‘元，亨，利’之
道，非‘貞’何以成終始哉？如草木之發生者爲元，而成熟者固貞也；日月之始出者
爲元，而沈晦者固貞也。貞而爲元，元而復貞，元必須于貞，貞又成于元也。觀天
下萬物之道，而可以知乾坤之貞；觀先生來德之美，而可以知學業之貞，則先生
可謂得其貞者矣。先生生而用貞于當世，沒而遺貞于百世，使後人披閱方册尙能
興起而景仰。道學文章，亙萬世而不泯，如草木之能落而復發英華，日月之沈沒
而復回光明，貞之義抑亦在此歟？余有感于牧隱記說而且附數語以演其義云爾。

戊申復月上澣昌寧成最烈謹記。"】

김구용(金九容) 1338-1384. 고려 말기. 본관은 안동(安東). 초명은 제민(齊閔), 자는 경지(敬之)이고, 호는 척약재(惕若齋)이다.

❀ 初名－齊閔　字－敬之

【閔子騫以孝著稱。《祭義》："曾子曰：'居處不莊非孝，事君不忠非孝，莅官不敬非孝，朋友不信非孝，戰陳無勇非孝。五者不遂，灾及于親，敢不敬乎！'"又其弟名"齊顔"字"仲賢"，顔回、閔子騫均爲孔門高徒，且顔子以"賢"稱。故"敬之"應與"齊閔"相應。】

❀ 改名－九容

【《禮記·玉藻》："君子之容舒遲，見所尊者齊速：足容重，手容恭，目容端，口容止，聲容靜，頭容直，氣容肅，立容德，色容莊，坐如尸，燕居告溫溫。"《朱子語類》卷一二〇："《玉藻》九容處，且去仔細體認。"】

❀ 六友堂

【《牧隱文藁》卷三《六友堂記》："永嘉金敬之氏名其堂曰四友，蓋取康節先生'雪月風花'也，請予說其義。予不願學也，且無暇，未之應久矣。其在驪興也，以書來曰：'今之在吾母家也。江山之勝慰吾於朝夕，非獨雪月風花而已，故益之以江山曰'六友'。先生其有以敎之。'予曰：'吾之衰病也久。天時變于上，吾憪然而已；地理隤于下，吾冥然而已。康節之學，深於數者也。今雖以江山冠之，示不康節同。然《易》之六龍六虛，爲康節之學之所從出，則是亦歸於康節而已。雖然，旣曰不願學，則舍是豈無言乎？'曰：'山，吾仁者所樂也，見山則存吾仁。水，吾智者所樂也，見江則存吾智。雪之壓冬溫，保吾氣之中也。月之生夜明，保吾體之寧也。風有八方，各以時至，則吾之無妄作也。花有四時，各以類聚，則吾之無失序也。又況敬之氏胸中洒落，無一點塵滓。又其所居山明水綠，謂之明鏡錦屛，□無忝也哉？雪也，在孤舟蓑笠爲益佳；月也，在高樓樽酒爲益佳，風在釣絲，則其清也益清；花在書榻，則其幽也益幽。四時之勝，各極其極。以經緯乎江山之間，敬之氏侍側餘隙，舟乎江，屬乎山；數落花，立清風；踏雪尋僧，對月招客。四時之樂，亦極其極矣！敬之氏其獨步一世者哉！友，同志也。尚友乎古，則古之人不可以一二計；求友乎今，則如吾儕者亦豈少哉？然敬之氏所取如此，敬之氏其獨步一世者哉！雖然，天地，父母也；物，吾與也，何往而非友哉？又況≪大畜≫之山、≪習坎≫之水，講習多識，眞吾益友也哉！'於是作≪六友堂記≫。"】

❀ 惕若齋

【≪惕若齋遺稿外集·惕若齋說≫："成均直講金君伯誾取≪易·乾≫九三爻'惕若'二字扁其齋而屬予說。予何足發≪易≫之微意，合乎君之所以名齋者也？凡居齋，或以游息，或以嗜樂，以至乎物色之尙，皆是也。君獨以'惕若'爲戒者，豈無謂歟？予嘗居乎世也，見人之憂如己憂，聞人之懼如己懼。憂懼之誠，心焉未安。此念才發，吾之氣便慊然餒矣。吾欲擧而忘此，平其心，易其氣，然後吾之氣浩然無是餒矣。孟子之所以養而無害者，不動心也。今觀君之'惕若'之意，又不既動其心焉。夫人心之偏，常不得其正之，其所畏敬傲惰而辟焉，吾知夫君之心無是也，吾何動焉？君既官直講國學，而諸生必就正于有道。欲有道者，業必修，德必進。修之未至必惕若，進之未至必惕若。終日乾乾以至夕，夕惕若以至厲，此與恐懼乎心而不得其正者異矣。思之向者動吾心者，反不動矣。夫惕者，從心從易。蓋心嘗忽于常，居常而心必易，戒謹敬畏之事也。戒謹敬畏者如何？猶恐業之不修，德之不進，以至乎修之必廣，進之必崇。崇則可大，廣則可久。始焉惕若，知至而至于久大，終焉無咎。知終而處之泰然，以此措之，天下國家則無難矣。以≪乾≫之九三爲重剛，賢德已著而人歸之。此處之未安，進退動息必以其道，日以惕厲曰：'爲人謀而不忠乎？與人交而不信乎？'忠信，所以進德也。忠信主于心而無一念之不實，所以居業也。此未始不爲惕若者有終也。有始有終，其惟君子乎？予于惕若齋爲說如此，君其勉旃！淡庵稷山白文寶記。"

≪霽亭先生文集≫卷二≪惕若齋箴金九容號≫："毋不敬，毋自欺。馭朽索，攀枯枝。進知退，安思危。厲無咎，念在玆。"】

이방직(李邦直) ?-1384. 고려 후기. 본관은 서원(西原). 자는 청경(淸卿)이고, 호는 의곡(義谷)이다.

❀ 名-邦直　字-淸卿

【≪義谷淸卿四字讚幷序≫："西原李氏，大族也。世有令名，慶流秀毓。至于義谷，遇知玄陵，進秩二品。其名曰邦直，字淸卿也。玄陵聽政之暇，親紆札翰。若曰：'臣邦直，予甚嘉之。世臣大家，旌別褒異，予敢後焉。'於是大書'義谷淸卿'四字以予之。公之子三司左尹承度以公之言求讚, 臣穡伏覩玄陵筆法之妙, 高出近世, 凡今之人所共瞻仰。至於禮貌世臣, 上法祖宗。李氏之先有曰公升者, 大爲毅廟所重, 今其孫又被寵渥如此, 信乎其不可已！使百世之下奉奎畫, 親耿光, 宛如一日, 則承度諸子之子孫, 如對乃祖於卷中, 其事君事親, 忠孝之心, 當日奮而不少衰矣。玄陵獎誘人材, 父父子子君君臣臣, 垂裕無疆, 其道豈不愈益光大也哉？臣穡謹拜手稽首爲之讚曰：'直哉惟淸, 惟義之明。如臨于谷, 君子之貞。允矣君子, 世臣之倚。克繩乃祖, 疇匹其美。玄陵之心, 如璧如金。形于翰墨, 晃耀來今。匪私李氏, 實激于世。矧其子孫, 宜體上意。'"

≪陽村先生文集≫ 卷二十三≪御札李氏名讚幷序≫："予與西原李公同事恭愍王, 公充宿衛, 予持筆橐。雖文武異途, 而於朝夕相與左右, 義若兄弟。況吾韓氏之姻婭也, 其恩情尤篤焉。時其家尊義谷先生尙康寧, 王以其耆儒舊德特加禮貌, 親書'義谷淸鄕'四大字以賜之, 牧隱相國爲之讚。又於公'承渡'二字其名也。渡, 本度字, 乃寓舟楫之意而改之, 其期望不淺矣。未幾, 王棄群臣, 公亦繼逝, 嗚呼惜哉！嗣子佐郎仲蔓抱以來曰：'吾祖若父皆受恭愍親札, 於吾祖敬之, 故以字, 於吾父愛之, 故以名……'"】

성석린(成石璘) 1338-1423. 여말선초. 본관은 창녕(昌寧). 자는 자수(自修)이고, 호는 독곡(獨谷)이며, 시호는 문경(文景)이다.

❀ 名 - 石璘　字 - 自修

【≪說文≫："玉, 石之美者。"≪玉篇≫："璘, 玉色光彩。"≪毛詩注疏≫："有匪君子, 如切如磋, 如琢如磨。≪傳≫： …… 治骨曰切, 象曰磋, 玉曰琢, 石曰磨。道其學而成也, 聽其規諫以自修, 如玉石之見琢磨也。"】

❀ 號 - 獨谷

【≪獨谷集·獨谷先生行狀≫："公諱石璘, 字自修, 贈諡文景 …… 有元至元四年戊寅季冬癸巳, 生公于開城獨谷坊, 公因以自號。"】

❀ 諡號 - 文景

【≪獨谷集·行狀(金連枝)≫："癸卯正月十二日甲午夜, 問左右曰：'更幾何？'侍者曰：'已二更矣。'於是倚養和而坐, 默然者久, 復寢小頃而卒。年八十有六。上聞之悼甚, 輟朝三日, 賜書致祭, 諡文景：道德博聞, 文；由義而濟, 景。"】

김반(金泮) ?-?. 조선 전기. 강서김씨(江西金氏) 시조. 자는 학원(學源)이고, 호는 송정(松亭)이며, 시호는 문장(文長)이다.

❀ 名－泮　字－學源

【《陽村先生文集》卷二十一《金氏名字說^{字學源}》："吾友文化金氏子曰泮, 好學能文, 有志於道者也. 予之參贊議政也, 泮錄檢詳事. 言行端謹, 職務勤恪, 予固愛之. 未幾, 以親老乞隣郡, 出宰鐵化. 視事之暇, 往來定省. 吏治旣修, 子職無曠. 及見代來京, 又從予讀《禮》, 其志不安於小成也. 又書予所著《禮記淺見錄》, 累月不怠, 愈久彌謹, 予益重之. 一日請字, 予曰：'古者朋友字之, 是予之責也. 夫泮, 諸侯之學. 子以是名之, 是有志於學也. 學貴乎得其本源.《學記》曰"三王之祭川也, 先河而後海. 或源也, 或委也, 是謂務本", 是使學者先務用力於本源也. 聖人之道源乎洙泗, 派乎濂洛, 溢乎四海. 而吾朝鮮亦在東漸之內, 其源雖遠, 其流一也. 苟溯而求之, 其源可窮. 沿而不止, 河海之大亦可至也. 吾夫子川上之嘆, 其旨深矣；孟子就其切於學者之事, 以有盈科之喩, 乃曰"源泉混混, 不舍晝夜, 有本者如是", 其示學者進學之功明且盡矣. 及考亭朱子"方塘"之詩"源頭活水"之語, 尤爲學者警策. 是其本源只在吾心方寸之天, 示人最切悉, 有前賢所未發者. 學者於此而用力, 則……'^{蹈服闋. 閱書籍得是藁, 盖因疾篤, 未克成篇. 讀之悲涕, 不忍湮沒, 幷錄卷末云.}"】

❀ 諡號－文長

【參見金鈞諡文長條.】

허금(許錦) 1340-1388. 고려 말기. 본관은 양천(陽川). 자는 재중(在中)이고, 호는 야당(埜堂)이며, 시호는 문정(文正)이다.

❀ 名－錦　字－在中

【《禮記·中庸》："詩曰, 衣錦尙絅, 惡其文之著也."錦衣在絅衣之內, 故以"在中"應之.】

염흥방(廉興邦) ?-1388. 고려 말기. 본관은 서원(瑞原). 자는 중창(仲昌)이고, 호는 동정(東亭)이다.

❀ 名－興邦　字－仲昌

【≪論語·子路≫:"一言而可以興邦,有諸?"≪尚書·仲虺之誥≫:"推亡固存,邦乃其昌。"≪傳≫:"有亡道,則推而亡之;有存道,則輔而固之。王者如此,國乃昌盛。"】

❀ 漁隱

【≪牧隱文藁≫卷二≪漁隱記≫:"廉東亭之居川寧也,自號漁隱,歸而求予記。予曰:上古聖人,觀象制器。吾夫子繫≪易≫,取而陳之。網罟畋漁,蓋其一也。孟子學孔氏,其言曰:'數罟不入洿池,魚鼈不可勝食也。'蓋天地間生物甚衆,取之有其具,食之有其時,所以財成。輔相天地之道者,聖人之事也。當其洪水之災,以唐虞君臣之聖,娶塗四日,呱呱不子,三過其門而不入。其急也甚矣。獸蹄鳥跡交於中國,爲民之害可謂酷矣。於是教人鮮食,畋漁之具尤其所急矣。而人之性,日趨於嗜欲而不已,於是乎有'魚不滿尺,市不得粥、人不得食'之法。川澤之間,洋洋囷囷。於牣而躍,至理之象著矣。至於學校繼興,作成人材,必使學者觀乎鳶飛魚躍之間、深體化育流行之妙於吾心全體大用之地,聖學之功成矣。至於盆魚之樂,亦有助於後學。蓋有物有則,無一事而非仁矣。東亭好古律己,存心愛物,其視聚斂掊克之流不啻犬彘,汲汲以魚鼈咸若之效自任。今之自號,蓋自川寧始也。川寧處驪江下流,其地宜稼,多松樹,白蓮精舍在焉。金沙莊之八詠足以見風物之美,其曰'東江釣魚',卽漁隱之地也。韓文公有詩曰:'橋夾水松行百步,竹床莞席到僧家。暫拳一手支頤臥,還把漁竿下晚沙。'文公,吾所師也。吾老矣!如天之福,卜隣隙地,當與東亭吟哦此詩以終吾年。若夫竿也絲也、鉤也餌也、曲也直也,竢與東亭歸而後討論焉。於是作≪漁隱記≫。"】

❀ 枕流亭

【≪牧隱文藁≫卷二≪枕流亭記≫:"廉東亭之在謫中也,內徙川寧縣。築亭跨水,偃息其上,因取'漱石枕流'之語以表之。既還,請予記。予曰:'東亭遇知先王,黑頭拜相,所以圖報於今上,復何言哉?言不避嫌,事不辭難。黯闇汙濁之茹納,震撼擊撞之鎭定。勁氣沮金石,忠誠動鬼神。可謂確乎其不可拔矣!雖曰竄逐于外,完肌膚、全性命,山水之樂適償所願,則上之所以保全之,其恩如天矣。是宜食息不敢忘,所以"處江湖之遠而憂其君"也,何名亭之反於此耶?將洗其耳,不願世事之聞歟?將潔其身,不欲塵累之及歟?'東亭曰:'不然。夫水之性,清者也。其氣觸乎人,則徹骨而寒矣。心之昏濁於是乎澄明,心之擾亂於是乎靜定。可以事上帝，可以格四靈。是以天一生水而爲五行之長，而萬物之所以蕃，皆水之功也。今人朝暮扣人之門戶求水火，何也？一日不可無也。一日無，則人不得以保其生。水之功大矣，其曰"枕之"者，親之耳，非有他也。此吾之有取也。幸子畢其說。'予嘗聞天地間水爲大，故地在水上，爲水所載，則凡有形色生聚於兩間者，皆枕乎水矣，獨人乎哉？今夫山，巍然大矣，上極乎天，禽獸草木依之以生。雖有雨露之養，苟非水氣通乎其間，將何以遂其生哉？大華峯頭玉井蓮是已，況乎平原鉅野、斷麓平林，其水之出也，勢也。是則人之所居，非水無地；人之所食，非水無物。水之與人，蓋不可須臾之離也明矣。東亭居移養移，識高一世。素富貴則行乎富貴，素患難則行乎患難，蓋其自得者深矣。吾知夫雲散月出，水流風生，東亭儻然遺世而獨立，尚何富貴患難之有動於其心哉？則斯亭也，天所以益厚東亭也。均施四方，使吾民滌煩熱，通精神，蹈舞上德，則在乎天矣。是爲記。"】

염정수(廉廷秀) ?-1388. 고려 말기. 본관은 서원(瑞原). 자는 민망(民望)이고, 호는 훤정(萱庭)이다.

❀ 名 - 廷秀　字 - 民望

【《國語·齊語》："其秀民之能為士者，必足賴也。"韋昭《注》："秀民，民之秀出者也。"《孟子·離婁下》"寇至則先去以為民望"，朱熹《集注》："為民望，言使民望而效之。"均有行高於民而為民表率之義。】

❀ 號 - 萱庭

【《牧隱文藁》卷二《萱庭記》："《詩》曰：'焉得萱草，言樹之背。'釋之者曰，忘憂草也。字書釋萱，亦曰'忘憂草'也。諼之言忘，忘其憂也。萱之從宣，宣其鬱也。有鬱于心，而宣之則通；有憂于心，而忘之則樂。樂，則順乎親，而親亦樂；通，則通于天地，而天地以平。天地之平、父母之樂，堯舜時雍之理，所以不可及也。求其理之所在，則著於象。求其象之所在，則見乎萱。二物微矣，一字末矣。而天理人情之昭著、政體國風之關係，予嘗讀而玩之，思與同志講之久矣。一日，門生廉廷秀字民望來曰：'吾伯氏號其居曰菊坡，仲氏號其居曰東亭。予以不肖僥倖科第。三子之故，援例廩母。吾兄弟三人同氣同心，凡所以居與動也，相勸相責，惟善之歸。竊不自量，將以"萱庭"號吾所居，願先生略述其義。'予故引《詩》而略訓其字，重爲告曰：'天地，氣也。人與物受是氣以生，分群聚類，流濕就燥。

外若紛揉, 而內實秩然粲然, 倫理未嘗紊也。士君子少也讀書而格物, 則天下之事理致其明。壯也事君而理物, 則天下之事理歸于平。蕩蕩也, 何累於吾氣? 愉愉也, 何傷於吾心? 怡然理順, 渙然氷釋, 夫豈有一毫之齟齬於其間哉? 民望年甚火, 學甚富, 又與當世文士游, ≪習坎≫之大象著矣。是以志之篤而不入於汗漫, 行之力而不馳於虛遠。反而求之心, 無所憂, 無所鬱, 惟以事天地、事父母而移之於君, 直欲使嘉禾朱草遍于田野, 其操心可謂遠矣。首章不云乎"伯兮伯兮, 邦之桀兮"。邦之桀, 非有他才德也。順乎父母, 通乎天地, 身親見堯舜之理而已。民望勉諸!'"】

최언부(崔彦父)[字] ?-?. 고려 말기.

❖ 疏齋

【≪牧隱文藁≫卷五≪疏齋記≫ : "仁山崔彦父新作室于王殿洞之東峯。塗堅茨, 將訖功矣。陟穿洞下孤柳, 問名於牧隱子曰 : '予無才, 又多病, 不能伺候。攀援之勢, 無所接於吾身。然自丁酉決科以來, 今二十二年矣。由掌書記補三館員, 累轉至今摠郎禮儀司階奉常, 未嘗一日去職。歲縻廩粟, 則非不爲有司之所知也。然入仕久矣, 而官未離於四品, 吾之命也, 吾之疏也。命受於天, 非所當怨。人非疏我, 而我自疏, 何人之尤? 且以近日豪材傑儒多蹈禍敗者觀之, 則吾之疏未嘗不甘心以內足。夫何敢有悢悢之意於斯須之頃哉? 吾將以扁吾室曰"疏", 子幸記之。'予曰 : '疏, 吾所試也。學之疏, 鹵莽滅裂矣。吾雖悔, 可追歟? 事之疏, 官曠職廢矣。吾雖悔, 可追歟? 交友之疏, 舊故見遺, 邂逅見猜矣。吾雖悔, 可追歟? 君臣機事不密, 害成將阽於危, 又非一再事上之疏。吾雖悔, 可追歟? 凡此四者, 有一於身足以棄於世矣, 而況四者之幷乎? 是宜廢黜。而官兩府, 再提文衡, 病居食君祿又將五年, 疏之於人, 爲益大矣。吾之所試者止此, 今子又揭之室之楣, 安知子之疏他日不爲我之疏乎? 進學益勵, 居官益勤, 交際益信, 則遭逢雖晚, 當展素蘊, 必遠過於吾立事立功矣。其收疏之效, 必不瑣瑣而已矣。如天之福, 二老相携綠野堂上, 唱酬歌呼, 蒼顔白髮, 得終天年, 則世之膠漆以爲固、城府以爲深、卒之露敗解散者, 其有羨於疏齋當如何也? 疏乎, 將與子同歸乎!'"】

이존오(李存吾) 1341-1371. 고려 말기. 자는 순경(順卿)이고, 호는 석탄(石灘) · 고산

(孤山)이다.

❀ 名 － 存吾　　字 － 順卿

【張載≪西銘≫：“存, 吾順事；沒, 吾寧也。”≪注≫：“孝子之身, 存則其事親者不違其志而已, 沒則安而無所愧於親也。仁人之身, 存則其事天者不逆其理而已, 沒則安而無所愧於天也。”】

❀ 號 － 石灘

【≪石灘集下·附錄·石灘亭記[安魯生]≫：“余既冠北學, 所居與先生不數里。時先生景節公也總角, 不事游戲, 性好讀書。一見我, 便欣欣若舊識然。余亦知其爲英物, 相與友善。明年春, 同中司馬試。先生語我曰：‘石灘者, 吾先子別業也。在公山錦江之西, 扶餘半月城之東。其源出自雞龍, 經公山之南折而西, 乃與錦江合, 泂洑而南入于海。昔吾先子以諫官退而居之, 構亭其上, 日登覽, 對靑山, 臨長流, 暢叙幽情地也。余小子亦以不才得拜諫大夫, 言事不申, 遂歸于此, 欲繼先子之志, 若將終身。遭遇聖明, 擧臣于石灘之中, 置之廊廟之上, 序于勛列, 錫爵鷄林, 繪形淩烟, 爵祿之榮, 光于祖宗, 敢不愧于中心乎？一石灘耳, 以先子之賢, 志猶未能申而遂廢；以吾愚拙, 特起于其間以至于此。余竊怪焉, 子爲我記其事。’余曰：‘嘗聞廷議曰：某東國之諫臣也, 嘗委質前朝之日, 玄陵惑于逆旽, 國事日非, 如有斥言者輒中傷之。雖號義士, 皆畏禍而莫敢言。某以正言慨然倡義, 奮不顧身, 上書劾之。諫辭切直, 果見乖忤, 貶于長沙。未幾, 宥還于石灘, 逍遙徜佯。及其終也, 因憤而疾, 歘起大呼曰：“旽滅乎？”侍者曰：“尙熾。”還臥曰：“旽滅, 吾乃亡耳。”自始疾至易簀, 如是者數矣, 然則忠誠節義至死不變, 是發乎天性, 非假而行之者也。既而旽誅, 玄陵悔悟, 即贈諫議大夫, 又御筆特書曰：“諫官某之子某爲掌車直長者。”玄陵雖不即從諫誅除首惡, 悔悟于後, 榮其死, 寵其孤, 亦賢君也歟？人有言曰：“璞玉之美, 則雖不見之者, 皆知溫潤之美也。有言聖賢之尊, 則雖昏愚, 亦知其道德之貴也。”是以伯夷、叔齊, 一西山之餓夫也, 人到今稱之。公之先子雖沒于石灘, 當時見而知之者與今聞而知之者咸服其義、稱道不已者, 以其有伯夷之風也。且屈伸往來, 理之自然。不往何來？不屈何伸？況父子, 一氣之分也。豈可以父子之屈伸二之而觀哉？是知先子之屈于前日將以致伸于今日也, 先生何怪焉？先生之忠義, 內可承家業, 上不負君命, 永爲王佐之才。流風餘慶, 必與石灘幷流而弗息矣。予于先生, 烏可苟悅？’既書其事,

仍有所冀, 于是乎書。"】

민안인(閔安仁) 1344-1398. 여말선초. 본관은 여흥(驪興). 자는 자복(子復)이다.

❀ 名 - 安仁　　字 - 子復

【≪牧隱文藁≫卷十≪子復說≫: "驪興閔子復來曰: '安仁之選補成均生也, 先生爲大司成, 字之曰子復。安仁事先生有年矣, 而未得蒙"子復"之訓, 安仁實有慊焉, 願先生終惠焉。' 予曰: '吾病也久, ≪易≫之不玩而幾於忘。陽之復也, 而在五陰之下。以人性言, 則善之萌也; 以人事言, 則吉之兆也; 以學言, 則返乎其初者也。故曰: "顏氏之子, 其殆庶幾乎？"其問仁也, 夫子曰"克己復禮爲仁"。勿於非禮, 復之之功也; 愚於不違, 復之之效也。私欲淨矣, 何待於克之？天理行矣, 何待於復之？此天下之所以歸其仁也。今稱顏子曰復聖公, 其知顏子也不淺矣。子復以篤實之資、高明之學, 踐履之是先, 而不專於聞見; 沈潛之是急, 而不務於涉獵。出試場屋, 卓冠百人之列, 則其文章之發見又可見矣。拜翰林, 遷閣門, 方以知禮名于時, 其自負必不輕矣。猶以爲不足, 問於予。嗚呼！子復眞好學矣！≪易≫之≪象≫曰: "復, 其見天地之心。"天地之心, 卽人之心也。求仁心, 觀乎≪易≫, 觀乎≪語≫, 斯足矣。予以一說告焉, 子復其可之乎？仁, 子之舍也。子出游數千里外, 不在于舍者, 子之身也; 其在于舍者, 子之心也。身雖在遠, 心猶不忘其舍而必復歸焉。仁, 則子之舍, 豈可輒忘之, 而不謀所以居之之術乎？有門以出入, 有室以寢處。則前日崎嶇道路, 迷於所趨, 顚倒之狀悉變, 而申申夭夭於燕居矣。而況承祭見賓之頃乎？有朋亦必自遠方來矣, 如其不然, 雖閉戶亦可也。勉之哉！'"

≪陽村先生文集≫卷二十三≪子復銘呂江閔公安仁字≫: "人有安宅, 天之所畁。廓其有容, 廣以大庇。匪危以傾, 匪低以庳。不富而潤, 不雕而美。胡背而馳, 靡所底止？不遠而復, 悔也無抵。速還爾車, 速擇爾里。洒掃庭內, 荒穢是理。修我垣墻, 備盜之至。主而有之, 毋或他徙。勉勉升堂, 數仞可企。有子復氏, 惟禮之履。克己之功, 四勿爲事。出門如賓, 屋漏無恥。以是修之, 殆庶幾矣。"】

이백지(李百之) ?-1419. 여말선초. 본관은 용인(龍仁). 자는 가명(可明)이다.

❀ 名 - 百之　　字 - 可明

【《牧隱文藁》卷十《可明說》：“甲寅科及第李百之，字以可明，求予說。予曰：‘本然之善固在也，而人有賢不肖智愚之相去也，何哉？氣質敝之於前，物欲拘之於後，日趨於晦昧之地，否塞沈痼，不可救藥矣。嗚呼！人而至此，可不悲哉？一日克己復禮，則如淸風興而群陰之消也。方寸之間，粲爛光明。察乎天地，通于神明矣。泝而求之，則堯之克明峻德、光被四表者也。嗚呼！在天曰明命，在人曰明德，非二物也，而天與人判而離也久矣，仲尼蓋悲之，道統之傳，不絶如線。幸而再傳，有聖孫焉。著爲一書，所以望後人者至矣。生知鮮矣，困學之士惟力行一言，實入道之門也。力行之道，孜孜屹屹，不舍晝夜，始也；吾心也昭昭之明也，終也。吾心也與日月合其明，則堯之放勳光被，亦不能遠過於此，其克明之大驗歟？可明其思所以踐名與字也乎無也？將欲踐之，必自三達德。將踐三達德，必自一。一者何？誠而已。誠之道，在天地，則洋洋乎鬼神之德也；在聖人，則優優大哉，峻極于天者也。天之體，本於太極，散於萬物。脈絡整齊，其明大矣。然人之虛靈不昧，雖在方寸之間，然與天也斷然無毫髮之異，謂天與人不相屬者，非知斯道者也。予亦非知斯道者也？然與可明言之如眞知，豈不可愧哉？然億則屢中，賜之所以多言也。予何敢避多言之責哉？孟子曰“予豈好辯哉”，穡也蓋傷焉。’”】

이정보(李廷俌) ?-?. 여말선초. 본관은 경주(慶州). 자는 맹주(孟周)이고, 호는 천정(泉亭)이다.

❀ 名－廷俌　字－孟周

【《牧隱文藁》卷十《孟周說》：“雞林李氏，有位五宰封月城君者，其長曾孫曰廷俌，爲臺臣，有重名，請字於韓山子。韓山子方檢《韻會》，‘俌’之下註曰‘輔也’。於是取‘周室輔’之語，字之曰孟周。夫邦家之用人才也，如車之有輔焉。故曰：‘無棄爾輔，員于爾輻。’其康濟時屯也，如車之任重焉。故曰：‘終踰絶險，曾是不意。’用人才，濟時屯，此周之理所以不可及也。夫周，周有天下之號也。《周南》，周公之化被于南也。《風》之正也，風化之美而人心歸焉。故曰：‘行歸于周，萬民所望。’士君子幼也學，壯也行，始于家而終于天下。致君澤民，移風易俗，必曰堯舜其人，唐虞其時，曰夏曰殷，至于周而止。蓋自周而後天下無善治故也。然則有志之士所以跂而望之者，非周而何？周公、召公、畢公之翊贊王室者載於《詩》，

≪書≫, 粲然照日, 孟周其亦心之乎? 心乎周, 然後可以爲今日朝廷之輔相矣。今夫覩河洛者思禹, 入淸廟者思文。孟周顧名思義, 其所以心周之心爲如何也? 心周如何, 心乎≪關雎≫, ≪麟趾≫而已矣。≪關雎≫, ≪麟趾≫, 在文王之地者所望也, 非孟周之所當慕也。雖然, '濟濟多士, 文王以寧', 則文王之興美化始于室家, 及於人物, 多士之所助, 庸可少乎? 士也雖微, 必以天下之事自任者, 將以佐天子, 行其志, 施其學焉耳。孟周其無惑焉! 仲尼蓋嘗曰: '如有用我者, 吾其爲東周乎?' 興周道於東方, 不在今日乎? 孟周其無惑焉!"】

강은(姜隱) ?-?. 여말선초. 본관은 진주(晉州). 자는 지현(之顯)이고, 호는 격재(格齋)이다.

❉ 名 - 隱　　字 - 之顯

【≪牧隱文藁≫卷十≪之顯說≫: "門生左副代言姜隱字之顯, 請其說。予曰: '隱, 不可見之謂也。其理也微, 然其著於事物之間者, 其迹也粲然。隱也、顯也, 非相反也, 蓋體用一源也明矣, 請畢顯之說。天高地下, 萬物散殊。日月星辰之布列、山河嶽瀆之流峙, 不曰顯乎? 然知其所以然者, 鮮矣。尊君卑臣, 百度修擧。詩書禮樂之熠興、典章文物之賁飾, 不曰顯乎? 然知其所由來者, 亦鮮矣。求之人心, 鑑空衡平, 物之來也無少私; 雲行水流, 物之過也無少滯。其體也寂然不動, 其用也感而遂通。光明粲爛, 純粹篤實。謂之隱, 則徹首徹尾; 謂之顯, 則無聲無臭。故曰, 君子之道, 費而隱。鬼神之德、鳶魚之詩, 可見矣。是以顯之道, 觀乎吾心, 達乎天德而已矣。士君子素其位而行, 無入而不得。胸中洒落, 如光風霽月。陰邪無所遁其情, 鬼蜮無所遁其形矣。之顯少年擢第, 敭歷臺省。夷考其行, 蓋君子人也。剛毅之氣, 觸姦邪而立推。溫柔之質, 敦孝友以相感。平生所行無不可與人言者, 則顯之道行矣。夫子曰: "以我爲隱乎? 吾無隱乎爾。"夫子, 昭然日月也。之顯, 其仰止焉, 其服膺焉!"】

이서(李舒) 1332-1410. 여말선초. 본관은 홍성(洪城). 자는 양백(陽伯)이고, 호는 당옹(戇翁)·송강(松岡)이며, 시호는 문간(文簡)이다.

❉ 名 - 舒　　字 - 陽伯

【≪牧隱文藁≫卷十≪孟陽說≫: "丁酉科及第李佐郎托其友鄭子因, 求字於予。

予曰：李舒氏，吾友也，何無書？是禮失矣，予難於言矣。予愛李舒氏久矣。始擧進士也，率然携其所爲程文，至吾舍求是正。予視其貌偉甚而其氣淸，心甚喜也。及讀其文，確實而不俗，稍斤削則不大戾。心喜之，又倍往來。未久果爲主司所取，不數年拜正言，風采出其群，人皆曰李正言必大用矣。侍親于鄕，不出者今□□年。雖有召命，不應，似乎避世者矣。今其姨夫陳氏之來京也，修書詞告予曰：'向者子因之行也，疆子因請吾字吾儕間，非敢直達于先生也。子因受先生知，欲得先生言以爲吾榮，不暇計吾禮之失也。先生不鄙，明言其所以不可之故以敎之，是先生以舒爲可敎，何幸之大也！願終惠焉。'予曰：'舒者，陽之事也。春氣發揚，物生遂暢。大和洋溢，浹洽無間。比之世，唐虞之際是已。當是時，君臣俱聖，禮樂大行。四兇之類，如微雲之在乎靑天也。及其去也，白日正中，光彩粲爛。其化之被也，其德之運也，於斯爲盛矣。今學者粗有知，必曰："舜何人也？予何人也？"以李舒氏而不志於堯舜之世，吾不信也。於是字之曰孟陽。孟陽，其思所以踐名與字可也。若曰"吾舒也，示所以卷也"，則近乎老氏矣。是陰也，非陽矣。陽，君子也，尙相與勉之。'"】

이첨(李詹) 1345-1405. 여말선초. 본관은 신평(新平). 자는 중숙(中叔)이고, 호는 쌍매당(雙梅堂)이며, 시호는 문안(文安)이다.

❀ 名 - 詹　字 - 中叔

【《說文》："詹，多言也。"反義相成。】

❀ 號 - 雙梅堂

【《東文選》卷之四十九《雙梅堂銘幷序》："名與實對，苟不當其實則可以改矣。余嘗作堂于居第之西，堂有兩株松，因號爲'雙松'，同年友李止中記之。從宦京師數年乃還，則松已仆而惟梅兩株存耳，余卽改扁堂名曰'雙梅'。始以所有名之，而所名者廢，又改以所有，何不可之？有以其取義于目前，故名之與改之甚易也。昔陶淵明宅邊有五柳樹，因自號五柳先生，偶然爾。余之取義，亦猶是也。名雖易之，殊無得喪于堂也。銘曰：'有梅雙峙兮，托根于堂。交柯璀璨兮，夙感稚陽。雪霜凝魂兮，不掩其香。秉德無私兮，行比伯夷。不可褻玩兮，愛而敬之。謂余不信兮，視此銘辭。'"】

조준(趙浚) 1346-1405. 여말선초 때의 문신. 본관은 평양(平壤). 자는 명중(明仲)이고, 호는 송당(松堂)·우재(吁齋)이며, 시호는 문충(文忠)이다.

❀ 名 - 浚　字 - 明仲

【≪尚書·皋陶謨≫："日宣三德, 夙夜浚明有家。"蔡沈≪集傳≫："浚, 治也 …… 浚明 …… 皆言家邦政事明治之義。"】

유관(柳寬) 1346-1433. 여말선초. 본관은 문화(文化). 자는 몽사(夢思)·경부(敬夫)이고, 호는 하정(夏亭)이며, 시호는 문정(文靖)이다.

❀ 諡號 - 文靖

【≪朝鮮世宗實錄≫卷六十："十五年五月己未。右議政仍令致仕柳寬卒 …… 至是卒, 壽八十八。停朝市三日, 致弔官庀葬事。諡文簡：學勤好問, 文；一德不懈, 簡。"】

정이오(鄭以吾) 1347-1434. 여말선초. 본관은 진주(晉州). 자는 수가(粹可)이고, 호는 교은(郊隱)·우곡(愚谷)이며, 시호는 문정(文定)이다.

❀ 諡號 - 文定

【≪朝鮮世宗實錄≫卷六五："十六年八月乙卯。判右軍都總制府事致仕鄭以吾卒 …… 及卒, 停朝市二日, 致弔致賻。諡文定：勤學好問, 文；純行不爽, 定。"】

이숭인(李崇仁) 1347-1392. 고려 말기의 학자. 삼은(三隱)의 한 사람. 본관은 성주(星州). 자는 자안(子安)이고, 호는 도은(陶隱)이다.

❀ 名 - 崇仁　字 - 子安

【≪論語·里仁≫："仁者安仁。"】

❀ 號 - 陶隱齋

【≪牧隱文稿≫卷之四≪陶隱齋記≫(李穡)："古之人隱于朝者, 詩之伶官、漢之滑稽是已；隱于市者, 燕之屠狗、蜀之賣卜者是已。晉之時隱于酒者, 竹林也；宋之季隱于漁者, 苕溪也。其他以隱自署其名者, 唐之李氏、羅氏是已。三韓儒雅, 古稱多士, 高風絶響, 代不乏人, 鮮有以隱自號者。出而仕, 其志也。是以羞稱之耶？隱而居, 其常也, 是以不自表耶？何其無聞之若是耶？近世雞林崔拙翁自號曰農隱，星山李侍中自號曰樵隱，潭陽田政堂自號曰野隱，予則隱于牧，今又得侍中族子子安氏焉，蓋陶乎隱者也。陶者，舜之升聞，周之將興，以之爲地者也，方册所載可見已。子安氏年十六，以詩賦中壬寅科。辭氣老成，同列猶以少，故不甚畏之也。未幾，學問文章日進而不少止，淵乎其深也，曄乎其光也，周情孔思層見而迭出也。向之老而自負者，翕然從子安氏求正其所學焉。子安氏知文之必弊也如周之季焉，溯而求其陶復陶穴之地，喟然嘆曰：‘夫子稱“周監于二代，郁郁乎文哉”，夫孰知其初之如是哉？上古樸略之風遠矣，不可追矣。今之制尙古質之甚者，惟陶爲然。茅茨土階之變也，而瑤台瓊室作焉；污尊抔飲之變也，而玉杯象箸興焉。而陶之用，未聞其有變也。雖變而不離乎質也，銅雀之瓦是已。天下之至大者，天也；至尊者，帝也。以帝者而事昊天，天下之大事也。天下之物皆備焉，極其盛也，而其器則惟陶之用焉。制禮者夫豈徒哉？必有所取之也。亦曰質而已矣。質之道，其天下之大本乎？三千三百，優優大哉之所從出乎？’子安氏，崇仁其名也。無一事非仁，子安氏安于其中矣。而又以陶名其居，信乎其復于禮之本矣。天下之歸仁也必矣。是達也，非隱也。≪易≫曰：‘天地閉，賢人隱。’今則明良遭逢，都兪吁咈，魚川泳而鳥雲飛也。流示之爵祿而盐其利，是以于于焉者，皆山林之秀也。而吾老矣，猶之可也；子安氏卓然勇往之時也，而以隱自名，可乎？予與子安氏俱南陽公之門人也，同寮成均，相從也又久。故問焉以質之，子安氏其勖之哉！”】

윤호(尹虎) ?-1393. 여말선초. 본관은 파평(坡平). 자는 중문(仲文)이고, 시호는 정후(靖厚)이다.

❋ 名 - 虎　字 - 仲文

【≪禮記·中庸≫：“大人虎變，其文炳也。”】

정가종(鄭可宗) ?-?. 고려 후기. 본관은 동래(東萊). 자는 자인(子因)이다.

❋ 名 - 可宗　字 - 子因

【≪牧隱文藁≫卷十≪子因說≫：“東萊鄭子因來謂予曰：‘先生之在韓山也嘗造門受≪論≫、≪孟≫請字說。先生曰“生旣名可宗，所當愼者，不失其可親之人而已”，於是字之曰子因。今廿有六年矣，奉以周旋，不敢墜也。然其義之所在，其時未

嘗請, 迄今歉然。願先生畢其說。'予曰:'未晚也。≪抑≫戒不旣明甚矣乎? 矧子
因年未知命, 好問不已, 庸何傷乎? 雖然, 予耗矣, 何能言哉? 天地大矣廣矣猶相
依附, 況人倫之懿、綱常風化之所係者乎? 故君臣之相資、朋友之相責, 所以維
持帝王之治之美, 未有不相因而能致乎其極者也。唐虞之都兪、後世之會合, 皆
可見已。惟其不相値也, 則接淅而去, 踰垣而避。其所以逃遁也如是, 必其中確
乎其不可拔矣, 必其勢判乎其不可屬矣。嗚呼悲哉! 若夫聖人作而萬物覩, 如雲
從龍、風從虎, 氣機之相合、膠漆之相投, 無有齟齬。言聽計從, 功成理定, 所以
相因之效, 不曰美歟? 子因少而讀書, 決科入仕, 名聞于時, 謂之無因, 不可也;
退于田里如隱士然, 謂之有因, 亦不可也。今以官召則至, 替則去, 悠然若無意於
其間者, 子因之學可謂有所守矣。古之能知出處之分者不過於此, 子因其無變
焉!'於是作≪子因說≫以勖之。"】

김자수(金自粹) 1351-1431. 고려 말기. 본관은 경주(慶州). 자는 순중(純仲)이고, 호
는 상촌(桑村)이다.

❀ 名 - 自粹   字 - 純仲

【≪牧隱文藁≫卷十≪純仲說≫:"甲寅科狀元金正言曰:'吾名子粹, 故吾字曰純
仲。請先生說其義, 子粹將服膺焉。'予曰:'稊也, 猶之稊秭也。學雜而言唬, 烏
足以進於子哉?'純仲曰:'吾聞"不顯, 文王之德之純", 蓋讚文王與天同功之妙, 非
學者之所敢望。然待文王而興者, 凡民也。則子粹豈非凡民之一乎? 是以用≪乾
·文言≫之辭, 字曰純仲, 蓋"剛健中正, 純粹精", 乾之德也。乾之德, 非與文王同
乎?'予曰:'士希賢, 賢希聖, 聖希天。純仲之自負也亦不淺矣, 是不可以無說
矣。惟天之命, 於穆不已。雖曰無聲無臭, 然所以運而不息、大而不遺, 豈曰無所
主宰乎? 日月星辰之垂衆, 風雨霜露之爲教, 曷嘗頃刻之有違也哉? 雖其謫見于
上, 災興于下, 亦暫焉而已。其所以生成涵育之化, 至于今如一日, 則其不已也、
純也, 可知矣。≪乾≫之≪大象≫曰"君子以自彊不息", 聖人之望人也深矣。君子
自彊則不撓, 不息則不廢。不撓不廢, 所以至其極也。至其極, 則先天而天不違,
後天而奉天時, 希天之妙於是著矣, 是不寧希文而已矣。孟子曰:"文王, 我師
也。周公豈欺我哉?"周公師文王, 讚≪易≫爻, 是聖師聖也, 是以言禮樂者皆歸
之周公。觀其赤舃几几之際, 其心豈不純乎? 文王≪關雎≫,≪麟趾≫之化, 行於

破斨缺斧之時, 而≪風≫之變也復歸于正, 非純亦不已之所致歟？故曰處逆境難,
周公之聖非值此, 何從而知其達孝哉？嗚呼！純之效不在斯乎？純仲取狀元, 爲
言官, 可謂顯矣. 已而棄于時, 然其中確乎其不拔矣. 予嘉之, 作字說以勖之, 庶
其有守也！有守則純矣！'"】

윤소종(尹紹宗) 1345-1493. 여말선초. 본관은 무송(茂松). 자는 헌숙(憲叔)이고, 호는 동정(桐亭)이다.

❀ 名 - 紹宗   字 - 憲叔

【≪詩 · 大雅 · 抑≫：“弗念厥紹。”≪傳≫：“紹, 繼。”≪尙書 · 蔡仲之命≫：“爾乃
邁迹自身, 克勤無怠, 以垂憲乃後。”】

성석인(成石因) ?-1414. 여말선초. 본관은 창녕(昌寧). 자는 자유(子由)이고, 호는 상곡(桑谷)이며, 시호는 정평(靖平)이다.

❀ 名 - 石因   字 - 子由

【由, ≪韻會≫ “因也”。】

남재(南在) 1351-1419. 조선 전기. 본관은 의령(宜寧). 초명은 겸(謙), 자는 경지(敬之)이고, 호는 구정(龜亭)이며, 시호는 충경(忠景)이다.

❀ 改名 - 在   字 - 敬之

【≪龜亭先生遺稿≫卷上≪年譜≫：“(八月二十日己巳)祇受賜名。○公初諱謙。麗
季極亂, 聖祖將興, 公志存經濟, 契合風雲。及乎禪代之際, 有辭功避賞之意。隱
於宜山, 不知所之。太祖旣受命, 思公功大, 物色求得之, 賜名曰在, 蓋喜其無恙
尙在也。初字未詳, 而賜名後自字敬之, 蓋敬君賜之意也。”】

❀ 號 - 龜亭

【≪龜亭先生遺稿≫卷上≪年譜≫：“上定鼎之時, 命術者擇基, 賜公家基漢城府南
小門洞。公別構一堂于宅之西南隅, 揭號曰‘翠微’, 以詩酒自娛, 實終南山之未及
上處也。宅邊有一岩, 其狀類龜, 公因自號曰‘龜亭’。‘龜亭’或稱‘龜庵一作巖’, 遺址
今尙存。南小門, 即京城東南隅光熙門坊, 即明哲坊, 有翠微堂遺址及池井。”】

❀ 諡號 - 忠景

【≪朝鮮世宗實錄≫卷六：“(元年十二月甲申)宜寧府院君南在卒。停朝市三日，致賻米豆七十石、紙二百卷，官庀葬事。諡忠景：危身奉上，忠；由義而濟，景。”】

최양(崔瀁) 1351-1424. 여말선초. 본관은 전주(全州). 자는 계함(季涵)이고, 호는 장륙당(藏六堂)이며, 시호는 충익(忠翼)이다.

❀ 初名 - 養   改名 - 瀁

【≪晩六先生文集≫卷二≪晩六崔公諡狀≫：“公諱瀁，字伯涵。晩六，自號也 …… 公以至正辛卯八月庚子生。妣有娠，夢老嫗曰：‘此兒宜養於東鄰戶長家。’遂因其言寄養於鄰家，名之以‘養’字。公八歲始曉書字，謂長者曰：‘吾名誰賜？’曰：‘父母賜之。’曰：‘然則父母所賜不可改也，加其字邊以為“瀁”字何如？’聞之者驚歎 …… 甲辰夏五月十六日庚辰卒于鳳岡之私第正寢。”】

❀ 諡號 - 忠翼

【≪太常諡狀錄≫卷十六≪高麗門下贊成事寶文閣大提學晩六堂崔公諡狀≫：“勝國之末蓋多節義之臣，而其道學兼備而尤卓然者，卽圃隱、牧隱兩先生是已。至於晩六崔公以圃隱之彌甥、牧隱之畏友，其心則圃隱、其跡則牧隱，而名之顯晦之不同，在公不足為輕重。公諱瀁，字伯涵，晩六其自號也 …… 忠翼_{事君盡節曰忠，}思慮深遠曰翼、忠肅_{事君盡節曰忠，}執心決斷曰肅、貞僖_{清白守節曰貞，}小心恭愼曰僖。”】

성석용(成石瑢) 1352-1403. 여말선초. 자는 백옥(伯玉)·자옥(自玉)이고, 호는 회곡(檜谷)이며, 시호는 문숙(文肅)이다.

❀ 名 - 石瑢   字 - 自玉

【≪正韻≫：“瑢，佩玉行聲。”

≪陽村先生文集≫卷二十一≪成自玉說後_{石瑢}≫：“吾同庚昌寧成君字自玉，三峯鄭氏說其義盡矣。予奚庸贅？然‘他山之石，可以攻玉’，故篘蕘之言或有補於君子，余又何辭焉？天下之寶，莫金玉若。≪大雅≫歌文王曰‘金玉其相’，以天下之至寶喻聖人之至德也。然金可變而玉不可變，故君子尤重焉。執有圭，行有佩，而無故不去身，所以比德也。溫閏而栗然為其容，堅確而不變為其志，宜君子自玉其身也。由是而充之，聖人之至德亦可以企之也。充之如何？切磋琢磨而已

矣。故《記》曰'玉不琢不成器, 人不學不知道', 自玉其勉焉！"】

권근(權近) 1352-1409. 여말선초. 본관은 안동(安東). 초명은 진(晉), 자는 가원(可遠)·사숙(思叔)이고, 호는 양촌(陽村)이며, 시호는 문충(文忠)이다.

❀ 名 – 近　　字 – 思叔

【近、遠, 反義相成。又《論語·子張》："子夏曰：'博學而篤志, 切問而近思, 仁在其中矣。'"】

❀ 字 – 可遠　　號 – 陽村

【《牧隱文稿》卷之三《陽村記》(李穡)："陽村, 吾門生永嘉權近之自號也。近之言曰：近也在先生之門年最少, 學最下, 然所慕而跂之者, 近而之遠也, 故字曰'可遠'。天下之近而又遠者, 求之內曰誠, 求之外曰陽。誠惟君子, 然後踐之。若夫陽也, 愚夫愚婦之所共知也。春而溫, 夏而可畏, 秋而燥, 冬而復乎溫, 歲功得以成, 民生得以遂。近竊自謂, 聖人之化成人材也亦如此。《詩》、《書》、《禮》、《樂》之敎, 皆所以順乎天時矣。而仲尼則嘗曰：'以我爲隱乎？吾無隱乎爾。'蓋仲尼, 猶天地也, 猶日月也, 廣大而無所不包, 代明而無所不照, 物乎其間者, 形形色色呈露靡遺。故曰'鳶飛戾天, 魚躍于淵', 言其上下察也, 尙何幽隱之有哉？雖其陰險邪類, 亦皆無所遁其情, 則夫子之無所不知, 無所不化, 昭昭乎其明也, 浩浩乎其大也。浴沂風咏之流, 猶足以知和氣流行與唐虞氣象無異, 則其時雨化之者發榮滋長, 復何言哉？嗟夫！仲尼爲天地, 爲日月, 于從游三千、速肖七十之間者, 皆陽道之發見昭著者也, 而見而知之者甚寡。曾子、子思幸而著書至于今日。濂洛之說行, 然後學者讀其書如游仲尼之天地, 如見仲尼之日月。秦漢以來, 陰翳否塞、泯泯昏昏、幾于鬼蜮者, 如淸風之興而掃之無迹, 何其快哉！十月無陽矣, 然謂之陽月者, 聖人之意也。觀乎'碩果不食'之訓, 則聖人扶陽也至矣。《春秋》, 聖人志也。麟, 陽物也而見獲, 聖人傷之甚, 故作《春秋》, 書'春, 王正月'。釋之者曰：'大一統也。'嗚呼！士生斯世, 不遇則已, 遇則佐天子大一統, 布四海陽春焉而已耳。若余也老矣, 復何望哉！可遠其思所以自號而益勉之哉！勉之當如何？必自誠始。己未春三月癸酉記。"】

박성양(朴成陽) ?-1419. 여말선초. 본관은 함양(咸陽). 호는 금은(琴隱)이고, 시호는 정헌(正憲)이다.

❀ 號 – 琴隱   諡號 – 定憲

【≪太常諡狀錄≫卷五≪贈資憲大夫吏曹判書成均館祭酒行嘉善大夫吏曹參判琴隱朴公諡狀≫ : "上之五年戊辰, 嶺儒權進博等上言, 言故吏曹參判朴成陽, 以先正臣鄭夢周之高弟, 當聖祖龍興之時屢樹巍勳, 而尙未蒙貤褒, 請贈職賜諡 …… 公生而稟姿純慤, 志氣淸高, 嘗從從大夫吏曹判書土軒公礎遊圃隱鄭文忠公之門, 得聞爲學之方, 講磨義理, 造詣精深。値麗朝末, 隱居於聞韶之鳳頭山, 琴書自娛, 仍號曰琴隱, 世稱二十八隱之一也 …… ○定憲安民大慮曰定, 博聞多能曰憲、定敏_{安民大慮曰定, 應事有功曰敏、憲敏博聞多能曰憲, 應事有功曰敏。}"】

공부(孔俯) 1352-1417. 여말선초. 자는 백공(伯共)이고, 호는 어촌(漁村)·수선(修仙)이다.

❀ 名 – 俯   字 – 伯共

【≪牧隱文藁≫卷十≪伯共說≫ : "慶順注簿孔伯共來語稽曰 : '今天下孔氏皆有譜, 獨吾先世入東韓, 居陝之感陰縣, 中國士大夫無從而至也。我先世仕本國有位鷹揚上將者, 其後子孫不絶如線。俯也游學成均, 進瞻肖貌, 益有感焉。子思述≪中庸≫稱仲尼, 親之也。親之也則存乎心, 存之心則見乎四體。故自名曰俯而字以伯共, 蓋有慕於正考父三命而俯, 玆益共之語也。夫仲尼, 天地也。天地之所從出, 大極也。正考父之俯也, 共也, 仲尼盛德光輝之根抵也。此俯之所以立名字, 願先生演其義。'予曰 : '伯共, 聖人之後也。讀聖人之書, 旣如聞≪禮≫聞≪詩≫於立庭之際矣。四支之不敢怠於身, 一毫之不敢肆於心, 凡接物應事之容, 宛然與≪鄕黨≫篇中所載相合乎否也。恭之發見於佋佋者, 門人之所共知也。故曰 : "夫子之文章, 可得而見也。夫子之言性與天道, 不可得而聞也。"性與天道, 夫豈聲於仲尼之口而後聞之哉？夫子之申申夭夭、侃侃誾誾, 無非性與天道之流行者也。而門人猶曰"不可得而聞", 豈不惜哉？或曰 : 此子貢旣得聞而自歎之辭耳。以今觀之, 夫子之道如日月焉。凡有志於聖人之道者, 如游夫子之門庭, 如奉夫子之杖屨, 接乎詞氣而親其光輝也, 況其在子孫之列者乎？宜其有所仰而私之于其身也。夫子之道不行于世, 刪定讚修, 垂敎萬世, 其書具在, ≪堯典≫首欽, 其意可見。則恭之一字, 光被四表, 格于上下之本也, 尙何贅一言於其間哉？

仲尼祖述堯舜。而仲尼之子孫又當祖述仲尼也。仲尼曰"君子篤恭而天下平", 篤
恭當自謹獨始。伯共其致力焉！"】

❀ 號－漁村

【《陽村先生文集》卷十一《漁村記》："漁村, 吾友孔伯共自號也。伯共與余生
年同, 月日後, 故余弟之。風神踈朗, 可愛而親。捷大科, 躋膴仕。飄纓紆組, 珥
筆尙璽。人固以遠大期, 而蕭然有江湖之趣。往往興酣, 歌《漁父》詞, 其聲淸
亮, 能滿天地, 髣髴聞曾參之謳《商頌》, 使人胷次悠然如在江湖。是其心無私
累, 超出物表, 故其發於聲者如此夫。嘗一日語余曰：'予之志在於漁, 子知漁之
樂也。夫太公, 聖也, 吾不敢必其遇；子陵, 賢也, 吾不敢冀其潔。携童冠侶鷗鷺,
或持竹竿, 或棹孤舟。隨潮上下, 任其所之。沙晴繫纜, 山好中流。魚肥膾鮮, 擧
酒相酬。至若日落月出, 風微浪恬。倚船長嘯, 擊楫高歌。揚素波而凌淸光, 浩浩
乎如乘星查而上霄漢也。若夫江烟漠漠, 陰霧霏霏。揚蓑笠, 擧網罟, 金鱗玉尾,
縱橫跳踢, 足以快目而娛心也。及夜向深, 雲昏天晦, 四顧茫茫。漁燈耿耿, 雨鳴
編蓬。踈密間作, 颼颼瑟瑟。聲寒響哀, 息偃舟中。神遊寥廓, 懷蒼梧而吊湘纍,
固有感時而退想者矣。花明兩岸, 身在畫中。漻盡寒潭, 舟行鏡裏。畏日流炎, 柳
磯風細。朔天飛雪, 寒江獨釣。四時代謝而樂無不在焉。彼達而仕者, 苟冒於榮,
吾則安於所遇；窮而漁者, 苟營於利, 吾則樂於自適。升沉信命, 舒卷惟時。視富
貴如浮雲, 棄功名猶脫屣, 以自放浪於形骸之外。豈若趍時釣名, 乾沒於宦海, 輕
生取利, 自蹈於重淵者乎？此予所以身簪紱而志江湖, 每托之於歌也。子以爲如
何？'予聞而樂之, 因爲記以歸, 且以自觀焉。洪武乙丑秋七月有日。"】

이행(李行) 1352－1432. 여말선초. 본관은 여흥(驪興). 자는 주도(周道)이고, 호는 기
우자(騎牛子)·백암(白巖)·일가도인(一可道人)이며, 시호는 문절(文節)이다.

❀ 名－行　字－周道

【《詩·小雅·大東》："周道如砥, 其直如矢。君子所履, 小人所視。"《傳》："如
砥, 貢賦平均也。如矢, 賞罰不偏也。"《箋》："此言古者天子之恩厚也, 君子皆
法效而履行之。"】

❀ 號－騎牛子

【《騎牛先生文集》卷二附錄《騎牛說[權近]》："吾嘗謂, 山水遊觀, 惟心無私累,

然後可以樂其樂也。友人李公周道家居平海，每月夜携酒騎牛遊於山水之間，平海號稱形勝，其遊觀之樂，李君能盡得古人所不知之妙也。凡寓目於物者疾則粗，遲則盡得其妙。馬疾牛遲，騎牛欲其遲也。想夫明月在天，山高水闊，上下一色，俯仰無垠。等萬事於浮雲，寄高嘯於淸風。縱牛所如，隨意自酌。胸次悠然，自有其樂。此豈拘於私累者所能爲也？古之人亦有能得此樂者乎？坡公赤壁之遊殆庶幾矣。然乘舟危則不若牛背之安也，無酒無肴，歸而謀婦，則不若自携之易也。桂棹蘭槳，不旣煩矣乎？捨舟而山，不旣勞矣乎？騎牛之樂，人孰知之？及於聖人之門。其見喟然之歎也無疑也。”

≪東國詩話彙成≫卷九：“李行，字周道，號騎牛子。每月夜攜酒騎牛，遊於山水間。嘗曰：‘凡寓目於物者，疾則粗，遲則盡得其妙。馬疾而牛遲。騎牛，欲其遲也。’從牛所如，隨意自酌。”】

유창(劉敞) 1353-1421. 여말선초. 본관은 강릉(江陵). 초명은 경(敬), 자는 맹의(孟儀)이고, 호는 선암(仙庵)이며, 시호는 문희(文僖)이다.

❀ 初名 - 敬　　字 - 孟儀

【≪牧隱文藁≫卷十≪孟儀說≫：“至正戊申，予承乏大司成，生徒甚盛，分治≪五經≫。治≪書≫者八十餘人，其中劉敬氏擧止出群。旣受業，則端坐讀不輟，於‘勑天之命，惟時惟幾’八字沈潛反覆。其聲引而長，或高或低，同列指笑，劉敬氏不以爲意，則其心之專也可知矣，久而館中咸服。歲辛亥，予叨知貢擧。劉敬氏以≪詩≫義中，可謂通≪詩≫，≪書≫矣。補學官，以勞拜參而去。成均諸敎官請于朝，得劉敬氏兼諄誘博士，今五年矣，而猶未調也，而安焉無外慕。所以養其中者，夫豈無所主哉？今以字說請於予曰：‘敬也幸爲朋友不鄙，字敬曰孟儀，願承敎焉。’予曰：‘≪堯典≫首欽，文王稱敬。非子之羹墻乎？光被四表，自欽而出。丕冒出日，自敬而生，則若天容岳之際，在宮在廟之時。其安安也，其亹亹也。不動而民敬，不言而民信，則其赫兮咺兮之威儀也。千載之下，仰之如一日。吁！盛矣！今之學者曰：“堯舜也，文王也，皆生知之聖也。不敢企，不敢企。”宜乎世道日以降，人心日以媮而不止也。夫天地，萬物之父母也。聖若賢、愚若不肖，皆同胞也。父母所以畀付於諸子者，豈有厚薄也哉？人之生也，惟欲之趨而致其異耳。於是，天仁愛之，命其秀出者師之君之，以復其本然之善。當是時也，萬邦之協和, 萬民之咸和, 蓋非虛言矣。則其民彝物則之同乎表裏, 貫於精粗, 昊天游衍, 無一事而非仁。布於言行, 施於四體, 粹然盎然。三百三千, 優優大哉！豈必待其人而後行哉？故曰："比屋可封"。雖然, 行遠必自邇, 升高必自卑。洒掃庭內, 維民之章。鷄鳴而起, 所當孜孜者, 不曰正其衣冠, 尊其瞻視乎？顏色辭氣, 近信遠鄙, 曾子之言也。曾氏之傳孔道, 至于今孟儀其體之, 始可以勅天之命矣, 始可以踐優優大哉之地矣。'"】

❀ 諡號 － 文僖

【≪朝鮮世宗實錄≫卷十四："三年十二月戊戌。玉川府院君劉敞卒 …… 敞溫柔敦厚, 謹言篤行。位愈高而心愈下, 人以比唐之婁師德。諡文僖：學勤好問, 文；小心畏忌, 僖。"】

김승주(金承霔) 1354-1424. 여말선초. 본관은 순천(順天). 시호는 양경(襄景)이다.

❀ 名 － 承霔

【≪潛谷先生遺稿≫卷十二≪領議政昇平府院君贈諡文忠金公墓誌銘≫："我聖上龍飛之初, 賢豪英俊之士雲合霧集, 攀鱗附翼。贊中興大業者固不可一二計, 而豐功偉烈赫赫照人耳目, 無愧於古之紀太常、銘彝鼎者, 唯領議政北渚金文忠而已。公諱塗, 字冠玉, 系出於順天。羅濟之間, 已有名人。入我朝, 有諱承霔。初名乙寶, 禱雨輒得, 故太宗錫以嘉名。策佐命勳, 封平陽府院君, 卒諡襄景。"】

조박(趙璞) 1356-1408. 여말선초. 본관은 평양(平壤). 자는 안석(安石)이고, 호는 우정(雨亭)이며, 시호는 문평(文平)이다.

❀ 名 － 璞　　字 － 安石

【≪陽村先生文集≫卷二十一≪安石說≫："吾友平原趙公諱璞字安石, 請予說其義：夫玉在石中爲璞, 玉溫閏而石矗礦, 其類有美惡之不同。然玉之始也, 非石無以凝其精而成其質；其終也, 非石無以攻其瑕而成其器, 是則石者終始成乎玉者也。且≪詩≫不云乎？'他山之石, 可以攻玉。'先儒以比君子因小人之橫逆而增益其德, 此又取譬之最切者也。趙公之爲字, 所以不忘本也, 亦所以不忘戒也。不忘本, 德進於厚；不忘戒, 德進於修。此二者進德之急務, 趙公以此而自勉, 常切磋而琢磨之, 故其溫厚之氣、堅確之質, 匿其瑕而成其美。貴重如瑚璉, 尊嚴如介珪。潔如瓚, 直如鉉。和如鳴球, 信如寶璽。器無所不備, 而德無所不全矣。然公豈以是自足哉?宜益勉之以至于大成之地, 金聲而玉振之可也。公以開國元勳, 仍有定社佐命之功, 三與宗盟。勳烈既著, 位亦高矣, 然公之所當效忠於國, 人之所以注望於公者, 非止於此而已也。古之相天子有勳名者, 晉有謝公, 宋有王氏。其名字同, 人謂公有慕於二公而字之者, 非知公者也。二公成效, 亦各不同。文章知術, 謝不及王;而雅量安靜, 王亦不能及謝也。今公經術辯敏似王, 而風流閑雅似謝, 是有二公之長;而高明正大, 義理之養心, 非二公所敢望。他日輔相之烈, 致君澤民之效, 當以伊、周爲法, 豈晉、宋之足云乎?」】

❈ 號－雨亭

【≪陽村先生文集≫卷十三≪雨亭記≫:"平原趙公安石, 嘗得有元翰林學士趙子昂所寫≪大雨賦≫手卷一軸, 寶藏之久矣。一日, 携以示予, 且請所以自號者, 將以求詩文而綴其後也。余曰:'此繼≪雨賦≫之後, 宜以"雨"名其亭而號之也。'公欣然曰諾, 願終惠一言。余觀夫天地之化, 氤氳坱圠, 升而爲雲, 降而爲雨, 澤下土而潤萬物, 發榮滋長, 暢茂秀實, 甘苦薰蕕, 洪纖動植。凡有形於兩儀之間者, 莫不待是以遂其生。故≪易≫言乾道之大, 必曰'雲行雨施, 品物流形', 其言聖人之德, 亦曰'雲行雨施, 天下平也'。雨之功用大矣哉!至若人事失於下, 天道戾於上。恒陽以若, 旱魃爲災。草木焦, 金石流。物無不瘁, 民靡孑遺。于斯時也, 需然以霆, 群槁咸蘇。澤物之益, 爲如何哉?昔殷高宗相傳說而謂之曰'若歲大旱, 用汝作霖雨', 其倚望也重矣, 其取譬也切矣。吁!乾道之所以能生物者, 元也;人道之所以能利物者, 仁也。乾道之元動於氣, 而雨澤施焉;仁之心現於事, 而政敎行焉。故爲君者必體乎元以行其仁, 爲臣者必調乎元以行其政。然後君之德可合於乾之聖人, 臣之功無愧於殷之賢佐。其所謂雲行雨施之效、大旱霖雨之功, 亦可親致之矣。吾欲以此記諸亭上, 公宜勉之。至若霖微洒簾, 庭苔晝寂而宜碁;淅瀝滴階, 簷梧夜響而宜琴;炎蒸已洗, 淸颷洒然, 或宜置酒, 或宜哦詩。驟而珠跳, 疎而絲散。徐疾間作, 變態不常。隱几而坐, 蕭然自樂者, 此閑人逸士幽貞者之所爲, 非可爲公導之者也。然公以開國元勳位乎公輔, 而志在丘壑, 不欲居其成功。他日致君澤民之餘, 懸車綠野之中, 亦當以琴碁詩酒自樂於此。予將被蓑扶藜, 往問客席, 更爲賦雨中之閑興也。蒼龍辛巳秋九月重陽日。"】

강회백(姜淮伯) 1357-1402. 여말선초. 본관은 진주(晉州). 자는 백보(伯父)이고, 호는 통정(通亭)·정당매(政堂梅)이다.

❀ 號 - 政堂梅

【≪濯纓先生文集≫卷一≪政堂梅詩文後≫:"昔年落魄嶺表, 將遊頭流, 先抵斷俗寺。中有古樓, 樓前有梅兩株長丈餘, 下有古查, 其不滅者半尺, 寺僧目爲政堂梅。詰其所以名, 則乃曰:'姜通亭少時手植。其後釋褐, 官至政堂文學, 因名焉。'政堂亡百有餘年, 梅亦未免老死。其曾孫用休氏承其椿府晉山君之命來尋遺跡, 慨然增感, 遂栽新根於其傍 …… 方通亭之在斷俗, 藐然一書生, 逍遙塵表。其蒔梅而去也, 若遺任其成壞於寺僧, 非所以遺子孫。及其官高政堂, 而寺僧之揭以爲號, 遂傳芳名者, 亦偶然耳 …… 夫植物之可種者非一, 而通亭幼性有契於梅, 必取以種；晉山君儒雅爲世所宗, 而兄景愚氏著≪養花錄≫爲花評品, 以梅爲魁；承旨公述乃祖父, 尤眷眷於此梅, 唯恐其萎折, 其家世所尙風流標格亦可想已。如某身縻寸廩, 夢繞桑梓, 倘得便養南歸, 當尋舊遊於斷俗, 月落參橫, 一賦疏影, 兼囑寺僧從今喚做政堂梅云。"】

조승숙(趙承肅) 1357-1417. 여말선초. 본관은 함양(咸陽). 자는 경부(敬夫)이고, 호는 덕곡(德谷)이며, 시호는 문경(文敬)이다.

❀ 名 - 承肅　字 - 敬夫

【肅, ≪說文≫"持事振敬也", ≪廣韻≫"恭也, 敬也, 戒也"。肅、敬同義相協。】

❀ 號 - 德谷

【≪紀年便考≫卷五:"趙承肅, 咸安人, 字敬夫, 號德谷, 又隱谷。鄭夢周門人, 麗末文科。辛禑時爲扶餘縣監務。革命後, 棄歸咸安之德谷。"】

이감(李敢) ?-?. 여말선초. 본관은 영천(永川). 자는 의민(義民)이고, 호는 문한당(文閒堂)이다.

❀ 名 - 敢　字 - 義民

【≪陽村先生文集≫卷二十一≪義民字說≫:"庚申之夏, 予承乏祭酒, 試入學生有李氏子曰敢中其選。貌淸而秀, 言簡而理。摳衣稽經, 禮甚度而問甚切。聞義勇爲, 不肯選軟畏縮, 逡巡而自怠。厥後學益進, 擢巍科, 躋淸秩, 擧於賢良, 歷典二郡。剛明果斷, 所至有政績, 人皆期以台鼎, 而乃欲樂於畎畝, 自號添丁子。及予在謫, 量移金海也, 添丁子爲府倅, 以予舊擧, 將待之厚而恭, 予忘其流放而樂處焉。一日請字於予, 予曰: ‘幼名冠字, 字者, 朋友之相命也。予與子舊, 其何辭? 然吾有聞焉, 昔玉川子生子名添丁, 今吾子自名, 其義何居?’子笑而不答。予曰: ‘子之志, 其不慕不義之富貴, 而寧欲與齊民爲伍者歟? 其勇於爲義而安於守常者歟? 樂天知命而無求者歟? 讀書誦詩而尙友者歟? 人不勇於爲義, 則頹靡不自振而廉恥喪。不安於守常, 則冒進不自重而諂佞興。樂天則守常益堅, 尙友則爲義益力矣。子之志若是, 盍字之曰義民? 於虖! 伊尹之耕莘野, 自稱爲天民; 伯夷之餓西山, 人稱爲義士。其終之出處雖異, 而始之所守則同, 所謂“易地則皆然”者也。今夫人之所期者, 台鼎也。子之自處者, 畎畝也。達台鼎, 則義申於一世; 窮畎畝, 則義存於一身。位有窮達, 而義無所不在矣。雖然, 窮達在天而存之在我, 在天者難必而在我者可勉, 宜吾子不苟慕而安自守也! 吾知吾子不能違人望而常安於自處, 異日爲蒼生一起, 義烈之振, 當耀於一時而垂後世矣。其本自存諸身者始, 子其益勉於爲義可也!’”】

만우(萬雨) 1357-?. 여말선초. 호는 천봉(千峯)·만우(卍雨)이다.

❖ 號 - 萬雨, 千峯

【《牧隱文藁》卷十《千峯說》: “曺溪雨上人, 龜谷弟子也。問其號於韓山子穡, 穡曰: ‘龜谷善名人, 豈於上人靳之乎? 請以“一雲”如何?’上人曰: ‘吾徒事師, 如子事父。吾師名也, 請易之。’穡曰: ‘吾於龜谷游亦久矣, 而忘之, 吾罪也。請易以“千峯”。’上人曰: ‘可矣。願畢其說。’上人既可之矣, 予何辭? 山之附地, 地之勢西北高。天下之山起于西北, 而東南之趨遍于中國, 《禹貢》三條可見已。五嶽雖尊, 而高峻各居方者又多也。凡停而峙, 隨其大小, 名之曰峯。則峯之列于天下, 宜又多也。其曰千者, 擧中數而已矣。一非不足, 萬非有餘, 上人所處善矣。明月當其上, 出定烹茶, 上人清矣, 胡不取? 積雪滿其下, 入定面壁, 上人高矣, 胡不取? 取雨, 何哉? 雨, 吾也, 吾之在千峯也。澤及四海, 萌生甲坼, 草本遂矣。嘉禾多稼, 瑞國裕民, 其利博矣。上人之取之, 其在斯乎? 其在斯乎? 然雨不可恒也, 時焉可也。吾師之居如畫中, 穡也青鞋往游長松之下、白石之上, 坐對衆峯, 與上人話其指, 以妙高峯之所在焉。携手登臨, 是吾願也。菴名普滋, 實幻

翁所命云。上人之心，於是益白矣。故倂及云。"】

이치(李致) ?-1426. 여말선초. 본관은 영천(永川). 초명은 감(敢)고, 자는 가일(可一)이고, 호는 첨정자(添丁子)이다.

❀ 名 - 致　字 - 可一

【≪周易·繫辞下≫："天下同歸而殊塗，一致而百慮。"≪疏≫："一致而百慮者，所致雖一，慮必有百，言慮雖百種，必歸於一致也。"】

권진(權軫) 1357-1435. 여말선초. 본관은 안동(安東). 호는 독수와(獨樹窩)이고, 시호는 문경(文景)이다.

❀ 諡號 - 文景

【≪朝鮮世宗實錄≫卷六八："十七年四月癸丑。右議政仍令致仕權軫卒 …… 至是卒，年七十有九。遺命不作佛事，斂用一襲。訃聞，上率群臣擧哀。輟朝三日，致弔致賻。米豆共七十石、紙百卷，官庀葬事。諡文景：慈惠愛民，文；由義而濟，景。"】

정총(鄭摠) 1358-1397. 여말선초. 본관은 청주(淸州). 자는 만석(曼碩)이고, 호는 복재(復齋)이며, 시호는 문민(文愍)이다.

❀ 名 - 摠　字 - 曼碩

【≪詩·魯頌·閟宮≫："新廟奕奕，奚斯所作。孔曼且碩，萬民是若。"≪疏≫："又解'奚斯所作'之意，正謂爲之主帥。主帥教令工匠，監護其事，屬付功役，課其章程而已，非親執斧斤而爲之也。"≪左傳·僖公七年≫："若摠其罪人以臨之，鄭有辭矣。"杜預注："摠，將領也。"】

❀ 號 - 復齋

【≪陶隱先生文集≫卷四≪復齋記≫："古之人肄業必有其地，若國之有學，黨之有庠，術之有序，家之有塾是已。自家塾之廢，而齋舍作焉。夫既齋而名之，既名而稱述之，蓋欲居是齋者，思有以稱其名齋之義焉。則其于肄業，豈不有所增益者哉？吾友藝文應教西原鄭曼碩氏，扁其所居曰'復齋'，求余文記之。余嘗讀≪易·復≫之一卦，因以參考先儒之說，以爲'復'有三：緣陰陽，有天地之復焉；　緣動

靜, 有聖人之復焉; 繇善惡, 有衆人之復焉。蓋復之爲卦, 陽之消極于上而方息
于下者也。孟冬之月, 純陰用事, 俯仰兩間, 品匯歸藏。既而一陽復萌, 生物之心
盎然呈露, 乃天命流行, 造化發育, 機緘之動實始于此。所謂復, 其見天地之心
乎？維聖人亦然。其未感物也, 此心之鑑空衡平于寂然中者, 雖鬼神亦莫得而窺
也。及夫酬酢之際, 如舜之好生, 禹之拯溺, 文王之視民如傷, 是乃聖人所以心天
地之心, 而人因其動而見者也。若夫衆人之生, 氣禀既駁矣, 物欲又蔽矣, 喪其心
而不自知者皆是。然其本然之善固在, 如陽之未嘗盡而必復也, 故隨感而見, 自
有所不可遏者焉。雖至窮者, 不能或屑于嗟來之食; 至暴者, 不能或忍于匍匐之
入。此其善端之復, 而不敢忽者也。夫復之義有三, 而聖人之辭拳拳焉致詳于衆
人之復者何哉？蓋天地之氣靜極而動, 自當有復之之理。是故《易》之敎人, 雖
歸重于天道, 而尤歸重于人心焉。初之不遠復, 二之休復, 三之頻復, 四之獨復,
五之敦復, 上之迷復, 何其人心之難保也如此哉？聖人于《復》之卦辭, 只明天地
自然之復, 而于六爻皆言人心之復, 不一而足。使萬世之人觀其辭, 玩其占, 能有
以趨吉而避凶, 可謂至矣。雖然, 吾夫子于'不遠復'下又贊之曰'以修身也', 又以
顏氏之子當之。夫學顏子之學, 固吾儕之所願也。今吾與曼碩氏從事于不遠復之
元吉, 而深戒乎迷復之凶。其殆庶幾乎？晦庵先生有詩曰：'幾微諒難忽, 善端本
綿綿。閉關息商旅, 絶彼柔道牽。'至哉言乎！曼碩氏識之。"】

함부림(咸傅霖) 1360-1410. 여말선초. 본관은 강릉(江陵). 자는 윤물(潤物)이고, 호
는 난계(蘭溪)이다.

❀ 名 － 傅霖　　字 － 潤物

【《尚書·說命上》："若歲大旱, 用汝作霖雨。"及時之雨, 潤澤萬物。】

한상환(韓尙桓) ?-?. 여말선초. 본관은 청주(淸州). 자는 백환(伯桓)이다.

❀ 名 － 尙桓　　字 － 伯桓

【《牧隱文藁》卷十《韓氏四子名字說》："韓簽書公旣名其四子且字之, 以古者
易子而敎, 俾友人韓山李穡說其義, 穡不敢辭。曰尙桓, 《書》云'尙桓桓', 勉其
知所勇也。人於學也, 勇莫先焉。《中庸》雖以知、仁、勇爲三達德而勇居其末,
然所以致知仁之極以成天地位育之功者, 勇也。知非勇不能擇, 仁非勇不能守,

故以'強哉矯'贊美之。尙桓之字以'伯桓', 可不思其義乎？…… 夫勇以一其志, 質以爲之本。敬以爲之主, 德以守其天。韓氏兄弟, 斯無忝乎爾祖矣！尙勉旃！尙勉旃！"】

한상질(韓尙質) ?-1400. 여말선초. 본관은 청주(淸州). 자는 중질(仲質)이고, 호는 죽소(竹所)이며, 시호는 문렬(文烈)이다.

❀ 名 - 尙質   字 - 仲質

【≪牧隱文藁≫卷十≪韓氏四子名字說≫："韓簽書公旣名其四子且字之, 以古者易子而敎, 俾友人韓山李穡說其義, 穡不敢辭。…… 曰尙質, 勉其知所本也。≪語≫云'文勝質則史, 質勝文則野', 質者, 文之本也。文勝久矣, 愷悌之美、忠信之篤, 泯而不彰。雖有美質, 淪胥而莫能自拔於流俗, 文之弊極矣。於是而惟文之是尙, 則或失其本而趨乎末。故救之之術, 雖若偏焉, 莫如重質之爲愈也。尙質之字以'仲質', 可不思其義乎？…… 夫勇以一其志, 質以爲之本。敬以爲之主, 德以守其天。韓氏兄弟, 斯無忝乎爾祖矣！尙勉旃！尙勉旃！"】

한상경(韓尙敬) 1360-1423. 여말선초. 본관은 청주(淸州). 자는 숙경(叔敬)·경중(敬仲)이고, 호는 신재(信齋)이며, 시호는 문간(文簡)이다.

❀ 名 - 尙敬   字 - 叔敬

【≪牧隱文藁≫卷十≪韓氏四子名字說≫："韓簽書公旣名其四子且字之, 以古者易子而敎, 俾友人韓山李穡說其義, 穡不敢辭。…… 曰尙敬, 勉其中有主也。≪禮≫曰"毋不敬", 禮儀三百, 威儀三千, 冠之以敬, 卽≪堯典≫先書欽之義也。學道者, 由敬以誠正。出治者, 由敬以治平。夫婦之相敬, 史又書之。田野間亦不可無敬也, 況於朝廷乎？況於鄕黨乎？況於屋漏乎？事天享帝以致四靈, 皆不外此。尙敬之字以'叔敬', 可不思其義乎？…… 夫勇以一其志, 質以爲之本。敬以爲之主, 德以守其天。韓氏兄弟, 斯無忝乎爾祖矣！尙勉旃！尙勉旃！"】

❀ 號 - 信齋

【≪陽村先生文集≫卷十四≪信齋記韓公諱尙敬≫："同寮參知韓公號信齋, 朝使端木先生隷其扁, 且敍之甚悉。持以示予, 仍徵記。參知, 吾宗宅相也。親善旣久, 又爲同寮, 義不可以不文辭。夫人性, 卽天之命也。天之命, 元亨而利貞, 於穆而不已者, 誠也。其賦於人, 則爲五常之性, 而有仁、義、禮、智、信之名。聖人性焉, 純乎天也。學者必勉焉, 然後能實其性之德。所以能勉而實之者, 信之爲也。非由外鑠, 非假強爲。本具於性分之中, 但患夫人蔽於欲而不力爾。盖天之誠, 卽是四德之實。其在於人, 亦爲實心。仁者惻隱之理, 而實其惻隱者, 信也。義、禮與智莫不皆然。誠不離乎元、亨、利、貞, 信豈外於仁、義、禮、智哉？以我實心施於事物, 無所爲而非眞也, 無所感而不應也。大而天地, 幽而鬼神, 微而蜫虫, 皆可以信感而動之也, 而況於人乎？夫天地萬物本一理也, 以在我之實心, 觸在彼之實理, 妙合無間, 捷於影響。《書》稱'至誠感神', 《易》言'信及豚魚', 盖謂此也。凡學者修己之方、人君爲治之要, 尤莫切於此。故孔子敎人則曰'謹而信', 又曰'主忠信'；言治國則曰'敬事而信', 曾、思、孟相授著書, 亦莫不拳拳致意焉。洙泗輟響, 變詐日興。寥寥漢唐, 知者鮮矣。至宋程子乃曰'循物無違', 又曰'以實之謂, 能發前賢未發之蘊', 甚有切於學者, 然非指在性之本體乃就切於學者之事, 指其接物之用而言之者也。嘗因是而論之：物各有理, 人同此心, 無非實也。火之就燥, 水之就濕, 物之實理也。謂水潤下, 謂火炎上, 人之實心也。欲用火, 則必以燥而燎之；欲導水, 則必自卑而疏之, 然後施功易而事可成, 所謂循物無違者然也。設有人問火, 吾語之曰熱；問水, 則吾語之曰冷, 是竭吾實心而語之也。人於是執火而手熱, 飲水而齒冷, 則以吾言爲實而非妄矣。苟不以實心告之, 謂火曰冷, 謂水曰熱, 人必謂我爲妄矣, 所謂以實之謂者然也。事君親、交朋友, 日用動靜之間、應事接物之際, 無所往而不出於實心, 則其爲信也大矣。動天地, 感鬼神, 亦可馴致之矣。今公以是顔齋而自勉, 可謂知所本矣。宜其處事精詳, 動作合義, 以見是於國人、獲知於君上也！若夫稽諸往古之轍, 施諸事功之懿者, 端木先生之敍盡之矣, 予奚容贅？"】

❀ 諡文簡

【《朝鮮世宗實錄》卷十九：五年三月戊子。西原府院君韓尚敬卒。……至是卒, 年六十四。訃聞, 上震悼, 卽遣中使弔慰, 輟朝三日, 官庀葬事, 且命致賻。諡文簡：學勤好問, 文；一德不懈, 簡。尚敬自少不喜遊戲, 識量精敏, 行己端恭。及長就仕, 清潔自持, 久掌銓選, 所擧惟公。居家克儉, 衣服飲食取潔而已。事母定省晨昏, 親臨甘旨。雖官高衰老, 未嘗廢焉。"】

한상덕(韓尙德) ?-?. 여말선초. 본관은 청주(淸州). 자는 계덕(季德)이다.

❀ 名 - 尙德　字 - 季德

【≪牧隱文藁≫卷十≪韓氏四子名字說≫：韓簽書公旣名其四子且字之, 以古者易子而敎, 俾友人韓山李穡說其義, 穡不敢辭。…… 曰尙德, 勉中不失也。≪書≫曰"克明德", 人之得乎天而具衆理, 應萬事, 本然之善也。氣質或拘之, 物欲或蔽之, 於是乎失之矣。得之於天, 失之於己, 故曰虛位。然其本然之體未嘗亡焉, 發見於俄頃之間, 守之固, 擴之充, 則在我者非自外至也。生而具之者德也, 失而復之者德也, 尙德之字以'季德', 可不思其義乎？夫勇以一其志, 質以爲之本。敬以爲之主, 德以守其天。韓氏兄弟, 斯無忝乎爾祖矣！尙勉旃！尙勉旃！】

맹사성(孟思誠) 1360-1438. 여말선초. 본관은 신창(新昌). 자는 자명(自明)이고, 시호는 문정(文貞)이다.

❀ 名 - 思誠　字 - 自明

【≪禮記·中庸≫："自誠明謂之性, 自明誠謂之教, 誠則明矣, 明則誠矣。"】

❀ 諡號 - 文貞

【≪朝鮮世宗實錄≫卷八三："二十年十月己卯。左議政仍令致仕孟思誠卒 …… 卒年七十九。訃聞, 上慟悼, 率百官擧哀, 停朝, 官庀葬事。諡文貞：忠信接禮, 文；淸白守節, 貞。思誠爲人恬靜簡易, 禮士出於天性。朝士雖秩卑者謁見, 必具冠帶出大門外, 邀致上坐。及退, 亦鞠躬拱手目送, 待客上馬, 然後還入門。昌寧府院君成石璘於思誠爲先進, 其第在思誠第下, 每往還, 必下馬過之, 終石璘之世。又能審音律, 或自製樂器。然稟性仁柔, 凡朝廷大議、居官處事, 短於果決。"】

권홍(權弘) 1360-1446. 여말선초. 본관은 안동(安東). 초명은 간(幹), 자는 백도(伯道)이고, 호는 쌍당(雙塘)·송설헌(松雪軒)이며, 시호는 문순(文順)이다.

❀ 名 - 弘　字 - 伯道

【≪論語·衛靈公≫："人能弘道, 非道弘人。"】

❀ 諡號 - 文順

【≪朝鮮世宗實錄≫卷一一四："二十八年十二月辛酉。領敦寧府事權弘卒 ……

性溫雅，接人以恭，又工於篆隸，獻陵及文廟碑皆其所書。所居洞壑淸幽，雖城市
中，隱然有山林之趣。幅巾藜杖，逍遙自適。每遇良辰，必邀賓觴詠，閑居怡養二
十餘年。卒，年八十七，停朝市，致弔賻，祭如儀。諡文順：學勤好問，文；柔賢
慈惠，順。”】

이직(李稷) 1362-1431. 여말선초. 본관은 성주(星州). 자는 우정(虞庭)이고, 호는 형
재(亨齋)이며, 시호는 문경(文景)이다.

❀ 名－稷　　字－虞庭

【≪尙書·虞典≫："帝曰：‘棄！黎民阻飢，汝后稷，播時百穀。’"≪疏≫："≪正義≫
曰：帝因禹讓三人而官不轉，各述其功以勸之。帝呼稷曰：‘棄，往者洪水之時，衆
民之難難在於飢，汝君爲此稷之官，敎民布種是百穀以濟活之。’言我知汝功，當
勉之。”】

조용(趙庸) ?-1424. 여말선초. 본관은 진보(眞寶). 초명은 중걸(仲傑), 시호는 문정
(文貞)이다.

❀ 諡號－文貞

【≪朝鮮世宗實錄≫卷廿四："六年六月辛未。判右軍都摠制府事致仕趙庸卒……
性勁直淸儉。嘗奉使上國，　在會同館不出房外。禮部官見之曰：‘宰相不識賣買，
眞賢相也。’平常戒三子曰：‘吾以不才，過蒙上恩，無絲毫報。但不欺君一事，自
無愧矣。汝輩觀吾志、聽吾言，念玆在玆。’不喜巫覡，非其鬼不祀。臨終，戒子
弟不作佛事。平生操守如此。然其性褊急，無威重，短於經濟才，世以此短之。及
卒，輟朝三日，官庀葬事。諡文貞：道德博聞，文；淸白守節，貞。”】

박신(朴信) 1362-1444. 여말선초. 본관은 운봉(雲峰). 자는 경부(敬夫)이고, 호는 설
봉(雪峰)이며, 시호는 혜숙(惠肅)이다.

❀ 名－信　　字－敬夫

【≪論語·衛靈公≫："子張問‘行’，子曰：‘言忠信，行篤敬，雖蠻貊之邦行矣……”】

권우(權遇) 1363-1419. 여말선초. 본관은 안동(安東). 초명은 원(遠), 초자(初字)는

중려(仲廬)이고, 자는 여보(廬甫)이며, 호는 매헌(梅軒)이다.

❀ 號 - 梅軒

【≪春亭先生文集≫卷五≪梅軒記≫：“昔余既成童，爲學徒成均。有生員曰中廬者，講經著文，擅名館中。而一時縫掖之士皆自以爲莫及焉。余亦目其貌，耳其言，而得其爲人也。余心之矣，自是與之善焉，到今五六載不渝也。一日，中廬告余曰：‘吾以“梅”署吾軒，將以求咏歌諸友而未果。子之知我也深矣，善我也久矣，盍亦記吾軒以爲咏歌之端乎？’余以從游之久而不獲已，乃言曰：‘夫梅，亦一花木也。凡花木之華于春夏，摧折于寒沍，固自有不得不然者矣。開落榮瘁，盈天地之間者皆是，而梅也獨欺春耐寒，粲然生白于萬物未生之前焉，其先得天地一陽、生意之動者，而信非群木比矣。是以古之詞人高士多愛之者。中廬之署其軒，其亦是之取歟？中廬爲人慷慨不群，善吟詩。其方寸之間灑落無一點塵，蓋淸乎淸者也。梅軒之扁，其不相稱矣乎！其不相稱矣乎！至若風香浮動，月影婆娑，中廬倚軒而坐，手執≪周易≫一卷，玩≪復≫之卦辭，其有心感發于所天而有得于梅者，夫豈筆舌所能盡哉？抑他日坐于廟堂，調和于羹，其亦自得于≪復≫之辭者推之耳。中廬其察之。’”】

이지직(李之直) 1354-1419. 여말선초. 본관은 광주(廣州). 자는 백평(伯平)이고, 호는 탄천(炭川)이다.

❀ 名 - 之直　　字 - 伯平

이지강(李之剛) 1363-1427. 여말선초. 본관은 광주(廣州). 자는 중잠(仲潛)이고, 시호는 문숙(文肅)이다.

❀ 名 - 之剛　　字 - 仲潛

이지유(李之柔) ?-?. 여말선초. 본관은 광주(廣州). 자는 숙명(叔明)이다.

❀ 名 - 之柔　　字 - 叔明

【≪遁村雜詠·附錄·李氏三子名說≫：“廣陵李浩然舉於有司，以書義著稱。予嘗願聞緒論而未之果。一日來謂予曰：‘吾有三子，一曰之直，字伯平；次二曰之剛，字仲潛；次三曰之柔，字叔明，蓋有慕於聖人之乂用焉耳。夫三德者，聖人之撫世酬物，因時制宜，所以納民俗於皇極者也。人之生，稟乎天，中和之體用具焉，降衷綏性之說是已。然氣稟變之於初，汚俗驅之於後，不得不趨於不中不和之域

焉。是以聖人繼天立極，君以治之，師以敎之，於是乎三德之目立焉。世道平矣
康矣，比屋可封矣，聖人復何爲哉？亦曰，正焉直焉，順乎其常而已，垂衣無爲之
治可見矣。故名吾長子曰之直，字伯平，欲其爲堯舜之民也，此聖人之用直於平
康之世也。世道降矣，民之潛退而不及乎中矣。於是乎輔之翼之，振作其頹靡之
氣，歸於中和而後已，此聖人之用剛於沈潛之世也。故名吾仲子曰之剛，字仲
潛。世道升矣，民之高明而過乎中矣。於是乎漸之摩之，消耗其强梗之氣，歸於
中和而後已，此用柔於高明之世也。故名吾季子曰之柔，字叔明。嗚呼！聖人之
用中於民也如此，民苟歸于中，則是堯舜之世也。名之雖異，其歸則同。父母愛
子之心，無或少偏故也。今吾名吾子必以此，將以察世變、慕聖化，以自樂於畎
畝之中而已。不出戶庭知天下，吾之謂矣。請先生爲之說。'予曰：'信乎子之善
說《書》也！予老矣，皇極之行也、三德之义用也，不可見矣。令嗣三人皆有美
名，異日所就誠未可量。無廢父敎，吾之望也。其勉旃！"】

❀ 諡號 － 文肅

【《朝鮮世宗實錄》卷卅七："九年八月丁卯。前都摠制李之剛卒 …… 至是卒，年
六十五。訃聞，輟朝三日。諡文肅：學勤好問，文；執心決斷，肅。之剛性廉簡，
所至有聲績，不治産業。"】

김자지(金自知) 1367－1435. 여말선초. 본관은 연안(延安). 자는 원명(元明)이고, 호
는 일계(逸溪)이며, 시호는 문정(文靖)이다.

❀ 名 － 自知　字 － 元明

【《老子 · 三十三章》："知人者智，自知者明。"】

❀ 諡號 － 文靖

【《朝鮮世宗實錄》卷六七："十七年二月乙丑。開城府留後金自知卒 …… 年六
十九。停朝二日，致弔致賻。諡文靖：學勤好問，文；恭己鮮言，靖。初奉常議
諡，并擬'道德博文'之文，上曰：'自知雖賢，道德博學無乃過乎？'遂改之。"】

변계량(卞季良) 1369－1430. 여말선초. 본관은 밀양(密陽). 자는 거경(巨卿)이고, 호
는 춘정(春亭)이며, 시호는 문숙(文肅)이다.

❀ 名 － 季良　字 － 巨卿

【≪詩·小雅·鶴鳴≫"魚潛在淵, 或在於渚"≪傳≫:"良魚在淵, 小魚在渚。"≪疏≫:
"不云大魚而云良魚者, 以其喻善人, 故變文稱良也。"是"良"、"巨"均有"大"義。】

✿ 諡號 - 文肅

【≪朝鮮世宗實錄≫卷四八:"十二年四月癸巳。判右軍府事卞季良卒 …… 至是
卒, 年六十二。訃聞, 輟朝三日, 命攸司致祭賜賻及棺。東宮亦賻米豆, 並三十
石。諡文肅:學勤好問, 文;執心決斷, 肅。"】

허조(許稠) 1369-1439. 여말선초. 본관은 하양(河陽). 자는 중통(仲通)이고, 호는 경
암(敬菴)이며, 시호는 문경(文敬)이다.

✿ 諡號 - 文敬

【≪朝鮮世宗實錄≫卷八七:"二十一年十二月壬寅。左議政許稠卒 …… 尋卒, 年
七十一。遺命喪事一依≪文公家禮≫, 且外家無嗣, 墓祭愼勿廢。訃聞, 上悼甚,
率百官擧哀, 撤膳, 停朝三日, 遣使弔賻, 官庀葬事。諡文敬:學勤好問, 文;夙
夜警戒, 敬。東宮亦遣使弔賻。稠性純謹, 不言人過失, 喜看≪四書≫, ≪小學≫,
≪近思錄≫, ≪性理群書≫, ≪名臣言行錄≫等書。雖當倉卒, 無疾言遽色。奉祭
祀必誠, 事兄如事父。睦宗族, 信朋友, 必親慶弔問疾。常使一蒼頭將命, 門無停
客, 然待之, 必嚴尊卑長幼之分。持身儉素, 衣取蔽體, 食取充腹, 不受苞苴, 不
營產業, 不近聲色, 不好戲玩。處官, 則事上官盡尊敬, 待僚佐以嚴勵, 夙夜供職,
如有可言, 不以出位爲嫌, 盡陳無隱, 自以國家之事爲己任。"】

박안신(朴安臣) 1369-1447. 여말선초. 본관은 상주(尙州). 초명은 안신(安信), 자는
백충(伯忠)이고, 시호는 정숙(貞肅)이다.

✿ 初名 - 安信   字 - 伯忠

【≪論語·學而≫:"曾子曰:吾日三省吾身:為人謀而不忠乎?與朋友交而不信
乎?傳不習乎?"】

✿ 改名 - 安臣   字 - 伯忠

【≪論語·八佾≫:"君使臣以禮, 臣事君以忠。"】

김여지(金汝知) 1370-1425. 여말선초. 본관은 연안(延安). 자는 사행(士行)이고, 시

호는 문익(文翼)이다.

❈ 名 – 汝知　　字 – 士行

【≪禮記·中庸≫：“夫婦之愚, 可以與知焉 …… 夫婦之不肖, 可以能行焉。”≪注≫：“言匹夫匹婦愚耳, 亦可以其與有所知, 可以其能有所行者, 以其知行之極也。”】

❈ 諡號 – 文翼

【≪朝鮮世宗實錄≫卷廿七：“七年正月壬申。前參贊金汝知卒 …… 爲人寬厚忠謹, 有宰相之體, 不克大用而卒, 時人惜之。訃聞, 輟朝三日, 命中使致弔, 賻紙八十卷。諡文翼：學勤好問, 文；思慮深遠, 翼。”】

이맹균(李孟畇) 1371-1440. 여말선초. 본관은 한산(韓山). 자는 사원(士原)이고, 호는 한재(漢齋)·한소재(漢蘇齋)이며, 시호는 문혜(文惠)이다.

❈ 名 – 孟畇　　字 – 士原

【≪詩·小雅·信南山≫：“畇畇原隰, 曾孫田之。”】

❈ 諡號 – 文惠

【≪朝鮮世宗實錄≫卷九十：“二十二年八月己亥。前左贊成李孟畇卒 …… 訃聞, 輟朝二日, 致弔致賻。諡文惠：學勤好問, 文；柔質慈民, 惠。”】

조수(趙須) ?-?. 여말선초. 본관은 평양(平壤). 자는 형보(亨父)이고, 호는 송월당(松月堂)·만취정(晚翠亭)이다.

❈ 名 – 須　　字 – 亨父

【≪周易·需≫：“需。有孚, 光亨, 貞吉, 利涉大川。象曰：需, 須也。險在前也, 剛健而不陷, 其義不困窮矣。”】

이수(李隨) 1374-1430. 여말선초. 자는 택지(擇之)이고, 호는 심은(深隱)·관곡(寬谷)이며, 시호는 문정(文靖)이다.

❈ 諡號 – 文靖

【≪朝鮮世宗實錄≫卷四八：“十二年四月丁亥。兵曹判書李隨卒 …… 性厚重, 不事文飾, 窮通得喪, 未嘗喜慍, 不事産業。累歷諸任, 常帶賓師之任, 益加勤謹。訃聞, 上震悼, 特爲擧哀, 輟朝三日, 賻米豆幷五十石, 東宮亦賻二十石。命禮曹

正郎鄭陟護喪，又令知申事許誠議禮葬可否。左議政黃喜、右議政孟思誠、贊成
許稠等以爲：'隨之職事，雖不及禮葬之例，旣加恩數擧哀，宜用禮葬。'遂命有司
庀葬。諡文靖：學勤好問，文；恭己鮮言，靖。"】

신개(申棨) 1374-1446. 조선 전기. 본관은 평산(平山). 자는 자격(子格)이고, 호는
인재(寅齋)이며, 시호는 문희(文僖)이다.

❀ 養拙堂

【≪寅齋先生文集≫卷一≪養拙堂記≫："老子自幼性疏闊，而常厭市朝之機巧。
卜得城南閒僻一陋巷，構成養拙堂。日用動靜，惟拙與之同，頃刻不相忘。夜靜
月明群動息，欹枕高臥聽松風。世人頗有誚余養拙，久，余亦有疑，謝之使去焉。
拙又戀戀不肯去，似有慍色焉。余乃飜然悔之曰：余之好拙，積有年矣，將恐巧也
慊而不肯來矣。苟然，則深恐拙去巧不來，至於兩失，使余遑遑然無所依倚，若喪
家之狗也。不若仍留拙，養之如初，不失約之爲愈也。爾雖無形聲之可觀，其機
神明鑑，高出於人矣。余欲近利，則爾擧跖、夷之行而規之；余欲求名，則擧范
蠡、大夫種之事責之；余欲行詐，則歷擧古之大姦之被害、大愚之終其天年者以
諭之。非特此也，凡害義而背理傷道者，無不以諄諄然救解之。余之爵高而且壽，
惟拙扶護之力居多焉。今聞世人之言，必是惱我也，於是深自責之曰：我誠鄙人
也！背恩而忘義，不祥之大者也。仍與之養拙於堂，乃亟謝過而還留之，與之終
吾生以徜徉，且欲以此堂傳之永世，使子子孫孫無或遞焉。如有不從余言者，則
非孝也、非忠也，余將告于神明矣。今先生以養拙立志，其志善乎善者也。老子
景慕先生之志，不意與老子同也。今欲永永陪遊，以期不墜斯志云。"】

❀ 諡號 － 文僖

【≪朝鮮世宗實錄≫卷八七："二十八年正月癸酉。議政府左議政申槩卒 …… 至
是卒，七十三。上震悼，輟朝三日，弔賻如儀，官庀葬事。諡文僖：學勤好問，
文；小心畏忌，僖。槩性度端嚴，處事勤恪。歲癸丑，野人犯邊，殺虜人畜。上銳
意討之，大臣多以爲不可。槩揣知上意，上書請伐之，征討方略以至分道往擊所
經道路無不纖悉，辭頗詳盡，甚合上意。上覽之大悅，自是驟加擢用，以爲得槩晚
也。嘗謂左右曰'槩位不稱才'，不數年遂爲首相，寵顧無比。爲人頗傷苛察。及居
相位，凡論議專務逢迎，其推鹽、入居、貢法、行城，凡不便於民者，皆槩建議倡

之，時論少之。後配享世宗廟庭。"】

박서생(朴瑞生) ?-?. 조선 전기. 본관은 비안(比安). 자는 여상(汝祥)이고, 호는 율정(栗亭)이다.

❀ 名 － 瑞生　字 － 汝祥

【≪論衡·指瑞≫："王者受富貴之命，故其動出，見吉祥異物，見則謂之瑞。"】

유사눌(柳思訥) 1375-1440. 조선 전기. 본관은 문화(文化). 자는 이행(而行)이고, 시호는 문숙(文肅)이다.

❀ 名 － 思訥　字 － 而行

【≪論語·里仁≫："君子欲訥於言而敏於行。"】

❀ 諡號 － 文肅

【≪朝鮮世宗實錄≫卷八九："五年六月庚寅。藝文館大提學柳思訥卒 …… 至是卒，年六十六。遺命不作佛事。訃聞，輟朝一日，致弔賜賻。諡文肅：學勤好問，文；執心決斷，肅。思訥器宇軒昂，不謹小節。"】

탁신(卓愼) 1367-1426. 조선 전기. 본관은 광주(廣州). 자는 자기(子幾)·겸부(謙夫)이고, 호는 죽정(竹亭)이며, 시호는 문정(文貞)이다.

❀ 名 － 愼　字 － 子幾

【≪尙書·皐陶謨≫："兢兢業業，一日二日萬幾。"≪傳≫："言當戒懼萬事之微。"≪玉篇≫"戒，愼也"，故以"愼"應"幾"。】

❀ 諡號 － 文貞

【≪朝鮮世宗實錄≫卷卅一："八年正月癸丑。參贊卓愼卒 …… 至是卒，享年六十，士林咸惜之。訃聞，輟朝三日。諡文貞：學勤好問，文；淸白守節，貞。愼剛正，明經學，至於音律武藝，無所不通。凡敎人，必以忠信孝悌。嘗謂'≪小學≫乃學者先務'，有受業者必使讀了，然後授他書。平生不殖貨利，門戶淡如也。"】

하연(河演) 1376-1453. 조선 전기. 자는 연량(淵亮)이고, 호는 경재(敬齋)·신희옹(新稀翁)이며, 시호는 문효(文孝)이다.

❀ 名－演　字－淵亮

【≪文選·郭璞＜江賦＞≫：“陽侯砐硪以岸起，洪瀾浣演而雲迴。”李善≪注≫：“浣演，迴曲貌。”淵，≪說文≫“回水也”。同義相協。】

❀ 號－敬齋

【≪敬齋先生文集≫卷二≪敬齋箴圖≫注言：“先生終身從事於敬，嘗取朱文公箴作圖揭玩，因自號敬齋。”

○宋朱熹≪敬斋箴≫：“正其衣冠，尊其瞻視；潛心以居，對越上帝。足容必重，手容必恭；擇地而蹈，折旋蟻封。出門如賓，承事如祭；戰戰兢兢，罔敢或易。守口如瓶，防意如城；洞洞屬屬，毋敢或輕。不東以西，不南以北；當事而存，靡他其適。勿貳以二，勿參以三；惟精惟一，萬變是監。從事于斯，是曰持敬；動靜弗違，表裏交正。須臾有閑，私欲萬端；不火而熱，不冰而寒。毫厘有差，天壤易處；三綱既淪，九法亦斁。於乎小子，念哉敬哉；墨卿司戒，敢告靈台。”】

❀ 謚號－文孝

【≪朝鮮端宗實錄≫卷七：“四年八月己亥。領議政仍令致仕河演卒……謚曰文孝：學勤好問，文；慈惠愛親，孝。”】

안지(安止) 1377-1464. 조선 전기. 본관은 탐진(耽津). 자는 자행(子行)이고, 호는 고은(皐隱)이며, 시호는 문정(文靖)이다.

❀ 名－止　字－子行

【≪孟子·梁惠王下≫：“行，或使之；止，或尼之。行止，非人所能也。”】

❀ 謚號－文靖

【≪朝鮮世祖實錄≫三十四：“十年八月乙酉。領中樞院使安止卒。止，字子行，全羅道耽津人……謚曰文靖：博文多見，文；柔直考終，靖。”】

양여공(梁汝恭) 1378-1431. 여말선초. 본관은 충주(忠州). 자는 경지(敬之)이고, 호는 유정(柳亭)이다.

❀ 名－汝恭　字－敬之

【≪禮記·曲禮上≫：“是以君子恭敬、撙節、退讓以明禮。”≪注≫：“在貌為恭，在心為敬。”】

十七。停朝市致吊，致賻賜祭。東宮亦致祭。謚文度：學勤好問，文；心能制義，
度。"】

김종서(金宗瑞) 1382-1453. 조선 전기. 본관은 순천(順天). 자는 국경(國卿)이고, 호
는 절재(節齋)이며, 시호는 충익(忠翼)이다.

❀ 名－宗瑞　　字－國卿

【≪六書故≫卷七：瑞，"以玉為信節也。≪周官·宗伯≫，宗伯以玉作六瑞以等邦
國"。】

김말(金末) 1383-1464. 조선 전기. 본관은 의성(義城). 자는 간지(幹之)이고, 시호는
문장(文長)이다.

❀ 名－末　　字－幹之

【≪周易·繫辭下≫："其初易知，其上難知，本末也。"≪詩詁≫："木旁生者爲枝，
正出者爲幹。""末"為樹梢，故與樹"幹"相應。】

❀ 謚號－文長

【≪朝鮮世祖實錄≫卷卅四："十年十一月辛未。前判中樞府事金末卒 …… 至是
以疾卒，年八十二。訃聞，停朝市二日。賜謚文長：博文多見，文；教誨不倦，
長。末自少篤志力學，精熟經書。無子，臨卒囑其妻曰：'翁爲儒者，喪制宜從≪家
禮≫，勿作佛事。'性堅確，特身有方。教授弟子，遇文理難解處，比曉分明，其家
居學徒雲集，凡朝廷儒士多出其門。然無容人量，自是己見，與同列爭詆，人以是
短之。"】

김구(金鉤) ?-1462. 조선 전기. 본관은 아산(牙山). 자는 직지(直之)이고, 호는 귀산
(歸山)이며, 시호는 문장(文長)이다.

❀ 謚號－文長

【≪國朝人物志≫卷一："金鉤、金末、金泮皆博通經史，同時選授冑監，誨人不倦，
作成有效，世稱三金，而泮先逝，二金皆年踰八耋，官躋一品。俱謚曰文長。謚法
'博聞多見曰文，誨人不倦曰長'，其得此謚宜矣。"】

권제(權踶) 1387-1445. 여말선초. 본관은 안동(安東). 초명은 도(蹈), 자는 중의(仲義)·중안(仲安)이고, 호는 지재(止齋)이며, 시호는 문경(文景)이다.

❀ 諡號 - 文景

【≪朝鮮世宗實錄≫卷一百八："二十七年四月己未。議政府右贊成權踶卒……卒, 年五十九。輟朝市二日, 官庀葬事。諡文景：博聞多見, 文；由義而濟, 景。"】

유방선(柳方善) 1388-1443. 조선 초기. 본관은 서산(瑞山). 자는 자계(子繼)이고, 호는 태재(泰齋)이다.

❀ 名 - 方善   字 - 子繼

【≪周易·繫辭上≫："繼之者, 善也；成之者, 性也。"】

송유(宋愉) 1388-1446. 조선 전기. 본관은 은진(恩津). 호는 쌍청당(雙淸堂)이다.

❀ 號 - 雙淸堂

【≪宋子大全≫卷二百四≪從氏野隱公諡狀≫："宋愉, 恩津人。少喜武事, 遊京師有官階。旣而意不樂, 遂棄歸懷德縣。事母甚孝, 祭祀必以古制。嘗搆一室, 環植松竹以居, 自號'雙淸堂'。深衣幅巾, 焚香靜坐, 不以俗務經心, 忠正公朴彭年作記以美之, 一時名賢多酬唱之詩。年五十八而終。"

≪雙淸堂記≫："天地間風月最淸, 人心之妙亦與之無異焉。拘於形氣, 累於物欲, 於是焉能全其體者鮮矣。蓋煙雲四合, 天地陰翳, 而淸風掃之。明月當空, 上下洞徹, 無纖毫點綴。其氣象固未易形容, 惟人之能全其心而無累者足以當之而自樂之。故黃魯直嘗以此擬諸春陵, 而邵康節亦有淸夜之唫, 歎知味者之少也。蓋今世亦有知此樂者乎。市津宋公愉, 本簪履之舊, 而不喜功名, 退居村野今三十有餘年矣。其縣曰忠淸之懷德, 里曰白達。構祠堂於居第之東以奉先世, 置田數頃以供祭祀之需。乃於祠東別立堂, 凡七間。埃其中以宜冬。而右闢之者三, 谺其軒以宜夏。而左闢之者三, 庖廚湢浴, 藏祭器各有所。丹碧繚垣, 華而不侈。每時祀與忌日, 公必衣深衣入其堂以齋, 克敬克誠, 凡所致享, 皆遵≪禮經≫。且值佳節, 必置酒邀客。或詩或歌, 以洽鄕黨之歡。晚好禪學, 淡漠其心, 不以事物攖之, 蓋其性高明而外乎聲利者也。中樞朴公墝扁其堂曰'雙淸'而詩之, 安平大君又從而和之, 余聞而歆祉曰：有是乎, 雙淸之說也。伯夷, 聖之淸者也。公其聞伯夷之風而興起者乎？蓋風而耳得之，月而目寓之，人皆知二物之淸，而不知於吾一心有不羨乎彼者存焉。然則安知其知之者之不與不知者比也？今觀公奉先之敬、娛賓之興，其自樂之趣可知已。然濠上觀魚之樂，莊子不知；莊子不知魚之樂，惠子亦不知。余何敢窺其涯涘哉？公之令胤主簿繼祀，以余在末屬，不鄙辭拙，俾記之。聞其說而記之。正統十年秋九月望，奉訓郞集賢殿校理知製敎世子右司經朴彭年記。"

안숭선(安崇善) 1392-1452. 조선 전기. 본관은 순흥(勝興). 자는 중지(仲止)이고, 호는 옹재(雍齋)이며, 시호는 문숙(文肅)이다.

❀ 名 − 崇善　字 − 仲止

【≪禮記·大學≫："大學之道在明明德, 在親民, 在止於至善。"≪注≫："止, 猶自處也。"≪疏≫："在止於至善'者, 言大學之道, 在止處於至善之行。"】

❀ 諡號 − 文肅

【≪朝鮮文宗實錄≫卷十三："二年四月戊寅。左參贊安崇善卒 …… 至是卒, 遺命毋作佛事, 一依≪家禮≫, 朝野惜其爲人。崇善有志節, 明銳剛果, 剖決如流, 所至有聲。見人有才, 愛之無已。爲人端雅溫肅, 人愛而畏之。然過於剛果, 好惡有偏, 其所趨附者必欲庇護, 薦拔不暇, 以此卒取宗元之禍。家富飮食, 極爲精巧, 居官雖盛饌不能食。諡文肅：學勤好問, 文；執人決斷, 肅。"】

이선(李渲) ?-1459. 조선 전기. 본관은 개성(開城). 시호는 문양(文良)이다.

❀ 諡號 − 文良

【≪朝鮮世祖實錄≫卷十六："五年六月庚午。知敦寧府事李渲卒。停朝市。渲時遭喪, 自咸吉道還, 路値大雨。至高山驛前川, 其子先渡漂溺, 渲就援之, 亦隨而溺。渲, 啓川君登之子。中壬子科, 累遷至正二品。諡文良：學勤好問, 文；溫良好樂, 良。"】

이맹전(李孟專) 1392-1480. 조선 전기. 생육신(生六臣). 본관은 벽진(碧珍). 자는 백순(伯純)이고, 호는 경은(耕隱)이며, 시호는 정간(貞簡)이다.

❀ 名 − 孟專　字 − 伯純

【≪增韻≫∶"專，純篤也。"】

강석덕(姜碩德) 1395-1459. 조선 전기. 본관은 진주(晉州). 자는 자명(子明)이고, 호는 완역재(玩易齋)이며, 시호는 대민(戴敏)이다.

❀ 名－碩德　字－子明

【≪禮記·大學≫∶"大學之道，在明明德"。】

❀ 諡號－戴愍

【≪朝鮮世祖實錄≫卷一七∶"五年九月己丑。知敦寧府事姜碩德卒 …… 諡戴敏∶典禮不愆，戴；好古不怠，敏。"】

정인지(鄭麟趾) 1396-1478. 조선 전기. 본관은 하동(河東). 자는 백저(伯睢)이고, 호는 학역재(學易齋)이며, 시호는 문성(文成)이다.

❀ 名－麟趾　字－伯睢

【≪關睢≫，≪麟之趾≫，皆≪詩≫篇名。≪毛詩序≫∶"≪關睢≫，≪麟趾≫之化，王者之風，故繫之周公。"】

❀ 諡號－文成

【≪朝鮮成宗實錄≫卷九八∶"九年十一月癸未。河東府院君鄭麟趾卒。輟朝，賻、弔、祭、禮葬如例 …… 至是卒，年八十三。麟趾天資豪邁，胸懷豁達，學問該博，無所不通。世宗留意天文曆算，其大小簡儀、圭表及欽敬、報漏閣制作，群臣莫窺其奧。世宗曰'唯麟趾可與論此'，皆命掌之。又命撰歷代曆法同異，日月食、五星、四暗、躔度留逆，假令麟趾手自握籌，推步甚精，老於日官者莫能及。≪資治通鑑訓義≫，≪治平要覽≫，≪歷代兵要≫，≪高麗史≫，麟趾亦與撰之。麟趾嘗謂'國家踏驗收租非先王之制'，上書請止貢法。群臣各執所見，論議紛紜，世宗竟從麟趾之策。乃以麟趾爲巡察使，往審忠淸、慶尙、全羅道田品，定其制，民甚便之。詔使侍講倪謙來，麟趾爲館伴。嘗夜坐，謙曰∶'今月在何分？'麟趾曰∶'在東井。'謙嘆服。麟趾爲文章浩汗發越，不事雕琢。久典文柄，朝廷制作高文大冊多出其手。諡文成∶道德博聞，文；佐相克終，成。"】

이보(李補) 1396-1486. 조선 전기. 자는 선숙(善叔)이고, 봉호는 효령대군(孝寧大君)

이며, 시호는 정효(貞孝)이다.

❀ 名 - 補   字 - 善叔

【≪春亭先生文集≫卷五≪孝寧大君字說≫：“孝寧大君語季良曰：‘名必有字，古也. 吾名補，子幸字之，且著字說，吾欲觀之以自警焉.’季良不敢辭. 嘗觀≪易≫之≪繫≫有曰‘善補過也’者矣. ≪詩≫之≪雅≫有曰‘袞職有闕，維仲山甫補之’者矣，能補己之過，然後能補君之闕，其序不可紊也. 請以‘善叔’爲字. 蓋善者，天命之本然，人所固有者也，非由外鑠我者也. 堯舜也，塗人也，無以異也. 雖然，氣稟拘之於前矣，物欲蔽之於後矣. 是其所行，或不能無過差矣，此又衆人之所不免也. 仲尼蓋傷之，眷眷焉著之於≪易≫，所以爲人後慮至矣. 嗚呼！人雖有過，以善補之，斯可矣. 故稱湯之德者，有曰‘改過不吝’，周公不免於有過，孔子幸人之知過，且自謂‘可以無大過’，聖人尙爾，況其他乎？始也以善補過，終焉入於無過之地矣，夫然後袞職而是補，明命而是賦，無所處而不當，無所往而不達，以至於兼善天下. 其神化之妙，直有上下與天地同流者矣 …… 余於聖人之贊≪易≫，雖嘗翫之，而未嘗窺其涯涘，何敢有一言以衍其旨乎？但與人爲善之情本乎秉彝之天也，故於大君之問不勝感激，謹獻字若說，而系之以詩曰：‘人苟有過，善以補之. 過而旣補，格君之非. 體用一原，先後則宜. 勳業之盛，聖賢同歸. 自天福祿，來下來爲. 賢哉大君，惟善是師. 惟忠惟孝，念玆在玆. 學問之勤，惟日孜孜. 心乎愛矣，出於秉彝. 愛莫助之，祇以矢詩.’”】

이안유(李安柔) ?-?. 조선 전기. 본관은 영천(永川). 자는 이립(而立)이고, 호는 서파(西坡)이다.

❀ 號 - 西坡三友

【≪泰齋先生文集≫卷四≪西坡三友說≫：“西坡三友者，吾友李而立之自號也. 而立，人豪也. 少通六籍，擅名斯文. 中乙酉科，歷臺諫掌銓選. 十年宦遊，功昭名著，可謂天縱之才矣. 歲己亥秋，乞退南還，居永之西坡里，自號曰西坡三友. 三友者，陽燧也、角觥也、鐵刀也. 其自言曰：‘余旣離群索居，人不欲求友於我，而我亦不必求友於人. 今以三者爲友，火以司爨、觥以崇酒、刀以膾鮮. 自酌自飮，旣醉旣飽. 逍遙魚稻之鄕，鼓舞唐虞之天，此吾所以取友之意也. 子幸有以張之.’余惟友也者，友其德也. 苟有可友之德，則人與物皆可以爲友也，故古之人多以物爲友者矣。然物之可取以爲友者非獨此也，而必以此爲友，豈眞以爲口腹之計乎？子所言者，謙也。吾觀陽燧者，取火器也。一得其火而使之不滅，則其光無不照，如德之一明而使之不息，則其明無不盡。取此火者存此思，則必有'日新又新'之功矣，豈止印烘于煤而已也？觥之爲物，角也。其觫也，虛中而向內，有臨下之道；其入也，或淸或濁，懷有容之量；用其器者，思其德則必有休休樂善之心矣，何有三爵不識之患乎？若乃刀則金也，其氣配秋，而其德在利矣。用其利於物，則陳平之分肉甚均也；用其利於政，則如晦之制事善斷也。執此刀者，審所用則遊刃有餘地矣，彼烏敢當我之足言哉？是則內而自修之方、外而臨民之道，實具於三者之中，而夫子所稱之益友、孟氏所論之尙友，端不過此矣。以斯人而得斯友，可謂知取友之法。而其所取以爲善者，夫豈小哉！他日應束帛之徵，膺具瞻之責，進退百官，陶甄一世，上贊南面之化，下垂竹帛之名者，未必不資於三友之力也歟！嗚呼！大丈夫生斯世也，遇不遇，天也。雖然，方今聖明在上，泰道惟新。拔茅彙征，惟其時也。吾何爲不豫哉？姑當刮目以竢云耳。"】

유의손(柳義孫) 1398-1450. 조선 초기. 본관은 전주(全州). 자는 효숙(孝叔)이고, 호는 회헌(檜軒)·농암(聾巖)이다.

❀ **名 － 義孫　　字 － 孝叔**

【《詩·小雅·楚茨》："孝孫有慶，報以介福，萬壽無疆。"】

❀ **笑臥亭先生**

【《檜軒先生逸稿·遺事》："先生諱義孫，號檜軒 …… 端廟沖年嗣位，先生歷仕三朝，一心盡瘁，尙以集賢舊僚出入經帷。家居城內墨寺洞，已而時事一變，遂屛退全州之黃方山中，築笑臥亭，有詩曰：'笑臥堂翁閒臥笑，仰天大笑復長笑。傍人莫笑主人笑，聾有爲聾笑有笑。'"人問時象世道，則輾然而笑，高枕而臥，不欲與人答問酬酢，世稱笑臥亭先生。"】

김문기(金文起) 1399-1456. 조선 전기. 본관은 김녕(金寧). 초명은 효기(孝起), 자는 여공(汝恭)이고, 호는 백촌(白村)이며, 시호는 충의(忠毅)이다.

❀ **初名 － 孝起　　字 － 汝恭　　後改 － 文起**

【《尙書·君陳》："惟爾令德孝恭。"孔穎達疏："孝是事親之稱，恭是身之所行。

言其善事父母、行己以恭也。"

≪白村先生文集≫卷三≪行狀≫："按錄曰：公初諱孝起, 後以妻父嫌名改文起。"】

❀ 號 － 白村

【≪梅山先生文集≫卷三十四≪白村金先生遺墟碑丙午≫："嗚呼！此故忠臣大冢
宰金先生諱文起遺墟也。沃川郡南二十里有社壇洞白池里, 卽先生外舅吏曹判書
金公孝貞之郷, 而先生館焉, 因號白村。"】

정수충(鄭守忠) 1401－1460. 조선 전기. 자는 경부(敬夫)이고, 시호는 문절(文節)이다.

❀ 名 － 守忠　　字 － 敬夫

【≪說文≫："忠, 敬也。"】

❀ 諡號 － 文節

【≪朝鮮睿宗實錄≫卷七："元年九月丁亥。河原君奉朝請鄭守忠卒 …… 至是卒,
年六十九。守忠性廉平, 喜怒不形。不事家産, 不赴權門。父死, 哀毀骨立。諡文
節：學勤好問, 文；好廉自克, 節。"】

정극인(丁克仁) 1401－1481. 조선 전기. 본관은 영광(靈光). 자는 가택(可宅)이고, 호
는 불우헌(不憂軒)·다헌(茶軒)·다각(茶角)이며, 시호는 문절(文節)이다.

❀ 名 － 克仁　　字 － 可宅

【≪孟子·離婁上≫："仁, 人之安宅也。"故以"宅"應"仁"。又≪尙書·仲虺之誥≫：
"克寬克仁, 彰信兆民。"故以"克"飾"仁"。】

❀ 號 － 不憂軒

【≪不憂軒集≫卷二≪不憂軒記≫："軒以不憂名, 志閒也。人之於世, 無閒則有
憂, 有閒則無憂, 從古皆然。堯以不得舜爲己憂, 舜以不得禹、皋陶爲己憂, 是爲
天下得人而憂之也。孔子之去魯曰'遲遲吾行', 孟子之去齊則三宿出晝, 是行道
濟時而憂之也。古泰山郡有一居士, 其學則涉獵乎經史, 其志則師友乎聖賢。再
上疏闢異端, 依乎中庸矣。由蓮榜捷丁科, 儒者氣像矣。錄原從二等, 蔭子孫, 宥
後世, 承天寵也。四成均注簿, 再宗學博士, 文臣職也。乘驄馬, 坐霜臺, 風憲之
餘光也。量田三, 教授三, 儒林之腐者也。浮雲乎身世, 弊屣乎軒晃。藏器於身,
見幾而作。欣欣然, 囂囂然, 朝夕於斯焉, 起居於斯焉。奴耕婢織, 足以代其勞；

父慈子孝，足以厚其倫。不聞宦海之浮沈，焉知世道之升降？天高地下間一閒人也，夫何憂哉？古之人不云乎'駟馬高車，其憂甚大。富貴之畏人，不如貧賤之肆志焉'？其不憂軒上人之謂乎？"】

노숙동(盧叔仝) 1403-1463. 조선 전기. 본관은 풍천(豊川). 자는 화중(和仲)이고, 호는 송재(松齋)이다.

❀ 名 - 叔仝　字 - 和仲

【仝，即同。《禮記·禮運》"是謂大同"，《註》："猶和也。"】

이계전(李季甸) 1404-1459. 조선 전기. 본관은 한산(韓山). 자는 병보(屛甫)이고, 호는 존양재(存養齋)이며, 시호는 문열(文烈)이다.

❀ 諡號 - 文烈

【《朝鮮世祖實錄》卷十六："五年九月乙未。領中樞院事李季甸卒。停朝市二日，官庀葬事，賻米豆并七十石、紙一百卷。季甸，韓山君穡之孫也。性寬厚，氣宇恢洪。少登第，選入集賢殿，累遷承政院都承旨。參靖難、佐翼功臣。有子三：塏、坡、封。諡文烈：博聞多見，文；秉德尊業，烈。"】

이사철(李思哲) 1405-1456. 조선 전기. 본관은 전주(全州). 자는 성지(誠之)이고, 시호는 문안(文安)이다.

❀ 名 - 思哲　字 - 誠之

【《禮記·中庸》："誠者，天之道也。誠之者，人之道也。誠者，不勉而中，不思而得，從容中道，聖人也。誠之者，擇善而固執之者也。"】

❀ 諡號 - 文安

【《朝鮮世祖實錄》卷五："二年十二月辛亥。左議政李思哲卒。思哲，字誠之……諡曰文安：學勤好問，文；寬裕和平，安。"】

어효첨(魚孝瞻) 1405-1475. 조선 전기. 본관은 함종(咸從). 호는 구천(龜川)이고, 시호는 문효(文孝)이다.

❀ 諡號 - 文孝

【≪朝鮮成宗實錄≫卷五十一：“六年正月癸丑。判中樞府事奉朝賀魚孝瞻卒。輟朝、贈、弔、致祭如例 …… 至是卒, 年七十一。諡文孝：敬直慈惠, 文；秉德不回, 孝。孝瞻性淳質, 不喜紛華, 不好聲色。事親孝。莅官勤謹, 不惑異端, 凡陰陽風水、神佛邪僻之事, 嘗力排之。”】

김예몽(金禮蒙) 1406-1469. 조선 전기. 본관은 광산(光山). 자는 경보(敬甫)이고, 시호는 문경(文敬)이다.

❀ 名 - 禮蒙　字 - 敬甫

【≪論語・子路≫：“上好禮, 則民莫敢不敬。”】

❀ 諡號 - 文敬

【≪朝鮮睿宗實錄≫卷八：“元年十月戊辰。行同知中樞府事金禮蒙卒 …… 至是, 以病乞身, 歸忠州而卒, 士林哀之。諡曰文敬：學勤好問, 文；夙興恭事, 敬。”】

원효연(元孝然) ?-1466. 조선 전기. 본관은 원주(原州). 자는 자순(子順)이고, 시호는 문정(文靖)이다.

❀ 諡號 - 文靖

【≪朝鮮世祖實錄≫卷卅九：“十二年六月壬子。禮曹判書元孝然卒 …… 病卒。訃聞, 輟朝二日。贈諡文靖：忠信愛人, 文；寬樂令終, 靖。孝然起自寒微, 官至六卿。爲人淳謹無華, 能吏治。畜財累鉅萬, 秋毫不肯與人。爲判書, 病久垂死, 辭免之言不出於口, 惟恐失之。時議譏之。”】

유자환(柳子煥) ?-1467. 조선 전기. 본관은 영광(靈光). 시호는 문양(文襄)이다.

❀ 諡號 - 文襄

【≪朝鮮世祖實錄≫卷四一：“十三年二月辛酉。筽城君柳子煥卒。子煥, 靈光人。初名子晃, 避睿宗諱, 改今名 …… 以病卒。子煥寬厚有雅量, 謙恭下人, 接人以誠, 人無毀譽。然短於文章政事。平生不食生冷, 氣熱鼻衄, 瀕死猶不近冷。子煥微時遭母喪, 葬不如意, 每語及流涕。臨沒囑庶弟子光曰：‘我欲改葬先母未就, 夫復何言？我死之後, 葬我於先祖塋側, 移安先母, 吾死瞑目矣。’言訖而卒。諡文襄：忠信愛人, 文；因事有功, 襄。”】

권개(權愷) ?-1468. 조선 전기. 본관은 안동(安東). 시호는 문평(文平)이다.

❀ 諡號 – 文平

【《朝鮮世祖實錄》卷四六 : "十四年五月癸未。福川君權愷卒。愷性恭柔, 務合
於世, 無拔萃之能。晚登科第, 累拜兵曹正郎。上卽位, 以愷於靖難之日入直禁
內, 奔走有勞, 賜佐翼功臣號。凡待族屬, 無遠近親疎一以款曲, 然處家待子無嚴
父之道。諡文平 : 忠信愛人, 文 ; 執事有制, 平。"】

구치관(具致寬) 1406-1470. 조선 전기. 본관은 능성(綾城). 자는 이율(而栗)·경률
(景栗)이고, 시호는 충렬(忠烈)이다.

❀ 名 – 致寬   字 – 而栗

【《尙書·皋陶謨》 : "寬而栗。"《傳》 : "性寬弘而能莊栗。"】

신석조(辛碩祖) 1407-1459. 조선 전기. 본관은 영산(靈山). 초명은 석견(石堅), 자는
찬지(贊之)이고, 호는 연빙당(淵氷堂)이며, 시호는 문희(文僖)이다.

❀ 諡號 – 文僖

【《朝鮮世祖實錄》卷一八 : "五年十一月辛卯。開城府留守辛碩祖卒 …… 卒年
五十三。性溫良純謹。諡文僖 : 博文多見, 文 ; 小心畏忌, 僖。"】

서한정(徐翰廷) 1407-1490. 조선 전기. 본관은 달성(達城). 호는 둔암(遯菴)이다.

❀ 號 – 遯菴

【《大山先生文集》卷四十七《遯菴徐公墓誌銘幷序》 : "公諱翰廷, 姓徐氏 ……
公以永樂丁亥重五日生。旣長, 中司馬。及光廟受禪, 不復事學業。隱于小白山
下榮豊之地, 杜門絕世, 自號遯菴。弘治庚戌十二月十七日卒, 享年八十四。"】

남수문(南秀文) 1408-1442. 조선 전기. 본관은 고성(固城). 자는 경질(景質)·경소
(景素)이고, 호는 경재(敬齋)이다.

❀ 名 – 秀文   字 – 景質

【《論語·雍也》 : "質勝文則野, 文勝質則史, 文質彬彬, 然後君子。"】

김담(金淡) 1408-1464. 조선 전기. 본관은 예안(禮安). 자는 거원(巨源)이고, 호는 무송헌(撫松軒)이며, 시호는 문절(文節)이다.

❀ 諡號 − 文節

【≪朝鮮世祖實錄≫卷三三 : "十年七月辛酉。中樞院使金淡卒 …… 性端雅, 行己廉謹, 嘗以親老乞數郡。諡文節 : 學勤好問, 文 ; 好廉自克, 節。"】

김길통(金吉通) 1408-1473. 조선 전기. 본관은 청풍(淸風). 자는 숙경(叔經)이고, 호는 월천(月川)이며, 시호는 문평(文平)이다.

❀ 諡號 − 文平

【≪朝鮮成宗實錄≫卷三三 : "四年八月甲子。月川君金吉通卒 …… 至是卒, 年六十六。諡文平 : 敬直慈惠, 文 ; 執事有制, 平。吉通性淸簡, 不喜營産, 居官處事一以公道行之。但過於躁急, 雖同僚郎佐, 少不如意輒罵辱之。"】

최항(崔恒) 1409-1474. 조선 전기. 본관은 삭령(朔寧). 자는 정보(貞父)이고, 호는 태허정(太虛亭)·동량(㠉梁)이며, 시호는 문정(文靖)이다.

❀ 名 − 恒 字 − 貞父

【≪周易·恒≫ : "恒 : 亨, 无咎, 利貞。"≪注≫ : "恒而亨, 以濟三事也。恒之為道, 亨乃无咎也。恒通无咎, 乃利正也。恒如字, 久也。"】

❀ 諡號 − 文靖

【≪朝鮮成宗實錄≫卷四十一 : "五年四月壬午。左議政崔恒卒 …… 至是卒, 年六十六。諡文靖 : 道德博聞, 文 ; 恭己鮮言, 靖。為人謙謹寡言。雖盛暑, 整衣冠, 斂膝危坐, 終日無惰容。耽學強記, 為文章長於對偶, 一時表箋皆出其手, 中朝稱精切。世祖、睿宗≪實錄≫, ≪武定寶鑑≫, ≪經國大典≫皆其所撰定也。號太虛亭, 有集行于世。恒臨事少裁決, 長銓曹、居相位, 一無建白, 依違而已。世祖嘗與勳舊論難是非以觀其志, 問恒曰 : '吾欲為某事, 欲立某法, 欲征南伐北, 可乎 ?' 恒不度是非, 不計難易, 俛首竦身, 謹對曰'唯'。上再問, 恒復曰'唯唯'。前此, 典文衡者拜議政則必辭, 恒拜議政, 猶帶不辭, 時議譏之。"】

정자영(鄭自英) ?-1474. 조선 전기. 영덕정씨(盈德鄭氏)의 시조. 시호는 문장(文長)

이다.

❀ 諡號 – 文長

【≪朝鮮成宗實錄≫卷五十：“五年十二月丁酉。行司直鄭自英卒，輟朝，弔、祭如例 …… 至是卒，諡文長：學勤好問，文；敎誨不倦，長。自英少苦學，通熟≪五經≫，≪四書≫。登第歷仕，長爲學官，訓誨不倦。嘗與丘從直在世祖前論難經旨，從直每務迎合，或以佛老爲是，自英確然不變所見。然朴陋無變通，讀書觀文義亦多固滯，幼時赴學，十年不赴覲，爲時所薄。”】

홍경손(洪敬孫) 1409-1481. 조선 전기. 본관은 남양(南陽). 자는 길보(吉甫)이고, 호는 우국재(友菊齋)이며, 시호는 문절(文節)이다.

❀ 名 – 敬孫　字 – 吉甫

【≪周易·需≫：“有不速之客三人來，敬之，終吉。”注：“處无位之地，以一陰而爲三陽之主，故必敬之，而後終吉。”】

❀ 號 – 友菊齋

【≪四佳文集≫卷一≪友菊齋記≫：“予與南陽洪侯參同僚於成均，侯有宿德雅望，予甚敬重之。侯嘗扁其齋曰友菊，語予曰：‘古之人有友菊者，淵明其人也。吾生千載之後，不見淵明。友乎菊，所以友淵明也。請子有記。’予曰：天壤之間，草木花卉可友者非一，竹也節、松也操、梅於貞白、蓮於通直，皆君子之所取，獨菊乎哉？若尙友古人，則事業如伊周、功烈如管晏、遭遇如蕭張、文雅如王謝，獨淵明乎哉？古人論菊之德曰隱逸，是君子幽隱肥遯之象。柴桑翁生不遭時，退托於花卉，聊以自適而已，非丈夫功名富貴有志當世者之所取也。侯早捷寃科，多所揚歷。出宰百里，利澤在人。入長國學，陶鑄作成。又何事於餦英掇芳者之所爲，而淵明氏之足友哉？然侯之爲人，我知之矣。天性雅高，襟韻灑落。凤抱大才，不大厥施，而不以爲憾。坐函丈，樂英才之敎育，而不以爲得。隨其所遇，處之自若，恬然若淡泊寂寞之與儔。嘗開一室，左右蒔菊。朝退之暇，幅巾藜杖，寄傲閑適於其間，其必有所得者矣。觀其幽姿逸態，凌霜傲雪，不與浮花浪蘂爭競於三春艷陽之時。落落晚節，耿耿自持。芬可挹也，芳可隣也。侯於斯時，捨此菊復誰友哉？古之愛菊者莫如淵明，侯擧白浮黃，一觴一詠，悠然與淵明接神交於千百載之上，不亦樂乎？孟軻氏亦曰友一鄕、友一國、友天下，又尙友古之人，侯

則其人也。昔之人有以淵明配孔明者，孔明之扶衰拔亂、隆功偉烈，非淵明髣髴
其萬一。然論者至比而同之，則非拘拘於事爲之末，直論其出處之正、趣尙之高
耳。非深知淵明、孔明者，能然乎？今若以侯不足友淵明，則豈知侯與淵明者
哉？夫友者，友其德也，友其益也。友馨德而因友古之賢如菊者，豈非侯之益友
哉？予亦友乎蓮者也，嘗以'淨友'名其亭，不知淨之德益於我如菊之於侯乎？子周
子嘗曰'菊之愛，陶後無聞；蓮之愛，如予者誰'。嗚呼！淵明之後，自有其人；春
陵之後，豈無傳其心法者乎？是以記。"】

강맹경(姜孟卿) 1410-1461. 조선 전기. 본관은 진주(晉州). 자는 자장(子章)이고, 호는 수서(壽瑞)이며, 시호는 문경(文景)이다.

❀ 諡號 - 文景

【≪朝鮮世祖實錄≫卷二四："七年四月丁亥。領議政姜孟卿卒。上悼甚，素膳，輟
朝三日，命功臣等哭於其第。賜米豆幷七十石、紙一百卷。孟卿性寬厚豁達，風
儀峻偉。少登第，累歷議政府舍人。及文宗朝，轉判內資寺事，擢承政院同副承
旨，累陞都承旨，以疾改藝文提學。世祖踐祚，與佐翼功臣，尤荷知遇，遂陞議
政。務遵大體，有大臣風。每談論奏對，語若懸河。鄭麟趾嘗面語曰：'卿有政事
材，但恨不博學耳。'賜諡文景：忠信據禮，文；由義而濟，景。"】

송처관(宋處寬) 1410-1477. 조선 전기. 본관은 청주(淸州). 자는 율보(栗甫)이다.

❀ 名 - 處寬　字 - 栗甫

【≪尙書·舜典≫："命汝典樂，教胄子，直而溫，寬而栗。"蔡沈≪集傳≫："栗，莊
敬也。"】

김수온(金守溫) 1410-1481. 조선 전기. 본관은 영동(永同). 자는 문량(文良)이고, 호는 괴애(乖崖)·식우(拭疣)이며, 시호는 문평(文平)이다.

❀ 名 - 守溫　字 - 文良

【≪論語·學而≫：子貢曰："夫子溫良恭儉讓以得之。"】

❀ 諡號 - 文平

【≪朝鮮成宗實錄≫卷一百三十："十二年六月庚戌。永山府院君金守溫卒……

至是卒, 年七十三。論文平：學勤好問, 文；惠無內德, 平。守溫博覽書史, 爲文雄健疏宕, 汪洋大肆, 爲一時巨擘。嘗和大明使陳鑑≪喜晴賦≫, 蹈厲發越。後守溫入朝, 華士爭指之曰：'此是和≪喜晴賦≫者耶？'世祖屢策試文士, 守溫輒居魁。嘗撰≪圓覺寺碑銘≫, 主文者多有刪改。守溫見之曰：'大手所作, 小手其能竄改乎？'然以信眉之弟, 酷耽禪學, 佞佛太甚。嘗投檜巖寺欲爲髡, 不果。其詭行如此, 又無檢身之律, 或鋪書籍寢處其上, 或衣布加金帶履屐見客。性迂拙無幹局, 有心治産而居計甚疏, 處官事闊略無執守, 殊不類爲文氣象, 朝廷終不以館閣之任畀之。與梁誠之、吳伯昌, 上書請封功臣, 得參佐理。嘗自號乖崖, 有≪拭疣集≫行于世。"】

김계창(金季昌) ?-1481. 조선 전기. 본관은 창원(昌原). 자는 세번(世蕃)이다.

❀ 名 － 季昌　　字 － 世蕃

【≪左傳·莊公二十二年≫："爲嬀之後, 將育于姜, 五世其昌, 並于正卿。"故以"世"應"昌"。另, ≪穆天子傳≫卷二："犬馬牛羊之所昌。"郭璞≪注≫："昌, 猶盛也。"且≪左傳·僖公二十三年≫："男女同姓, 其生不蕃。"故"蕃"亦有昌盛之義, 故與"昌"相協。】

이영서(李永瑞) ?-1450. 조선 전기. 본관은 평창(平昌). 자는 석류(錫類)이고, 호는 노산(魯山)·희현당(希賢堂)이다.

❀ 名 － 永瑞　　字 － 錫類

【≪詩·大雅·既醉≫："孝子不匱, 永錫爾類。"≪傳≫："匱, 竭。類, 善也。"≪箋≫："永, 長也。孝子之行非有竭極之時, 長以與女之族類, 謂廣之以教道天下也。"】

박원형(朴元亨) 1411-1469. 조선 전기. 본관은 죽산(竹山). 자는 지구(之衢)이고, 호는 만절당(晚節堂)이며, 시호는 문헌(文憲)이다.

❀ 名 － 元亨　　字 － 之衢

【≪周易·大畜≫："上九, 何天之衢, 亨。"】

❀ 號 － 晚節堂

【≪三灘先生集≫卷之十四≪領議政朴文憲公行狀≫："甲申, 給事中金湜、舍人張珹來，公亦爲接伴使。湜篆書‘晚節堂’以贈，珹爲作記，公因以自號。”

≪御製序皇華集≫卷七≪晚節堂記≫：“士之始仕也，職未崇，祿未厚，行未孚於上下，志銳而氣歉，斂之恐無聞，縱之恐見惡，是以莫不勉於立節以圖成。及夫積歲旣久，信任漸深，職崇而祿厚，上達而下孚，得有重賚，失無深譴，志滿而氣盈，乃曰：‘吾宦成矣，吾可以爲兒女子計矣。’其於立節之初心，幾何而能復念哉。此吾金太僕名朝鮮判書朴君之堂曰‘晚節’良有以也。判書名元亨，字之衢，世爲朝鮮人。早以科目舉於其國，歷任三十年有奇，在在克著能聲，爲國人所敬服。自景泰初元至是幾缺年，朝廷遣使至其國者，後先十數人。回詢其人物之詳，皆曰：‘元亨其一也。’予深識之而未識，終猶落落耳。今年嗣皇帝卽大位，乃以予與太僕公賫詔勅諭王，錫與惟厚。未至其境，王已遣判書爲奉迎使，候於鴨綠江。旣濟，乃相見於義順館。判書進退有儀，應酬惟謹，深得古列國大夫體。自館啓行，逾半月，撫景興懷，不能無述。判書或倡或和，屢有佳製。非博學多聞者能如是乎？旣抵國中，王復以判書陪從於大平館，朝夕相與之，日益親密，乃知其不獨長於才，而又優於德。故致其君信任之深，而事無巨細悉與謀焉。他人至此，將拂戾其初心，發宦成之歎，爲兒女子之計，盡隳其節有不顧矣。判書乃能恪守初志，終始不渝，雖寵遇極隆，而敬謹益至，不惰不驕，一物不苟取，一事不自擅，兢兢然視初仕如一日。其謹於全節也爲何如！且聞其二子皆舉於科目，皆享有祿位，一門之內父子齊名，是其心雖不急於富貴，而富貴之至自有不期然者。其亦天相吉人，而有以陰厚之哉！世常以人暮年獲福爲晚節，但其所致之由有不同耳。求如判書全節於暮年，而自然享有餘祉者，豈能多得哉！余不善文，姑述判書爲人之槩，以著金公名堂之意如此。”】

❊ 諡號－文憲

【≪朝鮮睿宗實錄≫卷三：“元年正月丁丑。領議政朴元亨卒……諡文憲：博聞多見，文；薦可替否，憲。”】

하위지(河緯地) 1412-1456. 조선 전기. 본관은 진주(晉州). 자는 천장(天章)·중장(仲章)이고, 호는 단계(丹溪)·연풍(延風)이며, 시호는 충렬(忠烈)이다.

❊ 名－緯地　字－天章

【≪國語·周語下≫：“經之以天，緯之以地，經緯不爽，文之象也。”又≪詩·大雅·

械朴≫:"倬彼雲漢, 爲章于天。"故綴"天"以"章"。】

❁ 號－丹溪

【≪丹溪先生遺稿附錄·世系≫:"八世, 緯地即先生, 字天章, 又字仲章。宣德乙卯生員, 正統戊午文科壯元, 官至禮曹參判……世稱丹溪先生。(後人以只稱官職爲未安, 以此稱之。蓋取先生貫鄕別號, 而先生所居村前有丹泉故也。)"】

❁ 諡號－忠烈

【≪丹溪先生遺稿附錄·世系≫:"八世, 緯地即先生, 字天章, 又字仲章……景泰丙子(世祖二年)六月六日就死, 肅宗壬申復官, 今上戊寅贈吏曹判書, 諡忠烈(事君盡節曰忠, 剛克爲伐曰烈)。"】

유응부(俞應孚) ?-1456. 조선 전기. 본관은 기계(杞溪). 자는 신지(信之)·선장(善長)이고, 호는 벽량(碧梁)이다.

❁ 名－應孚　字－信之

【≪詩·大雅·下武≫:"王配于京, 世德作求。永言配命, 成王之孚。"鄭玄≪箋≫:"孚, 信也。此爲武王言也。今長我之配行三後之教令者, 欲成我周家王道之信也。王德之道成於信。"朱熹≪集傳≫:"言武王能繼先王之德, 而長言合于天理, 故能成王者之信于天下也。"】

성담수(成聃壽) ?-1456. 조선 전기. 본관은 창녕(昌寧). 자는 이수(耳叟)이고, 호는 문두(文斗)이다.

❁ 名－聃壽　字－耳叟

【≪史記·老子韓非列傳≫:"老子者, ……姓李氏名耳, 字伯陽, 諡曰聃。"】

김학기(金學起) 1414-1488. 조선 전기. 본관은 공주(公州). 자는 문백(文伯)이다.

❁ 名－學起　字－文伯

【≪論語·公冶長≫:"子曰:敏而好學, 不恥下問, 是以謂之文也。"】

이석형(李石亨) 1415-1477. 조선 전기. 본관은 연안(延安). 자는 백옥(伯玉)이고, 호는 저헌(樗軒)이며, 시호는 문강(文康)이다.

❀ 名 - 石亨

【≪海東雜錄・本朝五≫：“李石亨, 延安人, 字伯玉, 號樗軒 …… 樗軒初生, 裹以青胞, 旣剖之, 則肌膚甚墨, 骨節麤疎, 遍身有毛。以爲不祥, 將棄之, 其父見之大喜曰：‘眞奇男也。’生前夕夢白龍坼大石踊出, 忽飛騰, 夢覺則舍人報生男。其名石亨以此。”】

❀ 名 - 石亨　　字 - 伯玉

【≪說文≫：“玉, 石之美(者)。”】

❀ 諡號 - 文康

【≪朝鮮成宗實錄≫卷七六：“八年二月丁丑。延城府院君李石亨卒 …… 至是卒, 年六十三。諡文康：勤學好問, 文；溫柔好樂, 康。”】

윤자운(尹子雲) 1416-1478. 조선 전기. 본관은 무송(茂松). 자는 지망(之望)이고, 호는 낙한재(樂閒齋)이며, 시호는 문헌(文憲)이다.

❀ 名 - 子雲　　字 - 之望

【≪孟子・梁惠王下≫：“民望之, 若大旱之望雲霓也。”】

❀ 諡號 - 文憲

【≪朝鮮成宗實錄≫卷九二：“九年五月乙亥。右議政尹子雲卒。輟朝、弔、祭、禮葬如例 …… 至是卒, 年六十三。諡文憲：忠信據禮, 文；博聞多能, 憲。子雲爲人端雅詳密, 自筮仕至大拜, 未嘗被公府之劾。”】

양성지(梁誠之) 1415-1482. 조선 전기. 본관은 남원(南原). 자는 순부(純夫)이고, 호는 눌재(訥齋)・송파(松坡)이며, 시호는 문양(文襄)이다.

❀ 名 - 誠之　　字 - 純夫

【≪增韻≫：“誠, 純也, 無僞也, 眞實也。”】

❀ 號 - 訥齋

【≪訥齋集≫卷六≪訥齋銘徐居正≫：“公貌溫溫, 公言期期。巧言令色, 彼何人斯？”】

❀ 木鴈亭

【≪訥齋集≫卷六≪木鴈亭銘徐居正≫：“鴈鳴于池, 木在于山。何以取之？材不材

間。"】

❀ 止足堂

【≪訥齋集≫卷六≪止足堂銘徐居正≫："知止不殆，知足不辱。公乎三復，庶幾無斁。"】

❀ 諡號－文襄

【≪朝鮮成宗實錄≫卷一四二："十三年六月戊申。行知中樞府事梁誠之卒。輟朝、弔、祭、禮葬如例……至是卒，年六十八。諡文襄：勤學好問，文；因事有功，襄。"】

한명회(韓明澮) 1415－1487. 조선 전기. 본관은 청주(清州). 자는 자준(子濬)이고, 호는 압구정(狎鷗亭)·사우당(四友堂)이며, 시호는 충성(忠成)이다.

❀ 號－狎鷗亭

【≪庚午皇華集·狎鷗亭記≫："朝鮮王城之南十數里，有水曰漢江。其源出自金剛、五臺二山，而會為長江，西流以入於海。余昔奉詔使其國，嘗至江上，登樓謳詠。又放舟江中，泝沿為樂。見有涯岸弘闊，波濤浩渺，風帆往來，沙鳥上下。襟懷軒豁，景趣無窮，恍若置身滄浪漢沔之間，而忘其身之寓於東方也。別來數載，每退想江皋風致，未嘗不神俱往也。天順改元之冬，朝鮮吏曹判書韓公明澮承其國命，來陳封事。公舊闢別墅於漢江之涘，構亭其間，而未之名也。以余嘗駐節經遊，知其勝概，伻來問名於余，因屬言以記之。余為之名曰'狎鷗'，而復之曰：鷗，水鳥之閑者也。滅沒江海之中，飛翔洲嶼之上，非人可畜之物也。而胡為能狎之乎？然色斯舉矣，翔而後集，鳥之見幾者如此。故海翁旦之海上，鷗之至者以百數。以其無幾也。及欲取而玩之，乃舞而不下，以其幾動也。惟無幾心，則鷗自相親而可狎矣。公長身玉立，儀度秀偉。仕於藩國，著甄別公明之才；使於天朝，謹服順敬畏之禮。則還國也，柄用方隆，何遲鷗之狎乎？不知萬物之情，必無幾心而後相感。萬事之理，必無幾心而後相成，不可使有一毫私意寓焉。幾心誠無矣，則立於朝也，人莫不樂與之親。登斯亭也，鷗莫不閑與之狎。若富貴利祿，固將漠然無繫於己，斯非造道之高者乎？亭以是名，盖亦宜也。昔宋韓魏忠獻公亦嘗以亭名'狎鷗'，歐陽文忠公贈詩有曰：'險夷一節如金石，勳德俱高映古今。豈止忘幾鷗鳥信，陶匀萬物本無心。'忠獻得詩喜曰：'永叔知我！'夷夏雖不同而人心則同, 古今雖有異而吾道不異。余之所望於公者殆亦若是, 未知公之心謂余爲能知否? 儻以爲知, 則幸以斯言揭諸亭中以爲記。天順二年龍集戊寅春正月既望, 賜進士及第翰林院學士奉議大夫前左春坊大學士通政使司左參議經筵講官志史館總裁錢唐倪謙記。"】

권륜(權綸) 1415-1493. 조선 전기. 본관은 안동(安東). 호는 소요당(逍遙堂)이다.

❋ 號 - 逍遙亭

【≪四佳文集≫卷三≪逍遙亭記≫: "花山吾外家世多聞人, 族兄權侯諱綸, 中丁卯科, 選入翰林, 俄遷注書, 歷郞諸曹, 陞中書, 亞栢府, 長胄監。爲參議, 爲方伯, 聲名藉藉。然雅性冲澹, 宦情不篤。一日投章謝病, 之德原之別墅而盤旋焉。銓曹累薦, 固辭。朝中交遊諸彦惜其去, 勸之起, 亦復辭謝。其得士君子出處之正, 不迷於功名止足之機者至矣! 日者抵居正書曰: '自吾辭退以來, 江湖魏闕之思未嘗忘于懷。但吾年未及致事, 不堪機務。今則已滿七十, 衰病日深, 自分老於無何曠漠之鄕, 以逍遙扁吾亭, 幸子演其說。'予惟莊周氏著書以≪逍遙遊≫爲≪內篇≫第一。前輩以謂逍遙者, 優游自在之謂。遊者, 天遊也。逍遙遊三字, 斂之只一樂字也。予聞此言久矣, 今侯以是名亭, 夫豈徒哉? 鐵嶺之北、龍津之西, 山川淑氣, 搏輿磅礴。侯之亭, 都諸勝而有之。侯旣稅塵鞅, 遺聲利, 不物於物, 其樂可知。吾意侯之亭, 亦一泰宇也。侯日據梧端坐, 以天地爲蘧廬, 以日月爲戶牖。閱四時之禪代, 覽百物之變化。不知野馬也、塵埃也, 孰吹噓是乎? 山林歟? 皐壤歟? 孰使之欣欣乎? 泰山之於秋毫, 孰爲輕重? 斥鷃之於搏鵬, 孰爲大小? 梟鶴何論於長短, 鳶蟻何取於予奪? 古今一貉也, 萬物一馬也, 於是乎窅然嗒然, 芒乎芴乎, 身御六氣之正, 神遊八極之表, 則自不知其逍遙之爲逍遙也, 而樂亦隨之矣。若或弊弊而居, 昧昧而遊。耳目所及不過蓬蒿之上、楡枋之間, 而不知天地之大、九萬之程, 謂之逍遙之樂, 可乎? 昔惠子謂莊子曰: '子非魚, 焉知魚之樂乎?'今居正非侯, 焉知侯逍遙之樂乎? 試觀人之常情, 樂其進、不樂其退, 樂於干祿而不樂於辭祿, 其能履盛滿而挹損、當急流而勇退者, 幾何人耶? 今侯不樂人之所樂而樂人所不樂, 境與心合, 意與時會, 不知天壤之間復有何樂易此逍遙也。其賢於常情遠矣, 未審侯之自視與漆園何如耶? 居正老矣, 貪榮竊祿, 不能如兄快然斂退, 能不愧於心乎? 倘得乞骸, 相從於林下, 則當携≪南華≫一帙更

畢逍遙之說。甲辰。"】

권람(權擥) 1416-1465. 조선 전기. 본관은 안동(安東). 자는 정경(正卿)이고, 호는 소한당(所閑堂)이며, 시호는 익평(翼平)이다.

❀ 諡號 – 翼平

【《朝鮮世祖實錄》卷三五："十一年二月癸未。吉昌府院君權擥卒……諡翼平：思慮深遠，翼；克定禍亂，平。"】

이개(李塏) 1417-1456. 조선 전기. 본관은 한산(韓山). 자는 청보(淸甫)·백고(伯高)이고, 호는 백옥헌(白玉軒)이며, 시호는 의열(義烈)·충간(忠簡)이다.

❀ 名 – 塏　字 – 伯高

【《說文》："塏，高燥也。"】

박팽년(朴彭年) 1417-1456. 조선 전기. 본관은 순천(順天). 자는 인수(仁叟)이고, 호는 취금헌(醉琴軒)이며, 시호는 충정(忠正)이다.

❀ 名 – 彭年　字 – 仁叟

【《莊子·逍遙游》："莫壽於殤子，而彭祖爲夭。"《注》："彭祖蓋楚先，壽八百歲。"《論語·雍也》："子曰：'知者樂，仁者壽。'"】

❀ 號 – 醉琴軒

【《宋子大全》卷一百四十六《平陽朴先生遺墨跋》："右平陽朴先生親筆也。先生罹丹書以死，其遺文留墨爲世所諱，而亦爲世所寶。今耳孫判官崇古收拾文字之菫菫者，附以先生同志成、河、柳、李、兪五先生之斷爛者編爲一通，以行于世。又幸得此于人家。先是，禹公伏龍摸勒爲印本，得見者不翅若元龜弘璧。況此眞迹，又何以云喩哉？國家凡幾經兵火，凡秘閣芸館之藏猶不得保，而獨此不滅而能存。禹公所謂非偶然者，非虛言也。第其卷首卷末，印章篆以"醉琴之軒永豐"六字，又別印"永豐"二字，故舉世稱先生爲醉琴軒。然"永豐"之云，不知其何謂。頃者滄江趙丈涑謂先生之婿宗室永豐君，收保此本而著其印章，醉琴乃永豐之別號。此言似是矣。然世人稱之已久，猝難改也。仍幷著其說于後，以俟覽者之參考焉。時崇禎著雍涒灘陽月，恩津宋時烈跋。"】

≪朴先生遺稿凡例・六先生遺稿凡例≫：“一世以醉琴軒爲朴先生號，禹公伏龍跋
先生≪千字文≫亦以是爲稱。但‘醉琴軒’字不見于文籍，無可據。今考先生親筆
≪千字文≫，卷首卷尾皆著圖署各二：其一曰‘醉琴之軒永豐’六字，其一只曰‘永
豐’二字。蓋王子永豐君是先生女婿，先生必不以永豐自號。意先生寫≪千字文≫
贈永豐，而永豐自著圖署于卷首尾，後人誤認爲先生軒號也。況今世所傳先生親
筆詩篇，皆有圖署，而只書姓名若字若鄕貫，而無‘醉琴軒’字，似非先生軒號。今
此遺稿中，不敢以醉琴稱之。”】

유성원(柳誠源) ?-1456. 조선 전기. 본관은 문화(文化). 자는 태초(太初)이고, 호는
낭간(瑯玕)이다.

❀ 名 - 誠源　字 - 太初

【≪莊子・知北游≫：“以無內待問窮，若是者，外不觀乎宇宙，內不知乎大初。”成
玄英≪疏≫：“大初，道本也。”≪說文≫，源，“水泉本也”。】

강희안(姜希顏) 1417-1464. 조선 전기. 본관은 진주(晉州). 자는 경우(景遇)이고, 호
는 인재(仁齋)이다.

❀ 名 - 希顏　字 - 景愚

【≪保閑齋集≫卷四≪題姜正郎希顏字說詩卷≫：“男兒志學聖賢歸，予舜何人在有
爲。胸中眞樂無今古，紈綺簞瓢各不移。”“要自天然味道腴，休將虛實辨有無。
從來大巧寓若拙，誰識眞愚是不愚。”“幾微不放外人知，靜慮凝神坐忘時。床上
有書亦不讀，春風拂面柳絲垂。”
○≪論語・爲政≫：子曰：“吾與(顏)回言，終日不違如愚。”慕顏回之“愚”而以之
爲名，以“希”、“景”表敬慕之義。】

이유(李瑈) 1417-1468. 조선 전기. 조선 제7대 임금, 세조. 자는 수지(粹之)이다.

❀ 名 - 瑈　字 - 粹之

【瑈，≪廣韻≫“玉名也”。≪文选・顔延之＜应诏宴曲水作＞诗≫：“君彼東朝，金
昭玉粹。”李善≪注≫引≪广雅≫：“粹，純也。”】

신숙주(申叔舟) 1417-1475. 조선 전기. 본관은 고령(高靈). 자는 범옹(泛翁)이고, 호는 보한재(保閑齋)·희현당(希賢堂)이며, 시호는 문충(文忠)이다.

❀ 名 - 叔舟　　字 - 泛翁

【《莊子·列禦寇》：“無能者無所求, 飽食而遨游, 泛若不繫之舟。”】

❀ 號 - 保閑齋

【《保閑齋集》卷第十六《在燕京會同館呈倪學士謙手簡》：“叔舟新置別墅江濱有亭臨江。東望露梁, 西望楊花, 沿江上下, 人居相屬, 以近王城。漕船往來, 帆竿如織。江之南有平郊極目, 郊外有山。雲霞出沒, 洲渚縈紆。漁歌迭和, 水鳥飛鳴, 令人有拔塵遐想。叔舟結髮讀書, 蒙未有知。性不喜榮祿, 薄於宦情。東國雖小, 官職已踰涯分。自念浮生隙駒, 汩沒何爲？將欲棲息于斯以守素志, 惟排紛遣懷莫如閑。而閑亦不易得, 故以保閑名亭。得先生絶句一兩篇, 歸揭亭上以爲榮。且朝夕瞻仰, 以盡戀慕之意寔所願也。不敢望焉, 叔舟百拜。”】

❀ 號 - 希賢堂

【《保閑齋集附錄·希賢堂詩序[黃瓚]》：“初, 叔舟方以求益來拜寅館, 容貌極端重, 而言動皆不苟, 予意其人必有源委者也。處數日後, 又有以得叔舟之心。既而別去, 越月餘復至, 因其相資之切, 而得其心愈深矣。酒以善士目之。將歸, 求其堂額, 遂以‘希賢’爲號, 寔取周子‘士希賢’之謂也。”】

❀ 謚號 - 文忠

【《朝鮮成宗實錄》卷五六：“六年六月戊戌。領議政申叔舟卒 …… 及卒, 聞者莫不惜之, 至有掩涕者。遺命薄葬, 不作浮屠法, 殉以書籍。謚文忠：道德博文, 文；危身奉上, 忠。”】

성삼문(成三問) 1418-1456. 조선 전기. 본관은 창녕(昌寧). 자는 근보(謹甫)·눌옹(訥翁)이고, 호는 매죽헌(梅竹軒)이며, 시호는 충문(忠文)이다.

❀ 名 - 三問

【《成謹甫先生集》卷四《附錄·連山成先生遺墟碑恩津宋時烈撰》：“先生諱三問, 字謹甫, 昌寧人。皇明永樂戊戌, 生于洪州魯恩洞外家。將降, 自空中有問曰‘生乎’, 如是者三, 故以爲名。”】

성삼고(成三顧) ?-1456. 조선 전기.

❊ 名 - 三顧

【諸葛亮≪出師表≫：“先帝不以臣卑鄙，猥自枉屈，三顧臣於草廬之中。”】

성삼성(成三省) ?-1456. 조선 전기.

❊ 名 - 三省

【≪論語·學而≫：“曾子曰：‘吾日三省吾身。’”】

이예(李芮) 1419-1480. 조선 전기. 본관은 양성(陽城). 자는 수경(秀卿)·가성(可成)이고, 호는 눌재(訥齋)이며, 시호는 문질(文質)이다.

❊ 名 - 芮　字 - 秀卿　改字 - 可成

【≪成謹甫先生集≫卷二≪李君芮改字可成說≫：“傳曰：五穀，種之美者也。苟爲不熟，不如荑稗。夫不熟，豈五穀罪哉？浡然而生，至於日至之時皆熟者，固五穀之天。顧其使五穀遂其天，在於上焉而時氣和、下焉而人力專耳。然則五穀不能自生而自熟也，時氣未之和、人力未之專，而責五穀之不熟曰‘是烏能爲種之美也’，‘是烏能食天下也’，則何以異於人之不養其性，自暴且棄曰‘人性惡，女烏能堯舜乎’？余讀≪詩≫，知其說矣。自于耕擧趾，至於築場圃、納禾稼，人力如彼其專也。自有淒興雨，至於去螟螣及蟊賊，時氣如彼其和也。然後之五穀也能方苞發秀，堅好穎栗，而其天者遂焉。以至千斯倉，萬斯箱，爲農夫之慶焉。以至此有秉，彼有穗，爲寡婦之利焉。其爲種之美，而食天下者爲如何也？向之責者，或未之思歟？余持此論久矣。吾友李君芮舊字秀卿，余一日戲之曰：‘君何取於秀也？秀而不實者有矣。’李君曰：‘有是哉！’亟命余改之，又徵說焉。余探‘百穀用成’之義字曰可成，仍書前所稱以贈，而又誦≪詩≫告之曰：‘有飶其馨，邦家之光。有椒其香，胡考之寧。’黍稷熟而其馨香，猶能光邦家、寧胡考，況乎馨香於黍稷者哉？君欲馨香之，亦在乎熟之而已。或謂余曰：‘字李君可成，豈取義“虞、芮質厥成”歟？’曰：‘不。芮，草生貌也。五穀於草爲種之美而食天下也，故用以字。”】

❊ 諡號 - 文質

【≪朝鮮成宗實錄≫卷一二四：“十一年十二月庚午。刑曹判書李芮卒，輟朝，賜賻、弔、祭如例。至是卒，年六十二。芮資質英明，博學多聞。性又謙遜，不矜

伐。自入集賢殿至省宰，凡歷官皆帶文翰之職。諡文質：博聞多見，文；名實不
爽，質。"】

서거정(徐居正) 1420-1488. 조선 전기. 본관은 달성(達城). 초자는 자원(子元), 자는
강중(剛中)이고, 호는 사가정(四佳亭)·정정정(亭亭亭)이며, 시호는 문충(文忠)이다.

❀ 名－居正　字－剛中

【≪周易·乾≫："剛健中正。"≪周易·需≫："九五需於酒食，貞吉。"≪集解≫：
"五有剛德，處中居正，故能帥群陰，舉坎以降，陽能正居其所，則吉。"

另，≪周易·臨≫："≪象≫曰：臨，剛浸而長，說而順，剛中而應，大亨以正，天之
道也。"≪疏≫："≪正義≫曰：'臨，剛浸而長，說而順'者，此釋'臨'義也。據諸卦
之例，'說而順'之下應以'臨'字結之，此无'臨'字者，以其'剛中而應'亦是'臨'義，故
不得於'剛中'之上而加'臨'也。'剛中而應，大亨以正，天之道'者，天道以剛居中，
而下與地相應，使物大得亨通而利正。故≪乾卦≫'元，亨，利，貞'，今此≪臨卦≫，
其義亦然，故云'天之道'也。"】

❀ 號－四佳亭

【≪海東雜錄≫卷三≪本朝三≫："徐達城取程子'四時佳興與人同'之語以名其
亭。春亭作記云：'春日載陽，尋花問柳。江涵秋影，如客携壺。畏景流金，蔭佳
木而受淸風；沍寒綿折，倚晴窓而背朝日。'本集"

≪春亭先生文集≫卷五≪四佳亭記≫："四佳亭，藝文館大提學孝隱先生之自扁
也。先生早年中魁科，登玉堂，入錦省，長于柏府，觀察于忠淸，所至有聲績。凡
士大夫之所欽艶者，蓋已飽經而厭歷，先生之仕宦，吁其盛矣哉！而先生之心則
超然有雲煙邱壑之趣，常在於物外者矣，又況沈潛於濂洛性命之學而不知倦焉，
則其不以功名富貴介于其懷也的矣。松京之南數十里有山曰都羅，結廬其陽，休
暇之隙，匹馬往還，以償素志。又以四佳名其亭，蓋取程子'四時佳興與人同'之語
也。皇明奉使太僕少卿祝公孟獻聞而嘉之，旣圖其景，又爲歌詩，先生命余爲
記。余也學甚淺，病且久矣，烏能言哉？然於先生之命，義不可以言之工拙辭。夫
陰陽變合而生水火木金土，五行之氣順布而四時行焉，萬物以之而遂其生矣。五
行之理其賦於人者曰仁義禮智信，五常之性發而四端出焉。萬事以之而得其成
矣，在天爲四時，在人爲四端，其理一也。雖然，衆人之生，氣質偏矣，物欲蔽矣，

功名利祿得失之計，百周千折，凝冰焦火而相戰於其中矣，尚何五性四端、存養擴充之可言哉？晨昏之變易、寒暑之推遷，曾莫之省矣，況望其有會於四時之佳興也哉？人於是乎知免者鮮矣。先生既無物欲聲利之累矣，而學問存養之功日就乎高明，則其五性四端之發而不可遏者，與夫五行四時之流行而不容已者，有默契焉。夫豈有上下彼此之相懸耶？天壤之間，同吾胸次，四時代謝，佳興尚存。其樂之至，有難以言語形容者矣。此所以取諸至近而表之亭也歟？蓋四時之氣充塞天地，寧有一物之或遺哉？四時之運，貫徹古今，寧有一刻之或停哉？而先生之心通乎有形之外矣，純乎隱見之間矣。則先生之心與四時之氣之運，其果有二乎哉？其以四佳而名亭者，夫豈偶然哉？通乎有形之外，純乎隱見之間者，天德也。有天德則便可與語王道矣。繼是而位冠廊廟，得盡其論道調元之責焉。則其神化之妙直有與天地四時同流，萬物各得其所者矣。嗚呼至哉！非知道之君子，烏足以與此哉？至若春日載陽，尋花問柳。江涵秋影，與客携壺。畏景金流，蔭佳木以受清飆；沍寒綿折，倚晴牕以背朝日。四時之景不同，而吾之佳興亦與之而無窮者，則雖如余者亦所同嗜，固嘗樂之，而舉一隅以春而名吾亭矣。如天之福，卜隣隙地，日操几杖以從遊，以翫四時之變態，以樂余生，則余之至幸也。或謂：‘先生之名亭也，其義大哉！放之六合而窮乎萬期矣，而子之說則陋陋而固滯。且子以春而名亭矣，一偏之甚者也，又烏足以語四時之佳興也哉？’余曰：‘充塞天地，則六合在其中矣；貫徹古今，則萬期在其中。天地四時，本吾一氣也。又況天有四時而春無所不包，則余於四時佳興之說蓋亦得窺其涯涘之萬一矣。’是爲記。”又參見孫舜孝號七休子條。又參見任元濬號四友堂條。】

❉ 號－亭亭亭

【《五洲衍文長箋散稿・人事篇・宮室類・亭亭亭堂堂堂辨證說》：“最晚獲睹徐四佳軒居正集。公鑿池種蓮，構亭其上，自號亭亭亭，魚公世謙撰碑。可知先生不拘于流俗之見，超脫獨行，如荷葉之亭亭直上，淖約皭潔，不染污泥者也。”】

❉ 諡號－文忠

【《朝鮮成宗實錄》卷二百二三：“十九年十二月癸丑。達城君徐居正卒……至是卒，年六十九。諡文忠：博聞多見，文；事君盡節，忠。嫡無子，有孽子福慶。居正溫良簡正，博涉群書，兼通風水星命之學，不喜釋氏書。爲文章不落古人科臼，自成一家，有《四佳集》三十卷行于世。若《東國通鑑》，《輿地勝覽》，《歷代年表》,《東人詩話》,《大平閑話》,《筆苑雜記》,《東人詩文》, 皆所撰集。構亭于中園, 鑿池種蓮, 號亭亭亭, 左右圖書, 澹如也。居正爲一時斯文宗匠, 爲文章尤長於詩。篤意著述, 至老不懈。或有譏之者, 居正曰:'是我膏肓, 不可醫也。'在朝廷最爲先進, 而名望後己者往往躐躋台席, 居正不無偏心焉。命居正與後生輩同製詩文以進, 如此者非一再矣。居正不平曰:'予雖不才, 主盟斯文三十餘年, 甘心與黃吻小生較其才耶?'朝廷於此失體。居正器狹, 無容人之量, 又未嘗獎進後生, 世以此少之。"】

신숙서(申叔胥) ?-?. 조선 전기. 자는 상지(相之)이고, 호는 죽당(竹堂)이다.

❀ 號 - 竹堂

【《四佳文集》卷一《竹堂記》:"申侯叔胥擢辛未科, 選補成均學官, 轉至博士。出爲文義、靑陽二縣, 有政聲, 復入成均爲典籍。時居正忝長本館, 一日侯從容語予曰:'叔胥別墅在橲城之牧村, 面勢爽塏, 左右湖山, 聚一方之形勝而有之。環墅植以果樹花卉, 而竹居多。搆屋數椽, 扁曰竹堂。叔胥少時讀書遊詠其間, 多得其性情而酷好之。自遊宦東西, 雖不得朝夕相於, 而吾竹之節之操之德未嘗忘于懷。今則年衰, 宦情不篤, 將告老還鄉, 所與友者, 此君而已。請君有一言。'居正曰:'古之愛竹者多。晉有七賢, 唐有六逸。友之如子猷, 親之如袁粲。蔣詡之開徑, 公叔之爲所。樂天有記, 杜牧有賦。楊廷秀著之文, 蘇子瞻論諸詩:皆無一語及性情。竹之資於人者亦多。楊州之篠蕩爲貢, 渭川之千畝爲侯。伶倫造律呂, 蒼頡製簡策。至於工取之器, 商取之貨。大者中瓦, 脩者中椽。爲簠簋, 爲筐筐。爲箭爲筆, 宜杖宜笥, 無適不可:而無一語及性情。今子何脩而得其性情, 又知夫所謂之節之操之德者乎?豈不以竹者其性直, 直則不曲;其心虛, 虛則有受;通而節爲禮, 理而折爲義;具衆美, 仁之包也, 宜於冬, 智之屬也;挺然特立, 剛哉不屈, 勇之象也;貫四時, 不改柯易葉, 則貞哉其操也;傲霜雪以保歲寒, 則確乎其節也, 非鳳凰不栖, 非君子不友, 則謂之非德可乎?此則竹之性情, 而古今知者鮮少。惟吾夫子聞其聲, 而不肉三月, 則其眞知性情之至乎。嚴夫有尙德之論, 寬夫著邪正之說, 庶幾有得於聖人之微旨。濂溪周子嘗論太極曰'靜而虛, 動而直', 鄒元方以竹之虛直配之陰陽動靜, 斯蓋先賢所不及, 而發明性情爲尤切矣。侯, 儒者也。格物窮理, 其必有得於斯歟?然吾聞貴窮理, 所以重力行也。《淇澳》之

詩, 衛人美武公之德, 而終始以竹起興。曾子於≪大學≫引之, 以爲道學自脩之
目。子益加切磋琢磨之功, 期至於至善之地, 則斯竹也未必不爲養性之助矣。若
王元之所謂'宜雨宜雪, 宜鼓琴, 宜詠詩, 宜圍棋, 宜投壺', 以爲竹之所助, 則吾不
必瀆告之, 而子必有弛張者矣。"】

유윤겸(柳允謙) 1420-?. 조선 전기. 본관은 서산(瑞山). 자는 형수(亨叟)이다.

❀ 名 - 允謙　　字 - 亨叟

【≪周易·謙≫:"謙:亨。君子有終。"】

한계미(韓繼美) 1421-1471. 조선 전기. 본관은 청주(淸州). 자는 공보(公甫)이고, 시
호는 문양(文襄)이다.

❀ 名 - 繼美　　字 - 公甫

【唐杜甫字子美, 以其名為字, 以其字為名, "繼"即紹繼。】

❀ 諡號 - 文襄

【≪朝鮮成宗實錄≫卷十三:"二年十二月庚寅。領中樞府事韓繼美卒。輟朝,
弔、祭、禮葬如例 …… 尋卒, 年五十一。諡文襄:忠信愛人, 文;因事有功, 襄。
繼美妻卽貞熹王后姊也, 以是曲被寵遇。爲人美容儀, 寬厚寡言, 與人無忤意。"】

성임(成任) 1421-1484. 조선 전기. 본관은 창녕(昌寧). 자는 중경(重卿)이고, 호는
일재(逸齋)·안재(安齋)이며, 시호는 문안(文安)이다.

❀ 名 - 任　　字 - 重卿

【≪論語·泰伯≫:"曾子曰:'士不可以不弘毅, 任重而道遠。'"】

❀ 諡號 - 文安

【≪朝鮮成宗實錄≫卷一百六九:"十五年八月甲戌。知中樞府事成任卒 …… 至
是卒, 年六十四。諡文安:博聞多見, 文;寬裕和平, 安。任爲人器度寬洪, 識見
精博。善書工文, 尤長於律詩。嘗倣≪大平廣記≫編輯古今異聞, 名曰≪大平通
載≫, 行于世。"】

김질(金礩) 1422-1478. 조선 전기. 본관은 안동(安東). 자는 가안(可安)이고, 호는

쌍곡(雙谷)이며, 시호는 문정(文靖)이다.

❋ 諡號 - 文靖

【≪朝鮮成宗實錄≫卷八九："二月丁巳。上洛府院君金礩卒。輟朝、賻、弔、祭、禮葬如例 …… 至是卒，年五十七。諡文靖：忠信愛人，文；寬樂令終，靖。礩美風儀，善言論。事父母孝，待兄弟友。"】

이승소(李承召) 1422-1484. 조선 전기. 본관은 양성(陽城). 자는 윤보(胤保)이고, 호는 삼탄(三灘)이며, 시호는 문간(文簡)이다.

❋ 名 - 承召　　字 - 胤保

【≪尙書·洛誥≫："天基命定命，予乃胤保，大相東土。"】

❋ 號 - 三灘

【≪三灘集·三灘墓志≫："公少長于海州之三灘，釣魚養親，欲以終身。"】

❋ 諡號 - 文簡

【≪朝鮮成宗實錄≫卷一百六二："十五年一月戊戌。陽城君李承召卒 …… 至是卒，年六十三。諡文簡：博文多見，文；居敬行簡，簡。爲人天資溫醇，學問精深，凡陰陽、地理、醫藥之書無不通曉。爲文章典雅精絶，爲一時冠。性廉簡恭謹，不事表襮。襟懷灑落，日以書史自娛。死之日，家無餘財。"】

한계희(韓繼禧) 1423-1482. 조선 전기. 본관은 청주(淸州). 자는 자순(子順)이고, 시호는 문정(文靖)이다.

❋ 諡號 - 文靖

【≪朝鮮成宗實錄≫卷一四五："十三年閏八月乙酉。西平君韓繼禧卒。輟朝、弔、祭、禮葬如例 …… 卒，年六十。諡文靖：學勤好問，文；恭己鮮言，靖。臨終，戒子孫勿厚葬。繼禧天資精粹，外溫內貞，雖對妻子，未見有惰容。遇事倉卒，無疾言遽色，被累朝寵遇，謹愼無過。每上有所問，引經據古，勿希苟合。其在集賢，同列相謂曰：'聖人吾未得見，如韓公其殆庶乎？'世祖嘗評論群臣，曰'韓某精微第一'，待之雖甚親昵，常呼官而不名。其所薦相繼至三公，必曰：'西平在而吾輩竊位，得無愧乎？'繼禧性又淸素，不事産業。早鰥居，有子女數人婚嫁未辦，世祖臨薨囑貞熹王后備賜子婦粧具，其見遇如此。"】

임원준(任元濬) 1423-1500. 조선 전기. 본관은 풍천(豊川). 자는 자심(子深)이고, 호는 사우당(四友堂)이며, 시호는 호문(胡文)이다.

❁ 名 - 元濬　　字 - 子深

【≪尙書·舜典≫："濬哲文明。"≪傳≫："濬, 深；哲, 智也。"】

❁ 號 - 四友堂

【≪四佳文集≫卷三≪四友堂記≫："驪之水源於月岳, 合獺川爲金灘, 經仰岩, 會蟾水, 奔流漸廣, 爲驪江。瀜泛砰湃, 淸徹可愛。江之西有馬岩, 盤礴巉峻, 瑰奇特絶。捍水之功, 大爲黃驪一州所賴。岩之名由是而著稱。環左右, 長林大野、良田沃壤、彌望數百里。宜秔稻, 宜黍秫, 宜樵蘇, 宜畋漁, 隨所得而自足。遠而望之, 雉岳、龍門諸山, 攢靑聳碧, 出沒於烟雲杳靄之間, 氣象不一, 眞所謂名區勝地, 而西河任先生之別墅存焉。嘗構一堂, 扁曰四友, 盖取之耕、牧、樵、漁也。間屬予記。予惟耕於野、牧於郊、林若樵之、水若漁之, 皆山林肥遯者之所樂。先生以功名富貴之盛, 享軒冕圭組之榮, 聖心之所眷注、物議之所倚重, 於斯四者不可得而爲友, 今復取之, 何耶？嘗聞山林歟、皐壤歟, 所處之地雖不同, 所寓之志無不同。居岩廊而思江湖, 厭繁華而樂幽獨。達人君子, 雅性如此。先生雖勳高望重, 冲虛挹損, 鑑止足之戒, 有勇退之心者非一日。況驪之別業, 乃先生家世靑氈、先壟楸梧之所在, 其距京城僅二日。先生於退食之暇, 佳辰令節, 往復上塚。擊牛羊, 薦芬芬, 以盡如在之誠。退與鄕之父老從容談笑, 於耕者而問稼穡之道, 於牧者而講生養之術, 於樵者而歌≪伐木≫之雅, 於漁者而論濠梁之趣, 怡然若淡薄之與交、寂寞之與友, 友之不足而名其堂, 名其堂而著之記。其友也, 非面也, 心也。夫友者, 友其德。其取友非一, 有友古之人者, 有友一世之賢者, 有友一鄕之士者。友古、友一世, 嘗聞其人矣。能友一鄕之高士, 如耕、如牧、如樵、如漁者, 益之輔之, 久而敬之, 則於先生見之矣。嗚呼！先正有言'親親而仁民, 仁民而愛物', 又曰'民吾同胞, 物吾與也', 則君子之取友, 當先於仁而後於物。歷觀古今高人韻士, 如淵明之友菊、子猷之友竹、和靖之友梅、濂溪之友蓮。或取其馨德, 或取其淸節。心乎友之, 而付物我於無間者矣。近有金先生敬之居驪江, 名其堂曰四友, 是取之雪月風花。後加江山爲六友, 其友之也亦豈徒哉？然其所尙, 皆不若先生之所友在人倫日用之常, 而不在于形色玩好之末。取友之道, 于斯盡之。居正亦以四佳名亭。四佳者, 春夏秋冬之謂。"元, 亨,

利，貞”，君子之四德備焉，居正欲從四德君子之後尙友焉。其所以友四，則當不
讓于先生。先生其亦有取乎？如有所取，請與先生更商略之。丙午。”】

강희맹(姜希孟) 1424-1483. 조선 전기. 본관은 진주(晉州). 자는 경순(景醇)이고, 호는 사숙재(私淑齋)·운송거사(雲松居士)·국오(菊塢)·만송강(萬松岡)이며, 시호는 문량(文良)이다.

❀ 名 - 希孟　字 - 景醇

【孟子爲醇儒。韓愈≪讀荀子≫：“孟氏，醇乎醇者也。荀與揚，大醇而小疵。”慕之因以爲名字，“希”、“景”有希羨景慕之義。】

❀ 號 - 菊塢

【≪下廬先生文集≫卷之十≪斗湖精舍記≫：“至己卯春，始營構三間茅。命淵孫董其事，旣月而訖。中爲起居之所曰斗庵，大于斗，又濱于斗也。穿其北壁，書軸攸藏曰八當，識吾好也。西一間築土爲軒曰瞻桂，桂之陰先壟也。東檐下開三楄竹牖曰向陽，取其明也。合而名之曰斗湖精舍。舍之北古有槐，其大蔽牛，其方十弓，有時風乎蔭曰槐亭。亭之側偃松倚壁如傾蓋，築小場，聚村學子講誦曰松壇。東籬下列植菊九畹，培築三等曰菊塢。環一麓，手植以橡，未十年成林曰橡園。園中種以桃，宅前種以柳，曰桃岸、曰柳堤。”】

❀ 諡號 - 文良

【≪朝鮮成宗實錄≫卷一百五一：“十四年二月辛巳。議政府左贊成姜希孟卒……諡文良：勤學好問，文；溫良好樂，良。”】

홍윤성(洪允成) 1425-1475. 조선 전기. 본관은 회인(懷仁). 자는 수옹(守翁)이고, 호는 영해(領海)·경해당(傾海堂)이다.

❀ 名 - 允成　字 - 守翁

【≪詩·大雅·鳧鷖序≫：“≪鳧鷖≫，守成也。太平之君子，能持盈守成，神祇祖考安樂之也。”≪疏≫：“言保守成功，不使失墜也。”】

❀ 號 - 傾海堂

【≪三灘先生集≫卷十≪傾海堂記≫：“天生聖主以開景運，則其間必有鳴世者出，相與一德同心，用集大勳。我世祖之興也，仁山府院君洪相公實左右之以成中興

之業, 眞所謂鳴世者也。一日, 世祖與群臣曲宴于內殿, 公侍坐, 世祖以'傾海'名公之堂, 謂公之飮酒能多而不爲困也。雖出於一時之善戲, 亦所以狀公之弘量而寵異之於群臣也。睿宗卽祚, 帝賜誥命。公奉表如京師謝恩時, 東吳陳先生鑑爲翰林學士, 蓋嘗奉使于我國, 樂公之爲人, 以意氣相與, 歡若平生, 心之而不忘。故及見公, 厚禮之, 數遣人問慰于客館。於其歸也, 作詩幷序以送之, 又書傾海堂名以爲贐公。東還, 持以示余, 且求言。予曰:"'一鄕之善士, 斯友一鄕之善士;天下之善士, 斯友天下之善士。'今陳學士掌帝誥, 侍經幄, 天下之人皆誦其名而欽其風, 則亦可謂天下之善士矣。公生於海東一隅之地, 而能使帝之經幄重臣悅之深而待之厚, 如此其勤, 則公之名不但重於東方, 而亦必重於天下矣。豈非"天下之善士, 斯友天下之善士"者乎?'公曰:'非此之謂也。飮酒, 先哲攸箴。而以傾海爲名, 人將惑之。君其爲我解之。'予曰:'器之大者, 不可以小受;器之小者, 不可以大受。人之飮酒亦有限量, 皆天所賦, 非可以力强而至者也。是故稍過其量, 則或迷而喪其儀, 或狂而易其性。唯夫量足以勝之, 而德足以將之, 然後能不爲酒之所使。故堯舜千鍾、孔子百觚, 而美孔子之德者, 亦曰惟酒無量不及亂, 卽所謂人之齊聖, 飮酒溫克者也。如此, 則酒何過乎?況公佐世祖平大亂, 出將入相, 措世雍熙, 以致主於王道, 則固非器小如管仲者所可幾及也。世祖深知公之可大受而不可小受, 故因飮酒而寓其名, 以見公之弘量大器。若徒以飮酒求傾海之名, 則非知言者也。'公曰:'起余者, 君也。請識之, 使後之登斯堂者有所稽焉。'於是乎書。成化七年辛卯冬, 陽城李某記。"】

우수(禹樹) ?-?. 조선 전기. 자는 민보(敏甫)이다.

❀ 名-樹　字-敏甫

【≪私淑齋集≫卷九≪禹敏甫字說≫:"姊氏女婿曰生員禹樹請字於景醇, 景醇字之曰'敏甫', 略敍其意云:夫子對哀公之問曰:'人道敏政, 地道敏樹。夫政也者, 蒲蘆也。'夫地道, 承乾育, 養萬物。自甲坼而句萌, 發生而暢茂, 其功用之速, 有非人心之所能窺測也。君子之於政也, 亦猶是也。始而篤恭之密, 終而天下之大。其推廣之機、變化之妙, 亦豈淺薄之學所能識哉?然其要不過曰有其本耳。地有博厚之本, 故能敏於樹;人有聖神之德, 故能敏於政。苟無其本, 顚仆而已, 息亡而已, 曷足以成敏之功哉?吾於子, 孝養寡姊, 善處兄弟, 固知有本矣。他日敏政

之效, 吾當揩眼以竢。戊子孟秋初八日誌。"】

강세창(姜世昌) ?-?. 조선 전기. 자는 백겸(伯謙)이다.

❈ 名－世昌　　字－伯謙

【《私淑齋集》卷九《姜世昌伯謙字說》:"吾姜氏, 晉之望也, 未詳記自何代。祭酒公啓庸, 當元世祖征日本時, 以書記從行。其後如晉原府院君昌貴、鳳山府院君君寶以下, 世濟其美, 稱爲一代名門。入我朝, 如祖考通亭淮伯、觀察使淮仲亦爲名相, 而晉山府院君孟卿功在盟府, 爲國首相。僕不材, 忝在六卿。揆諸族譜, 豈可謂寒門冷族歟?竊嘗考歷代家牒系譜, 譬如泉水, 源深則長流, 發之暴而隨涸不永者, 世多有之, 寧不爲之懼歟?一日在春秋史局, 同知事芮君幼外孫, 卽吾再從姪居忠之子也, 請名若字, 吾應之曰:'家世能延而又能昌大者, 千百之一耳。苟能昌大, 而不承之以謙, 其不免償敗覆餗者多矣。人有家, 克昌厥世者爲美。保其業者, 唯謙最爲貴。可名世昌, 字曰伯謙。倘能成立, 當知老夫非爲言耄矣。癸巳仲夏念八日志。"】

윤자영(尹子濚) ?-?. 조선 전기. 본관은 무송(茂松). 자는 담수(淡叟)이고, 호는 방헌(厖軒)이다.

❈ 洗心堂

【《逍遙齋集》卷二《洗心堂記》:"僚友茂松尹先生再入太常也, 名其所處廨宇曰洗心, 昌寧成先生重卿書大字以扁之, 晉山姜先生景醇、達城徐先生剛中相與詩之。鸞章鳳彩, 輝映壁上。而茂松治事之暇翕然宴坐, 乃謂予曰:'凡處于是堂者, 須先洗其心。心苟有累, 是辱吾堂也。然心實無形, 則同職者、後來繼今者, 無亦迷其名之之義、洗之之方歟?子其爲文以紀之。'余惟心者, 神明之舍而一身之主也。其未感物也, 鑑空衡平於寂然中者, 眞淨明妙, 雖鬼神莫得而窺也。及乎酬酢之際, 善惡隨幾, 而氣稟之拘、物欲之蔽, 有不能免焉, 則其昏且汚而自不知者滔滔皆是。古之善治其心者曰日新, 曰寡欲, 蓋其洗濯涵濊之功有以復其天理之正。故雖聖賢, 未嘗不從事於斯, 而猶恐有閒, 則銘於盤盂, 志諸齋舍。內之所養者雖至惺惺, 而外之寓警者亦且汲汲焉。是知因物有遷者易以磷緇, 而一有沾汚, 則譬如寶珠淪於濁水、明鏡蝕於氛埃, 固無回光返照之期。而五關一啓,百骸潰弛。六體之明，日以昏霧。外物之來，莫之能禦。以至慢天地、褻鬼神，害于而身、凶于而官然後已。此古之君子所以洗滌澡雪之不能自已，而吾茂松先生所以扁其堂，而與朋寮相警省者也。同職者、後來繼今者，苟能循其名、究其旨，克己復禮、日新又新，而聲之悅於耳者，翳於心則洗之；色之悅於目者，翳於心則洗之；芻豢之悅於口者，翳於心則洗之；馨香之悅於鼻者，翳於心則洗之。凡外物之誘吾心、害吾眞者，洗之無不盡。然則方寸之間，瑩澈光明。人欲淨盡，天理流行。自脩之功，直與盤銘日新、江漢濯之者同其潔矣。推此心以往，則可以明明德於天下矣，況區區一官守哉？然則是堂也豈特爲一時箴警之地哉？其所以淑後來之心者爲無窮也。覽者其致意焉！先生名子濴，字淡叟，時爲副正云。"】

성간(成侃) 1427-1456. 조선 전기. 본관은 창녕(昌寧). 자는 화중(和仲)이고, 호는 진일재(眞逸齋)이다.

❊ 名 - 侃　　字 - 和中

【≪論語·鄉黨≫："朝，與下大夫言，侃侃如也。"≪注≫："孔安國曰：'侃侃，和樂之貌。'"】

이극감(李克堪) 1427-1465. 조선 전기. 본관은 광주(廣州). 자는 덕여(德輿)이고, 시호는 문경(文景)이다.

❊ 名 - 克堪　　字 - 德輿

【≪尙書·堯典≫："克明俊德，以親九族。"孔≪傳≫："能明俊德之士任用之，以睦高祖玄孫之親。"】

❊ 諡號 - 文景

【≪朝鮮世祖實錄≫卷三六："十一年七月癸酉。廣城君李克堪卒 …… 丁憂，遂卒，年四十三。克堪聰明過人，一覽輒記。及庚辰北征，出納機務，寵遇異常。平生未嘗携壺餞客，家不釀酒。然爲刑曹判書，多受人賄賂，物議輕之。諡文景：勤學好問，文；心能制義，景。"】

손순효(孫舜孝) 1427-1497. 조선 전기. 본관은 평해(平海). 자는 경보(敬甫)이고, 호는 물재(勿齋)·칠휴거사(七休居士)이며, 시호는 문정(文貞)이다.

❀ 名 - 舜孝　　字 - 敬甫

【≪禮記·中庸≫:"舜其大孝也與！"又≪孟子·告子下≫:"舜具至孝矣。"≪毛詩注疏≫卷一≪詩大序≫:"先王以是經夫婦，成孝敬，厚人倫，美敎化，移風俗。"≪疏≫:"≪正義≫曰，成孝敬者，孝以事親可移於君，敬以事長可移於貴。若得罪於君親，失意於長貴，則是孝敬不成，故敎民使成此孝敬也。"】

❀ 號 - 七休子

【≪四佳文集≫卷一≪七休亭記≫:"南郭先生扁其亭曰七休，索記於四佳隱者。隱者曰：'隱者以四名亭，尙不知四，又焉知子之休之七也哉？然休之義可一言而盡。休者，退也。春而夏，夏而秋，秋而冬，四時之序。功成者退，天之道也。法天之道，功成名遂身退，人事之當然也。伊訓曰"罔以寵利居成功"、老子曰"知足不辱，知止不殆"，蓋言其休也。古之休，如留侯之引去、兩疏之辭老、陶彭澤之歸來、錢若水之勇退，是皆燭屈伸消長之理、明出處進退之幾，順天道而審人事者也。司空圖，唐之名賢。見唐衰，終隱不仕，名其亭曰三休，曰量才、曰揣分、曰老瞶，是亦知止知足，明哲保身，數君子之儔也。孫昉，宋之達士。名其亭曰四休，曰飽、曰煖、曰過、曰老，山谷黃先生記之詳，斯亦自分自足，自興自適，未嘗弊弊然嬰於心，戀戀乎其外物也。今先生之所取者，有一於是乎？先生嶄然頭角，早出羣賢。舍者避席，煬者避竈。蜚英聲，馳駿譽。如圖南之鵬，扶搖羊角而上，行不知其所休矣。踐歷臺閣，高視闊步。功名之方至而未艾也，富貴之來逼而莫遏也。如駼駬腰裊，騰驤九軌之中，勢不能以自休矣。今則夛冠象笏，正色立朝。一出言，一擧足，皆有規矱。此可以掛冠拂衣，引去退休之時乎？先生懷奇抱瑰，大有施設。他日功成名遂，乞骸就養，優游晚節，樂以歸休，則未必非先生之自許而取以名于亭也。雖然，休於休、不休於不休，乃所以爲休；不休於休、休於不休，非君子處休之道。當揆之天道而泠合，審之人事而適宜，然後可與言休之道矣。'先生矍然改容曰："三休"、"四休"之說，粗嘗竊其緒餘，幷七爲扁。至於法天道、審人事，處休之大者，則微隱者，吾誰與歸？敢問隱者之扁以四佳，何耶？'隱者曰：'先民有言"四時佳興與人同"，四時者，非春夏秋冬之謂乎？四時之序，功成者退，亦四佳之隱義也。'先生輾然而笑，請書以爲記。先生誰？司憲掌令孫舜孝氏，字敬甫。隱者誰？達城徐居正剛中也。"】

❀ 諡號 - 文貞

【≪燕山君日記≫:"三年三月癸亥。判中樞府事孫舜孝卒…… 卒,年七十一。諡文貞:勤學好問,文;淸白守節,貞。襟懷沖澹,秉心仁恕,常以≪庸≫,≪學≫勸後進,忠恕導君上。過忠臣、孝子、節義之門,必下馬拜之。嘗取≪大學≫中義作歌四章,名曰≪勿齊歌≫,使童子歌以自樂。時於中夜,稽顙北辰曰:'誓不欺君。'喜飮酒,醉裏言必稱戀主,或至泣下。出使在道,常望京而拜,人或疑其不經。爲人忠慤有餘而短於設施,所至無績,不能爲輕重焉。"】

노사신(盧思愼) 1427-1498. 조선 전기. 본관은 교하(交河). 자는 자반(子胖)이고, 호는 보진재(葆眞齋)·천은당(天隱堂)이며, 시호는 문광(文匡)이다.

❀ 名 - 思愼   字 - 子胖

【≪禮記·大學≫:"所謂誠其意者,毋自欺也。如惡惡臭,如好好色,此之謂自謙,故君子必愼其獨也! …… 富潤屋,德潤身,心廣體胖,故君子必誠其意。"】

❀ 號 - 天隱堂

【≪虛白亭文集≫卷之二≪天隱堂記≫:"宣城盧相公雅性蕭散。城中有宅,未嘗終年淹。愛城西第,常居焉。其室翛然若野人居,東挹南山蒼翠,北來西山爽氣。中于屋,有小堂,瀟灑絶塵。北有窗,南有軒,納灝氣,貯虛白,常泊如也。公旣功成身退,除大政事,復無所事事,則其起居進退,豈不緯緯然乎?家書萬卷,每惺而讀,倦而睡;几杖有賜,坐則憑,行則扶。客來,或起而爲禮,或坐而使前,任其便;酒進,或一斗而醉,或數升而酣,適于氣:皆天眞也。僕一日上謁,辱賜坐于客席,見壁上揭三大字云云。公笑曰:'此文中子說也,吾以名吾堂,子其說。'旣不得以文拙辭,則退而爲之說曰:古之君子,有道則見,無道則隱。隱非君子之所欲也,不得已也。故志士而或隱于市肆,或隱于山林川澤。草木塵埃之俱腐,沒沒名不傳,豈不悲哉?公遭有道,際會風雲,功名事業,卓卓冠一世。無所事于隱而猶有意焉,則是隱也,固非市肆山澤之癯也。世有大隱焉,謂隱于朝者也,是固隱之尤者。然孰有如公之隱者乎?公識博而不自多,位極而不自高。一死生,齊得喪,居乎今之世,心游乎太古之先,未嘗離人之群,而與天爲徒,居常天游,而人莫知其然,殆天隱也。文中子所謂'至人'也者,非公歟?名其堂固宜。噫!文中子而可作見公,得無慷色乎?"】

❀ 諡號 - 文匡

【《燕山君日記》卷三一：“四年九月辛丑。宣城府院君盧思愼卒 …… 年七十二。諡文匡：博聞多見，文；貞心大度，匡。思愼襟度虛曠，不事邊幅。略畦逕，不營産，意豁如也。博覽書史，無不通貫，釋經道帙亦皆淹該。晚年扁所居堂曰天隱，聚古人書畫以自娛。但世祖嘗幸龍門寺，手指雲端以示群臣曰‘白衣觀音現象’，群臣仰觀不能對，思愼唱言‘觀音在彼’，人惡其諂。成宗朝作相，無所建明。今王嗣服之初爲首相，王怒臺諫，欲囚鞫，則思愼曰‘臣喜賀不暇’；怒太學生諫佛，欲竄之，則思愼亦贊成之，士林切齒。然其性無忮害，至史獄起，尹弼商、柳子光、成俊等素疾淸議之士，欲一網殲盡，目爲朋黨，思愼獨力救之曰：‘東漢錮名士，國隨以亡，淸議不可不使在下。’士類賴以全活者多。”】

권경유(權景裕) ?-1498. 조선 전기. 본관은 안동(安東). 자는 군요(君饒)·자범(子汎)이고, 호는 치헌(癡軒)이다.

❀ 名 - 景裕　字 - 君饒

【《詩·小雅·角弓》：“此令兄弟，綽綽有裕。”《傳》：“裕，饒。”】

❀ 號 - 癡軒

【《濯纓先生文集》卷三《癡軒記》：“吾友權子汎，爲縣三年，新其客館之西序而軒之，請記於余。余告子汎曰：‘先名而後記，可乎？盍名之曰癡軒？’子汎請‘癡’之義，余笑而不應。子汎殊不得意，久乃敢告之曰：‘王叔癡、王椽癡，隱德之癡也；點癡、妬癡，巧者之癡也；文而爲書癡，武而爲虎癡，才絶而癡也。斷杯中物者癡，了官事者亦癡。古之以癡名者不一，而子之癡亦不一而足。世人慧於辭，子獨癡其言，發而觸忌。世人便於貌，子獨癡其動止，使人生憎。世人巧於進取，得一資而患失之；子以校理淸班，自貶爲僻縣之監，此則癡於仕也。世人捷於應務，臨民則先名，奉上則先譽；子獨頹然坐嘯齋閣，擊豪猾、撫鰥寡爲心，而拙於催科，此則癡於政也。世之爲吏者，劣者，以勞民爲辭，視館宇之弊而任其撓壞，自著行簡之說；辦者，峻宇雕墻無不爲己，不知爲土木之妖，而大馳勤幹之聲。子于堤，修葺弊宇，旣不爲劣者，又不能爲辦者。役遊手，不欲勞民而反勞心，此則作事之癡也，合子之癡而扁之於此軒，當矣！’子汎曰：‘以癡嘲某則當矣。以某之癡辱之於公館則不可。’曰：‘噫！天地間萬物皆造物主之。達而觀之，則何物非公？若倚着一物，則無非私也。苟私之，則一縣之物爲六期之私物；公之，則一身一家, 百年之公物耳。柳宗元猶能愚柳之溪, 今豈不可癡堤之軒乎？夫癡者, 愚之轉也, 又轉則爲拙。顔之愚、柴之愚、甯武子之愚皆見稱於孔門, 而周茂叔之拙至於刑淸弊絶, 然則以癡名軒, 非軒之辱, 乃軒之榮也。得癡縣監, 造物者亦幸於此軒矣。世之以智巧名者, 雖欲爲此軒亦不可得矣。'子汎曰：'吾將守癡以終身。'旣乃告之曰：'子羔之不徑不竇, 何如孔子之微服過宋？呂端之糊塗似癡也, 而其鎖王繼恩, 則事君不癡也。司馬伯康兄弟脚踏實地, 平生無僞, 而賂葬師以誑族人, 事親不癡也。≪易≫尙奇, ≪禮≫尙變, 古之賢聖適度而能通。此類不一, 子又不可專守癡也。'子汎曰：'吾厭世之巧, 而欲守吾之癡。若子之言未至於大中, 而恐吾之癡駁矣。'余笑曰：'子誠癡矣。'子汎瞪目不答, 倚軒而睡。"】

최응현(崔應賢) 1428-1507. 조선 전기. 본관은 강릉(江陵). 자는 보신(寶臣)이고, 호는 수재(睡齋)이다.

❋ 名 - 應賢　字 - 寶臣

【≪尙書·旅獒≫："不寶遠物, 則寶人格。所寶惟賢, 則邇人安。"】

신말주(申末舟) 1429-1503. 조선 전기. 본관은 고령(高靈). 자는 자집(子楫)이고, 호는 귀래정(歸來亭)이다.

❋ 號 - 歸來亭

【≪四佳文集≫卷二≪歸來亭記≫："申侯子楫, 故相國高靈文忠公之季也。侯早擢第, 揚歷淸顯, 聲名籍甚。方文忠當國, 侯抱奇才, 朝廷物論多歸之。然侯雅性冲澹, 不樂仕宦。侯有別墅在淳昌郡。淳, 湖南之勝地, 有山水之樂、土田之饒、禽魚之富。侯日思歸, 而文忠友于欵至, 晨夕相從, 未能決然者有年。侯之思歸甚切, 則一日謝病告去, 因而不起者七八年。宗族勸之起, 不從, 雖文忠亦不能強也。嘗聞淳之南有山, 磅礴扶輿, 勢甚奇偉, 蜿蜒低回。若龍躍, 若虎擲, 若屈若起。若下而爲東峯, 峯之頂, 地甚坦夷。侯構亭三四楹, 亭之左右, 萬竹檀欒, 蒼然蓊然。四時一節, 宜風宜雨, 宜月宜雪, 其爲勝不一。列植花卉於其中, 紅白朱紫, 相續開謝, 貫炎凉而無窮矣。登而望之, 則南原之寶蓮山、谷城之動地岳。攢靑繚碧, 拱揖相朝。其他層巒疊嶂, 長林茂麓。賈奇眩異於烟雲杳靄之間, 而畢呈於几席之下。有水發源於磧城, 北折而南, 逶迤演漾, 出於兩峽之間, 又匯而東。廣德山水, 龍盤蛇屈, 環繞於峯下, 與磧水合。泓澄綠淨, 可掬可鑑。至如村墟野壠, 一望百里。黃畦綠塍, 隱映遠近。耕者、牧者、樵者、漁者、獵者謳謌互答, 遊人行旅、來牛去馬絡繹於前後者, 亦可坐而見也。侯日巾屨嘯咏於其中, 自適其適, 而其樂嚚嚚然矣。或時牽黃臂蒼以伐狐兔, 釣水而擊鮮, 採山而茹芳。燒筍討蕫, 送菊迎梅。江村四時之景無窮, 而侯之樂亦與之無窮矣。頃者文忠病劇, 侯來相見。縉紳士大夫交口薦侯之賢, 聖上亦器其才, 授全州府尹遣之。全距淳又一日程, 侯於剸治之暇, 籃輿往復者屢, 侯之得於亭者猶舊也。今年春秩滿, 召還爲僉樞。侯之身雖在輦轂之下, 而侯之心日往來乎亭。一日, 侯與居正語亭之勝槩, 而求名與記。居正請扁以'歸來', 仍演其說曰:≪歸去來≫者, 晉徵士陶潛之辭也。前輩釋之曰'歸其官, 去其職, 來其家'。蓋古人得出處進退之正者莫如潛, 後之有志之士孰不欲幼而學、壯而行、老而退, 以全終始者哉?一有功名咕其心、妻子累其欲, 當歸去而不歸去者, 滔滔皆是, 遂有以來'林下無人'之誚。予又聞, 古之君子仕有常祿、居有常業, 故其進退綽綽;今之仕者, 大抵以官爲家, 居無常業, 一失其俸, 無所於歸, 俳佪顧望, 以招貪位之譏、竊祿之謗。惜哉!嗚呼!雖曰無所於歸, 可歸而不歸, 則固未可謂之得;況有所於歸, 可歸而不歸者, 復何論哉?今侯別業, 足田園、足使令, 凡祭祀賓客、養老慈幼、冠婚慶吊之具, 無不外求而足。侯曩在功名急流之中歸來自得者有年, 今雖復立於朝, 紆靑曳紫, 他日功成名遂勇退者, 非斯亭而何耶?名曰歸來, 不亦可乎?居正因循貪冒, 尚不知止, 頭髮已種種矣。其視侯得歸來之趣於古人, 遂歸來之志於他日以全終始者, 豈不深可愧耶?居正倘得乞骸求閑, 從侯於斯亭, 則必當詠≪歸來≫之辭, 謌≪止足≫之篇以畢吾說云。己亥中秋節。"】

어세겸(魚世謙) 1430-1500. 조선 전기. 본관은 함종(咸從). 자는 자익(子益)이고, 시호는 문정(文貞)이다.

❖ 名 - 世謙　字 - 子益

【≪尙書·大禹謨≫:"滿招損, 謙受益, 時乃天道。"】

❖ 諡號 - 文貞

【≪燕山君日記≫卷三九:"六年十一月戊寅。咸從府院君魚世謙卒 …… 至是卒, 年七十一。諡文貞:博聞多見, 文;淸白守節, 貞。天資確實, 氣量宏闊。不畜姬

妾, 不修容飾, 不事干謁, 不行小惠。性又淸儉, 所居室累土爲階, 壁圬而已, 不
加丹堊。耽經史, 喜飮酒, 客至輒留飮竟日。爲文章務辭達, 不事鍛鍊, 自成一
家。平生不惑邪誕, 如陰陽風水之說確然不以動其心。自少恬於進取, 口不出僥
倖利祿之言。雖有射御之才, 未嘗自衒, 未嘗作一書爲子弟求恩澤。旣卒, 家無
餘粟, 物論推重, 稱爲宰相之器。然於公務不勤臨莅, 嘗判京兆, 日晏而仕, 有午
鼓堂上之譏。"】

김종직(金宗直) 1431-1492. 조선 전기. 본관은 선산(善山). 자는 계온(季昷)·효관
(孝盥)이고, 호는 점필재(佔畢齋)이며, 시호는 문충(文忠)·문간(文簡)이다.

❀ 名 - 宗直   字 - 季昷

【≪尙書·舜典≫:"直而溫。"≪玉篇≫:"昷, 和也, 或作'溫'。"】

❀ 景濂堂

【≪佔畢齋集·神道碑銘幷序[洪貴達]≫"公諱宗直, 字季昷, 善山人也, 號佔畢齋
…… 母卒, 廬墓三年, 喪禮一遵朱文公。哀毁過禮, 人服誠孝。服闋, 築書堂于金
山。池其傍, 種之蓮, 扁其堂曰景濂, 蓋慕無極翁也。日吟哦其中, 無意世事。"】

❀ 諡號 - 文忠   改諡 - 文簡

【≪朝鮮成宗實錄≫卷二百六八:"二十三年八月己巳。知中樞府事金宗直卒……
初諡文忠:道德博文, 文;廉方公正, 忠。後以臺駁, 改諡文簡:博文多見, 文;
居敬行簡, 簡。"

≪朝鮮成宗實錄≫卷二百七六:"奉常寺改金宗直諡議以啓曰:'宗直爲人, 志操
廉正, 聰明過人。博覽群書, 靡不硏窮。訓誨後進, 士類景仰。其居官處家, 務從
簡易。文章政事, 蔚然可觀。謹按諡法:博聞多見曰文、居敬行簡曰簡、秉德不
回曰孝、淸白守節曰貞, 請諡之曰文簡, 文孝, 文貞。'命議于領敦寧以上及政
府。尹弼商、鄭文炯、李克均議:'今觀議諡, 宜贈文簡。'李克培, 盧思愼, 尹壕,
許琮, 李鐵堅, 柳輊等議:'擬諡似當。'從弼商等議。"】

윤효손(尹孝孫) 1431-1503. 조선 전기. 본관은 남원(南原). 자는 유경(有慶)이고, 호
는 추계(秋溪)이며, 시호는 문효(文孝)이다.

❀ 名 - 孝孫

【≪楸溪先生遺集≫卷四≪行狀≫：“公諱孝孫，字有慶 …… 祖諱希，長沙監務，贈兵曹參判。考諱處寬，世子翊贊，贈吏曹判書 …… 先生宣德辛亥九月癸未生，幼有異姿，六歲通≪孝經≫，≪小學≫，行灑掃定省之禮、養志供旨之誠，一無少懈。參判公曰‘此兒生知出天之孝’，以孝孫名之。”】

❀ 字 － 有慶

【≪詩・小雅・楚茨≫：“孝孫有慶，報以介福，萬壽無疆。”】

❀ 諡號 － 文孝

【≪燕山君日記≫卷四十九：“九年五月己丑。左參贊尹孝孫卒 …… 卒，年七十三。諡文孝：敬直慈惠，文；能養能恭，孝。性謹恪，寡言笑，事親孝，屢乞歸養。時於家居親奉甘旨，或自漁獵，以供朝夕。及親沒，朝夕謁祠堂。出入必告，朔望必祭，忌祭必哭。苟得新物，不薦不敢先嘗。以父生於丁亥，終身不食豕肉，其誠孝人所難及。但鄙嗇，頗殖貨，爲守令無廉稱。晚年因昌寧大君出寓其家，以妻兄弟未分臧獲爲己物贈賂，又厚賄宮人，得占崇班，至官其子，人以此鄙之。”】

홍유손(洪裕孫) 1431-1529. 본관은 남양(南陽). 자는 여경(餘慶)이고, 호는 소총(篠叢)・광진자(狂眞子)이다.

❀ 名 － 裕孫　　字 － 餘慶

【≪說文≫：“裕，衣物饒也。”≪周易・坤≫：“積善之家，必有餘慶。”福及子孫，故其衣物豐饒。】

어세공(魚世恭) 1432-1486. 조선 전기. 본관은 함종(咸從). 자는 자경(子敬)이다.

❀ 名 － 世恭　　字 － 子敬

【≪孟子・告子上≫：“恭敬之心，人皆有之。”】

허종(許琮) 1434-1494. 조선 전기. 본관은 양천(陽川). 자는 종경(宗卿)・종지(宗之)이고, 호는 상우당(尙友堂)이며, 시호는 충정(忠貞)이다.

❀ 名 － 琮　　字 － 宗卿, 宗之

【≪說文繫傳≫卷一：“琮，瑞玉，大八寸，似車釭，從玉宗聲。臣鍇曰：‘象車釭者，謂其狀外八角而中圓也。琮之言宗也，八方所宗，故外八方中虛圓以應無窮，德

象地，故以祭地也。"】

❀ 諡號 - 忠貞

【≪朝鮮成宗實錄≫卷二百八七："二十五年二月癸酉。右議政許琮卒 …… 享年六十一，諡忠貞：事君盡節，忠；直道不撓，貞。"】

김시습(金時習) 1435-1493. 조선 전기. 본관은 강릉(江陵). 자는 열경(悅卿)이며, 호는 매월당(梅月堂)·동봉(東峰)·청한자(清寒子)·벽산(碧山)이고, 법호는 설잠(雪岑)이며, 시호는 청간(清簡)이다.

❀ 名 - 時習   字 - 悅卿

【≪論語·學而≫："子曰：'學而時習之，不亦悅乎？有朋自遠方來，不亦樂乎？'"】

❀ 號 - 雪岑, 碧山清隱, 清寒子, 東峰, 梅月堂

【≪知退堂集≫卷之七≪本朝璇源寶錄·世祖≫："金時習字悅卿， 江陵人 …… 見者皆以爲狂僧。居雪兵山，號雪岑。居清平山，號碧山清隱。居清溪山，號清寒子 …… 居于水落山清節庵，隱其迹，號曰東峰，蓋欲以伯夷西山爲對云。晚得方正學孝孺梅月畫，高挂于堂中，號曰梅月堂。"

竹聖堂改定本≪海東詩話≫："梅月堂祠宇在金鼇山南，金時習遊息之地。公之平日足跡殆遍國內名山，獨居金鼇山，有若將終焉之志，觀於≪四遊錄≫可知也。其曰'自居金鼇不愛遠，但優遊海濱，放曠郊塵，探梅問竹，常以吟醉自娛'者，是公自志之言也。世傳以梅月明堂者，亦取金鼇山梅月之意。≪題金鼇新話≫詩所謂'矮屋青氈暖有餘，滿窓梅影月明初'是也。"】

❀ 號 - 五歲

【竹聖堂改定本≪海東詩話≫："英廟聞梅月堂詩名，召入政院使朴以昌試之。朴公抱于膝上， 指大壁山水圖曰：'以此爲題。'即應聲曰：'小亭舟宅何人在。'上引見大內，以三角山命題，即應聲曰：'束聳三峰貫太清，登臨可摘斗牛星。非徒岳岫興雲雨，能使王都萬歲寧。'上奇之而有不悅色，以其有不從之志也。於是賞百匹綢，使之自輸于家。時習散百匹，首尾相結，取一端帶之腰，拜辭而出，百匹盡隨其身。上尤奇之。後端宗遜位，有抗志不仕之意，剃髮而存髯，作詩曰：'剃髮逃當世，存髯表丈夫。'自以五歲能文號'五歲'，蓋'五歲'與'傲世'同音，故自號云。"】

❀ 諡號 - 淸簡

【≪太常諡狀錄≫卷十七≪贈吏曹判書金公諡狀≫:"端廟諸臣, 六臣最著, 而又有生六臣者, 至今與死者幷傳, 則其遺風苦節有足稱也。梅月堂金公卽其一也。公名時習, 字悅卿, 梅月堂其號也 …… 淸介避遠不義曰淸, 執一不遷曰介、文淸敏而好學曰文, 淸, 上同、落點淸簡淸, 上同;正直無邪曰簡。"】

김수녕(金壽寧) 1436-1473. 조선 전기. 본관은 안동(安東). 자는 이수(頤叟)이고, 호는 소양당(素養堂)이며, 시호는 문도(文悼)이다.

❀ 名 - 壽寧　字 - 頤叟

【≪春秋繁露≫卷十六:"壽者, 酬也。壽有短長, 由養有得失。"≪爾雅≫:"頤、艾、育, 養也。"】

❀ 諡號 - 文悼

【≪朝鮮成宗實錄≫卷三二:"四年七月壬辰。福昌君金壽寧卒 …… 至是卒, 年三十八。諡文悼:博問多見, 文;中年早夭, 悼。壽寧天資明敏, 學問該博, 爲文章超邁簡古, 操筆立就, 不蹈襲前人語。然不置稾, 以是詩文傳世者少。外和內剛, 苟非其人, 雖達官貴要終日相對, 未嘗與之言;如其人也, 雖韋布之士必屨履迎接。不營産業, 常待祿而飽、僦屋而居。終身坦蕩, 細故不介于胸。但滑稽多大言, 無君子謹默之容, 人以是短之。"】

김뉴(金紐) 1436-1490. 조선 전기. 본관은 안동(安東). 자는 자고(子固)이고, 호는 금헌(琴軒)·취헌(翠軒)·쌍계재(雙溪齋)·관후암(觀後庵)·상락거사(上洛居士)이다.

❀ 號 - 雙溪齋

【≪四佳文集≫卷二≪雙溪齋記≫:"士君子之生斯世也, 一出一處, 所居之地不同, 則其所樂亦與之不同矣。盖高人貞士處幽閑寂寞之濱、抗志埃溢之外, 其所自適者, 不於山水而何哉?若夫名宦富貴於當世者, 出則珪組簪笏, 入則崇堂廈宇。聲色駒馬之蕩其心, 禽鳥花卉之悅乎目, 又何暇於丘壑哉?此所謂林泉朝市之相阻, 造物予奪之不齊, 而人不得兼有者也。間或有兼而有者, 何哉?豈非天之所界者厚, 而人之所得者專耶?吾同年上洛金侯早擢巍科, 踐歷臺閣, 長憲司, 亞六部, 其顯隆已極。然雅性冲澹, 嘗扁讌居之室曰琴軒。鑿池蒔蓮, 左右花竹。日巾屨嘯詠於其中, 不知皐壤之爲山林、山林之爲皐壤者矣。一日又卜勝地於華峯下, 景與心會, 構齋數楹, 爲退食委蛇之所。齋之尤勝曰雙溪, 其東源自山麓瀊瀊然奔崖漱石而下, 澄徹綠淨, 可掬而不可唾。闢其傍, 樹以紅碧三色桃。當春爛發, 霞蒸霧瀚。落花流水, 完非人間世矣。當暑蔭清, 槭坐危石, 飛觴沈果。爽煩襟而雪滯思, 洒然有出塵之想矣。其西源亦自山麓鳴琴戛玉而瀉, 泓然黝然, 爲塘爲沼。種以芙蕖, 則紅香綠影, 映帶左右。淨可友也, 芬可挹也。引流灌園, 則黃畦綠腔、嘉蔬異殽, 可擷可茹, 不一而足。予嘗觀公卿大夫飫膏粱、厭紈綺, 思得泉石之勝, 涉遐荒, 抵奧僻, 求之不得, 雖得之, 亦不跬步可致, 安能隨意自適哉? 今侯得琴軒之趣於前, 得雙溪之樂於後, 得人所不得, 兼人所不兼, 得非天之畀於侯者獨厚耶? 吾於雙溪抑有說焉: 雙者, 非一之謂。非一則二, 二則有陰陽奇耦之象。溪必有源流, 源流者, 本求之謂也。≪大易≫曰: '山下出泉, 蒙。'其始也源於一, 分而爲支流、爲澗溪、爲江海, 此所謂一生二者也、一本萬殊者也。吾夫子在川上有'逝者'之嘆, 孟軻氏有'源泉混混, 不舍晝夜'之說, 苟得聖賢過往來續之旨、盈科後進之訓, 從事於斯, 遡流求源, 循序而漸進, 則學者下學上達之功、君子果行育德之能事畢矣。雖中和位育之功, 亦不外此也。倘或膏肓山水, 嘲弄風月, 玩物以喪志, 則非吾之望於侯也。侯其念哉! 辛丑重陽節。"】

김맹성(金孟性) 1437-1487. 조선 전기. 본관은 해평(海平). 자는 선원(善源)이고, 호는 지지당(止止堂)이다.

❀ 名 - 孟性　字 - 善源

【≪孟子·告子上≫: "人性之善也, 猶水之就下也, 人無有不善, 水無有不下。"≪孟子·滕文公上≫: "孟子道性善, 言必稱堯舜。"】

이칙(李則) 1438-1496. 조선 전기. 본관은 고성(固城). 자는 숙도(叔度)이고, 시호는 정숙(貞肅)이다.

❀ 名 - 則　字 - 叔度

【≪玉篇≫: "則, 法也。"≪說文≫: "度, 法制也。"同義相協。】

홍귀달(洪貴達) 1438-1504. 조선 전기. 본관은 부계(缶溪). 자는 겸선(兼善)이고, 호

는 허백당(虛白堂)·함허정(涵虛亭)이다.

❀ 名 - 貴達　　字 - 兼善

【≪孟子·盡心上≫：“窮則獨善其身，達則兼善天下。”】

❀ 號 - 虛白亭

【≪虛白堂文集≫卷之四≪虛白亭記≫：“虛白亭者，吾友洪兼善所構之亭也。曷爲扁以‘虛白’？取南華氏之言也。不取吾儒，而其取乎≪齊諧≫，何居？言雖不同而意無不同也。其所謂同者何？虛靈不昧而能具衆理，室虛生明而吉祥來止，言雖殊而意則同也。然則何不曰‘明’而曰‘白’？虛則光，光而生明，明與白一般，而白是明之極也。以室之虛白而施之外亭，可乎？亭在南山之麓，跨雲松之杪。北瞰城郭，闤闠蝟集眼底；東望郊門，數十里莽然蒼然。其勢高闊，光景無窮，其受‘虛白’之名，無乃名實不孚乎？睇彼空闋，光輝入來，湛然明朗，塵垢不止，而外物不得與之相攖者，室之虛明也。天光下屬，地氣上騰，半夜沉瀯，平朝清明之氣如雲非雲，浮動于空蒙中者，亭之虛白也。蓋吾之心既虛而能白，則在室、在亭奚擇？人有問之者曰：‘亭之虛白誠美矣，子之贊揚亦是矣。然空蒙既闢，日出雲開，野馬也，塵垢也，生物之以息相吹者，駢闐羅列而進，將應接之無暇，而無乃心馳于外，而牿亡浩然之氣乎？’曰：‘否。吾心之本虛，萬象亦與之涵虛，而無損益乎其眞有。道集虛，虛而盈，盈而能實，吾之心即與天地造化相爲表裏。然則其虛也非徒虛，其白也非徒白。由是而參贊化育，其功不難矣。昔裨諶謀于野則獲，在邑則否。今君之在亭，不爲六鑑所攘，不爲機事所惱，能定靜安慮，能知所止。正其心，修其身，施之于齊、治、平之極，其爲明德吉祥，豈不大歟？然則是亭也，豈徒樽酒笑談云乎哉？占畢諷咏云乎哉？能守虛白，而終至于大全之域不遠矣。’磬叔記。”】

김극검(金克儉) 1439-1499. 조선 전기. 본관은 김해(金海). 자는 사렴(士廉)이고, 호는 괴애(乖崖)이다.

❀ 名 - 克儉　　字 - 士廉

【≪尚書·大禹謨≫：“克勤於邦，克儉於家。”≪淮南子·原道訓≫：“不以奢爲樂，不以廉爲悲。”高誘：“廉，猶儉也。”】

성현(成俔) 1439-1504. 조선 전기. 본관은 창녕(昌寧). 자는 경숙(磬叔)이고, 호는 용재(慵齋)·허백당(虛白堂)이며, 시호는 문대(文戴)이다.

❀ 名 - 俔　字 - 磬叔

【≪詩·大雅·大明≫ : "大邦有子, 俔天之妹。"≪傳≫ : "俔, 磬也"。】

❀ 浮休子

【≪虛白堂文集≫卷之十三≪浮休子傳≫ : "浮休子者, 青坡居士之自號也 …… 或問自號之意, 居士曰 : '生而寓乎世也若浮, 死而去乎世也若休。高車駿馬, 襲圭組而行沙堤者, 軒冕之儻來寄也, 非吾之所有也 ; 收神斂息, 化形魄而就斧屋者, 是人之返眞也, 非吾之所免也。內足以樂道而死生不亂于心, 則浮亦何榮 ? 休亦何傷 ? 吾師道也, 非慕外物也。'或咋舌眴目而走。乃作贊曰 : '山之高, 累群壤而極乎天。水之深, 集衆流而成乎淵。先生之道, 聚諸善而成大全。'"】

❀ 諡號 - 文戴

【≪虛白堂集·虛白堂先生文戴成公行狀(金安國)≫ : "贈諡曰文戴公 : 博聞多見, 文 ; 典禮不愆, 戴。"】

최경지(崔敬止) ?-1479. 조선 전기. 본관은 경주(慶州). 자는 화보(和甫)이다.

❀ 名 - 敬止　字 - 和甫

【≪詩·大雅·文王≫ : "穆穆文王, 於緝熙敬止。"≪禮記·樂記≫ : "樂在宗廟之中, 君臣上下同聽之, 則莫不和敬。"故以和應敬。】

박민수(朴敏樹) 1441-1497. 조선 전기. 본관은 경주(慶州). 자는 덕재(德載)이고, 호는 무계(舞溪)이다.

❀ 名 - 敏樹　字 - 德載

【≪禮記·中庸≫ : "人道敏政, 地道敏樹。夫政也考, 蒲芦也。故为政在人, 取人以身, 修身以道, 修道以仁 …… 知、仁、勇三者, 天下之达德也。"又≪周易·坤≫ : "地勢坤, 君子以厚德載物。"故以"載"綴"德"。】

❀ 號 - 舞溪

【≪霽山先生文集≫卷十六≪舞溪朴公行狀≫ : "公襟懷飄灑, 與世俗異趣。所居里前有溪曰舞川, 泉石頗勝絶。公常出遊其上, 或投竿以漁, 或諷詠而歸, 嘐嘐然

有舞雩想。因自號曰'舞溪'。】

허침(許琛) 1444-1505. 조선 전기. 본관은 양천(陽川). 자는 헌지(獻之)이고, 호는 이헌(頤軒)이며, 시호는 문정(文貞)이다.

❀ 名 - 琛　字 - 獻之

【≪詩 · 魯頌 · 泮水≫ : "憬彼淮夷, 來獻其琛。"】

❀ 謚號 - 文貞

【≪燕山君日記≫卷五八 : "十一年五月庚子。左議政許琛卒 …… 卒年六十二。論文貞 : 博聞多見, 文 ; 淸白守節, 貞。性恬靜寡慾, 端重溫粹, 純和之氣, 達於面目。然其中剛正, 臨事毅然不可犯。居家不營産業, 唯終日讀書而已。孝友出於至性, 交際亦淡泊無僞。爲詩文閑淡簡遠, 然不喜作, 作必脫俗。其德業文章與兄琮齊名。爲相値時事已非, 不能行其素志, 然因事彌縫, 裨益亦多。死之日, 家無餘財, 僅辦喪具, 人尤服其淸德。"】

안침(安琛) 1445-1515. 조선 전기. 본관은 순흥(順興). 자는 자진(子珍)이고, 호는 죽창(竹窓) · 죽계(竹溪)이다.

❀ 名 - 琛　字 - 子珍

【≪詩 · 魯頌 · 泮水≫ : "憬彼淮夷, 來獻其琛。"≪傳≫ : "琛, 寶也。"≪說文≫ : "珍, 寶也。"】

정성근(鄭誠謹) ?-1504. 조선 전기. 본관은 진주(晉州). 자는 이신(而信) · 겸부(兼父)이고, 시호는 충절(忠節)이다.

❀ 名 - 誠謹　字 - 而信

【≪論語 · 學而≫ : "子曰 : '弟子入則孝, 出則悌, 謹而信, 泛愛衆, 以親仁 ; 行有餘力, 則以學文。'"又≪廣雅≫ "誠, 敬也"、≪玉篇≫ "謹, 敬也", 故以"誠"飾"謹"。】

안빈세(安貧世) 1445-1478. 조선 전기. 본관은 죽산(竹山). 자는 낙도(樂道)이고, 호는 저도어은(楮島漁隱)이며, 시호는 이평(夷平)이다.

❀ 名－貧世　字－樂道　號－楮島漁隱

【≪希樂堂文稿≫卷七上≪資憲大夫知中樞府事安公墓碑銘幷序≫：“正統乙丑，公生，英廟外孫也。生而聰悟，稍長，已志學，澹然外紛華。居常左右圖籍，唯以文墨自娛。若詩若書，於藝無不能。楮島有別業，自號楮島漁隱。嘯詠江山，蕭然如寒士。殊不知爲天潢之外派也。公諱貧世，字樂道，其庶幾不負名字之義者歟？”】

유호인(俞好仁) 1445-1494. 조선 전기. 본관은 고령(高靈). 자는 극기(克己)이고, 호는 천방(天放)·임계(林溪)·뇌계(㵢溪)이다.

❀ 名－好仁　字－克己

【≪論語·顏淵≫：“克己復禮爲仁。”】

❀ 號－㵢溪

【≪顏樂堂集≫卷之四≪先執記≫：“俞好仁，字克己，靈川人。中成化甲午科……築室㵢水上，號㵢溪叟。有集行世。爲人和易，無圭角。”】

박처륜(朴處綸) 1445-1502. 조선 전기. 자는 거경(巨卿)이다.

❀ 名－處綸　字－巨卿

【≪禮記·中庸≫：“唯天下之至誠，能經綸天下之大經，立天下之大本，知天地之化育。”巨卿即重臣，即經綸手。】

노공필(盧公弼) 1445-1516. 조선 전기. 본관은 교하(交河). 자는 희량(希亮)이고, 호는 국일재(菊逸齋)이며, 시호는 공편(恭褊)이다.

❀ 名－公弼　字－希亮

【≪尙書·畢命≫：“弼亮四世，正色率下。”孔≪傳≫：“言公……輔佐文、武、成、康，四世爲公卿。”】

❀ 諡號－恭褊

【≪朝鮮中宗實錄≫卷二六：“十一年十一月乙巳。交城君盧公弼卒……及卒，諡曰恭褊：執禮衛賓爲恭，心險政急爲褊。”】

김흔(金訢) 1448-1492. 조선 전기. 본관은 연안(延安). 자는 군절(君節)이고, 호는 안락당(顔樂堂)이며, 시호는 문광(文匡)이다.

❀ 號 - 顔樂堂

【《希樂堂文稿》卷五 《希樂堂記》：“終南之麓, 東城之隅, 巷有極奧而厄, 堵廬不比, 輪蹄罕至, 木茂溪淸, 蕭然若野人之落。以其最偏于市朝, 競錐刀、縛卯申者咸不願與之鄰。爲屋之直, 殆半諸閭, 由是幽人貧士之築居多。巷之僻陋甚矣！吾先子家于斯, 扁其堂曰‘顔樂’, 蓋謂巷陋人愚, 而樂亦在中也。”】

표연말(表沿沫) 1449-1498. 조선 전기. 본관은 신창(新昌). 자는 소유(少遊)이고, 호는 남계(藍溪)이다.

❀ 號 - 藍溪

【《藍溪先生年譜》：“成化七年辛卯成宗大王二年, 先生卜築藍溪之源, 因號藍溪, 亦號平石。”】

❀ 故人亭

【《藍溪先生文集》卷一《故人亭記》：“余自去年夏謫于縣, 寓居于是洞宋君祀全之家, 社樹正當其門。宋君爲余謀之, 募工畚土, 厚培樹下。築以層階, 繚以護欄。中置竹床, 以便坐臥。旁設草廠, 以避陰雨。導余往遊, 冀逃夫炎熱也。余觀是樹, 枝葉蒙翳, 日光不漏, 涼飀自留。使坐其下者狀直淋溧, 毛髮蕭颯。稍久, 肌骨淸灑, 精神高爽。滌腸胃之愁蘊, 盪胸襟之芥滯。脫然浮出埃壒, 坑乎沆瀣之表也。宋君二季、裴君弟兄每來從遊樹陰, 時得村醪野殽, 輒酣嬉爲樂。倦則枕藉樹根, 相與談農話漁, 量晴較雨。至宵露濕衣, 猶不欲歸。余之安謫居而忘故土者, 實於樹焉是賴, 於是扁之曰故人亭, 以其於我有朋友相資之道也 …… 然余本不材, 爲世所棄；樹則自保天眞, 未嘗求於用。似不相涉, 而余得辱爲故人, 何哉？蓋是樹本榦擁腫, 枝條卷曲, 礨砢多節, 魂礧多液, 不中樑棟、榱桷、舟車之用, 所謂樗櫟之散材也。又不產于中州而托是退壤, 不爲王公大人見知。是固無用於世, 而適類乎余。今余資質樸椒, 學問支離。散越其精, 虧疏其氣。其中非不枵然濩落, 而其外槁焉而已。性又鰲牙, 與世牴牾, 而卒見放, 是亦氣類之相近者也。樹雖莫爲世用, 而挺特魁梧, 昂霄聳壑, 凜然不可犯。余雖不合於時, 亦頗以雅致自守, 孤立不撓而無所附之一作焉, 或者君子其亦有所取也。噫！樹本植物, 非有情者也。然老于荒林窮谷, 始得遭我, 依依然若有感於知遇。我之一作亦離群遠來，攀援淹留，將一期于茲，烏得無情哉？方將托忘年之契矣。抑有感焉者：召公之甘棠，能爲時人所愛；草堂之柟樹，未免風雨所拔。蓋甘棠，道與時俱泰；柟樹，道泰而時否。勢有不得同焉，而要皆傳名於不朽者也。是樹也雖未見護於人，亦無顚拔之厄，道則否也，時可謂泰矣。顧余無二公之賢，能使不朽於無窮耶？若後之人哀余之意而庶勿毁，則幸矣。雖然，不必以所無自少，不必以所有自多。蓋將忘情於否泰，而任之以自然也。己亥七月有日記。"】

채수(蔡壽) 1449-1515. 조선 전기. 본관은 인천(仁川). 자는 기지(耆之)이고, 호는 나재(懶齋)이다.

✿ 名 － 壽　　字 － 耆之

【《爾雅》："黃髮、齯齒、鮐背、耇、老，壽也。"注："…… 耇猶耆也，皆壽考之通稱。"】

✿ 快哉亭

【《懶齋集》卷一《快哉亭記》："有川東走，如垂虹也。有山臨流，如鼇頭也。有亭翼然，名快哉也。東望鶴駕，西俗離也。南瞻甲長，北大乘也。江山紆鬱，羅脚底也。主人者何？蔡耆之也。少年登科，濫龍頭也。位至封君，榮過分也。年老辭祿，來故鄉也。衣食纔足，餘無望也。琴棋詩酒，一閑人也。是非毁譽，摠不知也。優哉游哉，聊卒歲也。正德甲戌淸虛子記。"】

정자당(鄭子堂) ?-?. 조선 전기. 본관은 동래(東萊). 자는 승고(升高)이고, 호는 청송(靑松)이다.

✿ 名 － 子堂　　字 － 升高

【《論語 · 先進》："由也升堂矣，未入於室也。"《集注》："言子路之學，已造乎正大高明之域，特未深入精微之奧耳。"】

정여창(鄭汝昌) 1450-1504. 조선 전기. 본관은 하동(河東). 자는 백욱(伯勗)이고, 호는 일두(一蠹)이며, 시호는 문헌(文獻)이다.

✿ 名 － 汝昌

【《皇華集》卷五張寧《名說》："義州州判鄭六乙，有子甫八歲，穎悟善應對，過於常兒, 眞韓文公所謂可念者也。我與副使武公客邊一見, 皆傾喜之, 撫弄殊不忍舍去。明一日, 其父爲之再拜求名。且曰：'此子尚有弟一人, 今六期矣。如見念, 幸併賜之。'因感其言之勤也, 命長曰'汝昌', 命次曰'汝裕', 將期其能昌鄭氏之門而克裕其後也。然人能貴名, 名不能貴人。爲父者須加教誨之, 而昌、裕他日知好學之年, 其以吾言而顧名思義哉。毋棄毋忽。"】

❀ 號 － 一蠹

【《一蠹先生遺集》卷二 《事實大略》："憲宗純皇帝成化三年(世祖大王十三年), 先生取伊川程子'天地間一蠹'之語, 自號一蠹。"】

조신(曺伸) 1450-1521. 조선 전기. 본관은 창녕(昌寧). 자는 숙분(叔奮)이고, 호는 적암(適庵)이다.

❀ 號 － 適庵

【《虛白亭文集》卷之四 《適庵賦幷序》："曺其姓, 伸其名, 字叔奮者, 昌寧人也。卜吾鄰, 扁其居曰適庵。夙有能詩聲, 相識薦而官之。又業醫與譯皆能, 世目爲才府。嘗再朝京師, 再使馬島。無寧歲, 今年又使馬島, 作《適庵賦》贈其行。其詞曰：'問適庵：君胡號爲適而不自適？一身象技之所使兮, 汩東西與南北。朝發軔于藝苑兮, 夕詞林乎弭節。口嘶聲于夜讀, 手厚皮于朝閱。既腸胃之困雕鏤兮, 亦歷亂乎耳目。屈宋檄召而督之役兮, 曹劉旌招而使羽翼。荃既命子爲舌人兮, 又呼號曰歧伯。燕京前赴者再兮, 馬島今去則三也。山川跋履兮難阻, 物象酬酢之何堪。凡生天地之間者, 各飛潛與洪纖。纖者自纖兮飛者不潛, 自守其一兮而不相兼。夫何百夫之殊其一能兮, 子一身之僉也。伊勞苦之若此兮, 乃以適而名庵。'適庵子莞爾而笑, 盱衡而前, 復于涵虛子曰：'噫！吾無往而不自適也。身賤, 故官雖小而亦榮；家貧, 故俸雖薄而易盈。居不必華屋兮, 苟容膝則安也。食不必兼味兮, 惟充腹之取歡。有酒則飲, 無酒則休, 獨則自酌, 偶則相酬。詩不要好, 聊言吾志。書不耽讀, 體倦則睡。皆吾之適也。若夫北游乎中國, 有鞍馬之劬；東騁乎扶桑, 多舟楫之虞。似非吾之適兮, 然不以爲虞, 則亦何有于吾？且夫水滔滔而長流, 風刀刀而長號。無古今之或息兮, 不自知其爲勞。苟其吾之所性兮, 雖卒老道途兮猶甘。鷦一枝而尙寬, 鵬萬里而又南；鳧脛短而自足, 象鼻長而亦便。吾亦不自知吾之適兮, 蓋眞宰之使然。'涵虛子起而酌之。又從而歌之曰

：‘黃鵠之飛兮, 一擧九州島。左翼拂乎若木兮, 右翼蔽乎不周。惟所如兮自適, 執子之手兮難留。舟搖搖兮輕揚, 海天茫茫兮水悠悠。悵獨立兮倚層雲, 撫長劍兮贈遠游。’”】

소자파(蘇自坡) 1451－1524. 조선 전기. 자는 미수(眉叟)이다.

❀ 名－自坡　　字－眉叟

【宋蘇軾號東坡居士, 眉山人, 名字因之。】

이정(李婷) 1454－1489. 조선 전기. 자는 자미(子美)이고, 호는 풍월정(風月亭)이며, 시호는 효문(孝文)이다.

❀ 名－婷　　字－子美

【≪集韻≫：“(婷)同姃, 婷婷美好貌。”】

❀ 諡號－孝文

【≪朝鮮成宗實錄≫卷二百二三：“十九年十二月庚戌 …… 至是乃卒, 年三十五。娶平陽君朴仲善之女, 無嗣, 側室有二男。太常議諡以恭簡, 上特賜諡孝文：秉德不回, 孝；施而中理, 文。”】

남효온(南孝溫) 1454－1492. 조선 전기. 본관은 의령(宜寧). 자는 백공(伯恭)이고, 호는 추강(秋江)·행우(杏雨)·최락당(最樂堂)이며, 시호는 문정(文貞)이다.

❀ 名－孝溫　　字－伯恭

【≪尙書·舜典≫：“濬哲文明, 溫恭允塞。”】

조위(曺偉) 1454－1503. 조선 전기. 본관은 창녕(昌寧). 자는 태허(太虛)이고, 호는 매계(梅溪)이며, 시호는 문장(文莊)이다.

❀ 號－梅溪

【≪梅溪先生文集≫ 卷五 ≪梅溪堂記≫[洪虛白]：“同聲相應, 同氣相求, 有堯、舜、禹、湯、文, 武之君作于上, 必有皐、夔、稷、契、伊、傅、周、召之臣出于下。何相須之殷？氣類故也。物亦有之。菊, 花之隱逸者也, 是故好之者五柳先生；蓮, 花之君子者也, 是故愛之者濂溪夫子。若竹也、梅也, 好之亦各有之。雖然，孰有梅與爭高者乎？爾其凜凜冰清，則有岩壑氣。丁丁玉立，爲廟堂姿。或枯槁如處士，或綽約如仙子。色相或不同，而風韻未嘗不同。譬如伯夷、柳下惠，雖清和不同而同歸于聖；皐、夔、稷、契、伊、傅、周、召，雖事業異宜，而同是聖帝明王之佐。至如西湖逋仙、東閣詩老、咏墨之簡齋、賦紅之坡翁，雖其人簡古豪縱之不同，而要皆翩翩瑞世之佳君子也。今曹侯大虛以文章鳴於世，其名望蓋嘗伯仲於向所謂數君子者，其所好可知。大虛家于金陵溪山勝處，堂于家之東北隅，澗水自岩石間出，日夜奏笙竽過堂去。侯手植千葉梅于堂之除，因以名其堂。抵書謂余曰：‘子悉梅之品乎？吾所植，其花瓣比他較大，香亦異于常，求梅之最絶者獨此耳，願借一言以發揚其馨德。’余曰：‘噫！是固然矣。主人是人中之表，其植固宜異于尋常。若其馨德，則前賢之述備矣，余何言哉？況大虛以能詩擅名當世，壓倒前代之名家，如“暗香疏影”之句固已奴視矣，余何言哉？獨愛黃廷堅詩曰：“古來和鼎實，此物升廟廊。”商高宗命傅說曰：“若作和羹，汝作鹽梅。”是實知梅者。余亦謂方今有文武以上之君作於上，如大虛，豈宜以東閣西湖數君子自處，止以聲律賭名字而已哉？將培其根，摘其實，升之廟廊以調和殷鼎，使萬口皆得五味之正，豈非斯世幸歟？’大虛諱偉，昌寧人。”】

❖ 葵亭

【《梅溪先生文集》卷四《葵亭記》：“余謫龍灣之明年夏，寓舍湫隘，不堪炎鬱，乃就園中高爽處搆亭數椽，蓋以茅茨，可坐五六人。旁舍櫛比，無尺寸隙地。園之廣袤僅尋丈，只有葵數十根翠莖嫩葉，搖動薰風而已。因名之曰葵亭。客有問余者曰：‘夫葵，植物之軟脆者也。古之人於草木花卉之類，或取其特操，或取其馨德，多以松筠、梅菊、蘭蕙名其所居，未聞以軟脆之物名之者也。子於葵何取？抑有說乎？’余應之曰：‘物之不齊，物之情也。貴賤輕重，有萬不同。夫葵，植物之軟脆最賤者也。譬之於人，椎鄙無似最下者也。松筠、梅菊、蘭蕙，植物之堅勁特操，有馨德者也。譬之於人，卓爾不群，特立於世，聲望鬱然者也。余今擯於荒遠寂寞之濱，人所賤棄，物亦疏斥。欲以松筠、梅菊、蘭蕙之類名吾亭，不亦爲物之羞而爲人之訕笑乎？以棄人而配賤物，不求遠而取諸近，此余之志也。且吾聞之，天下無棄物、無棄才。菅蒯、菲之微，古人皆以爲不可棄，況葵有二德乎？葵能向日，隨陽而傾，謂之忠，可也；葵能衛足，謂之智，可也。夫忠與智，人臣之節。忠以事上，盡己之誠；智以辨物，不惑是非。此君子之所難，而余之宿昔所慕者也。有此二美，其可槩之於軟脆之凡卉而賤之哉？由此論之，不獨松筠、梅菊、蘭蕙之可貴也審矣。今余雖謫居，一眠一食莫非主恩。午睡攤飯之餘，詠休文、君實之詩，向日之心自不能已已。則以葵名吾亭，豈無說乎？'客曰：'余知其一，未知其二。聞子序之義，不可尙已。'捧腹而去。己未六月上浣記。"】

김굉필(金宏弼) 1454-1504. 조선 전기. 본관은 서흥(瑞興). 자는 대유(大猷)이고, 호는 사옹(蓑翁)·한훤당(寒暄堂)이며, 시호는 문경(文敬)이다.

❀ 名 - 宏弼　字 - 大猷

【《玉篇》："宏，大也。"故與"大"同義相協。又《詩·小雅·巧言》："奕奕寢廟，君子作之；秩秩大猷，聖人莫之。"鄭玄箋："猷，道也；大道，治國之禮法。"故以"猷"綴"大"。】

❀ 號 - 蓑翁

【《退溪先生文集考證》卷之六《答李平叔》："案《南冥言行總錄》曰：'寒暄先生爲部參奉時，鬼服百戲一依上官所指，後生以其苟從合污爲嫌。先生當時自知名重，不欲自別于庸人。'又曰：'寒暄先生始號蓑翁，曰："雖逢大雨，外濕而內不濡。"既而改之曰："爲名以露，非處世渾然之道也。"'"】

이심원(李深源) 1454-1504. 조선 전기. 본관은 전주(全州). 자는 백연(伯淵)이고, 호는 성광(醒狂)·묵재(黙齋)·태평진일(太平眞逸)이며, 시호는 문충(文忠)이다.

❀ 名 - 深源　字 - 伯淵

【《詩·衛風·定之方中》："非徒庸君，秉心塞淵。"《箋》："淵，深也。"】

❀ 諡號 - 文忠

【《太常諡狀錄》卷五《宗室朱溪副正正義大夫贈興祿大夫朱溪君諡狀》："國朝宗英之賢多矣。若論其學問之淵博、見識之高明，與夫沖淡鉅麗之文、磊落讜直之忠，則未有如朱溪公子之盛者也。公諱深源，字伯淵，自號醒狂，又曰黙齋，亦以太平眞逸爲稱焉，卽我太宗恭定王之玄孫也 …… 文忠道德博聞曰文，思君盡節曰忠、文簡道德博聞曰文，一德不懈曰簡、忠簡事君盡節曰忠，一德不懈曰簡。"】

최부(崔溥) 1454-1504. 조선 전기. 본관은 탐진(耽津). 자는 연연(淵淵)·연지(淵之)

이고, 호는 금남(錦南)이다.

❀ 名 - 溥　　字 - 淵淵, 淵之

【≪禮記·中庸≫:"溥博淵泉, 而時出之。溥博如天, 淵泉如淵。"】

조지서(趙之瑞) 1454-1504. 조선 전기. 본관은 임천(林川). 자는 백부(伯符)이고, 호는 지족정(知足亭)·충헌(忠軒)이다.

❀ 名 - 之瑞　　字 - 伯符

【≪管子·水地≫:"是以人主貴之, 藏以爲寶, 剖以爲符瑞。"】

신영희(辛永禧) 1442-1511. 조선 중기. 본관은 영산(靈山). 자는 덕우(德優)이고, 호는 안정(安亭)이다.

❀ 號 - 安亭

【≪容齋先生集≫卷之九≪安亭記≫:"稷山之東一牛鳴地曰貧士里, 辛公德優之居也。公貧而居於是, 故以自名。荇嘗過而謁曰:'貧者, 人之所大忌也, 所謂大不祥者也。貧而安之者, 孔門弟子自顔子、原憲以下無聞焉。公則能安之矣, 其如衆人何?過之者其必回車而不入矣, 公誰與遇?里之人必有挈妻子而去之走者矣。公誰與居?'公曰:'唯唯。'因爲語里中故事。里中人多壽考, 至有見白頭孫者。荇謹拜曰:'吉地也, 不可泯其實。請名曰老人村。於百斯年, 公其膺之。'公曰:'唯唯。吾欲就於是亭之, 子盍先命吾亭?'某又請名以'安'。公喜曰:'吾志也。'遂擧爵屬某賀, 某又擧而爲公壽, 辭而退。既而馳書來報某曰:'亭已就。子其記之。'某拜命之辱, 謹爲記曰:'安者物之性。天安於上, 地安於下。江海安於動, 山岳安於靜。此皆性之自然者也。惟人具物之性, 而隨其所遇以爲安。其在上也安乎天, 在下也安乎地, 至於動也靜也無不皆然, 是所以盡人之性也。公少而學, 安於文章;壯而困, 安於不遇;及其老也, 安於田里。鬚髮皓白, 容貌丹渥, 日與鄕曲豪武射獵爲樂。倦則幅巾藜杖, 逍遙仿佯, 出入啓處, 無不自適其安, 而人亦以爲安焉, 此亭之所以名也。亭舊爲弃壤, 遇公而勝。昔也安於弃, 今也安於遇。以至魚安于池, 鳥安于丘, 雖一卉一木莫不各得其安, 是則公之安也及于物矣, 豈但遺其子孫而止哉!'"】

고순(高淳) ?-?. 조선 중기. 본관은 제주(濟州). 자는 희지(熙之)·태진(太眞)·진진(眞眞)이다.

❁ 妄有

【≪詩話抄成≫:"高淳嘗上書論時政, 得妄名, 自號妄有。"】

❁ 妄人

【≪師友名行錄≫:"高淳字熙之, 又字太眞, 又字眞眞。濟州人。爲人有聾病, 人畫地成字以致意焉。戊戌年應詔上書論時政, 得妄名。人或告之, 熙之聞而喜之, 自號妄人。"】

신종호(申從濩) 1456-1497. 조선 전기. 본관은 고령(高靈). 자는 차소(次韶)이고, 호는 삼괴당(三魁堂)이다.

❁ 名－從濩　字－次韶

【≪周禮·周官·保氏≫:"乃教之六藝。一曰五禮, 二曰六樂……"≪注≫:"六樂, ≪雲門≫、≪大咸≫、≪大韶≫、≪大夏≫、≪大濩≫、≪大武≫也。"≪文選·司馬相如〈上林賦〉≫:"荆、楚、鄭、衛之聲, ≪韶≫、≪濩≫、≪武≫、≪象≫之樂。"李善≪注≫引≪文穎≫曰:"≪韶≫, 舜樂也;≪濩≫, 湯樂也。"】

이달선(李達善) 1457-1505. 조선 전기. 본관은 광산(光山). 자는 겸지(兼之)이다.

❁ 名－達善　字－兼之

【≪孟子·盡心上≫:"窮則獨善其身, 達則兼濟天下。"孫奭≪疏≫:"古之人得志遭遇其時, 則布恩澤而加被于民。"】

김수동(金壽童) 1457-1512. 조선 전기. 본관은 안동(安東). 자는 미수(眉叟)이고, 호는 만보당(晚保堂)이며, 시호는 문경(文敬)이다.

❁ 名－壽童　字－眉叟

【≪詩·豳風·七月≫:"爲此春酒, 以介眉壽。"】

❁ 諡號－文敬

【≪朝鮮中宗實錄≫卷十六:"七年七月戊寅。領議政金壽童卒…… 諡曰文敬:施而中理曰文, 夙夜警戒曰敬。"】

최충성(崔忠成) 1458-1491. 조선 전기. 본관은 전주(全州). 자는 필경(弼卿)이고, 호는 산당(山堂)이다.

❀ 號 － 山堂書客

【≪山堂集≫卷二≪山堂書客傳≫：“書生不知何許人, 姓字莫解, 貫源難評, 又未知所自來也。其在山堂也, 以讀書爲業, 而衣縫掖之衣、冠章甫之冠, 庶幾乎有儒者氣像, 故自號山堂書客。”】

이수(李穟) 1458-1516. 조선 전기. 본관은 전주(全州). 자는 군실(君實)이고, 호는 삼우당(三友堂)이다.

❀ 名 － 穟　　字 － 君實

【≪詩·大雅·生民≫：“實覃實訏 …… 禾役穟穟 …… 實穎實栗。”≪傳≫：“穟穟, 苗好美也。”】

❀ 號 － 三友堂

【≪二樂亭集≫卷十五≪忠州牧使李公夫妻合葬墓碣銘≫：“己巳, 出爲忠州牧使。未數歲, 連遇扣盆、喪明之患, 傷過成疾。辭任還鄕, 構小亭川上。具溫涼房, 以爲養性之所。種梅、竹、老松于庭, 扁堂曰三友。日聚親朋情話, 若將終身。”】

이사준(李師準) 1454-1523. 조선 전기. 본관은 여주(驪州). 자는 여정(汝正)·군도(君度)이고, 호는 침류당(枕流堂)이다.

❀ 號 － 枕流堂

【≪月軒集≫卷一≪枕流堂賦枕流堂, 卽李公師準堂號。早辭官, 搆堂于江上以終老焉≫：“南山一條之迤走。控漢水之西涯, 隴西子卜築於其間, 屹百尺之蒼崖。上松檜之蔭蓋, 下魚龍之盤渦。跨空虛以立堂, 枕長流之潗潗。”≪木溪先生逸稿≫卷一≪枕流堂在漢江岸, 經歷李師準別墅≫：“大隱人間漢陰叟, 幽居郭外枕流堂。”】

황형(黃衡) 1459-1520. 조선 전기. 본관은 창원(昌原). 자는 언평(彥平)이고, 시호는 장무(莊武)이다.

❀ 名 － 衡　　字 － 彥平

【≪禮記・曲禮下≫：“大夫衡視。”鄭玄≪注≫：“衡，平也。平視，謂視面也。”】

성희안(成希顔) 1461-1513. 조선 전기. 본관은 창녕(昌寧). 자는 우옹(愚翁)이고, 호는 인재(仁齋)이며, 시호는 충정(忠定)이다.

❀ 名 － 希顔　　字 － 愚翁

【≪論語・爲政≫：“子曰：‘吾與回言，終日不違如愚。退而省其私，亦足以發。回也不愚。”≪注≫：“不違者，無所怪問，於孔子之言默而識之，如愚。”希，表景慕之義。】

정광필(鄭光弼) 1462-1538. 조선 전기. 본관은 동래(東萊). 자는 사훈(士勛)이고, 호는 수천(守天)이며, 시호는 문익(文翼)이다.

❀ 名 － 光弼　　字 － 士勛

【≪晉書・王渾傳≫：“周公得以聖德光弼幼主，忠誠著于≪金縢≫。”勛，≪說文≫“古文勳字”。≪周禮・夏官・司勳≫：“王功曰勳。”≪注≫：“輔成王業，若周公也。”】

신용개(申用漑) 1463-1519. 조선 전기. 본관은 고령(高靈). 자는 개지(漑之)이고, 호는 이락정(二樂亭)・송계(松溪)・수옹(睡翁)이며, 시호는 문경(文景)이다.

❀ 幼名 － 白岳鍾

【≪二樂亭集附錄・墓誌[金詮]≫“以天順癸未生。文忠夢異有嶽降之祥，名曰白岳鍾，卽其所居之北有白岳而名之。”】

❀ 號 － 二樂亭

【≪二樂亭集序・二樂亭先生集序沈彦光≫：“二樂，其亭名。蓋取仁、智之意云。”○≪論語・雍也≫：“子曰：‘知者樂水，仁者樂山；知者動，仁者靜；知者樂，仁者壽。’”】

김일손(金馹孫) 1464-1498. 조선 전기. 본관은 김해(金海). 자는 계운(季雲)이고, 호는 탁영(濯纓)이며, 시호는 문민(文愍)이다.

❀ 名 － 馹孫　　字 － 季雲

【《爾雅·釋親》：“仍孫之子爲雲孫。”《注》：“言輕遠如浮雲。”】

강혼(姜渾) 1464-1519. 조선 전기. 본관은 진주(晉州). 자는 사호(士浩)이고, 호는 목계(木溪)·동고자(東皐子)이며, 시호는 문간(文簡)이다.

❈ 名 – 渾　字 – 士浩

【《荀子·富國》：“財貨渾渾如泉源。”《尙書·堯典》：“浩浩滔天。”“渾”、“浩” 均有“大水”之義。】

❈ 號 – 木溪, 東皐子

【《木溪先生逸稿》卷之二《神道碑銘[郭鍾錫]》：“以皇明天順甲申生子曰渾, 字 士浩, 是爲木溪先生, 亦曰東皐子。蓋公之退休也, 即所居以自號也。” 《木溪逸稿·附錄·家狀[姜必秀]》：“先生諱渾, 字士浩, 姓姜氏, 晋州人 …… 以 皇明天順八年甲申某月日, 先生生于月牙山下木溪之上 …… 先生自號曰木溪子, 及其晚年又號東皐。”】

이종준(李宗準) ?-1499. 조선 전기. 본관은 경주(慶州). 자는 중균(仲鈞)이고, 호는 용재(慵齋)·용헌(慵軒)·부휴자(浮休子)이다.

❈ 名 – 宗準　字 – 仲鈞

【《說文》：“準, 平也。”《詩·大雅·行葦》：“四鍭旣鈞。”《註》：“矢鏃重羽輕, 必參亭而三分之, 一在前, 二在後, 得平均也。”同義相協。】

최명창(崔命昌) 1466-1536. 조선 전기. 본관은 개성(開城). 자는 여신(汝愼)이고, 호는 송석(松石)·송음(松陰)이다.

❈ 名 – 命昌　字 – 汝愼

【《尙書·益稷》“帝曰：‘來, 禹, 汝亦昌言！’”, 又“師汝昌言”, 故以“汝”應“昌”。】

❈ 號 – 松石居士

【《慕齋先生集》卷十一《松石亭記》：“松石居士登朝躋二品, 不以榮貴縈懷。晚 年宦倦, 卜築於都城東隅雙溪洞, 日杖屨嘯傲於松石之間。旣以松石名其亭, 因又 自號松石居士, 走書索亭記於梨湖散老。散老處於村野之間, 而以湖山爲樂。居 士乃居京都之中, 而以松石自娛。散老與居士, 雖所在喧靜有殊, 其所娛與其所樂，蓋有不期同而同者矣。散老方欲以湖山之樂求居士之一言，而居士乃先以松石之娛索亭記於散老，散老應輸居士一籌矣。夫人之心有所自得於娛樂，則凡物之接吾耳目者，孰非可爲吾心娛樂之所寓乎？而惟物之淸而不塵、高而不俗、卓而不群、質而不靡者，尤足以寓吾之娛樂矣。夫湖也、山也、松也、石也，其淸高卓質，固非塵中俗間之物之所混，宜乎居士與散老之寓其所娛樂也！以散老之所樂，足以知居士之所娛矣。夫濃香艷色，爭榮一時，華茂旣盡，衰隕無處，松無是也；寒暑迭變，不易其色，風霜交凜，不改其操，是松之所能也。磨琢爲工，鎔冶爲巧，名珍薦寶，貴耀世上，石無是也；不沽高價，不被礱斲，渾朴質碻，任全其天，是石之所能也。居士之取以名亭，因以自號，以寓其心之所娛，欲終老於兩者之間者，良有以夫。散老旣以所自樂者，推而能道夫居士所娛之趣矣；居士其亦果能以所娛者，推而語夫散老之所樂者乎？居士姓崔，名命昌，字汝愼。嘉靖紀元之十四年旃蒙協洽建戌月，梨湖散老金安國國卿記。"】

❀ 三桑堂

【《思齋集》卷三《三桑堂記》："松石先生以三桑扁堂，使其從弟崔措大善昌來屬余請記曰：'雙溪之居，小堂之前，桑樹自生，不勞種植。三株同根，今高丈餘。枝條暢茂，盤旋遠揚。已覆短簷，如張傘蓋。春宜苗萌，生意流行；夏宜密葉，繁陰鋪砌；秋宜涼月，枝影婆娑；冬宜雪壓，玉峯低垂：四時代運於不息，天機自動於變化。佳賞無窮，寒暑不讓。雅致替供，晝夜相埒。至於日沈而宿鳥爭喧，超然有脫囂紛，而同侶于鳥獸之群；雨霽而風露濕衣，洒然如挹灝氣，而退擧乎雲霞之表。吾今老且病，坐臥小堂，相對怡然，無間於晝夜寒暑，皆取而自樂於心，不知老至而病痼。則三株之樹，乃吾窮年之伴侶，而爲子孫敬止之具也。公之伯氏慕齋公已記我松石之亭，又得公之文以記我三桑之堂，使吾後之人有考於見聞之所不及，而知吾所樂於斯者，則兩蘇之文亦將爲吾家之遺寶，而松石、三桑之跡至於愈久而愈不泯矣。請公記之。'余受其言而略敍其實，又從而語之曰：'公何取於桑而愛之至此耶？若有取於四時變現之賞，則庭邊之秀無非植物，何獨於桑取之？昔陶元亮著五柳之傳、杜少陵有四松之詠。陶、杜之風懷，不必偏系於柳與松一物而止耳，特以寓意而自適也。公之有取於桑，何異二子之意？然其重衣裳之本、美功用之大，其意未嘗不寓乎其中也。余負累而退，築茅于芒洞之田，宅邊亦樹若干桑株，常心玩而手撫。又重其功利之有關於人理，推之爲植物之長，亦以桑村號吾居, 以見其愛之之意。自以爲吾所獨得, 而公之托物興懷適契于我心, 益有所感焉。跡滯江潭, 脩門迴阻。雖欲過城市, 一尋洞門, 對坐三桑之下, 奉尊俎, 開襟懷, 與論其所同樂之趣, 得乎？茲可倂書而爲記。'先生名命昌, 字汝愼。與余同入玉堂, 歷諫院、天曹、銀臺, 爲忘年之友。今投老謝笏, 築居都城之內雙溪舊洞。以詩酒送老, 自號松石居士云。"】

권오복(權五福) 1467-1498. 조선 전기. 본관은 예천(醴泉). 자는 향지(嚮之)이고, 호는 수헌(睡軒)이다.

❀ 名 - 五福

【≪尙書·洪范≫："五福：一曰壽, 二曰富, 三曰康寧, 四曰攸好德, 五曰考終命。"】

정붕(鄭鵬) 1467-1512. 조선 전기. 본관은 해주(海州). 자는 운정(雲程)이고, 호는 신당(新堂)이다.

❀ 名 - 鵬　字 - 雲程

【≪莊子·逍遙遊≫："鵬之背, 不知其幾千里也；怒而飛, 其翼若垂天之雲。"】

❀ 號 - 新堂

【≪江左先生文集≫卷九≪鄭新堂先生行狀≫："皇考諱鐵堅, 又移善之新堂里。"】

이현보(李賢輔) 1467-1555. 조선 전기. 본관은 영천(永川). 자는 비중(棐仲)이고, 호는 농암(聾巖)·설빈옹(雪鬢翁)이며, 시호는 효절(孝節)이다.

❀ 幼名 - 有慶

【≪聾巖先生文集≫卷四≪行狀[李滉]≫："祖諱孝孫, 通禮門奉禮, 贈嘉善大夫吏曹參判。考諱欽, 麟蹄縣監, 贈資憲大夫議政府左參贊。妣贈貞夫人權氏, 護軍謙之女。公諱賢輔, 字棐仲。始參判公嘗遊山寺, 夢有神人告曰：'積善之家, 必有餘慶。'旣寤, 適聞權氏婦生男, 心異之, 故公少名有慶。是成化丁亥七月二十有九日也。"】

❀ 名 - 賢輔　字 - 棐仲

【≪漢書·魏相傳≫："臣聞明主在上, 賢輔在下, 則君安虞而民和睦。"≪說文≫：

"棐, 輔也。"】

❀ 號 − 聾巖

【≪聾巖先生文集≫卷三≪愛日堂重新記≫："堂在家東一里芝山之麓高巖之上, 主翁於正德戊辰秋爲親乞符于永陽。陽於桑梓距三日程, 尋常沿牒覲省無虛月。 恨其村居隘陋, 娛親無所, 遂構堂于巖畔。巖舊無名, 諺傳耳塞巖。前臨大川, 上 有急灘。灘鳴響應, 瞋塞人聽。耳塞之名, 其必以此。宜乎隱遞黜陟不聞者之居！ 因謂之聾巖, 而翁自號焉。"】

❀ 明農亭

【≪海東雜錄≫卷五≪本朝五≫："李賢輔, 永川人, 字棐仲, 自號聾巖 …… 嘗構小 亭于宅邊, 扁以明農。又壁畫陶淵明≪歸去來≫圖, 人皆知有退休之意。墓誌"】

이국진(李國珍) 1467-?. 조선 중기. 본관은 경주(慶州). 자는 세창(世昌)이다.

❀ 名 − 國珍　字 − 世昌

【≪尙書·仲虺之誥≫："邦乃其昌。"≪傳≫："國乃昌盛。"故以"昌"應"國"。又≪左 傳·莊公二十二年≫："爲嬀之後, 將育于姜, 五世其昌, 並于正卿。"故以"世"飾 "昌"。】

윤은보(尹殷輔) 1468-1544. 조선 중기. 본관은 해평(海平). 자는 상경(商卿)이고, 시 호는 정성(靖成)이다.

❀ 名 − 殷輔　字 − 商卿

【≪史記·殷本紀≫："伊尹名阿衡 …… 湯擧任以國政。"伊尹乃輔弼殷商之卿 相。連名成義。】

김광수(金光粹) 1468-1563. 조선 중기. 자는 국화(國華)이고, 호는 송은(松隱)이다.

❀ 名 − 光粹　字 − 國華

【≪楚辭·離騷≫："昔三後之純粹兮, 固眾芳之所在。雜申椒與菌桂兮, 豈維紉夫 蕙茝。"≪文心雕龍·知音≫："蓋聞蘭爲國香, 服媚彌芬；書亦國華, 翫澤方美。" 蘭有美質, 專一不雜, 且有芳香, 自爲國華。故"粹"可與"國華"相應。】

❀ 號 − 松隱處士

【≪西厓先生文集≫卷十九≪外祖進士金府君碣銘≫：“公諱光粹, 字國華, 金氏本新羅宗姓 …… 公天性恬淡, 風神端潔。於富貴利達, 泊然無所嗜。早以能詩聞儕輩間, 中弘治辛酉進士。旣而棄擧業, 屛居義城之北村, 不復有進取意。宅邊有矮松一株, 靑翠蔥鬱, 蔭可數畝。公愛之, 日飮酒哦詩, 偃仰於其下, 自號松隱處士。家貧, 衣食不給, 而公曠不以爲意。終日欣欣, 無一不適意, 時隣里賢愚少長莫不敬慕而樂就焉。”】

이항(李沆) 1474-1533. 조선 중기. 본관은 성주(星州). 자는 호숙(浩叔)이고, 호는 낙서거사(洛西居士)·소요당(逍遙堂)·회당(晦堂)이다.

❀ 名－沆　字－浩叔

【≪說文≫“莽沆, 大水也。”≪韻會≫：“浩, 大水貌。”同義相協。】

김천령(金千齡) 1469-1503. 조선 중기. 본관은 경주(慶州). 자는 인로(仁老)이다.

❀ 名－千齡　字－仁老

【“千齡”即長壽之義。又≪論語·雍也≫：“子曰：‘知者樂, 仁者壽。’”≪爾雅≫：“老, 壽也。”故以爲應。】

권달수(權達手) 1469-1504. 조선 전기. 본관은 안동(安東). 자는 통지(通之)이고, 호는 동계(桐溪)이다.

❀ 名－達手　字－通之

【≪玉篇≫：“達, 通也。”】

이우(李堣) 1469-1517. 조선 중기. 본관은 진보(眞寶). 자는 명중(明仲)이고, 호는 송재(松齋)이다.

❀ 名－堣　字－明仲

【≪說文≫：“堣夷, 在冀州陽谷。立春日, 日値之而出。”日出而明。】

❀ 畏影堂

【≪松齋集≫卷二≪歸田錄·畏影堂≫：“有我卽有形, 影分形爲兩。陰陽遞隱見, 動靜不相放。日用百爲多, 一一輒效倣。臨之在左右, 驥然難可罔。所愼豈止獨？

屋漏猶朗晃。顧爾心惕若，內省而存養。我語爾默識，我身爾虛象。周旋一堂中，
終日吾所仰。"】

❀ 號－松齋

【《退溪先生文集》卷四十六《叔父戶曹參判府君墓碣識》："叔父參判府君姓李
氏……溫溪之上，有先人手植松林。府君就其旁築室居之，以寓桑梓之感，因自
號爲松齋。"】

신공제(申公濟) 1469-1536. 조선 중기. 본관은 고령(高靈). 자는 희인(希仁)이고, 호
는 이계(伊溪)이며, 시호는 정민(貞敏)이다.

❀ 名－公濟　字－希仁

【《論語·雍也》："子貢曰：'如有博施於民而能濟眾，何如？可謂仁乎？'子曰：
'何事於仁，必也聖乎！堯舜其猶病諸！夫仁者，己欲立而立人，己欲達而達人。
能近取譬，可謂仁之方也已。'"】

한형윤(韓亨允) 1470-1532. 조선 중기. 본관은 청주. 자는 신경(信卿)이고, 시호는
효헌(孝憲)이다.

❀ 名－亨允　字－信卿

【《說文》："允，信也。"】

이목(李穆) 1471-1498. 조선 중기. 본관은 전주(全州). 자는 중심(仲深)이고, 호는
한재(寒齋)이며, 시호는 정간(貞簡)이다.

❀ 名－穆　字－仲深

【《九章·悲回風》："穆眇眇之無垠兮，莽芒芒之無儀。"洪興祖《補注》："穆，
深微貌。"】

성몽정(成夢井) 1471-1517. 조선 중기. 자는 응경(應卿)이고, 호는 장암(場巖)이며,
시호는 양경(襄景)이다.

❀ 諡號－襄景

【《朝鮮中宗實錄》卷二九："十二年八月庚午。夏山君成夢井卒。賜諡曰襄景公

…… 謹按謚法曰：因事有功曰襄，布義行剛曰景。」】

노우명(盧友明) 1471-1523. 조선 중기. 본관은 풍천(豊川). 자는 군량(君亮)이고, 호는 신고당(信古堂)이다.

❀ 名－友明　字－君亮

【明、亮義近相偕。】

❀ 號－信古堂

【《慕齋先生集》卷一《信古堂辭咸陽盧生員友明》：“若有人兮遐之陬，聊逍遙兮相佯。佩蘭茝兮冠芙蓉，蕙爲衣兮蓀爲裳。朝飮兮在澗，夕陟兮崇阿。云誰之思兮古之人？獨長吟兮行歌。頭留碧兮挿天，雲煙變滅兮千萬秋。思古人兮不可及，空佇立兮悠悠。”

《容齋先生集》卷九《信古堂記》：“西河盧君君亮，博學而雅，用古道處今世。年踰強仕，屈不得意。天嶺，其菟裘也。別構小堂，扁曰信古，其志也。上宇下棟，樸而不華，尙古也。左右書史、六經之文、百家之言，皆古也。坐而儼然對於案，寢而曖然接乎夢。晤語唯諾而莫逆於心者，古之人也。循除封植名卉殊品，而淵明之菊、子猷之竹、和靖之梅，最近古也。寒裘暑葛，飢粲渴飮。日出而作，日入而息，無非古也。至於臥北窓之清風，問東山之明月。觴於斯，詠於斯，優遊於斯，不知老之將至者，自君作古也。凡世之所謂愉懽憂戚、得喪禍慶，不足動諸心，而唯古之信，如是而貧賤、如是而富貴、如是而生、如是而死者，信之篤也。嗟夫！古與今不相謀也。久矣持是，將安歸乎？余常謂，今之人或能行乎古，而古之道不可施於今，於是焉而益驗。噫！奇耦亦古也。耦於古而奇於今，庸何傷？雖然，將有行乎古者作而求古於今，則君亮非終屈者也，亦非終不得意者也，何遽知今之秉鈞者之無若人乎？然則古之道又或庶幾乎今也。余亦有志乎古而未之信，乾沒風塵，已成老翁。古人可作，能無愧乎？安得升君之堂，聊與君同歸。雖不信於今之世，將必後乎在。君亮，名友明。”】

남곤(南袞) 1471-1527. 조선 중기. 본관은 의령(宜寧). 자는 사화(士華)이고, 호는 지정(止亭)·지족당(知足堂)이다.

❀ 名－袞　字－士華

【≪詩·豳風·九罭≫:"我覯之子, 袞衣繡裳。"≪傳≫:"袞衣, 卷龍也。"≪尙書·顧命≫:"牖間南向, 敷重篾席。黼純, 華玉仍幾。"≪傳≫:"華, 彩色。"袞服多彩而華美, 故以"華"應之。】

❀ 大隱巖, 萬里瀨

【≪稗官雜記≫卷二:"南止亭袞家于白嶽麓, 其北園有泉石之勝。朴翠軒誾每與李容齋荇携酒往遊, 止亭以承旨晨入夜歸, 輒不得偕。翠軒戲名其巖曰'大隱', 瀨曰'萬里', 蓋巖未爲主人所知, 所以爲大隱, 而瀨若在萬里之遠云爾。"】

심정(沈貞) 1471-1531. 조선 중기. 본관은 풍산(豊山). 자는 정지(貞之)이고, 호는 소요정(逍遙亭)이며, 시호는 문정(文靖)이다.

❀ 號 - 逍遙堂

【≪希樂堂文稿≫卷三≪逍遙堂爲沈左相賦之堂在陽川孔巖, 臨大江, 最奇絶≫:"天游只在小欄凭, 誰道逍遙物外升。萬古江山同自在, 百年氷炭置何曾。饕吞久覺無雲夢, 齊視從知任鷃鵬。≪莊·逍遙遊≫:逍遙, 言優游自在也。遊者, 心有天遊。鵬鷃之喩, 只是形容胸中廣大之樂。蓋謂人之所見者小, 故有世俗紛紛之爭。若知天地之外有如許世界, 自視其身如大倉一粒也。鷗鳥生嗔渠莫識, 手收霖雨也難能。""楊花江上見翬飛, 垂柳陰中掩晝扉。銀漢槎光連泛泛, 赤城霞氣接霏霏。堯時有巨查浮西海, 查止有光若星月。孔巖能有傅巖出, 莘野寧難綠野歸。孔巖, 卽築堂地。傅巖莘野, 只言作相事。而伊尹不以寵利居成功, 裵晉公能歸綠野堂, 引此以勖公晚節, 而末以終逍遙之義。公參靖國勳, 引莘野, 更似近。與物逍遙最何處, 功成身退是眞機。"】

이류(李瑠) ?-1545. 조선 전기. 자는 언진(彦珍)이다.

❀ 名 - 瑠　字 - 彦珍

【≪集韻≫"琉, 與瑠同。瑠璃, 珠也", 故與"珍"相應。】

❀ 慕月堂

【≪希樂堂文稿≫卷五≪慕月堂記≫:"宗英桂林君起堂居第之北稍穹窿地, 以爲勢不阻而中闃若。妥而基竦, 挹三山而俯千閭, 乃四虛其壁而櫺踈之。鉤而納月, 一滿無隱蔽。周除長檻, 練縞氷淨。負一枕欹處之, 骨瑩肝腥, 湔雪邪穢, 如泛銀渚而凭珠宫。堂之朦月爲最，扁之曰慕月，請忍性子筆巔末。忍性子曰：'凡物之不常有，而思之不可得見焉，慕生之。夫月蘇死弦圓雖異，而晨夕迭見于西東者，無時或息，卽堂之所常有，烏乎慕哉？然一月之間爲望少而弦之上下焉多矣，矧又陰雨雲雪之稠耶？留連玩賞者率以是爲个个，謂之慕，不亦宜乎？嘗觀杜草堂懷李白，乃以屋梁之月疑夫人之顏色，是知懷人者寓於月。今主人之慕無亦類歟？主人之祖風月亭，親爲姬旦，愛逾花萼，善東平而博劉向。刻落綺靡，膏飫文墨，爲璿派風流之宗。其於風月，嗜之深矣。主人文雅，一追祖武，方且思公之所嘗嗜，如曾棗屈芰之不可忘。惏然之聲、蕭然之色悉在於風月，又豈杜李朋執之泛而已耶？然霜露羹墻在在而是，一念之存豈獨局於月？彼明魄盈缺又不足言，謂之慕乎月，外也，非深也。雖然，有一於此，一心外物之蝕與月靡常，富貴聲色、居養氣體之移有足以奪其念，則吾懼其慕之不能終也。曷若揭吾方寸於月，先察乎出入明晦之幾，然後可以全吾慕也？'主人曰：'唯。旣以德愛，願言之終惠也。'於是歌以勖之曰：'月之來滿以眺，日的然亡兮；月之去灰以胐，日闇然章兮。來不繼而去不復，夫誰曰明之至兮？惟續續而不窮，故常新而無毀也。'"】

이사균(李思鈞) 1471-1536. 조선 전기. 본관은 경주(慶州). 자는 중경(重卿)이고, 호는 눌헌(訥軒)이며, 시호는 문강(文剛)이다.

❀ 名 - 思鈞　字 - 重卿

【≪詩·小雅·節南山≫："尹氏大師，維周之氏。秉國之均，四方是維。"≪疏≫："≪正義≫曰，毛以爲，見天災及民故歸咎執政，責之云：'尹氏，汝今爲大師之官，維是周之根本之臣。秉持國政之平，居權衡之，任四方之事，是汝之所維制……'"鈞均通。≪詩集傳≫："尹氏居高任重……"】

박영(朴英) 1471-1540. 조선 중기. 본관은 밀양(密陽). 자는 자실(子實)이고, 호는 송당(松堂)이며, 시호는 문목(文穆)이다.

❀ 名 - 英　字 - 子實

【≪詩·鄭風·有女同車≫："有女同行，顏如舜英。"≪傳≫："舜，木槿也；英，猶華也。"花而後實，故名字相應。】

❀ 諡號 - 文穆

【≪太常諡狀錄≫卷十三≪兵曹參判贈吏曹判書松堂朴先生諡狀≫："先生姓朴諱英, 字子實, 自號松堂, 系出密陽, 世居善山之省谷 …… 落點文穆道德博聞曰文, 布德執義曰穆、文毅文, 上同；强而能斷曰毅、文莊文, 上同；履正志和曰莊。"】

임희재(任熙載) 1472-1504. 조선 중기. 본관은 풍천(豊川). 자는 경여(敬興)이고, 호는 물암(勿菴)이다.

❀ 名 - 熙載   字 - 敬興

【興有承載之用, 故名字相應。又≪尙書·堯典≫"有能奮庸熙帝之載", ≪傳≫："奮, 起。庸, 功。載, 事也。訪羣臣, 有能起發其功、廣堯之事者言"。故以"熙"飾"載"。≪左傳·僖公十一年≫："敬, 禮之輿也。"故以"敬"飾"興"。】

한경기(韓景琦) 1472-1529. 조선 전기. 자는 치규(稚圭)이고, 호는 향설당(香雪堂)이다.

❀ 名 - 景琦   字 - 稚圭

【宋初韓琦, 字稚圭, 出將入相, 深爲朝廷倚重, 封魏國公。慕其人而襲其名、字, 故綴"景"。】

홍언충(洪彦忠) 1473-1508. 조선 전기. 본관은 부계(缶溪). 자는 직경(直卿)이고, 호는 우암(寓菴)이다.

❀ 名 - 彦忠   字 - 直卿

【≪玉篇≫："忠, 直也。"又≪詩·鄭風·羔裘≫："彼其之子, 邦之彦兮。"≪傳≫："彦, 士之美稱。"≪史記·刺客列傳≫："荊軻者, 衛人也。其先乃齊人, 徙於衛, 衛人謂之慶卿。"≪索隱≫："卿者, 時人尊重之號, 猶如相尊美亦稱'子'然也。"故彦、卿相應。】

김세필(金世弼) 1473-1533. 조선 중기. 본관은 경주(慶州). 자는 공석(公碩)이고, 호는 십청헌(十淸軒)·지비옹(知非翁)이며, 시호는 문간(文簡)이다.

❀ 號 - 知非翁

【≪十淸先生集≫卷四≪先生神道碑銘幷序○尤庵宋時烈撰≫："十淸先生 …… 光祖被罪爲言, 請推治, 兩司長宮洪淑、趙邦彦等請拿鞫, 遂下廷尉。其責辭曰：'趙光祖罪狀, 朝廷旣依律處斷。而某在宰相之列, 眩亂是非, 使論議不定。'事將不測。上特原之, 只杖配于陰竹縣留春驛。當先生進言時, 尙公震以翰林入侍, 出而歎服曰∶'今日始聞讜言。'奸黨怒, 幷劾之。壬午, 先生蒙宥, 仍居于忠州知非川上, 自號知非翁 ⋯⋯ 先生慶州人, 諱世弼, 字公碩, 新羅金氏王之後。"

≪金世弼의 逸話≫∶"공이 기묘사화로 인해 벼슬에서 쫓겨난 것이 마흔아홉 살 때인데, 나이 오십 살에야 49년의 삶이 그릇되었음을 알았다고 한다. 그리하여 "행년오십이지사십구년지비(行年五十而知四九年之非)"라 하여 아호를 '지비옹'이라 하고, 집 앞을 흐르는 물을 '지비천'이라 한 뒤 그곳에서 그릇됨을 아는 공부를 후학에게 가르쳤다."

✤ 謚號 - 文簡

【≪太常謚狀錄≫卷十三≪贈資憲大夫吏曹判書兼知經筵義禁府事弘文館大提學藝文館大提學知春秋館成均館事世子左賓客五衛都摠府都摠管行嘉善大夫吏曹參判兼同知經筵義禁府春秋館成均館事五衛都摠府副摠管十淸先生金公謚狀≫∶"先生諱世弼, 字公碩, 慶州之金, 新羅金氏王後也 ⋯⋯ 落點文簡道德博聞曰文, 一德不懈曰簡、文康文, 上同；淵源流通曰康、文貞文, 上同；淸白守節曰貞。"】

이희보(李希輔) 1473-1548. 조선 중기. 본관은 평양(平壤). 자는 백익(伯益)이고, 호는 안분당(安分堂)이다.

✤ 名 - 希輔　　字 - 伯益

【≪尙書·蔡仲之命≫∶"皇天無親, 惟德是輔。"≪傳≫∶"天之於人無有親疏, 惟有德者則輔佑之。"≪戰國策·秦策二≫∶"於是出私金以益公賞。"≪注≫∶"益, 助也。"】

✤ 號 - 安分堂

【≪大觀齋亂稿≫卷二≪題李伯益諱希輔安分堂≫∶"嗜欲自不厭, 何者非吏商。世路有褒斜, 畫輪能騰驤。要津有呂梁, 飛鷁能翶翔。無人動安分, 負販終自僵。彩羽振嚇雛, 希聲起折楊。伊人美如玉, 獨立有高堂。"】

성중엄(成重淹) 1474-1504. 조선 전기. 본관은 창녕(昌寧). 자는 계문(季文)이고, 호는 청호(晴湖)이다.

❀ 名 - 重淹　　字 - 季文

【≪與山巨源絕交書≫ "然使長才廣度, 無所不淹", 淹有深入之義。又, 中國北宋有范仲淹字希文。】

이장곤(李長坤) 1474-1519. 조선 전기. 본관은 벽진(碧珍). 자는 희강(希剛)이고, 호는 학고(鶴皐)·금헌(琴軒)·금재(琴齋)·우만(寓灣)이며, 시호는 정도(貞度)이다.

❀ 名 - 長坤　　字 - 希剛

【≪周易·坤卦≫ : "坤厚載物 …… 柔順利貞。" 剛柔相濟, 故而 "希剛"。】

박상(朴祥) 1474-1530. 조선 중기. 본관은 충주(忠州). 자는 창세(昌世)이고, 호는 눌재(訥齋)이며, 시호는 문간(文簡)이다.

❀ 名 - 祥　　字 - 昌世

【≪禮記·大學≫ : "國家將興, 必有禎祥。" ≪尚書·仲虺之誥≫ : "邦乃其昌。" ≪傳≫ : "國乃昌盛。" 故以 "昌" 應 "祥"。又≪左傳·莊公二十二年≫ : "爲嬀之後, 將育于姜, 五世其昌, 並于正卿。" 故綴 "昌" 以 "世"。】

김극성(金克成) 1474-1540. 조선 중기. 본관은 광산(光山). 자는 성지(成之)이고, 호는 청라(靑蘿)·우정(憂亭)이며, 시호는 충정(忠貞)이다.

❀ 名 - 克成　　字 - 成之

【≪尚書·武成≫ : "我文考文王, 克成厥勳, 誕膺天命, 以撫方夏。" 克成, 即能成。】

김종필(金終弼) ?-?. 조선 중기. 본관은 청풍(淸風). 자는 해중(諧中)이고, 호는 풍암(楓巖)·풍담(楓潭)이다.

❀ 名 - 終弼　　字 - 諧中

【≪尚書·舜典≫ : "帝曰 : '疇若予工？' 僉曰 : '垂哉！' 帝曰 : '俞, 咨！垂, 汝共工。' 垂拜稽首, 讓於殳斨暨伯與。帝曰 : '俞, 往哉！汝諧。'" 又 "帝曰 : '疇若予上下草木鳥獸？' 僉曰 : '益哉！' 帝曰 : '俞, 咨！益, 汝作朕虞。' 益拜稽首, 讓于朱虎、熊羆。帝曰 : '俞, 往哉！汝諧'" 此諸人皆為舜之輔弼能臣, 而舜命之後多有

"往哉！汝谐"之語，故以"諧"應"弼"。】

❖ 號 － 楓巖

【《潛谷先生遺稿》卷九《楓巖集跋》："楓巖先生，姓金氏，諱終弼，字諧中，我六代祖太常公之第三子也。少年成進士，以能詩名於世。居海州楓巖溪上，因以爲號。"】

심의(沈義) 1475-?. 조선 중기. 본관은 풍산(豊山). 자는 의지(義之)이고, 호는 대관재(大觀齋)이다.

❖ 號 － 大觀齋，大觀子

【《大觀齋亂稿》卷一《大觀賦言達人所觀者大》："天皇翳圓蓋，地皇乘方輿，遂與無極翁竝躋于汗漫之宇，俯曠垠之墟。相顧䜹夷，劉覽泰初。天皇體輕，起而儛曰：'眼日月兮曜群盲，翻手爐錘兮物物生生。雷霆作兮鼓鍾鐋，臣靈扑手兮齧缺賡。'地皇體重，伏而歌曰：'凝涕唾兮海液流，散毛髮兮草木稠。八殤九州，復有齊州。自肢初化，自註：肢開闢初，始生人。《淮南》云：肢生海人。物我殊造。經緯表裏，囷我臣抱。'無極翁聞言而進曰：'象帝之先，有物曰道。摶挍百昌，而不爲夥。提挈陰陽，而不爲老。高矣無上，深哉無下。不生而施，不勤而化。予運玄機常不舍。'言未了，天皇陞地皇降曰：'天無道不健，地無道不恢。'因授翁以玄珠九枚。自註：九者，究也。天地終窮之數。"】

홍언필(洪彦弼) 1476-1549. 조선 중기. 본관은 남양(南陽). 자는 자미(子美)이고, 호는 묵재(黙齋)이다.

❖ 名 － 彦弼　　字 － 子美

【《說文》："彦，美士有文，人所言也。"《詩·鄭風·羔裘》："彼其之子，邦之彦兮。"《傳》："彦，士之美稱。"】

정인인(鄭麟仁) ?-1504. 조선 중기. 본관은 광주(光州). 자는 덕수(德秀)이다.

❖ 名 － 麟仁　　字 － 德秀

【《新书·道德说》："安利物者，仁行也。仁行出於德，故曰'仁者，德之出也'。"又《左傳·哀公十四年》杜預《注》："麟者，仁獸，聖王之嘉瑞也。"故以"麟"飾

"仁"。】

이행(李荇) 1478-1534. 조선 중기. 본관은 덕수(德水). 자는 택지(擇之)이고, 호는 용재(容齋)·청학도인(靑鶴道人)이며, 시호는 문정(文定)이다.

❀ 名－荇　字－擇之

【《詩·周南·關雎》："參差荇菜, 左右流之。"《爾雅·釋詁下》："流……, 擇也。"】

❀ 號－滄澤漁叟, 靑鶴道人

【《國朝人物志》卷一："李荇, 字擇之, 號容齋, 德水人, 宜茂子 …… 己卯諸賢與荇不合, 劾以誤國, 降授僉知中樞府事, 荇怡然笑曰：'一身進退豈可苟乎？'退居沔川郡滄澤, 自號滄澤漁叟 …… 構室于終南山下靑鶴洞, 自號靑鶴道人。"】

김안국(金安國) 1478-1543. 조선 중기. 본관은 의성(義城). 자는 국경(國卿)이고, 호는 모재(慕齋)이며, 시호는 문경(文敬)이다.

❀ 號－慕齋

【《知退堂集》卷之十二《文敬公金安國削罷》："文敬公金安國, 字國卿, 義城人。成化戊戌生 …… 早失怙恃, 追慕終身。構小齋于家廟之傍, 出入必告, 朔望必奠。因自號慕齋, 有集行于世。"

《湖陰雜稿》卷七《有明朝鮮國崇政大夫議政府左贊成兼知經筵春秋館成均館事弘文館大提學藝文館大提學五衛都摠府都摠管世子貳師贈諡文敬金公神道碑銘幷序》："公早喪怙恃, 哀慕終身。出入必告, 朔望必祭。祠宇傍置小齋, 公常燕處, 凡起居飲食, 動必寓慕, 故號曰慕齋。"】

❀ 梨湖散老, 泛槎亭

【《企齋文集》卷一《泛槎亭記》："或有問槎之說者曰：'槎, 桴屬, 乘之可以濟。昔漢有張騫者嘗乘此以使西域, 故後世稱使者逄爲之乘槎。今也有舊宰相金公安國罷官于朝, 旣不得爲時所用, 則作亭于梨湖之陰, 命以泛槎, 亦何取於此哉？孔子曰"道不行, 乘桴浮于海", 其亦有取於玆義歟？'曰：'不然也。槎之爲取, 奚止於此哉？夫槎之爲物, 材而不爲人所用者也。雖非莊周之所謂散材, 而亦可謂材之散者也。周之言曰：凡木之生, 不願爲材。桂可食故伐, 漆可用故割。梓桐杞

柳凡有用者，皆未免乎戕賊。今夫槎之始也，不擇材之可用與不，而生且死於深
山嵁嵒之中。上不爲梁柱，下不爲薪樵，不爲琴爲瑟、爲棺槨梧檟，故能壽且大，
而自仆於風霜摧敗之餘。其形槎然，其腹枵然，亦不爲衝波逆浪之掀擧，漂入於
江海。而幸爲人所得，則用以代舟楫之任者百一焉。然則槎之爲物，材之幸者
也。而用生於不爲用，此正周之所謂材與不材之間者也。故公之自號則曰梨湖散
老，揭以名湖之亭則曰泛槎。意者公之取義，其有在於茲乎？方其湖水渺然與天
爲一，公幅巾便服坐于亭上。或春明而風定，或秋淸而月朗。時乘此槎，與浮萍
鷗鳥泛泛乎相忘於人世而不相屬也。夫不用之爲用，至此又無以加矣。安得與公
同乘此不用之物，泛於銀潢浩瀁之中，問渡於天津而再探織女之支機？還雖爲君
平所識，無害。此又不得，則因梨湖秋水之至，順浮東流而下，訪三山於縹緲，與
羨門安期生論貫月掛星之說，亦豈不可？’或曰然，願書此以爲《泛槎亭記》。”】

권벌(權橃) 1478-1548. 조선 중기. 본관은 안동(安東). 자는 중허(仲虛)이고, 호는
충재(沖齋)·훤정(萱亭)·송정(松亭)이며, 시호는 충정(忠定)이다.

❀ 名 – 橃   字 – 仲虛

【橃, 與“筏”同, 乃水中大船。《莊子·山木》：“方舟而濟於河, 有虛舩來觸舟, 雖
有惼心之人不怒；有一人在其上, 則呼張歙之, 一呼而不聞, 再呼而不聞, 於是三
呼邪則必以惡聲隨之。向也不怒而今也怒, 向也虛而今也實。人能虛己以遊世,
其孰能害之？”】

❀ 諡號 – 忠定

【《沖齋先生文集》卷九《諡議尹根壽行》：“太常議曰：橃稟專醇美, 德備剛柔。
風神秀朗, 儀度峻凝。甫踰黃悼, 已成蒼蔚。學務爲已, 造次不廢, 而充養有本。
誠深格君, 夙夜匪懈, 而輔導盡責。和顏接物, 休休然有容。正色立朝, 凜凜乎難
犯。同僚服弘偉之器, 後學欽儉約之操。己卯變作, 調劑見稱於有識；乙巳禍慘,
伸救屢及於無罪。貞心非禍福可移, 素節豈夷險或貳？觸忌諱而直斥, 班列縮
頸；際危疑而正論, 權奸汗背。嗚呼！事君之忠、行己之正, 求之古人, 亦豈易
得？國運不幸, 邪黨共擠。徒抱葵懇, 卒殞荒狼。豈非天歟？良可痛也。謹按諡
法：事君盡節曰忠, 純行不爽曰定。”】

박은(朴闇) 1479-1504. 조선 중기. 본관은 고령(高靈). 자는 중열(仲說)이고, 호는
읍취헌(挹翠軒)이다.

❀ 名 - 闇　　字 - 仲說

【≪說文≫ : "闇, 和說而諍也。"】

김인손(金麟孫) 1479-1552. 조선 중기. 본관은 경주(慶州). 자는 정서(呈瑞)이다.

❀ 名 - 麟孫　　字 - 呈瑞

【≪春秋 · 哀公十四年≫ : "春, 西狩獲麟。"杜預≪注≫ : "麟者仁獸, 聖王之嘉瑞
也。"】

이자(李耔) 1480-1533. 조선 중기. 본관은 한산(韓山). 자는 차야(次野)이고, 호는
음애(陰崖) · 몽옹(夢翁) · 계옹(溪翁)이며, 시호는 문의(文懿)이다.

❀ 號 - 溪翁

【≪海東雜錄≫卷三≪本朝三≫ : "卜居兎溪, 仍自號溪翁。與李灘叟居相去不遠,
淸風朗月, 一棹相就, 暢敍襟懷, 樂而忘憂。行狀"】

❀ 陰崖

【≪陰崖先生集年譜 · 舊本≫ : "正德十四年己卯三月, 遷刑曹判書, 尋爲議政府右
參贊。己卯禍起, 坐累, 退居陰城, 自號陰崖, 謝絕閉杜。"】

❀ 瓜亭

【≪陰崖先生集≫卷二≪瓜亭記≫ : "亭以瓜名, 志其所有事也。依倚梨樹, 排構屋
材, 強名曰亭者何？取其似也。不以樹名, 非所重也。寓夫退居陰野之五年, 新其
屋而稍北焉。越明年, 治其屋之東北隅隙地以圃焉。種瓜上下, 手自鋤耰, 朝夕
忘疲, 亭實在其中焉, 亦足休其力而暢其湮。坐則箕踞, 立則舒嘯。風來而開襟,
月出而對影。眞所謂不伐之家, 極樂之國也。"】

❀ 楓林居士

【≪陰崖先生集≫卷四≪行狀議政府左議政盧守愼撰≫ : "庚午冬, 丁大諫公憂。明年
春, 廬于龍仁器谷里, 葬祭以禮, 鄕里化之。旣除喪, 見先塋下南溪巖隙有楓林側
生, 心愛之, 自號楓林居士。"】

유희령(柳希齡) 1480-1552. 조선 중기. 본관은 진주(晉州). 자는 원로(元老)·자한(子罕)이고, 호는 몽와(夢窩)·몽암(夢庵)·기와(寄窩)이다.

❀ 名 - 希齡   字 - 元老

【≪說文·齒部新附字≫: "齡, 年也。"≪尔雅≫: "黃发、齯齒、鮐背、耇、老, 寿也。"以"老"應"齡", 希冀長壽。】

한윤창(韓胤昌) 1480-?. 조선 중기. 본관은 청주(淸州). 자는 창지(昌之)이다.

❀ 名 - 胤昌   字 - 昌之

【≪詩·周頌·雝≫: "燕及皇天, 克昌厥後。"鄭≪箋≫: "文王之德, 安及皇天, 謂降瑞應, 無變異也, 又能昌大其子孫。"≪尙書·堯典≫: "胤子朱啟明。"蔡沈≪集傳≫"胤, 嗣也", 即子孫。】

김안로(金安老) 1481-1537. 조선 전기. 본관은 연안(延安). 자는 이숙(頤叔)이고, 호는 희락당(希樂堂)·용천(龍泉)·퇴재(退齋)이다.

❀ 名 - 安老   字 - 頤叔

【≪論語·公冶長≫ "老者安之", ≪疏≫: "言已願老者安, 已事之以孝敬也。"≪集注≫: "老者養之以安"。≪爾雅≫: "頤, 養也。"】

❀ 號 - 愚叟, 希樂堂

【≪希樂堂文稿≫卷五 ≪希樂堂記≫: "終南之麓, 東城之隅, 巷有極奧而厄, 堵廬不比, 輪蹄罕至, 木茂溪淸, 蕭然若野人之落。以其最偏于市朝, 競錐刀縛卯申者咸不願與之鄰。爲屋之直, 殆半諸閭, 由是幽人貧士之築居多。巷之僻陋甚矣。吾先子家于斯, 扁其堂曰顔樂, 蓋謂巷陋人愚, 而樂亦在中也。余生而愚, 長而益愚, 自號曰愚叟。嘗亦治隙地其傍, 營葺家口之庇。崖高壓乎屋, 庭隘不容旋。開牖而出, 如坐小舠之中。面于峽, 久乃病焉, 謀所以偃休之具。鑿崖腹, 回繞爲磴。卽其上, 鏟穢斬蕪以堂之。寒乎溫, 暑乎涼。肩斗之制, 不過二楹而足。階則層土而軟莎被, 樹則刺蘙而嘉陰布。楓之古者, 累甄封之爲楓明臺; 草之蔓者, 引架蔭之爲翠雲樹。夷其巔, 沙白境空, 頗宜於月, 故謂之邀月亭。斯皆出於戲指者, 而合命之曰希樂堂。登而俯睍之, 三角秀以聳, 道峯峭以突。近而仁王、白嶽, 遠而水落諸山, 爭列袛席之下。夫數仞之址非崇, 三尺之榮挾矣。陟占之勢、闢祕之幾相與發之，乃能出埃氛而臨風雨。朝夕煙雲、四時花雪之變態與夫雨暘明晦之異狀舉爲吾有，而都居城池之勝若有專美於吾堂焉。其亦有物潛來相之，令愚者得以嬉笑歟？不然，豈愚者力邀而謀取哉？亦豈凡世所厭棄者，愚者獨取以爲樂歟？公退之餘，焚香宴坐則手披黃卷，心游太古。熙然而神化，兀然而形釋，庸詎知膠膠也、擾擾也？亦有松酎于尊，古琴于壁。岸巾嘯詠，倚筇彷徉。時或鋤藥以塍苗，抱瓮以灌花。事焉不同，樂亦無窮。至於微風徐來，白月流空，囂紛絶，群機息，將收觀閉聽，昏然與萬化同流，造物爲群矣，又焉知堂吾堂、樂吾樂耶？客有嘲愚叟曰：‘山林，止者藏。闤闠，爭之趣。今子簪紱其身，非止者也。居着都下，非山林也，而亦必不于奔趨，而于人之所不願隣。抑子之巷，局子跡、益子愚，俾進莫與爭、止無所藏者耶？今夫通衢巨閈，朱轂之所電擊，珠履之所軋武，有再易、三易其室而就之。子胡不亟遷而求隣，乃獨塊然一小堂，惟寡陋之是守？但云樂矣。而謂之"希"，豈樂於彼而不能得有所希耶？’余笑曰：‘然僕誠愚且懶，平生不敢造人之門。材又樗散，爲官常小而閑。非有事罕出，出又望望焉吾堂之歸。此吾愚之爲，非吾巷之能愚人，何事於遷？若坊名"明哲"而甲觀豪第之作，巷獨見遺，則適類愚者居。雖易名以"陋"，可也。然巷居非盡愚，愚或有所變，則巷未必終於陋，其不爲通衢未可知。以余之痼於愚，并辱其巷，可乎？顧其陋，肯受吾愚而不辭，若將甘分而無求，其亦庶乎明哲之義。雖辱以陋，庸何傷乎？余亦于斯樂焉，不忍去之。’客曰：‘若子言，誠樂矣。巷乎陋，其顏之希乎？園乎花竹，其迂曳之希乎？’曰：‘否。聖賢之樂以愚、以迂，而非吾眞愚之所敢希。惟吾守先子之園之巷，繼先子之堂之樂而希者也。而窮達無易素、用舍安所遇，不山不市、不行不止，優游自得於止與行之間者，吾先子亦未嘗不希聖賢之愚而樂也。’客輾然不應而去。希樂主人愚叟書于堂以爲記。”】

❂ 保樂堂

【《希樂堂文稿》卷五《保樂堂記》：“戀病子少也，以希樂名書室以自勖；老營菟裘，又扁以保樂以矢不墜，何其得之難而保之不易耶？夫士初而學道，莫不有自得之天。晚多閱世，貧厄窮患有以亂之，鮮有不喪其天者，此所以顏氏子獨鳴於古歟？雖然，人但見窮阨之爲戚，不知可樂者存；但知豐榮之爲樂，不識可戚者存。今於吾見之矣。余早孤丁零，從師志學。射科屢北，坎軻漂轉，吁亦艱矣！猶內燁以亨，吾之樂全焉。自釋褐以往，名位益進，出是非利害之塗，宦漸盛而憂

漸巨。人望之以爲樂，而吾視其中則亦戚矣。逮駭浪傾檣，深阱折輪，伺影礪牙
者環坐席。當此時，以逃絲命、脫餓喙、竄落荒鄉爲幸。毒霧蒸瘴，罔衋與伍，其
阨甚矣。而顏之癯者日以腴，脚之柔者日以健，非徒人怪之，雖妻孥亦且喜而怪
焉。聞有人一罹此患者，莫不悼歎枯乾而盡眼前纍纍也；吾反自泰，始信向者希
以得之者，物莫能奪也。及夫被恩朝，復列卿、貳公，至躋鼎軸，回視前日，榮悴
霄懸，可謂布衣之極也。第妻菲之眩乎前，滿盈之懼乎後。福過災隨，慈愛之痾
內鑠；荷重難任，覆餗之譏外萃。一物之不獲、一政之失理，皆病于我。常惕惕
焦皮，形神俱弊。尋吾曩昔之樂，柅然都喪矣。顧以悲之，思所以保吾樂，乃貨東
湖之小築，僅布二席而闕餘地。於是鑿層麓，稍開右障。階庭湄，略補面窄。庇楹
縛欄，規制差廣，而偃息斯足。每公餘，山冠野服，乘匹而出。嘯吟其中，江山異
狀、煙雲變態，舉爲吾有。冥然閉聽，兀然凝思，與希夷、泰始爲徒，夫孰知軒冕
之在身者哉？曾未頃，當關傳呼之、堂吏來鬧之，百役還集，惘然如夢。起而醉
寢，其於保樂，何啻十寒一曝者哉？其將謝老歸休，擺落糠塵，收淨精眞，然後始
可以語江山之樂而保吾初也。然猶未也。溫翁之於獨樂，以不得衆同爲恨；范老
之於江湖，亦必先憂而後樂。余雖無似，粗嘗與聞於先賢之旨者也，必也三光告
順而朝野淸乂，庶品允殖而槁類亦澤。吾臥吾當，熙熙焉與萬物同其流。其爲樂，
不旣大乎？彼區區江山，豈吾私樂之物耶？然此非譾劣之所可及。方有待於聖化
之成，退而謳詠揄揚以助擊壤之音，當不後人。其爲保樂優游之義盡矣。揭諸板，
所以志也。"】

❀ 明虛軒

【《希樂堂文稿》卷五《明虛軒記》："旣葺舊築爲堂，又西夷巖腹別置小軒。隨
山觜爲址，勢出空曠，下無地而旁無礙。水駕吾座，泛泛然乘槎而泊銀渚；月燭
吾筵，瑩瑩如梯霄而躡廣漢。盈盈物影，瀉我襟袖。一望晶晃，寒氣逼襲，孰有些
氛之點其間哉？夫月無形而光，水有質而虛。光之下照，虛者納之，相與映發而
成之。故虛明之用，莫先於水月。然天宇廓然無涯際，彼虛明四散者吾不得取而
存之。其入我軒，月益朗、水益淸，聚精凝色，乃與吾會。渙醒滓累，回復天光。
所謂虛靈之體，泠然有契，此所以軒之得名也。雖然，雲以翳之，風以淘之。受物
之變，其亦多也。而吾之本體，物無得而變焉，則何損乎其虛明也哉？吾知免夫！
是爲記。"】

성세창(成世昌) 1481-1548. 조선 중기. 본관은 창녕(昌寧). 자는 번중(蕃仲)이고, 호는 돈재(遯齋)·화왕도인(火旺道人)이며, 시호는 문장(文莊)이다.

❀ 名 - 世昌　　字 - 蕃仲

【《穆天子傳》卷二: "犬馬牛羊之所昌。"郭璞《注》: "昌, 猶盛也。"又《左傳·僖公二十三年》: "男女同姓, 其生不蕃。"故 "蕃"亦有昌盛之義, 故相協。《左傳·莊公二十二年》: "爲嬀之後, 將育于姜, 五世其昌, 並于正卿。"故飾"昌"以 "世"。】

조광조(趙光祖) 1482-1519. 전기. 본관은 한양(漢陽). 자는 효직(孝直)이고, 호는 정암(靜庵)이며, 시호는 문정(文正)이다.

❀ 四隱亭

【《靜菴先生續集附錄》卷四《四隱亭記丁範祖》: "四隱亭者, 文正公靜菴趙先生講道之所也。亭在駒城之治南翠鳳、寶蓋兩山中, 有峭壁層巖、淸川曲水之勝。亭名以四隱: 耕於隱、採於隱、釣於隱、游於隱, 先生之寓隱而樂者也。"】

❀ 諡號 - 文正

【《靜菴先生文集附錄》卷四《追贈官諡時傳旨隆慶戊辰四月十一日》: "卒大司憲趙光祖, 以間世粹美之資, 得師友淵源之傳。闡明道學, 爲世大儒。遭遇中宗, 竭忠盡誠, 欲遂堯舜君民之志。興學校, 明敎化, 以扶植斯文爲己任。中廟亦知其賢, 言聽計從, 倚爲良弼。唐虞三代之治, 庶幾可致。而正人得志, 邪人所不幸。姦臣南袞、沈貞、李沆等愼其平生不容於公論, 因緣洪景舟, 至以不測之說巧成蔓斐, 震驚天聽。竟致竄死, 使國家元氣斲喪無餘。此實迫於群姦恐動搆陷, 初非中廟本心。中廟當初罪之之時, 下敎曰: '汝等俱以侍從之臣, 本欲君臣同心, 佇觀至治, 果有爲國之誠矣。但處事過激, 故不得已罪之。然予心何以爲安?'及其晚年, 收用同時被訴之類, 至置之宰輔之列。以此見之, 其非中廟本心尤可以知。仁廟誠孝出於天性, 其於中廟遺意無不體行, 追復官爵。自乙巳以後, 尹元衡秉國亂政, 愼淸論之議, 欲箝制一時之口。至以此人等指爲逆類, 晦盲否塞, 至于今日尙無伸雪褒獎之擧, 豈不深可痛惜哉！當玆嗣服之初, 國是不可不定, 士習不可不正。此乃繼志述事之事, 轉移世道, 在此一擧。光祖贈以大官美諡, 以明士林之趨向, 以答國人之顒望。事下吏曹等傳敎。"】

≪諡議己巳○未詳誰製≫：“趙光祖，受純剛正直之氣，資稟旣異；窮聖賢義理之學，充養有素。尋師於險難之際，唯道是資；潛心於精一之中，以敬爲主。斂飭夙夜，發揮經傳。研劘益精，踐履彌篤，言行中禮。孝友出天，本之於身心，而推之於家國。當求道之日，罄匪躬之忱。慕古傷今，徇國忘家。以程朱之學責其身，以唐虞之治望其君。經席論列，盡是嘉言善政；當時薦揚，罔非正人吉士。聞風者誠服，觀德者心醉。文明之化將興，禮讓之俗可臻。其忠正素節不渝於金石，純粹大德可質於神明矣。邦國不幸，姦邪搆禍。志未及施，殉身以歿。嗚呼痛哉！謹按諡法‘道德博聞曰文’、‘以正服之曰正’，請諡曰‘文正’。”】

이구령(李龜齡) 1482-1542. 조선 중기. 본관은 전의(全義). 자는 미지(眉之)이다.

✿ 名 - 龜齡　　字 - 眉之

【龜爲長壽之靈物，故龜齡卽寓意長壽。且≪詩·豳風·七月≫：“爲此春酒，以介眉壽。”孔穎達≪疏≫：“人年老者必有豪眉秀出者。”故以“眉”應“龜齡”。】

최산두(崔山斗) 1483-1536. 조선 전기. 자는 경앙(景仰)이고, 호는 신재(新齋)이다.

✿ 名 - 山斗　　字 - 景仰

【≪新唐書·韓愈傳贊≫：“自愈沒，其言大行，學者仰之如泰山北斗云。”】

이태(李迨) 1483-1536. 조선 중기. 본관은 여주(驪州). 자는 중예(仲豫)이고, 호는 월연(月淵)이다.

✿ 名 - 迨　　字 - 仲豫

【≪說文≫：“迨，及也。”≪注≫：“臣鉉等曰：或作迨。”≪禮記·孔子閑居≫：“威儀逮逮，不可選也。”≪注≫：“逮逮，安和之貌。”≪爾雅·釋詁≫，豫，“安也”，又“樂也”，故與“迨”義相協。】

✿ 月淵主人

【≪月淵先生文集序[許傳]≫：“及見袞、貞、安老輩用事，知禍將不測，於是作詩見志，偕退溪、聾巖而行，浩然南歸，屛居凝川之月淵，因以爲號。日嘯詠於其間，以終餘年。”】

이려(李膂) 1484-1512. 조선 중기. 본관은 고성(固城). 자는 강재(强哉)이다.

❀ 名 - 膂　　字 - 强哉

【《尚書·君牙》：“今命爾予翼, 作股肱心膂。”《疏》：“膂, 背也。”《禮記·中庸》：“故君子和而不流, 强哉矯！中立而不倚, 强哉矯！國有道, 不變塞焉, 强哉矯！國無道, 至死不變, 强哉矯！”名字相應, 即有堅守節操之義。】

박훈(朴薰) 1484-1540. 조선 중기. 본관은 밀양(密陽). 자는 형지(馨之)이고, 호는 강수(江叟)이며, 시호는 문도(文度)이다.

❀ 名 - 薰　　字 - 馨之

【《說文》：薰, “香草也”。《詩·大雅·鳧鷖》：“爾酒既清, 爾殽既馨。”毛《傳》：“馨, 香之遠聞也。”】

❀ 諡號 - 文度

【《太常諡狀錄》卷十三《贈資憲大夫吏曹判書兼知經筵義禁府事弘文館大提學藝文館大提學知春秋館成均館事五衛都摠府都摠管行通政大夫承政院同副承旨兼經筵參贊官春秋館修撰官朴公諡狀》：“公諱薰, 字馨之, 密陽人, 江叟其號也 …… 文穆道德博聞曰文, 布德執義曰穆, 貞簡不隱無屈曰貞, 正直無邪曰簡、落點文度文, 上同；心能制義曰度。”】

신광한(申光漢) 1484-1555. 조선 중기. 본관은 고령(高靈). 자는 한지(漢之)·시회(時晦)이고, 호는 기재(企齋)·낙봉(駱峰)이며, 시호는 문간(文簡)이다.

❀ 名 - 光漢　　字 - 時晦

【《詩·周頌·酌》：“於鑠王師, 遵養時晦。”《集傳》：“退自循養, 與時皆晦。”以之應光, 韜光養晦之義。】

❀ 號 - 企齋

【《企齋文集》卷之一 《企齋記》：“齋以企名, 何企也？企吾祖也。吾祖名堂以希賢, 吾名齋以企, 企吾祖所以希賢也。希賢則希聖, 希聖則希天, 非企之所可及也。然則企不可爲歟？曰, 將無所不企也。吾齋之東有山卓立, 高其山則企而仰；吾齋之西有路平直, 遠其路則企而行；吾齋之前有川混混而逝, 見川之逝而不息則企而嘆；吾齋之後有松切切而交峙, 見松之歲晚則企而羨；吾齋之中有香一炷，有琴一張，有書萬卷，時或焚香而鼓琴，舍琴而讀書，其亦有所企乎？書有賢焉，見賢焉則企之；書有聖焉，見聖焉則企之。聖如天，人則安也，安於天以爲命，吾所企也。遂以爲《企齋記》。"】

❈ 號－駱峰

【《東詩奇談》："申文簡光漢，號企齋。忤于元兇，却歸駱峰下。一日，有一布衣排門而入，即張應斗也。時公新構小齋，進牘求詩。張略不經意，一筆揮成云：'駱洞洞中老居士，駱峰之下來卜築。身遊洞外心在洞，洞有蒼松與岩石。岩以鎮定松以節，岩松俱是心中物。心中所物有如此，吾于勢力無所屈。紛紛小兒豈知此，松自蒼蒼岩自立。'詩成，長揖而去。"】

유운(柳雲) 1485~1528. 조선 전기. 본관은 문화(文化). 자는 종룡(從龍)이고, 호는 항재(恒齋)이며, 시호는 문경(文敬)이다.

❈ 名－雲　字－從龍

【《周易·乾·文言》："雲從龍，風從虎。"】

김정국(金正國) 1485~1541. 조선 중기. 본관은 의성(義城). 자는 국필(國弼)이고, 호는 사재(思齋)·팔여거사(八餘居士)이며, 시호는 문목(文穆)이다.

❈ 號－八餘居士

【《思齋集》卷三《八餘居士自序》："余素性喜靜而厭煩，向時苦被名韁羈絏，拂性苦心，役役隨逐，自愧苟祿，無補於世。嘗讀山谷《四休亭詩序》，不覺閑興飛動。思欲角巾歸田，踵四休爲優游卒歲之計而未果也。遭値倘禍，坐累退休，得償素志，幸也。居閑處約，有以自樂於身者不翅四休而已。於是知四休粗舉其緒餘，而其而樂於閑適者或有所遺也。其目所接而耳所觸、適于體而安于心者，無不可樂也。姑取其大者，乃以八餘自號。所謂八餘者，無經營之勞，有天與之順；無爭無禁，無奪無害；日用而無渴，多取而無忌。以之而供一生之樂，綽綽乎有餘裕哉。客有問曰：'何謂八餘？'曰：'芋羹麥飯飽有餘、蒲團煖堗臥有餘、涌地淸泉飮有餘、滿架書卷看有餘、春花秋月賞有餘、禽語松聲聽有餘、雪梅霜菊嗅有餘、取此七餘樂有餘也。'客却坐，深思良久，復進而言曰：'世有反是者：玉食珍羞飽不足，朱欄錦屛臥不足，流霞淸醑飮不足，丹靑畫圖看不足，解語妖花

賞不足，鳳笙龍管聽不足，水沈鷄舌嗅不足，有七不足憂不足。寧從主人爲樂有餘人，不願追俗子作憂不足人。請退而求之。'"】

김정(金淨) 1486-1520. 조선 전기. 본관은 경주(慶州). 자는 원충(元冲)이고, 호는 충암(冲菴)이며, 시호는 문간(文簡)이다.

❀ 號 – 冲庵

【≪冲庵先生集年譜上≫："武宗正德元年本朝恭僖大王元年丙寅先生二十一歲，會崔可鎭壽峨、具伯凝壽福于孤峯精舍講學。峯在九屛山南衆水滙處，先生因以爲號。"】

한충(韓忠) 1486-1521. 조선 중기. 본관은 청주(淸州). 자는 서경(恕卿)이고, 호는 송재(松齋)이며, 시호는 문정(文貞)이다.

❀ 名 – 忠 字 – 恕卿

【≪論語·里仁≫："夫子之道，忠恕而已矣。"≪集注≫："盡己之謂忠，推己之謂恕。"】

❀ 號 – 松齋

【≪松齋先生文集≫卷二≪松齋銘甲子九月聞寒暄就刑，歎曰：'吾道掃地盡矣。'決然無出世之志。遂作一書室，植松三株，名曰三松亭，因號松齋≫："松者貫四時而長翠，故君子貴其一節不渝也。聖門所謂'歲寒然後知松柏之後凋'，旨哉言乎！茲取此以作齋銘焉：維松之貞，植立亭亭。根盤坤軸，幹拂高冥。氣凌風雨，勢壓雷霆。飽霜不渝，傲雪恒靑。淸風乍至，爽籟泠泠。濤聲隱隱，悅泛滄溟。龍鱗屈曲，偃蓋巖局。挺然特立，君子儀刑。歲寒後凋，著之聖經。取此勁節，垂訓丁寧。嗟余茅塞，稟天受形。不二其操，夙夜惺惺。松窓闃寂，收我視聽。一室蕭然，萬毫俱醒。左圖右書，怡悅晚齡。蒼髥白甲，相對疏櫺。永堅乃心，敢作齋銘。"】

임권(任權) 1486-1557. 조선 중기. 본관은 풍천(豊川). 자는 사경(士經)이고, 시호는 정헌(貞憲)이다.

❀ 名 – 權 字 – 士經

【≪周易·繫辭下≫："井以辯義，巽以行權。"王弼≪注≫："權，反經而合道。必合乎巽順，而後可以行權也。"】

소세양(蘇世讓) 1486-1562. 조선 전기. 본관은 진주(晉州). 자는 언겸(彦謙)이고, 호는 양곡(陽谷)·퇴재(退齋)·퇴휴당(退休堂)이다.

❁ 名－世讓　字－彦謙

【≪玉篇≫:"讓, 謙也。"】

❁ 號－陽谷

【≪陽谷先生集≫卷二≪陽谷≫:"路滑斷人跡, 柴扉終日關。松陰不受暑, 雨氣欲昏山。深樹鳥相竝, 小庭苔自斑。看書孤枕臥, 轉覺此身閑。"】

❁ 清心堂

【≪皇華集≫卷二十二≪清心堂銘[龔用卿]≫:"戶曹判書蘇君世讓彦謙構堂曰'清心', 託其友人鄭刑曹來求詩。予以聲律之詞不可以置諸座隅爲省察存養之助, 乃作銘以貽之。蘇子雅重有器宇, 吾愛其人, 故爲之銘:人心之靈, 降衷於天。湛然虛明, 而理具焉。形役氣拘, 攻以衆欲。物交於外, 互相馳逐。渺然邾郭, 易存易亡。出入無時, 莫知其鄉。何以治之, 以理爲主。有主則虛, 定其天宇。培養夜氣, 無失厥居。寡之又寡, 斯反其初。"

≪皇華集≫卷二十七≪清心堂箴[華察]≫:"余使朝鮮, 度鴨綠江, 贊政蘇君以其國王之命逆于義順, 相從入漢城, 歸復送之江滸。往返匝一月, 每朝夕必謁見, 余輩有作輒屬和。見其禮度雍容、詞華充潤, 東藩之士此其傑出者乎?有堂曰'清心', 爲退食藏修之所。瀕行, 乞言於余。余惟君子與善, 不惟其頌, 惟其規, 乃爲之箴。俾揭諸堂, 庶幾有徹焉:惟天生人, 萬物之靈。匪人則靈, 所靈者心。萬物皆備, 是爲天君。人惟不求, 乃失其眞。雞犬旣放, 斧斤復尋。利欲紛糾, 方寸以昏。神而明之, 存乎其人。蘇君有堂, 闃焉靜深。有石巖巖, 有泉泠泠。亦有松風, 時一披襟。豈徒玩物, 聊適吾情。於稽其類, 有大者存。滄浪自取, 湯盤日新。滌彼氛垢, 澈我靈局。一塵不染, 百慮俱屛。如寐斯寤, 如醉斯醒。提撕警覺, 常俾惺惺。庶幾夙夜, 永稱玆名。"】

김자겸(金自謙) ?-?. 조선 중기. 본관은 언양(彦陽). 자는 형중(亨仲)이다.

❁ 名－自謙　字－亨仲

【≪周易·謙≫:"謙:亨。君子有終。"≪疏≫:"≪正義≫曰:謙者屈躬下物, 先人後已, 以此待物, 則所在皆通, 故曰亨也。小人行謙則不能長久, 唯君子有終也。"】

허흡(許洽) ?-?. 조선 중기. 본관은 양천(陽川). 자는 중화(仲和)·화중(和仲)이다.

❈ 名 － 洽　　字 － 和仲, 仲和

【≪詩·大雅·江漢≫："矢其文德, 洽此四國。"≪疏≫："又施布其經緯天地之文德, 以和洽此天下四方之國, 使皆蒙德。"】

최수성(崔壽峸) 1487-1521. 조선 중기. 본관은 강릉(江陵). 자는 가진(可鎭)이고, 호는 원정(猿亭)·북해거사(北海居士)·경포산인(鏡浦山人)이며, 시호는 문정(文正)이다.

❈ 名 － 壽峸　　字 － 可鎭

【≪集韻≫："峸, 山名。"≪正韻≫："藩鎭、山鎭, 皆取安重鎭壓之義。"】

❈ 號 － 猿亭

【≪約軒集·贈領議政猿亭崔公行狀≫："別業在振威治南炭峴。嘗畜一猿, 能傳書札, 吸井水滴硯, 頤指如人, 遂以名亭。山以猿號, 井亦以猿名。"】

심언광(沈彦光) 1487-1540. 조선 중기. 본관은 삼척(三陟). 자는 사형(士炯)이고, 호는 어촌(漁村)이며, 시호는 문공(文恭)이다.

❈ 名 － 彦光　　字 － 士炯

【≪說文≫："炯, 光也。"】

❈ 諡號 － 文恭

【≪太常諡狀錄≫卷三≪資憲大夫吏曹判書兼知經筵義禁府春秋館成均館事弘文館提學藝文館提學世子左賓客五衛都摠府都摠管沈公諡狀≫："公諱彦光, 字士炯, 號漁村 …… 落點文恭敏而好學曰文, 旣過能改曰恭、文剛文, 上同 ; 追補前過曰剛、章靖出言有文曰章, 寬樂令終曰靖。"】

노즙(盧檝) ?-?. 조선 중기. 자는 제중(濟仲)이다.

❈ 名 － 檝　　字 － 濟仲

【≪尙書·說命≫："若濟巨川, 用汝作舟楫。"】

❈ 十一亭

【≪企齋文集≫卷一≪十一亭記≫："吾觀山溪佳致, 多在於窮僻之間, 而爲騷人隱士之所遇。如柳之愚溪, 騷而遇者也 ; 李之盤谷, 隱而遇者也。夫騷與隱, 非人之

遇，乃山溪之遇也。不遇於時而遇於山溪，亦不可不謂之命也。原城之西偏有地
曰慶莊，山溪之佳，古未有遇者，盧生濟仲遇之。盧不騷不隱而遇於山溪，旣遇不
遇之山溪，作亭於其間，請名於余，余以‘十一’答之。盧生拜而請其義，余又答之
曰：‘一者，數之始也；十者，數之成也。亭，一也；景，十也。何謂十景？曰，雉
山湧月，一也。鳳岳橫煙，二也。蓮塘魚樂，三也。柳渚梟眠，四也。臺㟽垂釣，
五也。石潭撑舟，六也。原頭牧笛，七也。江口漁火，八也。斗峯花木，九也。錦
壑楓林，十也。一亭成而十景備，名之曰十一，不亦稱乎？’生曰：‘一亭十景，有
主者在，此十二，非十一也。歐陽之六一，亦可謂證矣。’曰：‘非此之類也。亭一
也、景十也、主人一也，謂之一十一則可，謂之十二則不可。今夫亭始於主人，而
景成於主人，以一至於十一，豈非有數存於其間乎？十者，河圖之數也。河圖之
數五十五，必除其五，然後大衍乃成。則一十一之數，宜除主人之一，然後亭之名
始得而成也。嗟夫！亭之名旣圍於數，則山溪之遇不遇亦豈非命也哉？數與命
也，吾且奈何哉？姑虛其主，寓諸一而翫其十可也。’盧生曰：‘唯。當歸書此言以
爲亭之記。’”】

조인규(趙仁奎) ?-?. 조선 중기. 본관은 풍양(豊壤). 자는 경문(景文)이고, 호는 우암
(寓庵)이다.

❀ 名 − 仁奎　字 − 景文

【唐徐堅《初學記》卷二一引《孝經援神契》：“奎主文章。”宋均《注》：“奎星屈
曲相鉤，似文字之畫。”故以“文”應“奎”。】

김구(金絿) 1488-1534. 조선 중기. 본관은 광산(光山). 자는 대유(大柔)이고, 호는
자암(自庵)·삼일재(三一齋)이며, 시호는 문의(文懿)이다.

❀ 名 − 絿　字 − 大柔

【《詩·商頌·長發》：“不競不絿，不剛不柔。”《傳》：“絿，急也。”】

❀ 號 − 文懿

【《太常謚狀錄》卷十三《弘文館副提學贈吏曹判書自庵金公謚狀》：“公諱絿，
字大柔。世稱我朝多賢士者，必曰中宗己卯，又必曰己卯三庵，蓋指靜庵趙文
正、曁金沖庵、自庵三先生。自庵，是公之號也 …… 落點文懿道德博聞曰文，溫柔性

善曰懿、文康文，上同；淵源流通曰康、文獻文，上同；嚮忠內德曰獻。"】

양팽손(梁彭孫) 1488-1545. 조선 중기. 본관은 제주(濟州). 자는 대춘(大春)이고, 호는 학포(學圃)이며, 시호는 혜강(惠康)이다.

❀ 名 - 彭孫　　字 - 大春

【≪莊子·逍遙遊≫："上古有大椿者，以八千歲爲春，八千歲爲秋，而彭祖乃今以久特聞。"】

❀ 號 - 學圃堂

【≪學圃先生文集≫卷五≪諡狀鄭元容≫："公自靜菴喪後，屢登凶啓，禍將不測。遂絶意世事，築小堂于中條山下雙峯里之小溪上，以'學圃'扁諸堂。左右圖書，衿懷沖澹。持敬用工，動遵規矩。其於辭受取舍之節，必合於義。訓戒子弟，家庭肅穆。"】

서경덕(徐敬德) 1489-1546. 조선 초기. 본관은 당성(唐城). 자는 가구(可久)이고, 호는 복재(復齋)·화담(花潭)이며, 시호는 문강(文康)이다.

❀ 名 - 敬德　　字 - 可久

【≪周易·繫辭上≫："可久，則賢人之德；可大，則賢人之業。"】

❀ 號 - 花潭先生

【≪海東雜錄≫卷四≪本朝四≫："徐敬德，唐津人，字可久，自號復齋。嘗隱居花潭，不求聞達，學者稱爲花潭先生 …… 徐處士於花潭構蝸舍，躬奠香火無倦容。又旁頤經史奧旨，以學問爲事業。"】

❀ 諡號 - 文康

【≪花潭集·神道碑銘幷序[朴民獻]≫："松京士庶聞之來哭者相續於道，以其年八月十二日，葬于花潭之岡先墓之側，從其志也。先生歿後三十年，今上八年也。先是明廟朝，已贈先生六品官。至是，臺諫竝乞贈以高秩，臺諫又乞贈諡。上命議大臣，贈右議政，諡曰文康：道德博聞曰文，淵源流通曰康。"】

윤풍형(尹豊亨) ?-?. 조선 중기. 본관은 칠원(漆原). 자는 구중(衢仲)이고, 호는 송월당(松月堂)이다.

❖ 名－豊亨　字－衢仲

【≪周易·豊≫：“豊亨。王假之。”≪疏≫：“財多德大，故謂之爲豊。德大則無所不容，財多則無所不濟。無所擁礙，謂之爲亨。故曰豊亨。”≪周易·大畜≫：“何天之衢，亨。”≪疏≫：“乃天之衢亨，無所不通也。”故以“衢”應“亨”。】

황효헌(黃孝獻) 1491–1532. 조선 중기. 본관은 장수(長水). 자는 숙공(叔貢)이고, 호는 축옹(蓄翁)·현옹(玄翁)·신재(愼齋)이다.

❖ 名－孝獻　字－叔貢

【≪說文≫：“貢，獻功也。”】

이언적(李彦迪) 1491–1553. 조선 중기. 본관은 여주(驪州). 자는 복고(復古)이고, 호는 회재(晦齋)·자계옹(紫溪翁)이며, 시호는 문원(文元)이다.

❖ 名－彦迪　字－復古

【宋代宋迪字復古。有崇古以至古之義。】

❖ 諡號－文元

【≪晦齋先生年譜·文元公晦齋先生年譜≫：“(隆慶)三年己巳八月，贈諡文元道德博聞曰文，主義行德曰元。”】

심연원(沈連源) 1491–1558. 조선 중기. 본관은 청송(靑松). 자는 맹용(孟容)이고, 호는 보암(保庵)이며, 시호는 충혜(忠惠)이다.

❖ 號－保庵

【≪湖陰雜稿≫卷七≪有明朝鮮國推誠定難衛社功臣大匡輔國崇祿大夫議政府領議政兼領經筵弘文館藝文館春秋館觀象監事世子師靑川府院君贈諡忠惠沈公神道碑銘并序≫：“公自少恬默，不喜趨營。自辛卯以後國是靡定，朝廷人物進退不常，而毀譽未嘗及公。故自號曰保庵，蓋亦寓意也。”】

❖ 諡號－忠惠

【≪湖陰雜稿≫卷七≪有明朝鮮國推誠定難衛社功臣大匡輔國崇祿大夫議政府領議政兼領經筵弘文館藝文館春秋館觀象監事世子師靑川府院君贈諡忠惠沈公神道碑銘并序≫：“公生于弘治辛亥十月十九日，卒于嘉靖戊午六月十九日，春秋六

十有八。太常易名曰忠惠：事君盡節曰忠，寬裕慈仁曰惠。是年八月十二日，禮
窆于通津某山先塋下坐艮向坤之原，用治命也。”】

정사룡(鄭士龍) 1491-1570. 조선 중기. 본관은 동래(東萊). 자는 운경(雲卿)이고, 호
는 호음(湖陰)이다.

❀ 名－士龍　　字－雲卿

【≪周易·乾·文言≫：“雲從龍，風從虎。”】

❀ 十玩堂

【≪希樂堂文稿≫卷二上≪十玩堂≫：“松、菊、梅、竹、水、石、文房四友，合爲
十玩也。鄭君雲卿築室于鼎津之上而顔之。”

≪皇華集≫卷十六≪十玩堂詩[唐皐]≫：“鄭都監有≪十玩堂≫。所謂十玩者，
竹、梅、松、菊、水、石幷文房四友而十也。茲求予詩，不能盡發其美，爲賦短
章：十玩華軒傍鼎津，箇中那得着閒人。六君四友應相狎，醉裏吟邊想更親。佳
境只容魚鳥共，交情爭比漆膠眞。眼前誰少游心地，獨愛斯堂避俗塵。”

≪皇華集≫卷十六≪十玩堂詩[史道]≫：“我來東國見鄭子，其人通儻仍秀美。自
言結構鼎津涯，十客相親淸莫比。歲寒三友爲知心，霜叢晚節猶可欽。石生水曹
亦不要，交遊往往投儒林。陶楮二士莫逆久，管城約向玄香守。朝朝暮暮寧暫離，
不在詩篇卽杯酒。鄭子鄭子我所嘉，我憶此客眞堪嗟。縱與偕來一邀見，奈我忽
忽歸使華。”】

❀ 忍齋

【≪湖陰雜稿附錄·忍齋[唐皐]≫：“鄭都監士龍以忍名其齋，其自警亦切矣。予來
朝鮮，鄭有事於館伴。瀕行，求予詩，爲之賦此：利害關頭要認眞，刃懸心下聽經
綸。請看談笑成功者，多是尋常耐事人。字疏百言驚世主，醋嘗三斗許隣臣。直
須忍得無餘恨，更好軻書去說仁。”

≪湖陰雜稿附錄·忍齋[史道]≫：“羨子希賢志，以忍作齋名。逆意終如意，難行
便好行。還將欲從理，莫使氣移情。執此行能久，無勞樂自生。”】

❀ 號－湖陰

【≪皇華集≫卷二十九≪湖陰草堂序≫：“天子二十五年，余以行人奉使朝鮮，湖陰
鄭大夫士龍以嗣王命逆于江上。其返也，復充遠送使以行。次平壤，共濟大同江，

覽山河之美，余爲之嗟賞者久之。湖陰假譯者訊曰：'大人其有意于山川乎？山川固士龍願也。龍世家宜寧，頗饒山水。有山名九龍，螺峙左右。下俯江，名鼎津。凝注碧玉，澄澈可鑑。異樹奇花，游魚啼鳥，無間于四時，固東南勝地也。龍嘗築屋其中，貯古圖畫琴書以爲休棲之所。廼緣國恩甚厚，思所以致身者未能，固不果於退其身也。'余聞而嘉之曰：'君子哉湖陰大夫乎！不溺情于廊廟而江湖其心，不急其身而先于國家，此古聖賢立身行道之大節。大夫有之，是可以愧獨善而無義、徇人而不知恥者也。聞大夫爲宰相矣，秉國鈞而總百官矣。況其國有新君，正更化以善治時也。大夫行矣。其以至誠格君心，以協恭率同寅，以靖共勱庶寮，以彙征拔士類，以淳麗敦風俗，以精明起治功，從容談笑以成光明之業。然後以爵祿歸國家，以匡濟付後人，始休其身于九龍、鼎津之間，怡吾神，入吾廬，展吾書而讀之曰："吾庶幾不愧於聖賢之道也。上不負其君，下不負其民也。"鼓吾琴曰："吾庶幾可以解民之慍，而不愧于≪南風≫也。"登吾山覽群峰之環峙曰："吾其得重厚不遷之體，無愧于仁者也。"臨吾江鑑吾水曰："吾可以彷彿其周流不滯，而無惡于智也。"覽四時草木鳥獸鱗介之自得曰："吾庶幾樂大和之元氣，而萬物各得其所。"如此也，是向之所以急于國家者盡臣道，而今之所以優遊者頤天和也。昔人有言"先天下之憂而憂，後天下之樂而樂"，其大夫之謂歟！'譯者將余命以告，湖陰子致謝且請名其齋。余復曰：'其"湖陰草堂"乎？軒冕之士可以壯麗名，山林隱遁之士則草堂其宜也。余家關中，有屋終南山麓，嘗自扁曰"薇田草堂"，盖種薇以自給之意也。自叨天子恩，未有以圖萬一，固不敢有閒暇之念，而亦豈能忘情于終南也哉！大夫之志與余同，其以是名之何如？'譯者再復，湖陰子再謝。余遂大書其扁以歸。嘉靖二十五年丙午仲春三日，賜進士第修職郎行人司行人前試尙書春部政賜一品服欽差副使關中薇田王鶴拜書。"

≪記言≫卷十八≪丘墓二・湖陰遷葬陰記≫："公諱士龍，字雲卿，其姓鄭氏。湖陰，別號也。今湖陰舊業在宜春縣鼎湖上。"】

조성(趙晟) 1492-1555. 조선 전기. 자는 백양(伯陽)이고, 호는 양심당(養心堂)이다.

❊ 名 - 晟　　字 - 伯陽

【≪說文≫："晟，明也"，"陽，高、明也"。故同義相協。】

❊ 號 - 養心堂

【竹聖堂改定本≪海東詩話≫：“養心堂趙晟以賢德稱世 …… 嘗患心疾, 鑿池名養心池, 種藕為名養心花, 皆有詩自警。”

≪養心堂詩集·養心池≫：“方塘來照天心月, 瑩澈澄光淨似磨。欲識此心萌起處, 須看波面乍風過。”又≪養心花≫：“吾眼看來興更多, 何須入口去沈痾。淨色天然泥不汚, 也宜名汝養心花。”又≪養心琴歌≫：“和含暖日閑花, 淸呼寒月碧竹。輕雲淡淡, 珠露滴滴, 滴滴淡淡, 滌穢消滓, 我心得得。”≪題養心堂≫：“世事紛紛也萬端, 百年那有一年閑。飯雖疏糲唯求飽, 衣或鶉疏只禦寒。濁酒可堪開鬱肺, 素琴能得解愁顔。今人不識箇中樂, 贏取千金始解歡。”≪養心堂詩≫：“太極賦至理, 萬物同一軌。人生稟美材, 賢愚初未異。皆由一也心, 耿耿元不昧。觀物識省身, 察理知繩己。鑑空燭萬事, 影與形相値。因明求是明, 明明皆自至。方塘一鏡開, 活水來不已。淳涵作淸澈, 更納澄光月。淸澈得澄光, 洞洞色愈潔。餘明射入室, 室中皆生白。納影爲素虛, 生白緣無物。靜然方寸間, 慮念當不起。淡淡虛似室, 皎皎明如水。求之卽在是, 反觀而已矣。今人不自思, 古聖云難似。常懷天賦材, 茫茫徒自棄。明召外物暗, 善喚邪思滅。川原浩浩隔, 溷濁無由洩。欲知聖者事, 爲學當兀兀。因繩察吾直, 取準揆吾已。居閑每懷誠, 處獨相抱敬。兢兢若涉險, 戰戰如踏危。頃刻勿小怠, 俛勉須再思。思之久不已, 所求亦已多。涓涓泉始達, 濯濯春初芽。萬善自有餘, 一身如飽飫。源源隨處發, 沛然難得禦。其驗乃如斯, 捨此將安爲？取彼聖人謨, 願以依爲規。”】

신명인(申命仁) 1492-?. 조선 전기. 본관은 평산(平山). 자는 영중(榮仲)이고, 호는 귀봉(龜峰)·풍류광객(風流狂客)이며, 시호는 정청(貞淸)이다.

❀ 號 - 風流狂客

【≪海東雜錄≫ 卷四≪本朝四≫：“翌年金大成之喪, 舁至忠州。公遙度行期, 感慨悲悼。遂迹≪哀宋玉辭≫, 以明大成不得已之志。不復爲擧業, 猶畏邪議。雖就場, 終日遊行, 探得諸生之酒, 盡飮大醉而出。遺落世事, 自號風流狂客, 日與漆林尹壽、玄軒睦世秤里閒徒步, 詩酒日娛。晚與猿亭崔壽峸相從, 力辨邪正。”】

성수침(成守琛) 1493-1564. 조선 중기. 본관은 창녕(昌寧). 자는 중옥(仲玉)이고, 호

는 청송(聽松)·죽우당(竹雨堂)이며, 시호는 문정(文貞)이다.

❋ 名 – 守琛　　字 – 仲玉

【≪文選·張衡〈思玄賦〉≫：“獻環琨與琛縭兮, 申厥好之玄黃。”劉良≪注≫：“琛, 玉也。”】

❋ 號 – 聽松堂

【≪訥齋先生續集≫卷四≪聽松堂序≫：“今皇帝紀元嘉靖之五年丙戌春, 余自古昌化軍見代竹使, 入漢中, 僑舍亡友李幹之第, 白岳之第二麓也。隣有儁俗之士成守琛氏, 卒大憲某公思肅公世純之嫡子也。余嘗爲大憲之幕客, 從事於江南, 知待頗腆, 往來門下非一二所, 亦子弟之所熟一有親字也。故守琛氏頻頻過余, 不以衰敗踈外, 因修世好。一日, 邀余於書堂, 無說可謝, 直造其所, 則背北山而面南嶽, 蒼松林立, 緣澗帶流, 菴寮如也。幽僻難形, 前臨先相之宅, 乃守琛氏養病切琢之地也。敍話良久, 守琛氏請余命堂, 遂以‘聽松’二字塞之, 曰：‘環堂皆松, 則其色可觀矣, 其節可尙矣。然色止於翠而已矣, 節止於苦而已矣。聲則無方, 曰雨、曰風、曰霜、曰雪, 相旋爲韻律不已；一晝一夜、一寒一暑, 調亦推蕩無端。其洶若江河、殷若甲兵者, 濁乎其聲者也；細若琴瑟、高若笙簧者, 聲於淸者也。泠然泉瀉, 鏘然玉碎者, 和而平者也。嘈嘈如呵叱、激激如叫呼者, 奮而怒者也。夫松莫然削然, 一無情植類耳。其淸之濁之, 平之怒之, 皆出於虛無中, 而不假於人爲。君子聽之, 可以通靈於造化, 可以契妙於鬼神, 非若八者之器, 必鳴於人手之私也。蓋自然之聲, 初非出於蒼然者也。因蒼然而求之於自然, 因自然而求之於造物, 因造物而求之於太極。其所聽虛而又虛, 天地一指, 萬物一馬, 其樂不可以言喩, 其學亦不可父子相傳授也。況吾與子乎？聽松之說, 止於此矣。子默而會之, 有餘師矣。’言之不足, 足之四韻：‘誰卜蒼山第二枝, 肯堂今日待佳兒。亂巖後壓千層秀, 幽澗前臨百尺危。通客假橋橫一木, 補虛新柳長繁絲。松根好酌松肪酒, 莫遣奇方報太醫。先生於堂邊, 鑿偃松爲窪, 以釀酒。’學于無意坐沈綿, 黃嬭頤神榻亦穿。松露灑窓和硯水, 山風吹戶濕鑪煙。市朝門外空喧鬧, 風月堂中有定禪。行藥巡簷時矯首, 終南將雨落詩邊。’居近松林也不貧, 四時絲竹奏昏晨。風來度曲還無緒, 雨過調絃自有眞。書裏舊傳三籟譜, 耳中冥會八音春。都城幾處喧歌吹, 脈脈無言對俗人。’只今文獻說昌寧, 不受簒金受一經。萱草老莖香此背, 荊花高樹照中庭。可嫌舊客頭霜白, 猶借通家眼海靑。談洽移更山月上, 滿窓松籟與清聽。'"

≪聽松先生集≫卷三附錄≪竹雨堂賦≫:"先生築墅坡山, 栽竹西墻, 名其堂曰竹雨。既而 種海松于庭前, 取華鴻山寀所書聽松堂八分舊額揭之堂上, 復舊號聽松堂。坡山之野, 風烈氣 冱, 竹不得生, 生亦不茂。居士愛之而不得見, 挂古畫于左右, 得糟粕而强名, 一 世皆怪其故。予曰:噫噫!此眞居士之高趣。達人觀物, 厥妙獨悟。竹草而賢, 公今而古。惟古知賢, 是公之慕。陶菊周蓮, 各以氣類。壁上非眞, 胸中即有。以 鏡對影, 昭然以透。然則名堂, 亦豈誤也?蕭蕭靈籟, 似聽瀟湘之夜雨;寥寥一 室, 寬若渭川之千畝。聲不以雨, 生不以土, 不以耳聽, 而以心寓。無冬無夏, 無 夜無晝, 凉凉泠泠, 自滿襟袖。遂與之化, 不獨以友。鬖颯乎其竹之葉, 骨竦乎其 竹之瘦。虛心兮自擢, 勁節兮不附。肯學桃李之顏, 寧爲松柏之後。舍則爲葛陂 之龍而深蟄大澤, 用則爲張良之箸而運籌高祖。鳳鳥不至, 嵆阮爲伍。猗猗抑抑, 追配衛武。然則叟是竹, 竹是叟, 世之見堂無竹而疑之者, 是何異于聾瞽哉?石川"

최력(崔櫟) ?-1551. 조선 중기. 본관은 완산(完山). 자는 대수(大樹)이다.

❀ 名 – 櫟   字 – 大樹

【≪莊子·人間世≫:"匠石之齊, 至於曲轅, 見櫟社樹。其大蔽數千牛, 絜之百 圍。其高臨山十仞而後有枝, 其可以爲舟者旁十數。觀者如市, 匠伯不顧, 遂行 不輟。弟子厭觀之, 走及匠石曰:'自吾執斧斤以隨夫子, 未嘗見材如此其美也。 先生不肯視, 行不輟, 何邪?'曰:'已矣, 勿言之矣!散木也, 以爲舟則沈, 以爲棺 槨則速腐, 以爲器則速毁, 以爲門戶則液樠, 以爲柱則蠹, 是不材之木也, 無所可 用, 故能若是之壽。'"】

상진(尙震) 1493-1564. 조선 중기. 자는 기부(起夫)이고, 호는 송현(松峴)·향일당 (嚮日堂)·범허재(泛虛齋)이다.

❀ 名 – 震   字 – 起夫

【≪周易·雜卦≫:"震, 起也。"】

❀ 號 – 松峴翁

【≪泛虛亭集≫卷七≪行狀≫:"公諱震, 字起夫, 木川人 …… 居第在松峴之傍, 自 號松峴翁。"】

송순(宋純) 1493-1582. 조선 중기. 본관은 신평(新平). 자는 수초(遂初)·성지(誠之)이고, 호는 기촌(企村)·면앙정(俛仰亭)이다.

❀ 名－純　字－誠之

【≪增韻≫：“誠, 純也, 無僞也, 眞實也。”】

❀ 號－企村

【≪俛仰集≫卷五≪附錄·議政府右參贊宋公行狀≫：“公諱純, 字守初, 一字誠之。號企村, 卽退溪先生因其里名而謂之也。又號俛仰, 乃士林後學以其亭名而稱者也。”】

❀ 號－俛仰亭

【≪俛仰集≫卷七≪俛仰亭雜錄·俛仰亭記奇高峯≫：“公嘗揭其名亭之意以示客, 其意若曰：‘俛焉而有地也, 仰焉而有天也。亭于茲之丘, 其興之浩然也。招風月挹山川, 亦足以終吾之餘年也。’味斯語也, 公之所以自得於俛仰者蓋可想也。噫！自甲申迄于今四十有餘年, 其間悲歡得喪固有不勝言者。而公之俛仰逍遙者終不失正, 豈不尙哉！余之以托名爲幸而不敢辭者, 意亦有以也。於是乎書。”】

윤개(尹漑) 1494-1566. 조선 중기. 본관은 파평(坡平). 자는 여옥(汝沃)이고, 호는 회재(晦齋)이다.

❀ 名－漑　字－汝沃

【≪說文≫：“沃, 灌漑也。”】

성수종(成守琮) 1495-1533. 조선 전기. 본관은 창녕(昌寧). 자는 숙옥(叔玉)이다.

❀ 名－守琮　字－叔玉

【≪說文≫：“琮, 瑞玉, 大八寸, 似車釭。”】

❀ 牛溪閑民

【≪聽松集·聽松成先生行狀[李珥]≫：“先生姓成, 諱守琛, 字仲玉。昌寧人……先生有聘家舊業在坡平山下牛溪之側, 卜居其中, 扁其堂曰竹雨, 以爲終焉之計。以母夫人故不敢歸也。其弟知先生意, 求換積城縣, 先生始居于牛溪, 時甲辰秋九月也……四方之士多造其廬而拜焉, 搢紳之官于州縣適是鄕者卽其家存問。休譽益盛, 而自謙益卑。每聞稱道, 退縮不受。自號‘坡山淸隱’, 後改‘牛溪閑民’,

曰：'吾可謂之淸隱乎？'"】

박광우(朴光佑) 1495-1545. 조선 중기. 본관은 상주(尙州). 자는 국이(國耳)이고, 호는 필재(華齋)·잠소당(潛昭堂)이며, 시호는 정절(貞節)이다.

❀ 名 - 光佑　字 - 國耳

【≪周易·觀≫："觀國之光, 利用賓於王。"】

김의정(金義貞) 1495-1547. 조선 중기. 본관은 풍산(豊山). 자는 공직(公直)이고, 호는 잠암(潛庵)·유경당(幽敬堂)이다.

❀ 名 - 義貞　字 - 公直

【≪周易·乾卦≫："乾, 元, 亨, 利, 貞。"≪疏≫："貞, 正也。"又≪周易·坤·文言≫"直其正也", "正"有"直"義, 故與"貞"相協。】

❀ 號 - 潛庵

【≪潛庵先生金公文集序[李彙載]≫："公氣稟剛毅, 德性淵宏。學本經術, 文章早成, 時稱館閣之秀、廊廟之器。河西金文正公以講僚最相得, 同心輔佐, 士類屬望。以謂勳華至理, 庶幾復見。而君子小人迭爲消長, 卒無有所施。自號曰潛庵, 坎壈以沒世。以其時, 則乾之初九也；以其義, 則樂行憂違也。"】

❀ 諡號 - 靖簡　改 - 文靖

【≪潛庵先生逸稿≫卷五≪附贈爵諡事實·十四年癸亥請諡筵奏領相鄭元容≫："贈吏判臣金義貞, 仁廟儒賢也。學行節義與金文正麟厚同時竝名, 亦爲士林所宗仰, 年前特贈冢宰之職矣。其在崇獎之典, 宜有議諡之節, 敢此仰達矣。'上曰：'依爲之。'贈諡靖簡公。寬樂令終曰靖, 正直無邪曰簡。"

≪潛庵先生逸稿≫卷五≪附贈爵諡事實·當宁元年甲子請改諡筵奏領相趙斗淳≫："啓曰：'臣等奉承慈敎, 退閱已議諡之諡狀。則曹好益、鄭澈之曾經進善, 金義貞、金就文之道義成就, 任聖皐之臨亂樹立, 俱合改諡。據其本領, 用示表獎之典。令弘文館改定以入, 何如？'上曰：'依爲之。'贈諡文靖公。勤學好問曰文, 寬樂令終曰靖。】

주세붕(周世鵬) 1495-1554. 조선 중기. 본관은 상주(尙州). 자는 경유(景遊)이고, 호는 신재(愼齋)·남고(南皐)이며, 시호는 문민(文敏)이다.

❀ 號 － 南皐

【≪武陵雜稿附錄≫卷三≪行狀[周博]≫：“公諱世鵬, 字景遊, 姓周。平生未嘗干人擧薦, 進退惟命。入而事君, 則必思堯舜其君；出而治民, 則必欲仁壽其民。雅喜佳山好水, 凡所經歷, 少稱名區者, 必躋頂窮源, 縱探吟詠, 或至累日不已。若關東之楓岳, 松都之天磨、聖居, 西海之首陽、毗盧, 嶺南之伽倻、小白、淸涼、曦陽, 皆其遊歷之大者。常懷林泉, 久抱歸老之志。已卜地於柳洞里之溪上, 名之曰南皐, 亦以自號。每於到鄕之日, 必往登臨, 逍遙竟夕。”】

❀ 號 － 愼齋

【≪武陵雜稿附錄≫卷二≪愼齋先生年譜≫：“(武宗皇帝正德)十二年中宗十二年丁丑先生二十三歲。以愼字名齋。與伯氏侍立參判公, 公曰：‘人之言動, 一不愼則招百尤。我之所以戒汝者有三, 一曰愼口、二曰愼身、三曰愼心, 汝須勉之。’先生拜曰：‘敢不從命。’遂退而扁其齋。”】

❀ 諡號 － 文敏

【≪武陵雜稿附錄≫卷二≪愼齋先生年譜≫：“(純祖十九年戊子。四月, 賜諡文敏。勤學好問曰文, 應事有功曰敏。後孫基德等上言, 請依肅廟成命賜諡。禮曹覆啓, 以爲：‘周世鵬學問名節自是國朝名臣。議諡遷就已至百有餘年, 誠是欠事。令弘文館依例擧行, 何如？’上曰：‘依允。’吏曹判書金魯敬撰諡狀。”】

권택중(權擇中) ?-?. 조선 중기. 자는 집지(執之)이다.

❀ 名 － 擇中　　字 － 執之

권용중(權用中) ?-?. 조선 중기. 자는 시지(時之)이다.

❀ 名 － 用中　　字 － 時之

【≪武陵雜稿≫卷六≪原集·權生兄弟名字說≫：“有權生者, 豐基人也。年甚少, 禮甚謹, 誦≪詩三百≫甚勤。一日, 拜余于郡齋曰：‘請名吾及吾弟。’余方有公事, 曰：‘姑去。’後一日, 生再來。余曰：‘然必欲使余名之乎？我且名之。名其兄曰擇中, 字曰執之。其季曰用中, 字曰時之。夫權者, 經之反也, 而得其中則是亦經而已, 故君子貴乎擇中。當其始也, 擇之須精。及其得也, 執之須固。雖得其中, 而執之不固, 則終亦不爲我有, 故君子貴乎固執。是故能執然後能用, 能用然後能權。然用之不以時，則亦子莫之中而非權矣。故權須中，中須權，二者不可須臾離也。顏淵，聖之亞者也。擇乎中庸，旣得之，拳拳服膺而勿失。虞舜，聖之大者也。執其兩端，用其中於民。今夫生之姓旣權，則其於中也愈不可以不致念，況於其常乎？因姓而名之。因名而字之者，吾之事也。因字而思名，因名而思姓者，生之責也。不然，其求名於我者，非欺太守也，乃欺天也。非欺天也，乃所以自欺也。二生其勉之！擇而執之，用而時之。中乎！中乎！勿使所履有愧於名若字也！'"】

이해(李瀣) 1496-1550. 조선 중기. 본관은 진보(眞寶). 자는 경명(景明)이고, 호는 온계(溫溪)이며, 시호는 정민(貞敏)이다.

❀ 號 – 溫溪

【≪溫溪先生逸稿≫卷四≪行狀[李光庭]≫："先生姓李氏，諱瀣，字景明，眞寶人⋯⋯ 在京，就南山下閒寂處構一堂，扁以翠微。朝退，常靜居杜門，人不知爲達官家也。先生世家溫溪，雖遊宦在外，而常自號以溫溪曳，不忘其還也。"

≪溫溪先生逸稿年譜≫："二十一年壬寅先生四十七歲⋯⋯ 次退溪先生夢遊詩"條注："先生所居里西有小溪淸活，盛冬不氷，故名溫溪。先生取以自號焉。"】

임억령(林億齡) 1496-1568. 조선 중기. 본관은 선산(善山). 자는 대수(大樹)이고, 호는 석천(石川)이다.

❀ 名 – 億齡　字 – 大樹

【≪莊子·逍遙游≫："小知不及大知，小年不及大年。奚以知其然也？朝菌不知晦朔，蟪蛄不知春秋，此小年也。楚之南有冥靈者，以五百歲爲春，五百歲爲秋；上古有大椿者，以八千歲爲春，八千歲爲秋。"故大椿"億齡"，應之以"大樹"。】

임백령(林百齡) ?-1546. 조선 중기. 본관은 선산(善山). 자는 인순(仁順)이고, 호는 괴마(槐馬)이며, 시호는 소이(昭夷)이다.

❀ 號 – 槐馬

【≪國朝人物志≫卷二："林百齡，字仁順，善山人 ⋯⋯ 少時爲擧子業，不治經學，夢有老人告曰：'宜改名爲"槐馬"，且講時經書當出某章。'夢覺，歷歷可記，卽秉燭而起, 拈出其章, 別爲冊子, 欲改名爲'槐馬'而惡其無理, 乃以'槐馬'爲別號。及赴試入講, 有問輒對, 試官微笑曰：'此擧子必槐馬也。僕昨夜夢白頭翁言曰："今榜擧子有名槐馬者, 當爲一世偉人, 且經學之精絶無其倫。"是以問之。'百齡拜謝, 以號爲對, 諸試官皆賀得人。及其發身, 所行如彼, 乃知小人之生莫非關於時運。逐睡篇"】

성효원(成孝元) 1497-1551. 조선 중기. 본관은 창녕(昌寧). 자는 백일(伯一)이고, 호는 어부(漁夫)이다.

❀ 名 - 孝元　字 - 伯一

【≪爾雅·釋詁≫："元, 始也。"≪廣韻≫："一, 數之始也, 物之極也。"】

심봉원(沈逢源) 1497-1574. 조선 중기. 본관은 청송(青松). 자는 희용(希用)이고, 호는 효창노인(曉窓老人)이다.

❀ 名 - 逢源

【≪孟子·離婁下≫："君子深造之以道, 欲其自得之也。自得之, 則居之安；居之安, 則資之深；資之深, 則取之左右逢其原, 故君子欲其自得之也。"原、源通。】

❀ 友松堂

【≪栗谷先生全書≫卷十三≪友松堂記己巳≫："曉窓沈公名逢源之第, 依華山麓, 頗有幽致。砌上有松, 龍幹屈曲, 鐵柯扶踈, 其形甚奇。沈公寶玩之, 名其堂曰友松, 屬珥爲記。珥復於公曰：'植物之衆, 惟松最秀。其德之貞、其節之剛, 古人頌之無遺語矣, 珥將何辭以記？第見此松之異狀, 資人矯揉之力。渾成之後, 便奪天巧, 非族松之所可比肩也。夫貫四時、閱千歲而不變者, 質之美也, 衆松之所同也。抑其長而引其短, 使枝柯整齊者, 養之善也, 玆松之所獨也。世間美質不爲不多矣。率無善養之功, 老於自棄者何限？見此松者, 其亦有所感發歟！善養其松者, 尙能變其氣質, 同於造化, 則況善養其心者乎？沈公, 珥祖母之從母弟也。性靜而樂於恬淡, 勢利芬華, 不能奪志。從政未幾, 閒居養疾。門設雀羅, 圖書自娛。其可謂質美而能養者歟？宜乎喚松爲友, 以伴寂寥也！想見雪霽雲收, 朗月流輝。淸韻吟風, 踈陰搖楊。公以深衣幅巾, 焚香默坐, 心境俱淸, 一塵不著, 不知更有何友可以同樂耶？玆松能使人樂, 而不知自樂, 則公其可謂獨樂歟？"】

조언수(趙彦秀) 1497-1574. 조선 중기. 본관은 양주(楊州). 자는 백고(伯高)이고, 호는 신선당(信善堂)이며, 시호는 정간(貞簡)이다.

❀ 號 - 信善堂

【≪栗谷先生全書≫卷十七≪左參贊趙公神道碑銘≫：“公諱彦秀, 字伯高, 漢山人 …… 愛士向善是素志, 故自號信善堂。”】

성운(成運) 1497-1579. 조선 전기. 본관은 창녕(昌寧). 자는 건숙(健叔)이고, 호는 대곡(大谷)이다.

❀ 名 - 運　字 - 健叔

【≪周易·乾≫：“象曰：天行健, 君子以自强不息。”孔≪疏≫：“天行健者, 行者, 運動之稱 …… 萬物壯健皆有衰怠, 唯天運動, 日過一度, 蓋運轉混沒, 未曾休息, 故云天行健。”】

❀ 號 - 大谷先生

【≪大谷先生·大谷集序(柳根)≫：“先生隱居三山縣之大谷, 屢蒙徵召, 終不就列, 享年八十有三。學者尊慕之, 稱大谷先生。”】

김희삼(金希參) 1497-1560. 조선 중기. 본관은 의성(義城). 자는 사노(師魯)이고, 호는 칠봉(七峯)·진재(進齋)이다.

❀ 名 - 希參　字 - 師魯

【≪論語·先進≫：“柴也愚, 參也魯, 師也辟, 由也喭。”≪集注≫：“魯, 鈍也。程子曰：‘參也, 竟以魯得之。’又曰：‘曾子之學誠篤而已, 聖門學者聰明才辯不為不多, 而卒傳其道, 乃質魯之人爾, 故學以誠實為貴也。’尹氏曰：‘曾子之才魯, 故其學也確所以能深造乎道也。’”】

❀ 號 - 進齋, 七峰山人

【≪久庵集≫卷一≪進齋記≫：“七峰山人築室於七峰山下, 名之曰‘進齋’, 屬余識之。余曰：‘夫以進爲號者, 必有意義存乎其間。請問其旨。’七峰曰：‘余欲其學而不能者也。’曰：‘欲進其學, 則學進矣。進學之道, 先聖論之備矣。精一執中者, 堯舜之學也。博文約禮者, 孔顏之學也。集義養氣者, 孟氏之學也。主敬窮理者, 程朱之學也。要之皆不外乎養心而已。進乎是, 則聖人不遠矣。’七峰曰：‘願聞其要。’曰：‘精者，進精微窮理之事也。一者，極高明存養之事也。博於文，則進精微之功也。約於禮，則極高明之道也。孟氏程朱之學皆自此而明之，前聖後聖無二揆也。能從事於斯，而進進不已，則其於道也無難矣。’七峰曰：‘吾嘗有志於進，然不得其進學之道。而作輟無常，不能長進，則其何以進道耶？試子爲我言之。’余曰：‘子嘗登乎七峰矣。其在下也，四面障閡，舉目無所見矣。其登初峰，則知有山路矣。其及第二峰，見山之高、峰之巍矣。其至三峰也，見風爽月白，已隔塵寰矣。其於四峰也，見四野平坦，無復礙滯。其五峰、六峰也，見茫茫大地，不復有高下。其上七峰也，包乾坤，括宇宙，不知有內外也。其自卑升高，所見不同如此。若使至二峰、三峰而止，則豈復知七峰之上有許多趣味耶？進學之道亦如是。其進一寸也，有一寸之效。其進一尺也，有一尺之功。尺寸之功，能使與天地同大。君子之學，進而不可退也如此。’七峰曰：‘余於七峰，登第幾峰也？’曰：‘自度其進爲何如也？’又問：‘子及何地也？’曰：‘余早遊洛下，承誨缺切。器識淺薄，又無篤誠。泛泛悠悠，十有餘年之間，長在作輟進退之裏，已知其無能爲也。秖今對卷撫膺，怳若有失。靜言思之，淚欲一下。晝苦奔走，夜困睡眠。一月之內，起省者幾日耶？其終爲小人之歸也歟？願進齋相對一論，庶足以發我蒙者乎？’七峰曰：‘子其先發我蒙。’余則撫手而告之曰：‘君子之學，無須臾之不進，靜存動察皆吾着功之地。靜而存，動而察，無時間斷。則內而心上，外而事物，無不會缺。至於簿牒忽忽，俗務紛拏，而皆自一心推明之，則亦莫非學也。子思子曰：“可離非道也。”愚亦曰：“不進非學也。”第念有訓詁文章，且有禪學佛學，不知子之所好何學？’七峰曰：‘吾志於道而已矣。’謹書諸壁而求敎。”】

황기(黃琦) 1498-1539. 조선 중기. 본관은 창원(昌原). 자는 중온(仲溫)이다.
✿ 名－琦　字－仲溫
【≪廣韻≫：“琦，玉名。”≪禮記·聘義≫：“君子比德於玉焉，溫潤而澤，仁也。”】

나식(羅湜) 1498-1546. 조선 중기. 본관은 안정(安定). 자는 정원(正源)이고, 호는 장음정(長吟亭)이다.
✿ 名－湜　字－正源
【≪詩·邶風·谷風≫：“涇以渭濁，湜湜其沚。”≪箋≫：“言持正守初，如沚然不動

搖也。"】

조욱(趙昱) 1498-1557. 조선 중기. 본관은 평양(平壤). 자는 경양(景陽)이고, 호는 우암(愚菴)·보진재(葆眞齋)·용문(龍門)·세심당(洗心堂)이며, 시호는 문강(文康)이다.

❀ 名 - 昱   字 - 景陽

【≪玉篇≫:"昱, 日明也。"≪詩·小雅·湛露≫:"湛湛露斯, 匪陽不晞。"≪傳≫:"陽, 日也。"】

이윤경(李潤慶) 1498-1562. 조선 중기. 본관은 광주(廣州). 자는 중길(重吉)이고, 호는 숭덕재(崇德齋)이며, 시호는 정헌(正憲)이다.

❀ 名 - 潤慶   字 - 重吉

【≪詩·大雅·皇矣≫:"則友其兄, 則篤其慶。"≪傳≫:"慶, 善。"≪說文≫:"吉, 善也。"】

신거관(愼居寬) 1498-1564. 조선 중기. 본관은 거창(居昌). 자는 율이(栗耳)이고, 호는 독재(獨齋)이며, 시호는 공간(恭簡)이다.

❀ 名 - 居寬   字 - 栗而

【≪尙書·舜典≫:"命汝典樂, 教胄子, 直而溫, 寬而栗。"蔡沈≪集傳≫:"栗, 莊敬也。"】

송인수(宋麟壽) 1499-1547. 조선 중기. 본관은 은진(恩津). 자는 미수(眉叟)이고, 호는 규암(圭庵)이다.

❀ 名 - 麟壽   字 - 眉叟

【≪詩·豳風·七月≫:"爲此春酒, 以介眉壽。"】

신영(申瑛) 1499-1559. 조선 중기. 본관은 평산(平山). 자는 윤보(潤甫)이고, 시호는 이간(夷簡)이다.

❀ 名 - 瑛   字 - 潤甫

【≪說文≫:"瑛, 玉光也。"≪禮記·聘義≫:"君子比德於玉焉, 溫潤而澤, 仁也。"】

이항(李恒) 1499-1576. 조선 중기. 본관은 성주(星州). 자는 항지(恒之)이고, 호는 일재(一齋)이며, 시호는 문경(文敬)이다.

❀ **自強齋**

【≪一齋先生集·自強齋箴≫：“大道無邊，那許功輸。曰知曰行，賴在聖謨。博文於事，約禮於心。然非持敬，邪思難禁。合其內外，一於動息。功無間斷，心無走作。強兮強兮，難以智力。學到求仁，庶可自強。學力之大，極天無強。穆穆其德，乾乾不息。舜何人哉？可至聖域。○學者以聖人爲可期及，稍有小成之心，是自畫，不可與有爲，乃聖門之罪人也。不啻聖門之罪人，抑亦吾黨之罪人也。故以大舜終焉。”】

임훈(林薰) 1500-1584. 조선 중기. 본관은 은진(恩津). 자는 중성(仲成)이고, 호는 갈천(葛川)·고사옹(枯査翁)·자이당(自怡堂)이며, 시호는 효간(孝簡)이다.

❀ **諡號 − 孝簡**

【≪太常諡狀錄≫卷五≪諡狀≫：“公諱薰，字仲成，號自怡堂。林氏籍恩津……孝簡慈惠愛親曰孝，一德不懈曰簡、貞簡清白自守曰貞，一德不懈曰簡、孝憲慈惠愛親曰孝，行善可紀曰憲。”】

이식(李拭) 1500-1587. 조선 중기. 본관은 전주(全州). 자는 청지(淸之)이고, 호는 손암(損菴)·외암(畏菴)이다.

❀ **名 − 拭　字 − 淸之**

【≪爾雅·釋詁≫：“拭，淸也。”】

안현(安玹) 1501-1560. 조선 중기. 본관은 순흥(順興). 자는 중진(仲珍)이고, 호는 설강(雪江)이며, 시호는 문희(文僖)이다.

❀ **名 − 玹　字 − 仲珍**

【≪廣韻≫：“玹，玉名。”≪說文≫：“珍，寶也。”玉爲珍寶，故相協。】

이황(李滉) 1501-1570. 조선 중기. 본관은 진보(眞寶). 자는 계호(季浩)·경호(景浩)이고, 호는 퇴계(退溪)·도옹(陶翁)·퇴도(退陶)·청량산인(淸凉山人)이며, 시호는 문순(文純)이다.

❀ 名 - 滉　　字 - 景浩

【≪廣韻·蕩韻≫：“滉，水深廣兒。”≪正字通·水部≫：“浩，大水盛貌。”】

❀ 隴雲精舍

【≪閒中筆錄≫：“退溪先生文章學問爲當代冠冕，士林仰之無異辭 …… 晚卜地於陶山，築室藏書，題曰‘隴雲精舍’，取‘隴上多白雲’之意。”】

❀ 號 - 陶翁

【≪海東雜錄≫卷五≪本朝五≫：“李滉，眞城人，字景浩，自號退溪 …… 陶山書堂成，自是又號陶翁。堂凡三間，軒曰岩棲，齋曰玩樂。精舍七間，名曰隴雲。先生每至陶山，常居玩樂齋，左右圖書，俯讀仰思，夜以繼日。”】

❀ 號 - 退溪

【≪退溪先生年譜≫卷三≪附錄·言行總錄≫：“乙巳之變，幾陷不測。旣而棄官東歸，卜居退溪之上。世味益薄，而讀書求道之志則愈堅愈確。”】

조식(曺植) 1501-1572. 조선 중기. 본관은 창녕(昌寧). 자는 건중(楗仲)이고, 호는 남명(南冥)이며, 시호는 문정(文貞)이다.

❀ 諡號 - 文貞

【≪朝鮮光海君日記≫卷八五：“甲寅十二月十五日癸巳。吏曹啓：‘贈領議政曺植諡號文貞：道德博文曰文，直道不撓曰貞’啓。定曺植諡曰‘文貞’，遣官祭官。”】

조사수(趙士秀) 1502-1558. 조선 중기. 본관은 한양(漢陽). 자는 계임(季任)이고, 호는 송강(松岡)이며, 시호는 문정(文貞)이다.

❀ 名 - 士秀

【≪國語·齊語≫：“秀民之能爲士者，比足賴也。”】

권철(權轍) 1503-1578. 조선 중기. 본관은 안동(安東). 자는 경유(景由)이고, 호는 쌍취헌(雙翠軒)이며, 시호는 강정(康定)이다.

❀ 名 - 轍　　字 - 景由

【宋蘇轍字子由，“景”表希慕。】

정대년(鄭大年) 1503-1578. 조선 중기. 본관은 동래(東萊). 자는 경로(景老)이고, 호는 사암(思菴)이며, 시호는 충정(忠貞)이다.

❀ 諡號 – 忠貞

【《太常諡狀錄》卷一《崇政大夫議政府左贊成兼判義禁府事知經筵事五衛都摠府都摠管鄭公行狀》："公東萊鄭氏, 諱大年, 字景老 …… 落點忠貞危身奉上曰忠, 淸白守節曰貞、貞簡貞, 上同；正直無邪曰簡、貞肅貞, 上同；剛德克就曰肅。"】

김질충(金質忠) ?-?. 조선 중기. 본관은 광주(廣州). 자는 직부(直夫)이고, 호는 남봉(南峯)이다.

❀ 名 – 質忠　　字 – 直夫

【《論語·顏淵》："夫達也者, 質直而好義。"《疏》："質, 正也。爲性正直, 所好義事。"《玉篇》："忠, 直也。"】

김열(金悅) ?-?. 조선 중기. 김광헌(金光軒, 1482-1539)의 아들이다. 자는 열지(說之)이고, 호는 임경당(臨鏡堂)이다.

❀ 名 – 悅　　字 – 說之

【《論語·子路》："子曰：君子易事而難說也, 說之不以道, 不說也。及其使人也, 器之。"說, 音悅。《疏》："言君子有正德, 若人說已不以道而妄說, 則不喜說也, 是以難說。度人才噐而官之, 不責備, 故易事。"】

❀ 號 – 臨鏡堂

【《臨鏡堂重修記》："古人以子孫之能紹先業者謂之肯堂肯構。夫所謂堂構者, 非宣居室之謂也。然孝子慈孫之於其先也, 雖梧梡盤盂之微, 手澤之過而留者, 尙不忍棄而忘, 況於其終身之所寢處居息乎？又況其經營卜築, 以爲其所依歸者乎？恝然於經營寢處之所, 而自謂能不墜先業者, 吾未敢信也。栗谷李先生爲臨瀛處士金公作《護松說》, 以'堂構不隳, 興孝興悌'勖其子孫。盖金公之宅有松數百歙環而植焉, 皆其先人手種也。金公當我朝明宣際, 以詩禮之敎克紹先業, 爲士友所推重。而杜門竆居, 泊然無榮進意。其所居之堂, 取其近鏡浦以爲名曰'臨鏡', 亦其先人所卜築也。今去公餘二百年, 堂之圮廈矣, 其裔孫相繼修葺之。邱山之下、鼎峰之陽, 臨川而翼然者猶舊日也。嗚呼！此眞栗谷先生所謂'堂構不隳'者也。斯豈非公孝悌之遺範耶？公之世已遠，其遺風餘芬不可得而聞其詳矣。然江陵，於嶺海之間一都會也。金剛、五臺淸淑之氣於是焉交湊，而湖海相涵，原野豁然，英華之所融播，固宜多傑人君子之產。明宣之際，又當人文極盛之會，栗谷先生實生是地，其所與交游往來，一時髦雋，宜亦不爲不衆矣。而見於先生之文者，惟金公爲特著，則公之賢亦可想已。余少而讀栗谷先生之書，既壯奉使至江陵。徘徊鏡浦之上，想望先生之遺風，求見其當時從游之躅而不可得，則喟然太息者久之。既歸後二十餘歲，金公之九世孫東源舟跋涉六百里來。徵言于余曰：‘吾堂之南有栗谷先生祠，子之高祖參判公實書其繫牲之石。吾高祖亦嘗有事于祠。今其刻已改，而舊碑之撝獨留吾家。子何可無一言于吾堂耶？’嗟乎！余今老且病，不能復爲文矣。然幸而得托名於栗谷先生之後，固不可以不勉，而況重之以吾高祖考之舊誼耶？乃盥手而敬識之。重構斯堂者爲公之五世孫夏柱，繼而葺之者始於七世孫夔鳴，而卒成於其子台浩。東源，卽台浩之子也。堂舊有諸賢題詠，申企齋、金雙溪以下知名者六七人，咸新其刻而揭之。嗚呼！金氏之堂構可謂勤矣。異日大關之東有以‘孝悌詩禮’蔚然名於其鄉者，必金氏家也夫！”】

최연(崔演) 1503-1549. 조선 중기. 본관은 강릉(江陵). 자는 연지(演之)이고, 호는 간재(艮齋)이며, 시호는 문양(文襄)이다.

❀ 號 - 艮齋

【≪皇華集≫卷二十七≪艮齋銘[華察]≫：“崔司藝演以‘艮’名齋，盖取諸≪易≫。≪易≫曰‘時止則止，時行則行’，而張子≪定性書≫亦謂‘靜亦靜，動亦靜’，夫‘艮’之時義大矣。予初入朝鮮，崔子逆於義順。歸，復送之江滸。予愛其好修能文，方當嚮用，而恐其遽止也。於是推“艮”之義而爲之銘。崔子知乎哉！銘曰：人生而靜，其性則然。感物而動，乃鑿其天。聖人立極，主之以靜。大學之道，知止有定。異端者類，槁木死灰。止其所止，君子弗爲。吾儒之學，有體有用。譬彼陰陽，靜極生動。時止則止，時行則行。動靜不失，其道光明。艮之時義，於是爲大。聖謨洋洋，萬世猶在。小子識之，請書諸紳。止於至善，服之終身。”】

임형수(林亨秀) 1504-1547. 조선 중기. 본관은 평택(平澤). 자는 사수(士遂)이고, 호는 금호(錦湖)이다.

❋ 名 - 亨秀　字 - 士邃

【《禮·王制》：“命鄕論秀士，升之司徒，曰選士。”又《禮記·月令》：“(孟夏之月)命太尉，贊桀俊，遂賢良，舉長大。”陳澔《集說》：“遂，謂使之得行其志也。”故綴“士”以“邃”。】

❋ 號 - 錦湖

【《錦湖遺稿附錄·行蹟紀略》：“公諱亨秀，字士邃，姓林氏。平澤人，高麗領三司事禧之後也 …… 世居羅州松峴錦水之陽，故公自號錦湖。”】

홍섬(洪暹) 1504-1585. 조선 중기. 본관은 남양(南陽). 자는 퇴지(退之)이고, 호는 인재(忍齋)이다.

❋ 名 - 暹　字 - 退之

【《廣韻·平鹽》：“暹，日光進也。”反義相成。】

원혼(元混) 1505-1588. 조선 중기. 본관은 원주(原州). 자는 태초(太初)이다.

❋ 名 - 混　字 - 太初

【《老子·二十五章》：“有物混成，先天地生。寂兮寥兮，獨立而不改，周行而不殆，可以爲天下母。吾不知其名，字之曰道。”《莊子·知北遊》：“以無內待問窮，若是者，外不觀乎宇宙，內不知乎大初。”《疏》：“大初，道本也。”】

최흥림(崔興霖) 1506-1581. 조선 중기. 본관은 화순(和順). 자는 현좌(賢佐)이고, 호는 계당(溪堂)이다.

❋ 名 - 興霖　字 - 賢佐

【《尚書·說命》：“若歲大旱，用汝作霖雨。”此爲武丁命傅說之詞，名字合言此事，乃言傅說之爲賢佐。】

❋ 號 - 溪堂

【《溪堂先生文集·溪堂重建上樑文崇禎後三甲申[西河任相周]》：“崔公諱興霖，字賢佐 …… 除膠漆於陳盆，一鶴高飛於塵外。樂簞瓢於顔巷，獨星孤明於雲間。茲卜一區名疆，乃構數間精舍，扁以‘溪’字，蓋慕濂翁光霽之襟。”】

박충원(朴忠元) 1507-1581. 조선 중기. 본관은 밀양(密陽). 자는 중초(仲初)이고, 호는 낙촌(駱村)·정관재(靜觀齋)이며, 시호는 문경(文景)이다.

❋ 名 - 忠元   字 - 仲初

【≪說文≫:"元, 始也。"≪說文≫:"初, 始也。"同義相協。】

❋ 號 - 靜觀齋

【≪皇華集≫卷三十≪靜觀齋贈朴判書[許國]≫:"遠接使朴忠元, 慶尙道密陽人。嘉靖辛卯年及第出身, 仕工曹判書, 號靜觀齋:閒居散古帙, 宴坐淸道心。松風飄然來, 爲我袪煩襟。凝神觀萬化, 天地何高深。煙霞任舒卷, 魚鳥隨飛沉。牕前太古月, 壁上無絃琴。庭草含翠色, 池蓮吐幽馨。候變意自適, 慮澹境不侵。浩然彌宇宙, 攬之不盈衿。兀兀忽忘我, 寧知古與今。孔顔樂何事, 君向此中尋。"

≪皇華集≫卷三十≪朴判書以"靜觀"名齋, 因漫書靜觀之意[魏時亮]≫:"人心本虛活, 氣習重紛挐。却向靜中覺, 能忘世上華。寂體銷塵滓, 靈觀省過差。眼前千古意, 無欲作生涯。"】

엄흔(嚴昕) 1508-1543. 조선 중기. 본관은 영월(寧越). 자는 계소(啓昭)이고, 호는 십성당(十省堂)이다.

❋ 名 - 昕   字 - 啓昭

【≪說文≫:"昕, 旦明, 日將出也。"≪說文≫:"昭, 日明也。"】

❋ 號 - 十省堂

【≪十省堂集·附錄·朝散大夫守弘文館典翰知制教兼經筵侍講官春秋館編修官嚴公碣文[洪春卿]≫:"弘文館典翰兼經筵侍講官知制教嚴君諱昕, 字啓昭 ……嘗以十省堂自號, 其目曰'毋放言、毋傲行、勿耽酒、勿近色、無毁譽、無喜怒、待人厚、作事寬、勤公職、弃家事'。嘗以此自戒, 動必踐之。故其平生行事, 于十省外, 無敢有一言行背其戒而橫馳者。"

≪皇華集≫卷二十七≪十省堂說[薛廷寵]≫:"嚴校理昕以'十省'名其堂, 其言曰'昔曾子聖門高弟, 猶日三省。如昕未學, 所當每事皆省, 故名其堂'云云。余謂校書知學者夫!自文字興而義理晦, 夫子刪≪詩≫≪書≫, 退而與七十子之徒講明仁義道德之旨, 實欲學者反諸身心, 故曰'予欲無言'。而諸子不悟, 獨曾子得其宗, 故以省身守約爲主。聖遠言湮, 學者逞浮辯, 務爲著述, 畔大道之軌, 以自詭於奧僻之蹊。匪曰空言無當，盖亂道誤人焉爾。秦炬雖烈，得無激之者乎。漢興，收拾散逸，穿鑿傅會。石渠同異，無足論者。揚子雲稱爲大儒，校書天祿，擬≪玄≫僭經，奇字奧語，讀者幾不能以句。乃其‘劇秦美新’獲罪名教已甚。經生學士，果何取焉？漢而下，大率口耳詞章，宋人明理學，闡心法，學者賴之。觀其時已不免支離之病，今存者經筌句粕。不量之徒從而嘵嘵爭鳴，汗牛充棟，白首紛如。識者至欲借秦炬而盡之，豈不痛哉！校書沉酣六籍，貫穿百家，乃反而循三省之學，尤加詳焉。豈非知學者？抑人以一身放之乎事為之衝，千緒萬端，靡可紀極，其統有宗，其會有元，在曾氏之三省以爲過詳，矧十省乎？子曰：‘吾道一以貫之。’盖悟之也，而曾子唯矣。由三省之實，溯一貫之宗，則意智日忘，象數俱廢，庶幾不墜於言語文字之間矣。校書知學者，故吾以是進之。”

≪皇華集≫卷二十七≪十省堂銘[華察]≫：“嚴校理昕以‘十省’名堂，盖取曾子‘三省’之義而擴之。嚴子質美而文，予初入朝鮮，隨贊政蘇君逆於義順。歸，復送之江上，因徵予言，乃爲之銘。銘曰：惟天之行，至健不息。君子法之，日新其德。一身之微，百行攸集。爲善而舜，爲利而跖。悔吝憂虞，吉凶得失。反觀於心，較若白黑。古之聖賢，朝乾夕惕。禹惜寸陰，文王翼翼。殷湯十愆，顏淵四勿。君子之道，丘未能一。粵惟曾參，升堂入室。吾道之傳，一唯而得。猶切自省，逮於易簀。矧予小子，而敢暇逸。先民有言，人一己百。彼以其三，我以其十。請事斯語，夜以繼日。”】

정지운(鄭之雲) 1509-1561. 조선 중기. 본관은 경주(慶州). 자는 정이(靜而)이고, 호는 추만(秋巒)이다.

❀ 名－之雲　字－靜而

【≪思齋集≫卷三≪鄭之雲字說≫：“雲爲天地間動物，而之雲尤見其動之不已。動之而不知靜焉，則悠悠焉而已，揚揚焉而已。油然而四合，凝靜而不動，故能致雨而潤物焉。若徒乘風飛騰，四散而不止焉，則何貴於雲？然則靜也，其雲之功用之極乎？人亦爲兩間之動物，其修齊治平之極功莫不由靜養而得。則靜也，亦人之功用之極乎？余故字之曰靜而。雲以散而蔑功，人以躁而喪德。以靜而字爾者，其爾之終身之警乎！”】

이지충(李之忠) 1509-1562. 조선 중기. 본관은 우봉(牛峰). 자는 원로(元老)이고, 호는 삼우당(三友堂)이다.

❋ 號 - 三友堂

【≪芝川集≫卷四≪三友堂李公墓碣銘幷序≫：“先生諱之忠, 字元老, 黃海道牛峯縣人也 …… 晩年風致尤更脫灑。一室翛然, 左右圖書。庭植梅、竹、菊, 自號三友堂。杜門閑居, 若無意於世。至聞時政闕失, 未嘗不慨然歎息。”】

김인후(金麟厚) 1510-1560. 조선 중기. 본관은 울산(蔚山). 자는 후지(厚之)이고, 호는 하서(河西)·담재(澹齋)이며, 시호는 문정(文正)이다.

❋ 名 - 麟厚　　字 - 厚之

【≪詩·周南·麟之趾≫：“麟之趾, 振振公子, 于嗟麟兮。”毛≪傳≫：“振振, 信厚也。”】

양의(楊誼) ?-?. 조선 중기. 자는 인보(仁父)이다.

❋ 名 - 誼　　字 - 仁父

【≪十淸先生集≫卷三≪楊君誼字說≫：“≪易大傳≫曰：‘立天之道, 曰陰與陽；立地之道, 曰柔與剛；立人之道, 曰仁與義。’夫人以眇然之身物於天地而竝立爲三者, 以有仁義綱紀斯道也。所謂仁義者, 不在天, 不在地, 特在於吾人之心。仁乃心之德, 義乃心之制。德卽體, 制卽用也。無體則用何由生？聖學不傳, 人不知心。顧何者爲仁而德於我、顧何者爲義而制於我, 都不自省。質之近於柔順者, 自以爲我得於仁, 而慈祥之發, 或流於姑息；質之近於剛方者, 自以爲得於義, 而裁決之果, 或入於殘忍：仁義之理俱失, 而人道不立矣。必慈祥以爲德, 剛方以爲制。如天之有春夏爲陽、秋冬爲陰, 地之有燥剛濕柔, 然後人之體用全, 而不負參天地之道矣。吾見楊氏子溫厚端方, 望其貌, 知其爲人最靈之中又特秀者也。其生也, 其家尊名以誼。年旣志學, 無友字之者。其來吾甥館也, 吾不以老自棄於人, 乃抗顔爲友, 遂字以仁父, 而推人心體用之說。仁父氏得吾說而致其學, 心一發而知其爲慈祥, 則愛養培埴之, 不挫不撓, 以立其體。又以剛方者爲用而裁決之, 不使流於姑息, 入於殘忍, 大理之渾渾者常充滿於中, 流行於酬酢萬變之地, 則聖賢爲學之功旣極, 俯仰天地, 自無愧怍矣。尙安有名字之不稱其人, 而辱

家尊之命、辜老友之望乎？仁父氏勉哉！"】

박영준(朴永俊) 1510-1576. 조선 중기. 본관은 고령(高靈). 자는 언이(彦而)이다.

❀ 名-永俊　字-彦而

【≪尙書·太甲上≫："旁求俊彦, 啟迪後人。"孔≪傳≫："美士曰彦。"】

박개(朴漑) 1511-1586. 조선 중기. 본관은 충주(忠州). 자는 대균(大均)이고, 호는 연파거사(烟波居士)이다.

❀ 名-漑　字-大均

【≪史記·五帝本紀≫："帝嚳漑執中而徧天下, 日月所照, 風雨所至, 莫不從服。"≪正義≫："漑, 音旣。言帝佶治民若水之漑灌, 平等而執中正, 遍於天下也。"】

정황(丁熿) 1512-1560. 조선 중기. 본관은 창원(昌原). 자는 계회(季晦)이고, 호는 유헌(遊軒)이며, 시호는 충간(忠簡)이다.

❀ 名-熿　字-季晦

【≪集韻≫："熿, 本作晄, 明也。"≪左傳·昭元年≫："六氣, 曰陰、陽、風、雨、晦、明也。"≪註≫："晦, 夜也。"反義相成。】

김주(金澍) 1512-1563. 조선 중기. 본관은 안동(安東). 자는 응림(應霖)이고, 호는 우암(寓菴)이며, 시호는 문단(文端)이다.

❀ 名-澍　字-應霖

【≪說文≫："澍, 時雨。"≪玉篇≫："霖, 雨不止也。"≪尙書·說命上≫："若歲大旱, 用汝作霖雨。"】

이정(李楨) 1512-1571. 조선 중기. 본관은 사천(泗川). 자는 강이(剛而)이고, 호는 구암(龜巖)이다.

❀ 名-楨　字-剛而

【≪說文≫："楨, 剛木也。"】

유희춘(柳希春) 1513-1577. 조선 중기. 본관은 선산(善山). 자는 인중(仁仲)이고, 호는 미암(眉巖)이다.

❀ 名 - 希春　　字 - 仁仲

【≪禮記·樂記≫ : "春作夏長, 仁也。"】

❀ 號 - 眉巖

【≪眉巖先生集附錄≫卷二十≪諡狀李好閔≫ : "公海南所居, 乃金剛山之南麓。家後有巖如蛾眉, 故自號眉巖。"】

박지화(朴枝華) 1513-1592. 조선 중기. 본관은 정선(旌善). 정선 박씨의 시조. 자는 군실(君實)이고, 호는 수암(守菴)이다.

❀ 名 - 枝華　　字 - 君實

【≪詩·大雅·生民≫ "實發實秀, 實堅實好, 實穎實栗", 華而後實。】

박란(朴蘭) ?-? 조선 중기. 본관은 함양(咸陽). 자는 양숙(養叔)이고, 호는 오정(梧亭)이다.

❀ 名 - 蘭　　字 - 養叔

이오(李塢) ?-?. 조선 중기. 자는 중실(仲實)이다.

❀ 名 - 塢　　字 - 仲實

김기(金器) ?-?. 조선 중기. 자는 백결(伯潔)이다.

❀ 名 - 器　　字 - 伯潔

【≪慕齋先生集≫卷十≪朴蘭, 李塢, 金器字說≫ : "從余學者朴氏子蘭、李氏子塢、金氏子器咸請字於余, 乃字蘭曰養叔, 塢曰仲實, 器曰伯潔。夫蘭以香而貴, 塢以障而重, 器以用而取。非香, 何貴乎蘭?非障, 何重乎塢?非用, 何取乎器?香與障與用, 固蘭、塢、器之所切也。以命字, 不乃宜乎?雖然, 蘭非養不能香, 塢不實無庸障, 器不潔難爲用。則養、實、潔、寔香障用之本, 而所當自力之地也。今夫蘭播於≪經≫, 詠於≪騷≫, 入於聖人之操, 物莫貴也。而或委棄於荒谷斷壑之間, 雜乎荊棘蓬艾之中, 根暴葉凋, 萎悴鬖鬆, 顧欲與凡草伍而不可得者何也?固有之美晦於不能養也。及夫移植於淨沃之區, 鋤其蕪而漑其根。雨露滋其叢葉, 日月毓其精英。擢秀婀娜, 敷華曄郁。天香馥發, 聞於遠邇。可以薦金闕、】

登玉階, 紃佩容服、薰室飾臺, 無不宜者。養之功至, 而美見於外也。今夫塢秉城
堡墻藩之用, 捍蔽居止卉木, 人實賴焉。然爲防於外者, 欲護於中也。苟蒔植之
不勤, 營居之不周。中空無物, 荒穢蕪廢, 不見充列華盛之實, 而徒外之是事焉,
則卒歸於無用而已。營之周而修之勤, 守之確而保之久。內積阜美之實, 而兼致
力乎其外, 則優游觀居之樂, 不獨身享之有餘, 亦將有以及乎人, 而人亦樂稱之
矣。今夫器, 民生之所切, 而莫尙乎尊彝、簠簋、爵瓚之制。薦之郊廟則神明格,
陳之享燕則賓主洽。資飲食、飾禮樂, 爲用大矣。金玉以爲質, 刻畫以爲文, 非不
貴也。苟護藏之不謹, 而或置諸汚藝之處；奉持之不敬, 而或失乎傾墜之患；拭
滌之不勤, 而或致夫塵膩之積, 不幸糞穢一染, 則夫淨用, 缺虧穿漏則無全形, 玷
蝕垢陋則晦光色, 抑爲廢器而已。以之盛村曲之疏糲、備里社之薄儀, 猶懼不齒,
況望其躋華筵、供粢盛, 具五醴八珍之品, 列肸蠁揖讓之間哉？器, 一也。或能致
於珍貴, 或自淪於賤棄。致潔之功, 寧可忽哉？蘭乎, 塢乎, 器乎！用力之勤而有
不獲者乎？"】

정천령(鄭千齡) ?-?. 조선 중기. 자는 덕원(德遠)이다.

  ❈ 名 - 千齡　　字 - 德遠

박수춘(朴壽椿) ?-?. 조선 중기. 자는 종로(宗老)이다.

  ❈ 名 - 壽椿　　字 - 宗老

박감(朴敢) ?-?. 조선 중기. 자는 언택(彦擇)이다.

  ❈ 名 - 敢　　字 - 彦擇

권은(權殷) ?-?. 조선 중기. 자는 대백(大伯)이다.

  ❈ 名 - 殷　　字 - 大伯

【≪慕齋先生集≫卷十≪鄭千齡、朴壽椿、朴敢、權殷字說≫："鄭生千齡、朴生
壽椿、朴生敢、權生殷, 同踵門而請字。余謂千齡曰：'人之生也, 上壽難過百, 中
壽七八十, 下壽五六十, 孰有延千齡之壽者乎？蓋數雖有脩短之不齊, 百年之內
同歸於盡。而獨德人君子者, 其身雖沒, 而名流於千齡, 愈遠而不泯, 盍字之曰德
遠？'謂壽椿曰：'羽毛鱗介之族, 盈於天地之間, 非不多也, 而唯鳳麟龍龜爲之宗
長者, 以其含靈而有德, 复然拔乎其萃也。況夫八千歲之椿, 深根不祴, 凌聳厖
鬱, 排軋風雷, 掀耀光景, 氣侔陰陽, 力參造化, 勢足以壓厚土而干太霄, 俯視凡

卉樸楸, 無足與數。 玆不亦衆植之宗長乎？ 夫人之自立, 何以異此？ 盍字之曰宗老？’謂敢曰：‘世乏佳士, 病在循常守故。 碌碌自小, 不能振奮而有爲耳。 苟能勇往而敢行, 則何求不獲、何希不及哉？敢, 固學問之切功, 而德業之梯徑也。 然或擇之不審, 而徒敢之是務, 則有敢於不當敢, 而其弊至於妄行不顧, 反爲學問德業之累矣。 盍字之曰彦擇？’謂殷曰：‘殷之爲字, 訓盛、訓中、訓正、訓大, 皆美義也。 然爲士者安於局促卑小, 而不志於遠大, 則安能恢拓其心氣, 奮發其功力, 以自致於中正盛美之域乎？大之爲義, 於學最切, 盍字之曰大伯？’二三子固皆有志於學者, 而請字之意又甚勤, 豈欲顧字思義以自益也歟？二三子其勉之哉！”】

박한노(朴漢老) ?-?. 조선 중기. 자는 경서(景舒)이다.

❀ 名 – 漢老　　字 – 景舒

함경충(咸敬忠) ?-?. 조선 중기. 자는 명보(明甫)이다.

❀ 名 – 敬忠　　字 – 明甫

【≪慕齋先生集≫卷十≪朴漢老、咸敬忠字說≫："吉州人朴漢老、咸敬忠兩生, 不遠千里, 負笈踰嶺而南, 造余門而從學。 矻矻宵晝, 靡有暫懈。 疏糲或不繼, 愈苦而愈確, 蓋已四年矣。 丁亥夏, 以溫淸久曠, 不禁陟岵之思。 將思歸于鄕, 進而求益, 且以字請。 余旣嘉其志純篤, 思有以勖勉而加進之, 乃字漢老曰景舒、敬忠曰明甫, 且告之曰：‘漢代人物, 以勳烈德業、風節氣槩、文學行誼、聲重望尊可以老稱者, 不能以縷數。 其卓卓尤偉, 如孔明之瘁躬匡復、子政之惓惓王室、子房之明智、長孺之抗直、子卿之固節、林宗之雅範、戴、鄭之經學, 班、馬之文章, 蕭、魏、袁、楊之輔相, 李、杜、陳、竇之忠憤, 皆足爲後世之楷表, 固欲生之慕之也。 抑余之所益服, 而願生之景學者, 其在董子乎？當周之季, 聖遠言湮, 正學幾熄, 異端功利權謀術數之徒, 熾然交起, 相高而爭勝, 天下靡然不知有洙泗之敎久矣。 復經暴秦焚坑之烈, 經籍灰蕩。 先王典章, 掃地盡矣。 漢興, 孔壁纔出, 餘燼稍拾, 學子僅能傳習訓詁而已, 不暇及於源本大全之學。 董子奮乎中葉, 發憤下帷。 潛心墳素, 探蘊闡微。 究領旨趣, 蔚爲醇儒。 表章六經, 發舒正脈。 粹王駁霸之論、正義明道之說、勉學强行之言, 遂爲萬世正學之標幟。 實漢代之大老, 而固非諸公之所望也。 朴生刻固之志蓋已幾矣, 顧字思齊, 盍益勉之哉？夫爲學之道具於≪四書≫, 而節目次第≪庸≫、≪學≫尤詳。 其法必以知行兩力，誠明交至爲貴。而皆以敬將之，然後學至於成而聖功可幾也。徒用功於知而不倂力於行，則譬如識路而不進，無以致於高遠；徒致力於行而不兼功於知，則譬如暗行無燭，不知路之所由。二者之不可偏廢，猶車輪之不可去一。而敬者，其知之目、行之足，輪之軸乎？《大學》之格致、《中庸》之明善，卽知之事也。《大學》之誠正修、《中庸》之誠身，卽行之事也。而所謂忠恕者，卽誠也。自聖人謂之誠，自學者謂之忠恕，則忠恕者，固誠之之事而行之所由也。咸生內厚而實，恫恫然無所不謹。其能敬於忠而致力乎行，蓋亦幾矣。然苟不加以明之之功，則不能審夫行之所當而擇執之，其爲忠終亦歸於不實，而不能致於高明廣大之域矣。明以擇其善、忠以體之身，敬以兼盡乎兩者，何憂學之不至也？生其亦勉之哉！噫！吉之地邈處大嶺之北，風化阻曁，文敎茂裂。爲士者尙不習於訓誥記誦之間，況敢望乎擇術審向、博文實踐，以希冀於古人之學乎？憤悱篤志，欲究夫聖賢窮理盡性之道者，自兩生始焉。苟能益厲其憤發之氣，加策其勤苦之功，慥慥勉勉於誠明忠恕之訓，期至於有成以爲北方倡，使北方之文風由兩生而振興焉，則庶有徵於命字之意，而於聖朝右文之化亦不爲無補矣！"】

이장(李場) ?-?. 조선 중기. 자는 백평(伯平)이다.

❀ 名 - 場　　字 - 伯平

이증(李增) ?-?. 조선 중기. 자는 중면(仲勉)이다.

❀ 名 - 增　　字 - 仲勉

【《慕齋先生集》卷十《李場、李增字辭》："考之字書，場有累稱。除地祭神，收納禾稼，凡築而廣，皆謂之場。治得其平，毋苟而率。行禮有虔，鬼神降福。禾稼不亂，家道用殷。傾側陷缺，豈場之美？字場伯平，用寓警意。天下好事，誠不厭增。德業才藝，勉修日增；福祿富貴，亦隨而增。不勉而增，寧有是理？勉勉不已，務收增效。顧爾嘉名，毋敢或忽。字增仲勉，勖哉訓辭！"】

한종도(韓宗道) ?-?. 조선 중기. 자는 집중(執中)이다.

❀ 名 - 宗道　　字 - 執中

이양충(李勘忠) ?-?. 조선 중기. 자는 정순(正純)이다.

❀ 名 - 勘忠　　字 - 正純

윤비(尹棐) ?-?. 조선 중기. 자는 경덕(景德)이고, 호는 풍탄(楓灘)이다.

❋ 名 - 棐　　字 - 景德

심전(沈銓) ?-?. 조선 중기. 본관은 청송(靑松). 자는 희명(希明)이다.

❋ 名 - 銓　　字 - 希明

【≪慕齋先生集≫卷十≪韓宗道、李勸忠、尹棐、沈銓字辭≫：“尹門諸生，旅進請益。字以表名，師友之責。韓生宗道，字以執中。李生勸忠，字以正純。忠以自勉，宜爲藎臣。或雜駁枉，忠則非眞。惟正與純，守以終身。尹生名棐，命字景德。上下相輔，惟德是極。德以自輔，推以事君。景行于德，企躅前聞。沈生名銓，命字希明。衡量之道，惟公惟平。惟義是取，惟善是擇。匪明曷能？希以自力。勖哉諸生，顧字思義！思而體之，各勵厥志！”】

허변(許汴) ?-?. 조선 중기. 자는 백홍(伯洪)이다.

❋ 名 - 汴　　字 - 伯洪

허회(許淮) ?-?. 조선 중기. 본관은 양천(陽川). 자는 숙홍(叔洪)이고, 호는 어은(漁隱)이다.

❋ 名 - 淮　　字 - 叔洪

박희년(朴希年) ?-?. 조선 중기. 자는 소노(邵老)이다.

❋ 名 - 希年　　字 - 邵老

박희재(朴希載) ?-?. 조선 중기. 자는 덕노(德老)이다.

❋ 名 - 希載　　字 - 德老

박사호(朴士豪) ?-?. 조선 중기. 자는 수도(守道)이다.

❋ 名 - 士豪　　字 - 守道

박사걸(朴士傑) ?-?. 조선 중기. 자는 수정(守正)이다.

❋ 名 - 士傑　　字 - 守正

신개(申溉) ?-?. 조선 중기. 자는 희실(希實)이다.

❋ 名 - 溉　　字 - 希實

성호문(成好問) ?-?. 조선 중기. 자는 사제(思齊)이다.

❋ 名 - 好問　　字 - 思齊

【≪慕齋先生集≫卷十≪許汴、許淮、朴希年、希載、朴士豪、士傑、申溉、成好問字辭≫：“嗟嗟諸生！字以訓勖。莫匪學方，受以自飭。兄弟俱命，惟許兩朴。汴字伯洪，淮字叔洪。混混不舍，洪流海通。進德如是，勉加學功。希年邵老，希載德老。無益無聞。何用胡考？彌高彌邵，壽攸德好。是曰大老，君子所造。士豪守道，士傑守正。豪傑跅弛，少蹈謹敬。質美行駁，學背賢聖。守道與正，名終保令。申生名溉，字以希實。致勤于溉，寧徒費日。非資稂莠，務滋佳穀。溉根食實，古語希式。成生好問，思齊是字。好問不已，吾知日至。積學于躬，背盎面粹。賢思欲齊，聖亦可企。嗟嗟諸生，我言非耄。冀體字義，質古用告。”】

한수(韓脩) 1514-1588. 조선 중기. 본관은 청주(淸州). 자는 영숙(永叔)이고, 호는 석봉(石蜂)이다.

❁ 名－脩　字－永叔
【宋歐陽脩，字永叔。】

홍인우(洪仁祐) 1515-1554. 조선 중기. 본관은 남양(南陽). 자는 응길(應吉)이고, 호는 치재(恥齋)이다.

❁ 名－仁祐　字－應吉
【≪周易·大有≫：“自天祐之，吉無不利。”】

❁ 號－恥齋
【≪恥齋先生遺稿附錄·神道碑銘幷序[洪可臣]≫：“先生齋號初用敬字，後易以恥。草堂問其故，答曰：‘點檢從前歲月，了無一得，將恐未免爲流俗中人，以故易之，庶有所勉。’其後又作居室箴以自警曰‘爾得甚麼’，其提省日進之功皆此類也。” ≪恥齋先生遺稿附錄·行狀≫：“先府君姓洪氏，諱仁祐，字應吉……壬子，作居室箴，有‘年近四十，爾得甚麼’之語。”】

정유길(鄭惟吉) 1515-1588. 조선 중기. 본관은 동래(東萊). 자는 길원(吉元)이고, 호는 임당(林塘)·상덕재(尙德齋)이다.

❁ 名－惟吉　字－吉元
【≪尙書·立政≫“其惟吉士，用勱相我國家。”又≪周易·坤≫：“黃裳元吉。”≪疏≫：“元，大也。以其德能如此，故得大吉也。”故以“元”應“吉”、綴“吉”。】

❀ **夢賚亭**

【≪東國詩話彙成≫卷十三 : “公嘗夢入一亭子, 有白髮翁勸題詩。公即賦云 : ‘帝
賚此身歸老地, 興隨魚鳥入江天。’ 後買亭子東湖, 悉如夢境。遂扁其亭曰‘夢賚’,
以寫晚節休退之意。其後公投閑於此, 逍遙自適。”

≪國朝人物志≫卷二 : “鄭惟吉, 字吉元, 號林塘, 東萊人, 府使福謙子, 光弼孫
…… 嘗於夢中得‘夢隨魚鳥入江天’之句, 後築亭於東湖, 名曰夢賚亭, 有詩曰 : ‘白
首先朝老判書, 閒忙隨分且安居。漁翁報道春江暖, 未到花時薦魚及。’ …… 石潭
日記”】

노수신(盧守愼) 1515-1590. 조선 중기. 본관은 광주(廣州). 자는 과회(寡悔)이고, 호
는 소재(蘇齋) · 이재(伊齋) · 암실(暗室) · 여봉노인(茹峰老人)이다.

❀ **名 - 守愼   字 - 寡悔**

【≪論語 · 爲政≫ : “子曰 : ‘多見闕殆, 愼行其餘則寡悔。’”】

❀ **十靑亭**

【≪穌齋先生行狀≫ : “先生晚葳於亭前列植冬靑木十種, 扁曰十靑, 蓋寓意於保
晚節也。一時名卿多詠其風致。”】

목첨(睦詹) 1515-1593. 조선 중기. 본관은 사천(泗川). 자는 사가(思可)이고, 호는 두
일당(逗日堂) · 시우당(時雨堂)이다.

❀ **號 - 逗日堂**

【≪西坰文集≫卷七≪吏曹參判睦公神道碑銘≫ : “公考號曰玄軒, 諱世稱。以公
貴, 贈吏曹參判 …… 公諱詹, 字思可 …… 公簡重坦夷, 外和內寬。惰慢不設體,
喜慍不形色, 雖遇倉卒不變也。事玄軒以孝稱, 朝夕侍側若嚴師。公少失所恃,
於玄軒養志又不卒, 常以風樹爲痛。乃扁其堂曰逗日, 仍自號, 蓋取愛日之義, 以
寓終身慕。”】

김택(金澤) 1516-1578. 조선 중기. 본관은 상산(商山). 자는 태중(兌仲)이고, 호는 양
진당(養眞堂)이다.

❀ **名 - 澤   字 - 兌仲**

【≪周易·說卦≫:"兌爲澤, 爲少女, 爲巫, 爲口舌, 爲毁折, 爲附決。其於地也, 爲剛鹵, 爲妾, 爲羊。"】

박민헌(朴民獻) 1516-1586. 조선 중기. 본관은 주(尙州). 자는 이정(頤正)이고, 호는 정암(正菴)·슬한재(瑟僩齋)·의속헌(醫俗軒)·저헌(樗軒)이다.

❈ 初字 - 元夫　改字 - 頤正

【≪花潭先生文集≫卷二≪朴頤正字詞幷序≫:"朴氏民獻初字元夫, 請改於余。余曰:'元者, 天德之首而衆善之總也, 非初學所宜自居, 不若改之以頤正, 則有用力自勉之義。況沿其所訓, 必充所期之數而後已, 則亦不失爲元夫矣。'余故撰字詞以示之, 而幷及改之之意云:天地之正, 稟全者人。其正伊何?曰義與仁。仁義之源, 至善至眞。如水未波, 如鏡未塵。情一用事, 或失其正。其始也幾差, 其究也狂聖。彼狂罔念, 蠢與物競。惟聖克念, 德與天倂。聖狂之分, 一蹴忘敬。子旣知有事於博約, 盍顧於明命?宜時遵養, 敦復初性。閑邪存誠, 正斯內充。充之之極, 浩然氣雄。收天下善, 斂之厥躬。道不遠人, 聖可學至。洙泗心學, 濂洛其嗣。擴前啓後, 莫盛乎子。朱子紹述群聖, 搜極源委。說不虛生, 擧經踐履。明揭學的, 以示來裔。是可以依歸, 日星仰止。吾知子之遠器, 期與之擬儗。務潛其學, 以求其志。一動一靜, 惟朱是視。子之業之德不日新日進, 則小人之儒難乎免矣。子其勉之, 毋貽余恥!嘉靖壬寅孟夏下澣。"】

김한걸(金漢傑) ?-?. 조선 중기. 본관은 송도(松都). 자는 사신(士伸)이다.

❈ 名 - 漢傑　改字 - 士伸

【≪花潭先生文集≫卷二≪金士伸字詞≫:"吾友進士金君漢傑以其字有犯年父, 請改於余, 余以士伸字之。士伸者, 士而伸者也。所伸何事?伸其經綸之志也。士尙友千古, 以伊傅之事、周召之業爲吾之所當伸者而期之, 則他日凡吾之所伸者, 其軼兩漢之士, 而功名不足收矣。況今明良際會, 子之抱利器屈且久。鯤躍鵬搏, 此其秋矣。吾知子之伸有日, 旣屈則伸, 理之勢也。勉吾子以當志於古人之所志, 作字詞之意也。"】

강섬(姜暹) 1516-1594. 조선 중기. 본관은 진주(晉州). 자는 명중(明仲)이고, 호는 송월당(松月堂)·송일(松日)·낙봉(樂峰)이다.

❀ 名－暹　　字－明仲

【≪集韻≫：“暹，日光升也。”≪周易·繫辭≫：“日月相推，而明生焉。”】

차식(車軾) 1517－1575. 조선 중기. 본관은 연안(延安). 자는 경숙(敬叔)이고, 호는 이재(頤齋)이다.

❀ 名－軾　　字－敬叔

【≪釋名·釋車≫：“軾，式也，所伏以式敬者也。”】

이지함(李之菡) 1517－1578. 조선 중기. 본관은 한산(韓山). 자는 형중(馨仲)이고, 호는 수산(水山)·토정(土亭)이며, 시호는 문강(文康)이다.

❀ 名－之菡　　字－馨仲

【≪爾雅·釋草≫：“荷，芙蕖，其華菡萏。”≪愛蓮說≫言蓮花“香遠益清”，而≪玉篇≫“馨，香遠聞也”，故相應。】

❀ 號－土亭

【≪土亭先生遺事≫卷下≪贈資憲大夫吏曹判書兼知義禁府事五衛都摠府都摠管成均館祭酒世子侍講院贊善行宣務郎牙山縣監李公謚狀≫：“先生諱之菡，字馨仲，自號土亭，以所居屋土築爲亭也。”】

❀ 謚號－文康

【≪太常謚狀錄≫卷九≪贈資憲大夫吏曹判書兼知義禁府事五衛都摠府都摠管成均館祭酒世子侍講院贊善行宣務郎牙山縣監洪州鎮管兵馬節制都尉李公號土亭謚狀≫：“先生諱之菡，字馨仲，自號土亭，以所居屋築土爲亭也 …… 落點文康道德博聞曰文，淵源流通曰康、文清文，上同；避遠不義曰清、清憲清，上同；博聞多能曰憲。”】

허엽(許曄) 1517－1580. 조선 중기. 본관은 양천(陽川). 자는 태휘(太輝)이고, 호는 초당(草堂)이다.

❀ 名－曄　　字－太輝

【≪說文≫：“曄，作暐，光也。”≪集韻≫：“輝，光也，火之光也。”同義相協。】

송인(宋寅) 1517-1584. 조선 중기. 본관은 여산(礪山). 자는 명중(明仲)이고, 호는 이암(頤庵)·녹피옹(鹿皮翁)이다.

❀ 名 - 寅   字 - 明仲

【《尙書·周官》："寅亮天地, 弼予一人。"集解："寅亮者, 敬而明之也。"】

❀ 號 - 頤庵

【《龜岩先生續集》卷一《頤庵記》："古之君子必有所處之室, 而其爲室也, 容膝是求, 而未嘗敢爲高明之制。故或謂之舍, 或謂之窩, 或謂之庵, 而亦不可無所識之名。故或以吾之所事, 或以吾之所存, 或以吾之所勉而名之。非徒名之而已, 蓋爲踐其實爾。其于曾南豐之學舍、邵康節之安樂窩、朱文公之晦庵, 可知也已。壺山宋明仲年未弱冠, 選入儀賓, 其爵可謂高矣, 其祿可謂厚矣。爲之高堂廣廈, 聳轟棟于雲霄之表, 以侈其觀, 以娛其意, 似無不可也。而只築小室于東園, 以爲燕息之所。材非孔良, 制亦不美。夏居而迫乎暑, 客至而嫌于隘。而明仲則安焉, 名曰頤庵, 徵文于余。竊觀《頤》之《大象》：'山下有雷, 頤。君子以愼言語, 節飮食。'夫上止下動, 頤頷之象也；外實中虛, 頤口之象也。言語由是而出, 飮食因斯而入, 故聖人于此敎之以愼且節焉。其意豈不深矣乎？蓋人之心, 非言語則無以宣于外, 言語之于人可謂大矣。然不愼之則躁妄狂誕, 甚非養德之道, 此非可愼者乎？人之身, 非飮食則無以資其氣, 飮食之于人可謂重矣。然不節之, 則侈淫縱肆, 亦非養體之術, 此非可節者乎？此聖人之所以敎人, 而明仲之所以取而爲名者歟？然而聖人垂世之訓、敎人之方不一而足, 而明仲必取此而爲名者何歟？余嘗思之, 明仲之學可謂深矣, 明仲之才可謂敏矣, 以此而施之于世、措之于事, 必有可觀者矣。而國旣有制, 官非帶務矣。學無所用, 才無所展, 則明仲之身所易行, 明仲之力所可勉者, 孰有過于飮食言語之間乎？此明仲之所以取《頤》之義而名之以自勉也歟？苟能愼言語, 無躁妄狂誕之病, 則心之靜可知矣；苟能節飮食, 無侈淫縱肆之患, 則身之泰可知矣。心旣靜矣, 身又泰焉, 則浩然之氣自生, 睟然之色亦見, 而君子學道之功成矣。此非能踐其養德、養體之實, 而不負其名庵之義者乎？明仲雖只取《頤》之義而爲名, 而其所成就者果止于言語之愼、飮食之節而已乎？《中庸》曰：'誠者非自成己而已, 所以成物也。'然則所謂成己者不過如此, 而成物之能否, 又不必論矣。嗟乎！夫人之情, 稍有所學, 則必欲行之于世。少有其才, 則亦欲試之于事。今也明仲有學有才矣, 而

顧無是心, 而只欲勉之于養德養體之道, 其過于人不亦遠乎?嘗聞康節之詩曰:
'莫道山翁拙于用, 也能康濟自家身。'蓋康節之不肯仕于朝、明仲之不能用于世,
所遇雖不同, 而其康濟此身則一也。康節之後, 吾于明仲見之矣。然則斯庵也,
當與曾之舍、邵之窩、朱之庵騈美于後世也無疑矣。"】

❀ 號－鹿皮翁
【≪澤堂先生別集≫卷九≪礪城君宋公諡狀≫:"公諱寅, 字明仲, 號頤庵……性
好淡泊, 頗事修養。常服鹿皮裘, 亦自號鹿皮翁。朝夕往往屛肉食, 蓋恐爹習膏
腴, 不堪喪制也。燕寢不以鍮銅爲溲器, 蓋恐異時或鎔作飲食器也。惟於儀章不
願致美, 冠帶服飾悉遵華制焉。"】

양사언(楊士彦) 1517-1584. 조선 중기. 본관은 청주(淸州). 자는 응빙(應聘)이고, 호
는 봉래(蓬萊)·완구(完邱)·창해(滄海)·해객(海客)이다.

❀ 名－士彦　　字－應聘
【≪荀子·大略≫卷十九:"聘人以珪, 問士以璧。"≪注≫:"聘人以珪, 謂使人聘
他國以珪璋也。問, 謂訪其國事, 因遺之也。衛侯使工尹襄問子貢以弓, 是其類
也。" 又≪禮記·儒行≫:"儒有席上之珍以待聘。"且≪爾雅·釋訓≫:"美士爲
彦。"故以"彦"綴"士"。】

양사준(楊士俊) ?-?. 조선 중기. 본관은 청주(淸州). 자는 응거(應擧)이고, 호는 풍고
(楓皐)이다.

❀ 名－士俊
【≪禮記·王制≫:"司徒論選士之秀者而升之學, 曰俊士。"】

박승임(朴承任) 1517-1586. 조선 중기. 본관은 반남(潘南). 자는 중보(重甫)이고, 호
는 소고(嘯皐)이다.

❀ 名－承任　　字－重甫
【≪論語·泰伯≫:"曾子曰:'士不可以不弘毅, 任重而道遠。仁以爲己任, 不亦重
乎?'"】

❀ 號－嘯皐

【《嘯皐先生文集附錄上・行狀_{門人金中淸撰}》：“先生原住郡東，家後有松苑，苑中有斷麓。所嘗朝暮登陟，而凡有憂喜悲歡之感於情者，輒徐嘯而止，故自號曰嘯皐。”】

권응인(權應仁) 1517-?. 조선 중기. 자는 사원(士元)이고, 호는 송계(松溪)이다.

❀ 名 － 應仁　字 － 士元

【《精薀》：“元，天地之大德，所以生生者也。元字从二从人，仁字从人从二。在天爲元，在人爲仁，在人身則爲體之長。”故以“元”應“仁”。】

노진(盧禛) 1518-1578. 조선 중기. 본관은 풍천(豊川). 자는 자응(子膺)이고, 호는 옥계(玉溪)・칙암(則庵)이며, 시호는 문효(文孝)이다.

❀ 號 － 玉溪

【《玉溪先生文集》卷六_{外集}《明朝鮮國資憲大夫吏曹判書兼同知經筵春秋館事藝文館提學玉溪盧先生諡狀》：“宣廟之十一年戊寅，吏曹判書盧公卒于京城之寓舍……公諱禛，字子膺。始號則庵，後卜居玉溪，又號玉溪，學者稱爲玉溪先生。”】

양응정(梁應鼎) 1519-1581. 조선 중기. 본관은 제주(濟州). 자는 공섭(公燮)이고, 호는 송천(松川)이다.

❀ 名 － 應鼎　字 － 公燮

【《後漢書・陳球傳》：“公出自宗室，位登臺鼎。”《尙書・周官》：“立太師、太傅、太保，玆惟三公，論道經邦，燮理陰陽。”】

강유선(康惟善) 1520-1549. 조선 중기. 본관은 신천(信川). 자는 원숙(元叔)이고, 호는 주천(舟川)이다.

❀ 名 － 惟善　字 － 元叔

【《周易・乾卦》：“元者，善之長也。”】

이후백(李後白) 1520-1578. 조선 중기. 본관은 연안(延安). 자는 계진(季眞)이고, 호는 청련(靑蓮)이며, 시호는 문청(文淸)이다.

❀ 名 - 後白

【紹繼李白, 由號靑蓮可見其意。】

❀ 松巢

【≪宋子大全≫卷二百六≪靑蓮李公行狀≫：“嘗作≪瀟湘八景≫, 歌詞傳播京中, 或騰諸樂府。自是聲名益振, 京師文士皆遲其至。時年十六矣。屢魁鄕解, 至京師, 名公巨卿重其名, 多禮敬之。然公旣早嬰風樹, 無心進取, 放跡林泉。舍後有蒼松, 因自號松巢。”】

권벽(權擘) 1520-1593. 조선 중기. 본관은 안동(安東). 자는 대수(大手)이고, 호는 습재(習齋)이다.

❀ 名 - 擘   字 - 大手

【≪說文≫：“擘, 大指也。”】

김귀영(金貴榮) 1520-1593. 조선 중기. 본관은 상주(尙州). 자는 현경(顯卿)이고, 호는 동원(東園)이다.

❀ 名 - 貴榮   字 - 顯卿

【≪孟子·離婁下≫：“問其與飮食者, 盡富貴也, 而未嘗有顯者來。”朱熹≪集注≫：“顯者, 富貴人也。”】

남상문(南尙文) 1520-1602. 조선 중기. 본관은 의령(宜寧). 자는 중선(仲善)이고, 호는 쌍호(雙湖)이다.

❀ 名 - 尙文   字 - 仲善

【≪禮記·樂記≫：“禮減而進, 以進爲文。樂盈而反, 以反爲文。”≪註≫：“文, 猶美也, 善也。”】

❀ 松月軒

【≪鵝溪遺稾≫卷六≪松月軒記≫：“南雙湖先大父駙馬琴軒公, 當成廟朝, 以文雅伏一世。其賜第在柳村新橋之西, 林木之佳秀、軒楹之敞麗, 爲長安第一。庭有賜井, 水淸冽而甘。琴軒公嘗傍井植一松, 歲久, 偃蹇盤屈, 如伏龍狀。每皎月當

空, 松影滿庭。雙湖公樂之甚, 名其軒曰松月。歲戊午, 回祿爲災。公奮然曰:
'吾祖吾父之傳, 而自吾墜, 敢不自力!'公素不事生産, 至是, 家無甔石, 而盡賣其
衣服玩好, 鳩材與瓦而重營之。歲未訖, 結構丹雘, 煥然一新, 觀者無不嘆異。壬
辰, 倭賊陷京師, 鑾輿播越, 公擧室而西。癸巳, 車駕還京師。公歸視其故址, 則
頹垣破瓦, 狼藉於荊棘榛莽之間, 而獨井邊一蒼髥鬱然依舊。公喟然曰:'吾幸而
生, 屋不須侈, 軒不必敞。吾其隨力所及而謀之!'乃重構數椽僅容膝, 更扁之曰
松月。玆軒也, 蓋至是而三創矣。遂索記於韓山李山海, 山海曰:'倏往而倏來者,
人事也。樓臺亭館, 隨人事而爲之興廢者也, 斯固不足恃。而月在天上, 猶不免
盈虧。則彼植物之榮枯、陵谷之變遷, 必然之理也。壬辰之亂, 都中世家巨室盡
爲灰燼, 園林樹木無不被毒。而是松也、是井也, 獨不爲斧斤之所侵伐、沙礫之
所塡塞, 以至今日, 豈非鬼神異物陰來相之者歟?抑安知雙湖公誠孝之所感, 而
祖先之靈有以默佑歟?吾想夫夕陰乍退, 微涼生籟, 玉露初溥, 桂魄流輝, 橫枝密
葉, 婆娑掩映於庭戶之間者, 宛如昔時。而雙湖公蒼顔白髮, 幅巾藜杖, 日偃仰其
間。或倚松而沈吟, 或臨井而弄影, 或憑軒而舒嘯。懷先祖之手澤, 則如見羹墻;
慕先王之恩渥, 則沒世不忘。而存亡盛衰之感, 有不能自已者矣。此豈如淵明之
手撫、弘景之起舞, 徒樂其閑適而已哉?'公潸然出涕曰:'吾先祖之歿, 于今未百
年。而樑甍再火, 杯棬遺澤無復存者, 唯松與井在耳。昔蘇子瞻以吳道子畫佛爲
先人所愛, 屬山人惟簡, 爲閣而藏之, 況此非畫佛之比哉?吾其以萬錢封殖之蓋
覆之, 可乎?'曰:'惡!干戈未定, 亂離斯瘼。舍館懼且難守, 況以封殖蓋覆而能
保之乎?'曰:'吾將求歌咏於當世之名能文辭者, 以圖永其傳, 可乎?'曰:'惡!文
固末技。文雖工, 君子視之如飄風好音之過耳, 是焉足以傳遠?'曰:'吾欲以死守
之。'曰:'噫!是則終子之身而止矣。公亡, 而松與井亦隨而棄焉, 則何益之有?'
曰:'然則何以守之?'曰:'天地之間, 物之長存而不朽者, 不在於形色之末。有形
色者, 有時而盡;無形色者, 愈久而不泯。知是理者, 然後可以能守之矣。夫松之
所貴者, 節也, 取其節而礪吾操;月之所貴者, 明也, 取其明而明吾德;水之所貴
者, 清也, 取其清而淸吾性。則松萎, 而吾之節未嘗萎也;月虧, 而吾之明未嘗虧
也;井廢, 而吾之淸未嘗廢也。公以是自勉, 又以是傳子傳孫而世世勿失, 則其
於善守是也, 蓋庶幾乎?'雙湖公曰:'善!敢不敬承!請書以爲記。'月日記。"】

휴정(休靜) 1520-1604. 조선 중기. 완산 최씨(完山崔氏)고, 이름은 여신(汝信)이며, 아명은 운학(雲鶴)이고, 자는 현응(玄應)이며, 호는 청허(淸虛)다. 별호는 백화도인(白華道人) 또는 서산대사(西山大師), 풍악산인(楓岳山人), 두류산인(頭流山人), 묘향산인(妙香山人), 조계퇴은(曹溪退隱), 병로(病老) 등을 썼으며, 법명이 휴정이다.

❀ 號 − 西山

【≪東詩話≫ : "僧休靜, 號淸虛子, 以多在香山, 又號西山。"】

오건(吳健) 1521-1574. 조선 중기. 본관은 함양(咸陽). 자는 자강(子強)이고, 호는 덕계(德溪)이다.

❀ 名 − 健　字 − 子強

【≪周易 · 乾≫ : "天行健, 君子以自強不息。"】

이충작(李忠綽) 1521-1577. 조선 중기. 본관은 전주(全州). 자는 군정(君貞)이고, 호는 낙빈(洛濱) · 졸암(拙菴)이다.

❀ 名 − 忠綽　字 − 君貞

【≪國語 · 晋語二≫ : "昔君問'臣事君'於我, 我對以忠貞。君曰 : '何謂也？'我對曰 : '可以利公室, 力有所能, 無不爲, 忠也 ; 葬死者、養生者, 死人復生不悔, 生人不愧, 貞也。'"】

송정순(宋庭筍) 1521-1584. 조선 중기. 본관은 신평(新平, 洪城). 자는 중립(中立)이고, 호는 물염정(勿染亭)이다.

❀ 名 − 庭筍　字 − 中立

【≪禮記 · 中庸≫ : "中立而不倚, 強哉矯。"孔穎達≪疏≫ : "中正獨立, 而不偏倚, 志意強哉, 形貌矯然。"白居易≪養竹記≫ : "竹性直, 直以立身, 君子見其性, 則思中立不倚者。"≪說文≫ : "筍, 竹胎也。"】

❀ 號 − 勿染亭

【≪旅庵遺稿≫卷四≪勿染亭記≫ : "勿染亭在同福縣治西二十里, 湖左名勝之最, 四方遊觀者日坌至。亭, 古知公州宋公庭筍築也。傳其外孫, 爲羅氏有。置水田良者三十斛, 收地爲脩葺亭具, 遺訓後昆登第者居之, 無則歸于適。勿, 禁止辭。

染, 謂染於世汚也。戒其染, 宜先出身者也。宋公有至行孝友, 爲官廉白。又明蔽獄如神, 經六邑, 俱有紀德碑。嘗抗疏, 申乙巳寃枉死竄人。於經史闡微奧, 眉巖柳先生亦畏之。公不樂仕, 退休于玆以終焉。女適羅氏, 以孝烈旌閭, 事載本朝《三綱編》。是生子, 伯諱茂松號滄洲, 仲諱茂春號九華, 皆上庠及第, 顯于世。崇禎丙子, 金兵猝獗, 大駕入南漢。諸守司官莫知攸爲, 滄洲公定以扈從, 遂及之。上以京署空, 使公歸。卽日衝圍出, 至則賊已據都城。公轉到楊州, 時尙州牧使李惟誠在會巖寺, 共泣誓謀發義兵。草檄成, 聞講和遂已。公因謝官而南, 有詩曰:'西山東海猶依舊, 愧殺人間老此生。'居常以不死爲耻, 自廢焉。光海癸丑, 孽臣爾瞻輩覘主意, 謀黜仁穆大妃。挾威顓權, 和附者衆。喉泮儒李偉卿、黃德符、李尙恒、韓暿等, 疏誣母后亡紀極。翰林嚴惺發文四舘, 一會于槐院, 議聲罪。九華公以學正, 與嚴公及本院博士尹烇、副正字權鑊、校書館著作金相潤赴會, 停偉卿等二十餘人擧。暿之父纘男, 尙恒之父昌俊, 在論思地, 以疏訐之。光海怒, 削黜嚴公。公上疏略曰:'《春秋》大義, 子無讎母。則在恭爲子, 盡處變之道耳。昔舜母嚚弟傲, 而惟聞夔夔而已。完廩浚井, 而惟聞烝烝而已。至宋、蔡之謀廢太后也, 哲宗抵其奏於地曰:"不欲朕入英宗廟廷耶?"帝之不惑有如是矣。今肉食廊廟, 行呼唱於道路者, 孰非先王之臣子也?未聞有一人請討偉卿。今日之負先王者, 安知他日不負殿下乎?臣非大臣也, 無路陳達。非言官也, 無以請罪。職在四舘, 所可施者, 惟停擧而已。臣與嚴惺同事, 而惺被嚴譴, 臣獨逭焉。臣窃耻之, 乞均受罪焉。'章奏政院, 院有右爾瞻者沮不徹。於是兩司並發啓, 削公等職。丁巳, 光海怒稍解, 復敍公陞監察。黃德符已入臺閣, 持前事指以附會邪論, 彈罷。公亦無意於世, 逍遙山水間以自適。癸亥改玉, 凶逆盡磔, 嚴公諸人悉召用。而公沒已三年, 特贈禮曹參議。公之被出而歸也, 詩曰:'青草池塘勞夢想, 白雲天末憶門閭。行行漸覺終南遠, 驛路斜陽懶策驢。'觀者以爲孝友忠皆備云。噫嘻!二公之世, 汚濁極矣。而能卓立自潔, 不爲汶汶者染, 可謂守宋公戒, 而無愧於居斯亭矣。蓋易染者, 世汚也。世非一人之稱。人性本善, 汚者何其衆也。事變無窮, 而義理一而已。守其一而已, 餘不論則可也。而有或知其非而苟焉, 欲以事功當之。有或動於目前禍福, 不及遠思而從之。有或點者文之以曲成, 如引胡氏罪張柬之論、皐陶執瞽瞍之說者是已。愚者不知適從。於是一人作, 廢與不廢, 兩疏俱成。至發文, 亦不足信之歎, 人倫之大者而猶如此, 況其他乎?

守一者無幾，否者衆而與之居常多，自不覺其染也。惟明與堅者，可知而守之。
若二公其庶乎？我高祖參判公，時以國學掌議，疏斥爾瞻。未得報，而坐錮十餘
載，與公同志，我從祖副提學公狀公行，聞於家庭者詳。今爲羅友得兌記是亭，特
書以懸諸楣，非但壽宋羅諸公美也，爲世戒深矣。至於水石之勝未暇述，登臨者
當自覽焉。】

박양좌(朴良佐) 1521-1599. 조선 중기. 본관은 순천(順天). 자는 신노(藎老)이고, 호는 복재(復齋)이다.

❀ 名 - 良佐　字 - 藎老

【≪詩·大雅·文王≫：“王之藎臣，無念爾祖。”≪集傳≫：“藎，進也，言其忠愛之
篤，進進無已也。”如此之臣，自爲良佐。】

❀ 號 - 復齋

【≪龍潭先生文集≫卷四≪先考復齋府君行狀≫：“府君諱良佐，字藎老，順天人
……府君居閒養性，整襟對案，留心經禮，而文藝成章，筆法亦得妙。嘗與不肖僑
居于高靈龍潭里，晩年返故里，因自號復齋。”】

김구(金玖) 1521-1607. 조선 중기. 자는 응진(應珍)이다.

❀ 名 - 玖　字 - 應珍

【≪詩經·衞風·木瓜≫：“投我以木李，報之以瓊玖。”≪傳≫：“瓊玖，玉名。”≪楚
辭·招魂≫：“室中之觀，多珍怪些。”王逸≪注≫：“金玉爲珍。”】

❀ 霅香堂

【≪旅庵遺稿≫卷十一≪霅香堂金公墓碑銘≫：“公無意榮塗，招搖山水之間以自
樂。於草木愛菊與梅，庭蒔之，名其室曰‘霅香’，林白湖悌作詩與文以美之。公卒
於萬曆丁未，享年八十九。”】

안수(安璲) 1521-?. 조선 중기. 본관은 순흥(順興). 자는 여패(汝佩)·서경(瑞卿)이고, 호는 창랑(滄浪)이다.

❀ 名 - 璲　字 - 汝佩, 瑞卿

【≪詩·小雅·大東≫：“鞙鞙佩璲，不以其長。”≪傳≫：“璲，瑞也。”】

강익(姜翼) 1523-1567. 조선 중기. 본관은 진주(晉州). 자는 중보(仲輔)이고, 호는 개암(介菴)·송암(松菴)이다.

❊ 名-翼　字-仲輔

【≪孟子·滕文公上≫：“勞之來之，匡之直之，輔之翼之，使自得之。”】

❊ 養眞齋

【≪介庵先生文集≫卷上≪養眞齋記≫：“郡以山水稱，而頭流在其南，最著奇秀。余晚卜北麓之一谷，曰龜谷，未詳其命名之義，而蓋以是谷宅幽勢阻，如龜之藏六也。余踦於世，旣愛其名，又嘉其泉明石潔足以養性眞於其間，乃捐錢買數畝，築一小齋。齋數椽，而依古巖，俯幽澗。覆以茆，編以竹。蕭然灑然，塵土不起，亦足以容倦膝而將老焉。況又靑山落陰，流水響寒。閑雲霽月，霏微婆娑於几案間，而案上更有古今經史若詩賦之篇。庭下列植梅竹菊梧及芝蘭之屬，其所蓄不貧於人，而亦不侈於人。不待鍾鼎之享，而閑中計活誠可以飽飫餘齒。余於是謝友朋，烏巾竹扙，優游偃仰於其中。旣絶往來之煩，且無經營之念。昕晡之孜孜者，只是看書灌花、吟風詠月而已。凡當世之得失、聲利之欣悴，曾不向方寸中撓我天君，則自可以養吾志、養吾氣，而不牽於外緣，不汩其內守。性情之眞，其庶幾涵養於斯矣。故扁是齋曰‘養眞’。噫！名是齋亦多其義，而獨取於‘養眞’者，非自夸，而實所以自警也。非特自警，而亦所以自發也。夫心是神明舍，與是齋均是空洞森靜，初無一點塵、一毫私。而是心之或失其養，任他撈攘，終至於波蕩塵晦、汩汩沈沈，則顧是齋之虛靜淸絶者，實明師畏友之規警親切。而居是齋、處是齋，玩興於是，賞心於是。對月看雲，思所以洗吾心；訪梅滋蘭，思所以淸吾心；而滿案詩書，冥探靜賾，思所以求古人之心，則亦豈非啓我發我之一龜鑑乎？吁！心是活物，走作無時。倘使余雖處是齋之幽靜，而未免私累之侵，未保本然之天，凡然爲山齋之一老夫，寧不愧於是齋乎？玆以識之，將以自警而自發。齋豈徒名也哉！”】

권대기(權大器) 1523-1587. 조선 중기. 본관은 안동(安東). 자는 경수(景受)이고, 호는 인재(忍齋)이다.

❊ 名-大器　字-景受

【≪爾雅·釋詁≫：“景，大也。”】

박순(朴淳) 1523-1589. 조선 중기. 본관은 충주(忠州). 자는 화숙(和叔)이고, 호는 사암(思菴)이며, 시호는 문충(文忠)이다.

❀ 名－淳　　字－和叔

【≪黃帝內經素問·五常政大論≫：“化淳則咸守，氣專則辛化。”王冰≪注≫：“淳，和也。”】

❀ 二養亭

【≪思菴先生文集≫卷四≪二養亭記≫：“余於丙戌仲秋，承恩浴椒井于永平地。覽其溪山而心悅之，遂稅駕而居焉 …… 又就潭嶼最峻處規爲草亭曰二養，取伊川養德、養體之義也。”】

❀ 雙翠軒

【≪思菴先生文集≫卷六≪雙翠軒記崔岦撰≫：“今首相朴公卽私第廳事之南樹二松於庭，竝高可尋丈。自身以下，柯葉不附，而盤偃於頂如蓋形，不容好事者施其巧思。牽縛彎曲，而奇則過之。且是松也取之巖縫石罅，不與生於肥壤者類。氣古而色澹，使人不可褻玩，而獨可愛焉。相公爲是，名其廳事曰雙翠軒，命岦記。岦退，卽與客計所以爲相公道者。客曰：‘古人多愛松，有庭院皆植而聽其風者，有爲三逕主人而撫以盤桓者。’言未已則曰：若是者，愛痼於物，非所以道相公也。夫愛痼於物者，如王子猷愛竹，不能一日而無，蘇子瞻因云‘無竹令人俗’。物固有一日不可無者，而人固待物而俗不耶？曰：‘松可愛，豈徒哉？記取其貫四時，而語美其後歲寒。相公之志尙宜同，而培養之久則有棟樑之用，豈不復與相公事業幾耶？’曰：‘若是者，信美矣。然君子之志尙，大人之事業，自有其眞焉，未聞必取物之似者而留我靈臺也。如仁者樂山、智者樂水，亦適遇而融會焉耳，豈待此爲樂耶？恐亦未足以道相公也。’曰：‘然則相公之愛賞夫松也，外而非內耶？’曰：‘然。’‘然則相公何至名軒，而松果無以發趣耶？’曰：‘是又不然，而又難言也。今之好樹松者多矣。終日對之軒除之間，有能終日賞松者乎？其進取之誘於名，營爲之役於利，不離席而心已矣。終日之間，自暇者希矣。雖有松，惡得而賞諸？獨位極人臣，則志願已足，若宜與彼異者。然或仰思於迎合，俯慮於締固，而患失之心矗然其未已，則終日之閒暇亦少矣。雖有松，惡得而賞諸？惟我相公，侍帷幄則赤誠納誨，居廊廟則至公裁物。退而燕處，其心如水。終日之間，蓋無事矣。泊然一堂，自圖書外，顧眄所及，惟二松在焉。夫其貞秀之姿、靜佳之色、踈踈之

韻、密密之陰, 得煙雨也, 得風日也, 得雪與月也, 無不相助爲奇。入目而不厭,
過耳而不煩。此相公所常愛賞夫松, 而客所一二稱引者。與在其中, 逢之左右,
然亦何嘗痼於物、累於靈臺也哉？吾故曰外而非內, 然比之夫人愛之而有所不暇
者, 則其發趣孰多也耶？周文王有池臺鳥獸之樂, 而孟子爲梁惠王言, 賢者而後
樂此、不賢者雖有此不樂, 可謂知言矣。然以文王爲誠樂於池臺鳥獸, 則不可而
能樂。夫池臺鳥獸者, 必文王而後得也。今相公之於松也類是矣。其以之名軒,
不亦宜耶？'客曰：'唯唯。'遂書以獻爲雙翠軒記。"】

❀ 諡號 － 文忠

【≪太常諡狀錄≫卷二≪大匡輔國崇祿大夫議政府領議政兼領經筵弘文館藝文館
春秋館觀象監事朴公諡狀≫："公諱淳, 字和叔, 姓朴氏, 自號思庵 …… 落點文忠
勤學好問曰文, 推賢盡忠曰忠、文敬文, 上同；夙夜警戒曰敬、文翼文, 上同；思慮深遠曰翼。"】

서기(徐起) 1523-1591. 조선 중기. 본관은 이천(利川). 자는 대가(待可)이고, 호는 고
청초로(孤靑樵老) · 구당(龜堂) · 이와(頤窩)이다.

❀ 名 － 起　　字 － 待可

【≪論語 · 微子≫："逸民：伯夷、叔齊、虞仲、夷逸、朱張、柳下惠、少連。子曰
：'不降其志, 不辱其身, 伯夷、叔齊與！'謂：'柳下惠、少連, 降志辱身矣。言中
倫, 行中慮, 其斯而已矣'謂：'虞仲、夷逸, 隱居放言。身中淸, 廢中權。我則異于
是, 無可無不可。'"≪集注≫："孟子曰：'孔子可以仕則仕, 可以止則止, 可以久則
久, 可以速則速。'所謂無可無不可也。謝氏曰：'七人隱遁不污則同, 其立心造行
則異。伯夷、叔齊, 天子不得臣, 諸侯不得友, 蓋已遁世離群矣, 下聖人一等, 此
其最高與！柳下惠、少連, 雖降志而不枉己, 雖辱身而不求合, 其心有不屑也。故
言能中倫, 行能中慮。虞仲、夷逸隱居放言, 則言不合先王之法者多矣。然淸而
不污也, 權而適宜也, 與方外之士害義傷教而亂大倫者殊科。是以均謂之逸民。'
尹氏曰：'七人各守其一節, 而孔子則無可無不可, 此所以常適其可, 而異于逸民
之徒也。'"】

❀ 孤靑

【≪孤靑先生遺稿 · 行狀尹屏溪鳳九≫："先生姓徐, 諱起, 字待可。初號頤窩, 又號
龜堂。其曰孤靑者, 晚年卜居孤靑峯下, 學者稱所居而號先生者也。"】

❀ 號 － 頤窩

【≪孤靑先生遺稿·別頤窩主人待可_{宋頤菴寅}≫：“徐生讀書慕古人，身抱飢寒任所放。取頤_缺易以名窩，貞吉之意乃攸尙。前年作意入頭流，占勝棲遲劍澗上。提攜妻子力耕耘，相與熙熙安俯仰。偶來京洛惠然過，臨分_缺要一字旣。我今汨汨紅塵中，每對幽姿憨俗狀。惟知竊取托同聲，終欠工夫迷自養_{吾亦號頤故云}。秋風想見柿栗紅，夢逐舊游飛千嶂。昭代宜聞有逸民，疇能拂袖共扶杖。歸乎時寄消息未，_缺我白首天南望。”】

이준민(李俊民) 1524－1590. 조선 중기. 본관은 전의(全義). 자는 자수(子修)이고, 호는 신암(新庵)이며, 시호는 효익(孝翼)이다.

❀ 名 － 俊民

【≪尙書·多士≫：“乃命爾先祖成湯革夏，俊民甸四方。”≪傳≫：“天命湯更代夏，用其賢人治四方。”】

김우굉(金宇宏) 1524－1590. 조선 중기. 본관은 의성(義城). 자는 경부(敬夫)이고, 호는 개암(開巖)이다.

❀ 號 － 開巖

【≪淸臺先生文集≫卷十二≪進士金公墓碣銘_{並敍}≫：“開湖主人金上舍翊章以壬申三月祔葬于開巖先生墓下某向之原 …… 公諱國釆，翊章其子。七世祖副提學諱宇宏，自星州來，居于尙州。愛開巖形勝，往來遊賞，因以自號。”】

조목(趙穆) 1524－1606. 조선 중기. 본관은 횡성(橫城). 자는 사경(士敬)이고, 호는 월천(月川)·동고(東皐)이다.

❀ 名 － 穆　　字 － 士敬

【≪楚辭·九歌·東皇太一≫：“吉日兮辰良，穆將愉兮上皇。”王逸≪注≫：“穆，敬也。”】

김첨경(金添慶) 1525－1583. 조선 중기. 본관은 강릉(江陵). 자는 문길(文吉)이고, 호는 동강(東岡)·장주(漳洲)이며, 시호는 숙간(肅簡)이다.

❀ 名 - 添慶　　字 - 文吉

【≪詩·大雅·皇矣≫：“則友其兄，則篤其慶。”≪傳≫：“慶，善。”≪說文≫：“吉，善也。”】

박근원(朴謹元) 1525-1585. 조선 중기. 본관은 밀양(密陽). 자는 일초(一初)이고, 호는 망일재(望日齋)이다.

❀ 名 - 謹元　　字 - 一初

【≪說文≫：“元，始也。”≪說文≫：“初，始也。”同義相協。】

이증(李增) 1525-1600. 조선 중기. 본관은 한산(韓山). 자는 가겸(可謙)이고, 호는 북애(北崖)이며, 시호는 의간(懿簡)이다.

❀ 名 - 增　　字 - 可謙

【≪尚書·大禹謨≫：“滿招損，謙受益。”≪說文≫：“增，益也。”】

❀ 謚號 - 懿簡

【≪太常謚狀錄≫卷一≪贈大匡輔國崇祿大夫議政府領議政兼領經筵弘文館藝文館春秋館觀象監事世子鵝川府院君行推忠奮義平難功臣正憲大夫禮曹判書兼知義禁府事五衛都摠府都摠管鵝川君李公謚狀≫：“公諱增，字可謙，自號北崖 …… 落點懿簡溫柔賢善曰懿，正直無邪曰簡，莊靖履正志和曰莊，寬樂令終曰靖、僖穆小心恭愼曰僖，中正見兒曰穆。”】

강극성(姜克誠) 1526-1576. 조선 중기. 본관은 진주(晉州). 자는 백실(伯實)이고, 호는 취죽(醉竹)이다.

❀ 名 - 克誠　　字 - 伯實

【≪楚辭·劉向〈九嘆·逢紛〉≫：“後聽虛而黜實兮，不吾理而順情。”王逸≪注≫：“實，誠也。”】

❀ 號 - 醉竹

【≪記言別集≫卷之二十四≪議政府舍人姜公墓表≫：“姜舍人，諱克誠，字伯實，晉山君希孟之玄孫 …… 公生于嘉靖五年丙戌，以竹醉日生，故號醉竹。”】

구봉령(具鳳齡) 1526-1586. 조선 중기. 본관은 능성(綾城). 자는 경서(景瑞)이고, 호는 백담(栢潭)이며, 시호는 문단(文端)이다.

❀ 名 - 鳳齡   字 - 景瑞

【≪春秋左傳·杜序≫：“麟鳳五靈，王者之嘉瑞也。”】

박광전(朴光前) 1526-1597. 조선 중기. 본관은 진원(珍原). 자는 현재(顯哉)이고, 호는 죽천(竹川)이며, 시호는 문강(文康)이다.

❀ 名 - 光前   字 - 顯哉

【≪詩·大雅·韓奕≫：“百兩彭彭，八鸞鏘鏘，不顯其光。”鄭≪箋≫：“光，猶榮也。”】

정탁(鄭琢) 1526-1605. 조선 중기. 본관은 청주(淸州). 자는 자정(子精)이고, 시호는 정간(貞簡)이다.

❀ 名 - 琢   字 - 子精

【≪論語·學而≫“≪詩≫云：如切如磋，如琢如磨”，≪集注≫：“言治骨角者，既切之而復磋之；治玉石者，既琢之而復磨之：治之已精，而益求其精也。”】

❀ 號 - 海嶠，瓊谷，竹川

【≪竹川先生文集≫卷七≪附錄·遺事≫：“先生生于兆陽，晚遷龍門，最後移瓊谷龍門，乃與余同里而至近之地也。一鄉文風之興，自先生始焉 …… 先生嘗以海嶠爲號者，蓋取始生之地所見山海而云耳。瓊谷，乃晚遷地名，亦因以爲號。竹川，乃先生所居北一里許大川也。”】

김취려(金就礪) 1527-?. 조선 중기. 본관은 경주(慶州). 자는 이정(而精)이고, 호는 정암(靜菴)·잠재(潛齋)이다.

❀ 名 - 就礪   字 - 而精

【≪荀子·勸學≫：“木受繩則直，金就礪則利。”≪呂氏春秋·簡選≫：“兵甲器械，欲其利也；選練角材，欲其精也。”高誘≪注≫：“精，猶銳利。”】

❀ 號 - 潛齋

【≪星湖先生全集≫卷六十八≪潛齋金先生小傳≫：“號潛齋，退溪著說曰：‘潛有

以知言者，如沈潛文義、潛心玩理之類是也。有以行言者，如潛心對越、潛德幽光之類是也。苟能下帷發憤，何患無成？"】

박호원(朴好元) 1527-?. 조선 중기. 본관은 밀양(密陽). 자는 선초(善初)이고, 호는 송월당(松月堂)이다.

❀ 名 - 好元　字 - 善初

【《周易 · 文言》曰："元者, 善之長也。"】

기대승(奇大升) 1527-1572. 조선 중기. 본관은 행주(幸州). 자는 명언(明彦)이고, 호는 고봉(高峯) · 존재(存齋)이다.

❀ 名 - 大升　字 - 明彦

【《詩 · 小雅 · 天保》："如月之恒, 如日之升。"日升則明, 故相應。】

❀ 號 - 高峰

【《畸庵集 · 高峰奇先生行狀》："先生諱大升, 字明彦, 姓奇氏, 幸州人。幸州有高峰屬縣, 因自號曰高峰。"】

정시(鄭時) ?-?. 조선 중기.

❀ 寒碧堂

【《叢桂堂詩集附錄 · 寒碧堂記》："寒者何？竹也。碧者何？沙也。堂之名寒碧何？以其地有竹沙也。竹沙之稱寒碧何？取杜子'竹寒沙碧浣花溪'者, 詩也。孰居之？鄭措大時也。措大京師人, 其先君詩名高一世, 嘗隱於會稽山不售, 自號會稽山人。措大自幼稚富氣概, 值時之難, 亦隱於錦城山, 山有萬竿寒竹、一帶碧沙可挹於一堂, 堂之名於是乎得之矣。夫寒者非一, 有風也、月也、水也、石也, 千百其名而必曰竹；碧者非一, 有天也、雲也、山也、海也, 千百其名而必曰沙者何？措大與杜子出處相近, 居同於避寅, 而地同於錦城, 而堂同於浣花之草堂, 而詩同於旅遊之遣懷, 宜夫取興之似之也！然而措大有搗玉揚珠千百斛, 是士之不寒者而愛其寒；有粉黛緋紫數十行, 是其色不至於碧而猶愛其碧。是措大有杜子之所有, 而亦有杜子之所未有也。吁！人徒知寒者寒、碧者碧, 而不知寒碧二字之出於詩, 不足以成其趣也。人徒知詩之趣在竹沙二物, 而不知其趣之不於氣、不於色, 不足以識其趣之所自來也。其趣之來, 不竹、不沙、不詩, 而其不自吾方寸間乎？於是君子歌之曰：'亭亭萬竹, 氣侵書帙。綿綿平沙, 色連溪月。孰營是堂？堂以詩名。世隱於詩, 允繼家聲。錦城嵯嵯, 錦水深深。寒耶？碧耶？主人之襟。'有聽其歌而愛其名者, 不入其堂, 不見其物, 而以文記之。記之者何人？高興柳夢寅也。"】

이지남(李至男) 1529-1577. 조선 중기. 자는 단례(端禮)이다.

❀ 名 - 至男　字 - 端禮

【《河西先生全集》卷十二《李至男字說》："李君至男氏, 篤學好問, 執《大學》, 比與余講論之。卷未半, 其所以相長者不少。年已弱冠, 未有字。余以爲至字有至極之義, 有必至之義, 誠能擇善固執, 必求至乎其極, 則至誠之道可以推致。故始字曰誠之。後乃詳其命名之旨。則君之生也, 適當至日。誠之之稱似有未盡愜者, 又改之以端禮, 而爲之說曰：天人之道, 不過曰動與靜兩端而已。動陽靜陰, 繼善成性, 天之道盡矣。靜虛動直, 寂而能感, 人之道盡矣。然而聖人常本之以靜, 故天命之本然者全, 而動無不善。衆人常失之於動, 故物欲得以間之而易以流於惡。《易》曰'復其見天地之心', 蓋天地以生物爲心, 而乾剝爲坤, 諸陽消盡, 則生生之理或幾乎息矣。而'冬至子之半', 一陽初動則動之端, 乃所謂天地之心, 而萬化之源於斯見矣, 善惡之幾亦猶是耳。'有不善, 未嘗不知；知之, 未嘗復行', 顏子之庶幾乎聖人者以是。而夫子於《復》之初九亟稱之, 以發明其不遠復之義。所謂復云者, 卽克己復禮之復也。先儒曰, 己者, 人欲之私。禮者, 天理之公。端在靜一, 而戒謹恐懼。視聽言動, 念念省察, 莫不惟欲之克。而惟理之復, 則幾微之發。善端綿綿, 成性存存, 自不容已, 嗚呼至矣！"】

최영경(崔永慶) 1529-1590. 조선 중기. 본관은 화순(和順). 자는 효원(孝元)이고, 호는 수우당(守愚堂)이다.

❀ 名 - 永慶　字 - 孝元

【《詩·小雅·楚茨》："孝孫有慶, 報以介福, 萬壽無疆。"】

❀ 號 - 守愚堂

【《溪堂先生文集·再從姪守愚堂永慶銘並序》："愚可守乎？聖人歎其不移。愚不可守乎？昌黎稱其夷道。蓋不移之愚, 自暴者之所忍；夷道之愚, 憤世者之所為：斯二愚者, 皆君子所不欲也。夫子稱顏子以如愚、甯武子為不可及。蓋顏子之愚, 愚於言而不愚於道者也；甯子之愚, 愚於世而不愚於身者也。斯二愚者, 雖君子有所不避也。今我從姪永也嘗作堂, 以守愚揭其號。夫愚之義有此四者, 問其所安。姪也居仁由義, 而言不非禮義, 則非自暴之愚矣。意者, 姪也之所守, 殆顏氏之愚乎？飯疏水飲, 而不願人之膏粱者, 庶幾一瓢之不改也。聞人之善, 好之如珮蘭者, 庶幾一善之服膺也。至於用舍行藏之際, 則永也嘗累徵不就, 視若浮雲, 然余嘗觀道德於前後, 省語默於左右, 則堂銘之作, 亦不至阿所好矣。銘曰：‘蔚蔚雙檜, 猗猗萬竿。中有一堂, 碩人之寬。其守維何？惟愚是樂。緬懷古人, 顏氏先獲。偉我姪兮, 曠世同符。可愚而愚, 展也不愚。’”】

정개청(鄭介淸) 1529-1590. 조선 중기. 본관은 고성(固城). 자는 의백(義伯)이고, 호는 곤재(困齋)이다.

❀ 號 - 困齋

【≪困齋先生愚得錄附錄下·困齋先生行狀[羅宜素]≫："先生姓鄭氏, 諱介淸, 字義伯…… 又從遊徐花潭敬德門下, 得有異聞。然後平生疑難, 一皆歸正。觸處洞然, 遇事廓如也。其博約之功如此, 而其心謙抑, 不自爲能, 謂已困而得之, 自號困齋。"】

이광우(李光友) 1529-1619. 조선 중기. 본관은 경주(慶州). 자는 화보(和甫)이고, 호는 죽각노인(竹閣老人)이다.

❀ 號 - 竹閣

【≪小山先生文集≫卷十二≪竹閣李公行狀≫："扁其室曰竹閣, 每詠東坡‘無竹令人俗’之句, 又書衛武公≪淇澳≫詩于壁以寓意。角巾逍遙, 泊然無求於世者八九十年。若公者, 豈非所謂尊德樂義, 囂囂自得之君子人歟？"】

남언경(南彦經) 1528-1594. 조선 중기. 본관은 의령(宜寧). 자는 시보(時甫)이고, 호는 동강(東岡)이다.

❀ 靜齋

【《退溪先生文集》卷四十二《靜齋記》：“太極有動靜之妙，而其動也本於靜。聖人全動靜之德，而其動也主乎靜。衆人具動靜之理，而靜之理常汩於動。夫太極之在人心，初非有間於聖愚，然而衆人之所以常汩於動者，何也？動靜者，氣也。所以動靜者，理也。聖人純於理，故靜以御動，而氣命於理；衆人徇乎氣，故動以鑿靜，而理奪於氣。是以聖人與天地合德，而人極以立；衆人違天自肆，固不能立天下之本，何以應天下之事哉？是故古昔聖賢莫不於是而拳拳焉。夫子贊《易》，而有寂感之論；子思傳道，而發中和之旨。以至《大學》之定靜、《圖說》之主靜，皆是也。自是以來，濂溪而伊洛，伊洛而龜山、豫章、延平，以及於晦菴，其授受淵源宗旨雖非一言之可盡，而求其大本之所在，則殆不外是。嗚呼！其可以易言也哉？吾友南君時甫一日來叩門，袖出一紙書，乃以靜名其齋，而求余言以爲記也。余辭以學未有得，則時甫之意愈勤，不得已而試爲之說曰：夫山不止，則不能以生物；水不止，則不能以鑑物。人心不靜，則又何以該萬理而宰萬事哉？且聖人之主靜，所以一天下之動，非謂其泯然無用也。學者之求靜，所以立萬用之本，非欲其漠然不應也。故主靜而能御動者，聖賢之所以爲中和也。耽靜而絕事物者，佛老之所以爲偏僻也。中和之極，位天地而育萬物；偏僻之極，滅天理而殄人倫。故程朱門下屢以是警切於學者，而門人之賢者往往亦流入於虛無寂滅而不自返，何哉？知靜之汩於動，而遂乃厭動而求靜，則未免遺粗而索精，去器而探道，不知不覺而陷溺至此。所謂差之毫釐，謬以千里者，甚可畏也！時甫之爲人恬靜端慤，其爲學不枝蔓而能親切，吾知其無是患也。然其意亹亹乎以靜爲先，則義理之微，蠶絲牛毛之辨，惡保其必能無差耶？竊嘗思之，以爲靜而存養、動而省察，固學者所共知也。而吾所謂靜，與彼之虛無寂滅者絕不同，此則非人人之所能知也。故其用功也，每淪於禪寂。若或患是，然也遂欲舍靜養，而專用力於動察，則又非所以爲全體大用之學，故學以不偏爲貴。河洛以下論此理多矣，而莫備於朱子與南軒《論中和》之書。其言有曰：‘言靜則溺於虛無，此固當慮。若以天理觀之，動之不能無靜，猶靜之不能無動也；靜之不能無養，猶動之不可不察也。但見得一動一靜互爲其根，不容間斷之意，則雖下靜字，元非死物。至靜之中，自有動之端焉。固非遠事絕物、閉目兀坐而偏於靜之謂。’而終之曰：‘敬字工夫，通貫動靜，而必以靜爲本。’近世篁墩程氏論夜氣主靜之旨，而卒亦歸重於敬。其示人之意，皆可謂深且切矣。惟時甫誠能因朱子之訓，參以篁墩之書而日新其功，則靜敬相須、本末兼舉，主靜而不偏於靜，豈惟時甫之庶幾有得？深冀老夫之亦可預聞也。嘉靖丙辰夏五月日眞城李滉記。"】

유전(柳㙉) 1531-1589. 조선 중기. 본관은 문화(文化). 자는 극후(克厚)이고, 호는 우복(愚伏)이며, 시호는 문정(文貞)이다.

❂ 名 - 㙉　　字 - 克厚

【㙉《集韻》"同腆"《玉篇》"厚也"】

정윤희(丁胤禧) 1531-1589. 조선 중기. 본관은 나주(羅州). 자는 경석(景錫)이고, 호는 고암(顧庵)·순암(順庵)이다.

❂ 名 - 胤禧　　字 - 景錫

【《詩·大雅·既醉》："永錫祚胤。"】

❂ 號 - 顧菴

【《星湖先生全集》卷六十八《顧菴丁先生小傳》："常入侍經筵。貫穿經傳，明廟亟加歎賞，恩遇益隆，取'顧諟明命'之義自號顧菴。"】

김부륜(金富倫) 1531-1598. 조선 중기. 본관은 광주(光州). 자는 돈서(惇敍)이고, 호는 설월당(雪月堂)이다.

❂ 名 - 富倫　　字 - 惇敍

【《尙書·洪範》："天乃錫禹洪範九疇，彝倫攸敍。"《傳》："天與禹洛出書、神龜負文而出，列於背有數至于九。禹遂因而第之以成九類，常道所以次叙。"】

이광준(李光俊) 1531-1609. 조선 중기. 본관은 영천(永川). 자는 준수(俊秀)이고, 호는 학동(鶴洞)이다.

❂ 名 - 光俊　　字 - 俊秀

【《禮記·王制》："司徒論選士之秀者而升之學，曰俊士。"】

❂ 號 - 鶴洞

【《紫巖集》卷三《先考通政大夫守江原道觀察使兼兵馬水軍節度使贈嘉善大夫禮曹參判兼同知義禁府春秋館成均館事五衛都摠府副摠管鶴洞府君墓誌》："諱

光俊, 字俊秀 …… 先大夫中年以後, 自軍威移居義城縣南金鶴山下蘇侍郎洞, 因號鶴洞。”】

신응시(辛應時) 1532-1585. 조선 중기. 본관은 영월(寧越). 자는 군망(君望)이고, 호는 백록(白麓)이며, 시호는 문장(文莊)이다.

❀ 名 - 應時　字 - 君望

【≪荀子·天論≫:“望時而得之, 孰與應時而使之？”】

❀ 號 - 白麓

【≪白麓遺稿序≫:“公諱應時, 字君望, 宣廟朝官至副提學。其第在漢師之白嶽山下, 故號白麓云。”】

권호문(權好文) 1532-1587. 조선 중기. 본관은 안동(安東). 자는 장중(章仲)이고, 호는 송암(松巖)이다.

❀ 名 - 好文　字 - 章仲

【≪詩·小雅·裳裳者華≫:“維其有章矣。”≪箋≫:“章, 禮文也。”】

❀ 觀物堂

【≪松巖先生文集≫卷五≪觀物堂記≫:“余少時着愛溪上小峯, 編茅爲屋。左琴右書, 期以畢百年光景也。歲壬戌, 又卜築于峯之下。依翠麓, 搆一畝宮, 爲妻孥所容也。杜陵詩曰:‘何時割妻子, 卜宅近前峯。’杜則割家累, 余則携家累, 雖趣舍不同, 而其近前峯之意則一也。新居溪曲, 環堵晏如, 聊足以寓一生之歡。秖以賓友時至, 觴詠無着, 常欲架空數椽而未能者若干年矣。去己巳, 姪子道可幹家事, 財力稍優, 乃欲成余之志。秋七月, 乘農之歇, 命匠聚材, 起小堂于松巖之西偏, 閱四寞而功訖。余適是年久在京師, 十一月歸, 見簷楹之歸然高峙。其制度雖不愜余心, 其勢寬豁, 可償宿尙矣。越明年春, 貿瓦而蓋, 買版而粧。半爲燠室, 半爲涼軒。隈壁而藏書, 虛前而繞欄, 脩然宜騷子之攸芋。余乃名其齋曰觀我, 堂曰執競, 而退陶先生以觀物改之, 仍名焉。嗚呼！觀物之義大矣！盈天地之間者, 物類而已。物不能自物, 天地之所生者也。天地不能自生, 物理之所以生者也。是知理爲天地之本, 天地爲萬物之本。以天地觀萬物, 則萬物各一物；以理觀天地, 則天地亦爲一物。人能觀天地萬物而窮格其理, 則無愧乎最靈也。不能觀天地萬物，而眛其所從來，則可謂博雅君子乎？然則堂之所觀，豈但縱目於外物，而無研究之實哉？閑居流覽，則水流也、山峙也、鳶飛也、魚躍也，天光雲影也、光風霽月也。飛潛動植，草木花卉之類，形形色色，各得其天。觀一物則有一物之理，觀萬物則有萬物之理。自一本而散萬殊，推萬殊而至一本。其流行之妙，何其至矣！是以觀物者，觀之以目不若觀之以心，觀之以心不若觀之以理。若能觀之以理，則洞然萬物皆備於我矣。邵子曰：'人能知天地萬物之道，所以盡乎人。'曾子曰：'致知在格物。'苟能處斯堂而着力於格物致知之功，而以得夫所以盡乎人之道，則庶不負觀物之名矣。辛未季夏既望，松舍小隱記。"

≪松巖先生文集≫卷五≪鳶魚軒記≫："記曰：蒼蒼者，天之高也；浩浩者，淵之深也。其所以高所以深，不過乎輕清之陽、重濁之陰，分其上下也。上下之間有物萬類，而羽飛鱗沈，莫非二氣之所使。鳶之戻天，非自能也，必得其所以飛之理也；魚之于淵，非自樂也，必得其所以躍之理也。飛之躍之，實由於天地之氣之所使。則觀其飛而可以知著于上，觀其躍而可以知著于下。子思之取此二物，以明上下之察者，其非斯乎？此吾之所以仰觀俯察而名吾軒也。名之者何？凡人之生乎兩間，仰天而不知高之理，俯地而不知卑之道。瞶瞶虛過，徒使一心天飛而淵淪，火熱而氷寒，無所主適。故吾欲窮天地之道，探造化之原，推格物類，使此心昭然不眛乎輕清者飛之、重濁者沈之之理。而淵淵其淵，浩浩其天，爲眼前活潑潑地矣。嗚呼！知天之道，不必待乎鳶之飛也；知地之理，亦不待乎魚之躍也。然道本罔像，不可以言語形容。故以有形易見者，揭無形難究之理。使天地之玄機妙運，日用昭著，而有目者皆可觀也。靑城之麓，洛江之滸，其軒也。松巖布衣，其主也。萬曆二年夏天中節，揮筆而記之。若其江山之奇瓌、雲物之淸麗，則將有求於詞伯之品題云。"】

❀ 號 – 松巖，寒栖齋
【≪松巖先生文集附錄·行狀≫："家之南有峯斗起，曰松巖，故以自號。"
≪松巖先生續集≫卷五≪松巖寒栖齋記≫："溪之上是山，山之頂是巖，巖之頭是堂。堂前有疎松數株，蒼蒼然如建幢。松之下，有矗石層層，而作小臺。此地最奇者，松也，巖也，故名之曰松巖。"
≪松巖先生文集≫卷五≪松巖銘≫："十八公，山下石。後凋知歲寒，凉籟聞月夕。茯苓應是長千年，蓬蒿未及高百尺。"】

황정욱(黃廷彧) 1532-1607. 조선 중기. 본관은 장수(長水). 자는 경문(景文)이고, 호는 지천(芝川)이며, 시호는 문정(文貞)이다.

❀ 名 - 廷彧　　字 - 景文

【≪廣雅 · 釋詁三≫ : "彧, 文也。"】

정유일(鄭惟一) 1533-1576. 조선 중기. 본관은 동래(東萊). 자는 자중(子中)이고, 호는 문봉(文峯)이다.

❀ 名 - 惟一　　字 - 子中

【≪尚書 · 大禹謨≫ : "人心惟危, 道心惟微, 惟精惟一, 允執厥中。"】

고경명(高敬命) 1533-1592. 조선 중기. 본관은 장흥(長興). 자는 이순(而順)이고, 호는 제봉(霽峰) · 태헌(苔軒)이며, 시호는 충렬(忠烈)이다.

❀ 名 - 敬命　　字 - 而順

【≪孟子 · 盡心上≫ : "孟子曰 : '莫非命也, 順受其正。是故知命者, 不立乎岩墙之下。盡其道而死者, 正命也 ; 桎梏死者, 非正命也。'"】

❀ 不已齋

【≪霽峯集遺集 · 不已齋銘≫ : "惟天於穆, 行健無彊。惟聖純亦, 法天自强。一息或停, 天運隳哉。一念或怠, 聖功虧哉。天所以天, 文所以文。其機至要, 不已之云。已與不已, 天人判焉。希天者聖, 希聖者賢。積此不已, 有爲若是。神之聽之, 斃而後已。"】

이순인(李純仁) 1533-1592. 조선 중기. 본관은 전의(全義). 자는 백생(伯生)이고, 호는 고담(孤潭)이다.

❀ 名 - 純仁　　初字 - 春卿　　後字 - 伯生

【春卿, ≪禮記 · 樂記≫ : "春作夏長, 仁也。" 伯生, ≪二程遗书≫卷十八 : "心如穀種, 生之性便是仁。"】

❀ 號 - 孤潭

【≪孤潭逸稿≫卷五≪附錄 · 家狀≫ : "盖先生雅好泉石, 癖於濟勝。以名宦爲倘來, 常有終老烟霞之趣。初築室於淳昌之鶉子江上, 復搆亭於錦山之廣石江上,

亭下有孤潭, 因自以爲號。"】

정초(鄭礎) ?-?. 조선 중기. 본관은 온양(溫陽). 자는 정수(靜叟)이고, 호는 계헌(桂軒)이다.
❀ 號 - 桂軒
【≪東國詩話彙成≫卷十三 : "鄭礎 …… 又有其堂兄桂軒礎者, 闡大科, 歷敭華貫, 後謝病杜門, 研精金丹之秘。有天神降其室, 以詩贈之曰 : '桂香方馥鬱, 仙馭自天來。'軒以桂名, 蓋以此也。"】

정작(鄭碏) 1533-1603. 조선 중기. 본관은 온양(溫陽). 자는 군경(君敬)이고, 호는 고옥(古玉)이다.
❀ 名 - 碏   字 - 君敬
【≪玉篇≫ : "碏, 敬也。"】

이의건(李義健) 1533-1621. 조선 중기. 본관은 전주(全州). 자는 의중(宜中)이고, 호는 동은(峒隱) · 도화동주(桃花洞主)이다.
❀ 名 - 義健   字 - 宜中
【≪周易 · 乾 · 文言≫ : "大哉, 乾乎 ! 剛健中正。"】

윤경복(尹慶福) 1534-1571. 조선 중기. 본관은 파평(坡平). 자는 기선(基善)이다.
❀ 名 - 慶福   字 - 基善
【≪詩 · 大雅 · 皇矣≫ : "則友其兄, 則篤其慶。"毛≪傳≫ : "慶, 善。"且≪韻會≫ : "福, 祐也, 休也, 善也, 祥也。"故應"慶", "福"以"善"。】

김여경(金餘慶) 1534-1579. 조선 중기. 자는 선백(善伯)이다.
❀ 名 - 餘慶   字 - 善伯
【≪周易 · 坤≫ : "積善之家, 必有餘慶。"】

배삼익(裵三益) 1534-1588. 조선 중기. 본관은 흥해(興海). 자는 여우(汝友)이고, 호는 임연재(臨淵齋)이다.

❀ 名 – 三益　　字 – 汝友

【≪論語·季氏≫：“孔子曰：益者三友, 損者三友。友直, 友諒, 友多聞, 益矣。”】

권문해(權文海) 1534-1591. 조선 중기. 본관은 예천(醴泉). 자는 호원(灝元)이고, 호는 초간(草磵)이다.

❀ 名 – 文海　　字 – 灝元

【≪詩·小雅·沔水≫：“沔彼流水, 朝宗於海。”灝, ≪韻會≫“灝溔, 水勢遠也”, 故應“海”。】

❀ 號 – 草磵

【≪草磵先生文集附錄·通政大夫行承政院左副承旨兼經筵參贊官春秋館修撰官草磵先生權公行狀≫：“公諱文海, 字灝元, 號草磵。江左醴泉人也 …… 竹林里迤北數百武有別區曰草磵, 溪山極幽絶淸媚可愛。公築精舍其上, 爲藏修遊息之所, 因以爲號。學者稱之曰草磵先生。”】

송익필(宋翼弼) 1534-1599. 조선 중기. 본관은 여산(礪山). 자는 운장(雲長)이고, 호는 구봉(龜峯)이다.

❀ 名 – 翼弼　　字 – 雲長

【≪莊子·逍遙游≫：“怒而飛, 其翼若垂天之雲。”】

❀ 號 – 龜峰

【≪芝湖集·龜峰先生宋公行狀≫：“先生姓宋, 諱翼弼, 字雲長。礪山人 …… 及長, 與弟雲谷俱發解高等。既已不樂于京都朋儕間, 遁居于高陽之龜峰山下。”】

김지현(金智賢) 1534-1616. 조선 중기. 자는 국평(國平)이고, 호는 백천(白泉)이다.

❀ 號 – 白泉

【≪屛溪先生集≫卷五十五≪白泉金君智賢墓表≫：“君所居有泉名曰白泉, 鄕人尊君稱白泉。”】

송한필(宋翰弼) ?-?. 조선 중기. 본관은 여산(礪山). 자는 계응(季鷹)이고, 호는 운곡

(雲谷)이다.

❖ 名 - 翰弼　字 - 季鷹

【《詩·大雅·常武》：“如飛如翰。”毛《傳》：“疾如飛, 摯如翰。”鄭玄《箋》：“翰, 其中豪俊也。”《疏》：“若鷹鸇之類, 摯擊衆鳥者也。”另, 晋代張翰字季鷹。】

조천(趙璨) 1534-?. 조선 중기. 본관은 임천(林川). 자는 형연(瑩然)이고, 호는 신수재(愼守齋)이다.

❖ 名 - 璨　字 - 瑩然

【璨, 《說文》“玉光也”, 《廣韻》“美玉”。瑩, 《廣韻》“玉色”, 《集韻》“石似玉”。】

❖ 水月軒

【《松亭先生文集》卷五《水月軒記》：“主人趙君瑩然, 嘗臨水作軒未額。一日, 陝川河暮軒公過焉, 取水月名之, 瑩然又請記于余。噫！勝地可目不可耳, 目猶未悉, 耳安得盡？只以水月之義爲之說曰：夫水, 物之淸者也；月, 物之明者也。淸者形於下, 明者形於上。以下之淸, 受上之明；以上之明, 臨下之淸。一俯一仰, 浩然皎然。天下之淸明, 孰與水月爭哉？雖然, 所貴乎觀物者, 以其能反己也。是以人之取珠玉者, 思溫其德也；取松竹者, 思貞其節也。今若觀水之淸, 而不能反之於心；見月之明, 而不能反之於心, 是徒水也、徒月也, 君子未爲貴。暮軒公之所以名其軒者, 非軒之欲水, 欲主人心之水也；非軒之欲月, 欲主人心之月也。是知水吾軒不若水吾心、月吾軒不若月吾心也。主人勉乎哉！昔蘇東坡與客遊於赤壁也, 但知盈虛往來之無窮, 擊空明、泝流光之可樂, 而不知收斂其淸明而在躬, 故程子讀其賦而譏其無關於身心, 此主人之所宜知也。若其鳳岡龜巖、月牙雲岳、臨淵馭風之勝, 他日當與主人把一杯, 憑軒而賦之, 今不暇及也。某月日, 記。”】

양세영(楊世英) 1535-1585. 조선 중기. 본관은 청주(淸州). 자는 수언(秀彦)이다.

❖ 名 - 世英　字 - 秀彦

【《企齋文集》卷一《直長楊君墓誌銘》：“君生而英秀, 乃名而字之：名世英, 字秀彦。”】

성혼(成渾) 1535-1598. 조선 중기. 본관은 창녕(昌寧). 자는 호원(浩源)이고, 호는 우계(牛溪)·묵암(黙庵)이며, 시호는 문간(文簡)이다.

❀ 號 - 牛溪

【≪牛溪先生年譜≫卷之一≪行狀≫[李廷龜]：“先生諱渾, 字浩原。昌寧人。自號黙庵。以居坡山之牛溪, 學者稱爲牛溪先生。”】

이민각(李民覺) 1535-?. 조선 중기. 본관은 광주(廣州). 자는 지윤(志尹)이고, 호는 사병당(四屛堂)이다.

❀ 名 - 民覺　字 - 志尹

【≪皇華集≫卷二十九≪與李正郎子民覺說≫：“禮曹正郎李君洪男, 有子曰“民覺”, 字曰“志尹”, 謁余漢城大平舘。俊偉秀爽, 英英可教。余途中與正郎每言之。抵鴨綠, 正郎將別去, 因請余言以軌其後。余遂語之曰：“伊尹, 天民之先覺也。其所以有是覺民之具者, 則自畎畝樂堯舜之道始。其就湯伐桀、佐命立勛, 皆舉而措之耳。故尹之所以爲任者, 不在乎覺民, 而其未覺之先已自有其地矣。正郎之子曰‘志尹’, 將志其任乎？抑將志其任之地乎？有其地而任可勝, 無其地雖志也亦徒矣。歸語若子, 無汲汲于任之名, 而先求其任之所在。行將業廣藝成, 而後及于國家, 斯可以言‘志尹’矣。若子能究其用功之地, 則以顔子之學教之。周子曰：‘志伊尹之所志, 學顔子之所學。’盖必學顔子之學, 而後可以行尹之志也。歸語若子, 率余教, 使異日以吉士名于國中, 庶幾乎無忘余愛。”嘉靖丙午, 關中薇田王鶴書。”】

윤엄(尹儼) 1536-1581. 조선 중기. 본관은 파평(坡平). 자는 사숙(思叔)이고, 호는 송암(松庵, 松巖)이다.

❀ 名 - 儼　字 - 思叔

【≪禮記·曲禮上≫：“毋不敬, 儼若思。”鄭≪注≫：“儼, 矜莊貌。人之坐思, 貌必儼然。”】

❀ 研幾堂

【≪簡易文集≫卷二≪研幾堂記≫：“友人尹思叔, 生長綺紈。自知學問, 痛刮去豪習。爲堂僅取容膝, 而名之曰研幾, 索余言。余謂之曰：‘研幾, 實≪易·繫≫之

辭, 而周子之≪通≫曰：“誠、神、幾, 曰聖人。”又曰：“誠無爲, 幾善惡。”思叔,
學者。聖人之幾, 非所遽也。所當硏審者, 不在於善惡之幾乎？所謂誠無爲者, 天
命之性是也。寂然不動, 一太極也, 何爲之有？及其動也, 而後有善有惡, 猶陰陽
之象。幾者, 動之微也, 有無之間也, 而善惡之向已分。≪中庸≫所謂“不覩不聞”,
所謂“莫顯”者也, 必於是焉硏窮而審擇之, 以去惡而爲善, 然後誠可保也。譬導泉
而直其流, 必於其未派。旣或東西, 不可反矣。幾可以不審乎？然察之旣著易, 見
之未形難, 故其用功在於存心, 而存心之要莫如寧靜。≪大學≫所謂“靜而能慮”, 先
儒所以敎人靜坐, 蓋爲此也。明窓棐几, 左圖右書。一炷香裏, 我思無邪。以至淸
明在躬, 無幽微之不洞。將思叔所自得於堂, 而硏幾之道至矣, 然後亦可與論於
聖人之幾。思叔以爲何如？’思叔曰：‘唯。雖未能之, 竊有志焉。’遂爲之書以爲
堂記云。”】

하응림(河應臨) 1536-1567. 조선 중기. 본관은 진주(晉州). 자는 대이(大而)이고, 호
는 청천(菁川)이다.

❀ 名 - 應臨　　字 - 大而

【≪周易·臨≫：“≪象≫曰：臨, 剛浸而長, 說而順, 剛中而應, 大亨以正, 天之道
也。”≪疏≫：“≪正義≫曰：‘臨, 剛浸而長, 說而順’者, 此釋‘臨’義也。據諸卦之
例, ‘說而順’之下應以‘臨’字結之, 此无‘臨’字者, 以其‘剛中而應’亦是‘臨’義, 故不
得於‘剛中’之上而加‘臨’也。‘剛中而應, 大亨, 以正天之道’者, 天道以剛居中, 而
下與地相應, 使物大得亨通而利正。故≪乾卦≫‘元, 亨, 利, 貞’, 今此≪臨卦≫,
其義亦然, 故云‘天之道’也。”】

이이(李珥) 1536-1584. 조선 중기. 본관은 덕수(德水). 자는 숙헌(叔獻)이고, 호는
율곡(栗谷)이며, 시호는 문성(文成)이다.

❀ 名 - 珥　　字 - 叔獻

【≪戰國策·齊策≫：“薛公欲知王所欲立, 乃獻七珥, 美其一。明日視美珥所在,
勸王立爲夫人。”】

❀ 小字見龍

【≪國朝人物志≫卷二：“李珥, 字叔獻, 號栗谷, 德水人。父監察元秀, 娶進士平

山申命和女, 生珥于江陵府。夢黑龍入室, 抱兒懷中, 小字見龍 …… 月沙集神道碑
銘"】

❀ 號－栗谷

【≪栗谷先生全書≫卷之三十五≪行狀≫[金長生] : "以舊業在坡州栗谷村, 故曾修
花石亭于故址, 自號栗谷。"】

조종도(趙宗道) 1537-1597. 조선 중기. 본관은 함안(咸安). 자는 백유(伯由)이고, 호는 대소헌(大笑軒)이며, 시호는 충의(忠毅)이다.

❀ 名－宗道　　字－伯由

【≪史記·屈原賈生列傳≫ : "易初本由兮, 君子所鄙。"裴駰≪集解≫引王逸曰 :
"由, 道也。"】

❀ 號－大笑軒

【≪東詩奇談≫ "大笑軒趙宗道為人偶儻"條, 注言"公善諧謔, 恒言多笑, 故自號
'大笑子'。"

≪大笑軒先生逸稿≫卷二≪行狀≫ : "先生姓趙氏, 諱宗道, 字伯由 …… 先生胸次
軒豁, 豪放不羈。嗜酒, 善談諧。飲一杯, 輒發大笑。酒不罷, 笑不止。雖名公卿
在坐, 戲笑嘲謔, 如弄嬰兒, 號大笑軒。"】

윤근수(尹根壽) 1537-1616. 조선 중기. 본관은 해평(海平). 자는 자고(子固)이고, 호는 월정(月汀)·외암(畏菴)이며, 시호는 문정(文貞)이다.

❀ 名－根壽　　字－子固

【≪老子·五十九章≫ : "有國之母, 可以長久, 是謂深根固柢, 長生久視之道。"】

송남수(宋楠壽) 1537-1626. 조선 중기. 본관은 은진(恩津). 자는 영노(靈老)이고, 호는 송담(松潭)·상심헌(賞心軒)이다.

❀ 名－楠壽　　字－靈老

【≪左傳·昭公三年≫ : "三老凍餒。"≪註≫ : "三老, 謂上壽、中壽、下壽, 皆八十
已上。"】

❀ 節友堂

【《栢谷先生集》卷一《節友堂詩序丙申秋》：“堂之西偏隙地，有君之季父慈山丈世協所築，君頗加增飾，名之曰節友堂。尊雙淸爲正堂，以先人之舊而又地勢之亢爽也。愛節友爲燕居，以追卜之新而又地勢之低平也。堂以節友名者，以堂之前後植松、梅、竹、菊。而梅之於春、竹之於夏、松菊之於秋冬，各有其趣，而其節爲可尙也。友之云者，所以友其德也 …… 君名楠壽，靈老其表德。”】

신숙(申熟) 1537-?. 조선 전기.

❀ 竹雨堂

【《滄浪先生文集》卷四《竹雨堂記申丈熟扁其堂曰竹雨而記之。余讀其文，嫌其文勝而理愧，戲出一篇以反之》：“吾里中有養心之士，曰東陽翁。居一畝之宮，庭無花卉之植。左右圖書，靜中觀物。倦則嗒然坐忘，收視反聽，而神遊於象外，浩浩如也。一日造其室，覩其楣有三字曰竹雨堂，余笑曰：‘主人亦好名者乎？名者實之賓，苟有其實則何事於名？無其實而有其名，是謂虛名。名之實者猶不足貴，況名之虛者乎？今子之堂未嘗有竹，而强以竹名，非所謂虛名者乎？子若愛竹，何不植之於庭？且竹之可取者多矣，何必雨？竹宜於月、宜於風，而最宜雪，得雪而可以見竹之貞，得月與風而可以見竹之淸。子取其淸焉，則風與月可也；取其貞焉，則雪可也，而子必曰雨者，亦有說乎？’東陽翁迺爾而笑曰：‘子不聞希夷之說乎？“視而不見曰希，聽而不聞曰夷。”夫所謂視之聽之者，指何物也？謂道也。道，無形也，無聲也。無形則不見，無聲則不聞也。然而曰聞道、曰見道者何也？道無形與聲，而常人之視聽，不以心而以耳目，故不見不聞。至人之視聽，不以耳目而以心，故見之聞之也。故善觀物者，不先治乎耳目而先治乎心，心與道合，泂然無間，而天下萬物之理，擧囿於方寸之內，則體用一源，顯微無間，可以視無形而聽無聲矣，尙安用耳目爲哉？昔王子猷以愛竹名於晉，所居必植以竹曰，何可一日無此君耶？人皆以子猷爲知竹之深，余以爲子猷之於竹，謂之好之則可矣，而謂之知之，則未也。子猷之於心，未嘗知治之之道也。故待竹而治，一日不見乎竹則鄙吝萌矣。夫先治乎心者，知竹者也；先治乎耳目者，好竹者也。好竹者，見竹之形；知竹者，見竹之心。子猷俗慮塵心猶未淨盡，徒知見竹以目，而不知見竹以心。竹自竹而人自人，未能合而爲一，故見竹之形而不能見竹之心也。余故曰，子猷之於竹，謂之好之則可矣，而謂之知之則未也。故欲見竹之心者，必先治吾之心, 使之正直而淸明, 中立而不倚。胷中洒落, 無一點滓穢。淸風峻節, 足以聳動儒林。然後方能心與竹合而爲一, 忘竹之形而見竹之心。一團成竹, 在吾胷中, 如有所立卓爾, 驅遣不去。汋乎穆乎, 獨與道俱；渺乎微乎, 獨與道息, 吾不知竹是我耶, 我是竹耶？夫然則渭濱千畝, 淇園萬頃, 特吾九雲夢中一物耳, 又何必見竹之形, 然後謂之竹乎？嗟呼！人有古今, 而所遇有窮達之異焉；竹有四時, 而所値有榮悴之殊焉。竹之於雪, 時値秋冬而悴焉, 則夷叔之在西山也；竹之於雨, 時値春夏而榮焉, 則稷契之揚王庭也。然則竹之雪於秋冬, 豈竹之願乎？君子之厄窮於亂世, 豈君子之願乎？余生苦晚, 慨黃唐之莫逮。誦其詩, 讀其書, 思其人。目之而不可覿, 心之而見其參於前。則余之托興於竹雨, 豈無意乎？余誠樂而悲之。且夫天下萬物之理五殊而二, 實而貫之於一。草木之理卽人之理, 人之理卽天地之理也。噫！人之生也直, 竹之生也亦直。苟能勿忘勿助長, 直養而無害, 則其爲氣也可以配道, 其理一也。吾將與子駕意馬、御德輿, 入乎冲漠之鄕, 止乎無極之源, 以方寸爲乾坤、靈臺爲宅舍, 關仁義之囿, 建夫子之墻。吾與竹合而爲一, 然後養以浩氣, 化以敎雨。吹以光風, 照以霽月。斥"雨雪其雰"之詩, 歌"綠竹猗猗"之風。浪元氣, 飮太和, 優優乎休休乎與造物爲徒, 亦足以樂而忘死矣, 子其能從我遊乎？'余乃欣然而笑曰：'昔也知子之面, 今也見子之心。子不我鄙, 要我以天遊, 余雖不敏, 請從下風。'遂退而爲之記。"】

안여경(安餘慶) 1538-1592. 조선 중기. 본관은 광주(廣州). 자는 선계(善繼)이고, 호는 옥천(玉川)이다.

❀ 名 - 餘慶　　字 - 善繼

【≪周易·坤≫ : "積善之家, 必有餘慶。"】

❀ 號 - 玉川

【≪寒岡先生續集≫卷七≪玉川亭銘亭在昌寧火旺山中, 安公餘慶築亭自號≫ : "道自淵上, 有亭數間。窓含活水, 欄挹蒼巒。手執朱學, 頭戴程冠。其人如玉, 吾友是安。"】

김성일(金誠一) 1538-1593. 본관은 의성(義城). 자는 사순(士純)이고, 호는 학봉(鶴峯)이다.

❀ 名－誠一　字－士純

【≪管子·水地≫:"故水一則人心正，水清則民心易。"尹知章≪注≫:"一，謂不雜。"又≪詩·周頌·維天之命≫:"文王之德之純。"朱熹≪集傳≫:"純，不雜也。"又≪尙書·酒誥≫:"嗣爾股肱純。"≪傳≫:"繼汝股肱之敎，爲純一之行。"一、純，同義相協。】

정곤수(鄭崑壽) 1538-1602. 조선 중기. 본관은 청주(淸州). 자는 여인(汝仁)이고, 호는 백곡(柏谷)·경음(慶陰)·조은(朝隱)이다.

❀ 名－崑壽　字－汝仁

【≪論語·雍也≫:"智者樂水，仁者樂山：智者動，仁者靜；智者樂，仁者壽。"≪正韻≫:"崐，崐崘，山名。"】

유운용(柳雲龍) 1539-1601. 조선 중기. 자는 응견(應見)이고, 호는 겸암(謙菴)이다.

❀ 名－雲龍　字－應見

【≪周易·乾≫:"飛龍在天，利見大人。"孔穎達≪疏≫:"若聖人有龍德飛騰而居天位，德備天下，爲萬物所瞻睹，故天下利見此居王位之大人。"故"龍"、"見"相應。又≪周易·乾≫:"雲從龍，風從虎，聖人作而萬物睹。"孔穎達≪疏≫:"龍是水畜，雲是水氣，故龍吟則景雲出，是雲從龍也。"故以"雲"飾"龍"。】

❀ 號－謙菴

【≪大山先生文集≫卷四十四≪謙巖亭記≫:"亭在河回之立巖上，謙菴柳先生之所燕處而用以自號者也。永嘉古稱多名山水，爲東南奇偉秀絶之地，而河流一帶爲之最。緣河數百里，明潭脩瀨，奇巖異麓，往往錯置星列，而河回一曲爲之首。河回下上，凌波達觀之臺，玉淵翔鳳遠志之舍，與夫桃花遷、萬松洲諸勝，皆靈眞絶特，望若神仙異境，而惟斯亭爲尤美。夫以河回擅永嘉之勝，而斯亭又獨專河回之美，凡明沙玉礫之浩瀰，蒼崖綠水之悄蒨而演迤，與夫煙雲杳藹、樹木晻翳、朝暮而異趣者，一寓目而盡取諸庭戶跬步之間，其所有不旣富且多矣。而亭處兩巖之間，窈窱奧衍，宅幽而勢阻。循河而過者睨而視之，隱見出沒於巓厓蔓薈之間，而往往不知有亭焉。蓋有而若無，內富而外儉，皆近於謙之義也。先生之處是亭也，則振衣而陟岡，倚筇而弄源。凡琼琤於耳而璀璨於目者，無非所以體仁智風詠之趣者。而天地盈謙之道、山川損益之妙, 固默然神會於造次顧眄之頃矣。及其興極而返, 則一室虛明, 左右圖書, 涵萬象以一理, 斂太極於方寸。學已成矣而猶不及, 道已明矣而如未之見。自他人視之, 巍然尊且光矣。而先生方歉然自小, 俛焉日有孳孳, 而且以是終身焉。在《易·謙》之《象》曰'謙謙君子, 卑以自牧', 先生實有之焉。然則是亭也固得先生以著其勝, 而先生又因是亭而助其游泳發舒之趣, 然乃先生之樂, 則超然於山水之外, 而初不以是亭爲加損也。先生與西厓季先生從遊退陶夫子之門, 蓋得其心傳之妙, 而受是扁揭諸楣。相與博約於斯亭玉淵之間, 使烟霞雲物之區, 鬱然爲仁義道德之鄉。而與古者龍門、武夷, 幷媺於千載。是豈不山水之幸也與?亭久而圮, 大賢心畫亦逸而不傳, 使遺芬賸馥日就於湮沒, 而過者爲之躑躅而悽愴。嗣孫某某氏慨然思有以新之, 歷幾歲而成, 其用心則已勤矣。然以是而欲嗣守先生之緒, 則或未也。夫得先生之心, 而後可以語山水而知先生之學, 然後可以稱斯亭。觀瀾而悟夫道, 仰山而興於仁。谷吾體以若虛之量, 臺吾陟以自卑之序。然後先生之所以樂者, 庶幾其萬一焉。登玆堂而睹是扁者, 可不思所以自修, 而比於先生之觀乎哉?象靖蓋慕先生之風而願學焉者, 而得以荒蕪之辭托名其間, 又豈不後學之幸也與?歲丁丑七月之既望, 韓山李象靖謹記。"】

김사원(金士元) 1539-1602. 조선 중기. 본관은 안동(安東). 자는 경인(景仁)이고, 호는 만취당(晚翠堂)이다.

❀ 名 - 士元　字 - 景龐　改字 - 景仁

【景龐, 中國三國時期龐統字士元, "景"表景慕。

景仁, 《六書正譌》: "元, 從二從人。仁則從人從二。在天爲元, 在人爲仁。"】

❀ 號 - 晚翠堂

【《大山先生文集》卷四十九《晚翠堂金公行狀》: "公諱士元, 字景仁, 初字景龐 …… 公以嘉靖己亥十月二日生 …… 宅西有萬年松, 卽松隱公所取號者。公構小堂其下, 扁以'晚翠', 以寓歲寒之思焉。萬曆辛丑六月十四日考終于家, 享六十有三年。"】

이산해(李山海) 1539-1609. 조선 중기. 본관은 한산(韓山). 자는 여수(汝受)이고, 호

는 아계(鵝溪)·종남수옹(終南睡翁)이며, 시호는 문충(文忠)이다.

❁ 名 - 山海

【≪國朝人物志≫卷二: "李山海, 字汝受, 號鵝溪, 韓山人, 之蕃子 …… 父之蕃奉使燕京。至山海關, 與夫人夢交, 記之, 是夜夫人亦夢, 遂生公, 因名山海 …… 年譜"】

❁ 望菴

【≪鵝溪遺槀≫卷六≪望菴記≫: "菴以望名何?望吾祖吾父也。吾祖吾父, 思之而不能已則望, 望之而不得見則思。思而又思, 望而又望, 不敢以不得見而已吾望, 此所以名吾菴也 …… 今幸蒙恩乞骸, 竹杖芒鞋, 往來留連於是菴之中, 則豈不大勝於前日之欲望而不得者乎?此余之所慰也。噫!余今老矣, 望之者能復幾時?而吾之子吾之孫居是菴而望吾者, 亦如吾今日之望, 則淳之惠, 其不可忘也。月日記。"】

최립(崔岦) 1539-1612. 조선 중기. 본관은 개성(開城). 자는 입지(立之)이고, 호는 간이(簡易)·동고(東皋)이다.

❁ 名 - 岦   字 - 立之

【岦為山聳立之貌, 故與"立"相應。】

❁ 號 - 簡易

【≪記言≫卷十八≪中篇·丘墓二·簡易堂墓誌≫: "公諱岦, 字立之, 姓崔氏, 別自號東皋。嘗讀≪易≫, 易其號曰簡易堂云。"】

이달(李達) 1539-1612. 조선 중기. 본관은 신평(新平). 자는 익지(益之)이고, 호는 손곡(蓀谷)·동리(東里)·서담(西潭)이다.

❁ 號 - 蓀谷

【≪惺所覆瓿稿≫卷八≪蓀谷山人傳≫: "蓀谷山人李達字益之, 雙梅堂李詹之後。其母賤, 不能用於世。居于原州蓀谷, 以自號也。"】

윤정(尹淳) 1539-?. 조선 중기. 본관은 파평(坡平). 자는 지숙(止叔)이다.

❁ 名 - 淳   字 - 止叔

【≪重修玉篇≫：“淳，水止也。”】

김우옹(金宇顒) 1540-1603. 조선 중기. 본관은 의성(義城). 자는 숙부(肅夫)이고, 호는 동강(東岡)·직봉포의(直峰布衣)이며, 시호는 문정(文貞)이다.

❀ 名 – 宇顒   字 – 肅夫

【≪周易·觀≫：“有孚顒若。”≪疏≫：“顒，嚴正之貌。”又≪尙書·太甲≫：“社稷宗廟，罔不祇肅。”≪傳≫：“肅，嚴也，言能嚴敬鬼神而遠之。”同義相協。】

김륵(金玏) 1540-1616. 조선 중기. 본관은 예안(禮安). 자는 희옥(希玉)이고, 호는 백암(栢巖)이다.

❀ 名 – 玏   字 – 希玉

【≪說文≫：“玏，本作瓅，䤩瓅也。今省作玏，謂石之次玉者。”】

이정암(李廷馣) 1541-1600. 조선 중기. 본관은 경주(慶州). 자는 중훈(仲薰)이고, 호는 사류재(四留齋)·퇴우당(退憂堂)·월당(月塘)이며, 시호는 충목(忠穆)이다.

❀ 名 – 廷馣   字 – 仲薰

【≪博雅≫：“馣馣，香也。”≪說文≫：“薰，香草也。”】

❀ 諡號 – 忠穆

【≪四留齋集≫卷十二≪諡號○諡狀逸於丙子兵火≫：“**忠穆**危身奉上曰忠，布德集義曰穆，忠景忠，上仝，由義而濟曰景、貞肅淸白守節曰貞，剛德克就曰肅，以首望落點。”】

이광(李洸) 1541-1607. 조선 중기. 본관은 덕수(德水). 자는 사무(士武)이고, 호는 우계산인(雨溪散人)이다.

❀ 名 – 洸   字 – 士武

【≪詩·邶風·谷風≫：“有洸有潰，既詒我肄。”≪注≫：“洸洸，武也。”】

❀ 號 – 雨溪散人

【≪澤堂先生別集≫卷八≪全羅道都巡察使李公行狀≫：“父同副承旨諱玉衡，世居古阜郡雨日鄕，鄕一名雨溪。公之晩家雨溪，葬雨溪山，嘗自號雨溪散人以此。”】

박여룡(朴汝龍) 1541-1611. 조선 중기. 본관은 면천(沔川). 자는 순경(舜卿)이고, 호는 송애(松厓)이며, 시호는 문온(文溫)이다.

❀ 名 - 汝龍   字 - 舜卿

【≪尙書·堯典≫：“帝曰：‘龍！ …… 命汝作納言, 夙夜出納朕命, 惟允。’”爲舜之納言, 即爲舜卿。】

❀ 號 - 松厓

【≪松厓集≫卷三≪年譜≫：“公姓朴氏, 諱汝龍, 字舜卿, 系出沔川 …… 丁丑五年 宣祖大王十年○三十七歲築室松厓溪上○時(栗谷)先生辭官歸石潭, 築室於隱屛之北。公爲其從學, 移家于松厓, 距先生聽溪堂只隔一小崗。逐日從學, 講明義理, 因以松厓爲號。”】

홍가신(洪可臣) 1541-1615. 조선 중기. 본관은 남양(南陽). 자는 흥도(興道)이고, 호는 만전당(晩全堂)·간옹(艮翁)이다.

❀ 號 - 晩全堂

【≪晩全先生文集≫卷六≪附錄·行狀[洪慶臣]≫：“初以艮翁爲號, 及甲辰年間, 誦歐陽公‘早退以全晩節’之語, 改號晩全。”】

서익(徐益) 1542-1587. 조선 중기. 본관은 부여(扶餘). 자는 군수(君受)이고, 호는 만죽(萬竹)·만죽헌(萬竹軒)이다.

❀ 名 - 益   字 - 君受

【≪尙書·大禹謨≫：“滿招損, 謙受益, 時乃天道。”】

❀ 號 - 萬竹軒

【≪陶庵集·牧使徐公墓碣≫：“栗谷先生嘗疾革, 口號北邊方略以授受命巡撫者。徐公益字君受, 其人也 …… 置一亭, 修竹萬竿, 仍自號曰萬竹。”】

김효원(金孝元) 1542-1590. 조선 중기. 본관은 선산. 자는 인백(仁伯)이고, 호는 성암(省庵)이다.

❀ 名 - 孝元   字 - 仁伯

【≪論語·學而≫：“有子曰：‘孝弟也者, 其爲仁之本與！’”】

우성전(禹性傳) 1542-1593. 조선 중기. 본관은 단양(丹陽). 자는 경선(景善)이고, 호는 추연(秋淵)·연암(淵庵)이며, 시호는 문강(文康)이다.

❀ 名 - 性傳　　字 - 景善

【≪孟子·告子上≫ : "人性之善也, 猶水之就下也, 人無有不善, 水無有不下。"】

안민학(安敏學) 1542-1601. 조선 중기. 본관은 광주(廣州). 초자는 습지(習之), 자는 이습(而習)이고, 호는 풍애(楓厓)이다.

❀ 名 - 敏學　　字 - 習之　　後改字 - 而習

【≪論語·學而≫ : "學而時習之, 不亦說乎 ?"】

유성룡(柳成龍) 1542-1607. 조선 중기. 본관은 풍산(豊山). 자는 이견(而見)이고, 호는 서애(西厓)이다.

❀ 名 - 成龍　　字 - 而見

【≪周易·乾≫ : "九二, 見龍在田, 利見大人。"】

❀ 號 - 西厓

【≪西厓先生年譜≫卷一 : "五年辛未先生三十歲乞假覲淸州○欲作書堂于洛水之西厓, 以地狹不果。因以西厓自號, 後名其厓曰翔鳳臺。"

≪西厓先生年譜≫卷三≪有明朝鮮國輸忠翼謨光國忠勤貞亮効節協策扈聖功臣大匡輔國崇祿大夫議政府領議政兼領經筵弘文館藝文館春秋館觀象監事世子師豐原府院君西厓柳先生行狀[鄭經世]≫ : "所居山水絶勝, 屋西有蒼壁臨江, 直立千仞, 因自號曰西厓。每歸休, 燕坐一室, 沈潛義理。其自得之趣, 蓋有人不得而窺者。"】

송언신(宋言愼) 1542-1612. 조선 중기. 본관은 여산(礪山). 자는 과우(寡尤)이고, 호는 호봉(壺峰)이다.

❀ 初名 - 言愼　　字 - 寡尤

【≪論語·爲政≫ : "多聞闕疑, 愼言其餘, 則寡尤。"】

❀ 改名 - 許愼

【≪星湖先生全集≫卷六十八≪壺峯宋判書小傳≫ : "始名承誨。跪請于其王父曰

:'母愼氏生我, 祖母許氏育我, 願以兩母姓錫之。'王父奇之, 遂名許愼。"】

김극효(金克孝) 1542-1618. 조선 중기. 본관은 안동(安東). 자는 희민(希閔)이고, 호는 사미당(四味堂)이다.

❀ 名 - 克孝　字 - 希閔

【≪論語·先進≫:"孝哉閔子騫！""希"有希慕之義。】

조린(趙遴) 1542-1627. 조선 중기. 본관은 횡성(橫城). 자는 중겸(仲謙)이고, 호는 은은당(隱隱堂)이다.

❀ 獨樂齋

【≪蒼石先生續集≫卷八≪折衝將軍行龍驤衛副護軍趙公行狀≫:"公姓趙氏, 諱遴字仲謙, 世爲橫城著姓 …… 甲寅羣孽顓柄, 一世直士罩以一網, 識者懍焉有朝夕憂。公乃携三子泝漢而南, 隨身之物惟琴鶴及數擔書冊而已, 族人亦多有泝洄而從之者。至原州蟾江, 愛其山水秀麗, 仍居之, 名其齋曰獨樂。盖追慕乃祖文正公堂號以自揭, 而亦欲於此而樂以終身也。飭二子廢擧曰:'世已亂矣, 安用仕爲?'日與諸兒講學其中, 庭戶灑然, 無塵事之累, 往往邀門族作花樹會。一家恩義之篤, 不以嫡庶親疎而有間也。"】

남치리(南致利) 1543-1580. 조선 중기. 본관은 영양(英陽). 자는 의중(義仲)이고, 호는 비지당(賁趾堂)이다.

❀ 名 - 致利　字 - 義仲

【≪論語·里仁≫:"君子喻於義, 小人喻於利。"】

❀ 號 - 賁趾

【≪小山先生文集≫卷八≪賁趾南先生文集重刊序≫:"賁趾先生文集舊本, 以遺文附錄合爲一冊。今補以草本中詩賦及師友書牘唱酬諸篇, 釐爲上下二冊。讎校竄正訖, 僉曰:'玆事顚末, 不可以不敍也。'謹敍曰:昔吾夫子說漆雕開未能信之對, 蓋說其見之明信之篤, 而不安於小成也。見之明, 故知此道貫人己徹表裏而須臾不可離也。信之篤, 故一言造次之對, 確乎若目有所覩而手有所指也。不安於小成, 故爲山而期於成, 掘井而達乎泉, 必欲至乎眞知不疑之地。則聖師之說

之也, 詎不信然矣哉？若賁趾先生蚤歲摳衣於陶山之門, 以聰明敏睿之資, 著不
得不措之工, 堅固刻厲, 孳孳向道。進而講之於師, 退而辨之於友, 義理本諸洙泗
洛閩, 而彝倫事物之著、天人性命之微、禮儀常變之節、天文象數, 邵子、張
子、蔡氏父子之書, 無不究其當然所以然, 而反之於身則又至約也。雖其貧羸困
阨有不可堪者, 而退然自樂於無味之味, 鞠躬盡力, 死而後已。則其見之固已明
而信之又已篤矣。至以賁趾名扁, 則居下無位而志可專也。'舍車而徒', 以甘衆人
之所羞。而守節處義, 以自賁飾其所以行而已。豈非當日漆雕氏之益求其自信,
而不安於小小補罅之志乎？此師門許之以未可量, 儕友推之以不可及也。倘使天
假之年, 以遂其晚暮飽飫之工, 則上而續師門之遺響, 下而傳後學於無窮, 殆庶幾
焉。而惜乎年纔三十八而卒早夭, 使先生之志之業中道而止, 則斯文世道之不幸
爲如何哉？先生未及論著, 若干遺文重經煨燼。元集則鶴洞鄭公維藩所採錄也；
年譜言行錄, 先生兄孫龍澗公斗元所裒輯也。二公之辛勤掇拾於斷爛之餘, 以傳
於後, 何其幸邪！惟其存削記述之間, 不能無可疑者。伊湖金公世鏞就質于密菴
門下, 改成一本。頃以新舊帙取正於大山公。後又得龍澗公家藏草本, 參補釐正,
付之剞劂。今距先生之世二百有八年, 而文集粗完以成。事之顯晦, 莫不有數。
而先生之志與業, 或可因此而發之於曠世之後也歟？上之十一年丁未秋七月日,
後學韓山李光靖謹序。"】

권두문(權斗文) 1543-1617. 조선 중기. 본관은 안동(安東). 자는 경앙(景仰)이고, 호
는 남천(南川)이다.
❖ 名 - 斗文　字 - 景仰
【≪新唐書·韓愈傳贊≫ : "自愈沒, 其言大行, 學者仰之如泰山、北斗云。"】

정구(鄭逑) 1543-1620. 조선 중기. 본관은 청주(淸州). 자는 도가(道可)이고, 호는
한강(寒岡)이며, 시호는 문목(文穆)이다.
❖ 號 - 寒岡
【≪旅軒先生文集≫卷十三≪皇明朝鮮國故嘉善大夫司憲府大司憲兼世子輔養官
贈資憲大夫吏曹判書兼知義禁府事寒岡鄭先生行狀≫ : "先生姓鄭氏, 諱逑, 字道
可, 自號寒岡。岡卽先生先壟下外岡, 置齋而號焉。"】

❀ 號 – 百梅園, 泗陽病叟

【《畏齋先生文集》卷三《有明朝鮮國嘉善大夫司憲府大司憲兼世子輔養官寒岡鄭先生言行錄》："先生諱逑, 字道可, 自號寒岡, 姓鄭氏, 本貫忠淸道淸州 …… 癸未, 移居檜淵, 構草堂, 階下種梅百株, 號百梅園 …… 暮年構草堂於蘆谷, 又作精舍於泗陽, 而堂曰景晦, 自號曰泗陽病叟。"】

조휘(趙徽) 1543-?. 조선 중기. 본관은 풍양(豊壤). 자는 자미(子美)이고, 호는 송파(松坡)이다.

❀ 名 – 徽   字 – 子美

【《玉篇》："徽, 美也, 善也。"】

조진(趙振) 1535-?. 조선 중기. 본관은 양주(楊州). 자는 기백(起伯)이다.

❀ 名 – 振   字 – 起伯

【《左傳·文公十六年》："振廩同食。"《注》："振, 發也。"《論語》"起予者, 商也。"《疏》："起, 猶發也。"】

조헌(趙憲) 1544-1592. 조선 중기. 본관은 백천(白川). 자는 여식(汝式)이고, 호는 중봉(重峯)·도원(陶原)이며, 시호는 문열(文烈)이다.

❀ 名 – 憲   字 – 汝式

【《詩·小雅·六月》："文武吉甫, 萬邦為憲。"《集傳》："憲, 法也 …… 能文能武, 則萬邦以之為法矣。"《詩·大雅·下武》："成王之孚, 下土之式。"毛《傳》："式, 法也。"】

양대박(梁大樸) 1544-1592. 조선 중기. 본관은 남원(南原). 자는 사진(士眞)이고, 호는 송암(松巖)·죽암(竹巖)·하곡(荷谷)·청계도인(靑溪道人)이며, 시호는 충장(忠壯)이다.

❀ 名 – 大樸   字 – 士眞

【《老子·三十二章》："道常無名, 樸雖小, 天下莫能臣也。侯王若能守之, 萬物將自賓。"王弼《注》："樸之爲物, 憒然不偏, 近於無有, 故曰：'莫能臣也。'抱樸

無爲, 不以物累其眞, 不以欲害其神, 則物自賓而道自得也。"≪老子·二十一章≫
:"道 …… 其精甚眞, 其中有信。"嵇康≪幽憤≫詩:"志在守樸, 養素全眞。"陶淵
明≪勸農≫:"傲然自足, 抱樸含眞。"】

❀ 號 － 靑溪道人

【≪淸溪集·附錄·梁公傳[鄭琢]≫:"梁公, 全羅道南原人 …… 公名大樸, 字士
眞, 少時自號松岩。晚愛靑溪水石, 築墅居之, 改號爲靑溪道人云。"】

이로(李魯) 1544-1598. 조선 중기. 본관은 고성(固城). 자는 여유(汝唯)이고, 호는
송암(松巖)이며, 시호는 정의(貞義)이다.

❀ 謚號 － 貞義

【≪太常謚狀錄≫卷五≪贈資憲大夫吏曹判書兼知經筵義禁府事弘文館大提學藝
文館大提學知春秋館成均館事世子左賓客五衛都摠府都摠管李公謚狀≫:"萬曆
壬辰, 螽彼島夷, 蛇豕我八路。維時有晉陽三壯士, 鶴峯金公誠一、大笑軒趙公
宗道、松巖李公魯, 魯卽公也 …… 貞義清白守節曰貞, 見義能忠曰義、貞惠清白守節曰
貞, 愛民好與曰惠、莊敏履正志和曰莊, 應事有功曰敏。"】

배응경(裵應褧) 1544-1602. 조선 중기. 자는 여현(汝顯)·회보(晦甫)이고, 호는 안촌
(安村)이다.

❀ 名 － 應褧　字 － 汝顯

【≪詩·衛風·碩人≫:"碩人其頎, 衣錦褧衣。"≪傳≫:"頎, 長貌。錦, 文衣也。
夫人德盛而尊, 嫁則錦衣加褧襜。"≪箋≫云:"碩, 大也, 言莊姜儀表長麗佼好。
頎, 頎然。褧, 禪也。國君夫人翟衣而嫁, 今衣錦者, 在塗之所服也。尙之以禪衣,
爲其文之大著。"顯、著, 同義相協。】

❀ 改字 － 晦甫

【≪禮記·中庸≫:"詩曰:'衣錦尙絅', 惡其文之著也。故君子之道, 闇然而日章。"
闇然不明爲晦, 故相協。】

❀ 號 － 安村

【≪鶴沙先生文集≫卷九≪贈禮曹參判行羅州牧使安村裵公行狀≫:"公諱應褧,
字汝顯, 改晦甫。裵氏籍慶州, 中移于星州南山里安村, 仍自號安村。"】

송복원(宋福源) 1544-?. 조선 중기. 본관은 야로(冶爐). 자는 천지(川至)이다.

❀ 名 - 福源　　字 - 川至

【≪禮記·月令≫ : "爲民祈祀山川百源。"】

❀ 晚對亭

【≪竹牖先生文集≫卷三≪晚對亭記≫ : "宋上舍川至, 頃年築小室於林丘之東畔, 架二間以樓之。靑山綠水、煙雲魚鳥、曉夕几案, 物也, 而尙不名其亭。雖非造物者之增損, 亭斯境者, 無乃無顔乎？余偶過登臨, 溪風忽起, 山雨一洗, 淡粧濃黛, 薄暮益奇。忽記杜少陵‘翠屛宜晚對’之句, 請名之以‘晚對’。復次壁間晦甫諸君五言二律以答其勤焉。噫！吾東方素稱佳山水, 湖、嶺南多少樓臺亭樹, 鳥革翬飛於江海間者, 不知其經幾箇甲子、費幾許財力。而一朝兵燹, 蕩然焦土, 雲山水竹亦爲之慘裂, 況如余之白巖數椽, 尙何足道哉？幸惟江左一隅, 尙帶太平煙月, 不獨保其舊家長物, 有如川至, 能眞有山水相, 余不敢知乃能新築於亂離之際。時與親朋於焉嘉客, 把酒吟嘯, 傷今感古, 繼之以伯仁之淚者, 不一再而已。虜無善歸, 天必悔禍。快劃百萬鯨鯢, 淨洗千里山河。復與今日吾儕縱目登眺, 淸風掃屛。明月滿樓, 歌詠中興, 形忘物外, 人與境始相遇者, 當擧杯爲主人賀也。主人曰 : ‘諾。’於是乎書。"

≪大山先生文集≫卷四十四≪晚對亭重修記≫ : "亭在龜城之林皐上, 故上舍宋公之所構, 而白巖吳公之所錫名也。上舍公生訥翁之庭, 而游嘯皐朴先生之門, 以文學行誼重於鄕。其置斯亭, 實在萬曆壬辰之後。方是時, 干戈新定, 瘡痍甫起。而乃玩心高明, 優游自適於林壑之中, 不以喪亂擾攘之故而害其蕭散幽靜之趣, 高風遠韻, 猶可想像於數百載之後矣。名亭之意, 吳公記之詳矣。然亦喜其草創於患難之餘, 而未暇及於玩樂之實。蓋杜子之爲是詩, 亦只爲景物吟弄之資耳, 未足以語於道。而至晦庵夫子, 引以名武夷之亭, 退陶先生取而詠翠屛之趣, 則寄意於仁智動靜之樂, 而與鳶飛魚躍、天雲光影周旋於俯仰顧眄之頃。上舍公之構是亭與吳公之所以名, 意其有見於斯也與？上舍公旣沒, 而子孫克修前烈, 保守惟謹。亭蓋屢圮, 而輒加補葺。歲庚寅, 又重新之。其來孫權屬其友象靖, 俾爲之記。余惟諸君之爲此已勤矣, 然謂以是而足以嗣守先業則未也。惟動力於晦、退之遺編, 沈潛玩繹, 深體而實得之。日用動息之間, 直與造化流行之妙脗然而默相契, 則眼前無非理也, 而矧巖泉林壑之勝乎？他人亭館, 無非資吾之趣也，而矧先公之所樂與子孫之所世守者與？若棟宇之是修、嬉遊之是娛，則亦末矣。吾知非先公之所望於後者，而諸君之志其不肯出於此也。朋友之義，不欲用諛辭以贊堂構之美，而引以進於往喆之榘度，諸君勉乎哉！月日記。】

심충겸(沈忠謙) 1545-1594. 조선 중기. 본관은 청송(靑松). 자는 공직(公直)이고, 호는 사양당(四養堂)이며, 시호는 충익(忠翼)이다.

❀ 名 - 忠謙　字 - 公直

【≪玉篇≫：“忠，直也”】

❀ 號 - 四養堂

【≪北渚先生集≫卷九≪有明朝鮮國贈忠勤貞亮效節協策扈聖功臣崇政大夫議政府左贊成兼判義禁府事知經筵春秋館成均館事弘文館大提學藝文館大提學世子貳師靑松君行資憲大夫兵曹判書兼左副賓客沈公諡狀≫：“公諱忠謙，字某，號四養，蓋取義≪易經·頤卦≫也。”】

이순신(李舜臣) 1545-1598. 조선 중기. 본관은 덕수(德水). 자는 여해(汝諧)이고, 시호는 충무(忠武)이다.

❀ 名 - 舜臣　字 - 汝諧

【≪李忠武公全書·行錄[從子正郎芬]≫：“嘉靖乙巳三月初八日子時，公生于漢城乾川洞家。卜者云：‘此命，行年五十，杖鉞北方。’公之始生也，母夫人夢參判公告曰‘此兒必貴，宜名舜臣’。母夫人以告，德淵君遂名之。”

字汝諧○≪尙書·舜典≫“帝曰：‘俞！往哉汝諧’”，乃舜命臣之語，故爲舜臣。】

정사성(鄭士誠) 1545-1607. 조선 중기. 본관은 청주(淸州). 자는 자명(子明)이고, 호는 지헌(芝軒)이다.

❀ 名 - 士誠　字 - 子明

【≪禮記·中庸≫：“自誠明，謂之性。自明誠，謂之敎。誠則明矣，明則誠矣。”】

❀ 號 - 芝軒

【≪芝軒先生年譜≫：“六年戊寅公三十四歲五月，服関。公常懷不能終孝之痛，遂絶意擧業，築室于芝山之陽，仍以自號。杜門端坐，勵志力學，以爲終老計，遠近學者多就質焉。”】

조호익(曺好益) 1545-1609. 조선 중기. 본관은 창녕(昌寧). 자는 사우(士友)이고, 호는 지산(芝山)이며, 시호는 문간(文簡)이다.

❈ 名 - 好益　　字 - 士友

【《論語·季氏》："益者三友, 損者三友。友直、友諒、友多聞, 益矣；友便僻、友善柔、友便佞, 損矣。"】

❈ 諡號 - 文簡

【《芝山先生文集附錄》卷三《改諡筵奏領相趙斗淳、右相任百經·教旨》："贈資憲大夫吏曹判書兼知義禁府事成均館祭酒五衛都摠府都摠管行通政大夫定州牧使兼安州鎭管兵馬僉節制使曺好益, 贈諡文簡公者。道德博文曰文, 正直無邪曰簡。"】

백대붕(白大鵬) ?-1592. 조선 중기. 자는 만리(萬里)이다.

❈ 名 - 大鵬　　字 - 萬里

【《莊子·逍遙游》："《齊諧》云：'鵬之徙於南溟也, 水擊三千里, 摶扶搖而上九萬里。'"】

신립(申砬) 1546-1592. 조선 중기. 본관은 평산(平山). 자는 입지(立之)이고, 시호는 충장(忠壯)이다.

❈ 諡號 - 忠壯

【《太常諡狀錄》卷三《贈純忠積德秉義補祚功臣大匡輔國崇祿大夫議政府領議政兼領經筵弘文館藝文館春秋館觀象監事世子師平陽府院君行資憲大夫漢城府判尹兼五衛都摠府都摠管知訓鍊院事八道都巡邊使申公諡狀》："公諱砬, 字立之, 本貫平山 …… 落點忠壯危身奉上曰忠, 死於原野曰壯、忠毅忠, 上同；強而能斷曰毅、忠襄忠, 上同；甲胄有勞曰襄。"】

이개립(李介立) 1546-1625. 조선 중기. 본관은 경주(慶州). 자는 대중(大仲)이고, 호는 성오대(省吾臺)·역봉(櫟峰)이다.

❈ 名 - 介立　　字 - 大仲

【《詩·小雅·小明》："神之聽之, 介爾景福。"《傳》："介、景, 皆大也。"】

성여신(成汝信) 1546-1632. 조선 중기. 본관은 창녕(昌寧). 자는 공실(公實)이고, 호는 부사(浮査)·야로(野老)이다.

❀ 名 - 汝信　　字 - 公實

【≪說文≫：“信，誠也。”≪廣韻≫：“實，誠也，滿也。”】

❀ 養直堂

【≪浮査先生文集≫卷三≪養直堂記≫：“翁之所居堂以養直名之者，何意耶？曰：堂之北有竹千竿，亭亭焉，森森焉。直節干霄，凌霜獨立，故因所見以名之。養字，是苟得其養，無物不長之義也。君子之於物也，非徒觀物，而必反之於躬。是以國風以‘綠竹如簀’興衛武之德，樂天以‘心空性直’比賢人之節。徒知觀物而不知反己，則非君子養心之道也。孔子曰：‘人之生也直。’孟子曰：‘以直養而無害，則塞乎天地之間。’仍以是二語爲此堂做工之根基焉。遂爲之箴曰：‘堂之北，千竿竹。其心空，其節直。卻炎暑，排霜雪。君子以，取爲則。踐吾形，復吾性。善其養，直以敬。常顧諟，用自警。’”】

❀ 伴鷗亭

【≪浮査先生文集≫卷三≪伴鷗亭記在臨江亭上流一里。佳木數株，蔭覆江上，景致幽絶。翁之所占而名之者也≫：“萬曆己亥冬，龜村野夫返于舊居，晉陽之代如村也。越明年夏五，得避暑地于居之東百步許，菁川江之下流南岸上也。野夫避丁酉亂，漂寄于金陵之地。己亥春，由星西路，客托於伽倻之麓。是歲首夏之月，農徙於宜春之西，萍浮蓬轉，飽更多小艱辛，而後得還故鄉焉。然而煙寒竹堂，月冷梅塢，徘徊俛仰，觸目興懷，移築土室於靜旨之南雙峯舊址，就平地也。方其祝融宣威，火傘張空。蚊雷短簷，遮燠無因。但詠歐陽≪病暑賦≫，空吟杜陵≪苦熱詩≫而已。一日屨及於東湖上竹林邊，樹木陰翳，波光凌亂。白沙三島，綠楊千株。岸幘盤桓，身世畫圖。眞箇遊賞地也！於是命僕夫斲陂陀以夷之，芟薈蔚以暢之。林踈而爽籟生，蔽刪而靑山多。流金之暑，不知何許遁去。挾纊之思，俄頃催動心肝。於是攜冠童五六，避暑偃息，不於他而於斯焉；觴詠嘯傲，不於他而於斯焉；澡浴游泳，不於他而於斯焉。今日於斯，明日於斯，又明日於斯焉。不知日之將暮，月之將半矣。一日，冠童等語余曰：‘斯亭之勝，八景俱備。盍名斯亭，以記其勝？’余曰：‘諾。’沈思數日，不得其可名者。余觀夫碧波上、紅蓼邊，有一物焉。其色白，其容閑。浮沈有時，出沒無常。或戲水渚，或眠沙畔。忘機狎之，則近而不驚；有心翫之, 則遠而不親。斯亭之勝, 孰愈於斯？斯亭可名以伴鷗乎？僉曰：
'甚善。名此固當。'因以伴鷗名之。余又解之曰：'僉君徒知斯亭之得善名, 而不
知名亭之稱其實也。'僉曰：'可得聞乎？'余曰：'嗟乎！羽族三百有六, 而最靈者
鳳凰也, 鷗無是德焉；能言者, 鸚鵡也, 鷗無是能焉；擊搏者, 鷹鸇也, 鷗無是才
焉：無德也, 無能也, 無才也。而好居江湖、無意世事者, 可以爲野夫之伴矣。然
則斯亭之得斯名, 不亦稱乎？遂詠山谷詩曰：'江南野水碧於天, 中有白鷗閒似
我。'萬曆庚子皐月上澣, 浮査野夫記。"】

❀ 二顧齋, 四有齋, 三於堂

【≪浮査先生文集≫卷三≪知恩舍名堂室記≫："舍在浮査第之東, 制凡四間。東
西兩角, 各安一室, 爲溫突明窓, 是兒曹讀書所也。東曰二顧齋, 取'言顧行、行顧
言'之義。西曰四有齋, 取'晝有爲、宵有得、瞬有養、息有存'之意。中二間, 編竹
爲牀, 坐臥於斯, 枕藉碧琅玕, 名曰三於堂, 是孝於親、悌於長、信於友也。不言
忠於君者, 忠孝本一體, 家國無二致, 故省之。窓曰羲皇窓, '淸風北窓下, 自謂羲
皇人'者也。作一絕書于堂之壁曰：'浮査亭北知恩舍, 二顧齋西四有齋。日向三
於勤着力, 升堂入室可成階。'又作五言一絕書于窓之扉曰：'玉骨千竿竹, 氷心一
樹梅。掩門人不到, 身世是無懷。'塢曰三梅。植三梅, 始翫雲裏之姿, 終取和鼎
之實, 亦古人植三槐之意。嗟我兒曹, 體余名堂室之義。夙夜孜孜, 遵余植三梅
之意。終始無怠無荒, 幸甚！幸甚！壬子暮春記。"】

박이장(朴而章) 1547-1622. 조선 중기. 본관은 순천(順天). 자는 숙빈(叔彬)이고, 호
는 용담(龍潭)·도천(道川)이다.

❀ 號 - 龍潭

【≪龍潭先生文集≫卷七≪遺事≫："先生諱而章, 字叔彬, 姓朴氏, 其先順天人也
…… 宣廟昇遐, 廢主立。仁弘得志, 勢焰燻灼, 嗾其徒毁公家, 又貶爲是府。公
旣解官, 上疏救大妃, 被罪黜鄕里。不欲返陜川舊居, 僑居于眞寶之三昧村, 逍遙
山水間。已又卜菟裘于高陽龍潭里, 因自號龍潭。"】

성용(成鏞) ?-?. 조선 중기. 본관은 창녕(昌寧). 초명은 소업(紹業), 호는 모성재(慕
省齋)이다.

❀ 翠香堂

【≪浮查先生文集≫卷三≪翠香堂記≫：“翠香堂者，浮查作亭以與鏞者也。將上梁，鏞請曰：‘願作文以頌焉。’翁曰：‘諾。余雖耄，可無一語？’於是以翠香名其堂，仍作文以頌之。謂之翠香者何？以後有竹前有梅也。客有諷余者曰：‘子於前日名鏞之室曰三喜，今者號鏞之室曰翠香。前以實，後以虛，何歟？翠香之號，無以太虛？’翁曰：‘子亦徒知其一，未知其二者也。古人之於亭臺，或誌喜，或記見。喜雨亭，誌喜也；凌虛臺，記見也。今余於鏞，誌喜也；於鏞，記見也。然實中有虛，虛中有實，亦古人因物起興之義。梅之實何？馨德是也。竹之實何？直節是也。人之處心行事，如竹之直，如梅之馨，何往不可？況梅是兄，竹是弟，人之兄弟，亦如此二物而各保其馨直，則可以生而順，死而安矣。’既而語客，又吟一絕以示兒輩曰：‘翠後婆娑堂後竹，暗香浮動檻前梅。兄兄弟弟相依處，剩得春風雨露培。’噫！汝等徒知梅竹之相依，而不知雨露之所從來耶？梅而無雨露則不生，竹而無雨露則不活，汝而無雨露則不長。沛然而下、溥溥而零者，梅竹之雨露也；乳之哺之、顧之復之者，兄弟之雨露也。汝知雨露之所從來，夙夜思無忝也，則庶不負名堂之義矣！年月日浮查野夫記”】

성한영(成瀚永) ?-?. 조선 중기. 본관은 창녕(昌寧).

❀ 釀和堂

【≪浮查先生文集≫卷三≪釀和堂記≫：“釀和堂者，孫兒瀚永所構之室也。永欲奠居而無其地，欲借我種蔬之園，願爲安堵之基，余許之。永也於是乎鳩材倩工，畫宮而經始之。其地在三喜堂之東、二柱扉之北，北有草廬，吾所舍也，而浮查亭之三於堂在其東。永也於經始之初問於我曰：‘鵲巢將營，欲爲上梁文。何以名吾堂則可？’余曰：‘汝屋之基甚狹，不過一畝之地。儒有“一畝宮”之語，於≪記≫有之，盍名之以一畝堂乎？’永於是以是名求上梁文於其外祖氏鋪巖之李上舍。上舍答永書曰：‘大丈夫安事一畝宮乎？使吾天假之年，汝亦得經營千萬間大廈，盡庇天下寒士，則雖老矣，尚能爲汝賦之。’永也於是持以語余曰：‘外祖氏所敎如是，而吾心亦以一畝爲隘，請擇善名焉。’余曰：‘古之人名堂室者，各以自家意思名之。仁智堂，晦翁之所自名也。安樂窩，康節之所自號也。汝亦以汝之所好名之，可也。汝之意以何爲好耶？’永曰：‘吾之平日願事之者，和之一字也。以和顏事父母, 則父母喜；以和意待兄弟, 則兄弟樂。琴瑟和, 則得其諧；朋友和, 則得其信。請以和字名吾堂, 何如？'余曰：'善！如爾之請也。如爾之請也。和之一字, 乃聖賢用功最緊切處。喜怒哀樂之發而中節者, 謂之和。推而至於天地位, 萬物育也, 則和之時義大矣哉！汝苟以和字爲好, 則盍名汝堂以養和乎？'旣而又思之, 養字於學者工夫, 有存養之養、養性養心之養。'苟得其養, 無物不長'者, 孟子之語也, 於工夫最切, 而但以和字觀之, 則'養'字莫如'釀'字之恰着也。故換着釀字, 釀乃陶和之名也。浮浮大飯, 炊之以玉飯, 和之以麴糵, 投諸大甕中, 待熟而出, 則或名以羅浮春, 或名以太和湯, 三盃通大道, 一斗合自然者, 無非自一釀字出。'釀'字之加於'和'字, 豈不可乎？於是以釀和名之, 遂爲之記。"】

허성(許筬) 1548-1612. 조선 중기. 본관은 양천(陽川). 자는 공언(功彦)이고, 호는 악록(岳麓)·산전(山前)이다.

❉ 十貂軒

【≪象村稿≫卷十五≪題十貂軒次諸公韻許知樞筬有直言, 上特賜貂皮一束以獎之, 知樞賣貂買亭, 榮君賜也。≫："言同藥石筆翻霜, 風采堂堂老更強。共喜聖明優聽納, 佇觀軍國自平章。隆寒不入華貂煖, 瑞色常盤御墨香。盛事芳名應竝美, 直將詮載播多方。"】

심희수(沈喜壽) 1548-1622. 조선 중기. 본관은 청송(靑松). 자는 백구(伯懼)이고, 호는 일송(一松)·수뢰누인(水雷累人)이며, 시호는 문정(文貞)이다.

❉ 名 - 喜壽　字 - 伯懼

【≪論語·里仁≫："子曰：'父母之年不可不知也, 一則以喜, 一則以懼。"≪注≫："孔曰見其壽考則喜, 見其衰老則懼。"】

김장생(金長生) 1548-1631. 조선 중기. 본관은 광산(光山). 자는 희원(希元)이고, 호는 사계(沙溪)이며, 시호는 문원(文元)이다.

❉ 名 - 長生　字 - 希元

【≪老子·七章≫："天地所以能長且久者, 以其不自生, 故能長生。"≪廣雅·釋言≫："元, 天也。"】

❀ 養性堂

【≪沙溪先生遺稿≫卷五≪養性堂記≫：“遯巖園林中舊有亭扁曰雅閑，本世祖朝文士崔淸江之別業也。後爲吾伯祖父庶尹諱錫所得，而余因家焉。背有小山，山下有松竹。前有長林，林外有淸溪。白沙明媚，深可移艇。又後澗懸流巖石間，可以濯纓。引爲上下池，以種紅白蓮。又有桃蹊柳汀，而莎草被堤者可數百步。梨棗柹栗、楮漆桑柘，環繞左右。其遠勢則大芚在其南，鷄龍峙其北。峯巒嶄崪，咸萃於一席間。郊外有薄田數頃，若使僮僕勤力其中，足以供饘粥。然余生長京洛，繫官于朝。役役塵冗，無一日靜養之功。而尤悔山積，回首茫然，非可以歲月救治也。若早尋初服，仰而樂山，俯而觀水。觸物悟理，涵泳優游，則未必無助於心地上工夫。而有其志未能決者蓋久，今歲始得來歸矣。亭有舊刻詩什，其一乃吾先祖政丞公所題也。余嘗諷詠其間，而復求諸名作以續之矣。壬辰喪亂，竝與亭舍而灰燼，今乃俛仰傷感，仍構小堂於遺址，復刻諸詩，時觀而自釋焉。又改號曰養性，而求和於當世之作者焉。”】

임제(林悌) 1549-1587. 조선 중기. 본관은 나주(羅州). 자는 자순(子順)이고, 호는 백호(白湖)·겸재(謙齋)이다.

❀ 名 - 悌　字 - 子順

【≪論語·學而≫：“子曰：‘弟子入則孝，出則悌。”≪注≫：“入則事親，孝；出則敬長，悌。悌，順也。】

정지승(鄭之升) ?-?. 조선 중기. 자는 자신(子愼)이다.

❀ 名 - 之升　字 - 子愼

【≪尙書·文侯之命≫：“丕顯文武，克愼明德。昭升於上，敷聞在下。”】

박성(朴惺) 1549-1606. 조선 중기. 본관은 밀양(密陽). 자는 덕응(德凝)이고, 호는 대암(大菴)이다.

❀ 號 - 大庵

【≪旅軒先生文集≫卷十三≪大庵朴公行狀≫：“公密陽朴氏，名惺，字德凝，號大庵 …… 公號庵以大者，謂反躬自慮，其氣質未能宏大，要以大之，又取程明道‘不

欲以一善成名'之義，用自勖也。"】

❀ **學顔齋**

【≪旅軒先生文集≫卷十三≪大庵朴公行狀≫："公密陽朴氏，名惺，字德凝，號大庵……晚年深好≪論語≫，豈非味得其親切和平，有非他書比哉？在靑松，設草堂於溪上，揭號曰學顔齋，'四勿'名東寮，'博約'名西寮，常對≪論語≫於其中。"】

이정형(李廷馨) 1549-1607. 조선 중기. 본관은 경주(慶州). 자는 덕훈(德薰)이고, 호는 지퇴당(知退堂)·동각(東閣)이다.

❀ **名 - 廷馨   字 - 德薰**

【≪詩·大雅·鳧鷖≫："爾酒旣淸，爾殽旣馨。"毛≪傳≫："馨，香之遠聞也。"≪說文≫："薰，香草也。"】

홍이상(洪履祥) 1549-1615. 조선 중기. 본관은 풍산(豐山). 자는 원례(元禮)·군서(君瑞)이고, 호는 모당(慕堂)이다.

❀ **初名 - 麟祥   改名 - 履祥   字 - 君瑞**

【≪左傳·哀公十四年≫杜預≪注≫："麟者，仁獸，聖王之嘉瑞也。"祥、瑞義近。又≪周易·履≫："上九：視履考祥，其旋元吉。"孔≪疏≫："視履考祥者，祥謂徵祥，上九處履之極，履道已成，故視其所履之行善惡得失，考其禍福之徵祥。"】

❀ **號 - 慕堂**

【≪蒼石先生文集≫卷十六≪贈大匡輔國崇祿大夫議政府領議政行嘉義大夫司憲府大司憲洪公墓誌銘≫"謹按：公姓洪氏，初諱麟祥，後改履祥，字君瑞，籍豐山……辛巳春，拜刑曹郞。夏，選入玉堂爲修撰，兼如例。六月，丁外艱，另加恩賵，人皆榮之。執喪過制，服闋，孺慕不已。自號曰慕堂，以寓永慕之意。"】

이인기(李麟奇) 1549-1631. 조선 중기. 본관은 청해(靑海). 자는 인서(仁瑞)이고, 호는 송계거사(松溪居士)이다.

❀ **名 - 麟奇   字 - 仁瑞**

【≪公羊傳·哀公十四年≫："麟者，仁獸也。"又晉杜預≪春秋左傳序≫："麟鳳五靈，王者之嘉瑞也。"】

❖ 號 － 松溪

【≪谿谷先生集≫卷十一≪嘉義大夫同知中樞府事贈某官李公墓志銘≫："松溪李公諱麟奇, 字仁瑞, 晚而屛居東郊之松溪, 因以自號。"】

유영경(柳永慶) 1550-1608. 조선 중기. 본관은 전주(全州). 자는 선여(善餘)이고, 호는 춘호(春湖)이다.

❖ 名 － 永慶　　字 － 善餘

【≪周易·坤≫："積善之家, 必有餘慶。"】

성로(成輅) 1550-1615. 조선 중기. 본관은 창녕(昌寧). 자는 중임(重任)·자중(子重)이고, 호는 석전(石田)·잠암(潛巖)·잠곡(潛谷)·삼일당(三一堂)·평량자(平凉子)이다.

❖ 號 － 平凉子, 潛巖, 三一堂, 石田

【≪白軒先生集≫卷三十五≪文稿·處士成公行狀≫："公諱輅, 字重任 …… 中庚午進士, 游泮宮, 言論凜然有正直氣, 多士推重。自少時已無宦情, 不事擧子業, 乃書九容, 九思揭諸座右, 常自省察, 所與友善, 多一代名公卿。行誼著聞, 薦剡交加。初授司饔院參奉, 再除齊陵參奉, 而皆不起。松江爲時輩所吹毛, 公以其門徒亦困於脣舌, 益無意於世, 惟麴糵是托。醉則悲咤歌呼, 放形骸於風塵之表。好善嫉惡, 出乎其性。如其人之善也, 則雖踈如舊識, 笑語訴訴, 惟恐其不我欲也；如其人之不善, 則羞與之同席, 叫號傲睨, 若無覩焉。知公者謂公放達, 不知公者誚公之狂。所著詩篇, 動盈箱篋, 而一夕盡取以焚之。今所存一卷, 收聚於散逸者耳。家于西湖之上, 謝絶人事。隣翁置酒相邀, 則輒造飮。自號石田, 亦曰三一堂, 曰潛巖。常戴蔽陽子, 又自稱曰平凉子。公嘗自序曰：先生不知何許人也, 見水底有一石狀甚奇古, 水淸則見, 水濁則不見, 因以爲號。又號三一堂, 三一者, 民生於三, 事之如一之義也。又號石田, 蓋取其土薄不用也。性嗜酒, 自謂陶靖節死後獨得其妙爾。抱迂守拙, 無意人間事, 又不喜讀書, 只解作絶句。自吟自遣, 好談仙方。醉酒則高聲放歌, 或長吟'景翳翳而將入, 撫孤松而盤桓'之句, 唏噓歎息。年老而氣不衰, 遇酒必大呼痛飮, 人皆笑之而不知人之笑之也。平生有詩曰'男子心懷一嘯中, 仰看天日俯書空', 此其大略也而, 然見此則可想其氣槩矣。"】

이유간(李惟侃) 1550-1634. 조선 중기. 본관은 전주(全州). 자는 강중(剛仲)이다.

❋ 名 - 惟侃　字 - 剛仲

【≪說文≫：“侃, 剛直也。”】

이함형(李咸亨) 1550-?. 조선 중기.

❋ 山天齋

【≪星湖先生全集≫卷六十八≪山天齋李先生小傳≫：“父栻仕宣祖時位至吏曹參判。先生生於嘉靖庚戌, 卽老先生卜居退溪之歲。至己巳春, 老先生乞退歸鄉, 先生往謁受業。時年弱冠, 仍留隴雲精舍講≪心經≫。老先生亟許之曰：‘爲人開悟, 刻意向學, 共處令人有益。’自是書牘往來, 日有精進。明年三月, 撰≪心經質疑≫成, 與艮齋李德弘所錄合爲一書, 進于老先生曰：‘≪心經≫之切於學者, 如菽粟之宜於飽, 布帛之宜於煖。但微辭奧旨, 在初學有未易曉。敬纂平日所聞之旨, 繕寫一通, 伏惟先生同者取之, 不同者去之, 繁者刪之, 遺者補之, 開示聖賢用意之微焉。’蓋其書悉用老先生訓也。旣而有取於‘多識前言往行’之義, 欲揭齋號曰‘大畜’, 老先生改以‘山天’。”】

허봉(許篈) 1551-1588. 조선 중기. 본관은 양천(陽川). 자는 미숙(美叔)이고, 호는 하곡(荷谷)이다.

❋ 晝寒亭

【≪荷谷先生雜著補遺·晝寒亭記≫：“夜以寒, 晝以暖。亭以晝寒名, 何反耶？觀其有山戌削, 有水縈回。散靈籟於林標, 挹爽氣於霄漢。然則晝之寒, 其名宜也。噫！靡是亭, 浩然之氣安從生？若余者, 冰氏子也。宜乎寒, 不宜乎暖, 故名亭而記亭。”】

이희(李曦) ?-?. 조선 중기. 본관은 전주(全州). 자는 가승(可昇)이다.

❋ 名 - 曦　字 - 可昇

【≪荷谷先生雜著補遺·可昇字說≫：“李氏子, 曦其名, 昇爲字。荷谷道人誌曰：沈沈萬國, 衆象皆黑。皎皎一天, 大明高懸。斯其爲休徵, 而字子以可昇乎？”】

송상현(宋象賢) 1551-1592. 조선 중기. 본관은 여산(礪山). 자는 덕구(德求)이고, 호는 천곡(泉谷)·한천(寒泉)이다.

❀ 名 - 象賢   字 - 德求

【≪尚書·微子之命≫ : "殷王元子, 惟稽古崇德象賢。"】

황혁(黃赫) 1551-1612. 조선 중기. 본관은 장수(長水). 자는 회지(晦之)이고, 호는 독석(獨石)이다.

❀ 名 - 赫   字 - 晦之

【≪小爾雅≫ : "赫, 顯也。"≪左傳·成公十四年≫ : "春秋之稱微而顯, 志而晦。"≪注≫ : "晦亦微, 謂約言以紀事, 事叙而名微。"】

윤돈(尹暾) 1551-1612. 조선 중기. 본관은 파평(坡平). 자는 여승(汝昇)이고, 호는 죽창(竹窓)이며, 시호는 효정(孝貞)이다.

❀ 名 - 暾   字 - 汝昇

【≪楚辭·九歌≫ "暾將出兮東方。"≪說文≫ : "昇, 日上也。"】

신식(申湜) 1551-1623. 조선 중기. 본관은 고령(高靈). 자는 숙지(叔止)이고, 호는 용졸재(用拙齋)·임곡(臨谷)이다.

❀ 號 - 用拙齋

【≪象村稿≫卷三十≪用拙齋贊幷小跋○續稿≫ : "智不以巧, 奚其鑿兮。言不以巧, 近仁德兮。行不以巧, 敦乎朴兮。世鶩於巧, 公胡拙兮。有命自天, 公是迷兮。玄酒不漓, 古井不波。績繡不施, 雕鏤不加。眞全質完, 於道則多。伊拙之用, 用而無窮。其何師乎 ? 惟周元公。人生世間, 知遇實難。或曠代相感, 或交臂相失。其於倫輩猶然, 況君臣之際耶 ? 宣祖大王一言命公, 而公乃爲終身佩持之符。匪直佩持, 又揄揚之。噫 ! 足以觀君臣矣 ! 於是乎尤不能不以之興懷也。乃若敷暢厥義, 諸薦紳先生已盡之矣。欽毋用贅, 姑爲之贊云。用拙, 申知樞湜之號也。曾爲承宣, 朝廷將以知樞擬差天朝官儐接之任。宣祖大王下敎曰'某也拙云', 故知樞仍以自號。"

≪於于集≫卷四≪用拙軒記≫ : "愚觀天下之事, 巧莫巧於拙, 而拙莫拙於巧。有巧於此, 其巧足以雕棘猴, 射鶱虱, 累丸竿上, 注油錢孔, 能使木馬涉險而偶人眴目, 則可謂巧乎？曰, 吾必謂之拙也。有拙於此, 居鵲巢, 甘鷇食, 支離詖筴, 族庖折刀, 以至狂屈之忘意, 無爲之不知, 斯可謂拙乎？曰, 吾必謂之巧也。奚以知其然也？請言其巧。今夫造物者, 刻畫衆象, 雕鏤庶品。坪而爲泰山, 細而爲秋毫。人有面目而萬殊其狀, 物有胎卵而各異其相。皆出於自然, 莫測其爲然。人之吊巧者, 欲髣髴萬一而不得。於是, 明有所闇, 長有所短。雖有鉅智, 萬人謀之則不免焉, 愚故曰拙莫拙於巧也。請言其拙。今夫依社之樗, 遠梓匠之斲。曳尾之龜, 辭宗祧之祀。中溝之斷, 乏青黃之綵。一枝之安, 謝樊籠之羈。天下之大能, 莫過於百不能。而壅閼哽跈, 樸素癡騃, 爲明哲保身之第一策, 故不可以不能守閭而謂騊駼爲無技, 不能鑽隙而謂梁欐爲非器。無用之用、不材之材, 廼所以爲大用大材, 愚故曰巧莫巧於拙也。今申公叔正氏早世登科, 平步青雲, 公私所料理皆人所不逮, 世之用其巧者未或侈玆, 而名其軒猶以用拙者, 何耶？言如湧泉而訥於時論, 足能軼風而蹇於勢途。秩已乘軺而走猶循墻, 祿可潤屋而家則立壁。撝謙自守, 愈久而愈篤。世之巧進者率多中道困躓, 鮮能保其始終。而敭歷清華, 老躋公卿, 未嘗一跌高衢, 此無非用拙之德有以致之。而拙中之巧, 雖般倕、偃師亦未能過之。然則回之愚、參之魯, 濂溪之賦、老子之經, 用此道也。而杜子所謂'用拙存吾道'者, 其知道者也乎？叔正氏求記於愚殆十年, 嘗以拙文辭。今聞有萬里行, 復索以贐行, 愚亦稍有所激, 寓言于斯軒。吁！愚亦拙莫拙者。唯其拙, 是以能知拙。"】

강수남(姜壽男) 1552-1592. 조선 중기. 본관은 진주(晉州). 자는 인수(仁叟)이고, 호는 사월정(沙月亭)이다.

❁ 名 - 壽男　　字 - 仁叟

【≪論語 · 雍也≫ : "子曰 : '知者樂水, 仁者樂山 ; 知者動, 仁者靜 ; 知者樂, 仁者壽。'"】

한백겸(韓百謙) 1552-1615. 조선 중기. 본관은 청주(淸州). 자는 명길(鳴吉)이고, 호는 구암(久菴)이다.

❁ 名 - 百謙　　字 - 鳴吉

【≪周易・謙≫：“六二，鳴謙，貞吉。”≪注≫：“鳴者，聲名聞之謂也。”】

❈ 返始堂

【≪久菴遺稿≫卷上≪返始堂記≫：“清州，本某先祖高麗太尉公開基之地。後七百餘年而某分牧是邑，鄕人父老往往傳說當時之事，指某丘爲舊遊，指某水爲舊釣。令人感古悼昔，有不能自已者。於是就其古里遺墟，築壇樹碑，以寓羹墻之感，吾弟柳川公實記其事。又於公衙東墻外開一小屋，凡四架五楣，以其左半爲溫房，前開後壁，蓋嚮晦宴息，取便起居也。以其右半爲涼軒，四達八窓，蓋待朝聽民，恐有壅蔽也。合而扁之曰返始堂，其取義也有二焉：在某，則返於始生之鄕，以其地而言也；在他人，則返於始稟之性，以其德而言也。顧名思義，惟其當而已。不施繪事，昭其儉也。不取茅茨，圖其久也。周繚垣墻，雜植花卉。出入之際，由內達外，無煩徒卒。開門則爲公堂，闔門則爲私室。一開一闔，動靜循環。公與私不相妨，心與身俱得宜。此作堂之梗槪也。且夫斯堂之所貯，雖無異趣奇觀，夏聽南川，冬看雪山，秋月春花，皆足以怡神樂志，以永今夕。但受人之牧，不敢自逸。春省耕，秋省斂，冬催科，皆有程限，日不暇給，無一時可以等閑遨遊，而惟長夏數月，稍得無事。民歸農畝，簿牒無多。綠陰滿庭，盡日偸閑。時則或與二三學徒携經執書，講明道理，使一州之人皆知返始之義，庶幾移孝爲忠，自家而國，不下堂而成敎矣。然則斯堂之作，亦不能無少補於治化。而鹵莽不敏，蓋有志而未逮焉。噫！榮歸故鄕，古人比之晝錦，豈非其人之德之業足以享有富貴，而非濫叨乎？其向人誇矜亦宜矣。如某薄劣尸素，日夕惴惴，嘗以負國恩忝所生爲憂，又奚暇以榮耀自多哉？此則事同而心異，不敢效顰也。旣以此求詠於諸公，而因記其顚末，以告繼而坐斯堂者云。”】

곽재우(郭再祐) 1552-1617. 조선 중기. 본관은 현풍(玄風). 자는 계수(季綬)이고, 호는 망우당(忘憂堂)이며, 시호는 충익(忠翼)이다.

❈ 諡號 - 忠翼

【≪太常諡狀錄≫卷七≪贈資憲大夫兵曹判書兼知義禁府事行嘉善大夫漢城府右尹兼五衛都摠府副摠管忘憂堂郭公諡狀≫：“壬辰之亂，糾義兵、抗凶鋒者固非一二數，而有自稱‘天降紅衣將軍’，首先倡義，提烏合之卒，抗鴟張之賊，游兵迭出，而有江淮遮遏之功，斬獲甚多，而慕大樹獨屛之風者，唯世所謂忘憂堂一人而已。公諱再祐，字季綏，姓郭氏，系出玄風……落點忠翼事君盡節曰忠，思慮深遠曰翼、忠莊忠，上同；履正志和曰莊、忠景忠，上同；由義以濟曰景。"】

오억령(吳億齡) 1552-1618. 조선 중기. 본관은 동복(同福). 자는 대년(大年)이고, 호는 만취(晚翠)이며, 시호는 문숙(文肅)이다.

❈ 名 - 億齡　字 - 大年

【≪莊子·逍遙游≫："小知不及大知，　小年不及大年。奚以知其然也？朝菌不知晦朔，蟪蛄不知春秋，此小年也。楚之南有冥靈者，以五百歲爲春，五百歲爲秋；上古有大椿者，以八千歲爲春，八千歲爲秋。"】

조탁(曹倬) 1552-1621. 조선 중기. 본관은 창녕(昌寧). 자는 대이(大而)이고, 호는 이양당(二養堂)·치재(恥齋)이다.

❈ 名 - 倬　字 - 大而

【≪詩·大雅·桑柔≫："倬彼昊天，寧不我矜？"鄭≪箋≫："倬，明大貌。"】

❈ 號 - 恥齋

【≪於于集≫卷四≪恥齋記≫："凡人有不能快足於心者，卽恥也。人非聖，孰能無恥？恥而不恥，其恥也滋甚。如知恥而能改之，終至於無其恥矣。吾友曹大而公弱冠喪所恃，嬰疾病，病中讀≪心經≫，得伊川所謂'忘身循欲爲深恥'，惕然自警，用爲養病良方，仍以名其齋。盖伊川受氣薄，三十浸盛，四十五十始完，踰七十，筋力無損於盛年。張思叔之疑之爲伊川因受氣之薄厚爲保生致之也，伊川之答云：'實以窒欲爲本，非得諸保生之末也。'可謂眞知重輕大小也已矣。余觀世人有恥於中，秘而不發，雖赧於面、澁於言，猶欲黶然掩之，懼人之知之。今大而公獨恥於心，又筆之書揭諸扁。始由養病，終悟養生養心，兩得其要。以伊川所恥爲恥，其恥也，君子之恥。雖然，伊川所謂忘身循欲凡可以傷生如酒色者，學者皆可警也。而非如少壯時自可無事乎恥。若夫人之欲，孰非可恥？而其可恥者，又有大於酒色。世人之循欲於名利，終至亡其生者，何限？此又可恥之尤者歟？嗚呼！張思叔未及恥之。聞伊川之反其本知己之見爲可恥，大而公未及恥之。因張思叔之釋疑於伊川，知己之疾爲可恥，余未及恥之。因大而公之以恥名齋，知伊川之訓其恥、張思叔之學其恥、大而公之慕其恥，數君子之恥，皆可恥也。唯其

伊川因治心致保生，大而公因保生得治心，而又恥伊川之所未盖恥，余因此知大
而公能自快足於心，因其有恥終至於無其恥也無疑。”】

❀ 號－二養堂

【≪於于集≫卷四≪二養堂記≫：“二養者何？養心也、養生也。吾友曹公撮要於
衆工夫，得斯二焉。取先儒要訓爲一書，又揭扁以號堂，要余記之。盖人之所取
養，必先以物。其名數甚多，爲士多不務其周。今公之養，其目極約，舉其大、遺
其小而見功博，何者？人之心，如波蕩、如火馳，易放而難收。人之生，有涯于兩
間，潛消暗鑠之有萬，而卒難保其久之。二者養之，非得其道，其不歸喪心喪生者
希矣，宜夫公之撮二字以號堂也。雖然，心譬之君也，生譬之國祚也；君不君而
欲享其國祚，得乎？能使大君正位乎靈臺，不令一塵或惹其淸明，然後四肢百體
皆聽命乎一，靜以綏之，可保天年而無短折。苟能察人心、道心、赤子心、大人
心，涵以養之，克至夫主一無適之地，則仁者之壽，天道之必然者也。雖不幸猶有
不朽者存，君子將焉悲之？彼吐腐納新、熊經鳥伸、扣齒運眼、鳴天鼓、飮沆瀣，
特其末也，學者所不道。余觀眛此者徒竊竊於養生，日鳩聚紛華以求養其生，而
其天君反爲臣於末體。窮年而憂之，忘身而取之。以所以養生者殘生，猶不君而
望其國之延祚。無他焉，不能處二而擇一也。是故公之扁，約以二之。而余之言，
又自二而一之。雖然，儒者之學務着實，彼仙也、釋也，亦能養心養生者。”

≪浦渚先生集≫卷三十二≪刑曹參判曹公墓誌銘≫：“公諱倬，字大而，其先昌寧
人 …… 親戚到門，無遠近貴賤，待之一以誠。窮不能婚者，悉力助之。每公退還
家養痾，不事交遊。常謂伊川先生所謂‘吾以忘生徇欲爲深恥’者，乃養心養生之
要也，號所居書室爲二養堂。”】

민인백(閔仁伯) 1552-1626. 조선 중기. 본관은 여흥(驪興). 자는 백춘(伯春)이고, 호
는 태천(苔泉)이며, 시호는 경정(景靖)이다.

❀ 名－仁伯　　字－伯春

【≪禮記·樂記≫：“春作夏長，仁也。”】

윤두수(尹斗壽) 1533-1601. 조선 중기. 본관은 해평(海平). 자는 자앙(子仰)이고, 호
는 오음(梧陰)이며, 시호는 문정(文靖)이다.

❀ 名－斗壽　字－子仰

【≪新唐書·韓愈傳贊≫：“自愈沒，其言大行，學者仰之如泰山、北斗云。”另，南斗主壽，故以“壽”綴“斗”。】

❀ 號－梧陰

【≪梧陰先生遺稿附錄·神道碑銘幷序○崔岦≫：“夫人昌原黃氏，穆淸殿參奉大用之女，京畿觀察使琦之孫，刑曹判書鄭百朋之外孫。有賢德居家，得婦道甚，累封至貞敬夫人，先公十年卒。公夫人同原異壙，而葬掩訖，實公卒之年六月四日。兆在長湍府梧陰里先議政公塋域之側，公嘗自號梧陰，其謂是乎？”】

❀ 愛山堂

【≪簡易文集≫卷二≪愛山堂記≫：“梧陰相公新營野堂于都城之西南方。工未半就，而命岦同賞焉。則其地去城無幾，而窈然以幽，宛若自成一區。其堂之處，不離村塢之間，而面勢爽塏，使人便有凌虛之想。若其眼界，則近不過荒岡斷壟，委蛇起伏於畎澮之上，遠不過冠岳之山。當前而蒼翠，露梁之津，略見其洲岸，而尋塈經丘之適、雲出鳥還之閑，蓋已兼而有之矣。相公謂岦曰：‘吾方思堂名，子其爲吾記之。’岦謹應曰諾。旣數日，相公以堂名示之曰愛山，岦竊知相公有取於韓子≪和裵晉公詩≫云‘公乎眞愛山’者也。然亦知相公特與裵公異世相許，故用此名堂。而相公之志，未始專於愛山也。使其志專於愛山，則雖以大臣繫本朝輕重之身，不可必求瓌奇殊絶之山於四方。而卽神赤之內，稍紆百十步，猶可以極居觀之選。顧乃盤旋於此地，惟挹冠岳於杖屨之外。冠岳者，一凡常崢嶸耳，且遠焉而不近。雖朝暮陰晴之變態足觀，而無賴於諦眞面而味佳境者，果何有於愛山哉？然又不效裵公鳩石爲山，以逞巧巖洞之狀，以洩不得脚踏之恨。是相公與裵公愛山之志同乎異也未暇論，而假山之設，固大臣度量之屑爲者耶？大臣者，國安與安，國危與危；憂先人憂，樂後人樂。彼裵公雖身成平一方之功，而當時天下不可謂無復可憂矣，固當不問在位與去位如一日也。觀韓子和詩，復有‘林園窮勝事，鍾鼓樂淸時’之云，則勝而必窮其事，樂而至於鍾鼓，裵公殆失其憂樂之節，不待譏切而見矣。今我相公經綸再造之餘，雖亦適去其位，聖上益存綢繆之戒，方與諸老圖議，不許退休。相公矧惟白首丹心，終始一道，故營其暇日逍遙之所，惟恐不邇於輦轂之下。蓋相公自爲詩有‘野服往來宜’之句，此足以見其志，奚擇乎有山無山、與山之近遠奇凡哉？夫亦時有所不遑也。然則相公以愛山名堂，其寓焉而已耶？曰，此又不然。夫子曰：‘仁者樂山，智者樂水。’是仁者之於山，智者之於水，性情氣象有相似者，遇輒怡然，心會而神融焉耳。如相公之仁而樂山，夫誰曰不宜？旣曰樂之，又何愛之足異耶？然與夫先以一愛横於方寸，歸不免於痼疾膏肓者，不啻不類也。以此又知相公之爲此堂，不與山期，而山在眼中，雖適遠且凡也，寧不屬愛而以名其堂耶？苟山矣，不必求其全而愛之，不必取於狎而愛之，更有以見相公之大也。豈嘗辱相公贈詩，有曰‘只惜人才似金玉’，其愛惜人才之意溢於言表，豈常爲之諷嘆。今記愛山堂而重感焉，以爲相公眞愛之有在也。”】

하수일(河受一) 1553-1612. 조선 중기. 자는 태이(太易)이고, 호는 송정(松亭)이다.

❀ 名 − 受一　字 − 太易

【≪說文≫：“惟初大始，道立於一。造分天地，化成萬物。”≪列子・天瑞≫：“故曰：有太易，有太初，有太始，有太素。太易者，未見氣也。”太易之時，天地混沌，而道生於一。】

❀ 號 − 松亭

【≪松亭先生文集附錄・行狀[謙齋]≫：“公諱受一，字太易，號松亭，晉州人 …… 中年，連喪祖妣與先妣，廬于孝洞，一如前喪。不脫絰帶，足不出洞，祭致其誠敬。雖有大風雨，床卓器皿必親自滌濯，廟宇亦手自淨埽。前後三喪，居于孝洞松亭下者六七年，故因寓以松亭之號。”】

고상안(高尙顏) 1553-1623. 조선 중기. 본관은 개성(開城). 자는 사물(思勿)이고, 호는 태촌(泰村)이다.

❀ 號 − 泰村

【≪泰村先生文集≫卷三≪泰村自說≫：“錦水西雙岑下古有一村，名之曰泰，乃提學先祖所粧點處。子孫仍世居之，能保守門戶，不可謂不得其所也。且予於早年得大小科，乞數郡以榮養焉，有不辰之歎，閱盡無限劫灰，尙保得舊日樣子。自幸之餘，吾廬適成，扁之曰泰。有客難之曰：‘泰義不一，抑≪羲易≫ “大來”之泰歟？孔聖登泰之泰歟？魏公措安之泰歟？’予曰：‘子所云泰，皆吾所不敢當。吾所謂泰，亦有三焉：世居此村，子姓繁衍，不至否塞，仍其舊名之泰也；仕不求進，投分農畝, 到老優遊, 吾志尙泰也；家世貧寒, 簞瓢屢空, 晏如也, 吾心亦泰矣。以吾三泰, 襪以爲號, 庸豈非自家之好着題耶？'客笑而去。是爲說。"】

❀ 南石亭

【《泰村先生文集》卷三《南石亭記》："商山北走數舍, 爰有一麓野, 處一崢嶸者, 曰遯達山。水發源於俗離天王峯, 歷報聞百餘里, 周回環抱遯山者, 曰潁江。遯山東一支曰南石。南石盤據數武不着土, 或削立, 或森列, 奇形怪狀, 不可殫記。余於潁上僑居已年, 暇日輒攜筇以出, 或賞物, 或游泳, 登南石, 爲山不高大, 爲地甚平衍。前俯江郊, 幽夐遼廓。巖麓俏蒨, 允宜嘯詠之地。乃開巖築址, 縛數間屋子。亭曰南石, 因其地也。"】

권행가(權行可) 1553–1623. 조선 중기. 본관은 안동(安東). 자는 사우(士遇)이고, 호는 매호(梅湖)이다.

❀ 名 – 行可　字 – 士遇

【《松巖先生續集》卷六《猶子行可字說》："《易》曰：'藏器於身, 待時而動。'又曰：'憂則違之, 樂則行之。'此隨其所遇, 適其行藏者也。若不得其所遇, 則雖有才德足見於世, 吾未見得其行之可也。大抵天下之物, 必得所遇之宜, 而後有以行。故弓矢則必射隼于高墉之上, 舟航則必利涉于大川。矢不得高墉, 則何能射隼？舟不遇大川, 則亦何有利涉乎？是故遇旱之桔橰有功, 遇夜之燈燭有功, 遇時之聖賢有建德。以聖賢籠天地之道、昭日月之德, 猶不得其時, 則不可以有爲, 況士子菅蒯之才、螢爝之見, 未得其所遇, 而能達於世耶？必也遇可爲之時, 遇可行之君, 然後能試其吾之磊磊落落, 所抱負事業於國家者不難矣。今者猶子行可, 從事學文十許歲月, 才雖魯於困知, 學庶覺其向方。雖其才學未及於有用之地, 父兄之所冀於子弟者, 豈不欲遇時行世, 立揚而振家業哉？況幼而學, 壯而行, 士子之所期。而有才有學, 則人亦不棄。抱道而窮居, 違時而抑死。此自昔不遇者之事, 而識者之所大惜也。然則得可行之時, 而立鳴世之功, 豈非常情之所大願也？余故曾名猶子曰行可, 欲借其名, 有所行於世也。今將加冠, 字之以士遇, 良有意也。大凡父旣命名, 朋友字之, 禮也。而名之字之, 余皆不讓者, 亦有辭也。古人有叔父之稱, 有師友一體之說。余於行可, 謂之父, 謂之師, 實未妨也。故有云云。行可乎, 顧其名字而思其意, 勉其學問而待其時, 可也。若無實得於一身, 則雖遇封屋之時、側席之君, 何功業之立也? 宜其先修在己之學問, 以待天時之來, 則路頭恢恢, 無所適而不通也。是故馬之得大路者能馳, 而馬未逸足, 則雖有其路, 行之未能。鳥之得順風者能飛, 而鳥未逸翰, 則雖得其風, 飛之未捷。今汝上有明君, 下有賢友, 而若不勉有造, 則其於名字之義, 何以哉? 其能異於馬未逸足而得大路, 鳥未逸翰而遇順風乎? 如欲先修在己, 則學問之道無他, 敬以立本, 爲彝倫事物之根基; 勤以篤志, 爲事業文章之階梯。博以約之, 約以行之, 而上致下澤, 則士君子生平所辛苦而願欲者, 無出於此。敬勤二字, 宜爲汝之心銘而氣箴。若以此爲著落地, 而無外物一毫之移易。亭亭當當, 壁立萬仞, 則可謂有所得矣。如是而遇, 如是而行, 則自始至終, 皆果爲君子路上人矣。或曰: '孔子有見行可之道, 有際可之道。末學小生, 未有聖賢事業, 而遽名之以此, 不亦過乎?' 余曰, 士與聖, 其分雖異, 而其學則一也。程子曰: '學以至乎聖人。' 孟子曰: '舜何人也? 予何人也?' 有爲者皆若是。士志於學, 不以聖賢爲心, 則操紙筆, 要利達, 有得於有司, 曰'吾遇可行之時', 則鄙莫甚矣。余亦向來無實得功夫, 聖時野處, 不無慨然。汝今染俗未深, 可以警發, 爲說而示之。第恐立志未堅, 有孤鄙敎, 不世之大功易立, 至微之一心難保。保此心以敬, 修此業以勤。以待奇遇, 不亦幸乎? 如其不遇, 則陋巷之中、衡門之下, 自有所樂。可以忘窮達, 可以傲榮辱。何必區區於求見知也? 嗚呼! 士之行不行, 由於時之遇不遇。故字汝以勉, 汝須勿蹈自棄之小人也! 行可乎! 正月立春日, 書于觀物堂。"】

이호민(李好閔) 1553-1634. 조선 중기. 본관은 연안(延安). 자는 효언(孝彦)이고, 호는 오봉(五峰)·남곽(南郭)·수와(睡窩)이며, 시호는 문희(文僖)이다.

❀ 名 – 好閔　　字 – 孝彦

【≪論語·先進≫: "孝哉閔子騫!" 連名成文, 言希冀有閔子之孝行。】

❀ 號 – 睡窩

【≪東州先生文集≫卷六≪延陵府院君李公諡狀乙亥≫: "公諱好閔, 字孝彦, 姓李氏 …… 公始號五峰, 晚乃居閑息念, 闔眼終日, 又號爲睡窩。"】

손처눌(孫處訥) 1553-1634. 조선 중기. 본관은 밀양(密陽). 자는 기도(幾道)이고, 호는 모당(慕堂)이다.

❀ 號 - 慕堂

【≪小山先生文集≫卷八≪慕堂集序≫："士之生於世，以得師爲難。自非豪傑之士，不待文王而興者，未有不藉於師而能成就其志業。洙泗以降，千五百年之間，天下貿貿焉莫知所之，正坐不得其師耳。及夫濂洛關閩諸夫子之出而後，士之生於是時，與被提掖之化，大而成大，小而成小，雖各因其性之所近，而言語文學之殊科，然相與扶持世道，發明斯文之功之盛，至於數百載之久者，其功又曷可少之哉？若慕堂先生孫公，其亦得師之一，而幷列於扶持發明之徒者與？蓋當是時也，寒岡鄭先生傳道於陶山，倡學於東南，士之考德問業固其所也。而一時文章聲位，足以惑世而誣人者，幷立於隣鄕。士方眩於所嚮，迷於所之。而公自蚤歲卓然於取舍之地，見得於善利之分，摳衣請業於武屹函丈之間。前後五六十年，信之篤而悅之深，亟蒙師門之所許可，退而與旅軒、愚伏、樂齋諸公刮磨交修，間以書疏，以盡其傳習之道。及其年高德邵，敎養有方，則聞風負笈之士踵相尋也。相與講究發明，扶持一脈墜緖於聲寢響寂之餘者，雖其力量有大小，功業有淺深，而要之亦莫非聖賢之徒也。是以方晦、退詆訾之時，斥邪扶正之文，隱然有障川回瀾之功。師門被誣之日，亟欲倡同志叫閶闔，以雪誣衊之辱。蓋皆出於義理之勇，而不量其力之輕弱。自非見之得其正，而守之極其確，何以及此！嗚呼！公竄居八十餘年，無以表見於世，子孫又無以繼述先業。當日師生授受之旨，與夫平居日用之實，無得以詳焉。卽今百有餘年之後，乃復收拾遺文於爛脫之餘，則烏足以覘其全哉？公之旁孫養謙以遺集一帙見示，且要以序引。光靖之生也後，不得親覯公儀刑，而遺文之寂寥又如此，其何以評隲而闡揚之哉？獨其大體之不可泯者尙洋洋於百世之遠，而其扶植斯文之功則未可曰小補之也。公諱處訥，字幾道，築室于先山之下，扁曰'慕堂'，又見公之學有所本云爾。"】

정사호(鄭賜湖) 1553-?. 조선 중기. 본관은 광주(光州). 자는 몽여(夢輿)이고, 호는 화곡(禾谷)이며, 시호는 충민(忠敏)이다.

❀ 悠然堂

【≪體素集≫卷下≪悠然堂記≫："吾友鄭侍郎夢輿，求其≪悠然堂記≫於某曰：'余別業在西原之禾谷也。禾谷之山，環擁四匝，獨缺其東。澗水中流，紆餘委復，有百折之勢。其宅幽而勢阻，宜爲碩人考槃之所。而舊嘗爲村氓所據，余偶得而

樂之, 以平價易而有之。余又卜澗水北, 作堂於其陽。園吾樹之以靑松, 籬吾繞
之以黃菊。前有斷山, 平直若案。孤雲之出入, 飛鳥之往還, 可坐而數也。每風晨
露夕, 景氣甚佳, 杖策庭際, 矯首而望之, 深有感於淵明"悠然"之詩, 故取以名吾
堂。余性剛才拙, 本非應世之資。而偶落塵網近三十年, 庶幾一朝脫身而去, 賦
歸來而自托於古人者, 是吾平生之素志, 子盍爲我志之?'余以爲, 士之出處, 未
易言也。淵明徒以不能折腰之故, 拂衣而去, 終不以北窓之淸風, 換世間之浮榮;
夢與徘徊郞吏, 奔走州縣, 其間不如意而折困者多矣, 則其勞逸之跡相懸也。雖
然, 去就出處何常?惟義之歸。子房之佐漢、接輿之行歌, 其揆一也。今若標出
處爲二塗, 必欲高此而卑彼, 則固矣。淵明之托志深遠矣, 非自附於隱逸者;若
夢與之盡瘁於王事艱難之日, 終至身典大計, 光贊恢復之烈, 其歷官行事, 可校而
知也, 寧可以永初之甲子, 比中興之日月, 而妄有所輕重乎?然則名堂之義較然,
而夢與之志可見矣。嗚呼!西原固吾欲終老之地。他日籃輿往來, 黃髮相看, 泛
落英於堂上, 以共談今日之事者, 盍相與早圖之?夢與勉乎哉!萬曆辛丑四月下
澣, 襄陽峴山習池傲吏李某記。"】

이기붕(金起鳳) ?-?. 조선 중기. 자는 문경(文卿)이다.

❀ 名 - 起鳳　字 - 文卿

【《體素集》卷下《金生起鳳字說》:"鳳之爲鳥也, 鴻前麟後, 六翮成文, 而五采
有章, 文明之瑞也。昔舜有文德而來儀於庭, 周興文治而鳴于岐山。故孔子曰:
'河不出圖, 鳳鳥不至, 吾已矣夫!'蓋是占斯文之興喪。而《卷阿》之什、《接
輿》之歌, 皆所以樂時運之明昌, 美聖人之文章也。古之人有以龍翔鳳躍比文體
者, 有以起鳳騰蛟譬詞宗者, 亦皆取乎文也。萬曆辛卯秋, 余以柱下史得罪于朝,
謫咸鏡道之三水郡。直京師之北二千里, 地界山戎, 風冽氣沍。居民皆保聚山谷
間, 生理鮮薄, 風俗樸陋。土之人雖欲自勉乎學, 無碩師良友可以指教者。而衣
食之艱難也, 賦役之煩重也, 奔走營理之不暇。是以鄕庠雖設, 而齋廡凝塵。靑
衿之徒, 闃無一人。獨金生起鳳者自少有志於學, 撥去家累, 贏糧負笥, 走南關數
百里之地。苟可以有益於學而相長乎己者, 則不憚其道途之險遠、身體之勞苦而
爲之, 人皆笑其迂而悶其勤。余旣來斯, 居閑無事。生一日挾書來謁, 再拜請敎,
叩其所學, 則文義稍通, 而編章綴句, 頗識體製。余不覺躍然而喜, 遂日與之講習

而不疲也。於是字之以文卿而爲之說曰：‘凡人之取名也，有象有假。有以名生者，有以德命者，不一而足。生之名，獨以鳳而爲命者，豈亦有志於文乎？夫以此邦壞地之偏，征戍之煩，民不弓戈之爲務，則田狩之爲樂，而生獨勤於學而篤於文如此，可謂不負其命名者矣。夫學以求道，而文以明理。生其自今，振厲澡瀹，日新又新，明誠幷進而不怠，文行交修而無替。終至於德性內充，而光輝表著；和順中積，而英華外發，以無愧乎聖賢之文，使日章之聲振於北方，然後騰騫翔矗，出而羽儀淸朝，以大鳴國家之盛，而爲一國文明之瑞者，夫誰曰不可？張九齡起於韶石，姜公輔家于日南，是孰爲之倡？而文章節義，卒爲唐室之名臣，則孰謂遐方絶域之地，不生傑特魁偉之人耶？生勗乎哉！’”】

장현광(張顯光) 1554-1637. 조선 중기. 본관은 인동(仁同). 자는 덕회(德晦)이고, 호는 여헌(旅軒)이다.

❀ 名 - 顯光　字 - 德晦

【≪尙書·文侯之命≫：“簡恤爾都，用成爾顯德。”孔≪傳≫：“當簡核汝所任，憂治汝都鄙之人，人和政治，則汝顯用有德之功成矣。”故以“顯”、“德”相應。又“晦”與“顯”反義相成，且以之應“光”，則有韜光養晦之義。】

❀ 號 - 旅軒

【≪旅軒先生文集≫卷七≪旅軒說≫：“人有軒號，自中古始焉。蓋上古之人，無其名，人但有聲而已。盱盱胈胈，言亦不分，則寧有其名哉？想其時也，人文方晦，人倫未著，人各自涵性命，自能生生。只相與聽聲而相應和，見色而相識別，則奚待乎名哉？雖無名，不爲礙也。及乎風氣稍開，大樸漸散，則人文不得不明，人倫不得不著。於是聖人首出，爲之發揮焉。因物有字，隨人置名。然後敎有可施，事有可行，此乃名之所以作也。然人各有一名，自可以無所不通，又何別名以贅哉？世又稍降，而尊卑之等不可不章，長幼之序不可不明，則道不可以徒尙其質矣。旣各有名，又因其名之義而換稱之，所謂字者於是乎作焉。故人無貴賤，有其名則又必有其字。比之古，則字之稱似贅矣。然無是字，其於尊卑長幼之間，當不無所嫌褻者矣。此聖人所以酌古今之宜，不得不置字於人。而宣尼之於≪春秋≫，亦必或名或字以寓與奪之意，字豈可無乎？然有名有字而已，而足以該之。又降而爲後世，世道不明，治日常少，天下或有懷奇蘊眞之士，若不能出而施志於當世, 則退而散處於山林江湖之間者, 不欲衒名於時人之耳、登字於俗子之口, 則自超於名字之外, 求號於無競之地。或因其所居之室, 或因其所處之地, 與夫江湖、池澤、溪山、谷洞, 凡其心所樂、其身所寓之物, 隨所取而號之, 總名之曰軒號。其後生小子尊慕其人者, 不敢口其人之名字, 多以其軒號爲常稱焉。軒號之作蓋以此, 而其盛行亦以是也。是故宋之諸先生, 亦莫不各有所號, 夫豈若好事者之爲哉？固以潛光晦跡, 造物爲徒, 不與人爭, 不爲物忌。舉一身生涯而附之於一號, 古人之意, 其有得乎？至於紆金拖紫, 名顯廟堂。生稱公侯, 死得美諡者, 亦皆有軒號。至取夫林壑湖山之名以矯之, 此則吾不知其可也。余則天地間一蠹也, 非工非賈, 不農不士。雖嘗從事於文字之學, 實不自篤於身心之功。猶且不保庸分, 盜取僞名, 至欺明時, 冒受一官。縱能知其非分, 今得退安山野, 然而躬不自耕, 尚取飽煖。顧余平生, 非蠹而何？曾有相從之友或以軒號爲勸, 余應之曰：'軒號, 豈如余者亦得以有者哉？夫軒號者, 以其人之足號也。己之自顧於中也, 果有人之所有, 而爲可自負者焉。人之視我也, 亦皆曰能有人之所有, 而堪爲可觀者焉。然後吾自無愧於有號, 人亦不辱於喚號。若自顧人視, 其中則掃如。而以碌碌之身, 效碩人之稱；以庸庸之夫, 冒高士之號, 不獨自愧, 而其如愧於人何？不獨愧於人, 而其如污我江湖池澤, 辱我溪山林壑, 以得罪於造物翁, 何哉？余實自顧掃如, 人視無觀者也。中兩間, 參三才, 既不能盡人之道、踐人之形, 則人名之有, 尚且仰愧而俯怍, 況自加以軒號乎？爲人子而無孝行, 父錫之嘉名已自愧焉；爲朋友而無信道, 友賜之美字亦已慙焉。然二者雖愧且慙, 其不可易焉, 則只宜國人目之曰張顯光, 知舊呼之曰德晦足矣, 又何他號之敢取哉？'既以此言拒之, 仍無軒號, 今且四十餘年矣。今者始以旅軒爲號焉, 自以是號加我, 不爲僭矣, 而又合乎其實故也。然則軒在何所？無常處也。曷謂之旅？以余常爲旅也。旅者, 客於人之名。竊觀《易》中《旅》之爲卦, 离上艮下。山止而不遷, 火行而不居, 違去爲不處之象, 故卦名以旅。若有恒居, 不行於外, 豈曰旅哉？余玉山人也, 幼而孤露, 遊學四方。其不能在家也, 自少然矣。頃於壬辰夏, 玉山爲倭賊直路, 余家又在路傍。奔而竄之, 最在人先。而家燼兵火, 只有丘墟。雖在寇退之後, 不能返於故土。自是不托於親戚, 則必依於朋友。攜挈家累, 遷此移彼, 或一歲而三四遷, 遂作東西南北之人。其爲旅也, 孰有如我乎？如是則號以旅軒, 不亦宜耶？或曰：'軒必有常所, 然後可因以爲號。今子則旅矣, 而號以軒, 子之軒, 果有常所乎？而況軒乃主人之有也, 子以旅而爲己之號, 則無乃非其有而取之乎？'余曰：'軒無常所, 又非己有, 故以旅而名其軒。軒而曰旅, 名固當其實矣。夫軒無常所, 而隨往有軒, 則我之有軒也常矣。有軒也常矣, 而不滯於一軒, 則軒之爲主人之物者自若矣。無焉而不淪於無, 有焉而不係於有。此余之常爲旅, 旅而必有軒者也。然則旅軒爲號, 烏可謂非其有而取之者乎？'或曰：'子之以旅軒爲號者, 吾旣聞之矣。然宇宙之間, 惟太極無方所, 無形體。若夫萬物, 則必有形體, 必有方所。今子之軒, 旣曰軒焉, 則烏得無形體之可言？又烏得無方所之可指者？又豈無可安可樂之實哉？'曰：'吾之軒旣在有無之間, 寧有一定之形體？然其可安可樂之實, 則無時不然, 無處不然矣。請試言之。其在也, 或在東隣, 或在西隣；或在山之南, 或在水之北；或在千里之外, 或在十步之內；或在湖海之邊, 或在溪澗之畔；或在深山之谷, 或在大野之頭。不必取乎儉素, 雖高堂敞宇, 亦或安之。不必取乎軒敞, 雖茅齋斗室, 亦或樂之。花竹滿塢, 不以爲煩。田園蕪薉, 不以爲汚。且非特以堂宇爲軒, 至於淸陰綠樹之下, 亦吾軒也；白雲蒼崖之上, 亦吾軒也；芳草溪邊, 亦吾軒也；淸風山畔, 亦吾軒也。或有一日之軒, 或有數日之軒；或有閱月之軒, 或有踰時之軒；或有一歲之軒, 或有數歲之軒。軒之所在, 不一其地, 而合而爲一身之軒。軒之所留, 不一其時, 而積而爲一生之軒。吾之所軒, 其諸異乎人之軒乎？凡物有方所, 則區域一定, 而不可徧於東西南北；有形體, 則規模一定, 而不可變於大小虛實。故有定方者, 其勢必狹；而無定方者, 其廣無窮。有定形者, 其用必窒；而無定形者, 其通無礙。此吾軒所以處無方之方, 兼天下之形勝, 立無體之體, 備四方之景致, 爲軒也, 不亦大乎？不亦富乎？若乃軒中所有之物, 則數卷聖賢書、四箇文房友、三尺一長劍、晨梳一帖子。軒上所對之人, 則或好古嗜學之士, 或通經業史之人, 或吟風咏月之豪, 或村翁野老之類也。時有異趣之客, 背面之人至者, 亦所相容。其於庸拙微賤, 尤所矜接也。軒邊所從之少, 則數三童子, 或執役於左右, 或學字於閒暇, 未嘗相離焉。至於旅翁所爲者何事？見同志則論之以道義, 見後生則勸之以學問。遇文人則論文, 遇詩人則言詩。野夫來而語桑麻, 漁翁至而話魚鼈。或勸之以酒, 必醉無辭。或逢村翁, 碁局消日。無客則開卷看書, 如見千古聖賢之心。旣倦則曲肱閒睡, 若遊希夷至德之世。旣睡而覺, 開戶遊目, 則天地悠悠, 鳶魚潑潑矣。乘興而步, 訪花隨柳。則方寸块然, 與物同春矣。興極而返, 吾軒自靜, 整頓衣冠, 肅然瞑目, 則無極太極之妙, 果不離於日用之間, 而無形有形, 未嘗二理焉。先天後天之《易》可默契於心目之間, 而前聖後聖本同一道焉。如此而終日, 如此而終歲, 此旅翁之事也。然則吾軒之樂, 可謂至矣。'或曰:'子之樂, 樂則樂矣。然"爲客樂, 不如在家貧"者, 古有其言。子獨不知旅之苦, 而反以爲樂, 其無乃反於人情乎?"四體不勤, 五穀不分", 而坐取飽煖。妻不織而免於寒, 僕不鋤而充其腹。又無乃以不勞之享爲可甘, 而不知無事之食爲可恥耶?'余曰:'余果不勞而享, 無事而食, 以四方爲家, 以旅遊爲樂。宜乎有或者之譏也!然天地之間, 物理難詰, 時變難窮。木有樗櫟, 土有沙礫。樗櫟何用於材也?而空被雨露之養。沙礫何用於土也?而空爲閒廢之壤。則於物, 固有無用而費造物之功者; 於人, 獨無如我者乎?且此兵火之際, 雖有資身之長計者亦不免於失所, 況余之拙乎?若其宜苦而不以爲苦, 非樂而獨以爲樂者, 非其好惡自反於常情也。夫吾所謂樂者, 非以旅爲樂, 但能在旅而不失其樂耳。君子隨遇而安, 則何遇而不可安?大人處困而亨, 則何困而不可亨哉?凡人之憂患困苦, 皆自外至者也。惟吾所以處之者, 不失其理而已矣。自外者, 烏足以累吾之方寸哉?若不知在吾之理, 無虧欠, 無空缺, 隨時隨處而自足者, 憂患焉敖敖, 困苦焉戚戚, 常用心於爲旅之艱, 每用力於免旅之方, 則其不至忘理而失義者鮮矣。惟能超然於憂患困苦之外者, 無所往而不自得。東寄西托, 而我常爲我。轉彼移此, 而莫非吾地。固不可以外失其所, 而內從而失其守焉。且天下莫非吾土, 落地皆我兄弟。男子以天下爲家、萬物爲身。世若平常, 則井其井、鄉其鄉者, 固此理也。時逢變亂, 則秦人以越鄉爲土、蜀客與齊士爲黨者, 亦此理也。處常處變, 莫非此道。則家此家彼, 何適不可?況我東方偏小一邦, 今我所旅者不出乎朋友族黨, 特非玉山而已, 豈曰"旅"云乎哉?然而曰旅者, 其取義也遠矣。余旣盡吾爲旅之說矣, 復當以旅之義推以廣之。我之爲旅, 一小旅也。若以天地觀之, 凡寄生於天地間者, 孰非旅也?惟天地萬物之逆旅也。生于其間者, 忽爾而來, 忽爾而往。往者過, 來者續, 曾未有一人與天地相終始焉, 則非旅而何?生天地者亦謂之旅焉。則其所以思盡其道, 得無愧於一生者, 其可不力焉哉?夫人之旅於人而過也。能守其理, 不失其義。內能無愧於吾心, 外亦不怍於館人, 則在我可以慊於心矣, 人亦曰善爲旅矣。若不能守理, 求不當求; 又不能安義, 行不當行。有或竊屨者、有或取金者, 則其不爲館人之所醜者乎?不但爲其所醜, 若推其甚, 則或至於速獄就刑、亡其身而後已者有之矣，可不懼歟？可不愼歟？旅於天地者亦然。物不足道也，最靈者吾人也。受形爲人，其貴無比，必須知吾所以爲人之理，明吾所以當行之道。幼而學之，壯而行之，老而保之，死而終之，可謂能踐其形而不失爲人矣。當時仰而尊之，後世稱而慕之，則豈不曰大丈夫而無愧於天地哉？至或絶其爲人之理，亂其有人之倫，家而不孝不悌，鄕而不恭不順，國而不忠不道；生而流毒億兆，死而遺臭萬年，則其不與爲旅不謹、速獄亡身者同乎？嗚呼！一生須臾，百年無幾。而彼耗其精神，喪其性命，逐逐役役，無所不爲者，自以爲竊心志極嗜慾，其爲一生計者得矣。而悖天逆理，明爲人怒，幽作鬼誅，則果可謂得乎？余在吾軒幾見此等人，而心憫之哉！若余則坐臥吾軒，衣朋友之衣，食朋友之食，恣意於水石之間，放情於風月之中。幸吾精神自完，性情不敗，則公雖笑之，我則樂哉！'或曰：'子今擧兩間人物皆謂之旅焉，則其誰爲主者乎？子無乃自孤其身，欲推而廣其類乎？抑萬物皆爲旅，則造物者乃爲之主乎？'余曰：'小而寄於人，大而寄於天地，其理一也，故其說同也。且天地不能常爲一天地，以萬物視之，則雖不見其始終，而以道觀之，則天地亦有消息之數焉。一元之後，今天地便爲往者，而後天地復爲來者，天地亦爲道中之一旅耳，造物翁何得爲常主乎？但求主於外，終無有主爲主者也。惟能物各自反，則卻自有爲主之道焉，人自不察耳。擧吾最靈而言之，吾之形氣是客也，而此心之理卽主也；禍福榮辱之自外至者是客也，而吾心之所守者主也。理無往而不在，故身無往而不安。禍福榮辱，其如我何哉？彼或理受制於形氣，而形氣爲一身之主，禍福榮辱之自外來者，撓奪吾心之所守，而吾心不得自順於天命，則是一身失其主，而軀殼爲禍福榮辱之客館，不亦可憐乎？今余則一身雖失其所，而主乎吾心者，理也。旅軒之樂，莫不根此理而生也。此所謂人之安宅也。有吾安宅，然後能樂吾旅軒，如無安宅之樂，旅軒豈得以樂吾心哉？'或者曰：'因爲旅之道，得爲人之道，今日之聞大矣。然則旅軒之旅翁，乃安宅之主人也。'余又謝之曰：'非我有是也，只言其理爾。然旅軒之志，則亦不外是焉。'萬曆丁酉夏，旅軒在靑鳧之旅軒以記其說。"】

장현도(張顯道) ?-?. 조선 중기. 본관은 인동(仁同). 자는 사거(斯擧)이다.

❀ 自醒亭

【≪旅軒先生文集≫卷九≪自醒亭記≫："亭于谷之口池之岸，乃吾弟斯擧所開也。

斯舉亂後初還，偶得地于此谷，因其便而爲居處之別所，即此亭也。池亦主人之自堤，而堤因於巖，故礎其巖而亭之，亭之所以不得不臨於池也。一日余訪吾弟于亭上，酒數行，請余以亭名。余乃乘醉顧眄而得之，即所謂亭之名也。斯名也，何所乎得之？以其谷之口也，引長風之易焉；池之岸也，致爽氣之多焉。然則傾累壺於亭上，頹一身於亭上。客散庭空，池靜魚閒。對聳之危峯，吐揚輝之冰輪。石間之鳴泉，響戞玉於枕上。則此身於此時也，雖欲不醒，得乎？醒而省之，則寒吾心者非一矣。側弁之俄我何形也？號呶之聒我何聲也？雷霆在耳，孰使之不聞？坑塹在眼，孰使之不見也？如其又之，則此身幾不爲此身矣。醉是何心？醒是何心？而以旣醒之心，追方醉之心，則誠若二人乎哉。設吾醉之，若不速醒，則吾當昏過了此長夜，而其能速吾之醒者，以吾有吾亭也，然後知亭之有賴於主人者固多矣，而主人之有斯亭者，實亦夢覺之大機會也。吾所以以是名而應之者，不亦契主人之思乎？主人曰：'諾。兄果得余意哉，得余意哉！'又曰：'我有子姪輩頗嗜酒，亭上又有過之者日至焉。若無是說于壁上，無乃有不會吾亭之名者乎？況擧世之醉，一生後已，則豈特吾儕一夜之醉乎？聞吾亭之名者，或庶幾有惕然而自省者哉？'於是，余喜亭之有主也，遂書之。玄黓攝提格陽月生明後四日，旅軒翁記。"】

조정(趙靖) 1555-1636. 조선 중기. 본관은 풍양(豊壤). 자는 안중(安中)이고, 호는 검간(黔澗)이다.

❀ 名 − 靖　　字 − 安中

【≪韻會≫："靖，安也。"同義相協。】

이덕연(李德演) 1555-1636. 조선 중기. 본관은 한산(韓山). 자는 윤백(潤伯)이고, 호는 이수옹(二水翁)이다.

❀ 名 − 德演　　字 − 潤伯

【≪禮記 · 大學≫："富潤屋，德潤身，心廣體胖，故君子必誠其意。"】

❀ 號 − 二水亭

【≪鵝溪遺槀≫卷六≪二水亭記≫："吾宗契李君德演，構亭於楊花渡之南岸，與白鷺洲相對。名之曰二水者，水之流入于楊花者有二，而蓋取李謫仙'二水中分白鷺洲'之句也。李君王祖父相國公嘗卜是區，將營小築而未果。亭之作，述先志也。君少習擧子業，屢不利於場屋。以蔭仕知縣，未幾解綬歸。將老於玆亭之上，以山水自娛。君之少弟輔德公方顯於朝，非訪弟則不肯入城市，此豈與奔走權貴之門者比哉？夫山水之悅人目者人所同，然而得之心者爲難。永叔得之心而寓之酒，子瞻得之心而寓之文，皆非專意於山水者也。今君則愛之專而樂之篤，至於言語之未形容、文字之未稱述、畫圖之難於模寫者，獨得於心而自不知足蹈手舞，則此難可與俗人道也。一日，君訪余曰：'四時之景不一，而人皆以春花秋月爲最，獨余之樂在於冬。'嗚呼！君可謂眞知其可樂者矣。吾想夫窮陰閉塞，白雪漫空，郊原洲渚，盡爲銀界，鳥影人蹤，上下俱絶。而長江凍合，玉峯擎天，氷輪轉躍，萬里如畫。開戶視之，則天地六合，空明瑩澈，無一塵纖滓或點於其間，悅然此身如在水晶宮中，與姮娥相語。噫！君之樂，其在於此歟，其不在此歟？以此歸語輔德公，則其必擊節而歎曰：'知山水者吾兄，而知吾兄者鵝溪李某也。'玆固不可以不記也。余家露梁江上，相望纔十餘里。當待歲暮氷堅，乘雪馬而下，一宿二水亭上，望裏瓊林玉岫，一一爲主人賦之。萬曆靑蛇仲春，鵝溪病生記。"】

이정립(李廷立) 1556-1595. 조선 중기. 본관은 광주(廣州). 자는 자정(子政)이고, 호는 계은(溪隱)이며, 시호는 문희(文僖)이다.

❀ 諡號 - 文僖

【《太常諡狀錄》卷一《贈大匡輔國崇祿大夫議政府領議政兼領經筵弘文館藝文館春秋館觀象監事世子師廣林府院君行推忠奮義平難功臣嘉善大夫兵曹參判廣林君李公諡狀》："公諱廷立，字子政，號溪隱，廣州人 …… 落點文僖敏而好學曰文，小心畏忌曰僖、貞簡淸白守節曰貞，平易不訾曰簡、貞敏貞，上同；應事有功曰敏。"】

배용길(裵龍吉) 1556-1609. 조선 중기. 본관은 흥해(興海). 자는 명서(明瑞)이고, 호는 금역당(琴易堂) · 장륙당(藏六堂)이다.

❀ 名 - 龍吉　字 - 明瑞

【王充《論衡 · 指瑞》："王者受富貴之命，故其動出見吉祥異物，見則謂之瑞。"】

❀ 號 - 琴易堂

【《琴易堂先生文集》卷七《墓碣銘[金應祖]》："公姓裵，諱龍吉，字明瑞，興海

人 …… 公喜讀≪易≫, 善彈琴, 自號琴易堂。"】

이항복(李恒福) 1556-1618. 조선 중기. 본관은 경주(慶州). 자는 자상(子常)이고, 호는 백사(白沙)·필운(弼雲)·청화진인(淸化眞人)·동강(東岡)·소운(素雲)이다.

❀ 名－恒福　字－子常

【≪說文≫："恒, 常也。"】

송영구(宋英耇) 1556-1620. 조선 중기. 본관은 진천(鎭川). 자는 인수(仁叟)이고, 호는 표옹(瓢翁)·일호(一瓠)·백련거사(白蓮居士)이다.

❀ 名－英耇　字－仁叟

【≪爾雅≫："黃髮、鮐齒、鮐背、耇、老, 壽也。"≪論語·雍也≫："知者樂, 仁者壽。"】

❀ 號－瓢翁

【≪竹陰集≫卷九："閣雲亭從暮歸丈飲, 暮歸丈用瓢作杯, 杯僅容半勺水, 飲輒用此器, 仍自號瓢翁。"】

이기설(李基卨) 1556-1622. 조선 중기. 본관은 연안(延安). 자는 공조(公造)이고, 호는 연봉(蓮峯)이다.

❀ 號－蓮峯

【≪龍洲先生遺稿≫卷十五≪蓮峯李先生墓碣≫："先生諱基卨, 公造, 姓李, 延安人 …… 初, 先生居三淸洞白蓮峯下, 仍自號蓮峯, 亭亭物表之志始於是矣。晚年題其壁曰：'游心黃卷, 不看戶外。澹泊無爲, 脫略埃塵。簞瓢屢空, 樂而忘憂。乘化歸盡, 淸風萬古。'此則先生自寫其眞語也。"】

황여일(黃汝一) 1556-1622. 조선 중기. 본관은 평해(平海). 자는 회원(會元)이고, 호는 해월헌(海月軒)이다.

❀ 名－汝一　字－會元

【董仲舒≪春秋繁露·玉英≫："謂一元者, 大始也。"】

❀ 號－海月

【≪江左先生文集≫卷九≪海月黃公行狀≫："公來歸海上， 築一軒， 扁以'海月'， 有老焉之志。時光海君十年也。"】

이상길(李尙吉) 1556-1637. 조선 중기. 본관은 벽진(碧珍). 자는 사우(士祐)이고, 호는 동천(東川)이며, 시호는 충숙(忠肅)이다.

❊ 名 - 尙吉　字 - 士祐

【≪周易·大有≫："自天祐之, 吉無不利。"】

❊ 諡號 - 忠肅

【≪太常諡狀錄≫卷一≪資憲大夫工曹判書贈大匡輔國崇祿大夫議政府左議政兼領經筵監春秋館事李公諡狀≫："公諱尙吉， 字士祐， 系出星州 …… …… 落點忠肅臨亂不忘國曰忠， 執心決斷曰肅、忠貞忠， 上同；淸白守節曰貞、貞義貞， 上同。見義能終曰義。"】

김용(金涌) 1557-1620. 조선 중기. 본관은 의성(義城). 자는 도원(道源)이고, 호는 운천(雲川)이다.

❊ 名 - 涌　字 - 道源

【王充≪論衡·狀留≫："泉暴出者曰涌。"又≪說文≫："源, 水泉本也。"】

❊ 號 - 雲川

【≪雲川先生文集≫卷六≪雲川先生年譜≫："四十六年戊午先生六十二歲二月， 移寓龜尾蘇湖里 …… 十二月， 還臨河， 寓居縣里村舍。○先生見世道之不可爲， 遂有盡室入山計。撤還臨河， 傲屋假居， 肩輿往來于白雲、臨川之間。雲亭， 卽龜峯公所築， 在臨川書院北麓， 景致殊絶。先生自少往來棲息， 讀書養性之工多得力於其中。故先生所自號， 取白雲臨川之義也。每於罷官歸休之暇， 率子弟門生課業于此。時或角巾藜杖， 逍遙吟哢， 淡然有出塵之想。一時諸賢， 爭相艶慕。至是歸棲焉， 其≪盆梅≫詩有曰：'且休輕鬪雪， 和月好藏妍。'≪雲亭有感≫詩有曰：'不如歸舊宅， 牢鎖一巖扃。'蓋言志也。白雲亭有≪聯芳世稿≫， 臨川峩洋樓有諸賢詩帖。"】

한준겸(韓浚謙) 1557-1627. 조선 중기. 본관은 청주(淸州). 자는 익지(益之)이고, 호는 유천(柳川)이며, 시호는 문익(文翼)이다.

❈ 名 - 浚謙　字 - 益之

【≪尙書 · 大禹謨≫ : “滿招損, 謙受益, 時乃天道。”】

❈ 歸來齋

【≪簡易文集≫卷二≪柳泉歸來齋記主人韓公益之≫ : “喬木足以觀世臣之舊, 甘棠足以識宗廟之敬。今公之命其居必曰柳也, 吾知之矣。公先祖文敬公在麗京, 道德文章臨一時, 居以柳巷爲名, 實與牧隱諸公同里, 閈相還往, 而邦人至今瞻式焉, 矧乎其後昆哉? 卽國都亦家柳村, 世之也。故先大夫自號柳陰, 而子姓兄弟擧不離柳之一字。公於原州松楸之鄕, 有小築曰歸來齋, 而冠以柳泉, 蓋因其地之所有, 而寓其家之所尙也。五柳垂門遺風, 而孰云人遠? 三槐陰庭聯美, 而何必物同? 獨吾所不知者, 歸來之意也。夫有迷也, 而後有歸也。有往也, 而後有來也。公弱歲學優於金籯, 盛年視空於冀羣, 未嘗一毫枉其志以求利於有司也。歷揚華顯, 皆決於持滿之末。出入安危, 靡不由繫望之殷。未嘗一毫有所變節, 以結君相之知也。是初無迷也, 何歸之有焉? 在≪易 · 蹇≫之諸爻, 具往來之義。而初六以進爲往、不進爲來, 獨異焉者, 在下故也。六二不言往來, 愈蹇蹇爲无尤, 專乎王臣者也。九三之來, 喜者二也 ; 六四之來, 連於三也 : 於以朋來、於大蹇之九五, 并與無位之上六而利見, 皆二之爲之也。廼今九五在上, 而尙不自以出蹇, 公其六二之藎臣也, 往來非所言, 反欲爲初六之來耶? 在≪困≫二、五二爻, 交有行來遲待之義 : 九二則曰‘困于酒食, 朱紱方來’, 九五則曰‘困于赤紱, 乃徐有說’。公以九二而際九五, 躬未行道, 祿猶素飽, 困于酒食之謂也 ; 義非苟合, 期不必早, 乃徐有說之謂也。君且來也, 臣且來也, 此時何暇尋≪遂初賦≫, 顧自以爲來耶? 惟夫心爲形役, 則歸來乎靜養。功成名遂, 則歸來乎退休。且如事天日渝, 則毋失乎赤子。事君日泰, 則毋忘乎在莒。奉先日遠, 而如見乎羹墻。奉老日長, 而如初乎弄雛。游從浸盛, 而不棄乎貧交。子弟易驕, 則不聽其肉食。無非歸來之道, 而吾不能已。夫公之惟所用之也, 盍又取諸夫柳乎? 與梅爭春, 若可夸也。而一氣循環, 無端無始, 果孰先後也? 望秋先零, 若可歎也。而四時變化, 終則有始, 乃能恒久也。≪易≫曰 : ‘原始反終, 故知死生之說。’死生之說且可知, 而況歸來之說乎? 公當已自了, 如吾者一無似耳, 辱公推爲一字師而問之齋記。卽公歸來乎? 吾不淺淺也。噫! 吾老迫懸車而窮無所稅駕, 公宜不辭爲知己而有力，幸亦有以濟吾之歸來也。”

《象村稿》卷三十三《歸來齋說》：“欽與柳川韓子同罹癸丑之禍，放歸田里者四載。既而朝廷以罪不止是，加竄逐之典。欽爲春川纍，韓子爲忠原纍，纍而未歸者又三載。歲己未，韓子有書曰：‘家有齋扁曰歸來，簡易崔公嘗記之矣，子盍爲文續諸？’欽惟‘歸來’之說起於陶徵士潛，千載美之，至今尚友者以爲依歸。蓋其居貞履素，蟬蛻濁穢之爲不可及也。若欽與韓子，疚疾於无妄，狼跋於夷庚。竟中機辟，莫之知避。方且拘幽淹阻之是甘，尚何歸來之稱乎？俄又思之，則物於兩間，吹萬不同。分合成毀，何適而非歸？水歸於壑，木歸於根。魚歸於淵，鳥歸於林。以之勞者歸於佚，行者歸於休：此歸之得其常者也。若夫行與世違而以行爲歸，志與事違而以志爲歸。用捨無與於己，行藏安於所遇者，此歸之不得其常，而亦未始失其常者也。夫何不可謂之歸哉？昔蘇長公謫惠州三年，而復移之儋耳，安置昌化軍。儋在海中，去中國萬里。而其居儋也，猶和陶公《歸來辭》以寓其思，且有詩曰‘海北天南總是歸’。以此觀之，達人曠士之處己，不以得喪夷險貳其操，不以窮苦迫阨易其慮，唯其所歸而寧焉，奚拘拘於楚奏越吟乎哉？迹，外也，非內；心，內也，非外。使陶、蘇兩賢易地則同，咀芋啗水、僦屋以居，與舒嘯東皐、樂夫天命者，抑何間哉？其不可泥於迹，而異其歸也。噫！有生飄也，物理相禪，皆歸於化。其來也莫圉，其去也莫止。歸者未必不去，去者未必不歸。其歸不歸，無益損於我，唯安時處順，居易俟命者，吾與韓子之所共敦也。苟能斂精藏明，收視返聽，耳目肺腸，各當其歸，卷爲己有，舒爲己用，清明在躬，志氣如神，則不知韓子之歸，其忠原耶，其柳川耶？忘腰帶之適也，忘足履之適也，其有辨乎？況聖明在上，如天覆幬，不忍一物之無歸。韓子之歸柳川，詎無日耶？爲蘇爲陶，於是焉同歸矣。欽弱喪無歸，而災於旅者也。與韓子既歸於同病矣，安得見韓子之歸來，而握手於柳川田畝間，畢此《歸來》之說？”

《疎菴先生集》卷三《歸來齋記》：“不亦善乎？柳川之名厥齋也，歸來二字復見於今日，彭澤之風幾熄矣，而今而後始得公爲殿。事固有隔百世而相符者，公之於彭澤是也。然其難易之不同，不啻若楚越之別也。蓋彭澤之出，惟爲貧而出者也。官不過縣令，祿不過五斗，其受之也易，故其捨之也亦易。彼山林之士，豈急於爲吏者？況辱之以鄉里小兒，彼惡乎甘心而不辭？且此何時也？司馬氏之命，奄奄欲絶矣。以彭澤之罔爲臣僕，又何待而不去？故其掛冠也，如脫躧矣。公則異於是。其仕也有志, 其進也有爲, 存乎己者, 十未出其五, 利澤之及物者以一國量, 公安得不究其功, 邈然而爲長往之計？公雖欲自便, 世安肯捨公？且夫六卿之位, 非縣令之比也。二品之祿, 非五斗之類也, 又無鄉里小兒之辱。而言其時, 則聖主在上, 鼓舞豪傑, 貴公以文武之用, 惟恐其一日無公眷注之謂, 何乃懷此自屛之心, 至以立其屋之額, 獨不思非賢罔又之義乎？又況春秋富盛, 請老之年頗遠, 則尤不可奉身自退, 杜門於寂寞之濱。而公終不欲以此違彼, 此公之所以爲難也。若夫處亂世而蹈見幾之擧, 臨苛禮而起屈身之羞, 乃君子之所必然, 未足以爲彭澤之極致歟？雖然, 彭澤之歸, 能以其身終始安於其室, 田園是有, 松菊是保, 忘機於水石之鄉, 主盟於麋鹿之群, 莫之禁也, 又何拘而不適哉？公之歸, 不能以其身頃刻安於其室, 內未脫於法吏之簿, 外未離於遷客之籍, 維縶于大江之陬, 畫地而不能出。夫所謂歸來齋者, 距彼不百里之遠, 而是又墳墓所在之地也, 桑梓所託之鄉也。然公之迹, 有不可以及於是也。則其間雖有江山之勝、草木之美, 不形於夢寐, 則公不得以目之也。嗚呼！天耶？人耶？其亦不幸甚矣。故歸來之名一也, 彭澤値其易, 公値其難。嗚呼！公之晚節厄矣。然余嘗竊聽物議, 昔者惟恐公之歸也, 今者惟恐公之不歸也。人情之愛公如是夫。然公尙未得歸也, 豈亦有不愛公者乎？然未必若愛公者之多也。嗟夫！倦則知歸, 物之情也。是故鳥倦則歸于林, 獸倦則歸于藪, 魚倦則歸于淵, 人不必言, 物亦如此, 而今公不得與一物之微者同其自逸之樂, 此余所以歎息流涕, 不能不爲公悲者也。雖然, 孟子不云乎'莫非命也, 順受其正'？今公之不幸, 是亦命也, 惟當順受而已, 余又何悲？況地之遠近, 在心不在迹。心苟遠矣, 迹雖近矣, 吾必謂之遠矣；心苟近矣, 迹雖遠矣, 吾必謂之近矣。今公之心, 遠乎, 近乎？嗚呼！雖三尺童子, 必不以爲遠矣。然則是齋也, 何遠乎公？公之心, 未嘗不眷眷於斯也。且公豈長否者？忠信之德, 可動神明。有如一朝, 荷天地之力, 得返丘壑, 則公之志願畢矣。或加此一等, 復其官爵, 見用於朝, 如先王之時, 則余未知公當如何處之。將飄然而起乎？則棄是齋矣。將確然而居乎？則棄是世矣。公必居一於此矣。夫室以得其主爲幸, 而以失其主爲不幸, 余又未知是齋之幸不幸終如何也。"】

이흘(李屹) 1557~1627. 조선 중기. 본관은 성주(星州). 자는 산립(山立)이고, 호는 노파(蘆坡)이다.

❋ 名 – 屹   字 – 山立

【≪正字通≫："屹, 山獨立壯武貌。"】

성여학(成汝學) 1557-?. 조선 중기. 본관은 창녕(昌寧). 자는 학안(學顏)이고, 호는 학천(鶴泉)·쌍천(雙泉)이다.

❋ 名 – 汝學   字 – 學顏

【學習顏回。】

강의봉(康儀鳳) 1557-?. 조선 중기. 본관은 상원(祥原). 자는 응소(應韶)이다.

❋ 名 – 儀鳳   字 – 應韶

【≪尙書·益稷≫："≪簫韶≫九成, 鳳凰來儀。"】

박홍장(朴弘長) 1558-1598. 조선 중기. 본관은 무안(務安). 자는 사임(士任)이다.

❋ 名 – 弘長   字 – 士任

【≪論語·泰伯≫："曾子曰：'士不可以不弘毅, 任重而道遠。'"】

이욱(李郁) 1558-1619. 조선 중기. 본관은 전주(全州). 자는 질부(質夫)이고, 호는 팔계(八溪)이다.

❋ 名 – 郁   字 – 質夫

【≪論語·八佾≫："周監於二代, 郁郁乎文哉！吾從周。"邢昺≪疏≫："郁郁, 文章貌。"又≪論語·雍也≫："質勝文則野, 文勝質則史, 文質彬彬, 然後君子。"≪集解≫："彬彬, 文質相半之貌。"故以"質"應"郁"。】

권진(權縉) 1572-1624. 조선 중기. 본관은 안동(安東). 자는 운경(雲卿)이고, 호는 수은(睡隱)이다.

❋ 名 – 縉   字 – 雲卿

【≪左傳·文公十八年≫："縉雲氏有不才子。"杜預≪注≫："縉雲, 黃帝時官名。"】

박종남(朴從男) 1558-1620. 조선 중기. 본관은 경주(慶州). 자는 선술(善述)이고, 호는 유촌(柳村)이다.

❈ 名 - 從男   字 - 善述

【≪左傳·成公八年≫:"從善如流, 宜哉!"】

❈ 號 - 柳村

【≪霽山先生文集≫卷十六≪柳村朴公行狀≫:"不喜干權貴取富貴, 遂拂衣歸鄕里。慕陶靖節, 種柳五六株于宅邊, 自號'柳村'。日逍遙其下, 躬釣探以自適, 頹然若無意當世。然忠義之氣鬱積於中, 有時語及國事, 未嘗不慷慨流涕也。"】

이수준(李壽俊) 1559-1607. 조선 중기. 본관은 전의(全義). 자는 태징(台徵)이고, 호는 용계(龍溪)·지범재(志范齋)이다.

❈ 號 - 志范

【≪月沙先生集≫卷四十六≪通政大夫行永興府使李公墓碣銘幷序≫:"淸江李公以氣節文章爲一代偉人, 而尤號爲法家, 故諸子皆賢。其仲子曰壽俊, 字台徵, 自始知名, 人咸以國士期之 …… 嘗別儲喪時賻物, 欲設義莊如范文正故事, 因自號志范。"】

성문준(成文濬) 1559-1626. 조선 중기. 본관은 창녕(昌寧). 자는 중심(仲深)이고, 호는 창랑(滄浪)이다.

❈ 名 - 文濬   字 - 仲深

【≪尙書·舜典≫:"濬哲文明。"孔≪傳≫:"濬, 深;哲, 智也。"】

김지남(金止男) 1559-1631. 조선 중기. 본관은 광산(光山). 자는 자정(子定)이고, 호는 용계(龍溪)이다.

❈ 名 - 止男   字 - 子定

【≪禮記·大學≫:"知止而後有定。"】

오윤겸(吳允謙) 1559-1636. 조선 중기. 본관은 해주(海州). 자는 여익(汝益)이고, 호는 추탄(楸灘)·토당(土塘)이며, 시호는 충정(忠貞)이다.

❈ 名 - 允謙   字 - 汝益

【≪尙書·大禹謨≫："滿招損，謙受益。"】

이영(李嶸) 1560-1582. 조선 중기. 본관은 전주(全州). 자는 중고(仲高)이고, 호는 갈구(葛裘)·벽산(碧山)이다.

❀ 名－嶸　字－仲高

【≪說文≫："崢嶸，山峻貌。"班固≪西都賦≫："金石崢嶸。"注："崢嶸，高峻貌。"】

권극중(權克中) 1560-1614. 조선 중기. 본관은 안동(安東). 자는 택보(擇甫)·정지(正之)이고, 호는 풍담(楓潭)·화산(花山)이다.

❀ 名－克中　字－正之

【≪周易·乾≫："剛健中正。"】

이상의(李尙毅) 1560-1624. 조선 중기. 본관은 여흥(驪興). 자는 이원(而遠)이고, 호는 소릉(少陵)·오호(五湖)·서산(西山)·파릉(巴陵)이며, 시호는 익헌(翼獻)이다.

❀ 名－尙毅　字－而遠

【≪論語·泰伯≫："曾子曰：'士不可以不弘毅，任重而道遠。'"】

이준(李埈) 1560-1635. 조선 중기. 본관은 흥양(興陽). 자는 숙평(叔平)이고, 호는 창석(蒼石)·유계(酉溪)이며, 시호는 문간(文簡)이다.

❀ 名－埈　字－叔平

【埈與陵同。≪詩·小雅·天保≫："如山如阜，如岡如陵。"毛≪傳≫："大阜曰陵。"≪增韻≫："平，坦也。"故埈、平反義相成。】

❀ 鳳棲亭

【≪蒼石先生文集≫卷十三≪鳳棲亭記≫："客登鳳棲亭，有問名亭意者。主人不答，客復進曰：'毛蟲三百，鳳爲之長。備五色之體，翔千仞之上。飢不妄下，游必擇所。是以雖神聖如黃帝，而有何敢與焉之歎；至治如成周，而有鳴鳥不聞之語。今子姿非九苞之異，位爲百里之長，仁化未孚於潁川，文章不及於辛繕，而遽以鳳棲名其亭，無乃外人有張京兆鵬雀之譏乎？'曰：'是烏知其所謂也。客不聞乎, 鳳鳥出於丹山, 非竹實不食, 非醴泉不飲。而是地也, 東有竹嶺, 南隣醴泉, 丹山又其邑名, 則豈非以古昔文明之世有鳳鳥至之, 故名之以其實也？過岐陽者, 想鳳凰之音；撫畫圖者, 思虞之仁。今余之因地而寄興, 庶望其爲瑞於斯世者, 其曷能已？噫！鳳之爲靈, 有道則見, 非時不出；聖王既沒, 曠世未覯, 此所以杜甫因臺名而起感、胡鼎植碧梧而揭名者也。其詩曰："自天啣瑞圖, 飛下十二樓。再光中興業, 一洗蒼生憂。"又曰："高軒植此梧, 萬一幸而致。慨然千載懷, 孰敢謂不智。"就二公之詩而求之, 則吾之名亭之意可見矣。'既以語客, 回書之屋壁。萬曆壬寅重陽後一日記。"】

❀ 至樂齋

【≪丹谷先生文集≫卷四≪至樂齋記≫："蒼石李侯守豐之明年, 政平民和, 印文生綠。乃於白雲書院東庭之隈構小齋, 齋下築臺, 臺下鑿池。既成揭扁, 池曰濯清, 臺曰仰高, 齋曰至樂。諸生咸進前曰：'濯清仰高, 既聞命矣。請聞至樂之義焉。'侯曰：'諸生不聞乎？歐陽子曰"至樂莫如讀書", 吾於是乎有取焉。'諸生起而更請曰：'讀書之中有何至樂？'侯曰：'吁！吾爲諸生演歐陽之意而釋之可乎？夫書何爲而作也？明理載道之具也。聖賢之立言垂教寓於斯, 聖賢之修己治人著於斯。近而一心之危微, 遠而萬理之綜錯, 無不備述焉。則讀是書者, 夫豈徒然哉？明牕晝永, 棐几塵稀。整襟端坐, 澄神靜慮。手披簡編, 心潛義理。孜孜乎如鍊丹, 矗矗乎如嗜炙。反復習熟, 融會貫通。啖腴喫實, 欲罷不能。入德之門, 昔迷而今悟。造道之方, 前昧而後覺。如寐而呼, 如飢而食。哀然自得, 歡欣鼓舞, 不啻若芻豢之悅我口。於斯時也, 百牢九鼎, 不足以樂其味。鍾鼓管絃, 不足以樂其音。千駟萬戶, 不足以樂其富。金袋銀章, 不足以樂其貴。盡天下之美, 不能易吾之樂。而非僻之念自熄, 外物之誘自絶。樂在方寸之間, 洋溢六合之內。時或風乎臺上, 認彌高之道體。逍遙池畔, 悟活水之有本。吟詠至理, 和回琴點瑟於千載之上。樂乎樂乎！斯其至矣。孔夫子曰："學而時習之, 不亦悅乎？"其斯之謂歟？如或居是齋也, 尋行數墨, 含英咀華。從事於文字之末, 馳心於名利之中, 而不識吾家讀書之本意, 則是摘醯棃而已, 甘退産而已。何足與議於至樂乎哉？'於是乎諸生再拜而謝, 請書諸壁。"】

최항경(崔恒慶) 1560-1638. 조선 중기. 본관은 영천(永川). 자는 덕구(德久)이고, 호는 죽헌(竹軒)이다.

❀ 名－恒慶　字－德久

【《周易·恆》：“恆，久也。”《禮記·哀公問》：“君之及此言也，百姓之德也。”鄭玄《注》：“德，猶福也。”孔穎達《疏》：“德，謂恩德，謂福慶之事。”故“德”、“慶”又相應。】

❀ 號－竹軒

【《竹軒先生文集》卷四《遺事[玄孫進士后大]》：“盖公自少杜門求志，絶意科舉，而大夫人無恙時嘗欲一擧，故至是僶俛赴解，然非其志也。於是就鰲巖之上結屋數椽，以爲藏修之所。窓外植綠竹滿園，愛其貞節，日夕把玩，吟哦其間，因以竹扁其軒。居閒養靜，日有自得之趣。至於勢利紛華，泊如也。”】

최희량(崔希亮) 1560－1651. 조선 중기. 본관은 수원(水原). 자는 경명(景明)이고, 호는 일옹(逸翁)이며, 시호는 무숙(武肅)이다.

❀ 諡號－武肅

【《太常諡狀錄》卷五《贈兵曹判書崔公希亮諡狀》：“我宣朝乙巳勳錄宣武原從一等功臣贈兵曹判書崔公希亮，湖南人也 …… 武肅折衝禦侮曰武，執心決斷曰肅、武貞折衝禦侮曰武，清白守節曰貞、貞敏清白守節曰貞，應事有功曰敏。”】

강복룡(康伏龍) ?－?. 조선 중기. 자는 한보(漢輔)·기지(起之)이다.

❀ 名－伏龍　始字－漢輔　改字－起之

【《蒼石先生文集》卷十二《康起之字說》：“康君伏龍，始字漢輔，易之以起之，愚谷所命也。壬子夏，過余於玉成，而徵其說。余曰：‘司馬名相如，錢氏名希白，彼皆有取於一時事爲之粗迹，而子獨寓意於諸葛，其朱晦庵名巖作記之意乎？卷者舒之本，一朝起而天行神，變化水下土，亦公他日事也。子能循名思義，務盡其實，則於起之道，可幾矣。不然則非愚谷字子之意，余不爲子願焉。’因衍其義而祝之以辭曰：龍之爲物，淵蟄自珍。忽然變化，奮爪揚鱗。騰踔九天，霖雨八垠。漢家有龍，潛德堪倫。隆中蹤跡，心上經綸。一朝契合，幡然起莘。忠義大節，白日蒼旻。今之取名，慕其爲人。凡物之理，張翕相因。字曰起之，欲屈之伸。賁然一躍，汗漫與隣。舒爲雲雨，澤被生民。仰惟武侯，蹈義履仁。子欲慕之，先實後賓。無變於世，自樂於身。見可而動，以濟於屯。其守不堅，其樂非眞。其動有悔，豈曰其神。何異有欲，垂頤就馴。我告我友，我語書紳。"】

박경신(朴慶新) 1560-?. 조선 중기. 본관은 죽산(竹山). 자는 중길(仲吉)이고, 호는 한천(寒泉) · 삼곡(三谷)이다.

❈ 名 - 慶新　字 - 仲吉

【《詩 · 大雅 · 皇矣》："則友其兄，則篤其慶。"毛《傳》："慶，善。"《說文》："吉，善也。"同義相協。】

이덕형(李德馨) 1561-1613. 조선 중기. 본관은 광주(廣州). 자는 명보(明甫)이고, 호는 한음(漢陰) · 쌍송(雙松) · 포옹산인(抱甕散人)이며, 시호는 문익(文翼)이다.

❈ 名 - 德馨　字 - 明甫

【《尙書 · 酒誥》："黍稷非馨，明德維馨。"】

❈ 號 - 漢陰

【《漢陰先生文稿附錄》卷三《神道碑銘幷序[趙絅]》："公諱德馨，字明甫。居在漢山之陰，故自號漢陰。"】

유기(柳褀) 1561-1613. 조선 중기. 본관은 풍산(豊山). 자는 여장(汝章)이고, 호는 부휴산인(浮休散人)이다.

❈ 號 - 浮休散人

【《鶴沙先生文集》卷三《承議郞狼川縣監柳公墓碣銘幷序》："己亥，監狼川縣，兵餘邑弊，民戶不滿數十，而責應甚煩。公至誠撫摩，條十弊，申按使蠲之，邑遂以完。逾三年，以事遞，居閒數十年，無意進取。築室浮休山下，仍自號浮休散人，往來徜徉以自娛……公諱褀，字汝章。"】

김상용(金尙容) 1561-1637. 조선 중기. 본관은 안동(安東). 자는 경택(景擇)이고, 호는 선원(仙源) · 풍계(楓溪) · 계옹(溪翁)이며, 시호는 문충(文忠)이다.

❈ 香雪軒

【《蘭室詩話》："仙源當宣廟末宰安邊府，列植梨東軒北，名其軒曰'香雪'，有仙源手書篆額。至今二百餘年，有故老傳言食其實。其他列植庭墀者，皆其種也。仙源後孫有宰是府者重新之。淸陰詩曰：‘憑君有意封嘉樹，莫忘前人手種時。’卽指是府梨也。鏤板尙在壁間。”】

❀ 號 - 仙源, 楓溪

【≪仙源遺稿年譜≫：“先生諱尙容，字景擇，姓金氏，安東人。號仙源，又號楓溪 …… 二十年壬辰宣祖大王二十五年，先生三十二歲 …… 〇九月，轉入江華寓居仙源村。仙源之號蓋始於此 …… 三十六年戊申宣祖大王四十一年，先生四十八歲 …… 〇九月，移拜都承旨。〇築淸風溪別業。一名靑楓溪，在京城西北弼雲山下。水石淸絕，菴號臥遊，閣名淸風。又有太古亭，池、臺、巖、壑、悉皆命名。有十二月令詩，又取黃太史‘立朝意在東山，佩玉心如檽木’之語題壁，而自是又號以楓溪，亦號溪翁。〇≪行狀≫云：‘晚築楓溪水石，先君悅其勝，肩輿日往來 ……’”】

박인로(朴仁老) 1561-1642. 조선 중기. 본관은 밀양(密陽). 자는 덕옹(德翁)이고, 호는 노계(蘆溪)·무하옹(無何翁)이다.

❀ 名 - 仁老　字 - 德翁

【≪周禮·地官≫：“六德：知、仁、聖、義、中、和。”】

❀ 號 - 無何翁

【≪蘆溪先生文集≫卷一≪無何翁傳≫：“翁不知何許人，窮居落魄，不知老之將至。傍人譏其闊於世情，謂之無何翁。翁聞智異山下有稱烏叟者博學多聞，往訪之。叟曰：‘九仞山中一靈藥，萬古猶香。世人旣不識此山，又安知有此藥也？採藥之道凡有八條焉，苟不以其道採之，其可得乎？彼四皓，隱者也。但能採芝商山，而未得採藥之道。必須誠意正心，然後始可採之。故禹湯、文武、孔孟相繼採之。其後累百世，採者蓋寥寥矣。’遂贈一律曰：‘萬壑春將暮，鳥啼花亂飛。九仞山何處，千峯近却非。’翁再拜而進曰：‘大君子至論，小子何敢窺及？但入德門誠意關，願更聞之。’叟曰：‘入德門，通于誠意關，爲一安宅而居之者，神明主人也。宅前大路，其直如矢，有目者孰不可見？有足者孰不可踐？苟能知之明而造之深，則皆可知所止而止，得所安而安。勿謂高遠，只在脚下一步地耳。’翁起謝曰：‘粗習弓馬，不事詩書。十載窮廬，徒切已矣之歎。何幸今夕獲承盛敎！今雖苦晚，請事斯語矣。’因呈短韻曰：‘九仞爲山是底山，含輝隱耀冠千山。許多奔走

尋山者, 不識人間有此山。'曳和曰：'人去猶存萬古山, 光風霽月滿空山。樂山眞
趣無文武, 願與吾君共此山。'傍有一童子隅坐而吟曰：'琢玉如磨九仞山, 浮空積
翠照千山。何時滌盡泥沙汚, 努力躋攀陟彼山。'俄而翁告歸, 更吟一絶曰：'柳碧
離愁暗, 花紅淚濕襟。秋期難可必, 千里夢相尋。'曳和曰：'愀然無一語, 誰與敍
幽襟。智異丹楓下, 扶筇願更尋。'童子又吟曰：'今日傷心地, 何殊老少襟。秋來
如訪我, 吾亦爲公尋。'詩罷乃還。"】

경준(慶遵) 1561-?. 조선 중기. 자는 술고(述古)이고, 호는 자가당(自可堂)이다.

❀ 名 - 遵　　字 - 述古

【≪論語·述而≫：“述而不作, 信而好古, 竊比於我老彭。”≪集注≫：“述, 傳舊而
已, 作, 則創始也。竊比, 尊之之辭。我, 親之之辭。老彭, 商賢大夫, 見≪大戴
禮≫, 蓋信古而傳述者也。孔子刪≪詩≫, ≪書≫, 定≪禮≫, ≪樂≫, 贊≪周易≫,
修≪春秋≫, 皆傳先王之舊, 而未嘗有所作也, 故其自言如此。”≪說文≫：“遵,
循也。”名字相因, 即循古傳舊之義。】

❀ 號 - 自可堂

【≪晚悔集≫卷二≪自可堂記≫：“吾友慶君述古, 特立獨行之士也。其行己也, 務
於自信, 不求人知。苟審其是也, 萬人非之不回也；苟未自足也, 萬人譽之不喜
也。嘗名其堂曰自可, 徵余記之, 久未有報也。一日造而問自可之義, 君曰：'自
可, 猶自足也。苟我自信其可, 則足矣, 何必求人之可也？世之人蓋不能自信, 候
人之毀譽以爲榮辱, 吾嘗病乎是。今吾名堂, 蓋自信其可而已。'予曰：'子之病世,
則然矣。然人非堯舜, 何能每事盡善？苟自以爲可, 而世人或莫之可, 則子之自
可者, 不殆於自恣乎？然猶有可諉者, 蓋曰百世以竢聖人而不惑焉耳。苟百世以
竢, 而亦或莫之可, 則今日之自可者, 不殆於異學之歸乎？吾與子異趣, 不知所以
記。'君曰：'雖然, 子以子之意記之。'予曰：'無已則有一焉。可者僅可, 而有所
未盡之辭。子之自可也, 未必人之可也, 亦有所未盡之辭耳。子之志, 蓋曰“唯吾
自可”而已。今之君子, 未必可之也；後之君子, 亦未必可之也。我將以我之自可
者, 求今之君子之所可。雖或不可於今之君子, 要將必可於後之君子, 又將以遡
於古之君子而無不可也。然而未能焉, 徒吾自可而已, 安敢必古人、今人、後人
之皆可乎？自可名堂, 蓋所以誌也。若然則是蘧伯玉寡過未能之義, 而於吾子謙

謙之德, 終日乾乾, 望道未見之功, 殆亦或有助焉乎。'君曰：'子之言非吾本意, 然亦足以備自可之一說, 我將以爲他山之錯。'於是書以贈之, 以爲自可堂記。"】

박진원(朴震元) 1561-?. 조선 중기. 본관은 밀양(密陽). 자는 백선(伯善)이고, 호는 장주(長洲)이다.

❀ 名－震元　字－伯善

【《左傳·昭公十二年》："元, 善之長也"。】

황신(黃愼) 1562-1617. 조선 중기. 본관은 창원(昌原). 자는 사숙(思叔)이고, 호는 추포(秋浦)이며, 시호는 문민(文敏)이다.

❀ 名－愼　字－思叔

【《禮記·中庸》："博學之, 審問之, 愼思之, 明辨之, 篤行之。"】

김윤안(金允安) 1562-1620. 조선 중기. 본관은 순천(順天). 자는 이정(而靜)이고, 호는 동리(東籬)이다.

❀ 名－允安　字－而靜

【《禮記·大學》："知止而後有定, 定而後能靜, 靜而後能安, 安而後能慮, 慮而後能得。"】

❀ 號－東籬

【《大山先生文集》卷四十四《東籬金公遺卷序》："晉陶淵明投紱賦歸, 隱居自放, 寓興於采菊以終身, 其淸風遠韻儵然出於塵表。然使淵明取其落英之餐, 秋色之佳, 以供一時之娛, 則亦祇爲景物役耳, 烏足以爲高哉？淵明以晉室遺老, 當寄奴之世, 不堪故國黍離之感, 而百草萎死之中忽見淩霜眠寒之姿, 氣感神會, 託其歲寒之心事, 卽其事甚悲, 而其意甚遠矣。近世東籬先生金公天資高爽, 氣度宏闊, 傑然爲一代之偉人。而從遊鶴厓寒旅諸賢, 得聞君子行己之方。平生酷慕淵明之爲人, 屢發於咨嗟歌詠之餘。蓋其貧同, 其嗜酒同, 其好吟詩同。氣類之感, 自有千載而朝暮遇者與？公少負湖海之氣, 嘗排雲而伸大賢之冤, 草疏而斥柄臣之奸, 以淸名直道, 若將進爲於世。而低個於簿書朱墨之間, 其見於施措者僅能起廢蘇殘, 厲淸白, 戢奸猾而已。及倦而歸焉, 則彝倫斁而天地閉矣。杜門

掃机, 詩酒自娛, 泊然無復當世之志, 扁其所居之堂、室、庭、門曰消憂、南牕、
眄柯、常關。而短籬之東植菊數叢, 遂取以自號。環龜山一洞, 宛然柴桑景色, 公
既自爲記以道其詳。然公豈取於物色之偶似者而以自標哉？淵明遭革命之運, 而
公遇明夷之艱；淵明恥二姓之事, 而公痛三綱之淪。事異而志同, 迹殊而義近。
其幽憂感憤之思, 蓋有曠百世而相符者。而籬下燦燦之英, 適有以寓其情而遂其
高。周先生嘗曰'菊之愛, 陶後無聞焉', 蓋傷其無繼之者。而孰知千歲之後, 乃得
於偏荒之季, 使淵明可作, 亦必翩然而笑其知己也。於乎欷矣！公爲詩不事雕飾,
興趣超然, 庶幾得淵明法門者。而文亦理順辭達, 絶無世俗藻繪態。來孫槃氏收
拾故藏得如干篇, 俾象靖纂次而敍其顚。自惟晩生不足以堪是寄, 然竊嘗慕公之
風而願爲之執鞭, 遂道其所感於心者以歸之。"】

정기룡(鄭起龍) 1562-1622. 조선 중기. 곤양정씨(昆陽鄭氏) 시조. 초명은 무수(茂
壽), 자는 경운(景雲)이고, 호는 매헌(梅軒)이며, 시호는 충의(忠毅)이다.

❇ 名 - 起龍   字 - 景雲

【≪鶴沙先生文集≫卷九≪統制使鄭公神道碑銘幷序≫："公姓鄭, 諱起龍, 字景
雲。世傳宣廟嘗夢見神龍起, 夢覺, 急使人視其處, 乃公也, 仍以命名云。"】

신지제(申之悌) 1562-1624. 조선 중기. 본관은 아주(鵝州). 자는 순부(順夫)이고, 호
는 오봉(梧峰)·오재(梧齋)이다.

❇ 名 - 之悌   字 - 順夫

【≪孟子·滕文公下≫："於此有人焉, 入則孝, 出則悌。"趙岐≪注≫："出則敬長
悌。悌, 順也。"】

❇ 號 - 梧峰, 龜老

【≪紫巖集≫卷三≪申梧峯行狀≫："公諱之悌, 字順夫 …… 公初居梧桐山北, 自
號梧峯。晩年移居龜村, 又號龜老。"】

기자헌(奇自獻) 1562-1624. 조선 중기. 본관은 행주(幸州). 초명은 자정(自靖), 자는
사정(士靖)이고, 호는 만전(晩全)이다.

❇ 初名 - 自靖   改名 - 自獻   字 - 士靖

【≪尙書·微子≫："自靖，人自獻于先王。"】

김덕함(金德諴) 1562-1636. 조선 중기. 본관은 상주(尙州). 자는 경화(景和)이고, 호는 성옹(醒翁)이며, 시호는 충정(忠貞)이다.

❀ 名－德諴　字－景和

【≪說文≫："諴，和也。"】

이홍주(李弘冑) 1562-1638. 조선 중기. 본관은 전주(全州). 자는 백윤(伯胤)이고, 호는 이천(梨川)이며, 시호는 충정(忠貞)이다.

❀ 名－弘冑　字－伯胤

【≪增韻："冑，嗣也。"≫≪廣韻≫"胤，嗣也。"】

정엽(鄭曄) 1563-1625. 조선 중기. 본관은 초계(草溪). 자는 시회(時晦)이고, 호는 수몽(守夢)·설촌(雪村)이며, 시호는 문숙(文肅)이다.

❀ 名－曄　字－時晦

【≪說文≫：曄，"光也"。晦有昏暗義，故反義相成。】

❀ 號－守夢

【≪月沙先生集≫卷四十四≪左參贊贈右議政謚文肅鄭公神道碑銘并序≫："公草溪鄭氏，諱曄，字時晦。嘗夢朱子摻手書示'盈天盈地，勿忘勿助'八字。公悟而自負，書之揭壁，因號守夢。"】

이수광(李睟光) 1563-1628. 조선 중기. 본관은 전주(全州). 자는 윤경(潤卿)이고, 호는 지봉(芝峰)·비우당(庇雨堂)이며, 시호는 문간(文簡)이다.

❀ 名－睟光　字－潤卿

【≪廣韻≫："睟，潤澤貌。"】

❀ 號－芝峯，庇雨堂

【≪芝峯先生集≫卷二十一≪東園庇雨堂記≫："敝居在興仁門外直駱峯之東偏，有山曰商山，山之一麓邐迤而南，若拱揖之狀者曰芝峯。峯之上有盤石可坐數十人，又有大松十餘株，如偃蓋形者曰棲鳳亭，其下地更平衍，周百許畝，畫以爲園

曰東園。深邃夷曠, 有幽居之勝。初, 夏亭柳政丞以淸白鳴世, 卜宅于玆, 爲草屋
數棟, 雨則以傘承其漏, 至今人誦之, 卽余外五世祖也。至余先考, 仍舊而小加拓
焉。客有言其朴素者, 輒曰:'比雨傘則亦已侈矣。'聞者無不悅服。余以不肖, 不
克保有先業。自經壬辰兵燹, 短礎喬木, 無復餘者, 余爲是懼。卽其故址, 構一小
堂, 扁曰庇雨, 以爲偃息之所, 蓋取僅庇風雨之義, 而乃其所志則亦欲不忘嗣續,
以竊附於雨傘之遺風焉。景有八, 記于左云。"】

정경세(鄭經世) 1563-1633. 조선 중기. 본관은 진주(晉州). 자는 경임(景任)이고, 호
는 우복(愚伏)·일묵(一黙)·하거(荷渠)이며, 시호는 문숙(文肅)·문장(文莊)이다.

❀ 愚巖

【≪愚伏先生文集≫卷十四≪愚巖說癸卯≫:"余旣卜居于愚伏之西麓, 其傍之亭臺
潭洞以至巖石之奇秀者, 莫不有名焉。直舍之東北隅有石臨潦, 高可四五丈, 獨
未有以名之也。有一夜, 石言于夢曰:'凡物之生, 顯晦有命, 遇不遇有時。自吾
之立於此蓋已久矣, 而名未顯於世。然且不恨者, 所遇非其人也。今幸得子以爲
主, 則誠千載一時、遇賞之秋也。吾屬之環侍於左右者, 無不衣被光榮, 各有美
名, 而獨於吾闕焉。遇矣而未顯, 欲無憾, 得乎?必有說敢請。'余應之曰:'夫名,
實之賓也。蔑實而得名, 智者懼焉, 愚者貪焉。余之名石固多矣, 亭亭峭拔, 獨立
霄外, 有擎天之勢者, 曰鼇柱石;其方如矩, 其平如準, 而處絶頂風埃之表, 有如
群仙散去, 棋枰獨存者, 曰爛柯巖;峙在潭心, 上有躑躅, 開花映水, 如爲人容
者, 曰揷花巖;削立溪濱, 宜坐而釣魚, 則謂之垂綸石;盤陀潤曲, 可俯而弄泉,
則謂之倚筇巖。玆數名者或悅其狀, 或取其用, 惟實之是揆, 未嘗有溢美而虛錫
之也。余嘗諦夫汝矣, 頎然長矣, 而無峭峻之姿;胖然大矣, 而無奇古之形。其面
窪然, 無花卉之飾;其巔隆然, 不可得以憑依焉。狀非可悅, 用無所取, 而欲其名
之顯, 無乃不智耶?'曰:'凡子之評吾者審矣。然狀者, 貌也;用者, 才也。徇貌
者遺其內, 尙才者後其德。君子之評物, 宜不若是也。今吾所處適當山麓之尾、
兩水之交, 方其秋水時至, 萬壑爭流, 狂瀾之所吞噬, 崖岸崩摧, 而吾能挺然獨立,
確乎不動, 折其勢而排之, 是麓之不入於崩湍, 誰之力歟?取此以名之, 不亦可
乎?'余笑而應之曰:'無難拔之根柢, 而戰方盛之波濤, 欲效力於砥柱, 汝於是爲
眞不智矣。夫狀非可悅則愚, 用無所取則愚, 不自量而當大節則愚。以若是之愚,

居愚山之內，爲愚人所隣，而貪蔑實之名。如欲強名之，則當目之曰愚巖可乎？'
石響應曰：'可。'余覺而異且感焉，遂取而自號云。"】

❈ 號－一默齋

【≪愚伏先生文集≫卷之十五≪一默齋記≫："余在朝以一默自號，蓋取諸'萬言萬
當不如一默'之義也。己亥春，以嶺伯病解職，歸食于家。一日，直諒友金君汝遇
來訊曰：'子之號以默必有說，盍以告余？'余笑而不言。強而後謚之曰：'曩余之
幼也，質痴而鈍，見人則椒椒然言不能出諸口。及其壯而行乎鄉黨也，亦未嘗肆
氣而妄言以得罪于父兄宗族。此則吾子之所知也。一不幸而早捷巍科，二不幸而
厚竊虛名，三不幸而驟躋顯列。志滿而氣得，則質與之化。向之痴者黠，鈍者銳，
椒者覸，而言遂肆矣。入告于晃疏，則觸犯而不婉，昧于訥約；出語于卿相，則剛
傲而不遜，懵于忌諱。論人則近于好訐，說事則失之果敢。終至于此惡彼斁，動
輒得謗，前跋後疐，七顚八倒。雖蒙聖朝寬容，得免于刑戮，而省躬追愆，漿背粟
膚，不勝其自失之悔。此余之所以困而後喻，迷而思復。寧緘口結舌，守吾純愚，
惟喑啞是效，庶或有以善其後也。'汝遇懍然而變乎色曰：'噫！何子之誤也！衰
職有闕，其可默乎？朝政不舉，其可默乎？賢邪雜進，則可默而不辨乎？義利混
淆，則可默而不分乎？不仕則已，一日在其位，則不匡有刑。而況子之升于朝也，
初非有姻婭權貴爲之汲引焉，眞所謂自結于明主者。而樂讜言，賞直士，又吾君
之能事。則今子惟當益言所知，益盡所言，求所以報答知遇而已。何可徵一跌而
畏多口，隨俗變化，斫方爲圓，阿諛苟容，以爲利祿謀耶？請速易子之號可乎？'余
曰：'子之言，余固不堪，然吾子有教，敬聞命。'汝遇逌然以笑曰：'人臣之事君，
以默爲罪；學者之治身，以默爲德。余布衣也，言非其責。所處者鄉黨也，行宜恂
恂。而樞機不愼、支誕交病，內隤德于己，外招怨于人。夫以好議論人長短、妄
是非政法，馬援之所不願于子孫，而余皆有之于身，豈不瘄哉？請以子之所以自
號者，扁吾之室而藥吾之病可乎？'余曰：'知子者莫余若。子雖多于言，不至如
此。然吾子病之，乃所謂重以周也。二字名言，苟可益于輔仁之道者，余何敢認
爲己物，而靳之于吾子乎？敬聞命。'汝遇拱手而作曰：'然則請申一默之義而終
教之可乎？'余曰：'余之說有進于此者，當爲子究言之。夫人心之動，非言則不
宣；聖人之道，非言則不傳，言其可廢乎？言而失當則不如默，固也。彼謂"萬言
萬當不如一默"者，乃過中之論而不可以爲訓也。孔子曰："可與言而不與之言，失

人；不可與言而與之言，失言。"此以人而爲語默也。子思曰："邦有道，其言足以
興；邦無道，其默足以容。"此以時而爲語默也。孟子曰："未可以言而言，是以言
甜之也；可以言而不言，是以不言甜之也。"是以事而爲語默也。從上聖賢何嘗敎
人專用力于默乎？必也當言而言，當默而默，然後乃爲合于時中之道耳。今子士
也，希賢而學聖者也。苟有志于謹言，則當以顏子之"非禮勿言"爲准。方其言之
發于口也，必先求諸心，曰："合理乎？不合理乎？"擇其合理者而言，則夫人不言，
言必有中矣。從事于斯，用功純熟，則時然後言，人不厭其言矣，又奚默之足貴
耶？此乃吾與子之所共勉也。若或膠守默字，必欲以不言爲德，則是不過爲撑眉
面壁之禪而已。然則一默之云，非惟不宜于余，而且不宜于子矣。子亦何取焉？'
汝遇起而拜曰：'子之言善，敢不服膺？然嘗聞魯男子之言曰"以吾之不可，學柳下
惠之可"，余姑以一默名吾齋。'萬曆二十九年元月上澣，晋陽後學鄭經世記。"】

❀ 號 － 愚伏

【≪愚伏先生別集≫卷九≪贈崇政大夫議政府左贊成兼判義禁府事世子貳師知經
筵春秋館成均館事弘文館大提學藝文館大提學行正憲大夫吏曹判書兼知經筵義
禁府春秋館成均館事弘文館大提學藝文館大提學世子左賓客愚伏鄭先生墓表[權
愈]≫："嘗居愚伏山中，自號愚伏，日與學者講讀。"】

최현(崔晛) 1563-1640. 조선 중기. 본관은 전주(全州). 자는 계승(季昇)이고, 호는
인재(訒齋)이며, 시호는 정간(定簡)이다.

❀ 名 － 晛　　字 － 季昇

【≪詩·小雅≫："雨雪瀌瀌，見晛曰消。"≪傳≫："晛，日氣也。"≪說文≫："昇，日
上也。古只用升。"】

❀ 謚號 － 定簡

【≪太常謚狀錄≫卷五："國家累洽重熙，作成賢才，於是學問、文章、忠信、道德
之士爲時輩出，見用於世，代不乏人，式至于今，資學問而任道德之重，秉忠貞而
一夷險之節，炳烺乎國史野乘者，有若故副提學贈純忠補祚功臣議政府左贊成完
城君崔公諱晛是已。公平生行蹟概見於≪長陵誌≫，≪文藁墻錄≫及諸名碩輓、
誄、墓碣、碑誌等作，謹攷其中而折衷焉。公字季昇，全州人 …… 定簡純行不爽曰
定，正直無邪曰簡、章簡出言有文曰章，正直無邪曰簡、貞敏清白自守曰貞，應事有功曰敏。"】

허적(許禴) 1563-1641. 조선 중기. 본관은 양천(陽川). 자는 자하(子賀)이고, 호는 상고재(尙古齋)·수색(水色)이다.

❀ 名－禴　字－子賀

【≪廣韻≫："禴，福也。"≪詩·大雅·下武≫："受天之祐，四方來賀。"≪疏≫："武王旣受得天之祐福，故四方諸侯之國皆貢獻慶之。"】

전식(全湜) 1563-1642. 조선 중기. 본관은 옥천(沃川). 자는 정원(淨元)이고, 호는 사서(沙西)이다.

❀ 名－湜　字－淨元

【≪詩·邶風·谷風≫："涇以渭濁，湜湜其沚。"陸德明≪釋文≫："湜，音殖。≪說文≫云：'水淸見底。'"】

우홍적(禹弘績) 1564-1592. 조선 중기. 본관은 단양(丹陽). 자는 가중(嘉仲)이고, 호는 장곡(長谷)이다.

❀ 名－弘績　字－嘉仲

【≪尙書·大禹謨≫："予懋乃德，嘉乃丕績。"】

이의윤(李宜潤) 1564-1597. 조선 중기. 본관은 여주(驪州). 자는 수연(粹然)이고, 호는 무첨당(無忝堂)이다.

❀ 號－無忝堂

【≪淸臺先生文集≫卷十二≪無忝堂李公墓碣銘幷敍≫："惟我晦齋先生有嫡長孫諱宜潤字粹然……乙酉，往在靈山衙作戒酒色詩一絶示群弟。丙戌應別擧，往京師。時蘇齋盧公爲相，欲授蔭職請見，公托下鄕不往。丁亥，作≪不愧屋漏箴≫，遂自號無忝堂，以寓勉戒之意。"

≪大菴先生集≫卷三≪無忝堂李公墓碣銘≫："吾友晔然諱宜潤，驪州人……甞扁其居堂曰無忝。盖取≪詩≫所謂'無忝所生'之義也。"】

박동열(朴東說) 1564-1622. 조선 중기. 자는 열지(說之)이고, 호는 남곽(南郭)·봉촌(鳳村)이다.

❊ 無競堂

【≪體素集≫卷下≪無競堂記≫："莊生曰:'榮辱立然後覩所病, 貨資聚然後覩所爭。'欲惡之端, 利害之塗。樊然殽亂, 鬪怒奮敓。中智以下, 誰能免焉?惟在上之人, 一統類, 齊劑量, 辨上下, 以定民志而已。自群后德讓而虞績熙, 小民敵讎而殷道喪。三代以下, 治亂之故多矣。≪詩≫曰:'百爾君子, 不知德行。不忮不求, 何用不臧?'噫!使後之君子者常誦斯言, 則其生於其心, 害於其政者, 必不至若是之甚。而國家之亂, 亦何自以生哉?吾友朴君說之, 扁其所居之堂曰無競, 求余文以記之, 余不知說之命名之義也。說之少有大度, 人皆以公輔期之。頹乎其形, 若不知利害之爲何物也。浩乎其量, 萬物無以攖其心者, 是固說之之所蓄也。雖然, 說之旣不能處而出從王事, 則任世道之責者必有其日。自數十年來, 朝紳分黨, 國言多岐。其始出於一二人好惡之偏, 而終至於鼓一世之衆而從之。忮者猶患其寡助也, 則又設爵祿以蠱之, 懸禍福以誘之。於是里巷闟茸初不自齒於人類者, 莫不抵掌投袂而起。游談扼腕, 助其聲勢。譬若決江河之流, 崩潰四出, 放乎數千里之間而莫能救也。雖其作俑者亦縮手傍觀, 欲悔之而不可得, 陵夷至於壬辰之禍, 可勝言哉!今正當天地改造、小人革面之秋, 而靡靡乎其遺風猶未殄也。不有君子, 孰能以善其後?夫解雜亂紛糾者不控拳, 救鬪者不搏撠, 乘大亂之後, 急之則敗矣。≪傳≫曰:'禮達而分定。'又曰:'禹稱善人, 不善人遠。'古者公卿大夫各稱其德, 農工商賈各勤其事, 故民有定志, 而天下可一也。降及後世, 人漸踰分。爲士者日志乎尊榮, 爲民者日志乎富侈, 故曰錢財不積則貪者憂, 權勢不尤則夸者悲。由善人不在其位, 而無禮以一之也。近日之事是也。說之以宏厚之資, 負經濟之望, 和而不流, 矜而不爭, 善之代不善, 天命也, 政將焉往?夫以道觀禮, 則一國興讓, 而爭競之原絕;以道觀分, 則四民安業, 而覬覦之端塞。雖有忮而求者, 將無以逞其欲, 而厲階之生, 有不足患者矣。或曰:'說之之志, 將欲辭榮而就污, 惡進而求退。以名與位, 推而與人, 而不欲與之較也, 故作堂以誌之也。子之言如此, 無奈非其本意乎?且今世不善人, 固多以忮而求者, 而不得分願, 則將無奈起爭端, 而非無競之義乎?'余曰:'不然。天之生才也, 固將委之以重任。則凡亂者求治, 勞者求休, 雖欲辭其責而不可得, 說之亦安能獨免乎?以虞舜之好生而罪四凶, 仲尼之汎愛而誅少正卯。惟其有以斷之, 是以能平之也。衛武公之懿戒曰:"無競維人, 四方其訓之。有覺德行, 四國順之。"覺者, 正直之謂也。惟其有覺德行, 故是以成無競之烈也。'說之名東說, 錦川人, 壯元及第, 今爲弘文館校理云。萬曆辛丑四月下澣, 襄陽峴山習池傲吏李某記。"】

현덕승(玄德升) 1564-1627. 조선 중기. 본관은 창원(昌原). 자는 문원(文遠)이고, 호는 희암(希菴)이다.

❀ 名 - 德升   字 - 文遠

【≪尚書·舜典≫ : "玄德升聞, 乃命以位。"≪論語·季氏≫ : "故遠人不服, 則修文德以來之。"】

장흥효(張興孝) 1564-1633. 조선 중기. 본관은 안동(安東). 자는 행원(行原)이고, 호는 경당(敬堂)이다.

❀ 名 - 興孝   字 - 行原

【≪孝經序≫ : "孝爲百行之首。"】

❀ 號 - 敬堂

【≪敬堂先生續集≫卷一≪敬堂說求記≫ : "余嘗竊取程子之意, 以'敬'名吾堂, 而因以爲號焉。又取周子之意, 名吾亭曰光風、名吾臺曰霽月。非曰自當其實, 欲以古人之言爲標的而期待耳。蓋非敬, 無以爲一心之主宰;非光風霽月, 無以形容斯道之體用。體者, 天下之大本, 所賴而立也;用者, 天下之達道, 所賴而行也。名之之意, 蓋取諸此。而厥後怠常勝, 而不見其敬。不見光風之吹, 而和氣爲之乖戾;不見霽月之明, 而天性爲之昏蝕。然則君子之棄而小人之歸, 明矣。昔聞吾兄之風, 而常切敬慕。及見吾兄之德, 而益加敬服, 則所謂乖戾者和平, 昏蝕者光明, 吾之堂不須記也。雖然, 聚散無常, 離合有數, 安知今日之和平而光明者, 復如昔日之乖戾而昏蝕者乎?若得吾兄一言置諸座右以自警焉, 則雖洛之東西二百里之遠, 卽是日侍吾兄於一堂之上也。然則記吾堂, 兄不敢辭也。"

≪附敬堂記≫ : "吾友張君行原, 居永嘉鶴山之陽, 自少履君子之庭而學古人之道。經亂而意不變, 家貧而志益堅。世以迂拙目笑之, 張君受而甘心焉。歲癸丑冬, 余與權峻甫諸友收拾鶴峯先生遺稿棲鳳, 停金溪月餘, 張君實與之同事。吾見其立心之不怠、言笑之不肆, 而知其植於內者固矣。一日謂吾曰 : '余竊取程夫子之意, 以敬名吾堂, 而因以自號焉。又竊慕廬山氣像, 以光風名吾亭, 以霽月名吾臺。非敢望其庶幾也，要擬盤盂之銘揭諸座隅，時自警省耳。蓋非敬則二三其道，而無以主宰乎一身。雖有淸風明月，徒爲悅耳目、蕩心志之資耳，安能有此灑落之襟懷乎？敬者，所以收斂此心，而爲光霽之淵源也；光霽，所以快活流行，而爲此敬之功用也。體用相須，表裏無間，不可以二視也。名之之意，蓋取諸此。而吾恨吾心之不然，怠肆紛擾之時常多，而整齊嚴肅之時常少。方寸之風，震蕩而靡定；胸中之月，晦蝕而不明。惟以窣窣無見，而終得罪於先師是懼。今雖收拾文字，不過爲盲者之丹靑，亦何益焉？子當爲余記此以警之，庶使朝夕顧諟而提省焉。則雖洛之東西二百里之遠，卽是對吾君於一堂之上也，不亦樂乎？'余斂袵起敬曰：'其義其名，至矣盡矣，吾無以贅於子之言矣。子之亂不變、貧益堅、志不怠、言不肆者，皆居敬之功。而猶懼夫此心之或放、風蕩而月昏，則如吾缺者，亦將何如哉？雖博聞缺，涵養須用敬，而進學則在致知。塊然一堂之上，徒主惺惺，而若不從事於理會事物之功，則其何以得到豁然之境，而有光霽之氣像也？彼佛氏之死敬是也。嗚呼！盍相戒之勉之哉？烏洛散人訒齋崔晛書。"】

이정구(李廷龜) 1564-1635. 조선 중기. 본관은 연안(延安). 자는 성징(聖徵)이고, 호는 월사(月沙)·보만당(保晚堂)·응암(凝菴)이며, 시호는 문충(文忠)이다.

❀ 名 － 廷龜　　字 － 聖徵

【≪周易·繫辭上≫："河出圖，洛出書，聖人則之。"≪尙書·洪範≫："天乃錫禹洪範九疇，彝倫攸叙。"≪傳≫："天與禹洛出書，神龜負文而出，列於背，有數至於九，禹遂因而第之，以成九類常道，所以次叙。"】

유숙(柳潚) 1564-1636. 조선 중기. 본관은 흥양(興陽). 자는 연숙(淵叔)이고, 호는 취흘(醉吃)이다.

❀ 名 － 潚　　字 － 淵叔

【≪說文·水部≫："潚，深淸也。"段玉裁≪注≫："謂深而淸也。"≪詩·小雅·鶴鳴≫："魚潛在淵，或在于渚。"≪疏≫"魚有能潛在淵者，或在於渚者，小魚不能入淵而在渚，良魚則能逃處於深淵"，故"淵"亦有深水之義，與"潚"同義相協。】

❀ 號 － 醉吃

【≪醉吃集序[申在植]≫："故副提學柳公諱潚，自號曰醉吃。蓋醉其酒、吃其口，

是公之自道也，而抑公奚取乎其醉且吃也？余嘗蹟公之平生，而始知公之托跡沈
冥、寓戒默容者，公之時則然也。公生逢穆陵盛際，妙齡發軔，與清陰金公尚憲、
鶴谷洪公瑞鳳共遊湖堂，亦嘗以詞翰屢償皇華。思將羽儀明時，黼黻皇猷，而不
幸遇光海之世，目見其彝倫將斁。諫院尺紙，首斥爾瞻諸賊之植黨專權，屹若頹
波之砥柱。顧彼虎耽蜮射，得免其葅粉，猶云幸耳。由是坎坷，退耕湖田。所以感
慨激昂，鬱悒侘傺，取醉自怡，欲辯已忘，則一斗不多，三緘示戒。醉吃之爲號，
不亦悲乎？"】

윤흔(尹昕) 1564-1638. 조선 중기. 본관은 해평(海平). 초명은 양(暘), 자는 시회(時
晦)이고, 호는 도재(陶齋)·청강(晴江)이며, 시호는 정민(靖敏)이다.

❀ 初名－暘　　改名－昕　　字－時晦

【≪說文≫ "暘，日出也"，"昕，日將出也"，"晦，月盡也"。反義相成。】

김적경(金積慶) 1564-1646. 조선 중기. 자는 선여(善餘)이고, 호는 단구자(丹丘子)
이다.

❀ 名－積慶　　字－善餘

【≪周易·坤≫："積善之家，必有餘慶；積不善之家，必有餘殃。"】

유경종(柳慶宗) 1565-1623. 조선 후기. 자는 선원(善元)이다.

❀ 名－慶宗　　字－善元

【≪周易·坤≫："積善之家，必有餘慶。"】

정문부(鄭文孚) 1565-1624. 조선 중기. 본관은 해주(海州). 자는 자허(子虛)이고, 호
는 농포(農圃)이며, 시호는 충의(忠毅)이다.

❀ 諡號－忠毅

【≪農圃集≫卷二≪諡號擬望_{以首擬批下}≫："忠毅臨患不忘國曰忠，　致果殺賊曰毅、忠愍
忠，上同，在國逢難曰愍、忠壯忠，上同，勝敵志強曰壯。肅廟癸未，曾孫杉上疏請諡蒙允。後十年
壬辰，製諡狀。翌年癸巳，擬號承批。其後三十五年丁卯三月，始設宴于昭格洞愍舍，延敎旨。"】

성이민(成以敏) 1565-?. 조선 중기. 본관은 창녕(昌寧). 자는 퇴보(退甫)이고, 호는 삼고당(三古堂)·천유(天遊)이다.

❈ 名 - 以敏　字 - 退甫

【≪論語·陽貨≫：“敏則有功。”≪論語·先進≫：“由也兼人，故退之。”】

송석조(宋碩祚) 1565-?. 조선 중기. 자는 대보(大甫)이다.

❈ 名 - 碩祚　字 - 大甫

【≪詩·魯頌·閟宮≫：“松桷有舄，路寢孔碩。”鄭玄≪箋≫：“碩，大也。”≪爾雅·釋詁≫：“弘，大也。”】

노인(魯認) 1566-1622. 조선 중기. 본관은 함평(咸平). 자는 공식(公識)이고, 호는 금계(錦溪)이다.

❈ 名 - 認　字 - 公識

【≪玉篇≫：“認，識認也。”≪增韻≫：“認，辨識也。”同義相協。】

신흠(申欽) 1566-1628. 조선 중기. 본관은 평산(平山). 자는 경숙(敬叔)이고, 호는 현헌(玄軒)·상촌(象村)·현옹(玄翁)·방옹(放翁)이며, 시호는 문정(文貞)이다.

❈ 名 - 欽　字 - 敬叔

【≪爾雅≫：“欽，敬也。”】

❈ 號 - 象村，放翁

【≪樂全堂集·先府君領議政文貞公行狀≫：“大夫人夜夢大星入懷，翌日生府君于漢城府之北部彰義洞第，嘉靖丙寅正月二十八日庚申也 …… 府君少號敬堂，又號百拙，或曰南皋，易之以玄軒。別業在金浦之象頭山下，一號象村居士，晩號玄翁，歸田稱放翁。”】

❈ 號 - 玄軒

【≪象村稿之≫卷三十≪玄軒銘≫：“混沌之際，罔冥之初。君子以之，動直靜虛。”】

❈ 號 - 玄翁

【≪象村稿≫卷三十三≪玄翁說≫：“曩吾稚歲，自號敬堂，旣長又號百拙，或曰南皐。數年間，易之以玄翁。客有來語余曰：'敬者，聖功也。拙者，素履也。南皐，實跡也。而子去之，卒宅乎玄，豈有說耶？'余對曰：'世之有色者有文，有文者有彩。唯玄者無色，無色故無文，無文故無彩。不可涅以爲緇，亦不可練以爲白。深深乎其樸也，淵淵乎其質也。渾渾乎其不可辨也。其類於至人之守乎？收視返聽，溟溟涬涬，若存若亡，而一氣沕然者，玆所謂吾玄之事，而衆妙之門乎？抑人漓道喪，蒼素倒置。龜文而焦，孔翠而羅。吾其守吾之玄，而庶免爲澤中之翠乎？'客笑而去。遂書以爲玄翁說。"】

❀ 坎止窩

【≪象村稿≫卷三十≪坎止窩銘後稿≫："時止而止，上不及仲尼。援之而止，下怍於士師。坎而後止，其行恥也。維心之亨，其素履也。止於所止，竊庶幾樂天知命之君子。"】

❀ 睡心堂

【≪象村稿≫卷三十≪睡心堂銘≫："魂安神淸，魄收精專。睡在于心，其游洒天。"】

❀ 海月軒

【≪象村稿≫卷三十≪海月軒銘≫："月得海耶？海得月耶？照之益光，受之益徹。宰者其誰？維主人翁。宰之伊何？在方寸中。"】

❀ 超然齋

【≪象村稿≫卷三十三≪超然齋說≫："榮以簪組，而超然於簪組之外；困以徽纆，而超然於徽纆之中。怵以生死，而超然於生死之際；放諸山澤，而超然於山澤之間。物不能累，人不能鑠，樂天知命，身躓道亨者，古者大人之行，而竊庶幾勉焉者，主人翁也。老氏所謂'燕居超然'者，其在斯夫。"】

❀ 旅庵

【≪谿谷先生集≫卷八≪旅庵記≫："玄軒先生謫春州。春，故貊墟也，擁山而阻江，嵐瘴所聚。先生始至，寓居于民舍，墊隘湫下，蔾藋四塞。時當大夏，溽暑歊爍，蚊蠅蚤蝱，相輔爲患。先生不適於寢興，因以病痁。諸子姓相與謀，伐材於林，卽隙地之稍爽塏者。琢地爲屋，凡三楹，覆以白茅，藩以靑林。無虌梲之飾、欂櫨之巧，蓋甚陋也。而先生安之曰：'僇人之居，良已侈矣。'奠几閣書，日夕處其中，旣而扁之曰旅庵。有自春來者，以諗之維，且曰：'蘇長公之謫儋耳也，有詩云"他年誰作輿地志，海南萬里眞吾鄕"，以儋之遠惡，而處之若其鄕然，能若是達也。今先生負譴於朝, 編配茲土, 是宜安而樂之, 若將終身焉。成一屋而遽名之以旅。夫旅之況, 瘁也；旅之懷, 歸也。而先生取之, 得無與蘇子之旨刺謬乎？'維曰：'否否。觀人而皮相者, 君子哂之, 而況於知言乎？蘇子之詩, 似乎達矣。然其詞夸, 其意懟。夸則不誠, 懟則不平。二者之愆, 君子不由也。夫旅, 仲尼之所不免。素位而行, 無入而不自得。斯已矣, 豈必諱旅之名而後安旅之實耶？身爲逐臣, 去國離家, 以是爲旅, 名實稱矣, 顧所以處旅者如何耳。先生深於《易》者也。在《易》, 《旅》之彖曰"小亨, 貞吉"。有亨之道, 可不勉乎？不貞不吉, 可不戒乎？竊觀先生秉中和之德, 任文獻之重, 揚于王庭, 早躋通顯, 善類庇之, 若骿蠓然。不幸值時之否, 君子道消, 顚連挫搤, 以至放逐, 可謂窮矣。受玦以來, 益自懲飭。閉戶却掃, 潛心墳典。學日益明, 德日益成。雖憂悄不殄, 而令聞彌暢, 是不亦亨乎？窮而不渝, 折而不撓, 含忠履潔, 百煉益剛, 是不亦貞乎？具是二美以褆其身, 則取旅之義可謂深, 而處旅之道可謂盡矣。旅而無所容, 故受之以巽。巽者, 入也。夫然則小亨於身者, 將大亨於世。而其貞之吉, 受賜者普矣。此非先生之所自期者, 而理有固然, 惡可遜耶？'維旣以是應客, 無何, 先生之胤東陽公以書致先生之命曰'旅庵不可無子文'。維辭不得命, 謹次其語以復焉。"】

강지(慶遲) 1566-1635. 조선 중기. 초명은 괄(适), 자는 용보(容甫)이다.

❀ 初名 - 适　　改名 - 遲

【《浦渚先生集》卷三十三《僉知中樞府事慶公墓誌銘》："公諱遲, 字容甫。初諱适, 甲子逆變, 避适名改之。"】

❀ 字 - 容甫

【《禮記·玉藻》："君子之容舒遲。"】

김상건(金尙謇) 1567-1604. 조선 중기. 본관은 안동(安東). 자는 계직(季直)이고, 호는 만사(晩沙)이다.

❀ 名 - 尙謇　　字 - 季直

【《韻會》："謇, 直言貌。"】

❀ 號 - 晩沙

【《淸陰先生集》卷三十六《叔氏晩沙先生墓表陰記》："吾兄晩沙先生, 諱尙謇,字季直, 姓金氏, 安東人。少有志操, 厭世論卑隘, 買田江湖間, 欲放於畊釣, 二親在堂, 不忍去膝下, 因自號晚沙以見志。"】

남성신(南省身) 1567-1623. 조선 중기. 본관은 의령(宜寧). 자는 일삼(日三)이다.

❀ 名-省身　　字-日三

【≪論語·學而≫："曾子曰：'吾日三省乎吾身：爲人謀而不忠乎？與朋友交而不信乎？傳不習乎？'"】

오천뢰(吳天賚) 1556-?. 조선 중기. 본관은 해주(海州). 자는 몽득(夢得)이다.

❀ 名-天賚　　字-夢得

【≪尙書·說命≫："夢帝賚予良弼。"】

❀ 病柏堂

【≪霽湖集≫卷十≪病柏堂記≫："浴川治之東南五里許, 吳君夢得家焉。庭有一株柏, 形貌憔悴, 老幹獨存, 取以顏其堂曰'病柏'。余問夢得曰：'子之居, 鵂在北, 而前臨鶉子, 種花竹爲庭實, 若之者咸可取, 而獨取病柏以爲號, 吾子寧有說乎？'夢得笑而曰：'孰是人斯而有是言耶？人之於物也, 取其近乎其性者。非仁而不樂山, 非智而不樂水；菊之愛以逸民, 蓮之愛以君子, 皆近乎其性者也。余不敢居乎仁智, 比乎逸民君子, 則舍病柏, 其誰宜取？方柏之未病, 鬱然屹然, 蒼翠十畝, 非不可喜也。而大而有棟梁之須, 殘而有薪樵之患, 余甚病之。幸而十數年來, 皮蝕於蠹蟲, 葉瘁於螻蟻, 風雷雪霜之交搏其外, 而柏遂以病焉。以其病而朽, 故匠石過而不顧；以其枝葉之不茂, 故樵刈者不至。柏不爲病焉。蓋斧斤之病乎柏者, 甚於病柏之病。不病之病, 未若病之非病者也。吾於初時, 頗有意樹立。幸而衰病日侵, 雖欲備驅策而不可得。車服之榮、刀鉅之患, 與之俱遠, 以此終天年, 不爲病矣。此病柏之所以近乎吾性者也, 吾安得不取乎？'余聞而歎曰：'夢得少歲, 負笈從先君游。先君嘗稱其才之美, 而曰"從我學爲文者, 鮮有能類吳秀才者。"未幾中大學選, 咸曰"朝暮高翔矣"。單瓢陋巷, 實爲子之樂, 而白首窮居, 爲知君者所惜。嗟！嗟！世之有片善寸藝者, 唯不見知、不見用以爲憂, 而獨夢得有此才行焉而曰"不足以知"、"不足以用", 不唯不以爲憂, 而以爲幸。見今世之逐逐於名利, 印組是務, 福溢禍至, 弊車相尋而不知避者, 其與夢得可異日道也。夢

得賢矣乎！'遂書爲病柏堂記。"】

김지복(金知復) 1568-1635. 조선 중기. 자는 무회(无悔)·수초(守初)이고, 호는 우연(愚淵)이다.

❀ 名－知復　字－無悔　改字－守初

【《愚伏先生文集》卷十四《金守初字辭幷序》："友人金君知復始冠, 余字之曰無悔, 蓋取義於《易·復》之初九也。後聞鄉丈盧養吾先大夫與同字, 以爲仍而不改, 有非入門問諱之義。以告余, 余易以守初, 且爲辭以勖之。辭曰：有生受衷, 厥初皆善。惟動而蕩, 乃與初佰。彼昏且狂, 迷不思復。好惡無節, 命於物欲。上帝孔仁, 非降爾殊。自褻明命, 甘伏下愚。有懿吾友, 石川之胤。始讓而端, 就傅而遜。命之曰復, 石揆于初。奉以服膺, 罔敢或渝。言踰思怒, 行疢思改。不遠是圖, 庶無大悔。有進於此, 我諗吾友。復之不易, 莫難其守。守或不固, 善非己有。是以頻復, 於易不取。譬彼適國, 周道如砥。一步有差, 謬以千里。旣審厥岐, 旣復于直。宜遵勿失, 載驅翼翼。昔有好學, 有過無貳。纔失便知, 終身不再。吾儕小人, 植志不堅。朝省其咎, 暮已復然。願言吾友, 惕念于玆。恥斯無作, 復斯勿移。前艾後絶, 寡至於無。不二而一, 善協厥初。是爲能守, 守久則誠。凡此有要, 惟敬以成。爰字以守, 以表爾德。毋曰我能, 益竭爾力。三月不違, 熟之而已。顏亦何人？晞之則是。"】

이사호(李士浩) 1568-1613. 조선 중기. 본관은 전주(全州). 자는 양원(養源)이다.

❀ 名－士浩　字－養源

【《孟子·公孫丑上》："我善養吾浩然之氣 …… 其爲氣也, 至大至剛, 以直養而無害, 則塞於天地之間。"】

구용(具容) 1569-1601. 조선 중기. 본관은 능성(綾城). 자는 대수(大受)이고, 호는 죽창(竹窓)·저도(楮島)이다.

❀ 名－容　字－大受

【《增韻》："容, 受也, 包函也。"】

권필(權韠) 1569-1612. 조선 중기. 본관은 안동(安東). 자는 여장(汝章)이고, 호는 석주(石洲)이다.

❀ 號 - 石洲

【≪南溪先生朴文純公文正集≫卷第八十三≪西湖三高士傳戊申元日≫："權韠者, 字汝章。世家于玄石村中, 自號石洲。"】

❀ 四吾堂

【≪石洲外集≫卷一≪四吾堂銘≫："食吾田, 飲吾泉, 守吾天, 終吾年。"

≪五峯先生集≫卷八≪四吾堂銘幷序≫：權汝章名其堂曰四吾, 謂食吾田、飲吾泉、守吾天、終吾年也。昔元次山創"四吾"字, 故余亦自號唔翁。汝章名堂之義, 其亦近此耶？余爲汝章銘之, 幷與次山所創者而反之。今而後, 吾知勉矣夫。銘曰："田是田, 泉是泉, 吾但就而食飲焉。非吾可專。況脩短造物者權, 吾不容終焉始焉者年。然則吾之所從事者何居, 惟吾天。惺惺不昧, 喚起精神, 要看喜怒哀樂未發之前, 認得此所性者全。昔橫渠有言, 存吾順事沒吾寧, 願與子而勉旃！"】

허균(許筠) 1569-1618. 조선 중기. 본관은 양천(陽川). 자는 단보(端甫)이고, 호는 교산(蛟山)·성소(惺所)·백월거사(白月居士)이다.

❀ 名 - 筠　　字 - 端甫

【≪禮記·禮器≫："禮釋回, 增美質；措則正, 施則行。其在人也, 如竹箭之有筠也, 如松柏之有心也, 二者居天下之大端矣。"】

❀ 覺軒

【≪惺所覆瓿稿≫卷十四≪覺軒銘幷序≫："人唯一覺性耳。覺之一字, 可以斷疑情, 祛邪妄, 一雜亂, 返眞常。人苟氣宇淸明, 心神虛朗, 邪昧何從而入？惟其昏擾自生, 顚倒見解, 故外邪客氣乘之。然外邪客氣, 卽我之顚倒見解而已, 非外來也。由內自不正, 故曰外邪；心无所主, 故曰客氣。當知覺性易昏, 惟誠以養之則明, 定以持之則淸。淸明之極, 道乃可成。盡敬事神, 不若還以事其性天之神也。惺惺翁服膺是言, 故軒以覺名, 因爲銘曰：人之有性, 覺則不昏。其未覺者, 物欲交惛。如鏡之塵, □□則瑩。覺後性圓, 如大明鏡。外杜妄邪, 內存淸明。淸耶明耶？由敬由誠。此覺非仙, 此覺非佛。亦非聖人, 唯心對越。"】

노경임(盧景任) 1569-1620. 조선 중기. 본관은 안강(安康). 자는 홍중(弘仲)이고, 호는 경암(敬菴)이다.

❀ 名 - 景任　字 - 弘仲

【≪論語·泰伯≫："曾子曰：'士不可以不弘毅，任重而道遠。'"】

이시발(李時發) 1569-1626. 조선 중기. 본관은 경주(慶州). 자는 양구(養久)이고, 호는 벽오(碧梧)·후영어은(後穎漁隱)이며, 시호는 충익(忠翼)이다.

❀ 號 - 後穎漁隱

【≪碧梧先生遺稿≫卷八≪神道碑銘幷序○宋時烈≫："公諱時發，字養久 …… 嘗卜築於淸州後穎里，愛其山水，仍自號後穎漁隱。"】

❀ 諡號 - 忠翼

【≪太常諡狀錄≫卷六≪贈大匡輔國崇祿大夫議政府領議政兼領經筵弘文館藝文館春秋館觀象監事世子師行正憲大夫刑曹判書兼知義禁府春秋館事李公諡狀≫："公諱時發，字養久，姓李氏 …… 嘗卜築於淸州後穎里，樂其山水，自號後穎漁隱。文詞贍麗，自成一家，有藁若干卷藏于家 …… 落點忠翼危身奉上曰忠，思慮深遠曰翼、忠肅忠，上同；執心決斷曰肅、忠定忠，上同，大慮靜民曰定。"】

박동량(朴東亮) 1569-1635. 조선 중기. 본관은 반남(潘南). 자는 자룡(子龍)이고, 호는 오창(梧窓)·기재(寄齋)·봉주(鳳洲)이며, 시호는 충익(忠翼)이다.

❀ 號 - 寄齋

【≪象村稿≫卷二十二≪寄齋記≫："有之而自有其有者妄，有之而如不欲有者誣。有之而恐失其有者饕，無之而必欲其有者躁。唯有則有之，無則無之。惟無與有，不適不莫，我無加損焉者，古之君子也。若寄齋翁，其有聞於此乎？寄者，寓也。或有或無，去來之未定者也。人之在天地間，其眞有耶，其眞無耶？以未生觀，則本乎無也；以已生觀，則專乎有也。洎其亡也，則又返乎無也。若然，則人之生也，寄於有無之際者也。大禹有言曰：生寄也，死歸也。信乎生非吾有，天地之委形也。生猶寄也，況自外之榮辱乎？自外之禍福乎？自外之得喪乎？自外之利害乎？茲皆非性命也。寄焉而已，其可常乎？自夫榮辱之不一也，禍福之不一也，得喪之不一也，利害之不一也，而人與之俱化。孰知夫不一者化，而其一者不化？化者人，不化者天。合於天者，必畸於人。達者喩之曰：‘安時處順。’聖人論之曰：‘居易竢命。’隨境而懸解，盡性而事天，其歸一也。寄之來也，如無所寄。寄之去也，知其本無。物寄於我，而我不寄於物；形寄於心，而心不寄於形，卽何所不可寄哉？草不謝榮於春，木不怨落於秋。善吾生者，所以善吾死也。善處其寄，則其歸也斯善矣。余與寄翁同得罪，余貶峽中，翁遷海上，余亦扁峽之居曰旅菴。旅也、寄也，其義一也，豈非同病者同道乎？抑不知其旅其寄何時止，而其不旅、不寄，且寄之造物而已。余與翁無事於其間也，姑以余之素乎旅者書以寄之。”】

❀ 號 － 鳳洲

【≪淸陰先生集≫卷二十四≪錦溪君兼判義禁府事朴公神道碑銘幷序≫："崇禎八年乙亥二月五日，故判府事梧窓朴公卒 …… 按：公諱東亮，字子龍，自號梧窓。晚寓汾津之鳳城，又號鳳洲。"】

정온(鄭蘊) 1569-1641. 조선 중기. 본관은 초계(草溪). 자는 휘원(輝遠)이고, 호는 동계(桐溪)·고고자(鼓鼓子)이며, 시호는 문간(文簡)이다.

❀ 號 － 桐溪

【≪桐溪先生文集·文簡公桐溪先生年譜≫："考參判公以嶧陽爲號， 先生取‘嶧陽孤桐’之義自號桐溪。"】

심열(沈悅) 1569-1646. 조선 중기. 본관은 청송(靑松). 자는 학이(學而)이고, 호는 남파(南坡)이며, 시호는 충정(忠靖)이다.

❀ 名 － 悅　　字 － 學而

【≪論語·學而≫："子曰：‘學而時習之，不亦悅乎？’"】

이성윤(李誠胤) 1570-1620. 조선 중기. 본관은 전주(全州). 자는 군실(君實)이고, 호는 매창(梅窓)·호기(互棄)이며, 시호는 충정(忠貞)이다.

❀ 名 － 誠胤　　字 － 君實

【≪廣韻≫："實，誠也，滿也。"】

❀ 號 － 梅窓

【≪孤山遺稿≫卷五下≪錦山君墓碣銘幷序丙午謫光陽時≫："公諱誠胤，字君實…… 公忠憤慷慨, 得於天性, 亦有服典。訓講義理, 明爲人臣子之道；傍通古今, 識治亂存亡之幾。遇事感發, 見義必爲, 雖觸機穽、蹈水火不悔, 不爲纖毫一身利害計, 好學之功不可誣也。公之在謫, 作≪南遷歌≫以自傷。素愛梅, 自號梅窓。"】

권득기(權得己) 1570-1622. 조선 중기. 본관은 안동(安東). 자는 중지(重之)이고, 호는 만회(晚悔)이다.

❀ 號 - 晚悔

【≪晚悔集附錄·家狀≫："先子諱得己, 字重之, 隆慶四年庚午十月二十八日壬戌生。始祖諱幸, 新羅宗姓金, 守古昌郡。甄萱弑王, 欵麗祖以復讎, 遂賜姓權 …… 先子自少有爲學之志, 然時娛游調諧謔, 不甚檢束。中年覺之大悔, 遂自號曰晚悔。"】

김상헌(金尙憲) 1570-1652. 조선 중기. 본관은 안동(安東). 자는 숙도(叔度)이고, 호는 청음(淸陰)·석실산인(石室山人)이다.

❀ 名 - 尙憲   字 - 叔度

【後漢黃憲字叔度, 器宇深廣, 爲士林所重。因襲其名而用其字, 以表景慕, 故曰"尙"。】

조국빈(趙國賓) 1570-?. 조선 중기. 본관은 풍양(豊壤). 자는 경관(景觀)이고, 호는 설죽(雪竹)이다.

❀ 名 - 國賓   字 - 景觀

【≪周易·觀≫："觀國之光, 利用賓於王。"】

이중기(李重基) 1571-1624. 조선 중기. 본관은 전주(全州). 자는 자위(子威)이다.

❀ 名 - 重基   字 - 子威

【≪論語·學而≫："子曰：'君子不重則不威, 學則不固。'"≪注≫："孔曰, 固, 蔽也。一曰, 言人不能敦重, 既無威嚴, 學又不能堅固, 識其義理。"】

❀ 勿關齋

【《樂全堂稿》卷十二《李新溪墓碣銘并序》："辛丑捷司馬，游太學。時士論携貳，彼是相訾謷，而公能推誠任眞，不實睚眦，士日益進，悉一時名勝。入公門者，如飲醇醪，醺然沾灌，無不各厭其意。中更齟故，顚沛窘阨，而叩其中，則熙熙有餘樂矣。性喜酒，遇會心人，飲終日不亂。至空無時，清坐相看，俗物不敢干也。晚而自號勿關齋以寓意焉……公諱重基，字子威。"

《汾西集》卷十一《勿關齋記》："自向子平稱'婚嫁之畢，勿復關我家事'，其斯爲學子談柄、曠士噍矢，上下千有餘載，津津艷稱之，詠於詩、書於史傳，至不可僂指。是宜踵躅追武，代興不乏。而夷考眞詣力踐者，以耳目所睹記，抑何寥寥爾耶？毋其文士陽浮慕之而斂實用，或坐子舍盛食指繁，其旨意不果究歟？余觀紫陽夫子始老而爲文告其先，以家督塾先坳致主器之重於其孫鑑。夫子斤斤服禮，毫髮不爽，壹禀於人倫之至，卽僊僊爲天游，一切弁髦之。子平於何有？《禮》曰：'老而傳'，蓋夫子有焉。然其視子平，早謝資斧，克有濟勝具，散髮五嶽，極耳目之好，殆不啻逕庭。乃知爲子平者，其難之難者，更僕難數。而使當乎吾世，超然脫然，一如子平所爲者，則津津艷稱之，又當何如也？說者雅言古今人不相及，余則進於是矣。何以言之？余於石江李公徵之矣。公高門世胄也。結髮已擅俊聲，藹蔚卿士間人。且朝暮公孤之試，義絕佳危，得之者數矣。顧公數奇，小試輒利，上春官輒報罷，世之言屈者必曰'李某李某'云。旣而謁選，隸事緹騎，積三載考，陞至七品官，不可謂逢世。猶有得者存焉，所謂失之此、得之彼。公擧丈夫子二人曁二女，其乳季少女，公年猶未立也。二子遞以文行顯。伯擧上舍生，仲成進士，補行人，至著作郎矣。女皆歸右族，稱佳兒佳婦。而公纔彊也，一髮不宣，飄鬚渥顔，步履健甚，食酒盡一石。與人驩，至丙夜，燭見跋，不告。中于于如也，無表襮、無作怠。其爲長者益甚，二子又能怡色莊事，執杖屨惟謹，左右修無方之事。公意得興到，呼曰：'恨不令子平小子見我。'遂取'勿關'二字顔其堂。異日誦義於公者喜而相告，咸一口言曰：'有是哉！公之有是德也！甚矣我公之似子平也，吾曹毋能爲公役逮事爲幸。其羣居擧曰勿關齋先生以尊之者，吾曹之志也。'公素不問家人產，久益傍落，東西僦屋卒卒然去矣。罄懸之室、藜藿之食，宜未有以累公。蓋聞心和則氣和，氣和則萬物之和畢至。莊氏之逍遙遊、雲將之雀躍，皆是物也。夫高明之麗，餙以金碧，至輪奐也。揭以恬適之號、識以夷曠之義，非不邃然深也。伊其利欲爭敚，膏火相煎，則彼楣頭劓字，特頑然一板，有形而無聲爾, 果何補也？今公不蘄福而福, 不蘄和而和, 不爲名高而名附之。繇斯以談, 處而勿闚, 出而勿闚, 徜徉而勿闚, 定息而勿闚, 造次必於是, 可離非道也, 奚必數數然鏤板顔堂爲哉？借曰子平登陟靡間, 公局趣田野, 謂其少遜, 則是有胃無心者, 曷足與論大道？公以大夫人在堂, 出告反面, 未嘗輕爲百里遊。棲心曠漠之鄕, 軓行彝倫之則, 非公不能也。老氏明自然, 聖人貴名敎, 掩有兩美, 並行不悖。吾知從玆以往, 心日益廣, 體日益胖, 純嘏多祉, 騈集兼饗, 天壽平格, 如陵如岡者, 雖巧曆莫之能推, 斯匪耳視者所可悉也。余不佞少與公二子遊甚習, 謬托手足之重, 嘗以通家獲拜床下。雍容函丈之內, 鞠跽樽俎之次, 有年所矣。其效一言之頌, 宜不後人。不佞於此, 竊有感焉。不佞幸有一弱息, 粗岇角矣。才不才, 各言其子, 毋論子子單立。天儻假以數年, 幾何其不瞠乎公後以圖斯樂也？不佞於是乎樂爲之言, 以爲左契。"】

이춘원(李春元) 1571-1634. 조선 중기. 본관은 함평(咸平). 자는 입지(立之)·원길(元吉)이고, 호는 구원(九畹)이다.

❀ 初名 - 信元　字 - 立之

【≪論語·顏淵≫："子貢問政, 子曰：'足食, 足兵, 民信之矣。'子貢曰：'必不得已而去, 于斯三者何先？'曰：'去兵。'子貢曰：'必不得已而去, 于斯二者何先？'曰：'去食。自古皆有死, 民無信不立。'"】

❀ 改名 - 春元　字 - 元吉

【≪爾雅·釋詁≫："元, 始也。"春爲四季之始, 故相應。又≪周易·坤≫"黃裳元吉", 孔穎達≪疏≫："元, 大也。以其德能如此, 故得大吉也。"】

❀ 號 - 九畹

【≪九畹先生集序·九畹先生詩集序[鄭斗卿]≫："公大節有垂後世不可磨滅者, 若稱文章, 不稱大節, 是不知公者也。向在廢朝, 主昏臣佞, 佞奸滿朝, 倫紀夷絶。幽母后西宮, 錮其宮門, 草野士有抗疏直諫者。時公在銀台, 同席欲斥疏不入, 公力爭之, 坐此罷官。其後奸黨請去母后尊號, 盡革東朝儀, 內外莫敢不從。時公觀察湖西, 獨守舊儀。公素爲奸黨側目, 至是大怒, 將加重律, 幸免, 然坐此削職者三年, 少無恨悔。此非大節垂後不可磨滅者哉？昔屈原際楚混濁, 蕡菉葹盈室, 服艾盈要, 謂蘭不可佩。原也獨滋蘭九畹, 滋之于不可佩之時。所好背世, 擯斥宜矣。然九死而不悔，體解而不懲，溢死流亡而不爲，古人節操其如何哉！此屈原泥而不滓，與日月爭光者也。向者廢朝溷濁，甚楚亦懸矣，公爲奸黨側目而不懼，扶草野之正議，守東朝之舊儀，獲罪是甘。其與屈左徒不服薋菉葹若艾，獨滋蘭九畹，擯斥于世，九死不悔者何異哉！公號九畹，志有所在，非苟而已也。九畹乎！眞公之號哉！人之行事與其號相背者甚多，有至老死奔走名利，以溪山爲號者，若是乎人與號之不相稱也。余恐後之人徒知公文章，不知大節，又不察九畹之微意，同視走名利而以溪山爲號者，故于其序集也申言之。"】

이안눌(李安訥) 1571-1637. 조선 중기. 본관은 덕수(德水). 자는 자민(子敏)이고, 호는 동악(東岳)이며, 시호는 문혜(文惠)이다.

❀ 名 － 安訥　　字 － 子敏

【《論語·里仁》："子曰：'君子欲訥於言而敏於行。'"】

윤황(尹煌) 1571-1639. 조선 중기. 본관은 파평(坡平). 자는 덕요(德燿)이고, 호는 팔송(八松)·노곡(魯谷)이며, 시호는 문정(文正)이다.

❀ 名 － 煌　　字 － 德燿

【《玉篇》：煌，"光明也"；燿，"光也"。】

❀ 諡號 － 文正

【《太常諡狀錄》卷七《贈大匡輔國崇祿大夫議政府領議政兼領經筵弘文館藝文館春秋館觀象監事世子師行嘉善大夫行司諫院大司諫尹公諡狀》："公諱煌，字德燿，號八松，坡平人 …… 落點文正勤學好問曰文，以正服之曰正、文敬文，上同；夙夜警戒曰敬、忠正危身奉上曰忠，正，上同。"】

윤휘(尹暉) 1571-1644. 조선 중기. 본관은 해평(海平). 자는 정춘(靜春)이고, 호는 장주(長洲)·천상(川上)이며, 시호는 장익(章翼)이다.

❀ 名 － 暉　　字 － 靜春

【孟郊《游子吟》："誰言寸草心，報得三春暉？"】

❀ 諡號 － 章翼

【《太常諡狀錄》卷十一《正憲大夫工曹判書兼知義禁府事五衛都摠府都摠管贈

大匡輔國崇祿大夫議政府領議政兼領經筵弘文館藝文館春秋館觀象監事世子師尹公諡狀≫:"公諱暉, 字靜春, 自號長洲 …… 落點章翼出言有文曰章, 思慮深遠曰翼、安惠與人無競曰安, 勤施無私曰惠、惠敏惠, 上同;應事有功曰敏。"】

김류(金瑬) 1571-1648. 조선 중기. 본관은 순천(順天). 자는 관옥(冠玉)이고, 호는 북저(北渚)이며, 시호는 문충(文忠)이다.

❀ 名 - 瑬　　字 - 冠玉

【≪說文≫:"瑬, 垂玉也。冕飾。"】

❀ 諡號 - 文忠

【≪太常諡狀錄≫卷二≪領議政昇平府院君金公諡狀≫:"公諱瑬, 字冠玉, 號北渚 …… 落點文忠勤學好問曰文, 危身奉上曰忠、文肅文, 上同;執心決斷曰肅、文烈文, 上同;有功安民曰烈。"】

심액(沈詻) 1571-1655. 조선 중기. 본관은 청송(靑松). 자는 중경(重卿)이고, 호는 학계(鶴溪)이며, 시호는 의헌(懿憲)이다.

❀ 名 - 詻　　字 - 重卿

【≪墨子·親士≫:"君必有弗弗之臣, 上必有詻詻之士。"】

이경안(李景顔) 1572-1614. 조선 중기. 본관은 덕수(德水). 자는 여우(汝愚)이고, 호는 송석(松石)이다.

❀ 名 - 景顔　　字 - 汝愚

【≪論語·爲政≫:"子曰:'吾與顔回言終日, 不違如愚。'"】

이명준(李命俊) 1572-1630. 조선 중기. 본관은 전의(全義). 자는 창기(昌期)이고, 호는 잠와(潛窩)·퇴사재(退思齋)이다.

❀ 號 - 退思齋

【≪淸陰先生集≫卷二十四≪行司諫院大司諫李公神道碑銘幷序≫:"公諱命俊, 字昌期, 咸鏡北道兵馬節度使贈議政府領議政淸江李公諱濟臣之第四子也 …… 公之自江陵歸, 實今上卽位之八年也, 上疏極論時政闕失, 指斥上躬, 皆言人所不敢言。又曰：‘一二朝臣夤緣曲逕，私進女子。曲逕一啓，亡國之兆。請出之。’疏入，上卽出其女，特除公大司諫。已而大臣因公疏請治媒進之人，上怒，辭旨已嚴，朝臣皆懼，公不拜命，復上疏言益切。上意感寤，手札慰勉。公乃出，尋以病辭。拜兵曹參判，又辭。歸臥陽川之簣簹谷，草屋數間，不蔽風雨。公嘗自號潛窩，至是名其齋曰退思，識不忘君也。”

《樂全堂集》卷七《退思齋記》：“潛窩公解司馬，養病於巴陵，病瘠日甚，翊聖匹馬候之。村閭僻小，蓬藋滿徑。茇舍數椽，面陽而戶者，卽所謂潛窩。公處其中，素兀秸席，陋甚矣。其下弊茅茨，編草爲門，殆不蔽風雨，則公之夫人與諸子若婦居之。自潛窩不十步而東，有小茅茨二間，蓋公歸而新搆，將爲燕息之所云。翊聖入而拜公，公羸悴不良起居，稍倦於談。談及國事，亹亹忼慨有起色，迺指新搆而謂翊聖曰：‘吾雖告退，不能忘吾君。用夫子“退思補過”之言扁吾齋而自警焉，爾爲我記之。’翊聖拜受教，退而登其齋。齋比窩尤隘且陋，壁牖苟完，無高明爽豁之觀，滋牢騷闃寂之想。公朝暮於斯，憂民瘼而思補君者益切矣。夫子之言‘事君’非一，而記於曾氏之書爲詳，結之曰‘上下能相親’也。臣雖忠，君不納，則不能相親矣。此言臣道而幷言君道也。太史遷以是贊齊相晏嬰，公又以是名其齋，喩寓深矣。公生平官歷，亡論外內劇易，思盡其職；理難陵夷，思竭其蘊。世之知與不知，以骨鯁目之。及九條之疏入，而人咸懍懍。俄而上批嘉尚，立出二宮人，尋陟公寘諫地，爲世美譚。在《易》爲《泰》，在《書》爲弗咈，胡止上下能相親已也！公旣告退，病瘠日甚。妻子之凍餒、居室之隘陋，不足以嬰公之懷，而憂國忠君之一念拳拳不已，揭退思之號以厲其操，翊聖於是觀君臣矣。臣進忠言，而君不納，則臣享其美；臣犯君顏，而君斥之，則臣脊引去，世之不治，恒坐於此，而公能言而聽納如響，公犯顏而如不及，君臣一德，交修竝享，其亦盛矣。然公不自滿，不弛其諤諤之度。噫！公於夫子之言，深有所見也。將順其美，美有可順；退思補過，過則可補，繇是而以至於無可補而有可順，則君德爲至，而臣之責盡矣！此伊周之所能爲者。彼齊國之嬰，惡足以當之？史遷爲失言，而又失於人矣。公身雖退，公言日進，君德純而治道立，則公方怡然於齋中，以龏上之樂，不易於圭組，而翊聖從大夫後，與有榮焉。噫！公之自任，其亦大矣。”】

❀ 蟹甲窩

【《疏菴先生集》卷三《蟹甲窩記辛酉年作。時公私土木大興》：“屋莫大於蟹甲窩，而

凌雲之室爲小。所謂凌雲之室者，非富貴者之家乎？高之爲樓，敞之爲室，夷之
爲庭，闢之爲園。區其內以藏其姬妾，別其偏以舍其賓客，損其外以處其臧獲。
蓋沈沈廣廈也，不啻容數萬人於此矣，居之者猶汲汲然不自足也，益斥而大之。
然則雖盡京華之地以爲基，盡隴蜀之山以爲材，恐不能克其不自足之心也。故雖
千萬間之大，既有以不自足，則安在其大也？大者不自足，則非大矣。夫不自足
乎千萬間之大者，幾乎舉富貴者而皆然。故凌雲之室非不巍然大矣，從其不自足
者而言也，故吾不曰大而曰小也。至如蟹甲窩，乃屋之黍累者也。既謂之蟹甲，
則其小也似不滿一指。居之者猶坦坦然自足也，大於此者，雖得志不爲也，則
其所以自足者信然矣。故雖一指之小，既有以自足，則安在其小也？小者自足乎
自足，則非小矣。夫自足乎一指之小者，猶不乏其人也。故蟹甲窩，非不眇然以
小矣，從其自足者而言也，故吾不曰小而曰大也。大抵天下之物無大無小，足於
人者，雖小亦大；不足於人者，雖大亦小。今夫蟹甲窩，屋之至小者也；凌雲之
室，屋之至大者也。然蟹甲窩足於人，而凌雲之室不足於人，吾故曰屋莫大於蟹
甲窩而凌雲之室爲小。且子獨不聞蝸角之左右有蠻觸二國乎？物之小者莫甚
於此矣，然能容二國於此。今蟹甲之小不至如蝸角，一家之大不至如二國，而蝸
之上猶能容二國，則蟹甲之內獨不能容一家乎？則蟹甲比蝸角又大也。且雖居蟹
甲窩之苦，不猶愈於魚腹之葬乎？昔者屈原放逐江潭，卜居而不能決。其終也投
汨羅而死，葬其骨於魚腹之中。今子亦放逐之臣也，蟹甲亦魚腹之類也，然屈原
葬之以死，子居之以生，子之幸顧不多也歟？奚暇言蟹甲窩之小哉？子其臥於斯，
起於斯，寢食於斯，無入而不自得焉，則斯善矣。子之所宅者雖小矣，所樂者不小
矣，又何恨焉？雖然，物大之徵小、小之徵大，小哉蟹甲窩，此亦可大之時也，其
復子疇昔之居乎？疇昔之居亦小矣，然比之蟹甲窩則或大也。由此觀之，子之復
乎疇昔之居殆不遠矣。子者謂誰？友人李君命俊，昌期其字也。謫東南海上，始
至，無屋以居，竆於燥濕寒暑久，然後僅構一精舍。以其小也，故名之曰蟹甲窩。
諺數家室之小者必曰蟹甲，李君之名其窩，蓋取斯語云。"】

❀ 號－潛窩

【《谿谷先生集》卷八《潛窩記》："始昌期甫以潛窩屬記也，窩故未之有也。今
年昌期甫以疾謝事歸，而窩亦成，使謂余曰：'潛窩始爲吾有，子其可終無一言乎？'
余曰：'諾。'夫潛之說，始見於《易》之《乾》初與《洪範》之三德，蓋《易》以時

言而≪範≫以才言也。才之不及於高明者謂之沈潛，而時乎不可以見且躍焉，於
義當潛。學焉而不量其才，則無成，動焉而違其時者凶，此聖人垂戒之旨也。今
昌期甫之取諸潛者，無乃與是異乎？昌期甫早以魁科進，高才直氣，重於薦紳。
其當官任職，一切以治辦聞，則昌期甫之才有過焉而無不及也。中歲蹇連，係乎
時矣。中興之後，際遭聖明，數年中驟躋宰秩。處臺閣則臺閣重，任藩臬則藩臬
治。日者又以勁言讜議，爲明主所嘉獎。擢長諫垣，旋貳夏卿。今雖移疾就閑，其
遇時嚮用方未艾也。若是而以潛自居，其於名實何？意者昌期甫之雅志自有所
在，而非斯之謂乎？夫昭昭生於冥冥，感通本乎寂然；隱者顯之根，而靜者動之
君也。尺蠖不屈，則無以求伸；龍蛇不蟄，則無以存身。故君子之爲道也，用心於
內，寧闇然而晦，不的然而暴。及其至也，修之屋漏者，可以達乎四海；斂之方寸
者，可以準乎天地。潛之用，若是其著也，昌期甫儻亦有志於是乎？揚子雲有言
曰：‘潛天而天，潛地而地。’又曰：‘仲尼潛於文王，顏淵潛於仲尼。’古之論潛者，
於斯備矣。若節信之著論，陋且膚矣，余不欲爲昌期甫道也。”】

이시직(李時稷) 1572-1637. 조선 중기. 본관은 연안(延安). 자는 성유(聖俞)이고, 호는 삼송(三松) · 죽창(竹窓)이며, 시호는 충목(忠穆)이다.

❀ 名 - 時稷　字 - 聖俞

【≪尙書 · 舜典≫：“帝曰：‘棄，黎民阻饑，汝後稷，播時百穀。’”“俞”爲≪尙書≫中
常見表肯定的應答詞，如“帝曰：‘俞諮！垂，汝共工’”，“帝曰：‘俞諮！益，汝作朕
虞’”等，故“俞”與之相應。】

❀ 號 - 三松, 竹窓

【≪愼獨齋先生遺稿≫卷十一≪掌令李公行狀≫：“公諱時稷，字聖俞，李姓，延安
人，唐中郞將茂之後也……癸丑丁外艱，送終追遠，一遵禮制，益爲鄉里所稱
歎。旣免喪，見光海斁絶倫紀，時事日非，乃棄公車業，屏跡鄉廬，不與外人交。
結數椽於三松下，自號三松，又號竹窓，惟以圖書松竹自適而已。同鄉有嗜利者
爲權奸鷹犬，欲羅致公，嘗以禍福動之，願同死生。公笑辭曰：‘生雖樂，死則
苦。’其人憮然而退。”】

홍서봉(洪瑞鳳) 1572-1645. 조선 중기. 본관은 남양(南陽). 자는 휘세(輝世)이고, 호

는 학곡(鶴谷)이며, 시호는 문정(文靖)이다.

❀ 名 - 瑞鳳

【≪春秋左傳·杜序≫:"麟鳳五靈, 王者之嘉瑞也。"】

❀ 諡號 - 文靖

【≪鶴谷集附錄≫卷上≪請諡行狀[吳道一]≫:"公諱瑞鳳, 字輝世, 號鶴谷……
諡文靖敏而好學, 寬樂令終, 受點、文景、忠章。"】

김신국(金藎國) 1572-1657. 조선 중기. 본관은 청풍(淸風). 자는 경진(景進)이고, 호
는 후추(後瘳)이다.

❀ 名 - 藎國　　字 - 景進

【≪爾雅·釋詁≫:"藎, 進也。"】

이창정(李昌庭) 1573-1625. 조선 중기. 본관은 연안(延安). 자는 중번(仲蕃)이고, 호
는 화음무구옹(華陰無求翁)이다.

❀ 名 - 昌庭　　字 - 仲蕃

【≪左傳·僖公二十三年≫:"男女同姓, 其生不蕃。"≪疏≫:"≪正義≫曰:≪禮≫
'取妻不取同姓', 辟違禮而取, 故其生子不能蕃息昌盛也。"≪博雅≫"昌, 盛也",
故"蕃"與之相應。】

❀ 號 - 華陰無求翁

【≪龍洲先生遺稿≫卷二十≪監司李公神道碑銘幷序≫:"公諱昌庭, 字仲蕃, 延安
人…… 公一生喜讀書, 於≪學≫、≪庸≫、≪語≫、≪孟≫、朱子書用工深, 雖剸
煩時, 暇必伊吾不已。嘗樂聞慶山水, 卜築華山之陰, 自號華陰無求翁。"
≪息山先生別集≫卷一≪陋巷附錄·華陰記一≫:"凡我東之山, 大育北來, 南遵東
海數百里。其宗金剛, 西轉離海, 遙遙亦數百里。其宗大白、小白, 至于義暘, 復轉
而南, 隔湖際嶺, 爲靑華、俗離, 義暘東南, 卽古加恩縣, 蓋有四加恩焉, 今爲聞喜屬
縣。西加恩, 當靑華東北最深, 故曰華陰, 里有無求之名。我先祖觀察公當光海君斁
絶人紀之世, 始卜其中, 仍自號華陰無求翁。"】

박지계(朴知誡) 1573-1635. 조선 중기. 본관은 함양(咸陽). 자는 인지(仁之)이고, 호

는 잠야(潛冶)이며, 시호는 문목(文穆)이다.

❀ 謚號 － 文穆

【≪太常謚狀錄≫卷十≪通政大夫行承政院同副承旨兼經筵參贊官贈資憲大夫吏
曹判書兼知義禁府事成均館祭酒世子贊善五衛都摠府都摠管朴公謚狀≫："先生
諱知誡, 字仁之, 號潛冶 …… 貞悼不隱無屈曰貞, 恐懼徙處曰悼, 介愍執一不遷曰介, 使民
悲傷曰愍、 烈愍剛克爲伐曰烈, 愍, 上同。"】

서경우(徐景雨) 1573-1645. 조선 중기. 본관은 달성(達城). 자는 시백(施伯)이고, 호
는 만사(晩沙)이다.

❀ 名 － 景雨　　字 － 施伯

【≪周易·乾≫："雲行雨施, 品物流形。"】

이민환(李民寏) 1573-1649. 조선 중기. 본관은 영천(永川). 자는 이장(而壯)이고, 호
는 자암(紫巖)이며, 시호는 충간(忠簡)이다.

❀ 謚號 － 忠簡

【≪太常謚狀錄≫卷五≪贈資憲大夫吏曹判書兼知經筵義禁府事弘文館大提學藝
文館大提學知春秋館成均館事衛都摠府都摠管行嘉善大夫刑曹參判兼同知經筵
春秋館事五衛都摠府副摠管紫巖李公謚狀≫："李民寏 …… 忠簡事君盡節曰忠, 正直
無耶曰簡、 肅簡剛德克就曰肅, 正直無耶曰簡、 景獻由義而濟曰景, 嚮忠内德曰獻。"】

안방준(安邦俊) 1573-1654. 조선 중기. 본관은 죽산(竹山). 자는 사언(士彦)이고, 호
는 은봉(隱峰)·우산(牛山)이다.

❀ 名 － 邦俊　　字 － 士彦

【≪詩·鄭風·羔裘≫："彼其之子, 邦之彦兮。"≪傳≫："彦, 士之美稱。"】

❀ 號 － 隱峰

【≪隱峯全書附錄≫卷下≪行狀市南兪文忠公棨撰≫："公諱邦俊, 字士彦, 自號氷壺,
學者稱之爲牛山先生 …… 公嘗曰, 節義是學問中一事, 而今人遂岐而二之。 以儒
爲名者, 徒以繩行尺步, 小廉曲謹, 爲學問之事, 而未聞以節義自礪者, 是可慨
也。 於前朝推鄭圃隱, 在近世尊趙重峯, 以爲名世眞儒。 嘗裒集≪重峯文集≫, 表

出其請絕倭、擧義兵疏章檄書, 附以言行碑文, 撰成《抗義新編》, 圖繪先生行蹟
於卷首, 以爲對越激勵之地。既又跋先生東還封事, 以著先生經濟之志, 深信篤
慕, 言必稱而動必法。晚扁精舍曰隱峯, 蓋合兩賢之號而寓景仰之意也。古所稱
聞風興起, 異世同道者, 公實有焉。"】

❀ 號 − 牛山先生

【《隱峯全書凡例》："題目舊本書以《牛山集》, 而今則書以《隱峯全書》。蓋
牛山因其地名, 學者所稱, 而隱峯卽先生自扁之號, 故因以名編。"】

❀ 大愚菴

【《隱峯全書》卷九《大愚菴銘》："人愚我, 我不愚。愚不愚, 是大愚。"】

도여유(都汝俞) 1574-1640. 조선 중기. 본관은 성주(星州). 자는 해중(諧仲)이고, 호
는 서재(鋤齋)이다.

❀ 號 − 鋤齋

【《小山先生文集》卷十三《鋤齋都公行狀》："公諱汝俞, 字諧仲, 姓都氏, 號鋤
齋 …… 公資稟粹美而充養有方。年十五六時, 聞樂齋先生之風, 踵門而請學焉。
又往來取質於寒岡先生, 雖其當日講授次第有不可考, 而師門之許以後生中有志,
則其爲己務實之工, 可以想見其大體矣。蚤習擧業, 累捷鄕解, 而輒屈於省試。
公曰：'得不得, 命也, 不可幸而致。且僥倖科第, 爲親在也。今親已歿矣, 復何心
於進取哉？'遂絕意擧業, 韜晦養德。扁所居曰'鋤'者, 蓋以安於畎畝, 不求聞達之
義也。對越聖賢而著力於日用, 左右圖書而沈潛乎義理。"】

김집(金集) 1574-1656. 조선 중기. 본관은 광산(光山). 자는 호연(浩然)이고, 호는
신독재(愼獨齋)이며, 시호는 문경(文敬)이다.

❀ 名 − 集 字 − 浩然

【《孟子・公孫丑上》："'敢問夫子惡乎長？'曰：'我知言, 我善養吾浩然之氣。'
'敢問何謂浩然之氣？'曰：'難言也。其爲氣也, 至大至剛, 以直養而無害, 則塞于
天地之閒。其爲氣也, 配義與道；無是, 餒也。是集義所生者, 非義襲而取之也。
行有不慊于心, 則餒矣。我故曰告子未嘗知義, 以其外之也。必有事焉而勿正,
心勿忘, 勿助長也。無若宋人然：宋人有閔其苗之不長而揠之者, 芒芒然歸。謂

其人曰：‘今日病矣，予助苗長矣。’其子趨而往視之，苗則槁矣。天下之不助苗長者寡矣。以爲無益而舍之者，不耘苗者也；助之長者，揠苗者也。非徒無益，而又害之。’”

另，李集(1327-1387)字浩然。】

❀ 號 − 愼獨

【≪愼獨齋先生遺稿≫卷十五≪附錄≫卷下≪神道碑銘幷序○宋時烈≫：“惟我文元公沙溪老先生，學成道尊，爲一代儒宗，有爲其子而得其傳者，曰愼獨齋先生……嘗曰：‘吾於色欲，分數甚寡。或有以敗身者，則鄙之若將浼焉。’故其論爲學，要在言行相顧，幽顯一致。甚愛西山‘獨行不愧影，獨寢不愧衾’之語，其自號愼獨者，蓋其用力之實地也。病世之學者夸毗自大，嘗戒以寧卑毋高、寧拙毋巧、程朱以後道理大明，只當謹守勉行而已。”】

권도(權韜) 1574-?. 조선 중기. 본관은 안동(安東). 자는 여현(汝顯)이다.

❀ 名 − 韜   字 − 汝顯

【≪廣韻≫：“韜，藏也。”反義相成。】

양만고(楊萬古) 1574-?. 조선 중기. 본관은 청주(淸州). 자는 도일(道一)이고, 호는 감호(鑑湖)·돈호(遯湖)·비로도인(毗盧道人)이다.

❀ 號 − 鑑湖

【≪魯西遺稿·巴東紀行≫：“甲辰三月廿二日，冒雨秣明波驛，歷鑑湖飛來亭。飛來亭寄在岸上，蓬萊之子楊萬古嘗來居之。”】

이지완(李志完) 1575-1617. 조선 중기. 본관은 여흥(驪興). 자는 양오(養吾)이고, 호는 두봉(斗峯)이며, 시호는 정간(貞簡)이다.

❀ 名 − 志完   字 − 養吾

【≪孟子·公孫丑上≫：“夫志，氣之帥也；氣，體之充也。夫志至焉，氣次焉。故曰：‘持其志，無暴其氣。’……我善養吾浩然之氣。”】

박응선(朴應善) 1575-1636. 조선 중기. 본관은 무안(務安). 자는 이길(而吉)이고, 호는 초정(草亭)이다.

❊ 名 - 應善　　字 - 而吉

【≪說文≫ : "善, 吉也。"】

❊ 號 - 草亭

【≪順菴先生文集≫卷二十二≪草亭朴先生墓誌銘並序≫ : "公諱應善, 字而吉 ……
萬曆乙亥十二月六日生 …… 丙子三月十六日卒于京第, 享年六十二 …… 晚搆茅
屋數間, 因號'草亭'。環堵蕭然, 不以事物經心。"】

조희일(趙希逸) 1575-1638. 조선 중기. 본관은 임천(林川). 자는 이숙(怡叔)이고, 호
는 죽음(竹陰) · 팔봉(八峰)이다.

❊ 名 - 希逸　　字 - 怡叔

【≪國語 · 吳語≫ : "今大夫老, 而又不自安恬逸, 而處以念惡。"韋昭≪注≫ : "逸,
樂也。"≪玉篇≫ : "怡, 樂也。""逸"、"怡"同義相協, 故相應。】

정일(丁鎰) ?-?. 조선 중기. 자는 중보(重甫)이고, 호는 삼매당(三梅堂)이다.

❊ 號 - 三梅堂

【≪竹陰先生集≫卷十五≪三梅堂記≫ : "或問於余曰 : '三梅之堂之說, 子知之
乎?'曰 : '甚易曉, 何問爲?此不過堂有梅三, 而仍以扁其堂已矣。'曰 : '誠取乎
梅者, 烏乎三之拘耶?'曰 : '此適有三焉者而云。苟得其趣, 奚拘乎三?如翫梅而
得其趣者, 雖不及乎三, 而二也、一也, 何損於吾所得之趣也?抑過而四也、五
也, 至於數十也、百也、千也, 亦何加於吾所得之趣也?固不可以三梅之故而臆
設多少之數, 妄有所加損於翫梅之眞興也。'曰 : '此則然矣。古之三槐之義與夫
三梅者比耶否?'曰 : '子之因梅而及槐者, 未免有惑乎三之說, 而欲知古今人所尙
之異同。烏得無說?彼槐者有取乎槐棘之義, 而三者亦台公之數。三梅者, 無意
也 ; 三槐者, 有意也。三梅者, 適寓其興而已 ; 三槐者, 取必於來世之興起者, 幸
而得符其所期者亦偶爾, 曷若三梅者之無意也、無必也、無來世之所期待也?而
其實之于庭者, 淸寒冷澹之操、芳馨孤潔之賞, 夫豈與槐竝論也?'曰 : '子說然
矣。但未知爲梅之主者能得乎翫梅之趣, 而不孤乎稱物之芳者乎?'曰 : '姿之豐
艷, 莫如富貴花也。淨而不染, 莫如君子花也。春蘭秋菊, 皆有服媚而諷詠之者。

以其所好之深，而察其人之心事，則蓋十得其八九矣。我嘗聞三梅之主，居一畝之宅，而結數椽之廬，絶迹趨競之途，棲息乎寬閑之所，半生無所求於人者。而唯手植三梅，朝暮自娛，則其得於心而託其興者，顧無媿乎子所謂淸寒孤潔之喩矣。旣得其趣，雖加於三而至百，其損於三而有一，何病乎三梅之義耶？'或曰：'然。'主人姓丁，名曰鎰，重甫其字也。見其人，韻而雅，其貌淸而癯，可念人也。人也、梅也，宜乎其相信也。歲甲子臘月，林川竹陰子記。"】

신경진(申景禛) 1575-1643. 조선 중기. 본관은 평산(平山). 자는 군수(君受)이고, 시호는 충익(忠翼)이다.

❈ 名 - 景禛　字 - 君受

【≪說文≫："禛，以眞受福也。"】

이배원(李培元) 1575-1653. 조선 중기. 본관은 함평(咸平). 자는 양백(養伯)이고, 호는 귀휴당(歸休堂)이다.

❈ 名 - 培元　字 - 養伯

【≪說文≫："培，培敦土田山川也。一曰益也，養也。"】

❈ 號 - 歸休堂

【≪疏菴先生集≫卷三≪歸休堂記爲李公培元作≫："已矣乎！吾未見歸休者也。位於朝者，或杜門習靜，非公事不出。是幾乎休矣，而然謂之歸則不可。退於野者，或悒悒然熱中，終夜不能寢。是幾乎歸矣，而然謂之休則不可。故能歸而不能自休，則非所以爲歸矣；能休而不能自歸，則非所以爲休矣。其惟養伯之歸休乎？歸焉，而不失其所以休；休焉，而不違其所以歸。是足矣，猶恐其不自保也。必志於其堂之額，以示其不忘歸休之意。嗚呼！養伯之歸休，吾無間然矣。且問其年，則僅逾始仕之年也。若是乎其壯矣而勇於歸休如此，其賢於齒宿力倦，不得已而歸休者又遠矣。況其官甚微，其品甚卑，止於斯而歸休焉，養伯尤加於人一等矣。雖然，養伯旣已歸休矣，安用堂之名爲？施乎其身，約乎其心，如斯而已矣。身能踐之，心能守之，則雖無堂之名，不害爲歸休矣；身不能踐之，心不能守之，則雖有堂之名，焉得爲歸休哉？故君子莫大乎身與心，安用堂之名爲？養伯曰：'否。人情有所好焉、有所惡焉，久則不能不怠。豈惟不怠，又從而不能不變。今吾雖

汲汲於歸休矣, 安知異日不怠不變? 雖吾之身與心, 有不可得而恃者, 故必欲志
於吾堂, 以寓吾目於斯。朝焉坐而目焉, 暮焉臥而目焉, 則吾身與心亦隨吾目而
綢繆焉, 故庶幾有所警而不忘, 此吾之所以自志者也, 何子譏之深也? 然則子張
之書諸紳非耶?'余曰:'然。前言本以戲養伯, 固知養伯必能有所答也。'因問其
歸休之樂曰:'子能歸休矣, 試爲我言歸休之樂。'養伯曰:'始吾之歸休也, 歸休者
不可以無堂也, 故吾堂於白雲山之下, 所謂歸休堂者此也。環其堂而可樂者, 八
景其尤也。八景者何也? 如花山訪梅、龍潭釣月之類是也。八景之外, 吾亦不能
一一言之也。自吾之居是堂, 吾逸則下堂而遊, 倦則上堂而寢, 此亦吾一日之歸
休。吾旣以歸休用之於一生, 又以歸休用之於一日。逐日如是, 則吾於歸休之
中又有歸休焉, 信乎歸休亦多術矣! 噫! 吾逍遙於此有年矣。吾樂日新。坦坦乎
無何有之鄕、茅茨之下、畎畝之中, 氣象閑暇, 非葛天氏之世則不足以語此矣。
當此之時, 吾心熙熙然、蕩蕩然, 不知吾身爲何:"吾是上古人耶, 吾是今世人
耶?"吾身不自知矣。況乎知貴賤榮辱、窮通否泰之事哉? 則人間世遠乎此不啻
其數千萬里矣, 吾之樂, 安可極耶? 大抵是地也, 帶林泉之勝而落窮僻之陬, 虎豹
之所遊也, 麋鹿之所處也。不然, 已爲有力者所得, 吾安得而有之? 惟其窮僻而
不可入, 故有力者棄而不取, 盡輸其美於吾, 吾得以立吾堂於此。先乎吾者, 固未
嘗室於斯焉, 則是地雖曰待吾而顯, 亦可也。蓋天之處是人, 必有其地, 以受其
跡。則吾之止乎此, 似非偶然者。而世之名能文辭者尙闕然無一語, 使天之所以
處吾者、地之所以待吾者, 皆闇然而不彰, 是豈獨吾之恥哉? 抑亦吾朋友之恥
也。願子之必有以表章吾堂也。'余曰:'子言則可。然余嘗觀夫所謂歸休者, 其人
也苟不能有始終者, 其心必戚戚然, 雖有田園丘壑足以爲歸、館舍亭臺足以爲休,
彼何嘗少安於此也? 其不能久於歸休者比比有之。今子之歸休, 能不類於是乎?
吾表章子之堂, 又何辭焉? 如其不然, 是徒使我不誠於是堂, 而又招其山川之譏
也。其可乎哉?'養伯曰:'吁! 子無疑我。我之自決於歸休也審矣。雖百乘之
位、千鍾之祿, 吾不以一日輊歸休而就之也。'余曰:'固哉養伯之爲心! 夫吾之所
惡者, 惡夫歸休者不能安於其所也, 非勸人必以歸休爲務也。夫歸休與不歸休何
常? 惟適於義而已。義者何謂也? 時焉而已矣。故君子觀其時之可不可, 有所取
捨張弛、行藏進退也。子獨不見天地之道乎? 亦不過一動一靜焉。是故動而不
靜、靜而不動, 則非所以爲天地之道矣, 烏能生萬物哉? 故君子, 法乎天地者也。

夫歸休與不歸休何常？惟適於義而已。'養伯曰善。"】

박회무(朴檜茂) 1575-1666. 조선 중기. 본관은 나주(羅州). 자는 중식(仲植)이고, 호는 육우당(六友堂)·유옹(儒翁)·숭정야로(崇禎野老)이다.

❀ 號 - 六友堂

【《蒼石先生續集》卷五《六友堂記》："友也者, 友其德也, 君子之所取乎友者非一。有友其直而矯吾之非直者, 有友其諒而實吾之不諒者, 有友其多聞而廣吾之褊滯者。其所友不同, 而要其益於我, 則一也。古之人有友當世之仁人而不足, 又尙友於千載。有友乎人而不足, 又兼友乎植物, 若柳逕之三益、栢臺之五友是已。吾友龜城朴君仲植, 卽其堂之東, 列植花木, 曰淨友也、隱逸也、此君也、蒼官也、紅頰仙也、壯節翁也。主人每於居閑之日, 嘯咏其間。耳目所接, 神心所悅。其潛利陰益, 實不止於矯其狂而去其妄。乃命其堂曰六友, 以諸賢所詠示余, 且求記其事。嗚呼！自世道衰而交誼滅, 直諒之友未聞, 箴規之風不見。彼之刮毛皮、輸肝肺、相期以然諾、相托以膠漆者, 及其冷煖異勢、好惡殊態, 則雲雨生於覆翻, 仇敵形於睚眦。豈非所謂其交也以利, 故利盡則疎；其友也以勢, 故勢去則離也？植物之友異於是。無勢利之相爭, 無終始之變遷。非陳、雷之交而情若金石, 非管、鮑之交而心無磷緇。若乃挹淸而破其昏, 嗅香而馨其德。觀乎凜凜之操, 而思不渝夷險；仰其亭亭之標, 而欲無所偏倚。無言語之相通, 而臭味合；無氛垢之相逼, 而襟韻爽。則六友之有益於人大矣。向所謂直、諒、多聞者, 實有相類焉。仲植之取友於斯, 可謂知所擇矣。而其雅賞所在, 非世之藝花卉供玩好之比。安得於風淸之朝、月白之夕, 携一藜, 訪六友, 蔭羽盖而坐花茵, 掇璀璨而聽竽籟, 擧酒以償芳辰, 揮翰而叙交義, 物我相忘, 從今至歲寒也？遂書以歸仲植, 且其勉培植於無窮也。"】

박수근(朴守謹) 1576-1622. 조선 중기. 자는 경정(景靜)이고, 호는 소천(蘇川)이다.

❀ 號 - 蘇川

【《鶴沙先生文集》卷七《通訓大夫行司贍寺直長蘇川朴公墓碣銘幷序》："公諱守謹, 字景靜 …… 公最愛鵲城蘇水之勝, 築臺其上, 仍自號蘇川。"】

임숙영(任叔英) 1576-1623. 조선 중기. 본관은 풍천(豊川). 초명은 상(湘), 자는 무숙(茂叔)이고, 호는 소암(疎庵)이다.

❀ 名 - 叔英　　字 - 茂叔

【≪白虎通·聖人≫:"≪禮·別名記≫曰:'五人曰茂, 十人曰選, 百人曰俊, 千人曰英, 倍英曰賢, 萬人曰傑, 萬傑曰聖。'"】

심논(沈惀) ?-?. 조선 중기. 호는 서오당(瑞梧堂)이다.

❀ 號 - 瑞梧堂

【≪疏菴先生集≫卷三≪瑞梧堂記青平君沈惀堂號≫:"澤風子名沈氏之堂曰瑞梧, 以侈其自然之異, 又從而爲之記, 以張大其事。夫梧亦受命於地者也, 其爲物不甚擇地而生, 非若淮北之橘、河西之槐, 必限其域而不生者也, 奈何見其生而輒謂之瑞也?吾恐是名一出, 物之爲瑞者多矣。夫澤風子, 博雅君子也, 智足以知物矣, 顧何取於斯而必謂之瑞也?意者其寓意於鳳歟?鳳固聖王之瑞也。是鳥也非梧則不棲, 澤風子其庶幾見之耶?不然, 何稱瑞於斯也?雖然, 鳳之出也不常, 澤風子又安能使之來儀於今日也?然則是梧, 終不得爲瑞乎?曰:'吾所謂瑞者, 在德不在物。何事於鳳, 必也人乎?蓋鳳雖曠世之物, 然亦不離飛鳥也。至於人, 乃萬物之靈也。苟足於德矣, 其爲瑞豈止於鳳?故人瑞爲上, 物瑞次之。人瑞者, 德之謂也, 如欲充是名也, 盍懋於德也?若然, 則後之登是堂而見是樹者, 必將斂袵而稱之曰, 夫夫也, 朝夕乎其下, 晝夜乎其側, 美哉梧乎!昔之瑞以鳥, 今之瑞以人也。夫如是也, 豈不足以爲瑞乎?'客曰:'善。吾請以斯言歸語其主人勉焉!'"】

정충신(鄭忠信) 1576-1636. 조선 중기. 본관은 나주(羅州). 자는 가행(可行)이고, 호는 만운(晚雲)이며, 시호는 충무(忠武)이다.

❀ 名 - 忠信　　字 - 可行

【≪論語·衛靈公≫:"子張問行。子曰:'言忠信, 行篤敬, 雖蠻貊之邦行矣;言不忠信, 行不篤敬, 雖州里行乎哉?'"】

김정후(金靜厚) 1576-1640. 조선 중기. 본관은 예안(禮安). 자는 사외(士畏)이고, 호는 동리산인(東籬散人) · 파옥진인(破屋陳人)이다.

❀ 號 － 東籬散人

【≪潛谷先生遺稿≫卷十二≪禮曹正郎金君墓碣銘≫：“君諱靜厚，字士畏 …… 癸丑，由典籍宰保寧縣。有積年逋租，君括私船漕于京，適按道者邑人船在括中，以此見斥。時延興府院君金悌男以先朝國舅爲群兒所誣，以逆論死，中外陳賀。府官使製箋文，君不從。怒而囚繫，君不少撓，自號東籬散人以見志。”】

유성증(俞省曾) 1576-1649. 조선 중기. 본관은 기계(杞溪). 자는 자수(子修)이고, 호는 우곡(愚谷) · 요곡(拗谷)이다.

❀ 名 － 省曾　　字 － 子修

【≪論語 · 學而≫：“曾子曰：‘吾日三省乎吾身：爲人謀而不忠乎？與朋友交而不信乎？傳不習乎？’”陸遊≪自警≫ “修身三省自先師”，曾子三省爲後世修身之法。】

신민일(申敏一) 1576-1650. 조선 중기. 본관은 평산(平山). 자는 공보(功甫)이고, 호는 화당(化堂)이다.

❀ 名 － 敏一　　字 － 功甫

【≪論語 · 陽貨≫：“敏則有功。”】

❀ 號 － 化堂

【≪清陰先生集≫卷十五 ≪化堂贊申功甫堂號≫：“一氣中分，萬物沄沄。凡居兩間，孰久不遷。火傳於薪，水歸於壑。聖人從道，隨時變易。昔在蓬氏，亦云善化。知非卽改，所以寡過。彼何人哉，希之則是。揭化名堂，微哉厥旨。世路滔滔，合污同流。表和中剛，吾與申侯。”

≪谿谷先生集≫卷四≪化堂說續稿≫：“物于天地之間，未有不化者也。鷹化爲鳩，雀化爲蛤，鶺鴒化爲鵰，科斗化爲蛙，腐草化爲螢，此異物而相化者也。草木之始生，萌芽而已，化而枝榦，化而花實，又化而黃落，此一物而自化者也。鮌化爲黃熊，望帝化爲鵑，龍漦化爲褒女，牛哀化爲虎，彭生化爲豕，此化而妖孼者也。豈唯物，天地亦然。晝而明，夜而晦，一日之化也。春生而夏長，秋殺而冬閉，一歲之化也。子丑而開闢，戌亥而混沌，一元之化也。人之有是形也，始生而爲赤子，稍長而能孩能語能行, 弱而壯, 壯而衰, 衰而老, 老而死, 無往而非化也。至於性情, 何獨不然。夫天之所以予我者, 昭然至靈也, 粹然至善也, 賢不肖所同也。然而氣拘習移, 欲動情勝。靈者變而惑, 善者變而惡, 此爲不善化者也。聖人憂之, 立教講學, 化迪斯人, 如鎔金而就型範, 繩木而加規矩。愚者以悊, 懦者以立, 躁者以靜, 污者以潔, 偏者正焉, 駁者粹焉, 則天下之人, 未有不可化者也。自志學而上, 以至于從心所欲不踰矩。自可欲之善而上, 以至于聖而不可知之神。此皆積學之效, 進德之序。化之爲道, 斯其至矣。嗚呼! 萬物之化, 人之生死壯老, 係乎天焉, 人固無能與也。至於性習之移奪, 學問之變化, 人之所爲, 非天之所使也。世之人, 不肯一日用其力, 而甘爲不善所化。其形人耳, 其心已化爲禽獸矣, 可不謂大哀乎? 余友平山申功甫, 有醇深朴茂之資, 早從牛溪先生有聞焉。經閱世變, 雅志彌確。往歲坐言事謫居西塞, 年已耆矣, 困心衡慮之中, 有感於蘧伯玉六十化之語, 遂以化堂自號。夫伯玉, 古之良大夫也。五十而知四十九年之非, 六十而六十化。則其遷改進修、日新不已之實, 可以想見。宜其見取於吾夫子, 而雖以莊生之闊誕, 亦知其賢而亟稱之也。功甫以是自勉, 其見卓矣。功甫既還朝, 嘗一來訪余。顏貌髭髮無少損, 而其中充然若有異於前也。豈亦有得於化者歟? 噫! 功甫六十而有志於化矣, 余今五十而尚未知非, 有媿於功甫多矣。故爲化堂說以贈功甫, 因自志其媿云。】

❀ 定靜齋

【≪化堂先生集≫卷三≪定靜齋說_{甲戌江界謫所}≫："纍在清源之城裏, 名其所居之室曰定靜齋。客有意所以名之者必有所指, 以叩余, 余乃解之曰:'≪記≫曰"定而後能靜", 此言衆理畢格, 物各有止, 故吾之一心亦無所惑, 而自能"知止而有定", 定故無妄動而能靜也。蓋定者由於不惑, 而靜則不妄動矣。此所以研幾而進於能得也, 此非吾之所及也。周子曰:"聖人定之以中正仁義而主靜。"此言人之有生, 神發知矣, 而常失於動。唯聖人知動之爲害, 而必本之於初, 以四者爲定性, 而主靜於一心, 卓爾有立, 而淵泉如淵, 此所以保天性而立人極也, 尤非吾之所敢望也, 初非以二者名吾室也。抑有一說焉, 凡放逐者, 不悲愁則必放狂。夫悲愁, 非定也; 放狂, 非靜也。一悲一放, 俱非定靜也。二者撩撓於寸心而不知自制, 則幾何其不爲摧殘? 今夫清源在大嶺之外絕漠之地, 開荆棘之路, 而邈離絕乎故國。瞻天望日, 不禁戀闕之情; 登高感逝, 亦切懷鄉之念。而羈縲縈纏, 不能奮飛, 則

其不放狂與悲愁也無幾時矣。余於是定其心、靜其慮，居易而俟命，以免夫悲愁
與放狂而已，此余所以名吾居也。'客曰：'是則然矣。然子之所謂定靜者，旣異乎
古訓之次第，則願聞其能致此者抑何道？'曰：'天下之理或進而或退。修爲而進於
不妄動者，君子之所以定靜也。放退而止於不敢動者，亦衆人之所以定靜也。各
據一方，雖有巧拙之殊，而其爲定靜則一也。若余血泣追怨，罪死猶輕，而食息偸
安，亦蹐涯分，撫躬知感，夫復何求？以此而思諸心，則廢然放退。而嘗聞莊周之
風，一死生、齊得喪，至賈傅賦鵬而輕生，讀之爽然，可以大放下矣，此吾所以爲
定其心、靜其慮者然也。如使余行乎利勢之途，一有希覬之心，則必不能如是放
退，此豈非灰心而不敢動之驗也？且吾聞之，物極則變，故循環之理，退亦進也。
以此言之，灰心放退，雖止於拙，而無利害交乎中，則止而定、而靜、而無事於修
爲，自至乎君子之爲矣。是則有此理也，而顧余未之逮也。'客唯唯而退，遂書以
識之。"】

이명달(李命達) 1576-1654. 조선 중기. 본관은 덕수(德水). 자는 여현(汝顯)이다.

❀ 名 - 命達　字 - 汝顯

【≪孟子·離婁下≫："而未嘗有顯者來。"≪疏≫："言未嘗有富貴顯達者來家
中。""顯"有顯達之義，故相協。】

조준도(趙遵道) 1576-1665. 조선 후기. 본관은 함안(咸安). 자는 경행(景行)이고, 호
는 방호(方壺)이다.

❀ 風樹堂

【≪敬亭先生集≫卷十三≪風樹堂記≫："靑鳧以山水名，可居而遊者，方臺爲最。
趙君景行得而有之，拓其舊基，架以爲亭，扁其堂曰風樹。大抵山水之勝、魚鳥
之樂，娛耳目而養性靈者，皆得之軒楹之內、几席之間。意其所嗜者專於此，及
詢堂名，則所慕不在乎彼。噫！我喩之矣。吾聞純於孝者，見親於羹墻，矧境與情
會，感而不能已者耶？登玆堂也，則煙雲變態，景物紛然。淸眼界，爽耳根，頤神
適性、怡顏悅志之具，取諸左右而足。思欲奉杖屨，嬉綵雛，雍容於一堂之內，稱
觴引慶，以罄吾壽樂之祝者，今旣不逮，則向之娛耳目、養性靈者，吾豈敢獨享而
已哉？其寄情於風樹爲如何？而況其松檟，朝夕於望見者乎？嗟哉！景行其體純

於孝者歟, 其希孔氏之徒而感焉者歟？抑我先君嘗爲習家之遊, 俛仰陳跡矣。夫所謂風樹者, 非徒獲于古人, 而實獲我心焉。今尚忍識斯堂耶？君曰'盍書諸壁？俾吾之子若孫, 戒無斁吾志、無棄堂構焉。將有感於斯文矣, 子不可以不識。'詩云'孝子不匱, 永錫爾類', 趙君有焉。余旣嘉其請而末寓私感, 故凡黌黌之制、臨觀之美, 姑闕之。"】

윤계선(尹繼善) 1577-1604. 조선 중기. 본관은 파평(坡平). 자는 이술(而述)이고, 호는 파담(坡潭)이다.

❀ 名 - 繼善 字 - 而述

【≪釋文≫ : "傳者, 相傳繼續也。"≪論語 · 述而≫ : "述而不作, 信而好古。"集注 : "述, 傳舊而已。"】

심광세(沈光世) 1577-1624. 조선 중기. 본관은 청송(靑松). 자는 덕현(德顯)이고, 호는 휴옹(休翁)이다.

❀ 名 - 光世 字 - 德顯

【≪爾雅 · 釋詁≫ : "顯, 光也。"】

김령(金坽) 1577-1641. 조선 중기. 본관은 광산(光山). 자는 자준(子峻)이고, 호는 계암(溪巖)이며, 시호는 문정(文貞)이다.

❀ 名 - 坽 字 - 子峻

【≪集韻≫ : "坽, 峻岸也。"】

❀ 號 - 溪巖

【≪溪巖先生文集≫卷六≪行狀李光庭≫ : "爲文章淸麗典雅, 自成一家, 尤邃於詩, 悠然有東籬見山之趣。而甲子以後, 亦不復親翰墨, 知舊問答, 一切廢閣。如有不得已者, 亦必使人。有時吟哦, 卽事詠懷, 未嘗屬草, 口占而已。故所著述罕傳於世, 門人子弟收拾藏棄者有若干卷。宅傍有巖臨溪, 可坐而遊, 因以爲號焉。"】

구굉(具宏) 1577-1642. 조선 중기. 본관은 능성(綾城). 자는 인보(仁甫)이고, 호는 군산(群山)이며, 시호는 충목(忠穆)이다.

❀ 諡號 - 忠穆

【《太常諡狀錄》卷二《舊忠贊謨立紀明倫靖社功臣輔國崇祿大夫綾城府院君兼兵曹判書判義禁府事具公諡狀》：“公諱宏, 字仁甫 …… 落點忠穆危身奉上曰忠, 布德執義曰穆、忠靖忠, 上同；柔德安象曰靖、忠毅忠, 上同；剛而能斷曰毅。”】

김영조(金榮祖) 1577-1648. 조선 중기. 본관은 풍산(豊山). 자는 효중(孝仲)이고, 호는 망와(忘窩)이다.

❀ 號 - 忘窩

【《鶴湖先生文集》卷三《忘窩記》：“吾弟孝仲仍舊構, 刱靜室二間于悠然堂之東偏, 以爲散居頤養之所, 因名之曰忘窩以寓意焉。余訝而問之曰：‘古人有以思字名亭者, 示不忘也。今此名窩之意與古人相反, 獨何歟？至如范文正居廟堂則憂其民, 處江湖則憂其君, 是進退不忘其憂也。孔子曰, 志士不忘在溝壑, 勇士不忘喪其元, 是死生不忘其義也。推此類也, 君子之處身行事, 凡百施爲, 皆思合理而中道。念茲在茲, 曷嘗頃刻忘也？吾弟之以忘名窩, 不幾於習忘乎？’仲曰：‘吾所謂忘, 蓋其可忘而不能忘者也, 非欲與不可忘者而幷忘之也。噫！恩讎可忘, 而吾不能釋然；榮辱可忘, 而吾不能脫然。以至凡物之可喜可怒、可愛可惡、可哀可懼、可憂可樂、可是可非者, 又紛紛膠擾於胸中, 則吾安可不以忘自勉乎？吾以是名吾窩以自警, 庶乎貧賤而忘憂、富貴而忘勢, 將盡忘向之所不忘者, 茫然無思, 昏然無慮, 超乎造物之外, 遂至於物我相忘之域, 則凡物之可忘者, 雖欲不忘, 得乎？其視留心於造物之內, 勞思役智, 計較毫髮, 以喪其眞者, 其得失何如也？若其在家思盡其孝, 在國思盡其忠, 凡處己行事之際, 思盡其義者, 吾雖不敏, 素所自勉。’余乃聞言悟意, 多其所已得者, 而勉其所未至, 更爲之說曰：‘昔我先君子卜茲堂, 命名曰悠然, 吾弟忘窩之意, 蓋本於此乎？然寓意於忘, 似不能自然, 恐不如悠然字自有中和渾然底意味。寬閒淡泊, 暉暉熙熙。當戶之南山、出岫之閒雲、倦飛之歸鳥, 足以全吾樂而養吾眞, 則又安事於忘乎？吾弟其庶幾乎！’仲曰：‘諾。吾將勉之！兄其爲我記之。’於是乎書。”】

황종해(黃宗海) 1579-1642. 조선 중기. 본관은 회덕(懷德). 자는 대진(大進)이고, 호는 후천(朽淺)이다.

❖ 名 - 宗海

【≪尙書·禹貢≫:"江漢朝宗于海。"】

❖ 號 - 朽淺

【≪朽淺先生集≫附錄≪行狀[許穆]≫:"先生諱宗海, 字大進, 姓黃氏, 本懷德縣人 …… 學者稱之曰朽淺先生。朽淺, 其姓鄕古號, 仍以自號者也。"】

조익(趙翼) 1579-1655. 조선 중기. 본관은 풍양(豊壤). 자는 비경(飛卿)이고, 호는 포저(浦渚)·존재(存齋)이며, 시호는 문효(文孝)이다.

❖ 名 - 翼　字 - 飛卿

【≪莊子·逍遙遊≫:"怒而飛, 其翼若垂天之雲。"】

김근(金近) 1579-1656. 조선 중기. 본관은 의성(義城). 자는 성지(性之)이고, 호는 오우당(五友堂)이다.

❖ 名 - 近　字 - 性之

【≪論語·陽貨≫:"子曰:'性相近也, 習相遠也。'"】

❖ 號 - 五友堂

【≪大山先生文集≫卷四十八≪五友堂金公墓碣銘幷序≫:"永嘉治南龜尾之曲, 有所謂笙潭, 隱君子上舍金公爲堂於其中, 而植松竹梅菊蓮, 因以'五友'自號。其遺風遠韻, 蓋百數十年而不衰。公諱近, 字性之 …… 萬曆己卯生公。聰穎嗜學, 事親孝, 律己謹嚴, 安貧守靜, 以經籍自娛, 視世間聲利泊如也。癸亥, 中司馬, 報罷。壬午, 復擧進士第三名。丙申九月二十三日卒, 享年七十八。"】

이희음(李希音) 1579-1641. 조선 중기. 본관은 경주(慶州). 자는 여순(汝純)이고, 호는 피염정(避炎亭)이다.

❖ 名 - 希音　字 - 汝純

【≪老子·四十一章≫:"大音希聲。"≪樂記≫註:"雜比曰音, 單出曰聲。"≪易·乾≫"純粹, 精也"。≪疏≫"純粹, 不雜"。】

❖ 號 - 避炎亭

【≪丹谷先生文集≫卷四≪避炎亭記≫:"吾友李汝純, 畸人也。妙齡成進士, 蜚英四達, 而不以通桂籍、躡箚班爲意。棲遁林泉, 文籍自娛。門外有小溪, 溪上有松亭。蒼髥成幄, 凉颸自扇, 雖盛炎無六月矣。日哦其間, 攜膝上文度, 誨之以吐鳳, 戲之以海鴻。間有詩朋叩門, 琴酒開襟, 漁父爭隈, 雲霞助興, 於世念澹如也。嘗自白雲洞來覵余, 語半, 屬余曰 : '吾有亭以"避炎"號, 子不可無說。'余曰 : '避炎之義奚取焉 ?'曰 : '序屬歊歊, 四野如焚, 人皆以火傘爲苦。余戴黃冠策靑藜, 散步玆亭之上。神淸氣朗, 飄然有登閬風扣寒門之趣矣。名之以此, 不亦宜乎 ?'余笑曰 : '上舍誠紿我哉 ! 其意果止此而已乎 ? 嘗觀世之人爭就炎矣, 其有避之者乎 ? 朝掃朱門, 暮趨勢庭, 波奔恐後, 蜂午爭先。赤日炙背, 塵沙埋轍。僕夫流汗, 馬且吐舌, 政如堂燕之附炎矣。上舍葆眞衡門, 傲睨軒冕, 心專淡泊, 跡遠熏炙。一亭淸風, 神遊葛天。托契歲寒, 若將終身。則玆非避炎而何 ? 美矣乎 ! 吾知上舍之有所受也。賢春府老爺應孝廉選, 分憂未幾, 解綬歸田。屢召不起, 方以固窮爲樂。豈今人之所及哉 ? 上舍之得於庭訓深矣。宜亭之有此揭也。若其爲記。則上舍之門有舒川丈以文鳴。眞大巫也, 儀何敢言。'】

강석기(姜碩期) 1580-1643. 조선 중기. 본관은 금천(衿川). 자는 복이(復而)이고, 호는 월당(月塘) · 삼당(三塘)이며, 시호는 문정(文貞)이다.

❀ 號 - 月塘

【≪月塘先生集≫卷六≪附錄上 · 謚狀李明漢≫ : "公姓姜, 諱碩期, 字復而, 號月塘 …… 乙卯, 中漢城初試。時光海政亂, 賊臣爾瞻擅國, 專以科擧植黨, 講經有字標相應之說。公憤甚, 就講席, 自書'不'字而出。丙辰, 登增廣文科, 選承文院。兇黨謀廢母后, 構成逆獄, 屠戮異己。公挈家決歸衿川墓下, 築室數間, 庭鑿方塘。月夕, 杖屨逍遙, 有獨樂之趣。號月塘, 以此也。"】

이성신(李省身) 1580-1651. 조선 중기. 본관은 전의(全義). 자는 경삼(景三)이고, 호는 입암(笠巖)이다.

❀ 名 - 省身　字 - 景三

【≪論語 · 學而≫ : "曾子曰 : '吾日三省吾身 : 爲人謀, 而不忠乎 ? 與朋友交, 而不信乎 ? 傳不習乎 ?'"】

김광욱(金光煜) 1580-1656. 조선 중기. 본관은 안동(安東). 자는 회이(晦而)이고, 호는 죽소(竹所)이며, 시호는 문정(文貞)이다.

❀ 名 - 光煜   字 - 晦而

【≪說文≫, "煜, 熠也", "熠, 盛光也"。≪周易·明夷≫: "君子以莅眾, 用晦而明。"王弼≪注≫: "藏明於內, 乃得明也；顯明於外, 巧所辟也。"以"晦而"應"光煜", 即取韜光養晦之義。】

❀ 歸來亭

【≪東州先生文集≫卷三≪歸來亭記≫: "陶徵士為三徑資, 為彭澤令五十日, 意不樂折腰向鄉里小兒, 賦≪歸去來辭≫, 浩然而歸, 謂歸其官、去其職、來其家也。高風峻節, 照映宇宙, 不但以文辭之嫩也。後之仕宦者莫不逖想而遐慕, 咸為文以和之。蘇長公在海南, 亦和其辭以寓其欲歸之意, 世多傳誦, 蓋取文辭之嫩也。然仕宦者終未有抽身高蹈, 庶幾乎徵士之為者。蘇長公方拘於海島, 竟不果得歸, 死葬於中路。即其辭甚悲, 而其道甚窮矣。今開城留守竹所金公, 自中年後買地于幸州江岸, 其名栗里, 築亭其上。田園巷柳桑麻松菊之美, 絶似柴桑物色。所和陶辭, 實書在壁。每於休沐, 輒命駕而歸。則經丘尋壑之趣, 倦鳥山雲之觀, 凡可以怡顏而寄傲者, 無一不得。曠世相感, 有類謝敫。俯仰今古, 不覺人代之為遠。而公之意猶以為未也, 遂名其亭曰歸來, 擬以為卒歲長往之計。嗟乎！古今人同不同, 未可遽論也。當金行欲末, 虞淵之日將入, 徵士以晉室遺老, 誼不可裸將於新朝。下邑五斗米, 又不如故里薇蕨。則去就之際, 差易為其決。若竹所公者, 用文章行業受知於三朝, 坐廟朝, 早夜釐庶政, 協賛濟安之功居多。出管留鑰, 康理舊都。君相之所倚重, 氓黎之所仰賴。道固可行, 義無可去。使徵士易地而遭焉, 則必無事於歸矣。世治, 則上德無名；世濁, 則清士乃見, 亦論其世而已。雖然, 公既年至倦于朝請, 戒其子'亟治吾亭, 吾其歸矣'。譬之嗜珍餐者, 使人持錢物詣肆, 雖未即得食, 不可謂不知味者, 而其飽也, 可立而待也。不佞當日就東籬下, 見南山, 採嘉菊, 奉公於壺觴之次, 其毋曰'君且去矣'。"】

김육(金堉) 1580-1658. 조선 중기. 본관은 청풍(淸風). 자는 백후(伯厚)이고, 호는 잠곡(潛谷)이다.

❀ 名 - 堉   字 - 伯厚

【≪廣韻≫：“塤，地之肥也。以其能生長萬物，故从育从土。”≪玉篇≫：“厚，不薄也，重也。”】

❖ 號 - 潛谷

【≪東州先生文集≫卷六≪議政府領議政諡文貞金公行狀≫：“始議政公聘漢陽趙氏縣監希孟之門，以萬曆庚辰生公。諱塤，字伯厚 …… 乙巳，始陞上舍，掇科目有聲，士論咸推重，館學請從祀五賢，擧公名冠多士。及祀典行，鄭仁弘藉形勢詆晦、退兩先生。諸儒削仁弘儒籍，光海怒，鋼首唱者。公謂：‘吾爲掌議，烏可指摘其人？’將上書請庇，被其罰，會以諸大臣言得已。公見時事日變，盡室就加平窮僻處，親行耕稼，因號潛谷，賦詩見志，若將終身。”】

❖ 拱極堂

【≪潛谷先生遺稿≫卷九≪拱極堂記≫：“宅於南山之下，坐南而向北，名之以拱極者，潛谷老人之草廬也。極者，北辰之居也。拱者，衆星之環也。居而不動，斡旋乾綱者，人君爲政之象也；環而布列，各守躔次者，臣子拱衛之儀也。君以一德爲政，體行健不息之道；臣以一心向上，盡竭忠奉職之誠，則位天地、育萬物，夫豈外此而他求哉？老人幼而志學，白首紛如。雖無以齒於恒人，敬天愛君之心，不敢頃刻而少懈也。夜則仰紫微而對越，晝則瞻象魏而怵惕。常若上帝之臨汝，天威之咫尺，其於恐懼戒愼之工夫，庶幾不愧于屋漏也。惟願天降瑞應，國無災孼。日月貞明，風雷順軌。雨暘時若，歲有屢豐之祥；姦回屏黜，朝稱寧靖之治。百工相和，萬民皆樂。以至世躋春臺，俗以封屋，此拱極堂之所祝也。入此堂者誠能見名思義，無負我老人之意，則於自家身心上大有補益，吾黨小子尙亦勉之哉！”】

❖ 傴僂亭

【≪潛谷先生遺稿≫卷九≪傴僂亭記≫：“人之爲樓臺亭榭者，皆厭寂寞而樂喧繁，隆棟宇而侈觀瞻。遠而處江湖津步之上，外而居郊野田牧之間。卯酉趨衙，無暇一觀，反不如隣人過客之偃仰逍遙於其上。其實爲人，而非爲己也。或有閉鎖而不許入者，豈非可矧者乎？余於寓居家後，得小阜隙地可以架三楹之舍，遂結茅以廬之。堂其內曰拱極，亭其外曰傴僂，以其矮低打頭，必傴僂而後行也。其爲亭也雖小，所處則高而奇，所眺則廣而遠。矗矗之石，蒼蒼之松，如雕如挿，而屹立於窓外者，木覓之鼇頭也。蜿蜒而龍，蹲踞而虎，或走或立，相對而顧視者，白嶽與駱山也。鸞停鵠峙，若將飛而未翔者，彌雲也。簪筆挂笏，似欲進而却立者，道峯也。水落在蘆原之後，如送佛谷之山。母岳居鞍峴之上，若追負兒之峯。奇形異狀，間見層出，而白雲、仁壽諸峯縹緲於雲天之表，聳處獨尊，尤可敬而可愛。每朝朝暮暮，煙雲幻態，或隱或露，如合如離，孰謂城市之中有此仚家之境界乎？彼江湖之景、郊野之興，樂則樂矣，不得常居而恒處。一往再往，歲既單矣。豈若寢處於斯，食息於此，千奇萬變，悅可心目，四時八節，常對軒窓者乎？余周遊八省，未見賞心之處。七十餘年之後，始獲名區而作亭。澗水可濯，巖井可漱。剖竹走泉，池可蓮也。觀魚養鶴，物可友也。終日寂寞，市聲不入於耳，此誠平生夢想之所未到也。雖然，試望九衢，閭閻撲地。越瞻雙闕，觚稜接天。都人士女，往來如雲。觀覽之富，又不覺懍然而嫌其高，此所以低其簷楹，短其墻垣，松竹爲籬於後而昭其儉也。居高不可不念其危也，入室不可不思其瞰也，何敢快意自得，倚窓寄傲如處士哉？古鼎之銘曰'一命而僂，再命而傴，三命而俯'，余於此言深有所感，俯而名吾亭。"】

❀ 太極亭

【≪潛谷先生遺稿≫卷九≪太極亭記≫："亭，吾作也。太極，吾名之也。亭者，亭亭然立也。太極者，本於無而有有者也。濂溪周子之言曰'無極而太極'者，吾取而爲名焉。亭在終南之下、澗谷之間，渠細石沼淸泉而爲半月池，種以所愛之蓮。池上丹丘之下，剔出奇巖，架以竹木，覆以氷簟。遠而望之，若白雲一片，行於松上而遏也。其爲形也，上圓下方，象兩儀也。柱立於下者四，象四象也。橡掛於上者八，象八卦也。一倍以加之者八，象十六卦也。橫而結之者五，象五緯也。半月池者，陽也。其中有石與土者，陽中之陰也。丹丘朝日之巖斯而曲者，陰也，下有南澗者，陰中之陽也。其形圓而相合，復而相抱。陽中有陰，陰中有陽，若周子之所爲≪太極圖≫者，亦異矣哉！夫天地，一太極也。天以一元之氣不息而回轉，故盡十二會而坏渾焉。人亦一太極也，稟二五之眞精，參三才而中立，能盡其性而盡物之性。明敎於一時，道行於萬世者，聖人也。棄其天性而汨於人欲，昧乎仁義中正之道，不知寂然感通之理，甘與草木同腐者，衆人也。同是一太極，而修之吉，悖之凶，不翅天壤之相懸者，豈不可哀也哉！登斯亭也，靜而觀一氣之流行，動而察萬物之變化。大而知天地古今之無異，廣而度四海九州之皆同。此所以追聖人作≪易≫之大意，欲免衆人虛生浪死之歸也。豈獨樂夫洞壑之深邃，泉池之潔淨，奇峯峻岳之森列，九衢八達之錯綜，以快一時之心目而已乎？樂哉斯亭！

吾將與爾而長終。知吾意者，其唯無極翁乎？"】

❉ **晦靜堂**

【≪谿谷先生集≫卷八≪晦靜堂記≫："淸風金伯厚旣卜築于嘉平華蓋之陽，以≪皇
極範數≫筮之，得一之三守，其繇曰'君子以晦處靜俟'，遂取其語名其所居之堂曰
晦靜。其友德水張維推其義以記之曰：≪範≫之數，與≪易≫表裏。守，準乎復者
也。一陽處乎群陰之下，至微也，至危也，則其守不可以不愼。能晦而靜，守莫善
焉。顯晦動靜，天之道也。天之道，晦於夜而顯於晝，靜於冬而動於春。靜者，動
之本；晦者，顯之基。故曰：不專一則不能直遂，不翕聚則不能發散。尺蠖之屈，
以求伸也。龍蛇之蟄，以存身也。此≪大易≫之要旨，通乎三極之道，君子之所樂
而玩者也。至於當守之時，處守之道，則取乎此者尤切焉。雖然，晦以處固善矣，
而不可以無修也；靜以俟固善矣，而不可以無養也。無修而晦焉，則混於黮黯而
已矣；無養而靜焉，則淪於枯寂而已矣。亦嘗於≪中庸≫之書而得其說焉。其曰
'衣錦尙絅，闇然而日章'，知微之顯可與入德者，修乎晦之道也；其曰'戒愼乎不
睹，恐懼乎不聞'，'不動而敬，不言而信'，而'不愧于屋漏'者，養乎靜之道也。晦與
靜，無二道也；修與養，非二法也。古之君子所以居易俟命，不願乎其外，處嵒巖
之下而蘊經綸之具，甘簞瓢之奉而敵軒冕之樂。尸居而龍見，淵默而雷聲，不離
乎奧之間，而馴致乎中和位育之盛者，皆是物也。伯厚家傳詩禮，學成而行備，
遊於太學，蔚然有珪璋之望。乃不以榮進爲意，退舉遠引，自屛於窮山空谷之中。
巖居水飮，若將終身。而又服膺晦靜之敎，揭之坐右，朝夕觀省，此其志不日進乎
高明光大之域，不止也。晦之極也必顯，靜之至也必動。獨不觀夫雷與火之伏
乎？收聲斂耀，漠乎其無朕也，泯乎其不知有也。及其氣至而機發也，揮霍煇赫，
轟山岳而燭天衢者，莫之能禦也，此晦靜之作用也。道之將廢也歟？則固不敢知
也。不然，吾恐伯厚終不能自葆於晦靜之中也。若維厚顏於伯厚矣，處括囊之時
而不免爲虛名所誤，則愧於晦矣；不能動以無妄，而憂虞悔吝動輒隨之，則愧於
靜矣。方且杜門自訟，以求寡其過而未能也。或者幽憂之病少有間焉，則當春糧
策蹇，以訪伯厚之居，升伯厚之堂，相與講夫晦靜之義而取益焉。伯厚其無拒我
哉！'"】

홍명형(洪命亨) 1581-1636. 조선 중기. 본관은 남양(南陽). 자는 계통(季通)이고, 호는 무적당(武適堂)이며, 시호는 의열(義烈)이다.

❊ 名 - 命亨　　字 - 季通

【≪廣韻≫："亨, 通也。"】

유림(柳琳) 1581-1643. 조선 중기. 본관은 진주(晉州). 자는 여온(汝溫)이다.

❊ 名 - 琳　　字 - 汝溫

【≪說文≫："琳, 美玉也。"≪禮記·聘義≫："君子比德於玉焉, 溫潤而澤, 仁也。"】

나해구(羅海龜) 1581-1660. 조선 중기. 자는 응주(應疇)이고, 호는 석호처사(石壕處士)이다.

❊ 名 - 海龜　　字 - 應疇

【≪尙書·洪範≫："天乃錫禹洪範九疇, 彝倫攸敍。"孔≪傳≫："天與禹, 洛出書, 神龜負文而出, 列於背, 有數至于九。禹遂因而第之, 以成九類。"】

❊ 號 - 石壕處士

【≪果菴先生文集≫卷十一≪石壕羅公墓碣銘幷序≫："萬曆辛巳十月初一日生公。諱海龜, 字應疇 …… 末乃迫出禮闈外, 公悠然不以介意, 遂廢博士業。築小亭於石壕江上, 謝跡京輦, 優游以卒。凡世之知公者, 語到公, 莫不欽歎, 必稱以'石壕處士'。若公可謂逝世不悔, 巋然不滓者歟？…… 卒以顯廟庚子十月十一日, 得年八十。"】

이시백(李時白) 1581-1660. 조선 중기. 본관은 연안(延安). 자는 돈시(敦詩)이고, 호는 조암(釣巖)이며, 시호는 충익(忠翼)이다.

❊ 諡號 - 忠翼

【≪太常諡狀錄≫卷一≪舊忠贊謨立紀靖社功臣大匡輔國崇祿大夫議政府領議政兼領經筵弘文館藝文館春秋館觀象監事世子師延陽府院君李公諡狀≫："公諱時白, 字敦詩, 姓李氏 …… 落點忠翼危身奉上曰忠, 思慮深遠曰翼、忠簡忠, 上同；一德不懈曰簡、忠肅忠, 上同；執心決斷曰肅。"】

박진경(朴晉慶) 1581-1665. 조선 중기. 본관은 밀양(密陽). 자는 명술(明述)이고, 호는 와유당(臥遊堂) · 소암(巢巖)이다.

❀ 名 - 晉慶　　字 - 明述

【≪周易 · 晉≫ : "晉, 進也。明出地上, 順而麗乎大明, 柔進而上行。"】

❀ 號 - 臥遊堂

【≪旅軒先生文集≫卷八≪臥遊堂說≫ : "堂之主人, 卽朴君晉慶明述甫也。主人身被齋郞之任, 任所在江都。卜日發程, 余來奉別, 仍留攝疾于堂, 有孫兒輩數人在傍供藥餌。余問 : '汝等知堂號之義乎？其以臥遊號之者, 何旨也？'孫兒等亦不能詳言。余就思之, 則余亦臥於病席, 臥者豈有遊乎？遊雖有遠近, 必須動身擧趾, 然後當有往焉, 此豈臥者所能哉？臥遊之說出於何人？而主人之取之以名堂者, 其意亦有在矣。吾人生爲男子於兩間, 旣幸矣, 豈可蟄伏匏繫於一隅閭閻間、醉生夢死於一場, 鳥獸同羣、草木同腐哉？必也遐遠其耳目, 廣大其心胷, 得我心神, 無所不到於上下四方之宇、古往今來之宙, 其所謂方外、物外、形外、象外者, 無非我方寸中區域, 然後可以爲大遊大觀, 而爲不負生爲男子之志業矣。嗚呼！此豈可與拘人俗士論此遊此觀哉？非至人, 誰得以盡此遊此觀哉？以言其次, 則普天之下率土之濱, 其爲名山大川、巨野長郊, 凡幾千也。三皇五帝、三王歷代之京都古址, 凡幾墟；達人碩士、名儒先哲之播芬遺芳之蹟, 凡幾所, 此莫非男子一遊一觀之不可不果者也。主人必嘗有志於斯焉, 而老且病矣, 知不可以遂焉, 則乃以臥遊名其堂。其遊豈可恒人凡友之所可認得哉？方其日暮客歸, 柴扉重掩, 諸子之侍傍者執卷, 各退于其所, 而主人餘醉未醒, 假睡於枕上者, 此其臥遊之辰乎？想其遊也, 神千里於瞬息之間、目萬古於須臾之頃者, 非其遊乎？凡其可慕可尙可感可戒者, 無非興思懷想之地。則其遊也, 亦不可一歸之於虛矣。主人之方臥此堂也, 必以在外之遐境爲遊矣。今則邈赴江都之寂齋, 其能不以臥遊此堂爲席上之思耶？堂前所覩物目, 余令孫兒輩錄諸幅緖, 遙想此等各種各卉, 無不掛在主人心目上也。聊使孫兒, 把筆呼題, 以爲他日追省之地云。崇禎甲戌季夏初旬, 旅翁呼槀。"】

민성휘(閔聖徽) 1582-1647. 조선 중기. 본관은 여흥(驪興). 초명은 성징(聖徵), 자는 사상(士尙)이고, 호는 용졸(用拙) · 졸당(拙堂)이며, 시호는 숙민(肅敏)이다.

❀ 號 - 用拙

【《沙溪先生遺稿》卷五《用拙堂記》：“用拙者，湖南伯閔公之堂號也。公之先祖罹乙巳之禍，謫居于林，子孫仍居焉。昔公之先人以養拙扁堂，兄以守拙，弟以趾拙，而公又揭以用拙。此一拙字，實公家傳也。公自先世，嫉世人喜巧之態，以此爲箕裘之業，其志可尚也已。然而公之意，果以爲君子立志行己之要如斯而已乎？抑用力於實地，而外爲此謙遜之語耶？夫拙者，緩於進取，而有謙退自守之意而已。拙之爲用，豈足以盡道哉？若比於用智自私者，則固有間矣。而乃若君子所存不止此，盡心知性，修己治人，非拙者所能也。君子明萬物之理，通幽明之故。開物成務，乃其業也。公當以聖賢爲期，大其根基，求造乎道之極摯，豈但守此而以爲足也哉？公其勉之哉！抑余又有說焉。堂在南塘江上，卽白馬下流也。大江外，群山圍繞。一擧目，數百里了了在眼底，眞勝觀也。江有鱸魚紫蟹，澤有蓴菜，居然吳下風味。亭之左右，有竹林梅塢，雜植花草果木，土地饒沃宜稼，信乎休退閑居者之所樂也！而公方登用於朝，則雖有江山之勝，何暇於此樂乎？嗟夫！有如是之名區而役役於外，供閑賞於他人而不得專其勝，無乃自以爲是或近於拙耶？吾觀公居家屢空而拙於謀生，栖遑外藩而拙於仕進，處世迂疏，容儀簡率，凡此數者，皆非智巧者之事，抑公以是而自號也耶？然而觀人不於其外而于其心，竊就公之事而得其所用心焉。公歷典州府，再按雄藩，而簡素是尚，則豈是謀生之拙乎？不擇內外，任其儻來，而恬靜爲心，則可謂從仕之拙乎？處世雖以迂疎，而當官盡職，臨事明決，容儀雖曰簡率，任眞自如，不事矯飾，吾知公之拙也，其諸異乎人之拙也歟？至於知江山之可好而選勝營築者，耽閑喜靜之素心也。而生逢明時，未暇於閑逸，欲同吾所得於人人者，君子爲人之道也。進憂退憂，無愧於前人，吾未知公其果拙也耶？余於公，相習久矣，非相期以拙者也。故前所稱，爲吾公進之。以後所稱用解不知者之意，盍亦顧名思義也哉？”

《旅軒先生文集》卷八《用拙堂說》：“堂之主人致書於顯光曰：‘堂在林川郡南塘江之西畔，卽吾所卜置也，而號亦吾所號也。昔我先人以養拙扁其堂，故吾兄弟三人幷承其拙堂而號之：兄聖徒則曰守拙，弟聖復則曰趾拙，今聖徵以用拙號吾堂，拙固家傳而共尚之者也。遂悉其形勢之勝、景致之富而錄示之，仍請一文字，要爲不忘之資焉。’余惟拙者，德之質也。拙以持心，則心無妄思；拙以持身，則身無妄動；應事以拙，而事無不順；接物以拙，而物無不孚，然則拙非萬福之基乎？養而傳之，以爲一家積德之地焉。于以守之，于以趾之，無非繼述之孝

也。而主人之用之也，則其所以著意焉者，又有深矣。夫拙則不才，才則不拙。以
拙任拙者，常短於有爲；以才使才者，常病於作爲。故惟其才矣而用拙，然後才
以濟拙，拙以制才，而可以爲適用當行之道矣。主人亦可謂長於才也，乃以用拙
爲志，而號堂服膺。則主人之得力於此拙者，畢竟爲如何哉？余爲主人重賀也。
若夫江山形勝，瞻眺景致，則登于堂者，必有能以文代畫之手矣。顯光實以拙任
拙者也。玆因主人之索言，敢以拙說告焉。"】

윤신지(尹新之) 1582-1657. 조선 중기. 본관은 해평(海平). 자는 군우(君又) · 중우
(仲又)이고, 호는 연초재(燕超齋) · 현주(玄洲) · 현고(玄皐)이다.

❀ 名 - 新之　字 - 仲又

【≪禮記 · 大學≫："湯之盤銘曰：'苟日新，日日新，又日新。'"】

조상우(趙相禹) 1582-1657. 조선 중기. 본관은 양주(楊州). 자는 하경(夏卿)이고, 호
는 시암(時庵)이다.

❀ 名 - 相禹　字 - 夏卿

【大禹之宰相，乃夏朝之卿。】

❀ 號 - 時庵

【≪宋子大全 · 時庵趙公行狀≫："公姓趙氏，諱相禹，字夏卿。其先楊州人也 ……
嘗構精舍于先壟之下，讀書其中。其制四面相對，而面各三間，名曰時庵。取'天
有四時，時有三月'之義，其安時順命之意可見矣。"】

이진(李進) 1582-?. 조선 중기. 본관은 연안(延安). 자는 퇴지(退之)이고, 호는 협선
(挾仙)이다.

❀ 名 - 進　字 - 退之

【反義相成。】

박정길(朴鼎吉) 1583-1623. 조선 중기. 본관은 밀양(密陽). 자는 양이(養而)이다.

❀ 名 - 鼎吉　字 - 養而

【≪周易 · 鼎≫："鼎，元吉亨。≪象≫曰：鼎，象也，以木巽火亨飪也。聖人亨以享

上帝，而大亨以養聖賢。”】

오희도(吳希道) 1583-1623. 조선 중기. 본관은 나주(羅州). 자는 득원(得原)이고, 호는 망재(忘齋)·명곡(明谷)이다.

❈ 名－希道　字－得原

【即希得道原之義。】

❈ 號－明谷, 忘齋

【《紀年便考》卷二十二："公諱希道, 字得原 …… 嘗居錦城舊鄕大明谷, 仍自號明谷。晚築室后山支麓, 號以忘齋, 以寓遺棄俗物之意。"

《畸庵集》卷十《忘齋記》："吾友吳得原, 築宴坐齋, 名之以忘。忘之義何居？得原歲選不第, 忘榮利而然乎？家貧屢空, 忘貨財而然乎？出入鄕國, 少徒而寡合, 忘聲勢而然乎？玆數忘者, 特吾友餘事, 且所謂外而非內也。吾意得原之忘存乎內。夫人心與物搆, 紛然勞攘, 其病雖夥, 皆由外逐而然。得原以爲除其牽蔓, 復其虛明, 惟忘可以得之。揭諸窓壁, 常目在焉。日忘其所忘, 而其必有所不忘者存焉, 則固不可與俗人道也。或曰：'昔有著《坐忘論》, 而先儒譏之。且雖極其所謂忘之理, 得終非枯寂近禪乎？'余笑解曰：'辭不害義。胸中不有一物, 天下何思何慮？此言何謂？非是禪, 亦非是坐忘。吾與吾友講之素矣。'丁巳人日, 天悰子記。"】

박인(朴絪) 1583-1640. 조선 중기. 본관은 고령(高靈). 자는 백화(伯和)이고, 호는 무민당(無悶堂)이다.

❈ 臨軒

【《澗松先生文集》卷五《無悶堂行狀》："公姓朴諱絪, 字伯和 …… 公自幼風骨不凡, 志有定向, 不屑時好。嘗讀南冥先生'塵土倘能生五內, 直今刳腹付歸流'之句, 益自惕厲。上書家庭, 請捨擧子業, 因自號曰臨軒, 蓋取《易》'敎思無窮, 容保民無疆'之義云。自是潛心聖經, 學專爲己, 不願乎外。占一絶以自警曰：'皓月微風霽景淸, 天心澄肅鬼神驚。翻思二十年前事, 閒逐槐黃誤此生。'"】

이식(李植) 1584-1647. 조선 중기. 본관은 덕수(德水). 자는 여고(汝固)이고, 호는 택당(澤堂)이며, 시호는 문정(文靖)이다.

❀ 名－植　　字－汝固

【≪管子≫：“上無固植，下有疑心。”】

김기종(金起宗) 1585－1635. 조선 중기. 본관은 강릉(江陵). 자는 중윤(仲胤)이고, 호는 청하(聽荷)이며, 시호는 충정(忠定)이다.

❀ 號－無耳相公

【≪紀年便考≫卷二十二：“金起宗, 江陵人, 蔭奉事哲命壬辰隨父同殉, 考旌, 諡忠正子, 順命從子。宣祖乙酉生, 字重胤, 號聽荷 …… 幼時倭斫耳, 號無耳相公。”】

이경헌(李景憲) 1585－1651. 조선 중기. 본관은 덕수(德水). 자는 여사(汝思)이고, 호는 지전(芝田)이다.

❀ 名－景憲　　字－汝思

【孔子弟子原憲字子思。】

이경여(李敬輿) 1585－1657. 조선 중기. 본관은 전주(全州). 자는 직부(直夫)이고, 호는 백강(白江) · 봉암(鳳巖)이며, 시호는 문정(文貞)이다.

❀ 名－敬輿　　字－直夫

【≪周易 · 坤≫：“君子敬以直內，義以方外。”又≪周易 · 說卦≫：“坤爲地 …… 爲大輿。”孔穎達≪疏≫：“爲大輿，取其能載萬物也。”故以“輿”綴“敬”。】

❀ 遠憂堂

【≪淸陰先生集≫卷三十八≪遠憂堂記≫：“今宰相鳳巖李公之未爲宰相也，卜居于百濟扶蘇之埜，闢而爲堂，名曰遠憂。其爲地也，負山而帶江，憑厚而凌虛，以沙水爲塘坳、松篁爲儲胥，魚鳥之飛躍、雲霞之舒卷，無不在几席之下。登斯堂者，悠然四望而樂之曰：‘樂哉！樂哉公之有此勝也！顧未達命名之義何居也？’公曰：‘唯唯否否。人之生也，與憂俱生，或貧賤也，疾病也，功名之未遂而志意之未伸也，戚戚然無以寧其心，開口而笑者，一歲而無多日，吾則不爲是也。遭遇明時，官榮身顯。入則覩耿光而聆玉音，出則擁輼軒而觀風俗。布衣之願，於分足矣。然名與實爽，事與心違。且其賦性若池魚之戀江湖、籠鳥之思山藪，歲月滔涾, 若將不及。廻車秣馬, 以憩于此, 自以爲優游卒歲。世間之慮, 無復有嬰於方寸者。夫豈知君臣之義, 無所逃於天地？中山魏闕, 地邈心邇。對方冊, 則憂吾君典學之功何如也；瞻二曜, 則憂吾君照臨之明何如也。四時代序, 隨遇以感。春華滋榮, 夏木繁茂, 則憂吾君發生長養之德, 體物而不遺歟？秋霜凜冽, 冬雪慘刻, 則憂吾君肅殺摧藏之威, 有所過歟？循敝衣而思補袞者誰歟？眂治木而導從繩者誰歟？至於杖鳥琴瑟之具, 皆思扶顚履危、膠柱改絃之喩, 猶慮一事之或遺, 中心耿耿, 寤寐靡舍, 不敢安於自適, 而反有不勝其憂者。堂之寓號, 蓋所以銘吾志也。'問者再拜而賀曰：'今而後, 知公之志遠矣。雖然, 思其憂者享其樂, 公豈終於憂而已哉？朝廷必爲蒼生起公置之廟堂之上。往復循環, 天道也。公旣先其憂, 天將使公樂其後, 致吾君於蕩蕩, 奠斯民於熙熙, 然後超然歸臥於斯堂之上, 備盡大羹鼓缶之樂, 豈非重可賀也？'已而公果相, 前言殆庶幾乎？公以記屬余, 余雖未獲登公堂而覽形勝, 亦嘗素知公之志者, 聊述一時賓主之談以爲記。歲甲申日南至, 南冠老人記。"】

허보(許宷) 1585-1659. 자는 유선(惟善)이다.

❀ 名 - 宷　　字 - 惟善

【宷, 即寶。《禮記·大學》："《楚書》曰：楚國無以爲寶, 惟善以爲寶。"《注》："《楚書》, 楚昭王時書也。言以善人爲寶, 時謂觀射父、昭奚恤也。"】

❀ 易安堂

【《東州先生文集》卷二《易安堂序》："麻浦之山, 自東而西流, 見水乃止, 若臥獸然。其高者爲脊, 而中者爲脅、爲腰脊, 下者爲股、爲脚、爲足。民之居聚什伍, 布濩而雜處者, 蓋櫛比而鱗接也。其豪, 則爲遊賞也, 置亭榭必據其高；庶人之逐利者, 利在喧卑, 則咸廬其下。而吾友許君惟善之堂, 直其中當脊、腰脊之間。惟善之言曰：'居高有顚墜之虞, 處下有墊沒之厄。吾之堂豈不已安乎哉？夫高者, 衆之所瞻, 鬼之所瞰也。居赫赫之地, 鮮不危覆, 高位安可居也？其下則蜒蚓之區, 纖夫之所趨。裸體霑足, 日汨汨泥塗, 下流不可處也。自吾之舍是堂, 見高下之罹患者多矣。其居高者, 旣權貴要人也。其始顯隆寬敞, 宴遊娛樂, 笙歌沸耳, 賓客日夜不絶。數歲而過之, 則廢而爲墟, 或已屬之他人, 非無功而享祿, 流連以喪其生者歟？欲大而不返, 淫侈而不節, 獲戾於天與人, 其子孫不能有歟？吾嘗開戶而視之，長干之會、闤闠之衝，其人如狂，奔走不暇。凡鹽米、魚蛤、鮑鱉、柴槁、竹木、百物之可食可貨，無不規便射利，以贏其生。而鬬爭之不息、係拘之不期，病于敲扑，死于犴獄。不然則風濤洊溺，漂流而失其屍者，十常七八。而其廬則江潮之所齧，夏潦之所敗，集衆而築之，每歲而更之，其亦勞矣。今我之居於斯、老於斯，誠以求安而已。無顯隆寬敞之樂，而喪身獲戾之患不及乎吾身；無規便射利之饒，而鬬爭風濤之慮不亂乎吾心。吾之堂，豈不已安乎哉？且夫人之營室，將役我耶？安我耶？均是人性，豈與人異求哉？徒以智昧乎止足，情騖乎苟美。居日以廣，欲日以長。夢夢擾擾，逐物以往。心旣不安，且何以安其身乎？求安不得，而不安者先至；得安甚易，而求安也至難，寧不悲哉！唯我則不然。爲堂厪三楹，內燠而外涼，則吾體安矣。庭列樹石，隱几而見江湖，則吾視聽安矣。朝晡魚飯，冬夏衫褐。政刑之不聞，榮辱之不預。晏起早寢，于于焉隨化動息，則吾之心安焉。吾以是終吾身，庶幾合乎陶徵士易安之義！故吾以名吾堂。'東州山人擊節而歎，拊楹而歌之曰：'已乎！已乎！高堂百楹，曷可營兮？彼域之塗泥，曷可以棲兮？適而寬，處士之安兮；朴而不陋，君子之有兮。卉木羅生兮，川澤娛情；寢息有常兮，旣壽以康。躋君堂兮舉君觴，庶幾悅豫兮，聊卒歲以偕臧。'"

陶淵明《歸去來兮辭》："倚南窗以寄傲，審容膝之易安。"】

김진(金撍) 1585-?. 조선 중기. 본관은 광산(光山). 자는 기중(記仲)이고, 호는 추담(秋潭)·훈재(訓齋)·영재(詠齋)이다.

❖ 名 - 撍　字 - 記仲

【《谷梁傳·僖公三年》："陽穀之會，桓公委端撍笏而朝諸侯。"范寧《注》："撍，插也。笏，所以記事也。"】

유도(柳塗) ?-?. 조선 중기. 본관은 문화(文化). 자는 유정(由正)이고, 호는 귀반(歸盤)이다.

❖ 名 - 塗　字 - 由正

【《論語·雍也》："有澹臺滅明者，行不由徑。"《集注》："徑，路之小而捷者……不由徑，則動必以正，而無見小欲速之意可知。"】

조임도(趙任道) 1585-1664. 조선 중기. 본관은 함안(咸安). 자는 덕용(德勇)이고, 호는 간송당(澗松堂)이다.

❖ 名 - 任道　字 - 德勇

【≪論語 · 泰伯≫：“曾子曰：‘士不可以不弘毅, 任重而道遠。仁以為己任, 不亦重乎？死而後已, 不亦遠乎？’”≪論語 · 憲問≫：“子曰：‘有德者必有言, 有言者不必有德。仁者必有勇, 勇者不必有仁。’”】

❖ 困知齋

【≪澗松先生文集≫卷四≪困知齋箴幷序≫：“人性本善, 而氣稟或異。故覺有先後, 學無蚤暮。生知安行者入於道, 困知勉行者亦入於道, 自古及今無不然者, 而及其成功, 則莫不同歸矣。夫惟上智大賢之資, 受氣清高, 稟質純粹, 聰明出天, 暗合于道, 不待修爲而能就其德。自餘中人, 則不免爲氣稟之拘、物欲之蔽, 故性雖本善而知道者少, 學雖同受而成德者鮮, 是皆力與不力、行與不行耳, 非性之罪也, 非天之降才爾殊也。余以不敏之資, 生海隅之鄉。王風不及, 道義莫聞。加以少遭喪亂, 流落遠方, 飢寒奔走於十年之間, 心爲桑形之役, 身被俗務之汨, 夫何暇習詩書、治禮義哉？自非豪傑之士, 無文王不能興矣。況余愚蒙, 早失學問之功, 而無師友就正之方者乎？猶幸宣城退陶之鄉, 一善群賢之藪, 雖不及摳衣親炙於函丈之側, 而其遺風餘韻猶有存者, 故覽前賢載道之篇, 聞先進垂訓之旨, 旣有以啓發其良心, 而又求孔孟、曾思、堯舜、文武之書而讀之, 然後曉然如醉夢之醒、昏夜之明, 始知此道之可反、本性之可復、天地之所以爲天地、人物之所以爲人物者, 不外乎是矣。則惟皇上帝降衷下民, 若有恒性, 豈虛語哉？然聞知不如見知, 困知不如生知, 則如我未學之徒, 其可不深思敬守而百倍其功, 使旣昏者明、旣亡者存乎？茲於還土之日, 請于家君, 先立書室曰：‘爲學之要, 必定其居處。居處之所, 必擇其安靜。居處安靜, 則學業專而心不外馳矣。昔子朱子居于雲谷, 西山眞先生築室于粤山之下, 此非離群絶物、長往不返之計也。顧其耳目之官不思而蔽於物, 故收視聽於雲山溪壑之間, 絶思想於塵喧城市之中, 而身與外物不相交涉, 然後心神寧靜, 而業可精、道可求矣。’家嚴曰：‘然。松亭一區, 乃吾舊墟也。地勢幽偏, 可構數椽爲汝藏修之所。’室旣成, 家嚴以日新名堂, 屬鄉人衡仲記之。又使任道名其齋室, 任道始扁晚覺, 旋改困知, 退而爲之箴。箴曰：人有秉彝, 天降之衷。我與堯舜, 厥初則同。心喪肉走, 與物奚擇。困

乃覺知, 心動惕若。自今用力, 庶復吾天。念哉敬哉, 夙夜無怠！"】

❀ 翔鳳亭

【≪澗松先生續集≫卷五≪翔鳳亭記楊時遇≫："吾嘗聞鳥有鳳者, 儀于韶、鳴于岐, 事在經傳。自文王及乎夫子未久也, 王澤已斬, 鳳影寥寥, 宜夫子之起歎, 而德衰之有歌也。自是之後, 歷千百載而未聞有是鳥之實出乎其間, 豈其無鳳哉？惟其有瑞世之德, 而出必以時也。信乎其非凡禽比也的矣！商山之四、南陽之雛, 是皆好事者言, 豈眞有鳳德者哉？金羅後人趙君致遠, 昂昂乎出群之姿, 飄飄乎高逝之趣, 而守先人之舊廬於儉水之涯。一夕肩潘輿、挈萊婦, 移卜於洛江之南、上浦之西而居焉, 實萬曆戊午年之九月日也。幾年丘荒之地, 奄作棲遲之所, 天不得愛其寶, 地不得祕其勝乎。抑茲地之有待於斯人, 而風於斯、月於斯、詠歸於斯、講誦於斯者, 蓋有數焉。偸佗一片閒地, 長占萬古煙波。魚鰕爲侶, 鷗鷺同群, 漫浪江湖, 若將終身焉, 豈其胸衿之無所得而然哉？庚申秋, 余寓劍岩草舍, 趙君自其新居來過余。問無恙外, 袖出奈內說示余, 乃其所自爲也。其江山之好、風景之美, 與其四時之氣象, 朝夕之變態, 飛潛動植於其間、上下來往於所見者, 歷歷於一紙上, 怳然置我於其中, 眞所謂有聲之畫也。因謂余曰：'余方構亭于江皐, 名以翔鳳, 蓋有意焉, 子其爲我記之。'余應之曰：'君膝穿藜床, 舌弊經史, 作爲文章, 大放厥辭, 又何必假手於人？'君曰：'是何言也！公開口吐鳳, 鳴世久矣。盍題凡鳥, 用賁吾亭？'余曰：'是亭之翼然翬飛, 迥臨空碧, 勢若鳳凰之翶翔者乎？'君曰：'否。'曰：'然則君之意, 我知之矣。主是亭者, 有優游繫表之志, 而鳳翔千仞底氣乎？'嗚呼！世多蒿目, 知德者鮮矣。是鳥也, 負其異於衆也。其肯握粟之招, 嬒徽之嬰, 而自甘於羽毛之譙譙乎？宜其丹山乎長往, 碧梧乎棲老, 扶搖九萬長風, 下視人世蜉蝣, 不與鷗鴉相嚇、燕雀頡頏也審矣, 古詩云'雲間鸞鳳人間見', 正謂此也。雖然, 鳳之出, 必有聖人在乎位, 鳳爲聖人出也。吾知是鳳之去是亭, 而羽儀於王庭也不遠矣。吾然後題翔鳳曰儀鳳。"】

신상철(申尙哲) 1585-?. 조선 중기. 본관은 평산(平山). 자는 명숙(明叔)이고, 호는 나은(懶隱)이다.

❀ 名 - 尙哲　　字 - 明叔

【≪尙書・說命上≫："知之曰明哲, 明哲實作則。"孔≪傳≫："知事則爲明智, 明

智則能制作法則。"】

홍익한(洪翼漢) 1586-1637. 조선 중기. 본관은 남양(南陽). 자는 백승(伯升)이고, 호는 화포(花浦)이며, 시호는 충정(忠正)이다.
　❀ 謚號 - 忠正
　【≪陶谷集·花浦先生墓表≫："始朝廷贈先生都承旨, 後加贈吏曹判書。用'臨患不忘國'·'以正服之'二法, 謚以忠正。"】

최명길(崔鳴吉) 1586-1647. 조선 중기. 본관은 전주(全州). 자는 자겸(子謙)이고, 호는 지천(遲川)이며, 시호는 문충(文忠)이다.
　❀ 名 - 鳴吉　　字 - 子謙
　【≪周易·謙≫象辭："鳴謙貞吉, 中心得也。"】

조경(趙絅) 1586-1669. 조선 중기. 본관은 한양(漢陽). 자는 일장(日章)이고, 호는 용주(龍洲)·주봉(柱峯)이다.
　❀ 名 - 絅　　字 - 日章
　【≪禮記·中庸≫："詩曰：'衣錦尙絅', 惡其文之著也。故君子之道, 闇然而日章。"】
　❀ 號 - 龍洲, 柱峰老人
　【≪記言·輔國崇祿大夫行判中樞府事趙龍洲謚狀≫："原行判中樞趙公諱絅, 字日章, 姓趙氏。本漢陽人 …… 宅前有溪潭曰臥龍潭, 自號曰龍洲。又常對錦柱山, 亦曰柱峰老人。"】

원진하(元振河) 1586-?. 조선 중기. 본관은 원주(原州). 자는 청지(清之)이다.
　❀ 名 - 振河　　字 - 清之
　【≪易緯乾凿度≫卷下："天之將降嘉瑞應, 河水清三日。"】

장유(張維) 1587-1638. 조선 중기. 본관은 덕수(德水). 자는 지국(持國)이고, 호는 계곡(谿谷)이며, 시호는 문충(文忠)이다.

❀ 名－維　字－持國

【《詩·小雅·節南山》："秉國之均，四方是維。"《廣雅·釋詁》："秉，持也。"
又，宋韓維，字持國。】

❀ 號－谿谷

【《宋子大全·隨箚》卷之十二《遺事》："谿谷之名出于《莊子·天下篇》。老聃
曰'知其雄守其雌，爲天下谿；知其白守其黑，爲天下谷。人皆取先，己獨取後'云
云。"】

❀ 默所

【《畸庵集續錄》卷之十一《默所記》："吾友張持國營葺燕居。既成，以默名其
所矣，屬記于余。余問吾友：'何默焉？默之義亦何也？'持國哂曰：'吾自守吾默
矣。而子試爲我發之。'余曰：'夫衆萬之得此氣以生，吾未見其默焉者也。彼雷之
號號、風之蓬蓬，叫者、呼者、秋秋者、嚶嚶者，皆出于天機之自然。況在于人，
昭明具于中而事物接于外，得意而歡愉，失所而吟呻，寡不道以通其情，烏可以默
爲？又何貴于默耶？今夫嘿喙合唇，閉斷囚舌，神精內淪，競爽外絀，瞠焉瞳焉，
侄如侗如，采之而無所出，叩之而無所發，亢然與土石同塗。若是則昏瞶者務也，
吾知吾友之默不在是也。迎時合俗，仰察俯伺，鉏吾畦畛，抵彼機巇。外雖圜轉，
中自韜藏。上無患于批鱗，下不憂于爭衡，泯然與庸衆同流。若是則諂附者務也，
吾知吾友之默不在是也。目無簪纓，心稚公卿，軒昂自適，鬱閉不彰，謂今世沈濁
而不可與莊語，謂俗人嬰兒而無以發狂言。斂守獨見，深閟靈根，矯然與古昔同
歸。若是則敖僻者務也，而非避患之道，吾知吾友之默不在是也。然則吾友何默
焉？默之義，果終何也？吾于古聖賢言得吾友之默矣。不曰"默而識之"乎？君子
之行道務在誠實，不在于言語之間。知此則自不得不默矣。不曰"其言之不出，恥
躬之不逮"乎？在我者不誠而言先于行，固君子之所深恥也。知此則自不得不默
矣。昔者公明賈稱道公叔文子曰："時然後言，人不厭其言。"夫文子之能此與否
未可知，凡人之言失其時者，每發而每妄。苟知時而發，則聞之者自不厭。如是
者，亦必始于默矣。劉元城問司馬溫公以誠身之目，公答曰："自不妄語始。"劉初
甚易之，力行七年而後成。與吾友之默又奚擇焉？吾友從事聖賢，得其言而誠諸
身久矣。豈徒以嘿閉韜藏爲默哉？《中庸》亦曰："其默足以容。"斯則處無道之
國之謂也。雖與吾友所遇之時有異，然其所以修誠之意則無不同也。'持國曰：

'唯。子足以發吾之默矣。'于是乎記。"】

임점(林點) ?-?. 조선 중기. 자는 동야(東野)이다.

❀ 息營堂

【《谿谷先生集》卷八《息營堂記》: "余與林君東野, 幼年同業塾師, 因以定交, 至白首不見甘壞, 蓋相期於歲寒者也。東野於錦城桑梓有堂曰晚休, 嘗以詩若記見屬。余病且懶, 久未成也, 今年始賦堂詠十六章以寄之。東野造余謝, 且曰: '晚休之勝, 十六詠盡之。記雖無作, 無憾也, 敢舍舊而新其請。某之營晚休, 蓋爲暮景優游計耳。第以地非幽深, 應接囂煩, 拙者之所病也。嘗於錦江下流縣城東竟得一奧區, 負山而面江, 宅幽而勢阻, 頗愜雅懷。遂劃丘阜, 翦荊榛, 築室一區, 穿池種樹, 幽居之事粗備。山腰庌广間, 憑高頫逈, 起數楹精舍, 以爲燕處頤適之所, 扁其堂曰息營。登堂而望焉, 則山而爲月出、僧達、銀積, 水而爲夢灘、花浦、南川、斜川者, 羅列錯綜, 或遠或近, 效狀于欄檻之外。某誠樂之, 意謂造物者蓄此久矣, 一朝擧而歸諸我, 爲賜厚矣。誠得吾子之文而揭之楣間, 不唯江山之勝, 賴斯文而益顯, 區區息營之志, 庶幾有以發之, 此某之深望也。'嗟乎！余少讀仲長氏《樂志論》, 欣然有慕焉。嘗自語曰: 人生何須富貴。第辦此生活, 足以樂而忘老矣。不幸爲虛名所誤, 置身于榮辱利害之塗。顛冥不返, 百事無所成, 而身已老且病矣。顧東野何人, 迺能專此境而饗此樂哉？夫會津, 錦城之名區也, 晚休實占其勝。林園水竹之美, 余所目擊。東野於此, 意有未足, 乃舍而之息營。卽息營之勝, 不待言矣。作記固不辭, 但念平生於此興復不淺, 乃不得成其志, 輸以與人, 而又從而文之。雖復強顏爲之, 何能無愧辭與恨意耶？抑息營之義又有說焉, 東野骯髒者, 凡於世人所趨營, 未嘗數數然也。曩固無所營矣, 今亦何待於息哉？雖然, 離動而卽靜, 去勞而就佚, 自其旣息而觀之, 則方其未息, 無往而非營也。韓子之詩曰'趨營悼前猛', 韓子豈眞有是哉？懺悔之辭, 不得不爾。東野之息營, 亦猶是也。方今聖上勵精宵旰, 旁求俊乂。巖穴側陋, 皆陽陽動氣, 而東野業以言事著直聲, 詘極而信, 亨途正遠, 卽東野雖切於就息, 而世豈舍東野哉？東野之身繫于朝矣, 然其心未嘗不在息營也, 故余記其室而因闡其心云。"】

오준(吳竣) 1587-1666. 조선 후기. 본관은 동복(同福). 자는 여완(汝完)이고, 호는 죽남(竹南)이다.

❖ 名－竣　字－汝完

【≪說文≫：竣，“事畢也”。“完”亦有完畢之義，故與之協。】

김응조(金應祖) 1587－1667. 조선 중기. 본관은 풍산(豊山). 자는 효징(孝徵)이고, 호는 학사(鶴沙)·아헌(啞軒)이다.

❖ 號－鶴沙

【≪鶴沙先生文集≫卷五≪不夜齋記≫：“(毅宗皇帝崇禎)十四年辛巳先生五十五歲。五月，作鶴沙亭記。亭在鶴山、沙川之會，凡六間。寢房二間曰玩心齋，板房四間曰醒心軒，合而名之曰鶴沙精舍。先生作記略曰：‘余才拙而性滯，與世多齟齬。立朝二十年，無絲毫裨益於時。無寧退處江湖，漁釣爲事，歌詠聖德，以爲酬恩之地乎？蓋嘗訥於言，而發口則多失中；鈍於行，而措手則皆背義。無寧處靜斷事，以自省愆而寡其過乎？平生有愛書之癖，而盲於目、病於身、奔忙於世路，弛廢職事久矣。無寧處別區謝塵事，時或窺闚其一斑，口詠心惟，以寄興於千載之上乎？苟能辦此矣。彼山之峙、水之流、雲霞之變態、草木之生意、禽鳥之好音，無非爲淸心養性之助，豈徒然哉？因以鶴沙爲號。’”

≪鶴沙先生文集≫附錄≪行狀[李光庭]≫：“先生諱應祖，字孝徵 …… 庚辰，始肅獻納之命，出爲仁同都護府使。時旅軒先生喪朞已畢，與諸生議立祠不知巖，安遺像，刊行文集，旣又竝享於冶隱書院。明年，因事罷還。初先生於沙川北岸購得人家亭子，其南卽鶴駕也。先生愛其景致幽絶，以爲上流山水無勝於此者。修治墙壁，益樹以花竹松柏，因自號鶴沙翁。”】

❖ 不夜齋

【≪鶴沙先生文集≫卷五≪不夜齋記≫：“晝明而夜昏，常也。明於夜者月，而有晦朔焉、雲靄焉，其不能常明明矣。齋在鶴沙南岸，常夜明於晝。一室內外，常如雪凝水淨。蓋其牕臨一帶沙，堆珠積璣，生白生明，塵泥雜之而不染，濤波盪之而益潔。浩浩皚皚，歷萬劫如一日，其與月之有明晦異矣。當其日淪而八表同昏，擧萬象而不辨其白黑，而獨此一區朗然常明。翛然而坐，悠然而望，曾不知晝歟，夜歟？日歟，月歟？壺中天地歟，玉樓瓊田歟？以其有明而無昏，扁齋曰不夜。赤鷄孟秋下澣，主人翁記。”】

윤선도(尹善道) 1587-1671. 조선 중기. 본관은 해남(海南). 자는 약이(約而)이고, 호는 고산(孤山)·해옹(海翁)이며, 시호는 충헌(忠憲)이다.

❀ 名 - 善道　字 - 約而

【≪孟子·盡心下≫:"言近而指遠者, 善言也。守約而施博者, 善道也。君子之言也, 不下帶而道存焉。"≪注≫:"'言近指遠', 近言正心, 遠可以事天也。'守約施博', 約守仁義, 大可以施德扵天下也。二者可謂善言善道也。正心守仁, 皆在胷臆, 吐口而言之, 四體不與焉, 故曰不下帶而道存焉。"】

최유연(崔有淵) 1587-?. 조선 중기. 본관은 해주(海州). 자는 지숙(止叔)·성지(聖止, 聖之)이고, 호는 현암(玄巖)·현석(玄石)이다.

❀ 名 - 有淵　字 - 止叔

【≪管子·度地篇≫"水出地而不流者, 命曰淵。"】

❀ 名 - 有淵　字 - 聖止, 聖之

【≪尙書·微子之命≫:"乃祖成湯, 克齊聖廣淵。"≪傳≫:"言汝祖成湯, 能齊德聖, 達廣大深遠, 澤流後世。"】

정백창(鄭百昌) 1588-1635. 조선 중기. 본관은 진주(晉州). 자는 덕여(德餘)이고, 호는 현곡(玄谷)·곡구(谷口)·대탄자(大灘子)·천용(天容)이다.

❀ 名 - 百昌　字 - 德餘

【≪詩·周頌·雝≫:"燕及皇天, 克昌厥後。綏我眉壽, 介以繁祉。"≪傳≫:"燕, 安也。≪箋≫云:繁, 多也。文王之德, 安及皇天, 謂降瑞應, 無變異也。又能昌大其子孫, 安助之以考壽, 多與福祿。"文王德隆, 百世昌盛, 故以"德餘"應"百昌"。】

신익성(申翊聖) 1588-1644. 조선 중기. 본관은 평산(平山). 자는 군석(君奭)이고, 호는 낙전당(樂全堂)·동회거사(東淮居士)이며, 시호는 문충(文忠)이다.

❀ 名 - 翊聖　字 - 君奭

【≪尙書·周書·君奭≫篇≪序≫:"召公爲保, 周公爲師, 相成王爲左右。召公不說, 周公作≪君奭≫。"≪正義≫:"周公呼爲'君奭', 是周公尊之曰君也, 奭是其

名，君非名也。"燕召公奭爲武王十亂之一，"翊聖"言其輔佐聖王。】

❈ 坎止亭

【《樂全堂集》卷七《坎止亭記》："坎止亭者，在歌絃山銅峯之麓。山載輿地志中，記其形勝爲三輔最云。其山之肢，迤邐於西北，鬱爲佳城者，吾家之先丘也。蜿蜒於東南，峙爲陵谷者，釜谷之松杉也。隆然而起於中央者，爲銅峯之麓，而地實跨有一洞，歷覽無際，村落盤其腹，阡畝割其趾。江海前經，原隰旁達。天磨、華岳，散殊隱現者，星羅而棋布焉。余卽山之麓，夷阜崇墉，井井有址，遂架小榭而無甍桷之修矣。以甲寅之夏，奉親闢安宅之，因請名之，命以是名焉。小子以樽酒罋缶，觴于坎止之亭，揚觶而言曰：'夫"維心，亨，行有尙"者，處坎之道，而時用之義大矣。君子得其時則駕，不得其時則止，各止其所止也。至若遇禍災，曷可道哉？天幸得脫於文罔，而又得此居室之有成，則父子煦煦然相悅，輒喩以流行坎止之義，安於所遇而不慆，樂夫天命而不違。《易》曰"習坎"，"以常德"，又曰"水流而不盈，行險而不失其信"，非名吾亭之義乎？小子於是而意寓蓋極深矣！剛中而陷柔，久而遂通者，離明之象也。研幾而契神，開物而盡性者，見道義之門也。闖四時成功之序，足以寓我之感者多矣。風月會其神，芳菲助其和，松篁比其操，江潮志其信。禽鳥之音，爲我韻勝也；山澤之氣，爲我騁怪也。居斯亭而會其神，則研幾而契神者何限？而開物盡性之道具矣。信乎"維心之亨，行必有尙"也夫！'遂爲之記。揭之在壁云爾。"】

❈ 渙庵

【《樂全堂集》卷七《渙庵記》："退休堂之下、雙池之上，崖崩壤朽，邪不可畦，泥不可砌，實散地也。登於堂、臨於池者，莫不病焉。余乃沼一溝，殺其上流，直注池中，勢若建瓴。汰者流、泆者決，則於是拾石隄之，夷崇封圮，卽池上旋馬之地，復築三階，以別尊卑。崩者端、朽者淨，而一洞之勝，爭效其尤。遂架株葺茅，其大盈丈，受命於大人，名之曰渙庵。客詢何義，渙之義，散也。崩者，地力之散也；朽者，土性之散也。水流而不得其道，或汰或泆，旁於池與堂，而觀者病之，益著其散地也。余當其地之散，而思所以聚之，則沼溝築隄，旣砌旣屋，攬池亭之淸麗，萃江山之茂美，使觀者噏然改覲，斯非濟渙之道耶？客曰：'《易》之所謂"渙有丘，匪夷所思"者乎？'余謝曰：'是惡乎敢！是惡乎敢！'退詮其語，爲《渙庵記》，係之以銘曰：'渙而風水，聚而山丘。渙乎其萃，匪夷斯周。我求於是，以遨

以遊。"】

❀ 蒼然亭

【《樂全堂集》卷八《蒼然亭說》："淮上有廢丘, 余乃夷其顚而亭之, 命之曰蒼然。客有難余者:'斯亭, 山水之會也。斗峽奠其後, 牛山經其前。華岳矗其東, 御屏亘其西。白雲、中隱挾二江而橫鷲, 杜曲、昭坪闢千畝以傍出。孤山龍翔, 砥柱龜伏。玆數者不足以名亭乎?'曰:'唯, 唯。否, 否。是皆物也。余居闤闠之中, 凡物之大小, 華視聽而娛心意者何限?而剔榛鉏莽, 戴茅而席地, 樂於斯丘者, 吾將遺物而游於其表。則峙者流者, 吾見其鬱乎蒼蒼而已。若子之所言物也, 吾之所遊神也, 吾將役於物乎?'客嘿而退。遂書其說揭之壁。"】

이지화(李之華) 1588-1666. 조선 후기. 본관은 전의(全義). 자는 이실(而實)이고, 호는 다포(茶圃)·부강거사(浮江居士)·동계(東溪)이다.

❀ 名 – 之華   字 – 而實

【《詩·大雅·生民》"實發實秀, 實堅實好, 實穎實栗", 華而後實。】

❀ 號 – 浮江居士

【《東州先生文集》卷三《浮江亭記》："浮江亭在京山、太丘兩邑之間, 去江甚近。累石爲基, 若泗濱之浮磬然, 其得名以是云。沿江上下, 臨水而爲亭者以十數, 而獨是亭最勝且舊, 吾友李君而實繪畫其形勢景致, 請記於余。蓋嶺南有琴湖、洛東江, 俱流潔而渚淸。苟亭于涯者, 得一水已擅其奇, 況是亭處二江交流之會, 凌一氣沆瀣之表, 汎汎乎猶乘浮槎出宇宙而浮銀潢, 則登覽之美, 固不待繪畫之勤, 而可以得其全矣。嗟乎!自亭而觀之, 則謂浮於江可矣;自天地而觀之, 則大而爲嶽瀆原野, 小而爲肖翹動植, 擾擾如江漢之浮萍者, 何莫非托物而浮也?卽其所見而言之, 亭浮於江, 江浮於地;卽其所不見而言之, 天浮於氣, 地浮於水。天地猶不免爲浮物, 而況山川之眇眇者乎?而況人物之區區者乎?其生也浮, 其世也浮。存亡倏忽, 如浮漚之起滅, 又況於浮名之在外者乎?又況於斯亭之強名者乎?在余者浮休寓內, 等浮雲之無定, 而浮海之願亦時有之。當浮于江, 以登斯亭, 詠'乾坤日夜浮'之詩, 浮以太白, 拍浮酒舡中。儻遇浮丘伯, 接以上昇, 浮遊乎汗漫之鄉, 而實其從我乎否?"】

이경육(李景陸) 1588-?. 조선 후기. 자는 자산(子散)이다.

❀ 幼名 - 陸生　　長名 - 景陸　　字 - 子散

【≪五峯先生集≫卷八≪景陸字說≫：“戊子閏六月十九日，子陸生生。纔解孩，余以藝文奉敎陞典籍，盖始參也。遂命名陸生，以志月，仍志喜也。旣長，以行用景字，名景陸，仍前陸也。丙午五月十二日冠，字之曰子散。以汝無外家，雖出而仕，不過爲人所慢者，寧自肆於林下，躬耕以食，爲无忝所生耳。昔玄眞子陸龜蒙自號江湖散人，余故字之，取其散也。向之志月、志喜者，不妨轉以從玄眞也。且余老矣，將退而漫浪於江湖，汝苟從我於漁隈釣磯之游，筆床茶竈之間，則汝雖欲不散，得乎？仍執爵而祝曰：‘名陸旣有意，字散良有以。汝從今日冠，沈痾從此散。’冠之畢，峿翁書。”】

김원량(金元亮) 1589-1624. 조선 중기. 본관은 경주(慶州). 자는 명숙(明叔)이고, 호는 미촌(糜村)·율촌(栗村)이며, 시호는 강민(剛愍)이다.

❀ 名 - 元亮　　字 - 明叔

【≪說文≫：“亮，明也。”】

❀ 號 - 糜村

【≪果菴先生文集≫卷十三≪糜村金公諡狀≫：“公諱元亮，字明叔，金氏 …… 光海丙辰，賊臣爾瞻倡廢母議，公語所親，以勉其守正不屈。奸黨聞而惡之，逮鞫公，事將不測。母夫人盡賣家藏，行散宜之策。而公則固追然以可矣自標其座，盖取‘朝聞夕死’之義也。旣免，盡室入安峽友糜村，因以自號‘糜村’爲終焉計 …… 斬殺於獄中，甲子二月八日也。”】

신열도(申悅道) 1589-1659. 조선 중기. 본관은 아주(鵝州). 자는 진보(晉甫)이고, 호는 나재(懶齋)이다.

❀ 號 - 懶齋

【≪晩悟先生文集≫卷八≪懶齋記≫：“余季晉甫，以懶名齋而居者有年。余謂晉甫曰：‘夫名齋者，取於觀省而以爲自警之地也。獨余季之名齋以懶者，其義安在？’晉甫曰：‘有說焉。爭一毫之利，圖萬金之富，爲子孫謀衣食，周利者之所勉，而吾則否焉。盜竊經史，摽掠章句，舍其所學而徇匹夫之好惡，爭名者之所勉，而吾則否焉。修飾其邊幅，變幻其言語，察強弱安危之勢而爲其去就，好黨者之所勉，而吾則否焉。低聲隱跡，暗行而明休，曳裾貴人之門，僥倖於萬一，患得者之所勉，而吾則否焉。夫如是則齋以懶名，顧不宜於吾歟？’余聞是言，而知余季之所不懶者存焉。夫義慾不兩立，善惡不幷行。孳孳於彼者，必不能自強於此。故有所不爲，然後能有所爲。今余季不爲富，則能安貧矣；不曲學，則能不徙其業矣；不好黨而患得，則心公而身不陷於不義矣。余季之所不懶者，其在此乎？苟或不然，頹然其無立也，泛然其無執也，無取舍於彼此，而惟安佚之是便，則余季之所謂懶者，終亦懶而已矣。果奚取於齋之名！辛酉端陽後二日，兄晚悟書。"】

이민구(李敏求) 1589-1670. 조선 중기. 본관은 전주(全州). 자는 자시(子時)이고, 호는 동주(東州)·관해(觀海)이다.

❉ **名 - 敏求　字 - 子時**

【≪尙書·說命≫："惟學遜志，務時敏。"≪論語·述而≫："子曰：'我非生而知之者，好古敏以求之者也。'"】

❉ **號 - 觀海，東州**

【≪東州先生文集≫卷之四≪東州山人說≫："余生東國，長于漢都，未嘗出近郊。入仕後以朝命遍歷國之四封，環左海東西南北，幽遐逴絶之區靡不周覽焉，則始號爲觀海。辛未歲，官暇東游，得勝境于鐵圓之山，卽古東州也，遂改號曰東州。後乙亥按關東，卜塋域于橫城五瑟山麓，亦東州也。始因杖屨所及，一時偶稱，終以爲存沒不易之號，其幾兆先發，亦可異矣。夫我國與中原猶東西州，則據所處之地稱東州固宜。及旣死而葬爲東州土，則其稱東州亦宜。族姓旣繁，久而有根派混淆之弊，則吾後世庶自知其分始自東州亦無不可，將以銘吾丘曰東州山人之藏云。"】

❉ **漫寓堂**

【≪東州先生文集≫卷三≪漫寓堂記≫："爾欲舍而之所寓乎？寓不可舍也。天寓於氣，地寓於水。天與地猶不能自立，而恃寓以存，若之何舍寓也？老氏守之，恒其寓而不得焉。佛氏厭之，脫其寓而不得焉。其不能舍寓也久矣。爾之軀，爾神之所寓也。爾之室，又爾所以寓所寓也。厭之而不可脫，守之而不可恒。爾之寓之，將以何術？曰，吾以漫寓而已矣。夫漫寓者，不求其脫，不蘄其恒。寓之以虛

而不以其實，寓之以無而不以爲有。爾身之爲蝸甲蛇蚹，況其所寓者乎？春秋之
忽往而忽來，氣化之迭盛而迭衰。日夜相代乎前，而旣不得據而自私，則斯可謂
漫寓者矣。凡爾室之所有，木石花鳥、階庭園池之實，山川之流峙、雲煙之起
沒、物態之推移而遷變，驟得而驟失，無非爾耳目之所寓，其所寓亦漫而已矣。
方且寓趣於詩書，寓興於壺觴。恬愉靜虛，無適無莫。優游乎無爲之域、無何之
鄉，不疵癘，不撓攪，以至乎華皓頤期，遂名其堂曰漫寓。」】

조문수(曺文秀) 1590-1647. 조선 중기. 자는 자실(子實)이고, 호는 설정(雪汀)이다.
  ❀ 名 － 文秀　　字 － 子實
  【《詩·大雅·生民》：“實發實秀，實堅實好，實穎實栗。”】

조흡(趙潝) 1591-1661. 조선 중기. 본관은 풍양(豊壤). 자는 흡여(潝如)이고, 시호는
  경목(景穆)이다.
  ❀ 諡號 － 景穆
  【《太常諡狀錄》卷六《贈資憲大夫議政府左參贊兼知義禁府事五衛都摠府都摠
  管行奮忠贊謨靖社功臣嘉善大夫漢城府左尹兼五衛都摠府副摠管豐安君趙公諡
  狀》：“公諱潝，字翕如。趙氏系出漢陽之豐壤縣 …… 落點景穆由義而濟曰景，中情見
  貌曰穆、景靖景，上同；恭己解言曰靖、靖穆靖，上同；穆，上同。”】

윤순지(尹順之) 1591-1666. 조선 중기. 본관은 해평(海平). 자는 낙천(樂天)이고, 시
  호는 행명(涬溟)이다.
  ❀ 名 － 順之　　字 － 樂天
  【《周易·繫辭上》：“樂天知命，故不憂。”《注》：“順天之化，故曰樂也。”《疏》：
  “順天道之常數，知性命之始終，任自然之理，故不憂也。”】

오숙(吳翻) 1592-1634. 조선 중기. 본관은 해주(海州). 자는 숙우(肅羽)이고, 호는
  천파(天坡)이다.
  ❀ 名 － 翻　　字 － 肅羽
  【析名爲字。中國宋代謝翶字皐羽。】

❖ 號 - 天坡

【≪天坡集≫卷二：“八月二十一日，夜宿平島洋中三山島西。夢至一處，淸溪翠壁，景物蕭灑，殊非人境。遇道士兩人，綸巾羽服，鬚眉皓白，要余鼎坐，談東國名山水。因曰：‘聞君有天坡終老計，挂冠在于何時？結緣明主，恐不能便訣也。’余曰：‘祿豈須多？防滿則退。年不待暮，有疾便辭。已于天坡構屋數間，藏書千卷，待年到四十，長往不顧耳。’道士笑曰：‘林下從游亦非甚遠云。’因忽不見。覺而有感，以詩識之：“身世茫茫只自浮，三山島外更孤舟。何人仿髴來幽夢，爲我殷勤戒急流。計拙可能求富貴，性偏唯合在林丘。錢公四十嗟非晚，終老天臺聖渥優。”】

박미(朴瀰) 1592-1645. 조선 중기. 본관은 반남(潘南). 자는 중연(仲淵)이고, 호는 분서(汾西)이며, 시호는 문정(文貞)이다.

❖ 名 - 瀰　　字 - 仲淵

【≪詩・邶風・匏有苦葉≫：“有瀰濟盈，有鷕雉鳴。”≪傳≫：“瀰，深水也。”≪詩・衛風・定之方中≫：“非徒庸君，秉心塞淵。”≪箋≫：“淵，深也。”】

이행원(李行遠) 1592-1648. 조선 중기. 본관은 전의(全義). 자는 사치(士致)이고, 호는 서화(西華)이며, 시호는 효정(孝貞)이다.

❖ 名 - 行遠　　字 - 士致

【≪文子・上仁≫：“非寧静無以致遠。”】

정홍명(鄭弘溟) 1592-1650. 조선 중기. 본관은 연일(延日). 자는 자용(子容)이고, 호는 기암(畸庵)·삼치(三癡)이며, 시호는 문정(文貞)이다.

❖ 名 - 弘溟　　字 - 子容

【≪爾雅・釋詁≫：“弘，大也。”≪疏≫：“弘者，含容之大也。”】

❖ 號 - 畸庵

【≪谿谷先生集≫卷之八≪畸庵記≫：“造化之功，不出于陰陽；陰陽之數，奇偶而已矣。陽之數奇，奇者獨；陰之數偶，偶者對。推之事物，則奇爲寡合，爲特立，爲無助，而其類爲君子；偶爲附離，爲遭遇，爲多援，而其類爲小人。人之情喜利者多而守義者鮮, 故無不慕偶而諱奇者也。烏川鄭子容以畸名其庵, 畸之言奇也。余嘗詰之曰：‘夫畸, 人所惡也, 子何獨取以自號？且子畸甚矣, 寧不厭于是而思去之？’子容曰：‘否。某非獨悅于畸, 乃取其實而不敢辭也。請爲子誦吾之畸：某之先人履潔服貞, 有言有行, 立朝侃侃, 未嘗有毫髮負國家事, 而反蒙大詬于世, 抱屈不伸者今二十年矣。不肖承先人之餘訓, 績文攻學, 夙夜不怠, 雖靡有聞, 亦庶幾得齒于世人。而爲時擯弃, 坎壈屯邅, 斥之者無忌, 櫟之者無責。交游解散, 親戚不恤, 漂泊羈栖, 無地自安。凡世之所謂畸者, 殆未有如某甚者也。今吾若欲竊美名, 標嘉號以自誇嫭, 則何所不可？顧吾何敢諱實狀而托僞稱, 以重爲有識者詬厲乎？’余曰：‘善乎子容之志也！窮而不移, 困而無怨, 守堅而辭不怵, 名約而義實博, 觀其號則可以信其有矣。且子何病于畸？天之道未能常陽而無陰, 亦未能常陰而無陽。是故否泰相承, 剝復相推, 理亂窮通, 迭相消息, 此理之常也。休嘉之會, 君子偶而小人奇。混濁棼亂, 而亦反是。世無常運, 士有定操。君子未嘗以身之困而變其守也。古之人, 固有先屯而後亨, 始窮而終通者, 即終無所遇, 在我者亦足自適矣, 何足病哉？今子容有蔚然之文、確然之志, 持身飭行, 不墜世烈。聖明在上, 寧獨久于畸乎？莊周曰“畸人者, 畸于人而侔于天”。夫畸于人而侔于天, 亦已多矣, 況又可以兼得者乎？子容勉之！’”】

신천익(愼天翊) 1592-1661. 조선 중기. 본관은 거창(居昌). 자는 백거(伯擧)이고, 호는 소은(素隱)이다.

❀ 名 - 天翊   字 - 伯擧

【《說文》：“翊, 飛貌。”“擧”亦有鳥飛之義。】

송민고(宋民古) 1592-?. 조선 중기. 본관은 여산(礪山). 자는 순지(順之)이고, 호는 난곡(蘭谷)이다.

❀ 名 - 民古   字 - 順之

【《列子·楊朱》：“不逆命, 何羨壽？不矜貴, 何羨名？不要勢, 何羨位？不貪富, 何羨貨？此之謂順民也。”】

김세렴(金世濂) 1593-1646. 조선 중기. 본관은 선산(善山). 자는 도원(道源)이고, 호는 동명(東溟)이며, 시호는 문강(文康)이다.

❀ 名 — 世濂　字 — 道源

【濂溪周敦頤"得聖賢不傳之學, 作《太極圖說》, 《通書》, 推明陰陽五行之理, 命于天而性于人者, 了若指掌"(《宋史·道学传一》), 故為道學之源。】

❀ 號 — 東溟

【《東溟集·附錄·資憲大夫戶曹判書兼弘文館提學世子左副賓客贈諡文康公金公行狀[許穆]》："公諱世濂, 字道源, 姓金氏。其先本嵩善人 …… 公嘗斥居江陵, 後又往來留住, 故自號東溟。"】

홍우정(洪宇定) 1593-1654. 조선 중기. 본관은 남양(南陽). 자는 정이(靜而)이고, 호는 두곡(杜谷)·계곡(桂谷)이며, 시호는 개절(介節)이다.

❀ 名 — 宇定　字 — 靜而

【《禮記·大學》："知止而後有定, 定而後能靜, 靜而後能安, 安而後能慮, 慮而後能得。"】

❀ 號 — 杜谷畸人

【《大山先生文集》卷五十《杜谷洪公行狀》："公諱宇定, 字靜而, 姓洪氏 …… 丙子春, 朝廷以西鄙爲憂, 有欲啓公爲安州牧者。有言邊境數有風飆之警, 不宜以書生處之, 事遂寢。冬, 虜大擧兵東搶, 公奉母夫人逃難于嶺南。丁丑南漢圍解, 公遂無意北還, 就文殊山下杜谷泉上結小庵, 扁以玉溜, 仍自號杜谷畸人。嘗有詩曰'大明天下無家客, 太白山中有髮僧', 遂有終焉之志。"】

❀ 玉溜庵

【《大山先生文集》卷四十四《玉溜庵記》："玉溜庵在文殊山下杜谷村, 卽洪先生所避世而寄老焉者也。先生抱負經奇, 輕世肆志。朝授以官, 不起, 放跡於名山大水, 嘗有'江月五更'之句、'山河萬里'之詠。其襟懷韻度直與造物者相期於汗漫, 視世間潢潦丘垤無足以動其中者。而乃獨眷戀低佪於巖竇涓涓之泉, 結屋於傍, 而取以署其顏, 又何其斂然自小也？噫！一線之溜, 至於稽天。江漢之廣, 濫觴於岷嶺。世之人拘於境而滯於已然, 見其小大以爲欣厭。而自夫達觀者視之, 就其小而知其終之大也。以故隨遇而樂, 無擇於小大。卽其汎濫一線之微, 而其爲稽天江漢之大，可以不出於庭戶跬步而得之矣。然則弄淸漱玉之興，卽前日五更萬里之心，物有變於前而吾之樂無不在焉。吾知以理而視，又焉知物之有小大哉？雖然，觀水有術，必於原泉，爲其有本也。今山下出泉，日夜不息。淵乎其淳，則瀅澈而鑑空也；澹乎其潔，則光輝而玉潤也。以之而成果育之德，體之而爲智者之樂。天淵飛躍之理、光影徘徊之妙，皆於此乎得之，則先生之睠焉以自號者，意其或出於此歟？嗟呼！先生之志亦可悲矣。方是時，胡酋稱亂，四海陸沈，不堪開眼於大地山河。而一區林泉，獨保大明日月。洮頮乎其上，則潁水洗耳之志也；偃仰乎其側，則桐江垂絲之風也。古者逸民作者之徒，或有逾河入海，長往而不返者，然亦只是潔身以去亂耳，未有補於名敎。而乃先生以海外疎逖之臣，不禁《匪風》、《下泉》之思，有時慷慨歔欷，泣下數行。其發於咨嗟謳吟之餘者，太半憂傷感憤之作。以眇然一身，任宇宙綱常之責。是盈尺之泉，且將與魯連之海同其深且廣矣。然則先生之志，固超然於色相之外，而或者以爲留情於一泉一壑，侈然以自私，則淺之爲知先生也。先生沒而庵廢，且若干年矣。後之人思先生之義，爲俎豆於其傍。而見尼於邦令，無所伸其誠。則構庵於故處，而易茅以瓦，揭眉叟許文正篆額，屬象靖記其事。顧不敏何足以膺是寄？竊幸托名其間，用寓執鞭之願，遂不辭而爲之記，因識其所感於心者如此。"】

하홍도(河弘度) 1593-1666. 조선 중기. 본관은 진주(晉州). 자는 중원(重遠)이고, 호는 겸재(謙齋)이다.

❉ 名 - 弘度　字 - 重遠

【《論語·泰伯》："曾子曰：'士不可以不弘毅，任重而道遠。"】

❉ 號 - 謙齋

【《星湖先生全集》卷六十四《謙齋先生墓誌銘幷序》："吉人之生必有異質，故自髫齡已有識其成美器者。雖搶攘仳儷之間，誦讀不待課。旣長存心制行，一以古賢自期待。壁上揭《謙卦象象圖》，自號謙齋。"】

심동구(沈東龜) 1594-1660. 조선 중기. 본관은 청송(靑松). 자는 문징(文徵)이고, 호는 청봉(晴峰)이다.

❉ 名 - 東龜　字 - 文徵

【≪尙書·洪範≫:"天乃錫禹洪範九疇, 彝倫攸叙。"≪傳≫:"天與禹洛出書, 神龜負文而出, 列於背, 有數至於九, 禹遂因而第之, 以成九類常道, 所以次叙。"】

허계(許啓) 1594-?. 조선 중기. 본관은 양천(陽川). 자는 옥여(沃余)이고, 호는 성암(醒菴)이다.

❀ 名 - 啓　字 - 沃余

【≪尙書·說命上≫:"啓乃心, 沃朕心。"孔穎達≪疏≫:"當開汝心所有以灌沃我心。"】

염우혁(廉友赫) 1594-?. 조선 중기. 본관은 순창(淳昌). 자는 군익(君益)이다.

❀ 名 - 友赫　字 - 君益

【≪論語·季氏≫:"孔子曰:益者三友, 損者三友。友直, 友諒, 友多聞, 益矣。"】

유적(柳頔) 1595-1619. 조선 중기. 본관은 전주(全州). 자는 군미(君美)이다.

❀ 名 - 頔　字 - 君美

【≪玉篇·頁部≫:"頔, 好也。"≪正韻≫:"美, 嘉也, 好也。"同義相協。】

이지유(李志裕) 1595-1641. 조선 중기. 본관은 여주(驪州). 자는 공작(公綽)이고, 호는 창주(滄洲)이다.

❀ 名 - 志裕　字 - 公綽

【≪詩·小雅·角弓≫:"此令兄弟, 綽綽有裕。"≪傳≫:"綽綽, 寬也。裕, 饒。"≪疏≫:"故言天下若此令善之人, 於兄弟恩義相與, 綽綽然有饒裕也。"】

이명한(李明漢) 1595-1645. 조선 중기. 본관은 연안(延安). 자는 천장(天章)이고, 호는 백주(白洲)이며, 시호는 문정(文靖)이다.

❀ 名 - 明漢　字 - 天章

【≪詩·大雅·棫樸≫:"倬彼雲漢, 爲章於天。"≪箋≫:"雲漢之在天, 其爲文章。"】

이경증(李景曾) 1595-1648. 조선 중기. 본관은 덕수(德水). 자는 여성(汝省)이고, 호는 송음(松陰)·미강(眉江)이다.

❀ 名 - 景曾   字 - 汝省

【≪論語·學而≫："曾子曰：吾日三省吾身：爲人謀，而不忠乎？與朋友交，而不信乎？傳，不習乎？"】

유석(柳碩) 1595-1655. 조선 중기. 본관은 진주(晉州). 자는 덕보(德甫)이고, 호는 개산(皆山)이다.

❀ 名 - 碩   字 - 德甫

【≪詩·邶風·簡兮≫："碩人俁俁，公庭萬舞。"毛≪傳≫："碩人，大德也。"】

이경석(李景奭) 1595-1671. 조선 중기. 본관은 전주(全州). 자는 상보(尙輔)이고, 호는 백헌(白軒)이며, 시호는 문충(文忠)이다.

❀ 名 - 景奭   字 - 尙輔

【≪尙書·周書·君奭·序≫："召公爲保，周公爲師，相成王爲左右。召公不說，周公作≪君奭≫。"≪正義≫："周公呼爲'君奭'，是周公尊之曰君也，奭是其名，君非名也。"燕召公奭爲武王十亂之一，"景"、"尙"表景慕之義。】

❀ 雙溪

【≪白軒先生集附錄≫卷一≪白軒先生年譜≫："公諱景奭，字尙輔，號雙溪，晚號白軒 …… 自號雙溪，蓋愛雙溪洞之勝而取之也。"】

허목(許穆) 1595-1682. 조선 중기. 본관은 양천(陽川). 자는 문보(文甫)·화보(和甫)이고, 호는 미수(眉叟)이며, 시호는 문정(文正)이다.

❀ 字 - 文甫   號 - 眉叟

【≪東國詩話彙成≫卷十六："許穆，孔巖人。眉過眼白，號眉叟。有文在手曰"文"，自字曰文甫。"】

김경여(金慶餘) 1596-1653. 조선 중기. 본관은 경주(慶州). 자는 유선(由善)이고, 호는 송애(松厓)이다.

❀ 名 - 慶餘   字 - 由善

【≪周易·坤≫：“積善之家，必有餘慶；積不善之家，必有餘殃。”】

❈ 號－松厓

【≪松厓堂記≫：“雞足之麓西馳爲白達村之松厓，月城金由善父築室而居之。由善父之言曰：‘松者卉之類，而有歲寒後凋之節；厓者岸之屬，而有壁立千仞之象。雖雪霜交下，風霆震疊，而其所性則無改也，誠物之可尚者。故吾以名吾室。子盍爲余記之，使之朝夕寓目而有以自勵耶也？’余曰：松厓之說，子其自知之已明矣。由善父粵自髫齓已有所立。長登高第，羽儀於朝。玉堂薇垣，烏臺胄筵，無不歷敭。既而丙丁之後不樂於仕，歸袖脩然。清官要職，又朝夕而至於荊門之下，而由善父若無覩也，介于石而愈堅矣。朝廷繼嚴不仕之律，使之禦魅于關海之上，而由善父不動一髮，如赴樂地。既歸，視其氣貌，於昔年無改也。其所謂‘不爲威惕，不爲利疚’者非耶？然則松厓之說不惟知之，而又已無愧於其義矣，若是而尚可以贅吾說乎？雖然，無已則有焉。君子之道，不尚其一偏，而唯以全體爲至，故≪記≫曰‘大備，盛德也。釋回，增美’。如松柏之有心不改柯易葉，故物無不懷仁。晦庵夫子亟稱於曾子曰‘落脚下手，壁立萬仞’，朱夫子又自謂曰‘使我壁立萬仞，豈不爲吾道之光’，至於形容仁體則曰‘蒼崖無古今’。夫聖賢之道大小事大，而其所以取譬者不過如是者，何哉？蓋人稟天地之心以爲心，而或至於不仁者，利誘之也，欲泪之也。利欲之害，甚於風霜。而此心之靈，易累於物。故喪其本體，而爲改柯易葉之木矣。‘釋回’則利欲不容，‘增美’則善端無窮，而仁可得矣。是不亦松柏之不變於風霜，而以保陽春之潤者乎？夫然後‘盛德大備’，可得以言，而曾朱之道亦不外是矣。蓋嘗聞曾子之言曰：‘士不可以不弘毅，任重而道遠。’又曰：‘可以託六尺之孤，寄百里之命，臨大節而不可奪也。’至於易簀之際，死生變於前，而眞心見，卓然而不可亂。故求仁得仁，受聖人之嫡傳，以及於朱子。則二夫子之所以壁立於千百歲者，爲如何哉？今由善父勿以一節自足，必以全體爲心，日從事於‘釋回增美’之訓，而仰泝乎曾朱之心。則‘大備盛德’將不在由善父而誰歸耶？若是而稱曰松厓松厓云，則豈非取名廉而責實大乎？若余者，當此風頭，立脚不住。病懶雖甚，尙能聞風而興起，不覺悟有平日之壯心也。若夫見其蒼然屹然之氣像，而發其吟風弄月，‘吾與點’之趣，則倘能爲由善父相觀於異日而有得也？崇禎十三年南至月上澣，恩津宋時烈父書。”】

유시정(柳時定) 1596~1658. 조선 중기. 초명은 시영(時英), 자는 안세(安世)·수부(秀夫)이고, 호는 낙소(樂所)이다.

❀ 名 - 時定   字 - 安世

【≪柳安世字序≫:"柳君秀夫以書問余, 且告之情曰:'藐余不弔, 禍集于門. 獨遺余一軀, 命用禦魑魅于貊之墟. 煢煢孑孑, 窮莫余伍. 惟其志之不隕穫, 欲奮厲自修, 而顧無師友之助以輔余志, 請改字以自勖, 子其爲我命之.'余謂, 名者所以敎之終身, 而字則其訓也. 嘉名固不能善其人, 人若顧名思訓而能踐其義, 則善之道由是焉. 子之志其庶幾乎?請字之曰'安世'. 夫英雄豪傑之生, 天必降之大任, 又必試之以險阻艱難之厄. 故有旣危而定、能安厥世者, 有窮養達施、安民濟世者. 蓋驕榮之家易至顚覆, 憂患之人智慮增益, 發生長養, 循環於肅殺閉藏之後, 則天地之心斯可驗矣. 古之天子之家, 有遘禍而興者, 漢宣帝是已. 當巫蠱之獄, 宣帝生始數月, 衛后、太子及史皇孫、王夫人皆死, 宣帝亦在縲絏. 方郭穰之夜到邑邸也, 帝之不死特一髮耳. 然卒踐天子位, 爲西京中興之主. 諸侯之家有遘禍而興者, 趙文子是已. 下宮之難, 屠岸賈旣赭其族, 而又索綮中之兒. 彼呱呱一遺腹, 得脫於千金之購, 幸也. 然能不墜宣成之業, 以啓後人, 列爲諸侯, 享國傳世. 公卿大夫之家有遘禍而興者, 金日磾是已. 日磾之初, 父死亡國, 母子兄弟羈虜漢庭, 充黃門廝養之役, 可謂極困苦僇辱矣. 然終得重侯累將, 奕世烜赫, 七葉內侍, 雖中國世家鮮有倫比. 豈獨斯乎?鼎俎之勤、板築之勞、鼓刀之困、䕮羊飯牛之徒, 其窮餓而拂亂之者爲如何哉?然其所樂者則堯舜之道也, 所務者則時敏之學也, 所戒愼者則敬義怠欲之分也. 由其自養者不以窮阨而有所沮撓, 故一朝時至, 沛然若江河之流而莫之禦, 其所成就功烈如此卓卓也. 彼富貴驕溢, 朝榮軀而暮湛族者, 其先後得失何如哉?嗚呼!宣帝, 帝王. 帝王之事, 不可援也. 至其行安節和、慈仁愛人之德, 豈不足以應天心乎?趙氏之退然謙受, 所以能大其家;日磾之忠信篤敬, 實基累世子孫之福, 則無非憂患拂亂之所增益者有以致此也. 安世其勉之哉!雖然, 士之自期必得如伊尹之佐成湯、傅說之佐高宗、師尙父之佐武王, 然後方可謂窮養達施、安民濟世而毋負降任之天, 安世其勉之哉!"】

황덕유(黃德柔) 1596~1659. 조선 중기. 자는 응곤(應坤)이다.

❀ 名 - 德柔　　字 - 應坤

【≪周易·坤卦·象辭≫:"至哉坤元, 萬物資生。乃順承天, 坤厚載物。德合无疆, 含弘光大, 品物咸亨 …… 柔順利貞。"】

❀ 不換亭

【≪大山先生文集≫卷四十四≪不換亭記≫:"亭舊在牟水之東, 故郡守黃公所退閒而寄老焉者也。公少有高趣, 不屑擧業。偶以薦剡膺縣寄, 未幾而解紱賦歸, 卽其所居之東而卜是丘焉。鳳凰之水瀠遶於其下, 而白華、獻壽諸峯呈奇攢秀於前。於是取古人釣臺詩'三公不換'之句, 以侈其顏, 而寓夫徜徉自適之趣。夫以子陵之淸風偉節, 昭乎日月。而公乃引而自比, 不幾於泰乎?噫!人無古今, 亦當論其志與事耳。公以高才雅望, 苟屈首功名, 其躋華膴、拾靑紫, 直反覆手耳。而超然遠疏, 樂其有江山耕釣之勝, 視儻來軒冕, 不啻浮雲之無有。與子陵之高蹈物外, 其志同, 其事同, 其所寓之樂又同, 則均之爲不換也。其取而自居也, 又奚疑焉?一時名勝多歌詠其事, 而木齋洪公直許以輕冠鄧、傲蕭曹, 蓋以公而視子陵也。公旣沒, 而亭亦廢, 破瓦頹垣, 堙沒於荒墟野草之間。公之諸孫蓋有意肯構而未就也。嗣曾孫湛氏謀於宗人, 思有以繼述其先志。而故墟水徙磯廢, 無復當日之勝。直溪之西, 得公之蓮亭舊址。地移而山川不改, 亭新而景物如舊, 是亦不換之一義也。役旣始, 走書於象靖, 以記其事。余惟詩人之語固善矣, 然抑揚之間, 似有夸多鬪勝之意, 未足以盡子陵心事也。子陵之高, 正以薄富貴而安澹泊, 擧天下之物而無足以動其心。彼春山釣臺, 乃其所遇之地適然耳。初不以三公二樂較其勝負, 而有意於不換也。若使子陵胷中自有一箇江山, 不肯以此而易彼, 則心爲江山所累, 與夫累於三公者奚擇焉?然則公之居是亭也, 寓興於吟弄之趣, 寄傲於耕釣之樂, 陶然不知江山之爲我有, 又何三公之可較哉?抑又有說焉。江山卽流峙一物, 而有所謂理者寓焉。是以君子之觀也, 以理而不以物, 如仁智之樂, 風詠之喟是也。觀瀾而悟有本, 朗吟而許盪胷, 體化育於鳶魚之飛躍, 泝活源於天雲之光影。則入而處江山, 出而膺三公, 無適而非此理之流行, 是則換亦可, 不換亦可, 又豈不更高於子陵一著也歟?安知公當日之意不有契於斯, 而諸孫之處是亭與夫人士之來遊者, 不可以莫知此義也。是爲記。"】

이상질(李尙質) 1597-1635. 조선 중기. 본관은 전주(全州). 자는 자문(子文)이고, 호는 가주(家洲)이다.

❀ 名 - 尙質　　字 - 子文

【≪論語·雍也≫ : "質勝文則野, 文勝質則史, 文質彬彬, 然後君子。"】

김휴(金休) 1597-1638. 조선 중기. 본관은 의성(義城). 자는 자미(子美)·겸가(謙可)이고, 호는 경와(敬窩)이다.

❀ 名 - 休　　初字 - 子美　　改字 - 謙可

【≪旅軒先生文集≫卷八≪金上舍字說≫ : "上舍初字曰子美, 蓋賁其名休也。余以爲, '休'固美之盛也, 字以子美, 果稱矣。然而惟美其美, 不致其處美、益美之義焉, 則恐所美者此而止矣, 非長進之道也。竊想先君子命名之意深且遠矣, 豈在於淺近哉? 吾人事業誠有眞且大者, 則慈望所屬, 其不在是耶? 所謂長進之道, 雖能美矣而不自美焉, 又須有自韜自礪之志, 然後其美不止於前美, 而必至於盡美也。孔門顏子已到亞聖地位, 則其有諸身者何如? 實諸中者何如也? 而猶云'有若無, 實若虛'焉, 則是不以已有爲有、已實爲實, 方且'欲罷不能', 旣竭其才, 必至于聖焉天焉而後已者也。此非後學之所崇仰耶? 上舍於是請改之。余以'謙可'應之, 則上舍又請其說焉。上舍固余最所愛重也, 遂爲之陳敍如右, 仍復勉之曰 : '上舍嘗從事於≪易≫學矣。≪謙卦≫卦爻象象, 其辭備矣。上舍就這卦如筮斯得, 反覆焉紬繹之, 默會而體驗之, 其於處美之道、受益之慶, 有可量耶? 必將能盡夫君子有終之亨, 而克承命名之先旨矣。此一謙字上, 自有許多吉德基焉, 上舍當自認得之矣, 余何必重煩其說哉?'"】

구봉서(具鳳瑞) 1597-1644. 조선 중기. 본관은 능성(綾城). 자는 경휘(景輝)이고, 호는 낙주(洛州)·죽릉(竹陵)이다.

❀ 名 - 鳳瑞

【≪春秋左傳·杜序≫ : "麟鳳五靈, 王者之嘉瑞也。"】

❀ 號 - 洛洲

【≪宋子大全·平安監司具公神道碑銘幷序≫ : "仁祖大王朝有洛洲公者, 監司諱鳳瑞、字景輝具公之自號也。公生於長湍之洛河, 長於京城, 學詩于權石洲韠。"】

박황(朴潢) 1597-1648. 조선 중기. 자는 덕우(德雨)이고, 호는 나헌(懦軒)·나옹(懦翁)이다.

❖ 號 - 懦軒

【≪樂全堂集≫卷八≪懦軒說≫：“德雨以特立不撓聞於世, 而以懦名其軒, 徵言于余。夫懦近於嬾, 妨於治身；懦近於雌, 妨於事君。是二者, 惡德也, 取以名其軒者奚？戒之也。德雨治身, 自謂任眞；事君, 自謂無隱。世亦以特立不撓目之。其已遠於懦矣, 又何戒焉？雖然, 自非聖者, 不能無幾微之見於獨知者, 隨其病而鍼砭之也。凡人之行雖善, 落於一偏, 則長短互見, 不得相掩。任眞而不自敬重焉, 則或流於懶也；無隱而不能有犯焉, 則或疑於雌也。任眞, 固善矣。能敬重其身焉, 則無或流之弊。無隱, 固當矣。能犯顏敢諫焉, 則無或疑之端。特立不撓之目, 終身不衰, 何虞乎其懦也？古人曰, 善用≪易≫者不論≪易≫, 如知懦之爲惡德, 德雨無所事乎名軒, 亦無所事乎余言矣。”】

강유(姜瑜) 1597-1668. 조선 중기. 본관은 진주(晉州). 자는 공헌(公獻)이고, 호는 상곡(商谷)이며, 시호는 충선(忠宣)이다.

❖ 號 - 商谷

【≪貞菴集≫卷十二≪商谷姜公墓碣銘幷序≫：“公居於堤川, 而舍前有所謂銀谷者。公謂銀與殷音相似, 而以尊周之志, 取戴商之義, 名以‘商谷’而自號云。”】

정두경(鄭斗卿) 1597-1673. 조선 중기. 본관은 온양(溫陽). 자는 군평(君平)이고, 호는 동명(東溟)이다.

❖ 名 - 斗卿 　 字 - 君平

【≪史記·李斯傳≫：“平斗斛度量。”】

정심(鄭杺) 1597-?. 조선 중기. 자는 문중(文中)이다.

❖ 名 - 杺 　 字 - 文中

【≪蒼石先生文集≫卷十二≪鄭文中字說≫：“愚谷之子杺, 年十有六而冠, 請字於蒼石叟李某。辭以不敏, 而其請愈勤。則按字書：杺, 黃中木也。黃中色而在中, 其內積至美之義乎？美在於中, 莫揜於外。乃取≪坤≫之六五, 字之曰文中。而祝之以辭曰：吾黨之豪，惟愚谷公。有子式穀，玉樹臨風。錫名曰枏，義取黃中。《易》著黃裳，其象卽同。字以文中，可昧反躬。中之有文，繇德之充。中正之德，盎然心胸。而不自章，聲華日崇。彩溢拱璧，聲聞鼓鍾。需然有餘，燁然無窮。欲名實稱，加直方功。至美森具，德宇淵沖。涵養未熟，天理未融。中旣不文，外曷能通？欲達於理，空言奚庸？有斐愚谷，前聖是宗。中以養中，若金在鎔。典刑斯存，宜則乃翁。勉祝之辭，何待空空。姑誦昔聞，以牖爾衷。的然日亡，訓在中庸。華而無實，聞諸揚雄。蔽縕中閟，文錦外蒙。實之不務，文將焉從。卽名求實，有始有終。爾質旣美，爾聽宜聰。順爾之德，腴爾之容。期之異日，道盛業隆。非徒善稱，旨哉南豐。"】

정학(鄭㰍) 1597-?. 조선 중기. 자는 종직(從直)이다.

❀ 名 - 㰍　字 - 從直

【《蒼石先生文集》卷十二《鄭從直字說》："㰍者，小木依大木之謂也。按制字之義，學字從木，其竝立學直之象乎？木之生，因托根之，失其地，擁腫拳曲之不齊。而惟彼鄧林之木，亭亭直立，上干靑雲者，豈不以林林攝生，有夾立相長之益也？人之於友，資直諒、有樹立者，其事政相類。故玆於鄭生㰍之將冠也，字之以從直，而推衍其義爲之辭曰：苑彼山木，大小竝植。不待矯揉，如矢斯直。而直之由，問之何因。曰有大木，正直爲隣。君子則之，交友以德。取友之直，正吾之曲。資友之信，實吾之妄。矧伊多聞，吾陋可廣。益者三友，夫是之謂。嗟哉㰍也！松麓之嗣，資質之美，培養之勤。譬彼園木，有根易蕃。相長之益，尙待友朋。端爾所趨，不倍準繩。切切相規，唯唯是戒。何異彼木，扶樹斯賴。旣直且秀，聳壑拂冥。材成合抱，功在扶傾。柔佞之害，藤蘿附物。不絕於蚤，奈至固結。我告爾㰍，從直爲字。毋友匪人，必取勝己。汝伯之請，旣字文中。中之有文，直方所充。今於汝字，以直加勖。此令兄弟，是究是復。爲國之楨，承家之橝。所系如是，盍相勉旃！"】

이소한(李昭漢) 1598-1645. 조선 중기. 본관은 연안(延安). 자는 도장(道章)이고, 호는 현주(玄洲)이다.

❀ 名 - 昭漢　字 - 道章

【≪詩・大雅・棫樸≫："倬彼雲漢，爲章於天。"】

도신수(都愼修) 1598-1650. 조선 중기. 본관은 성주(星州). 자는 영숙(永叔)이고, 호는 지암(止巖)이다.

❁ 名 - 愼修　　字 - 永叔

【宋歐陽修，字永叔。】

❁ 號 - 止巖

【≪大山先生文集≫卷五十一≪止巖都公行狀≫："公諱愼修，字永叔 …… 嘗曰：'知足不辱，知止不殆。今人不能止足而害其身者，智者之所恥也。'所居有巖名'可止'，遂結茅其旁，扁以'止巖'，仍取以自號。蓋欲閒居靜處，以致修身養性之功。"】

양만용(梁曼容) 1598-1651. 조선 중기. 본관은 제주(濟州). 자는 장경(長卿)이고, 호는 오재(梧齋)이다.

❁ 名 - 曼容　　字 - 長卿

【≪玉篇≫："曼，長也。"】

이후원(李厚源) 1598-1660. 조선 중기. 본관은 전주(全州). 자는 사심(士深)이고, 호는 우재(迂齋)이며, 시호는 충정(忠貞)이다.

❁ 名 - 厚源　　字 - 士深

【黃庭堅≪養源堂銘≫："必深其源，源深則流長。"】

❁ 號 - 迂齋

【≪宋子大全≫卷一百四十≪迂齋記≫："≪詩≫≪書≫虞夏之文稱聖賢者多矣，而無曰所謂迂者焉。蓋聖賢之道大而精，遠而近，疏通而縝密，雖欲以迂名之而不可得也。自子路以正名爲迂而譏聖人，戰國之君急功利、後仁義，而孟子以迂闊見稱，其後慕孔孟者仍亦愛是而不厭也。司馬號以迂叟，晁氏號以景迂，至於晦翁夫子之自道，則此爲其雅言。而世亦以是病其道之難行，斯亦聖賢之不幸，而迂之大幸也歟！物固有賤於古而貴於今者，斯亦所遇之不同乎？然於晦翁之世則尤可異焉。故≪離騷≫之淫泆，遇晦翁而繼≪風雅≫；閩越之蠻鄕，遇晦翁而爲鄒魯。不囂如僞學之名，而人爭慕之如將不及也。遇晦翁者無不幸也，況迂又其品題者乎？自後學士大夫嫌以自居，雖高標揭己者，亦有所逡巡而不敢也。晦翁之道可謂尊矣，而後之人其亦可謂尊之也至矣。完南李相公始家終南山下，自號南巷居士。今上初服，亟蒙晉接，上日聽其謨猷，因以迂敎之。公雖不敢當，亦不敢辭也。於是結數椽於廣陵先廬之側，遂以上所敎者扁之。夫爵祿之寵榮矣，而有德者之常分也。旌常之紀美矣，而有功者之恒典也。希夷、和靖之賜號，雖出於古今之所罕，亦只是隱居獨善者之所宜也，豈若公之所得者，曾從聖賢上經過而後世不敢望焉者也？然則丹書鐵劵不足爲公重，淸班峻秩不足爲公貴，將舉天下之物而無以易此也，則宜乎公之拜賜而無斁也。雖然，吾有懼焉。宋之乾淳，叔季之世，此晦翁所以見迂也。今上以天縱之聖，有日月之明。幽眇微隱，將無遺照。則其所以迂之者，果如晦翁之謂乎？抑眞以爲迂而不適於用也？晦翁未嘗以迂自必而忘世者，道之所存也。道之不存而徒有迂名者，是眞迂者也。若是則寬閒之野、寂寞之濱，可與淳古者、高談者、咢然而大者優哉游哉以卒其世者，眞公之所爲也。公乎敢問所安？孔子曰：‘當仁不讓於師。’夫晦翁之道具於其書，公能講而明之，不知年數之不足，體於身，驗於爲，知其眞不我欺，然後又有以啓迪於吾君，則其所謂大而精、遠而近、疏通而縝密者，皆可以爲吾之大用也。至於是也，謂之迂斯可矣，謂之不迂亦可也。公將以此而易彼，不亦宜乎？噫！遇晦翁者無不幸，而其不能幸者，獨南渡之社稷也。今公幸遇晦翁之迂矣，毋使當時遇公之迂而不幸焉。則迂爲公之幸乎，公爲迂之幸乎？必有能辨之者也。公每謂余爲迂，余又迂之迂者也，宜識公之齋，故於是乎書。歲癸巳月日，友人恩津宋時烈記。”】

❊ 聽波樓

【≪耳溪集≫卷十三≪聽波樓記≫：“友人李士深謂余曰：‘吾有先人之廬在公山之陽，其名曰“聽波”，子爲我發其指焉。’余曰：‘僕嘗訪子居矣。山繚而野寬，林木翳然。未見有江湖澗壑之勝焉，何波之可聽？’士深曰：‘是波也，非水云爾，卽風松之聲水波如也。’余笑曰：‘松本無聲，待風而鳴。鳴出於松，非波之眞也。夫有待於外之謂假，非其眞之謂幻。假與幻，君子所不道也。’居無何，余罷官東出，棲華山之下，于時秋也。夜聞有聲自遠而近，瀟颯如驟雨，廻薄如飛瀑，汪汪瀁瀁如層濤之相盪焉。余肅然而驚，開窗而視之，山月中天，衆籟皆息，聲在萬松之間。

余乃攝衣而坐，凝神靜聽。胷中浩浩然若傾沆瀣而濯腸肺，不覺塵慮廓淨、天機呈露者，何也？夫松者，植物之正氣。風者，大塊之和聲也。和與正相遇，如大樂之奏，颯颯乎，洋洋乎，如人神淸而氣盈。滌蕩其邪慢，消融其滓穢，若是乎聽波之妙也。《記》曰：'聲和則氣和，天地之和應之。'其斯之謂歟？雖然，方其入乎耳而灌於心也，惺然而自悟，冥然而俱化。言之不可傳，況於文乎？是在聽之者自得之耳。"】

❀ 一蟬窩

【《醇庵集》卷五《一蟬窩記》："韓山李子士深寄書於余曰：'余以"一蟬"揭舍爲號。凡天下形化者，莫不有口體之慾，災害由是焉生，而惟人爲甚。獨彼吸風飮露，不爲口體之所累，此余所以深羨乎蟬者也。子其記之。'余旣復書諾之。而爲之說曰：士深惡夫物之擧以利慾，逐逐然自嬰災害，遂以蟬名其居而爲警，固善矣，竊意其猶有未盡也。夫蟬之爲物甚微，而有君子之德者三焉。居高榦、息邃陰，猶謹行也；時鳴而時止，猶愼言也；中虛無雜，猶存心閑邪也。此三者，君子之要道也。然蟬無口體之慾者，未必由乎有此三者。而人爲口體所累者，未嘗不由乎無此三者。則人誠有不如蟬者，豈不惜哉？苟使人全此三德，口體不足以累之也。是故君子之於口體，不患不能絶其慾，而患不能無爲累耳。士深自少讀聖賢書，嘗用力於三德也。而今於蟬，不言其德，而特言其無累，何也？豈以德則在己而易能，　惟彼超然脫去口體之累者爲不可及而難能也歟？然有德者可以無累，而無累者未必有德。則盍亦取其三德者，而益勉於己，無徒羨其吸風飮露而已焉，然後其寓警之義始備也。以無累之志，行君子之道，則可造乎聖賢之域，復何憂口體之爲害？士深勉之哉！昔人有見泥龜冥鴻，而遂其隱遯之志者，可謂妙於觀物矣。觀於蟬，亦可以進其德。其取類雖小，其義顧不大耶？著其言，用助士深觀物之旨焉。"】

유여각(柳汝恪) 1598-?. 조선 중기. 본관은 진주(晉州). 자는 수이(守而)이고, 호는 명주(明洲)이다.

❀ 名 - 汝恪　字 - 守而

【《国语·周语中》："以恪守業則不懈。"】

이해창(李海昌) 1599-1651. 조선 중기. 본관은 한산(韓山). 자는 계하(季夏)이고, 호는 송파(松坡)이다.

❀ 名 - 海昌　　字 - 季夏

【《疎菴先生集》卷四《李海昌字序》："李海昌旣冠, 問字於余, 余字之曰季夏。客曰：'其義何居？'余曰：'昌之爲言盛也。凡物莫盛於夏矣, 旣謂之夏, 則其盛可知矣。'然必曰季者, 何也？'曰：'季者, 虛位也, 例加於字, 若伯、仲、叔之類是也。無已, 則有一於此。海者, 深也, 大也。夏至於深, 則非季夏之月乎？凡時之季者皆曰深, 故曰春深者, 季春之月也；秋深者, 季秋之月。然則夏之深者, 獨不爲季夏之月乎？夫物莫盛於夏矣, 盛莫甚於季夏之月。蓋物之長者, 至此而無不大也。故季夏之月, 自其時言之, 屬於深矣；自其物言之, 至於大矣。如是而物果有不盛者乎？其曰季夏者, 意或如斯。故生於春、盛於夏、成於秋、斂於冬者, 物之常也。君子之進學修業亦視此爲則, 是故二十以前, 春也；四十以前, 夏也；六十以前, 秋也；六十以後, 冬也。今爾年始十八, 以其年則春也, 以其字則夏也, 爾將何處之哉？將爲春而灼灼乎, 抑爲夏而盈盈乎？嗚呼！爾勿春勿夏。視其年也則思其字, 毋自少如春也；視其字也則思其年, 毋自盛如夏也。處乎春夏之間, 以之進學修業, 則其所以法乎四時者, 庶乎循序而克茂、自強而不息矣！"】

채유후(蔡裕後) 1599-1660. 조선 중기. 본관은 평강(平康). 자는 백창(伯昌)이고, 호는 호주(湖洲)이다.

❀ 名 - 裕後　　字 - 伯昌

【《詩·周頌·雝》"克昌厥後", 鄭玄《箋》："又能昌大其子孫。"】

❀ 寓齋

【《湖洲先生集》卷五《寓齋小記》："夫萬物者莫不寓於天地之間, 余亦物之一也。於漢城之東得一隙地而居之, 余之寓也。又得小瓦盆於陶氏之家而置之牀上, 盆之寓也。汲取朴氏之井之水而盛之於盆, 水之寓也。以一把扇換一石假山而峙之乎盆之水, 石之寓也。以一株矮松植其顚, 木之寓也。以數叢細草栽其腹, 草之寓也。使小奚生致前川婢魚而放之乎水中, 魚之寓也。噫！誠使世之人皆知其莫非爲寓也, 隨所寓而樂之, 安往而不得其寓, 而亦安有爭是樂者乎？"】

박의(朴漪) 1600~1645. 조선 중기. 본관은 반남(潘南). 자는 중련(仲漣)이고, 호는 중봉(中峰)이다.

❀ 名－漪　　字－仲漣

【≪詩·魏風·伐檀≫："河水清且漣猗。"】

❀ 號－中峰

【≪南溪先生朴文純公文正集·先考司憲府掌令府君行狀≫："公諱漪, 字仲漣, 一字仲文, 後以仲文行, 外舅玄軒公所命云。家在漢城南山下, 見其巍然負特立之勢, 若有異于他山者, 自號中峰。"】

❀ 損益堂

【≪南溪先生朴文純公文正集·先考司憲府掌令府君行狀≫："少時取≪易≫卦意, 又號損益堂。"

○≪周易≫有≪損≫, ≪益≫二卦。又漢劉安≪淮南子·人間訓≫："孔子讀≪易≫至≪損≫, ≪益≫, 未嘗不憤然而嘆曰：'益損者, 其王者之事與！事或欲與利之, 適足以害之；或欲害之, 乃反以利之。利害之反, 禍福之門戶, 不可不察也。'"】

이시해(李時楷) 1600~1657. 조선 중기. 본관은 전주(全州). 자는 자범(子範)이고, 호는 남곡(南谷)·송애(松崖)이다.

❀ 名－時楷　　字－子範

【≪廣韻≫："楷, 模也, 式也, 法也。"≪廣韻≫："範, 法也, 式也, 模也。"】

이상일(李尙逸) 1600~1674. 조선 중기. 본관은 벽진(碧珍). 자는 여휴(汝休)이고, 호는 용암(龍巖)이다.

❀ 名－尙逸　　字－汝休

【≪尙書·周官≫："作德, 心逸日休；作偽, 心勞日拙。"】

❀ 號－龍巖書齋

【≪宋子大全≫卷一百四十≪龍巖書齋記≫："吾友星山李汝休一日爲余言：'吾早決科第, 歷從班從吏役有年矣。然在內不能行吾志, 外亦不能施吾澤。今則又老而倦矣, 吾得一區於星之治北仙鈴山下, 外密內寬, 林壑茂美, 有溪中注。而溪邊有石橫臥如龍, 因堰土爲潭, 使蘸半腹, 而築堂其上, 名曰龍巖。又縛數椽於其

南, 挈家累入處焉。蓋便其朝夕之養也。溪出洞門則隱見斷續行十餘里, 傍緣而
下, 其窪者可以種稻秔, 而燥者可以種吉貝, 吾將以是而老焉。'余曰:'少而學、
壯而仕、老而休者, 此士夫之常也。然怵迫形勢, 眷戀纓紱, 老而不能休者有
之。或能休矣, 而酣豢之餘不耐閒淡, 回顧疇昔, 反悔歸休之太遽者亦有之。故
仕宦之人皆曰:"余將休矣, 而休之太遽。"此古人所以貴於能休者也。今汝休筋
力耳目不至衰耗, 而已有稅駕之志, 其賢於今世之人遠矣。其所以以龍名之者,
豈取夫子所論《咸》四之義耶？然龍之所以遇冬而蟄者, 乃所以爲來世之奮也。
龍之奮蟄者時而已, 而人之進退者亦義而已矣, 何嘗有一定哉？一定, 則或乖於
時義矣。故晦翁於臥龍之潭必作起亭, 以爲淵臥者可起而天行矣。今汝休暫離舊
棲, 方尹東京, 豈晦翁所謂起而天行者耶？然吾知汝休之心矣。一朝有所不樂, 則
其斂衽而歸, 復蟄於此, 審矣。然吾有一言願爲汝休畢陳焉。人之所以謝軒冕歸
林樾者, 豈非將以安其身而樂於心也？然必須仕宦之日, 其所謀爲一出於正。仰
不愧、俯不怍, 然後謝事來歸, 身得安焉而心得樂焉矣, 不然則迹雖托於幽靜, 而
虞憂於罪譴之追至, 羞板於譏誚之方生, 寢驚夢愕, 焦煎生疾者多矣。雖欲望山
聽泉, 優游以樂, 何可得哉？晦翁所謂"仕而歸、歸而樂", 豈不難哉者？眞可戒而
不可忽也。汝休其勉之哉！若其虛閒清燕之暇, 日與村秀才討論今古, 以至於精
義入神, 利用崇德, 不徒爲偃息嘯傲, 而以終《咸》四之義, 則其於復起而天行
也。厥施斯亦將普矣, 然後君子之能事畢矣, 過此以往則吾未之或知也。'時崇禎
癸卯十二月日, 恩津宋時烈記。"】

박계립(朴繼立) 1600- ?, 조선 중기. 회덕(懷德) 남쪽 가양리(佳陽里)에서 출생하였다. 호는 삼매당(三梅堂)이다.

❀ 號 - 三梅堂

【《三梅堂重修記》:"述夫此堂之來歷曰:天地有消長之理, 日月有盈虛之理,
人事有興亡盛衰之理。因此而樓臺廟堂之興廢存亡, 隨人事而變貌者也。溯其
始, 則昔我傍祖察訪公卜筑於懷南佳陽洞, 手植三梅於庭, 因號所居之堂。堂之
西數步許治亭壇, 而樹五柳於亭之畔。亭之北又鑿小池, 植白蓮於池中。入則升
堂靜坐, 出則遊於亭畔而散步, 撫五柳而盤桓。其氣像意趣露出於不言之中矣。
夫梅者, 何爲物也？冬至後, 一陽始生, 惟梅能知凌霜雪而獨帶陽春。愛其高節。

柳亦梅柳爭春之意。白蓮則着根於汙池, 而其花也淨也無塵, 故≪蓮花經≫以人心比之於蓮花。而公兼此濂溪、淵明之愛。其事跡載在文獻, 歷歷可証矣。回看今日滄桑累變, 堂移於初地, 而五柳亭、白蓮池無處可考, 而三梅堂兀然獨立於閭閻之中。考其文獻, 則非止二三次重修, 而況歷六二五之亂, 風窓頹壁, 令人可嘆者也。至于庚子, 多小宗族竭誠所致, 整頓修葺, 一如前日之容, 堂額三大字以揭楣。又八景詩則尤菴親筆而光輝萬丈。北軒、寒水兩先生主題, 其他文人才士之題詠呈彩於四百載之下。嗟! 我宗族宜其升堂而慕拜, 不負先祖愛賞之志, 斗願而洗手焚香再拜而記。檀紀四二九三庚子年九月重陽, 傍孫明齋輝東識, 宇峰徐萬勳謹書。"

최계훈(崔繼勳) 1601-1657. 조선 중기. 본관은 전주(全州). 자는 덕회(德會)이다.

❀ 行窩

【≪於于集≫卷四≪行窩記≫:"余觀龜螺蟓蝸之行, 皆負其室。出而運, 處而藏。有巢氏慕之, 巢於木, 後世以爲智, 而殊不知天有營室星已在有巢氏之前也。今崔上舍繼勳作窩一間, 楹桴極梲、椽戶盖藉無不具。處焉搆爲室, 出焉擧而易。地近則八人全而運, 遠則三馬毁而馱, 其制極簡而輕。大抵江山無窮而居室不足, 苟非吾家, 雖岳樓、滕閣, 信美而不能安。雖假而安, 久而厭, 亦人情也。上舍選江山之勝而居之, 居而厭, 則運而之他, 燥濕寒暑皆於斯。雖非吾地, 地主不之禁。夫營室不能移次, 有巢不能移木, 龜螺蟓蝸不免蟄於冬, 而上舍無地無時皆可安, 而物不能、人不能、天不能而能之, 其亦上智也哉! 名曰行窩, 使余記。"】

윤원거(尹元擧) 1601-1672. 조선 중기. 본관은 파평(坡平). 자는 백분(伯奮)이고, 호는 용서(龍西)이다.

❀ 號 - 龍西

【≪研經齋全集≫卷之五十三≪逸民傳≫:"元擧字伯奮, 號龍西 …… 未幾聞父殉節, 奔江都, 以柩返葬尼山。遂絶意人世, 卜居于魯城之東、鷄龍之西。"】

임유후(任有後) 1601-1673. 조선 중기. 본관은 풍천(豊天). 자는 효백(孝伯)이고, 호는 만휴당(萬休堂)·휴와(休窩)이며, 시호는 정희(貞僖)이다.

❀ 名－有後　字－孝伯

【≪尙書·大誥≫：“厥考翼其肯曰：予有後，弗弃基。”≪詩·大雅·旣醉≫：“孝子
不匱，永錫爾類。”】

김홍도(金弘郁) 1602-1654. 조선 중기. 자는 문숙(文叔)이다.

❀ 名－弘郁　字－文叔

【≪論語·八佾≫：“周監於二代，郁郁乎文哉！吾從周。”邢昺≪疏≫：“郁郁，文
章貌。”】

이서(李漵) 1602-1663. 조선 중기. 자는 징지(澄之)이다.

❀ 名－漵　字－澄之

【揚雄≪方言≫“漵，淸也。”≪增韻≫“澄，水靜而淸也。”】

❀ 玉洞

【≪星湖先生全集≫卷六十八≪三兄玉洞先生家傳≫：“居抱川之玉洞山下。”】

유직(柳樴) 1602-1662. 조선 중기. 본관은 문화(文化). 자는 정견(庭堅)이고, 호는
백졸암(百拙庵)이다.

❀ 號－百拙庵

【≪大山先生文集≫卷四十四≪百拙庵柳公遺卷序≫：“人受天地之正氣以生，其
體固至剛至大。然拘於氣稟物欲之累，而不知所以養之，則欿然自小，而無以全
其本然之量矣。故孟子曰：‘我善養吾浩然之氣。’苟得其養，則內省不疚，自反常
直，而富貴不能淫，貧賤不能移，威武不能屈，是豈襲取外鑠而可幸以得哉？近世
百拙柳公先生，稟剛毅之資，而加篤實之學，以四子爲入德之門，而終身用力焉。
嘗語學者曰：‘人當敬守其志，而不可不致養其氣。學者苟欲持其志而養其氣，當
於敬、直二字上用功。’噫！敬以持志，直以養氣，則本末相資，內外交養，而胷中
之所存者常浩然而不餒。以故其見於行者，孝友著於家庭，信義孚於朋友，敎化
行於門弟。而當斯文顯晦之幾，倡率多士，爲排雲叫閽之擧，辭嚴義正，有以感回
天意，而不知一時威勢之爲可畏。及其羣誹衆妒，遭削名付籤之辱，則杜門靜掃，
篤志劬學，怡然有以自樂，而不知貧賤阨困之爲可苦。跡其平生守身應物之道，】

蓋庶幾乎持志養氣, 而有得於孟氏之訓者矣。公之學旣本諸四子, 而晚而好洛建之書。潛思默誦, 日有程課。而方且自視歉然, 以'百拙'名庵, 以'謙愼默廉勤'五字書座隅。俛焉日有孶孶, 不知年數之不足。使其垂紳正笏, 以展其所蘊, 其學道愛人之效, 窮養達施之業, 必有以過於人者。而乃斂而不施, 虛老於草澤之間, 是固爲世道之憾。然動忍增益之功, 有得於憂患困苦之中, 而其硏索之工益專, 完養之力益固, 而蛾子時述之業益廣, 則是天之所以玉成於公也。而又何恨哉?平生著述甚尠, 今得於收拾爛脫之餘者僅若干篇, 而詞致典雅, 眞有德之言。詩亦冲澹悠遠, 類其爲人。其來孫某間以示象靖, 責以弁卷首者, 眇然後生, 未及供灑掃於當日, 何敢妄有摸擬, 自陷於不韙之罪?竊念我高祖與公游而懽, 書札輓詩俱在集中。捧玩愴慕, 不敢無一言。謹以平昔所感於心者爲說, 以塞慈孫之請, 且以寓高山景行之思云爾。"】

유영(柳穎) 1603-1646. 조선 중기. 본관은 진주(晉州). 자는 세이(洗耳)이고, 호는 유항(柳巷)이다.

❀ 名 - 穎　字 - 洗耳

【皇甫謐≪高士傳·許由≫:"堯讓天下於許由 …… 由於是遁耕於中岳潁水之陽, 箕山之下, 終身無經天下色。堯又召爲九州長, 由不欲聞之, 洗耳於潁水濱。"】

조중려(趙重呂) 1603-1650. 조선 중기. 본관은 한양(漢陽). 자는 중경(重卿)이고, 호는 휴천(休川)이다.

❀ 名 - 重呂　字 - 重卿

【≪尙書·呂刑≫:"惟呂命。"≪傳≫:"言呂侯見命爲卿。"】

이시매(李時楳) 1603-1667. 조선 중기. 본관은 전주(全州). 자는 자화(子和)이고, 호는 육은재(六隱齋)이다.

❀ 名 - 時楳　字 - 子和

【楳, 與梅同。≪尙書·說命下≫:"若作和羹, 爾惟鹽梅。"≪傳≫:"鹽鹹梅醋, 羹須鹹醋以和之。"】

강백년(姜栢年) 1603-1681. 조선 중기. 본관은 진주(晉州). 자는 숙구(叔久)이고, 호는 설봉(雪峰)·한계(閑溪)·청월헌(聽月軒)이며, 시호는 문정(文貞)이다.

❀ 名 - 栢年　字 - 叔久

【≪詩·小雅·天保≫：“如南山之壽, 不騫不崩；如松柏之茂, 無不爾或承。”】

허정석(許廷奭) 1603-?. 조선 중기. 본관은 양천(陽川). 자는 상보(相甫)이다.

❀ 名 - 廷奭　字 - 相甫

【≪尙書·泰誓≫：“予有亂臣十人, 同心同德。”召公奭即在十人之中, 為君王之相、朝廷之輔。】

❀ 近水堂

【≪樂全堂集≫卷七≪近水堂記≫：“陽川許相甫卜築於楊根郡之二水頭村名, 誅茅爲堂, 問名于淮叟, 叟以近水名之。相甫曰：‘廷奭之堂雖隘且陋, 負龍門, 抱斗峽, 牛川、雲吉環擁左右。四時成序, 雲物變態, 凡可取以爲號侈吾堂者, 不爲少矣。必以近水揭之者, 何義歟？’叟莞爾曰：‘龍門、斗峽距相甫之堂幾許？’曰：‘十許里也。’‘雲吉、牛川又幾許？’曰：‘亦如之。’‘江水距相甫之堂幾許？’曰：‘不十步而近。’曰：‘然則捨遠而取近, 不亦宜乎？且也, 四時, 不得已而推移者也。雲物, 乘噓氣而卷舒者也。不得已而推移, 故天地不能挽其機；乘噓氣而舒卷, 故天地不能定其形。天地之所不能挽、不能定者, 相甫惡得取以名其堂乎？夫斯水也, 發源於五臺、開骨, 千里分流, 襟合於龍門之下。相甫之堂, 幸据其上。無論其形勢, 其裕相甫之日用夥矣。汲於斯以沾百口, 釣於斯以供瀡瀡, 沐於斯, 濯於斯, 游於斯, 濟於斯, 然此外也, 非內也。春波激灔, 足以養其和；夏潦盛長, 足以洩其鬱；高秋得月, 足以澄其神；窮冬界氷, 足以取其潔。順序感會, 四時之情可見, 而諸山雲物呑吐於二水之間, 爲鏡中之相、相中之色。若是, 近水之號, 果不足以揭相甫之堂也耶？’相甫方處此堂, 澡身浴德, 自有觀水之術, 秪敍近水之義以爲記。”】

황호(黃㦿) 1604-1656. 조선 후기. 본관은 창원(昌原). 자는 자유(子由)이고, 호는 만랑(漫浪)이다.

❀ 名 - 㦿　字 - 子由

【《玉篇》："戶，胡古切，所以出入也。一扉曰戶，兩扉曰門。戽，古文。"《廣韻》："由，從也。"】

❀ 號－漫浪

【《漫浪集》卷之八《與造物者游之軒記》："客有問漫翁者曰：'子號爲漫，漫之義何居乎？漫非人之所美，子奚取乎？'翁曰：'余性漫而不合于世，其材漫而不適于用，其語言漫而少味，其爲文章尤漫而不中式也。故漫行則躓，漫宦則無成，漫說則多悔，漫述則秖爲覆瓿之資已耳。漫乎漫哉，宜爲吾號。'客曰：'古者元次山嘗以漫浪自號。子豈竊比者歟？'曰：'次山之漫異乎我矣，而其趣偶相同爾。次山雖自謂之漫，而賢且材，人不謂之漫矣。今我則人皆謂之漫矣，而我受之以自號，其可辭乎哉？雖然，人莫不知漫之一無所用，而余自以爲有所用也，余將與造物者游乎汗漫也。故又名余之居曰與造物者游之軒。'"】

❀ 遲鳳軒

【《漫浪集》卷八《遲鳳軒記》："崇禎庚午秋，余守縣之明年，落是軒。軒宜扁，扁以遲鳳，何也？有山崒然對軒曰鳳凰。夫鳳，非仙山不遊，非梧桐不棲，非竹實不飡。高興，厥壤僻陋，厥林枳棘，厥食腥羶。胡然而至，胡然而名也。余謂鳳，靈鳥也。有聖人則來儀，覽德輝而下之。恭惟我祖宗朝聖德滂洋，匝洽遐邇，亡論阿閣禁地，卽此窮荒，皆爲其棲遊之地。山以是名，必不虐得也。今上乾德乘龍，聖作物覩，臣某不佞待罪遠方，與熙皞民曰遲鳳之來也，傾首朝陽，拭目先覩，豈不快哉！豈不快哉！"】

❀ 愛蓮軒

【《漫浪集》卷八《愛蓮軒記》："有軒，斯有名也。瞻眺也，玩賞也。心乎所愛，而迺命以名也。是軒也前余而有也其久也，前余也非不瞻眺玩賞也。而不命以名，其必無所愛也。余獨愛軒之有蓮，余不知何所愛而愛也。非余之自愛之，乃余心之有慕，而使余而愛之也。昔者蓮之愛有周濂溪也，今余後乎周而心慕其人也。慕其人而不見，余見其所愛之之物，故愛之也。古之蓮猶今之蓮也，余何以愛彼而不愛此也？既愛乎心，余何以不命名也？臨軒也，而後瞻眺玩賞，是爲軒之名也，大書《愛蓮說》于軒之壁。苟欲知蓮之可愛者，其觀乎濂溪之言也。或嘲余簿書期會之不暇，而有光風霽月之懷也。身浮沈俗吏間，誰信其有是心也？噫！身外也，非內也；心內也，非外也。子見乎外，子又安知余之內也？或又難余芟刈蓮池之草，而無生物之意也。濂溪之庭草交翠，何爲其反也？噫！植嘉禾者，不得不去莠也。余愛蓮者，余去其害蓮者也。崇禎庚午秋日，昌原黃某書。"】

김임(金恁) 1604-1667. 조선 후기. 본관은 의성(義城). 자는 수이(受而)이고, 호는 야암(野庵)이다.

❀ 號 - 野菴

【《存齋先生文集》卷四《野庵記》："臨河金受而丈築室於舍旁之澗側，凡榻一間房一間。其南起小屋處冠童，又其南鑿方池以養魚。由是日棲息其中，課蒙講學之暇，輒倚杖而觀魚。余一日雨過其廬，金丈聯枕語甚款。因謂余曰：'吾性野而語木，質直而無文。是以違於時而伏於野。今衰髮種種矣，甘與野老爲伍，春耕秋穫，勤力而自食，無一毫求諸人。此則吾居野之樂也。性任于眞，行不打乖。謝繁縟、存素朴，不巧飾以取悅。此則吾野人之態也。態野而居野，宜無他取，故名吾室曰野。子爲我記之。'余起曰：'善乎！吾丈之扁其堂也。其有得於孔子"從先進"之義乎？周之末失，未必如今日之甚，夫子云然。況生乎衰末而有志於反本，其擇術將若之何？夫稼者，業之本也。忠者，禮之質也。囂囂乎畎畝之中而絶意於外物，慥慥乎言行之間而不失於忠信，則心德全而禮義有所措，其爲野，斯可謂得其本哉？雖然，野有二義焉。先進之野，文質得中而聖人之所許也。質勝之野，則任質而無制節，比之巧文滅質雖若有間，其爲失中則一也。吾丈以詩禮世家，早績文鳴輩流，彬然有君子之風，宜無有質勝之弊。而又能眷眷於敦本之義，旣以自號而自省焉。則將見本末兼擧，日章之實，斐然有不可掩者，奚但野焉而已！至於寬閒之趣，謀獲之益，固嘗親歷而自得之矣，若復論之則贅也。從丈于野者多矣，其徵文不于彼而于余，蓋取吾言之野，是以不辭而爲之記。'"】

홍석(洪錫) 1604-1680. 조선 중기. 본관은 남양(南陽). 자는 공서(公敍)이고, 호는 손우(遜愚)·만오(晚悟)이다.

❀ 名 - 錫　字 - 公敍

【《尙書·洪範》："天乃錫禹洪範九疇，彝倫攸敍。"】

김득신(金得臣) 1604-1684. 조선 중기. 본관은 안동(安東). 자는 자공(子公)이고, 호

는 백곡(栢谷)·귀석산인(龜石山人)이다.

❀ 幼名 － 夢聃

【≪栢谷集·墓碣銘幷序(李玄錫)≫】：“公姓金, 諱得臣, 字子公, 號栢谷, 安東人。安興君諱致之子也。以萬曆甲辰十月十八日生。其生也, 安興君夢見老子, 故幼名夢聃。”】

❀ 名 － 得臣　　字 － 子公

【≪廣韻≫：“臣, 伏也。仕於公曰臣, 任於家曰僕。”】

❀ 億萬齋

【≪終南叢志≫：“古今績學之士靡不以勤致之 …… 余性魯鈍, 所讀之工倍他人, 若馬、漢、韓、柳, 皆抄讀至萬餘遍, 而其中最喜≪伯夷傳≫, 讀至一億一萬三千番, 遂名小窩曰‘億萬齋’, 仍作一絶曰：‘搜羅漢宋唐秦文, 口沫讀過一萬番。最嗜≪伯夷≫奇怪體, 飄飄逸氣欲凌雲。’去庚戌値歲旱, 八路凶歉, 翌年大饑疫, 都鄙積屍不知其數, 人有謂余者曰‘今年死者與君讀書之數孰多’云, 蓋戲余之多讀也。”】

❀ 醉默堂

【≪栢谷先祖文集≫冊五≪醉默堂記≫：“昔辛丑歲, 先君入槐州方下峴, 留四年爲丘墓矣。其後幾五十年, 余欲踵先君居, 局於未釋褐, 弗得副素願。壬寅春, 釋褐志已攄矣。秋八月, 自木州之栢谷莊狂槐州之方下峴觀廣灘_{灘名}之上小山麓, 偃蹇大松若小松羅立, 突怒大石若小石相累。命蒼童剗刈小松, 存其大松。拔去小石, 鑿其大石。闢朽壤, 燔穢艸, 則異勢奇狀迭出, 人皆曰是宜搆堂宇。請淸塘太守得都料匠, 斫梓樹若干章, 搆二間堂。由其中周覽, 成佛山之崱屴、南郊東郊之延袤、梨灘廣灘之急流、汀樹之立、漁屋之列, 雲之起、鳥之飛、魚之游、人之行, 莫不咸現于眼界。則素願已成, 弗趐快若倩麻姑爪爬痒處也。然則不可闕者, 堂號也。揭號何以哉？不必以目所及揭號也。凡世之人, 醉不默、醒不默, 不知戒陷於禍機, 可不憂哉？苟能醉而嘿默, 醒而默嘿, 守口如瓶, 習以爲常, 必不觸禍機矣。不然, 醉而不默, 醒而不默, 禍如發矣, 豈不竦然？若醉裏不默, 醒後不默, 雖身處野外, 不愼言者同其祆矣。是故久堂朴仲久, 壬寅夏四寄書戒以不默。余信之, 揭堂號爲醉默, 蓋欲不忘醉默之意也。若能醉而默, 醒而嘿, 不作妄言, 身得以免禍, 則是仲久之賜也, 豈伊負戒余之之志虖？癸卯仲春終旬, 堂之主翁

題于壁以自警。”】

박유간(朴惟揀) 1604-1688. 조선 후기. 본관은 밀양(密陽). 자는 시보(時甫)·시재(時材)이고, 호는 일석(一石)이다.

❈ 號 - 一石

【《屛溪先生集》卷五十八《一石朴公惟揀行狀》："公 …… 結茅於黃澗物開山下玉溪之上, 後更卜石橋之活溪。愛其林樾幽夐, 水石淸洞。自舊居安定村時來去之, 作百源之靜坐。其堂名一石者, 在玉溪矣。"】

이지백(李知白) 1605-1676. 조선 중기. 본관은 전주(全州). 자는 계현(契玄)이고, 호는 금화(金華)이다.

❈ 名 - 知白   字 - 契玄

【《老子》："知其白, 守其黑, 爲天下式。爲天下式, 恒德不忒；恒德不忒, 復歸于無極。"河上公《注》："白, 以喩昭昭；黑, 以喩默默。人雖自知昭昭明白, 當復守之以默默, 如闇昧無所見, 如是則可爲天下法式。"】

❈ 號 - 金華

【《硏經齋全集·金華公遺事》："公姓李氏, 諱知白, 字契玄 …… 晚號曰金華。金華, 永平之名山也, 佳麗韞藉。公爲永平時, 愛林壑幽邃, 徘徊不能去, 爲置屋數間, 及卒亦葬永平之北。"】

홍우원(洪宇遠) 1605-1687. 조선 중기. 본관은 남양(南陽). 자는 군징(君徵)이고, 호는 남파(南坡)이며, 시호는 문간(文簡)이다.

❈ 名 - 宇遠   字 - 君徵

【《中庸》："故至誠無息。不息則久, 久則徵, 徵則悠遠, 悠遠則博厚, 博厚則高明。"】

❈ 稽古堂

【《南坡先生文集》卷十《稽古堂記》："自古有志之士, 其心未嘗不慨然有慕於古也。孟軻氏曰'古之人, 古之人', 韓愈曰'嗟！余好古, 生苦晚', 此豈非其心之慨然有慕於古者乎？其所以處今之世, 惟古之是慕焉者, 是其志豈徒然哉？蓋其生於千古之下，俛仰千古之上，思古之時而邈焉其不可及也，思古之人而逖矣其不可追也。然則其所以慨然而有慕於其心，烏可但已？而其所以求之於古者豈無其方也哉？噫！此余之所以稽古名吾堂者也。夫吾之身既不得生於古之時也，既不得親見於古之人也，吾之慕古之心，固不能自已也。而苟不有以稽之焉，則無以知古之時古之人之所爲，而吾之慕古之心亦徒爾而已。夫上自太初以來，以下至于吾之耳目之所不及焉者，其間不知幾千萬古也，不知其幾時世也，不知其幾人物也。然其可因以稽之焉者，有方冊載籍存焉。苟能因方冊載籍而稽之，則雖千萬古之遠，其時世、其人物，可以昭昭焉炳炳焉，若燭照數計而龜卜矣。孔子曰‘博學於文’，文者，方冊載籍之謂也。博學云者，所以稽之之謂也。夫所謂方冊載籍云者，有《三墳》，《五典》焉，有《六經》之書焉，有諸子百家之說焉，有歷代之史述記傳焉，有騷人墨客之詩賦篇什焉。其多，汗牛而充棟也；其博，無所不該也。今吾稽之於墳、典，以觀其帝王之道、熙皥之治焉；稽之於《六經》，以求其聖賢之學。稽其格言至訓而服膺焉，稽其微辭奧旨而融會默識焉。稽之於百家之說，以盡其邪正異同之辨，取其正者同者焉，闢其異者邪者焉。稽之於歷代之史傳，以察其理亂興亡之由。稽其正人君子之事業而思齊焉，忠臣烈士之節義而起敬焉。稽其憸小之奸慝、亂賊之僭竊，而鑑戒焉憤惋焉。稽之於騷人墨客之篇什，吟弄焉，諷玩焉。感發其情性，而舒暢其襟懷焉。凝心淨慮，兀然端坐，惜分寸，焚膏油，沈潛而反覆，涉獵而貫穿。使上下千萬古之遠，其時世、其人物，莫不昭昭焉炳炳焉，若燭照數計而龜卜也，若耳聞之而目擊之也。恍然不知古之爲古，今之爲今。而吾之慕古之心，於是乎可得而少酬矣。此余之所以稽乎古而名乎堂者也。或曰：‘昔東漢桓少傅嘗得車馬之賜，大會諸生而誇耀之曰“此稽古之力也”。子之稽古亦猶是歟？’余曰：‘此乃碌碌拘儒之曲學阿世以取寵祿，徒得稽古之糠粃以自多者也。陋哉！陋哉！非吾所謂稽古者也。’嗚呼！余之所以生於今之世，而必慕於古，必稽於古，而必以稽古名其堂者，其心亦可慨也已。是爲記。”】

윤집(尹集) 1606-1637. 조선 중기. 본관은 남원(南原). 자는 성백(成伯)이고, 호는 임계(林溪)·고산(高山)이며, 시호는 충정(忠貞)이다.

✿ 名 - 集   字 - 成伯

【≪詩·小雅·黍苗≫:"我行旣集。"箋:"集，猶成也。"】

이행우(李行遇) 1606-1651. 조선 후기. 본관은 전의(全義). 자는 사회(士會)이고, 호는 수남(水南)이다.

❀ 名 - 行遇　　字 - 士會

【≪廣韻≫:"遇，不期而會也。"】

조석윤(趙錫胤) 1606-1655. 조선 중기. 본관은 배천(白川). 자는 윤지(胤之)이고, 호는 낙정재(樂靜齋)이며, 시호는 문효(文孝)이다.

❀ 號 - 樂靜堂

【≪淸溪集·樂靜先生趙公家狀≫:"性本好靜，非公事未嘗出入，端坐一室，終日讀書，雖卯酉之暇不輟。自號以樂靜者，蓋有意焉。"】

송준길(宋浚吉) 1606-1672. 조선 후기. 본관은 은진(恩津). 자는 명보(明甫)이고, 호는 동춘당(同春堂)이다.

❀ 名 - 浚吉　　字 - 明甫

【≪尙書·皋陶謨≫:"日宣三德，夙夜浚明有家。"蔡沈≪集傳≫:"浚，治也 …… 浚明 …… 皆言家邦政事明治之義。"】

❀ 號 - 同春堂

【≪浦渚先生集≫卷之二十七≪同春堂記≫:"進善宋君自懷德以書走數百里，請記其所謂同春堂者 …… 而名其堂曰同春，取與物同春之意也 …… 然則春者，元之行乎時者也。人之仁卽出于此。故元也、春也、仁也，一也。程子曰'靜後，觀萬物皆有春意'，又曰'萬物之生意最可觀'。此'元者，善之長也'，斯所謂仁也。夫天地以生物爲心。元者，天地生物之心也；春者，天地生物之氣也。萬物之生皆受之天地，故萬物皆有生意也。所謂春意，乃生意也。仁者，人之生物之心也。宋君以同春名其堂，則可見其志在于求仁也。夫仁，天地之公、萬善之本也。宋君之志乃在于此，其志豈不大哉！聖門之學以求仁爲務，獨顏子能三月不違，此顏子所以幾于聖人也。程子謂之春生，此尤見仁之爲春也。此理人所均稟。君子物我無間，旣得乎己，又必欲與人同之，使均稟是理者咸有得焉，此君子之所樂也。

宋君所以名堂之意其在斯乎？余謂君子之志固欲人人皆得乎此道也。然必成己而後乃能及物。然則君子之所急者，其在于成己乎？若夫成己之方，則聖人所告諸子者備矣。此則宋君所熟講而從事者，何待余言也？余既慕宋君先世德義之高，而又喜其名堂之義異于人也，乃不辭而爲之說以復之。癸巳暮春，趙翼記。】

홍석기(洪錫箕) 1606-1680. 조선 중기. 본관은 남양(南陽). 자는 원구(元九)이고, 호는 만주(晚洲)이며, 시호는 효정(孝定)이다.

❀ 名－錫箕　字－元九

【《尙書·洪范》：“惟十有三祀，王訪於箕子…… 箕子乃言曰：‘…… 天乃錫禹洪範九疇，彝倫攸叙。’”】

유계(俞棨) 1607-1664. 조선 중기. 본관은 기계(杞溪). 자는 무중(武仲)이고, 호는 시남(市南)이다.

❀ 山泉齋

【《市南先生文集》卷十九《山泉齋記》：“麻霞小齋成，鄉士子發焉。凡冠童若而人，旣三揖序齒。主人進當隅，屮者使揚觶而告之曰：‘齋旣成，不可無扁。請扁以“山泉”。凡遊於斯息於斯諷誦於斯者，盍顧名思義哉？’於是童子皆起曰：‘唯唯。未達，敢請益。’主人再致屮者辭，揚觶曰：‘二三子未觀於《易》乎？《易》云《蒙》乎？夫蒙者，物之稚也。聖人以物稚不可不養也，故設卦以繫之辭曰“童蒙求我”，曰“君子以果行育德”，曰“蒙以養正，聖功也”。其《象》曰“山下出泉”。今齋爲童蒙設，山泉之扁，其以此夫。’僉曰：‘諾哉！言止此而已乎？’曰：‘未也。有說焉。天下之物可以喩蒙者多矣。聖人象蒙，曷爲於山泉乎取之？夫水之爲性本靜以清，山下之泉蓋其源也。涓涓乎始達，疏浚未加，清濁未分，其猶人之蒙乎？由是而澄之渫之，浚之導之，其潔也可以登上尊、薦神明，其達也可以之澗、之川、之江、之海者，皆因性也。厥或糞壤淤之，沙礫壅之，以汨、以濁、以堙、以塞者，亦於是乎判。此聖人所以以山泉象蒙，而養之必曰正也。人生而靜，天之性也。其本也固眞靜無雜，特幼稚蒙蒙然趣向未定，善惡岐焉。其自就外傅，學書計、學詩學禮，以至爲賢爲聖者，在蒙。若乃燕朋逆師，牛襟馬裾，以爲悖爲惡者，亦惟蒙。然則源泉，性也；始達，蒙也；疏浚，學也；糞礫，荒也；江海，聖

也；濁塞，惡也。故曰蒙，天也；養蒙，人也。天不人不成，蒙不養不達。二三子
將疏浚而聖乎？抑糞礫而惡乎？齋有憲，所以志也。爾宜述省哉！'皆對曰：'唯。
敢不敬。'旣退，主人復親洗揚觶，揖一二執友曰：'諸君其亦喩蒙之時義乎？夫所
謂蒙者，非特童蒙云也。凡物之蒙昧未達者皆可謂蒙。吾輩雖紛如其白，而其習
童也。然則天下之困蒙者，莫吾輩若也。扞格之久，荒墜之深，發之擊之，功倍童
蒙。則其澄渫浚導，吾將奈何？亦且養之以正，行之以果，以育其德，毋底困吝焉
爾。乃若其方，則有方冊在，盍相與從事以求之？'僉曰：'諾。'遂以書。"】

김중영(金重榮) 1607-1682.

김중영(金重榮) 1607-1682. 조선 중기. 본관은 광주(廣州). 자는 현경(顯卿)이고, 호
는 둔암(遯庵)이다.

❖ 名 — 重榮　　字 — 顯卿

【《公羊傳·宣公六年》："子爲晉國重卿。"】

❖ 號 — 遯菴

【《順菴先生文集》卷二十五《敎官遯菴金公行狀》："公諱重榮，字顯卿，遯菴其
號也 …… 公生于萬曆丁未二月二日 …… 棄官而歸，卜築於西原之南。居有林泉
之勝，名其洞曰'賁趾'，顏其室曰'遯菴'。謝絕世紛，若將終身 …… 壬戌二月十三
日考終于正寢。享年七十六。"】

송시열(宋時烈) 1607-1689.

송시열(宋時烈) 1607-1689. 조선 중기. 본관은 은진(恩津). 아명은 성뢰(聖賚), 자는
영보(英甫)이고, 호는 우암(尤庵)이며, 시호는 문정(文正)이다.

❖ 號 — 尤菴, 尤翁

【《宋子大全》卷一百三十五《思休廬記後說》："正平從大父愼齋先生嘗謂余曰
：'趙重峯門人金簹來謂我："何不爲別號，使學者稱之耶？"然我意則以爲恒人之
自爲別號，其意可笑，故我終不肯諾於金也。'余卽仰歎其謙德而將終身服膺，故
少輩亦或以金之說勉余，而余終不肯也。一日正平先大夫公俯與余爭是非，余之
狷滯終不肯下，則遂責之曰：'子之言多如是，不可謂言寡尤者矣。吾將以"尤"名
子之室，須常戒此一字也。'余曰：'諾。'公以好語名吾室則吾不敢當，今以不好語
名之，余何敢辭？別號雖愼齋之所戒，余將爲公破戒而終不忘今日之言也。其後
抵余書書面題曰尤菴，而因語於儕流曰：'某之別號，吾以尤揭之。'夫出言之地旣

已高明, 則正如江左之芥蒂, 故人亦以'尤'稱之。每思之, 未嘗不自笑而自詫也。
今正平之自號雖違於愼齋之意, 而其志則正好, 故余不爲呵止而反爲之記云。"】

❀ 謚號 - 文正

【《朝鮮肅宗實錄》卷二九:"二十一年十一月戊寅。特賜故奉朝賀宋時烈謚曰文
正。朝廷以時烈乃儒賢, 不必待本家謚狀, 遂命直爲議謚。謚法:道德博聞曰文,
以正服之曰正。"】

정인경(鄭麟卿) 1607-?. 조선 중기. 본관은 온양(溫陽). 자는 성서(聖瑞)이고, 호는
창곡(蒼谷)이다.

❀ 名 - 麟卿　　字 - 聖瑞

【《左傳·哀公十四年》杜預《注》:"麟者, 仁獸, 聖王之嘉瑞也。"】

유진발(柳晉發) ?-?. 조선 중기. 자는 자달(子達)이다.
유진형(柳晉亨) ?-?. 조선 중기. 자는 여가(汝嘉)이다.
유진융(柳晉隆) ?-?. 조선 중기. 자는 계겸(季謙)이다.

【《谿谷先生集》卷四《柳生名字說》:"柳氏子三人, 請名與字於余。余謂柳出於
晉, 其先固奕然顯也。近數代稍不振, 然余聞公侯之後必復其始。柳氏大族而三
子者皆良, 固窮而力於學, 是殆將興也。請名伯曰晉發、仲曰晉亨、季曰晉隆, 期
之也, 且祝之也。旣發矣, 患不達, 故字發曰子達。亨者, 嘉之會也。故字亨曰汝
嘉。隆之至則替隨之, 能謙焉, 免矣, 故字隆曰季謙。於發則勉之, 於亨則美之,
於隆則戒之, 三子者毋怠!毋怠!"】

윤형성(尹衡聖) 1608-1676. 조선 중기. 본관은 남원(南原). 자는 경임(景任)이고, 호
는 기기재(棄棄齋)이다.

❀ 名 - 衡聖　　字 - 景任

【《孟子·萬章下》:"伊尹, 聖之任者也。"】

❀ 號 - 棄棄齋

【《宋子大全》卷一百四十三《棄棄齋記》:"程子曰:'天下只有一箇感與應而
已, 更有甚事?'故有感則必應者, 如響報聲, 如影報形, 曾不容息, 此自然之理

也。昔嚴君平棄世而世亦棄之, 李謫仙詠以爲詩。而今南原尹中丞景任, 取以名其居曰棄棄, 有問於余者曰:'昔漢世淆亂, 三綱斁絶, 故君平色斯而隱於卜, 是則君平之爲棄世固也。今群彦彙征, 動稱伊、傅, 賢者取之, 不賢者捨之, 吾未知中丞棄世而世因棄之耶, 世棄中丞而中丞不得已而棄之耶?俚有之曰, 有鵁取鳥而飛。鳥顧謂其群曰:"今我取鵁, 欲至於雲間而後歸。"鵁怒而亟拳束之。今中丞之棄世, 無乃如此鳥之取鵁耶?'余笑曰:'景任不取《論語》"捨藏"語, 而戲用僻書語, 宜其見嘲於人也。然亦不可謂景任之不棄世也。何也?夫以景任之人地才望, 一至新貴門, 頌之曰"今日之義理復明, 公之功也。賢才畢進, 公之公也。群枉皆退, 公之明也。時和歲豐, 亦公之化理也"云爾, 則卽可置於要津望塗。而景任不此之爲, 顧乃收身田里, 野老爭席, 此非景任之棄世耶?夫如是, 世安得不相棄耶?此豈非程先生所謂感應之理者耶?雖然, 君平之棄世, 有異乎人之棄者。雖其託跡於卜, 而與人子言依於孝, 與人弟言依于順, 與人臣言依于忠, 各導以善, 故謫仙詩又曰"探元化群生"。若景任雖處田里, 而其鄉人子弟之來者, 皆導以孝悌忠信之道, 則其與《周禮》鄉司徒以三物之教教萬民者何異?其爲世道之助者何如也?然則世棄景任, 而景任則不棄世矣。'問者曰:'子之言則然矣。抑有不然者。昔荷蓧丈人嘉子路敬長之禮而出見其二子, 是所以明長幼之倫者, 然聖人猶以爲不仕無義, 而責之以廢君臣之義, 豈可但以告人以孝悌忠信之故, 而爲不棄其世耶?是則中丞終未免爲棄其世也。'余無以應, 遂錄其答問語以寄景任, 未知景任以爲如何也。"】

❀ 百無堂

【《宋子大全》卷一百四十三《百無堂記》:"南原尹公景任射策通籍, 出入侍從官, 而常盤桓不進。其前後爲郡, 亦未嘗久而輒賦歸以來。前年入諫院言事, 同僚被重譴, 公以幸免爲恥, 又謝歸鄉里。所居有水竹湖山之勝, 新結數架而扁之以'百無'。蓋曰:'吾百無能焉, 故於世百無益, 於事百無成, 而於家亦百無藏焉。此可以名吾室而安吾身也。'請余以爲記。余曰:此與濂翁之《拙賦》語異而意同也。夫濂翁之拙, 其自見於文字者甚寂寥。故人之見之者, 徒知其語之簡, 而不知其味之深也。至晦翁爲闢江東之道院而取以榜之, 而曰:'旣以自警焉, 又告後之君子使毋蹈先生之所恥。'噫!晦翁以海闊天高之氣象, 而其拳拳於此, 何至於是哉?嘗聞韓子之言曰:'我善是, 是亦足矣。我能是, 是亦足矣。外以欺於人,

內以欺於心.'噫！此叔世之俗所以戾於古, 而道之所以病也. 今公蓋懲於此而爲
是焉, 則其所存可知也. 然公以此存心而莅於官, 則吏民勒頌焉. 立於朝, 則風
采著稱焉. 惟其自謂百無, 故其效不終於無而止耳. 雖然, 晦翁發揮濂溪之拙至
此之盛, 而其後與學者言則乃曰：'其言似老莊.'由前則是救世人之務巧, 而由後
則又有以救其偏, 使不至於醉漢之扶. 此晦翁之道所以爲大中至正, 百世俟聖而
不惑也. 今公之所謂無, 則不但似之, 而直是二家本色語. 吾懼見之者之有疑也,
故於是乎終言之. 而又誦一轉語曰, 橫渠曰：'言有敎, 動有法. 晝有爲, 宵有
得. 瞬有養, 息有存.'請並以是榜之於牖間, 以寓晦翁無中含有之意如何？試因
以問之. 時崇禎閼逢攝提格孟春日記.”】

조봉원(趙逢源) 1608-1691. 조선 중기. 본관은 함안(咸安). 자는 사달(士達)이고, 호
는 파서(坡西)이다.

❋ 有好堂

【≪宋子大全≫卷一百四十三≪有好堂記≫：“朱夫子嘗敎長子受之曰：“‘勤謹’二
字, 循之而上, 有無限好事. 吾雖不敢言, 而竊爲汝願之也. 反之而下, 有無限不
好事. 吾雖不欲言, 而未免爲汝憂之也.'余少從師友得聞此訓辭, 而未嘗一日而
用力焉. 故顚頓狼狽, 無所不至, 常竊自悼而無及焉. 然人有猥來問學者, 則未嘗
不以此相勉也. 蓋夫子之道, 極其大, 則洋洋乎發育萬物, 峻極于天；入於細, 則
三千三百之優優焉. 然而受之趨庭之日, 其所面受之敎不過如此. 則初學切要之
道, 捨此二字而何求哉？友人咸安趙士達築堂於坡山之先壟下, 以處其子弟, 且
以待外方之來者. 旣成而問名於余, 余謹以'有好'云者仰塞其下問之勤焉. 今與後
之處斯堂者, 苟能以受之之所受, 爲今日耳聞, 不敢反而不敢不循焉. 常自警省
曰：'非謹則無以主其敬, 非勤則無以革其惰.'已用力焉而益用力焉, 則眞見其實
有無限好事矣. 嗚呼！朱夫子豈欺我哉？況坡山實諸老先生講道之所, 後生小子
必有嘗聞乎此而從事焉者, 故樂與之相告云爾. 崇禎年月日, 恩津宋時烈記.”】

오달제(吳達濟) 1609-1637. 조선 중기. 본관은 해주(海州). 자는 계휘(季輝)이고, 호
는 추담(秋潭)이며, 시호는 충렬(忠烈)이다.

❋ 名 - 達濟　　字 - 季輝

【《忠烈公遺稿附錄·名季子說[吳允諧]》:"余旣名二子, 且有說矣, 於汝季獨無言乎?爾尙稚年, 未卜趨向, 而氣質則可知也。爾之禀性重厚, 知思亦明。若加之學, 成就可期。余之望於爾, 何可勝言?在《周易》,《旣濟》之《象》曰:'其道窮也。'《未濟·序卦》曰:'物不可窮也, 故受之以未濟。'夫未濟之時, 有亨之理, 其卦纏復有致亨之道。處濟之時者, 可不愼歟?吾吳門入我朝以來, 雖纓紱不絶於朝, 而衰替不振, 可謂窮矣。物不可常窮, 則剛柔相應, 得中而亨。二、五貞吉, 君子暉光者, 其不在今日乎?旣用《周易》卦名爾兄, 故又取《濟》之剛柔得中, 錫汝名曰達濟。雖然, 濟之爲義所包甚大, 烏可一以言之哉?治身有康濟自家之義, 立朝有濟川舟楫之責, 於物有博施濟衆之道。誠使愼辨物、愼居方, 居家則正心修身, 儘自家康濟之道; 事君則得興行道, 爲一代濟川之楫; 愛物之仁期於博濟, 而有孚之光達於遠近, 又能知節勇退於急流之中, 則可以免上九之濡首, 何莫非剛柔得中之驗?以二之剛才, 行五之柔道, 深有期於爾濟也。"】

조복양(趙復陽) 1609-1671. 조선 중기. 본관은 풍양(豊壤). 자는 중초(仲初)이고, 호는 송곡(松谷)이며, 시호는 문간(文簡)이다.

❀ 名 - 復陽   字 - 仲初

【《周易·復》:"七日來復。"《復卦》上承《剝卦》。《剝》爲純陰之象, 陰盡則陽生。故王弼《注》云:"陽氣始剝盡, 至來復時, 凡七日。"

《近思錄》卷一:"《剝》爲卦, 諸陽消剝已盡, 獨有上九一爻尙存, 如碩果不見食, 將見復生之理 …… 以氣消息言, 則陽剝爲坤, 陽來爲復, 陽未盡也。剝盡於上則復生於下矣。…… 一陽復於下, 乃天地生物心也。"】

신유(申濡) 1610-1665. 조선 중기. 본관은 고령(高靈). 자는 군택(君澤)이고, 호는 죽당(竹堂)·이옹(泥翁)이다.

❀ 名 - 濡   字 - 君澤

【《詩·小雅·皇皇者華》:"我馬維駒, 六轡如濡。"《箋》:"如濡, 言鮮澤也。"】

❀ 號 - 竹堂

【《旅庵遺稿·從曾祖禮曹參判竹堂公神道碑銘》:"公本高靈縣人。諱濡, 字君澤, 泥翁自號也。堂于竹裏, 扁以竹, 世稱以竹堂。"】

권우(權堣) 1610-1685. 조선 중기. 본관은 안동(安東). 자는 자명(子明)이고, 호는 동곡(東谷)이다.

❀ 名 - 堣   字 - 子明

【堣, 同嵎。《尙書·堯典》："分命羲仲, 宅嵎夷, 曰暘谷。"《傳》："宅, 居也。東表之地稱嵎夷。暘, 明也。日出於谷而天下明, 故稱暘谷。暘谷、嵎夷, 一也。羲仲, 居治東方之官。"】

신변(申昪) 1610-?. 조선 중기. 자는 중열(仲悅)이다.

❀ 名 - 昪   字 - 仲悅

【《說文》："昪, 喜樂貌。"《爾雅·釋詁》："悅, 樂也。"】

정창기(鄭昌基) 1611-?. 조선 중기. 본관은 경주(慶州). 자는 극가(克家)이다.

❀ 名 - 昌基   字 - 克家

【《詩·小雅·南山有臺》："樂只君子, 邦家之基。"】

❀ 樂天窩

【《記言別集》卷九《樂天窩記贈鄭君昌基》："天何爲而可樂也？夭壽其可貳乎？富貴其可求乎？厄窮其可諱乎？吾聞小人戚戚、君子蕩蕩、夭壽、窮達、禍福, 命也。命乃天也, 故知命者不汲汲也。有悅於心、適於欲者, 得之不義, 不取也；拂於情、窮於厄者, 遇之不義, 不避也, 然後乃不慍不怍。人知之, 亦囂囂；人不知之, 亦囂囂, 此非樂天者乎？士有修德強仁勉學者, 企及勉之。既以告於君, 書以識之。癸巳十月上浣丙子, 眉叟書于台嶺寒巢。"】

이일상(李一相) 1612-1666. 조선 중기. 본관은 연안(延安). 자는 함경(咸卿)이고, 호는 청호(青湖)이며, 시호는 문숙(文肅)이다.

❀ 名 - 一相   字 - 咸卿

【《尙書·咸有一德》："惟尹躬暨湯, 咸有一德, 克享天心, 受天明命以有九有之師, 爰革夏正。"《左傳·襄公二十一年》："伊尹放大甲而相之, 卒無怨色。"伊尹爲商相。】

이정기(李廷夔) 1612-1671. 조선 중기. 본관은 한산(韓山). 자는 일경(一卿)이고, 호는 귀천(歸川)이다.

❀ 名 - 廷夔　　字 - 一卿

【≪韓非子 · 外儲說左下≫ : "哀公問於孔子曰 : '吾聞夔一足, 信乎 ?' 曰 : '夔, 人也, 何故一足 ? 彼其無他異, 而獨通於聲, 堯曰"夔一而足矣", 使爲樂正。故君子曰"夔有一, 足", 非一足也。'"】

❀ 靜觀堂

【≪市南先生文集≫卷十九≪靜觀堂記≫ : "綿之勝在南江一帶。自余守綿凡二載, 沿江上下五六十里間, 足跡殆遍焉, 最後得梨山之石湖。僧嶽一麓折而東走, 揷江心而扞其流。峯巒淸窈, 松篁幽蔚。吾友李一卿拓山之腋而堂焉, 以龍斷其形勝。江自沙湖以下、梨山以上, 匹練寒鏡, 演漾澄泓。山自瑞石以南、月出以北, 螺鬟翠黛, 簇列遠近者, 擧呈態於几案之下。直庭東北十步所, 有巨巖疊然作峯。奇巧天成, 正當堂之面勢。矮松數十株羅生巖隙, 皆扶蘇偃蹇如畫中物。眞絶景也。顧一卿之扁堂, 不以江不以山不以松石, 而必以'靜觀'者, 何居乎 ? 夫以理觀物, 則無物非樂也 ; 以物觀物, 則無物非累也。故善觀物者不以物而以理。其能會理於心, 釋累於形, 不迁不圉以超然自得, 非靜者不能也。夫水靜則萬物影焉, 心靜則萬理形焉。人能心靜而理形, 則雖身居陋巷, 不出戶庭, 而觸境寓目, 無非可樂也。況山水之勝, 具仁智, 該體用, 其目擊而存焉者庸詎淺鮮哉 ? 其或反是而惟物之觀, 則雖嵬然高、蒼然深者釘餤於左右, 天之飛、淵之躍者活潑於上下, 曰'吾斯之樂焉'者, 亦玩之歸耳。其不爲眼界中客障者, 鮮矣。然則一卿之名堂其見於此乎 ? 其見於此歟 ? 雖然, 靜有二說焉。心中有主, 則其靜也活, 宰物而不物於物 ; 心中無主, 則其靜也枯, 遺物而自物於物。吾未知一卿之靜於彼乎 ? 於此乎 ? 一卿笑而不答, 遂書諸壁而和其詩。"】

박장원(朴長遠) 1612-1671. 조선 중기. 본관은 고령(高靈). 자는 중구(仲久)이고, 호는 구당(久堂) · 습천(隰川)이며, 시호는 문효(文孝)이다.

❀ 號 - 久堂

【≪久堂先生集≫卷之十五≪久堂說≫ : "久翁定居街西之皇華坊久矣。乃占屋之東偏隙地, 結茅六棟, 一室一軒, 以爲燕居之所, 扁以久堂。客有問于余者曰 : '子之名堂以久, 豈無意乎?’余嘿而思, 未及應, 客又曰：‘吾知子之有思而未應也。
昔吾夫子之言曰“回也, 三月不違仁”, 先儒訓之曰三月, 言其久也。子豈有志于顔
子之學者乎?’余曰：‘惡！子何言之易也？僕不幸, 逾冠而孤。加之以因亂失學,
俍俍然如瞽者之無相。擿埴索塗, 終日而莫知所適。日月至焉者, 非所可企而勉
也。吾何敢望回之久也！徒以家有母在耳。年日以邁, 病日以痼。雖幸得祿以
養, 而旣食君之祿, 則東西南北唯命是從, 乃事君之義也。常恐奔走于事, 役塗路
間, 而定省之失時, 粥藥之乖宜, 則以久名吾堂。蓋不願頃刻離親, 自附于祝釐之
義也, 非別有以也。’客曰：‘是亦學也。子旣知爲學不力爲可愧, 而忠孝之不兩全
爲可憂, 則無往而非學也。以此存諸心而不息, 不息則久, 然後久字之名義庶幾
其可識耳。’余于是拱而對曰：‘有味乎其言之也！子旣發其端。吾豈敢有隱于子
而不罄其說乎？夫久于仕, 非我志也。以僕之能薄才譾, 遭時竊位, 歷職內外, 所
得徒餔啜耳。唯獲譴于時而貽辱于先是懼也, 無寧奉身而退, 自放于荒閑寂寞之
境。力田服穡, 以備親養而給公上。縛屋數間, 竊比眞氏畝忠之構。而名堂以久,
畢吾余命, 是吾願也。顔子之不違, 子思之不息。僕豈其人哉？僕豈其人哉！雖
然, 夫人有言于我, 而我自外于人, 是豈君子愛人以德之意哉？僕雖不敏, 敢不服
膺。’客曰：‘然則主人之意我知之矣。姑以名茲堂者, 乃所以警其久于進而志其
久于退也。仕止久速, 微夫子, 吾誰與歸？’久翁恍然自失, 良久乃定；客笑而去,
遂書以爲說。”】

송국사(宋國士) 1612-1690. 조선 중기. 본관은 은진(恩津). 자는 일경(一卿)이고, 호
는 계담(桂潭)이다.

❀ 名 - 國士　　字 - 一卿

【《詩經·大雅·常武》：“赫赫明明, 王命卿士。”】

❀ 風月亭

【《宋子大全》卷一百四十三《風月亭記》：“壯而仕, 仕而歸, 古今人之大情也。
第以酣豢之餘, 眷戀疇昔, 茫然不樂, 復有求仕之心, 則是汨沒羈鞏, 首尾塵臼,
終未見淸曠之趣矣。豈不可哀也哉？吾宗叔一卿仕於朝幾年, 出監高敞縣, 憊精
疲神, 以撫其人。而以不能媚豪右、事權柄, 至於遞官。而一卿夷然不以介意, 遂
就懷川之桂潭, 築亭而名以‘風月’, 以爲終焉之計。夫風月之淸明, 誰不知其可

愛？而其心苟役於物，則塵垢塡胸，金帛盈肚，何暇賞此而洗滌其襟懷哉？今一卿之志可謂高於人數等矣。夫桂潭，其爽塏顯敞之趣不可名狀。余自少屢過其前，但見其崩榛亂棘而已。今者庭除修整，棟宇明敞，其所以蔽於古而顯於今者，夫豈非物理之可以細思者耶？或曰：‘勝地旣無主人，而來賞者是主人。則況此風月者，又豈有主人而可以名其亭耶？’余曰：‘世人不知樂此，而吾獨樂之。則以名吾亭，不亦宜乎？人孰有爭之者耶？’噫！自有天地以來便有此風月，而彼名利場中頭出頭沒者，其不知淸明聲色之可愛也，固其宜也。況進乎此者，如濂翁之光霽無邊，而明道因以有‘吾與點’之意，至於晦翁則其發於吟詠之間而樂其眞樂者，不翅多矣。今世之人，其或有因此二者而能得諸老先生之心者耶？非知道者，孰能與於是耶？昔我先祖雙淸堂府君，早謝簪笏而養德林泉也。玩心高明，獨得其眞趣於斯，而默契於先賢之心。故取其景象之兩相宜者，而自名其堂，其意象可知也。又以此無盡之藏以遺子孫，而一卿能得之而名亭焉。惟願無徒耳爲聲目爲色，而得其心以爲樂，則殆庶幾矣。記昔同春翁嘗登此而久不去，擧網得魚，共稱其風味之美，而賞二者之淸趣矣。倏忽四年之間，存沒異路，而風月依然故在矣。一卿每對人輒稱之，此實斯亭之一故事也。嗚呼！後來斯亭之上復有此等人來賞者否？旃蒙單閼仲冬，華陽洞主記。”】

송국신(宋國藎) 1613-?. 조선 중기. 본관은 은진(恩津). 자는 사신(士臣)이다.

❀ 名 - 國藎　字 - 士臣

【≪詩經·大雅·文王≫：“王之藎臣，無念爾祖。”】

❀ 憃愚堂

【≪宋子大全≫卷一百四十二≪憃愚堂記≫：“宗人殿中君宋國藎，某年月日，構所居之室于白達村。其伯仲氏之家在其南，叔氏之家在其北，諸從子姪群族環列左右。君嘗仕于朝，以憃愚之目被參而歸曰‘名我足矣’，遂以扁其正堂之楣曰：‘吾將守此以老而死也。’日與其兄弟族黨朝夕遊從，訊訊然不知老之將至也，眞所謂虐之而樂之者也。余惟愚者智之反，誠非美名。然自聖人稱以淵、羔之後，後人多自稱而不厭。至於憃則騃昏之名，非人之所願也。然人以是歸之，而君受而不辭，又將以自詫焉，此古滑稽之流之所爲歟？然≪記≫數民之蔽者，憃其一也，而釋之者以爲‘情不澆詭’也。若是則是亦未嘗爲不美，而宜在所讓也。又≪周禮≫‘三赦’之科, 寔實與焉. 故朝廷曾又敍復其官, 此實恕寔之道也. 然則是名也, 於君爲得乎, 爲失乎? 玆有一事, 好與族黨抵掌而談噱者. 君與同春公比隣, 甚相愛, 而與草廬公少相善. 昨者草廬抵書于同春, 謂君物故而相弔焉. 昔東坡亦嘗遭此而曰: ‘平生所得毁譽皆此類也.’ 寔愚之稱, 亦將以此而推之可也. 惟是世故變嬗, 伯仲氏先後謝世, 而叔氏亦從宦遠去, 君孤子踽涼, 令人惻愴矣. 君今又棄家遷徙, 而其堂翕然空荒, 甚可惜也. 君嘗要余題其扁, 余意其戲而亦戲而副之. 君終不棄而揭之, 豈以余筆正合於此堂也耶? 知所擇而得其人焉, 君眞不寔愚也. 崇禎庚戌孟春日, 宗人宋時烈記.”】

이건(李健) 1614-1662. 조선 중기. 자는 자강(子强)이고, 호는 규창(葵窓)이며, 시호는 충효(忠孝)이다.

❀ 名 - 健　字 - 子强

【≪周易·乾≫: “天行健, 君子以自强不息.”】

서필원(徐必遠) 1614-1671. 조선 중기. 본관은 부여(扶餘). 자는 재이(載邇)이고, 호는 육곡(六谷)이다.

❀ 名 - 必遠　字 - 載邇

【≪詩·鄭風·東門之墠≫: “其室則邇, 其人甚遠.”】

오핵(吳翮) 1615-1653. 조선 중기. 본관은 해주(海州). 자는 일소(逸少)이고, 호는 백천당(百千堂)이다.

❀ 盤谷聾齋

【≪宋子大全≫卷一百四十一≪盤谷聾齋記≫: “昔晦翁以‘盤桓’解≪詩≫之‘考槃’. 而退之稱李愿之盤谷, 則又以‘盤旋’及‘環兩山’爲言. 今合二說相說以解, 則盤之爲義隱約可見矣. 漢師之南陽城縣有村焉, 其名適與李愿之居相同, 而有幽靜之趣焉. 首陽吳公謝事歸老, 而築一室曰聾齋. 夫盤旣隱淪之意, 聾又無聞之名, 身旣隱而耳又無聞, 則是眞入華山之中而學希夷之術者也. 然耳目同體, 而目之力尤蔽於物. 今不曰瞽而必曰聾者, 豈以目之視止於莽蒼, 而耳之聽雖萬里外中華遠夷之事猶無所隔閡耶? 然公之所欲聾者, 只人世之紛挐、天下之理亂而已。若其澗水之泠泠、松風之瑟瑟，則固將入耳而不厭矣。然則謂其齋爲聾乎，爲不聾乎？惟置之勿復道，而只欲膏吾車秣吾馬，從子于盤，如退之之云，而詠坡公'百不聞'之句，如有以外事來言者，則當擧白而浮之也。崇禎後己酉仲秋旣望，恩津宋時烈記。】

전구원(田九畹) 1615-1691. 조선 중기. 본관은 담양(潭陽). 자는 정칙(正則)이고, 호는 우와(愚窩)이다.

❀ 名 - 九畹　字 - 正則

【≪楚辭·離騷≫："名余曰正則兮，字余曰靈均 …… 余旣滋蘭之九畹兮，又樹蕙之百畝。"】

유광선(柳廣善) 1616-1684. 조선 중기. 본관은 문화(文化). 자는 여거(汝居)이고, 호는 매와(梅窩)·매돈(梅墩)이다.

❀ 名 - 廣善　字 - 汝居

【≪老子·八章≫："上善若水。水善利万物而不爭，处众人之所惡，故幾於道。居善地，心善淵，與善仁，言善信，正善治，事善能，動善時。夫唯不爭，故無尤。"】

최후량(崔後亮) 1616-1693. 조선 중기. 본관은 전주(全州). 자는 한경(漢卿)이고, 호는 정수재(靜修齋)이다.

❀ 名 - 後亮　字 - 漢卿

【諸葛亮乃蜀漢之卿相。】

❀ 號 - 靜修齋

【≪記言·別集≫卷九≪靜修齋記≫："前東宮左侍直崔漢卿，性好恬靜，無所事於外物者，不肯以名利自累，安居而守道。嘗築室於園林之奧，爲室冬取溫，夏取涼，居其室，無他事，端坐，日閱古人書，有得則樂而忘寢食，書其楣曰靜修齋云。且謂余曰：'子知我矣，盍爲一言敎我也？'余應之曰：'諾。水至動而得靜則鑑，心至用而得靜則虛。虛則明，明則無不盡矣。靜者，動之本也。若子可謂善學者也，然亦有說焉。偏靜，無用。無用，不備。≪易≫曰"尺蠖之屈，以求伸也。龍蛇之蟄，以存神也"，靜時求觀天地生物之本乃盡也。'因書之以爲靜修齋記。"】

윤이익(尹以益) 1616-?. 조선 중기. 본관은 파평(坡平). 자는 수지(受之)이다.

❀ 名 - 以益　　字 - 受之

【≪尚書·大禹謨≫ : "滿招損, 謙受益, 時乃天道。"】

❀ 聽雨堂

【≪東州先生文集≫卷二≪聽雨堂序≫ : "人之治居室者, 必爲堂以寓其形, 必爲池堂前以寄其賞, 必種蓮池中以娛其觀。蓋目取其花, 鼻取其香, 而又以其葉爲碧筒, 以取其味, 以養其口, 目與口鼻皆爲役於蓮, 而獨耳無所借資焉。坡平尹生以益, 就樂善坊, 先入敝廬, 因舊池而規拓之, 盛植以蓮。至春夏間, 綠荷覆沼, 大者如蓋, 小者如盤, 縱橫不見水。尹生甚樂是, 構堂三楹其上, 日夜處其中, 扁之曰聽雨。夫尹生之捨目與口鼻而專以耳取適者, 意何居？蓮之有花也, 香也, 與碧筒之味也, 唯取其適於目與口鼻而止耳。方五六月之交, 天熱以旱, 大地乾枯。五種不入土, 農夫廢鋤而望空, 主人宿酲未消, 脣吻燥渴思飮, 南畝之憂又惕焉嬰懷。忽聞雨聲颯然, 自南而至, 始則蕭蕭騷騷, 萬葉俱鳴。雲風旣調, 落勢浹密。近而與簷溜併響, 遠而與更漏交滴, 宮徵之相和, 或清而或濁, 珠璣之相錯, 或大而或細, 犁然而吾夢覺, 泠然而吾醉醒。雲和之瑟耶？可以暢吾神。南風之琴耶？可以阜吾財。使吾今日而不聽是, 明日而不聽是, 至于十日而不聽是焉, 則雖有花與香, 將不得以悅吾目與鼻, 況乎爲碧筒以悅吾口哉！於是洗盞更酌, 不知手舞而足蹈。他鄉故人, 不足以喩其歡也。虛空跫音, 不足以喩其喜也。東州老人聽其說而樂之, 作而爲聽雨之歌。歌曰：'今日不雨, 明日不雨, 池之渴矣, 夫焉有荷藕？夏日無荷, 秋日無禾, 餅之罄矣, 我焉得婆娑？三籟調刀, 無以發吾性。八音繁會, 無以易吾聽。取中夜之至樂, 名吾堂以志喜。願霡霂達于四境, 庶以滿農夫之耳。'"】

이은상(李殷相) 1617-1678. 조선 중기. 본관은 연안(延安). 초명은 원상(元相), 자는 열경(說卿)이고, 호는 동리(東里)이며, 시호는 문량(文良)이다.

❀ 初名 - 元相　　字 - 長卿

【≪周易·乾≫ : "元者, 善之長也。"】

❀ 改名 - 殷相　　字 - 說卿

【傅說爲殷代宰相。】

윤휴(尹鑴) 1617-1680. 조선 중기. 본관은 남원(南原). 자는 희중(希仲)이고, 호는 백호(白湖)·하헌(夏軒)이다.

❀ 初名 - 鍈   改名 - 鑴

【≪白湖先生文集≫卷十七≪改名告家廟文≫："孝孫鍈, 敢用酒果昭告于祖考. 不孝孤露, 天奪之怙. 音容旣隔, 義方疇承. 竊聞之母氏, 先君子之命以'鍈'名也, 曰：'鏗之本音音則不衷, 若從貞呼之, 又以予所惡.'先考之言旣若是, 而惟其所以不從所惡云者, 寔有以見我考晚歲修媾之志, 而明詔後人有不敢忘者也. 不弔昊天, 中道無告. 遂以冒先人之所惡, 於今二十有七年矣. 繼志述事, 雖不敢言. 顧名懷感, 有不能已. 顧以已孤更名, 君子之戒. 因循眷遲, 式至于今. 旣震于衷, 爰諏爰筮. 乃敢決意, 聿追先志. 易以'鑴'字, 義取大鍾. 德尙乎剛, 且重而宏其中焉. 蓋亦欲顧眂思義, 知所戒勸也. 矗矗怵惕, 克念克新, 以無忘今日之志, 亦惟我先靈之陟降啓佑是望. 異時, 春秋宗祝之所從事亦將惟是. 感念哀隕, 不知所云. 涓吉虔告, 尙冀鑑聽."

≪白湖先生文集附錄·年譜≫, 毅宗皇帝崇禎"十四年辛巳先生二十五歲作改名說". 注："先生初諱鍈. 光海時, 有儒生李挺者上疏附會西宮之議, 沂川公惡之曰：'吾兒豈可與此人同名？'蓋鍈與挺同音故也. 欲改之未果. 是歲先生易以今諱, 作文以記之."】

❀ 號 - 白湖

【≪白湖先生文集附錄·年譜≫：毅宗皇帝崇禎"十七年甲申先生二十八歲. 春, 奉大夫人還驪州, 卜居于白湖."

≪白湖先生文集≫卷二十二≪白湖新居記≫："驪之州居國之上流, 枕北城襟長江而爲勝. 水流渾渾, 山峻而秀, 野廣而平. 去北城, 循江而下, 則又得天台白湖者焉. 距州治未百里而相望, 江之源發乎嶺之五臺太白, 曲折乎行數百千里, 會離嶽之水, 至此而合忠、原、陰、利數州之流而益大, 薄乎大野而環天台以成湖. 台之宗寔出元積. 元積起乎離岳, 歷上黨, 經太原以北, 過常山之西北, 迤延爲黃武, 又折而東趨, 及此而蜿蜒扶輿, 至湖而盡焉. 南望湖嶺, 北指神都, 卽其中倚天台而臨白湖. 內奧如也, 廓其有容；外曠如也, 橫臨大野, 則是吾之居也. 歲甲申十七年春, 始余登玆區, 喟然而歎曰：'嗟乎美哉！斯豈天之以是處我乎哉？夫何人之未或先我也.'周旋而望之, 穹窿磅礴, 峻極乎天而橫絶乎東北者, 龍門之崿也。悠揚灝蕩，或滙或流而吐納呑噴，浩渺乎東南者，驪水之注也。月岳、牛首、烏甲、迦葉諸山，莫不飛浮翕聚，隱見莽蒼於數十百里之內者。於是乎斬荊榛披林莽，爰止爰卜，我樊我阿，築數間屋，以庇風雨寒暑。厥位面陽而背陰，其泉可飮，其土可食，松老而可撫，石平而可坐。上矚泱溙，下臨汪潢。雲煙之開闔，霧雨之吹噓，雪月風花昏朝晝夜之舒慘，陰陽之變，四時之候，飛鳥鷗鷺之出沒，鷗鶴之鳴呼，人物漁商之往來徜徉，皆有以入目而動中，奮感人之喜樂憂憤者。名其洲曰來鳳之洲，謂鳳之其於是來乎？名其淵曰潛躍之淵，謂龍之其於是而潛而躍乎？琢之石曰望八，取杜甫之言，而謂可以濯足也。扁之堂曰大有，借羲文之義，而謂所觀眺者大耳。有小邱焉，名之曰萬象之臺。有松數十株，蔚乎有蟉古老樛色，蒼翠可玩，有時風怒號澎湃，萬竅齊呼，或值靜日，靈籟泠泠然復可聽也，故又曰萬籟之亭。爲龍爲鳳，在田在淵，臨萬象而聽萬籟。其山萬重，其水萬丈，可棲而息猗，可蟠而藏猗。採於山有薇蕨，釣於水鯉與鱮。援茂樹而盤桓，亦升高而望遠。歌於斯，舞於斯，誦禮吟詩，彈琴著書，歌詠先王之道，有足以發吾志、終吾年壽者矣。余生乎東海之陬，旣不能讀天下之書，硏聖賢之微言，觀天地之運化，發古今治亂興衰之跡，以期千載之遇；又不能矯翼奮翮，絶滄海，蹂燕趙，遊周魯之墟，觀兩都之軌，覩四海民人之富，覽山川之紆回，而極幽遐詭怪佚宕之觀；又不能接天下奇俊英豪感慨之士，得以窺世道興敗存亡之故，而發嵬磊抑塞之懷。顧此彷徨吟歎，自放於寂寞之濱，懞拙無聊，惟求田問舍是事。獨寤寐永歎，守此東岡之陂。黜陟無聞，理亂不加乎心。變易爭奪，且不與知焉。則桑弧之願，四方之志，蓋益以衰矣。嗚乎悲夫！驪之山嵬兮，可以振我衣兮。驪之水淸兮，可以濯我纓兮。養鷄蓄兮，種樹長兮。敎子將兮，耕彼田而服吾耜兮。我黍我稻，惟以頤吾老兮。誦書讀詩，且以求吾志兮。"】

❖ 號－夏軒

【《白湖先生文集附錄·年譜》，顯宗"三年壬寅先生四十六歲。在夏軒"。注："初沂川公用'用夏變夷'之意，自號夏里主人。至是，先生追先志，扁雙溪所居之齋曰夏軒。"】

❖ 蒼柏堂

【《白湖先生文集》卷二十二《蒼柏堂記》："東方有木焉，人不知其名。或曰柏，柏皮而松葉。或曰海松，松蕊而檜身。若檜，若松，若柏，非柏，非松，非檜。葉鬖髥苗長，而身正直磅礴。能凌風霜，閱寒暑，而不與之榮悴。霜皮黛色，有花有實。喜生於高寒巉截巖崖之上，稚焉而不速成。及長且壯，嶕萃聳拔，直上千仞，有拂日篝雲之勢。枝條四達，下可坐萬人。其偃蹇，卓犖，奇詭，非松與柏之可比。又能以千百歲爲春秋，世之人莫或知其生死也。以其不產於中土，處於窮溟絶域之地，故人莫得以名，亦無見於古今志士幽人之歌詠焉。噫！晉人之愛竹、唐人之愛牧丹、陶靖節之愛菊、無極翁之愛蓮，亦取其華色之可愛者耳。又豈若此樹正直之性、風霜之操、熊豹之資、龍螭之體、棟梁之具、舟楫之用，幹排雷雨而根襲泉源，氣噴雲霧而爽通宵漢，可以棲鷗鶴而庇暍喝，有泠泠之天籟，有蔚蔚之翠色，有烈烈之芬馥？非千鈞之斤莫可取也，非萬牛之力莫可致也，其花與實又可以弭疾疹而壽民之生也。余心獨愛之，撫玩盤桓，未嘗不爲之三歎焉。植之堂前巖畔，使他日老大倚山而蟠其根焉。寓之以蒼柏之名，蓋因其土俗之稱。又言其色蒼蒼近穹灝爾，非以爲名之也。旣名堂，仍以是識焉。"】

김시진(金始振) 1618-1667. 조선 중기. 본관은 경주(慶州). 자는 백옥(伯玉)이고, 호는 반고(盤皐)이다.

❋ 名 - 始振　字 - 伯玉

【≪孟子·萬章下≫："集大成也者，金聲而玉振之也。"】

이면하(李冕夏) 1619-1648. 조선 중기. 본관은 덕수(德水). 자는 백주(伯周)이고, 호는 백곡(白谷)이다.

❋ 名 - 冕夏　字 - 伯周

【≪論語·衛靈公≫："子曰：'行夏之時，乘殷之輅，服周之冕。'"】

❋ 號 - 白谷, 深游子

【≪宋子大全·李修撰冕夏傳≫："李君冕夏，字伯周，一字從周 …… 嘗筮得≪大過≫，其≪大象≫曰：'獨立不懼，遯世無悶。'公曰：'神明告我，必踐之可也。'遂以是名其堂，而世亦以是稱之 …… 君嘗自號白谷，亦曰深游子。蓋其所居是白鴉谷故，因取杜詩'白谷會深游'之意云。"】

신최(申㝡) 1619-1658. 조선 중기. 본관은 평산(平山). 자는 계량(季良)이고, 호는 춘소(春沼)이다.

❈ 號 － 春沼

【≪白湖先生文集≫卷之二十二≪春沼記≫：“‘靜極而噓，如春沼魚’，此非晦翁≪調息箴≫乎？吾友春沼子申君季良取是以自號，豈不亦有意乎？隨時容與，守一處和之道者乎？吾聞嗜欲不入乎靈臺，所以爲一也。循物而無容心焉，所以爲和也。靜不極則動不力，不守乎一，又安能處乎和？此其爲安身養德，動靜自得之道也。魚之于水也，人之于道也，其所以自得乎動靜也者宜無異。季良其勉乎是哉！季良要余言，旣不獲辭，則是乎書。”】

채석주(蔡錫疇) 1619-?. 조선 중기. 자는 우서(禹瑞)이다.

❈ 名 － 錫疇　字 － 禹瑞

【≪尙書·洪範≫：“天乃錫禹洪範九疇，彝倫攸叙。”】

❈ 晚歸亭

【≪宋子大全≫卷一百四十三≪晚歸亭記≫：“蔡上舍禹瑞嘗詣同春宋公請曰：‘余作亭於所居之傍，名曰“晚歸”。願先生一言以記之。’同春曰：‘此仕於朝而倦而退休者之事，豈宜於家居業文之人哉？’禹瑞曰：‘先生所謂歸者，指身而言也。吾所謂歸者，指心而言也。如欲詳其說，則非造次之可了者也。’同春曰：‘其意善矣。其志微矣。誠不可造次了也。吾將徐爲子演其說焉。’未幾，同春易簀，而記終不果作矣。後幾年，禹瑞又訪余而復理前言曰：‘同春已矣。盍亦追成其未暇者乎？’余曰：‘同春嘗遊文元公金先生之門，得聞心學之要，則其必有妙道精義之說，而惜乎其未果也。若余者面墻擿埴，罔有知覺，顧何能說同春之所欲言者耶？雖然，嘗聞之，人有是身，便有此心。方其未感於物，寂然不動而已。及其感而遂通，一循乎理，則雖寂感萬變，而不害其爲本然之體矣。惟其牿於形氣之私，則逐物於外，奔走放逸，頃刻之間，忽然在四方萬里之表。則其所謂身者，枵然一空殼而已。雖曰有人之形，而實何異於土塊木偶哉？孔聖所謂“出入無時，莫知其鄉”者，正所以戒此也。有宋程夫子繼孔聖而爲之說曰：“聖賢千言萬語，只是要人將已放之心，約之反復入身來，自能尋向上去。”朱夫子繼孔、程之統而所以語夫學者，未嘗不用斯言也。今子所謂歸云者，正程子反復入身者乎？夫仕宦而身歸者，粗迹也；心放而反復者，要道也。人於粗迹能遂其志者蓋鮮矣，況所謂要道者耶？

由是而用力焉, 則夫所謂尋向上去者, 其孰能禦之哉? 且嘗聞朱夫子嘗曰: "幼而學, 壯而仕, 或能歸矣. 而酬酢之餘, 厭苦淡泊, 顧慕疇昔, 不能忘情, 豈知歸之爲樂哉?" 是皆心放而不能入身之致也. 然則仕而歸者, 亦豈捨此而眞得歸之之樂哉? 嗚呼! 君子之爲學, 可不知所本哉? 雖使同春無恙於今日, 而其所以告子者, 恐無以大異於斯也. 顧余方以罪戾編管南荒, 非爲人作文字之日. 故旣僭爲此說而密付兒輩, 使之早晚轉以奉聞, 此亦朱夫子餘矩也.'"】

이홍상(李弘相) 1619-?. 조선 중기. 본관은 연안(延安). 자는 제경(濟卿)이고, 호는 동곽(東郭)이다.

❀ 名 - 弘相　字 - 濟卿

【≪尙書 · 顧命≫: "用敬保元子釗, 弘濟於艱難."】

김학규(金學逵) 1620-1673. 조선 중기. 자는 천구(天衢)이고, 호는 졸암(拙菴)이다.

❀ 名 - 學逵　字 - 天衢

【≪爾雅 · 釋宮≫: "四達謂之衢, 九達謂之逵." 又≪易 · 大畜≫ "上九, 何天之衢, 亨", 故應"衢"以"天"。】

❀ 號 - 拙菴

【≪小山先生文集≫卷十一≪拙菴金公墓表代家兄作≫: "謹按公諱學逵, 字天衢. 拙菴, 號也 …… 公孝於親, 友於兄弟. 持身也謹, 臨財也拙. 蓋其事親也, 養致樂, 喪致哀. 仲弟蚤歿, 季弟遊太學以至登第. 仲季兩房孤寡孩幼, 上下男女僅五十口, 衣食百須, 皆出於公. 如是數十年, 未嘗有厭倦色, 亦無纖毫厚薄. 季父公性嚴, 於子弟少推恕, 每稱公曰: '是能以事先兄者事我.' 宗黨父兄亦交口稱其美. 苟非其義, 一毫未嘗取於人, 常戒諸子曰: '執虛如執盈, 臨財毋苟得.' 家事益寥落, 不以介意曰: '此吾所以以拙名者乎?' 晚寓芝村先墓下, 杜門養病, 優游十餘年. 癸丑, 弟佐郎公病不起, 公痛傷疾轉劇, 十月日卒于寓舍, 享年五十四。"】

정경흠(鄭慶欽) 1620-1678. 조선 중기. 본관은 하동(河東). 자는 선숙(善叔)이고, 호는 육오당(六吾堂)이다.

❈ 名 - 慶欽　字 - 善叔

【≪尚書·呂刑≫: "一人有慶。" 孔≪傳≫: "天子有善。"】

❈ 號 - 六吾堂

【≪宋子大全≫卷一百四十三≪六吾堂記≫: "鄭進士慶欽善叔居在京城之聚賢洞, 以文藝早占上舍, 而閉門却掃, 不與人往還, 人亦不知有善叔也。有田在西郭外, 常收穫自足焉。而曰: '我旣食吾田, 飮吾泉, 則如斯而足以盡吾年矣。如是則吾旣無求之人, 而人亦無求於吾矣。'旣又曰: '天以理均賦於人而無不足焉, 則其在我者, 豈非吾之天乎?'於是以'六吾'名其堂, 而問記於其中表叔華陽居士。居士歎曰: '善叔可謂賢矣。凡人皆捨其吾而徇乎人, 故營營逐逐, 未嘗有一日之閒而沒沒焉, 不知其有吾者滔滔也。今善叔之所吾者至於六焉, 則凡天下之非吾者, 何足以嬰其心哉?'或曰: '此六者之中, 其所謂天者, 自堯舜孔孟以至於路人, 莫不有焉, 則吾豈得以吾之哉?'余曰: '然矣。雖然, 衆人雖曰同有乎此, 然不能有者或多。而吾得以不失焉, 則安得不以爲吾乎?惟其以此爲吾之所有, 然後其所謂吾者, 亦可以循其則而無失矣。雖然, 善叔斂跡無求, 惟耽經史, 則當以讀吾書一句, 揷入於其中而謂之七, 斯可矣。顧乃不然者, 其亦有意乎?余嘗爲善叔思之而得其說焉。凡所以爲此者, 無非所以讀其書而有得焉者。則所謂六者, 無不自其書出來, 故書在此數焉, 眞所謂數車無車也。然吾者, 對人之名也。求於人者, 未必可得而終有所失焉。求於吾者, 必可得而無有爭焉者。況所謂天者, 不待求而自有者耶?且所謂終吾年者, 未有可言者。夫有始者, 孰不有終?然不能盡乎吾之所謂天者, 則不可謂之終焉。故禮曰: "君子曰終, 小人曰死。"然則所謂終吾年者, 亦非小事也。況時有犯義侵分, 冒刑觸辟者, 則此亦豈人人之所能有耶?雖然, 嘗聞石洲權公有"四吾"之名, 而今善叔添其二而爲六, 則世之淸修君子爭將曰 "吾善叔"云而爲之友, 而爲七吾之堂矣。其至於是, 則余恐善叔亦不得自爲吾, 而爲人之所吾也。余未知善叔其願之否乎?其不願之否乎?聊爲之問焉。'"】

홍석구(洪錫龜) 1621-1679. 조선 중기. 본관은 남양(南陽). 자는 국보(國寶)이고, 호는 동호(東湖)·지리재(支離齋)·구곡산인(九曲山人)이다.

❈ 名 - 錫龜　字 - 國寶

【≪尚書·大誥≫: "寧王遺我大寶龜。"】

❀ 號 - 東湖

【《畏齋集·洪國寶墓志》："余友洪斯文國寶年十九來學于吾先君，文詞筆法已有盛名……戊午歸自海西，絶意仕宦，養疴東湖，不入城市。以己未十二月十四日卒，享年五十九。"】

이상우(李商雨) 1621-1685. 조선 중기. 본관은 한산(韓山). 자는 패연(沛然)이다.

❀ 名 - 商雨　　字 - 沛然

【《孟子·梁惠王上》："天油然作雲，沛然下雨，則苗浡然興之矣。"】

❀ 欹枕亭

【《宋子大全》卷一百四十五《欹枕亭記》："陶靖節詩云：'靜念園林好，人間良可辭。'晦翁先生嘗手書此以贈擧子而曰：'但能參得此一詩透，則今日所謂擧業功名皆不經心也。'其微意可知也。藍田有羊角山之欹枕亭者，故韓山李君沛然之所築也。李君嘗蔭仕於朝，官至領郡，旣而四方之志倦矣，則投紱來歸，以是亭爲休養偃息之所。晦翁所謂'幼而學，強而仕，仕而歸，歸而樂'者，今乃有其人矣。其名'欹枕'者，蓋取熙寧間邵康節'看兒戲'之意也。今無熙寧托《周官》變法之事，則所看者，世上爭名逐利之輩擾擾膠膠。其爲兒戲也，奚止於靑苗役法之紛紜也？況羊角之名適符於逍遙之趣，其胸次曠然，俯視實宇於九萬里之上，則其快適當如何也！此非止靖節園林之樂而已。竊想康節枕上之樂亦猶是也。故晦翁嘗曰：'康節，有規模底莊子。'眞知言也哉！惜乎！亭成而君則棄而就世，只使遊人携酒來憑也。其胤子樂而名涑愴然興懷，請記於余。余嘉其有塗堲繼述之志，書此以遺之曰：'康節欹枕之趣，誠有自得自在之樂。然此實本於百源山中，整襟危坐之功。其用功如此，然後物欲淨盡，可造昭曠虛閒之域矣。此豈偶然而得哉？雖然，又有一說焉。程子嘗稱康節爲安且成，而又嘗以爲偏霸手段，無禮不恭。則樂而諸人，顧名揆義之際，不可不並入於明辨之中而愼思之也。'崇禎著雍執徐孟秋晦，德恩宋時烈記。"】

이요(李淯) 1622-1658. 조선 중기. 자는 용함(用涵)이고, 호는 송계(松溪)이다.

❀ 名 - 淯　　字 - 用涵

【《集韻》，"淯淯，深不測"，《說文》，"涵，水澤多也"，義近相偕。】

❀ 號 - 松溪

【≪白軒先生集≫卷四十三≪文稿·麟坪大君神道碑銘≫：“公諱㴻，字用涵，號松溪……仁祖嘗命撤舊殿材，爲公搆亭於漢水上。未及完而登遐，上繼而成之。公俯上之賜，扁以戴恩。且愛曹溪水石，作亭榭，顏其堂曰永休，公之自號松溪以此也。”】

김익렴(金益廉) 1622-?. 조선 중기. 자는 여구(汝矩)이고, 호는 적곡(赤谷)이다.

❀ 名 - 益廉　字 - 汝矩

【≪增韻≫：“矩，廉隅也。”】

❀ 冽泉亭

【≪宋子大全≫卷一百四十二≪冽泉亭記≫：“丫溪子嘗將金帛往使燕，自柵門至其都城，歷觀皇朝時控禦城池、文物制作。其遺跡尚皆可考，不勝殷墟箕子之泣。旣歸，屢以密告於上者，皆天下事也。遂於其居之後作冽泉之亭，蓋取≪曹風·下泉≫之義也。其詩曰：‘冽彼下泉，浸彼苞稂。愾我寤歎，念彼周京。’噫！雖生在丙丁之後者，猶不無陰陽夏夷之辨，況吾沐浴皇朝之風化、游泳帝德之浸潤者乎？又況壬、丁倭變，靡皇上至誠東顧，則其無國久矣，況復有此身乎？及至今日，追思反顧，至於血泣而不已者，蓋天理民彝之不期然而然者矣。試於雲收日朗之時，登斯亭也，北望中朝，而想像三百年昇平遺韻，而念今日腥羶荒穢之爻象，則其有不膽裂而心腐者耶？其不然者，必無人心者也。雖然，陽不能終無，而亂必有可治之理，故此詩居變風之末，而≪豳≫，≪雅≫之盛繼其後，則程子又取‘碩果不食’之象以論之，聖賢之意斷可識矣。然則登斯亭者，豈徒下伯仁之淚，而終無茂弘之志乎？余於此因有所大感於心者。≪下泉≫之卒章曰：‘芃芃黍苗，陰雨膏之。’碩果之爻曰：‘君子得輿。’嗚呼！其惟我聖考可以當之乎？則繼述其志事者，不在我聖子之世乎？草野願忠之微臣，聊復有平日之壯心也。崇禎紀元後四十三年，東郊病旅記。”】

김징(金澄) 1623-1676. 조선 중기. 본관은 청풍(淸風). 자는 원회(元會)이고, 호는 감지당(坎止堂)이다.

❀ 號 - 坎止堂

【《宋子大全》卷一百四十三《坎止齋記》："巽爲順而坎爲險,《易》卦之義也。
圓者行而方者止,人事之常也。夫方者自有難行之理,況遇坎之險,則雖欲不止,
得乎?然坎者,陷也。故陷於險者,無不求出於平途,此恒物之大情也。夫推分委
命,任運順時,能安於險而其心無悶,然後爲得其止也。金監司元會釋褐入仕,始
爲督郵,以事置對而編配。旣而蒙有還朝,則其方不刓而有加。數年在臺,凡所
彈劾四十餘家。嘗與六諫臣者遠謫荒裔,未幾赦,復舊踐,猶不改前度,俄以湖南
方伯復下廷尉。時同春宋公被召至京,意謂元會之爲親盛設,雖曰非時,以此獲
罪則有傷孝理。遂入告伸救,而不得力,公遂復編配,而同春亦狼狽去國。然則
非但公之陷於坎,而同春亦不得以履坦矣。歲壬子冬,同春下世,則公益踽踽於
世矣。去年春,公來哭同春,因就余而曰:'吾於故里有數架屋,扁以"坎止"。盍爲
余記之?'余曰:'公旣喜方而惡圓,自非能行者也。又所遇之坎非一,而至於習,
則其陷之深而不得出也宜矣。然止之道亦難矣。苟身止而心不止,求其所以出之
之道,則未必能出,而愈入於險矣。吾知公之必不然也。《易》曰"習坎心亨",又
曰"止乃光明",安知今日事,天不以公而玉成之也耶?雖然,爲是者有本。必須窮
理而知益明,居敬而養益深,乃可以語此也。然後或出或處,或語或默,所止者無
非道也。其至於是,則同春之靈亦將大慰於九原之中矣。'嗚呼欷矣!是爲記。時
崇禎閼逢攝提格仲春日,恩津宋時烈記。"】

이동규(李同揆) 1623-1677. 조선 중기. 본관은 전주(全州). 자는 조연(祖然)이고, 호
는 혼천(渾泉)이다.

❀ 名 - 同揆   字 - 祖然

【《星湖先生全集》卷五十九《混泉李公墓表》:"丁巳七月十六日考終,距其生
癸亥六月二十一日,得年五十五。訃聞,上愍悼,特賜賻致祭。公卽太宗別子敬
寧君諱裶之後。兵曹判書諱希儉號菊齋、吏曹判書文簡公諱睟光號芝峯、領議
政貞肅公諱聖永號分沙,是曾祖以下三世,而政府舍人權公諱昕,卽外祖也。公
生歲六甲與芝峯公同,故名同揆,字祖然。混泉,乃其號也。""祖然",即與祖李睟
光(1563-1628)生年月日相同。】

홍주국(洪柱國) 1623-1680. 조선 중기. 본관은 풍산(豊山). 자는 국경(國卿)이고, 호

는 범옹(泛翁)·죽리(竹里)이다.

❀ 名－柱國　字－國卿

【《後漢書·楊震傳贊》：“楊氏載德，仍世柱國。”李賢《注》：“言世爲國柱臣也。”】

❀ 號－泛翁

【《藥泉集·禮曹參議洪公墓志銘》：“公諱柱國，字國卿……公自遷謫以後，易居者數三，親友亦隨所住爲號。公笑曰：‘我栖息未定如泛宅焉。’因自號以泛翁云。”】

❀ 號－竹里

【《藥泉集·禮曹參議洪公墓志銘》：“公諱柱國，字國卿，籍豐山……公雅有丘壑之志，而貧不辦買山之資。及畸于時，寓居西湖之竹里者數年，頗以償宿願爲幸。嘯咏江山，悠然有自得之趣。”】

김방걸(金邦杰) 1623-1695. 조선 중기. 본관은 의성(義城). 자는 사흥(士興)이고, 호는 지옹(芝翁)이다.

❀ 名－邦杰　字－士興

【《論語·子路》：“一言而可以興邦。”】

❀ 號－芝翁

【《霽山先生文集》卷十五《大司成芝翁金公墓碣銘幷序》：“以其所居亦名芝村，故自號芝翁。”】

이동명(李東溟) 1624-1692. 조선 중기. 본관은 덕수(德水). 자는 백종(百宗)이고, 호는 학정(鶴汀)이다.

❀ 名－東溟　字－百宗

【《尚書·禹貢》：“江漢朝宗于海。”溟，海也。】

❀ 歸樂堂

【《宋子大全》卷一百四十三《歸樂堂記》：“德水李侯百宗築小室於善州之孤山，名以‘歸樂之堂’。余曰：‘歸樂之義遠矣。朱先生嘗記朱僑游之堂曰：“強而仕，老而歸，歸而樂。”此恒物之大情，而士君子之所同也。或者眷眷軒冕，老而不能歸。或歸矣, 而厭苦淡泊, 咨嗟戚促, 豈知歸之爲樂哉？或知之矣, 而其前日從宦之所爲, 不能無愧悔乎心, 則於其所樂雖欲暫而安之, 固不能也。然則仕而歸, 歸而樂, 斯豈不難哉！今百宗強而仕, 仕而歸, 則誠無愧於古人矣。抑未知果無咨嗟戚促於其心否乎？果無愧悔於前日之所爲否乎？曰歸者, 人之所難也。能歸, 則其不爲戚嗟可知。而旣能無戚嗟, 則前日之無所愧悔, 從亦可保矣。縱使未然, 百宗大賢家子弟也, 從今靜處於江湖之上, 讀書玩理, 繩其先武, 則其無戚嗟, 不足以言之。而旣往之小愆細過, 豈足以害今日之眞樂哉？'或曰：'百宗之歸, 被劾而歸也。烏足尙哉？'曰：'百宗如不欲歸, 則必不至被劾而歸矣。旣能被劾而歸, 則其能有眞樂也可知爾。'丙辰月日, 華陽病叟記。"】

❀ 嗟白軒

【《宋子大全》卷一百四十四《舒川郡嗟白軒記》："德水李百宗仕於朝嘗爲承旨、參議, 旣而有所不樂, 求出爲舒川郡, 以爲迤邐東歸之計。未幾, 遂有投紱歸歟之志, 而所治小軒適成矣。亟以書問名於余, 余誦晦翁先生守南康時所贈僚友詩曰'知公近覺靑山好, 顧我頻嗟白髮新'。有是哉！先生之難進易退也。未五十而言如此, 則世之白首靫掌, 役役於口腹者, 亦可以知愧矣。故敢取其詩中字而名以'嗟白'。嗚呼！百宗乎！洛江淸矣, 孤山矗矣, 梅鶴亦相待矣。百宗之霜鬢亦不止於一莖兩莖矣。一朝翩然還尋遂初, 則庶不負晦翁之詩義矣。倘或以此而揭之楣間, 則亦可以警夫後之老而不歸者, 而亦恐有惡而去之如釣臺壁間題字也。惟百宗諒之。"】

김수증(金壽增) 1624-1701. 조선 중기. 본관은 안동(安東). 자는 연지(延之)이고, 호는 곡운(谷雲)이다.

❀ 名 - 壽增　字 - 延之

【《論衡·變虛》："增壽延年, 享長久之福。"】

❀ 號 - 谷雲

【《谷雲集》卷四《谷雲記》："谷雲在華嶽之陰春川府西北八十里, 《勝覽》稱爲史呑, 余以鄕音改稱谷雲。蓋自平康之分水嶺走百餘里, 轉而爲金化之大聖山。又走二十餘里, 爲守里山。一支逶迤南行五里許, 臨大溪豁然而止。俗名不雅, 今改以靑嵐山。又大聖山一支, 西而爲福子山, 轉而爲霞峴, 南而爲妙峯, 又轉而

爲大多羅峙。山脚陟斷，又自妙峯西而爲小多羅峙，轉而爲白雲山。自此又東南
而乃爲華嶽，雄盤谷雲之南。又自守里山東走過十餘里，重巒疊嶂，與華嶽東支
重掩谷雲之東。千回萬轉，至梧里谷，爲其外口。今據谷雲而觀之，大山繞其外，
小山錯其內。四面環擁闢一世界，有峽民數百戶，在在依山谷以居。谷中之水，
其大有五六派，皆源於西北數十里內，至靑嵐山西偏而合流。又有一溪自南而北，
入于其下，此則出自華嶽者也。支澗旁流合而爲大溪，行三十餘里，轉過梧里谷
鋤五芝村入母津。行四十里，合昭陽江焉。其入谷之路有五：一自金化，由時羅
峴而南入；又自霞峴而入；一自永平白雲山南支而西入，俗名倒馬峙；又自白雲
寺北而入，此卽多羅峙；一自狼川、春川境而東入，此卽梧里谷也。路皆深險，又
間有微路，而人馬不甚通行。余曾任平康，以公事過鋤五芝村，距谷雲不過一舍，
蓋聞其勝而未得探討。庚戌三月，自京城由梧里谷，踰鶴峴涉大川，俗名灘岐，卽
谷雲下流也。又踰蒜峴，山漸高谷漸深，人煙隔絕。行十餘里得一佳處，俗名小
幞揷。洞府幽淨，氣象深窈。激湍層巖，巖花無數，遂改名傍花溪。緣溪穿石林
中，高低犖确，連峯障天。徑盡復通，又行十餘里，石棧際水，稍似開豁。眞古人
所謂彷彿有光者，遂名之曰靑玉峽。行里許，有所謂女妓亭，改以神女峽，又名貞
女峽。松厓高爽，俯觀水石甚淸曠，名之曰水雲臺。鄉人傳是梅月堂留賞處，故
後改以淸隱臺。涉一支澗，又上里許，至靑嵐山東南，此卽俗所謂大幞揷。潭形
深凹，潭左右大石嶐然錯列，狀如龜龍飮水。水勢噴激，如裂萬瓦，聲振山谷，見
之凜然。水底皆是全石，露出崖際者，隨勢高低，盤陀淨滑，延袤無慮數百步。春
夏間，鄉人設筍或張網，取餘項魚，遂改名曰雪雲溪。追聞舊稱白雲潭，還仍其
舊。其傍巖崖斗起，名之曰悅雲臺。由此上數百餘步，又得勝處，奇壯遜白雲潭，
而淸穩過之，名之以鳴玉瀨。轉一巖厓，積水澄泓，其深不測，俗稱龍淵。天旱，
村氓禱賽，遂名曰臥龍潭。靑嵐山之中脈至此而盡。蒼麓蜿蜒而下，枕艮向坤，四
面環抱。東西數百步，南北百餘步。水勢自西而東，如彎弓形。其內平曠穩奧，可
居可耕。華嶽積翠，如對几案。以其前有龍潭，遂名之曰歸雲洞。而追聞村人舊
稱石室，此有符於陶山石室，甚可奇也，亦稱以新石室。其南涯松林蔥鬱，可置亭
子。取崔孤雲詩語，名以籠水。又出西北隅數百步，有盤石亦可徜徉，名之曰明
月溪。又有所謂隆義淵者在其上。此則仍舊迤西稍進，奇巖錯列，水瀉其間，名
之曰疊石臺。水石之勝，至此而窮矣。又自此行里許，有官倉糶糴村民。其西有

一廢址, 傳以爲五歲童子之基, 蓋梅月公以幼悟, 舉世稱之, 以五歲而貓貊之境杖錫殆遍。神女峽旣有舊跡, 則此其爲遺墟無疑也。蓋自傍花溪至此十餘里間, 連嶂束峽, 雲木陰森, 白石苔巖, 殊狀異態。水聲汩淒, 人籟俱寂。長松儼立, 躑躅照映。令人心目醒然。余以最勝處定爲九曲, 而九曲之外可遊可觀者不暇悉記。摠之洞府寬閑, 土地深厚, 可以游泳而盤旋, 棲遲而耕鑿。而歸雲洞一區最是第一頭地也。正當六曲上流之會, 又其東西皆有梅月公舊迹。不數里而近, 近處一丘一壑, 無非當日杖屨所及。而埋沒數百年, 令人慨然。遂取公詩語, 名其後小谷曰採薇, 仍以爲棲止之所, 非特如晦翁得王君之遺址也。然宅幽而勢阻, 山峻而道險, 外人罕到。晦翁所謂'非雅意林泉不憚勞苦者不能至'者也。又自疊石臺北行數十里, 卽時羅、多羅、霞嶺等處。而西則倒馬峙, 改名白雲嶺。余之出入常由於此。自永平龜汀遷東入, 曲折深谷。屢渡一溪, 危峯仄徑。下臨絶壑, 人馬僅通, 或有下馬徒步處。谷中有絶壁千百丈, 削出雲霄, 奇壯罕儷。其下水石亦甚淸絶。余每至其下, 仰看竦然, 徘徊不忍去。去阿協所寓十里, 曾隨我到此共玩, 名其壁曰元化。又築小臺於東厓而臨之, 取簡齋詩語, 名以'三歎'。由此轉上十餘里, 有一瀑落於層巖, 亦可觀。摠名其谷曰'雲門'。凡其勝槩, 世無知者, 而數十年來爲我所管領。往來遊賞, 不知涉險乘危之勞也。繞瀑稍上, 踰大小二嶺脊行二十里, 達歸雲洞。余就洞中經營屋宇, 始於庚戌秋, 數年間僅成七間茅舍。乙卯冬, 舉家來棲。其後又立草堂三間, 扁曰'谷雲精舍'。又作籠水亭, 又立家廟, 左右又設兒輩房室, 而廡廊廚庖之屬略備。辛酉, 以疾憂出山。人事變遷, 至己巳又復獨來, 更築華陰洞。別有記。"

《宋子大全》卷一百四十二《谷雲精舍記》:"安東金延之爲平康縣, 一日忽起孫公赤城之興。屛徒隷, 或涉或登, 行數百里, 竟至春川之史吞。其幽深復阻之勢、淸曠靜寂之趣, 有不可名狀者。其中奇絶之處, 名號樸陋, 皆有以換之。遂有傍花、雪雲二溪, 水雲、悅雲二臺, 神女峽、籠水亭、臥龍潭、歸雲洞。則有如西子之蒙不潔, 而一朝洗濯於淸泠之淵也。溪山磵谷, 不可謂不遇矣。而自見遇者言之, 數十里之間, 經略布置, 大綱小維, 盡爲吾物外之藏矣。村居滴歷, 吠煙不相連屬, 而有官倉積粟, 所以耀糶於村民者也。有村民指一頹址曰:'此相傳以爲五歲童子之基。'蓋梅月金公生纔數月自能知書, 至五歲則於經傳子史無不通貫, 故當時目以五歲。而至其長大, 猶以是稱之, 事俱載野史諸書。世祖朝託迹緇流, 放情丘壑。穢貊之墟, 瓶錫殆遍, 此其嘗爲棲息之地也歟？公作詩甚多, 喜使‘薇’、‘蕨’字, 故今又改其谷曰採薇。而將作一間精舍, 名以谷雲, 置公像其間, 與村老樵夫酌飛泉以侑之而未暇也。然已結數椽茅舍, 以爲早晚歸休之所, 則是將爲次第事矣。蓋公之蹤跡, 人或不欲深言者矣。至我宣廟朝, 栗谷先生承命立傳以進之, 則自後人人公誦之。至於湖西之鴻山, 是公畢命之所, 故章甫之徒立祠以祀之。蓋曰泰伯斷髮文身, 而其崇報之祠在吳中, 至唐狄梁公焚滅千餘祠, 而此獨巋然, 則其義一揆也。於是延之喟然歎曰：‘吾東山水以蓬萊之萬瀑爲第一。而若其水石平曠、洞府寬廣, 可以遊泳盤旋而棲止耕鑿者, 則彼將有所遜焉, 而況有梅月之遺迹？則吾之占之爲依歸之所, 烏可已乎？’遂馳書問記於余。余曰：‘顯晦者, 理也。遲速者, 時也。今此史呑者, 自其峙流以來歷幾千萬年, 而始爲梅月公之所遊賞。又並梅月公埋沒者復幾年, 而再發於延之。從今以往, 吾將期其有顯而長永無晦也。蓋其發之遲者, 傳之常久也。’余仍有所告於延之者。延之既以臥龍名潭, 則晦翁廬山之擧將不倣而爲之乎？吾欲爲延之之西原子虛, 而老矣, 不可得矣, 遂書晦翁詩以貽之。如後萬一有成, 則願以此揭之壁間也。延之名壽增, 淸陰先生之嗣孫也。時崇禎辛亥六月日, 恩津宋時烈記。”】

❀ 華陰洞主

【《谷雲集》卷四《華陰洞志》：“華嶽之北有洞焉, 淸幽夐絶, 一塵不到, 余創名之曰華陰。溪曰白雲, 去精舍西南四五里。余於庚戌占谷雲, 經營精舍, 乙卯冬擧室來棲, 其後又立籠水亭。凡谷中勝境擧皆探歷。東至傍花溪, 西至七仙洞, 而華陰亦嘗一再遊覽。辛酉出山, 仍之以喪病, 汨沒七八年。至己巳秋復入, 遂草創茅亭於白雲溪上, 名之曰聊淹留。蓋溪水一派出華嶽之北, 左偏而來；又有一派自右偏而來, 合於洞之南, 故亦名之曰雙溪。折而北走, 經聊淹留亭, 轉過四五里, 入籠水亭之西焉。庚午夏, 就淹留亭南數十步, 依小阜, 坐庚向甲, 構屋四間。取陸放翁‘萬事無如睡不知’之語, 扁曰‘不知菴’。菴左又設二間屋, 名自然室。室後鑿岊爲臼作碓室, 繚之以籬, 掩以柴扉, 名曰含淸門。門柱書晦翁‘漫將門自掩, 那有客相尋’之句。籬外菜圃, 取山谷語名以不可不知。門外有井曰寒泉井。井下有淸如許塘。塘邊築臺, 名表獨立。臺西數十步卽聊淹留亭。亭臺間左右種黃菊數百株, 名晚香徑。亭下大石如鋪素氈, 可坐十人, 名川觀石。石傍有趨眞橋。橋西十餘步有蔭松巖, 北涯亦有之。迤西而北, 又有石門塢, 此卽自外

入洞之路也。又有小澗出菴之西，谷中就籬外爲水碓，名曰春雲。分其餘流於菴
之左，刳木而注之，承以木槽，爲廚庖之用，又分注於南窓簷霤間以資漱濯。日夕
潺湲，有琴筑聲，名曰濕雲泉。溢而經階庭，穿籬門而出，至趨眞橋入白雲溪。溪
北小山正與菴相對如几案，名之曰叢桂峯。峯下水邊有巖，與聊淹留亭相對，可
作小亭。而巖面前廣後狹，不容四柱，遂排三柱，中懸短梁。梁之三面挿三衝椽，
加於三棟之交。梁根畫≪太極圖≫，旁列八卦。三衝椽分書'陰陽剛柔仁義'字，字
作八分。三棟通畫六十四卦。三柱各作八面，凡二十四面，排作二十四節氣。又
排十二辟卦，又書十二律十二支，遂名之曰三一亭。亭下大石盤陀可數十間，效
晦翁閣皂山古事，刻≪河圖≫、≪洛書≫、先後天≪八卦太極圖≫，遂名其石曰人
文。以篆書刻'河洛羲文人文石'七字。亭前水石清澈，長松離立，花木交蔭。南厓
菴室亭臺隔溪掩映。華嶽積翠蔥蘢，雲嵐起滅，朝暮萬狀，有無限意趣。自不知
菴往來不過數百步，臺之東隅有老楓偃屈於松下，交陰簇翠。又有大巖高可數丈，
突立溪邊，據其頂作長橋橫過溪墅，長可數十餘尺，高過數丈。遂取百原翁語名
曰閒來往橋，名其巖曰月窟。渡橋而北，亦有巨石，名之曰天根。自天根石踏人
文石數十步至三一亭。又自三一亭稍上尋丈之間置屋三間，命之曰無名窩。東偏
一間加丹艧，設諸葛武侯畫像。又置梅月堂眞簇，扁曰有知堂。堂後石勢扆巘，
轉至窩東，橫障如屛，遂名之曰張雲屛。屛之下仍成三層，以其在叢桂峯底，名小
山臺。又其上大巖錯落，村人立桶引蜜蜂，名曰山蜂巖。又自三一亭緣溪而西有
石平廣，廣袤數十尺，以其在川觀石之北涯而形勢略同，故名曰互石。互石之東，
雲屛之西，合而名之曰冥棲塢。自互石稍下涉溪，則爲石門塢焉。蓋華嶽東支北
走而西轉，乃爲叢桂峯。又西支北走，與叢桂峯相對，水出其間爲洞門，卽所謂石
門塢也。余之入谷雲二十餘年，山中之稍有異態者皆我有也，而未始知華陰之
勝。旣占華陰，而跬步杖屨之地，亦有遺之於先而發之於後者。蓋自始至今凡四
年，而洞中佳勝庶幾皆爲我有矣。又余嘗宰交州，有楓嶽僧弘訥者隨至山中。余
爲勸誘，創小菴於雙溪洞上，命其名曰伴睡。有林壑水石之勝，余常往遊或經宿，
視同外舍，亦洞中之一勝也。總之自石門塢至雙溪洞，在溪之南厓。自互石至小
山臺，在其北厓。此如輞川莊南北垞，而閒來往橋跨於南北之間，其面勢明爽，一
洞山溪之勝，皆攢聚眉睫，則北厓尤勝於南厓云。出石門塢，岡巒蔓延，東西對
峙。溪水循東岡之西趾而北流，水之西厓稍寬平。山氓八九家依西岡之東趾，自

成村落。洞壑奧如曠如, 平疇高壟, 前後相錯, 籬落蕭然不相聯。而鷄犬相聞, 桑麻掩翳, 桃杏雜花, 照映墟里。又有大梨數三株花甚繁。村中少井, 多汲前溪。焚山種粟, 耕耘樵採。不出山門, 時逢村老, 怡然笑語。蓋聞其棲止今累世矣, 宛然是桃源景象也。自籠水亭往來洞中, 路出村前, 不甚嶬。余之出入實爲門庭。而常騎靑牛而行, 故遂名之曰靑牛峽, 名其村曰大谷。菴之南窓階下本有山攀花一叢, 作菴時因而封植, 翠葉團團, 四月發花, 花房極細, 如綴粟粒, 色白如雪, 淸香濃郁, 結子纍纍若靑珠。此花山野間處處有之, 見於古人記述吟詠。而我東人不知其爲佳品也。其側又種海棠一樹。庭之東南隅種黃菊數十本, 又種梧桐一株。菴階甃石間種石菖蒲, 又種南窓外。此出於江都之産, 可入藥用。又有俗所謂石菖蒲者, 其葉似楓, 其根盤屈, 喜生石罅, 實非菖蒲, 或名石丹楓。此則種於自然室階間。又於寒泉井上種甘菊枸杞。自井邊至亭臺間多有五味子, 蔓生結實。又有彌猴桃一叢, 北厓亦有之, 蔓絡樹上。楓樹杜鵑躑躅, 映帶山溪松林間。躑躅淡紅色品絕佳, 此最可觀也。余嘗一日步出山迆, 有一草花妍紅, 正如金錢花, 莖葉亦如之, 埋沒亂草中。此所謂'車馬不臨誰見賞'者, 遂移栽籬下, 名之曰野金錢花。逐年開花, 亦可玩也。有二盆梅, 遇寒置之房內, 臘月開花。又有一盆竹。庭除前後立蜜蜂數十桶, 逐年或加或減。初秋割蜜脾, 所得或少或多。又養鷄有黃碧二種, 作塒懸窠, 編柵護雛, 時爲貓貍所攫害, 移置南簷下。此所謂'鷄棲草屋'同者也。春夏間, 川觀石下設魚笱, 餘項魚跳擲而上, 落於笱間。余坐石上而觀之, 使兒奴取歸。村人亦時有網取而來饋者。伴睡菴去我菴室不過一里許, 余常步行或騎牛, 轉一皐南行, 緣澗穿林麓中。巖石盤陁, 淸流洄瀉。稍上十餘步, 僧輩設水碓。過此西折數十步, 夾逕種松成林。至菴, 地頗爽塏, 坐西面東。華嶽群巒, 隱映眼底。菴僅十餘間, 龕內安小金佛一軀。菴右有一浮屠, 卽弘訥師僧舍利所藏。其下石井淸冽。井下種芹, 階下種菜。有細泉出菴後, 刳木而引之, 置木槽於廚門而注之, 不煩汲取。庭有玫瑰芍藥黃菊葵花李梨之屬, 大杏三四株在其左, 花時照耀洞壑, 亦一佳玩也。又自雙溪合流處東南行百餘步, 卽溪水之自華嶽右偏而來者。昔年曾往遊長松夾溪, 花木紛披, 水石亦甚潔淸, 不可易得。近年以其有陶窯, 山溪濯濯, 成一荒翳之場, 可惜也。華嶽絕頂以南卽加平地, 以北屬谷雲。吾之卜築雖是窮谷, 正當入山要衝。春夏間, 山氓之過門者無虛日。或取薪, 或伐材, 或探桑, 或燒畬, 或鋤田, 或採山蔬, 或尋山蜂。至秋, 又有刈粟捕鷹採蓼，摘海松子山菓菌蕈者，挾等箑斧鐮而行。其中村人之相熟者時或少留，餉以蔬菓。伴睡僧人之出入者則尋常來過。遠近僧俗之以事入寺者，亦多過門。余或呼而與語，未覺其喧煩。曾有人值余不在，題詩壁上而去。詩筆不甚工，而終不知其何許人也。上流又有陶窯磨造人數家，人多往來，買賣器物。至冬大雪，萬逕俱絕，罕有人行，時見驅牛斫柴人而已。"】

❀ 籠水亭

【≪宋子大全≫卷一百四十三≪籠水亭記≫："孟子曰'是非之心人皆有之'，蓋人有五性，智居其一，而是非者乃其用也。人無是性則已，有是性則必有智焉；無其智則已，有是智則必有是非焉。故曰：'無是非之心，非人也。'又曰：'猶其有四體也。'蓋言其必有也。吾友金延之作亭於山水間，名以籠水，蓋取崔文昌詩語，而其意不欲是非之聲到于吾耳也。若然，則孟子之書，雖無作可乎？曰：不然也。夫天地萬物，無無是非者。天覆而地載者是也。苟或不能覆，不能載，則非也。陽舒而陰慘者是也。苟或不能舒，不能慘，則非也。況於人事之得失、物理之順違，何莫非是非之所在也？若然則其在人心者，雖欲銷鑠磨滅而何可得也？然古之時，俗朴民醇，絕無狡僞。故是者是之，非者非之，是所謂眞是非也。後世則反是。故朱夫子嘗有言曰：'東頭不見西頭是，南畔惟知北畔非。'若是者，眞若莊周所謂'天籟者，隨萬竅而各自號'者也，其可謂是非而欲聞之乎？此文昌之所以深坐山中，以水籠之，不使到於其耳，而延之之取以名亭者也。雖然，是非之性得之於天者，而終於滅絕謝去而已，則無乃近於釋氏之空寂，而有違於孟子之訓乎？曰：不然也。吾人旣與世相踈，則世上紛紛自是不干之事。雖在城市，亦可以不相聞而相忘矣，不待入山而水籠之也。至於一家而有一家之是非，一身而有一身之是非，不於此明辨而取捨之，則是眞滅其天而得罪於聖門者也。然亦必先察乎一心之所存，其天理者爲是，而人欲者爲非。培養之深，克去之盡，則其爲是非之用孰有切於此者。然後一身之修、一家之齊，無不如其志矣，何患乎聖訓之或違也？然若不以讀書窮理爲先，則其存乎心者，將不知孰爲天理而是，孰爲人欲而非也。我願延之乎痛掃漑斯亭，靜對方冊，朝夕沈潛，則眞晦翁所謂入于千古是非叢中者也。是則可以籠之以天地，於是乎致精而克明焉。則自一心一身，以至於一家之政，無不了然而得其正矣。噫！尊王考文正先生之所從事者，蓋嘗不外是矣。嗚呼！延之其必有聞乎斯矣。崇禎旃蒙單閼元正，恩津宋時烈記。"

《三淵集拾遺》卷二十三《籠水亭記》："余嘗從伯父後，遊于三角之閔漬巖。每至水石好處，伯父輒擧崔孤雲所題伽倻'流水籠山'之語，爲之詠歌之不足，想與其人者遊，余固心異而窃記焉。于後，伯父營于春川之谷雲，旣誅茅奠居矣，乃於川上作亭而名之籠水。籠水者，以水籠山也。籠之以水，欲是非之不耳聞也。余亦一再至其處達觀焉，大抵深峽四阻，屋後有靑嵐山者，與其南華岳對而相束。水之流乎其間者，一曲而一直，又有巨石白礫爲之磯焉。水輒觸而奔流，回周乎山內外，未始有窮。東面而視，不見水之所入；西面而視，不見水之所出。盖山與水交相籠，而水之籠乎山者旣壯，則其所蕩汩所澎湃，凡其中山木之畏隹若鷄鳴狗吠，皆爲所籠，而聲爲之虛焉。人雖有疾聲喧呼，莫之或聞，況刺刺囁呫是非之云乎哉？古之人盖嘗有捐世高蹈，處乎嵯巖之間者，每每以水爲必觀之物焉，枕嗽焉，甚且樂飢而忘年。何則？以其浣濯澡雪，有近於潔身之道也。昔者許由聞堯之言而恥之，洗耳於潁川。巢父遇之，不飲牛而去。彼觀其意，誠以堯之言爲不欲聞之聲，而若有滋垢之着其身也，欲滌而去之，人雖笑其過潔，要不受世之溫蠖也已。夫宜莫若堯，而尙且有二子者之爲，況居今之世去堯之時亦遠矣，擧群趣者莫不以方生之說各相是非，梦然殽亂，無異殼音之無別。則苟有高世人之志者，誠欲日枕流洗耳之不暇也。然而夫旣聞之矣，輒欲洗耳而去其汚，則是不惟取異於人，亦未爲簡之道也。若夫居深山之中，以水籠吾之耳境，以之蕩其衆聲，止吾之官知，不或使不欲聞之聲接乎耳，則必無事矣。是其言也，亡其孤雲之所先獲，而伯父取焉與？"】

❈ 隆義堂

【《宋子大全》卷一百四十四《隆義堂記》："金延之旣定山居于谷雲洞，其南有臥龍潭，其西又有梅月堂舊址，而又別有所謂隆義淵者。遂復結屋於淵上，而中置諸葛公畫像，側掛梅月公眞簇，有若正配之位者然，以寓瞻慕之意。噫！諸葛公當東京之末，高臥南陽，不求聞達。及其帝胄三顧，魚水契合，則許以驅馳，一以討賊興漢爲心，鞠躬盡瘁，死而後已。故朱子極稱其正大，而曰正如靑天白日，其義可謂高矣。梅月公當我朝盛際，毀章甫爲緇髡以沒其世，是眞名敎中罪人也。然而論者以爲，可與吳泰伯斷髮文身異世而同符。夫泰伯，逸民之流也。然而聖人並與文王稱以至德，朱子則又以爲文王高於武王，而泰伯又高於文王，未知梅月之與泰伯果若是其班乎？殊非童觀之所敢知也。然宣祖大王嘗命李文成公珥別爲立傳，俾不泯沒。夫聖祖神識超越百王，則梅月之義之高亦可以默識矣。今玆臥龍潭與梅月舊址適在此山，而隆義之名又與之冥會，此延之之所以不能放過者也。然二公之義，孰不知尊尙？而延之實我文正公之嗣孫，則其感慕興懷亦豈不有異於他人也？夫文正公之所存，卽二公之義也。噫！又豈非衰世之志也耶？昔朱夫子病臥樓下，長吟≪廟柏行≫曰：'不復見恢復中原。'及畫諸葛公於廬山之臥龍菴而曰：'後之來者，尙有以識余之意也。'今延之其庶幾乎識之者歟？"】

❀ 一絲亭

【≪宋子大全≫卷一百四十五≪一絲亭記≫："漢鼎之重而繫於嚴子陵一絲，何也？古今天下，釣者非一，奚獨取於子陵乎？嗚呼！知子陵者鮮矣。釣臺舊有祠堂，晦翁朱夫子常稱范希文記文甚偉而然而曰'江子我一≪記≫，獨書作新歲月，最爲得體'，又以其'羊裘題軒、客星命閣'者爲善。今谷雲居士金延之乃以一絲而扁其亭，其江子我之意乎？其思深而義遠則有加矣。且夫漢鼎之繫是云者，其亦無其說乎？嗚呼！道喪千載，聖遠而言埋矣。子陵乃能以懷仁輔義一言，公誦於功名將相之世。夫未有仁而遺其親者也，未有義而後其君者也。伯夷之節昭乎日月，而實本於求仁而得仁。後世之不奪不壓，皆原於後義之害。大哉仁義之道也！≪易≫曰：'立天之道曰陰與陽，立地之道曰柔與剛，立人之道曰仁與義。'仁義之道如此其大，則漢鼎之人不敢輕重，特其餘事耳。若子陵之節非有得於此，其能使黨錮諸賢激其頹波而善善惡惡乎？其能使賊操徘徊於黃耳金鉉之傍而不敢取乎？又能使蕞爾巴蜀仗義討賊，而孔明庶幾禮樂乎？然非知幾識微之君子，夫孰知子陵之功如此其大也？此希文之能言而終不如子我之不言。記昔晦翁之時，有謂子陵非詭激索隱者，晦翁以爲使子陵而可作則當發一大笑也。夫詭激索隱，豈所以論子陵者哉？自周程以後，仁義之說大明，故胡致堂先生拈出其'懷輔仁義'一句刻石於釣臺。則晦翁每過其處，摩挲太息而不能去。蓋晦翁首論復讎雪恥之道，而曰'仁莫大於父子，義莫大於君臣'，此其孟子對梁惠之意乎？今又眷眷於此者如此，則知其所感者深矣。其≪魯論·微子≫篇之微意歟？其後東湖之歎亦此意也。旣而惡聞仁義之說者毀滅致堂之石，則其世道何如也？晦翁之歎烏可不發於釣臺也？曰：'然則子陵之仁義果可以班乎孟、朱二子乎？'曰：'否。否。子陵蓋所謂一言之幾乎道者也。一言幾乎道，猶足爲一世之重，況實體其眞腴？貴王賤伯，則其功烈之盛豈止於漢鼎之不移而已哉？延之之亭適在漢陽之東湖，而其扁號又如此，則其所感者亦深矣。其大王考文正先生少講服仁義之說，能以隻手撐拄乎傾覆之宇宙。《易》曰"神武不殺"，蓋謂得其理而不暇其物之謂也。然則亦無事於子陵之一絲矣。嗚呼！世道熄矣。去先生之世未及百年，而成仁取義之士例見非議，安知一絲之扁不並與致堂之石而見毀耶？毀不毀非所可論，而竊恐使子陵復發一大笑曰"此狂奴恨識一癡兒，以惹許多般於千載之下也"云爾。'崇禎強圉單閼陽月日，德殷宋時烈記。"

《三淵集拾遺》卷二十三《一絲亭記》："我伯父自在雲峽，樂其所謂洋洋者，每作觀魚之戲於籠水之亭矣。及夫就乎曖昧，遊乎軼掌，所之既倦，則又復躕躇顧懷，屢興川澤之想矣。昔夢得一詩曰'嚴陵不弄一絲去，烟雨秋江弄碧波'，覺而占之，惟其象意奇瑩，書以示小子輩使獻其解。余小子素無占夢之學，其敢以臆解？然且諷其辭而玩其象，逆之而意曰：江則有波矣，而烟雨則有秋。以一絲而著乎其間，則是固言漁釣之戲也。而然而曰不弄，然而又復曰弄，亦何哉？無已，而求之於可解不可解間，則唐人所詠'取適非魚'意亦近之。惜其語未超叐，未足相況。獨記莊子書中有論太公之釣曰釣，而其釣莫釣，然常釣也。此語何謂也？謂其垂竿曳綸，終日卽魚，未嘗不以釣爲事，而亦未嘗以釣爲心也。是語也足以發不弄而弄者之義矣。然不弄而弄，惟眞無心於得者當之。若太公則捨夫儵儵之魚而收其六合之埠，捨夫寂寞之渭濱而荒乎營丘之履，其獲非不大也，而自踐會稽、步濠梁者論之，竊恐譏其有機，而哂其非徒也。何則？以其初未嘗無心，而卒之徇得而忘返也。其惟嚴陵乎？蕭然羊裘，就藪澤閑處，終身以一絲自樂，樂而忘飢，困以忘老，以振於無竟。若比太公入焉而不返者，則不翅鳶魚之飛沈矣。斯伯父夢寐焉交揮以之相契也耶？初先是伯父卜一漁釣之所於陶山德淵之間，如就作亭而未得其揭，乃今以一絲名之，則亦惟昔之嘉夢是踐也。且人之夢也，其非覺之所想耶？通乎夜旦而同一感變，故觀其所感，而得其所存，罔不是孚。是故君子有終身之覺悟，而無一夕之噂囈。其夢也始焉有所由，而終焉有所徵，古之設爲占夢之官者蓋以此也。苟爲不然，神身異所，寤寐殊業，則其覺焉者，魏闕於江湖而已，其夢焉者，夜飲而旦獵而已，此特爲接爲鬪耳，烏足以爲前後之徵也？今我伯父則固已卜學於是事矣。方將斬檜爲舟，緯竹爲竿，以往觀魚於一絲之亭。余小子雖未知魚，亦將持筐而後也。夢乎覺乎，誰曰參差？魚乎水

乎，弄我一絲。樂彼之亭，聊以忘飢。"】

❀ 淨友亭

【《市南先生文集》卷十九《淨友亭記》："君子之友，友其德也。同志友、同道友，直則友之，諒則友之，多聞則友之，勝己則友之。友一鄉而不足，則之一國；之一國而不足，則之天下；之天下而不足，則乃至尚友千古。君子之取友，其道可謂博矣。然猶以爲未也。苟在品卉之中而容有一德之可取，則古之騷人韻士亦未嘗不襲薰香同臭味而托之襟契。若靈均之蘭、子猷之竹、淵明之菊、君復之梅，皆是物也。方其會於心而適於志也，不啻晤言之相接，膠漆之相投，意契神融，精通氣合，不自知人爲物也、物爲人也，彼之非我、我之非彼，而不復區以別之矣。蓮於植物之中，最備君子之德。自濂溪夫子深愛而表稱之，世之愛蓮者蓋益盛，而至於比德而眞知者，則亦鮮矣。石縣舊有蓮池，蕪沒者蓋久。永嘉金侯壽增甫，清嘯琴軒，眷顧而得之，浚淤而深之，芟穢而崇之。亭其上而瞰其下，則亭亭者、田田者、艷艷者、鮮鮮者，露珠霞粉，千朵萬本。列立而傾向，呈態而送香。皆若懽欣而慶其遭者。侯於是登亭而樂之，扁以淨友，走書於市南傖叟，俾爲之籍，市南子與使坐而問其說，從而難之曰：'僕之友而侯雖晚也，亦嘗知而侯之友友矣。侯以華冑清流，交友滿一世，侯之友道亦廣矣。百里製錦，民社鞅掌，又非有騷人韻士托興而適趣者。侯之於物也，似不當汲汲焉。而顧侯所以眷賞而珍愛之，如挹芝眉而入蘭室者，其必有說矣。夫蓮之爲物也，華色可翫，馨香可愛。中通似聖，外直似義，不蔓附似介，其德之可名而稱者甚夥。今侯之扁亭也，必獨於淨乎取之者，其亦深有味乎出淤泥、擢污溝而不染不滓者矣。由此觀之，則侯之志可知已。夫爲縣邑之仕者，其職下，其務冗。米鹽汨之，獄市干之，流俗之徒出沒其間，罕有完其素履，終以污穢而去者滔滔也。由清士視之，眞不啻糞壤塗炭也。故古之人有伴侶琴鶴、追逐雲月以自娛適者，其亦有見乎此而善托物以礪操矣。今侯以地則玉井華池也，以品則金莖珠蕊也。暫屈下土，固非塵泥之所能浼也。方且扇揚清風以警濁俗，而托契淨友以見其志。侯之淨，蓋未始必資於友，而亦未嘗不同於友也。友乎友乎！斯其爲淨友也，斯其爲益友也！君子哉！使侯而非君子者，斯焉取斯？異日者，僕病少間，當俟菡萏滿池，稱觴侯亭，而以之言也爲侯發焉，亦有以當侯意否？'使者對曰：'然。吾侯之言亦嘗云。'遂書其說以歸之。"】

❖ 有知堂

【≪農巖集≫卷二十四≪有知堂記≫："吾伯父谷雲先生旣作不知菴於華嶽山下、白雲溪之上, 以居焉有年矣。間又得地於菴北數十步, 作小屋曰無名窩者以與菴相對。蓋屋凡三間, 而別其東一間加丹艧焉, 以奉漢丞相諸葛忠武侯與本朝梅月金公之像, 而名之曰有知堂。蓋谷雲一區本梅月公之所嘗棲託, 山中之人尚能言五歲童子舊址, 而其傍則有臥龍潭焉爾。昔朱夫子嘗作武侯祠於廬山, 而記之曰:'來者尚有以識余之意也。'又梅月公之自言曰:'後世必有知我者。'堂之取名蓋本乎此, 其旨深矣。然武侯, 王者之佐也。其事業功謀、誠忠義烈, 具在天下萬世。燀赫光明, 如雷霆, 如日月, 雖婦人孺子皆能誦說稱道, 斯亦可謂傑然而不常者矣。若梅月公, 則削髮而逃世, 採薇而登山。悲歌痛哭, 悠悠忽忽, 以與鳥獸同羣而不知返焉。是且爲淸狂, 爲傲僻, 爲索隱而行怪者焉。若何而得與武侯班乎?且武侯之跡於東土遠矣。今乃引之而與梅月公共此堂也, 無亦闊焉而不近乎?嗚呼!善觀古人者豈於其出處隱顯之跡而較之哉?亦察其所存而要其義之歸焉耳。是以大禹之平成天地, 萬世永賴, 功莫大也。而顏淵眇然處於陋巷, 終身一簞瓢耳。孟氏輒以幷論而不疑, 以其道同也。不然, 則雖以揚雄之竊擬孟子、崔浩之自比張良, 而君子莫之與也。夫以梅月公而比之武侯, 其跡則誠懸矣, 要以義篤乎君臣而心存乎靖獻, 足以扶倫紀而裨世教, 則雖謂之如合符節焉, 可也。特梅月公之時難, 而其志隱, 故世莫有公誦者。非先生尚論不苟, 孰能明其然哉?且以武侯之賢, 而爲天下後世之所同慕也。託物而致意, 緣名而寓實, 蓋將無往而不可。況今戎夷泯夏、四海左袵, 西蜀南陽皆爲腥膻之區, 雖以侯之眷懷舊邦, 亦必不忍於臨眄, 而俎豆之奉其歇也蓋久矣, 況於其餘乎?惟我東表一域尚爲衣冠禮樂之邦, 而又此谷雲者幽深夐絕, 自爲陬區, 一切氛溷穢濁所不能及, 而又得先生以爲之主, 而梅月公爲之隣焉。以此而言, 則擧天下之大而可以揭侯淸高之像者, 莫有宜於此者也。卽侯之神亦必莞爾而笑, 樂得其所, 又焉知其出於海外屬之貊國之墟也?雖然, 非先生所感者深, 則又誰肯爲此哉?夫以人而疑於梅月也者滯於跡, 以地而疑於武侯也者拘於方。滔滔者擧世皆是, 又安在其能有知也?嗟乎!莊生不云乎?'萬世之後一遇知其解者, 是朝暮遇之也。'夫以古人而得先生於今日, 旣不爲無知矣。自今以往, 其又無一人焉能知先生之爲者乎?若是, 則其爲朝暮遇也多矣。又何必人人而皆知哉?夫朱夫子與梅月公所以期於來後者, 亦若是而已矣。小子不敏, 何足以有知？猥承先生之命, 輒書其得於管窺者如此而系之以詩。詩曰：'華山之陰, 伯父之居。碧石爲幾, 清泉在除。白茅松楹, 有堂蕭爽。堂中何有？有儼二像。惟忠武侯, 暨淸寒子。西蜀東韓, 相去萬里。遙遙千載, 炯炯一心。孰不起欽？惟是伯父, 其克尚友。荷衣蕙帶, 獨立無垢。我非斯人, 而誰與歸？中庭有柏, 空谷有薇。俯仰今古, 抱膝悲歌。嗟哉此意, 知者幾何？有知無知, 我思靡歇。顧視寒潭, 霜月皎潔。'"

≪谷雲集≫卷之四≪有知堂記≫："初余入山, 以其有臥龍潭, 欲倣晦翁廬山之學。又近有梅月堂遺址, 而又有所謂隆義淵者, 將立一堂於淵上。中置武侯、梅月眞像, 以寓瞻慕之意。尤菴先生樂聞而贊成, 爲文記其事而並爲之贊者久矣。力屈未擧, 以至于今。今就無名窩東頭一間安二公眞簇, 以成夙志, 而名之曰'有知堂'。蓋晦翁記潭祠而曰'後之來者尙有以識余'之意也。梅月公有云'後世必有知岑者', 余不敢自謂知古人於千載之上, 而世之知斯義者, 不可謂無其人。故旣以名堂, 堂楣間掛置尤菴所書武侯制表中'洪毅忠壯、忘身憂國、鞠躬盡力、死而後已'十六字。余又就書梅月公與人書中'萬樹凝霜, 脩仲由之縕袍'數句。堂前種柏二株。庭際出入處, 設小石磴四五級。左右立二丈石爲門, 名之曰朝暮門。嗚呼！此豈非古人所謂衰世之意者, 而後之人其有知余之此志者哉？癸酉秋日, 華陰洞主書。"】

❈ 三一亭

【≪農巖集≫卷二十四≪三一亭記≫："亭在谷雲之華陰洞, 吾伯父所置也。何以名三一？三柱而一極也。何取於三柱一極？以爲有三才一理之象焉爾。曰：'是象之而爲也歟, 亦爲之而有是象也？'始伯父杖屨於溪上, 有石焉如龜鼉之曝于涯。其背可以亭也, 而前贏後殺, 劣容三柱, 因以成之而象具焉, 成而名之而義見焉, 是亦自然而已矣。凡物於天地間者, 其爲數至不齊也, 而莫不皆有自然之象焉。知道者, 默而觀之, 無往而不相値焉, 顧昧者不察耳。河之圖也、洛之書也, 人但見其十與九而已矣。而伏羲夏禹得之, 則天地生成之序、陰陽奇耦之數, 一擧目而森如也, 故八卦作焉, 九疇敍焉。至後之君子, 乃謂觀於賣免者亦可以畫卦, 蓋善觀物者, 不以物觀物而以象觀物, 不以象觀象而以理觀象。以象觀物, 則無物而非至象也；以理觀象, 則無象而非至理也, 譬之庖丁眼中無復有全牛焉。今是亭也, 其爲三與一者, 山之牧兒蕘叟皆可指而言之, 而其理象之妙, 則先生獨默契焉。蓋朝夕俯仰其間有足玩以樂之，而無俟乎圖書之陳於前矣。然則是亭之作而先生之名之也，惟無意於取義而邂逅相值爲可喜耳，豈區區象之云乎？抑嘗讀《易·大傳》。古之制器用者，棟宇舟車以至弓矢杵臼，所取象凡十有三卦。嗚呼！聖人之神智創物，果有待於逐卦取象乎？亦觀於其旣成而以爲有是象焉耳。故仲尼著之而曰‘蓋取’，‘蓋’之爲言，若然而不必然之辭也。後有登是亭者，觀於其法象，苟亦曰蓋取乎則可也，如必曰象之而後爲，則非是亭之實也。時癸酉季冬上旬，從子昌協記。”

《芝村先生文集》卷十九《三一亭記》：“三一亭者，谷雲先生金公之所築也。公嘗爲余言：‘吾於谷雲，愛其幽深夐絶。旣已定居，而作籠水亭矣。然尚有村閭之擾，鷄犬之喧，心竊以爲病也。乃於華陰洞中，討一最僻寂處，搆庵數間，名以不知，常朝夕寢處於其中。而去庵數十步有阜斗起，可作小亭，爲其前廣而後狹也。遂排三柱，中懸一樑。樑揷三衝橡，加於三棟之交，此其制也。梁畫《太極圖》，橡書“陰陽”、“剛柔”、“仁義”字，棟畫六十四卦、柱書二十四氣、十二辟卦、十二支。仍名之曰三一，盖取三才一理之意也。子盍爲我記之？’余謹諾之，而久未能就。盖不但文拙是懼，亦意從公後一登其亭，然後承命未晚。今公督迫甚急，有不可以虛徐者，遂爲之說以對曰：‘三一之義大矣。昔宋濂溪先生作《太極圖說》一篇以發明道體，而結之曰：“立天之道曰陰與陽，立地之道曰柔與剛，立人之道曰仁與義。”盖陰與陽也、柔與剛也、仁與義也，雖有在天、在地、在人之異，然其爲無極而太極則同，此所以爲三才一理者然也。噫！斯理也，具於一心而散於萬事。苟非方寸之內靜極虛明，亦豈能有以洞然有見乎此哉？自古隱居求志之士多超然高擧、邈焉深入者，非欲遠事絶物有一偏之病也。盖不如是，則利害得喪紛然動乎其中，而察理未精故爾。公以淸明寡欲之資，有家庭師友之傳，其於世利紛華固泊然無所好，猶恐外誘之易以爲累也。遂就絶峽無人之境，結茅獨居，蕭然若道釋，而顧其所從事者，則乃在乎聖賢之書、義理之實。又因其作亭而取象如此，盖不出乎一亭之內，而凡日月風雲之所以晦明變化、山川草木之所以流峙生長、道德性命之所以精深微奧者，莫不擧目瞭然，纖微畢照，有以窮其萬殊而會於一本，是其心豈不樂哉？聞公於亭下大石刻河圖、洛書、先後天八卦，而名之曰人文，此又名亭之餘意，而亦晦翁閣阜山故事也。盖其卽物寓義，無適而非道也。噫！公可謂善學者哉！’或有難之者曰：‘子之言則然也。抑公嘗有慕乎孤雲之風，名亭以籠水，則是其意不欲使耳有聞矣。不足，則又欲托於希夷之睡，並與其心之有知者而盡絕之，真所謂遠事絕物，有一偏之病者。而子乃推而合之於吾儒大中至正之道，何也？'余對曰：'唯唯，否否。此可與知公者論，不可與不知公者道也。公於賢邪是非之辨，議論甚嚴，一主晦翁之說。其入谷雲也，始盖以陰陽失位，氷炭易處，紛紛異論，至不可聞，寧欲使流水籠山而不得聞，故有取於孤雲之詩語。至於今日，則國家之變極矣。其隱痛深憂，誠有不能忍者，故竊有願乎希夷千日之睡而不知也。是殆詩人"尚寐無聰"之義，夫豈欲與其所當聞所當知者，而並一切不聞不知也哉？彼方外之徒，專務遺外形骸，而斷其天常。其於君臣師友之重、父子兄弟之親，漠然如不相關者，而方且自以爲高也，何嘗如公之真切痛傷至於如此？且彼於天理人倫，至切至近者，猶漠然也，則況於日月風雲之所以晦明變化、山川草木之所以流峙生長、道德性命之所以精深微奧者，尤豈有可言者哉？觀於此亭之所以命名者，百世之下必有識公之所存者矣。嗚呼！尚復何疑於一偏哉？'因並記其說於後云。"】

❀ 無名窩

【《三淵集》卷二十四《無名窩記》："伯父既作不知菴，納小子記矣。又謂猶有餘地在其東叢桂峰下，間溪百餘步而近，遂就而縛成一窩曰無名。不知故無名，無名之受乎不知，妙矣。夫名者，眾人之所趨，而達人之所遺也。然而有名利之名，有名相之名。其謂實之賓也者，以近爭而外之也。其謂萬物之母也者，以合有而存之也。今以伯父所在言之，名利之名，白雲嶺以外事也。據谷雲一谷，東至于傍花溪，西至于疊石臺，乃名相所存也。始谷雲冥翳千百年，峰嶺溪洞，樸無名號，名之自伯父始。嵐山籠水之名，土人之樵牧者今皆上口。及至華陰，品題逾繁。涓流拳石，皆被其賁。然無何而以無名了焉。乘而須除，豈其數之自然歟？將惡其名之甚，并與其命物者而收之歟？小子之所未解也。然竊敢謂名之可去，莫甚於利名。而若名相之爲名，則或從形或配實而已。天下之物，未有不帶名而生者也。有理則有象，有象則有名，即名而理焉。名乎名乎，豈名之而後有哉？白馬之白，長人之長，形色然也。山是山，水是水，天是天，地是地。且以鴻濛之鴻濛，而鴻濛之號及焉。混沌之混沌，而混沌之目加焉。被之名而不能辭，物理然矣，況於人乎？古之惡名者莫如巢由。去其名利如去其瓢，獨不能去其巢由之名，至今名其人曰巢由，名其處曰箕穎。我東清寒子亦其流也。五歲之號在谷雲者，幾百年如一日。然則無名之名，其將爲揚聲而止響乎？豈亦有說哉？自其有者而言之，則無物非名。自其無者而言之，則惟道超名。自有適有，不如自無適有。自無適有，不如無適，無適之謂道也。老子之言道，吾有取焉。曰'無名者天地之始，有名者萬物之母。常無欲以觀其妙，常有欲以觀其徼。'夫混無有而玄之者，至人之所遣名也。知徼而不知妙，則衆庶是已。乘舟而浮於海，送者在崖，而逾往而不見其崖去之遠也。今之囂囂，皆不離名利之崖者也。間能去之矣，或不能超形器而返自然，亦名相之爲著也。夫旣滯而不化，有物於靈臺，則其轉而淪乎名利，眇忽而天淵矣。豈不殆哉？若是而謂之曰有名，不如無名。伯父之去彼取此，其返始守宗之謂也。夫其委形虛漠，泯其聲迹。物我都盧，誰某不立。觀室於未始有室之前，寄號於未始有號之初，窅乎體合希夷矣。若乃卷舒之用，存乎杖屨。左天根而右月窟，皆吾目前。三一之爲亭也，含清之爲門也，叢桂之爲峰也，石門之爲塢也，東至于傍花溪，西至于疊石臺，昔之所題品，一一依名而住。乘是而遊，或至出白雲嶺者有之。蓋以太始觀一室，一室太始。以太始觀一谷，一谷太始。以太始觀一世，一世太始。以太始觀太始，太始太始。放之則萬象森然，莫非名也。收之則一眞渾然，稱謂泯絕。妙乎徼乎，白耶黑耶？何有何無？何名何不名？是則無名之無，未可以增減爲解，存乎顯微之間可也。以是爲≪無名窩記≫。"】

❖ 松風亭

【≪谷雲集≫卷之四≪松風亭記≫："余之入華陰，粧點溪山粗備，可以自適。上下亭臺，逍遙澗曲。當其炎燠，納涼於閒來往橋，亦足以濯淸風也。然橋道廣纔數尺，不能安坐，又不可以偃息。遂作亭一間於巖上。蓋月窟巖隆然立於溪邊，其高數丈，廣袤亦如之，就其上立三柱。巖之西缺殺處別立一大礎。其石曾在溪上百餘步，天成若礎，其高九尺，上與巖齊。其圍數尺，遂運致而安其一柱焉。又作橋，自亭之南簷下，跨於表獨立臺。其長數十餘尺，名曰渡雲橋。自菴由臺，歷橋而達於亭。憑檻俯視，咳唾落於溪心。北對無名窩、三一亭，而人文石圖書之刻，亦了了矣超然孤出。中菴窩而立夾兩橋於南北，長松老木蔭其上，清湍飛沫噴其下。林霏山影掩映簷楣，遠近雲煙出滅眼底。清快幽曠，四時俱宜。而尤可宜於三伏延爽。夏月潦漲，其勢壯甚，白浪衝射，亭樹如在動盪中，令人懍悸，亦一奇觀也。亭之美不容徧擧，以其在長松下，名之曰松風亭。"】

❖ 淸夢樓

【≪谷雲集≫卷之四≪淸夢樓記≫：“初於不知菴左偏設二間屋，名自然室。己卯夏，添造二間，通作房三間。上一間隔一壁，爲僮僕待候之所。下二間面勢明爽，居處甚適。房之北一間作小樓而通於房，名之曰淸夢。三面設窓，窓外排檻。窓內四隅安書架，一置經書，一置史記，一置儒家文字，一置諸子詩文，凡千餘卷。余於是或處房內，或處樓上，溫涼隨時。群峯積翠攢蹙於咫尺，林壑水石環繞於上下。朝暮陰晴，雲煙開斂，頃刻萬狀。又自西阜引泉達於西窓。刳木撑之，注於木槽，高與檻齊，餘流落於簷端而入池。淸泠之色、琮琤之聲，長在袵席之間，不待入深林窮廻溪，而憑檻漱濯以自潔焉。又有山柳立於簷外，高出屋梁，春夏蔭翳。禽鳥近人，鳴聲上下。此卽古人所謂木末竹頭，與鳥交語者也。”】

❖ 不知菴

【≪農巖集≫卷二十四≪不知菴記≫：“華嶽之山在貊之西北，山之陰有隩區曰谷雲，古淸寒子之所棲止也。其地環以崇山，障以脩嶺，長川大溪經緯其間。四面而入，無一坦塗。往往猱緣蟻附，行萬仞之厓，臨不測之谷，其險阻如此。故居其中者率皆山氓逋戶，如鳥獸聚然。自淸寒子之後歷數百年，而吾伯父始居之。其初卽梅月臺之西臥龍潭之上作亭以臨之，取崔孤雲詩語名以籠水，而日曳杖吟嘯於其間。人望之邈然若神仙之不可及，而亦憂其孤高難立矣。乃先生安而樂之，滋久不厭。去年秋，又自亭南行四五里，入華嶽深谷中。斬木夷阜，縛屋以處。於是山重水襲，人境益遠。遂名之曰‘不知菴’，而命小子爲記。小子不敢辭，就請其所以名者，則曰：‘昔放翁有詩“萬事無如睡不知”，余故甚愛此語。而是菴也，又適在華陰。故因以名之，以自託於希夷云爾。’小子於是退而竊歎曰：‘嗚呼唏矣，先生之旨深哉！夫人之所樂乎爲人者，豈不以其能以一心而周知萬事乎？然世道之變無窮，而事或有不必知者，亦有不欲知者，甚而有不忍知者焉，則無寧以不知爲樂。此固人情之所時有也。然人之不能無事也，如影之必隨形也。心之不能無知也，如鑑之必照物也。夫苟欲息影而廢照乎？則唯睡爲可以逃焉。此先生之所以有味乎放翁之詩，而其以名菴也。亦猶前日名亭之意也歟？抑籠水之云猶託於外境，而所不欲聞者，是非之聲而已。若今之云者，則殆將收其官知，一閉於內，而於世間萬事，可喜可怒，可哀可樂，大小無窮之變，擧無所知焉。其意又深於籠水矣。蓋菴之作也，去亭後十數年。其於世道之變，所感有輕重，故所託有淺深。觀於此名，雖千載之下，亦可以見先生之心。而於今日世道之變，亦不待考史論事而幾得之矣。小子復何言哉！抑小子竊念，放翁之詩善矣，然睡未必皆不知也。睡而不知，唯睡心者能之。苟不能睡心，而唯眼之睡，則彼其夢將紛紛然有侯王焉，有將相焉，有馳騁弋獵聲色之娛焉，有貧賤憂苦死喪得失之戚焉。是雖曰睡矣，而其與接爲構，勃然鬪進，又何異於覺時哉？今且以希夷言之。當五代干戈之際，亦旣愁聞悶見於當世之事，而携書歸隱久矣。千日之睡，宜莫能撼。而乃更騎驢而出，墮驢而歸者，亦何爲哉？意者其猶未能睡心乎？若然者，雖終身盤礴於雲臺之上，而中原逐鹿之夢猶在也。是尙可謂不知乎哉？今先生雖自託於希夷，而乃其所存有不同者，從今以往，山裏許多歲月，固無非先生隱几打䂓之日。而其方寸之間必將沖漠冥寂，無思無夢，事物不得入其閑，而鬼神莫能窺其際矣。如此而謂之睡心，如此而謂之不知，不亦可乎？乃先生之意則不止於此而已。方將開太初之谷，作五無之菴，歌靈均遠游之亂，以卒其年。若是者，將遺形骸超鴻濛，獨立於萬物之表，無復有夢覺之境、知不知之倪也。此又豈小子所能測哉？嗚呼深矣！嗚呼遠矣！伯父又於華嶽最深處得一谷。萬杉參天，人跡所不及，遂名之曰太初。而擬作小菴，取遠游卒章'五無'語而名之。”

《三淵集拾遺》卷二十三《不知菴記》：“世所謂一切窮峽，谷雲爲最。而伯父之籠水亭，以深特聞者十餘年。今之不知菴，非昔之隱几者也。是在華陰之谷龍潭之源，木石幽古，虎豹淒其，深乎深者也。有屋焉，白茅數椽，其戶長闊，嗒坐終日，窅然若千古有過。而睇其壁，放翁《感興》詩在焉。菴之所以爲不知者，可知已。始籠水之建，余小子嘗承命搦毫，布張其水石聲勢，以發孤雲之意矣。追思至此，未關至極。吹萬等一喧爾，澎湃之與啾啾相去幾何？其以聲奪聲也。夫以聲奪聲，是非之所依故也。所惡於智者，爲其有能所者在爾。今若反之於內，以寂遣喧，以忘遣寂，使耳如鼻，使心如背，玄乎默乎，侗乎曨乎，了了者息，悶悶者立，方可以入無窮之門，處自然之室，此不知之妙解也。彼籠水者猶有未遣者乎？蓋自'籠水'而之乎'不知'，道也進矣，非境之謂也。雖然，移步而淺深有焉。南望華山，雲臺杳冥，不知猶有雲臥千日者乎？而西有伴睡菴，檀爐蘇燈，儼然坐古先生焉。若在山寒碉涸，飛走寥絕，鍾唄之風，或不相及。衡茅而外，以至松杉之末，氷雪合焉。不知之眞消息隱約於初地者如此。俄而空色無際，妙徵俱玄，則在耳無聞，在心無思，在身無爲。無聞則靜，無思則虛，無爲則恬，合而冥於不知也。若物之內外，六合之圓方，萬品之起滅，久矣其泯。斯渾沌氏之奇術也，而伯父假修焉。豈吾道非耶？亦歸依之所不得已也。歲暮遠遊之托，曾朱子安之乎？菴中晨夕之課，方以五無爲誦，或至悲吟不寐，可知其所寄者聊爾，所樂不存焉。夫淺深者境耶？顯晦者迹耶？窮通哀樂之不可奈何者時耶？然則非樂乎深，而不可以淺者有矣；非惡乎顯，而無已於晦者有矣。夫古今同情，豈不悽慨！孤雲則有孤雲之時，放翁則有放翁之時。是其興感之由，樂無知而願尙寐。要之籠水與不知均焉。然今籠水之地淺，而伯父之時深矣。且以伯父之無不知而泯於不知，豈其心哉？嗚呼！余之所不忍詳，在後人之論其世耳。如以山林果忘，疑我伯父乎籠水不知之間，此其時爲伯父闈閾之樂，其迹可追數也。時乎時乎！猶有所不知者乎？菴之上有太初谷焉，吾恐伯父之跡未了於不知也。"】

이단하(李端夏) 1625-1689. 조선 후기. 본관은 덕수(德水). 자는 계주(季周)이고, 호는 외재(畏齋)·송간(松磵)이며, 시호는 문충(文忠)이다.

❀ 名 - 端夏　字 - 季周

【《論語·八佾》："子曰：'周監於二代，郁郁乎文哉！吾從周。'"二代，夏、商也。】

❀ 號 - 畏齋

【《宋子大全》卷一百四十一《畏齋記》："聖賢言敬，肇自唐虞。而釋其義者，不翅多矣。朱子以程子與謝尹之說爲最善，然至其所自爲說，則只以'惟畏爲近'之一言而蔽之。然則學問之要，無切於敬之一字。而敬字之義，莫要於畏之云矣。蓋嘗論之，武王稱文王之敬，而必以忌兼言之，則畏字之意已著矣。至如所謂'戒愼不覩，恐懼不聞。莫見乎隱，莫顯乎微'、'深淵薄氷'、'臨谷集木'等語，亦無非一般義意，則朱夫子眞得千聖之相傳旨訣矣。其有志於學而求下手入頭處者，其何以易此哉？友人德水李季周嘗名其書室畏齋，可謂知其要矣。苟能朝夕顧諟，惕然悚然，常如上帝之實臨其上、鬼神之實在其傍，則私意無所容，而天理自然明矣。蓋季周先府君澤堂公博極群書，而最用力於《論語》及朱子諸書。嘗編輯《字訓篇》，其於論敬之說特加詳焉，而以'惟畏爲近'者爲一大公案，俾學者知求端用力之方。季周之學有自來矣，然字書又以敬字從苟、從攴。苟，誠也。攴，象竹枝下垂而相持也。人雖以畏存心，而苟不以誠持之，則其所謂畏者，若存若亡，終無所巴鼻矣。故朱子雖極稱程子言敬之有功，而其自爲入道之方則實主於誠。然則未有敬而無誠者，亦未有捨誠而爲敬者，而亦可以一以貫之矣。此後學所當知也。季周以爲如何？崇禎著雍涒灘六月日，恩津宋時烈書。"】

❀ 道巢

【《畏齋集》卷五《道巢新居記》："有山開而合，有水迤而周，山開水迤之間有地焉，卽余卜居處也。土人舊號兜率里，而先君以'道巢'易之。家倚山而臨水，水之中盤石離列，其岸有古松四五株蔭焉。晨出而可盥面也，夕出而可釣魚也。山無甚奇勝，可樵也，可採也。其夷而爲麓者，可樹果木焉。溪之東西地皆空曠，宜菽粟。間有稻田數十畝，其始人稀而地閒也，皆以廉直得之。家僅八九間，覆以茅籬以松。臧獲四五戶，環居其側。家旣自農，而又收臧獲之助耕。雖遇凶歲，可以免飢也。家右稍高爽處，闢余宴處之所，曰戀齋。齋中俯觀田野耕稼之狀。架置書百餘卷，以供繙閱。其倦也，則施施而行于溪于山于田野，隨意往來焉。其樂亦不淺也。始余癖於山水，自童年譚志趣，必曰佳山好水，閒曠之區，結一精舍，徜徉自適爲樂。及弱冠時，得讀仲長統《樂志論》，心益艷之，亟欲遂其事而不可得也。歲丁亥，先君寢疾于砥山之鴉谷。一日詔小子曰：'道巢欲以付汝。汝宜往相家基。'遂承命一覽而歸，家基猶未定也。未幾及於大故，相地者來過，遂定今基焉。嗚呼！余賦命險釁，夙罹荼毒。零丁孤苦之生，苟全性命也多矣。其何敢復有慕於世路之榮顯耶？惟是山水之居，素性所樂。而今適得其地而遂其願矣。居之旣久，其趣益深。顧而思之，卽仲氏《樂志》之云，不過如此而止耳。夫然則所謂世路之榮顯者，不惟不敢慕，抑不足持此而易彼也審矣。或有難者曰：'子之所居，《樂志》之物則備矣，但子無仲氏之文學，而所接之人皆田翁野夫也。卽其所謂"良朋萃至，論道講書"等語，皆非子所有也。如是而輒擬於古人，可乎？'余笑而應曰：'蜩鷃之於鯤鵬，雖有大小之不倫，卽其所樂一也。吾雖不及於仲氏之文學，亦自讀吾書而味吾趣矣。田翁野夫雖不及於仲氏之良朋，亦足譚吾心而暢吾懷矣。子何不足於是耶？'遂記其說而存之。"】

김우석(金禹錫) 1625-1691. 조선 후기. 본관은 상산(商山). 자는 하경(夏卿)이고, 호는 귀래당(歸來堂)이며, 시호는 정목(貞穆)이다.

❀ 名 - 禹錫　字 - 夏卿

【大禹建立夏朝，故應之以"夏"。又《尙書·洪範》"天乃錫禹洪範九疇"，故以"錫"

飾"禹"。】

정시한(丁時翰) 1625-1707. 조선 후기. 본관은 나주(羅州). 자는 군익(君翊)이고, 호는 우담(愚潭)이다.

❀ 名－時翰　　字－君翊

【《周易·中孚》："翰音登于天。"《註》："翰, 高飛也。"《說文》："翊, 飛貌。"】

❀ 號－愚潭先生

【《星湖先生全集》卷六十《愚潭丁先生墓碣銘幷序》："先生諱時翰, 字君翊……學者稱愚潭先生。潭距莊數里而近, 即先生所嘗宴息之地也。"又《愚潭先生文集》卷十一《年譜》："甲辰六月, 蔭補義禁府都事, 不就。秋, 築愚潭精舍。距家數里許有愚潭, 潭上山麓陡起, 宅曠而勢絶。先生愛其勝, 始構精舍, 以爲藏修之所。"】

이시선(李時善) 1625-1715. 조선 후기. 본관은 전주(全州). 자는 자수(子修)이고, 호는 송월재(松月齋)이다.

❀ 名－時善　　字－子修

【《尙書·康誥》："惟民其畢棄咎。"《傳》："……棄惡修善。"】

❀ 號－松月

【《星湖先生全集》卷六十三《松月齋李先生墓誌銘幷序》："松月其號也。松取不變, 月取有恒。"】

윤취갑(尹就甲) 1625-?. 조선 후기. 본관은 남원(南原). 자는 빙삼(聘三)이다.

❀ 名－就甲　　字－聘三

【《宋史》卷一百五十五《選擧一》："進士始分三甲, 自是錫宴就瓊林苑。"】

❀ 礀溪書室

【《宋子大全》卷一百四十四《礀溪書室記》："南原尹就甲聘三築書室于木川礀溪之上, 蓋取靜便, 而處以一家幼稚。村秀亦有至者, 則使之朝益而暮習焉, 此古所謂家塾者也。余聞而諗于聘三曰：'東俗有十數家村落, 則無不有書堂, 敎學甚勤。然而人材之成就者罕有焉, 其故可知也。《易》曰"蒙以養正, 聖功也", 而文公《小學》之書者, 其規模節目備矣。苟循是而敎之, 則何患其成就之難哉。不然，而詞章記誦之是事，則其伎倆愈工，心術愈壞也必矣。可不懼哉？'余觀聘三之胤爾和，循循雅飭，甚有根本。其所以爲敎爲學者可知。故敢誦所聞於師友者，以告于居是室者云。崇禎重光作噩杪月日，巴溪老夫書。"】

김수흥(金壽興) 1626-1690. 조선 후기. 본관은 안동(安東). 자는 기지(起之)이고, 호는 퇴우당(退憂堂)·동곽산인(東郭散人)이며, 시호는 문익(文翼)이다.

❀ 名 － 壽興　　字 － 起之

【≪爾雅·釋言≫："興，起也。"】

❀ 號 － 退憂堂

【≪宋子大全≫卷一百四十三≪退憂堂記≫："士夫大致，進與退而已。進而職思其憂，則上憂君德，下憂民事。內訌外侮，無非所以爲吾憂者。虞夏君臣更相戒飭，職由於是矣。及其退也，則身無事務之牽，心有昭曠之趣。山林可以適其體，詩書足以進其道。回思疇昔之勤勞瘁弊，則有同脫鳥逸鹿之視籠檻矣。然而君子之心，則未嘗忘世。故無憂者文王，而其演≪易≫於羑里，則曰其有憂患。孔子自稱曲肱疏水之樂，然而轍環天下，席不暇暖，而又與荷蓧、耦耕、歌鳳者，每欲拳拳而接引，其意可知也。孟、程二夫子好辯而距揚墨，著書而明義理，其憂患後世又何其至也？至我晦翁夫子，則始將出而行道矣。及其未也，而憂世之心未嘗少衰。聞時君定省之違禮，則痛哭之章乃發於遠跡藩屛之日；聞奴詬豕叱之詔，則通夕不眠於上藍之寺裏；至其佗胄專而趙相逐，則不顧身之流亡，而亟草遇邅之章。蓋其平居惓惓，無一念不在於國家，常有戚然不豫之色而至於泣下，斯豈非公天下之心而不私其身者耶？前大丞相安東金公起之以一介放逐之餘，跧伏田廬，猶以退憂扁其堂，蓋有取於范希文語。而其皇祖考文正公先生自丙丁以後，已知道之不可行，而自以一身任天下之重，綱常世道，常以爲己憂，至於九死而不悔。及至孝廟初服，則年已八十。夢斷東周，而猶且收拾士流，益以明天理、正人心爲務，其憂之也深且遠矣。今公不以一時退斥而忘其所可憂者。噫！文正先生之心，卽古聖賢之心也，雖百世之遠，猶曰'微斯人，吾誰與歸'，況公其孫乎？況公喬木世臣乎？況其嘗爲大臣而任君民之責者乎？其可以樂天知命之樂，而忘與人同憂之憂乎？噫！此實天理也。旣得乎天理，則安知非樂亦在其中耶？若余之所憂則亦有之。書冊埋頭，無時可盡。白首斤斤，時有偸心。如了此憂，則庶幾與公

同其所憂, 而非所敢望也。"】

❀ **省齋**

【≪宋子大全≫卷一百四十三≪省齋記≫:"諸子之學皆出於聖人, 而惟曾子獨得
其傳者, 由其學之得其要也。而其所謂要者, 亦不出於'三省'之一語。至於程朱,
又以爲學問之一大眼目。自古迄今, 愚未見欲爲君子而一日捨此者也。淸陰金文
正先生有孫曰壽興, 字起之。少承庭訓, 仕於王朝, 年未五十, 列爲六卿。其蹈履
經歷者多矣。日用云爲之間, 必能受用於此而有得焉。故因取以名其齋, 蓋曰行
事而有不省, 則事必有妄作矣, 而況不省於吾身而有不爲大僇者乎?反之而念念
在玆, 則始雖有局束慈懼之意, 而其終則仰不愧、俯不怍, 沛然而樂有餘矣。然
則爲君子、爲小人, 其機豈不由於此乎?雖然, 省之於事不若省之於身, 省之於
身不若省之於心。蓋心者, 一身之主也。雖具天理而無妄, 然亦不能不誘於物。
故其發也, 必有公私善惡之分焉。當其念慮初萌之時, 必提撕而猛省之。必使由
於公與善, 而不使流於私與惡。如其公與善也, 則如決江河而毋使有壅遏;如其
私與惡也, 則如去鑱篠而不使有礙滯, 則自是而爲君子、爲舜徒, 夫孰能禦之?
嗚呼!有能一日用其力於斯者乎?夫文正先生之所樹立成就, 華夏蠻貊莫不聳
動。然竊計其初之立脚下手, 則恐亦不出於此也。蓋朱子嘗論曾子氣象曰:'壁立
萬仞。'及其傳之孟子, 則朱子又曰:'所謂浩然之氣者, 斂然於規矩準繩, 不敢走
作之中, 而其自任以天下之重, 雖賁育莫能奪也。'若是, 則凡有大樹立大成就者,
未有不用力於本根親切之地者也。起之其亦終始勉之哉!"】

소두산(蘇斗山) 1627-1693. 조선 후기. 본관은 진주(晉州). 자는 망여(望如)이고, 호
는 월주(月洲)이다.

❀ 名 - 斗山   字 - 望如

【≪新唐書·韓愈傳贊≫:"自愈沒, 其言大行, 學者仰之如泰山北斗云。"≪韻會≫:
"爲人所仰曰望。"】

이대(李垈) 1627-1703. 조선 후기. 본관은 전주(全州). 자는 숙고(叔固)이고, 호는
방수와(傍隨窩)이다.

❀ 號 - 傍隨窩

【≪屛溪先生集≫卷五十八≪傍隨窩李公坐行狀≫：“丁巳, 移海美之前川, 結小屋, 讀書其中。文正先生書‘傍隨窩’三字, 又小記以贈之。蓋因前川之名, 而取程先生‘傍花隨柳’之意也。”】

이현일(李玄逸) 1627-1704. 조선 후기. 본관은 재령(載寧). 자는 익승(翼升)이고, 호는 갈암(葛庵)이다.

❖ 號 - 葛庵

【≪葛庵先生文集≫卷二十≪葛庵記≫：“寧之北土與關東界屬縣英陽, 去府西八十里。其東北四十里有坊曰首比。群峯外匝, 平陸中寬。從四面而入, 皆歷重艱履側徑, 崎嶇數十里。旣至則豁然開曠, 使人神觀蕭爽。地宜桑麻五穀, 緣崖傍塹, 樹益老, 石益奇。水行巖隙, 淸淺可愛。然地勢處高, 多冽風飛雲。雪霜先集, 不冬而慄。自非雅意林巒、不憚寒苦者不可久也安也。歲癸巳, 余從家君避地而家焉, 因作草堂其間, 榜曰‘葛庵’。客或難余曰：‘子之居右山左水, 谷秀岑光, 朝暮異變, 逆溜回瀾, 流夐獻巧。木有楓杉梓漆之饒, 草有芝苓參朮之異。至於盈架之實、滿壁之觀, 皆足以侈其勝榮其號。子皆棄而違之, 唯葛是取焉, 葛之義何居？’余應之曰：‘固也其有說矣。吾病世之名居者以文不以實, 今吾卽事而名其實也。葛之爲物材韌而潔, 節誕而柔。可綯以索, 可績以絺。宜巾次, 宜屨業。詠於≪詩≫, 記於≪禮≫, 雜出於傳記, 其用尙矣。今吾戴之以漉酒, 躡之以履霜, 表身以當暑, 縛屋以備風雨。至他緝綴綁束之具皆待以成, 凡葛之事不一而足。于以贍吾用, 任吾分, 而不求資於人。懷玄抱朴, 苟焉以自足也。推極其狀, 殆葛天氏之徒歟？故欲名吾庵者, 義莫近於葛。吾故違他美而取諸葛。’客曰：‘吾子其有意乎？昔朱夫子得臥龍潭於廬山瀑布之下, 結草爲庵, 因名庵之義而祠諸葛武侯。循名寓義, 蓋故事也。今庵之號葛, 盍求侯遺像而繪之壁間, 以付吾君冥漠之抱耶？’余謝曰：‘固欲云云而未有稽也。今子命之, 甚符於心。請得敬奉焉。’客去, 因次其說以爲記。戊戌孟秋, 安陵李玄逸記。”】

현약호(玄若昊) ?-1709. 조선 후기. 본관은 성주(星州). 자는 흠보(欽甫)이고, 호는 삼벽당(三碧堂)이다.

❖ 名 - 若昊　　字 - 欽甫

【《尙書·堯典》："乃命羲和，欽若昊天。"】

❀ 號 - 三碧堂

【《屛溪先生集》卷五十三《三碧堂玄公若昊墓誌》："湖南之朗州郡有月出山，峯巒矗矗藍靑，望之蔚然蔥蘢。其一麓西走而爲鳩林村。村窈窕寬圛，大湖涵其南，有雲烟風帆之盛、魚蟹黍稻之饒。村之北又有所謂三碧堂者，脩竹千梃，與長松翠栢蒼鬱庭除，堂之名蓋以此也。玄公諱若昊，讀書講義於其中。己巳，尤庵宋文正先生謫耽羅，公請書其堂額。先生聞三碧之所爲號，特書三大字，其下又書崇禎年月。還之曰：'欲題數行語勉其志操，恩恩未能，此所以志之也。'君子以爲月出之淸特、鳩林之爽塏，堂擅其名勝。公爲其主人，大賢之嘉歎贊美又如此，堂之勝、公之人可知。而歲寒之操，公雖托於三碧，三碧亦得公而顯云。公字欽甫。"

《三淵集》卷二十四《三碧堂記》："玄君欽甫從千里命駕，訪我於檗溪之中。時方窮陰，衡門之外，雪至尋丈。炯然一燈，相與作土銼中語，已而相嗚咽也。如是者凡三夜。談話之所繚繞，三周月出山矣。臨別，欽甫以其堂《三碧記》爲託。余謝以已焚筆硯，則欽甫曰：'余知子悷緖矣。若他文則敢以煩子？子之先君子嘗爲吾翁作《竹林亭記》，則今其文尙壁上留也。子豈忘之哉？吾堂於斯亭卽其同宮，而爰有一松一栢以承其檀欒，蔚然庭翠合焉。若是而名之曰三碧。嘗請于尤翁，得三大字矣。'余問：'尤翁之筆尙在乎？'曰：'在。'曰：'何從得之？'欽甫欷歔有間曰：'是殆尤翁絶筆也。耽羅之船明日發，而今日寫此。乃在萬德之白蓮寺時，鯨濤簸岸，死生在前，而人客之自崖送者，方且乞字如雲，無敢以舍達之說廣尤翁。尤翁於此請，似是愛其名之意爲多，以故其筆分外奇勁。今揭之，凜乎其霜幹雪莖，與庭碧相低昂。于以寓俯仰瞻挹之誠，一視諸竹亭文而無間焉。吾堂雖小，所重有在爾。'余斂衽起坐，泫然而應之曰：'欽甫之屬以此，有言無言之間，皆吾所不忍也。嗚呼！菴嶺之南，以際大海，先君與尤翁心迹盡此。而公議之在世者，至今有未定焉。子之父子在南士中，特能終始慕用，不以禍故而少解。至使片蹄殘墨，無恙崑丘烈爐之餘。而碧紗璇額之奉，邂逅精神之斯會。夫存其蹟，所以慕其人。慕其人，所以崇其道。崇其道，所以勵其操。是其爲心之貞，雖謂之獨也靑靑可也。以是心處斯堂，吾知其無所愧矣，亦見其所寄者遠矣。石室之茂，華陽之悅，先君與尤翁蓋嘗以此託契矣。子之家庭竹林之韻，又將與之不衰。廣而言之, 是又三碧之義也。嗚呼！其奇矣。今不以山川有間隔, 不爲寒暑所移奪, 雖百年可如一日, 雖千里可視一堂。惟我兩家爲同調者如此, 而若吾所居最爲陰峽耳。寒松苦栢, 澗谷所不乏。獨不得此君而參焉。其將盤桓於此而矯首南雲, 以寄淸血於風玉之所而已。'"】

허격(許格) 1627–1710. 조선 후기. 본관은 양천(陽川). 자는 춘장(春長)이고, 호는 창해(滄海)·아호(鵝湖)·숭정처사(崇禎處士)이다.

❀ 號 – 大明逸民, 崇禎處士

【≪玄湖瑣談≫："處士許格號滄海, 少學詩于東岳, 得其傳。崇禎丙子以後遂停擧業, 自稱大明逸民, 足跡罕到城市, 年八十餘以壽終。其≪春帖≫詩云：'栗里陶潛宅, 荊州王粲樓。眼前無長物, 江漢一孤舟。'李白軒景奭嘗赴燕, 以詩送之曰：'天下有山吾已遁, 域中無帝子何朝？'節槪與詩格並高。臨沒盡焚其稿, 題一絶曰'簇簇千峰削玉層, 悠悠一水繞村澄。臨流故斫桃花樹, 恐引漁郞入五陵'以見其志。孰謂今世有斯人耶？"

≪東國名賢抄≫："許格, 字春長, 號滄海, 東岳門人。能文章。丙子後不赴擧, 放浪山水間。英廟朝贈史議。書崇禎年號。≪送人朝燕≫詩有'天下有山吾已遁, 域中無主子誰朝'之句。"】

이단상(李端相) 1628–1669. 조선 후기. 본관은 연안(延安). 자는 유능(幼能)이고, 호는 정관재(靜觀齋)·서호(西湖)이며, 시호는 문정(文貞)이다.

❀ 名 – 端相　字 – 幼能

【≪荀子·王霸≫："身能相能, 如是者王。"】

❀ 號 – 靜觀齋

【≪宋子大全≫卷一百四十一≪靜觀齋記≫："太極有動靜, 動之不能無靜, 猶靜之不能無動也。然靜無資於動, 而動常本於靜, 故周夫子明聖人立極之道而必曰主靜, 則其與≪大學≫所論'知止能得', ≪周易≫所論'行止光明'者, 可謂同條而共貫矣。吾友延安李幼能卜築於東郊之外靈芝之洞, 名以靜觀。余惟爲儒者孰不欲觀理而以自明也, 只是心者是活物也, 不能不誘於物, 故常紛綸膠擾, 如波動火炎, 雖欲頃刻停息而不可得, 則遂自視其心如仇敵矣, 又安能立其本而窺一斑之理哉？今幼能既謝脱軒冕，幽居林壑，所處者已靜矣。然身雖處靜，而心不能主宰，則其害有甚於台嶽之坐馳者有之矣。幼能既超然於事物之表，而利害得喪無所入於方寸之間，則其寂然不動之體，眞如鑑空而水止矣。然後左右圖書，朝夕觀玩，則彼天地鬼神之妙、古今興亡之變，將無不卓然而呈露矣。此心既與理會，犁然樂而忘憂，則年數之不足且將不知矣，況其餘乎？噫！萬物無不自得，而不能靜觀，則有不能知者，故明道有邵子之和章。得失未嘗不明，而不能靜觀，則有不能辨者，故晦翁有儲君之誨言。幼能可謂得其要矣。比觀其所論日月行度及格致等諸說，則其靜中所得已不淺矣。如此不已，他日所就其可量乎？然幼能自其先王考月沙相公，道光王猷，文洗國釁，蔚然爲聖朝大雅之君子。其先尙書白洲公，亦以文章儔望，冠冕一時。而幼能承藉先業，則其非草澤閒蹤之比者審矣。雖欲長處於靜散之地，其可得乎？吾知其所觀者終爲所用矣。幸及此暇時而益勉之哉！雖其不幸而終不能用，然不害其爲可用矣。蓋既曰太極有動靜，則遠事絶物而偏於一邊者，非聖人大中之道也。幼能以爲如何？時崇禎著雍涒灘九月日，恩津宋時烈記。"】

신정(申晸) 1628-1687. 조선 후기. 본관은 평산(平山). 자는 백동(伯東)이고, 호는 분애(汾厓)이며, 시호는 문숙(文肅)이다.

❖ 諡號 − 文肅

【≪太常諡狀錄≫卷十四≪贈大匡輔國崇祿大夫議政府領議政兼領經筵弘文館藝文館春秋館觀象監事世子師行崇祿大夫禮曹判書兼判義禁府事知經筵春秋館同知成均館事弘文館提學藝文館提學五衛都摠府都摠管申公諡狀≫："公諱晸，字寅伯，晚號汾厓。申氏系出谷城 …… 落點文肅博聞多見曰文，剛德克就曰肅、文壯文，上同；履正志和曰莊、章憲出言有文曰章，行善可紀曰憲。"】

남용익(南龍翼) 1628-1692. 조선 후기. 자는 운경(雲卿)이고, 호는 호곡(壺谷)이며, 시호는 문헌(文憲)이다.

❖ 名 − 龍翼　　字 − 雲卿

【≪周易 · 乾 · 文言≫："雲從龍，風從虎。"】

❖ 景白齋

【《壺谷集》卷十五《景白齋記》："楊州之東有陶谷，或曰東海谷。是谷也，襟抱周廣，宅勢幽阻，爲近郭名區之甲，而宜寧南氏屢世爲主，生居而死歸焉。余數年來不安於朝，始刱數間書齋於先墓之下，名之曰'景白'。客有來問景白之義曰：'子所謂景白者，白玉之白歟？白羽之白歟？如以其人，則或者謫仙之名而濟南之樓歟？'余曰：'否。乃所願則香山老人也。'客曰：'然則子之所景於香山者，可得聞歟？爲其文名溢於四海歟？祿位躋於八座歟？年壽至於大耋歟？抑爲聲色滿前，足暮境之歡娛歟？'余曰：'唯唯，否否。夫古之名位壽富兼蹠於樂天者何限！而余之所景慕獨在於樂天者，實有曠世相感者存焉爾。噫！樂天之詩在盛唐已落長慶門戶，後之評者不甚實高品。而當時聲輝之烜爀、婦孺之傳誦，則舉一世無兩焉。顧余雕篆小技，合在士友之下流。而自髫齔偶竊虛譽，早決科第，至如拔萃之選，亦與之同焉。雖不敢萬一妄擬，槩言其浮榮則頗近之。且樂天遍歷內外，以刑部尚書致仕。余亦叨被主恩，未老而擢是任。時無古今，國無大小，官序之重固自若也。樂天則爲屈，余則爲忝。而若稱其官號，則亦不可謂不同也。至於所不知之壽，則一任造化兒處分。而自量精力，其不到樂天之所到明矣。雖然，樂天年十八病中有詩曰："久作勞生事，不學攝生道。少年已多病，此身豈堪老？"詩語如此，而猶享近八之壽。則庸詎知天之或享我以林下清福，有若樂天之久哉？若夫眼前之夢華，則家素貧，雖欲辦此不可得。性又不喜絲竹，景慕之何有？'客曰：'子之景白，已聞命矣。其所景者止此而已乎？'余曰：'未也。前所云者，或有偶同者，或有難必者，非所謂景也。乃余所景慕者，樂天之心也。古人云："樂天姻楊虞卿而不爲累，善元稹、牛僧孺而不爲黨，裴晉公重之而不因晉公進，李文饒惡之而不被文饒害。惟不汲汲於進，志在於退，故能安於去就愛憎之際，每裕然有餘也。"此誠深知樂天之心者。余雖百不如人，至若偏黨之論自少不樂，進取之心到老益少。無扳聯之勢，絕交游之跡。立朝近三十年，未嘗奔趨於要津。雖承乏到卿班，一資半級，實不由於他手之陶甄。此則世人之所共知，而余亦無媿於樂天。所以會心千載，自然有同歸之願者也。嗚呼！今之世與樂天之世又加遠矣。平步亨衢，旣往之樂天固易；勇退急流，方來之樂天尤難。今日所當勉者，其不在於此歟？且也樂天旣退之後，結九老之社，聽八節之灘，優游足以起興，山水足以助詩。故人之望之若喬松之在霄漢，而至今詞苑傳以爲盛事，則余於此又有樂天之所有矣。齋之西數里許有雄蟠而屹立者，名曰水落。其上有梅月堂悅卿之遺躅也，下有千尺瀑布，窮其源則十二也。鳧峯鶴嶺，釗攢屛張。絶特之勢，瓌奇之形，少無讓於龍門。而大小梵宮參錯其間。幅巾歸來，肩輿上下。雲游月賞，左杖右杯。則惠好從我者，奚獨樂天之兼謩輩？而空門之友亦豈下於樂天之如滿哉？於是服樂天之服，吟樂天之吟，偃仰斯齋，不知老之將至。則古今人不相及，客必不敢道。'客笑曰：'子言則然矣。昔韓魏公以醉白名其堂，而坡翁記之。其旨與此同否？'余曰：'不然。魏公之醉白者，俯以就之也。余之景白者，仰以跂之也。取號雖同，其義則殊也。'客頷而去，遂書其問答以爲記。"】

❁ 踈慵堂

【≪壺谷集≫卷十五≪踈慵堂記≫："壺谷居士以'踈慵'名其堂者，蓋取壺字之俗義。而踈慵二字又合於居士之本性。居士身按二藩，官陞八座，而甑石屢空，門墻盡壞，此則踈於生計也。早登兩第，歷事四朝，而親知絶少，車馬全稀，此則踈於交游也。日高始起，月盡不梳，凝塵滿床，應接甚倦，此則慵於居處也。少好讀書，長而習懶，牙籤揷架，吟誦都忘，此則慵於文字也。雖然，或有不踈不慵者。春後嬌鶯，啼在涵苑。弄舌鼓腸，淸音滿聽。則耳何忍踈之乎？雨餘涼月，生自駱峯。窺簾闖戶，直入無猜。則目何忍踈之乎？北巷南隣，芳醪報熟。扶笻步屧，催赴佳期。則身不暇於慵也。騷人墨容，小集成場。談史論詩，坐消永夜。則心不暇於慵也。然則居士果踈乎？果不踈乎？果慵乎？果不慵乎？踈而有不踈，慵而有不慵。自其踈慵，吾之不踈慵者而觀之，則必謂之迂。自其不踈慵，吾之踈慵者而觀之，則必謂之拙。迂哉！拙哉！足爲踈慵堂之主人。是爲記。"】

❁ 看瀑亭

【≪壺谷集≫卷十五≪看瀑亭記≫："家於水落山之下，其間不五里而近，山卽楊州之巨嶽，而其上有梅月堂舊址，金悅卿棲息處也。懸瀑從鳧峯絶頂而下，層爲十二。而下二層最大，滙爲泓潭。有石伏於潭底，狀如穹龜。潭左蒼壁屹然削立。幽敻奇勝，甲於近輔，古來文人韻士率多稱賞而詠歌焉。余自童時游於此，欲架數椽以爲登臨休憇之所。而性本鳩拙，佩州印按道節，俱不敢拮据矣。去年冬乞暇歸山，隣有黃生辰燭者，尙意氣、多技藝人也。慨而囑曰：'豈可使廬山眞境獨無白鶴仙觀耶？'遂手執斧鉅，破天慳地祕之界，殫鬼護神施之巧，立亭二間於瀑之右岸。因石而柱之，鋪板而樓之。地主趙侯亦相斯役，纔數月而訖工。登玆以望，則洞門劈開，眼界通豁。瀑沫濺枕，魂夢亦淸。五十年經營之計一朝而入手，余甚樂之。乃取李謫仙廬山絶句語名之曰'看瀑亭'。此外曰香爐峯, 曰紫煙臺, 曰長川谷, 曰飛流洞, 曰千尺巖, 曰銀河磯, 曰九天門者, 蓋一句各摘二字, 名其所宜者而刻之。又綴二律, 屬藝苑諸君子而張大之。退憂金相公僑居此州, 時亦嘗有樂於此。而余有分華之約, 故樂其成而首和其韻。金中丞遠明、趙學士子直皆登覽而和之。於是携黃生邀地主落而揚之曰: '非黃生之勤苦, 無以剏此亭。非地主之風流, 無以樂此亭。非藝苑諸君子之和章, 無以賁此亭。待他日楓丹月白, 大會諸君子於亭上。嘯傲憑眺之際, 黃生採曄曄之草, 盈筐以進, 相與歌紫芝之曲, 浮大白之杯, 侑之以長笛一聲, 則此時倚樓之詠, 非地主而誰?'地主笑曰: '善。'地主名聖輔, 字士俊。歲丙寅首夏上浣, 亭之主人記。"】

윤삼거(尹三擧) ?-?. 조선 후기. 본관은 파평(坡平). 자는 자신(子莘)이고, 호는 사매당(四梅堂)이다.

❀ 名 - 三擧　　字 - 子莘

【≪孟子 · 萬章≫: "伊尹耕於有莘之野 …… 湯三使往聘之。"連姓成義。】

❀ 號 - 四梅堂

【≪果菴先生文集≫卷九≪四梅堂重修記≫: "湖南之咸平有所謂四梅堂者, 尤菴先生門人故處士尹公之所築也。堂臨小池, 池有四小島, 島各植一株梅焉。公嘗請堂名於先生, 先生乃命以'四梅', 仍手書以與之。夫梅之爲物, 當歲寒之際, 衆卉凋隕, 而乃獨抽精吐氣, 不以舒慘易操。則公之所以取以爲植, 非但爲供其玩賞, 而先生之必以此名堂, 亦豈止爲堂之勝也已?余聞公從先生四十年, 死生禍福, 不貳其心。介特之守, 直與梅相稱。方四梅之奇芬冷豔, 襲戶牖而暎細帙也, 公乃以布衣博帶, 燕處其中, 日吟哦朱子書, 與四梅朝暮相對。乃其高標逸韻, 人與物爲一, 直令人不知誰爲物而誰爲人也。則四梅之號豈徒然哉?公歿旣久, 四梅盡枯死, 堂亦傾圮蕪廢。顧公子孫貧, 無以改修。昨歲春, 二梅忽復蘇, 見者異焉。是年秋, 余再從姪煥喆自玉署出補咸。旣至, 訪公梅堂。見其屋頹而池荒, 慨然歎曰: '夫以尹公之舊居, 吾先子墨迹之攸寄, 而今壞汚至此。玆豈非吾黨之責歟?'遂捐俸以資其役。旁近士友聞風, 咸出力以相之。無幾何而堂宇池嶼, 皆噲然改觀, 而二梅之蘇者方苗茂揚翹。於是復得二梅列植, 以備前之四數。余謂凡物之盛衰廢興自有其時, 理之常也。觀於玆堂宇, 豈不信然?惟梅之再生於已枯

之數十年, 而吾姪之行適值其際, 俾玆堂得以重新, 而士友諸人樂爲之助者, 俱可
奇也, 斯不可以無識。乃以公曾孫俊敎之請, 遂書此爲≪四梅堂重修記≫。"】

김수항(金壽恒) 1629-1689. 조선 후기. 본관은 안동(安東). 자는 구지(久之)이고, 호

는 문곡(文谷)이며, 시호는 문충(文忠)이다.

❈ 名 — 壽恒   字 — 久之

【≪周易·恒卦·象傳≫: "恆, 久也 …… 天地之道, 恒久而不已也。"】

❈ 九四堂

【≪宋子大全≫卷一百四十二≪九四堂記≫: "淸陰先生自少以≪小學≫律身, 而
其學專主於敬, 眞得爲學之要。故其操而存之日益固, 擴而充之日益遠, 其所成
就, 終至於軒天地、曜日月而無窮也。嗚呼盛哉！然其所謂敬者, 非別爲一物, 只
在於正容體順辭令, 端莊齊肅之間也, ≪戴記≫所謂'九容'、≪論語≫所謂'四勿'
者卽其事也, 先生一生之所受用者專在於玆。嘗於丁丑亂後遯于豐山, 爲書其目,
以賜其第三孫今冢宰公壽恒。冢宰公罔敢失墜, 遂構堂而揭以'九四'之名, 將朝
夕寓目而警省焉曰: '其敢不夙興夜寐！毋或不虔, 以忝先訓。'嗚呼！先生之爲
祖、冢宰之爲孫, 其可謂得授受之要旨矣。嗚呼！聖賢之書, 士誰有不讀者？然
知要守約, 深思力行者寡矣。夫四勿者, 夫子以斯道之傳, 傳之顏子之妙訣, 則無
以尙之; 而至於九容者, 則又晦翁夫子特擧之以答'請讀何書'之問, 而又戒其昧
此者之爲大姦慝, 聖賢心法, 亦無以易此也。今以此二者合而爲一, 外以治身, 內
以治心, 內外交養, 無少間斷, 則天理日明, 人欲日消, 忽不自知其入於聖賢之域
矣。況先生當其大亂之餘, 棲遑南裔, 冢宰亦童羈東表之日, 而乃以此相勉, 則豈
非朝聞夕死之志炯然可見, 而其付托之重獨眷眷於冢宰者, 亦豈以門人知舊無可
以受此者歟？其微意亦可以默識矣。嗚呼！冢宰其可不沒身而服膺之哉？時崇
禎辛亥六月日, 恩津宋時烈記。"】

❈ 風玉亭

【≪文谷集≫卷二十六≪風玉亭記≫: "余竄朗州, 寓城西郡吏家。家本面東背西,
朝夕俱受日。而又卑椽短簷, 牢密其墻戶。當夏則烘爍式甚, 風氣無自以入。是
以居常鬱鬱, 有坐甑之苦焉。郡故稱形勝, 環一境之內, 巖寺水亭之宜於濯熱納
涼者, 固未嘗無也。而余方塞竇息影, 足不出門外一武地。則顧無因而至, 徒寄

羨於水玉秋菰而已。既久，而得一避暑之所焉。舍後小丘斗斷，其上頗寬衍，四面竹樹環之。蕭槮悄蒨，覺有幽趣。遂命僕制穢草、闢朽壤，試陟而望之，面勢爽豁，若出埃壒之表。凡山之遠近，水之紆直，村畦野涂之繡錯經緯者，爭獻狀於杖屨之下。且其處地高故得風多，每披寫消搖，甚快適也。然暴陽凌雨，不可以恒處，則謀所以庇之者。而鳩材營宇，非唯力詘，亦非余所欲也。乃取巨竹構一架爲亭，朵桷枅枊皆以竹爲之，不雜一木。獨其下以木設爲方機，穴其四隅而承其柱，欲其樸屬而毋使土侵竹也。其高一尋有半，其廣如之，其脩不及高一尺。不崇朝而工已訖，以蓬席蓋其頂，編柵布其底以代床。上施以簟，簟與柵亦竹也。亭既成，余乃葛巾布褐，日相羊其中，呻書詠詩以自樂。其所樂而倦，則引觴而醉，據几而眠，熙熙然與造物者游。既覺而起，則鮮飆自生，翠葉交蔭，月嶽爽氣依依入襟袖，令人神清心曠，有馭泠風、弭寒門意。以至暮色蒼然，新月映林梢，而興猶未闌也。當是時也，忽不知身之爲僇人、地之爲荒裔、時之爲炎夏。則況世之是非得喪榮辱，復有可以攖吾懷者耶？假使余得致身於向所謂巖寺水亭者，而其清曠自適之趣，未必能若是也。昔柳柳州記鈷鉧潭云：'使予樂居夷而忘故土者，非玆潭歟？'今余之樂於斯而忘其困者，亦玆亭之助也。則烏可使沒沒無名？遂名之曰'風玉'。客有過而難余者曰：'風者亭之所固有，名之宜矣。然其結構牿朴，不過稍飾於檜巢林樾者耳。強名之爲亭，亦云不稱。今乃揭玉爲名，有若侈大者然。其意何居？'余應曰：'否否。余性素愛竹。幸今得處於萬竹之中，而又以竹爲亭。其起居枕藉偃仰顧眄，無非竹也。夫風之與竹最相宜，觀於程夫子感應之說亦可知矣。每風之來觸於亭也，磨颮戞擊，自相成聲。琮琤乎、鏗鏘乎，若碎琳琅而鳴玦環。非亭之能聲也，竹爲之聲也。又四顧而聽之，則竹之林立於左右者無不爲風所搖，瑲瑲珊珊，其聲清越以長。非竹之能聲也，風爲之聲也。聲雖風與竹之爲，而其聽於耳則無非玉也。名亭以玉，奚不可之有？且也古之君子比德於玉，而其澤栗廉垂之德，竹實似之。故比玉於竹者亦多矣。此《淇澳》綠竹之詠所以興琢磨圭璧之盛德也。余之於竹，不徒挹其風之淸以滌其煩歊，亦將取其德之比玉者，以爲進修之則。則以玉名亭，意實在斯，牿朴非所嫌也。至若侈大之云，不亦淺之知我哉？'客唯唯而退，因書其語以爲記。"】

❀ 泠泠亭

【《農巖集》卷二十四《泠泠亭記》："亭之名泠泠，吾先君名之也。名之也而亭蓋未作也。亭未作而名先焉者, 樂其勝而識之焉爾。始先君買田於白雲之陽, 卽有卜居之志焉。旣而得故李氏釣臺而樂之, 遂名之曰風珮洞, 而送老菴作焉, 亭之名也蓋在是時矣。菴以備宴息, 亭以待觀游, 於歸休之適庶幾具焉。而菴旣粗成未完, 亭竟不果作。而世變罔極, 遂至今日。不肖孤等乃始來投山裏, 修葺菴廬, 祗奉几筵而終三年焉。雖其求死不得, 竄身無所。苟以假息於此, 而亦惟當日之遺意, 是追焉耳。顧先君之卜是居幾二十年, 而不能以一日歸休。然其愛樂思想形於題品、發於吟詠者, 固無異於朝夕杖屨矣。其在後人, 誠不忍或怠於堂構而使之湮蕪。惟其樓榭橋池所嘗命名而未就者甚多, 力不能徧擧。遂先作是亭於釣臺之上, 琢地爲楹, 茅茨覆焉。旣成, 伯父以漢隷題其扁, 而先君又嘗乞得尤翁大字, 幷取以揭之, 而不肖孤昌協略爲識之如此。來者觀之, 尙有以見先君之雅意丘壑, 不幸未遂, 爲之俯仰太息, 而知是亭之作不偶然也。嗚呼欷矣！名亭之義, 蓋取稚川《洗藥池》詩語, 以地名洞陰故云。壬申九月二十一日。"】

조근(趙根) 1631-1690. 조선 후기. 본관은 함안(咸安). 자는 복형(復亨)이고, 호는 손암(損庵)이다.

❀ 名 - 根　　字 - 復亨

【《莊子‧在宥》: "萬物云云, 各復其根, 各復其根而不知。"】

❀ 易安室

【《宋子大全》卷一百四十二《易安室記》: "趙復亨結數椽於西郊之外、先壟之下, 以爲棲息之所, 而問名於余。余曰: '余方悶世人不揆其頂踵止於七尺之强弱, 而務爲高廣之屋, 以自侈大也。今玆數椽旣成於不日, 而又易安, 古人有言"鷦鷯易安於一枝", 而晉陶靖節亦以容膝之衡宇爲易安, 今子之安於斯室也, 亦甚易安矣, 盍以是名之?'復亨曰: '然。'余又曰: '凡人有室, 動作於事爲, 而入處則安; 行役於道路, 而泊定則安。此皆無待於外, 不求於人, 造次而得之者矣。斯不亦易易乎? 然而仕宦之人, 怵迫利害, 眷顧冕紱, 則不能歸安於所安之處矣。其或歸安, 而廈氈之餘, 厭苦卑隘, 追慕疇昔, 不能忘情。方且嗟呼悴鬱, 自以爲不得其所, 豈能知其爲安耶? 又其從前遊宦之日, 其所云爲, 有不能無悔怍于心者。則其羞愧熬于中, 貶議交乎外矣。然則雖欲强而安之, 其心固不能安也。心不安而身安者, 未之有也。然則雖曰易安, 而能安者, 實難矣。復亨嘗讀朱子書, 旣通籍入仕矣。若其論議行事一用朱子之書，則將無所不安，而所難者實易矣。若或偏仰床席，抛棄經史，早眠晏起，無所猷爲，而曰"吾得所謂易安者"，則非吾之所望也。'"】

송규렴(宋奎濂) 1630-1709. 본관은 은진(恩津). 자는 도원(道源)이고, 호는 제월당(霽月堂)이며, 시호는 문희(文僖)이다.

❀ 號 - 霽月堂

【≪霽月堂記≫："晝夜之相代，而日月互爲光明。四時之運行，而風雲變化，草木彙榮，此有目者之所共覩也。而世之高賢逸士乃或專之以爲己樂，若人不得與焉者，何哉？勢利誘乎外則志意分，嗜欲炎於中則視聽昏。若是者，眩瞀勃亂，尙不知其身之所在，又何暇於玩物而得其樂哉？夫惟身超乎榮辱之境，心游乎事爲之表，虛明靜一，耳目無所蔽，則其於物也有以觀其深，而吾之心固泯然與天機會矣。此其樂，豈夫人之所得與哉？是以必其爲≪歸去來≫賦者，然後可以凉北窓之風矣；必其爲≪擊壤吟≫者，然後可以看洛陽之花矣。此我後谷宋先生之所以有霽月堂者歟？堂在湖西之懷德，卽先生所居里第。先生之言，以其簷宇稍褰而東南豁，於澄霽之夕得月爲最多故名。然先生雅性沖恬，立朝四十餘年，多退少進。及晚更變故，益無意於當世。除命屢下，高臥不起。優游閒燕，以適其志。凡世之得喪欣戚嬰於中者既寡矣，是以於霽月特有會焉，而得玩而樂之於斯堂之上也。不然，彼洛陽亭館高棟而危檻者，夫孰不宜月，而獨先生可以專之乎？且聞宋氏之先嘗有隱君子以風月名其堂者，曰雙淸。先生之於是堂，雖獨取其一而名之乎？乃其襟懷淸曠，前後一致。而卽此月者，雖謂宋氏傳家之物可也，其孰敢間焉？昌協病且路遠，尙不得一登是堂，而先生累書見屬爲記。辭不獲命，姑以是說復焉。尙俟異日裹糧秣駒，拜先生於堂之上。淸夜月明，整襟危坐，從容論黃太史稱周茂叔語，以究灑落之義，然後名堂之蘊庶可以有發焉爾。歲戊寅臘月小望，安東後人金昌協謹書。"】

이선(李選) 1632-1692. 조선 후기. 본관은 전주(全州). 자는 택지(擇之)이고, 호는 지호(芝湖)·소백산인(小白山人)이며, 시호는 정간(正簡)이다.

❀ 名 - 選　字 - 擇之

【《玉篇》: "選, 擇也。"】

❉ 二罔齋

【《宋子大全》卷一百四十四《沃川郡二罔齋記》: "余讀《尚書》至'罔違道以干百姓之譽, 罔咈百姓以從己之欲', 輒掩卷而歎曰: '唐虞之世以堯舜爲君, 而乃以此爲戒, 何也?'曰, 嗚呼! 斯其所以爲唐虞也歟? 聖人未嘗自聖, 故道愈高而心愈卑, 治益隆而事益近矣。然卑且近而天理人欲之分, 有在毫釐之間者, 故其高且隆者實在乎其中矣。至於世益衰薄, 則爲官者以橫目自營爲能事, 百姓之咈何暇顧哉! 否則又曲意飾辭, 以媚悅於謠俗, 因以售其廉賈五之之術。此雖與恣欲自快者有間, 而其實同歸於一塗也。今江都留務李選擇之嘗斥補沃川郡, 立一小齋爲燕居之所。工未斷手而謫居西荒。越一年庚申, 夏山曹侯殿周萬聚隔一手來涖, 繼而修之。既訖功, 問名於余。余謹取'罔咈罔違'語, 請揭以'二罔'。侯曰: '善矣。因請爲文以明其義。'余惟下一句或有犯之者。自有邦憲, 何待於警飭也。惟上一句既不罹於法禁, 而因可以釣其利, 故世多有希慕者, 而於道則益離矣。然民不可終欺矣。古有欲要民譽而實則瀆貨者, 嘗揭榜於門曰: '某日是余生日。慎勿有獻也。'既而會邑人, 以白鷺爲題而使各賦詩, 蓋欲稱其潔也。一人輒吟曰: '飛來疑是鶴, 下處却尋魚。'夫至愚而神者, 民也。彼雖自謂計無遺巧, 人莫我知, 而人已覰破。眞所謂掩目捕雀, 雀却見我者也。然此則詩人譴浪之事, 不足以爲訓。惟程夫子嘗記蜀事曰: '人稱鎭蜀之善者莫如田元鈞、文潞公, 語不善必曰蔣堂、程勘。予察其跡, 所謂善者, 得民心之悅; 所謂最不善者, 乃可謂最善者也。'夫以潞公之爲人, 猶入於程夫子抑揚之中, 可見德愈盛而責愈備也。況於他人, 可不深省而亟反之哉? 至於天理人欲之分, 有在毫釐之間者, 則在學者尤當精察而明辨之。故既以告於爲政者, 又因以自警焉。時崇禎重光作噩孟夏日, 恩津宋時烈記。"】

이민서(李敏敍) 1633~1688. 조선 후기. 본관은 전주(全州). 자는 이중(彛仲)이고, 호는 서하(西河)이며, 시호는 문간(文簡)이다.

❉ 名－敏敍　　字－彛仲

【《尚書·洪範》: "王乃言曰: '嗚呼, 箕子! 惟天陰騭下民, 相協厥居, 我不知其彛倫攸敍。'"】

❇ 諡號 - 文簡

【≪太常諡狀錄≫卷六≪正憲大夫吏曹判書兼弘文館大提學藝文館大提學知經筵義禁府春秋館成均館事西河李公諡狀≫:“公諱敏敍, 字彝仲, 號西河。李氏系出璿源 …… 落點文簡勤學好問曰文, 正直無邪曰簡、文肅文, 上同; 剛德克就曰肅、文穆文, 上同; 布德執義曰穆。”】

윤심(尹深) 1633-1692. 조선 후기. 본관은 파평(坡平). 자는 현통(玄通)이고, 호는 징암(懲庵)이다.

❇ 名 - 深 字 - 玄通

【≪說文≫:“玄, 幽遠也。”章懷≪張衡傳≫注云:“玄, 深也。”】

❇ 無近堂

【≪恬軒集≫卷二十八≪無近堂記≫:“尹玄通罷留京歸夢村, 其地直松江之東、南漢之西, 有小山繚繞週遭, 形如合璧, 蓋乃百濟之古城也。就其左而林樹翳然, 前攬斗峯, 下瞰平陸, 土燥而面陽者, 玄通之居也。屋旣成, 先構精廬數楹, 扁曰‘無近’。蓋取莊子‘爲善無近名, 爲惡無近刑’之語也。或難玄通曰:‘善者無待於外, 修身則斯得矣, 非志於求名也。必以近名爲嫌乎?則是有沮而不力焉。吾恐不得其爲善之實也。惡固不可爲, 況掛於志者乎?其不抵刑, 所謂罔生而幸免, 何貴於能逭?苟其刑之欲免, 將必詭行而欺物, 諱疵而飾貌, 其究爲慝而止矣。此漆園生之故謬悠其說, 而朱紫陽之所貶絀而不恕者也。子取而顏諸室, 又何欲蹈其語乎?’友人任公輔釋之曰:‘子之疏莊旨, 眞若夏蟲之語氷也。以吾儒而論善惡, 宜爲紫陽之掊擊。以莊子而論善惡, 吾竊有解圍者。今夫人苟精其一藝, 苟能其一事, 人必稱善而被之以名。名存則毁萃, 故曰“不知我者爲貴”。剜方以爲圓, 化潔以爲汚, 可謂惡矣。然而圓而無節, 汚而無戒, 詎期其不入於刑禍也哉?故曰“知雄爲雌, 不爲天下先”, 玆其爲莊子之善惡乎?莊子, 際衰世者也, 以其嘗試而有得者爲養生之訣。玄通之取此語, 吾知其有所懲而有所寄耳。玄通發軔先朝, 其論議才學固嶢然拔倫矣。數歲之間, 寵擢再三, 至於進陪國論, 參決廟謨。聲績所興, 眞若鏌鋣之出匣。已而朝議鼎新, 忌者亦隨而狎出。或憎其倔強而有搖撼者, 妬其名譽而有揶揄者, 苦其鋒距而有睢盱者, 鵷雛之嚇、蝘蜓之嘲, 不勝其噂沓, 而竟中白簡而罷。向使玄通不見其善, 不增其嫉, 亦不遘今日之詬也。玄通逈怡然而歸曰:"雖不擠之令去, 吾將休焉。今乃奪其倘來者, 而佚我以未衰之年, 其幸我多矣。"遂築室種黍, 養生讀書, 絶不談仕宦時事。惟以"無近名無近刑"爲居貞之吉, 而欲自鏡焉。夫名者, 人之所美也；刑者, 人之所惡也。既欲避其惡矣, 並其美而不肯焉。其將齊得喪, 忘禍福, 混貴賤, 一是非, 沛然與造物者游。其視沾沾聲利, 以予奪爲欣戚, 以進退爲榮辱者, 奚翅天淵也哉？古之志士, 方其盛時, 孰不以功名爲可自致而可自樂也。及其更變游世, 多且久也, 則摧芒斂銳, 輒移其所好, 改其所趣。雖異端之迂, 一技之微, 取以爲所托而隱其身焉。窮則爲韓康之賣藥, 王君之儈牛, 嵇康之好鍛；達則爲留侯之赤松, 樂天之空門。其磈磊感慨, 閒曠奇逸, 足混俗而無怪, 足全性而無憂, 窅乎寂乎吾未易測也。若非仙非佛而可以養年, 非迂非僻而可以樂志者, 吾於茲而有取也。子何異焉？'難者逈退, 遂次其語而記之。時庚申臘月初吉。"】

권유(權愈) 1633-1704. 조선 후기. 본관은 안동(安東). 자는 퇴보(退甫)이고, 호는 하계(霞溪)이다.

❀ 名 - 愈　　字 - 退甫

【唐韓愈字退之。】

김석주(金錫冑) 1634-1684. 조선 후기. 본관은 청풍(淸風). 자는 사백(斯百)이고, 호는 식암(息庵)이며, 시호는 문충(文忠)이다.

❀ 名 - 錫冑　　字 - 斯百

【≪增韻≫:"冑, 裔也。又系也, 嗣也。"≪詩·周南·螽斯·序≫:"後妃子孫衆多也。言若螽斯不妒忌則子孫衆多也。"≪注≫:"≪思齊≫云:'大姒嗣徽音,　則百斯男。'"≪傳≫:"云大姒十子, 衆妾則宜百子是也。"】

이두춘(李逗春) ?-?. 조선 후기. 본관은 원주(原州). 자는 영중(榮仲)이다.

❀ 名 - 逗春　　字 - 榮仲

【≪淮南子·時則訓≫:"秋行夏令爲華, 行春令爲榮。"】

신익상(申翼相) 1634-1697. 조선 후기. 본관은 고령(高靈). 자는 숙필(叔弼)이고, 호는 성재(醒齋)이며, 시호는 정간(貞簡)이다.

❀ 名 - 翼相　字 - 叔弼

【≪周易·泰卦≫：“輔相天地之宜。”≪爾雅·釋詁≫：“弼, 俌也。”≪註≫：“俌, 猶輔也。”】

❀ 介石堂

【≪醒齋遺稿≫冊九≪介石堂記≫：“歲辛酉, 余解天曹左侍郎之職, 仍出郊外。又辭籌司堂上之任, 省掃于先墓, 寓于金村之墓舍。時兒孼纔退, 群賢彙征, 而無進取之意, 有長往之志。徘徊躑躅, 有不能去者。客有持≪焦易≫者來見, 余試問曰：‘爲余占之。余將觀神明之所示而進退。’客乃祝而占之, 得≪豫≫之六二。其占曰：‘介于石, 終日貞吉。’余驚曰：‘余求退而遇此占, 其不退而又何竢？吾將隱矣。’客笑而應曰：‘不然。事以類應, 況進與退耶？人於豫樂心悅之境, 耽戀不能去。能於其時非中正自守, 安能其介如石？其去之速, 又安能不俟終日？非君子特立之操不能語此, 而況見幾而作者乎？又況知幾其神者耶？吾子平步靑雲, 上焉而得君, 下焉而不失, 宜進而不宜退, 何有於不終日之義, 而取決於神明乎？’余應曰：‘否。當退而求退, 何事於占？今余欲退則君恩當報, 欲進則孤負素心, 故欲取決於神明, 而神明告之以此。其義雖非余之所敢當者, 余何敢自書於不敢當之義, 而孤神明之申告於我也。昔白樂天官高年老, 而後謝事歸香山, 宜無求於世者。而蘇子瞻猶謂樂天非無官情, 畏禍之心過於仕宦之心, 故能辦此事。方今聖明在上, 群賢滿朝, 余無禍可避。而獨不念二疏“知止”、“知辱”之言乎？夫以君子特立之操, 行知幾眞神之事, 非余之所可彷彿。而人必有諸己, 而後可以語人, 則聖言之不爲空談者多矣。吾何嫌於貪榮冒祿之常情, 而不企及於守固不惑之君子乎？’客笑而去。未幾受湖南之命, 余欲不赴, 則客有釋之者曰：‘辭內居外, 辭尊居卑, 何損於欲退之志乎？’余亦然之, 黽勉而就。遭盧繼信之獄, 幾陷不測。及歸, 又按關西纔半年, 嬰二豎, 數月沈綿, 將不起, 喟然嘆曰：‘余將不免矣。夫神明申告於我而不恤, 是慢神也。獲罪神明, 其可免乎？況苟避榮名, 貪饕利祿, 而曰“辭內居外, 辭尊居卑”？人不可欺, 況神明乎？罹毀辱之謗, 庶可知辱、知止。而迷不知返, 一之已甚, 其可再乎？≪詩≫云“自貽伊戚”, 其我之謂乎？吾將死矣。’及釋負而歸, 仍病廢于家。復乃惕然而嘆曰：‘噫！其晚矣！使吾得神明之明戒而斯已矣。則盧獄安能危我？旣危于南而又已, 則今日之病庶幾無憂。屢蹎而無悔，造物者之惠我以痼疾，病廢于家不亦宜乎？嗟乎！我知之矣。天下之不可久居，名與利也。而逸豫之道，放則失正。處豫不可安且久也，久溺矣。當豫之時，獨能以中正自守，惟在於六二之爻，君子以“上交不諂，下交不瀆”。見於幾微而不至於過。“介于石”，仁也。“不終日”，勇也。“貞吉”而免於凶咎也。服膺斯語而不失焉，則君子之能事畢矣。何有於榮名，何事於利祿乎？今夫辭斗斛之祿者若不甚難，而推擠而不去，殆辱而不止者，抑何歟？或曰：“進行，命也；退藏，亦有命焉。”噫！夫豈其然？簞食豆羹，得之則生，不得則死。呼爾而與之，行路之人不屑；蹴爾而與之，乞人不食。死生亦大，豈無命也？然而雖死而不爲者有之。顔淵仁而夭，盜跖暴而壽，此固有命。而一飽一喫，謂之有命；當退而不退，曰此有命；甚至冥行而入於罟穽之中，褰裳而趨於深淵之底，曰此有命爲？豈非惑耶？昔屈原忠也，而憔悴於澤畔；賈生才也，而遠斥於長沙。是二人者，窮人也，畸人也，雖欲進無由也，不可以退言。王椽不痴，逸少誓墓，蒙正眼穿，若水勇退，彼數君子雖有高世之心，不有激之，亦無以成其志。余故曰，人有幸不幸，時有利不利也。今余雖有欲退之志，不有疹疾，其何以追古人之高躅乎？況古人有言“保初節易，保晩節難”，余何敢自負已了一大事，欣然自得於操存舍亡之際也？'遂書介石二大字，揭于堂而因命焉，且朝夕警省焉。噫！此可與知者道，難與俗人言也。”】

❇ 山水軒

【≪醒齋遺稿≫冊九≪山水軒記≫：“山者止而不動，水者往而不返。以山水名軒而落吾手者，有若爲余今日設。吁其異哉！余今老且病矣，耕於靜林之野，庶幾乎如山之不動，如水之不返，則豈不爲安分處遯之一奇遇也。況此乃華鴻山察奉使我國時臨池識餘，經二百年幾而得全。噫！風塵天地，何處復見此風韻耶？愛其筆力之雄健，掛壁而玩之，繼之以三嘆也。丙子孟秋，靜林翁題。”】

신여철(申汝哲) 1634-1701. 조선 후기. 본관은 평산(平山). 자는 계명(季明)이고, 시호는 장무(莊武)이다.

❇ 名 - 汝哲　　字 - 季明

【≪詩·大雅·烝民≫：“既明且哲，以保其身。”】

❇ 退憂堂

【《恕菴集》卷十一《退憂堂記》：“可以僥倖於功名，而不可以僥倖於義理。世蓋有妄男子能因時立功，取將相如探囊者矣。然至其臨利害而不動，處大事而無苟，使億世之下稱爲巨人名臣，則非明於義理者鮮有能焉。故以霍子孟之偉烈，而一號爲無識，則後之君子無取焉。若此者，豈其功有不足歟？若故大司馬大將軍莊武申公有異焉。方甲戌之改紀也，事可謂至倉卒矣。然假公以五符而立之殿陛，則中外恃以晏然。當此之時，公之功名固已蓋一世矣，然余以爲此未足以見公也。方廟堂之謀國也，其名爲深長之思者，回互委曲，無所不至。而公以兩朝宿將，獨主名義之論，屹然不附，亦嘗累爭於廷。以此，議者咸謂公且死於黨人之手，而公卒無動。論其擇義之精，使當世之讀書宰相反出其下，雖古識理之君子殆無有以易焉。嗚呼！若然者，其可以僥倖而致之乎？蓋其所見者明，而所定者有素也。故余論公以爲其忠於事君，審於處己，死生夷險，終始一節，而人無得以疵焉者，殆近乎唐之郭子儀，不獨其所謂佩國安危者似之也。公於余爲再從大父，自余童年已獲拜于公，時公年已六十矣。蓋嘗治亭於楊之美村之東，環植草木，中置琴棋百物，以爲謝事歸老之所，曰“退憂堂”者。每於暇日，以綸巾鶴氅命賓僚于此，投壺射侯飲酒以爲樂。桑女樵夫弛擔而縱觀，喜時之昇平而公之能閒也。然世方視公進退以爲之重輕，則其勢固未可以釋位而就閒，故公於斯亭不能行初志焉。然其所以名亭者，則益有以見公之志焉。夫其歸老之計，不暇出於窮極娛樂，而出於憂君。則爲子儀者，又可以少俯乎公也。公歿幾十年，余從公胤子都事公登斯亭而望焉，悵然而懷公。都事公求余文而記之。余旣以得記公亭，而附名於方寸之木爲幸。而亦嘗讀書求義理者，於公之平生處事，一出義理之正而無資於書者，竊有所感歎焉。遂不辭而爲之言如此。”】

서문중(徐文重) 1634-1709. 조선 중기. 본관은 달성(達城). 자는 도윤(道潤)이고, 호는 몽어정(夢漁亭)이며, 시호는 공숙(恭肅)이다.

❀ 諡號 - 恭肅

【《太常諡狀錄》卷十《領議政徐公請諡行狀》：“公諱文重，字道潤，自號夢漁亭……肅憲正己攝下曰肅，行善可紀曰憲、靖度恭己鮮言曰靖，制事合宜曰度、落點恭肅執事堅固曰恭，肅，上同。”】

허황(許璜) 1634-?. 조선 후기. 본관은 김해(金海). 자는 여옥(汝玉)이다.

❀ 名－璜　字－汝玉

【≪楚辭·招魂≫：“纂組綺縞，結琦璜些。”王逸≪注≫：“璜，玉名也。”】

❀ 梅隱堂

【≪宋子大全≫卷一百四十三≪梅隱堂記≫：“致身行道，此人道之大端也。隱居獨善，豈君子之所願？故聖人於隱者有‘潔身亂倫’之譏，蓋欲財之以大中至正之矩也。然而聖人嘗曰：‘隱居以求其志，未見其人矣。’蓋君子之心雖未嘗忘世，而進學明道之時，則隱而不自眩，又君子自修之義也。及至後世，則隱者非一，而其爲義亦多不同。要之富貴溺人，利欲滔天，其隱居者大抵高世之士，而足以廉頑立懦，有補於世敎者也。南軒先生嘗論西漢儒者以利祿爲事，以成王莽篡竊之禍。光武貴隱逸以變其風，故雖群奸睥睨神器，而未敢卽取。此蓋獨見之名言也。故朱先生繼孔聖，而以大中至正之道，自爲而敎人。然於嚴子陵每有稱賞之語，其於釣臺壁間之詞可見矣。孔聖譏人之隱去，而先生恐人之不隱。噫！此皆衰世之意也。蓋嘗聞胡致堂嘗於七里灘，拈出嚴公語刻石，而以戒往來者。則或者惡聞而毀滅之，先生嘗慨然於此矣。當時世道如此，則先生安得不因嚴公以救其偸弊也？然或者以爲嚴公非詭激索隱者，則先生又以爲嚴公而可作，當爲此發一大笑云爾。則先生之微意又可知矣。我東勝國之末，諸賢多以隱自號，如圃、冶、陶、牧可見矣，亦未知其意之所在也。陽川許生璜瑩叔居于湖西之溫陽，因其里名，扁其堂以‘梅隱’，而求余一言。余略書舊聞以貽之，未知生將杜門看書，以益求其志耶？抑將砥礪頹俗，以扶漢鼎耶？只在所見之如何耳。時崇禎柔兆執徐如月日，華陽老人書。”】

이세백(李世白) 1635-1703. 조선 후기. 본관은 용인(龍仁). 자는 중경(仲庚)이고, 호는 우사(雩沙)·북계(北溪)이며, 시호는 충정(忠正)이다.

❀ 名－世白　字－仲庚

【≪詩經·小雅·大東≫：“東有啓明，西有長庚。”≪史記·天官書≫“察日行以處位太白”司馬貞≪索隱≫引≪韓詩≫：“太白晨出東方爲啓明，昏見西方爲長庚。”】

❀ 兩忘軒

【≪雩沙集≫卷九≪兩忘軒記≫：“余至洪之越七月，乃卽其泛波亭之東、衙舍之南, 治隙地而構小軒, 以爲燕休之所. 其爲軒也, 規制朴略, 無懷題欄楯之飾. 凡有二楹, 一爲煖室, 一爲涼宇. 而左闢明窓, 俯壓澄江, 遠眺崔山, 近對羽嶺. 沙水焉塘坳, 松桂焉儲胥. 魚鳥之飛躍也, 雲煙之開斂也. 朝暮四時、光景萬變者無不在几案之間. 而其地勢之爽豁、臨觀之淸勝, 與所謂泛波者殆上下焉. 軒旣成, 遂登而樂之, 名之曰‘兩忘’. 客有過余而詰之者曰:‘古之名物者, 必取義於不忘. 今子樂有此新軒, 而奚以“忘”名爲?’余應曰:‘唯唯. 余以不才, 自知無用於世, 而幸得一麾于此, 以吏爲隱. 樂其有山水之樂, 而身外悠悠, 世所謂是非得喪, 邈不與之相關, 則是世與我兩忘矣. 余本拙於爲政, 不足以塞其職. 而乃其心則不欲以一令一事之微煩於民. 如使爲吾之民者, 賦役省而爭訟息, 優遊自得於百里之內, 不復知其有所謂太守也, 則是民與我兩忘矣. 若乃衙罷吏散, 朱墨掃盡, 蕭然退處, 消搖自適. 塵埃不到乎前, 喧啾不入于耳. 所與親者數卷書而已, 所與隨者一奚童而已. 而倦來睡覺, 倚窓寄傲, 冷風灝氣以滌我煩襟. 則凡外物之巨細精粗有足以嬰吾心者, 皆與我兩忘矣. 夫然乎則吾臥吾之軒, 而不過一閑人而止耳. 吾之名吾軒, 舍“兩忘”奚以哉?’客曰:‘子之言善矣. 吾竊以爲不然. 古人有處江湖而憂其君者, 況子列官于朝, 分憂而來, 雖暫寓心於山水之間, 而旣非遯世長往之人. 則子之於世, 其果忘乎?受人牛羊, 尙爲之求牧與芻. 況今年比不登, 飢饉荐臻. 子之民散而四轉于壑, 而皆欲仰哺而望惠於子者, 將不知其幾百人, 則子之於民, 其可忘乎?世旣不果於忘, 民亦不可以忘. 而朝廷之法令如毛, 公門之百事有期, 左右應接, 惟日不暇. 一有所慢, 譴何隨之. 將有以敗子之身名, 而不能保有此山水之樂. 則凡巨細精粗外物之嬰於心者, 子雖欲忘, 其可得乎?子之臥子之軒而得爲一閑人, 吾不知一日之中能得幾箇時乎?吾恐子之惱殺多少底不忘, 而終不能辦此兩忘也.’余乃作而曰:‘余欲忘, 子何用強使余不忘也. 此中自有眞意, 余何必多辨也?’仍與客擧酒而相屬於軒之上. 余忘言, 客忘歸, 是又兩忘也. 遂取‘兩忘’, 而爲吾軒之記. 時乙卯之秋八月旣望也.”】

한여옥(韓如玉) 1636-1685. 조선 후기. 본관은 청주(淸州). 자는 자강(子剛)이고, 호는 창우(蒼愚)·백치(白痴)이다.

❀ 名－如玉　　字－子剛

【≪周易·鼎卦≫:“鼎玉鉉.” ≪正義≫:“玉者, 堅剛而有潤者也.”】

❖ 號 - 蒼愚, 白癡

【≪南塘先生文集≫卷三十三≪族祖蒼愚先生行狀≫：“或問先生人品何如，先生
答：‘儂一白癡，蒼愚人耳。’仍自號蒼愚，又呼爲白癡。蓋其謙而又謙之辭，而亦
以自見其與世寡諧之意也。”】

유세명(柳世鳴) 1636-1690. 조선 후기. 본관은 풍산(豊山). 자는 이능(以能)이고, 호
는 우헌(寓軒)이다.

❖ 號 - 寓軒

【≪游齋先生集≫卷十八≪寓堂記≫：“人之有室廬，以寓其身也。或久或暫，其寓
一也。顧其世居者不曰寓，而新適者輒稱寓，此卽卽其廬而彼此之者。夫吾友柳
以能，花山世家也。其出而仕於京也寓，宦游嶺湖幕也亦寓。及夫返其鄉也，又
無一畝之宅，乃改築於舊居之旁近而新之焉，遂名其堂曰‘寓’。余謂以能蓋無適
而非寓也，堂之名也故宜。若余寓中寓者，又何以名其室也？居長安，炊不暇熟，
選空第而遷寄，如傳舍之客。邇者始定巢于南坡之郊，僅如以能之爲，而猶不能
宅吾宅。出宰半千里外，才四十日，而蒙恩內移。病憂尼之，又未能首歸路。縱使
三尺童子論之，必以余爲寓，而不以以能爲寓也。是則以能之徵余文記其堂也，
適所以使余自述其寓也。其笑矣乎！然而繇京洛，則余雖不奠居，寔爲主人，而
以能酒寓也。繇花山，則以能雖寓，自是余南道主人也。京鄉也，賓主也，摠消了
一寓字。以扁子花山之室，固無不可；以題吾南坡之廬，亦無所舛。前翰林旅游
之邸，舊太守僑寄之所，兩不妨乎揭稱焉。余與以能又何以強爭爲哉？噫！起居
寓於堂，柱礎寓於基，基寓於溪山之中者，自其家而言也。神靈寓於心，氣息寓於
形，形寓於天地之間者，自其身而言也。則人生一世，寓焉而已。莊周氏新其說，
以死爲歸；釋迦氏反其道，以捨爲達。殊不知死亦寓也，捨亦寓也，畢竟欲離寓
而不可得。是以聖人不言寓，因其神之所寓以修其心，因其氣之所寓以養其形，因
其寓於天地而與之竝立焉。夫其虛明者，常在其舍乎？匪寓也，定也。浩然者，克
充其體乎？匪寓也，主也。道參天地而三焉乎？匪寓也，合也。能如是乎，寓與不
寓又何足多辨哉？以能勉乎哉！余匪寓言者也。”】

이항(李沆) 1636-1691. 조선 후기. 본관은 여주(驪州). 자는 태초(太初)이고, 호는 백

봉(白峰)이다.

❊ 號 - 白峯

【≪星湖先生全集≫卷五十八≪大司憲李公神道碑銘幷序≫:"公諱沆, 字太初 …… 孝友天得, 常以早孤祿不逮養爲終身恨。先墓在龍門白雲峯下, 故追慕有懷, 自號白峯。"】

이수언(李秀彦) 1636-1697. 조선 후기. 본관은 한산(韓山). 자는 미숙(美叔)이고, 호는 농계(聾溪)·취몽헌(醉夢軒)이며, 시호는 정간(正簡)이다.

❊ 名 - 秀彦   字 - 美叔

【秀, ≪正韻≫"美也"。彦, ≪說文≫"美士有文, 人所言也"。且"彦"亦有"美"義。 ≪書·立政≫:"自一話一言, 我則末惟成德之彦, 以乂我受民。"孔穎達≪疏≫: "彦訓爲美。王能出言皆善, 口無可擇, 如此我王則終惟有成德之美, 以治我所受 天民矣。"】

❊ 號 - 聾溪

【≪陶菴先生集≫卷二十八≪判書聾溪李公神道碑≫:"昔宣廟問筵臣曰:'李滉弟 子有立朝者乎？'柳希春以鄭惟一、鄭琢、金就礪爲對。栗谷先生論此事曰:'彼 數人者樹立無素, 名之曰弟子, 則豈不爲退翁之辱乎？'推是義也, 若聾溪李公秀 彦者, 眞可謂尤菴宋文正先生弟子而於先生亦有榮矣。…… 甲戌首蒙有還, 歷工 刑參判, 秋擢拜刑曹判書。公一心奉公, 獄訟如洗。玄石白公勞績, 請久任勿他 遷。時南九萬爲首相, 營護國賊, 政刑紊亂, 惟以蠲減施惠爲事。公嘗於朝坐折 之曰:'凡爲國之道, 明義理、正朝廷, 則惠澤旁流, 不求民悅而民自悅服矣。何 必施此無名之惠以要其悅乎？設遇凶歲, 國儲罄竭, 何以拯濟？'九萬無以應。後 數歲大侵, 濟活無策, 人服公先見。又於講筵奏暴故相李公端夏之冤, 上敎昭釋, 士論多之。時舊人殆盡, 朝野屬望惟公一人, 而時象日乖, 意悒悒不樂。會臺臣 金德基劾吳道一, 掌令金演庇護甚力。公遂言道一行己鄙悖, 媚悅凶黨, 連得名 邑之狀。時道一積負疵累, 冒居要津, 人皆諂事無敢言者, 公抗憤極言之, 人皆稱 快。柳尙運爲銓長, 白上曰:'李某以老成, 力扶少年臺論, 誠爲不韙。'尋左遷公 爲全羅道觀察使, 又爲兩出之論。吳道一得關東, 公無悻悻之色, 卽赴任, 奉大夫 人設壽席, 爲尤菴作考巖書院於後命之地。是秋復拜大司憲。公到中路, 使偏裨納符, 直還鄕廬。公始自號醉夢軒, 至是改以聾溪, 絶口不言時事。客有來問者, 輒指堂扁以示之。屢除官不赴, 惟世子嘉禮成, 一造朝, 尋歸。當路者來見, 盛陳保合之道, 公笑謝曰:‘保合非田野人所可與知也。’及渡漢, 農巖金公昌協來別曰:‘擧世皆醉於富貴, 不知有名節。公獨急流勇退, 以勵衰俗, 實爲世道賀也。’丁丑五月, 以疾卒于聾溪精舍, 壽六十二。”】

금봉휘(琴鳳輝) 1636-?. 조선 후기.

❀ 無猶齋

【≪訥隱先生文集≫卷八≪無猶齋記≫:“≪斯干≫, 燕兄弟也。其首章曰:‘兄及弟矣, 式相好矣, 無相猶矣。’鳳城琴公鳳輝讀詩至此而有味之。于其葺舊屋而新之也, 名其所居齋曰‘無猶’、堂曰‘式好’。齋凡四間, 堂凡四間。不斲椽, 不餙楹。其制樸而不華, 其室廓而容衆, 若公廓然。不佞嘗過之而諷曰:‘大凡居室之制, 自與亭榭不同。室欲其狹, 求其靜也。堂欲其小, 求其完也。今公則不然。且齋名無猶, 敢請其義。’公蹵然曰:‘吾何求異？自吾先卜居於是, 歷累世, 而子孫猶未大蕃衍。及某之身, 兄弟七人。嘗欲其同居而無相遠, 同食而無相捨, 同宿而無相離。故玆爲齋爲堂, 秖爲苟完而苟容矣, 固無論其他也。若所以名室, 則先儒釋≪詩≫之義不同, 然張子釋“猶, 似也”, 竊取焉。吾不幸而早孤, 無敎以及諸弟。然願諸弟無以我不敎, 而或不友不恭也。是庸有感於無相似之義爾。吾何有異於其間哉？’不佞作而歎曰:‘公於是乎賢矣。夫觀人於居室, 惟便其身圖者衆矣, 鮮有念及於兄弟者也。或相校而欲相似, 鮮有能盡己者也。今公於治室, 取其俱容而不爲美, 其姜氏同被之意乎？於名齋, 求其相好而戒其似, 其張氏書“忍”之意乎？公之先始來胥宇也, 名其廳堂曰肯搆。夫肯搆之道不可他求, 在於惟孝且友, 不在於世守田里而已。然苟不孝悌以居之, 則雖欲保其田里, 不可得也。公早失二親, 致其孝於繼母, 罄其愛於諸弟。又且就舊基修舊宅, 爲兄弟燕樂之所。而其名之也, 獨眷眷於≪斯干≫之首章, 則公之所肯搆者可知已。公多丈夫子, 諸兄弟之子亦夥矣。苟能體公名室之義, 則自兄弟漸至於路人, 必無相尤相遠之心矣。其不敦睦矣乎？抑公之志, 尤在於≪小宛≫之三章四章, 而此則未及焉。苟因≪斯干≫之數言而善推之, 則得之矣。不佞於公繼母爲從子, 往來甚熟, 諳公之至行。於其名堂室也, 又以見公之心, 是不可以不記。”】

신의화(申儀華) 1637-1662. 조선 중기. 본관은 평산(平山). 자는 서명(瑞明)이고, 호는 사아(四雅)·사치(四痴)이다.

❊ 名 - 儀華　字 - 瑞明

【≪尚書·益稷≫："≪簫韶≫九成，鳳凰來儀。"帝舜之時有此祥瑞之徵。】

이동형(李東亨) 1637-1717. 조선 중기. 본관은 여주(驪州). 자는 태경(泰卿)이고, 호는 사우당(四友堂)이다.

❊ 名 - 東亨　字 - 泰卿

【≪周易·泰卦≫："泰，小往大來，吉亨。"】

❊ 號 - 四友堂

【≪宋子大全卷≫一百四十四≪四友堂記≫："驪江李泰卿爲堂於淸州首村之山水間，環以松竹梅菊，而名之以'四友'。夫友者，友其德也。松竹之貞操、梅菊之淸香，豈非其德之可友者耶？然豈如人之有德者？而泰卿必取乎此，何也？泰卿嘗與儕流上書北闕，以救士禍。而儕流之賢者皆投畀嶺海，不然則散落巖谷，鳥獸同群而不返也。時之人則渠不肯友焉，而此亦不欲與之友。宜其獨立無儔，而所友者惟此而已。雖然，有一好友焉，而人或不能知也。緬想泰卿掃漑庭除，一塵不起，而明窓淨几，靜對詩書，景仰其人，討論其心，犁然有契於襟懷，泯然有會於思慮，悠然不知老之將至。於斯時也，子孟子'尙友'之訓，眞知其不我欺矣！雖然，泰卿不欲以語人，故托於四者而名其堂云爾。"】

나양좌(羅良佐) 1638-1710. 조선 후기. 본관은 안정(安定). 자는 현도(顯道)이고, 호는 명촌(明村)이다.

❊ 平安齋

【≪宋子大全≫卷一百四十三≪平安齋記≫："墻屋之扁榜不可太美，以取高標揭己之嫌。且不須索隱，以起其爭端也。友人安定羅君顯道，自崇禎乙卯，與弟碩佐奉母夫人，乘舟去京師，至于驪江之上，築室以居。所種者蓮與葡萄與柳，而欲以此數者名其室。余謂：'謂之景仰濂溪、紫陽，則此二夫子之道爲世所諱，至於靖節，則此又非義熙之世，愈不敢言也。昔紫陽夫子與人書，爲問菖蒲之平安。今以此爲名則不爲太美，又非索隱之歸矣。人之見之者亦不必大着眼目而深求其

448

義矣。今顯道獨立於塵埃之外, 謝去一切冗雜, 而日問此草之平安, 則濂溪之蓮、靖節之菊柳, 皆在所問之中。而其馨香幽淨沖澹之趣, 泯然有會於其心矣。如此而已。而凡世上悠悠者絶不掛於口耳, 非惟口耳之不掛, 亦不置諸胸臆, 則可以保性命而養親盡年矣。然與其徒愛其所愛, 不若求其道。欲求其道, 捨其書何以哉?顯道王考鷗浦公學於守夢鄭先生, 鄭先生卽栗谷文成先生之門人也。栗谷先生所學之道, 卽紫陽夫子之道也。顯道必有所聞於家庭者矣。今若有志而知求焉, 杜門靜居, 晝讀而暮誦, 不但茲草爲玩心之資而已。則濂溪≪太極≫, ≪通書≫之理亦在其中, 而靖節之高風淸尙亦皆爲範圍內物事矣。顯道以爲如何?'”】

김하석(金夏錫) 1638-?. 조선 후기. 본관은 서흥(瑞興). 자는 몽득(夢得)이다.

❊ 名 - 夏錫 字 - 夢得

【唐詩人劉禹錫, 字夢得。】

❊ 梅菊堂

【≪息山先生文集≫卷十七≪梅菊堂記≫:“金斯文夏錫氏, 南士而巨擘也。累擧不中, 築室而老之。謝人而友, 曰梅曰菊。其不足也, 卽揭以扁堂, 誠所謂酷愛者也。夏錫氏愛其華乎?非也。愛其香乎?非也。愛其可餐乎?非也。愛其爲古人所賞已乎?亦非也。夏錫氏之愛可知爾。夫玄陰閉, 大雪下, 衆物索矣。梅一點兩點始開, 天心可見。花而始, 莫之先也。又如商律調韻, 嚴霜時降。木葉脫, 羣芳萎, 菊獨傑傲葩芬。花而終, 莫之後也。始終者, 全體也。以樂, 金玉是也;以學, 明誠是也;以人, 而趨向也、出處也, 亦是也。豈非愛之者存乎?凡昔之夏錫氏, 卽今之夏錫氏而少者也。今之夏錫氏, 卽昔之夏錫氏而老者也。居其堂而友二物者, 足以無愧夫!噫!夏錫氏勉之!志宜勵而益勵, 操宜確而又確。盍觀夫卉物亦有大於二者, 如夫子所謂‘後凋之松柏’也哉?”】

이봉징(李鳳徵) 1640-1705. 조선 후기. 본관은 연안(延安). 자는 명서(鳴瑞)이고, 호는 은봉(隱峰)·해봉(海峰)이다.

❊ 名 - 鳳徵 字 - 鳴瑞

【≪春秋集傳≫:“文王作而鳳鳴於岐山。”】

❊ 浮忘子, 午陰堂

【≪旅庵遺稿≫卷四≪浮忘子午陰堂記≫：“自古曠達之士喜說忘，而能得忘之之道者鮮矣。夫物迫於我，而我之應自不已。來者應之猶不暇，而往者繹之，未來者豫之，順逆異境，起滅無常，雖閉視屏聽，塊居僻處，而其心之變化傳授者無窮極，而按住終不得矣。且欲忘，則欲忘之心與不能忘之心相持交爭，益見其紛如挐如，如火之撲以止之而愈揚也。道釋家皆主乎忘，而亦知此心之猝不可一切虛寂，故逡爲存想之方，話頭之法，使靠心於一邊無滋味念頭，以排諸他膠擾者。而天隱子之坐忘，未免有坐馳之譏。浮屠之入寂出舍利，自以爲如來極工，而其中之凝洹固滯，不能乘化悠然者，可知也。吾儒未嘗言忘字，而物之雜至於前也，有可喜可怒、可哀可樂之甚者。而物各付物，我無所與。若姸媸迭過於空鑑之中，則是不事乎忘而便與忘同也。其法不過審乎理欲之分，善惡之幾，以明此心而已。坯橋李公弊廬蕭然，冬寒而突不大，置一床，坐臥其上，有才而不求試，春秋今六十五矣。間又喪一婦、二女、二壻，備經人情之所難堪者。而顏色敷頮，鬚髮無一白者，余嘗敬而異之。一日語余云：‘吾自號以浮忘。以吾之精神浮散而世事已忘也。築室於西河之野，扁以午陰，依其地名而作也。子其爲我敍之。’噫！余於是知公之老且窮而不衰也，知公之忘能得其道也。夫午者半陽半陰而言，陰者審其幾而戒之之辭也。然則公於可忘者盡忘，而其不可忘者終不忘也。不忘其不可忘者，而後乃可忘其可忘者也。彼欲忘其可忘者，而不先不忘其不可忘者，其亦迂矣。”】

임방(任埅) 1640-1724. 조선 후기. 본관은 풍천(豊川). 자는 대중(大仲)이고, 호는 수촌(水村)·우졸옹(愚拙翁)이며, 시호는 문희(文僖)이다.

❀ **臥理軒**

【≪水村集≫卷九≪臥理軒記≫：“邑之廨宇，必有燕居之所，以適其偃息焉。蓋政堂外也，不可以內之。衙宅內也，不可以外之。則豈可無居內外之中者乎？湖亭水館，非不煥而美也，高而敞也。只極曠如之觀，則獨可闕奧如者乎？此余軒之所以作也。余以癸亥春，自新衙移于舊衙。於西臺之外東軒之內，占隙地，撤新衙小軒。移構二間，東房而西閣，板其龕而藏書焉，簟其簷而蔽日焉。北園有脩竹數百竿蔚然森立，其下築土階二層，置白梅黃菊烏竹金橘等五盆，又分栽芍藥三朶，蘪蕉三叢，紅白棠黃薔薇十餘根。階下埋雙盆作小池種荷花，養小鯽十數頭。西墻下作長階, 雜植黃白菊十二叢。南垣下對樹芭蕉兩叢。每風至雨過, 花香滿院, 竹樹陰翳, 卉草掩映。晝聞黃鸝, 夜聞杜宇。幽軒陜室, 曲有奧趣。余於朱墨之暇, 岸巾隱几于其中, 或讀書而遣閒, 或吟病而守靜。如或放衙不出, 則民或有告訴吏行文書, 皆於是軒臥而理之。噫! 古之人臥理而治, 今余臥理而不治。治不治雖殊, 其臥理則一也。遂以是名吾軒。壁上三字之題, 趙亨期長卿筆也。"】

민태중(閔泰重) 1640-?. 조선 후기. 본관은 여흥(驪興). 자는 사앙(士昻)이고, 호는 평사(平沙)이다.

❀ 詠柏堂

【≪宋子大全≫卷一百四十四≪詠柏堂記≫:"黃驪閔泰重士昻居于常山屈村, 以名其堂曰'詠柏'。余問其義, 曰:'余家無長物, 惟一株柏在庭前。昔朱先生嘗詠子美廟柏, 行又寫出以贈求書者。夫子美詩可愛者多, 而先生必取於此, 必有深意。故敢以是名吾堂耳。'余曰:'先生生乎南渡之後, 慨然有恢復中原之志。而及其老而無復望焉, 則有感於此詩之深也。今子以眇然鰈域之書生, 潛身蓬蓽, 性命僅僅。雖有孔明之忠謀智略, 何暇有中原之志哉?'士昻曰:'志大才疏、力小任重, 是先賢之所戒。然則堂名可改已乎?'余曰:'事無大小遠近, 其理則無二也。況亦有近小者尤難, 而遠大者還易焉。故朱先生嘗論天下事而曰:"不世之大功易立, 而至微之本心難保。中原之戎虜易逐, 而一己之私意難除。"至哉言乎! 誠能用力於克己復禮, 一息尚存, 不容少懈, 如孔明之鞠躬盡瘁死而後已, 則其遠者大者亦將見其無所難矣。故孔明嘗曰:"才須學也, 學須靜也。"願士昻姑從事於此以爲之本, 而以待後日之期會, 則安知終不爲大廈之棟樑乎?然後歸臥淸陰之下, 飜賡子美之詠, 而以弔孔明、晦翁之靈, 則司馬仲達、慶元群小之死鬼亦必悔罪而愧謝矣。"】

❀ 樂眞堂

【≪宋子大全≫卷一百四十四≪樂眞堂記≫:"驪興閔士昻築室於鎭川之平沙, 名以'樂眞'。昔康節有'眞樂攻心'之語, 朱子非之。夫朱子之非之也, 豈不以所樂在物而樂之者心也, 寧有反攻其心之理耶?聖人稱顏子'不改其樂', 程子以爲'其'字當熟味, 自有深意。蓋以其樂不在乎物, 而在乎顏子也。亦不在乎顏子, 而在乎顏子之心也。夫金石絲竹之樂, 以此心而樂於物也。物變於前, 則樂隨而無之,惟有不變者存焉。周子曰：‘無極之眞。’此言實理也。程子曰：‘其本也眞。’此言五性也。此所謂眞者旣具於心，則其樂之者又誰也？心而反樂乎其所具，則毋乃有以目視目之誚耶？然則所謂樂眞者，愚未得其說也。抑嘗思之，周、程所謂眞者雖具於心，而或有物欲害之，則非吾有也。苟從事乎克復之學，而物欲不得行，使實理存乎我而五性全乎心，則我之心自不得不樂，而此樂實由於眞矣。然則雖謂之樂眞亦可也。未知士昻之意果出於此耶？吾將從士昻而問之也。”】

권상하(權尙夏) 1641-1721. 조선 후기. 본관은 안동(安東). 자는 치도(致道)이고, 호는 수암(遂菴)·한수재(寒水齋)이며, 시호는 문순(文純)이다.

❀ 號 - 寒水齋

【《屛溪先生集》卷四十三《寒水齋先生文集序》：“華陽宋先生 …… 所以書朱夫子‘秋月寒水’之句，以寓傳心之微意。”】

홍득우(洪得禹) 1641-1700. 조선 후기. 본관은 남양(南陽). 자는 숙범(叔範)이고, 호는 수졸재(守拙齋)이다.

❀ 名 - 得禹　　字 - 叔範

【《尙書·洪範》：“天乃錫禹洪範九疇，彝倫攸叙。”】

❀ 號 - 守拙齋

【《宋子大全》卷一百四十三《守拙齋記》：“南陽洪叔範，自黨禍萌蘖，卽棄名邑之銅魚，僦居於南郊之楮島。議者論年少中十殺之案，而以叔範爲之首。旣而議者又以同春先生爲大慂而追削官爵，叔範與同志諸賢抗疏訟冤，遂與同竄者凡五人，豊城趙子直、廣陵安子遠、耽羅高汝根、竹山安聖休也。叔範自謫所之務安，走書於罪魁之宋時烈曰：‘昔同春先生嘗命小子之書齋曰“守拙”，仍大書以爲扁額。小子仍請曰：“願一言以明其義也。”先生諾而未果，而梁木遽壞。今知先生意者匪有他人。願以先生所未遑者書在紙面，使之自警。則其與坐在齋中，對越先生法語心畫者無異矣。’余發書掩涕曰：‘甚矣，同春之愛叔範、叔範之慕同春也！’第余方以重犯待刑蠻土，爲人作文，義所不敢。其後叔範復以書特申前言，而猶不敢破戒矣。旣而疾病垂死，則忽俛仰而歎曰：‘我若終無一言，則不惟負叔範，亦所以負同春也。’遂伏枕而口號曰：‘古今之言拙者多矣。或自笑焉，或自誇焉, 或自戒焉。或見於詩歌, 或見於序記焉。然余與同春早同師門, 雁序周旋。文元公老先生所以爲敎者, 未嘗出於濂洛關閩之說矣。濂溪夫子嘗作≪拙賦≫, 而朱夫子刻置於江東道院而曰∶"旣以自警, 且以告夫後之君子, 俾無踏先生之所恥。"雖使同春爲叔範相言, 豈亦出乎二夫子之說乎? 如使余捨此而他求, 則雖守而責之, 終有所不能也。'或曰∶'≪拙賦≫之首曰"巧者言而拙者默", 今叔範言事而受禍, 豈所以受周子之戒乎?'曰∶'周子之意, 固欲人之全不言乎? 夫不當言而言, 以悅於世者, 是固周子之所恥也; 若當言而不言, 以求容於世, 則其爲巧也, 爲尤甚焉。此尤周子之所深恥也。故孟子曰∶"未可以言而言, 是以言餂之也; 可以言而不言, 是以不言餂之也。"今世之人或以言而取利, 或以不言而求容。而惟叔範能以生三事一之義, 犯雷霆, 冒鏌鎁, 上奉慈闈, 禦魅南荒, 此眞拙者之事。周子若以全無所言爲拙, 則≪通書≫何以言貌之不違爲純德哉? 是知周子之所恥者, 不惟在於不當言而言者, 而亦在夫當言而不言者矣。況周子之賦, 言雖約而指則遠。夫簞食瓢飮, 處於陋巷, 則顔子宜若拙矣, 而直以克己復禮自任而無難, 又問以治天下之道, 則其爲不拙而健也何如也? 耘瓜而斬根, 不避大杖, 則曾子宜若拙矣, 而乃以"千萬人吾往"爲訓, 而又以"託六尺之孤, 寄百里之命, 臨大節而不可奪"爲說。則其爲不拙而勇也可量耶? 至若吾朱夫子之拙, 則常以親年高生事寥落自傷, 又自謂不能大其門閭以奉先祀; 而然其自待, 則必將以繼往聖、開來學爲事; 又將表裏江淮, 合戰守以爲一, 以必滅胡虜爲己責。則其智圓而義勇也何如也? 其可謂徒守拙法耶? 豈所謂拙法之中有活法者耶? 然則周子之所謂拙者, 是豈塊然嗒然如枯草陳蛻者耶? 噫! 九原可作, 同春必莞爾而笑曰∶"此吾當時所欲言者, 而子並與言外之意而得之云爾。"嗚呼! 古今言拙者多矣, 皆孰執周夫子之意乎? 然朱夫子嘗以是爲似乎老莊, 甚矣義理之無窮, 而中庸之難能也! 然朱夫子以劉元城之居位而極言, 罪至而順受爲中。今叔範諸人之言不可謂出位者, 而及其受罪, 則悠然就道, 無怨無悔, 其亦庶幾者乎? 噫! 叔範其於所守之拙, 而益求其所謂中, 則此實能守同春當日之心也。'"】

이기홍(李箕洪) 1641-1708. 조선 후기. 본관은 전주(全州). 초명은 기주(箕疇), 자는 여구(汝九)이고, 호는 직재(直齋)이다.

❀ 初名 - 箕疇　　字 - 汝九

【《尙書·洪範》：“惟十有三祀，王訪於箕子 …… 箕子乃言曰：‘ …… 天乃錫禹洪範九疇，彝倫攸叙。’”】

❖ 號 - 直齋

【《丈巖先生集》卷二十四《直齋記》：“吾友完山李公汝九，當尤齋先生被禍之日，人皆畏縮，不敢出氣力抗一言。公於是慷慨投袂而起，倡率同門多士叫閽鳴冤。其氣凜凜，其言正直，見者莫不危之，而君獨晏然。蓋有見乎不直，則道不見之義也。竟以是得罪，編配於北道之鰲山。遠近士子聞風而來，學者甚衆。遂就其所寓，儀一小屋，以爲講學之所，名曰‘直齋’。要余作記曰：‘吾嘗受敎於先生矣。昔朱子屬纊時，招門人誨之曰：“天地之所以生萬物，聖人之所以應萬事，直而已。”此與《論語》“人之生也直，罔之生也幸而免”者可以參看，此先生之所以敎我者也。今遭患難，尤覺此誨之實切於己。欲以是揭之楣間，以爲終身服膺之地云。’噫！君之志嘉矣！直之義大矣！正大不枉之謂直，眞實無僞之謂直。天地之道，聖人之事，非直則不誠，不誠則無物。欲學聖人、達天道者，舍此直奚以哉？但世之學者，曾不知自古聖賢說得直字之義已詳，而謂朱子刱發其意。噫！豈前聖所未嘗言，而朱子遽說之哉？《易》曰‘直方大’，《傳》曰‘敬以直內’，孟子曰‘以直養則塞乎天地之間’者，或就道體上說，或就工夫上說，如此類甚多。後世學者特未之察，故朱子拈出其爲學喫緊處開示學者，如堯舜闡‘精一’之義。嗚呼！直之義果不大矣乎！自朱子以來，五六百載之間，儒賢非不輩出，而尊朱子之學，信朱子之說，門路最正，博約兩至，卓乎大成者，又未有若吾老先生。其一生所受用，不出此一直字。而推其所得，提告後學，以冀成立者，又如此其至。嗚呼盛哉！汝九勉之哉。”】

❖ 有斐軒

【《丈巖先生集》卷二十四《有斐軒記》：“爲學之道無他，只是自治有緒，循序漸進，自粗而精，自淺而深，表裏無間，終始不輟，而後可以成就其德，大而至於充實而有光輝。此《衛詩》所謂‘如切如磋，如琢如磨。瑟兮僩兮，赫兮喧兮。有斐君子，終不可諠’者也。曾子引此詩旣釋明德、至善之義，朱子又逐句逐字反覆詳說，使後學曉然易解。其說具載《大學章句》。於戲！夫人不學則已，苟有志於爲學，舍是道奚以哉？直齋李公汝九自少受業於老先生之門，擩染於函丈之間，麗澤於同門之賢。其講習討論之益，省察克己之功，不失精粗淺深先後之序。實德內積，聲華外著。不求聞而自聞，不求達而自達。旌招屢加，眷禮愈勤。而公則自以學未進德未成，愈謙愈恭，不敢當聖朝之盛禮。近解郡紱，擇里於延豐之文山。文之去黃江遂翁之居一息而近，蓋取其往復講論之便也。搆數椽小屋於所居之東，以爲講習之所。倩遂翁之筆，而扁其額曰‘有斐’。其有得於‘切磋琢磨’、‘瑟僴赫喧’之義乎？以余亦嘗從下風，與聞談論之緒餘，屬余爲記。噫！十級塔上相輪，登其塔者自當知之。豈在塔外者所可對望而摸象之哉？然有一說可補。言《詩》之旨者，衛武公學問之工，不惟見於此，至如《抑》詩一篇，蓋可見其爲學之不苟。以耄期之年，自強不息，猶作詩以自箴。非篤志力行，有始有終，不知年數之不足者，能如是乎？此其所以成有斐之君子，而以永終譽者歟？今吾輩俱以衰暮之境，志氣易頹惰，工夫易間斷。苟以少壯時依俙所得爲自足，而不思古人秉燭之訓，則不幾於九仞一簣之虧乎？若能各自勉強，惕厲戒謹，老而彌篤，如武公之矻矻講學，收切磋之功，自修盡琢磨之美，瑟僴而守之，赫喧而著之，表裏無間，終始不輟，以至於充實有光輝之盛，則庶幾無媿於有斐之稱矣！既以復公之命，且以自警云爾。”】

❀ 泉谷精舍

【《直齋集》卷八《泉谷精舍記》：“精舍何爲而設也？歲甲寅冬，余來嘉陵。見峽俗蠢蚩，人不知學，余甚悶之。乃敎一二村秀，然後頗有聞風來學者。蓋前此未有倡導之人，而所習聞者只是里巷鄙悖之說也。其能自拔於流俗而爲學也者，豈易哉？既無倡導，其不知學也固宜矣。然今既有十數輩相從而問學，則庶可以從此而興起矣。於是遂與諸生相議，築一藏修之所於華山陽之泉谷，名曰‘泉谷精舍’。欲見文會輔仁之實，願諸生聚於斯，讀於斯，講於斯，不可須臾放浪。至若前日鄙悖之習、不經之說，切勿出諸口、行諸身。如是合做這，無一息間斷，則爲善之樂顧不在玆歟？諸生勉旃！《傳》曰‘行遠自邇，升高自卑’，聖門之升堂入室亦由此始。諸生其念之哉！”】

조의운(趙義耘) 1641-?. 조선 후기. 본관은 풍양(豊壤). 자는 칠이(七而)이고, 호는 백의당(百宜堂)이다.

❀ 名－義耘　字－七而

【《逸周書·文政解》：“九行：一仁，二行，三讓，四信，五固，六治，七義，八意，

九勇。"】

❀ 號 - 百宜堂

【≪丈巖先生集≫卷二十四≪百宜堂記≫：“趙連山義耘氏，於吾諸兄爲行輩而弟
畜澔者也。一日訪澔於樓巖之江上，論契闊，敍寒喧，相對悲歡。蓋乖違十餘年
間，各自衰謝，人事多變故也。仍問曰：‘子亦知夫爲農之樂乎？吾罷官歸農，搆
屋數架，以爲宴息之所。取古詩“除却爲農百不宜”之句，反其意而扁吾堂曰“百
宜”。子其爲我記之。’余曰：‘不亦宜乎子之名堂也？世間萬事適意者少，不適意
者多。惟是爲農一事乃可人意。子其知其樂乎？然古詩所謂百不宜者，就爲農外
事而言。今子百宜云者，就爲農一事而言。惡在其百宜之義乎？’君笑曰：‘此可
與知者道，不可與不知者道。今夫爲農而勤身，則與逐逐趨利者不同而宜於知
分；爲農而安命，則與營營求名者不同而宜於知天。衣食不匱則宜於家，租稅不
廢則宜於國。上而享祖先以時則宜於孝，下而育妻子無飢則宜於慈。推而至於宜
爾壽考，宜爾福履，其目之夥不止百千，則其視外物之不宜奚啻天壤？’余乃起而
謝曰：‘澔之所知，其亦淺之爲丈夫也。今而後，知吾子所以名堂者，蓋出於古君
子安身立命之義。而其取古詩以寓意者，直謙謙耳。如澔者，何足道哉？半世冥
擿飽，更寵辱，不宜於祿，不宜於農，無一適意。明年恰滿七十，今秋始上引年之
章，時未準請，其於古人鍾鳴漏盡之譏無以自解。顧何敢抗顏泚筆，以溷乎百宜
之義乎？只述主人之意如此云。"”】

권상하(權相夏) 1642-?. 조선 후기. 본관은 안동(安東). 자는 익재(益哉)이다.

❀ 名 - 相夏   字 - 益哉

【≪論衡·逢遇≫：“禹王天下，伯益輔治。”禹，夏朝之主。】

❀ 淵氷齋

【≪宋子大全≫卷一百四十五≪淵氷齋記≫：“臨淵履氷，曾子至訓也。朱先生易
簀前一月，絶筆所自警，亦不外此。此與曾子啓手足而戒小子同一揆也。夫曾子
之道備於≪大學≫，而其所以丁寧則只在於是。朱先生集群儒之大成，而其收殺
結折，則亦於是乎致意焉。是知此二句者至約，而究其理則所包至大也。權君相
夏益哉築室於漢師之南偏，要余題其額，余聊拈此二字以副焉。"】

유명현(柳命賢) 1643-1703. 조선 후기. 본관은 진주(晉州). 자는 사희(士希)이고, 호는 정재(靜齋)이다.

❁ 名 – 命賢　　字 – 士希

【周敦頤《通書·志學》："聖希天, 賢希聖, 士希賢。"】

❁ 靜觀齋

【《游齋先生集》卷十八《靜觀齋記》："靜觀齋者, 柳士希之居也。士希少攻學績文, 馳騖翰墨之場。旣發軔青雲, 展步天衢。而家又闤闠, 日接囂塵。相在其室, 未嘗有靜者趣, 則此何以稱焉？且靜觀自得, 程夫子詠之矣, 匪深於道而達于理者, 莫宜與之。矧士希之時若地乎？漂沈乎宦海, 追逐乎名塗, 何暇觀乎靜也？今迺反其實而名之, 以自標置, 亦鷔矣。雖然, 此迹其外而不于中云爾。以吾觀於士希, 固有其觀之靜者靜其心, 而觀乎動以自娛焉。于以揭于室, 奚過哉？夫征旅之役乎中逵, 而居者恬然視之。自塗而論居者, 不可謂不靜也。舟子之蕩乎江海, 而岸上者坐而翫之。緣船而指岸上, 其可謂不靜乎？顧世之好靜者鮮。危途急脚, 搢紳許其先；高浪滿載, 宦游爭其柁。各逞其巧, 以供士希之翫, 斯豈非觀乎動者耶？嗚呼！能以不爭處乎萃名之所, 雖一日九遷, 何喪實之有也？旨哉邵子之言之也！夫不爭者幾乎靜也。世華而我實, 人機而我眞。窮達也, 得喪也, 一委命而無動其天。如是而曰我靜觀也, 夫誰曰不可者！果爾, 漂沈亦安流也, 追逐卽揖讓也。擧天下而路也, 士希其臥視者也；混人境而船也, 士希其岸上者也。從玆而抵白紛, 何嘗一日而非靜趣也！淵乎士希之名其齋也！然亦勉乎哉！風聲易變, 淡泊難守。不勉則殆而將流于動, 反敎人之觀我矣。何面目入此處也？獨不愧於屋漏乎？噫！吾旣究士希志矣, 請亦露吾衷而畢其辭。不曰靜乎？虛心迺閑。孰非觀者？看書最樂。此吾之樂乎閑者, 士希願與共之歟？因錄而遺之, 以爲《靜觀齋記》。"】

권두인(權斗寅) 1643-1719. 조선 후기. 본관은 안동(安東). 자는 춘경(春卿)이고, 호는 하당(荷塘) · 설창(雪窓)이다.

❁ 名 – 斗寅　　字 – 春卿

【《論衡·偶會》："正月建寅, 斗魁破申。"時至正月, 即春。】

홍만종(洪萬宗) 1643-1725. 조선 후기. 본관은 풍산(豊山). 자는 우해(于海)이고, 호는 현묵자(玄默子)·장주(長洲)이다.

❋ 名 – 萬宗　　字 – 于海

【≪尙書·禹貢≫：“江漢朝宗于海。”】

이동표(李東標) 1644-1700. 조선 후기. 본관은 진보(眞寶). 자는 군칙(君則)·자강(子剛)이고, 호는 나은(懶隱)이며, 시호는 충간(忠簡)이다.

❋ 向陽齋

【≪孤山先生文集≫卷五≪向陽齋記≫：“眞城李上舍君則過余於石郊之寓舍, 囑之以其所居向陽齋之記。余問所以名齋之義, 上舍笑曰：‘以堂之面勢正午故也。’余曰：‘子之寓義於是堂者, 其止於是而已乎？’上舍於是作而言曰：‘吾少也有志於學, 而亦不能不留心於進取也。是以所讀者理窟之文, 而得失之念亂其心志。記誦焉是趨, 聲律焉是資。則功雖篤而理愈晦, 事雖勤而心愈塞。俍俍然莫知所之, 如瞽者之無相也。及其年至而慮易, 始覺前日之所求於書者特土苴耳。於是姑置得失之念於胸中, 而惟義理之是求。字究其趣, 句探其旨, 則凡經傳中一言一語, 無不切於吾人日用之實。卽復沈潛反覆, 隨事體驗者蓋亦有年, 則雖未至於豁然貫通之妙, 而其於吾心之體用、物理之精粗, 似有所得。若寐者之始寤, 醉者之得醒, 與異時之昏昏者有別矣。乃營一小齋于居室之側, 爲終老講肄之所。偶得朱夫子之詩, 有“昨日土墻當面立, 今朝竹牖向陽開”之句, 深有契於吾心, 故取而揭諸堂焉。’余曰：‘有是哉子之寓意於是堂也！昔朱夫子有取於濂溪太極動靜之說, 而以“敬義”二者名其堂室。今吾子有得於朱夫子開牕言志之詠, 而反而求之於學, 以爲造道之地。其左右逢原之意, 自有默契於前賢者。非見識之明、造詣之精, 能有是哉？雖然, 吾子以高世之才, 早從事於爲己之學, 爲士林所推轂久矣, 而猶以奪志於程式之文爲歉然也。今乃脫然有得於俗學之外, 若舍面墻之暗, 而得向陽之明焉。則其不以小成自安者可見矣！吾知上舍造道之功進進不已, 將至於正大高明之域, 不但止於此而已也。’客有難之者曰：‘名堂之意, 或有取於葵藿向陽之義。則恐有違於學者自修之道, 如之何？’余曰：‘唯唯。否否。君子之學有體有用, 幼而學之, 壯而欲行之也。在我者旣有尊主庇民之道, 而生斯世也, 爲斯民也, 目擊時事, 則愛君憂國之誠, 實仁人志士之所不能無者。豈與山林一節之士與麋鹿爲友、與草木同腐者比幷哉！不然，朱夫子何有取於胡子青山之詠，而以未能卒請其目爲恨矣乎？'於是疑者乃解。"】

황성(黃城) 1645-1719. 조선 후기. 본관은 창원(昌原). 자는 여한(汝翰)이고, 호는 매제(梅齋)이다.

❀ 名 - 城　字 - 汝翰

【《詩經·大雅·江漢》："文武受命，召公維翰。"鄭玄《箋》："昔文王、武王受命，召康公爲之楨榦之臣。"《詩經·周南·兔罝》："赳赳武夫，公侯干城。"】

❀ 號 - 梅齋

【《霽山先生文集》卷十六《梅齋黃公行狀》："又自植梅于庭，屈其枝交互盤結，於下爲壇。日徘徊嘯詠以寓心期，因自號梅齋。騷人韻客或序或詩以稱美之者甚多。西山院庭又有梅若干樹，亦公所手種也。至今人稱之曰'黃公梅'，或配之於西湖林處士梅。蓋其志潔，故其愛物之芳潔如此。"】

윤구(尹俅) 1645-1725. 조선 후기. 본관은 남원(南原). 자는 사순(士順)이고, 호는 취오정(翠梧亭)이다.

❀ 名 - 俅　字 - 士順

【《詩經·周頌·絲衣》："載弁俅俅。"毛《傳》："俅俅，恭順貌。"】

❀ 號 - 翠梧

【《星湖先生全集》卷六十三《翠梧處士尹公墓誌銘幷序》："公居有亭樹雙梧交翠在庭，玉洞徵士過之，題其壁曰翠梧，公受以自號。"】

심단(沈檀) 1645-1730. 조선 후기. 본관은 청송(靑松). 자는 덕여(德輿)이고, 호는 약현(藥峴)·추우당(追尤堂)이다.

❀ 號 - 追尤堂

【《密菴先生文集》卷十三《追尤堂記》："上之二十七年冬，前吏部左侍郎沈公見尤於時，責湖之海南。後數年，遷嶺之寧海。皆極東南海濱也。未幾蒙恩，除謫籍，行過永嘉。時我先人尙無恙，爲出祖于道次。栽從傍見其新從瘴窟來，面有紅玉色，無尤怨切齊意。私自語以爲士大夫早馳榮塗，一朝不得意，則鮮不戚促悲愁。至或放曠恣睢以自快, 今公之不受變於濃霜苦霰如此者, 豈其有得於德之辨乎? 其年先人卽世, 栽也恤恤乎茹茶且十年。一日, 公以先人之故, 不棄其孤, 遣書千里外以命栽曰:'吾旣積尤, 無用於世。今築室南郊古墟, 蒔花灌園, 以爲終老之計。幽曠遼闃, 宛然一城市山林。堂旣成, 署其顏曰"追尤", 蓋取韓子詩中語也。雖年時朽暮, 猶不敢自廢, 追省愆尤, 庶幾得正而斃焉。子其爲我記之。'栽以散材析線, 不足以辱命辭。公猶强之, 乃猥爲之言曰:'夫人自處家制行, 以至錯質爲臣, 患不自知其愆尤耳。是己而非人, 文過而遂非, 不復以反諸身爲急。故以言其行己, 則惡積而不可掩;以言其處世, 則孽作而不可逭。其能自靖於得喪榮辱之際, 猶不敢己之是而人之非曰:"是我未盡其道也。非我之尤而誰尤乎?"則非復誠善補過、不怨天尤人者而能之乎? 侍郎公早入金閨, 歷踐名塗。位躋卿月, 望實方隆。不幸世道反復, 文網交加, 流離顚踣於炎荒瘴癘之鄉。所以動心忍性, 增益其所不能者亦稔矣。旣而霈澤旁流, 許還桑梓。公於是感激鴻恩, 斂身就閒, 於以自適其適。旣又追思宿昔, 惕然自謂辜過以負於國。抆淚謳吟, 發之爲言詞者, 一皆追愆懲咎, 若不自得之意。是豈但拈古語爲標牓而已乎? 又豈與夫戚促以悲, 恣睢以自快者等哉? 《禮》曰"過則歸己而民作忠", 又曰"大夫去國, 不說無罪"。若公者, 其可謂得此義矣。昔蘧伯玉行年六十而六十化, 古之人俛焉欲寡其過, 不以年老少懈如此。今公之用心, 其亦若此而已乎。夫追尤而至於寡尤, 寡尤而至於無尤。俯仰無怍, 輝光日新, 則德之進也, 其孰能禦之? 雖然, 欲寡其尤, 又必先明諸心。使是非得失之分瞭然無惑乎內, 然後庶乎其大貞小利, 不迷攸往。若於風霆震撼之餘, 懲齒缺而慕舌柔, 如韓子之云, 則豈公之志也哉? 栽也病伏遐陬, 未嘗一至公堂, 獲侍其燕閒。其於江山之美, 登覽之富, 姑未暇爲公賦之。然公方且杜門念咎, 日乾夕惕, 有常若不及之意。則彼區區物華之繁, 爲耳目娛玩之資者, 亦豈公之所屑哉? 獨其所謂憂中有樂, 樂中有憂, 身在江湖而心馳魏闕者, 吾知公之不能無感於斯也。是爲記。'】

이세구(李世龜) 1646-1700. 조선 후기. 본관은 경주(慶州). 자는 수옹(壽翁)이고, 호는 양와(養窩)이다.

❀ 名 - 世龜　　字 - 壽翁

【《詩經名物解》:"龜咽日氣而壽。"】

❊ 號 – 養窩

【≪樗村先生遺稿≫卷四十三≪養窩李先生墓碣銘≫:"丙辰以後, 見時勢日艱, 遂輟擧業, 一意向裏用工。著≪養壽窩憲式≫, 寢興存息。誦讀究窮, 各有條緖。"】

이현석(李玄錫) 1647-1703. 조선 후기. 본관은 전주(全州). 자는 하서(夏瑞)이고, 호는 유재(游齋)이며, 시호는 문목(文穆)이다.

❊ 對綠菴

【≪游齋先生集≫卷十八≪對綠菴記≫:"自余未省事讀古史, 最慕裴晉公之賢, 慨然想見其爲人, 旣長猶然, 顧如侏儒之悅巨人、嫫母之羨西子。德量功業, 萬不敢企一, 以是自愧焉耳。辛酉歲, 卜小築於靑坡舟橋傍, 茅屋三架甚狹陋。一日閱唐人詩, 得≪綠野堂≫詠, 因自笑曰:'晉公住綠野, 余住靑坡。綠野、靑坡, 眞奇對也。'晉公第臨午橋。午者, 馬也。馬卽舟之對也。古人有字憂地而擬樂天, 以致歆想之意者。今余之居, 幸與綠野午橋爲對, 斯可以少償景慕之懷也。且晉公甲第巨麗, 余草舍蕭然。各稱其主人, 又足爲一對也。馬能行陸, 舟能濟水。馬之度橋, 水陸之功兩全, 有似乎展材用而濟時難者。晉公之擇而處也, 其有取乎? 舟行遇橋而無用, 適類於余。余家於是, 亦無憾焉。倘起晉公於九原, 與之語此, 亦必一大噱也。酒名弊廬曰'對綠'。是夜夢一丈夫角巾紫衫, 狀貌不踰中人, 謂余曰:'舟之遇橋似無用。然橋下有舟, 橋雖圮而人不溺也。'余不識其何人也。覺而異之, 書爲≪對綠菴記≫。"】

❊ 樂有菴

【≪游齋先生集≫卷十八≪樂有菴記≫:"人之居乎此也, 其必有樂乎此也。居斯樂, 不樂斯去;居而不樂, 不樂不去爲自欺。此老泉說也。昔向戌見孟獻子, 尤其室曰:'子有令名而美其室, 非所望也。'對曰:'我在晉, 吾兄爲之。毁之重勞, 且不敢閒。'夫志欲毁而隱忍以居, 則獻子不可謂樂也。若余者旣乏令名, 居又湫隘, 迺至無客室以待賓朋。湫隘固余不厭, 而無客室則人或病之。歲戊辰冬, 宰花山, 移嶺伯, 庚午春首始返乎京第。則舍弟爲余創客室瓦搆數楹。制主庫陋, 非徒財力詘然也, 蓋知余不喜巨麗也。余以爲適, 而客多嗤其拙。余引獻子言解之曰:'獻子而猶不可美其室, 況於余乎?顧余無重勞而慮間之虞, 不已樂乎?吾弟其知余哉?其賢於孟氏之兄遠矣哉。日余圖建此者, 五年而未能焉, 而乃吾弟一朝營之。余不知其勞與費也，又能愜余素願以安余心，俾余居乎此而樂之也。雖蘇明允之辯，不可訾余以自欺；雖宋大夫之儉，不可尤余以美室。豈不泰然愉快矣乎？孟子曰："人樂有賢父兄。"今余樂有賢弟也，又樂其有此室也，合而名之曰"樂有庵"。'】

나중기(羅重器) 1647-?. 조선 후기. 자는 자진(子珍)이다.

❈ 名 - 重器　　字 - 子珍

【≪玉篇≫："珍，重也。"】

❈ 松澗亭

【≪宋子大全≫卷一百四十五≪松澗亭記≫："晦翁嘗遊劉西磵舊隱亭舍，有詩曰：'絶壁擁蒼翠，奔流逝潺湲。'余嘗見六一公爲西磵賦≪廬山高≫，自謂勝於≪蜀道難≫。蓋極其雄誇矣。然論其蕭洒清絶之趣，則未若此一句約而盡矣。錦城羅重器子珍世居錦城，作亭於清澗之上。對樹蒼松而曰：'余有志於不括之智與後凋之節。愚未知西澗之志亦如此其眞且遠也歟？'晦翁嘗到武夷，自謂慙於智，而歎碧澗之一日千里。又詠廬山之萬松曰："蔚蔚凌寒姿，孤標儼相持。'晦翁之所尙可知。而子珍之所願學者，其在斯歟？自古臨流撫松者多矣，然但愛其泠然而鳴、蒼然而翠而已，孰能寓意於不括之性後凋之氣耶？或曰：'孔聖論山水之樂，而必以仁配智。今言智而乃以節代仁，何也？'曰：'節未嘗不自仁中出來也。故曰智士仁人，殺身以成仁。又萬古之言節者，必以夷、齊爲首，而曰"求仁得仁"。愚未見去仁而爲節者也。如此然後智亦爲眞智，而不至於蕩而已矣。故晦翁又書直節堂曰："焚斲之餘，生意殆盡而屹然不僵，如志士仁人更歷變故而剛毅獨立，凜然不衰。"夫仁道至大，雖由、求、陳、鬪之徒皆不得與焉，而獨許夷、齊者，豈徒然哉？至於晦翁之獨於此拳拳者，有以焉。蓋生南渡之世，目見士氣委靡，人欲橫流，心爲之惻然。雖山僧義眞之死虜，亦且表章而激勵之，其所感者深矣。眞衰世之意也歟？故余於此以晦翁終始焉，子珍盍於此勉之哉。'"】

조세걸(趙世傑) 1668-1772. 조선 후기. 본관은 평양(平壤). 자는 자민(子敏)이고, 호는 고암(孤菴)이다.

❈ 孤菴

【《南塘先生文集》卷三十三《孤菴趙公墓碣銘》："自號孤菴，盖寓孤露唧恤，終老林泉之意也。"】

김창집(金昌集) 1648-1722. 조선 후기. 본관은 안동(安東). 자는 여성(汝成)이고, 호는 몽와(夢窩)이며, 시호는 충헌(忠獻)이다.

❀ 名 – 昌集　　字 – 汝成

【《廣韻》："集，成也。"】

❀ 企華堂

【《恕菴集》卷十一《企華堂記》："丙戌秋，右揆夢窩金公以按辛巳獄，被文網譴罷，歸平丘之墅。越明年丁亥，獄竟，上復以左揆召公。公以其寃之未白，上書以自鳴，而上嚴旨以責公。公遂引罪乞遞，盖將以沒齒田里。而其所居之堂適告成，公弟農巖先生擧漢韋玄成《自劾詩》'誰謂華高，企其齊而。誰謂德難，厲其庶而'之語，而名之曰'企華'，盖取堂之所見華山而意實寓焉。公於是自同於玄成之貶黜父爵，而怵然以爲戒。盖命靖夏而記其事者累矣。逮今年庚寅夏，公始起蟄，以右揆還朝。而其求記於靖夏不已。靖夏以爲公之心事旣已被聖上知照，而復任以三事，方且以治道仰成，則公之所自修者已盡矣。何用以前事爲言？嗚呼！此可以見公之終始矣。夫玄成之失職由於失儀，而有司擧劾，則亦玄成有以自取也。而公盖無是焉。公之前事盖於玄成不甚類耳。然公之自同於玄成而不辭者，盖公之急於自修，不暇較量。而農巖之名之也，亦以成公志也。然公之欲學玄成者，顧不但在此也。今觀玄成入相後所謂《復玷詩》者，其不欣然於爵祿之復，而慄然危懼，有倍於《自責詩》。其能長保令名，爲漢賢相者，正有賴焉。而公則有見於此矣。故其在玄成爲自責者易，而爲復玷者難。其在學玄成者，學前之玄成爲易，而學後之玄成爲難。夫其易者，公旣已有之矣。而今日之爲，又將以圖其難者矣。故方其名堂企華而爲玄成之自責，則擧世之士疑公爲太過，而公不以自止。及其復坐廟堂而儼然臨百僚之上，則擧世之士謂公已爲玄成，而公之欲爲玄成者未已。此公之所以爲公，而有非小人之心所可測者也。然史言玄成之爲相也，其守正持重，不及於賢。則雖能卒免於顚沛，而其於二詩也，亦不能無愧焉。豈亦過於辭而實未至者歟？顧今聖上倚公方隆，其見於前後之批旨者，一以先相國文谷公之所以爲相者責公。而公之所以感激知遇，期於盡瘁，思企前人之業者，如痿人之不忘起焉。邃使他日業成功被，使一國萬民之具瞻者，有巖巖節彼之仰。
則其爲齊華也，孰有大於此者乎？是則公非止爲學玄成之難而已，又將有玄成之
所無矣。此公之所欲終始自勉，而靖夏之樂爲是說者也。"】

이태(李邰) 1648-?. 조선 후기. 자는 여봉(汝封)이다.

❀ 名－邰　字－汝封

【≪說文≫："邰，國名。炎帝之後姜姓所封。帝嚳元妃，邰氏女也，生棄爲后稷，
復封於邰。"】

❀ 四二堂

【≪恬軒集≫卷二十八≪四二堂記≫："李汝封就其第西偏立屋數楹，扁之曰'四
二'。其義蓋取唐人'四美具，二難並'之語也。釋之，則良辰、美景、賞心、樂事
者，四美也。賢主、嘉賓者，二難也。此皆古人之所謂希遘，而汝封欲全有之。其
無乃爲夸乎？余謂春之有花、夏之有涼、秋之有月、冬之有雪，無非良也。其愉
情志而悅耳目者，逐序而自至也。樓榭偪側，塵闠囂煩，而苟得一畝之地，瀟淨幽
邃，稍屛塵氛，此爲熱海中涼界也。況方除小墻，檜柳晻翳。北岳南峯，延續前
後。蒼翠之狀、煙雲之姿，悠然而入望。所謂美景，孰有瘉於此乎？人之所憂者
飢寒，所慕者榮達。斯兩者之未得也，營營戚戚，若有所喪。旣得矣而猶不以爲
足者，奚暇有賞心乎？今汝封其仕薄矣，彭澤之綬已解也。其居完矣，江陵之橘
未蔚也。端居一室，不出戶闥，超然退覽，與世自疏。不置其身於寵辱馳騖之區，
瑕不得爲淸賞之士乎？所謂樂者，非有蛾眉曼睩之侍、絲竹幼眇之聲可以窮朝晡
而極奢華也。惟左庋墳籍，右列觴杓，定省之暇，集親懿，速交游，相與敍契闊而
暢幽悁而已矣。然則汝封之以此爲四美者，誠也，非夸也。若其所謂二難者，以
吾忝在朋從之列，不欲侈言，而亦有以勖汝封者。夫修口腹之欲，備聲色之娛，取
悅於人者，此非莊士之所爲也。居同一城，旣無河山之隔、道途之艱，得閑則輒
聚，亦不必撰辰而招呼也。惟簷花細雨，脫巾命枕，譚古商今，一醺而罷，此眞吾
徒之所樂也。然則樂過而不荒，會亟而不瀆，汝封其常事斯語也。"】

이후영(李後榮) 1649-1711. 조선 후기. 본관은 고성(固城). 자는 사구(士久)이다.

❀ 四一齋

【《自著》卷十八《四一齋記》：“宋歐陽修家藏書一萬卷，金石遺文一千卷，琴一張，酒一壺，某一局，與己爲六，自號六一。後七百有餘年，而延安李士久置琴、酒、某各一，與己爲四，自號‘四一’。二人者相去之絶，辨不待知者。而一朝高其稱以與修班，世之論者，孰不愚士久哉？雖然，藐姑射之仙，仙耳，神堯喪天下；外黃兒，童子，亞父以詘；籬桶翁，无名氏，程叔子虚己。今使修並士久以生，士久其猶或見羨於修，與修班何必僭邪？盖余嘗讀修所自爲傳而悲其志也。其傳曰：‘修老且病，將休於潁水之上，則又更號六一居士。然吾不能極吾樂於五物之中者，世事爲吾累也。軒裳圭組勞吾形，憂患思慮攻吾心，何暇樂五物哉？一日天子惻然賜其骸骨，庶幾償吾願。’嘉祐、治平之中，宋朝多事。修終不能退，內外棲遑。忽忽二十年，未嘗不太息於此五物者，故曰‘將’故曰‘庶幾’。將也，庶幾也，皆未然之辭也。而乃若士久之於三物也，非未然，已然之人也。士久家貧，不能貯書蓄遺文，然天性喜自放。每月明，援琴自彈，彈流水高山之操。而客至，則或圍某一二局以寓其趣。好飲酒，從少至老，無一日不飲酒以醉。夫外無軒裳圭組之慕，而內空於思慮，得以全三物樂於其中，視修爲何如哉？語有之：‘談龍肉，不如食猪肉眞。’今以名位文章論，士久固不及修遠甚。而三物守吾天，形完而心專，累絶而願償，若是者雖神堯足以喪天下，況於修乎？縱修歸得與此五物者遊，老矣，年已七十矣，孰如士久與三物爲一終白首翁？此又修足以羨士久，士久何可少邪？以相去絶而一朝與修班，愚士久者乃眞愚，不識取友千古之論者矣。士久旣以四一名其齋，求余爲記。”】

김우항(金宇杭) 1649-1723. 조선 후기. 본관은 김해(金海). 자는 제중(濟仲)이고, 호는 갑봉(甲峰)·좌은(坐隱)이며, 시호는 충정(忠靖)이다.

❀ 諡號 — 忠靖

【《太常諡狀錄》卷九《大匡輔國崇祿大夫議政府右議政兼領經筵事監春秋館事金公諡狀》：“公諱宇杭，字濟仲，系出金海，駕洛國首露王之後也 …… 落點忠靖 事君盡節曰忠，寬樂令終曰靖、靖憲靖，上同；行善可紀曰憲、安肅與人無競曰安，執心決斷曰肅。”】

김만년(金萬年) 1650-?. 조선 후기. 본관은 광산(光山). 자는 산로(山老)이고, 호는

태재(泰齋)이다.

❀ 名 - 萬年　　字 - 山老

【《焦氏易林·大畜》："大樹百根，北與山連。文君作人，受福萬年。"】

❀ 號 - 泰齋

【《丈巖先生集》卷二十四《泰齋記》："《傳》曰：'君子素其位而行。'蓋人之處世，禍福逆順倚伏，無常必也。隨其所遇，居易俟命。雖貧賤患難之中，不變所守，處之泰然，而後方可謂之君子。吾友金君山老，以非罪謫居氈城。氈非人所居，去京師三千餘里，蒼茫沙漠，毳羯爲隣，俗悍風厲，語音難通。朝夕之所對、耳目之所接，無非異類殊族。雖以仕宦來遊者，莫不駭目怵心，不能自遣。而獨山老久處困厄，愈覺安泰，終不以憂患自沮。其有平日所養可知矣。一日，以書來曰："自吾居此，邑之士子有相從問字者，搆一小齋以容之。題其額曰"泰"，卽取處困愈泰之義，而亦嘗受敎於尤齋先生者也。子盍有述？'余嘉其志，思復其說，而汨於公務，未有以應也。且愍其窮餓難繼，勸以納紙籍民，取直爲資。則山老遂引任疏庵、李靜觀故事以辭之曰：'先輩於辭受一節，未嘗不嚴勵自飭。今吾雖甚阨窮，苟不至於飢餓，不能出門戶，則不欲以此等事自浼也。'噫！此足爲《泰齋記》乎？夫人雖在平常無事之時，能不爲貧賤所移者尠矣。況山老罹此患難，危困百端，飢寒之切身，憂虞之鑠心，實有人所不堪者。而守之愈確，處之愈安，遇事輒引先輩爲律。非有得乎泰之義者，能如是乎？然則君之求余文，余之爲君記，兩無所愧焉。然山老乎！士之所當爲者不但止此，毋以此自足，必能篤信好學，守死善道。如吾尤齋先生，而後可以盡泰之道矣。山老勉之哉！"】

김창협(金昌協) 1651~1708. 조선 후기. 본관은 안동(安東). 자는 중화(仲和)이고, 호는 농암(農巖)·삼주(三洲)이며, 시호는 문간(文簡)이다.

❀ 名 - 昌協　　字 - 仲和

【《說文》："協，衆之同和也。"】

❀ 隱求菴

【《農巖集》卷二十三《隱求菴記》："君子之事莫大於出處，而時爲貴。時可矣而不出，謂之隘；不可矣而出，謂之躁。躁則失己，隘則廢倫。廢倫失己，君子不由也。是故得其時，則冠冕珮玉，享千鍾之祿而不以爲泰。不得其時，則巖居谷處, 飮食簞瓢而不以爲約。二者固各有當也。雖然, 君子之於出處, 豈獨其身之隱顯哉？必將有所事焉。不然, 其趨舍雖時, 而亦無以異於顚冥富貴, 放曠山澤者矣。何足尙哉？其出也有爲, 其處也有守。若是者庶乎其可也。而其所爲與所守者, 又未可知也。世蓋有小廉曲謹以爲守, 私智淺數以有爲者。此非君子之所事也。然則君子所事者何也？格物致知, 誠意正心, 以至於治國平天下。其理則陰陽性命, 其德則仁、義、禮、智、信, 其倫則父子、君臣、長幼、夫婦、朋友, 其文則禮、樂、射、御、書、數, 其人則堯、舜、禹、湯、文、武、周公、孔子。此君子之所事也。斯道也, 吾夫子固嘗言之矣。曰：'隱居以求其志, 行義以達其道。'志也者, 所以存此也。道也者, 所以行此也。求之而得於己, 達之而及於物。君子之事備矣。是故其窮居而自守也, 道義充於身, 而閨門之內敎行焉。其進爲而撫世也, 利澤施於四海, 而萬物得其所。豈不大哉！雖然, 君子之道有本有末, 有體有用。本立而其末擧矣, 體全而其用周矣。苟不修之於隱約窮獨之日, 養之於從容燕閒之中以有得焉, 而遽立乎宗廟朝廷, 欲以兼濟天下, 亦將何道而行之哉？是以古之君子, 方其處畎畝之中也, 儼然若無意於天下也, 囂然樂而忘富貴也, 惟日慥慥於身心性情之際, 以求其所志, 而天下國家之本在此矣。及其一朝擧以行之, 沛然四達, 若決江河而放之海, 莫之能禦也。是其所達卽所求, 非二道。雖其不幸而不得行於天下國家, 亦不害其爲可行也。此君子所爲汲汲於求志, 而遯世而不悶, 遺佚而不怨也。余之來洞陰也, 結屋數椽以居焉。而竊取夫子'隱求'之語名之。蓋夫子嘗誦此語而曰'吾未見其人也'。當是時, 其門人弟子蓋皆極天下之選矣。而無可以當此者, 則是道也可謂至矣。顧余何人而敢幾焉？雖然, 士之求志也, 猶農夫之求穫也, 豈謂非其分哉？抑其有得焉, 而可以達乎天下國家則難矣。雖然, 亦沒身而已。《詩》不云乎？'高山仰止, 景行行止。'夫子曰：'嚮道而行, 中道而廢, 忘身之老也, 不知年數之不足也, 俛焉日有孶孶, 斃而後已。'此余之志也。余懼夫來者或以余僭於取名也, 遂書此揭之壁上, 以見其志, 又重以自勉焉。歲次庚申二月日, 洞陰居士書。"】

유상기(俞相基) 1651-1718. 조선 후기. 본관은 기계(杞溪). 자는 공좌(公佐)이고, 호는 기초재(祈招齋)이다.

❀ 號 - 祈招齋

【《宋子大全》卷一百四十三《祈招齋記》："兪生相基, 事契純篤者也。一日來謂余曰：'小子築室于竹間, 以爲讀書藏修之所。願賜之名, 而仍以一言以警之, 則其爲惠大矣。'余名之以'祈招', 而且書朱先生詩, 使知其義。其下又書一詩, 以爲人能不以食色役其心, 而使之常存於腔子之裏, 則常卓然如太一之中天, 以照萬國也。生試歸而熟讀洛閩書於竹裏, 則宜可以知此矣。崇禎乙卯八月日, 華陽老夫書。"】

권변(權忭) 1651-1726. 조선 후기. 본관은 안동(安東). 자는 이숙(怡叔)이고, 호는 수초당(遂初堂)이며, 시호는 문정(文貞)이다.

❀ 名 － 忭　　字 － 怡叔

【《正韻》：忭, "喜樂也"。《玉篇》：怡, "樂也"。】

❀ 諡號 － 文貞

【《太常諡狀錄》卷十一《贈資憲大夫吏曹判書兼知經筵義禁府事弘文館大提學藝文館大提學知春秋館成均館事五衛都摠府都摠管世子左賓客行嘉善大夫司憲府大司憲兼弘文館提學權公諡狀》："公諱忭, 字怡叔, 安東人 …… 文貞勤學好問曰文, 淸白守節曰貞、文憲文, 上同；行善可紀曰憲、文孝文, 上同；慈惠愛親曰孝。"】

권덕현(權德玄) 1652-1698. 조선 후기. 자는 백승(伯升)이다.

❀ 名 － 德玄　　字 － 伯升

【《尙書·舜典》："玄德升聞, 乃命以位。"孔《傳》："玄, 謂幽潛。潛行道德, 升聞天朝, 遂見徵用。"】

서종태(徐宗泰) 1652-1719. 조선 후기. 본관은 달성(達成). 자는 노망(魯望)이고, 호는 만정(晩靜)·서곡(瑞谷)·송애(松厓)이며, 시호는 문효(文孝)이다.

❀ 名 － 宗泰　　字 － 魯望

【泰山名岱宗, 在魯地。】

❀ 覺爽軒

【《晩靜堂集》第十一《覺爽軒記》："余不佞, 爲養請于朝, 忝守是邦。則見其署宇庫隘, 邑且峽而陋。未有池榭幽壞之觀, 可以嬉游而娛志者。已而得寢之西偏所謂覺爽軒者，遂以爲燕居之室，而時治簿書其中，且以其據外內之交也。暇日雖不及出蒞堂皇，而爰以接賓客、列觴几，民之以事至者，亦皆引進而聽之。蓋適於偃休處靜，而又於聽事無碍。是卽前政尹侯以健氏拓隙地而新築者。頃之尹侯以書來，敍其經始之勞，誇其登望之致，而俾余爲之記。余未詳覺爽之旨果何居，姑未有以復也。仍觀其地勢朗塏，軒牖潔整。屋廇數楹，且無丹雘藻斲之侈。而其清遠幽曠之觀，殆與山巔水涯崇臺延閣侔矣。旁挾林麓，下瞰風雨。涵白攢翠，朝暮千狀。左右羣巒，不勞眺望，而映帶環朝於庭廡之下。邑之井里枌楡，與耘者塗者歌呼者，皆可坐而指數之。每角巾宴坐，披襟嘯詠，四山爽氣，在我几席。自覺氣清而神豁，超然不自知纓弁之束而米鹽之撓也。則名軒之義，其庶在是乎？已，又益得侯之爲政，旁聽民誦焉，而後始知斯義也。蓋不專指高明游息之地，視無壅氣無煩而已。意者其有取於昔人貪泉覺爽之語哉？余聞侯之爲是邑，旣以威刑肅物，而其惠又春煦也。剗宿蠹，振痿政；流逋之民莫不衽席，而耕農之子悉知絃誦，皆侯力也。政聲流聞于朝，民且翕然鼓舞之。而遽以疾謝官歸矣。然此猶績也，猶不足以盡侯美。聞侯居官廉白，邑入素不饒，蠲私賦甚衆，而庫庾充羨。及其歸，苟舟也則殆將載以鬱林之石。推是以觀之，是邦固無貪泉，誠有之，而使侯一歃，其心必益澄爽而無汙也決矣。夫然則覺爽，蓋侯實錄也。旣以是自飭，又斤斤乎揭扁于斯，欲以勉諸後，其用志不已勤乎？噫！士大夫立朝，大致必以清白爲本。而州縣之職，身親錢穀，是尤所當謹也。今脂膩之物近，輒易以汙人，比則皆猶之貪泉也。夫人於此，不特不爲之遷懷千金，其志又能益爽焉。則是固水蘗卽無論，雖其下於此者，豈不在顧念斯義而自飭勵如何哉？乃以是說復於侯，侯雖退讓不自居，而曰：'覺爽固軒勝。而寓戒亦吾志也。'余遂以其說爲記，而張之壁。請與吾黨諸君子，蒞是邦者勉之。時崇禎後乙丑仲夏，達城徐宗泰魯望甫記。"】

❀ 號－晚靜堂

【≪晚靜堂集≫第十一≪晚靜堂記≫："余不佞，蹇鈍寡學，實無供世之資。而愚不自揆，謬登朝路。沈沒擾攘於聲利之塗，殆十許年矣。今乃幸而淪放，自佚於山阿寂寞之濱。意者賴天之靈，由是而收攝身心，休養晚境，庶有以得其迷復之功，則此亦豈非我聖明終始生成大惠也。遂於所居山舍之側，因隙地作一室，而扁之曰'晚靜'。其義也果何居？蓋紀實也，而且有所期望於方來也。犬馬之年，今三十

有八。閱世旣多矣，意且頹然而倦矣。行將晼晚衰暮，而始能趨乎靜，則此實錄
也。然人之病，每患於動處多。而世故易有以搖奪，則余亦安保其不終日而無變
乎？故因是以自警而矢之，其意蓋庶乎愈晩而愈靜云爾。此則所以期望者存矣。
其靜之樂何如？潛伏深隩，收聲閉影。超乎身無纓紱之縛，而門絕軒駟之喧。眷
乎雲月之與居，而澹乎魚鳥之與徒。此蓋山居以來，處靜大略也。每當山關却掃，
舒日如年。林莽悄闃，萬竅俱沈。衆山朝軒，爽氣在席。或少飮嘯詠，銷散幽憂。
或淨几淸薰，玩心墳籍。其默也如淵，而其虛而靚也如畏壘。其經戶也而無人，其
披帷也而斯在。雖宵晝之靜，其端不同，而其爲樂也無窮，使人深悔其失之於早
而得之也晩。回思向之馳騖乎市朝，勞弊乎形神，則輒不勝其怵然自失，而愧汗之
霑衣也。從今以往，心日益靜，身日益閒，形日以腴而神日以王，跡日以闃而趣日
以高。倘或造物者假我以永年，則自艾而耄，自耄而及夫桑楡之境，永守丘樊，嬉
怡焉無或改乎今日之靜，是余志也。山阿之靈俱聽之矣。抑有一說焉。不佞雖非
知斯學者，然嘗聞爲學而偏騖乎靜，則易墮於異學空妙之域。其用功界分，蓋不可
以毫釐差也。而第觀凡學之得力處，終莫如靜。周子主靜之說誠有以也。今余所
謂靜，特是林野間偃息之靜，非所擬議於斯者。然亦豈謂遺棄天下一切事物，而
後始得夫靜哉？張南軒曰：'要須靜，以涵動之所本；察夫動，以見靜之所存。動
靜相須，體用不離，而後爲無滲漏。'朱夫子深取斯言，則請亦並以是自勉焉。"】

김창석(金昌錫) 1652-1720. 조선 후기. 본관은 의성(義城). 자는 천여(天與)이고, 호는 월탄(月灘)이다.

❈ 名 - 昌錫　字 - 天與

【≪詩·周頌·雝≫："燕及皇天，克昌厥後。綏我眉壽，介以繁祉。"≪箋≫云："繁，
多也。文王之德，安及皇天謂降瑞，應無變異也。又能昌大其子孫，安助之以考
壽，多與福祿。"又≪尙書·堯典≫"師錫帝曰"，≪傳≫"錫，與也"。】

박호(朴浩) 1653-1718. 조선 후기. 본관은 무안(務安). 자는 호연(浩然)이고, 호는 청파(靑坡)이다.

❈ 名 - 浩　字 - 浩然

【≪孟子·公孫丑上≫："我善養吾浩然之氣 …… 其爲氣也，至大至剛，以直養而

無害，則塞於天地之間。"】

김유(金楺) 1653–1719. 조선 후기. 본관은 청풍(清風). 자는 사직(士直)이고, 호는 검재(儉齋)이며, 시호는 문경(文敬)이다.

❀ 號－儉齋　諡號－文敬

【≪太常諡狀錄≫卷十一≪贈崇政大夫議政府左贊成兼判義禁府事知經筵事弘文館大提學藝文館大提學知春秋館成均館事五衛都摠府都摠管行嘉善大夫吏曹參判兼守弘文館大提學藝文館大提學知成均館事同知義禁府春秋館事世子右副賓客金公諡狀≫："公諱楺, 字士直, 儉齋其號也 …… 素淡泊, 不喜華靡, 其以儉自號可見。晚歲位顯年老, 而衣冠猶不變其舊。在箕營時, 所排席子弊破, 有請改之者, 則公曰：'吾嘗謁便殿, 殿中鋪席多補綴處, 此席雖弊, 已喩布衣之分。'終不許改。每以謙下簡約, 無墜儒素家聲之意 …… 落點文敬勤學好問曰文, 夙夜儆戒曰敬、文憲文, 上同；博聞多能曰憲、文肅文, 上同；剛德克就曰肅。"】

김극광(金克光) 1653–1724. 조선 후기. 본관은 광산(光山). 자는 현보(顯甫)이고, 호는 원관(遠觀)이다.

❀ 名－克光　字－顯甫

【≪爾雅·釋詁≫："顯, 光也。"】

❀ 號－遠觀

【≪屛溪先生集≫卷五十四≪遠觀金公克光墓誌≫："蓋公弱冠與林滄溪泳北學漢師時, 從洲翁同硏於白雲山中。文谷, 瑞石兩公賞公詩文曰：'不意大嶺以南有此郡中之音也。'自此公聲名滿京師。有所作, 知不知莫不傳誦。然而終屈南省, 豈非公數奇耶？長城南去不莽蒼, 有黃龍湖, 卽公五世遺址。晚築湖上, 堂小前鑿池植芙蕖, 扁曰'遠觀'。蓋取濂翁'可遠觀'之意也。靜坐其中, 作百原故事, 熟讀聖賢書, 尤用力於≪大學≫義理, 究竟又專在朱子書。工夫篤實, 見解日到, 遠近士子請業者多。"】

이형상(李衡祥) 1653–1733. 조선 후기. 본관은 전주(全州). 자는 중옥(仲玉)이고, 호는 병와(瓶窩)·순옹(順翁)이다.

❀ 名－衡祥　字－仲玉

【≪尙書·舜典≫："在璿璣玉衡，以齊七政。"≪傳≫："璣衡，王者正天文之器，可運轉者。"孔穎達≪疏≫："璣為轉運，衡為橫簫，運璣使動於下，以衡望之，是王者正天文之器，漢世以來，謂之渾天儀者是也。"】

❀ 號－瓶窩

【≪瓶窩先生文集≫卷十四≪瓶窩記≫："支而子賦性凡魯，都不曉世間物態。且其素性弛緩，靡合世用，以故人多賤之，而亦不以為厭。嘗僦城西之數間草屋，供槐院仕。以其母與兄之寓於鄉故，居常懸跡其心，而仍其扁曰支而窩。於甲子暮春之昔，手老子≪道德經≫，頭溫公警睡枕，偃息床間，困倦而臥。夢與一老翁相接，翁曰：'"支而"駿矣，盍改以"瓶"？'余作而徵其實曰：'窩有方尋之埃，柔而衾之，可臥四五人。周而席之，可坐十餘人。談者只希聖賢，來者不問淸濁。有容受而無違拒，有似乎瓶之量焉。斯可以扁吾窩者乎？'曰：'否。"窩有揷架牙籤，對之頓覺神豁，讀之益復味甘。親友之講文者以此而啖之，兒曹之餒學者以此而餉之，含英者心醉，咀華者志泰。有唱和而勤酬酢，有似乎瓶之酒焉。斯可以扁吾窩者乎？'曰：'否。"窩有西南二竅，皆可樞戶者。而猶嫌其煩，膠其西而牖其南。關而邀之，入者不患無門；闔而守之，出者必稟主裁。操縱在我，送迎隨心。言語而欲愼者，似乎瓶口之易守。斯可以扁吾窩者乎？'曰：'否。"窩有容物之量，而不足以扁吾窩。窩有代酒之物，而不足以扁吾窩。窩有守口之戒，而不足以扁吾窩。窩果何扁乎瓶耶？其亦有待於瓶，而有足以扁吾窩者乎？瓶於陶器中為物最微。見之者不取，聞之者不貴。質甚陋而用甚狹。主人之才似乎近之。體有大小，量有淺深。多不滿一斗，小僅容數升。如人之食量有限，要之滿腹而止耳，不可强而過之。主人之智似乎近之。器局頗深，不至淺露。形形者色色者，味淡者、臭薰者，紅友綠茗之停蓄其中者，只可以隨注隨見，不可以窺闚覘空。則雖不敢自擬於城郭之深，亦所髣髴而不欲輕淺者也。若其當傾危，則順其勢而勇轉；遇患難，則踵雖破而不旋。此其處不幸之道，而不可以埴物而忽之也。然則瓶之扁何取乎？才乎？智乎？城郭之深乎？處不幸之道乎？取其人與物之近似者而則之，鑑其才與智之淺短者而勉之，廓城郭而敝之，處不幸而思之，則幾矣。若夫傾其實，酌彼罍曰："此余所以扁吾窩者。"吾未見其可也。'老人莞爾而笑，余亦蘧然而覺。遂錄之以為記。"】

이희조(李喜朝) 1655–1724. 조선 후기. 본관은 연안(延安). 자는 동보(同甫)이고, 호는 지촌(芝村) · 간암(艮菴)이며, 시호는 문간(文簡)이다.

❀ **志事室**

【≪芝村先生文集≫卷十九≪靈芝書室記≫:"靈芝洞在楊州東四十里雙樹村西紫芝山之下。洞蓋寬豁幽邃, 窈然而深。有古澗清泠, 發源於山而瀉于洞, 雖旱亦不渴焉。先君子始居東岡, 因卜而樂之。旣鑿一大池, 引水而注之。且就其上先立小齋曰靜觀, 蓋將講道終老於斯, 而不幸遽下世矣。易簀前三日, 嘗作短律以見志, 其末二句有云:'未就誠明業, 空違致澤期。千年芝洞月, 虛照靜觀池。'蓋雖奄奄臨絶之境, 亦未嘗須臾忘此也。嗚呼!喜朝無狀, 旣不卽滅死, 冥然至今。而又不能有所樹立, 以承先烈之萬一。惟欲仰體先意, 奉母來居於此, 庶幾有以卒成其當日未成之志。而古人所謂肯堂肯搆者, 或亦得以可追焉矣。耿耿此心, 蓋不敢暫忘。而顧以貧病苟活, 留落京師, 久而不能就也。至先君子歿後七年乙卯, 而始克歸焉。則於是先君子所嘗有意而命名者, 若寢若堂若齋之類, 先後營茸, 次第粗完。旣以"靈芝洞幽居"五大字揭之寢堂, 而又揭"靜觀齋"三字於齋之楣間。齋卽先君子所已先立者, 尤庵宋先生實記之, 而又爲之書, 遂取以貼之其傍焉。抑余之來于此, 蓋又已六年矣, 而尙未有燕居讀書之所, 尋常以爲病也。遂以今年孟春, 就所謂古澗之右立一小屋。屋凡二間, 而堂室具焉。昔余嘗拜尤庵先生於洛陽山中, 因請名所居之齋。先生命之曰'志事'。先君子又嘗欲別搆一亭, 名以涵一而未及焉。至是遂名其堂曰涵一, 室曰志事, 總名之曰'靈芝書室'。蓋涵一云者, 旣先君子之所命;而所謂志事者, 亦惟勉其繼述先君子之志事。則是亦無非所以不敢忘先君子者矣。嗚呼!竊嘗因是而復自惟念, 蓋所謂肯堂肯搆者, 夫豈專指其爲廣其室廬大其門閭而已哉?要必有以志其所志, 事其所事。凡其所嘗欲爲而未就者, 與其已行而可法者, 莫不繼之述之, 斯能不愧於堂搆之云者, 而卽孔子所稱達孝, 亦何以加焉?今若欲知先君子之志事, 則卽不待他求, 只於上所引誠明致澤之句, 而可以見其大致。至論其進修用力之要, 則亦不過曰涵一而已。蓋心者, 人之所以主乎身, 而應乎物者也。苟能一以涵養, 使其未發而本體立, 已發而大用行。以之察乎善, 則纖毫畢照而無不明。以之反諸身, 則斯須必謹而無不誠矣。蓋必如此, 然後可以及乎天下國家, 而致君澤民之事可言矣。政使不幸, 終無所施而死, 然亦何害於可致可澤哉?此先君子之志事, 而余之所當勉者也。

抑宋先生所以命名之意，殆亦以是也歟？《詩》云‘夙興夜寐，無忝爾所生’。嗚呼！余其敢不刻心銘腑，念之敬之，以不至大爲忝生之歸哉？玆敢歷叙所以揭名之由，與其所嘗妄論而推測者如此，以竊自附於朱夫子名堂室之遺意，因以寓其勉慕鑑戒之心云。庚申三月晦日謹書。”】

김영(金泳) 1655-?. 조선 후기. 자는 사함(士涵)이다.

❀ 名 - 泳　字 - 士涵

【《河南程氏粹言·論學篇》：“入德必自敬始，故容貌必恭也，言語必謹也。雖然，優遊涵泳而養之可也，拘迫則不能入矣。”《朱子語類》五《性理》二：“此語或中或否，皆出臆度，要之未可遽論，且涵泳玩索，久之當自有見。”】

❀ 惜陰窩

【《鳳巖集》卷十二《惜陰窩記》：“龜山楊先生嘗作《此日不再得》詩警學者，蓋取諸大禹惜陰之意也。反覆數十言，至約且切。至今讀者莫不恐恐然思有以自新，其爲戒於懦頑深矣。吾鄉有金公泳氏築小窩於華麓之村西，爲諸子講劇所。旣成，扁其額曰‘惜陰’，其意與楊先生豈有異也！余聞甚嘉之，復於公曰：夫人之異於禽獸者，以其有學也。其或妙齡優逸，因循擔閣，一日二日，費了光陰，則卒不免與草木同澌滅。今二三子朝夕於是者，其各惕然警畏，日孳孳是圖。抑吾記昔陶士行有言曰：‘大禹猶惜寸陰，衆人當惜分陰。’噫！聰悟如士行者，猶懼夫流光之或失，惜寸之不足而惟分是惜。況才分下士行數等者，雖毫忽之陰，愛之當如尺璧拱玉。彼逸游荒醉終日無所用心者，實士行之罪人也。其違禽獸幾何哉？躋斯堂者，盍各戒之哉！”】

이원주(李元冑) 1656-?. 조선 후기. 본관은 전주(全州). 자는 대윤(大胤)이고, 호는 문월(問月)이다.

❀ 名 - 元冑　字 - 大胤

【《增韻》：“冑，裔也。又系也，嗣也。”《廣韻》：“胤，繼也，嗣也。”】

❀ 號 - 問月

【《宋子大全》卷一百三十七《問月集序》：“蓋我宣廟朝有獨行不屑之士曰李君元冑，字大胤……其自號問月者，蓋亦取謫仙之詩語也。”】

이행(李涬) 1657-1702. 조선 후기. 본관은 한산(韓山). 자는 중심(仲深)이다.

❀ 竹柏庵

【≪宋子大全≫卷一百四十三≪竹柏庵記≫："韓山李仲深卜築於廣州之先墓下, 余取晦翁先生先壟詩中語, 名以'竹柏'. 夫韋齋之葬在寂歷山中, 則其草木當非一種, 而必詠竹柏之翳岡, 其寓意已可知. 而其末句曰:'持身慕前烈, 銜訓倘在斯.'噫! 韋齋事業雖曰盛大, 其視先生則曾是王季之於文王. 而今乃以前烈銜訓爲言者, 豈徒推本其大美於先德, 蓋亦韋齋有所謂大焉者. 當時君忘親事讎之日, 慨然以天理民彝之正, 抗義致忠, 則其可謂凌霜雪振風聲者歟? 先生後於己未湣灘之詠, 不惟歎其國勢之不競, 而愴然於先志之所在. 然則其所謂前烈、其所謂銜訓者, 又可知矣. 而其必詠竹柏之義又益明矣. 今仲深家庭之所受, 愚未知如何, 而然嘗見其先公喜稱朱夫子說話, 而同春宋公嘗以有學稱於上前, 則仲深之所聞亦可想矣. 今因竹柏之名而溯而求之, 則殆其庶幾矣. 故不惜終始言之."】

송상기(宋相琦) 1657-1723. 조선 후기. 본관은 은진(恩津). 자는 옥여(玉汝)이고, 호는 옥오재(玉吾齋)이다.

❀ 名 - 相琦　字 - 玉汝

【≪廣韻≫："琦, 玉名。"宋有宰相韓琦, 故飾"琦"以"相"; 且≪诗经·大雅·民劳≫"王欲玉女, 是用大谏", 故綴"玉"以"汝"。】

❀ 號 - 玉吾齋

【≪玉吾齋集≫卷十三≪玉吾齋記≫："宋子少宦于朝, 將顯矣. 未幾有不可者, 遂退歸于懷德之庄舍, 名其所居之室曰'玉吾'. 鄉人之來見者咸曰:'異哉! 子之齋之名也. 名者, 由實而立. 無實而名, 斯之謂强. 今者子之居陋甚矣. 堀堁擁其傍, 蓬蒿翳其前. 湫隘溷墊, 有不堪其苦者. 雖子自美而玉之, 人誰信之? 且山林泉石, 漁釣耕耘, 無非閒人之雅致而窮 谷之眞景. 則取以扁子之居, 何患無名? 而必以玉吾云乎哉? 無乃子雖已退, 猶未能忘情於羣玉之府, 故揭此以自慰也耶?'宋子應之曰:'否否. 是名也, 卽吾舅氏谷雲先生之所命, 而盖有所受之也. 明儒方正學之言曰:"寧爲瓦全, 無爲玉毀者, 此無識者之言也. 天下固無千載之玉, 而豈有不毀之瓦乎? 天玉我而我瓦之, 瓦未必全也. 曷若玉吾玉之爲美耶?"試嘗推其意而論之. 君子之處於世也, 遭遇明時, 展布志業, 家國俱榮, 身命兩全者，此固爲士之至願，而人情之所同也。然而天地之道，陰者常勝而陽者常詘。故自古君子之不幸遘愍者何限？或枘鑿不合，好惡相乖，卒於挫撅坎壈而死者有之。或忠言直道，不避機辟，至於滅身湛族而不悔者有之。又有名位太盛，被人忌嫉，巧讒奇中，不能自脫者焉。又有身當顛沛，力扶彝倫，以死自矢，甘心立懂者焉。雖其得禍各隨而異，而論其所遭，槩乎其可悲也。是以古之人有創乎是，斲方爲圓，斂知若愚。浮沉乎世俗之波，混圇乎塵垢之塗。甚至苟可以保其身，則不恤乎其道之蹔枉也。苟可以施其患，則不嫌乎其志之少屈也。以是而謂之智士，以是而謂之完人。嗚呼！君子之道，豈亶使然哉？夫通塞，時也；禍福，天也；死生，命也。是三者，非人之所能與也。所當盡者，惟在我者而已。夫所謂在我者，拱璧尺蔡，不足以易其寶；千駟萬鍾，不足以當其貴。威武有不能屈，鼎鑊有不能奪。達則以之行道濟世，而富貴崇高有不與也；窮則以之守死善道，而顛頓危亡有不避也。雖世故百變，時運相嬗，而顧吾之所守則如一焉。是其心固不必求其全，而亦何嘗避其毀也。且天之所以與我者若是其寶且貴焉，則烏可隨俗遷移，以自卑汚，反吾之所受者而必以苟全爲哉？況所謂全與毀，亦何常之有？世有擇地而蹈，時然後言，終身不爲崖異之行者，亦或不免焉。是豈非求全而毀隨之者乎？與其求全而毀或隨之，無寧守吾之所甚寶，持吾之所甚貴。得喪成毀，一聽之天而已。如此，然後下可以不愧於心，上可以無負於天矣。噫！瓦者，物之賤者；而玉，其貴者也。賤者恒於全，貴者恒於毀，理之所必然也。雖然，君子之處身，當以其貴而不當以其賤。如欲捨其玉而取其瓦，數數然惟全與毀之趨避，則是近於世俗每生之夫，而非君子自重之道也。此方子立言之旨，而吾舅氏命名之意也。’衆曰：‘子之名齋之義則然矣。顧子之所以玉吾者，果何事耶？’曰：‘晴窗棐几，默坐焚香，左右圖書，一塵不到者，此玉吾之室也。脩姱是好，鄙吝是袪，握瑾懷瑜，絶垢離氛者，此玉吾之身也。玩索高明，獨觀昭曠，止水明鏡，無少玷翳者，此玉吾之心也。以是而名吾居，豈可謂之無實哉？然則向子所稱林泉耕釣以爲高，堀堁蓬蒿以爲陋者，皆未足以當吾心，而適見其言之淺也。況僕之珮玉而志在東山者雅矣。今而得歸，實獲我心。苟有一毫係念於榮辱之境，則天必厭之，而亦豈不有靦於吾齋之名乎？僕雖汚，不至是。’於是衆皆曰：‘善。’遂錄其語，以爲吾《玉吾齋記》。”】

김진규(金鎭圭) 1658-1716. 조선 후기. 본관은 광산(光山). 자는 달보(達甫)이고, 호는 죽천(竹泉)이며, 시호는 문청(文淸)이다.

❇ 號 - 竹泉

【≪竹泉集≫卷六≪竹泉記≫:“人言嶺海病人, 泉不善也。裳郡在海中, 固惡地, 而地少泉。掘川畔, 引流而汲, 水雜泥滓, 飮之多病。地故尤以惡稱。邑治東鷄龍之麓盤谷之村有泉焉。源發篁竹裏, 伏出石間, 味甘而色瑩, 夏冽而冬溫, 飮之少病。北人謫此, 必傍泉而寓。適不病而還, 皆謂泉之功。泉故益以善聞。余來南, 親戚憂之, 以泉爲諗。途聞泉爲先謫者所有, 心不能無恨。及至移去, 遂得寓焉。私喜幸自語:‘庶可免死瘴癘。’已而病作, 竊恠之。問土人曰:‘豈泉昔善而今不善歟?何人不病而吾病也?’土人曰:‘子病屬耳。安知果爲瘴癘?第竢之, 久當知泉之善不善。’余聞而猶疑。病間杖而往觀, 脩竹叢然而蔭, 淸泉滃然而流。余逍遙其間, 倚竹而憩, 循泉而步。忽爽然, 謂土人曰:‘嚴冬卉木皆凋, 惟竹能不枯; 亢旱陂池皆涸, 唯泉能不渴。以節固而本有也, 可謂不改其德者矣。人之有患難, 猶竹之冬、泉之旱也。士平居毅然自許, 及當患難, 不喪所操者鮮。其有愧於竹與泉多矣。苟能善養其志氣, 如竹之固其節, 如泉之有其本, 則死生且不能動, 疾病固不論也。夫然則斯泉也, 功止於勝瘴癘, 德足以行患難。泉果善歟!今余欲行, 患難而未能。方將慕泉之德, 奚暇以病不病論善不善也?’土人曰:‘美哉言也!人之善泉也, 非所以知泉之善也。子之善泉也, 乃眞知泉之善也。君子之善物也, 以德不以功。子旣善其德, 盍名而章之?’余曰:‘泉固善矣。配德於竹, 而後盡善。’乃名之曰‘竹泉’, 因以自號。又係之詩而自勖曰:‘維竹之猗猗, 比吾之志兮, 挺然而自持。維泉之沄沄, 比吾之氣兮, 浩然而長存。維疾與死, 聖賢亦然兮, 吾又何責乎泉水?維竹有節, 維泉有源兮, 與之閱寒暑而無斁。’”】

조덕린(趙德隣) 1658-1737. 조선 후기. 본관은 한양(漢陽). 자는 택인(宅仁)이고, 호는 옥천(玉川)이다.

❇ 四未堂

【≪玉川先生文集≫卷八≪四未堂記≫:“余謫居鍾城之三年, 其年爲丁未, 其年之六月爲丁未, 其月之二十二日爲丁未, 其日之未時亦爲丁未。得若日, 凡營作者無忌, 而陰陽家尙之, 以爲難遇。余時讀≪中庸≫, 至孔子之言‘君子之道四, 某未

能一焉’, 爲之廢書而歎曰：‘聖人, 人倫之至, 而尙云未也。吾輩當如何？’適會逢
此日時, 念欲作一窩室居之, 扁之曰‘四未’。而罪謫之人構巢自安, 亦不宜爾。貽
書三千里, 屬家兒趁此日時作四架堂于家, 後竢其成, 以四未名之, 以寓遠懷而
已。罪重年至, 曷云能來？其年之七月, 過蒙天恩, 扶舁南還, 吾堂適成。日臥起
其中, 顧名思義, 雖不能至, 竊庶幾焉。其敢曰聖人之所不能而吾能之耶？亦豈
諉曰聖人之所不能, 而吾安之耶？嗚呼！聖人之德生知安行, 不待思勉而泛應曲
酬, 合同而化。其能未能固不暇言, 則姑設此以爲敎爾。聖人豈眞有所不能也
哉？雖然, 聖人之心, 純亦不已, 無射亦保, 未嘗遽自足也。故雖能而不自以爲
能, 雖謙而不自知爲謙。非若他人之不能而曰能, 而苟焉以自恕也。且君臣也父
子也昆弟也朋友之交也, 四者根於性而具於心。夫豈待交相求, 而後盡其道哉？
然責人則明, 恕己則昏, 夫人之常情。所求乎人, 反求諸身, 取譬之能近, 而於是
焉以人之鵠爲己之鵠, 絜彼之矩爲我之矩。則雖聖人不爲有餘, 而常人不爲不
足。此豈非徹上徹下之道, 而合內外兼人己而一之者哉？或曰：‘四者日接於身,
其則不遠。卽是而求之已耳。不四未無非下工之日, 微斯堂無非下工之所。直俟
日時之偶合, 作堂而名之而記之。子之於斯道, 有待耶？無待耶？’余笑曰：‘果
也。吾何待於是！人之生也, 日爲大化所驅, 不容少頃停泊。忽然有所撞著, 醒然
覺悟。則或銘之盤盂, 或名之堂室, 視爲監戒, 以著毋忘。雖聖人亦有然者。吾儕
小人, 敢忘斯戒？今吾之名吾堂, 若做多小安排, 誠如子之言。然余最不肖, 於四
者一無猶人。而況事君無狀, 自取禍謫。旣往之愆, 不可追補。方來之善, 猶或可
勉。非曰能之, 要之死日。繼自今責之于身, 盡之于心。則盤盂之戒, 反爲兔蹄。
四未之名, 徒歸蝸甲矣。然顧余老泄近死, 莫使復陽。則惟時若日, 足可愛惜。假
之時日, 庶可矯警。吾以名吾堂。’或者唯唯而退, 遂書以爲記。”】

김시보(金時保) 1658-1734. 조선 후기. 본관은 안동(安東). 자는 사경(士敬)이고, 호는 모주(茅洲)이다.

❀ 茅島精舍

【≪近齋集≫卷二十一≪茅島精舍記≫：“茅島在湖西之保寧, 故茅洲金公之所居
也。其海上諸山, 峰巒最奇而秀者曰五聖山。山之西北十餘里有石厓如屛, 而峙
立于洲渚曰寒松巖。巖開岸豁, 有洞呀然, 而受潮汐水者曰華陽洞。洞名實茅洲

公所命, 而取儲光羲詩, 以島比之茅君山云。公之曾孫樂漁公, 卽其洞先廬之傍, 結茅爲屋, 名之曰'茅島精舍'。胤源少從公遊, 聞茅島之勝已久。今年秋, 南遊姑蘇城, 因過島中, 始得以覽其山川焉。時公適自楓溪至, 引胤源宿于精舍。謂曰：'吾曾祖嘗居于是島。農、淵二先生皆有詩文稱道其幽勝。于後若檜巢公、梅城黃公、竹峴李公皆在近, 杖屨日相往來。余童子時及覩其盛也。吾祖報恩公嘗欲築亭於東阡之上, 吾先人以遺志作永思庵。庵旣久頹圮, 余又因其舊材, 稍移數十步而構焉, 是爲精舍。舍一名"樂漁齋"。而用今名者, 重茅島也。茅島, 吾先祖之所愛, 吾其敢忘乎？'因指古梅樹曰：'余不能常居于此, 使樹木荒蕪, 余竊傷焉。然余旣無當世之意矣, 將一朝浩然而歸, 徜徉于湖山, 翳嘉木, 臨淸流, 持竿而漁, 是足以樂而忘憂而終吾年矣。子其爲我記之。'胤源聞而歎曰：'茅洲公以詩禮訓其子孫, 而公又以孝謹承其祖先。其於所遺之田園, 宜乎永守而不失也。況湖山如彼其勝者乎？然公所居楓溪, 亦公先祖之遺居也。其溪山之勝甲於漢師。棲仰山之樓, 登太古之亭, 盤桓乎臥遊遠心之庵, 濯三池而倚翠屛, 亦足以自樂。公顧不以彼爲可懷, 而乃欲歸隱于此。噫！斯可以知公志矣。'"】

원치도(元致道) 1660-?. 조선 후기. 본관은 원주(原州). 자는 성부(聖夫)이고, 호는 낙재(樂齋)이다.

❋ 號 – 樂齋

【≪息山先生文集≫卷十七≪樂齋記≫："人有七情, 其一樂。然人之所樂各不同。蓋滋味於口、聲音於耳、采色於目、錦繡於體、爵祿榮名於身, 皆世俗之所樂也。或山水以娛其志, 或風月以發其趣, 或琴書以寓其意, 或漁釣以取其適, 皆物外之所樂也。得之吾身, 存之吾方寸, 仰不愧於天, 俯不怍於人, 充然自得, 泰然自在, 乃道義之所樂也。世俗之樂, 公卿貴人之樂也；物外之樂, 高人達士之樂也, 非君子之所樂也。惟君子樂於道義。故其所樂, 在我不在人, 在內不在外。德足以安其身, 道足以利其用。旁行不流, 樂天而知命。富貴不能移, 貧賤不能改, 威武不能屈, 外物不能加損焉。其本, 天地盎然生物之心也；其端, 吾心藹然惻隱之見也。其工博約, 其要敬義。博之事, 學也、問也、思也、辨也；約之目, 視也、聽也、言也、動也。若於四事, 而博之以義；於四目, 而約之以敬。敬義夾持, 下學上達。造之以精深, 充之以光大。眞積力久, 而資深居安。則不知不覺之中, 心廣而體胖, 寬裕和易之氣, 融融焉洩洩焉, 常浸灌于中, 而塞乎天地之間。
鳶飛魚躍, 昭朗于日用。夫如是, 向所謂二樂者固得之, 無所樂而不得, 無所不樂
也。元殿中聖夫氏早釋褐, 入仕于朝。家于原州之北某里, 有山曰多樂。築舍其
下, 扁之曰‘樂齋’。其言云：‘某資俸祿以充口腹, 然非其志也。將欲休官, 歸樂吾
之樂齋。’蓋有意於道義之樂者乎？吾觀聖夫氏好善慕古道, 爲文章主於理。其必
有所擇矣。"】

김남수(金南粹) 1661-1731. 조선 후기. 자는 자순(子純)이고, 호는 월강(月岡)이다.

❀ 名 – 南粹　　字 – 子純

【≪周易·乾卦·文言≫："剛健中正, 純粹精也。"】

❀ 號 – 月岡

【≪霽山先生文集≫卷十六≪月岡金公行狀≫："始文貞公精舍在沙月村之東, 曰
東岡。持平公所構屋在溪上, 曰沙月堂。精舍毁於壬辰兵燹, 堂亦頹廢數十年。
公於癸酉移沙月舊第於精舍舊址, 又移沙月堂於其左, 合舊號而扁之曰‘月岡重
閣’。因爲記自勉, 以自修無忝之意。而人遂因此稱公, 號曰‘月岡’。"】

이관명(李觀命) 1661-1733. 조선 후기. 본관은 전주(全州). 자는 자빈(子賓)이고, 호
는 병산(屛山)이며, 시호는 문정(文靖)이다.

❀ 諡號 – 文靖

【≪太常諡狀錄≫卷十五≪大匡輔國崇祿大夫議政府左議政兼領經筵事監春秋館
事世子傅李公諡狀≫："公諱觀命, 字子賓, 號屛山, 又號日休亭 …… 落點文靖勤學
好問曰文, 寬樂令終曰靖、文肅文, 上同；剛德尨就曰肅、文憲文, 上同；行善可紀曰憲。"】

이건명(李健命) 1663-1722. 조선 후기. 본관은 전주(全州). 자는 중강(仲剛)이고, 호
는 한포재(寒圃齋)·제월재(霽月齋)이며, 시호는 충민(忠愍)이다.

❀ 名 – 健命　　字 – 仲剛

【≪周易·乾≫："大哉乾乎！剛健中正, 純粹精也。"孔穎達≪疏≫："謂純陽剛健,
其性剛强, 其行勁健。"】

❀ 號 – 寒圃齋

【《疎齋集》卷十《寒圃齋記》：“吾弟仲剛相君新構小齋於居第之東，庭容旋馬，室易容膝。又治隙地，蒔菊爲圃，栽松作樊。仍名其齋曰‘寒圃’，盖取韓忠獻‘老圃寒花’之語。不知韓公之醉白與此何如？而亦有圃有花，詠秋容而托意否？然蘇子瞻以爲‘公豈獨有羨於樂天，願爲尋常無聞之人而不可得’，然則仲剛之自比而取名者，不可謂侈矣。子由亦謂‘公入則周公召公，出則方叔召虎’，仲剛必不敢以此自任。而抑其身當乎憂患之域，思古人之傑特如公者，不動聲色，措天下於泰山之安。而今不可見，則慨然憂傷，徒欲似其晚節歟？相君之思，其亦戚矣。夫齋與圃，閒居之樂也。松與菊，歲寒之姿也。乃以卯申奔忙之身，居闤闠鬧熱之中，樂寒淡而喜芳潔，景前修而興遠想，其與昏酣莫醒、昧進退之理者，豈可同日語哉！余方棲寄江干，雖未暇樹第治圃，園林相望，孰障吾遊，但恨不能登君之齋，共賞晚香，爲詠羊叔子寄其弟之書。不覺悵然而太息也。”】

❀ 三有亭

【《寒圃齋集》卷九《三有亭記》：“漢水自鷺梁分而爲二，至楊花渡復合爲一。而石峰峙其中，名曰仙遊。皇朝萬曆，天使李宗誠題‘砥柱’二字於北崖，盖倣於黃河之砥柱。而山之石皆可以礪，未知河之柱亦皆以砥而名歟？今其字畫經百歲不滅。砥柱之南，漁戶數十鑿崖而居，余先人舊亭處其中。當山之半，前有小沱，東入爲匯，西會于鐵津，又西北入于江。大野微茫幾數十里，冠嶽、蘇來諸山羅列拱揖，登眺足以快心目也。余於前秋，困于多口，數月出棲于舊亭。亭凡六楹，無餘地。乃買亭東隙地于隣人，今秋辭憲職復來，新營五楹。噫！余堂構之宿志，江湖之晚計，今可以並諧矣。亭既成，名之以‘三有’。或有問其義者，余曰：‘人之有亭，或於山，或於水，或於野。有其一，足以爲名。今吾亭於斯三者兼有之矣。況斯亭也，先人之所築；斯地也，先王考文貞公之所卜。今傳于余，爲三世有，則亦可謂之三有也。山雖小，屹立乎中流，凝然有不拔之勢。大江北流，雖背而不見，其南流之屈曲而來者，迎數里而謁焉。前之匯，可濯可泳。野雖斥墳，地勢曠迤，青黃錯布如繡，又可以觀稼穡也。以此三者之美，爲吾三世之有，寢處嘯詠，豈不足以忘世慮而送吾生也？抑又聞之，鄒孟氏論天下之達尊有三。夫齒與爵，有幸以致之者，至於德，苟非己之所自得，不可力求也。今余爵已踰分，齒亦免夭。所自愧者，魯莽失學，至老倥侗，無德可言耳。苟使從今以往，斂避名塗，優游晚境。悼前日之狂圖，紬舊業於遺經。或有萬一之得，終免爲小人之歸，則所謂三達之有，雖不可企擬, 其於靜養自修之方, 亦豈少補也哉? 然則景物之勝、靑氈之舊, 余旣有之, 聖賢之言, 尤宜終身自勉. 姑幷記之, 以爲朝夕觀省之資云爾.'"】

박만보(朴萬普) 1663-?. 조선 후기. 본관은 고령(高靈). 자는 원만(遠萬)이다.

❀ 養拙軒

【≪玉川先生文集≫卷八≪養拙軒記≫: "歲乙巳冬, 余以罪責居鍾城府。是惟靺鞨舊地, 其民羯羠不均, 俗雜難理。國家選其守, 峻其秩, 往往自經幄臺閣而出。時朴侯遠萬出牧茲土巳二年矣, 與余少相識, 離三十年而復見於此, 白髮皤然, 相對共憐之也。論道故舊, 擧觴相屬。爲我掃舍宇, 豐餼資以處之。往來無間, 或屛騶徒, 杖公門相就。約己裕民如嗜好, 敝裘羸馬, 甘其傔陋, 而不經於心。余嘗病其太簡, 而心奇之。時口言或嘲之, 則侯曰: '我道蓋是也。抑余豈樂乎此哉? 得爲而不爲, 欲爲而不爲。非但才之疎, 亦其性拙也。故以"養拙"名吾軒而心安焉。子其爲我記之。' 余曰: '拙者, 人之所恥也。愚固泯泯, 不能治一事者, 拙也。矇無見解, 都不省記, 不能處一身者, 亦拙也。余以此竊迹公之治邑矣。於民之利病, 事之當否, 至明也。慮之無遺策, 行之不失先後, 至纖悉也。政成而民安之, 奏考而爲一道最, 則孰謂侯拙也? 然立朝三十年, 而足不跡形勢之途。歷五邑而無田於野, 無宅於都。可謂云爾乎? 其視世之誇奇衒能, 掩醜生姸者遠矣。孔子曰: "巧言令色, 鮮矣仁。" 又曰: "剛毅木訥近仁。" 巧令, 拙之反。木訥, 似乎拙。聖人之所勸戒可知已。濂溪作≪拙賦≫揭之道院, 朱夫子以拙名齋而爲之記。濂溪之爲政嚴恕, 務盡道理。朱子之所至郡, 擘畫廢置, 毫分縷析, 利及於民而法施後世。然其自爲則修身養性, 必以拙爲務。作賦作記, 反復乎巧拙之勞佚, 而以聞道拙修自勉。則侯之意其亦見於此耶? 余晚居山中, 其水曰拙川。若柳子之相得, 而竊慕聖賢之意。勉學焉未至, 一挂世網, 踽踽於此。方龂舌之不暇, 何能記公之軒耶? 且侯將歸矣。歸無以爲家, 得余文將安施乎?' 侯曰: '身之著處卽家也。心之所存卽記也。何必施之屋壁暴之外以爲夸耶?' 余歎曰: '鳩不能爲巢, 而其拙自若也。' 是爲記。"】

김하규(金夏圭) 1663-?. 조선 후기. 본관은 원주(原州). 자는 현서(玄瑞)이다.

❀ 名 - 夏圭   字 - 玄瑞

【≪說文≫:"圭, 瑞玉也。"】

❀ 長春窩

【≪記言·別集≫卷九≪長春窩記≫:"金君玄瑞嗜古書, 尤篤好象象十翼之文, 頗得古人之旨。君寓居東州之西境, 樂峽俗, 少人事。既無求於世, 而耕田而食。無事則樂植甘木、佳花、芳草。花開葉茂, 四時不改。居常閒暇自適, 名其室曰長春之窩。春者, 在天道爲元, 在人性爲仁。≪易≫曰'元者, 善之長也', 其意善矣, 所樂不但草木之玩而已。於心喜之, 書其事以寓意。老人嘗作≪石鹿草木誌≫, 仍示之。"】

이하조(李賀朝) 1664-1700. 조선 후기. 본관은 연안(延安). 자는 낙보(樂甫)이고, 호는 삼수헌(三秀軒)이다.

❀ 名 - 賀朝   字 - 樂甫

【≪退憂堂集≫卷十≪李賀朝字序≫:"故友靜觀齋李公, 有第二胤曰賀朝, 蓋公在世時所命名也。賀朝六歲而公歿, 今纔志學, 其兄喜朝遵公意, 遂行三加之禮。余忝賓席, 祝而字之曰樂甫。嗚呼!恨不令我公見之矣, 余尙忍字公之遺孤乎?仍竊念朝廷之所賀者非一, 國有禎祥則賀, 克定禍亂則賀, 聖主得賢則賀。賀之義, 固有輕重之不同, 而有賀必樂, 則未始有不同者矣。草木禽魚之異, 既非盛世之所貴;執訊飮至之樂, 不過一時之武功。豈若聖主御世而致賢臣於朝廷之爲樂也哉?得英才敎育之, 爲君子之一樂, 而王天下不與焉, 則朝廷得賢之樂, 果非他賀之可及矣。噫!賀也樂也, 無與於己, 而其所以使人可賀而可樂者, 其不在於吾人自修之如何歟?雖然, 士之自修之道, 初非欲見知於斯世。樂顏子之所樂, 志伊尹之所志, 自是君子之抱負。而在邦在家, 終有必達之理。則誠僞之辨、義利之判, 實非他人之所得知, 而其必有所本焉爾, 今將責子以成人之禮矣。≪禮≫所謂'孝悌忠順之行立, 而后可以爲人。可以爲人, 而后可以治人'者, 爲吾子誦之。子能本孝悌忠順之實, 以及於治人之效, 則爲他日盛朝之所樂得, 而獻中和樂職之頌者無疑矣。嗚呼!子其勉之, 庶毋孤先公之遺意焉。"】

❀ 號 - 三秀子

【≪三秀軒稿≫卷五≪附錄·墓誌銘幷序≫:"詩本家庭, 溢發捷敏, 詞韻諧叶, 文亦雅整條暢, 不失作者矩度, 自號三秀子, 所著詩文千有餘篇。"】

❋ 使無軒

【≪農巖集≫卷二十四≪使無軒記≫：“李侯樂甫出知桂陽縣，取≪大學·聽訟章≫語，名其治事之所曰‘使無軒’。書來謂余：‘某之居於斯三年矣，於民事無敢不盡心焉，而顧自以聽斷之明未猶人也，故凡民之以訟來者，一皆謝遣。今則嘉肺之間幾無兩造矣，是亦可謂使無訟也耶？願吾子之有以教之也。’余謂民之不能無訟也，自上世而已然矣。是以伏羲至醇厚，而卦有以≪訟≫名者。蓋觀於天水之違行、健險之相重，而訟之情見焉，是固不可使之遽無也。唯在上者能不憚嘬肺之艱，而使其有渝貞之吉，則善矣。如樂甫之爲，得無近於姑息自便，而非宰民理物之意哉？且≪大學≫之使無訟，乃聖人之事。明德新民之極功，豈樂甫之所能及？而今欲附此以爲名，則過矣。凡此皆不能無疑於心，故久而未有復也。旣而竊思之，而得其說焉。自夫世愈下而民俗益偸，錐刀之相爭，骨肉之相仇，而訟端日無窮焉。長民者欲一一而聽之，未必有以息爭，而訟顧益滋，是猶治絲而棼之爾。況其情僞微曖，不翅萬變。苟非周子所謂‘中正明達果斷’者，豈能治之哉？而世之號能吏者，徒欲逞其智術以自衒，而甚者或利其金矢之入也，不思所以已之。若是者，雖其聽斷皆得，而其心則已不仁矣。況其未必然者乎？此樂甫之所深恥而不肯爲者，豈姑息自便之謂哉？夫其所存如此，故民亦默喩其意，相與逡巡以退。而健者不能不緩，險者不能不平，而訟於是乎息矣。是則其事雖拙，而其心實仁。其初雖若悶悶，而其終愈於赫赫矣。豈不善哉？至於≪大學≫所云，雖樂甫豈不知其爲聖人之事，而非今日之所能及哉？其以名軒也，亦以志其所存，而且將因是而勉進於明德新民之功，何不可之有？因書其說，使揭之壁間。後之來者，尙有以識其意云。”】

이만부(李萬敷) 1664-1732. 조선 후기. 본관은 연안(延安). 자는 중서(仲舒)이고, 호는 식산(息山)이다.

❋ 名 - 萬敷   字 - 仲舒

【≪穆天子傳≫卷六：“敷筵席，設几。”郭璞≪注≫：“敷猶鋪也。”揚雄≪方言≫：“舒，勃展也。東齊之間凡展物謂之舒勃。”鋪、展義同。】

❋ 號 - 息山

【≪星湖先生全集≫卷六十六≪息山李先生行狀≫：“居于尙州之息山下。自號息

山。"】

박내정(朴乃貞) 1664-1735. 조선 후기. 본관은 함양(咸陽). 자는 직경(直卿)이다.

❖ 名 - 乃貞　字 - 直卿

【≪周易·乾卦≫："元亨利貞。"≪疏≫："貞, 正也。"≪說文≫："直, 正見也。"】

❖ 月川齋

【≪東谿集≫卷二≪月川齋記≫："上之十年甲寅春, 親臨法殿視銓選。于時東西銓長貳及郎屬、承宣、左右記注咸進俯伏在列。上獨問小司馬朴公年幾何, 通籍幾歲。公以實對, 上慰薦良久, 特命授資憲資, 陞正二品, 嘉其老不衰而奉職恪勤也。公少多疾, 凜凜常自憂, 親愛交游亦不以壽考期焉。公嘗有詩曰'月以無私臨大地, 川能不息走長河', 崑崙子見之深賞曰:'子無憂, 子將致遠。厚自愛!'公殊不信, 及是果驗。公感聖恩之隆, 深懷亡友之鑑識, 乃以'月川'扁其齋, 求記於龜命。龜命謂崑崙子之言約而不備, 未有以推類考歸, 請追占之以明其意曰:月者, 尊而在上, 君也, 古人以占諸侯。無私者, 其德也臨乎大地, 則其照之普也。川者, 卑而在下, 臣也。古人又以爲壽之祝。不息者, 其行也走于河, 則其至之遠也, 有以小成大之象焉。公早抱幽憂之疾, 沖養有術, 起居以時, 氣血蓋晚而寢盛。今年七十一, 視聽聰明, 顏貌渥丹, 飄飄如神僊中人, 遂以壽考膺天之祿, 固已有符於'川流不息'之句矣。顧念公素門平進, 不附名論、矜進取。豈有所以借勢於下, 而自結於上者哉?而聖主方奉三無私以臨臣庶, 一朝擢公於等輩之中, 置之於六卿之列, 而敬老簡勞之典遂復越千古。蓋與日月之明同其瞻仰, 而公之詩其備告之矣。古所稱言以知物者, 非斯之謂乎?雖然, 川之東走, 不至于海而不止, 河非其所畫也。且將衝砥柱, 過碣石, 以入于海, 而後川之事畢矣。而公之壽與位姑未艾也。抑公旣嘗留心於養生家, 其於守一處和之道體之深矣。今夫月之應於水也, 玲瓏洞徹, 底裏皆透, 而月未嘗下降也。天下之水深淺巨細, 數不勝紀, 以各受乎月也, 而月未嘗有分也。洄漩曲折, 激射震盪, 以破碎其體也, 而月未嘗損也。終夜與汨, 終歲與靡, 窮宇宙而與逝也, 而月未嘗盡也。何則?彼應之者, 月之光也, 而非月也。至人者, 物之所以觸于形者萬變, 而心未嘗有隨也。心之所以宰于物者萬方, 而神未嘗有撓也。是故營魄不離, 外形不彫, 以登於千二百歲之久。夫養生之要, 求於月與川而足矣。公固以是自修, 有如異日上之築特

室而問者，亦願敷陳此義，引吾君於軒轅之壽也。"】

권숙(權璹) 1667-1716. 조선 후기. 본관은 안동(安東). 자는 수옥(壽玉)이다.

❀ 名－璹　　字－壽玉

【≪集韻≫："璹，玉名。"析名為字。】

❀ 華山先生

【≪星湖先生全集≫卷六十≪華山權先生墓碣銘幷序≫："先生諱璹，字壽玉……
居湖南南原之華山，學者稱華山先生。"】

이수번(李秀蕃) 1665-1717. 조선 후기. 본관은 전주(全州). 자는 백창(伯昌)이다.

❀ 名－秀蕃　　字－伯昌

【≪左傳·僖公二十三年≫："男女同姓，其生不蕃。"楊伯峻≪注≫："蕃，子孫昌
盛之意。"又蕃，≪說文≫"草茂也"；秀，≪正韻≫"茂也"，故飾"蕃"以"秀"。】

박세정(朴世貞) 1667-1732. 조선 후기. 자는 사길(士吉)이고, 호는 한와(閒臥)이다.

❀ 名－世貞　　字－士吉

【≪周易·履≫："九二，履道坦坦，幽人貞吉。象曰：幽人貞吉，中不自亂也。"孔
穎達≪疏≫："幽人貞吉者，既無險難，故在幽隱之人，守正得吉。"】

❀ 號－閒臥

【≪星湖先生全集≫卷六十六≪閒臥朴公行狀≫："晚年築于閒臥邨，取溪山之勝
也。遂扁其居曰閒臥。"】

이덕흠(李德欽) 1667-1746. 조선 후기. 본관은 덕수(德水). 자는 숙형(叔亨)이고, 호
는 동원(東園)이다.

❀ 名－德欽　　字－叔亨

【≪周易·乾卦·文言≫："元者，善之長也；亨者，嘉之會也；利者，義之和也；貞
者，事之幹也……君子行此四德者，故曰'≪乾≫：元，亨，利，貞'。"】

❀ 號－東園

【≪歸鹿集≫卷十五≪東園李先生墓誌銘≫："東園先生姓李氏，諱德欽，字叔亨。

所居有園林之勝, 人以‘東園公’稱之, 故自號焉。”】

유현시(柳顯時) 1667-1752. 조선 후기. 본관은 전주(全州). 자는 달부(達夫)이고, 호는 호와(壺窩)이다.

❀ 名 - 顯時　字 - 達夫

【王充≪論衡·自紀≫:“士貴雅材而慎興, 不因高據以顯達。”】

❀ 號 - 壺窩

【≪霽山先生文集≫卷十三≪瓠窩記≫:“岐之西有村曰璞谷, 一名瓠谷。谷之中有窩, 曰瓠窩。窩卽上舍柳公所居室也。柳公賢而有文章, 晚補太學生。人方以梗柟豫章期公, 而公乃以瓠扁其窩, 讀書其中。人之見者莫不疑之, 求其義而不得。不佞聖鐸, 於公爲戚末, 而又忝同辛卯司馬, 辱知愛最深。間嘗詣公居, 公引入窩中, 從頌談文史。語間, 忽笑指壁上謂曰:‘子盍爲我作瓠窩記乎?’聖鐸謝不敢。因請曰:‘敢問瓠之義何居?’公曰:‘古人之稱瓠也多矣。有曰無口瓠, 有曰繫而不食之瓠, 有曰瓠落無所容之瓠, 且里名瓠也。吾於是四者有取焉。’聖鐸唯唯而退。旣而惟之, 異哉!公之以瓠名窩也。果然哉!人之見而疑之也。夫無口瓠, 以無能稱也。不食之瓠, 以不用設也。公旣賢而文, 懷利器以竢時, 則公雖不伐其能, 公之能固多矣。而鵬之翼、驥之蹄、鴻鴈之羽, 乘長風, 騁九軌, 漸雲逵而翶翔, 可持左契以必也。則公固將有用於世者, 而非沒沒蓬蒿間, 老死一隅者也。卽無口不食之義, 於公奚當哉?且公以里名乎?則里之名, 一爲璞谷。璞乃玉之在石中者, 而士之懷寶不市者類之, 公何不取璞以爲號, 而乃以瓠乎?是三者皆非公名窩意也。然則公其有感於瓠落之瓠乎?夫物量不齊, 大小殊用。大之不可使小用也, 猶小之不可使大用也。千尋之木, 百圍之材, 可以爲棟梁, 而不可以爲居楔, 其用大也。騏驥騄駬有千里之足, 而責捕鼠, 則不如狸狌, 其能殊也。故聖人有言曰:‘君子可大受, 而不可小用也。’古之魁閎俊偉之士, 往往以無所棄於世者, 豈不以此也歟?然是豈其人之果無用哉?世之用材者拙於用大爾。今夫五石之瓠, 其大呺然, 其腹廓然。而以之爲瓢則不合, 以之盛水漿則不能擧, 宜乎惠子之爲無所用而掊之也。然爲之大樽而浮于江湖, 則其爲用之大莫是瓠若也。噫!非漆園之大觀, 孰知其用哉?公之以瓠名窩者意盖在此, 吾然後知公之所感者深矣, 知公之所取者大矣。雖然, 聖鐸請爲公進一言可乎?古人之於齋名,

或以物, 或以事。物取其象, 事取其義。象以體諸身, 義以會諸心。使吾之德無愧
於齋之名, 齋之名允合於吾之德。然後其揭壁而懸楣者, 始不爲虛設, 而不忝爲
主人其中矣。今公旣以瓠名窩, 而且有感於莊氏之所稱乎？則盍思所以體其象、
會其義乎？體象之道, 在廓其量；會義之道, 在廣其學。學廣而無不通, 量廓而無
不容。則其發爲文章、施爲事業者, 雖小試不合, 而將大受而有裕矣。夫然後可
以作中河之瓠, 辦千金之功, 而商川之舟楫可幷也。若不幸而世不用我, 則亦當
慕箕山之棄瓢, 甘陋巷之簞瓢, 不戚戚, 不汲汲, 斷壺實、烹瓠葉而食之, 與田夫
野老相忘於瓠谷之中, 是豈不誠瓠窩主人哉？因爲之歌曰：‘瓠之谷, 窈而不僻,
君子之宅。瓠之宮, 虛而有容, 君子之衷。’旣歌而復記其說, 以質于公。”】

오태주(吳泰周) 1668-1716. 조선 후기. 본관은 해주(海州). 자는 도장(道長)이고, 호
는 취몽헌(醉夢軒)이며, 시호는 문효(文孝)이다.

❀ 名 – 泰周   字 – 道長

【≪詩經 · 小雅 · 四牡≫："四牡騑騑, 周道倭遲。"朱熹≪集傳≫："周道, 大路也。"】

❀ 號 – 醉夢軒

【≪月谷集≫卷九≪醉夢軒記≫："嗚呼！醉夢軒者, 先君子所名也。先君子早歲
儀賓王室, 雖貴富極世, 而志尙儒雅, 以名行藝學自砥礪。不幸遭己巳之禍, 先君
子自以禍機之重, 由身之貴近也, 沒身痛隕, 以罪人自居, 君子悲之。瑗竊覰先君
子平生友弟敦睦, 言行操履, 無不可以爲世法, 而顧斂迹收聲, 蹙然如無所容, 其
名所居之軒, 亦取古人醉生夢死之語以自擬焉。嗚呼！其志益盛矣。夫君子修道
弘業, 盡其性而已。哀樂禍福之外至者, 宜若無以易其志。然人子平居事親, 自
愉色婉容, 以及乎視於無形、聽於無聲至矣。孝子之心, 恤恤焉猶若不逮。況其
遭值變故, 叩心抆血, 精誠之極, 豈不足上感神明？而終至於斯, 則天也。然先君
子之孝心, 其忍曰‘吾心已盡’而可自恕也。是其負罪居釁, 若不敢比於人者, 固出
於痛迫惻怛之本心。世或以先君子經患處約, 爲是挹損, 則非其志也。谷雲金侍
郎嘗爲先君子書軒名, 不肖瑗始刻而揭之。輒敢妄推測先君子之心, 論述如此。
瑗於是有大罪焉。然百世之下, 有知先君子之心者, 其爲仁人孝子之則, 而增三
綱五常之重者, 必在斯矣。"】

이경(李坰) 1668-?. 조선 후기. 본관은 함평(咸平). 자는 탄경(坦卿)이다.

❀ 慕崖

【《鳳巖集》卷十二《慕崖亭記》：“慕崖亭在五聖山下十哲峰之右，咸州李公坦卿坰歸休之所也。以其山有聖哲之名故，仍以‘慕’爲額云。盖其屛巖盤石之奇，澄淵瀑流之勝，卽一湖中之小開元，正仁智者之所宜樂。主人作亭之意，似有在於山水之間。而乃以尊慕聖哲之義揭以爲號者，其志豈偶然哉？噫！此去鄒魯之地幾萬有餘里，去聖哲之時亦千有餘年。山名之適合，實無與於人事。而凡人之情，觸境感發，而所慕者隨之。然則游於斯處於斯者，顧何往而非所慕也。仰喬嶽之巖巖，則所當慕者孟子也。臨泉流之涓涓，則所當慕者子思也。觀千仞壁立之象，則所當慕者非曾子乎？挹三月春生之氣，則所當慕者非顔子乎？風花雪月，四時之候不同，而太和元氣常行於其間，則乃所願者慕孔子也。至於德行、言語、政事、文學，無非後學之所可慕者。其與苟慕乎山水而優游沒世者，得失相去遠矣。亭之名固得矣。然‘慕’之爲字有二義：思也，效也。若思之而已，則只自憧憧往來於心而無益於得矣。苟於日用事爲之間，一以聖哲爲師而效以行之，則是亦聖哲而已。未知命名之意何居焉？吾將從主人公問之也。曩余偶入五聖山中。望見其亭角隱暎於巖谷之間。嘉其名而尙其義。試一登覽，則灑然有吟風弄月之趣，而恨未及見主人公而歸矣。越數日，公以烏巾道服訪余於海上，一見可知其有嘐嘐古人之志也。談間囑余記其亭，遂不敢辭，畧叙如右云。”】

박추(朴樞) 1668-?. 조선 후기. 본관은 밀양(密陽). 자는 자신(子愼)이고, 호는 쌍계(雙溪)이다.

❀ 號 - 雙溪

【《雪橋集》卷六《雙溪朴先生行狀》：“自號雙溪，取於所居玄溪山之西北二溪也。”】

채팽윤(蔡彭胤) 1669-1731. 조선 후기. 본관은 평강(平康). 자는 중기(仲耆)이고, 호는 희암(希菴)·은와(恩窩)이다.

❀ 名 - 彭胤　　字 - 仲耆

【《莊子·逍遙遊》：“而彭祖乃今以久特聞。”傳說彭祖壽八百歲，爲著名長壽老

人。≪說文≫：“耆，老也。”】

❀ 詠恩窩

【≪希菴先生集≫卷二十三≪詠恩窩記≫：“余年二十一，國家選文學之士，擧東湖故事。蒙陋空踈，濫吹其間。前後應製，受賜虎豹之皮殆無虛歲。翰苑時家人悉用歸諸市，得若干金。幷捐釵釧，買小窩於樂院之西，凡八九間。五分之，以其二爲偃息之所，其一爲廚，板以加其上若樓。其四爲軒，三分其軒，一爲藏，一置書架。虛其前以容織具，其餘以通出入。最前一間，南牖而東西戶，以待賓客。凡窩高可以舒身，廣可以展膝。余心樂之，以告博泉李侍郞，且請之名。侍郞曰：‘是宜名“詠恩”。古得君之賜，以名堂室者多矣。有以十貂名者矣，有以彰賜名者矣。今子不敢虛君之賜，藉手而置窩。歌詠聖恩，其又可已乎？且吾聞子之在春坊也，上以子平生一夢之詩有耿耿思君之忱，別召而觴之。此尤曠世之恩，不可忘。盍總之名詠恩矣。’李學士伯起聞之，書‘詠恩窩’三大字揭之壁。或笑之曰：‘夫窩也，湫隘而囂塵，不足以一日居。尙奚名？’余曰：‘不。余湖西一男子，覊旅入京城，以有此室廬，微吾君之恩不及此。雖甚僻陋，於余已足。誰爲高臺與美榭者，余不敢羨。名何傷？’於是出賜書七十一卷，賜筆札渝羃列之左右。拓北戶以望觚稜，蓋無往而非詠恩也。遂書前所稱思君之詩以爲識。”】

❀ 詠恩亭

【≪三溟詩話≫：“希庵蔡侍郞彭胤，少有詩名。登第三年，旣賜暇讀書湖堂，而未嘗近君。其謝湖堂賜樂詩曰：‘洋洋仙樂下天扉，童歲龍鍾荷盛私。平生不識君王面，一夢尋常繞玉墀。’從以後書入直春坊，上御興政堂，召對諸臣，特召彭胤，宣醞諭曰：‘爾有“平生不識君王面，一夢尋常繞玉墀”之句，耿耿君思之枕，溢於辭表。今夜特召，蓋以此也。夜對同家人父子間，安意醉飽，可也。’時夜漏已五下，彭胤感泣而退，張燈醉吟，作≪感恩歌≫，扁其所居曰‘詠恩亭’。”】

이의현(李宜顯) 1669-1745. 조선 후기. 본관은 용인(龍仁). 자는 덕재(德哉)이고, 호는 도곡(陶谷)이며, 시호는 문간(文簡)이다.

❀ 諡號 － 文簡

【≪太常諡狀錄≫卷十三≪大匡輔國崇祿大夫議政府領議政兼領經筵弘文館藝文館春秋館觀象監事致仕奉朝賀李公諡狀≫：“公諱宜顯，字德哉，姓李氏，號陶谷

…… 落點文簡勤學好問曰文, 正直無邪曰簡、文獻文, 上同；嚮忠內德曰獻、文貞文, 上同；淸白自守曰貞。"】

김춘택(金春澤) 1670-1717. 조선 후기. 본관은 광산(光山). 자는 백우(伯雨)이고, 호는 북헌(北軒)이며, 시호는 충문(忠文)이다.

❀ 名 - 春澤　字 - 伯雨

【≪禮記·禮器≫："是故天時雨澤, 君子達亹亹焉。"】

❀ 蘆山草堂

【≪北軒居士集≫卷二十≪蘆山草堂記≫："余於甲午冬遭兇人事。旣出獄, 以翌年春, 率妻孥歸蘆山先墓側。人或問曰：'子以蘆山爲可免乎？'余以爲吾安知免。余旣不如古烈士之刎頸以明其冤, 宜高擧遠邁, 絶跡離世, 以謝今與後之人。而以母在未果, 惟不敢偃然輦下, 則姑自屛于此, 粗以求可於吾義而已。免不免, 非所計爾。於是作草堂於林園之中而居焉。余惟居者所以安, 而安者, 人之所易懷也。余誠不期於免, 求可於義而已。則雖風雨之蒙冒, 鳥獸之雜處, 奚其不可？而乃用堂爲？豈余猶安之懷歟？苟安之懷, 則未見其得於義也。余聞君子之於飢渴而飲食, 寒暑而居處, 蓋有不得已者存焉。余豈獨異也？今其堂又甚陋, 風至而搖, 小雨則漏。余之不獲居堂, 或堂之先余而毁, 皆不可知。則殆未有安之可懷矣。且居者, 不得已也。義者, 不可已也。余何敢以其所不得已者, 而廢其所不可已者哉？雖然, 余前後謫遷者五, 繫獄者三, 曾不能一日安於居。而方其自濟州出也, 到中洋遇大風, 舟幾覆者數。余於其日危坐舟中, 凡意念所起, 去其惡者而存其善者。俛仰之頃, 如此者不知凡幾。況其在獄, 畏懼自省, 益可知也。自古善人不幸罹風波刑戮之禍者多矣。余之區區一念, 豈嘗自謂其免於禍哉？惟庶幾自修而以俟夫命者耳。其後或自語, 以謂使余操心, 每如在舟與獄之爲, 則作聖殆不遠。其思在舟與獄之操心也, 則其平居操心之不若在舟與獄之切也審矣。夫然則凡今所謂求可於義者, 其誠否得失, 當有可辨。而堂固異於舟與獄, 則安又未必其不懷也。玆書於堂之壁以自警焉。時丙申二月二十日也。"】

이태명(李台明) ?-?. 조선 후기. 자는 여삼(汝三)이다.

❀ 名 - 台明　字 - 汝三

【≪後漢書·孝安帝紀論≫：“遂復計金授官，移民逃寇，推咎台衡，以答天眚。”李賢注：“台謂三台，三公象也”，故應之以“三”。又≪尙書·湯誓≫：“非台小子，敢行稱亂。”≪傳≫：“稱，擧也。擧亂以諸侯伐天子，非我小子敢行此事”，故“台”與“汝”相對。】

홍석보(洪錫輔) 1672-1729. 조선 후기. 본관은 풍산(豊山). 자는 양신(良臣)이고, 호는 수은(睡隱)이다.

❀ 名 - 錫輔　字 - 良臣
【≪韓詩外傳≫卷八：“諫臣五人，輔臣五人，拂臣五人。”】

❀ 夙夢亭
【≪杞園集≫卷二十≪夙夢亭記≫：“談者必曰人之窮通榮辱，出處禍福，莫不有天定。其理固然，而昧者或不信也。吾於故友洪公良臣夙夢亭徵之矣。始公年方二十時，得夢以冢宰職退歸，舟到一江湖勝處，作詩曰：‘春水娟娟淨，春波澹不鳴。漢津無限月，歸棹泝空明。’覺而異之。後十年，甞寓漢上所謂凌虛亭而登覽焉。則江山之秀麗奇爽，怳然是夢中境界，甚樂之。竟買其地而治之，爲老焉計。盖公雖生長芬華，而雅尙有在，又不肯與世俯仰。自通籍以來，輒抹撤寡合，逡巡名塗。而最後登晉者，小冢宰也。旋出爲關西伯而歸。則時事適大變，無復當世之念矣。脩門咫尺，不渡漢津。而頹然自放乎鷗鷺之社，日以煙棹月艇，泝洄空明，依然又夢中身世也。益忻然自信，遂手書‘夙夢亭’三字而揭之壁。嗚呼！其奇矣。夫人生世間，屈伸得喪，倚伏萬變，洇沉而不可測。而要其終而觀之，則天之定，未始不自如也。且擧公平生而言，則方其釋布褐而返士服，厄縲絏而編謫籍，其困極矣。豈復知有金門玉堂者耶？況其遭時罔極，歷變履險，南竄北逮，濱九死之危也，又豈知有小冢宰者耶？且夫物之遇於人也有數，若此亭之廢興傳易，相尋於古今，又孰知其爲公菟裘也？畢竟地屬於斯，官止於斯，而歸休之果在是焉。發其夢於數十歲之前，而著其驗於數十歲之後，不啻若龜筮之報而符契之合。若是者，夫豈人之所能爲也哉？雖然，天未必待其終而後定，實定於有生之初，而成之在是焉。故其窅運而不已者，常若有所廹逐。流轉往復，疾徐淹速，有不容以毫髮移易，而人顧不自覺耳。其兆眹之先見者，亦偶然而已。是故公之夢，不必人人而皆然。而所謂天之定，則又豈有或逃焉者哉？苟有以信其理之必然，

則其於世也，奚趨奚避？奚喜奚悲？一聽造物者之陶甄而無容心焉。事必求其義
之所安，行必從吾志之所好。胷中浩然，無入而不自得。豈不善哉？豈不樂哉？
嗚呼！往在癸卯夏，余訪公於此。公始脫鄠都，而將赴島配也。相與握手流涕，未
暇及他語。後丙辰冬，又再至焉。則公之沒已久，愴然有物是人非之感。而其孤
象漢指示亭額，而道其本末如此。又爲之俯仰太息，噓唏而不能已。抑余於此又
有感矣。記昔弱冠讀書白雲山中，夢得句曰：‘華髮事業在，稽首伏中原。’心窃自
怪，而亦不省其爲何語也。今得公之夢而醒然有悟。噫！我知之矣。虛名誤身，
心與事乖。白首郊原，瞻天九頓者，非吾之夙夢乎？而天之定也，其亦久矣。惜
乎！吾不得與公登斯亭，把酒高吟，劇談此事而拊掌一大噱也。悲夫！”】

어유봉(魚有鳳) 1672-1744. 조선 후기. 본관은 함종(咸從). 자는 순서(舜瑞)이고, 호
는 기원(杞園)이다.

❀ 名 － 有鳳　　字 － 舜瑞

【≪春秋左傳·杜序≫："麟鳳五靈，王者之嘉瑞也。"】

❀ 號 － 杞園

【≪杞園集≫卷二十≪杞菊園記≫："園在駱山之下。東西幾丈，南北幾丈，其廣可
安屋四十餘架。就其西結齋，扁之曰百千，盖取諸≪中庸≫‘己百己千’之語也。築
臺于東臺，高一尺許，與南山相對。合乎陶公‘採菊東籬下，悠然見南山’之詩，故
乃命之以悠然。墾前後隙地縱橫作畦，遍種以枸杞，栽菊數百叢于環堵下，墙之
角各樹碧桃一株，置一盆梅，用二甕盛紅白蓮。惟杞菊最多，故以名焉。園之主
人自叙其志曰：‘某性本愚，才本踈。氣甚脆薄，而抱幽憂之疾久矣，自分此生不
堪俯仰於時矣。遂薄於世味，厭於外慕。惟清閑寂寞之鄕，是愛是趨。而幸吾東
城之居僻在窮巷，風埃車馬之所不及。於是心樂之。闢此園，築室與臺以居之。
圃之以杞，籬之以菊，以爲服食之需焉。園甚狹，杞菊之外，雜花衆木不能容。且
紅紫煩亂，非吾心之所好也。獨取清標雅韻，爲古之高人賢士之所心賞者，以備
四時之觀焉。於春得碧桃，於夏得蓮，於秋得菊，於冬得梅。碧桃者，花之仙也。
蓮者，花之君子也。菊者，花之隱逸也。梅者，幾乎兼之矣。抑吾生於數千載之
下，雖欲見古之人，不可得也。見古人之所好者，則如見古人焉耳。茲吾所以有
取於此四者歟？然則結深契，托幽襟，日嘯咏乎其側。雖閑居獨處，而未始有離

索之憂者, 花之益也。采其根葉, 掇其華實, 充膓益氣, 身可安而壽可延者, 杞菊
之靈異也。入則一室虛明, 圖書滿壁。消香默坐, 塵想不起。左右簡編, 晝誦而夜
思之。出則雲山之勝, 風月之態, 盡得於登臨顧眄之際, 而由由然適其適者, 齋與
臺之樂也。若夫使我齋於斯, 臺於斯, 列花藥於斯, 藏修游息, 爰得其所者, 園之
功也。自玆以往, 玩樂之趣深, 靜養之功專, 幸至於病少瘳而學少進, 則主人之願
也。'"】

권구(權榘) 1672-1749. 조선 후기. 본관은 안동(安東). 자는 방숙(方叔)이고, 호는 병곡(屛谷)이다.

❀ 名 - 榘　字 - 方叔

【榘, 同矩。≪墨子·法儀≫:"百工爲方以矩。"】

❀ 號 - 屛谷

【≪大山先生文集≫卷五十≪屛谷先生權公行狀≫:"先生諱榘, 字方叔 …… 崇陵
壬子後七月二日生 …… 丙申, 寓屛山之西洞。愛其地勢幽奧, 景物蕭灑, 遂賃屋
而家焉。改里名爲屛谷, 因取以自號。就傍近勝景, 逐處題品, 詠小絶以記之。暇
日嘯詠盤旋, 悠然有出塵之想。谷中居民凋敝, 約爲社倉積貯法, 損益鄕約遺法,
爲文曉釋。雖社倉法不果行, 民俗得知人道之所當行, 漸變其頑愚之習。癸卯,
還枝谷, 顔其所居室曰丸窩, 有詩以見志 …… 自是益無意世事, 非甚不得已, 足
跡不出洞門外。日整襟危坐, 對案潛心, 有得輒箚記。有時體倦, 則瞑目凝神, 或
杖策散步, 未嘗有欹側偃臥時也。村少築數架書社于舍南, 先生名其齋曰'時習'。
戶牖牆壁, 皆有銘詩 …… 己巳正月二十八日考終于丸窩, 享年七十有八。"】

김세용(金世鏞) 1673-1742. 조선 후기. 본관은 의성(義城). 자는 명우(鳴于)이고, 호는 이호(伊湖)이다.

❀ 繼謹齋

【≪密菴先生文集≫卷十三≪繼謹齋記≫:"於乎!人之有生, 孰不根本於親。其
能不私其身, 事死亡如生存, 以親心爲己心, 繼述爲子職者, 從古有幾人哉?甚或
親沒未久, 輒以專行己志爲能事。事有不便於己者, 隨手改易。志有不合於心者,
任意更變。無一毫哀傷惻怛迫不得已之念者, 間亦有之。是則雖有人子之稱, 實

與無子同。世之爲人子者，念及於此，寧不惕然動心哉？吾友金君鳴于，錦翁先生之季子也。數年前築室伊湖之上，扁其齋曰‘繼謹’。間嘗訪余于錦水之陽，泫然垂涕而言曰：‘不肖生纔數月，先人棄諸孤。兩兄諸從次第凋盡，一縷殘命，誠不自意得有今日也。半世棲遑靡止，近始卜築于玆，爲數十年計。背山臨流，有堂有室。養雞種黍，粗可供祖臘。亦非始慮所及也。先人疾旣病，吟一絕示諸子姪，惓惓以繼述勤謹爲言，卽絕筆也。不肖稍省事，始得見之。追慟靡及，血不勝抆。今以此義名堂室，欲自勉而勉兒孫。盍惠一言以資其觀省乎？’不佞亦孤露餘生也，聞言怵惕而作曰：‘子之言誠戚矣。子之志誠善矣。栽雖未及攝齊先庭，固嘗習聞其遺風餘韻矣。世方期以大振厥華，不幸厄于時，不獲展其所蘊。壽又僅跽中身，儒林學士之痛，至今猶未艾也。今吾子以孤身能自樹立，凡先志之所欲爲與其事之所欲行者，靡不欲繼述而推大之。善乎其可謂有子矣。吾聞先先生植志甚遠，臨事有制。而居家爲政，篤孝友媚睦之風；左圖右書，窮研磨玩索之工。草定同居之儀，則不伐其儀之志可知也。論著理氣之辨，則羽翼斯文之事又何其偉也。可繼可述，其大如此。踐其位，行其禮，果能先是數者而繼述之，則餘可推類而盡之矣。勤心力於學問之中，而傳子以及孫。謹言行於接物之際，而視汚隆爲危孫。其爲勤謹也亦至矣。朱夫子所謂“勤謹二字循之而上，有無限好事”者，非此之謂耶？嗟呼！人子事生之日短，事亡之日長。今吾子雖未及事生，而事亡常如事存。一念之差而曰“非先人之志也”，一事之失而曰“非先人之事也”。惟思其所志而繼之，惟求其所事而述之，則所謂繼述，孰善於此？而勤不匱，謹寡尤，特其中一事耳。終焉事天如事親，而窮神知化之妙，可因此而馴致。《中庸》所謂“由庸行之常，推之以極其至”者，亦豈出此外也？其視向之樂自專輕變改者不亦遠乎？不孝無狀，非但感吾子孝思之無窮，仍竊自傷其事存事亡俱虧闕，絮然掩涕久之。旣以此復吾子，又將以之自警云。’己酉下元日，痾瘻子記。”】

권만두(權萬斗) 1674-1753. 조선 후기. 본관은 안동(安東). 자는 용경(用卿)이고, 호는 지족당(知足堂)이다.

❀ 號 - 知足堂

【《癡軒先生文集》卷之三《知足堂記》：“吾友戶部郞權用卿於休官之暇，築室而扁其堂曰‘知足’。嘗擧觴屬余曰：‘古人名堂各有其義。蓋公之號，取其靜也。

休休之稱, 識其閑也。而今吾署楣則異是矣。子其爲說以志之可乎?'余應之曰:
'子之知足之義將奚居?古人於窮通皆有知足者。宦成名立, 戒存盛滿, 則投簪謝
綬, 奉身而恬退者, 達者之知足也。世不我知, 高蹈林泉, 草衣木食, 優遊以卒歲
者, 隱居自樂者之無不足也。今吾子策名黃甲, 薦紳于朝, 而仕不過郎署, 位不稱
才器。少陵起殘盃冷炙之歎, 溧陽有官寒味酸之苦, 不可謂宦達之足也。若其休
官謝事, 治園田葺垣屋, 凉其堂而燠其室, 瓶不倒罄不懸。仰足以奉粢盛, 俯足以
供賓友, 非所謂隱者之足也。而今以知足自居者, 無亦驁於循名而責實乎?'主人
莞爾曰:'吾子果不知吾之知足之意乎?吾之足, 不以窮居而不足也, 不以達行而
有餘也。吾少也孤且貧, 衣不足掩骼, 食不足充腸, 而其中有足以自樂者存焉, 未
嘗以窮約係念而有不足之憂。及其拔跡蓬蓽, 廁名纓紳, 薄俸微祿, 足以代耕, 則
揆之素分而足。宮室始有, 足以容膝, 則知其苟完而足。未嘗以躁進鶩志, 而有
不足之恨。此吾所以窮與達求足以可安己分上事耳, 不必取宦成名立而爲達者之
足, 亦不求高蹈遠引而爲隱者之足也。'余於是攢手起賀曰:'善矣哉!吾子之知
足也。此孔氏所稱公子荊善居室也, 而韓昌黎所謂足乎己無待於外者。子之心
誠足乎是而不以窮達易其所守, 其於處己處物也, 何不足之有!余觀夫世之趨祿
附利者, 蔦緣藤攀, 朝隨暮叩。一資半級雖或得之, 而常營營有乞墦不足之態。
嗚呼!彼之不足, 以其所不足乎己者, 而將以求足乎人者也。何也?已足而愈不
足於內者, 有饞榮饕富之心。故曲鑽巧抵, 甘處鄙夫之吮舐;不足而猶自足於外
者, 有鬻權賣勢之心。故矜夸侈張, 不知御者之抑損。此其內外之欲交相牽引,
而行己也失於諂, 接物也失於驕, 皆不足與儗於大丈夫不淫不移之倫矣。惟君子
則無入而不自足, 故簞瓢雖小, 而不足慕詭遇之多。輿羽雖重, 而不足易鈎金之
輕。窮而自足, 則居易而俟命。達而自足, 則循理而樂天。此正聖賢家法, 而吾子
之所以學焉、希焉、勉焉而欲至者, 其不在於斯乎?雖然, 人之知足與不知足, 又
各有身心內外大小輕重之別。抑恐吾子之足, 無或安於小足而不知有大足者存,
徒知知足之爲美, 而不知知不足之爲大美乎?夫身有所足, 而不知名利之不足,
則是安於命數者之所能爲也, 中人以上猶或可勉而及之。若夫理義充足於性分之
內, 而千駟萬鐘不足以動其心者, 則自非上智與大賢, 皆不足以當之。然於其足
而自知不足者, 惟學爲然。故曰"學然後知不足"。吾子其自此而務學也哉!以子
足以有爲之才, 外而體之於身, 內而驗之於心, 推其知足, 而付卻名利於不足求。

推其知不足, 而力求義理於求不足. 不足而至於足, 已足而至於無所不足, 則入而處之飮食起居日用常行, 出而求之民人社稷軍旅俎豆, 莫非己分上擔當底事. 惟如是, 則雖曰不足, 而吾必謂之已足. 吾子其懋之哉！'"】

오상흠(吳尙欽) 1674-?. 조선 후기. 본관은 동복(同福). 자는 경지(敬之)이다.

❀ 名 - 尙欽　字 - 敬之

【《說文》："欽, 欠貌. 一曰敬也."】

❀ 春噓窩

【《息山先生文集》卷十七《春噓窩記》："吳敬止城東寓舍南新治特堂, 越闤闠而與淵嶽相對. 除田一畝爲庭. 厥植不苟擇, 以多爲務. 其榮瘁不同, 有宜於春、宜於夏、宜於秋、宜於冬. 敬止特揭名曰'春噓'之窩. 蓋春爲四時之首, 夏以長之, 秋以收之, 冬以藏之, 皆因春之生而收功者也. 故曰'大哉乾元, 萬物資始', 又曰'元者, 善之長'是也. 然敬止旣知春之在庭, 亦知春之在吾心乎？吾心之春, 卽亦得乎天生物之心者也. 是春也, 貫徹古今, 一顯微, 該本末, 義以裁之, 禮以文之, 智以別之, 竆以居之. 其樂融融, 達而行之, 萬物熙熙, 聖以是聖, 賢以是賢. 失是而爲衆人, 暴是而爲惡人. 苟無是春, 其何以爲人乎？今有鄰家之牛, 觸藩而躪其圃, 敬止必揮而驅之矣. 又有妄人持斧而伐其樹, 敬止必怒而呵之矣. 是無他, 惡害其春也. 人多惡於外, 而鮮惡於內. 故其中不老之春, 消爍於陰阬而不自覺, 甚可哀也. 敬止若以方寸爲庭, 靈臺爲窩, 忠信爲圃, 詩書爲庭實. 以惺惺法爲灌水, 以培其心之春. 則彼紅綠於外, 有不加乎春, 無不損乎春. 居乎窩, 眞有所賴矣. 敬止請余記, 於是感其名而書焉."】

심준(沈埈) 1674-?. 조선 후기. 본관은 청송(靑松). 자는 숙평(叔平)이다.

❀ 名 - 埈　字 - 叔平

【埈同陵. 《說文》："陵, 陊高也."與"平"相反為義.】

❀ 孤松齋

【《老村集》卷三《孤松齋記》："吾姨兄之大人, 有隱君子曰沈公, 築室于利川之深谷, 名其齋曰'孤松', 命某記之. 某請曰：'古之君子取於松者多矣. 其生也直, 其物也勁, 凌霜雪貫四時, 而柯葉不變其色者, 其性也. 先生其有取乎？'曰：

'否。性，理也。理，天之所命，物之所同。同乎天地之理，而一悴一榮，或先或後，自然而然，莫非命也。順受其正，吾何以變者爲非，而不變者爲是乎？特其衆變而獨不變，有類乎節，故君子或取以自比。然我無是也。'曰：'蠹之重，抱之累，高可以拂雲霄，大可以任棟樑，其材也。先生其有取乎？'曰：'否。吾腐儒也。幼失學，老龍鍾，溝壑乎其志，何材之可用？'曰：'然則先生惡乎取？'曰：'非取也，吾有感也。''何感？''感乎其孤也。前吾之齋，獨立而老竦。吾誠感其有似乎吾也。嗟乎！吾之道甚孤。家於居，無兄弟之樂；野於放，無朋友之助。唯利吾鄉也，先人之丘墓在焉。吾與吾之子潛居而講學，吾之子亦無兄弟。時爲仕而洛，則留其子以娛吾。吾獨與吾孫山樵而水漁，出入而蒼茫。吾之孤若此，孤吾若者獨松也。'又曰：'吾嘗怪自古賢人孤者多，而不孤者少。然求其會吾之意者，亦陶淵明一人耳。其言曰"撫孤松而盤桓"，吾嘗愛誦之，以其所感若與吾同也。'某曰：'先生之志，我其得之。天地之道，孤爲陽，偶爲陰。故君子多孤，亦其象之然也。雖然，孤於外者，必不孤於中。是以《傳》曰"德不孤，必有隣"。彼淵明誠亦孤者。綱常備于身，道義充于心，則其德顧未嘗孤也。今先生恭敬而明禮，以養其性。集古而觀今，以蓄其材。小至於字書篆隸之學，莫不精通，是其中必有不孤者存。而其所感之微意，亦可知也。且夫松，花而子，子而落，落則松生之。今先生有子，先生之子又有子，而其子皆豐完美好，似業其家。吾安知孤松之室不爲萬松之亭，而其視夫淵明責子而歎天運者又異矣。然則先生之於外，亦未必終乎孤。而其或有拂雲霄而任棟樑者，皆必曰先生之所養也。蓋先生知命處正，凡世之所謂窮達禍福，一無以動于懷者，而自然之理又如此。古語云賢者知義而已，命在其中者，其不以此也。'夫姨兄名埈，字叔平，方爲恩賜及第，以文稱于世。歲在己丑二月日，錦城林某記。"】

최징후(崔徵厚) 1675-1715. 조선 후기. 본관은 삭녕(朔寧). 자는 성중(誠仲)이고, 호는 매봉(梅峯)이다.

❀ 名 − 徵厚　字 − 誠仲

【《大戴禮·盛德第六十六》：“故今之人稱五帝三王者，依然若猶存者，其法誠德，其德誠厚。"】

❀ 號 − 梅峯

【≪屛溪先生集≫卷五十三≪梅峯崔公徵厚墓誌銘≫:“余訪公於梅峯之下。時初雪滿地, 小梅半開。公蕭然孤居, 款余留止, 永夜談論。至及理氣性情之說, 先輩得失, 師友異同, 出入精微, 折衷辨析。余一聞而心醉, 益信師言之所以許者, 而余之相期者, 亦甚遠矣。”】

유덕장(柳德章) 1675-1756. 조선 후기. 본관은 진주(晉州). 자는 자고(子固)·성유(聖攸)이고, 호는 수운(峀雲)·가산(茄山)이다.

❋ 名 – 德章 字 – 聖攸

【≪詩集傳·關雎≫:“周之文王, 生有聖德。”又≪孟子·告子下≫:“尊賢育才, 以彰有德。”章通彰, 故以綴“德”。】

❋ 號 – 峀雲

【≪星湖先生全集≫卷六十五≪峀雲公墓誌銘幷序≫:“其來也, 自在愉而恬。而峀雲爲號, 蓋取諸無心。冠玄履地, 內省何慙。而永年之獨有, 所得乎天者維深。”】

❋ 無心齋

【≪藥山漫稿≫卷十六≪無心齋記≫:“峀雲柳公結茅陶山, 扁之曰‘無心’。謂藥圃子曰:‘吾耳欲聾, 口欲喑, 目欲無所覩, 而不可得。吾寧泊吾心, 使無也。心無, 則聾喑無所覩可幾也。淵明之語, 犁然若有當於吾心者, 吾以名吾居。子盍爲我記之?’藥圃子諾焉。旣而疑曰:‘是非令吾耳聒, 邪正令吾目眩, 戎好令吾口怊。錯錯乎, 戛戛乎, 日夜與吾心相感發。豈惟柳公?雖吾亦厭之。然吾儒之法曰“耳非是不聞, 目非正不視, 口非好不出, 心非道不感”而已。未嘗惡水之有泥沙, 並與水而塞之也。若如公言, ≪洪範≫五事, 何不視曰盲、聽曰聾、思曰塞乎?且淵明之語, 特風人之感物, 而興比於出處之無適莫爾, 不可轉以爲心訣。且君子可寓興於物, 而不必滯心於物。雲無心也, 我無心也, 邂逅而偶一云可也。今乃以雲則援於我, 以心則托之雲, 旣援之矣, 烏得免有?旣托之矣, 烏得謂無?旣扁之矣, 烏可不謂之滯?’此蒙所以疑未解, 而久未有復也。柳公又索之勤, 藥圃子一日求其說而怳然得之曰:心不可無也, 亦不可有也。夫無極而太極, 無極豈眞無哉?無方所也, 無形象也。夫所謂無心者, 豈眞以皇天所畀虛靈而光明者, 爲馬之手、牛之翼乎?特謂其無繫着爾。淡然而遇, 悠然而感, 融然而會, 興而不爲援, 援而不爲滯, 奚不可之有?若然者, 雖以五色文章、靑黃黼黻日眩于吾目, 五聲六律、金石絲竹日聒于吾耳，談天雕龍、堅白同異之辯日誘吾頰舌，無足動吾心也。何必膠離朱，瑱師曠，緘金人而後可乎？柳公，清士也，視世間一切聲利無如也。觀其名齋，其心可知也。噫！瓶虛則受物，心虛則道集。吾將見柳公之室，日夕生白，八窓耀而萬境徹爾。雖然，無而不可玄，虛而不可寂。故曰誠，故曰敬，合曰學。柳公善畫竹，造神境，具眼者謂如李白之詩、張旭之書，以無心得之。噫！無心故一，一故神。藝固有之，學亦然。盍移之？"】

윤혜교(尹惠教) 1676-1739. 조선 후기. 본관은 파평(坡平). 자는 여적(汝迪)이고, 호는 완기헌(玩棋軒)이며, 시호는 문온(文溫)이다.

❈ 名 — 惠教　字 — 汝迪

【《尚書·大禹謨》："惠迪吉，從逆凶，惟影響。"孔《傳》："迪，道也。順道吉，從逆凶。"】

❈ 諡號 — 文溫

【《太常諡狀錄》卷三《資憲大夫吏曹判書兼知經筵義禁府事弘文館提學同知成均館事五衛都摠府都摠管尹公諡狀》："公諱惠教，字汝迪，號翫棋軒，姓尹氏，坡平人 …… 落點文溫勤學好問曰文，德性寬和曰溫、文憲文，上同；行善可紀曰憲、貞簡淸白自守曰貞，正直無邪曰簡。"】

이의천(李倚天) 1676-1753. 조선 후기. 본관은 전주(全州). 자는 사립(斯立)이고, 호는 박직와(樸直窩)이다.

❈ 號 — 樸直窩

【《屛溪先生集》卷四十三《樸直窩記》："吾友李斯立竄謫嶺海，流離幾十年而生還故土。斯立固世人之所欲殺而其終不得者，聖明在上也。斯立感戴聖恩，惟報酬無地，乃名其室曰'樸直'。蓋斯立曾於疏批，拜受二字之褒矣。觀於此，可知爲斯立也。非所謂知臣莫如君者耶？是知世人之欲殺之者，直爲崇也。聖上之曲保之者，亦以直也。雖然，斯立之直也，豈斯立之能直也？聖君之明，有以使之直之也。斯立若只知直之爲災而便欲捨之，則是聖君之明，斯立曖昧之也。斯立故不敢以其災而懲焉。將此二字以爲華袞也，揭之楣間，用寓不忘，而遂欲抱認終身，九死靡悔。若因斯立之能直，而人皆知吾君之明，又皆知聖主有容直之量，而以爲來直言之道。則斯立楣間之揭，奚啻爲死馬之骨？而其所以酬報聖恩者，亦豈淺淺哉？吾固知斯立之意，不亶在於聖褒之爲自詫而已也。未知斯立以爲如何也。"】

이간(李柬) 1677-1727. 조선 후기. 본관은 예안(禮安). 자는 공거(公擧)이고, 호는 외암(巍巖)·추월헌(秋月軒)이며, 시호는 문정(文正)이다.

❉ 號 – 巍巖

【≪巍巖遺稿≫卷十四≪巍巖記≫："巍巖一區，環之以大山，疏之以長川。文明而聚，奧衍而暢。此其大勢也。盖山之望於湖者，俗離勝於東，雞龍雄於南，廣德一名泰磅礴於北。勝者以瓌奇，雄者以形勢，磅礴者以厚壯，雖離立伯仲於數十百里之間，而凡包張羅絡於環湖五十餘州，繡錯而星列者皆其子孫也。雪峩一麓出廣德，北支迤邐奮躍，忽五峯挺突，奇秀半天，卽巍巖鎭嶽。而其西趾陂陁，臨水而盤踞，余之老屋實處其上焉。是山也，中峯最尊，先後輔佐者互相隱露於襟領之間，故移步周視者亦未嘗一時盡屈其指焉。而據實之名，出於傳記五峯山，出東國名臣錄。且若屛若衛，簇立於東者，皆峽也。而局面西開，通於原野。故西達之稱載於地誌。雪峩之云，則雅俗同辭，遠邇無異焉。豈或歲寒雪深，嶽色峩峩，拔地千仞，暎帶數邑而得之歟？屛衛簇立之中，千室鱗鱗，而紫霞金谷最名焉。折而北，郡治面陽，則五峯岌然在頂，而大山已稍隱其厚壯矣。又一支自大山西出，旣跨而峽聳而峀。乍西轉北，彌奮彌張，則松嶽一山又傑然雄觀於巍巖之西南。其高亞於雪峩，而其布濩綿密，芴籠環擁，卽堪輿家一府庫也。故邑中士夫多藏焉，而余之數世先壠皆占其心腹。又自是俛而北出者，蹲舞周旋於禮新之境，而後回首東南，復朝於大山。其橫鶩一面若旗張螺黛，正與雪峩相對於西，其名爲月羅，而勢則低矣。南鶩之始，又北分一麓，陡聳而爲德嶺。殺其勢而東走，其首幾枕於雪峩之趾。自余居而環顧，則四維周遭，圓抱均正，而此卽其一洞府門屛也。又有小山一朶，頂如眠蠶，崙如張帷。裳而斂之，遠可參輔於大山之空，近實隱約粧點於衆麓之前。昕夕對之，若可呼喚於戶庭者。地誌名以華山，而里俗稱以眠蠶。使山有叢桂，則攀援之詠，當訪落於此矣。若夫水之出於大山者，其源不一。而到石門龍湫，則瀑勢已可觀矣。余於年前同社友縛數椽於其上，而力不贍，草刱而止，僅庇一二僧徒守之。歷雙鶴小龍，出閱勝之口，則衆流合而益大。於是雪

崒諸水穿麒麟之谷，縈紆入于此。二水旣合，盡一川以全石爲坻，盤陁平廣者約
可百餘步。其東奇石砌湊，臨水陡斷者，卽余園麓之右支也。其西馹村數十百戶，
綿亙一望。而近水第一松篁，卽余社友尹晦甫居也。以其水有磐，故近名以磐，
所謂長川之一。而又一壑一流之出於大山以西若松岳左右者，並皆襟合於月羅之
南，而其勢滔滔，已雄於此。水夾馹村而下，若雙龍並鶩，宛轉交會於雪崒洞門之
口。而又北下，則與金谷之水括囊於郡治之東，屢曲屢折而始西入於海門矣。此
巍巖山水之經絡，而詳近略遠者，自余居而言故也。大抵溫之爲郡，初非通都大
邑。而其特有名於湖者，一則以靈泉，二則以山水也。靈泉在郡治以西德嶺之北，
行宮縹緲，槐棘周匝，居然一京邑，而距巍巖僅十里矣。列聖屢幸，輒收奇效。方
其帳殿之臨御也，千官仙擁，萬騎雲屯，八路奔問，士女駢闐。此非有大小大休祥
之氣坱軋翕聚於地道，則固不應召感屢朝文物之盛於一時，卽亦山川靈異之一
端。而若夫所謂山水者，則自行宮南望，廣嶽雲橫，雪峯簪抽，其蒽鬱汨瀜之會，
淑氣隱隱扶輿於巍巖一區矣。《傳》曰：'其積厚者其發遲，其蓄深者其施遠。'自
有巍巖亭毒旣久，而獨其發施之大，迄未有聞於前昔。豈時代綿邈，文獻無徵而
然歟？抑炳靈之會，自有遲速而然歟？余之先祖別提府君卜其考參奉公墓於松嶽
之外麓又自卜一兆於松嶽山中，後遂用焉，因築別業於巍巖，而卽其上游選勝起亭，名之
以閱勝崔東皐豎有記，自洛退歸而不復仕焉。余李之爲溫寓，逮余已五世矣。若坡山
之尹、宜寧之南、平山之申，俱以赫世簪紳守望，隣並於一洞，而皆李之外出。則
余李之爲巍巖主人也，厥亦久而徵矣。顧余以不肖晚出，承藉先業。耕鑿之暇，猥
嘗歌詠於先王之道。則卽此一丘一壑，有足樂以卒歲矣。中年僭不自料，求友四
方，尋師絶峽，則又有契不契在焉。其契者石潭之學，上紹閩統，下啓沙尤。其淵
源一脉，端的於寒水矣。余以眇然後進，及門而親炙，荷其收遇之隆，又非尋常之
比。則余竊以爲父子君臣，固仁義之至。而討論其理，以盡於仁義之道，則又非
父子君臣之職也。世旣無晦翁、栗谷，則尋其墜緒，質其疑晦，猶幸有淵源之地。
此非今日所宜盡心者乎？於是有理必扣，有疑必請，惟恐其誠之不能有餘，而不覺
其言之不能不足。則古人至戒迂愚，實所自取。其有不契於大原者，尙誰尤哉？
若於一二同好，則瑰偉傑特之材、端亮愷悌之器，始非不契於湖海之流，而居然
次第淪謝，至今存者無幾。衰世所値，夫何艱哉！惟一晦友，以累世姻戚，相與長
大於同社，髮已種種矣。平居氣味淳重，爭而不乖，諾而無苟，其器甚厚而其識甚

曠。古人所謂友而師者, 庶乎其在是。則以余之孤陋寡與, 又安可謂終於不契也？山無奇勝而巑巑者在矣, 水非汎濫而淵淵者在矣。人物之繁, 長民者宰焉。土地之膏, 富強者占焉。林藪之盛, 鳥獸歸焉。雲霞風月之會, 遊人玩焉。其所取雖殊, 而所樂者均。不知余與晦友之所樂, 抑山歟？水歟？爭流競峙之區, 吟嘯發舒之趣, 談者能言；厚重周流之間, 不遷無滯之意, 觀者默喩。要之二者固有淺深虛實之分, 而其非切於日用而道之所急則審矣。夫數物而至於萬, 其靈惟人。則天地精英之會, 非吾方寸而已乎。其鑑也本光明四達, 其德也本純粹至善, 苟於是乎反本實體, 俛焉以盡其力, 則其知可以通幽明、類萬物, 而其仁可以盡性命、準四海矣。夫然後峙者高, 流者下, 胷中自有一丘壑, 則邵翁所謂不出戶庭, 直遊天地者在焉。彼五嶽之奇拔, 四瀆之汗漫, 猶不待身履而愉快, 況此區區一峰泓, 顧何足緩急於眼前哉？余若晦友之所存, 固未足以及此。而獨其耿耿之志, 則在此而不在彼矣。從今以往, 加之年數, 積累充闡, 家計粗完。則余與晦友當掩關對酌, 目擊心喩, 而高山流水已戔洋於左右矣。當是時也, 滿目雲山, 孰非可樂？而巍巖主人之號, 方有所定論矣。苟其不然, 則夫所謂取以樂之者, 不過嘲諧料檢於鶯花雪月之間, 分付虛閒之景而已。居停之久, 雖閱十世, 豈能無負於山川亭毒之氣？而後之視今, 亦猶今之視昔矣。此非可慨而可懼者乎？或曰：'退翁之記陶山也, 不獨詳於山川經脉。凡一水一石, 無不標置題品。而且其優游飫嬉、自樂無慕之意, 發於詠歌咨嗟, 幾於鼓舞淫泆矣。今子所記, 則丘墓所托, 卜築所自之外, 輒參引師友, 始以欣慨, 終以勗勵而已。則意其胷中自無所得, 故其列於心目而動於牙頰者, 自不免於乾枯生踈而然歟？'余敬膺曰：'然。先生何敢望也！其精髓在道義, 而花草發於若戲若遊。褰然在霄之鵠, 初非壤蟲之所可擬議。而獨其寂寞之濱、塤箎之樂, 終少一晦友。則卽此一籌, 又焉知先生不得讓於今日哉？'或曰：'若大谷之於俗離, 孤靑之於雞龍, 皆晚隱也。初非其地之所降, 而記離山雞嶽者若漏於是, 則其不爲闕事乎哉？今子記雪戔山水, 而舊隱有表表數君子者並不槩見, 何歟？'余不覺瞿然而謝之曰：'是非記雪戔而記巍巖也。不然則夫以數君子之名德行義, 有足以表範來世者, 而小子敢有所遺忽於是哉？'並錄其問對以爲記。癸卯復月日, 洞主書。"】

장위항(張緯恒) 1678~1747. 조선 후기. 본관은 인동(仁同). 자는 천응(天應)이고, 호는 와은(臥隱)이다.

❀ 夙夜齋, 亦樂軒

【《淸臺先生文集》卷十四《臥隱翁張公行狀》：“公姓張, 諱緯恒, 字天應, 自號臥隱 …… 以肅廟四年戊午八月初二日生 …… 丙辰春, 始誅茅于臥雲, 谷在郡南三十里, 山水絶勝, 忠義公所卜也。於是因舊址改新築, 以地名同於建陽之雲谷, 而沙川成曲者九處亦似武夷之九曲, 取朱夫子名堂室記‘夙興夜處, 陟降在茲’之語, 名其齋曰‘夙夜’, 又取《雲谷記》‘養性讀書, 亦足以樂而忘死’之語, 名其軒曰‘亦樂’, 而總名之曰‘臥雲幽居’, 因作《臥雲幽居記》, 又次朱夫子《雲谷詩》三十八首及《九曲櫂歌》十絶句 …… 丁卯正月, 偶感異夢, 四月初十日, 早起盥洗, 正衣冠, 謁家廟, 退坐書室, 擒看書籍。日晚, 微有胸臂痛, 午後添苦。兩弟在鄰村數里許, 急召來, 儼然端坐, 精神不亂, 無一語及家事, 恬然而逝, 享年七十。”】

남하정(南夏正) 1678–1751. 조선 후기. 본관은 의령(宜寧). 자는 시백(時伯)이고, 호는 동소(桐巢)이다.

❀ 名 – 夏正　字 – 時伯

【《論語·衛靈公》：“顔淵問為邦。子曰：‘行夏之時, 乘殷之輅, 服周之冕, 樂則韶舞。放鄭聲, 遠佞人。鄭聲淫, 佞人殆。’”】

❀ 號 – 桐巢

【《星湖先生全集》卷六十五《桐巢南公墓誌銘幷序》：“丙午遭內艱, 葬于公州之葛山先塋。反歸于振威縣之桐泉舊庄居焉。服闋, 仍號桐巢, 惟以文酒自娛, 日夕倘佯, 不復問漢津者。”】

정상기(鄭尙驥) 1678–1752. 조선 중기. 본관은 하동(河東). 자는 여일(汝逸)이고, 호는 농포자(農圃子)이다.

❀ 名 – 尙驥　字 – 汝逸

【《星湖先生全集》卷六十四《農圃子鄭公墓誌銘幷序》：“公在齠齔, 志尙遠邁。先考奇之曰：‘此昂昂千里材也。’遂錫名。公之諱尙驥以此。”又《說文》, 驥, “千里馬”；《國語·晉語五》“馬逸不能止”, 韋昭《注》“逸, 奔也”, 故以“逸”應“驥”。】

❀ 號 – 農圃子

【≪星湖先生全集≫卷六十四≪農圃子鄭公墓誌銘并序≫：“下至醫藥蠶績、耕農日用之具，苟補於人，無不覃思成說。自號農圃子。”】

신의집(申義集) 1678-?. 조선 후기. 본관은 고령(高靈). 자는 양직(養直)이다.

❖ 名－義集　字－養直

【≪孟子·公孫丑上≫：“其爲氣也至大至剛，以直養而無害，則塞于天地之間。其爲氣也，配義與道，無是餒也。”】

❖ 無懷齋

【≪老村集≫卷三≪無懷齋記≫：“昔余爲童子時遊京師。方春直，駱山之東有園，花木蔥蔚。有門穹然高于道上者，豹薦之輬相織而呼喝往來，及門皆屛喝修容入。問之，曰：‘今相國申公之宅。’旣而從庠學間，往往聞士友言，相國之孫有秀才者，龘衣弊履，負箱績學，綽綽有聲稱，人皆字之曰養直。私竊歎，以爲我於相國實爲通家之子弟，顧汩沒無以自進於名公大人之字下，而得交所謂養直者。無何，養直益聲彰徹，以能詩中進士。時余益沉浮無名，養直乃過聞，徒步見訪，以友人之常還往于我者爲介，禮甚卑。揖而升座，被服語言，果昔所聞養直者也。相與叙世誼，歔欷其不早相識。自是，養直不就我，我輒就養直，居然以同出處、共趨舍爲期。養直有別舍于白嶽之麓，蓋故公子全坪君之小第，養直以甥故居之。每余至其舍，見其榻惟一琴一硯，几上≪論語≫一部，庭中花草不治，終日危坐讀書而已。其後余以憂患窮毒，奔走南北。旣又通籍登朝，卒卒無歲月之暇，始有老死塵埃之歎。養直方西馳出關，內外俯朴淵，上練光，瞰浮碧。抗浿水之淸漾，望巫山之縹緲。喟曰：‘天之餉我良多矣。何以功名仕宦爲？’遊覽旣益博，詩日益昌，超然有浮遊八表之意。養直舊號其所居齋‘文會’，今易之以‘無懷’。≪傳≫云‘士而懷居，不足以爲士’，取是義也。請余記，且曰：‘願有以益。’余復之曰：養直居者，意所安者也。夫人之所安莫大乎豪華，今子豪華於生長，而膏粱綺紈池園第宅皆不足以累其志。莫大乎功名仕宦，子皆脫而置之矣。欲使我何所稱道而爲子益也？雖然，言可推而大，理可擴而極。必沉潛乎性命之根，講求乎仁義之原，無安於小善，無便於一藝，斯可以踐斯名而無小愧矣。養直嗜≪論語≫，必能是者。姑書之以俟其成。”】

허윤(許潤) 1679-1747. 조선 후기. 자는 덕수(德叟)이고, 호는 손와(巽窩)이다.

❀ 名－潤　字－德叟

【≪禮記·大學≫："富潤屋, 德潤身。"】

❀ 號－巽窩

【≪星湖先生全集≫卷六十≪巽窩許處士墓碣銘幷序≫："居今世熙熙樸素, 粥粥敦實, 行與心相準, 聞與見不違, 保守家聲而不失者, 惟原州之許處士諱潤字德叟其人也 …… 謙卑自牧, 不求人知, 自號巽窩。"】

강석필(姜碩弼) 1679-1755. 조선 후기. 본관은 진주(晉州). 자는 공망(公望)이고, 호는 송은(松隱)이다.

❀ 名－碩弼　字－公望

【≪史記·齊太公世家≫, 文王出獵, 遇姜尙釣於渭濱, 與語大悅, 曰"吾太公望子久矣"。姜太公為周之能臣良弼, 故連姓成義, 與字相應。】

❀ 號－二知齋, 松隱

【≪淸臺先生文集≫卷十二≪松隱姜公墓碣銘並敍≫："松隱姜公諱碩弼, 字公望, 系出晉山 …… 以肅廟己未七月二十日生公。幼有奇氣, 及長, 從師勤學, 文辭藹蔚, 累捷鄉解, 而非其所屑。戊申, 扁其所居齋曰二知, 蓋取五十知天命、知四十九年非之義也。雅意林壑, 晚構小窩於素履亭下松林側, 客過則隱身松間, 因自號 …… 乙亥三月二十六日卒, 壽七十七。"】

김택삼(金宅三) 1679-1763. 조선 후기. 자는 계용(季用)이고, 호는 농암(礱巖)이다.

❀ 名－宅三　字－季用

【≪尙書·立政≫："克用三宅三俊。"】

❀ 號－礱巖

【≪屛溪先生集≫卷五十六≪礱巖金公宅三墓表≫："尤菴先生聞公博學, 送朱子≪大全箚疑≫, 托共訂商, 而書有'就正'之語。公之所居巖名磨礱, 先生及文谷金公書三大字還之。書籤題以'礱巖人', 遂以此號之。"】

이인식(李仁植) 1679-?. 조선 후기. 자는 영보(榮甫)이다.

❀ 名-仁植　　字-榮甫

【≪淮南子·主術訓≫："甘雨時降, 五穀蕃植。"≪素問·四氣調神大論≫："春三月, 此爲發陳, 天地俱生, 萬物以榮。"植、榮皆有茂盛義。】

이인식(李仁植) ?-?. 조선 후기. 자는 여칙(汝則)이다.

❀ 小寬堂

【≪鳳巖集≫卷十二≪小寬堂記≫："友人完山李汝則, 築室于西原之松谷, 扁其額曰'小寬'。盖取康節詩'誰謂一室小, 寬如天地間'之義也。余謂子之室誠小矣, 觀其容膝之外, 更有許多空蕩蕩地, 謂之寬也亦宜。抑子腔子裏, 又有小於此室而寬於天地之間者, 子其知之乎？是物也至虛至妙, 無內無外, 先乎天地而不見其始, 後乎天地而不見其終, 衆象森羅乎中而不囿, 萬機酬酢於外而不窮, 千聖同此揆而百世同此理, 所謂高明之天、博厚之地, 特其方寸中一物。其寬也豈但如之而已？須知這裏之寬, 寬於天地, 然後方可以眞知此室之寬矣。苟或方寸之地, 杳冥昏塞, 不能致極其廣大, 則天地雖大猶有歉然, 而況於一室之小乎？竊恐'小寬'之號, 徒爲墻壁間標榜而卒不免爲空言, 不幾於芥子內須彌之說乎？吾子其戒之哉！"】

권중도(權重道) 1680-1722. 조선 후기. 본관은 안동(安東). 자는 여행(汝行)이고, 호는 퇴암(退庵)이다.

❀ 名-重道　　字-汝行

【≪孝經·開宗明義≫："立身行道, 揚名於後世, 以顯父母, 孝之終也。"】

❀ 號-退庵

【≪霽山先生文集≫卷十五≪退庵權君墓碣銘幷序≫："所居有武夷、廬山之勝, 君就其中縛茅屋, 扁以'退庵', 曰：'祿利之誘, 退後而謝之；物欲之染, 退後而滌之。'因以自號, 盖其意退然將終老焉。"】

이시성(李蓍聖) 1680-1748. 조선 후기. 본관은 전주(全州). 자는 계통(季通)이고, 호는 경묵재(景黙齋)이다.

❀ 名-蓍聖　　字-季通

【≪尙書·洪範≫："睿作聖。"≪傳≫："於事無不通之謂聖。"】

❁ 號 - 景默齋

【≪南塘先生文集≫卷三十三≪景默齋李公墓碣銘≫："嘗構數間書室爲藏修地，問名於丈巖鄭公。鄭公卽直齋翁道義交，而公之所尊事者也。以景默名之，書以志之曰：'人雖有美質，必內有賢父兄，外有嚴師友，而後可以成就其德。在昔蔡仲默之於晦翁、西山是已。今吾子父兄師友之益，亦足以追軌於仲默云云。'鄭公之所期許，亦可知也。"】

김덕오(金德五) 1680-1748. 조선 후기. 본관은 수안(遂安). 자는 성겸(性兼)이고, 호는 치헌(癡軒)이다.

❁ 名 - 德五　字 - 性兼

【≪禮記·中庸≫："故君子尊德性而道問學。"鄭玄≪注≫："德性，謂性至誠者也。"】

❁ 愚竹

【≪癡軒先生文集≫卷三≪愚竹記≫："余以愚棄於世，遯羣離侶，索居于丹崖東。地僻而陋，且無奇卉異草以托意而供玩。隣圃有一畝竹，爲斧斤所苦，殘根瘁節保於刑餘者幾希。余惜之。且愛其本性猶存，移栽于我園中，封疏而培養之。不數年，筍有孫籜有兒，猗猗然足以侈窮居。思錫以號而無以稱之，遂名以'愚'而告之曰：余觀古之愛汝者多矣。或以君子比之，或以節友取之。或名以賢，或號以義。而余之獨以愚名汝，何哉？使汝生于淇澳，則汝可爲君子也；生于郿園，則汝可爲節友也；生于東亭，則賢以名之固也；生于北園，則義以號之宜也。今汝不于彼而于此，生非其時，産非其地。其居則糞壤也，其處則卑湫也。苯蓴者侮汝，薈蔚者凌汝，斬而爲筐篚之用，刈而爲篲箒之資。皆汝不智而愚也。汝之愚豈此而已乎？吾且歷數之可乎？嶰谷之管中於夷鍾，柯亭之椽合於徵羽。今汝孤挺特立，秘音藏聲。使倫而遇汝則倫莫之顧矣，使邕而見汝則邕不之取矣。是汝之無所有矣。員丘之筠實爲舟船，少室之篁堪作釜甑。今爾大無拱把，長無尋丈。使之剡剗，則乘載之不任矣；使之炊爨，則土陶之不若矣。是汝之無所用也。爾何不斑於湘而化帝女之貞靈，不蔭於雷祠而表冠公之忠悃乎？是汝之不見異也。爾何不栽於剡溪而爲王子猷風詠，不植於眉崖而爲蘇子瞻愛賞乎？是汝之不善交

也。只以孤苦之節, 貞勁之資, 不相時而生, 不擇地而安。不求用於世, 不求知於
人。而得爲愚人之庭實, 使余朝夕而愛賞之, 日夜而眷戀之。爾與吾友而忘我之
愚, 吾與爾遊而忘汝之愚。有若魚忘於淵游, 鳥忘於林棲, 忘香於蘭室, 忘臭於鮑
肆者。何則? 愚與愚遇而不知愚也。余之愚, 非若愚公之欲移山也、愚叟之欲逐
日也、愚人之得燕石以爲寶也、愚夫之背日暄以爲獻也。厭巧而拙, 是余拙之愚
也。惡銳而鈍, 是余鈍之愚也。千刧之久, 萬物之多, 而欲竆於須臾, 是余迂之愚
也。秋毫之小, 泰山之大, 而莫分於巨細, 是余蒙之愚也。無用於世, 不合於時,
周旋獲笑, 顚倒逢譏, 爲堪輿間等棄之一愚物而適類於汝。我之愛汝者, 非愛汝
也, 愛汝之愚也。非愛汝愚也, 愛汝之氣類從也。夫山比於仁, 以樂於仁者也。水
比於智, 以樂於智者也。蘭桂之以幽名, 以山林之幽人者好也。鷗鷺之以閑名,
以江湖之閑人者友也。今汝不與仁智者交, 而於愚之交。不與幽閑者遇, 而於愚
之遇。爾之得愚名宜矣。遂爲之記而系之以詞曰 : '竹之愚兮! 微竹之愚, 廼人之
愚兮。人之愚兮! 靡人之愚, 惟竹之愚兮。竹以人而愚, 人以竹而愚。人兮竹兮,
兩相愚兮。'"】

유승현(柳升鉉) 1680-1746. 조선 후기. 본관은 전주(全州). 자는 윤경(允卿)이고, 호
는 용와(慵窩)이다.

❀ 號 - 慵窩
【≪小山先生文集≫卷八≪慵窩集序≫ : "天生一世人, 自足了一世事', 古今以爲
名言。然考之於時, 一何了事之人之少也。蓋天之甚愛斯人也, 無不欲其扶持而
全安之。使民彝物則不至於糜亂泯滅, 而猶有所恃賴憑依以保其生。故雖衰漓之
極, 而必生忠誠懇惻公平正大之人於其間, 任其扶持全安之策。從古以來, 世未
嘗無是人也。而或困於草野泥塗之中, 而與草木同腐。或雖用之矣, 而柄鑿臭味
之不同, 排擯挫抑, 無以盡其才, 充其量, 而一任世道之反覆轉移於前。是則天道
之無爲, 不能不奪於氣數屈伸。消息之不齊, 而生出了事之意, 畢竟都付之空言
而已。若故慵窩柳公, 豈非天生了事之人, 而任其扶持全安之責者邪? 公以瑰瑋
之資、卓絶之識, 磨礱乎≪詩≫≪書≫, 切磋乎師友。有鎭物容衆之量, 有樂善好
義之誠, 有毅然不可奪之操。自在布衣時, 已負公輔之望。及其釋褐也, 人莫
以是期於公, 而公亦未嘗無意於斯世也。顧乃阨於時、畸於人, 棲遲於郞署之間

十有餘年, 而公亦髮種種矣。戊申倡義, 聖上已發何狀之歎, 而亦未能進之於廊廟之上、臺端之重。一二民社之寄, 或數月或半年而罷。袖手卷歸於溪庄樵社寂寞之濱, 蒔花種竹, 哦《詩》點《易》, 初無尤怨願慕之意, 而追然自適於慵懶散逸之流。則是天之生公, 眞若無意於斯世, 而任其波盪阽溺而莫之救也。此晦翁所以序李公伯紀之文, 慇懃致意於天道人事之相推相盪, 而輒引削通讀樂毅書, 廢書而泣者也。公素不喜著述, 因事寓懷之什, 往還書牘之篇, 率皆典雅平實, 流出乎性情而道達其心思, 藹乎其仁人之言也。其入而處也, 孝友著於家庭, 忠誠動乎州里。出而需世也, 臨戎暨暨之容, 居官淸愼之節。皆足以寬薄而廉鄙, 後之誦詩讀書而考其世者, 安知無掩卷太息而垂涕於斯者邪?公之子道源, 稱家兒也。以遺集一帙見示, 且使之序其篇端。光靖以鄉隣後生, 欽仰德儀, 實不後於人。頃歲不肖兄弟陪侍先人, 往遊於落淵仙利之間, 公特儼臨焉。當日從容一堂之上, 聲欬談笑, 宛然在目。而茌苒人間, 已經四十一星霜矣。孤露餘存, 出入靡依。於是而以無能之辭, 託名其間。非分之堪, 而實亦有不忍終辭者。遂書公始終大體而歸之於天。未知鑑賞之士, 果將以爲如何也?上之八年甲辰正月上元節, 韓山李光靖謹序。"】

신정하(申靖夏) 1681~1716. 조선 후기. 본관은 평산(平山). 자는 정보(正甫)이고, 호는 서암(恕菴)이다.

❈ 名 - 靖夏

【《蘭室詩話》: "申恕庵方生, 家人夢李靖來言:'吾方托身, 而得一見金剛山而歸。'故名靖夏。"】

❈ 字 - 正甫

【《尚書·咸有一德》:"爰革夏正。"蔡沈《集傳》:"改夏建寅之正而爲建丑正也。"】

❈ 反觀齋

【《恕菴集》卷十一《反觀齋記》:"甲申歲, 余與家姪昉闢園後之苐地, 前後九尺, 左右十八尺, 以爲謝客讀書之所, 曰"反觀齋", 取佛氏反觀身心之喻也。齋之東西南三面, 皆爲窓以納。齋之北, 崇其墻以蔽風。齋利於居寒而不宜居暑, 故必以秋冬入, 以春夏出。當其歲律欲暮, 風霜凜溧, 余與昉持書卷携衾枕以入, 以終其歲。非身有疾病，家有患憂則不出。余與昉之所以相約者如此。當是時，家君位在元輔。凡公事之紛委、人客之干謁，終日熱鬧者，纔限以一垣。而余與昉讀書諷詩於此，不以爲病。於是余益愛其能靜於處喧，惟恐是居之不爲吾有也。明年乙酉冬，國家以有慶設增廣取士，余得丙科。後又入堂后，爲晨入申退之役。日帽束帶，韛馬聽雞，以供職爲事。其往來朝暮，過齋墻而忽忽未得入。時於墻外聞昉之讀書猶自如，則未嘗不自愧。當是時，其不入反觀齋者蓋已月餘矣。其後免堂后，無他職事，欲收書復入。或者以爲旣已掛名朝籍，凡有造請，不可如前日之牢避，而應接酬酢之事又復百倍於前，則其不入反觀齋者已不可以計日矣。嗚呼！始余之與昉讀書是齋也，其所以自限于心者，遠則四五十年，近亦三二十年，謂可以長有其樂，而不知所謂世故者。今未數歲，乾沒世路，向之讀書淸閒之樂不可復得。而其所謂反觀齋者，顧在園後咫尺間，而忽若深林邃宇之不可入。然則凡物其可恃爲吾有哉？然此特歎其居之不如意耳。遂使此身出入於寵榮畏憂之途，鞅掌乎錢穀簿書之勞，而老亦不敢言歸。則所謂吾身者，亦不得爲吾有矣。當此之時，其所以歎吾身者日切，而所謂反觀齋者，當不暇爲歎矣。”】

심철(沈澈) 1681-1741. 조선 후기. 자는 계함(季涵)이고, 호는 화재(花齋)이다.

❁ 名 - 澈　　字 - 季涵

【朝鮮宣祖時鄭澈(1536-1593)字季涵。】

❁ 號 - 花齋

【≪江漢集≫卷十七≪花齋沈公墓誌銘并序≫：“公諱澈，字季涵，沈氏 …… 公少靜重，喜養花。植于盆中，手自注水以培之。雖被疾病，未嘗廢也。方是時，才俊之士靡不踔厲就功名，而公退然無所求，獨養奇花以自適。金文敬公榦知公之賢，嘗語人曰：‘沈君非小器也。’居未幾，文敬卒。公困窮，年五十餘猶不仕。會朝廷選名家子試部官，公入西部爲參奉。惟治花事怡然也。初景源爲翰林也，乞公一花。公笑曰：‘吾花豈可入禁中邪？’終不許。已而寢疾，以辛酉十二月初八日卒，享年六十一。方其卒時，見花衰，謂其家人曰：‘吾將與花俱終矣。’及旣卒，景源稱公曰花齋。”】

변익하(卞益夏) ?-1757. 조선 후기. 자는 겸숙(謙叔)이고, 호는 도암(道巖)이다.

❁ 名－益夏　　字－謙叔

【≪尙書·大禹謨≫：“滿招損，謙受益，時乃天道。”】

❁ 號－道巖

【≪屛溪先生集≫卷五十五≪道巖處士卞君益夏墓表≫：“君家後有一大巖，名道巖。先生爲書‘道巖閒居’四大字以與之，其有意也，命改旌‘道巖處士’者以此也。”】

이익(李瀷) 1681-1763. 조선 후기. 본관은 여주(驪州). 자는 자신(子新)이고, 호는 성호(星湖)이다.

❁ 號－星湖

【≪星湖先生全集附錄≫卷一≪行狀[門人尹東奎]≫：“先生姓李氏，諱瀷，字子新。居廣州先墓下瞻星里，故自號星湖。”】

임창택(林昌澤) 1682-1723. 조선 후기. 본관은 나주(羅州). 자는 대윤(大潤)이고, 호는 숭악(崧岳)이다.

❁ 名－昌澤　　字－大潤

【≪集韻≫：潤，“澤也”。】

❁ 號－崧岳

【≪崧岳集≫卷二≪崧岳草廬記≫：“予於崧下男山脚大潤洞新卜居。於舍後隙地開址，累石築臺高數尺，臺上建草廬二間。十日，木工訖。又十日，土工訖。以栗爲棟樑，以松爲椽，以茅盖，結竹爲簹，以取潔品。南開長窓一，雙窓一，小窓一，東雙窓一，西又開一窓，以迎風納月。東窓外有石壁，石壁上聚土，種松竹以供玩賞。南墻外峰巒數點，隱見樹木間者，以臺高，舊不見而新得者也。”】

❁ 靑鶴亭

【≪崧岳集≫卷二≪靑鶴亭記≫：“崧岳子年四十矣，志氣衰矣，迎接倦矣。於是卜居于松都之府東，白雲洞東穆淸殿址北文宣王廟。去城市不甚遠，而阿崖盤轉頗幽阻。洞有巖名玉靈者，狀似龜，其背平而方數十步。乃於玉靈巖上架一亭三楹，築土以爲垣，駕石以爲門，削石以爲除，橫石以爲欄，覆屋以白茅。左挾舒嘯臺，右掖快眺臺。錦屛巖圍其後，山風閣擁其西。有池曰缺，有泉曰育德，又在其前。阻三方，通一面，眺望無際，遠山縹緲以盈矚焉。於是崧岳子徜徉無爲乎其間，積土覆于巖脊, 以植松竹菊。卧則睡, 醒則讀書, 起則抱瓮灌樹, 坐則倚几嘯吟。仰以看雲, 俯以聽泉, 以自怡悅焉。客有問之者曰:'亭可無其名乎?'曰:'無以名之者。'曰:'盍以吾子之心, 寄之曰無心矣。'是年秋九月中, 崧岳子寢于亭。是夜月色在庭, 夜氣淨淨, 聞有羽聲翮翮然翛翛然從東來, 止于石欄之東。已而羣音戛然以叫, 逈徹九霄, 洞壑寥亮, 白露墜空, 知其非鴈鶩鴻鵠之噭也。朝視之, 圓其頂, 脩其脚者十數羣, 遊戲乎澗潯, 乃鶴而色青矣。崧岳子且喜且怪曰:'於此舊無鶴。胡爲乎來哉? 然是可以名吾亭。'遂以名亭。是後鶴日以飛集, 如是者四閱月矣。至冬十二月晦, 崧岳子入城以餞歲, 仍留旬月而後還。鶴不復來矣。於是崧岳子唶然而歎曰:'鶴乎鶴乎! 何違余之速耶! 古有居海上者, 好鷗而鷗止, 機心生而鷗不至。豈吾之塵根未化, 機心潛兆, 我猶未覺, 禽鳥先識之耶? 不然是鳥也何所然而來, 何所然而去耶?'傍有笑之者曰:'禽鳥飛止, 何嘗有心哉? 始鶴之來, 偶然耳, 豈必爲吾子? 而鶴之去亦偶然耳, 豈以吾子哉? 海鳥避風而至, 臧文仲以爲神饗之。吾子無乃近乎此耶?'曰:'何以其偶然爲哉? ≪傳≫曰:"色斯擧矣, 翔而後集。"凡羽之微者, 皆回翔俛仰, 色而後飛止。鶴而謂不知色可乎? 雖然, 鶴未嘗負余, 余實負鶴。余若不負鶴, 鶴庶幾復返。余將息機以待。'"】

한원진(韓元震) 1682-1751. 조선 후기. 본관은 청주(淸州). 초명은 정진(鼎震), 자는 덕소(德昭)이고, 호는 남당(南塘)이며, 시호는 문순(文純)이다.

❀ 初名 − 鼎震

【≪周易·序卦≫:"革物者莫若鼎, 故受之以≪鼎≫。主器者莫若長子, 故受之以≪震≫。"】

❀ 改名 − 元震　　字 − 德昭

【≪周易·乾卦·文言≫"元者, 善之長也 …… 君子行此四德者。"】

❀ 號 − 南塘

【≪屛溪先生集≫卷五十九≪南塘韓公元震行狀≫:"近故南塘先生韓公諱元震, 字德昭 …… 縣監公見己巳兇黨用事, 盡室歸結城之南塘, 仍居焉 …… 乙未, 撤還南塘舊居 …… 公自辛酉有痞滯眩瞀之疾, 常沈痼。是冬益殊殊。明年二月, 偶感疾數日, 考終于暘谷之精舍。卽是月八日也。"】

안명하(安命夏) 1682-1752. 조선 후기. 본관은 광주(廣州). 자는 국화(國華)이고, 호는 송와(松窩)이다.

❀ 名 － 命夏　　字 － 國華

【≪尙書 · 武成≫ : "華夏蠻貊, 罔不率俾。"】

❀ 號 － 松窩

【≪順菴先生文集≫卷二十一≪松窩處士安公墓碣銘_{幷序}≫ : "世久堂廢, 公搆屋松下, 扁之曰'松窩'。壁揭圖書, 讀書其中, 嘯咏自適, 不知世間紛華之爲何物。如公者可謂聖世之逸民而無愧矣。"】

임상덕(林象德) 1683-1719. 조선 후기. 본관은 나주(羅州). 자는 윤보(潤甫) · 이호(彝好)이고, 호는 노촌(老村)이다.

❀ 名 － 象德　　初字 － 潤甫　　改字 － 彝好

【≪老村集≫卷四≪改字說≫ : "余初字潤甫, 取≪傳≫之'德潤身'云爾。旣而思之, 潤者, 德成之效也。今余方求德者, 遽以德成之效自居可乎？求所以易之而不得。讀≪詩≫, 得≪大雅≫之'天生烝民, 有物有則。人之秉彝, 好是懿德', 遂自命曰'彝好'。古人言'人能名人, 名不能名人', 況於字乎？世俗之人不務其實, 苟欲好其名字, 或屢改之, 或就名公巨人求序說以自傳, 是過也。余以初字行輩流中, 今遽易之, 是不可以無解於朋友。遂粗爲說, 以明余之志。嫌以成德之事自居, 非欲好其字者也。"】

채지홍(蔡之洪) 1683-1741. 조선 후기. 본관은 인천(仁川). 자는 군범(君範)이고, 호는 봉암(鳳巖) · 삼환재(三患齋) · 봉계(鳳溪) · 사장와(舍藏窩)이다.

❀ 名 － 之洪　　字 － 君範

【≪尙書≫有≪洪範≫篇。】

❀ 號 － 三患齋

【≪寒水齋先生文集≫卷二十二≪三患齋記≫ : "≪記≫曰 : '君子有三患 : 患不得聞也, 患不得學, 患不能行也。'友人蔡君範築小齋, 讀書其中, 名以'三患'。此明誠兩至之術也。由是而早夜孜孜, 何患不至於聖賢？余聞而感歎, 遂書此俾揭之。辛卯夏, 黃江居士。蔡君範, 名之洪。"】

이일제(李日躋) 1683-?. 조선 후기. 본관은 전주(全州). 자는 군경(君敬)이고, 호는 화강(華岡)이다.

❖ 名 - 日躋　字 - 君敬

【≪呂氏春秋·上農≫：“敬時愛日。”】

❖ 燕超亭

【≪歸鹿集≫卷十八≪燕超亭記≫：“李侯日躋君敬莅安未二期, 政成而化行, 吏安而民樂之。君敬但坐嘯無事, 遂就政軒之東占一高處, 建屋十架, 名之曰‘燕超亭’。盖取昌黎氏燕喜亭、眉山氏超然臺二≪記≫之意云。余奉使瀋陽, 飮餞於斯亭。試凭欄擧目, 前俯萬井烟花, 層觀麗譙, 左右暎帶。而淸江一道, 隱現於林巒之外, 往來風帆, 若可數也。酒酣, 君敬作而言曰：‘願公之記吾亭也。’余曰：‘子之亭, 已有記之者矣。斯亭也實兼燕喜、超然之勝, 而二氏之記各已詳言之。何用吾復爲之也。夫世界之陷, 造化之無全久矣。試以今行所經歷者言之, 練光之佳麗、浮碧之幽夐、百祥之雄傑, 各極天下之勝, 而不可以相兼, 此千古勝地之恨也。豈獨江山亭觀哉？文章亦然。昌黎氏之雄渾崇深, 眉山氏之變化神妙, 皆可謂千載一人。然較挈彼此, 則藝苑談評, 皆不能無憾焉。今子之亭, 萃百美而集衆善, 窈窕幽妙之趣、爽豁圓融之致, 無所不備。視向所稱三樓者, 雖不無大小之別, 查橘各自有味。盖燕喜、超然之具體者也。然則合昌黎、眉山爲一人, 然後可以記斯亭也。我何敢當？然昌黎、眉山之合爲一人者, 未可得。無已, 則何不取二氏之≪記≫而幷揭之也？苟如是, 則斯亭之勝盡於此, 而昌黎之雄渾崇深、眉山之變化神妙, 皆爲子效用矣。花開月明之夕, 水落山高之秋, 試使淸唱少女比喉而歌之, 則金聲於前, 玉振於後。以亭則具體也, 以文則大成也。子倚檻而眺, 凭几而聽, 不亦樂乎？’君敬謝曰：‘謹聞命矣。抑事有可以觸類而推之者。請因公之言, 而論公之所以爲相可乎？玄齡謀而如晦斷, 宋璟方而姚崇通, 衆長集而後治道成焉。今公處裁物之地, 而欲以彳亍踽凉行, 何哉？’余起拜曰：‘君敬敎我矣。’遂書之以爲≪燕超亭記≫。”】

김만영(金萬英) 1684-1731. 조선 후기. 자는 군실(羣實)이다.

❖ 名 - 萬英　字 - 羣實

【≪詩·鄭風·有女同車≫：“有女同行, 顔如舜英。”≪傳≫：“舜, 木槿也；英, 猶

華也。"花而後實，故以"實"應"英"。且萬、羣均有繁多之義，故亦相應。】

❀ **夢軒**

【《南圃先生集》卷一《自號夢軒》："夢中多好事，人世足辛酸。不若倚高枕，頹然臥竹欄。"】

❀ **明農堂，南圃病逸**

【《南圃先生集·附錄》卷一《家狀[羅晚成]》："先生諱萬英字英叔，後改羣實，姓金氏……又博通詩書禮春秋及諸子史，一覽輒記。然要在探賾蘊奧，不以涉獵為事。自是業日就，德日卲，其學尤邃於《易》。年纔十四，見之者莫不加敬，以成德君子目之。搢紳之過州家者，亦多求見。是時先生一家男女長少以瘰疾殞者，已十有餘人，而松湖公又適遘其疾於南平之寓舍。先生侍藥物，晨夕不懈，夜未嘗脫衣。疾且甚，公謂曰：'吾家兄弟叔侄死亡殆盡，而吾又不幸至此。汝未有弟兄，汝年少且無子女，汝宜遠遁以圖生。汝忍使我負無後之罪耶？'遂勒使去。先生涕泣不忍，則公又繼之以怒呵。先生恐傷其志，常隱身左右以供藥。及大漸，母夫人謂先生曰：'吾嘗聞瘰有虫，常以絕命時染人。汝姑小避以俟。'先生驚且泣曰：'人子死即死耳，安忍棄父而自謀？'累言而先生終不可。母夫人哭出於外曰：'所天已不可救，一子又將不保。薄命之身，不如死而無知。'即引索自縊。先生顛倒救解，哭且諫。母夫人以帶結先生手，且以刀自擬，以示不可離。時王夫人徐氏亦在堂，謂先生曰：'汝母由汝而死，汝何以為子？'使外孫羅積等固守，使不得復入戶。先生以頭叩地，悶絕復蘇者累矣。其日松湖公果不救，先生號哭如禮，設喪次於正寢門外，以成服哭踊。哀戚之狀，吊者莫不流涕。服且成，母夫人又責先生去曰：'汝在此，吾固不出。死父已矣，將欲置吾何地也？'先生扶抱泣諫者盡日，終不得請。即奉母夫人寓于別村，身且棲于山菴，時先生年十五矣。居數月，先生又得是疾，泣而語曰：'罪孤之離喪次，非敢以逃死重違父母之戒也。今病如此，在外何為？'乃伻告于母夫人，即徒步歸喪次治葬具，卜日永窆。朝夕之間，號哭過哀。病且漸劇，以至柴毀，而猶未嘗暫脫衰麻。於是延醫，鍼且灸，且服川椒丸，迨三四年得免死。乃嘆曰：'賦命奇薄，不能居喪盡禮，天地間罪人也！莫如為農圃以終世。'乃扁其堂曰明農，自號南圃病逸。自任病廢，閉門不出曰：'人生一息尚存，不可暫時怠惰放過。'或開卷熟覆，玩心聖賢之戒。或閉眼嘿坐，游心天人之際。心有所契，必書之冊。當時所記有《玩物篇》焉。"】

김성탁(金聖鐸) 1684-1747. 조선 후기. 본관은 의성(義城). 자는 진백(振伯)이고, 호는 제산(霽山)이다.

❀ 名 - 聖鐸　字 - 振伯

【≪漢書·食貨志≫："孟春之月，羣居者將散，行人振木鐸徇于路以采詩。"又≪論語·八佾≫："天下之無道也久矣，天將以夫子為木鐸。"故以"聖"飾"鐸"。】

❀ 可軒

【≪霽山先生文集≫卷十三≪可軒記≫："余從家大人家于川上之雨谷，凡十有四年，而乃始貨屋數椽，以爲容膝之所，而扁之以'可軒'。客有過之者，笑且詰曰：'軒之名何取焉？'余應曰：'以吾軒面嶽，而嶽名可，故取以識吾之可也。'客曰：'可之義何居？'曰：'是未可悉數也，請舉其大者。夫風來而山之林木爲之振動磨戞，夜坐而聽之，調調焉，刁刁焉，颿颴而澎湃，前者唱于而後者唱喁。冷風似瑟，厲風似濤，是聲可於吾耳也。春之朝，山木葉敷，其容欣欣然；夏之夕，樹陰相承，其狀鬱鬱然；丹楓之展錦於秋日，雪峯之聳玉於冬天，是色可於吾目也。白雲舒捲於山上，禽鳥和鳴於林麓，朝嵐暮烟，態度無窮者，是趣可於吾心也。以是而名吾軒，不亦可乎？'客曰：'子之所以名之者，其義止此而已乎？'余拱手而曰：'唯唯，否否。古人有托物而取譬，顧名而思義者。余於軒之名，豈獨無意哉？迂叟不云乎？可者，學之未至，夫何可求於人？何待於外？凡人之患，患不審其可而已。今吾讀書於是軒也，先儒之箋註紛紜，後學之傳誦各異。吾於是乎擇其可者而從之，知其不可而違之。因是而治心，因是而處事。取其可者，去其不可者。至於論古今人物賢否得失，可者學之，不可者舍之。而小而語默動靜，大而出處進退，亦莫不求其可焉。循是而上，雖希聖希賢可也，下亦不失爲可人。此吾所以有取於可之義者也。'客曰：'子之言固可矣。然吾聞孔子無可無不可。卽子之所以必以可名軒者，無乃固乎？'余笑曰：'客之教我亦過矣。夫聖人何可以企及？且聖人之行，惟理是視，而無固必於其間，非若老佛之徒猖狂自恣而已。故其所以無可無不可者，乃所以恒於可者也。以吾之可，學聖人之無可，豈不可乎？'客默然而退，余乃次其說，以爲吾可軒記。"】

유우기(俞宇基) 1684-1752. 조선 후기. 본관은 기계(杞溪). 자는 대재(大哉)이고, 호는 경도암(景陶庵)이다.

❖ 號 － 景陶庵

【《雷淵集》卷十三《景陶庵記》：“世之慕陶子者，徒能言其跡耳，言其志則皆謬矣。原陶子之志，豈眞安於獨善，而不樂乎事君者哉？豈眞恥夫官卑而祿薄者乎？又非眞以折腰向鄉里小兒爲辱者也？然而循其跡，卒莫出乎三者。其陶子之所以卓乎不可尚者歟？陶子之志，盖有己獨行之而欲人勿曉者。是以假五斗米以混其跡、假督郵以行其志、假小行以就大行，是陶子之所不得已也。不然，特皦皦自好者之爲耳，而謂陶子爲之乎？臨漳監杞溪兪君始守南充，數月移治于漣。不赴，挈婦子歸。歸來山中，扁其室曰‘景陶’。余不知也。陶子之所不得已，而公則就而慕之，果有所不得已者存焉？吾固熟思而未得也。重念公非能夫耕妻鋤，終世以遁藏者。如有用我者，油然而起矣，非必甘樂仕祿而後然也。其所遇之時，與陶子懸矣，不可與同其出處故耳。然則可同者特去官。去官，細節也；立志，大行也。強其細節，欲投其大行，不已夸乎？嘗讀錢蒙叟《陶廬記》云：‘今世隱約之士，俯仰無聊，哦幾篇詩，種幾叢菊，便以柴桑自命。殆東坡所謂“陶淵明一夕滿人間”者。’此言使人面騂。雖然，有說焉。夫彈琴而消憂，引觴而怡顏，登皐舒嘯，臨流賦詩，此陶子之所樂，而公之所有也。世莫得而爭，人莫得而尼。於斯乎，雖謂公陶子也可也，是其可歌也。遂爲之言。”】

박필정(朴弼正) 1685-?. 조선 후기. 본관은 밀양(密陽). 자는 계심(季心)이고, 호는 일휴(逸休)이다.

❖ 號 － 逸休

【《鳳巖集》卷十二《逸休齋記》：“掌憲朴季心以數言事忤時，退築小齋于西原之虎溪，爲游焉計。虎溪寔公之桑鄉，溪上下數里皆瓊沙綺石。平臨大野，迥揖群巒，卽湖中之勝區也。齋旣成，取君子‘心逸日休’之語，扁其額曰‘逸休’，屬余以記之。余惟公高才妙齡，發軔天衢。堯舜吾君，其責也；死而後已，職耳。何遽浩然有歸志？計公今年纔強而仕，此豈鍾鳴漏盡之時乎？公雖欲棄世，世必不棄公，恐不能尋公遂初服也。然嘗聞古人有以淵明《歸去來辭》題視事堂壁，東坡稱之曰：‘正如執扇畫寒林雪竹。’異日借使公不得不爲蒼生起，齋之揭此名，不害爲畫扇之雪竹。其視世之埋頭沒脚，知進而不知退者，奚啻壤蟲黃鵠也？吁！可尚也已！”】

정언섭(鄭彦燮) 1686-1748. 조선 후기. 본관은 동래(東萊). 자는 공리(公理)이다.

❀ 名 – 彦燮　字 – 公理

【≪尙書·周官≫：“立太師、太傅、太保，玆惟三公，論道經邦，燮理陰陽。”】

❀ 敬知堂

【≪南塘先生文集≫卷三十一≪敬知堂記≫：“乙巳孟夏，余過同門友鄭公理於柳村之居。公理謂余曰：‘昔嘗以其名堂而自警者請於先生。先生命之以敬知，而且書三大字以授之。謹受而珍藏之，又將請其記而未果也。乃今橡木已摧，請益無所，則願子有以成吾志也。’余以不文辭，而請之不已。是秋，公理擢魁科，來京國，與吾弟季明日相從。每逢，輒擧前請，而請之愈益勤。余惟念先師之所命名也，賢友之所固請也，義有不可終辭也。則遂復於公理曰：‘先生之命是名也，盖取程子所謂“涵養須用敬，進學則在致知”之語。而主敬窮理之說，朱子論之於≪大學或問≫詳矣。公理固嘗熟講於函丈之間而知其說者，雖使余有言，亦何能有所發於其外哉？惟在公理尊所聞、行所知，勉彊自力而已矣。抑余嘗聞敬知之說於先生者則有之矣。其言曰：“敬與知，於五行同屬水。”≪洪範≫：“貌曰恭，恭作肅。”而蔡≪傳≫曰：“貌澤水也，恭者敬也。”此敬之所以屬水也。≪論語·孝悌爲仁章≫朱子說曰：“人禀五行之秀以生。水神曰智，則別之理也，而其發爲是非之情。”此智之所以屬水也。盖以敬之收斂凝定、知之通明含藏，皆有似乎水也。天地之始，固先有水。而萬物之生，皆原於水。此水之所以包五行涵萬物而爲大者也。水之爲物，其大如是也。故凡德之屬於水者，皆能有以包衆善而涵萬用也。≪洪範≫曰敬用五事，則敬之無所不包。≪禮記≫數七情而不言知者，亦以知之無所不在也。敬與知，包衆善、涵萬用如是也。故敬之篤恭，爲聖學之始終；知之貞固，爲萬事之始終。亦猶水之配冬，所以始萬物而終萬物者也。嗚呼！敬知之說，莫詳於此。而先生之於道，可謂洞其妙而盡其大也。然則一事之敬，非敬也；一事之知，非知也。敬於始而不敬於終，知於始而不知於終者，亦非敬與知也。必須事事而敬，事事而知，敬於始而又敬於終，知於始而又知於終，然後方可以盡敬、知之道也。敬知之功，各致其力，公理旣已知所勉矣。敬知之道若是其大，公理或未聞知，則盍於是又勉之哉？公理敬知之功存於心者，人固不得以盡知之。然今旣出身事君，進塗方闢，則若其立朝言論，行己趣向，始終於正，與其不能者卽敬知之功見於外者，而人皆得以見之矣。公理所以處於始終者，能使人不得有

以間焉。則斯眞有得乎敬知之功, 而可謂無負於師門之敎矣。≪書≫曰"愼終惟其
始"。≪詩≫曰："靡不有初, 鮮克有終"。嗚呼！公理盍加勉焉。'丙午孟春, 西原
韓元震書。"】

이기진(李箕鎭) 1687-1755. 조선 후기. 본관은 덕수(德水). 자는 군범(君範)이고, 호
는 목곡(牧谷)이며, 시호는 문헌(文憲)이다.

❀ 名－箕鎭　　字－君範

【≪尙書·洪范≫："惟十有三祀, 王訪於箕子 …… 箕子乃言曰：' …… 天乃錫禹洪
範九疇, 彝倫攸叙。'"】

❀ 石泉亭

【≪西坡集≫卷十七≪石泉亭記≫："靈光居士人李君範甫, 款余門而語余曰：'吾
家故有亭在靈之月浪山下, 卽吾四世祖所卜築也。亭之下有石淵, 澗水鏘然鳴流,
入於其中。亭之後有鉅竹長松儼立, 若環抱拱揖狀, 蒼翠之色貫四時可掬。蓋絶
境也。吾先祖終老於斯, 日哦其間。而盛衰靡常, 興廢有數。吾先祖卽世, 而亭又
火矣。荒涼舊址, 鞠爲茂草。不肖於此慨然於堂構之廢墜, 卽其地而重建焉者, 將
二紀于玆矣。上雨旁風, 駸駸然至於頹圮, 不肖病焉。乃於今年孟秋, 鳩材募工
而理新之。甍樓之傾者擧, 池澗之塞者疏, 而亭又頓復舊觀矣。鼈山守李侯萬東
甫名之曰"石泉"。子盍爲我記之？'余惟亭之勝, 君之言已盡之矣。余無容贅爲。
抑余於此別有感焉。凡人之見是亭者, 必以能葺治先廬, 賁飾靈境, 多君之此擧。
而此特觀於外者, 豈足以知君之志者哉？蓋聞君之先祖諱元華, 有文有行而不求
仕進。棲身於嵫巖, 寄興於雲霞, 優游逸樂, 壽考以終。其高風隱德, 雖謂之蟬蛻
泥滓, 拔俗千丈可也。其視世之役志於利名, 嬰情於簪紱, 汨汨然老死塵臼中者,
其賢不肖何如！而不有斯亭, 孰得以識之？然則斯亭之修, 實係君先德之顯晦
也。君之志, 我知之矣。將使後之登斯亭而過斯境者, 撫其蹟而想其先之餘沫, 聞
其事而挹其先之遺芬, 播人耳目, 流傳永久, 不泯泯於世。而又將漁釣於斯, 若將
終身, 能趾其美, 世其業, 而不墜其家聲也已。此其志爲可尙, 是宜書。且余, 纍
人也。半生狂走於聲利場中, 卒不免罹文網而擯荒裔。則想仰高躅, 感愧懲創於
中者, 亦不淺尠矣。局於禁防, 僂區跬步地, 不得一寄目償所願焉。竊喜以蕪辭
載名其上, 而異日角巾藜杖, 從君於山蹊水逕之間, 擧酒相屬於斯亭之上, 而俯聽

瀫瀫循除聲, 憑欄一讀, 則庶免爲生客矣。遂書此爲≪石泉亭記≫。"】

서종옥(徐宗玉) 1688-1745. 조선 후기. 본관은 대구(大邱). 자는 온숙(溫叔)이고, 호는 인재(訒齋)·학서(鶴西)이며, 시호는 문민(文敏)이다.

❈ 名 - 宗玉　字 - 溫叔

【≪說文≫："玉有五德, 潤澤以溫, 仁之方也。"】

❈ 角巾亭

【≪歸鹿集≫卷十八≪角巾亭記≫："角巾亭者, 鶴西徐尙書園亭也。公每朝退, 披襟岸巾以自適也。亭蓋四楹方欄, 白茅覆之。階數級, 庭略干畝, 花竹列焉。公夙夜軑掌於銓衡錢穀之間, 及其身罷意倦, 欲一日掛冠去之而不可得也, 於是作斯亭以自見其志。未幾, 公沒而亭獨歸然矣。喪三年將闋, 諸孤以公雅好在是也, 爲之修葺, 謁余爲記。余嘗銘公之神道矣, 公之志業事功之詳著焉, 今何說又記公之亭也?然余於此有以見孝子之不忘其親也。嗚呼!歲月流邁, 筵几將撤, 遑遑四求而不可復見也。將以卽夫平生燕閒之地, 琴書几杖之所在, 憑依彷想乎其萬一。而風花之朝, 雪月之夕, 庭宇靚深, 簾帷掩映。進而優然若有覯也, 退而慨然若有聞也。當斯時也, 孝子所以自致於如在之誠者, 有不能自已者。諸孤之勤於斯亭也, 意蓋如此。是可記也。抑公生而降嶽, 嶽則公也;沒而騎星, 星亦公也。春楊之濯濯, 雲松之蔚蔚, 公之風標在是也;芝蘭之馥郁, 琳琅之鏘鳴, 公之襟韻在是也。公身雖亡, 洋洋者蓋無不在也。夫如是, 則斯亭也有亦可也, 無亦可也。余因亭記而書之如此, 一以慰孝子羹墻之慕, 一以寓故人樑月之思云爾。"】

권만(權萬) 1688-1749. 조선 후기. 본관은 안동(安東). 자는 일보(一甫)이고, 호는 강좌(江左)이다.

❈ 名 - 萬　字 - 一甫

【≪尙書·太甲≫："一人元良, 萬邦以貞。"】

❈ 近思齋

【≪訥隱先生文集≫卷八≪近思齋記≫："冲齋權先生平日甚愛≪寒泉遺編≫, 李陰崖先生嘗寄小冊一帙。先生喜其便於省覽, 常置諸懷袖, 不釋造次。嘉靖庚子, 中廟宴宰執於後苑賞花, 命無不醉。有小黃門拾得小冊, 上見之曰:'落自權橃矣。'

命還之。退陶李先生實書其事于先生狀中。今上丙寅，因筵臣言，宣索小冊，留中十餘日。召先生後孫騎省郎萬至前，手授小黃門還之。又書特旨于書筵大帙以賜之。十月戊辰，萬奉書至，諸宗人拜稽首以迎，告于先生廟。又相與議就先生故亭，設小架于西齋北壁上，以安二冊子，並取中廟朝宣賜舊帙藏之。遂摹刻特旨，揭于其中。而以‘近思’名其齋，屬光庭記其顚末。光庭竊惟周程張四夫子，實傳孔孟不傳之緒。而其嘉言善行，朱夫子采摭爲是編，要令學者就此切己加工。先生之所樹立大節，實本是書。先生嘗與趙靜庵、金思齋、朴松堂諸先生入侍經筵，以是書進講。君臣相對，亹亹討論，間以談笑。此昭代盛事，而舊帙宣賜亦在其時。廼今我殿下追念先朝故事，特旨宣賜而面諭騎曹君，令與宗族朋友討論講劘，以稱上旨。其眷眷又如此。然則以先生所受用，兩朝所寵錫者，尊閣於先生故亭，豈不益有光焉？爲先生子孫者，盍相與講明於斯，歌詠於斯，不徒資其誦習，而體之身心，毋替先生之遺業，無廢我聖主降休命。則入而修身，出而事君。忠孝之道，庶兩無負。而世必稱之曰：‘此近思家也。’豈不休哉！先生五代孫修撰公斗經，嘗爲小志若詩朱書小冊卷端，以寓感慕勉戒之意，今並刻附其左云。是歲十一月初吉。”】

조석종(曹錫琮) 1688-1757. 조선 후기. 자는 계옥(季玉)이고, 호는 우졸(愚拙)이다.

❀ 名 - 錫琮　字 - 季玉

【≪說文≫：“琮，瑞玉大八寸，似車釭。”】

❀ 號 - 愚拙

【≪豊墅集≫卷十二≪愚拙曹公墓表≫：“嗚呼！以公家世才學，　若可有爲於世。而早決守靜之志，無悔於終身草澤。‘愚拙’自號者，豈亦遯志晦跡之意也歟？公享年七十。”】

이복후(李復厚) 1688-?. 조선 후기. 호는 반학(伴鶴)이다.

❀ 號 - 伴鶴

【≪筆苑散語≫：“伴鶴亭李公名復厚，弱冠登進士，游于太學，已爲儕流聳服。潛修篤行，文章亦切近的當，而循規蹈矩。韓子所謂‘有德者必有言’，而藹藹如春空之雲也。雅性儒素，斥去浮僞，其文其學可以自見於世，而獨不汲汲於進取。晚

歲卜居老江之皐, 作亭養鶴, 因以伴鶴自號, 逍遙物外而得江山之閑趣。"】

강재휘(姜再徽) ?-?. 조선 후기. 본관은 진주(晉州).

❀ 易安齋

【≪立齋先生遺稿≫卷十二≪易安齋記≫："嗚呼！此家仲氏之所營也。辛卯春,
仲氏既作此于東山之下, 命之曰'易安', 盖取淵明辭中語也。仲氏學不求知於人,
而所造益深；行不苟合於人, 而所守益固。今已矣, 復何爲哉？嗚呼！其作此也,
屬扁於伯氏, 而屬記於余。且曰：'吾耕農織蚕, 仰事我父兄, 俯育我妻子。且讀
書求志於此, 以終我天。'不幸皆未有所就, 而天奪其命。痛哉！既斂之明日, 遂
殯其柩於此。既葬, 室亦無人看守, 遂空焉。余惟平日之言, 不忍復泯其迹, 忍哀
而爲之記。覽者傷之。"】

오광운(吳光運) 1689-1745. 조선 후기. 본관은 동복(同福). 자는 영백(永伯)이고, 호는 약산(藥山)이며, 시호는 충장(忠章)이다.

❀ 萍軒

【≪藥山漫稿≫卷十六≪萍軒記≫："藥山子愚遊太行, 跨孟門抵邛坂, 傲睨行歌,
履之如康莊。及累躓, 而後知其險也。大困而歸, 閉門不復遊。癸丑夏, 又失足
焉。信乎其愚也！於是衆怒作, 至請譴。上笑曰：'斯人於今日朝廷, 可謂浮萍
也。聖人之意, 以爲萍無根之物也。其飄踈孤危, 無憑依易動搖, 甚於孤根弱植
也。'又敎曰：'斯人絶意進取, 以見苦心。'又批曰：'往者卿疏, 何求何望？世道囂
囂, 於卿何有？'噫噫！彼太行于遊, 孟門于跨, 邛坂于抵者, 多有求望於世者也。
無求望而結靷乎其間, 其愚益甚。於是窮於山, 敗於車馬, 而有江海之思焉。然
其經歷懲創者多, 其愚少瘳, 不敢輒遊, 先訪諸江海居者, 曰：'江海寬敞澹遠, 可
樂也。然有風濤、鯨鱷、鰍蛟至險危, 傾檣破楫相續也。齊入汩出, 亦行險僥倖
者也。惟虛舟爲庶幾焉, 然猝然來觸, 疑其實而惡聲者有焉。子山之懲而水之遊,
庸愈乎？'藥山子芒然而歸, 閉其門益固, 不庭者久之。傍有笑者曰：'世曰浮世,
生曰浮生。子徒知江海之江海, 而不知人世之爲江海。江海可避也, 人世亦可逃
乎？特浮之者有善不善爾。彼浮於江海者, 傾檣破楫固毋論。魚之潑潑, 鴻鴈鳧
鷖之拍拍, 鷗之浩蕩, 盖所謂善浮者。然魚而網罟, 鴻鴈鳧鷖而矰弋, 鷗而有機心

者捕焉。天下之善浮者，莫萍若也。悠然而無所繫，汎然而或相值。浮於呂梁而無虞，浮於灧澦而無虞。觸於船艦柁櫓，而禍心者不怒。天下之善浮者，莫萍若也。苟能以萍之道處世，其過虛舟遠矣。何憂患之有？大聖人其詔汝矣。'藥山子大覺悟，北向拜稽首，遂以'萍'名其軒，燕居超然有烟波萬里之意。或曰：'萍之實大如拳，得之者霸。以子之忠，獻諸君可乎？'曰：'否。吾君堯舜也，將行王道，臣不敢以霸瑞獻。'曰：'萍一名曰藻，采之為宗廟之明禋，繡之為袞衣之文章，於萍何如？為萍謀。'曰：'不如江海。'】

❀ 三祐堂

【《藥山漫稿》卷十六《三祐堂記》："人之所欲，天必從之。然人或佻天以從己，其天未可知也。藏心於內而不參以力，任天於上而不容以人，而偶然與人心協，然後天之所祐章然矣。歲在丁亥，問舍四方，乃若所願者有三焉。世祿之裔有窮達，皆君之義，不欲遠城闕也。先祖舊宅在郭南，不欲遠宗祧也。性惡囂而喜靜，厭華而取澹，五父之衢、甲第豐屋之相隣，流水游龍之所湊，不樂也。欲得不爭之地而處焉。然國家昇平日久，士大夫皆有閭廬以承寧其先業，雖有協吾願者，不肯賣也。賣又未必吾願也。卒定於郭南成氏虛白堂舊基者，惟是辟寒暑燥濕是急，非暇擇而居之也。其居在藥峯下，藥峯自北來，而西峙隆然，為郭南之望。舒其南麓，稍折而東抱焉。測其東，蓋其蜿然而入者占四之一。得終南承翼之，然後麓之勢止焉。窺其中為是宅，舊有十椽屋，脩以益之，苟完而即已。後有半畝之園，有松栢、楓檜、杜鵑葱蒨布密。夏失畏景，冬不改蒼翠，春粧秋餙，皆可悅。庭列奇花，四時開不絕，異香常逗几案間。堂蓄經史百家古書畫，可玩也。拓軒四望，文殊、普現、華山、冠岳森其北，與東之終南朝暮吐紫翠，若鬪奇焉。粉堞一帶，承東北之缺，奇峯數三點，如帽如笏如筆尖，隱約有無於粉堞之上。郭外碧瓦千甍，鱗鱗几案下。花則若鋪十里錦繡步障，雪則凹凹凸凸，瓊瑤萬層。月出則烟沉萬戶，溶漾如水，名園樹木如帆檣出沒，樓臺燈火如漁燈蟹火，錯落杳靄間。對之超然，如身坐苕雪之上，不知其出門一步，即闤闠也。是果造物者所餉乎？曰，非也。使之勝者人，匪地然也。使其心而苕雪，則闤闠其奈人何？使其心而闤闠，則苕雪其奈人何？闤闠之苕雪之在人，雖造物者亦奈人何？獨向所謂三願者，穆然而思之，真有造物者存乎其間。斯居也，不假人為而自成拱北之勢，使主人目與九闕之佳氣而朝焉，耳與九闕之鍾漏而夕焉，食息而不敢忘吾君，此愜

吾願者一也。然非擇而居之也，繫天之祐也，敢不拜嘉！密邇先桃一牛鳴而殺其
牛，喬木優然入望，食息而不敢忘吾祖，此愜吾願者二也。然非擇而居之也，繫天
之祐也，敢不重拜！園雖勝而僻，景雖佳而淡，非若五父之衢甲第豊屋之相隣，流
水游龍之所湊，可以啓貪人之心。使子孫而顯也，必能體吾苕雪之想，人囂己靜，
人華己淡，城市而江湖，軒冕而烟霞，庶幾遠於世禍。使其衰也，不爭之地，亦足
爲晏嬰、蕭何之庇焉。日成氏保有此幾三百年者，未必不以此。此愜吾願者三
也。然非擇而居之也，繫天之祐也，敢不重拜！遂扁其堂曰‘三祐’，昭神惠也。
噫！賦天之命，於是乎爲人；承祖之緒，於是乎有世；藉君之祿，於是乎有家。知
事祖，然後可以事君。知事君，然後可以事天。知事天，然後可以庇身而庇子
孫。苟不能庇身而庇子孫，宅於何有？余故匪宅是卜，忠孝是卜。匪不能保家是
懼，而惟不能事天是懼。匪徼倖三祐之難，而惟報答三祐之難。子孫之或賢或不
肖，未可知也。良心之或存或亡，未可知也。故古人有以故興物者，墟墓之間，未
施哀於民而民哀。社稷宗廟之中，未施敬於民而民敬。然則子孫之升吾之堂，瞻
吾之扁者，忠孝之心可以油然而生也。惟忠惟孝不懈，天其申命用祐，不止三祐
而已。”】

김수룡(金壽龍) 1689-1749. 조선 후기. 본관은 강릉(江陵). 자는 이견(利見)이다.
❋ 名 - 壽龍　　字 - 利見
【≪周易 · 乾卦≫：“九二：見龍在田。”】
❋ 西庵
【≪樗村先生遺稿≫卷四十三≪西庵金利見墓碣銘≫：“以橫渠≪西銘≫揭其壁。
而朝夕吟誦于其間。扁其室曰‘西庵’云。”】

강재항(姜再恒) 1689-1756. 조선 후기. 자는 구지(久之)이고, 호는 입재(立齋)이다.
❋ 名 - 再恒　　字 - 久之
【≪周易 · 恆卦≫：“恆，久也。”】
❋ 號 - 立齋
【≪立齋先生遺稿≫卷二十≪附錄 · 家狀[姜宅一]≫：“府君諱再恒，字久之，姓姜
氏，號立齋。始鄉里諸公嘗相語以爲此老不可無號，李洗馬光庭爲書‘立齋’二字。

權梁山萬又手篆‘立不易方’四字來揭于門楣, 盖取諸府君諱雷風大象辭也。”】

❈ 松風軒

【《立齋先生遺稿》卷十二《松風軒記》：“昔陶隱居特愛松風, 庭院皆植松。每聞其響, 輒欣然爲樂。余每諷誦其語, 歎其韻致蕭灑, 非復人間人矣。余家西偏隅有松林百餘株, 每風至爽然, 令人神氣淸朗。余悅之, 題其軒曰‘松風’。隱居, 隱者也。余非隱居流也, 盖亦有慕焉。朱門廣廈, 無欲往之心。高巖大澤, 恒欲就之。誰知非此間是句容句曲, 誰知非此軒是華陽隱居三層樓也耶？其亦可笑也已。陶弘景謂人曰：‘吾見朱門廣廈, 雖識其華樂, 而無欲往之心。望高巖瞰大澤, 雖知此難立, 直恒欲就之。’○弘景止於句容句曲山, 自號華陽隱居。人間書札, 卽以隱居代名。築三層樓, 自處其上, 弟子居其中, 賓客居其下。與物遂絕。”】

❈ 毅軒

【《立齋先生遺稿》卷十三《毅軒記》：“仁者, 人心之全德也, 其體甚大, 而聖人唯以‘強毅木訥’爲近之。聖門學者自顏淵、冉雍以下, 其求仁用力之方可謂至矣。若求之藝、由之果、雍之寬弘簡重, 而聖人猶未嘗以仁道許之。其聞一貫之旨, 而得聖門之統, 開百世斯文之傳者, 惟質魯之參也而已。則仁道之難有如是夫！然嘗攷其平日爲學用力之方, 則曰：‘士不可以不弘毅, 任重而道遠。仁以爲己任, 不亦任重乎？死而後已, 不亦遠乎？’以忠信爲傳習之本, 臨大節不可奪。爲六尺百里之寄, 以仁義當晉楚之富貴而不以爲歎。卒至於啓手足, 得正而斃, 而無所求焉者。匪有弘毅而任重道遠, 仁以爲己任, 死而後已者, 不可能也。其旨盖出於夫子‘強毅木訥近仁’之訓。而觀於子思、孟子之傳, 則其氣象盖亦有所自矣。惟聖人道全德備, 無可無不可。而自大賢以下, 必先有所執守, 而後方有所據依。而吾道之託亦賴而不墜。甚矣, 毅之近於仁也！吾友一善李君聖望, 命其軒曰‘毅’, 求余一言爲記。余謂仁道至大, 聖望苟能體夫子‘強毅木訥近仁’之訓, 深究乎曾子‘弘毅任重道遠’之旨, 以忠信爲傳習之本, 以臨大節不可奪爲立身之要, 輕高爵, 薄厚富, 至死而不變焉, 則豈不毅然大丈夫哉！聖望勉之！”】

송익조(宋翊朝) 1689-1759. 조선 후기. 본관은 은진(恩津). 자는 사양(士良)이고, 호는 수분와(守分窩)이다.

❈ 號 - 守分窩

【《旅菴遺稿》卷十二《守分窩宋公墓誌銘》：“先君嘗戒不肖曰：‘我少有貞疾，不可爲世用。讀書撿身，欲無忤於家人。而初心漸負，老且死。汝必留心於向裏之工，毋使我重愧焉。爲公爲卿，於汝匪所願也。’又曰：‘吾先祖參判公自號以“拙窩”。拙，乃吾家法也。故吾亦以“守分”名吾居。汝其念之。’”】

오대경(吳大經) 1689-1761. 조선 후기. 자는 지세(持世)이고, 호는 만포(晚圃)이다.

❀ 號 - 晚圃

【《豐墅集》卷十三《晚圃吳公墓碣銘》：“公諱大經，字持世 …… 公嘗自號‘晚圃’。末年厭居城市，移棲於麻浦之上。以辛巳七月二十九日卒，壽七十三。”】

한계진(韓啓震) 1689-?. 조선 후기. 본관은 청주(淸州). 자는 계명(季明)이다.

❀ 名 - 啓震　字 - 季明

【《尚書·堯典》：“放齊曰：‘胤子朱，啓明。’”孔《傳》：“啓，開也。”孔穎達《疏》：“其人心志開達，性識明悟。”】

❀ 愚坡

【《耳溪集》卷十三《愚坡記》：“韓氏族居洪州之愚坡。韓學士季明家于漢京，名其室曰‘愚坡’，請余扁之。余問曰：‘吾子城市居而丘樊名，冠簪身而野人志，是何名與實背而跡與心遠也？豈慕周子之不忘濂溪歟？抑效柳州之自托愚溪歟？’季明曰：‘唯唯否否。我病于視，拙于隨，足不出門而身不縻官。闔目而淸坐，寄心於曠遠。蕭然環堵之廬，寂若幽人之棲。雖處城市，如在愚坡。愚坡吾室，不亦宜乎？’余乃歎曰：‘古人有居巖廊而志江湖，食鼎鼐而思藜藿者，賢矣。猶不免二之也。今子一視而兩忘，身之所寓，無往而皆愚坡也。心之所樂，無時而不愚坡也。其又高於人乎？然我之所聞異於是。君子素其位而行，在朝則行乎朝，在野則行乎野。時乎出耶，萬鍾不爲泰。時乎處耶，一簞不爲約。不以異爲高，不以潔爲名。今子之名愚坡，豈惟病哉？是心有一愚坡也，非所謂素其位者。吾恐愚坡之累子矣。雖然，病有時而良已，身不可以恒處，愚坡乎爲子累也殆不久矣。吾且俟之。’”

《修山集》卷四《愚坡記》：“爲地於洪陽之東南曰上田。以其土厚而水深，歲約而收多，故配之於雍州黃壤，而爲此稱也。方言釋上田爲牛坡，而愚與牛音又相

近, 故韓學士季明改之爲'愚坡', 而謀數頃田以老其中。請記於余。余以謂玆土凡
三變而至於愚, 旣不得有其實, 名烏乎施？名旣不得施, 又安用記爲？雖然, 子旣
强名之, 吾亦强言之可乎？夫愚者, 智之反也, 對智而乃見。如顏回之愚, 愚之上
也；百里奚、甯武子之愚, 愚之次也。是皆愚則愚矣, 然聖人見其不違而謂之愚
也, 君子見其行藏而謂之愚也, 非三人者之自號爲愚也。凡世之自號爲愚者, 必
其多智之人, 或出於保名安身, 或出於諱拙護短, 或出於玩世愚人, 以自托於其中
者多矣。惟柳子厚少年涉世, 身計敗露, 掩其愚而不得, 則乃自號爲愚。至於所
居之泉溪丘池, 咸以愚辱之, 而世亦信其爲愚也。此愚之眞愚者也。今季明端詳
雅重, 居世不殆。棄矜伐, 絶怨欲。位雖卑, 不可謂不達；居雖約, 亦不至於窮。
又乃栖心瀟灑, 掉頭榮利, 日誦田廬之樂於湖海松楸之鄉, 此其智非世人之所及
也。顧乃以愚自命, 幷其佳山美水而欲愚之, 世誰肯信之哉？且季明自少篤志,
沉淹經典。科臼之外, 固有所存。近因阿睹之患, 潛心閉戶, 溫繹日進。其於識量
智慮之間, 蓋有默修獨造者。使其出而當官任職, 必當有可觀。而斂之若無, 退
巽不居, 此其意無乃爲猶龍氏大智若愚、漆園子聖人愚芚之戒所誤耶？是殆近於
術智, 君子所不道。季明甘心於此, 欲以自愚而愚人。余固顓蒙而愚者也, 又爲
季明之所愚, 以作愚說, 以益其愚。則世之笑我, 其有旣乎？雖然, 季明之志, 吾
知之矣。君子處市朝之囂, 則不改山林之適。服軒冕之華, 則不忘蓑笠之趣。智
周萬物而謙而不有, 貴逼三孤而卑而自牧, 則季明所以仕雖進而如退, 心雖智而
若愚, 不害爲君子之行也。而況身雖未往, 而寤寐存想於湖海之庄, 稻蟹之鄉, 于
以放牛於青草之坡, 深耕於上上之田, 如愚而坐草堂, 顧名而賦思穎, 庶幾其一得
歸, 有以息囂而存淡, 處煩而寓靜, 則可謂不退而退也, 不愚而愚也。雖使坡神聞
之, 不以愚爲累矣。然則季明之謚愚, 亦庶幾陋巷之不愚。而余之爲季明記, 亦
未可謂眞愚也耶？姑書此以竢之。"】

권신(權藎) 1689-?. 조선 후기. 본관은 안동(安東). 자는 방서(邦瑞)이다.

❈ 得閑亭

【≪藥山漫稿≫卷十六≪得閑亭記≫："余鉛槧舊要, 獨權邦瑞在。尙記童習終南
下, 相與論襟情曰：'異日吾與爾酬人間事略畢, 乞得强健之身, 恣意禽尙之遊, 不
亦可乎？'仍相視而笑。嗚呼！志氣何其盛也！篝燈把臂之話, 歷歷如昨日, 而相

對髮已種種矣。人間事畢與未畢且毋論, 山澤之約亦忽焉若忘。嗚呼！何其衰也！猶可以藉手者, 余以病且不才, 依錢淡成例已十年。邦瑞與世抹鐐, 而充然有得色, 且以命物者餉閑爲足。噫！人間事大畢何容易？畢亦畢, 未畢亦畢, 惟在吾操捨之如何爾。昔人云：'人生待足何時足, 未老得閑方是閑。'惟踐其境者, 知其爲名言也。日邦瑞卜居驪江, 與淸心樓對岸, 扁其亭曰'得閑', 屬余爲之記。余足跡不及驪江, 而淸心實夢想所在。問亭勝孰與淸心, 曰過之。蓋以龍門馬巖之襟抱, 雉岳甓寺之蘸暎, 帆檣沙鳥, 平遠森羅者, 亭與淸心共之。至於閭閻之燈火, 樓舘之丹碧, 以淸心之在其中而不自見者, 畢獻於斯亭也。世之評勝者, 輒推淸心爲江榭第一。而惜其屬官府, 不與閑者遇。故余每歎有三難：人得閑, 一也；閑者得勝地, 二也；勝地得閑者, 三也。今亭之勝欲跨淸心, 而又使黃驪景物日困於淸心廚傳之間者, 得是亭而吐色。謂之兩美之合而三難之幷, 非夸也。然勝固可許, 而閑不可遽信, 何也？天之生斯人也, 固將有用於斯世。苟非病如我、不才如我者, 雖欲自逸, 得乎？事不必盡酬, 願不必待足, 而要之隨分效其才, 然後方可以求閑。況以邦瑞之詞藻政理, 不能尺寸施於當世者乎？世未必盡子之才, 而亦足以破子之閑。居則虞外物之來逼, 出則歎江山之久曠, 其神何能王也？凡物置之得其所則逸, 失其所則勞。以子朝廷之器, 而投之江湖之上。其酬應景物之煩, 未必不浮於需世。且徒其業而數出入者, 其手扞格而其心甚勞。子之於山水, 亦何以異此？我能閑而未得子之勝, 子得勝而不如吾之閑。落落相望, 使禽尙笑人, 人間事不如意者如此。追思少日, 視斯界爲圓滿, 執左契而必吾願者, 不亦一笑一噫, 而繼之以芒然乎？況吾與子前過五十年, 一轉眄頃爾。雖使從今以往, 勝事愜意, 此身已非強健, 其能把玩者幾何？是尤可歎也。然達者云太虛爲室, 與諸君往來。若然者, 不待紫閣分居, 而子之勝卽吾之勝也。動靜張翕, 機緘块軋, 天地不能閑而未嘗不閑, 以自然也。人以自然處之, 則動靜無間, 張翕一致, 塵土江山, 軒冕簑笠, 變於前而其心一也。若然者, 吾之閑亦子之閑也。又聞閑者活八十, 是得年百六十。若然者, 吾與子優游琴酒, 嘯傲烟水, 將復六十年足矣。彼區區者閑忙離合壯衰, 又何足較也。遂命三酌, 爲得閑賀, 爲得勝賀, 爲得年賀。又期共酌於亭上, 爲黃驪山水賀。"】

조현명(趙顯命) 1690-1752. 조선 후기. 본관은 풍양(豊壤). 자는 치회(稚晦)이고, 호는 귀록(歸鹿)·녹옹(鹿翁)이며, 시호는 충효(忠孝)이다.

❖ 名 - 顯命   字 - 稚晦

【顯、晦, 相反為義。】

❖ 名吾亭

【《歸鹿集》卷十八《名吾亭記》:"甲子三月三日, 歸鹿翁之亭成。是日也, 久旱而雨, 麥將枯而勃興, 農人相慶於野。翁取東坡《喜雨亭記》中語, 名之曰'名吾亭'。西隣徐相國題其楣, 畫者金喜謙模之。亭在斷岸上, 楓松百花繞之欄外, 瀑墜成潭。隱約出林端者, 道峰諸峰也。歸鹿翁記。"】

조재우(趙載遇) ?-?. 조선 후기. 본관은 풍양(豊壤). 자는 회지(會之)이다.

❖ 名 - 載遇   字 - 會之

【《東谿集》卷五《會之字說》:"族子載遇, 資醇而操正, 志高而勉於學, 盖居今世而慕古人之行者也。其字曰'會之', 以其偶似於宋相檜之字也。儕友爲之斷斷焉, 遇以問於余。余曰:毋苦易也。古人之事, 有可法, 有可戒。而善之可法, 常不如惡之可戒之切。今夫擧堯舜之事以勉於人曰:'爾爲是云爾。'未有不欲然而縮。已而擧桀跖之事以戒於人曰:'爾勿爲是云爾。'亦未有不奮然而肯。夫其勿爲桀、跖也審, 則斯爲堯舜矣。而縮與肯異效焉。楚之史曰檮杌。史具善惡, 獨號以檮杌者, 其有見乎是。而古之制名也, 有以惡、以非、以疾、以籩籤、以胡、以狄者, 豈不曰名以此, 戒之以此焉爾乎?今爾以檜之字字, 凡處而在家, 行己處事有不直者, 輒自訟曰:'得無同歸於古之會之歟?'出而立朝, 行己處事有不忠者, 輒自訟曰:'得無同歸於古之會之歟?'務去其不忠不直者而爲忠且直者, 務去其同於古之會之者而爲其異於古之會之者, 則會之之不爲古之會之也, 實爾之字使然, 又焉用易之?抑嘗謂今天下華夷混而陰陽舛, 以禮義之邦臣妾於犬羊。君子之極功, 要在廓淸寰宇, 明《春秋》之大義, 會之而能是乎?則將與古之會之對立, 而居善惡之極。使後史論之曰:'同爲會之也, 古也如此, 今也如此。'此豈特不爲古之會之而已哉!文字之行於天下也, 亦有幸不幸焉。由其有古之會之也, 會之二字蒙汙辱久矣。若得今之會之而加之洗滌焉, 不惟爲會之之幸, 亦會之二字之幸。以是言之, 有能洗滌桀、跖之惡也者, 宜又名之以桀、跖, 而使天下遂無不幸之字也。"】

조재흥(趙載興) ?-?. 조선 후기. 본관은 풍양(豊壤). 자는 자복(子復)이다.

❈ 名 - 載興　　字 - 子復

【≪韓詩外傳≫卷八：“昔者周德大衰，道廢于厲，申伯、仲山甫輔相宣王，撥亂世，反之正，天下略振，宗廟復興。”】

❈ 慕顯齋

【≪東谿集≫卷五≪慕顯齋銘幷小序≫：“宗人載興子復，作齋室於春川先塋之下，十七兄時晦氏名之曰‘慕顯’，九兄叔章氏以大字書其扁，而子復又求文於余以爲記。於是子復新免喪。嗟乎！昔者子復之來學于先君也，其尊人亦俱無恙矣。孰知今日子復之居是室、揭是扁，而余之文之，乃有流涕蓼莪之感也。試爲二銘，以副勤意。≪詩≫曰：‘孝子不匱，永錫爾類。’余甚媿其言。慕銘曰：‘瞻彼丘壠，霜露溥溥。茫茫九原，亦離暑寒。暑不能淸，寒不能溫。酒香不見親飮，肴潔不見親飱。兒罪不見親怒，兒能不見親欣。涕和霜露，下徹于泉。’顯銘曰：‘煌煌金朱，車高馬駟。壽生榮死，光耀閭里。世之顯親，以是爲至。不知夫鄹人父於宣尼，仉媼母於孟氏。蓋以子之賢，而其親不朽於千禩。人孰匪子，惟二子顯其父母。’”】

이제화(李齊華) 1691-?. 조선 후기. 본관은 전주(全州). 자는 백종(伯宗)이다.

❈ 在澗亭

【≪艮翁先生文集≫卷二十≪在澗亭記≫：“家大人宅龍邑之六載戊午，與邑君子謀爲山水亭觀之樂焉。邑君子僉曰：‘吾土之山水大有佳者。佳則皆有主，而所遺則皆不佳也。’家大人曰：‘何必待佳也。佳者未必樂也。人苟樂之，其孰不佳也？後乎吾居者山也，雖庳可以登陟而遊也。前乎吾居者水也，雖淺可以浣濯而忘憂也。山之西、水之東，有田數十畝，拓而營之池之閣之，又可以盤旋而自娛也。’是歲六月日癸卯，廼傮工事。見者咸止之曰：‘是壤也，卑淤不燥，樹荻之利，而匪遊觀之所宜設也。澗且旱常絶涸，不可仰以池也。’諫者日數十，諫不聽則笑之。笑不聞，而鳩材董役日督。越七月哉生魄，工事告訖。傑然而軒宇抗，汪然而陂潴漲，脩然而名木列，雜然而嘉花發。除有環水，岸有懸流。有磯有杠，有泓有溝。槩之滌潔朗豁，樸而不陋，美而弗侈也。旣而落之，速而致者，聞而至者，始之諫且笑者，咸樂而觀焉曰：‘昔者山不見秀也，今若崒然以增高。昔者水不見異也，今若瀩然以增淸。昔者麻麥幪幪，今也地宇煥煥。昔者孰謂是之便也，今也】

孰謂是之不便也。’於是名其亭曰‘在澗之亭’，據其地之實也。名其池曰‘躍金之池’，志其夕陽之景也。名其池旁之小池曰‘貢玉之池’，川禽之所登也。循除之水曰‘不息之泉’，泉之泓曰‘半月之渦’，不息以德言也，半月以形言也。跨泉而橋曰‘大魚之杠’，俯潭而磯曰‘取適之磯’，大魚言爲形似魚也，取適言所取非魚也。石之戴土于池中者‘凝翠之島’，以其上植也。怪楂之植于庭曰‘淡歡之山’，自有記。於是賓客朋友多以異花名卉獻遺之，間致千里之植，澤人致其朱赤可育之魚。亭成久無記，越三年庚申，小子獻慶白請而爲之曰：‘夫亭之址蔽於古而顯於今。其蔽則不知其幾百年，而其顯則乃千百年而一幸焉。非地之有數於遭遇而然耶？觀於是，足以見豐悴之不可常，而得喪之不足慮也。亭之始營，諫者幾人？笑者幾人？不聽不聞，迺底于成。觀於是，足以見毀譽之不足恤，而守道之不可不確也。亭之制，苫簷穹然，如繳之覆物也，有居上庇下之道也。四牕敞達，無隱於內，無蔽於外，誠而發其明也。室隅內方而軒形外圓，方其志圓其行，居危之事也。觀於山可以安仁，觀於水可以利仁，君子之所樂也。其他一勺之泉、一拳之石，鳥之飛、魚之泳，與夫草木之花葉、雲霞之變幻、風月之色韻，皆可以觸遇而窮理，隨觀而存警。其有得於斯者豈少也哉？且衛之碩人有在澗者，《詩》云“考槃在澗，碩人之寬。獨寐寤言，永矢弗諼”是已。其所謂弗諼者，弗忘其樂也。夫碩人之樂，不在乎澗，誦古人之言而求古人之志，學古人之道而行古人之事而已。其樂在乎中而不在乎外，則雖遺其外，不病也。然則其於是亭也何待哉？雖然，居之於人，固非所以定其樂，而亦有以知其樂。是故處於市者，鮮有非誘於利也。適於朝者，鮮有非鶩於名也。若夫窮谷幽澗之中，鮮有非無求於名與利者而往焉。然則欲知吾家大人之樂者，其於是亭求之則幾矣。’記之月日，壬午癸丑。”】

김경온(金景溫) 1692-1734. 조선 후기. 본관은 의성(義城). 자는 광보(光甫)이고, 호는 단사(丹砂)이다.

❀ 名 – 景溫　　字 – 光甫

【《說文》：“景，光也。”】

❀ 晩翠亭

【《三淵集拾遺》卷二十三《晩翠亭記》：“有自扶槎之郡觀于國光，來住我北里，曰金君光甫氏也。而盖比年累試大小俱不售，人之知材樸之素者，莫不寃之。方

是時, 吾里中邃意者有倍異年。偕偕而釋褐揚襟者, 熙熙忻忻, 擧皆有饗春臺之
樂意。惟君獨也落莫, 於其歸也, 吾將設辭善譬, 以寬其隕穫。而君則栩然自怡,
直謂余曰:'君知吾亭之在海濱乎? 斯炎德之聚也。薄海靑蒼, 爰有橘柚葆蕩之
苞、松枏栝栢之藪。一亭之環而四時之茂, 吾早已觀于厥木, 以嘉錫吾亭曰"晚
翠"。子有以申義焉。'嗟乎淺哉! 晚之爲, 知子者, 不佞也。而若子者, 可謂定觀
於早, 而樂成於晚者也。悠悠榮耀之過眼, 誠不足桎其靈臺矣。且夫代序乎天者,
時有早晚, 受命乎地者, 物有貞脆。故榮悴之定, 待乎人之覽察而然, 猶曰鮮能。
則宜其夸跂躁競, 驚乎驟得, 慕前而遺後, 圖初而無終者之夥也。而今子獨超乎
是, 豈所謂用心霜雪間耶? 且子來幾日矣。今則徂秋涉冬矣, 霜雪粉糅矣, 植物
之夭喬者菱且盡矣。試往沿道而望, 坐亭而顧, 則向之煌煌扈扈, 飛英葽, 揚芬
芳, 以競一時之榮者, 率銷鑠於邑, 葉委而枝挐, 顔戢而神奪, 荒乎無當, 殆有不
欲觀者。而保始不變之懲, 近存乎君之庭實, 靑靑自若, 於以見貫時之奇操, 無競
於卉類, 豈不可貴也哉? 然後彼其所自保, 曷嘗欲爭盛比茂, 如人之所取較云
耶? 特翛然而立, 自守其大, 眞菀乎衆芳而不知其歆也。故危乎獨全, 而亦不以
足也。使觀者在側, 不敢以榮枯之目加焉。晚翠之義, 於是焉邃乎邃矣。雖我所
讚之博, 特吾子妙觀之餘焉耳。抑我擁腫以處世, 邈不與紛華之徒相謀久矣。今
子獨以彼遠物感余, 余將藉手此文, 以自納乎歲寒之契。倘子不麾之, 則願以千
里之神, 坐馳氷雪之塗, 以及乎亭下也。"】

오필운(吳弼運) 1692-?. 조선 후기. 본관은 동복(同福). 자는 계응(季應)이다.

❀ 竹陰堂

【≪藥山漫稿≫卷十六≪竹陰堂記≫:"出崇禮門僅數里直西, 窿然者曰藥峯。其
麓左迤數百餘步有宅, 卽吾高祖竹南先生所居也。舊有竹樹之背, 堂於其前。此
吾高祖所自號也。吾高祖捐舘舍四十餘年, 吾弟季應爲大宗後, 其間以孀尸祀者
殆數十年。守護者不謹, 竹蕩然無餘。吾弟稍長, 乞諸隣之有竹者, 復樹之舊砌,
題其堂曰'竹陰'。蓋取義於先蔭也。宗黨曰:'此孝道也。追慕之在是, 遵守之在
是, 體承之在是。'夫君子辛勤立門戶, 以遺其子孫。其子孫祗懼, 罔敢失墜焉。
以其大者言之, 遺之≪詩≫, ≪書≫, 勸孝悌也。遺之宮室, 庇風雨也。遺之田畝,
供粢盛也。遺之紀綱, 替擔負也。植物之微不與焉, 然君子之澤或有卽物而存者,

如甘棠焉。此季應之所以不敢以其微而或忽焉。遂指而言曰：'某砌，吾高祖素甞種竹者，而今亡矣。後小子敢不勉！旣種已遂，乃彷徨乎其下，慕想乎其側。思其所好，思其所賞，優然若有奉於杖屨，怳然若有承於謦咳。'此向所謂孝之道也。微者尙然，況其大者乎？堂宇翼然，履之有怵惕之心。書籍在前，讀之有惻愴之心。對饘食則曰：'此先祖之賜也。'給薪水則曰：'此先祖之力也。'於是乎是遵是守，不忘於心。不忘則不匱，不匱則悠久，悠久則光大。若然者，守而勿墜，豈但止於四者而已？四者特其有形之粗而耳目之所接耳。若乃高祖之碩德純行、淸忠大節，目不得以爲色，耳不得以爲聲者，亦將體之以心，承之以精神。體承不已，萬一似之，其克于家而光于國者，將不淺小也。夫然後方謂之孝可也。吾弟勉乎哉。豈徒自勉而已，又勉爾子孫，勉爾宗族哉！此錫類之道也。克乎此，則極其道而終至乎大孝。不克乎此，則雖其詩書宮室田畝紀綱，其不爲典賣充醉飽資者幾希。況於植物之微乎？可不懼哉！可不戒哉！吾弟所種竹日向茂，大者儼然而成陰，其兒孫無不聳拔十尋。吾與季應朝暮其間，可不起感而起敬也？"】

정상점(鄭相點) 1693-1767. 조선 후기. 본관은 해주(海州). 자는 중여(仲與)이고, 호는 불우헌(不憂軒)이다.

❀ 名 - 相點　字 - 仲與

【≪論語·先進≫："吾與點也。"】

❀ 號 - 不憂軒

【≪順菴先生文集≫卷二十一≪不憂軒鄭公墓碣銘並序≫："公諱相點，字仲與 ……公取≪易≫'樂天知命'之義，名其軒曰'不憂'。有遺稿二卷，又有詩誦二篇，記古今詩律而間施評隲，皆誦憶而成者也。"】

윤동규(尹東奎) 1695-1773. 조선 후기. 본관은 파평(坡平). 자는 유장(幼章)·소남(邵南)이다.

❀ 守分窩

【≪星湖先生全集≫卷五十三≪守分窩記≫："學不可以不知止，止者卽安身立命之地。富貴而不淫，貧賤而不移，威武而不屈，方可以語止矣。≪經≫曰素位而不願乎外，惟願爲奪志之機。凡富貴未必皆得，威武橫逆，或値之偶然。士之所宜致意者, 貧賤也。矮屋草坐, 風雨無以待, 局局其阨也。見崇高之室, 文錦帷帳, 能無願乎？寒暑之裘褐難繼, 被苦而耕, 帶索而柴。見高馬貴遊, 纖縞鮮耀, 颯踏乎衢路, 能無願乎？凶年饑歲, 穅粃不厭。見灑酒陵肉, 淋灕而懽讌, 能無願乎？願則動, 動便失守。苟辦于此, 將無所不至。其要不過致吾之知, 明其不可以妄想也。天生吾身, 稟有定分, 不免豐嗇之別。彼非占奪, 此豈讓與？《詩》曰'無然畔援, 無然歆羨', 惟收視反聽, 究到於率性之本位, 如草木飛走之區別而不可易, 井疆溝洫之畫界而不可越, 則心安而事裕, 乃以命處義之節度也。余有故人尹幼章, 取友必端, 每道宋公某之善學曰息交秉志。僻居于交河深岳之下, 結小窩, 讀書其間, 不知老至。此守分者也。余謂守而無術, 亦不能自安。安而好學, 益求進步, 類是有道人。余恨未嘗一識眉宇。爲學之始, 又必須從勉力入。不知何修而能得, 試以愚說質焉。"】

정엽(鄭燁) 1695-1775. 조선 후기. 자는 여장(汝章)이고, 호는 식호와(式好窩)이다.

❀ 名 - 燁　　字 - 汝章

【燁, 同煜。《詩經·小雅·十月之交》"燁燁震電", 注 : "燁燁, 電光貌。"《呂氏春秋·勿躬》 : "名號已章矣。"高誘注 : "章, 明也。"皆明亮之義。】

❀ 號 - 式好窩

【《大山先生文集》卷四十七《式好窩鄭公墓誌銘幷序》 : "慶之霞溪洞有故好禮君子, 曰式好窩鄭公諱燁, 字汝章 …… 公以明陵乙亥七月十七日生。弱不好弄, 長而好觀古禮書。就質于瓶窩李公衡祥, 甚見推重。庚子國恤, 州尹以儀節詢于鄉士, 莫能對。及公至, 考據條對甚詳, 賴而無蹟於禮。是歲, 通德郎公卒, 哀禮備至。旣免喪, 輟擧業。晨興拜廟, 問寢於慈闈, 盡其懽。與弟梅軒公友愛甚, 俾肆力於學, 以有成就。丙午遭內艱, 盡禮如前喪。壬申, 哭二子, 能抑哀理勝, 不爲無益之悲。撫養諸孤, 俱得成立。晚年移屋而居, 堂齋廏庫井井有法度。名其室曰'式好', 軒曰'瞻慕', 蓋取意於友兄弟、敬祠廟也。日興處其中, 簡出入, 無事不入城府。皓髮童顏, 歸然爲一鄉大老。甲午, 以年八十例授折衝護軍。乙未四月七日寢疾卒, 享年八十一。"】

김준(金焌) 1695-1775. 조선 후기. 본관은 연안(延安). 자는 자문(子文)이고, 호는

지재(遲齋)이다.

❁ **點易軒**

【≪靑城集≫卷六≪點易軒記≫:"遲齋先生築舍於原州江上, 而註≪易≫于其中。宿雲柳休文名之曰'點易軒', 盖取唐詩'滴露硏朱點≪周易≫'之意也。名者, 志其實也。其似之矣。然先生之點≪易≫異於是。夫≪易≫之本生於圖, 而≪易≫主畫圖主點。故伏羲之作≪易≫也, 因點而成畫。一六爲水土, 二七爲火山, 三八、四九爲金木之生成, 四以成德, 參兩以依數。經之爲八, 別之爲六十四。圖以通其用, 卦以立其體。而≪易≫道成矣。是故仲尼贊≪易≫, 極言圖及大衍之數, 使夫學者因此以求≪易≫。然微言永絶, 大義遂舛。後之學≪易≫者, 皆知≪易≫之本在圖, 而鮮究其所以然。故論方體則序次莫分, 辨時義則生成靡定。終至於象數交戾, 理氣相悖。以之論≪易≫, 信乎其無所得也。始先生之學≪易≫也, 求之≪傳≫而不得, 求之義而不得, 求之卦、求之爻而皆不得焉。於是力探其本, 求之於圖。反復錯綜, 抉摘參互, 當其點者, 紙爲皆穿。如是者累年, 盡得其要。四方以正, 四隅以變。五十有五點, 各當其位。而文王之卦、說卦之≪傳≫, 盡在是矣。然後反求之≪象≫≪象≫, 盖渙然冰釋, 怡然理順。引而伸之, 觸類而長之, 於是作≪河圖解≫以窮其原, 撰≪象象易≫以極其數, 述箚義以盡其文。理以數明, 義由象顯。於天觀日月星辰、四時晝夜之變, 於地察河海山川、草木鳥獸之文, 於人究二帝、三王、周孔之學, 於經推≪春秋≫, ≪禮≫, ≪樂≫, ≪詩≫, ≪書≫之義。≪易≫之用於是至矣。而圖又≪易≫之本也, 故非圖無以知≪易≫。然則先生之點≪易≫乃所以得其本也。中之而太極, 列之而五行, 衍之而著策, 緯之而≪洛書≫。森羅萬象, 酬酢百變。大哉點≪易≫之爲用也!雖謂之先生獨得之妙可也。至如操弄朱墨, 檢閱章句, 供一時佔畢之資者, 詩人所謂點≪易≫, 而非先生之所爲道也。故爲之記, 使覽者因其名而考其實, 見其同而別其異焉。"】

유언길(俞彦吉) 1695-?. 조선 후기. 본관은 기계(杞溪). 자는 태중(泰仲)이고, 호는 매호(梅湖)이다.

❁ **名－彦吉　字－泰仲**

【≪周易・泰≫:"泰, 小往大來, 吉亨。"】

❁ **自知菴**

【《晉菴集》卷六《自知菴記》：“人之患，不在於不知人，而在於不知己。惟其不知己，故人譽之而以爲喜，人毀之而以爲慽。夫天下之色，吾視以吾目，而不借人之目；天下之聲，吾聽以吾耳，而不借人之耳。今乃閉吾之目，而求人之視；掩吾之耳，而求人之聽，是豈理也哉？聲與色，自外而至者也。然吾之所以視聽之者，其權在吾而不在人。況吾不能知吾，而僕僕然仰人之齒牙，得不病乎？是以古之君子獨立不屈，紛然爲取於人而無所加益、脫然爲棄於人而無所加損者，其自知甚明。吾之爲吾者，一也。吾友杞溪兪泰仲，少而有奇志。恥與今之人相俯仰，一朝廢擧，隱居海濱。人有問其故者，泰仲輒笑而不言，而名其室曰‘自知’。嗟乎！若泰仲者，可謂信於己而不求於人者也。夫得於天者失於人，合於古者乖於今。泰仲惟自知其己而已，無怪乎人之不知之也。或者曰：‘泰仲喜著書，其書累萬言。後之人庸詎無讀其書而知其人者乎？’余曰：‘揚子雲作《太玄》以俟後之子雲。余嘗謂，使《玄》藏之名山，列之學官，不足爲《玄》之榮；焚之毀之，而不足爲《玄》之辱。且子雲卽子雲也，何有於後之子雲哉？然則泰仲旣自知之矣，其書之傳不傳，又何必爲泰仲道也？以此爲其菴記。’”】

나제(羅濟) 1696-1734. 조선 후기. 자는 여인(汝仁)이다.

❋ 蒙庵

【《歸鹿集》卷十九《蒙庵銘羅汝仁夢有丈人授以《蒙》卦，故取以名庵云》：“子方觀乎昭曠，極乎高明，此大人之學也。彼丈人先生授訣之意，吾窃惑焉。然則梅窓箋《易》之暇，百源整襟之夜，盍復就質於華胥國。”】

❋ 洗藏菴

【《東谿集》卷二《洗藏菴記》：“儒者論聖人之前知，以爲百世可知之類，特以理推之而已，非如讖緯術數之學。然而一部《易》書，庖羲畫之而爲卦，三聖繫之而爲辭，凡皆依乎數，而導民於前知也。至於邵子元會運世分，而天地之盛衰成毀無所逃；觀梅之占作，而人物之吉凶得喪無所隱。然則讖緯術數，亦非外於斯道者也。此猶依乎數而知，不能無挾而徑造。《易》曰：‘蓍圓而神，卦方以知。六爻易以貢，聖人以此洗心，退藏於密，吉凶與民同患。神以知來，知以藏往，其孰能與於此哉？古之聰明叡知、神武而不殺者夫！’朱子釋之曰：‘無卜筮而知吉凶也。’子思亦曰：‘至誠之道，可以前知。’夫靈明知覺，心之體也。牿之以氣質，撓

之以人欲, 所以至於昏蔽。惟靜以定之, 乃復其體。今夫衆人之夢也, 往往逆覩
未然之事, 或行于未嘗行之地, 而見未嘗見之人。彼豈用目而見, 用耳而聞, 假龜
策而知歟? 特其暫時之靜, 而心體之發見如是, 而況聖人之純乎主靜, 而與日月
合其明、鬼神合其吉凶者, 宜其不爲形殼所囿, 不見而覩, 不聽而聞, 不行而至。
鑑縣燭照, 觸處洞然而無礙。若爾則禪家六通, 何以見斥於吾儒? 而聖宜莫如仲
尼, 而轍環天下, 又若全昧於天地之大數。而≪秦誓≫之編, 壁經之藏, 先儒反置
之疑信之間者, 何也? 使聖人誠有以前知, 而事事而爲之備, 則造化之權乃無所
施, 其不能爲之備, 又無事乎前知。極心體之本然, 而其究歸於無用, 是又不可曉
也。昔與安定羅汝仁論此, 汝仁沉思良久曰:'此尙可大揚搉也。'今其死矣。汝仁
深於≪易≫, 嘗隱於旌善大朴峰下, 扁其菴曰'洗藏', 屬余爲記。諾而未果。九原
之中, 猶其有憾志矣。追理前說, 以爲≪洗藏菴記≫。"】

신경(申暻) 1696-?. 조선 후기. 본관은 평산(平山). 자는 명윤(明允)이고, 호는 직암
(直菴)이다.

❀ 名 - 暻　　字 - 明允
【≪廣韻≫: "暻, 明也。"】

❀ 號 - 直菴
【≪厚齋先生集≫卷四十≪直齋記≫: "東陽申友明允甫, 吾南溪老先生之外孫也。
自志學之年, 已知用力於此事。未弱冠, 蔚然有聲於士友間。一日走書報于余曰
: '吾有小齋, 扁以"直"字, 其意蓋取夫子所謂"人之生也直", 孟子所謂"以直養而無
害", 朱子所謂"天地之生萬物, 聖人之應萬事, 直而已"。願子以此三聖賢之言, 推
衍而爲之說以警吾, 可乎? 吾將讀書於斯, 起居於斯, 而以爲服膺之地也。'余惟
夫子之說是言天地生生之理本直, 故人之稟是理而生者亦直也。孟子之說是言天
地之正氣, 人得以生。苟養之以直而無害, 則本體無虧欠也。朱子之說是言天地
之化生萬物, 各正性命。聖人之酬酢萬事, 泛應曲當者皆直也。大哉直之義, 其
盡於是矣! 古人齋號取義不一, 或用自家寓警之意, 或取前人自砭之旨, 或有以
所居之地而名之者。今明允不用地名, 不用砭語, 而獨有取於直字者, 是感發於
三聖賢之說, 而深寓自警之意者。扁齋之義, 豈有以加於此者哉? 蓋直者, 曲之
對也。必須直上直下, 亭亭當當, 無纖毫屈曲之雜, 然後方可謂之直也。如有一

分半分之曲處, 或曲直相半, 或直多而曲少, 或曲多而直少, 皆不可謂之直也。雖以此爲齋扁, 不過爲門楣之飾, 關我直道甚事? 竊觀明允質粹而氣清, 性方而操確。凡一言一行、一動一靜, 孜孜勉勉, 奉持不忘者, 惟有一直字旣體於身, 又扁於齋, 以爲坐臥顧諟, 朝暮警省之資。是於三聖賢所言之旨, 固已嚌其胾而窺其藩矣。雖然, 吾之所望於明允者不止於此。旣盡在我之直, 又推而及人之直。自身而家, 自家而國, 將見擧一世歸於直矣。其效詎不博歟? 若其用力之方, 都在於《文言》所謂'敬以直內'四字。惟明允勉之哉!"】

유숙기(俞肅基) 1696-1752. 조선 후기. 본관은 기계(杞溪). 자는 자공(子恭)이고, 호는 겸산(兼山)이다.

❖ 名 — 肅基　　字 — 子恭

【《尙書·微子之命》: "恪愼克孝, 肅恭神人。"】

❖ 三苟齋

【《雷淵集》卷十三《三苟齋記》: "行聖人之道, 任天下之事者, 苟與不苟而已。苟者, 朱子所謂粗畧之意, 又易足之稱, 而大學問大經綸皆繇是生焉。然其由之也, 有內外之限焉, 義利公私之所以分也。故君子嚴之, 以剛大守之。由乎內者而粗畧而易足, 志日退, 故惟懼其苟焉; 由乎外者而粗畧而易足, 德日進, 故惟懼其不苟焉。由乎內者, 修身、齊家、治國、平天下之道, 自己而施乎物者也; 由乎外者, 飮食、車服、宮室、財用之具, 以物而養乎己者也。其外也, 天下之與吾共者也, 不可以足乎己; 其內也, 天下之望於吾者也, 不可以不足乎己。故陋巷簞瓢, 粗畧之至也, 顔子自以爲足, 然求至乎夫子而未至焉, 則乃喟然而嘆。伊尹囂然樂於畎畝之中, 不顧千駟, 而一夫不得其所則憂, 使其君不及堯舜則恥。夫德莫剛於顔子, 志莫大於伊尹, 故其於聖人之道、天下之事, 爲之如彼其至也! 無他, 能苟於內、不能苟於內而已矣。今之君子或反是, 爲口體謀而終身病其不足者, 爲天下謀則曰'是不苟而足矣'。甚矣利私之害人也! 非明者何足以語此! 杞溪俞子恭, 吾黨之篤學君子也。於世不苟合, 挈婦子歸隱河上。誅茅築室, 苟可以御風雨矣; 墻下樹之以桑, 苟可以無寒矣; 躬耕于南畝, 苟可以無飢矣。則子恭厭如也。大書其扁曰'三苟'。過此以外者, 萬鍾之富, 固不願也。然入其室, 而絃誦之聲洋洋如也; 披其帷, 而詩書六藝之文秩秩如也。聽其言, 會萬殊而歸于一, 推一原而散之萬。陰陽之變、仁義之常, 微辭劇談, 津津如也。既行之於家, 將以施之天下而猶未也。益俯首讀書窮其理, 汲汲如不及。子恭於內乎能不苟如此。孔子述大禹之德, 先稱其非飲食而惡衣服而卑宮室, 而曰'吾無間然矣'。孟子所謂'飽食煖衣, 逸居而無敎者', 反是而言之也。物之易感而至難足者, 莫切於三者。故子恭平居反復自省, 以寓楹盤之戒者, 必自三者始。盖有得於二夫子之意也。然子恭浸浸及於衰矣, 而其道不行於世, 吾恐其志之怠而德不加修也。輒以剛大之說書爲齋記。"】

홍주형(洪胄亨) ?-?. 조선 후기. 본관은 남양(南陽). 자는 주형(胄亨)이다.

❀ 晚悔堂

【≪鳳巖集≫卷十二≪晚悔堂記≫: "華陽老先生有門下士, 曰南陽洪公胄亨甫。先生敎人爲學, 以篤行爲本, 篤行以彝倫爲先。而其大者有三, 爲父、爲師、爲君服勤至死也。公夙承函丈提耳之訓, 深惟生三事一之義, 拳拳服膺, 日切磋而不舍。既老, 卜築于遼華陽數十里地。以書來屬余曰: '父母罔極之恩, 吾無以報, 此爲沒身痛。先師罹禍之日, 吾未克致死, 此爲沒身恨。且吾生逢聖世, 致君無術, 此爲沒身羞。而年今耆艾, 已不可復爲, 悔將何及?宜吾名吾堂以"晚悔", 以寓區區自警之意。子爲我記之。'余謂公孝親之節, 允爲一鄉人所矜式。殉師之誠, 畢伸於前後章疏。才實適用, 不幸不見知於時, 命也。以衆人視夫公, 宜無可悔者。顧乃瞿瞿然却顧以爲悔者, 其意豈不曰父子君臣師生大倫, 我得之天而爲吾性, 苟有一毫未盡天命, 便卽虧闕;必若曾子之於曾晳, 顏淵之於孔子, 伊尹、呂尚之於商湯、周文, 方可以全其固有之性, 而無愧於爲人之實也耶?盖此道理儘無窮, 雖賢者, 安知其無些子去未盡底?堂之以悔名, 得矣。若公可謂不負所學, 而深得古人責己之道。此正人欲漸消, 天理長進之好消息。彼怵死生徇己私, 滅倫棄義, 老死不知悔者, 視公奚啻若犬豕麒麟也?然君子所貴乎能悔者, 以其能遷善。既悔而不遷善, 是終於自棄而已。幸公勿以晚暮自諉, 擴此善端, 火燃泉達, 久當一疵不存, 十分無餘欠矣。雖夕死, 何憾焉?昔衛武公年九十五, 悔過作詩以自警, 朱夫子以爲畢竟去聖人近。計公今日之年, 去武公尚有四十歲工夫, 桑楡非晚矣。何憂乎年數之不足!其或只留在心胸爲悔, 因循擔閣, 不復眞實下工, 則是徒爲墻壁間標榜, 而無益於實得也。吁!可畏也已。"】

남하행(南夏行) 1697-1781. 조선 후기. 본관은 의령(宜寧). 자는 성시(聖時)이고, 호는 잠옹(潛翁)·둔암(遯庵)이다.

❀ 名－夏行　　字－聖時

【《論語·衛靈公》："行夏之時, 乘殷之輅, 服周之冕。"】

❀ 號－潛翁

【《順菴先生文集》卷二十四《處士潛翁南公墓誌銘並序》："我東近世有篤行處士潛翁南公, 以今上卽位之六年辛丑十一月六日, 卒于振威之桐泉, 享年八十五 …… 公諱夏行, 字聖時 …… 生于明陵丁丑八月。公累遭慘慽, 老年窮獨益甚, 糲飯襤衣, 有時不繼, 而安之若性。非頤養有節, 素履堅定而然乎？常痛在娠而孤, 遂廢擧, 自號'潛翁', 又曰'遯菴', 以示其志焉。有詩文若干篇藏于家。"】

남유용(南有容) 1698-1773. 조선 후기. 본관은 의령(宜寧). 자는 덕재(德哉)이고, 호는 뇌연(雷淵)·소화(少華)이며, 시호는 문청(文淸)이다.

❀ 名－有容　　字－德哉

【《雷淵集》卷二十二《自叙》："居士氏南, 宜寧縣人, 名有容, 字德哉。孔子謂南容曰'尙德哉若人', 父所命也。"】

❀ 號－少華

【《金陵集》卷十七《伯父太華先生墓誌銘》："公諱有常, 字吉哉。宜寧南氏肇自新羅 …… 公幼有異才, 與吾先君子比齒相長, 佔畢游處, 未嘗一日離捨, 弱冠已名動士林。詩學晚唐盛宋諸子, 遒麗淸潤。人得其一句, 爭傳誦之。公長於詩, 先君子長於文, 兄弟而有友朋之樂, 以太華、少華爲號。"】

❀ 二松園

【《雷淵集》卷十三《二松園記》："園之有二松, 豈獨吾園哉？而吾園特以二松名者何？所以志也。園中舊多大木, 春夏之時, 與上苑木交。國家以近苑民家林樹茂密, 穿窬之徒因緣廋其跡, 甚不便, 悉命伐之。於是吾園木高大者盡於斧斤, 獨二松一柏幸而免焉。其後十年, 柏又爲風雨所拔。其他楓栝花竹之蘗而叢秀者顚倒披靡, 不可勝數, 獨二松巋然立乎斷榦敗葉之中, 其色益嚴而氣益壯。嗚呼！可異也！於是家大人携二子, 擧酒於松下。旣而愀然作曰：'松之茂矣, 此吾祖之所芟也。斧斤之莫女毒也, 風雨之莫女挫也。巋然爲故家喬木, 殆天之所扶、鬼之所相乎？吾欲取竹亭故材，重構數椽於園中。築斯石也，鑿斯池也，以與女宴息。述先興廢，子孫之善事也。園中舊有竹亭名曰涉者，曾王考所築，而今亡矣。女其識之。'旣又名其園曰'二松'，以示不忘斯志。他日亭成，又將扁之以二松云。姑爲記。"】

❀ 三一堂

【≪雷淵集≫卷十四≪三一堂記≫："物之爲人所嗜者，必其有滋味者也。有滋味而至於嗜，則累於人也亦審矣。余讀六一居士自傳，常怪居士徒知軒裳珪組之累，而不知五物之爲累。豈五物果不能爲累歟？軒裳珪組之累居士者固甚於五物，則其滋味之入必有甚於五物者。故居士退而與五物居，則取以爲適，不自知其爲累，而進而軒裳珪組焉，則已覺其疲吾形而勞吾心矣。若伊尹、太公，自耕釣以至爲阿衡、尙父，而終始不以一毫累其心，無他，其於天下萬物，不見其有滋味故耳。雖然，方其有滋味也，而已知其爲累，居士之賢於人亦遠矣。余未試於世，凡物之爲吾嗜者，不越乎五物之間。而猶懼其爲累，況其軒裳珪組而爲吾累者，安知其不甚於五物也？今欲稍損其累，莫若簡其所嗜欲。就五物而去琴，又去棋，去古今籀篆之文。獨藏書一千卷，寘酒一壺，而與吾一人參而爲三一，此吾齋之所以名也。或曰：'物無衆寡，而爲累則一。子安知書與酒之不累子，而不去之乎？'余曰：'唯唯。然吾之獨取夫二物者，以其雖爲吾累，而亦有時而去吾累耳。方酒之沾吾脣而嘿嘿然味其旨，書之蠱吾心而孳孳焉味其腴，其爲累何以異於曼聲媌色哉？旣而一觴一咏，陶然以樂，犁然而喜也。向之有味者，終歸於無味。而至其甚適也，舒暢發越，神王而氣充，擧天下萬物無足以入吾心者，玆又非二物之去吾累者歟？其爲累也微而暫，其去累也大而久，惡乎其去之？雖然，徒書也而不以酒，則偏乎枯；徒酒也而不以書，則漸乎蕩。必也二物相須，而吾之樂全矣。'"】

권서(權紓) 1698-1780. 조선 후기. 본관은 안동(安東). 자는 중용(仲容)·중암(仲巖)이고, 호는 양의당(兩宜堂)이다.

❀ 號 - 兩宜堂

【≪大山先生文集≫卷四十四≪兩宜堂記≫："公山之陰，地衍而勢曠，泉甘而土肥，宜菽麥菜茹。上舍永嘉權公仲容氏卜宅于玆，已兩世矣。公淸修閒養，服儉勤，嗜圖書，嘗爲堂於所居之西偏，取朱先生≪菽麥≫詩，顔署以'兩宜'，屬余記其事。余惟公之居此堂也, 庭壇花卉之玩、山阿林薈之觀, 皆宜於是堂。入其室, 而蒼籀之篆, 鍾、王、顏、柳之草隷, 與夫顧、陸之畫, 盈箱溢皮, 悅於目而宜於心。而乃獨區區留情於療飢之薄味, 何其所嗜之偏也?則余未得所以爲公言也。公笑曰:'余慣於居貧矣。方其腹餒神疲, 薾然而思睡, 則寧有心情可及於外物?而及其朝日上竿, 小婢推門, 麤麨盈盂, 翠芯登柈。細嚼而徐下, 咽飢自療而丹田得以養。於是而向之壇阿皮箱之物, 皆爲吾之用。蓋蔥麥之淡泊自相宜, 而二者之滋養又宜於余。求之而易得, 用之而易足, 足以終吾身而自樂, 此余之所以取此而不于彼也。'噫!公之所以名堂則宜矣。然朱先生之爲此詩, 抑有深意焉。蓋不忍獨享其滋味, 而念及前村之未炊, 此固仁人惻怛之本心也。推而達之, 則博施濟衆, 以拯斯民於溝壑, 而躋之含哺鼓腹之樂。公旣有味於此詩而命之名矣, 盍亦顧名思義, 以其療飢之餘, 及於親戚隣里, 使吾惻怛慈惠之意, 隨其力之所至而無礙焉?雖施有廣狹, 而特其所處有小大耳。然則卽此方丈之堂, 而其範圍天地、涵囿生靈之用, 固渾然而全具, 是將無所處而不宜。宜公之署此而志其堂也。公今老矣, 四方之志已倦。且以是詔其孫子, 以嗣守其志業。則是將宜于室家, 宜于民人, 而且百祿是宜焉。奚但麥蔥之兩相宜而已哉?余家在前村, 而有時朝炊未起, 幸毋惜一盂, 相對大噱。其眞率風流, 抑不可不謂賓主之兩相宜也。是爲記。"】

이문보(李文輔) 1698-?. 조선 후기. 본관은 연안(延安). 자는 상경(尙絅)이고, 호는 대관(大觀)이다.

❀ 號 - 大觀菴

【《晉菴集》卷六《大觀菴記》:"今年春, 余與尙絅登華山, 西望滄海。時値微雲四起, 不能遠眺。及到絶頂, 烈風吹人, 凜乎不敢久立。而尙絅向天而歌, 歌聲振林木。旣而風定雲消, 俯視海天相接, 茫乎無一物。尙絅顧余而嘆曰:'惜乎!吾目力有窮, 不能盡天下之壯觀也。'遂相與下山。一日, 余訪尙絅, 尙絅扁其讀書之室曰'大觀'。余訝然曰:'子之室甚隘陋, 茅簷蔽日, 惟見駱山數峰從墻頭窺入。而堂前有隙地, 不過數十武, 雜草翳如。尙絅性又懶, 未嘗治之, 而日閉門淸坐而已。吾未知子之能大觀也。夫華山, 世所稱壯觀也。向也子登絶頂, 而猶恨其不能盡夫其觀。則今處乎一畝之宮, 而曰吾能大觀, 其孰信之?雖然, 境有大小, 而吾之觀則未有變焉。古之君子不循於外，而惟求於內，故齊禍福，一死生。窮而不見其慽，達而不見其泰。其心浩然廓然，不以天地爲大，不以尋丈爲小。蓋其在我者常有餘，而外固無足以移之也。尙絅好讀書，深窺《六經》、百家之說，得其精粹。而最深於儒釋之分，涵泳充溢。與之語，逾出而逾不窮。然則尙絅之所觀者，固在內而不在外也。顧安往而不得其大觀乎？苟不由是道，而逐逐然惟外之務焉，則尙絅殆將病矣。'尙絅曰：'然。如子者，可謂得吾之觀矣。'遂書而爲其《大觀菴記》。"】

오원(吳瑗) 1700-1740. 조선 후기. 본관은 해주(海州). 자는 백옥(伯玉)이고, 호는 월곡(月谷)이며, 시호는 문목(文穆)이다.

❀ 名 - 瑗　字 - 伯玉

【瑗，《玉篇》"玉名"。又，春秋衛國有賢人蘧瑗字伯玉。《淮南子·原道訓》："故蘧伯玉行年五十，而知四十九年非。"】

❀ 號 - 月谷

【《月谷集》卷十三《本生妣安東金氏遷葬時祭文乙巳》："維歲次乙巳十月乙丑朔初十日甲戌，我本生先妣安東金氏之柩，出自廣州月谷舊塋，將以十三日靷向龍仁駒興山下，十五日祔于本生先考府君之墓。"又卷二有《元月初二夜，在月谷墓舍，夢拜二先君，承誨從容，不勝痛慕，覺而爲詩記之戊申》，卷三《月谷草堂新成》："小屋宜閒臥，虛簷納翠微。林園非勝絕，松檜有瞻依。落落匡君計，遲遲盡室歸。沉吟眄庭樹，棲鳥及斜暉。"】

김숭렴(金崇濂) 1700-1743. 조선 후기. 본관은 의성(義城). 자는 사희(士希)이고, 호는 둔산(遁山)이다.

❀ 名 - 崇濂　字 - 士希

【宋代理學家周敦頤人稱濂溪先生，其《通書·志學》有"聖希天，賢希聖，士希賢"句。崇、希，皆景慕之意。】

❀ 號 - 遁山

【《小山先生文集》卷十三《遁山金公遺事》："公諱崇濂，字士希 …… 結廬於遁山先壠之下，巖石對峙，長江白沙平鋪十里。迎致大人公，朝夕歡侍，詩書自娛。

嘗曰：'當拂意惱心處, 非習忘無以制。'又愛古詩'安得此心如古井, 湛然無起亦無塵', 豈有意於修養家者邪？"】

이길보(李吉輔) 1700-?. 조선 후기. 본관은 연안(延安). 자는 계상(季祥)이다.

❀ 名 - 吉輔　字 - 季祥

【≪莊子‧人間世≫："虛室生白, 吉祥止止。"成玄英≪疏≫："吉者, 福善之事；祥者, 嘉慶之徵。"】

❀ 超然亭

【≪雙溪遺稿≫卷十≪超然亭記≫："季父尙書公新搆小亭於宅後之園, 旣成, 而與羣子弟落之。顧福源曰：'汝其名之。'福源起而復曰：'請名超然何如？'公曰：'園不盈一畝, 亭不過數椽。超然, 不已夸乎？'對曰：'在人不在亭。老氏之言曰："雖有榮觀, 燕處超然。"超然者, 遊於物之外也。有待於物, 則山林魚鳥皆足以爲吾累, 而况於榮觀乎？能遊於物之外, 則安往而不超然？且夫是亭也, 材短而地高, 體狹而用廣, 郊野之閑曠、城郭之壯麗、峰巒煙雲之繚繞卷舒、士女車馬之都雅殷闐, 或近或遠, 皆在望中。又有名花怪石, 點綴階庭。舞鶴鳴禽, 親近欄檻。風輕之朝、月明之夕, 公未嘗不在其中。酒樽碁局, 几杖琴書必隨焉。盤桓徙倚, 盡意極目而還。應接變於前, 節宣適於中。晚境淸福, 有賴於斯亭多矣。謂之超然, 不亦宜乎？雖然, 公年踰七袠, 位躋八座。情思已闌, 嗜愛日淡。固已超然於榮觀之外, 而獨於花石書畫宿好彌敦。一日無此, 寢食爲之不怡。是猶有待於物, 而非超然之至者也。司馬君實記獨樂園曰：'行無所牽, 止無所尼。耳目肺臟, 卷爲己有。'敢以是爲誦。公於是俛而笑, 仰而歌曰：'超然之亭可以老兮, 世間萬事從吾好兮。'福源退而爲之記。"】

박태제(朴泰齊) 1700-?. 조선 후기.

❀ 默齋

【≪江左先生文集≫卷六≪默齋記≫："朴上舍泰齊以默名其窩, 吾爲書金人銘。旣爲, 諗之曰：'夫人非無口皰, 又烏得默而已乎？且古今人以默名齋者多矣, 請易以鶩齋則何如？'上舍曰：'梁爲鴈鶩之鄕, 以鶩名齋, 義在是歟？'曰：'否。馬伏波之戒嚴敦曰："龍伯高敦厚周愼, 口無擇言。效伯高不得, 猶爲謹勅之士, 所謂

刻鵠先不成尙類鶩也。"名齋以鶩, 亦默窩之義也。況子之先子知事公平日懷馬伏
波之志, 其訓戒子孫, 必與之相近。以鶩名子之齋, 不亦善乎？'上舍愀然良久曰：
'吾先子嘗手書三十二字以敎泰齊。其起句曰"耳聞人過, 口不得言"。何公言之得
吾先子之心也！'遂次其說爲《鶩齋記》。"】

홍상한(洪象漢) 1701-1769. 조선 후기. 본관은 풍산(豊山). 자는 운장(雲章)이고, 시호는 정혜(靖惠)이다.

❉ 名 - 象漢　　字 - 雲章

【《詩經·大雅·棫朴》："倬彼雲漢, 爲章于天。"鄭玄《箋》："雲漢之在天, 其
爲文章, 譬猶天子爲法度于天下。"】

❉ 諡號 - 靖惠

【《太常諡狀錄》卷四《贈議政府領議政行禮曹判書洪公諡狀》："公姓洪氏諱象
漢, 字雲章, 系出安東之豊山縣 …… 翼憲思慮深遠曰翼, 博聞多能曰憲、孝獻慈惠愛親曰
孝, 嚮忠門德曰獻、落點靖惠寬樂令終曰靖, 勤施無邪曰惠。"】

이언세(李彦世) 1701-?. 조선 후기. 본관은 영천(永川). 자는 미중(美仲)이다.

❉ 名 - 彦世　　字 - 美仲

【《爾雅·釋訓》："美士爲彦。"】

❉ 畫扇齋

【《圓巖集》卷十三《畫扇齋記》："李美仲家城市而志山林, 就扇面畫山林一區,
每愛翫之, 因又取'畫扇'名其齋。蓋美仲之於山林, 特其身爲城市所寓未及去, 而
其志則已泯然爲一。當其却掃靜坐, 手一扇而興會也。淸泠滿室, 壁戶脩然, 肺
腑相流通, 意想相飛越, 怳見佳山勝水、茂林穹壁涌現於扇面, 攢集於堂畔。遠
之則不可接, 近之則在方寸。無論其志之泯然, 而卽其身之寓城市者並欲渾化,
殆忘其未及去。美仲所以托寄畫扇, 不忘山林之欲去者, 有如是夫！然美仲骯髒
有氣槩, 嘗造膝言事, 震驚一世。其志固不忘乎山林, 而亦有不肯忘世者矣。然
則美仲之身終不可去, 而秪一畫扇齋, 欲了山林之志歟？或曰：'美仲之有是齋,
旣自有山林。而且美仲在都無祿位, 其不去亦猶去也。奚必去乎？'是其言猶未爲
知美仲矣。美仲骨體不媚, 半生欿寄, 世路無可容, 而山林是其所也。一丘一壑,

架一茅屋而嘯傲其中。則左右溪山，莫非畫扇中物。而美仲之偃仰起居，自當爲畫扇中人。然後畫扇之義可卒，而畫扇之名堂室者始不可易矣。毋曰不去猶去，而勉卒其去之義，唯美仲知之。余之文，亦所以俟美仲於後日云。圃巖病夫戲書。"】

김시진(金時震) 1703-1766. 조선 후기. 자는 위경(威卿)이다.

❀ 名 - 時震　字 - 威卿

【≪史记·魏公子列传≫："當是時，公子威振天下。"】

홍계희(洪啓禧) 1703-1771. 조선 후기. 본관은 남양(南陽). 자는 순보(純甫)이고, 호는 담와(淡窩)이다.

❀ 無言齋

【≪月谷集≫卷十≪無言齋記≫："吾友洪純甫爲人修潔明敏，銳於進爲，而其所居室名曰'無言齋'。間謂余曰：'吾病不能默，吾以是名吾齋，亦古人佩韋之戒也。子其文以勉之。'余唯唯而未作，非緩也，盖未得純甫意也。夫言者，人心之聲也。精神意思，非言不通。善惡是非，非言不形。道德仁義，非言不著。故叔孫豹論三不朽，而所謂立言者與功德同稱焉。今使夫人者膠其口、結其舌，蠢蠢焉而已，則亦烏用斯人爲哉？昔吾夫子之欲無言也，盖聖人過化存神之德，不待言語而行，如玄天幽默，而四時百物得其道焉。是則夫子已矣。純甫眇然初學，而其何敢議此乎？若古人之以言爲忌，而丁寧其戒如金人之三緘、老氏之塞兌有矣。然亦出於全身避患，而偏於自私，非聖人大中至正之矩也。純甫方將進而需世，爲國家盡忠獻，則又奚取於此哉？夫純甫之志果惡在也？旣思而得其說。夫人固不可無言，亦不可不謹言也。孔子之稱閔子騫曰：'夫人不言，言必有中。'公明賈之稱公叔文子曰：'時然後言，人不厭其言。'今純甫之無言，非固欲無言也，欲其口之無擇言也。夫旣無擇言乎，則雖一日而千百言，亦何害爲無言哉？然惟口興戎，駟不及舌，則言之中也少而不中也多，時者少而不時者多。其有悔於心而貽害於身，往往言爲之祟焉。此古聖賢之拳拳以括囊守口敎人者。而余見純甫之質，盖敏銳有餘而沉重不足。今將痛自警省，克其偏處，寧期於無言，而惟恐其或多言也。其志不亦切乎？抑余嘗謂，不當言而言，誠爲口過；而當言而不言，其爲過惟均。斯孟子所以有餂人之戒也。吾願純甫之無言也。其在家怡怡然言孝慈友弟，其與朋友侃侃然言忠信道義，其進而立於朝，諤諤然言君德闕遺，朝廷得失。凡其言之使必可行，行之使必可言。而此外非法無益之言，一無出於口舌。則將見德行功業，輝光昭焯，而不朽之盛亦不待區區言語矣。若是而名純甫曰‘無言齋主人’，豈不可也。然人之有言，心之聲也。則口舌非能言也，所以言者心也。今純甫誠欲無口過也，宜先以無心過者爲主。使吾方寸純正安固，而凡邪妄躁擾之念罔或干其間焉。其發口成言者，不期擇而無可擇矣。默而識焉，俛而進焉。雖由此而上窺仲尼無言之域，夫孰能禦之？苟不先治其心，而强而制之煩舌齒牙之間，如塞兒、三緘之爲者，是猶蕩其源而欲遏其流，其何功之有？諺曰‘防民之口甚於防川’，余則曰‘防吾之口亦甚於防川’，純甫宜察乎此也！顧純甫既以無言名齋，而使余必有言，何純甫之待人與自待者異也。若余行不修、躬不逮，而徒以言語文字自附於切偲之道，其顔獨無騂乎？然純甫之誠心，余不可孤也。忘其愧怍而强爲言如此，純甫其毋以人廢言也。丁未春，吳伯玉記。”】

❖ 老寄樓

【《晉菴集》卷六《老寄樓記》：“東湖之勝最稱廣津，士大夫好事者多治亭樹。沿江而望，翼然相接。東折而越數岡，別爲一洞，有所謂江泉亭者，廣州留守洪公純甫氏別業，而以其兼有江湖泉石名之也。泉之源出於裴嵯山，合五小溪，由是洞過數百武注于江。自外望之，岸抱林合，不知有泉，而入洞始得焉。公起小樓臨其上，取晦翁詩中語扁曰‘老寄’，要余文以記。蓋公之占是洞也，人有病之者曰：‘崖傾而谷狹，石亂而水壅。疏而鑿之，徒見其勞。公且休矣。’公笑而不答。始築不朞年，剗夷其險，開導其湮。向之側者正、蔽者敞，泉乃曲折淪漣，懸之爲瀑，瀦之爲潭，各獻其態。而石之盤陀者，形益奇，色益潔。洞之勝灑然異觀，遊者躍然而驚，悠然而樂，莫不歎公之能不撓於或者之言，而又莫不賀洞之遇也。余因是竊有所期望於公者。公自少力學博古，慨然有當世志。常曰：‘事無不可爲者，只患不爲。’及其進用也，以革弊抹民爲己任。謗公者四起，公幾不容于朝，而猶晏然無動。余每與公論事，或有不能苟合，而其不激不沮，必行其所學者，則未嘗不服之也。然事無大小，惟觀其終而已。彼區區一丘一壑之經紀，且不可與俗士謀始，況天下事乎？無怪乎其譊然也。苟使公之設施其功利之及於物者，愈久而愈著，果如是洞之能成其終，則余將爲國賀。而不惟余賀之，世之謗公者擧皆

尸祝公矣。夫然後公退寄斯樓, 角巾藜杖, 以娛晚境, 則洞於是乎信遇公矣。姑爲之記以俟云爾。"】

❀ 盤桓臺

【≪晉菴集≫卷六≪盤桓臺記≫："唐城洪純甫卜居全州之龜湖, 庭有古松偃蹇屈曲, 如虯龍攫人。純甫顧而樂之, 就其址疊石爲臺, 日逍遙其上, 蔭翠影而濯淸風, 誦陶淵明≪歸去來辭≫, 而取其辭中語名之曰'盤桓臺'。盤桓之義, 始出於≪易·屯≫之初九。≪屯≫之爲卦, 剛柔始交而難生, 又其象爲雲雷。故君子當其屯難, 盤桓而不進, 蓋將試其經綸也。夫士生斯世, 不能無遇不遇。而遇則進, 不遇則退, 惟不出於兩途而已。時可以進而不進, 謂之傲;時可以退而不退, 謂之躁。躁與傲, 皆非進退之正也。其進也有爲, 不以爵祿爲榮;其退也有守, 不以山林爲高。惟各論其時也。至於≪屯≫之義, 則有異於是。欲進則坎險在上而不能進, 欲退則震動在下而不可退。徘徊於出與處之中, 其所遇之時有至難。而君子居易俟命, 不敢遽進者, 又可以觀其志也。淵明, 山澤之高士也。見晉室將亡, 遯世長往, 撫孤松而寄傲而已。然余讀其詩, 泊然澹然, 若無意於當世。而往往感天運, 悲人窮, 有勃然不釋者。則淵明之所以盤桓者, 雖未必出於≪屯≫之時義, 而亦豈欲果於忘世哉?特其時然也。若純甫者讀書好古, 深究經濟之學。擢上第, 早登膴仕, 將出而措之世。則與淵明之時, 其所遇者不同。而惟其不苟合於時論, 旣涉其險, 自屛田野, 益講其所學以待乎時也。余竊觀今之士大夫, 日夜奔走求進不已。盤桓於是非之際, 而是非亂;盤桓於賢邪之間, 而賢邪混。凡其觀望於禍福之門, 俯仰於利害之途, 病世道而喪身名者, 無往而非盤桓之地。則其諸異乎純甫之盤桓。而純甫之抱志居貞, 猶不能忘斯世, 而取淵明之辭, 聊且名其臺者, 其所存遠矣。聖明在上, 吾知純甫之進而大亨於世者, 其有日矣。吾友洪養之旣銘其臺, 而純甫以其說屬於余。余推其義, 以爲記焉。"】

이창의(李昌誼) 1704-1772. 조선 후기. 본관은 전주(全州). 자는 성방(聖方)이고, 시호는 익헌(翼獻)이다.

❀ 兼樂亭

【≪保晚齋集≫卷八≪兼樂亭記≫："樂有天倫之樂、山水之樂, 而二者未易兼有, 何也?天倫之樂近在階庭之內, 山水之樂遠求荒閒之濱。故楊津隔帷, 無與仁智之趣；向平遊山，必待婚嫁之畢。其不得兼有者，勢也，非其樂之異也。若今咸鏡道觀察使完山李公昌誼，則於斯二者其殆兼有之乎？公位比上公，年躋下壽，鬚眉皓白，顏如渥丹。而姊氏金尙書夫人尙無恙，公事之如母，不惟樂其耳目，亦有以樂其心志。及公觀察咸鏡，則姊夫人隨其子金魯鎭於江東治所矣。公又邀之，日娛以絃歌遊衍。樓必於樂民，亭必於知樂。旣又病樂民、知樂距姊夫人所舍遠，不能日朝夕兼有其樂，遂拓內衙後之梨花園，築小構，丹其楹，茅其盖。聽訟之暇，公輒移杖屨，扶姊夫人登斯亭。則又鬢進餐，僕御命樂，姁娌甥舅，怡怡油油。公於天倫之樂，雖楊津不能尙其樂也。至若遙山大野，晴川白沙，虹橋駕于十里，粉堞環其一面者，此樂民之勝而知樂不能有之。平林長堤，隱約縈紆，煙火起於千家，蒼翠環以列峀者，此知樂之勝而樂民不能有之。獨斯亭，介樂民、知樂之間而據其脊，故身不離庭戶之內，而凡左右流峙之勝，可以揮麈談笑，一擧目盡之。公於山水之樂，雖向平亦不能尙其樂也。前之樂，公之所自有也；後之樂，公與繼公而至者之所共有也。以兼樂名亭，不亦宜乎？亭成，余自愁州謫放而過公。公携余登亭，屬以記。余旣喜公樂其樂於亭，而又喜咸民以公之樂其樂於亭者爲樂也。遂書此以爲兼樂亭記。"】

신정복(辛正復) 1704-?. 조선 후기. 자는 대유(大有)이다.

❈ 名 – 正復　字 – 大有

【≪復≫，≪大有≫，皆爲≪周易≫卦名。】

❈ 湖海亭

【≪貞菴集≫卷九≪湖海亭記≫："孟子曰'觀於海者難爲水'，朱子釋之曰：'所見旣大，則其小不足觀也。'然天下之水，自湖江川瀆，以至陂澤澗溪，其數亦多矣。是皆各擅其勝，無不有可觀者焉。何可以一觀於海，大其所見，而遂廢天下之水哉？譬如遊聖人之門，得聞大道，天下之言無足當其意者。然其溫厚明達，合於理致，而有功於聖人之門，則皆可取之。何可以吾見聞之大，而遂廢其言，以爲不足聽哉？大抵觀水者，必盡觀天下之水，然後方可以盡其水之理而無不備矣。聽言者，必盡聽天下之言，然後方可以盡其言之理而無不明矣。苟徒取其大而略其小，則所謂大者有未盡耳。盖孟、朱之言只論其大體，不以辭害意可也。余聞江陵之鏡浦臺，濱於大海，自爲一區，不與海相接。而其瑰奇偉麗之勝，殆無其匹。東海固爲壯觀, 而使無鏡浦臺, 則東海之勝有未備也。自鏡浦十里而爲湖海亭, 自鏡浦而觀之則不知有湖海亭, 而自湖海而觀之則不知有鏡浦。嶺東之人謂之內外湖, 而各擅其勝者也。然則觀於東海者, 以爲壯觀之止於此, 而不復知鏡浦湖海之勝, 則是何異遊於聖門者, 徒聞聖人之言, 不復知天下亦有精言眇論可爲人法者乎?湖海舊有畫閣, 乃張別檢昊太虛之所剏, 而燼於野火, 礎砌猶在。向者戊戌, 三淵金先生到此, 斷以爲第一名勝。而湖亭主人辛上舍正復爲縛屋三間, 爲先生居宿之所。先生居此甚樂之, 與門人弟子講《易》論《詩》, 未周歲而作五臺之遊, 遂不復至。而其亭巋然獨留, 蓋三十餘年矣。人之慕先生者, 每登覽太息。而主人與數三學子於此講誦, 略如先生在時。庚午又失火, 鞠爲荒墟。主人之意, 旣傷名亭之廢於灰燼, 又恐前修之遺跡併至泯沒, 乃重新棟宇, 而屬余記之, 以示後人。余久知有湖海之勝, 而未能一至其處。亭之主人, 亦知其爲韻士, 而尙未一識其面, 此爲可恨。然馳書數百里外, 請之愈勤, 則余亦喜其托名於其間, 遂不得辭也。古之陳元龍, 湖海之士, 豪氣不除。此不免爲客氣所使, 有妨於學道。然所謂客氣者, 多由於徒慕其大而不察於微眇也。使其合大小精粗而無所遺焉, 則乃合於知言養氣, 而方可謂善用其氣者, 此眞孟子所謂豪傑之士也。然則湖海之豪氣未必有妨於學道, 而亦豈不反有益也哉?余雖疾病侵凌, 尙有豪氣之未盡刬除者, 於世之齷齪猥瑣者, 悶見久矣。他日一往, 縱覽東海之壯濤, 與內外湖之奇勝, 而與主人登樓臥床, 上下孟氏之旨, 以消除客氣, 而發其浩然之氣, 則此亦金先生所望於後人者也。未知主人之意果何如哉?若亭之勝槩, 余未嘗一登臨焉。且已具見於金先生詩語, 覽者當自知之。"】

이상후(李尙垕) 1705-?. 조선 후기. 자는 후숙(厚叔)이다.

❀ 名 - 尙垕　　字 - 厚叔

【垕, "厚"之古字。】

❀ 恧烏堂

【《果菴先生文集》卷九《恧烏堂記》: "昔司馬氏有言曰: '木欲靜而風不止, 子欲養而親不待。'故孝子養親, 惟日不足。嗚呼!爲人子者, 孰不欲養其親乎?顧夜朝代謝之理不免, 而百年之期倏爾過隙。是以或孝有不及, 而養無以自盡, 則其哀痛之情曷有窮已。況壽短不齊, 死亡之故苟出於常理之外, 則喪其親也, 或有在髫齔者，或有在襁褓者。若是者其親顏面尙不識，又何養之之可言乎？此古人所以羨烏之反哺而己不能焉。其言有曰：'相彼烏矣，猶知反哺。可以人而不如鳥乎？'後之讀此辭而不出涕者，眞無人心者也。完山李君尙垕厚叔生四歲喪其考，此正向所謂顏面不識者。君省事以後，恒恤恤以居。及其考卒之歲，乃追喪如制焉。斯禮也，孔孟二聖人之所不行。則雖是賢者過之之事，而君之至情深㦖可見於此矣。君服旣闋，猶哀慕不已，又名其所居之室曰烏烏，書揭楣間，常目之而興懷焉。噫！人子慕親，根於彝性，固不可一日忘者。而年至耆艾，因物有遷，此常人之情也。今君早自含恤，晚能行聖人所不行之禮，而旣老白首矣，猶怨痛㦖恨如一日，以烏烏至其扁堂也。乃深有感於古人羨烏之言，取以爲義，其情愈至，其㦖愈深焉。今庶幾見其不失天畀之性，而亦足以警衰世渝俗矣。抑養有就養之養焉，又有非養之養焉。安其寢處，供其甘毳，以奉其口體，是謂就養之養也。保守家業，飭行謹身，貽父母令名，是謂非養之養也。口體之養，養之常事，而人皆可勉。令名之養，養之大節，而惟孝子爲能盡焉。是以居上而驕，爲下而亂，在醜而爭者，辱及其親。君子以爲雖日用三牲之養，非孝也。余聞君忠醇仁厚，無忤於物，是必遠羞辱而貽其令名者。今不徒以奉不洎口體，爲終己之慟，而於爲善必果，於爲惡必不果，終使人人者由君而稱其賢於君之先父母，則斯豈非非養之養而爲孝子之盛節歟？苟如是也，彼微物之僅通一路，只知其反哺者，有不足道也。然則其所可惡者，將屬之烏乎？屬之人乎？若余孤露，夙抱皋魚之痛矣。今記君之堂也，不覺心折而顏騂。姑以是說復之，以寬君之懇焉。"

≪性潭先生集≫卷十四≪烏烏堂記≫："≪蓼莪≫之詩曰：'瓶之罄矣，維罍之耻。'言以子而不克養親爲可耻也。噫！彼烏鳥之微而猶能反哺，人而反不如，則烏得無耻？然人子之能耻此者，叔世鮮矣。近有烏烏堂七十翁，獨庶幾乎斯歟？翁生於乙酉，纔晬而孤。及長，孺慕靡極，而家道稍成，痛深不洎，每食必臉泫。而見人之奉老，則曰：'人有養親，繄我獨無！'見林烏之哺，則曰：'物猶知報，我反不如。'至見齊衰者則慼容疚懷，有足以感動傍人矣。歲在丙戌，而翁之喪考居然周甲。則值其諱辰，攀擗叩叫，若新遭喪，而曰：'追後服喪，雖違正禮。而服之輕者尙有稅制，吾何忍生見此日而不服縗以終乎？'袒括成服，一如初喪儀。而廬于墓羨下，以畢三霜。逮其還家，不禁慨廓。爰構小堂，扁以'烏烏'。蓋以不克養親爲至痛，而謂有愧惡於反哺之烏也。於是遠近親知，無不悲其意而賞其事，詩以詠

之者甚衆。噫！白華朱萼，是古之詠孝子之詩也。今翁居華萼之洞，亦豈偶然
哉！余亦幼而孤而抱衰者也，其所以追慕而致恔者，實愧於翁，而服翁之深，乃爲
之記。吾儕之見斯記者，亦從而知余之悲而可以見翁之感人深也。翁名尙堂字厚
叔，而系璿派云爾。”】

조주일(趙冑一) 1706-1776. 조선 후기. 자는 사원(士元)이고, 호는 올산(兀山)이다.

❀ 名－冑一　　字－士元

【《漢書·董仲舒傳》：“《春秋》謂一元之意，一者萬物之所從始也，元者辭之所
謂大也。謂一爲元者，視大始而欲正本也。”】

❀ 號－兀山

【《海左先生文集》卷二十九《兀山趙公墓碣銘》：“近時有詩歌之自丹丘絶頂來
而瀏亮人間如天上雲璈者，曰兀山丈人所作也。不佞嘗邂逅丈人於山澤間，酒半，
幢誦古律諸篇，竦動一座。丈人爲誰？姓趙諱冑一，字士元，初諱冑奎，兀山其號
也……嘗著《天命圖說》，有悟解，志氣高邁，不屑爲功令學，被父兄長碩所奬
許，不止以文人期也。一日挈妻子入丹丘之兀山，誅茅斫畬，爲畢命計。時時往
來雲巖水石間，而與世俗相絶。其所遇之時可知也。”】

이보겸(李普謙) 1706-1783. 조선 후기. 본관은 용인(龍仁). 자는 백익(伯益)이고, 호
는 학포(鶴浦)이다.

❀ 名－普謙　　字－伯益

【《尙書·大禹謨》：“滿招損，謙受益，時乃天道。”】

❀ 號－鶴浦

【《豐墅集》卷九《鶴浦李公墓誌銘》：“學莫先乎守身，守身莫難乎守貪賤。以
余所覩，故鶴浦李公其人也。公以今上壬寅五月二十二日卒，去其生肅宗丙戌爲
七十七……公諱普謙，字伯益。庚子朝廷始授繕工假監役，公曰：‘垂死通籍恥
也。’不就。臨沒，命以鶴浦畸人題旌。鶴浦，先墓所在也。”】

이지회(李之晦) 1706-?. 조선 후기. 본관은 연안(延安). 자는 희주(希朱)이다.

❀ 名－之晦　　字－希朱

【朱熹號晦翁。希，希慕也。】

❉ **四不齋**

【《海左先生文集》卷二十三《四不齋記》："延安李公名其齋曰'四不'，蓋取邵堯夫'風雨寒暑不出'之義也。徵範祖爲記。範祖曰：人之有出入，猶陰陽之有動靜。靜爲體，動爲用。而人之出入猶是也。入常爲體而制其用，然後出而無悔咎也。夫得公之'四不出'之粗者曰：'是攝生之術也。醫言傷風則痿，傷雨則瘧，傷寒則欬，傷暑則泄。公之四不出，攝生之術也。'是說固近之矣，而猶不識公之有托而爲是也。公之微意則曰：'人之吉凶禍福生乎出，言出乎口而悖則辱，足出于戶而妄則跲，出未嘗不與物媾，而媾未嘗不與物辨。物之好惡不勝其紛然，而吾之辨有異同。故於是乎激，激故爭，爭故患生焉。故莫善乎閉而不出也。'然爲是者亦有患。吾固不蘄之乎物，而物有時而至。有施無報，則彼且曰'是簡我也'，而如是則患生焉。故莫善乎有所托而不出焉，而托莫工乎風雨寒暑也。夫一朔之內，不甚風雨者十之三四。冬夏之內，不甚寒暑者十之一二。是則可以不出者恒多，而可以出者恒少。方其不出也，風雨則彼且曰：'某不出，風雨也。非簡我也。'寒暑則曰：'某不出，寒暑也。非簡我也。'若是則吾之可以無患焉者恒多，而可以有患焉者恒少。夫可以無患者常爲主，而可以有患者制于我。則智慮生乎靜，而義理明乎動。出而應物，而物不足以爲患矣。此公之微意，存乎四不出之中，而非衆人之與知也。嗟夫！邵堯夫，深於《易》者也。明乎消長之幾，而審乎進退之分者也。安知堯夫之四不出，非其微意也乎？雖然，堯夫隱居洛北諸公之間，講道論德，有過從之樂。則風雨寒暑之外，猶是可出之日也。若公則環屋而囂者，闤闠輪蹄也。戶庭之外，是非之藪，而爭奪之塗也。安知公之意弗曰'一歲之內三百六十日，無非吾四不出之日'云哉？記其說以進。"】

이희겸(李喜謙) 1707-?. 조선 후기. 본관은 함평(咸平). 자는 사명(士鳴)이고, 호는 기기옹(棄棄翁)이다.

❉ **名 － 喜謙　字 － 士鳴**

【《周易·謙卦》："六二，鳴謙，貞吉。"《注》："鳴者，聲名聞之謂也，得位居中，謙而正焉。"】

❉ **號 － 棄棄翁**

【≪崧岳集≫卷二≪棄翁臺記≫:"鵠都李棄翁, 豪客也。今年春, 遇翁於露臺洞。翁始色若得, 忽奮然以手擊欄, 喟曰:'男子生宇宙中, 沒世無名, 可羞也。今吾皓首無所成, 爲世間一棄物, 與蟲獸同爛, 豈不悲哉!吾故於山水間托情, 逍遙以遣。凡吾都之以勝跡名, 輿誌所載者, 時常搜覽。偶過龍山下, 得一奇境, 盖前人之所不遇, 而棄廢不顯者也。山之北脊, 有巖大如籠者五六, 人呼曰籠巖, 以狀得名也。巖下有小澗灇灇東下, 掛石爲瀑。瀑轉而壁開, 曠然東呀。其西崖石竅泉出, 泓淳潋澈。四邊崖石削障爲方井, 周七八尺, 似有人用斧刻斲而爲者也。或曰冷井, 以泉性冽也。或曰藍井, 藍必以冷染, 以其功稱之也。然非古也。泉後瀑落之澗挾左泉, 循南崖而過, 與泉流合, 直東注, 折而北, 入城市去矣。趨立泉上, 四顧望之, 巖詭石怪, 丘陵亦異特。而鵠峰蜿巒, 橐駞長林等衆景爭騰競奔, 又咸來供我。其他水湧山出, 巉崿溶潚, 突然窈然者, 盡是新面目。吾心甚喜之, 乘閒輒佩酒倘佯, 舒嘯於其間。遂於泉上累土爲臺以憇息。臺傍磨蒼崖一面, 以待刻扁, 而令名未得。欲得能文辭可傳行者, 記迹以圖不朽。子爲我記之。'曰:'昔連州之谷丘, 得弘中而蔽者以顯。弘中之興趣, 得退之而使後人以知弘中。翁誠有退之, 我無。翁何不求退之而請之?'翁曰:'我不識退之, 以子爲退之。子若非退之, 退之, 子薦之。'對曰:'諾。我爲翁姑記草, 以爲翁見退之之贄。'遂據翁之自道, 號翁曰棄翁, 以其號名其臺曰'棄翁之臺'。凡溪與丘與泉與瀑等號, 雖今不稱, 後世必以翁呼之矣。翁見棄於世, 而不見棄於龍山之水石。龍山之水石見棄於人, 而不見棄於翁。兩棄不相棄, 竟不爲永棄, 斯亦得失之一機也已。翁與予家大人同日同庚也, 爲是辭不得。"】

이양원(李養源) 1708-1764. 조선 후기. 자는 호연(浩然)이고, 호는 도계(陶溪) · 도곡(陶谷)이다.

❀ 名 - 養源　　字 - 浩然

【≪孟子 · 公孫丑上≫:"我善養吾浩然之氣。"】

❀ 號 - 陶溪

【≪素谷先生遺稿≫卷七≪陶溪徵士李公墓碣銘≫:"公諱養源, 浩然其字也。隱於公州之陶溪, 學者因以爲稱。"】

❀ 陽巖

【≪素谷先生遺稿≫卷三≪陽巖記≫："太極動而一陽之氣始生，凡物皆得是氣而亨焉。草木之拉，陽萌之以苗；鳥獸之氄，陽感之以育。蟲之墐，陽振之發；魚之潛，陽動之躍。惟人也得其秀，陽純之則聖，陽復之則賢，陽失之則愚。故以陽長爲君子，陽消爲小人。孔子，聖人也，得陽之元氣，故≪傳≫曰'秋陽以曝之'。七十弟子之中，惟顔氏子得陽之春生氣，然其氣有限而夭。點也狂，只得其暮春氣象。孟子得陽之浩然氣，先儒以綵花比之。自玆以降，陽日消而陰日長。天運循環，陽氣漸復，而濂洛諸君子者出，或得陽之灑落氣，玩庭草翠。或得陽之一團和氣，樂前川花柳。或胷中有春，而得陽之英氣。或德秉純陽，而得陽之精粹氣。其徒有游、楊、屛、山之流，或入春風室，或負高堂暄，是皆得陽氣而復之者。其下於此者，非無萌蘗之生、一日之曝焉，其不爲牛羊牧十日寒者幾希。嗚呼！得陽之氣者蓋寡矣。與吾遊者李養源浩然，是得陽氣而志于復者。居魯東之陽巖，取巖之名以自號，請記于余，以作座右銘。觀此可知其爲君子之徒也。噫！浩然于陽巖，宜如何居之？宜自强。顧陽巖名，體不息之陽運。宜改過。惕陽巖名，法陽復之不遠。宜擴充善端。思陽巖名，如一陽漸長。宜求放心。念陽巖名，懼微陽將剝。使吾身一動一行，粹然出於陽氣之正。不悖乎陽巖之名，則錦花茵草，蒼翠交暎者，陽巖之風景也。梧月柳風，胷次豁爽者，陽巖之氣象也。春風陋巷，簞瓢自樂者，陽巖之生活也。向陽竹牖，去暗來明者，陽巖之功程也。然後可以居陽巖，而無愧陽巖之名。浩然勉矣哉！"】

✿ 强庵

【≪素谷先生遺稿≫卷三≪强庵記≫："人性至善，無所不具，而爲天下之達道者，不過曰君臣也、父子也、夫婦也、昆弟也、朋友也，五者而已。所以行達道者蓋亦多術，而爲下學之要切者，亦不過曰吾夫子所謂'勉强'二字而已。蓋達道也者。人之得於天而所共由者，皆於動靜日用之間各有當行之路。其理也，無聖狂賢不肖之殊焉，無古今之異焉。特其二五之氣，參錯不齊，賦生者不能無淸濁粹駁之不同。故生知之聖，不待勉强而安行之。學知之賢，不必勉强而利行之。若衆人則知不足以及之，行不足以守之。或奪於私欲，或蔽於利害。其所以蔑天常、悖人紀者，將無所不至矣。故必須黽勉着力，以强其所不及。憤發勇往，以强其所未能。雖其聞道有蚤暮，行道有難易，而其能自强而弗息，則及其成功，一也。然旣有是駁，故雖大賢不能弗强。旣有是性，故雖愚夫亦能與知。彼剋己復禮，弗

遷怒，不貳過，回之強也。日三省吾身，竟以魯得之，參之強也。聞過則喜，勇於
自脩，由之強也。此數君子者，或升堂焉，或入室焉，猶且以強而行之。若乃企生
知安行之資，爲不可幾及；輕勉知強行之功，謂不能有成。安於暴棄，不自勉強，
則幷與其所與知者而牿喪之，其能異於禽獸者幾希。噫！強之於人大矣。今人見
明道，則樂其渾然天成，而不知自強於煞用工夫；見晦翁，則樂其海闊天高，而不
知自強於寸積地頭。故不能躡其步，闖其閾。而吾夫子強勉之旨，人且不聞焉。
間有聞其說，而顧有志焉者或寡矣。吾黨有李浩然者，蚤悅吾道，聞其說而有志
焉。乃以'強'名其菴，屬余爲之記。強哉浩然，其於行達道之術，可謂得要矣！曩
余爲浩然記其所居陽巖，以陽運之不息，勉其自強矣。今浩然既自強矣，余復何
以勉之耶？竊嘗論'強'之一字，知之所以明，行之所以篤，質之所以變，善之所以
復，己之所以克，勇之所以奮，聖賢之所以擊蒙啓愚之要，學者之所以希賢希聖之
大端也。故自灑掃應對，至於孝悌忠信，自格物致知，至於修身齊家，無一事之不
自強也。自無所睹聞，至於應物酬酢，自宴居閒處，至於造次顛沛，無一處之不自
強也。自朝而暮，自朔而晦，自春而冬，自少而老，無一時之不自強也。日強知其
所未知，日強行其所未行，孳孳勉勉，強之又強，以至於一朝渾化，習性天成，則
其胷中之所存者，亦將粹然其天理之純，而無人欲之漏。所謂達道者，其必不勉
而知，不強而行，質自變善自復，己自克勇自奮，希賢而賢矣，希聖而聖矣。噫！
強之於下學，其果要且切矣。遂書以爲記，以共勉焉。"】

❀ 此君亭

【《素谷先生遺稿》卷三《此君亭重修記》："凡草木之名於世，有遇不遇。蓮，微
物也，遇濂翁而拔出淤泥之中，比德於君子。後之有池臺者，類以君子扁之，斯豈
非蓮之遇歟？竹於植物中清直貞通，最有君子之操。而特不遇於人，西晉時遇酒
徒七人。其在東晉又遇王子猷，蓺而翫之，命之以'此君'。自是凡棟宇於竹林者，
往往取而名之。惜乎！不遇如濂翁者，有君子之實，而失君子之名也。和順縣舊
有亭，亦名此君。蓋亭之勝，於竹乎在焉。歲久今廢，竹亦荒矣。李徵君浩然承嘉
惠來莅玆土，既卽事之明年，政成治暇。乃寫材庀工，葺其圮，疏其穢。亭若增而
高，竹若增而淸。復以舊扁揭之，作爲政事之堂。噫！浩然，慕濂翁之道者也。竹
之遇浩然，亦未爲不遇。今新其亭而仍其名，何哉？《詩》云：'瞻彼淇澳，綠竹
猗猗。有斐君子，終不可諼兮。'孔氏之徒引此以形容大學之極功。則竹之譬乎君

子, 斯爲至矣。後之人乃捨詩而取子猷, 其亦竹之不遇也已。吾固知浩然之處斯亭也, 吏去庭空, 澄心靜坐, 棐几爐薫, 竹林風淸, 詠猗猗之詞, 想見其裴然之美。切磋於斯, 琢磨於斯, 其進益成就, 如簀之密, 如靑靑之盛也。竹之助不旣多乎？請取≪淇澳≫之義以名斯亭。浩然讓而不居, 遂爲之記, 以竢後來君子。噫！見今世不遇者, 豈獨此君哉？斯亭始剙於沂川相公, 而浩然卽其彌甥云。】

이용휴(李用休) 1708-1782. 조선 후기. 본관은 광주(廣州). 자는 경명(景命)이고, 호는 혜환재(惠寰齋)이다.

❀ 名 – 用休　　字 – 景命

【≪書·虞書≫ : "天其申命用休。"≪傳≫ "天又重命用美", ≪疏≫ "天其重命帝用美道也"。】

윤광소(尹光紹) 1708-1786. 조선 후기. 본관은 파평(坡平). 자는 치승(稚繩)이고, 호는 소곡(素谷)이다.

❀ 號 – 素谷

【≪素谷先生遺稿≫卷三≪素窩小記≫ : "余少日寓于鴻也, 其村名守素。心喜之, 遂取以扁吾堂。≪易≫之素履, ≪傳≫之素位, 皆其義也。已久嫌其標名而去之, 心未嘗忘也。晚自松湖歸魯, 定居于邑之素谷, 與素字又不期而冥會焉。余尤喜之, 書'素谷精舍'四字付于壁以自警。蓋余二十餘年橫罹世禍, 歷險阻, 嘗艱厄, 自謂能守素字之義。庶幾窮賤不移, 禍福不變, 有以全吾之素履, 保吾之素門。故深有感於素字也。一日, 友人權·中手書'素窩'二字以贈, 又欣然揭之不辭。噫！余年將七十矣, 苟能不失其素, 游息於斯, 歌哭於斯, 庶俯仰而無愧也。遂書以見志。"】

임필대(任必大) 1709-1771. 조선 후기. 본관은 서하(西河). 자는 중징(重徵)이고, 호는 강와(剛窩)이다.

❀ 名 – 必大　　字 – 重徵

【≪荀子·仲尼≫ "求善處大重", 楊倞≪注≫ : "大重, 謂大位也。"】

❀ 號 – 剛窩

【≪大山先生文集≫卷五十二≪剛窩任公行狀≫:"公諱必大,字重徵,姓任氏……公嘗自以氣質近柔,別自號'剛窩',以寓佩弦之戒。"】

한주악(韓柱岳) 1709-1786. 조선 후기. 자는 종보(宗甫)이다.

❀ 名 - 柱岳   字 - 宗甫

【≪詩經·大雅·嵩高≫:"維岳降神,生申及甫。"】

❀ 銘恩窩

【≪順菴先生文集≫卷二十三≪銘恩窩韓公墓誌銘並序≫:"公諱柱岳,字宗甫,姓韓氏……以明陵己丑,生公于會賢洞第。豊姿偉幹,嶷然有器度。金川公奇之,命小字曰山嶽,以其氣貌似之也。及長,文藝夙成。未冠,連發解。人謂韓氏有子矣。英宗戊申逆變,通德公及弟注書游、宣傳洸,爲凶逆所誣,騈殞於栲訊之下,人莫不冤之。時公年才二十,奉母歸富平鄕庄,力耕養親,含冤忍痛二十五年,以罪人自處。癸酉夏,上悶旱理冤獄。公駕前上言,適值他冤家五人之訴一時沓奏,上命皆竄配。公謫鎭海縣,明年宥還。自是長在洛下,弊衣草屨,日號訴於當路之門。一時卿宰動色敬接,莫不矜其情而哀其冤。乙酉冬,上違豫。至翌年四月,朝廷朝晡問安,公日必先期詣闕下,待大臣之來,泣訴於前。累月未已,祈寒甚雨無變。諸公稱之曰'韓孝子'。大臣陳達,有勿錮子孫之命。旋又駕前上言,以猥屑又配古羣山島,翌年春蒙放。而公不少沮,呼籲猶前。辛卯,上設申聞鼓以達冤,公首擊之。上知其冤,命去罪籍,復其官。公聽傳旨,顚仆號痛,四拜而退。翌朝率子弟,又行四拜。縉紳驚歎,各司隷臺交相賀曰:'多髥韓老,今日得伸雪矣。'公常以家冤之未伸,痛切心骨,如不欲生。雖顚覆道路,觸冒風雨,一心不懈,躓而復起,二十年如一日。卒能天心助順,聖意回悟,夬雪至冤,以遂其願。非志氣之強誠孝之篤,能如是乎?噫!古今之抱冤而未伸者何限?子孫之心,豈有異哉?然或時有利鈍,亦惕怯而未能爲。觀公之事,可以知所處矣。公卽歸鄕廬,扁所居室曰"銘恩窩"。逐日謁廟,必別設一席,東向先四拜。每除夕入城,元曉詣闕行拜。國有哀慶亦如之,未嘗以衰老自處,以終英廟之世……丙午春,朝家命郡邑擧才行,鄕論以忠孝俱全才德兼備爲薦目,此可見公論之不泯者。而公之致此者,皆順德之推而然也。是年臘月八日,氣不平,遂就枕卒。壽七十八。"】

송문흠(宋文欽) 1710-1752. 조선 후기. 본관은 은진(恩津). 자는 사행(士行)이고, 호는 방산(方山)·한정당(閒靜堂)이다.

❀ 號 - 閒靜堂

【《閒靜堂集》卷七《閒靜堂記》: "天下之物, 相取也故爭, 相勝也故矜. 爵祿選擧, 所以自榮也, 巧與拙爭焉. 裘馬服食, 所以自厚也, 富與貧爭焉. 權勢使令, 所以自尊也, 强有力者與弱爭焉. 文彩聞譽, 所以自名也, 智與愚爭焉. 之數者, 皆將以利己而取之於衆爭之中. 吾旣以智巧富强而得之, 則志遂而氣盈, 足以矜矣. 故爭者得失之會, 而矜者得失之已也. 此凡物之恒情也. 若夫遺世而潔身, 辭榮而樂志者, 卽其行事旨趣, 遠近深淺, 未必俱同. 而要皆以從容自適爲宗, 沈晦無求爲歸. 其於世之所謂尊厚榮名, 固已棄而與之矣. 故其地山林木石, 其物圖書杖屨, 其事耕耘釣漁, 其名村父野老, 此皆世之所棄而吾之所取者也. 夫我棄而人取, 人棄而我取. 其勢不相直, 不相爲得失焉. 是將孰取而孰爭, 孰勝而孰矜哉? 然余嘗誦其詩, 讀其書, 而論其人, 類多張己病物, 標高揚淸, 若與夫世之人者較長量短, 譆譆焉自喜而自矜也. 每竊怪之. 夫舍天下之可爭者, 旣爲是卻走而退步矣, 乃反取夫彼之所棄者而自矜也, 豈非失其本心之甚者耶? 豈猶有所不能忘乎情者耶? 抑其所以爲是者, 將爲名高歟? 嗟夫! 其亦有利之心也. 夫陶先生, 古之逸民也. 其義至高, 其志至潔, 其視當世之人宜若天淵. 然獨嘗讀其文, 所以陳說平生者, 但曰黽勉辭世, 偶愛閒靜而已. 不以是自賢, 不以是自高, 以爲强爲耳, 適然耳. 冲然而虛, 曠然而達, 有味乎其爲言也. 至若開卷而忘食, 見樹陰聞鳥聲而喜, 風凉而樂, 凡其所愛乎閒靜者不越乎此. 此乃曾點之樂, 而不待乎冠童, 不之乎沂雩, 而得之於房戶之內, 以爲食息起居也. 足乎己而無與於人, 適乎心而無求於物. 素位而無慕, 樂天而不憂. 其於凡物之情, 所謂名與利者, 忘之蓋久矣. 不爭不矜, 又有不足論者矣. 嗚呼! 非知道者, 安能與於此哉? 余築小屋於方山之下, 竊取先生之言, 名其堂曰'閒靜', 而誦其義如此. 顧余已老矣, 馳騖乎爭奪之塗, 徼倖乎得失之際, 而尙不知反, 其於先生何足爲役, 而獨深致其執鞭之慕焉. 詩云'高山仰止, 景行行止', 亦言其志而已矣."】

권사언(權師彥) 1710-?. 조선 후기. 본관은 안동(安東). 자는 중범(仲範)이다.

❀ 名 - 師彥　字 - 仲範

【揚雄《法言·學行》：“師者，人之模範也。”】

❀ 晚漁亭

【《艮翁先生文集》卷二十一《晚漁亭記》：“漁，賤者之業。其事清，其跡閒，其所處又在江湖洲渚之間，風雲雪月之交，蓁蘆之與隱，鷗鷺之與侶，故士大夫之賢者往往樂而寓興焉。然士大夫之少也，固有志於斯世，不暇以爲，必衰晚乃可。此三浦‘晚漁亭’之所以名也。亭之主人曰權君仲範，以相門之胄，中歲科顯，宜世其家業。而計不遂，陸沈於郎署郡符之間。一日棄家去，游於三浦之上。既爲之亭，又買小艇，肩一簑，手一竿，從漁者嬉焉江上。有一漁父過而笑之曰：‘子奚漁之晚也？我生長於水，十歲學爲鉤，十二三能乘舟，十四五卽能弄潮投網。于今七十餘矣，天下之善漁者莫我若也。今子老而來，晚而學焉，寧能得魚者乎？’君曰：‘漁亦有術乎？’漁父曰：‘有。鉤太曲不可，太直不可。鉤雖中度，餌不良魚不食。然惟我能之。他人雖學爲鉤餌，終莫能得我巧也。又有道焉，能無懼而已。當大水瀰茫，衝風激浪，舟人惶惑戰掉不能自返者，不可勝數。惟我能拏舟而入，履層濤如衽席，鉤出數丈之鮦於千尋之淵。岸上觀者驚以爲河伯。其危甚矣，我以無懼得之。此非有道者乎？然亦有時焉。魚之性，春而上，秋而下。上也汕於下，魚不可得；下也笱於上，魚不可得。我則時之，所以得魚也。’君異其言。欲與之語，漁父不顧，皷枻而去，不知所如。君以告其友，其友曰：‘噫！漁父，賢者也。其曰巧者，巧宦者似之，喻子之不能然也。其曰無懼者，名利之塗多危懼，而子遠之，故以喻之。其曰時者，喻子之不偶於時也。其諷之矣。’君乃歎曰：‘漁父知我哉！’仍爲之歌曰：‘漁之晚兮，頭已蕭皓兮。漁亦有道兮，恨我之不蚤悟兮。’歌竟，屬其友記之以文。其友誰？艮翁老人也。忘其姓名。”

《樊巖先生集》卷三十四《晚漁亭記》：“余之老友權仲範一日謝終南第宅，攜妻子出寓浦江上。扁其亭曰‘晚漁’，仍以自號。時入城訪余，盛說晚漁之趣，頗有自得色。余歎曰：‘亭雖小，亦足以關世道矣。君之之才之閥，誰之不如？釋褐雖在晚暮，既策名明時，君之所宜處者，獨非玉署與巖廊乎？今乃使君而自放於江湖之上，漫漫然以漁釣爲事，君所以自得之者，于世道何如也？’六年春，余奔遌浦，借宅以居。所謂晚漁亭者，舉數十武便可至矣，余嘗一再訪焉。亭得地勢，不圬而穹，宜眺宜望。前有臥牛山開顏向內，有若全爲亭抱持。萬瓦簇簇然傳地，自渚而達于野。朝煙暮靄，或近或遠。長江一帶橫其西，漁艇商帆，隱映進退於

堤柳汀蓼之間。亭之攬奇勝固已多矣。轉以入仲範翁寢處之室，四壁皆一代名翰
墨，案上有詩草若干卷。直南縈繚以短墙，護奇花異草矮松恠石。庭際築壇一區，
被以軟莎。環墻上下有名梨十餘株，花開如雪。時適霽月東升，香與色令人應接
不暇。酒數行，翁甚樂，余亦樂。顧以歎曰：'有是哉！翁之晚漁之趣也。天下物
性，其類有萬。蜒蛆甘帶，鶹雛不顧腐鼠。非故為異也，其性然也。奚獨物為然？
杜子曰"鍾鼎山林各天性"，人固有以山林之樂，不以換鍾鼎。而若夫遺棄本分，吮
舐權貴，以賭一時之利，其甘如帶者，自翁視之，不特不顧而已，必將哇之而後
已。人生貴適意，意適天可遊矣。世道，在人者也。吾之樂，在我者也。何可捨吾
樂而憂在人者為也？向余之以世道言者，多見其不知翁之性也。余出沒於灩澦堆
者，方見漁於人是懼。雖欲理釣竿以從翁於西巖之側，恐亦後時矣。'姑書此，以
賀晚漁翁之得其所得其所。"】

❉ 花竹軒

【≪海左先生文集≫卷二十三≪花竹軒記≫："員外郎權公仲範名其軒以'花竹'，而
謂不佞範祖曰：'王維桃源詩不云"近入千家散花竹"乎？吾取以名軒，子其推其義
而為記。'範祖訝曰：'何為其然也？夫趣寄於其所慕，故其趣也眞；義寓於其所
處，故其義也當。今公雖抹搬耳，猶是通朝籍而身簪綬，非隱者倫也。家雖稍僻
耳，猶是隣城市，出門有輪蹄聲，非山林也。乃顧自托於桃源之逸民，而又欲吾記
其實，吾將何以記之哉？雖然，不佞於此知公之賢於人遠矣。夫尊官厚祿，天下
之美利附焉，故咸趍之者，人之情也。故富貴如可求，雖吾夫子固欲為之。以富
貴非必皆非義也，而卒之若浮雲然者，以非義之富貴也。是故先之以義者，處崇
赫而常有隱約之意，謂富貴非內也。彼惟內之也，故韋布而憧憧朱祓之欲，而肯
襏襫為哉？彼惟內之也，故蓬蓽而憧憧華屋之欲，而肯丘壑為哉？又況朱祓華屋
之身，而乃肯有襏襫丘壑之志哉？雖然，彼不知富貴之不可恒，而其卒也雖欲為
匹庶寒士，而不可得矣。彼不知外富貴而內義也。公能內義也，故盖身簪綬耳，而
以為簪綬非吾素也，吾素吾之襏襫焉已矣。盖家城市耳，而以為城市，非吾素也，
吾素吾之丘壑焉已矣。世所說桃源誠荒唐，果有之，吾素吾之花竹於方寸之內已
矣。花竹吾所慕，故趣寄焉。而吾所處，故義寓焉已矣。於是公賢於人遠矣。不
佞嘗循南山而入洞，則澗潺潺流出者，桃華之水也。林巒葱蒨，若開若合者，桃源
之峰壑也。井落柴荊，羅絡洞中，而脩竹名花，迷離晻暎者，桃源之千家花竹也。

入門顧眄, 朝暮之景異態, 則又是桃源之日出雲中, 月明松下也。公方自爲源裏居人, 而不佞亦自爲漁舟子, 相視而笑, 則夫何害乎撫其實而爲≪花竹軒記≫哉?'】

이상정(李象靖) 1711-1781. 조선 후기. 본관은 한산(韓山). 자는 경문(景文)이고, 호는 대산(大山)이다.

❀ 名 - 象靖　字 - 景文

【≪周易‧繫辭≫:"在天成象。"≪疏≫:"謂懸象日月星辰也。"≪論衡≫:"天有日月星辰謂之文", 同義相協。】

임성주(任聖周) 1711-1788. 조선 후기. 본관은 풍천(豊川). 자는 중사(仲思)이고, 호는 녹문(鹿門)이며, 시호는 문경(文敬)이다.

❀ 存存龕

【≪鹿門先生文集≫卷二十≪存存龕記≫:"程子論天人合一之理備矣。如曰'上天之載, 無聲無臭。其體則謂之易, 其理則謂之道, 其用則謂之神, 其命于人則謂之性', 又曰'在天爲命, 在物爲理, 在人爲性, 主於身爲心, 其實一也', 此言心與性之與天一也。又曰'天人一也, 更不分別, 浩然之氣, 乃吾氣也, 養而無害則塞于天地', 此言氣之與天一也。又曰'天地設位, 易行乎其中, 只是敬', 此又言敬之與天一也。心也, 性也, 氣也, 本體也, 天人固一也, 若夫敬則工夫也。天亦有工夫乎?曰'本體、工夫元非二事', 卽本體而工夫在其中, 卽工夫而本體亦在其中。工夫云者, 本就學者言之耳。天地聖人, 本不可言工夫。然善觀之則維天之命, 於穆不已。非天之敬乎?於乎不顯, 文王之德之純, 非文王之敬乎?純亦不已, 則天人上下, 渾是一團敬, 在學者則動以人爾。蓋程子之爲此語, 非空中刱說。正由下句'存存'二字發揮出來耳。存存者, 存而又存, 卽不已之意也。故下卽繼之曰'敬則無間斷', 此徹上徹下語也。程子表章敬字爲聖學本領, 其功固已盛矣。若其論敬之說則主一, 一語至矣。然至此語, 然後乃見其超脫微妙, 道體躍如。而主一之旨, 亦因而昭晰無餘, 其亦可謂太漏洩天機者矣。程子嘗論鳶飛魚躍曰'與必有事焉而勿正同, 活潑潑地', 又曰'勿忘勿助之間是正當處', 其意正與此互相發。夫天地設位, 易行乎中, 只是敬。則本體卽工夫也。有事勿正與鳶飛魚躍同活潑潑地, 則工夫卽本體也。知此然後始可以言敬, 知此然後始可以言心言性言氣,而天地聖人卽在我矣。充而熟之則心廣體胖, 動容周旋中禮自然也。體而達之則修己以安百姓, 篤恭而天下平, 聖人以神道設敎而天下服也。是則存存之極功, 而人而天矣。余有感於程子之言, 以‘存存’名所居之龕, 推而爲之說如此, 以爲≪存存龕記≫。己亥仲冬, 龕之主人記。”】

❊ 時習齋

【≪鹿門先生文集≫卷二十二≪時習齋銘並序≫: “余嘗謂≪論語≫二十篇, 惟≪學而≫一篇最爲入德之門。而一篇之中, 惟首章首節爲尤切而最繁。盖知以明善, 行以踐實之謂學。旣學而反復玩繹, 敦篤服習之謂習。學習之功, 無時或間之謂時。學而必習, 習而必時。苟久而熟, 必有所至。孔子之敎, 程朱之學, 論其大要, 緫不外此。及讀朱子≪或問≫書, 有曰‘學而不習則表裏扞格, 習而不時則工夫間斷。雖欲勉焉以自進, 亦且枯燥生澀, 無可嗜之味。危殆杌隉, 無可卽之安’, 又曰‘學而時習, 則心與理涵而所知益精, 身與事安而所能益固。從容於朝夕俯仰之中, 必有自得於心而不能以語人者’, 其語明白深切, 尤足以發明夫子言外之旨。讀之不覺心融神會, 手舞足蹈, 遂揭而名其齋曰‘時習’, 因銘以自警。銘曰: ‘維學之方, 其端有萬。雖則有萬, 要之至簡。厥要伊何, 維知維行。非知曷明？非行曷誠？維誠維明, 斯學之門。寧或廢一, 鳥翼車輪。旣知而行, 惟進在習。習之如何？不時則澀。性情之妙, 人倫之經。天高地深, 鬼幽日明。凡諸萬物, 咸格無遺。紬而益繹, 諟習于知。或入事親, 或出從長。或近或遠, 或動或靜。或齊其立, 或尸其坐。習之在行, 惟恒靡惰。無徹或間, 無念或弛。亹亹纚纚, 是之謂時。凡此三言, 其用不窮。苟久而熟, 我性則充。然不可强, 非敬曷立？乃兢乃戰, 時習之法。先聖垂訓, 有的其綱。孰發其蘊, 卓彼紫陽。小子摘埴, 晚乃有見。爰揭斯篇, 乾乾幽顯。’”】

❊ 諡號 - 文敬

【≪太常諡狀錄≫卷五≪贈資憲大夫吏曹判書兼知義禁府事成均館祭酒五衛都摠府都摠管行通訓大夫軍資監正鹿門任公諡狀≫: “公諱聖周, 字仲思, 學者稱爲鹿門先生 …… 文敬道德博聞曰文, 夙夜儆戒曰敬、 文簡道德博聞曰文, 一德不懈曰簡、 貞簡淸白自守曰貞, 一德不懈曰簡。”】

박사해(朴師海) 1711-?. 조선 후기. 본관은 반남(潘南). 자는 중함(仲涵)이고, 호는 창암(蒼巖)이다.

✿ 名 - 師海　　字 - 仲涵

【蘇軾≪湖州謝上表≫：“此蓋伏遇皇帝陛下，天覆羣生，海涵萬族。”】

✿ 號 - 蒼巖

【≪保晚齋集≫卷八≪蒼巖記≫：“蒼巖，余友也。余友，朴仲涵也。始余聞仲涵之
名而不知爲何如人也。乙亥，上試士春臺，余以讀券侍，唱名第四，仲涵登焉。余
從燭下竊識其貌，則蒼然奇巖，獨立孤秀，翠藤繞而碧蘿垂也。可蓄於仙府，非藝
玩於塵世者。余目而異之。明年，余罷官閒居，仲涵訪焉。與之坐而語≪六經≫
之旨，則雲霧滾騰巖谷而未已也。論古今是非得失，澗溪宕割巖腰而相激鳴也。
余於是益知仲涵不可以貌盡，而其所蓄之高古有在也。庚辰，余移病謝官，卜築
於寒泉。蒔花種竹，余事也。績文攻詩，余業也。仲涵時往來論說。長牋短幅，或
交於路。旣又示南遊詩近百篇，令余評之。余耳其言，目其書，頡頑其文藝，如鮮
花獨秀巖穴，姸然而不可折也。如孤松倒掛巖壁，偃然而不可攀也。如楓菊晻映，
木脫而巖露也。風霜皎潔，水落而巖出也。自余見仲涵，其身與心益靜，而知仲
涵益深靜，然後得巖之趣。其勢然也。亡何，仲涵寄余蒼巖詩一章。且曰：‘巖非
家有，吾卽巖也。吾嘗三入金剛，見峭然而堅，岈然而欷，頹然而仆，皆巖也。而
但可供一時之玩，求其屈伸俯仰適於世用，則未若吾巖之奇。非子之文，不足以
發。子爲吾記之。’余謂人與物形色不同，其精神意象，往往有絶類者。昔蘇子瞻
顧見頰影，使人就壁而模之，不作眉目。見者皆失笑，知其爲子瞻。此無他，得其
神也。今余之知仲涵與仲涵之自知者，要不外乎蒼巖。豈形色云乎哉？亦惟曰神
而已。然巖必有壁立萬仞嶕峻不可躋之象，然後爲巖之奇。若轉環於婦孺之手而
支曰撑鼎，則與瓦礫奚擇哉！仲涵不可自奇其所已奇而益充其奇，則必有以蒼巖
比仲涵而不以仲涵比蒼巖者也。姑書以質之。”】

김상무(金相戊) 1711-?. 조선 후기. 본관은 광산(光山). 자는 중척(仲陟)이다.

✿ 困菴

【≪豐墅集≫卷七≪金仲陟相戊困菴銘次韻≫：“翔彼豐屋，世以爲伸。甕牖曲肱，
樂有其眞。澤水之象，取義何長？人謂其窮，我居以常。非曰尙口，辯則翻瀾。繩
之或失，大處是觀。模儒欲活，與俗亦偕。殆其骯髒，豈眞滑稽。朱紱爲戲，濁醪

素甘。形因心泰，偃仰斯菴。"】

이형만(李衡萬) 1711-?. 조선 후기. 본관은 경주(慶州). 자는 평일(平一)이다.

❀ 名 – 衡萬　　字 – 平一

【《禮記·曲禮下》："執天子之器則上衡，國君則平衡。"】

❀ 安流亭

【《晉菴集》卷六《安流亭記》："濱漢水而亭者，率多士大夫別墅，而選形勝，治樓樹，飛甍畫棟，相接於洲渚。其處地卑者，則不能遠眺盡湖山之勢，而商舶販戶射利喧聒，日接乎耳目。其高者，則雖得登臨之勝，而易受風雨，凜乎不堪燕居。惟西湖李平一之亭，高而不至於危，卑而不至於陋。距江不過數十步，而淺渚回岸，醲藉淸曠。閉戶而居，不知亭外有江。憑欄一望，煙波泛灧，風帆沙鳥往來於几案之間。平一遂以'安流'名其亭，要余記之。凡天下之險莫如水。江漢之水日夜滔滔，至乎滄海。而峽束之而爲湍，石觸之而爲旋，洶湧號怒，傾折汎濫，往往回飆驟雨，震蕩濤浪，若可以摧山岳而鬪雷霆，甚矣其險也！然非水之險也，水之所遇者險也，水特不避其險而已。險豈水之所欲哉？物有以激之，而水之奇變於是乎盡矣。不然則彼淵乎其止，浩乎其行，風恬浪靜，一碧無際者，乃水之正也，非其變也。士生斯世，不能無遇不遇，而夷險之境係焉。古之君子雖履其至險，而安命故不懼，守義故不撓。信道而行，沛然莫之能禦。譬如水之不避其險，而士之名節又未嘗不本於是。平一妙年策名，昻然有當世之志。嘗以直言，謫極南之海，觀乎蛟鱷之出沒、濤瀧之晦冥，蓋已身涉其險矣。其必有得於觀水之術，乃以一曲安流賀水之幸，而聊且名其亭也歟？"】

이수원(李秀元) ?-?. 조선 후기. 본관은 전주(全州). 자는 공직(公直)이다.

❀ 睡足堂

【《旅菴遺稿》卷四《睡足堂記》："堂以'睡足'號，見者皆以爲取於孔明之詩也。余則曰否。《大夢》之詩，非孔明作也。其曰'大夢誰先覺'者，不幾於自夸而待人知乎？其曰'平生我自知'，又可疑焉。夫成敗利鈍非所逆知。'鞠躬盡瘁，死而後已'者，孔明之志也。何嘗卜其平生而預自斷定乎？然則六出祁山，秋夜祭斗，皆知其不成而且爲之乎？古人以《秋風辭》爲非漢武之作，以氣格論也。今以《瓠

子河歌≫較觀, 有可知者。≪大夢≫之詩比之≪出師表≫, ≪梁甫吟≫, 其不類不啻
≪秋風≫之於≪瓠子≫。力弱而調俗, 音韻輕淸, 其非漢魏間語又明矣。所謂'睡
足'旣非孔明之詩, 則主人宜無所取矣。孔明早謝草堂, 長在戰壘, 又不得其壽。
計其平生睡之時, 盖不足也。主人生世太平, 今至於老, 無春無秋, 卒歲優閒。欲
睡則睡, 而無所思, 故無夢。欲覺則覺, 而不待人覺之, 不必有羨於孔明也。主人
笑曰:'眞知我也。願爲之記。'遂記。"

≪四未軒文集≫卷七≪睡足堂記≫:"睡足堂, 卽全州李氏讓寧大君八世孫諱秀元
字公直之攸芋者也。公以孝友之性, 精博雄渾之文。三入科選, 爲當路所惎。擬
上經綸十策, 遇遞而止。退處安陰, 別搆小堂于錦水上鵑山下, 山水以自娛。又
取'草堂春睡足'之意以自況。若公非阨窮不怨、遯世無悶之人歟？於乎！世代玄
遠, 文獻無徵。公之事行, 百不存一。堂之廢亦不知何年何日, 其後承相與慨。歲
乙未, 鳩財募工, 拓舊址而創新之, 揭舊號而瞻慕之。功告訖, 李君在三、在寬、
在寅, 屬福樞以記之。顧老廢不敢當是寄。然念吾旅軒先祖於公祖禰二公有輓詞
與往復書, 契誼之有別, 跽而告曰:'堂廢而興, 僉賢之孝思可則。若能推是心而
不怵不求, 一如睡足公之爲, 則其將勿替家聲, 永世昌熾矣。豈但以此堂之興, 爲
張老頌已哉？'遂書此爲≪睡足堂記≫。"】

신광수(申光洙) 1712-1775. 조선 후기. 본관은 고령(高靈). 자는 성연(聖淵)이고, 호
는 석북(石北) · 오악산인(五嶽山人)이다.

❀ 名 - 光洙　　字 - 聖淵

【≪禮記 · 檀弓上≫:"吾與女事夫子於洙泗之間。"洙泗之間爲孔子講學處, 故乃
爲聖學淵源。】

김양택(金陽澤) 1712-1777. 조선 후기. 본관은 광산(光山). 자는 사서(士舒)이고, 호
는 건암(健庵)이며, 시호는 문간(文簡)이다.

❀ 諡號 - 文簡

【≪太常諡狀錄≫卷十二≪大匡輔國崇祿大夫議政府領議政兼領經筵弘文館藝文
館春秋館觀象監事金公諡狀≫:"公諱陽澤, 字士舒, 健庵其號也 …… 落點文簡勤
學好問曰文, 一德不懈曰簡、文靖文, 上同；寬樂令終曰靖、文憲文, 上同；行善可紀曰憲。"】

신경준(申景濬) 1712－1781. 조선 후기. 본관은 고령(高靈). 자는 순민(舜民)이고, 호는 여암(旅庵)이다.

❊ **畵舫齋**

【≪旅庵遺稿≫卷四≪畵舫齋記≫：“淸心養性, 爲爲治之本, 堯舜事業在於浴沂之中也。然而心之所寓者, 身也；身之所寓者, 室也。室亦不爲無助, 故官非家也, 計月年留焉。而古人爲宰, 遇山水佳處往往作亭齋, 以養其目, 養其耳, 養其體。養外以及內, 則輪奐髹鏝, 君子不以爲侈焉。自夫世道下而訟獄繁, 供賦增而科督嚴。簿書期會, 日以役役, 念不暇及於他也。挽近民貧, 士大夫甚焉。幸而得祿者, 祿薄未救其貧。外官號優, 而與中國之二千石不同。常紬於公私用, 顧亦力不暇及焉。古之亭齋有名者荒圮, 多不修, 況創之乎？玉川郡之凝香閣, 湖左之勝也。引水入閣西爲池, 植芙蕖, 泛小舠, 環以竹林雜樹, 幽窈可愛, 而敞豁不足也。東陽申侯尹玆土旣三年, 政平訟理, 官與民閑。遂卽其閣西南池與川之間, 有長塢, 捐公廩數百金, 鳩財雇人, 建一齋。下體象舟, 上設彩閣, 望之若樓船泊於岸也。前臨大野長路, 可以觀稼, 可以察行旅謳謠, 不止於養閑而已。扁之曰‘畵舫’, 是取歐公滑州齋名。而然而歐公罪謫, 水行萬餘里, 寓戒於舟者也。侯雖久淹下邑, 未能大展, 而遇順風恬波, 傲然枕席, 則與歐公有異。歐公之記終之以宴嬉, 侯之志又豈主於此歟？知其大者與本而有所養焉耳, 民亦得其養。宜乎百里之內, 安堵樂生也。雖然公退之暇, 閉戶端坐於斯, 竹林不動, 川瀨聲微, 則悅然如泛五湖烟波矣。時或大雨, 狂濤觸石而喧豗, 如過灩澦之如馬矣。吁！有可樂也夫, 其亦有所懼也夫。”】

❊ **蓬塢**

【≪旅庵遺稿≫卷四≪蓬塢記≫：“退之之塢, 非無芝蘭也, 非無杞菊也。而蓬以名之, 其安於蓬蓽之意歟？地不得獨生蘭菊, 而蓬蓽並生焉。雨露不必獨霑蘭菊, 而蓬蓽同霑焉。不惟並生, 而蘭菊小, 蓬蓽多。如人之賢者小而愚者多, 貴者小而賤者多也。豈可以愚賤而並棄之乎？且蓬不種而生, 不培而長, 不費人力也。環而翳之, 可以作藩籬；刈而編之, 可以爲戶牖。不爲無用也。是塢也長, 何必蘭菊獨占乎？使蓬得其餘地以遂其生, 亦可矣。靑蒼蔚然, 草廬幽邃。案有書床有琴, 孺人理麻, 稚子誦詩。退之陶然自在於其間。見者或以爲原憲病也, 或以爲原憲貧也。及秋晚, 長飈振塢, 蓬毬飛散, 或東或西, 或上或下, 或墜於坑, 或粘於泥,或入於蘭菊之叢。有守枯根而不離者, 有浮於空而得意悠揚者。彼翩然孤征, 杳茫而遠者, 欲止於何方耶？此皆不期然而然, 任之於風, 而風亦不期然而然也。其亦可以有感也已。海中神山, 有靈芝蟠桃、如瓜之棗, 而特以蓬萊名其山。仙子之志, 未可知也。說者謂取象旋轉, 以寓還丹。其然也否？"】

❁ 停琴園

【《旅庵遺稿》卷四《停琴園記》："停琴山在伊水上, 山下卽我里也。琴之可樂者, 在於鼓之時。而古之名是山者, 特取乎'停', 何居？今夫琴之鼓也, 大者爲宮, 細者爲羽。操絃驟作, 忽然變之。急者悽然以促, 緩者舒然以和。如崩崖裂石, 高山出泉而風雨夜至也。如怨夫寡媍之歎息, 雌雄雍雍之相鳴也。其憂深思遠, 則舜與文王孔子之遺音也。悲愁感憤, 則伯奇孤子屈原忠臣之所歎也。喜怒哀樂, 動人必深。而純古淡泊, 與夫堯舜三代之言語、孔子之文章、《易》之憂患、《詩》之怨刺, 無以異。其能聽之以耳, 應之以手, 取其和者, 道其湮欝, 寫其幽思, 則感人之際亦有至者焉。及其曲終絃停, 匣琴而藏之, 正襟危坐, 目無瞬, 心無思, 寂然對水上之數峯而已。是時也, 卽子思子所謂'未發之中'也。散而爲萬事者, 卒歸於無聲無臭者耶？"】

임희성(任希聖) 1712-1783. 조선 후기. 본관은 풍천(豊川). 자는 자시(子時)이고, 호는 재간(在澗)·간옹(澗翁)이다.

❁ 名 - 希聖　字 - 子時

【《孟子·萬章下》："孔子, 聖之時者也。"】

❁ 號 - 在澗, 澗翁

【任天常《在澗集跋》："先生晚取考槃之樂, 自號在澗, 亦曰澗翁。"○《詩經·衛風·考槃》："考槃在澗, 碩人之寬。"】

안정복(安鼎福) 1712-1791. 조선 후기. 본관은 광주(廣州). 자는 백순(百順)이고, 호는 순암(順菴)이며, 시호는 문숙(文肅)이다.

❁ 名 - 鼎福　字 - 百順

【參考"順菴"《星湖先生全集》卷五十三《順菴記》條。】

❁ 號 - 順菴

【≪順菴集・順菴先生行狀[黃德吉]≫：“先生諱鼎福，字百順……廣之德谷，谷幽而林邃，山水縈廻，隱者可以盤旋，且先代松楸地也。先生遂卜居搆小屋，其制象‘菴’字，扁曰‘順菴’，盖取天下之事惟順理而已。”

≪順菴先生文集≫卷二≪上星湖先生別紙丙子≫：“前面二間，爲室以居，名曰順菴。盖取其字而名之，竊謂天下之事惟順理而已。”

≪星湖先生全集≫卷五十三≪順菴記≫：“余有友學≪禮≫者安氏之子某。其人篤行也。行莫大於追遠而享祭，故孝子之祭，福之道也。福者，備也。備也者，百順之名。故表其德曰順，又名其菴曰順。誠信動乎中而孚乎外，要有以著存不忘也。余聞其說而悅之曰：‘福有眞有贗。如所謂富貴利達之類，非固有也。求未必得，得未必安。假饒禱祀以致之，不過耗魖不正之所加，奚取焉？仁義忠敬賦於天，成性於父母。良貴在內，其或有不得者，人事之不及，非天也。人之不通，鬼必通之，故曰神明之力也。聖人豈不“我祭則受福”乎？蓋明其必然。安氏，禮家也。有立乎≪禮≫，必興於≪詩≫。試爲誦≪大雅≫之篇，以補孔子之餘意。福者，神之惠也。惠非其人不可。如求材於山，維榛維楛，本自濟濟，顧取之有其道矣。故曰“豈悌君子”、“干祿豈悌”。福者，物也，受之者器也。器斯在焉？物亦不違，如玉瓚、黃流之相隨而不離。故曰“豈悌君子，福祿攸降。”是以使天下之人，齊明盛服，以承祭祀。洋洋乎如在其上，誠之不掩也，鬼神之爲德。豈不欲後人之盡其性哉？其有望於子孫，反有甚於生者之有求，如鳶魚飛躍，天機不息。故曰“豈弟君子，遐不作人”。然則人之所以祭、神明之所以享，只在乎誠。誠何嘗形象？以物爲寄。牲酒旣潔，鬼神必臨。故曰“以享以祀，以介景福。”彼有柞棫，民之日用繫焉。孰知夫永錫祚胤，莫非保佑之命？故曰“豈弟君子，神所勞矣”。嗚呼！卒以葛藟爲亂者，其義更深。條條而荒，枚枚而縈。日滋月長，莫之爲而致之。如人之自盡己分，以不求求之也。故曰“豈弟君子，求福不回”也。古者字而爲說，朋友之任。菴之號蓋非強以呼喚，故竊附此義，請揭于壁。’”】

❊ 不衰軒

【≪樊巖先生集≫卷三十五≪不衰軒記≫：“八年秋，順菴安公爲東宮桂坊官。旣肅命，上特賜對，喜曰：‘君不衰！’公時年七十三。初，上之在銅闈，公以桂坊官屢入書筵，剖說經義。上知公學術精醇，眷待異於衆。御極之六年，誕生元良。越三年，復設春桂坊。上耿然念公舊，特命除是職。又喜其十年之間，容貌辭氣無减乎昔也，公退而名其軒曰‘不衰’，蓋感聖諭也。余聞而語于中曰：‘公閉戶窮經，意其事物之理窮格殆盡。今以名其軒觀之，無乃滋人之惑歟？夫盛衰，理之常也，天地不能免焉，聖人亦不能免焉。然天地與聖人，其氣有時而衰，而其理無時而衰。雖以不衰蔽之，可也。人之不可以幾於聖，猶天之不可以梯也。往古來今，人物之盈於兩間者，曷嘗有不衰也哉？上所以諭公者，特指其五官之精而已，未必並論其在中之理。而公乃毅然以二字自命，謂之因是而自警則可，謂之自居，則吾未見其可也。’未幾，聞公大困於年少輩口舌，譁然以老妄歸之。蓋西國利瑪竇輩所著書，近始有流出東國者。年少志學之人，厭舊聞而喜新奇，靡然棄其學而從焉。至曰：‘父母比天主，猶爲外也。人主無眷屬，而後可立也。二氣不能生萬物也。堂、獄的然爲眞有也，《太極圖》不過爲對待語也。天主眞降爲耶穌也。’蓋其爲說汪洋譎詭，千百其端，而無一不與程朱乖盭。其所以詆排釋氏，直盜憎主人耳。古之聖人以楊墨爲憂，至比之洪水猛獸者，蓋極言其弊之入於無父無君耳。爲揚墨者，曷嘗自以君父爲可外，如瑪竇之說也哉？公窮山永夜，隱憂永歎。以孑然一身，起以當方生之勢。或嚴辭而斥之，或溫言而曉之。吾道可衛，則譏嘲有不恤也；邪說可拒，則患害有不顧也。不有砥柱，狂瀾何得以障也？不有孤燭，暗室何由以明也？盛矣哉，公之仁且勇也！於是乎人皆知天之使公而不衰者，非不衰公也，欲吾道之不衰也。公之以二字自居，可知其自信之篤。而上之以是而諭公者，亦可驗知臣之明也。余懦者，聞公之風而立，遂援筆作《不衰軒記》。”】

강세황(姜世晃) 1713-1791. 조선 후기. 본관은 진주(晉州). 자는 광지(光之)이고, 호는 첨재(添齋)·표옹(豹翁)·노죽(路竹)·산향재(山響齋)·표암(豹菴)이며, 시호는 헌정(憲靖)이다.

❀ 名－世晃　字－光之

【《釋名》：“光，晃也，晃晃然也。”】

이윤영(李胤永) 1714-1759. 조선 후기. 본관은 한산(韓山). 자는 윤지(胤之)이고, 호는 단릉(丹陵)·담화재(澹華齋)이다.

❀ 水晶樓

【《夢梧集》卷四《水晶樓記》：“李子胤之家京口之橋東，因屋而樓。樓之高可蒲伏行而不可平立, 其澗容古書一二千卷, 古銅玉器數枚, 木石恠奇之物以外, 主人有客二人, 則不足以列觴豆, 揖讓於其間。胤之不恒樓居, 見余輒携而登焉。一日, 胤之名其樓曰'水晶樓', 樓中盖有淡紫水晶一塊云。胤之之言曰:'是晶也, 吾仲父之所賜也。仲父亡而吾益重是晶。且丹山, 吾所歸也。吾嘗夢人巖四百尺, 盡化爲水晶。吾思丹山而不得歸, 則見是晶如見丹山焉。故以名樓。'嗟乎！愛父兄以及其所賜, 仁也；寤寐不忘名山, 貞也。仁以宅心, 貞以飭躬, 而君子之道備矣。雖然, 胤之之取於晶也, 其意豈若是而已乎？夫晶之爲德也, 表裏不相掩。其中有瑕若毫髮焉, 而必見於外。外物之來, 其長短曲直, 一無能逃其形焉。則胤之之於晶, 氣類同也。此其所以托名於斯樓者歟？然而其爲物硜硜然易缺, 其光外射。而胤之方且藏明而用晦, 居剛而應柔。則胤之與晶同不同, 又未可知也。且夫晶固明瑩瓌奇, 非常物也。而至於溫而栗, 淸而純, 磨之而有文, 叩之而其聲瑮然, 則蓋不及玉焉。譬之君子之道, 玉其全德也。夫以胤之之賢而有以充其量焉, 則雖以比德於玉, 可也。豈特晶可以名斯樓也哉？胤之以爲如何？丁丑夏六月庚寅記。"】

이광정(李光靖) 1714~1789. 조선 후기. 본관은 한산(韓山). 자는 휴문(休文)이고, 호는 소산(小山)이다.

❈ 號 - 小山

【≪小山先生文集≫卷九≪小山齋記≫: "余之作是齋, 凡三年而工才少訖, 可棲息也, 遂顔之曰'小山'。大余之作是齋也, 豈徒然哉？余少日蓋亦有聞而興起者, 顧資地駁雜, 染指世故, 推遷汩沒, 以至于今泯泯也。嗟乎！余之不幸, 晩生遐陬, 夙知黃卷中間有可樂者, 而行之不力, 壯大無聞。重以貧病苟活, 未有半成之宅, 日處於膠擾雜亂之域。夫以不美之貨, 加不專之工程, 幾何其不至於寢銷寢削, 無咫進而有尺退乎？余觀古之賢人君子, 其質之美、志之篤如此, 而必樂自處於寬閒寂寞之濱, 以卒就其志業者, 豈不以聖門持養之工, 通貫動靜, 而動靜相資之勢, 必以靜爲主故也歟？此余之所以不憚筋力之勞、貧窶之故, 構成數椽, 凡三閱歲, 而堂室三間粗成。自今以往, 非有行李之役、憂病之奪, 則其將優游偃仰, 朝夕於斯, 詠歌於斯。而前日之有聞而未契者、有志而未就者, 或可以沈潛反復, 嗟嘆詠歌, 萬有一得於銖累絲積之餘, 而使是齋之作爲不徒然也。則豈非思平生之一快也歟？然余之志於學蓋有年矣。思之非不至，求之非不切。而至于今若存若亡，日遠月忘者，其故可知已。思之雖至，而不思則忘之也；求之雖切，而不求則措之也。一日之中，存之之時無幾；一月之間，忘之之日居多。又雜之以飢寒之慮、得喪之憂、氣質事故之奪，則前後橫斷，首尾不續，回視向之所辛勤而僅得之者，索然已無有矣。輾轉反覆之久，則天理日晦，人欲日熾，而其賓主勝負之勢，不得不爲多者所奪。雖欲與初不學道而全其純愚者齒，且不可得矣。嗚呼！不幸而不知則已矣，幸而知其故焉，則一切反夫前日之所爲，而使其志之所向、心之所存、身之所處，未嘗不在於義理之中、經籍之間，而飢寒得喪氣質事故之撓，非惟不足以妨吾之學、亂我之心，而乃反爲經歷鍛鍊、體驗栽培之地。然後內外動靜，貫通爲一。而方可以語夫古人之學矣。其謂之小山者，以其爲山小而與大山對，且用何胤蕭山則之故事云爾。"】

김양행(金亮行) 1715-1779. 조선 후기. 본관은 안동(安東). 자는 자정(子靜)이고, 호는 지암(止菴)·여호(驪湖)이며, 시호는 문간(文簡)이다.

❀ 苟度庵

【≪貞菴集≫卷九≪苟度庵記≫："吾友金子靜以'苟度'名其所居之室，蓋取延平先生'草衣木食苟度時日'之義也。子靜年纔弱冠已有此意思，其身世可悲也。然苟字之意近於偸安，居處則可苟，學問則不可苟也。子靜唯無以身世之窮，而弛其學問之功可也。字書曰：敬傍着苟，以其不苟也。'猶治亂而曰亂，治汙而曰汙。子靜其敬之哉！"】

이겸진(李謙鎭) 1715-?. 조선 후기. 본관은 덕수(德水). 자는 백익(伯益)이다.

❀ 名 - 謙鎭 字 - 伯益

【≪尙書·大禹謨≫："滿招損，謙受益，時乃天道。"】

❀ 直軒

【≪保晩齋集≫卷八≪直軒記≫："吾黨有直士，曰德水李公謙鎭伯益也。骯髒皎潔，不與人合，亦不求合於人。晚以'直軒'名其居，而走書於余曰：'子非我少友乎？知我之直，宜莫如子。子爲我文之記。'余童子時受學于外王考忠憲公，伯益於余爲母黨屬尊，而齒長余一年，居又隣比。朝夕相馳逐嬉戲之餘，談笑淋漓，則輒抵掌軒眉, 吐膽吐氣, 盖自志尚言行以至出處窮通, 相與較絜比幷, 要其歸全人生之直, 而恥罔生之免而已。及夫鬐髮颯然飄簪, 余僥倖策名朝端, 馴致乎崇顯。而伯益顧落拓不偶, 棲棲於潛郞墨綬之間。自其不知者觀之, 孰不曰伯益屈而余伸也？然余出世二十餘年, 事變機數雜交於前, 有時俯仰因循, 枉直相乘於尋尺者, 亦已多矣。每中夜興思, 慨然窣嘆, 以爲孤負宿昔之所自期。而伯益則不然, 位卑故責輕, 責輕故雖不能直人, 其於直己常有餘裕。用舍行藏, 以枉己循人爲深恥。到今六十已滿, 翩然卷懷, 杜門却掃, 將欲孟晉其直之功也。乃曰：‘孔子稱人之生也直, 此直之本然也。孟子稱以直養而無害, 此直之功夫也。如欲致其功夫, 以反之乎本然, 則使吾之直日積月累, 無間容息, 然後天地之塞, 可庶幾也。’大書顔于壁, 平居觀瞻以自勵。嗚呼！何其壯且奇也！《易》曰‘習坎維心, 亨’, 言身屈而道亨, 道亨則身亦亨也。伯益豈其人乎？昔漢之馬文淵、少游二人者, 少小言志, 所爭特其閒忙隱顯之分。然文淵老白首成功, 猶且臥念少游平生之若不可得, 況余與伯益同志于直, 而其成之異乎？雖然, 余自數年來衰病侵尋, 進少退多, 不復能有爲於世。且將隨伯益後, 洗心從事於直。使其中之參差者, 卒得爛漫於桑楡。則伯益之直軒, 非余爲文而誰爲文？於是乎書。”】

박동일(朴東一) 1715-?. 조선 후기. 본관은 밀양(密陽). 자는 정지(貞之)이다.

❀ 名 – 東一　　字 – 貞之

【《尙書·太甲》：“一人元良, 萬邦以貞。”】

❀ 止流庵

【《在澗集》卷二《止流庵記》：“士生斯世, 出處進退, 何常之有哉？以其所遇之時或不同, 一行一止, 亦無有堅定不易之則。要在乎識勢循理, 各當其可而不失其自然之宜。此如飮食飢飽, 非有意於强而爲之也。故其進也得志, 據乎巖廊之上, 發謀出慮, 爲國家建無窮之事業者, 時有可行而然也。退則斂而藏之, 漁釣於一丘一壑之間, 甘貧賤樂窮餓而不悔者, 亦以其時之爲可止故也。然而觀乎古昔賢人君子, 遇其時常少, 不遇者常多。不遇焉, 但當委心大化, 壹聽於運乎上者之所命而已, 是何足怨尤於其間也？賈長沙之言曰：‘乘流而逝, 遇坎則止。’善哉其爲喩也！夫江漢之水日夜滔滔, 至于滄海, 而未嘗少捨於頃刻之間焉者, 流之有不能自已也。及其入于坎窞, 迤徊而不前, 渟滀而不瀉, 豈水之性使然哉？由乎所處者險陷難進而然也。吾友凝川朴貞之，從少有大志，力求古人之跡，思一出而行之於世也。旣而屢屈公車，身益困。知不可以有所試也，遂挈家遠入峽，得原州之艮城而居焉。築其室，名之曰‘止流’，蓋爲艮有止之之義，亦因以見其志也。嗟夫！若貞之，可謂不迷於進退出處之分焉者也。今之世，其有能見險勿用，信道而知自止者乎？酒貞之以剛中之才，有孚之行，獨安命守義，無入而不自得。是其過人之知，較世之妄動以求出，愈往而愈失其信者，相去遠矣。或謂貞之博學善文辭，一時之踏險，非終不能自濟者也。是言然矣。嘗余觀乎習坎之體，以能止爲信，能行爲功。時止時行，君子處世之道固若是也。水之止坎，以其不盈故不行，盈則流而出乎坎，理本有自然而然者。貞之之事，豈異於是哉？且余因此而有所感於中。念余五十年窮阨，重險在前，乃反迷不知止。栖泊於闤闠之內，其爲前後坎坎，終自歸於沒溺之域，較然明甚矣。今貞之索余文以爲記，余强而應之。貞之之讀余文，毋亦誚余以不知命也夫！噫！其悲矣。】

서명응(徐命膺) 1716-1787. 조선 후기. 본관은 달성(達城). 자는 군수(君受)이고, 호는 보만재(保晚齋)·담옹(澹翁)이다.

❉ 名 - 命膺　字 - 君受

【《楚辭·天問》："撰體協脅，鹿何膺之？"《註》："膺，受也。"】

❉ 不俗齋

【《保晚齋集》卷八《不俗齋記》："齋之西有小塢，與齋爲對。盛植叢竹，風度而有聲鏘鏘焉，月來而有影隱隱焉。宜於雨有蕭灑之趣，宜於雪有挺特之思。於是扁其楣曰‘不俗’。古之美竹者衆矣，或以其剛而取之，或以其淸而與之，或以其虛而多之。余獨好夫子之訓。昔夫子適衛，有風動竹，聞蕭瑟之聲，欣然忘味，三月不肉。顧謂公孫靑曰：‘人不竹則俗，汝知之乎？’以是知人之患在乎漸染流俗不自拔焉，故不能虛，不能淸且剛。苟其不俗也，三善皆有之矣。三善，目也。不俗，綱也。綱擧，目安得逃乎？此余所以捨三善而取不俗，又恐人不知余有得於夫子者，於是乎記，以爲《不俗齋記》。"】

❉ 知恥軒

【《保晚齋集》卷八《知恥軒記》："軒之東有小圃，廣不踰丈，長不及尋，種以薑辣、椒辛、葱烈、當歸之香者，令山奴灌之。日倚軒觀，故其軒曰‘知恥’，漢陽丈

夫答子貢之語也。昔子貢過漢陽, 見一丈夫鑿隧, 抱甕汲井, 取水而灌園。子貢曰
:'有機於此, 日浸百畦, 挈水若抽, 名曰桔槔。'丈夫曰:'吾知之。恥而不爲也。'
夫以機制事, 抱甕丈夫亦知恥之, 而況於不與民爭利者乎?使余不恥其機也, 進
可以家累千金, 退猶能連阡陌。今乃求一席之地, 日勞僮僕所採不足以供半月之
盤, 豈余不知其機而然乎?亦欲恥丈夫之恥也。恥丈夫之恥, 而灌園者不知, 反
恥余無機, 余惡乎無言?"】

❀ 濟光亭

【≪保晩齋集≫卷八≪濟光亭記≫:"家有園, 園有臺, 突兀平曠, 高出巷陌, 方若
繩版, 儼若天成。人之至于是者, 皆曰'可亭也'。然無因亭之, 仍其臺而已。乃者
我聖上以'保晩齋'賜賤臣號, 旣又取覽其≪保晩齋≫名稿者, 御製七言長句以寵
之。雲章昭回, 恩言炳烺, 使寂寥篇簡, 居然爲不朽之業。今與後, 皆宸賜也。於
是以御製不可褻而玩之, 度園之臺, 作亭五架, 爲室于中, 尊閣御製。然後軒其室
而亭曰'濟光'。≪易≫稱'天道下濟而光明', 我聖上以之也。垣其亭而門曰'五知',
宋有除樞密者, 以'知恩、知道、知命、知足、知幸'之五知, 歸名其堂。況賤臣受
賜, 非除官之比也乎?亭以昭聖上之垂惠, 門以表賤臣之拜嘉。人之至于是者,
又皆曰天設臺, 待亭已久。謂非有數不可也。古之飾君恩者, 必有鼎彝旂常刻而
紀之。夫鼎彝旂常, 列峙廊廡, 易於虧壞。然其刻紀之辭, 至今數千載焜耀人耳
目, 赫赫若前日事。況以雲章之至寶, 貯園亭之名勝, 璧在山而珠在淵, 祥輝異
彩, 過者爲之瞻仰指點, 知我聖上陶鎔成物若此其光明。而且可使世世子孫入斯
門, 登斯亭, 感乃祖遭逢之盛, 盡忠報答, 爲邦家之光, 則其光明者益光明也。雖
然, 是豈愚魯賤臣所自期哉?亦惟曰'命也幸也'。遂爲之記。"】

조돈(趙暾) 1716-1790. 조선 후기. 본관은 풍양(豊壤). 자는 광서(光瑞)이고, 호는 죽
석(竹石)이다.

❀ 名 - 暾   字 - 光瑞

【≪楚辭章句·少司命≫"暾將出兮東方", ≪注≫:"謂日始出東方, 其容暾暾而盛
大也。"日出乃明, 固有光, 故相應。】

❀ 號 - 竹石, 弗遠齋

【≪豊墅集≫卷十六≪竹石趙公行狀≫:"公諱暾, 字光瑞 …… 公築室於楊州白石

之川竹里, 自號曰'竹石'。東望古州, 松楸密邇。南瞻華山, 京闕莽蒼。名其齋曰
'弗遠', 盖取復初之意也 …… 庚戌五月, 還入京第。疾篤, 家人請邀醫。叱曰:
'以吾年位, 復何係戀於世乎?'親友勸用蔘劑, 執器臨飮, 揮手終不服。氣息綿綴,
動作須人。聞元子誕降, 則蹶然而起, 至欲蹈舞。屬纊前日, 語及先考, 淚簌簌如
泉湧。延頸之誠, 終身之慕, 至死猶如此。"】

김치인(金致仁) 1716-1790. 조선 후기. 본관은 청풍(淸風). 자는 공서(公恕)이고, 호
는 고정(古亭)이며, 시호는 헌숙(憲肅)이다.

❀ 名 - 致仁　字 - 公恕

【≪四書或問≫卷九: "曰: '或又以謂忠、恕非所以言聖人, 而欲易"忠"以"誠", 易
"恕"以"仁", 其亦可乎?'曰: '聖人之忠, 則固誠之發也; 聖人之恕, 則固仁之施
也。然曰忠、曰恕, 則見體用相因之意; 曰誠、曰仁, 則皆該貫全體之謂, 而無以
見夫體用之分矣。'"】

❀ 瞻蘇樓

【≪本庵集≫卷六≪瞻蘇樓記≫: "今吏曹判書金公卽其夫人之墓下爲齋居之室,
樓其西曰'瞻蘇'。盖公先相國忠靖公之藏在蘇來山, 山之去樓堇十里, 樓以是名
也。登樓而望, 則雨露雲靄之氣, 與夫松柏之所翳蔚, 岡隴之所縈紆, 若朝暮汛掃
拜跪於其中。公以命其從兄子某記是樓。某敬對曰: '噫! 公之瞻于是也, 非以思
先人之深乎?思之而不可見, 見其所托體焉, 則如見其容焉, 如聞其聲焉, 悅焉如
將及之而不及焉。然後反吾身以思曰: "吾親之髮膚受之在是, 是得無毁歟?吾親
之忠淸仁儉, 其傳之也在是, 是得無墜歟?苟有毁墜于是, 如蘇來山何?"若是則
公之所以續承先烈于家于邦, 飭身立名, 顯忠靖公于無窮者, 將於此乎在, 不亦善
乎?不然而徒以封塋樹木之護視是能, 則一家人事耳。抑公以忠靖公子, 爲聖明
所眷毗, 方夙夜廟朝之上, 每思久於此樓以瞻之, 有不得焉。惟時節告暇而來, 則
低回睠顧而不能去, 其情悲矣。雖然, 使公之在朝, 果能光揚忠靖公之德業如前
之謂者, 是猶日瞻乎蘇來山也。公其勉之哉!'"】

김상직(金相直) 1716-?. 조선 후기. 자는 양여(養汝)이다.

❀ 名 - 相直　字 - 養汝

【≪孟子·公孫丑上≫："其為氣也至大至剛，以直養而無害，則塞于天地之間。其為氣也，配義與道，無是餒也。"】

❈ 歲寒亭

【≪鹿門先生文集≫卷二十≪歲寒亭記≫："光山金養汝作亭於其所居稷下小園雙栢之傍，而名之曰'歲寒'，盖取夫子'後凋'之義也。余嘗一登其亭而觀之。地不甚高，而四望無障翳，一城勝觀靡不羅絡眼前。幽深爽塏，衆美畢具。卽其庭除之間，名花嘉卉妖妍而爭芳者又目不勝接也。養汝皆無所取，而獨取彼挺然蒼然者為之名，其意豈偶然哉？嗚呼！士君子立身第一義，獨名節耳。名節一敗，餘不足觀。雖博學多聞以為知，小廉曲謹以為行，何異娼家之禮哉？國朝禮敎興行，眞儒輩出，'名節'二字為士夫家常茶飯。不幸數十年來，風聲習氣日漸汚下，知利而不知義，知有爵祿而不知有名節。若此不已，設令朝家有事，邊境有警，其有能正色立殿陛爭之者乎？其有能馬革裹尸，罵賊而不屈者乎？養汝少志學，志尙高潔，居在京華，閱歷事變多矣，是其中必有慨然而不能已者。亭旣名，遍求一時士友之文以為之記而書于帖。余觀帖中人多朝士，豈欲以是警欬之歟？是將家傳人誦，使歲寒之名、後凋之義，騰口舌而慣耳目，其有補世道豈少哉？雖然，所謂名節，亦有本焉。苟不窮理知言，徒欲托物興懷於挺然蒼然之間，而謂足以完其名節，則其不以利為義者鮮矣。而一時意氣，亦何足恃哉？願養汝堅坐亭中，將孟朱書熟讀深玩，於凡是非邪正之辨，一皆明白剖判，如所謂觸手兩段者。而激昂淬礪，篤信不撓，又推而告之帖中人，與之共勉焉。則發之言行，處乎事變，自然光明峻潔，磊落直截，無愧乎斯名。而斯亭之作，眞可以有功於斯世矣。余將拭目而待之。養汝名相直。"

≪果菴先生文集≫卷九≪歲寒亭記≫："吾友金養汝自公山謝歸之翌年，築亭於其稷下園中松柏之林，名以'歲寒'，而遍求記于同志諸公。又馳書丐余文甚勤曰：'欲以替夫百里顏面也。'余雖不文，不可得以為辭。余竊記養汝年纔弱冠，慨然有求道之志，閉戶讀聖賢書蓋有年矣。旣病作而止，間從功令業，擧進士，筮仕莅郡縣，大著治績。世方以循良高第嚮用，門戶又尊盛，人所欽仰，所謂功名富貴皆養汝所宜有。顧所樂不在乎此，獨自朝暮夷猶於孤松老柏之側，若逸士山人之為，何歟？噫！養汝初而志道，中而以病廢，晚而黽勉科宦。其跡雖三變，而其志則耿耿然蓋不忘其中也。是以雖身處喧囂闤闠之傍，其於寬閒寂寞之濱，未嘗不神往而心馳。故今治其燕息之所，必就林園靜僻之中。凡園之千百靑紅，孰非可以寓養汝幽懷？皆捨而不顧，獨慕松柏後凋之節，因聖人歲寒之戒名其亭以自勵，則其志詎不深哉？夫方冬寒至，雪霜交下，百卉俱腓，而惟松柏特立亭亭，枝葉不改，以其有貞心苦節也。君子之遇事變，臨利害，剛毅獨立，凜然不衰者，豈非以養之能豫，守之有素歟？此聖人立言之㣥，而養汝之所寄意其在斯乎？然有名而無實，則牆屋標榜，徒歸文具而已。子思子曰‘凡事豫則立’，又曰‘不誠無物’，養汝勉乎哉！余迹阻城闉，雖不能從養汝於歲寒之亭，歌詠以發其義。惟其與養汝相託以歲寒心期，在朋友或莫余先焉。則烏可不以此相勉，以副百里丐文之意也？抑又念養汝仲氏相公身任國家世道之責，士之望於公方甚重，公所自勉以歲寒特立之操，非匹夫可比，不知養汝曾以此講商於湛樂之際否？請奉質余言，以爲何如也？”≪保晩齋集≫卷八≪歲寒亭記≫：“太僕郞金養汝行于其居之後，燔萊而嘉卉秀，輦土而怪石立。有松柏左右峙喬，竦出于衆木之上。廼卽其間而亭之，取後凋於歲寒者，牓其亭曰‘歲寒’。衙退，則養汝步朝夕焉。兄弟朋友，油油如也。屬時之能文者書其事，而達城徐命膺記之。其詞曰：‘彼崒者園，侯松侯柏。寒通泰社，氣分喬岳。廼作新亭，椽而不斵。毋設以扃，毋棲以鐸。森森老榦，爲庇榱桷。瑽瑢靈籟，有來簾箔。風焉涼度，雨則子落。婆娑濃陰，朝暮簷角。有時欹枕，炯炯其魄。無冬無夏，呈其標格。盤桓日夕，居之無斁。廼卜嘉名，廼謀肇錫。豈無棠梨，與厥蘭藥。嬌夭顚狂，維時之逐。翩彼蜂蝶，亦羞而惜。君子攸躋，斯焉取飾。維此猋鱗，洵美且碩。凜凜天寒，冰雪交錯。川則枯涸，地則凍拆。蒼然巖壑，昂霄之直。如蛟如龍，如蓋如幄。鬱乎柯葉，曾不改易。崢嶸孤秀，疇敢摧抑。神明所扶，其高千尺。帝作明堂，爾乃柱石。維其後凋，是以柯則。煌煌亭扁，匪斯曷克。銀鉤鐵索，宛爾虇縮。留與歲寒，昭揭之額。載瞻載攀，以永儀式。’”】

손덕심(孫德沈) 1717~1776. 조선 후기. 본관은 밀양(密陽). 자는 사원(士源)이고, 호는 모헌(慕軒)이다.

❀ 名－德沈　字－士源

【≪周易·蒙卦≫：“≪象≫曰：山下出泉，蒙。君子以果行育德。”≪說文≫：“泉，水原也。”原，同源。】

❀ 號 – 慕軒

【≪大山先生文集≫卷五十一≪慕軒孫公行狀≫：“公諱德沈，字士源……公幼有
至行。甫成童，參奉公有疾，迎醫禱天，靡不用極。及喪，號哭不絶聲。旣葬，廬
墓側，晝夜哀號，風雨不廢。母夫人慮血氣未定，重致傷損，親撤廬，扶以歸。毁
瘠骨立，啜粥以終三年。事母孝養無方，嘗盛寒，思食芹菜。時大雪，公四求于澗
溪之濱，忽見一壑芹芽新抽，取之以供，鄉里咸嗟異之。撫養羣弟，敎誨備至。及
長而有室，公告之曰：‘吾兄弟鮮孤，幸有老母，豈可分門異居？宜效廣被故事，以
養老母餘年，是吾志也。’遂構數椽，爲兄弟同寢之所，扁曰‘慕軒’，蓋取終身慕父
母之義也。”】

김성유(金聖猷) 1717-?. 조선 후기. 본관은 영광(靈光). 초명은 성징(聖徵), 자는 여
희(汝希)이다.

❀ 改名 – 聖猷

【≪西京詩話補錄·善徵≫：“金聖猷本名聖徵，丁丑庭試壯元。先一夕夢入月宮，
題其名於桂樹之巓，曰‘金聖猷’。因改‘徵’作‘猷’，遂得大魁。”】

이정운(李楨運) ?-?. 조선 후기. 호는 광산자(光山子)이다.

❀ 晚悟堂

【≪雪橋集≫卷四≪晚悟堂記≫：“光山子隱於甲川，而修身敎子孫，力田自食。近
名其堂曰‘晚悟’，要余記。余詰之曰：‘子少游京師，而長居山谷，其於朝野必已熟
其物情矣。豈嘗健羡乎富貴之榮熖、聲色之芬華，而卒之瞷其濫科巧宦之招災、
盛權大勢之起禍，而厚嗜濃歡之罹殃、隆赫之爲冷落、快樂之爲悲苦，而始悟其
不可爲耶？亦嘗欽慕乎道學之標望、文章之光寵，而終之聞其利根善萌之有雜、
狂慧浮艷之匪實，而群疑衆惡之四集，問譽之爲譏罵，薦延之爲擠陷，而始悟其不
可好耶？’光山子笑曰：‘彼之如彼，早已料之，則何待晚而始悟哉！顧吾夙齡頗有
區區之志，讀書求道，以聖人爲必可企；而匡君善世，以天下爲不可忘。自中歲
困于疢疾，而學無由成。亦見天下之事，有末如之何者，而自斷此生以老於百畝
之中矣。今也白首窮林，思有得焉。聖人雖不可及，而不可以病自墮，而不慕乎
聖人。天下雖不可匡，而不可以窮自外，而不志於天下。吾惟有閉門講道，隨分

自治, 而訓子迪孫, 繼爲善士, 欲其知凡人希聖賢之道, 寸心受天下之責而已耳。
所謂晚而悟者, 此也。'余不覺灑然而歎曰:'有是哉, 子之賢也!士之事固在於遵
堯舜之道, 而堯舜吾君, 堯舜吾民, 亦無非士之職也。然而體道在身, 行道在時。
時之塞也, 而子知自廢則智也。身而存也, 而子知自强則仁也。嗚呼!天下不能
常治之, 亦不當常亂。其治也由行道之有族, 其亂也須體道之有種, 種之眞傳, 族
則乃蕃。以子之仁智, 窮而獨善, 以傳之子孫者, 將自一而爲百族, 自百而爲萬
族, 安知其終不遇時, 而不爲兼善天下之種耶?子其勉之!大自大也, 小自小也。
無實之文章, 子必視之以夜郞。驢非驢也, 馬非馬也。挾私之道學, 子必視之以
龜玆。不義之貴, 子必比之於鵂鶹之昏飛;不仁之富, 子必比之於蛧蜽之穢飽。
曩吾之詰乎子也, 噫, 亦淺之爲知哉!'旣詰之, 而書以爲記。"】

안석경(安錫儆) 1718-1774. 조선 후기. 본관은 순흥(勝興). 자는 숙화(叔華)·자화(子華)이고, 호는 삽교(雪橋)이다.

❀ 名 - 錫儆　字 - 叔華

【≪尙書·大禹謨≫:"儆戒無虞, 罔失法度。罔遊于逸, 罔淫于樂。"儆華, 儆戒華靡之意。】

❀ 卓異山人

【≪硏經齋全集≫卷四十九≪世好錄 安錫儆≫:"安公錫儆字叔華, 號雪橋。順興人
……公早承家訓, 而才又粹美, 聰明過人, 好讀≪六經≫及諸子。讀書禪房者殆
數十年, 浩博無涯。而不事擧子業, 力追古文。嘗挈家室隱於卓異山中, 林壑孤
絶, 不與世相聞, 躬耕以自給。嘗言:'皇明, 吾父母邦也。父母之讐未復, 吾何以
仕?'除康陵參奉, 不就曰:'吾不忍見敎旨書淸主紀年也。'卒不出山而終。"】

김재균(金載均) ?-?. 조선 후기. 본관은 연안(延安). 자는 정칙(正則)이다.

❀ 名 - 載均　字 - 正則

【≪離騷≫:"名余曰正則兮, 字余曰靈均。"】

❀ 七柳軒

【≪雪橋集≫卷四≪安昌七柳軒記≫:"安昌在北原, 負山而野, 南帶蟾江。江外諸
山環繞百里, 雲木欝然, 而村居明敞, 盖上游之名地也。延安金氏世居之, 仰丘

蘘, 俯田圃而採, 遊眺之趣亦備矣。其垣屋雅華整, 與江山稱。而燕處之扁永思
齋者間獨火焉。宗子正則甫卽舊址拓而大之, 齋旣搆而廣其軒, 名以'七柳', 柳卽
其先大父靖惠公之所樹也。公之遊宦止於郡邑, 而其謝事而歸, 有慕乎五柳先生
之遺風也歟？余於弱冠數嘗陪遊, 而得見樹柳之初矣。中歲屢拜都正公於此, 而
柳則漸長, 暎花塢而蔭荷塘, 蓋已足於風流矣。是歲之夏訪正則, 正則酒之於軒
中而求余記。余顧七柳皆成合抱, 而黛色參山, 爽氣通江, 而風枝演漾, 散月明而
動荷香矣。相與話舊而悵然, 終夜不能眠。嗟乎！余之來往居然三十餘年, 而正
則又冠子而抱孫矣。余固已白鬚, 而見正則五世之顏面。今於是柳, 自不覺摩挲
而感歎也。人生亦何須勳名富貴？惟樹德而殖學, 以長子孫而世其家可矣。夫以
靖惠公之茂德厚澤, 都正公之克繼無落, 而游世不求於人, 祿位未滿其德。至於
正則, 亦仕退而不干進, 務滋舊德而篤學崇禮, 以敎子而提孫。子孫皆豊秀和厚,
藹然有長發之氣。譬之柳也, 純於木德, 固易生而易長, 由其深根而廣抵也。枝
幹洪大, 條葉峻茂, 而正則方且培漑護養之不已, 是其長大也榮茂也, 吾將不知其
所限矣。姑記之以竢。"】

임지(林地) ?-?. 조선 후기. 자는 백후(伯厚)이고, 호는 용촌(龍村)이다.

❋ 名 - 地　　字 - 伯厚

【≪周易·坤卦·象傳≫：“坤厚載物, 德合无疆。"≪周易·說卦≫：“坤爲地。"】

❋ 號 - 龍村

【≪雪橋集≫卷四≪龍村記≫：“人與龍俱稱有物之靈。而人爲陽靈, 故人皆秉火
權；龍爲陰靈, 故龍皆秉水權。然天之所使宰制萬化者, 在人而不在龍, 則蓋主
乎陽也。均之陰陽之靈, 而人有高下, 龍亦有高下。蓋陰陽之氣, 分合澄濁, 有千
萬其差故也。卽龍而言之, 有獻圖包義而符人文之作者, 有負大禹南巡之舟者, 有
豢於劉累、醢於孔甲, 而流禍於西周者, 鄭之洧門有相鬪者, 沛之澤有瑞于赤帝
者, 越雟之見爲王莽所喜者, 有蹲宋氏之市而水滅汴都者, 碙洲升於國破主遷之
時者, 海潛湖蟄時奮雲雨或甘澍或害水者。是其爲祥爲孽, 有細者巨者, 無非受
氣之異而效用之殊也。驪州林伯厚, 篤學君子也。博於經術, 優於文辭, 高於行
誼而慷慨有風節, 有非流俗所可及。而跧伏荒江之濱, 超然若無意於世。所居之
里雅名龍頭, 近以'龍村'自號, 求余記。余曰：古之人不云乎'子非魚, 安知魚之樂'

乎？今吾非龍也, 亦安知龍乎？且龍者, 自孔子已謂不知其乘風雲而上天, 余何敢強之乎？抑聞管幼安有龍腹之譽, 而自處以潛龍, 老於遼海；諸葛孔明有臥龍之望, 而興漢於蜀, 沛然魚水之契。文宋瑞産於吉水, 有水怔之稱, 而登黃甲踐赤鳥, 雲合殘宋之民, 要洗天下腥臊之氛。而半道蹭蹬, 拘於燕獄, 血於柴市, 而復吉水之潭。總之譬於龍也, 或潛或躍, 或騰隆屈伸之有不同。而非細而巨, 非孽而祥則同也。使伯厚而果猶龍也, 則所以自期者將如何哉？嗚呼！天下方旱矣, 帝實封江湖, 涓滴之微尙不得用, 則將抑首弛鬐, 泥蟠而谷縮, 憂焚悗於大陸, 輸溟渤於鯨鯢, 長爲蜥蜴之所笑、蛙蟆之所侮而已乎？時有往復, 勢有通塞。暵乾之久必有達, 則將呵雲噴雷, 翻江倒海, 雨蘇枯槁, 霆擊穢慝, 潤澤青丘, 而汎濯華夏乎？春寒冬暖, 潦晴旱雨, 得其時而不可恒, 乘其勢而不可久。則亦將赴一溉之功, 而不顧天地之將隔, 效一擊之用, 而不辭風雲之中散耶？於斯三者, 未知欲何居？而其不爲豢庭之醜, 鬪門之妖, 負禹之悍, 水宋之惡則決矣。如或曰見之在田, 天下文明, 則吾不敢知也。"】

최순성(崔舜星) 1719-1789. 조선 후기. 본관은 양천(陽川). 자는 경협(景恊)이고, 호는 치안(癡菴)이다.

❀ 號 – 癡菴

【≪燕巖集≫卷二≪煙湘閣選本 · 癡庵崔翁墓碣銘≫："世固有急人之難而不惜千金者, 然義不足以勝其爲惠, 則是特州里之俠而難繼乎一鄕之歸善也。如癡庵崔翁之急人, 乃自急於義也。人之有憂患死喪, 惄然若饞者之莫可以終朝。其心不耐, 若芒栖眦。乃急求諸己曰：'是何以不吾告也, 我其或者見鄙於人乎？'自反而無是, 則喜曰：'吾今幸而先聞也。'促促焉若行旅之趁日也。爲之婚嫁者幾家, 爲之斂葬者幾家, 則朝夕洗鼎而待之者可知也。有嗤之者曰：'甚矣翁之癡也！'不待求而先施之, 故常濟人於急而無德而稱焉。或曰：'是何足癡也！'或慮其有不當於意者, 常諱其妻子昆弟而潛施之, 是豈非大癡耶？遂以癡號翁, 翁亦安其號, 至老死不變。故人無賢不肖, 談翁如談故事。數人坐相語輒大笑者, 必翁之行某事某事也。…… 翁諱舜星, 字景恊。"】

이헌경(李獻慶) 1719-1791. 조선 후기. 본관은 전주(全州). 자는 몽서(夢瑞)이고, 호

는 간옹(艮翁)이다.

❈ 號 – 艮翁

【≪艮翁先生文集≫卷二十四≪附錄·家庭聞見錄[李升鎭]≫:"府君少時自號玄圃散人。其後搆小亭於巨黍, 扁曰白雲亭, 取以爲號。又嘗號西亭。晚年取兼山之義, 又號艮翁, 仍以艮翁行于世。"】

❈ 白雲亭

【≪艮翁先生文集≫卷二十≪白雲亭記≫:"昔秋梁公望太行白雲歎曰:'吾親舍其下。'今余爲亭於巨黍縣治之西, 前與石城山相對, 而余先父母之藏在其下。每日開戶倚檻, 望見石城, 白雲晨起, 輒有梁公之感, 遂以'白雲'名亭。然梁公親在而戀其門閭, 余親歿而戀其丘壠。較之梁公, 余尤悲切矣。且余以不才無能, 過蒙聖朝簡拔, 懷恩不去, 遲徊於京輦之下, 足跡歲不過一再至於是亭。石城白雲, 又可得以常目乎?然古人有終身慕父母者, 苟余慕之不衰, 石城白雲, 安往而不在目也?余以是勉焉。乙巳仲春, 乞暇來此。悽愴顧懷, 如鳥獸蹢躅之頃而後去。臨去書此于壁, 以識余懷云。"】

❈ 淡歡山

【≪艮翁先生文集≫卷二十≪淡歡山記≫:"山有鉅槐, 株高可仞、大可數十圍者, 人不知其幾百壽。霹靂摺之, 風雨踣之, 禿榦朽條, 纍纍若峯巒之狀者挺列于其顚。余則異之, 運致之庭。竪而築之, 被以草木, 乃山也。遂取蘇子瞻假山詩'冷淡爲歡味自長'之句, 名之曰淡歡山。或者曰:'世之居城市而遠山林者, 不得乎眞而求諸假則有之矣。今子山人也, 藩子之居者皆層岜絶巘, 四時靑葱, 庳可以玩遊, 高可以捫登, 朝夕煙霞之氣可以吸而餐也。奚子之不足於是, 而復求諸彼耶?'余曰:'不然。彼實不得已, 而余則得已而不已。不得已者其情緣乎境, 得已而不已者, 其樂根乎性。緣乎境旣得則怠, 根乎性者多有而不斁。子欲以彼之怠, 而諫我之不斁, 則惑矣。又吾庸知其眞與假耶?山之爲物本淡也, 而是山尤淡。淡, 吾歡也。吾坐而憇, 滴乎其煙翠之如湢也。吾對而睡, 窈乎其巖壑之若瞑也。無臭味而悅娛, 不聲色而笑嬉。淡可歡耶?淡而有不淡者存乎彼。富貴利祿, 世人之所同歡也。而人苟有獨不歡於彼者, 則其所歡者必在此。歡之所在則味之所生, 又何必淡云乎哉?雖然, 吾之所謂有味, 世之所謂淡也。名汝以淡, 世無由嗔余也。遂記。'"】

❖ 松亭

【≪艮翁先生文集≫卷二十≪松亭記≫："不待瓦與茅，凡可以蔽天陽而庇陰于人者，皆可謂之亭。此吾松亭之所以名也。是松也，自在稚時昂藏詭古，有老松之稱。歲旣久，幹益大，根益盤，枝益樛以曲，葉益繁以密。上如繖盖，下則穹然。植吾庭下適十數年，已能受三兩人坐。猶必解冠俛首，鞠躬而後出入。以一歲所長尺寸驗以率之，更六七八歲，可不解冠而伸首出入有餘，受人數亦可倍之。或諷余欲斧之曰：'正直孤高，無所依阿，松之性也。斯之不然。委曲紏結，好循人意，無乃非性之正耶？'余應之曰：'噫！松譬則君子也。君子之道，何常乎正？或經，或權，或出，或處，無非正也。在魯有柳下季，在唐有狄梁公。道若屈，志若陋，跡若汚，救世庇民，惟正之歸。今吾與子遊於是松之下，炎暑得其陰凉，風雨得其覆盖。竟晷連夕，無所畏懼，非斯之功歟？可直可曲，不失其正者，松之德也。彼方病其庇覆之不博，日盛而未已，安知夫其枝之曲直？子去矣，不去將爲松羞。'客憮而退。余憤乎世人之不知而輕議者，於是乎題。"】

❖ 爾雅軒

【≪耳溪集≫卷十三≪爾雅軒記≫："曩余西聘燕，卿士大夫皆以詩文送之。大抵是感慨之辭、慰行之語，唯艮翁李夢瑞爲之言曰：'近世西方有天主學者流入中國。其人善步天曆，家用其法。於是倡爲奉天之說以號於人，好奇者頗深中云。此異端之尤也，其禍將甚於釋老。子見中國之士，必昌言以闢之。雖不能牖天下之迷，可使知東方之學之正也。'余笑曰：'吾嘗見西人之書，其辭淺，其理僻，無足動人者。子之慮過矣。'及到燕，訪所謂天主堂者。繪像崇虔，特一梵宇耳。與其人語，不過侏離之慧者也，無事乎伸吾辯。旣東還數歲，天主之書果大行于世。愚者競誦慕之，卽識者往往漸染焉。其歸也，將背倫而陷俗。余於是始服夢瑞之先見。已而夢瑞遺余書曰：'吾新構書室，名之曰爾雅。盖爾者邇也，雅者正也。願子爲我書扁，且以發其旨焉。'余嘆曰：'此≪中庸≫之義也。夫邇而易行者，豈非庸乎？正而不偏者，豈非中乎？然爾而不雅，則流於俗；雅而不爾，則病於迂。有能兼之，中庸可幾矣。今夢瑞有見乎是，宜其明於審幾而嚴於衛正也。彼西方之學勸人爲善，而誑之以福禍；托以尊天，而自絶于倫彝。是合佛老而眩吾道者，此余所謂辭淺而理僻，去爾雅遠矣。誠使子之說行，何患乎不闢？惜不令中國之人聞之也。夢瑞爲文章亦主乎爾雅，斯可以見其學矣。'"】

유박(柳璞) ?-?. 조선 후기. 본관은 문화(文化). 자는 치서(致瑞)이다.

❀ 百花菴

【《艮翁先生文集》卷二十《百花菴記》:"柳君璞家于白州之金谷, 丘園階庭皆被
以花樹, 蓋百花也。名其所居之菴曰'百花'。遣人走京師, 因余所親識徵記於余。
余應之曰:'古之隱者多隱於花。秦人隱於桃, 和靖隱於梅, 濂翁隱於蓮, 陶令隱
於菊。今柳君以百花隱者歟?然桃與梅也, 春華者也;蓮與菊也, 秋華者也。彼
四人者之所托而爲隱者, 各得四時之一, 而未得其三也。今柳君之所愛者百花, 則
四時之花備矣, 無時而不可隱也。比彼四人者所得, 不已奢乎?柳君栖隱之趣, 歷
四時而無變, 則其欲終隱而不出者歟?'或曰:'人之於花卉, 有所偏愛而酷好者,
以其德性之相方、臭味之相近也。嚮所稱數君子是已。柳君則不然, 以百花駢列
於前, 欲並蓄而俱玩焉。則所好者無乃駁而不約乎?繁麗富貴之觀, 非隱者之所
宜尙也。'余曰:'不然。花之品固有高下淸濁之殊, 而露開風落, 由於天機自然則
一也。余未識柳君, 意者其人觀物而玩理者歟?閱其開落而樂其自然, 則安往而
不自然也?'遂書其語爲記。"】

❀ 寓花齋

【《樊巖先生集》卷三十五《寓花齋記》:"柳斯文璞癖於花, 家白川之金谷。謝遣
世紛, 日以蒔花爲調度。蓋花無不蓄, 時無不花。五畝環堵, 馥馥然衆香國矣。君
忻然自多, 名其齋曰'寓花'。遍要一代名能詩者歌詠其事。謁余文爲記。余聞而
笑曰:'君愛花則誠有之, 未始不爲不達道也。天下萬物, 有者無之始, 衰者盛之
終。此理之必然者也。以故明則暗, 暗則明, 寒盛則暑, 暑盛則寒。權威盛者禍
及, 富貴盛者殃至。蓋物之爲人所賞者, 其盛衰尤亟焉。花爲天地之精英, 其色
蕩人目, 其香觸人鼻, 其尊或以王稱, 其正或以君子。視其傲霜或喩節槩, 其出塵
或譬處土, 要之皆天地之所甚惜, 而不欲使常常而有也。是故花發則風雨隨其後,
此非造物者之得已而不已。物之盛衰, 雖化翁無以容其力矣。今君之栽花也, 高
高而下下, 形形而色色, 此褪則彼艶, 彼謝則此續。雖積雪長冰之節, 君之前花固
自如也。率是道以行, 明暗寒暑可以無代謝也, 權威者可以長華赫也, 富貴者可
以長佚樂也。惡乎可也!況君之名以寓花, 又何其狹也?君之齋以百花爲樊籬,
君又以身而處其齋, 認之以寓花, 似得矣。然木之根寓土, 幹寓根, 枝寓幹, 花之
蔕寓枝, 英寓蔕, 鬚寓英, 蜂與蝶寓鬚, 花固不勝其寓也。其可使君而作寓之贅

乎？君試思之，君之身寓齋，齋寓兩間，兩間卽物之逆旅也。君稱之曰寓逆旅則可，曰以寓花，無亦爲有物而私之者乎？雖然，吾聞君愛花甚，人莫不化之。君以事而遠遊，不能以時月返，則家人封植花澆灌花，莫敢失其機，一如君在家。此君之愛花之化家人也。環金谷而村者，聞君築花塢，培花根，不令而趨，不勸而役，有若己事之不可已者。此君之愛花之化隣比也。州里人之操舟業日南者，見奇品異種可供翫嘗，盛以盆寄之船，怡怡來呈，若納錫然。此君之愛花之化船人也。君一布衣，何嘗有力而致此？子思曰："不誠無物。"曾子曰："誠之不可揜如此。"天下之事，未有誠而不感者也。夫所貴於花者，不特以香與色，以其由花而就夫實也。君以心誠求花之癖，求之於天下事物之實，不但寓之而已。身與理爲一，則他日之培根食實，其效不亦無窮旣乎？姑爲文以勉之。'"】

임배후(林配臺) ?-?. 조선 후기. 자는 백후(伯厚)이다.

❀ 名 - 配臺　字 - 伯厚

【臺，≪說文≫"古文厚"。】

이민보(李敏輔) 1720-1799. 조선 후기. 본관은 연안(延安). 자는 백눌(伯訥)이고, 호는 상와(常窩)·풍서(豊墅)이며, 시호는 정효(貞孝)이다.

❀ 名 - 敏輔　字 - 伯訥

【≪論語·里仁≫："子曰：'君子欲訥於言，而敏於行。'"】

❀ 號 - 常窩

【≪自著≫卷十八≪常窩記≫："豊墅李公以'常窩'名其起居之所，命余記之。常，猶言庸也。庸常之言，庸常之行，豈非易能哉？然雖孔子必致力焉然後成其大，故必曰信，必曰謹。世不知，以爲庸常也，每賤常而貴不常，而孰知夫所謂不常出於常哉！國中甲族三四家，延安之世其一也。自月沙文忠公以文章功德相宣祖，名在彝鼎，而白洲之主三館，靜觀齋之勇退，芝村之學行，光輝掩當朝，聲實宗士類，可謂世不常有矣。今夫四君子之所以世不常有者何哉？始也常耳。言出於常，德乃從；行原於常，身則尊；藝一於常，文章以大。此四君子之所以能不常也。故苟篤於常矣，不期於不常而不常至。公以四君子爲之世，故性潔高安和，喜文章，有愛士風。老雖不偶時，不顯于位，猶小心先。故其於名節詞翰之遺風，家傳之學，世守之業，盖兢兢焉。故君子以公爲善繼常。今公所以名之之意，豈非以能繼不常，先自有常；非有常，不足以有不常故歟？水之性定，及其演漾淪漣，靡而爲紋、噴而爲雪者，風使之也。風雖大，非水之定，安所施其能哉？敢以是釋常。”】

채제공(蔡濟恭) 1720-1799. 조선 후기. 본관은 평강(平康). 자는 백규(伯規)이고, 호는 번암(樊巖)이다.

❀ 不寐軒

【≪艮翁先生文集≫卷二十≪不寐軒記≫：“前侍郞蔡君伯規之居憂也，以其先父母之藏在竹山，歸老其下。計以早晚，顧未爲可居也，擬室而扁之曰‘不寐軒’，屬其友李夢瑞而記之。或謂軒未成而扁已蚤矣，又何記焉？志之必可成也，名之必可言也。有其志、有其名則成與言，吾奚蚤暮之也？廼復之曰：‘不寐云者，非取諸≪周雅≫之≪小宛≫乎？其詩曰“我心憂傷，念昔先人。明發不寐，有懷二人”，葢兄弟傷時亂，而疾痛呼父母之辭也。由是而類之，人孰不慕其親？而至於不寐者，其皆有憂傷鬱結所不釋然者乎？或幼而孤，或先貧而後富，或以所業試有司，企踵取高第，要爲之榮而後之者也。或殯斂之闕其具，若失其禮而憾且悔者也。或先故有所傳緒與業，而不克述以羞者也。今君有一於是而云然哉？余甚惑焉。今日盛際也，≪小宛≫之怨，時不可也。旣君之老白首，而兩大人適順其天年，計其所得致歡之日四紀。其視幼而孤者，又何如也？少而登第，受知聖明，入則贊籌於廊廟，出則建牙於州藩。金帶繡服，施施在側。寵榮而悅娛之，旣又推其恩而封秩加焉，輩祭皆以大夫。嘗以親疾申懇于朝，竟得腴郡，以濟醫藥之費。則豐養而厚送，不暇言也。文章先業也，世掌藝垣之衡，殆若古之以官氏者。而泊乎先大夫，業無不繼而闕于蔭途，遺施於君，始乃並述其業與職，赫然爲華國手，孰不謂能子肖孫也？雖以曾子之所不能有餘者，而視孟子所論得之爲有財。子思所言善繼善述，蔑不兼而無不足矣。於君尙未恔乎？而乃與彼憂傷鬱結有不釋然者同其不寐，奚哉？彼固不可寐，而君可寐而不寐。君其有高世人之孝乎？自皇皇望望，以至於懍然優然，皆足以不寐。況於軒成之後，丘壟之荒凉而霜露之悽愴乎？楸栢之蒼寒而鳥獸之嘷吟乎？于斯時也，以君之孝思，暇計其所不同於彼，而不同其不寐歟？以是扁宜哉？雖然，不寐非可常也，難爲繼也。其惟夜寐庶幾乎？

故≪小宛≫之第四章曰"夙興夜寐，毋忝爾所生"。無忝，則事君治人該矣。若以夙興夜寐足了乎是，則其指豈不大哉？自玆而始終，於吾知免夫，而孝之道全矣。君之事，又不在≪小宛≫之卒章乎？旣以此記，姑畧其軒事，擬爲之故也。"】

❀ 靜治窩

【≪樊巖先生集≫卷三十五≪靜治窩記≫："十年夏，余遷次鷺梁，借江岸一屋子以居。室庫隘甚，立則椽幾欲打髻，坐則隣墻斗入于庭，屈曲障前。惟近山一角，斜從木葉間呈露，如側面而止。江雖近，爲附闑所遮攔無所見。時庚熱如烘，人無不喘喘叫苦。余寢處于室，於焉永日，默然若無口匏，冥然若面壁僧。衣襪未嘗蛻焉，體膚未嘗汗焉，如不知炎官之行時令者。人有異之者曰：'天下萬物，無不可以術治之者。病，吾知其藥石以治也。飢，吾知其飮食以治也。寒，吾知其狐裘獸炭以治也。惟熱，天地之所同燽，萬物之所同爍，廣廈而不得免焉，冰簟而不得免焉。今子所居之室，鷄窠若也。子以何術而伏燭龍之威，怡怡然不改常度爲也？'余笑曰：'無術也，不過以靜而已。今子之所見，見吾之治小熱耳。雖熱之什佰於此者，吾亦嘗治之有素。蓋其爲熱，雖不無大小之不倫，以靜而爲對證一也。夫權奸之毒正也，其官位之熱，焦原未足喩也；氣焰之熾，上蒼亦可爇也。觸之者無不糜爛而炒滅焉。有人於此，特立於回祿睢盰之中，憂世道則欲撲燎原，抱熱血則欲澆冰山。先事規正，脣焦口燥。思以一勺之水，救一車薪之火。其道雖直，其心雖苦，媢嫉所集，其不爲爐炭之鴻毛也幾希。於是炙手之徒蛇盤蚓結，載火色以餉焚岡之炎，無問良玉，其熱也果何如也？所賴上帝至仁，以生爲德，噓之以業風，拔之於死灰，使得以保有四大，而阨窮困苦，殆不勝其相仍矣。曩余所遭，不幸類是。于斯時也，所信者自反而縮，所聽者在上之天。耳焉而如不能聞，目焉而如不能覩。山鬼伎倆，雖千百其變，吾直以一靜字處之，虐焰其如余何哉？余慣於治熱者也。能於大，安有於小而不可能者乎？古人曰"以靜治熱"，誠哉言也！雖然，吾之靜，靜而有動，動而有靜。一靜一動，務歸有用。非如釋氏之偈，一味爲塊然死物而已。程子敎學者必曰靜坐，誠能有得於靜，其爲效豈直爲治熱而止哉？遂以靜治名吾窩，錄其語以爲記。'"】

❀ 每善堂

【≪樊巖先生集≫卷三十四≪每善堂記≫："每善堂在京師報恩洞，吾所寢處之室也。吾不言，人無以知吾命名之義。吾欲言，輒掩抑淚在言先，蓋含意不成者久矣。然以吾掩抑而終不明先人之旨, 是重吾冥頑也。吾固不忍言, 亦不忍不言也。昔吾先子疾病, 奄奄幾屬纊。執小子手曰：'每事盡善。'嗚呼！死生之際, 父子之間, 欲有以敎詔者何限？而獨以一'善'字爲之言, 餘無及焉。蓋平日躬行而心得者, 不外是而居焉。故執手之託, 亦以是焉已矣。父子知己, 古人所難。況如小子之庸愚不肖, 豈有所善觀於過庭之際？而爲子而事吾父凡四十有六年, 則吾父之若言若行, 若讀書若窮理, 若入而居室, 出而居官, 未有一事之未或與知。而其粹然無一不出於善, 亦豈無觀感於中者哉？及小子遭遇聖主, 被不世之眷, 內而參廊廟機密, 外而叨方伯旬宣。吾父以止慈之至情, 喜之深憂之切。喜之者, 喜其紹家聲也。憂之者, 憂其負國恩也。小子之入而告君, 出而莅民, 或有所匡君德察民隱者, 則喜不能寐。如不然, 憂亦不能寐。爲人父而欲其子之善者, 人孰不然？而若吾父之期待余小子, 勉勵余小子, 以親則父子也, 以嚴則師生也。以故床簀氣喘, 殆不興不寐, 而至誠攸結, 詔以要言, 有若單傳而密付者然。小子泣以受, 寤寐不敢忘焉。昔太史公談不能與漢家之封, 發憤且卒, 執其子遷手而泣曰：'余先, 周室之太史也。余爲太史而弗論載, 廢天下之史文, 余甚懼焉。汝其念哉！'遷卒能紬金匱石室之書, 以無負其父臨歿之託。嗚呼！談之發憤以卒, 旣非知命者。而其所以託其子者, 又不過著述之事而已。其視吾父之正終治命, 不可比而同之。而余小子苟不能夙夜祗懼惟父言是服, 不特賢父有知, 不肯曰余有嗣後之君子, 亦當以余爲馬遷之罪人。可不懼哉？可不勗哉？扁吾堂, 所以朝夕顧諟, 若吾父之儼然在座也。吾以是禔吾躬, 爲吾子孫者以是爲傳家訣, 世世罔斁, 庶幾不負吾先子貽厥之旨也。"

《與猶堂全書》第一集詩文集第十三卷《每善堂記》："鏞旣通籍于朝, 則謁樊巖相公于其第。指堂之額而請之曰：'每善何謂也？'相公愀然變乎色曰：'是吾先子之遺意也。先子之易簣也, 執吾手而語之曰："汝其每事盡善。"言訖而逝。嗚呼！小子何敢忘？是以常目而提吾心也。若夫踐言, 則吾何能焉？'鏞竊思之, 古人有言曰'人非堯舜', 安得每事盡善？每事盡善者, 堯舜已矣。顏子曰：'舜何人也？予何人也？'有顏子之志, 然後方有盡善之願也。昭烈之戒其子曰：'勿以善小而不爲。'苟善小而不爲, 斯不能每事盡善矣。請爲公言善。有人於此, 其九事皆惡, 而一事偶善, 猶之爲不善人也。有人於此, 其九事皆善, 而一事偶惡, 猶之爲不善人也。有甕於此, 其全體皆破, 唯其口獨全, 固爲破甕。有甕於此, 其全體皆全, 唯一孔有漏，猶之爲破甕。卽人不能每事乎盡善，終不免爲不善人，人之得成善之難如是矣。知其爲不善而爲之者，是自暴者也。姑舍是，知其爲善而爲之，自以爲爲善，而人以爲爲不善者有之。當世之人皆以爲爲善，而天下萬世之人竟以爲爲不善者有之。若是者，公將若何哉？《中庸》曰'擇善而固執'，又曰'不明乎善，不誠乎身'，苟欲每事乎盡善，明乎善而擇之，斯可以爲善矣。相公曰：'然。子之言善者善。子盍爲我書子之所言而記玆堂？'鏞退而書所以告者獻之。"】

❀ 戀明軒

【《樊巖先生集》卷三十四《戀明軒記》："明德山在青門外十里許，巖巒抱廻。人之從山外過者，不知有洞府。中實寬以容瀑流，從深谷來，遇盤石潝潝飛鳴，石勢改其聲隨以變，乍大乍小。四山松檜千章，奇花四時不斷。樓前規以爲池，蓮香籠枕席，魚鳥自在沈浮，脩然有太古意。實余別業也。余顏其燕處之所曰'戀明軒'，蓋取唐人詩'窮達戀明主，耕桑亦近郊'之義也。傍有疑之者進曰：'異哉公之軒之名也！夫君臣之義，受之天而根於性者也。臣而戀君，義之所當然也。然豈自願乎哉？君棄其臣，使不得近君，則爲其臣者情發於中而爲之戀矣。是故屈三閭行吟沅湘之間而有睠顧之恨，蘇雪堂漁樵江渚之上而有美人之望。二人者非樂乎此也，蓋有不幸者存焉爾。今公則異於是。結知先王，致位上卿，始終禮遇，青史罕倫。逮夫聖上嗣服，惟先王事是述，視公焉柱石，托公焉心膂。一日無公，聖情怒焉如失。每於賓對之際，雖三公有所建白，必諮詢於公以決其可否。又嘗諭于公曰："今世賢人，惟見卿一人。"盛矣哉！契合之隆，眷待之摯也。第其伏莽之戎，肆爲入宮之妒，讒誣抵隙，靡所不有。而吾王明王也，魔鏡高臨，幽恇莫售。在公何損焉？公之義，惟當履險若夷，生死以之。益戀吾學，益行吾知。使生民被其澤，社稷有所倚。今乃潔身長往，麋鹿爲伴，若不知兼濟之爲可願，而徒以獨善爲可樂者然。吾未知其可也。上方側席虛佇，敦召公不置，驛騎奉絲綸日再至。公若寅以入，卯以前席也巖廊也，尙何耕桑戀明之爲哉？'余愀然坐久而後言曰：'子之責我是也，牖我明也。然上所以用我者，非榮我一身也，將以求治平之效也。吾所以圖報者，非私感君恩也，將以行直道於世也。上不以治平求我，是爵祿焉而已。我不以直道爲忠，是婦寺焉而已。若然則雖享之以萬鍾，繫之以千駟，吾豈以此而易巖巒瀑泉之樂也。子試思之，誠使我不忍便訣，鼅鼊然進於朝，竊弄威福者，吾其可黜之乎？矯誣聖意者，吾其可殛之乎？鷹犬噬齧者，吾其可逐之乎？媚竈盤結之習，吾其可革之乎？瀜訕譸張之口，吾其可塞之乎？之數者，皆吾所不能焉。而子勸吾食焉而怠其事，可乎？若夫榮之有辱，猶寒之有暑。貪瀆之誣，程叔子所嘗被也。奸黨之目，司馬公所不免也。古之大賢君子猶尚如此，況如我之寄寓朝廷，所信者吾心，所恃者吾道，則旁午構煽，理無足怲耳，只見其可笑而未見其可怒。若以我之退爲其端在是，則不亦爲知我之淺乎？嗚呼！吾君，千一難逢之聖也。誠能一日奮發，精神所到，旋乾轉坤，何憂乎驩兜？何畏乎巧言令色孔壬？愛之深故戀之切，戀之切故揭之於楣，以寓昕夕祈祝之誠。後之知我者，尙有以有感斯扁。願子無多談。'遂錄其語，記吾戀明軒。"】

❀ 春星堂

【《樊巖先生集》卷三十四《春星堂記》："由戀明軒西去三數十步，有堂覆以茅。其容縹緲端潔，扁以'春星'者，取杜工部詩語也。堂之制，軒一間室二間。入室而開北戶，又爲軒半間。軒占位高，由室以登者，必仰足而後躋其上。蓋自室而測其高下，室不及軒殆數尺餘。三面不設牕壁，只欄檻其端，以防跌墜，以便倚眺也。堂之西有臥石負厓而盤，可坐數十人。東有長松七八，儼然列立庭畔，其幹皆黃赤，如神物高拂天，以最下枝時得覆簷，亦不至妨於茅也。松外有平疇若干畝，桃樹橫縱被之。當春花事可愛，而以松岸高桃疇衍。桃雖長，及松根而止，不能遮蓮塘，光氣赫赫然呈露。此堂之勝也。然余之賞愛堂殊甚，實外此而居也。堂面東，東際諸峯頗卻立，勢又不甚峻。每當天氣澄霽，月輪漸上，隱暎松梢，乍遠乍近。及稍稍轉昇，回牕奧壁，無不恰受其彩，晃朗如水晶樓臺。倚牕以視，松影隨地倒瀉，長者龍走，短者虯盤。微風乍搖，鱗甲屈折生動。履舄者凜然神竦，不敢遽以足躡其上。遠聞臥龍瀑，隔在重林複樾，其聲玉珮儺如，時有水鳥格格飛鳴。余心樂之，未嘗不朗誦王輞川'明月松間照，清泉石上流'之句，泠然不寐，有皎皎物表之意。蓋人之入茲山者，知堂之占勝爲多。而若其得月爲最勝，吾知之。月與松，知之而不能言，吾以文吾軒。"】

❀ 積翠亭

【《樊巖先生集》卷三十四《積翠亭記》："積翠亭與戀明軒對峙，互開牕可辨人顏色。聖門所謂'德不孤必有隣'者也。亭三面皆妍峯，其勢窈窕，疊翠無時不滴，扁之揭以是也。迤其西爲百香樓。樓孤騫，高柳僅能齊簷。前鑿塘，縱可五六間，橫如之。正中築石爲島，島上有千枝松鬱鬱挺立，水澄綠環之，蓋源於臥龍瀑也。

自瀑腰割堤疏其道, 歷灌水田若干畝。然後引之塘, 方水之將及於甃也, 刳石腹
爲筧, 據其衝以受。水不能散漫, 從其味墜下如束, 淅淅有聲。及其盈科, 又以筧
斜對, 洩其流入于澗, 使旱不涸、潦不濫也。養魚數十頭, 任其游泳自在。柳杉桃
楓, 蔭暎四畔。中植蓮, 五六月之間, 其葉全掩水, 花亭亭四出, 香聞于亭。余愛
之甚, 名其池曰'光影'。每當炎暑節, 手一卷倚樓而坐, 時有山雨暴過, 活水迸至,
魚爭跳欲衝上筧, 玉鱗騰水尺許, 筧滑還墜於塘。蓋魚性惟新水是嗅, 知上而不
知下也。余欣然笑顧謂人曰: '不亦奇乎?此天機所使, 自不得不躍, 雖魚亦不知
其然也。顧余以其流動自然之趣, 攬之爲耳目之娛, 有若私有者然。使魚而有知,
不亦笑吾之以物之樂, 資以爲己之所樂也歟?雀不仁, 匿影藻荇間, 幸魚之出遊,
喙啄之甚巧。余不能禁, 歎息以書。'"】

❀ 公會亭

【≪樊巖先生集≫卷三十五≪公會亭記≫: "公會, 李學士鼎運字也。公會貧無資,
未能奠數畝之宅, 奚暇有亭乎哉?樊溪, 吾別業也。亭臺水石窈以奇, 公會愛之
如己有。時吾之駐節臥龍瀑下, 馳至如赴家, 必留連旬有餘日而後返, 猶且黯然
顧也。瀑之東可數百步, 有小岡橫之。余時與公會登其顚以頻。民有負岡而屋
者, 屋凡十餘間, 位置頗潔淨。老松盤屈堦庭, 蒼翠可挹。有栗若干株羅立園中,
離披掩暎。公會每指點曰: '安得以此爲吾有, 陪杖屨以永百年也?'余曰: '古人
有所謂意亭者, 此獨不可以錫名乎?'遂以公會亭命之。親友之知其事者, 喚公會
亭, 以助善謔。不知其事而只得聞其名者, 皆認以爲公會眞有亭也。雖公會, 始
則人有問, 笑而無答。及其旣久而飫於耳也, 則其言色若晏然以當之也。余曰:
'公會事無怪其如此。夫實爲主而名爲賓, 古之道也。後世則不然, 所竊者名也,
其實未必效也。人有無其學而自居以學, 則學之號歸焉。無其文而自居以文, 則
文之職歸焉。無其功而自居以功, 則功之利歸焉。無其才而自居以才, 則才之任
歸焉。若此類不可勝計。夫上所稱數者, 人之事無大於此, 猶可以假其名而不歸,
況蕞爾一屋子乎?且夫天地萬物, 未嘗有無主者, 亦未嘗有有主者。以未嘗無主
而言之, 一毫不可取也。以未嘗有主而言之, 舉天下皆泡幻也。吾以亭謂公會之
爲其主也, 則公會實未嘗有也。以亭謂公會之非其有也, 則又誰知泡幻之物孰爲
主而孰非主也?姑且以公會處之於有亭、無亭之間, 可乎?'公會大笑, 余亦大笑
以記。"】

김종후(金鍾厚) 1721-1780. 조선 후기. 본관은 청풍(淸風). 자는 백고(伯高)이고, 호는 본암(本庵)·진재(眞齋)이다.

❊ 名 - 鍾厚　字 - 伯高

【≪戰國策≫ : "非能厚勝之也." ≪註≫ : "厚, 猶大也." 又≪戰國策·齊策一≫ : "家敦而富, 志高而揚." ≪注≫ : "高, 大也."】

❊ 本庵

【≪本庵集≫卷六≪本庵銘癸巳≫ : "維昔名居, 各一其義. 晦庵以德, 濂溪以地. 思兼二者, 我命以本. 經云立大, 史稱窮反. 反我有所, 白雲之趾. 粤我先祖, 于玆毓懿. 旣長廸發, 累大夫卿. 遂令玆土, 山空水荒. 維予小子, 跡與道蹙. 棲棲羇旅, 望鄕言復. 周瞻塋壠, 宗族成聚. 曷不夙夜, 無替爾祖. 身則歸矣, 視心焉如. 飛鳶奔放, 莫適厥居. 倏焉顧之, 我在我處. 有仡其樹, 萬事攸叙. 坦坦夷夷, 莫我礙阻. 心主乎身, 身于何出. 維反維立, 其本則一. 我誦渢渢, 告主人翁."】

❊ 樂生軒

【≪雪橋集≫卷四≪樂生軒記≫ : "淸風金伯高, 鴻儒也. 以世冑而辭京第, 野居于廣州. 與其弟定夫講書折義, 不舍晨夕. 間者名其軒以'樂生', 求記於余. 余問其取名之故, 伯高曰 : '我金氏始也畸窮, 而力學起家, 實自於廣州之野. 今以藐然余兄弟, 雖在顯嚴之位, 而惟先古之窮居力學, 不敢不慕. 居必於其居, 學必於其學. ≪禮≫不云乎"樂樂其所自生", 此吾軒名之所取也.' 余不覺喟然而歎曰 : 賢哉子乎! 世亦華冑, 而能如子之爲者有幾? 子固已深於學, 而其仁也將熟矣. 抑子之家旣已起焉, 而其盛也將無極矣, 豈餘人之所可及者哉? 天地之大德曰生, 生理之乘生氣也, 生生而不窮. 其在人者, 莫要於心術, 而莫大於親屬. 存心而大本斯立矣, 仁親而達道斯得矣. 存心仁親, 學者之所務也. 夫自敬身而上之嚴父尊祖, 一其仁之之道者, 非存心而能之乎? 存心之熟而仁親之篤, 樂則生矣, 惡可已也! 此所謂樂其所自生者非耶? 天下之事, 未有不樂而能久者. 子其將久於仁矣乎? 嗟夫! 子孫之樂, 在於祖先之積累而涵育. 祖先之樂, 在於子孫之誠敬而繼述. 樂乎其涵育之善, 而樂之以繼述之美者, 皆所謂樂其所自生者也. 祖先之積和累順而涵育子孫, 子孫之茂誠厚敬而繼述祖先, 一是生生之德也. 故繼述祖先者, 亦所以涵育子孫. 涵育子孫者, 亦所以繼述祖先. 神人忻合, 生氣充滿. 以之盤礴而蕃滋富厚, 以之升發而穎達貴高. 此物理之自然者也. 余嘗聞之於前輩矣，金氏之先果窮窶而有好學，或比之顏子之在陋巷。其嗣皆閎偉之士，雖遊於當世之儒賢，而實闡家學，以開後承，至今六世，而已出五公三卿，多稱名臣。其積累之懿，居可知也。子之先君子又潛德不可拔，世以高隱號之。而子之兄弟，廢學積學而厚於仁如此。譬之培樹旣茂而增培之，濬川旣通而益濬之。子之後又將蕃滋而穎達，富厚而貴高，世世爲大家名宗也無疑矣。木之蓄于根，而開花結菓，必在於其枝。水之積于源，而潤物負舟，必在乎其流。以子孫之富貴勳業，而謂不藉先古之蓄積，則吾不信矣。如陳氏之公慚卿卿慚長，豈非太丘之德而絕群之食乎？顧世之食先德者，自見其祿位之多于前人。前人之茂德弘才，以其潛而不見，而蔑之謂亦不知己之薄才凉德。前人之窘窶儉朴，正乎己之所以受賴而收報者，而往往笑之以田舍，居多以孫而傲其祖，亦謂己之才德如斯，而乃致祿位如斯。何所於籍而何所於勉，居多自大而放其心。心之放而無所不放，其祖之傲而無所不傲。放而內慝作，傲而外患至。身名之敗，而家祿之墜也將尋。吁可哀哉！人之傲也，而子以其誠。人之放也，而子以其敬。賢愚之相懸，報效之相反，不可同年而語也明矣。雖然，久於其道，爲能化成。子今久於仁而篤於親矣，人必有觀感而化者，則不獨一人之仁而一家之昌矣。羊舌不復以世族之敝，爲國憂也歟？或曰：‘天亦已老矣，其殆倦於主宰乎？善也不必培，而惡也不必覆。寧不見慝類之享富貴而淑類之困貧賤者乎？’嗚乎！仁人之於天，協其理而順其氣，故常受天之佑。不仁者乖逆而自絕于天，天何嘗屑屑於與奪而有倦有勤乎？惟在於人之順逆而乖協耳。彼慝類之富貴，其先祖順天而得之。雖其一兩世有慝而見絕，譬如春生之木，斬斷其根而芽葉蔚然。潦漲之水，崩塞其源而波流漫漫。殘福剩祿，猶未遽盡，抑豈有可久之勢耶？淑類之貧賤而一兩世行仁，雖則受祜于天，而亦難遽昌。譬如木之經寒而未及抽展，泉之發土而未及流通，豈其終於此而已乎？抑仁者非冀後祿而行仁，則微以伯高定夫之仁親之篤，而謂有所冀也。記其軒，猶有是說者，欲以諗餘人也。”】

❖ 粥飯菴

【《本庵集》卷六《粥飯菴記》：“崇禎甲子之冬，淸風金伯高從安東權亨叔、金子靜于水落山之鶴林寺，相與讀書。伯高病，不勝常飯，每飯，別爲之炊軟滑疑於粥。同游靳之曰‘粥飯僧’，伯高亦受而自命焉。盖觀於朱先生之書有曰：‘不妨閉門靜坐作粥飯僧，過此殘年也。’是於粥飯之中，亦自有其樂焉耳。粥飯何可少也？然逐欲以是而求先生之樂則亦難矣。須要知聖人之樂，有在於粥飯之外。而粥飯又不足以損其樂，斯可以稱其名也與？逐命所棲室曰'粥飯菴'，因書而爲之記。"】

❀ 高遠亭

【≪本庵集≫卷六≪高遠亭記≫："一株檜橫截之爲二，皆四劈之，下牟以爲楹，上牟以爲楣。以其柯爲椽，以爲亭，高及四方皆五尺，覆以藁，加之巖石上。巖石在大姥山之北麓，於余所寓園也。巖之高出人頭上，其上略平，纔足容四楹。循楹以外，北可一人坐，東南皆前殺而南有級，所由以上巖也。其西無餘而下如削，將刻其面曰'隱巖'。以處石之背，人不得見之，而人又得以隱于其間也。其下臥丈餘石西首，北有橫石承其首，又以一石斜支之以抵巖。則巖與三石之間爲土者，上狹而下廣。掘之及丈，水濺濺出，然不能多。乃取溪水瀦之爲池，而命曰'圭池'，象之也。種蓮，蓮長則可倚檻拊之。儲魚百餘頭，游泳甚樂。池左右及上石多錯置，最其上有石廣平者三，可盤桓眺望也。用小山≪招隱≫語，命曰'攀援臺'。從臺南上五十步，得叢巖在林木間，是名'倚游巖'，取曹植≪七啓≫'出山岫之潛穴，倚峻厓而嬉游'也。又其上百餘步有石峰，命之曰'高雲峰'，蓋謝靈運詩有云'春晚綠野秀，巖高白雲屯'。而余所寓在光秀山之陽，嘗取朱子所與游者劉秀野之號號之，仍與謝詩上句合，逐復用其下句語名是峰也。環亭多松檜楓栗，而杜鵑、躑躅二種交絡其間。當春開花爛如文錦，登亭東望，則光秀之山障其左，松洞水田抱其右。從水田而南，見古寺林木而書堂作焉。轉而東曰峒峰，有千樹杜鵑。從光秀而下，村落密比，帶以淸溪。轉而北，則大野闢焉，曰'井金坪'，有大川匯其西。野外見楊根諸山，於是榜其東曰'高遠亭'，取韓文公語'窮居而野處，升高而望遠'也。南北曰石堂，曰行榭，一以其實，一倣邵子行窩也。西曰'龜巢'，則正臨蓮池，以史稱"龜千歲，巢於蓮葉之上"也。字各塗靑紅黑白以從方色，而質皆黃，象土之寄王於四時也。書'高遠亭'以篆、'龜巢'以八分者，金斗烈英仲也。石堂隷而行榭草者，坯窩翁金季潤也。此蓋仲祖忠靖公之庄，而余寓居焉。公嘗令甥徐君書'散襟石'三字刻在巖腰之北云。"】

❀ 淡簡溫齋

【≪本庵集≫卷六≪淡簡溫齋記≫："學莫大乎去其病。病去，斯完人矣。余一日書'淡簡溫齋'四字揭之座隅，蓋取≪中庸≫之末章也。余誠不肖，然自省物欲，不加厚於人。性不喜煩擾，又非過於直者，顧何病而以淡簡溫去之哉？噫！余自知之矣。夫生人之欲，其大者曰聲色也，富貴也，功名也，余不難制于此。而獨有難制者，惟心之用是已。蓋余心之發也，多委曲絞繁，而切於事情。凡形乎言著乎文墨，以之達於面目容止者，皆是也。此非病於不淡乎？余於事務之紛綸轇葛者，固所不堪，然有所爲則或致詳而近乎細，此非病於不簡乎？若直也者，固吾之所願學也，然不能於大而能於小，往往於待人處事之間而悔生焉。是又不溫之爲病者然也。夫如是，淡簡溫豈非可以去吾病者乎？嗟乎！旣自知其病而藥之矣。藥之不力，乃自欺也。自欺，又病也。不能去三病，而加一病焉。其不死也者幾希。"】

김종필(金鍾弼) ?-?. 조선 후기. 본관은 청풍(淸豊). 자는 해중(諧中)이고, 호는 풍암(楓巖)·풍담(楓潭)이다.

❀ 四近齋

【≪本庵集≫卷六≪四近齋記癸巳≫："余名族弟鍾弼讀書之室曰'四近齋'。四者何？剛也，毅也，木也，訥也。惡乎近？近乎仁爾。孔子曰：'剛毅木訥近仁。'夫仁者，人之本心也。我固有之矣，何近之有？謂之近，則有遠之者矣。遠之，以其失乎本心也。本心何以失乎？爲物欲屈而不自克則失，馳騖走作而不自存則失。於此不失，則近乎仁矣。蓋物欲之撓人也至重，非有剛毅之力者，鮮不爲屈心之馳者恒在乎輕靡。惟如木之朴而重遲若訥者爲不然。不屈於物欲，不徇乎馳走，則本心得矣。此剛毅木訥之所以爲近仁也歟？鍾弼溫敏有文而志乎仁，故余告之以此。雖然，曰近仁者，謂由是可以入仁耳，未便是仁也。君子之於仁，其可止於近而已哉？須是先立乎剛毅木訥，而進之以學問思辨之功。知之益明，操之益固。剛毅則不止不屈於物欲而自然不萌，以至於死生禍福不能動。木訥則不止不馳走而眞體自定，以至於造次顚沛無所違。卓然有立，不移不奪。夫如是，則乃爲全其本心，而仁斯在矣。何事於近？由剛毅木訥而近於仁，由其近而至乎仁。然則謂剛毅木訥便是仁亦可也。惟吾弟勉之。"】

이정재(李定載) ?-?. 조선 후기. 자는 지경(止卿)이다.

❀ 名－定載　字－止卿

【≪禮記·大學≫："大學之道，在明明德，在親民，在止於至善。知止而後有定，定

而後能靜, 靜而後能安, 安而後能慮, 慮而後能得。物有本末, 事有終始, 知所先後, 則近道矣。"】

❀ **鑄庵**

【≪本庵集≫卷六≪鑄庵記≫ : "李生定載止卿問余以名其讀書之室, 余應之曰 : '子之居巷曰鑄, 因以名之可乎?'止卿請其說。余曰 : '鑄者, 鎔金入範也。金之鎔也以火, 火候之得其宜則其鎔善, 不得其宜則其鎔不善。既善鎔矣而沃諸範, 是之謂鑄也。人譬則金也, 心譬則火也。用心善則爲君子, 用心不善則爲小人。既爲君子矣而入于道, 道者範也。是人之所以爲鑄也。其或用心雖善而有不善者以間雜之, 似善而非善, 始於善而終於不善, 則是猶火之鎔金, 有得有不得而不成鑄也。須是窮知事理, 克去己私, 審擇其善而力守之。如金之既鑄, 確然不變。鐘不可爲鉢, 劍不可爲丸。然後可也。嗟乎!金之不鑄也, 不定其爲鐘爲鉢爲劍爲丸。人之不鑄也, 不定其爲君子爲小人, 以至爲中國、夷狄與人獸矣。可不懼歟?然鑄金以火, 鑄人以心。心靈而火不靈, 火由外鑠而心在我, 鑄人之又易於鑄金也。吾子勉之鑄!子名以定, 字曰止, 蓋爲矯警其氣質也。定止之道, 莫大乎鑄。是則鑄之名, 又不獨取於巷已。'"】

홍익필(洪益弼) 1721-?. 조선 후기. 본관은 남양(南陽). 자는 자직(子直)이다.

❀ **春風堂**

【≪本庵續集≫卷四≪春風堂記≫ : "江水過驪州而行三十里, 有川南來入于江, 曰沂川。川之上有枕小丘而堂者, 南陽洪子直居之。命之曰'春風', 蓋取曾點'莫春浴沂'之語云。子直問記於余, 余惟曾氏之於沂也, 當春之時, 長者肩而少者携, 相與濯清波之淪漣, 洒然以風之, 嘯咏而返, 是必有得之於心而不可盡之於言者。夫子惟知其然, 故特與之。然又不言其所以與之之意, 則顧余何得而言之?亦在子直之既浴以風而自得之耳。抑余思之, 曾氏之在孔門稱爲狂者, 孟子亦嘗言之。而莊周稱其歌于季武子之喪, 想其氣象卓犖, 如泛駕之馬不可羈也。而孔子方且循循下學, 惟庸言庸行之爲事。彼乃甘心屈首, 與兒子同受命, 相從而不去, 何也?噫!此其所以能浴沂以風, 而有得於心者歟?子直少濟眞, 不累於世俗。雖嘗浮沈祿仕, 而及今歸卧鄉里, 蕭然若忘世, 獨慕乎曾氏之風, 其志可謂高遠矣。然曾氏之可慕, 不在於風浴, 而在於從孔子者, 又不可不知也。是爲記。"】

박민경(朴民慶) 1722-1782. 조선 후기. 본관은 함양(咸陽). 자는 선유(善有)이고, 호는 선동(仙童)이다.

❀ 名 - 民慶　　字 - 善有

【≪周易·坤≫："積善之家, 必有餘慶。"】

❀ 仙洞處士

【≪山泉先生文集≫卷十二≪仙洞處士朴公行狀≫："公諱民慶, 字善有, 咸陽人 …… 及乙亥, 其家覆敗, 施以孥籍之典。公曰:'持衰伏闕下以俟死。'俄奉特旨, 令收其前命, 更還本宗, 仍下本道, 並燒其立案文券。又教曰:'特命下歸本宗, 意蓋在矣。其人何以知之忠義？三年習知其人故也。今而觀之, 能善處於邪濫驕奢、衆妾尊權之間, 以直持身, 讒不能售, 下至衆僕傔從無不稱道, 可謂歲寒知松柏也。歸宗之後, 此等人宜蕩滌以用, 令銓曹去其初入仕錄用。'命下, 朝野聳歎, 公即卸衰, 與夫人頓踣以歸。一家驚號悲喜, 父老有感極涕下者。野翁於是共被而寢, 公案而食, 以公之纔脫駭機, 易致驚恐, 戒家人勿高聲急嘩, 惟靜以安之。既而, 公不樂處闤闠, 愛仙洞之幽閴, 移居之。除進省申夫人及天倫湛翁之外, 謝交遊, 斷送迎, 足跡未嘗出山外一步, 人稱之曰仙洞處士 …… 以懿陵壬寅生, 至健陵壬寅正月二十七日卒。"】

김익(金熤) 1723-1790. 조선 후기. 본관은 연안(延安). 자는 광중(光仲)이고, 호는 죽하(竹下)·약현(藥峴)이며, 시호는 문정(文貞)이다.

❀ 諡號 - 文貞

【≪太常諡狀錄≫卷四≪大匡輔國崇祿大夫議政府領議政兼領經筵弘文館藝文館春秋館觀象監事金公諡狀≫："公諱熤, 字光仲, 姓金氏 …… 忠文慮國忘家曰忠, 勤學好問曰文, 落點文貞文, 上同; 清白自守曰貞、孝簡慈惠愛親曰孝, 正直無邪曰簡。"】

정범조(丁範祖) 1723-1801. 조선 후기. 본관은 나주(羅州). 자는 법세(法世)이고, 호는 해좌(海左)이며, 시호는 문헌(文憲)이다.

❀ 名 - 範祖　　字 - 法正

【≪廣韻≫:"範, 法也。"】

❀ 諡號 - 文憲

【≪海左先生年譜≫:"純祖元年辛酉先生七十九歲 …… 三十四年甲午五月, 贈諡文憲博聞多見曰文, 行善可紀曰憲。"】

윤용겸(尹用謙) ?-?. 조선 후기. 자는 계연(季淵)이다.

❖ 來修齋

【≪海左先生文集≫卷二十三≪來修齋記≫:"尹君季淵, 余忘年友, 而友之畏者也。其爲人肫肫乎其有質, 謙謙乎其有禮, 而又彬彬乎其有文也。篤學好古, 不肯與流俗俯仰。余之樂與季淵遊, 盖欲觀善而自資也。季淵因其所居之址, 而改搆草舍四楹。扁之曰'來修', 取≪說命≫'惟學遜志, 懋時敏, 厥修乃來'之義也。屬余爲之記。余惟學與修非可以分而言者也。夫飭躬制行之謂學, 窮理盡性之謂學, 而修是學之事也。雖然, 旣曰修來, 則視夫學有先後次序之異焉。學, 進道之工也。修來, 成德之效也。故學成而後進修之效乃來矣。雖以殷宗之學言之, 其曰舊學甘盤, 曰恭默思道, 學之所以成也。其曰克邁乃訓, 曰咸仰朕德, 修之所以來也。抑來之一字, 旨義精微, 非傅說之賢, 隱居講學, 有以體驗而心契, 則烏能說得前人未發之妙如此哉?夫善學者, 於天地事物之理靡不講究而明焉。故明其所以爲子者, 而達於孝, 則孝之修來也。明其所以爲臣者, 而達於忠, 則忠之修來也。明其所以治平天下宰制萬事者, 而達於政, 則政之修來也。≪曾傳≫云:'物格而後知至。'而朱子釋之曰:'眞積力久, 一朝豁然貫通焉。則萬物之表裏精粗, 盡到我胷中。'此非有得於修來之義歟?今夫塵鏡拭而鏡面之妍媸自現, 風江定而江心之月光自照。修來之義, 可以推類而知矣。季淵之於學, 可謂立志固而用力專, 勉勉而不已也。未審果學已成, 而修己來與否, 惟懍懍於踐履窮格之學, 而日有得焉。則其發於言語, 見於事行者, 不自覺其修之來矣。若余也, 蚤年失學, 白首迷塗, 固不敢與論於向上工夫。而若其自附於朝聞夕死之義, 則有之矣。願與季淵交勉焉!故爲之記如此。"】

윤화숙(尹和叔)[字] ?-?. 조선 후기.

❖ 和菴

【≪海左先生文集≫卷二十三≪和菴記≫:"昔歐陽子有幽憂之疾, 而盖學琴。夫琴音和, 故和以散其憂也。尹君和叔旣字以和, 又名其菴, 而屬余廣其義。三反而

益勤, 豈亦有幽憂之疾者歟？請和之以音, 酒進琴焉。試爲文王《羑里之操》而
曰：‘何如？’曰：‘怔怔乎其若有戒也。’爲仲尼《猗蘭之操》而曰：‘何如？’曰：
‘介介乎其猶未釋也。’疏絃緩節, 而爲有虞氏《南風之曲》, 未亂而視和叔, 紫氣
從兩顴起, 浸淫乎天庭間也。曰：‘藹如也, 薰如也, 意若已和也。’余曰：‘未也。
是猶有假物而和者也。夫泰和存乎子之身, 而未省乎心和。弗啻琴也。稟之以
元, 根之以仁, 推而達之, 則春陽之煦萬物也。時風時雨之皷潤乎萬物也, 蓋有閼
而未宣者。故焦乎若有寃苦而未愬也, 慘乎若薄寒之中人也, 此心之病也。故莫
若養。養則全, 全則泰, 泰則和。和之至可以動天地感鬼神, 而況於一身乎？子歸
而求之, 有餘和矣。’”】

❀ 松竹軒

【《海左先生文集》卷二十三《松竹軒記》：“余嘗記尹和叔所居和菴之義, 而和
叔又以其軒之名‘松竹’者索爲記。余惟松竹, 植物之清者。而清與和, 若不相爲用
也。然而孟子稱伯夷之清, 柳下惠之和, 而同謂之聖。蓋清而不和則其弊也隘, 和
而不清則其弊也流。故清和如體用之相須, 然後其德備矣。和叔字以和, 庵以和,
而宅心應物都是和, 則和之道誠至矣。而余懼壹於和而弗節, 則其弊至於流蕩忘
返矣。方和叔之處是軒也, 朋遊合好, 酒食導懽, 談笑斐亹, 藹然而和也。俄而和
溢而樂, 樂縱而淫, 則不幾於蕩情性慆儀度, 而有袒裸呼呶之失歟？於是焉而有
風瑟瑟然從庭除起, 拂欄檻近帷席, 而知其爲松竹之韻而清也。毛髮灑然, 襟靈
肅然, 有以滌怠佚而生耿介, 使天和之在我者發而中節, 而無嚮之流蕩之慮。則
和叔之有取於二物者, 詎不深切矣乎？至若觀柯葉而勵操, 驗笆籜而進德, 和叔
自當讀書而知之。故不爲贅。”】

권병(權炳) 1723-1772. 조선 후기. 본관은 안동(安東). 자는 경회(景晦)이고, 호는
약재(約齋)이다.

❀ 名 - 炳　字 - 景晦

【《說文》：“炳。明也。”與晦相反爲義。】

❀ 號 - 約齋

【《小山先生文集》卷八《約齋集序》：“士或有其志矣, 而才不足以達之。或有
其志有其才, 而能知所擇而守之。內不徇於己私, 外不牽於習俗者, 在古猶以爲

難，況此世衰道微之日乎？若吾亡友權君景晦，其亦可謂有志有才，而知所擇者
歟？景晦生於儒賢澤斬之後，獨泝遺經而心好之。俯而讀仰而思，寧深而毋淺也，
寧詳而毋疎也。銖銖而稱之，合之於石；寸寸而度之，揆之於丈。其用心可謂勤
矣，而又未嘗以是而自足也。出而藉師友琢磨之益，意有不可，十反不置。如是
且十數年，昔之未免於繳繞者，漸至於通透。始之或近於零碎者，幾至於渾融。
北方之學者未有能先之者，則殆可謂近世豪傑之士也。景晦亦以門戶之故，旁治
舉業，襃然有聲於公車間。尋已拾科第登仕路矣，而景晦之志未嘗少變於初。方
且窮經力索，會之於心者必欲反之於身，體之於躬者必欲見之於行也。其進方未
已，而年纔五十，遽以疾卒。嗚呼！使景晦天假之年，而以遂其飽飫晚暮之功，則
其所成就詎不偉然高且深哉？而惜乎其止於此也。景晦歿十五年，其伯兄烱氏撫
靡孤煢，又能收拾遺文無失，一日泫然謂余曰：“吾弟不幸，仕與學皆未克就而
歿。今其詩文若干卷在，又不忍泯沒於塵蠹中。願吾子勘校而序之也。”余於是
受而讀之。太牟與家兄相酬酢，而余亦參聽於當日者。讀之未了，掩卷以悲。家
兄、景晦皆不可見，而余亦將老且死矣。今覩是集，二公之儀刑謦欬猶若可接，
而慨然有九原難作之痛，遂略書景晦之志與才而擇之審者，以塞友于之情。若夫
勘校之役，則精力不逮，以付景晦平生之執友云爾。君諱炳，景晦其字也。嘗自
號‘約齋’，蓋取反約之意也。官止承文副正字。上之十年丙午二月日，友人韓山李
光靖序。”】

홍양호(洪良浩) 1724-1802. 조선 후기. 본관은 풍산(豊山). 자는 한사(漢師)이고, 호는 이계(耳溪)이다.

❖ 名 － 良漢, 良浩　字 － 漢師

【≪史記·留侯世家≫：“留侯張良者，其先韓人也 …… 良夜未半往，有頃，父亦
來，喜曰：‘當如是。’出一編書曰：“讀此則爲王者師矣。”’≪漢書·高帝紀≫：“運
籌帷幄之中，決勝千里之外，吾不如子房。”張良爲漢帝王師，故名字相應。】

❖ 號 － 兼山, 耳溪

【≪旅庵遺稿≫卷四≪兼山樓記≫：“華山，國都之鎭，以其三峰奇秀並立，亦曰三
角。南有鷹峀白嶽，王宮宅其陽。北有天冠巖，巖在山頭。上平若有梁三，下體
方，其高切雲。昔周高士尹喜、宋鈃，皆作爲華山之冠云。其象未知與此何如

也。冠巖之下，耳水出，縈回巖壑，或瀑或淵，向東而去。耳溪洪漢師築室于耳溪之上流，室數楹，右折而爲樓一間。天冠、三角在西北，儼然如先生長者分坐於奧。其氣像不同，有可敬者，有可愛者。諸山之美，斯樓得兼之，遂以‘兼山’名，盖取諸《艮》之《象》也。泥崖，京城南山之北也，洪君家於是。與鷹峀白岳起居相接，此華之面也。耳溪，華之背也。山之背與面，君且兼之矣。君之在泥崖也，前臨朝市之會，五劇三條之交，怒馬華轂，擔簦躑躅，歌哭喧呼，奔走騈闐，此動之極也。君之在耳溪也，一樓在曲，叢薄之間，四無鄰。出洞外，有人家七八碁散，墟烟不相連，終日與槃几薰爐相對而已，此靜之極也。一山之面背，其動靜之殊，何相絕若是也。如人耳目鼻口手足之動作，皆在面前，而惟背爲止者然歟？朱子釋《艮》之《象》曰：‘艮其背而不獲其身者，止而止也。行其庭而不見其人者，行而止也。動靜各止其所止，而皆主夫靜焉。’今君之於泥崖耳溪，皆得《艮》止之義。而以耳溪爲樂者，其在靜之靜歟？《艮》之卦，二陰盛，欲進而爲陽所止，一陽居位之終，亦止而不進。陰陽俱止，所以爲艮。而陰後陽前，將必有漸。夫陰陽止進，皆以漸。而聖人序卦《震》之下，不受之《漸》，而卽受之《艮》。於《艮》之下，受之《漸》何哉？此非聖人所得安排者也，皆自然也。因其自然，亦靜。遂以此爲《兼山樓記》。”

《耳溪集》卷十三《兼山樓記》：“豐山子築室於耳溪之上，戴天冠之崇，面水落之秀，萬丈之峰在其北，三角之山在其西。於是植五楹，磬折而樓其右。其高可立，其方可展足。自地上過顙，名之曰‘兼山’。兼之言幷也，重也，環衆山之勝而幷有之也。有析薪於山者過而哂之曰：‘此地之爲兼山久矣。子惡得而名之？’豐山子問曰：‘何謂也？’析薪者曰：‘兼山者，重艮也。三角之山形如鼎足，豐腹而下殺，故一名曰覆鼎，是覆椀之象也。天冠之峰特立於前，平如冠頂，而後有二峰，皆呀然中坼，一奇二耦之畫也。地居漢城之東北，終始萬物之位也。彼乃自然而然耳，何待乎樓之成？何假乎子之名之也？然其數七，七者，少陽。老變而少不變，君子之不易操也。其德止，時止則止，止於所當止也。惟有是德者，可以居之。’豐山子洒然異之，前揖曰：‘子非明《易》者耶？願聞其休咎。’析薪者曰：‘夫吉凶悔吝，皆生於動。止而不動，何悔何吝？貞者，所以立命也；變者，所以從道也。過此以往，未之或知。’乃負薪而去，行且歌曰：‘樓上有天，愚者伏兮。樓下有澤，居以約兮。風行其上，德日新兮。雷過其下，以安身兮。’豐山子憮然良

久曰：'是知之矣。君子遯以求志，損以寡過。漸以進德，頤以養性。斯無咎矣，何筮之有？是可以居是樓也。'遂以書諸樓。"】

❄ 小歸堂

【《耳溪集》卷十三《小歸堂記》："兼山子旣謝官，卜居于牛耳之溪，名其堂曰'小歸'。釀秫酒，具山殽，延野老而落之。酒始行，兼山子言曰：'凡仕於朝者，休於家曰歸。古之老致事長往，如祈奚之請老、二疏之乞骸，謂之大歸。今余之歸，病耳，非老也。休於郊耳，非長往也。故謂之小歸。然仕之禮，四十而始進，六十而命爲大夫，七十而致事。盖以三十年爲防。以余不才，未三十而名朝籍，未四十而從大夫後，今年五十有餘矣，距三十年之防，堇數歲耳。年雖未至，亦可以告休矣。小歸者，大歸之漸也。'客舉觴而稱曰：'美矣名乎！斯可以見子之志。吾且喩諸道可乎？凡天下之有形者，莫不由小而就大。凡天下之動者，莫不始往而終歸。士之志於道者，矜細行然後成大業，知所止然後造至善。百尺之臺，非一簣之築而成之者，力也；萬里之塗，非一日之適而達之者，志也。故小者，大之始也；歸者，動之止也，成始成終之道也。請以是文子之室。'兼山子拜而受曰：'善哉！子之頌也。張老不如。'又有舉觴而言者曰：'小歸者，小者歸也。陰曰小，陽曰大。小者歸則大者來，在《易》之《泰》曰"小往大來，吉亨"。往亦歸也，於時爲天地交而萬物通，於人爲天理勝而人欲退。子將審善惡消長之幾歟？'旨哉言乎！夫二子之撰，各一其義，有足以發余者，故並志而省焉。"】

❄ 泥窩

【《耳溪集》卷十三《泥窩記》："南山之下有泥厓，地低而隘，水積不善洩，湫濕洳淖，行者病焉，故名其里以泥。余家其顚，命之曰'泥窩'。客曰：'泥者，卑汚之處，賤濁之稱也。人方蹙而去之，子何爲名其室？'余應之曰：'子安知泥之德乎？夫泥，土與水合而成也。萬物皆生於水、養於土，然水不能獨生而依於土，土不能獨養而資乎水，相須而成功焉。故天有五材，始於水而終於土。城隍所以衛國，堂室所以安身，搏埴陶甓所以養生，皆是物之爲也。泥之功顧不大歟？故泰山之禪用金泥，尙其貴也。璽書之章用紫泥，昭其文也。函谷之封用丸泥，耀其武也。藍田之下有坂曰青泥，南徼之外有國曰佛泥，美其名也。泥何嘗爲汚賤之稱耶？'客曰：'泥之德誠大矣。泥之名誠美矣。然子之居乎泥也，躬逢盛世，早聘高衢，亦嘗有志於利物矣。上之不能宣昭大猷，贊皇王之業，以比黃帝、有虞之隆，則是有異乎金泥也。次之不能鋪張鴻藻，飾太平之懿，以繼典誥風雅之盛，則是有異乎紫泥也。外之不能折衝樽俎之間，鳴劍伊吾之北，以固疆圉而壯國威，則是又無丸泥之具也。今乃處環堵之中，志江湖之上，土芥軒裳，泥滓名利，耽古人之糟粕，寓眞樂於麴蘗。若將黜聰明，外形骸，與混沌者嬉。吾聞東海之濱有物焉，其名曰泥。塊然處于沙，無思無營，無視無聽，蜿蜿圂圂，如醉人者。今子所以托名也，殆類於是歟？'余輾然而笑，引大白，拊土缶，而爲之歌曰：'爾居之卑兮，載物之德。爾性之潤兮，利物之澤。摶之成形兮，爲方圓與曲直。斂而返眞兮，泯然乎無跡。渾渾兮其質，汶汶兮其色。泥哉泥哉，君子之宅。'"】

❀ 雙湖亭

【《耳溪集》卷十三《雙湖亭記》："龍山之江，處漢水之下流，據西湖之上游。西負盤龍、臥牛之岡，南對冠岳、清溪之山。水匯其前，歧成兩湖。右爲挹清之樓，左爲月波之亭。華使之所眺賞，形於歌詩。以故公子王孫名卿韻士，爭建亭榭治園塢，以衒奇而鬪勝焉。余嘗宦遊四方，凡國中之大江名湖，足無不遍。東則黃驪昭陽龜島之潭，南則洛東錦水江景之湖。北渡龍興，窮土門之源；西泛浿薩，抗馬訾之河。環數千里，觀其奇壯浩淼，無與漢水龍湖敵者。惟浿江之秀麗稍可伯仲，而第其源派之遠，體勢之雄，莫之與伉。余又再遊中國，涉遼瀋濟灤水，直抵于通河。六陸洪流，非不茫然無際。獨其以江山稱者，無如我漢水之大。蓋北方之水皆是九河之支，行于曠野，峻岸清湍，不並於江淮故也。然則惡可以褊邦而自小哉！近余不安于朝，僑居龍山之涯。地直兩湖之交，長江浩浩，奔流數十里，放于楊花之渡。孔巖之津，西注于海。奇峰削壁，左右列峙。明沙嫩嶼，環抱點綴。貢舶商船，帆檣相連。高樓巨屋，薨桷如櫛。車馬之往來不絕，鷗鷺之鳴聲相聞。一舉目而盡得之。蓋國中之江山，惟漢水爲大。而漢水上下，繁華蘊藉，惟龍湖爲冠。然緣江內外，歌樓舞臺，大抵空鎖於雲烟竹樹之中，無人乎管領。信乎廊廟江湖，不可兩兼也。今余解簪紱被野服，偃息嘯咏於風楹月榭。有時招黃頭棹小艇，沿洄搖曳於兩湖之間，儵然如蛻埃壒而吸沆瀣。人間之樂事，殆無可以易此者。行將乞身於朝，致事懸車，永作江湖之逸民，與夫蓑翁釣叟混跡而爭席。歌太平之詞，誦美人之曲，以終餘年。則雖未及於急流勇退，亦可謂知止知足者歟？"】

심정진(沈定鎭) 1725~1786. 조선 후기. 본관은 청송(靑松). 자는 일지(一之)이고, 호는 제헌(霽軒)이다.

❀ 名 - 定鎭　　字 - 一之

【《孟子·梁惠王上》："孟子見梁襄王。出, 語人曰:'望之不似人君, 就之而不見所畏焉。卒然問曰:"天下惡乎定?"吾對曰:"定于一。"'"】

❀ 號 - 霽軒

【《豊墅集》卷六《霽軒記》："霽之爲義, 天開日明之謂也。今夫兩儀之間, 廓然朗然無微氛纖翳, 而後方可稱其霽也。其於人也, 志氣淸明, 襟胸爽濶者, 庶乎其彷彿也歟?夫人之二身所接繁矣, 嗜欲牽攻, 機關森列, 昏墊冥擿, 罔有所泊。如鴻濛之混, 而雷雨滿盈, 其欲見片時之霽得乎?沈友一之名其軒曰'霽'。一之, 氷玉人也。卽其眉目無一點塵垢, 雖束縛簪纓乎, 其心之介潔如其貌也。發爲文章, 風霆之驟而日星之耀, 晦明變化, 無所不備, 之人之文亦可謂昭澈光大矣。然潔之過而易歸褊隘, 介之甚而或近枯澁。夫中則通, 通則灑落, 灑落而霽之義至矣。一之意在此乎?日者, 一之中暑, 幾危而安。余亟就問之, 自言大嘔一夜, 腸胃闕滯盡祛, 而怳若披雲覩日。余笑曰:'此霽之說也。今日神氣之淸, 未始非昨日而身履而乃寱焉。氣質性情, 凡可密察而痛矯者, 其將推此而得之。'輒以是爲霽軒記。

《荷棲集》卷七《霽軒記》:沈一之名其讀書之軒曰'霽', 而求文於余。余請易之以'雲'曰:'子嘗觀夫雲之與霽乎?其起如噓, 其升如躋, 如馳之輪, 如翔之翅。及乎崇高, 意氣其如充然, 絪縕容與, 滃涌蓬勃。前者顧, 後者趁。或合而隊, 或匝而麗。山嶽之結峙, 河海之徙運, 陶如鎔如, 熏蒸融潤, 化而成液以雨天下。是惟雲之爲也。而及其霽也, 豁然若闢, 斂然若退, 泯然若消, 寂然若神, 而其跡不可見也。是故雲以資始, 霽以成終, 而天地澤物之功行乎其中矣。今夫君子之道, 亦將以澤乎民也。其進也如雲之施雨, 而至其功成名達, 祿位榮盛, 而擠而不有, 決然退藏, 如雲收雨捲, 則是亦君子之霽也。余觀一之劬書積學, 其文斐斐。而窮而在下, 澤不及人, 是猶未雨之雲也。而欲以霽自居, 不亦違乎?且夫一之之所讀者非聖賢之書乎?聖賢者, 未嘗果於忘世。而今一之離羣而索居, 又倦於公車之步, 若將終老於丘園。則其得於聖賢之書者, 惟自澤其一身而已歟?一之試於讀書之暇, 凭軒而望遠, 其川溪林壑之氣觸石而出, 爲膚爲寸者, 皆足以澤物。則其心豈無油然而興感者乎?雖然, 方今聖人在上, 惟賢是求, 凡有一藝一能者皆霧列於朝著。而獨巖穴之士未有至者，豈士之自重，而上之所以求之者其道未盡歟？《記》曰"天降時雨，山川出雲"，則雲之出也，其亦有待于天歟？'姑書此以報一之。"】

❀ 霽村

【《醇庵集》卷五《霽村記》："沈子一之買宅於青門之外國墠之傍，實惟祭墟之丘。一之既定居，取其音而易其號，曰'霽村'。余嘗訪焉，蒼松欝其右，青山圍其左。四部之籍峙于架，花蒔于階，蔬藝于圃，魚蓄于池。一之笑而顧余曰：'吾五十而始有屋，時與稚子負杖逍遙於衡門之下，其觸于目而會于心者，無非吾所樂也。吾是以樂之。其為我記之。'余遂為之說曰：夫霽者，雨止也。一之去城闉市井坋壒喧囂之場，而處寬閒之野寂寞之所。山林畎畝之為樂，雲霞禽魚之與隣，其自梦撓而就清眞，猶昔雨而今霽，則宜一之樂之也。號一之為霽村主人，不亦可乎？然其霽也，雲翳淨盡，日月光明，天地山川草木之氣無不肅清而輝映。猶夫人之克己以存心，動靜百為，無往而不從道，此天人無二理也。故君子之為學，必先克己，而後可以敬，可以誠，可以仁。不克己而欲為學，無以異於天有雲翳而望其霽也。是以學以克己為先，然其要在乎意必固我不存於心，克伐怨欲不作於言行而已。以一之之好學，果能從事於斯，則內外如一，洞徹光明，而眞不愧為霽村之主人。盍加勉諸！且一之居於斯，學於斯，其必有立矣，有立則可行。古語不云乎'潦則止，霽則行'，一之其將有以行也乎？於是乎卜之也。"】

❀ 畏軒

【《醇庵集》卷五《畏軒記》："余友沈一之以'畏'名其軒，用自勉也。一之嘗謂余曰：'孔子有言曰："君子有三畏：畏天命，畏大人，畏聖人之言。"凡此，吾所取以勉夫身者也。又曰，畏近於敬也，又曰，徒畏而不知學，小人之畏也。'余聞其言，歎曰：'一之之取于畏者善矣。夫人不可以不有所畏。不有所畏，則無忌憚也。故孔子之言如此。苟能有畏，其於天命也斯順之矣，於大人也斯尊之矣，於聖人之言也斯信而行之矣。故君子有畏，所以修身也。且敬者，學之終始也。故學者自其格物致知，以及于治國平天下也，未有不以是為主。大哉敬也！是以君子居敬而克畏。敬猶畏也，畏猶敬也。故《傳》曰"戒愼乎其所不睹，恐懼乎其所不聞"，敬畏之至也。然其畏也有術。能善則盡敬之道，不善則背乎敬。可不戒哉！故衆人之畏也，勖勖懼惑，踽踽躇嘿，有懾於外而無守於中，其終為小人而止，可謂善

畏云乎哉？是亦不聞乎道, 不明乎義, 徒畏而背乎敬者也。君子則不然, 不畏無
畏而畏其畏。≪易≫曰"獨立不懼, 遯世無憫", 則君子不畏也。≪詩≫曰"如臨深
淵, 如履薄冰", 則君子畏也。其畏自修也, 其不畏達理也。有不畏也而且有畏,
此謂善畏也。故君子盡畏之術, 而敬則立焉。不若是, 一之奚用其畏也？然則其
惟順天命、尊大人、信行聖人之言, 勿怠勿肆, 以致其學。達理明義, 以盡其知。
而其所畏無不出於正, 然後一之其不負所自勉也。一之以雅識賢才, 遊乎君子之
門。其於聖人之言敬畏之義, 復何待乎余說哉？然余與一之最友善, 且屬之爲記
甚勤。不得辭, 遂廣其旨, 以附相箴之義。"】

윤창(尹昶) 1725-?. 조선 후기. 본관은 파평(坡平). 자는 서중(舒仲)이다.

❀ 名 - 昶   字 - 舒仲
【≪廣韻≫ : "昶, 舒也"。】

이종악(李宗岳) 1726-1773. 조선 후기. 본관은 경주(慶州). 자는 군산(君山)이고, 호
는 허주(虛舟)이다.

❀ 名 - 宗岳   字 - 君山
【≪揚子·法言≫ : "川有瀆, 山有嶽。"岳、嶽同。】

❀ 號 - 虛舟
【≪大山先生文集≫卷四十八≪虛舟李君墓碣銘幷序≫ : "李君山甫諱宗岳 ……
以元陵丙午十月二十九日生君。幼僑爽有氣槩。八歲而孤, 事母盡孝, 務順適其
意, 往往爲嬰兒戲。薄於自奉而謹於奉祭, 疎於營利而篤於遇族。不喜言人長短
官政得失。遇會心人, 披露肝膈, 間以雅謔。性聰穎善記覽, 歷代故實、圖畫、篆
隸、田兵、音律之類, 無不留心玩思, 往往造妙。讀書遇忠孝節義處, 俯仰感歊,
或至流涕。病世人不喜看東史, 分類彙編, 未及脫藁。所居據上游山水明媚。每
風和月朗, 呼小艇以琴酒自隨, 悠然有出塵之想。因自號虛舟。中歲多病, 善自
攝養, 恐貽母夫人憂。癸巳十二月十二日卒。"】

남택관(南宅寬) 1726-?. 조선 후기. 본관은 의령(宜寧). 자는 치율(稚栗)이다.

❀ 三吾亭

【≪性潭先生集≫卷十四≪三吾亭記≫:"有生以來林林而芸芸者, 固有物我之分。凡物之在吾分內者, 吾當隨緣以居, 而不願乎其外也。故物不宜吾有, 而吾得有之, 則踰吾分也。物宜吾有, 而吾不得有之, 則隳吾職也。然人之在世, 能存吾身心而修吾職分者鮮矣。苟有隨吾所宜, 而安分自守, 無一毫交涉於人者, 則孰不曰爲己篤志之士也?宜春南稚栗居于西原之商山, 種學績文, 妙齡上舍, 而與弟三人奉老兩世, 怡愉湛翕, 仰俯得宜, 久爲鄕里所豔稱焉。爲其親老而家貧, 縱不能廢公車業, 而下第歸來, 志氣益勵, 攤卷晴窓, 觀稼西疇。庭有孤松, 日哦其間, 迢然有任運自適之趣。而嘗語人曰:'悠悠外物, 何足嬰吾懷?獨有三箇物在吾分內:數間茅椽, 卽吾亭也;數架殘編, 卽吾書也;數頃薄土, 卽吾田也。居吾亭、讀吾書、耕吾田, 是吾職也。吾將以"三吾"揭扁而自警焉。'噫!此誠可謂隨宜自守者。而其雅操眞趣, 視彼踰分隳職, 果何如哉?抑亦有'吾亦愛吾廬'之樂, 正所謂吾以名吾亭者也。居焉而不願人之數仞華屋, 讀焉而不願人之萬軸牙籤, 耕焉而不願人之千頃沃壤者, 非稚栗之志耶?其眞無慕乎外者哉?竊謂稚栗之志固美矣, 然徒有其志而無力踐之實, 則其所謂三吾者, 難免爲有我之私, 而未足爲爲己底道也。昔曾子有'三省吾身'之訓, 爲己之學, 莫切於此矣。今稚栗扁號之意兼取乎此, 則尤豈非讀吾書之實效也?願稚栗念之哉!稚栗旣得此三吾之名, 而揭額之筆不倩於當世顯者, 而乃推其慕賢之誠, 輯得尤翁遺墨, 而手自摹出, 以資警省。其所以守吾志而不外騖者亦可驗矣。若余者, 吾志不堅, 吾力不逮, 雖欲居吾亭, 讀吾書, 耕吾田, 而顧不能得, 則今於三吾之說, 重爲之嘉歎而已。稚栗倘識余志也歟?"】

송재도(宋載道) ?-1795. 조선 후기. 자는 덕문(德文)이고, 호는 지계(芝溪)이다.

❀ 名－載道　　字－德文

【宋·周敦頤≪通書·文辭≫:"文所以載道也, 輪轅飾而人弗庸, 徒飾也, 況虛車乎?"】

❀ 號－芝溪

【≪耳溪集≫卷十≪芝溪集序≫:"友人宋德文, 隱居紫芝之溪, 志古而行簡, 脫畧流俗。"】

황계희(黃啓熙) 1727-1785. 조선 후기. 본관은 장수(長水). 자는 경초(景初)이고, 호는 심기당(審幾堂)이다.

❀ 號 - 審幾堂

【≪立齋先生文集≫卷二十九≪審幾堂記≫: "故審幾堂黃公旣沒, 余以蕪辭狀其行矣. 今其季胤上舍磻老, 又請余記審幾堂曰: '先公雖以審幾自號, 而未嘗揭之堂以自標牓, 故當時世無有知者. 惟是不肖輩略曉其意, 而苟不有以發揮之, 竊恐先人所以自號之義, 終於掩翳而不彰明, 雖後昆亦無由克體而允承之. 豈不重可痛恨也哉? 執事旣知吾先公深, 願更一言. 使潛德幽光益著顯於世, 而爲子孫誦法地也.' 余曰, 自古賢人君子, 其於經傳之訓, 切實下工夫之語, 何所不服膺力行? 而若其得之於心, 以爲終身立命之地, 則莫不各有一箇要旨. 如劉屛山之不遠復, 李延平之體未發, 司馬公之一誠字, 謝上蔡之常惺惺, 要皆握持在手中, 造次顚沛而不失焉者也. 是故子朱子亦自謂'某得處無多, 只在一兩句上'. 所謂一兩句, 雖不敢妄揣, 而以其名堂室記觀之, 豈非如'敬以直內, 義以方外'此數語等乎? 蓋必如是然後方能造道而成德, 以極其至. 今公之自號, 其眞有得於此意乎哉? 夫審幾二字, 是≪大學≫, ≪中庸≫愼獨之要旨也. 爲善去惡之實與不實, 其幾甚微, 是乃所謂止水中間一點動處. 故當此之時, 人固無知之者. 而其實人之賢否邪正、國之治亂興亡, 皆於此焉分. 審而實之, 則天德充於內, 而王道行於外, 此其所以賢且正、治且興者也. 不審而不實之, 則人欲交於中, 而霸術雜於外, 此其所以否且邪、亂且亡者也. 是以君子愼之又愼, 無一念之不審其幾, 而思所以實之. 此其爲二書之要旨, 爲如何哉? 余之無似, 得從公遊數十年矣. 始者望公之儀刑如玉樹之臨風、秋葉之濯水, 以爲是天資之絶於人而已. 旣已見公顔色之睟然不啻如山澤之輝潤, 辭氣之藹然不啻如春陽之溫和, 則方知有所養於中者發見乃爾. 實始有願附下風之意. 雖以地步之稍闊, 不得數親杖几. 然若其立心之正、制行之純、處事之公、持論之平, 以至事親從兄之道、待人接物之義, 靡所不曲盡其分. 而又於窮格之工, 必欲徹上下乃已. 其所體認, 蓋已洞見乎大原. 則尤爲之心悅誠服, 以爲是學問之篤者固當如是, 而猶未知其何以能如是也. 暨後此物亦稍知向方, 而後方知公所從事者, 實得此箇要旨. 而作爲二字符, 拳拳乎著在心胷之間故耳. 蓋必能審其幾, 方得不遠復. 必欲審其幾, 方能體未發. 而立心如是, 則其心未有不誠而常惺惺者, 又安知公之造詣不已至於數公地位？而雖所謂敬直義方，方其由敬而義也，審幾之工未嘗不在於其間。則公之學，其有得於子朱子者，又豈不較然矣乎？是故此二字，公雖不揭於堂以自標榜，而吾則知之蓋久矣。向使公得遇於時而見用於世，則不特公之能審幾，而將使人君亦得以審幾，國之所賴者必多矣。設令未也，使其久壽而信從者日以衆，則又將使人人亦得以審幾，而鄕黨之所賴者亦必大矣。乃以一司馬，五十九遽歿，皆莫之能焉。可勝痛哉！且也凡人之病，恒在於攤飯門外，鮮有能眞實喫得而爲自家物，故卒無所成就。以此言之，於公之不揭號，益見其篤於爲己。只此一事，其審於善惡之幾也亦明矣。公之子孫苟能深體公此二字之義，眞得古賢人尋常佩服之一箇要旨，而思所以幾及焉。又常默默加工，不要近名，而惟實之是務，則又何患於克紹之未易也哉？公長於我十一歲，而實前輩人也。平日荷眷愛厚，如居敬窮理、先行檢後文藝等說，公實指南於我。遇輒提攜留連，樂與之講磨，故謂當常得如此，以畢餘生。孰謂公歿已二十三年，而吾遂無與從學以究其業也耶？不覺愴然太息，而書之如右，爲《審幾堂記》。"】

정석환(鄭錫煥) 1728-1770. 조선 후기. 자는 휘국(輝國)이고, 호는 만회(晚悔)이다.

❀ 名－錫煥　字－輝國

【《說文》，煥，"火光也。"《集韻》，輝，"光也，火之光也。"】

❀ 號－晚悔

【《松沙先生文集》卷四十四《晚悔鄭公行狀》："處士諱錫煥，字輝國，晚悔其自號也 …… 公生英宗戊申六月干支 …… 公卒於庚寅十一月干支，得年僅四十三 …… 公幼而孝弟，長而有學。先富後貧，跡其行，幾幾乎富而好禮，貧而樂。而猶以晚悔自號，其不安於小成，切磋琢磨，益求其精有如此。彼得小以爲足，自畫而不進者，不可與同日而語矣。後生學者執据此二字，而想像其寡過未能之意，則其爲益宜不少矣。"】

서명선(徐命善) 1728-1791. 조선 후기. 본관은 달성(達城). 자는 계중(繼仲)이고, 호는 귀천(歸泉)·동원(桐源)이다.

❀ 報堯軒

【《保晚齋集》卷八《報堯軒記》："桐原子營菟裘於臨湍，堂房寢室略具，未得其所以名者。偶閱稗史，見宋元獻庠寄其弟宋景文祁詩云‘惟有弟兄歸隱志，共將耕鑿報堯仁’，則曰：‘何其與吾兄弟志尙類也！’遂以‘報堯’扁其軒。謂余曰：‘非弟不能冒此名，非兄不能發此義。願有以記之。’余曰：然。世所稱報君者，蓋亦多術，而耕鑿不與焉。故語人以耕鑿報君，則人莫不笑之。元獻兄弟當仁宗盛際，迭居台司、文苑。凡天下之政事文學，相與參聞者殆二十有餘年矣。乃不以興禮樂、致太平爲報堯之具，而顧規規於耕鑿。自其不知者而觀之，得不以爲文人滑稽之言乎？然元獻旣作是詩，旋踐其言，以司空致政。景文亦優游著書，不復進取。皆能兼享福壽而終，當時之人聞風艶慕。范景仁以景文之門人，年未至而致政。歐陽永叔、趙叔平、張希顔諸人，又以元獻後進，踵景仁致政。故天下後世數恬退之盛，必稱宋慶曆爲最。而宋慶曆淸明之化，遂邁越漢唐，照耀靑簡。其視柳公權之耄期精消，不思求去，卒貽羞於朝廷者，未知此爲報堯乎？彼爲報堯乎？必有能辨之者矣。吾兄弟遭遇顯榮，與元獻兄弟略相上下。余以門戶之滿盈，夙夜憂懼。偶先休致，已縛小屋於明皐。今桐原子又將隨余後於臨湍。臨與明，十數里而近，雲煙相望。待他日幅巾矮驢，來往東西，農謳餂唱，細和報堯之篇，則世必以元獻兄弟爲類於吾兄弟，而不以吾兄弟爲類於元獻兄弟。此桐原子所以必欲余記之，而余所以樂爲之記也。桐原子爲誰？今領議政徐命善繼仲也。余爲誰？致仕奉朝賀徐命膺君受也。”】

김종수(金鍾秀) 1728-1799. 조선 후기. 본관은 청풍(淸風). 자는 정부(定夫)이고, 호는 몽오(夢梧)·진솔(眞率)이며, 시호는 문충(文忠)이다.

❀ 號 - 夢梧山人

【《夢梧集》卷六《自表》：“山人名鍾秀，字定夫，金氏，淸風人，忠憲公構之曾孫也 …… 其曰夢梧山人者，夢與梧，皆先山名也。”】

이단전(李亶佃) ?-?. 조선 후기. 호는 필재(疋齋)이다.

❀ 號 - 疋齋

【《方是閒輯》：“亶佃，兪右相彦鎬家奴也。字曰耘岐。好古文，善書法，尤工於近體，從遊士夫間 …… 自號曰疋齋，可知其持本之意。疋字以‘下人’二字成字云。”】

송환기(宋煥箕) 1728-1807. 조선 후기. 본관은 은진(恩津). 자는 자동(子東)이고, 호는 심재(心齋)·성담(性潭)이다.

❊ 名 - 煥箕　　字 - 子東

【《史記·宋微子世家》：“武王乃封箕子於朝鮮，而不臣也。”朝鮮在中國東。】

❊ 號 - 性潭

【《性潭先生集》卷三十一《附錄·年譜》：“己丑，先生四十二歲。二月，卜築于性潭。蕪堤之東數里許，有山曰鷹峯，峯下有洞號盛族，洞口有潭稱武華。先生愛其邃廓，築室於潭上，改盛爲性，名其居曰性潭。盖取未發者性、不流者潭之義也。日與諸生講學，學者稱之以性潭先生。”】

❊ 峻淵堂

【《性潭先生集》卷十四《峻淵堂小記》：“雲坪先生歿後一紀己丑春，余構小堂於武華潭上。翌年堂始成，迺騰先生西遊時所抵書揭于壁，以寓警省。而扁號‘峻淵’。實取書中二句語也。翌歲當先生周甲，重有所感，於是乎書。”】

❊ 謚號 - 文敬

【《性潭先生集》卷三十二《附錄·年譜》“辛未，命除謚狀，贈謚文敬。玉堂疏請先生謚典，批曰：贈謚事許施。俾予待師之心，益見實報之義。於是議謚。道德博聞曰文，夙夜儆戒曰敬。”】

오대익(吳大益) 1729-?. 조선 후기. 본관은 동복(同福). 자는 경삼(景參)이다.

❊ 名 - 大益　　字 - 景參

【《爾雅·釋詁》：“景，大也。”】

❊ 小水雲亭

【《樊巖先生集》卷三十四《小水雲亭記》：“吳景參挈妻子一日入丹陽山中，重理水雲亭以居，求余文以記念。笑應之曰：‘天下之無一息停者，莫水若也。喜四方遊者，莫雲若也。君之不能久於亭，殆兆於此乎？夫以君之才學，值聖王在上，魚水契而風雲會，要之早晩事耳。君雖欲長有水雲，水雲其受諸？亭且不能久，安用記爲？’未幾，景參擢巍科，受知於上，翶翔於臺省玉署之間。余言中矣。竊意景參之忘水雲亭，若筌蹄之無所用也。元年夏，景參出爲德川宰。德，關西之巖邑也。方其踰大嶺，捫星以赴，束峽重關，類官人者之不可跡也。及到郡，劃然開野, 長江映帶明沙, 民居點點某布, 雲霞當晝而起。官舍簾几, 宛是武陵障矣。
先是, 回祿告灾, 靡入灰燼。景參至則一新之, 以其餘刱一小亭。日夕琴嘯於其
中, 扁之曰'小水雲亭'。於是景參不忘素矣。雖然, 以余見之, 盈天地之間, 皆水
與雲耳。人苟能善觀於物, 水以潔所操, 雲以學無競, 彼洋洋者英英者, 無往而非
吾把翫之物, 何必亭而後始可籠而有之？又何必丹與德爲其所歸也哉？且夫天下
之水雲一也, 豈有方所大小之可分？而今景參切切然置區別於其間, 計較之不已,
亦一妄也。吾恐彼水與雲者, 未必不以景參之見爲小也。況官居傳舍也, 景參之
腰下符竹, 且不可長有之。而以外物之偶然相値者, 把爲己有。亭之不足必名之,
名之不足必欲記以文。景參固若是芒乎？余老矣, 倦於朝, 買小亭於明德山中。
以流水爲絲竹, 以白雲爲屏障。雖謂之水雲主人, 余所不辭。景參如有意, 當不
惜分華一半, 與之終老於其間, 夫然後方可爲眞水雲亭也。"】

유언호(俞彦鎬) 1730-1796. 조선 후기. 본관은 기계(杞溪). 자는 사경(士京)이고, 호
는 칙지헌(則止軒)이다.

❀ 名 − 彦鎬　　字 − 士京

【≪詩經·大雅·文王有聲≫："考卜維王, 宅是鎬京。"】

❀ 能安窩

【≪燕石≫册二≪能安窩記辛卯≫："人之有懽愉憂戚, 猶天之有晝夜四時寒暑之舒
慘屈伸, 此自然之理也。君子有得乎是, 則其於得喪亨屯苦樂之際知所以處矣。
適然而來, 怡然而受, 隨其所遇, 我無與焉。則身超乎榮辱之境, 心游乎事爲之
表。雖食前方丈, 榱題數尺, 侍妾數百人, 而不爲我盈。飯疏食飮水, 曲肱而枕,
而不爲我抑。若是者, 將奚往而不自得也？然富貴佚樂而不以動其心者, 或有
矣。至若饑寒之迫其身, 憂愁之汩其中, 鮮有能毅然不奪者。何也？盖人之情好
順而惡逆也。故處安樂易, 處憂患難。此君子之不于其易而于其難者, 求所以安
之也。且夫人之吉兇禍福, 皆天也。惟當盡其在我者以竢之。其莫之致而至者,
吾亦無奈乎天也。則雖疾走大喘渴死, 而終不得逃也。與其勞而無所益, 寧安之
而已。彼病者之淹牀席, 囚人之繫桎梏也, 其心若不可以頃刻處焉, 而未聞其以
是而徑折其生者, 由其習之熟也。忍則熟, 熟則安, 安然後始可爲善處患而樂循
理也。予以言事得罪, 貶于嶺南之南海。其去京師千有餘里, 蟲蛇癘毒之所聚,

殆非人所居也。予有親在堂, 不宜自有其身, 而職所當爲, 非敢有計較顧戀之私也。其莫之致而至者, 予亦何哉? 於是取歐陽母氏'汝能安之, 吾亦安矣'之語, 扁其居曰'能安'。屬柳學士季方大書于楹以自勉, 且以慰老人門閭之望焉。"】

유의양(柳義養) 1718-?. 조선 후기. 본관은 전주(全州). 자는 계방(季方)·자장(子章)이고, 호는 후송(後松)이다.

❖ 名－義養　字－季方

【≪左傳·隱公三年≫: "石碏諫曰: '臣聞愛子教之以義方, 弗納於邪。'"】

❖ 恭菴

【≪燕石≫册二≪恭菴記≫: "臣之於君, 其分截然若天地也。故君命之召, 則不俟駕而行; 賜之食, 則正席而先嘗之。公門必趨, 路馬必式, 皆所以致其恭也。人見其如是也, 而不察恭之有貌心小大, 惟務爲曲拳擎跽之習, 尊其君過甚。夫其君日益尊, 則其臣日益卑矣。於是趨走承順之風成, 而凡其進退語嘿之間, 莫克守義自伸。惟上之所令曰: '此君令臣恭之義也。'殊不知其所謂恭者, 卽婦寺之恭, 而非君子之恭也? '昔齊景公田, 招虞人以旌, 不至, 將殺之。'孔子曰: '勇士不忘喪其元。'夫招之以冠與旌旗, 其間不甚相遠也。彼其之死而不往, 不亦過歟? 然而聖人之與之, 何也? 君臣者, 以義合也。則事之可否, 身之去就, 自有不可苟者。故當進而進, 不當進而不進, 不以死生禍福而惟義之適。盖以士大夫出處, 關風俗之盛衰。未有不先正己, 而可以事其君也。孟子曰: '責難於君謂之恭。'以是言之, 其以義而不進也, 宜若慢蹇, 而要其歸則恭而已。安知夫世所謂恭者非慢, 而世所謂慢者不爲恭乎? 柳學士季方當國家有事, 諸臣奔走承命。而季方以有私義也, 獨不進。由是而黜于海上。居數月, 治其所寓之室, 問額于予。予以恭爲名。噫! 予亦愚不度量, 窃自附於責難之恭, 而得罪以來者, 夫朝廷之所以棄惡地處窮險者, 使其憔悴憂思而知自悔咎。然吾聞良梓人, 不以敗績用而或屈其繩墨尺度之常。然則如之何其可也? 卷其術, 默其智, 悠爾而去已矣。吾輩盍相與勉之?"】

윤필병(尹弼秉) 1730-1810. 조선 후기. 본관은 파평(坡平). 자는 이중(彛仲)이고, 호는 무호당(無號堂)·무호암(無號庵)이다.

❀ 名－弼秉　　字－彝仲

【《詩經·大雅·烝民》："民之秉彝，好是懿德。"】

❀ 分湖亭

【《樊巖先生集》卷三十四《分湖亭記》："尹彝仲棄從班，挈家歸隱龍津江上，名其亭曰'分湖'。先是，權持憲叔紀卜是居，招彝仲與偕，分江南北以居，亭以是名也。彝仲間嘗造余，請一言以記。余聞而笑曰：若是迂矣！彝仲之見也。天一生水以來，大而江海，小而溪澗。浩浩湯湯，氣機所運，自然流注。人豈可以私力分之？而爲江湖者，其肯見分於人乎哉！天下之目，同也。彝仲觀水，則叔紀亦觀焉。叔紀觀水，則彝仲亦觀焉。謂之同其湖可也，吾未見其分之爲可也。且彝仲其不知懲前者乎？天下之患，莫患於分。天下之難，亦莫難於分。三代盛時，上而朝廷，下而民庶，外薄四海，罔不其心以歸於極。于斯時也，惟一之而已。後世則不然，所爭者富貴。人慾所泪，必欲專其利。非附於己者，雖一勺之微，不欲波及於人，於是乎有所謂分朋之名。漢唐宋明以來之作於其心害於其政者，患在於分耳。況人不及漢唐宋明，而其害有百倍於是者乎？上之人，患操柄者之專其利而不與人共之，或使之均焉。則欺蔽亦多術，分固莫患莫難者，又不在於分歟？夫以彝仲之文學才猷，不盛之金華玉署，潦倒棲遑，以江湖爲歸者，亦惟分之患爲崇。彝仲不之懲，反以名其亭。吾方譙責之不暇，又安用費辭而張之哉？雖然，余亦思江湖者也。竊擬乞骸於未老之前，與彝仲、叔紀三分龍湖而居之。或恐人之笑我，未必不如我之笑彝仲也。姑且記之。仍以自笑焉。"】

❀ 無號菴

【《與猶堂全書》第一集詩文集第十三卷《無號菴記》："今小司馬尹公名弼秉題其燕居之室曰'無號菴'，日與諸名士飲且弈于其中。而告之曰：'公等知吾所以題吾室乎？古者名而已。世彌降，而爲字焉，爲謚焉，爲號焉。能詩五言則號焉，有屋一間則號焉，得一拳之石而悅之則號焉，得古人一言之有契心而悅之則號焉。號者盈天下，而將屠狗販繒之皆號焉。吾斯之恥之，故題之曰無號，其志將以矯世也。'座客有自號曰與猶堂居士苕溪丁若鏞者，作而言曰：'公之志，將以逃名也乎？古者有幼而棄家者，不知其姓。人相謂之曰彼何姓也，遂以何爲姓，而未嘗非姓也。有鹵莽而好禮者，冠其子而祝之曰某甫，遂以某甫爲字，而未嘗非字也。今公以無號號其室，而未嘗非號也。且夫世之所以號其室者，大約有例焉。坐其室而可以見南山則號之曰悠然, 有石色臨戶則號之曰挹翠, 有江光入檻則號之曰映波, 欲遠俗者號曰遯窩, 欲寡言者號曰訥齋. 若是者人之見之習於目, 而其聞之習於耳. 故臨而號之, 背卽忘之, 若是者雖不逃名乎而名不附焉. 今公突然超是數者之上, 而號之曰無號. 人且愕然覩見以爲奇, 而欣然歸而誦之, 將終身而不忘也, 卽公雖欲逃名而名益隨焉. 先生之號, 不其大歟? 無其有好名之實, 而陽爲是逃名之名也乎? 鏞不敢知也.' 尹公囅然笑而謝之曰: '吾其逃名乎? 吾其好名乎? 惡世之好而將以矯之也. 若子之言, 吾其尤而效之者邪? 已而已而, 吾其有號者邪?'"】

이천섭(李天燮) 1730-1807. 조선 후기. 본관은 여주(驪州). 초명은 휘림(輝臨), 자는 중장(仲章)이고, 호는 죽하(竹下)이다.

❋ 四餘齋

【≪立齋先生文集≫卷二十九≪四餘齋記≫: "太學上舍驪陽李仲章氏名其家之一小室曰'四餘齋'. 屬余爲之記曰: '大凡物, 數外謂之餘. 而吾於當世之人, 實爲數外. 今之以博學稱者, 人皆屈指數, 而其指未必爲吾屈. 以宏詞稱者, 人亦更僕數, 而其僕未必爲吾更. 斯其爲數外也不亦甚乎? 吾故自命吾爲人之餘. 思以桑楡之景, 收拾殘精, 溫理舊業, 以庶幾於萬一. 則家本食貧, 惟田是力, 居常汲汲於課耕耘監收穫之間, 而惟恐不及也. 故擧一歲而數之, 則自春至秋, 皆無專力之暇, 惟冬爲數外而可焉. 是冬者, 歲之餘也. 擧一日而數之, 則自朝至昏, 亦無專力之暇, 惟夜爲數外而可焉. 是夜者, 日之餘也. 擧一時而數之, 則自始至終, 亦無專力之暇, 惟遭風雨而得休者爲數外而可焉. 是風雨者, 又時之餘也. 吾以人之餘, 偸此三者之餘. 欲少著其工, 而患無其所. 卽又擧吾室而歷數之, 則內焉者以安婦子, 而外焉者以接賓客, 惟此室獨爲數外而可焉. 是又室之餘也. 合三與此, 厥數爲四. 故遂以四餘名吾室. 自今以往, 雖未知餘年之能幾何, 而區區炳燭之心, 猶不無餘望於方來. 子盍惠以一言, 以勖我餘工?'余曰, 仲章氏早擧進士, 翹然居二百之列. 今以老師宿儒, 見推於鄕黨. 藝苑之會, 其不主盟者鮮. 非其詞與學宏且博不能也. 以此而言, 今之爲月朝評者, 未必不先數仲章氏. 而顧乃謙謙然若猶在於數外, 以餘人自處. 又以此四餘, 而益篤其工. 俛焉孜孜, 不知老之將至. 若此不已, 則其詞學之進, 又當何如也耶? 吾知當世之有名稱者, 必將反爲餘人。而究其所以, 則實此四餘之工, 有以致之。宜仲章氏之有會於'餘'之一字, 而以名其齋, 以冀夫餘日之益有所進也。雖然, 仲章氏學已博矣詞已宏矣, 亦何用加於是乎？吾聞學之所以貴於博者, 以其將反說約也。詞之所以貴於宏者, 以其能載夫道也。固知仲章氏之雅意, 已不在他。然今日四餘之工, 倘復專一於是, 則將見老境意味, 益有所自別。而反約之學, 載道之文, 方爲眞博與眞宏。回思前日之所得, 或有不足言者存矣。誠如是也, 又豈特主盟於藝苑而已哉？將見當世之以經行稱者, 恐亦未必先見數, 而反爲餘人矣。仲章氏以爲何如？仲章氏欣然而笑曰：'子之許我過矣。其期我尤過。'然勖人故當如是。遂書以爲四餘齋記。"】

이종휘(李種徽) 1731-1797. 조선 후기. 본관은 전주(全州). 자는 덕숙(德叔)이고, 호는 수산(修山)이다.

❀ 涵海堂

【《修山集》卷三《涵海堂記》："涵海者, 余書室之名也。余所居南村之儌舍, 僅八九楹。楹以外隙地, 又僅四五畝。盖所謂蝸屋蟹盖者耳。中開一楹, 盖以茆, 卽所謂涵海堂者也。其與海隔不知幾百里, 何以名？名其想也。何言乎想？盖余讀書其中, 而書卷筆硯之外, 難容一客席。東西一戶, 送迎朝晡之陽而已。況余有幽憂之疾, 其勢不能堪。每當疾至, 輒閉目靜臥, 以念平生所經歷, 可以助余禪觀者。昔遊嶺外, 登萊州之海雲、沒雲。沒雲斗入海中爲臺, 路夾海廣, 僅數丈。濤聲打岸, 馬爲之辟易。行幾百步, 地始盡而天海無窮。俄而日入, 餘光四射如碎金。萬頃風颮, 因之飃颺砯磅, 洪濤飜空, 疑雨疑霆, 倏忽動盪。盖余爽然而快, 已懍乎其忡忡者。歸而憇大浦鎭之舘樓, 俄而月上, 海色如鏡。平望馬州, 如餖飣之在案, 盖壯觀也。余盖念之胸中。而目在于吾室之間, 久而見四壁起波濤之文, 如着畫海障子。自覺心界空曠, 神淸氣爽, 不知身在斗室中也。因是而起接吾書, 流通快活, 若與吾胸海相涵。則昔之雲臺, 寧非堂耶？今我蝸屋, 焉知非海耶？曰堂之海而涵也, 可也, 非妄也。余又因是而思之。夫萊海之在吾目中極其遠, 而不過千里之內耳。有錦山彌羅隔其西, 馬州障其東。而南洋島嶼, 與煙雲在微茫中, 是海之小者也。自吾堂中之書, 而推之於四方上下宇宙古今, 而六合內外, 三古遠近, 若可以籠而有之。則鄒衍九州, 亦不能逃乎其中也。其爲大何加焉？夫九萬里扶搖之大鵬而方以僅尺之鷃，爲逍遙遊一也。雖然，太上立德，次爲立言。由吾水觀而廓其器量，以至于無端厓之海也，又何足以肩？”】

❖ **臥遊軒**

【《修山集》卷三《臥遊軒記》：“南川子惡動喜靜，出於天性。在闤闠中，誼㕭咻聒若將懥也。及臥是軒也，四面松檜楓楠環合，不聞人聲。日攤書其間，枕藉坐臥，甚自適也。未浹旬，忽聞有聲生於空裏。千百不齊，不知何物何聲。姑以可卡者，彷彿圖之。初有風蝶撲窗聲。蜜蜂東搶西閃，驅之復來，來復不去，去復不遠。輒手揮扇撲，雜然有聲。又有蠮蜂緣簷營窠，從枂之有蠹穴者，而出入作聲。鳥之巢於瓦底，已鷇子者，含虫入窠，諸子延頸振翼，已哺未哺皆有聲。未成巢者飛且入，而過誤隆其氄羽若蒿莖，因風飄忽。他鳥見之掠過，鳥奮而逐之。兩鳥相抱啾哄，復唧入窠，而他鳥亦隨至更哄聲。蝶過牆頭，鳥逐之不及，或及而撲之，又顧而呼羣聲。方抱卵者將出窠，欲飛不飛，窺人作聲。又有山鳥粥粥聲，鼎小姐聲，鳩左右坐呴呴吃吃聲，鳶呼雨聲，鳥啞啞聲，鵙鶪咳聲，鶴碟碟聲，隼鴂鴂聲，啄木上下枝聲。已而風起水流，樹鳴澗響，《南華》所稱風木形聲，一時交作，接應不暇。耳根鬧熱，牽動心腑，怔悸不寧，與闤闠向時無異也。蓋以爲聲在此間，則今日以前閑居闃寂，了不知其聲之爲聲。以爲聲不在此間，則今日雜然而至者，皆不出於眼境之外。非從闤闠來，亦非自虛空生也。若又謂之聲從眼生，則眼非有聲。謂之聲自耳出，則耳又無聲。是知非眼非耳，聲出於心。向之所謂樂於靜寂者，爲其暫離闤闠而自以爲適也。今之不堪者，心無所得，猶夫前日故病復生於閑寂也。蓋是山間水厓，虫鳥樹風，紛然作聲。愈誼愈靜，愈聒愈寂。此固君子閑居之樂，其心之湛一，固已不牽夫闤闠山林之名，而後可以語此也。余既感其事，而所居之軒曰臥遊，仍作《臥遊軒記》。”】

❖ **巽齋**

【《修山集》卷三《巽齋記》：“凡物性有所至順而無物能忤者，莫過於風。是以行天之命令，布之萬物而無所不入。蓋我以順行之，而物亦不敢不順。雖有不順，物與我皆自然，初無損於順之道也。何以故？行其所無事也。禹之治水，亦循其勢而利導之。至於鑿龍門、決呂梁，物有不順，則亦行之而已。顧何害於吾之順乎？凡人行有所拂亂，事有所乖逆，不得於心而爲其病者，皆不能行其所無事也。彼所乖忤而我爲之恚，猶彼有痔瘍而我爲之痒也。豈非大惑哉？嘗試觀之，風起

조종현(趙宗鉉) 1731-1800. 조선 후기. 본관은 양주(楊州). 자는 원옥(元玉)이고, 호는 천은(天隱)이며, 시호는 효헌(孝憲)이다.

❀ 諡號 — 孝憲

【≪太常諡狀錄≫卷八≪輔國崇祿大夫判中樞府事兼禮曹判書判義禁府事知經筵春秋館事五衛都摠府都摠管趙公諡狀≫ : "公諱宗鉉, 字元玉, 號天隱, 姓趙, 楊州人 …… 孝憲慈惠愛親曰孝, 行善可紀曰憲、孝靖孝, 上同 ; 寬樂令終曰靖、安懿好和不爭曰安, 溫柔賢善曰懿。"】

나열(羅烈) 1731-1803. 조선 후기. 본관은 안정(安定). 자는 자회(子晦)이고, 호는 주계(朱溪)·해양(海陽)이다.

❀ 號 — 朱溪, 海陽

【≪蘭室詩話≫ : "海陽羅公嘗絜家室入茂朱山中, 自號朱溪。及還大興故居, 改海陽, 以其在西海上也。"】

신체인(申體仁) 1731-1812. 조선 후기. 본관은 아주(鵝州). 자는 자장(子長)이고, 호는 회병(晦屛)이다.

❀ 名 — 體仁　　字 — 子長

【≪周易·乾卦·文言≫ : "君子體仁, 足以長人。"】

❀ 號 — 晦屛

【≪明皐全集≫卷之八≪莞爾軒記≫ : "孔子曰 : '君子依乎中庸,　遯世不見知而不悔。' 所謂遯世者, 非其跡之遯世也。凡居其世而不見知, 皆遯世也。故窮山絶壑, 遐擧長往, 竊竊然恐人之知者, 遯也。通衢大都, 羣嬉角逐, 蕩蕩乎自肆其狂者, 亦遯也。君子有大焉, 用之則行, 舍之則藏。不忘世以自高, 不徇世以自衒, 然後中庸而遯世者也。若韓康伯、嚴君平之流, 非不遯跡城市也, 律之以中庸則末矣, 此中庸所以不可能也。吾友申子長, 佳士也。早治擧子業, 甫弱冠登上庠。人所期望之正在於黼黻王猷, 而乃反有取於≪楚詞≫之≪漁夫≫, 以'莞爾'名其軒。漁夫, 遯世而偏者也。觀其所謂'不凝滯於物而與世推移'者,　其志盖嘗譏屈原之皓皓, 方且莞爾而笑之也。然則子長, 其將漁夫之爲乎? 夫漁夫與君平、康伯, 其賢之高下固不可知, 然皆非中庸也。君子居則獨善其身, 出而爲世大用。進退存亡,惟其時而已，但不苟焉耳。何必窮山絶壑而後遯也？又何必通衢大都而後遯也？然則子長之意，豈欲因是軒之名，求自拔於俗，而待異日俗累融盡，眞見卓犖，始進於中庸而遯世者歟？子長之請余記也，余未暇正其名，而姑與其所好，亦衰世之意也。子長於此，必有以知所勉矣。是爲記。"】

김수민(金壽民) ?-?. 조선 후기. 본관은 안동(安東). 자는 제옹(濟翁)이고, 호는 명은(明隱)이다.

❋ 名 - 壽民　　字 - 濟翁

【《尙書·武成》："惟爾有神，尙克相予以濟兆民，無作神羞。"】

❋ 號 - 明隱

【《靑城集》卷七《明隱記》："明隱云者，南原金濟翁之號也。明亡今已百五十有四年矣，中國猶且忘之，況外服哉？濟翁又下邑一布衣爾，出處顯晦，寧有藉於明，而乃以之自號耶？嗟乎！我之思明，恩也義也。萬曆再造之恩，將百世不可忘也。義則尊攘，秉彝之所共也，獨濟翁哉！然世遠澤竭，思亦幾乎熄矣，至云恩則有之。尊攘之義，何有於外國哉？苟其然者，《春秋》胡爲作於魯耶？尊攘大義，屬國反爲之主，而周之史無與也。如其周也，尊王之義安所施哉？吾故曰《春秋》幸在魯也。明之於我，卽周之於魯也。況重之以萬曆之恩耶？然恩義一理也，未有無義而恩者。故恩莫大於君父，而義爲之則。我之恩明，卽我義也。不然，何其感人心而立人紀若是之久耶？故上焉而皇壇崇其報，下焉而華陽闡其義。使我東免爲夷貊之歸，而煥乎其冠冕，如日月之輝，黃河再淸，必來取法。《禮》所謂'廣魯於天下'者，不其在斯耶？明雖亡，賴我而猶不亡也。濟翁之自號，其有感於斯歟？然吾東實天下之宗也。箕子之設敎，尼父之欲居，魯仲之蹈，大小連之島，滄海之椎，皆在吾邦。而學則考亭，喪則《家禮》，又益之以《春秋》，此中國之所未能，而吾邦則備焉。士之生於吾東，庸非幸耶？不幸而中國焉生，直胡羯耳，縱欲爲明隱，得乎？今則《春秋》大一統之柄專在吾東，而尊周之錄於是乎編，華陽尊攘之義因此而大明。是書將有辭於天下後世，吾東幸有此書。大中猥與其役，而濟翁適以其先蹟來。尊王之義，乃其世守也。濟翁又濯磨淬勵，致力經傳。少捨擧業，終老孜孜，惟以明隱自靖，其志盆可尙也。遂爲之記。"】

성대중(成大中) 1732-1812. 조선 후기. 본관은 창녕(昌寧). 자는 사집(士執)이고, 호는 청성(靑城)이다.

❀ 名 - 大中　　字 - 士執

【≪尙書·大禹謨≫：“人心惟危, 道心惟微, 惟精惟一, 允執厥中。”】

❀ 在野堂

【≪靑城集≫卷六≪在野堂記≫：“古之仕者多擧於野。故仕則在朝, 退則在野, 各稱其分也。然於朝則若覉旅, 於野則若職守, 所以安身而敦本也。≪易≫之≪同人≫曰：‘同人于野, 亨。’夫以君子之正, 同乎君子, 未足爲大同也。必也同乎野人, 合乎無位, 然後方可以通天下之志, 而同之道盡焉耳。故野雖賤夫之居, 實君子之所重也。余野人也, 少而貧窶, 耕樵自給。幸藉先蔭, 早竊科名。賴國家恩澤, 食於官十數年矣。襪褲之陋而飾以組紳, 扉屨之役而佐以車徒, 於分侈矣。然未敢以爲樂, 而飮食起居, 意未嘗一日不在野者, 何也？習所安也。況今年頗志晏, 舊學日忘, 以此從政, 能無咎乎？君子知足, 樂於安命。小人免罪, 利於守分。今幸免罪而歸, 有田數畝, 足以糊口。有屋一區, 足以庇身。有書數帙, 足以寓心。課農勸學, 爲鄕里倡。糴稅如期, 以盡野人之職。而吾廬又臨野而敞, 溪山拱合, 墟落點綴。煙雲雪月, 遞陳四時之觀。若其秔稻秋熟, 樵採夕返, 勞者憩, 飽者嬉, 農歌牧笛競奏於几案之前。而吾則解帶欹巾, 安坐而娛之, 得野之趣又足矣。夫江湖之樂近於蕩, 山林之樂近於僻。不蕩不僻, 惟野爲然。其樂亦足以稱吾分也。≪記≫曰：‘在朝言朝, 在野言野。’朝言非吾職也, 聊書在野之樂, 以俟君子之觀。”】

권수(權璲) ?-?. 조선 후기. 자는 중옥(仲玉)이다.

❀ 名 - 璲　　字 - 仲玉

【≪玉篇≫：“璲, 玉名。”】

❀ 巖棲軒

【≪靑城集≫卷六≪巖棲軒記≫：“巖棲軒者, 上舍權君仲玉之居也。君少有巖棲之志, 始居都下, 已以是名其軒。及歸注葉之西, 巖壑窈深, 稱君之志, 遂以舊號居而屬余爲記。余惟古之巖棲者, 皆遯世之士也。鄭子眞耕於巖石之下, 嚴子陵釣於客星巖, 申屠蟠依巖以屋, 太史氏之傳伯夷亦稱巖穴之士。彼其挺特而不撓, 堅確而不拔, 風霜外鑠而不變其質, 璞玉內藏而不衒其美, 是惟巖之爲德也。而有似乎特立自好之士, 故遯世者取之。不然, 山巓水涯, 何莫非隱遯之所, 而惟巖之與比耶？今君非遯世者也。舊嘗遲回京洛, 翶翔太學, 思以所學施之於人, 豈捨世而爲道者耶？然壯衰行止, 一以巖棲爲歸。隤焉而木石幷, 曠焉而麋鹿俱, 有若遯世者然。非其性之似者然乎哉？然遯世藏名, 豈君子之所樂哉？用捨隱現, 惟其時而已。≪易≫之≪豫≫曰：'介于石。不終日貞吉。'孔子繫之曰：'知幾其神乎？君子上交不諂, 下交不瀆。幾者動之微, 吉之先見者也。君子見幾而作, 不俟終日。'君子知微知彰, 知柔知剛, 萬夫之望, 君子之取象於石也如是。苟其然者, 隱何必巖棲而後可哉？仲玉深於≪易≫者也, 故以此復焉。"】

유한준(俞漢雋) 1732–1811. 조선 후기. 본관은 기계(杞溪). 자는 만천(曼倩)·여성(汝成)이고, 호는 저암(著菴)·창애(蒼厓)이다.

❋ 名 – 漢雋　字 – 曼倩

【≪漢書·雋疏于薛平彭傳≫："雋不疑字曼倩, 勃海人也。治≪春秋≫, 爲郡文學, 進退必以禮, 名聞州郡。"】

이현문(李顯文) 1732–?. 조선 후기. 본관은 전주(全州). 자는 덕심(德心)이다.

❋ 名 – 顯文　字 – 德心

【≪周易·小畜≫："君子以懿文德。"】

❋ 心谷齋

【≪蘆沙先生文集≫卷二十二≪心谷齋記≫："心谷在極樂湖之隈, 其山彎曲, 墩阜象隷書心字, 故名。至近古處士李翁, 始闢其奧區而爲之齋。左右泉石, 天設也。池塘樹竹, 兼人功也。制度敞而不侈, 儉而不陋。齋旣成, 不別擇佳名, 曰：'心谷, 足矣。'奇正鎭曰：山形之隷文也, 剖判之偶然者, 而存存者有取焉。一朝轉而谷焉, 則人可生聚作業於其中矣。又進而齋焉, 則可以圖書琴歌、起居食息而不離矣。昔之偶然者, 乃今若有不偶者。恨吾衰且病, 無由步屨登降山與齋之間, 以躡前人晦養之芳躅, 濯斯泉而盤桓是石, 以瀉胷中之幽鬱也。陰城朴致敏, 吾黨士也。邇年擇仁居晩湖, 晩湖之於心谷, 異閈而接籬也。嘗爲余道其里間多善俗, 人多善士。致敏之來, 又有里中二三少年從行, 其一處士之孫也。大抵邃巡無浮華態, 非長者流風焉有此？吾固已心識之。一日, 致敏以書來言谷之所以谷, 齋之所以齋, 且曰：'厥初錫名于谷, 必隱君子也。而姓氏不傳。齋若無文, 齋之處士翁安知不復爲谷之隱君子乎？是以願有述也。'吾向致敏答：'翁旣以此齋自淑其身, 推其餘以淑其後人及其鄰里。人將爭誦之, 何竢余言？雖然, 君有命, 吾敢辭？'處士翁諱顯文, 璿潢餘派, 孝寧其祖云。"】

한용화(韓用和) 1732-1799. 조선 후기. 본관은 청주(淸州). 자는 예지(禮之)이고, 호는 광암(廣庵)이다.

❊ 名 - 用和　字 - 禮之

【≪論語·學而≫："有子曰：'禮之用, 和爲貴。'"】

❊ 圖書室

【≪金陵集≫卷十二≪圖書室記≫："上古無文章。自圖書出, 陰陽奇偶之位著。聖人則之, 畫卦作≪易≫, 而其理甚精, 其道至大矣。河圖數十, 洛書數九。自劉向父子、班固以及邵康節, 皆有不易之論。有劉牧者出, 獨以九爲河圖, 十爲洛書而易置之。甚矣, 學者之好奇也！河圖以五生數統五成數, 而同處其方；洛書以五奇數統四偶數, 而各居其所。河圖以生成分陰陽, 洛書以奇偶分陰陽。河圖者虛其中, 則洛書者摠其實。圖之理未嘗不通於書, 書之理未嘗不通於圖。其象其數, 若黑白焉。夫豈一人之見, 所得以亂者哉？且黃鐘之管九寸, 自京馬鄭蔡以及洛閩諸大儒之定論有在。而李文利主三寸九分之說, 欲盡廢舊法, 其自用爲奇說而惑世, 與劉牧之無忌憚無異矣。夫先聖之微言奧旨, 如三墳五典八索九邱之書, 不幸而泯沒無傳者, 固無如之何矣。其幸而僅存, 如河圖、洛書, 又欲以私意亂之。甚者遂以圖書爲假僞, 而曰雖古有之, 而未必皆如今所傳。劉牧亂圖書而圖書尙存, 此說行, 則古聖相傳之法, 先儒之極力闡明者, 皆屬之無稽。盖圖書之難言也久矣。外舅西原縣尉廣庵韓公, 于其燕居之所揭圖書, 仍以扁其室, 命公轍爲記。夫盈天地之間者, 皆河洛象數之說也。又有朱夫子所著≪易學啓蒙≫之書, 公嘗潛心熟玩, 若將樂而終身。公轍何敢贅焉？竊嘗怪劉牧之論, 欲一辨之。故今幷與李文利黃鐘之說而斥之。噫！自今千百世之後, 踵劉李二氏不自量而亂經侮聖者, 將不知出幾輩也。欲辭而闢之者, 余豈好辯哉？"】

김숭덕(金崇德) 1732-1776. 조선 후기. 본관은 의성(義城). 자는 이용(利用)이고, 호는 제성재(齊省齋)이다.

❊ 名 - 崇德　　字 - 利用

【≪尙書·大禹謨≫：“正德，利用，厚生，惟和。”】

안경증(安景曾) 1732-?. 조선 후기. 본관은 광주(廣州). 자는 노수(魯叟)이다.

❊ 名 - 景曾　　字 - 魯叟

【≪論語·先進≫：“(曾)參也魯。”“景”表景慕。】

❊ 唯菴

【≪順菴先生文集≫卷十八≪唯菴記≫：“家兒景曾嘗扁所居之室曰‘唯’。余見而問之曰‘唯有三義：有家庭唯諾之唯；有德操唯唯之唯；有曾子曰唯之唯。今何居焉？’兒起而對曰：‘唯諾之唯。得蒙家庭之敎，自幼習之已久，今則不待敎而能之矣。曰唯之唯，是亞聖造道之至致，小子何敢焉？’余曰：‘然則汝所謂唯者，其唯唯之唯乎？’對曰：‘然。’余曰：‘唯唯之唯有二義，善人之言而唯之可，若不善人之言而唯之，則彼將曰“某也亦唯之”云爾，是汝與不善人等也。其可乎？’對曰：‘大人之敎誠然矣。然而我旣無制彼之權，又無化彼之德，而徒指摘其不善而不唯之，則彼將咈于色而怒于心，思所以中傷之矣。斯豈非大可懼者乎？是以若此之類，雖曰唯之，而不唯之意自在其中。孔子對陽貨之言，無乃近是乎？’余曰：“唯。今世敎化衰矣，人各以其心爲心。己之所好，欲人之謂之好；己之所惡，欲人之謂之惡。好惡循一己之私，而不恤義理之公，滔滔是也。我旣無制彼之權，又無化彼之德，則其勢固將隨時處之矣。然≪易≫曰“待小人之道不惡而嚴”，孟子曰“枉尺直尋，君子不爲”，此義亦不可不知也。’對曰：‘唯。景曾雖不肖，請事斯語矣。’遂拜而退。記其語，爲余父子處此世之柯則焉。”】

김이인(金履仁) 1732-?. 조선 후기. 본관은 안동(安東). 자는 성거(聖居)이다.

❊ 名 - 履仁　　字 - 聖居

【≪屛溪先生集≫卷四十三≪金履仁字序≫：“崇禎甲申後百單八年歲辛未之秋八月己卯，久菴翁莅冠于金君履仁之首，命其字曰‘聖居’。於在人之仁，卽在天之元。仁義禮智爲萬善之綱，而仁又統乎四者。是以≪傳≫曰‘仁者人也’，又曰‘仁，人心’，蓋謂人而不仁，不可以爲人也。仁其可去之也！其可遠之哉！其或不仁，不但亡國敗家而已。何苦負爲己任者而不肯於由己爲者也？故孟子以身不居，哀其自絶。居者，處也。我旣受於天而得於心，苟志於是而用，其私邪淨盡，心與理一，則此所謂居仁也。顏子之不違，卽居於仁者。而大堯之其仁如是，又居之要也。居仁之義大矣。此履仁之字所以命聖居也。聖居於是乎勉之！仍告之以祝云云。”】

박윤원(朴胤源) 1734-1799. 조선 후기. 본관은 반남(潘南). 자는 영숙(永叔)이고, 호는 근재(近齋)이다.

❖ 宜書庵

【《近齋集》卷二十一《宜書庵記》：“南山之下有筆洞。洞舊號部洞，蓋言屬於南部。而部與筆之諺音相近，故部轉爲筆也。或曰，古有筆匠居是洞，故名云。洞口有小橋，橋之畔有茅庵。一槐覆其墻，數松列其庭。開戶牖，直接南山，以受蒼翠焉。吾兄弟嘗買是庵於族人而居之。庵一間雖小，足容數百軸書。兄弟處其中，日以讀書爲事，名之曰‘宜書庵’。始庵之卜居也，平叔曰：‘瀟洒宜於讀書。’余曰：‘携毛穎著書。不負洞名可矣。’或讀或著，皆不出乎書。而今庵名加之以宜者，從平叔說也。蓋著書未嘗不自讀書始也。夫士之業在乎學，學在乎讀書。讀書將以有用，非苟而已。然士莫不讀書，而善讀者蓋鮮矣。讀《春秋》而未善，則公孫弘之《春秋》也。讀《易》而未善，則王弼之《易》也。讀《中庸》而未善，則胡廣之《中庸》也。讀《周禮》而未善，則王安石之《周禮》也。上則誤國，下則誤人。此不善讀之害也。曲見以求之，私智以鑿之，異說以餙之，卽其心術而已差矣，亦安用讀書爲哉？故善讀書者必虛其心，虛其心則能通乎聖賢之言。能通乎聖賢之言，則能見乎聖賢之意。能見乎聖賢之意，則所知者眞。所知者眞，則所行者實。入而持于己，出而施于人，庶幾無悖乎聖賢，斯可謂善讀書矣。吾兄弟性喜讀書，朝夕游泳於六藝之文。而惟恐讀之不善，學之不精，其志蓋有在也，方相與益勉之。而至於著書，士之有志而不行於當世者之事，非所汲汲也。觀吾志之行與不行而爲之，未晚也。余以是語於平叔。因書之，以爲《宜書庵記》。”】

❖ 皎霞亭

【《近齋集》卷二十一《皎霞亭記》：“白蓮峰之左麓，有蒼巖削立，亂松被焉。其

下溜瀉如玉，味甘而洌。巖面刻丹書曰‘三淸洞門’。直洞門之北數十步有一亭，據
岸而構焉。亭之南鑿石爲小池，池深數尺許，種荷花七八本于其中，刻‘龜書’二字
于石。亭之西築石爲假山，左右植楓樹，中置一柏，挺然獨秀。是故持平尹公之
宅，而余買而居焉者也。亭舊名‘皎霞亭’，尹公所命。蓋取《北山移文》，而以其
洞多雲霞故云。人取其簡省，呼曰霞亭。余遂改霞爲荷，曰‘荷亭’。蓋是亭之勝，
非徒以雲霞，實以有池荷之觀也。荷卽蓮，濂溪周夫子之所愛，而比德於君子，至
著於說者矣。濂翁之所愛，後學當愛之。況斯亭在於白蓮峰之下，峰名與蓮花峰
相似，斯又奇矣。是亭之名，不宜捨蓮而他求也。故謂之荷亭。或有難者曰：‘凡
亭榭之有芙蕖者，皆可稱以是名。泛且混，不可。’余於是思所以改其名者，而終
捨蓮不得。其後偶見《陳簡齋集》，有‘荷花如明霞’之語，則是亭之名，雖因其初
名，而取荷之意隱約可見。旣不沒其名之舊，而實寓我濂翁之慕，則兩善矣。雖
與尹公所命之意有不同，庸何傷乎？因復稱之曰皎霞亭。乃演周子之說，而記于
亭曰：美矣哉，蓮之爲德！何其似君子之多也！周子之稱之也，可謂善觀物矣。
出汙泥而不染，其猶君子之涅而不緇乎？濯淸漣而不夭，其猶君子之淸明在躬
乎？中通外直，其猶君子之靜虛動直乎？不枝不蔓，其猶君子之約以禮乎？香遠
益淸，其猶君子之彰令聞乎？可遠觀而不可褻玩，其猶君子之肅威儀乎？凡玆衆
美，蓮實具焉，斯豈非花之君子？而周子之愛之也，可謂好其所好矣。愛之不已，
而見乎辭。序列名花三品，特表揭爲首。其意若以隱逸爲偏，富貴爲陋，斯可見
先生中正之道、無欲之德。余竊嘗諷誦詠歎于斯，與《太極圖》，《通書》幷觀
焉。今登斯亭而觀乎蓮，默契冥會，意想益超然。每良夜靜寂，月出於蓮峰之前，
風行於蓮沼之上。翠葉交影，朱華送香。則彷彿如覿乎先生之氣象，於是塵垢頓
去，心源自淨，曾不知富貴紛華之可悅，而惟先生之道德是慕是悅，思有以終身學
之而不止焉。則是皆蓮之助也。吾取以記吾亭，不亦宜乎？噫！先生之言曰：‘蓮
之愛，同予者何人？’蓋歎其愛君子者少也。先生之時猶然，況於今世乎？夫人爲
萬物之靈，其德本明。而質拘慾蔽，不免爲小人之歸。草木之局於形氣者，乃反
有似乎君子。人而不爲君子，得無愧於蓮乎？然則居是亭者，必有君子之德，庶
可無愧。余雖非其人，竊欲以是自勵，又因以警世焉。故爲之記如此。若夫簡齋
之語，特借而用之耳，何足發揮？或指石山之柏曰：‘歲寒後凋，聖人攸稱。子何
不取諸柏而獨取諸蓮？’余應之曰：‘柏，譬則烈士也。烈士固可尙，而猶一節耳。

不如君子之德之全也。此亦周先生處菊次蓮之意也歟？'"】

남복래(南復來) ?-?. 조선 후기. 자는 자강(子剛)이다.

❀ 名－復來　字－子剛

【≪周易·復卦·象傳≫："復亨；剛反，動而以順行，是以出入无疾，朋來无咎。反復其道，七日來復，天行也。利有攸往，剛長也。復其見天地之心乎？'"】

❀ 聽灘軒

【≪近齋集≫卷二十一≪聽灘軒記≫："白居易鑿龍門八節灘，以爲遊賞之樂，至今稱八節灘云。南子子剛居于楊根之峽，宅前有楊子灘，灘上層巖峙焉。水汨汨觸石鳴，因以名其軒曰'聽灘'。子豈慕樂天者歟？夫灘之聲清泠可愛，使人聽之，其耳爽然，其心悠然。凡世俗是非毀譽榮辱之說，一切無有也，大抵隱遯者所爲樂也。方樂天遊于八節，以尚書致仕。年旣老，名成身退者耳。今子剛年二十，才富氣盛，將進而有爲於世，而遽取樂於清瀨之間，不已太早乎？吾知其不能久居于灘也。老子曰：'持而盈之，不如其已。'又曰：'知足不辱，知止不殆'。異日者將名成身退，如樂天之爲乎？於是吾知其復歸乎灘上矣。然則楊子之名，可與八節竝稱，豈不美哉？或曰：'楊之山亦有曰龍門者。'使是灘得與龍門接則奇矣。子剛曰：'遠矣！相去四十里。'物之兩美固難矣。事之必求于巧合者亦非矣。又何有乎龍門之遠近也哉！"】

❀ 要靜窩

【≪近齋集≫卷二十一≪要靜窩記≫："學者觀動靜之說，自≪易≫以下，周子圖書之文可考也。人受太極二五之眞精而生，故其性本靜。形神具而感於物，故性動爲情。心統性情，故有動靜。猶太極之有陰陽也，陰陽不可以相無也。故曰一動一靜，互爲其根。人常失於動，情流爲欲，欲盪而汨，遂梏其性。故曰'五性感動而善惡分。'衆人妄動而其性本靜，學焉則可使之復，故曰'定之以中正仁義而主靜'。心，活物，不可以無動也，但不妄動而已。故曰：'邪動，辱也。君子愼動。'聖人全動靜之德，寂而感，感而寂。物至而應，物去而不留。故曰'動而無動，靜而無靜，神也'。衆人偏動而循物，偏靜而絕物。循物則狂，絕物則禪。故曰'動而無靜，靜而無動，物也。'人見聖人中和，神明其德，遂以爲不可及，而怠焉不學。故曰'聖可學，一爲要'。一者，無欲也。無欲則靜虛動直。凡此所以示學者而立人極也。嗚呼！動靜固不可以去一也。而靜不資動，動必資靜，故靜爲本。而況人心常失於動乎？故近道莫如靜，入德必以靜，心靜則理可明。學者欲養其心，多靜，可也。南子子剛有讀書之室，名曰‘要靜窩’。其伯父侍直公所命，而蓋取羅豫章詩‘人心要靜如空水’之句云。子剛請余爲之記。夫人心之易動者， 喜怒也。喜怒不節而好惡偏，好惡偏而恩怨生，恩怨生而物我爭，由其心之有繫累也。心無繫累，而後喜怒中節而好惡公，好惡公而恩怨不生，恩怨不生而物我平矣。夫至靜莫如空水。空者無形，故不礙於物。水者無心，故不競於物。空水之於物，何有恩怨？心要若此而已。廓然而虛，湛然而淸。無將迎無內外，順應乎萬物而無跡，則雖動猶靜也。非至靜而能如是乎？旣言要靜，則當有工夫矣。要靜如之何？非周子所謂一乎？何以一？敬則一矣。何以敬？收斂則敬矣。余聞敬必自靜坐始。子剛靜坐於要靜窩中，日讀周子書，則庶乎其得之矣。”】

김이적(金履績) 1735-1770. 조선 후기. 본관은 강동(江東). 자는 계응(季凝)이다.

❀ 耕隱堂

【≪自著≫卷十八≪耕隱堂記≫：“魁壘奇偉超絶之士不遇時，不得行其道者，則往往自託於耕稼以自隱，可謂悲矣。友人金季凝居三山之峽中，以‘耕隱’名其堂。請余爲記。季凝， 不遇而耕者也。其爲人脫略小節拘曲， 或卒然爲希濶高大之言，衆皆驚，莫不大笑。猶夷然也。讀書下十行，驟若風雨。後與人語，不錯失書中事一事一言。凡爲文辭，下筆立成數千言，未嘗易草。抱此具，進於有司而輒不利，窮亦甚矣。而察其色，未嘗有戚戚之氣見於其面，未嘗聞咄嗟之語出於其口。破冠褐衣而蓬蔂行，其志不挫。豈所謂安貧賤不外慕者歟？古之人雖退而耕矣，苟其人賢，亦未有終隱不顯者。吾以是卜季凝也。雖然，遇不遇，命也，不可以力得。可以力得者其惟耕，故君子或終身焉。季凝有老親在堂，春秋七十，筋力強旺。有妻賢，不以有無之憂憂季凝。三子皆聰明娟好，可敎以行。其所居地世稱三山，土肥以饒，耕於其中，上可以孝養其親，下可以妻子無飢，豈不樂哉？時則不遇。道不行又何足悲？季凝其耕矣。”】

신대우(申大羽) 1735-1809. 조선 후기. 본관은 평산(平山). 자는 의부(儀夫)이고, 호는 완구(宛丘)이다.

❋ 河上齋

【≪宛丘遺集≫卷四≪河上齋記≫："鳥跡變而篆籒作, 分而爲大小, 擿而爲隷楷, 流而爲行押, 自然之數也。鍾、王氏尙已, 若唐之褚、虞、顔、柳、宋之米、蘇, 亦皆隨時嬗變, 各致其妙。而至于元子昂、明思白, 旣澆漓非眞矣。我東作者必先數韓景洪、尹白下, 韓爲尤近古, 但識不副於才, 才未闖其工。書固六蓺之一, 而人所不能一日無, 然得其至者或寡矣。書之道豈易言哉！惟員嶠李丈發衆體之奧閟, 萃諸家之英粹, 振刷塵腐, 不專一能, 於是常者山立而怪者霆擊, 馳如怒馬, 靜若處子, 風雲鳥獸, 劒弩鍾鼎, 隨手異態, 莫可名狀。高處往往入魏晉, 下猶不屑爲趙董。極千古書法之變, 而騁驟乎九軌之塗。誠命世才, 具八法模楷。每有得, 雖隻字斷墨, 余故未敢昵玩也。歲甲午夏在藍邸, 適有李生觀煒者攜示其所有艸書≪河上老人歌≫一幅, 尤其絶奇者。引畵排點若有神助, 駭心忧眼, 逾見不可思議之妙。信乎李丈之怪於書矣。雖以余慣熟其書, 鑑賞屛障不啻數十百本, 當屬此爲第一。丐而得之, 召國工粧衍成軸, 而名所貯室曰'河上齋', 竊附古人'蕭齋'之意, 仍復安置古今書畵若干, 著以款印, 俾後之得吾書畵者, 就玆鑑別焉。"】

❋ 蒿菴

【≪宛丘遺集≫卷四≪蒿菴記≫："室以蒿名, 志感也。方且待之以爲松爲柏爲梗柟豫章, 顧乃屑屑焉托意於下里之微介, 所養非所須, 所以三年不能文也。蒿菴子曰：'然。雖然, 昔吾少壯之時, 志奚啻凌霄漢、翦長風？然而偓塞拓落, 衰朽已係之矣。吾未能自意者, 而謂吾先君之爲我乎哉？是以顑頎桑梓之鄕, 惕怵松楸之舍, 深有感詩人"非莪伊蒿"之義。子其終記之。'尺有所短, 寸有所長。不賤而貴, 不貧而富, 人情之所同欲。然莫義與命, 君子不苟。將乘公閨之輿, 撞季倫之鐘, 旌旄樹于後, 便躄足於前乎？繩樞以居, 短褐揜脛, 不屑黔敖之簞豆, 棲心子輿之金石, 則人雖曰夫子之蒿, 吾必謂之莪而不謂之蒿矣。然則使夫子雖不幸不得托棟樑舟檝之用, 亦自在深山大壑而已。昂霄偃仆, 一任風露之生成。孰肯芽苗糞壤之間, 與莪蒿占高下枯菀哉？夫然則不但蒿不可爲, 莪亦不足尙已。請以是爲蒿菴之記。"】

서호수(徐浩修) 1736-1799. 조선 후기. 자는 양직(養直)이고, 호는 달성(達城)이다.

❋ 名 - 浩修　　字 - 養直

【≪孟子・公孫丑上≫："我善養吾浩然之氣 …… 其爲氣也，至大至剛，以直養而無害，則塞于天地之間。"】

❀ 不俗齋

【≪楓石鼓篋集≫卷二≪不俗齋記≫："天曰風，地曰俗。夏后氏尙忠、殷人尙質、周人尙文，風也；魯之逢掖、宋之章甫、吳越之文身，俗也。二者古今天下之大閥也。故曰陳良楚産也，又曰伯夷之風。然則不囿於風，不囿於俗者，其惟聖人乎？自賢以下，猶曰風俗云。雖然，天之德圓而動，地之德方而靜，是以移風易，易俗難。吾聞唐虞之後，復有三代矣。而未聞秦楚之強悍，變爲齊魯之禮義也。余東人也，東俗最近中華。猶於習染之來，常患其陋也。信乎俗之難易也。丁酉夏五月，余伯氏種竹于除。竹甚茂，遂名其居曰'不俗'。他日余語人曰：'善哉！吾伯氏之移風易俗也。昔仲尼在衛聞竹，三月不知肉味。曰人不竹則俗，故易俗莫善乎竹。傳曰竹之冷淡如古人風，故移風亦莫善乎竹。但曰不俗，擧其難也。夫中則不移，正則不易，可移可易者，風俗之謂也。是故地之相去也千有餘里，世之相後也千有餘歲，而得志行乎中國，若合符節，此聖人之德之中正也。外體直，內體虛，嚴霜不能摧，凄風不能撓，此竹之品氣之中正也。而其移風易俗則與之同功焉。雖然，擧天下古今而論之，種竹者夫人而是也。百姓日用而不知，君子見物而思義。≪易≫曰君子以善俗，吾伯氏以之。'"】

이만운(李萬運) 1736-1820. 조선 후기. 본관은 함평(咸平). 자는 덕이(德而)이다.

❀ 名 - 萬運　字 - 德而

【≪尙書・大禹謨≫："帝德廣運。"≪註≫："行之不息也。"】

정동박(鄭東璞) ?-?. 조선 후기. 자는 휘국(輝國)이다.

❀ 養閒亭

【≪默軒先生文集≫卷七≪養閒亭記≫："鄭君輝國作亭於修道之月淵洞，扁之曰'養閒'。一日屬余曰：'是吾菀裘也，將老焉。盍爲之記？'余謂是亭溪山之佳，烟雲之奇，雖不登臨寓目，而蓋嘗歷覽乎雙溪紅流之間，可以領畧而得其勝槩矣。是宜作之亭而樂之心，而名之可取者多矣。子之獨名養閒，其義何居？夫閒者，非君子之高致也。白香山有隨分歡喜之詩，而羅氏譏之以必起頹惰廢放之意。許

順之有攄心淡泊之書, 而朱子責之以無一字不有病痛。是皆閒之爲累也。子之有
取於閒者, 不亦違於古人勉戒之旨乎？且子固閒者也。早謝場屋, 雅好山水。不
逐逐於名利, 不拘拘於塵冗。則非閒之不能, 而又欲其養之者, 得無如居簡行簡,
而益其病者乎？雖然, 所惡於閒者, 謂其似閒而非閒也。若乃眞能閒者, 豈不誠
達人韻士之所樂爲者哉？自夫機巧日生, 而人皆趨於營營之路。混沌日鑿, 而俗
爭溺於滔滔之波。終身形役, 鮮能超脫。則孰居無事舍忙而求閒乎？此所以閒者
之儘高, 而難得於今之世矣。然而好爲名高而閒者, 丘壑之眈而花卉之玩也, 琴
碁之遊而壺觴之御也。厭棄事物而閒者, 凝塵之滿席而淸談之干雲也, 四到之不
知而百骸之不勤也。驟而觀其外, 孰不以爲高雅淸閒之流？而夷考其實, 或有得
其粗而遺其精者, 或有始自托而終不保者。强爲高尚之事而迹反失於汚賤, 浪作
淸虛之習而志未免於奔忙。若是者, 可謂貌於閒而非心於閒也。必也味無味之
味, 樂二樂之樂。天機自深而嗜慾無足以攪其懷, 好尚莫渝而外物不得以亂其
中。然後方可爲眞箇淸高之閒者矣。夫旣眞有心中之閒, 則形神俱閒, 動靜亦閒,
宜若無入而不自得矣。而市朝膠擾之中, 紛華波蕩之際, 耳目之所攪聒, 意思之
所變亂, 亦非閒者之所宜也。是故古之閒者, 必求寂寞之濱、幽勝之區以爲頤神
養性之所。遊方之外而自有恬淡之相, 出塵之表而日覺安靜之趣。則其閒也全而
其樂也深矣。養閒之意, 其在斯乎？天下之事自以爲能而不復加勉者, 皆非其至
者也。惟得於心而益致其功, 有諸己而必思深造者, 斯其爲眞能之也。苟非子之
素其閒而樂其眞者, 孰知夫閒之不可以苟爲, 而必思所以養之之道也。然則子之
所謂閒者, 非慕虛名而尙標致也。其養之也, 亦非遺事物而任散誕也。淸心寡慾
以爲閒, 安分守靜以爲養。襟懷日以淸爽而猶恐其天之不足, 形神日以冲遠而猶
恐其趣之不深。則亭上景物, 無非自得之淸餉。而安樂窩之閒中日月、逍遙社之
終朝臨水、龍門夫子之天下最閒人, 庶幾養得成矣。其視彼之齷齪徇外跡似心非
之徒, 豈不超然獨立, 去神仙不遠乎？世或有登斯亭而樂其閒者, 其必以子爲善
養閒矣。"】

정지검(鄭志儉) 1737-1784. 조선 후기. 본관은 동래(東萊). 자는 자상(子尙)이고, 호
는 철재(澈齋)이다.

❀ 號 - 澈齋

【≪碩齋稿≫卷十二≪澂齋記≫：“直學士鄭公志儉扁其齋曰‘澂’，請余記之。余甞聞沅水之上有明月之池、白璧之灣。灣如半月，淸潭鏡澂。上有風籟空傳，下則泉響不斷。未始不神而願一見焉。水寂然不動，月得之以澂者，盖至潔而然也。其地雖不可見，於人而見之。若蘇子由之歐陽，則尙可以酬余之願，而亦恨未之覿也。癸卯之歲入內閣，始與公遊。其癯容踈髮，耿耿照人，如澹月之出林焉。及披襟而見心，虛曠玲瓏，如止水之不塵焉。至論天人性命國家理亂陰陽神鬼之辨，上下數千百載，津津融液，有如尺霧不障而月能專其光，細波不興而水亦專其性。上下空明，湛然澄澈。余乃喟然歎曰：‘此豈非於人而見者乎？公今有命矣。竊幸吾言之有契於公心也。’遂爲之記。”】

박지원(朴趾源) 1737-1805. 조선 후기. 본관은 반남(潘南). 자는 중미(仲美)·미중(美仲)·미재(美齋)이고, 호는 연암(燕巖)이다.

❀ 名 - 趾源　字 - 美仲, 仲美, 美齋

【≪詩·周南·麟之趾≫：“麟之趾，振振公子，于嗟麟兮。”≪疏≫：“≪正義≫曰：言古者麟之趾猶今之振振公子也。麟之爲獸屬信而應禮，以喻今公子亦振振然信厚，與禮相應，言公子信厚似於麟獸也，即歎而美之。故于嗟乎歎今公子信厚如麟兮，言似古致麟之時兮，雖時不致麟，而信與之等。反覆嗟歎，所以深美之也。”】

❀ 號 - 燕巖

【≪燕巖集≫卷三≪孔雀舘文稿·酬素玩亭夏夜訪友記≫：“六月某日，洛瑞夜訪不佞，歸而有記云：‘余訪燕岩丈人，丈人不食三朝，脫巾跣足，加股房櫳而臥，與廊曲賤隷相問答。’所謂燕巖者，即不佞金川峽居，而人因以號之也。”】

성윤신(成允信) 1737-1808. 조선 후기. 본관은 창녕(昌寧). 자는 백원(百源)이고, 호는 신묵재(愼默齋)이다.

❀ 號 - 愼默齋

【≪愼默齋成先生行狀略≫：“先生諱允信，字百源，其先長寧人 …… 精貞莊一，謹勤沉默，五內靖肅 …… 學先爲己，主晦翁之≪小學≫；道尊修齊，講曾氏之≪大學≫，四十餘年常如一日。甲辰遭內艱，初終凡節一遵≪家禮≫，食素三年，哀毁逾制。自此以後，每遇時節之新物，輒爲流涕，不忍先嘗，而必薦祠堂。其奉

祀之節極敬, 齊內齊外。每於淸晨參謁廟前, 歸于室堂, 終日危坐, 不脫冠帶, 手不釋卷。每於晨夜睡, 有覺則必興而冠, 誦讀不輟, 是乃戒愼恐懼於幽獨之工。或於夢寐有所得, 則必命而記, 是乃專心致知於思辨之際。半世所仰, 鄰里皆化。一心所至, 天翁獨知, 故世號愼默處士。愼默之意, 其在斯乎？"】

이동급(李東汲) 1738-1811. 조선 후기. 본관은 광주(廣州). 자는 진여(進汝)이고, 호는 만각재(晚覺齋)이다.

❀ 名 - 東汲　字 - 進汝

【≪廣韻≫："汲, 引也。"≪正韻≫："進, 薦也。"】

장한신(張漢信) ?-? 조선 후기. 본관은 창녕(昌寧). 자는 오겸(五兼)이다.

❀ 養拙齋

【≪晚覺齋先生文集≫卷三≪養拙齋記≫："吾友玉山張漢信五兼甫, 卽故南坡先生後孫。而少也家貧, 菽水難繼, 遂力於農桑。身致萬貨, 庄稼甚廣。其一家之經綸事業, 決非拙字所可能也。而扁其齋曰'養拙', 又爲詩歌詠其事, 遠近士友續而和者甚衆。日五兼袖其詩, 請一言以發其意。余辭不獲, 遂爲之說曰：昔子貢聖門高弟, 而先貧後富者也。嘗問於夫子曰：'貧而無諂, 富而無驕何如？'子曰：'可也。不如貧而樂, 富而好禮。'夫人之情, 富則安, 安則佚, 佚則肆。不以禮節之, 則流蕩無檢, 放僻奢侈, 如影響之斯捷。故夫子必以'好禮'訓子貢, 蓋許其所已能, 而勉其所未至也。今五兼亦如子貢之先貧後富, 而乃以'拙'字揭號以自警。其居家處事, 以恭儉謙退爲度, 不悖乎禮法中塗轍。則庶幾不違於夫子之訓, 而其於南坡翁貽厥之謨, 亦可謂善繼善述者矣。玆畧叙以歸之。"

≪江皐先生文集·養拙堂銘爲張五兼作≫："天下之善, 所貴者拙。思不出位, 行不凌節。謹守規矩, 罔敢踰越。胡世之人, 以拙爲訕。尙氣放言, 鶩遠忽邇。虛以爲盈, 恬焉不恥。猗歟張公, 惟拙是守。持身端謹, 執志謙厚。絶彼外耀, 安我固有。一字之符, 衆善之萃。堂以扁之, 堅我素履。讀吾存吾, 味人不味。綌布藜藿, 養拙之具。諷玩吟咏, 養拙之趣。匪敢張之, 立老之諭。"

≪立齋先生文集≫卷二十九≪養拙堂記≫："吾嘗謂, 儒者自修之法莫過於拙。拙者, 謹守其本分而不敢有過之謂也。是故以之治心則思不出其位, 以之治身則行不違其則, 以之爲學則無躐等陵節之患, 以之處事則無踰制過度之弊。凡有所爲, 無所處而不當。夫位也則也等節也制度也, 非向所謂本分者耶? 然而此本分二字, 必先有以明之, 使皆了了不差, 然後方能謹守, 以成其拙。然則明之之道, 又安可以或忽也哉? 蓋思不出其位, 則於其所當思者何所不精? 行不違其則, 則於其所當行者何所不盡? 不躐等節則循序漸進, 而學可以有成矣。不踰制度則順理得裕, 而事可以無誤矣。有是哉, 拙之爲自修之法也! 肆古之人, 或賦拙以明其意, 或用拙以存其道。而下士之晚聞者, 亦惟以拙修而已矣。日吾剡溪張君五兼, 以養拙扁其堂, 而請余爲一言。五兼之爲人謙約而敦厚, 閒靖而恬雅。平生泊然無慕於外, 惟欲盡分於日用彝倫之間。蓋天賦良善, 一生飭行底人也。居常讀古聖賢書, 而慥慥用工於一心字。嘗以心字爲韻而押得百餘句寄我, 凡天理人事之有係於心字者, 無所不徧擧。而語語切實, 非尋常掇拾夸耀耳目者之比, 故余固意其深有得於拙之一字。而今乃如是。噫! 若君者其眞謹守其本分, 而其進不已者乎? 吾嘗南遊過剡溪, 見君之所居。則洞壑窈窕, 絶無垢氛。牕櫺蕭灑, 又極靜便。而君以竹牀蒲團處乎其中, 左圖右書, 無非其常所諷翫者也。言語動止之間, 其形於眉宇, 發於口氣, 而爲溫恭遜悌之容者, 皆從拙一字養成乃爾。若是而於治心修身、爲學處事, 其有或失其本分而不能進者, 未之有也。然而斯四者必皆先明乎其理, 然後方能有以進之。願君卽吾說而益勉焉, 使卒無愧爲斯堂之主人, 則尤豈不大善也哉? 是爲記。"】

신치봉(申致鳳) ?-?. 조선 후기. 자는 문서(文瑞)이다.

❀ 名 - 致鳳   字 - 文瑞

【≪春秋左傳·杜序≫ : "麟鳳五靈, 王者之嘉瑞也。"】

❀ 屹南軒

【≪立齋先生文集≫卷二十九≪屹南軒記≫ : "主屹山爲聞喜治之鎭山, 以其主一邑而屹然, 故曰主屹, 是蓋鳥嶺下最高山也。余嘗北入聞喜, 忽望靄雲一陣, 嵬岋飛騰而上。層丹流碧, 橫於半天之上。異而諦視之, 則山也。問之則是主屹云。余乃嘆唶而歎曰 : '造化兒逞技乃至此乎?'是其峭拔之形, 奇秀之色, 又不但爲一邑鎭山而已。嶺南北許多州, 凡其封內之山, 殆莫能與之抗焉。夫'維嶽降神, 生甫及申', 聖≪經≫中語也。考諸傳記, 名山之鍾靈於人又斑斑焉, 則是必有魁偉傑特之人生其間, 而粵昔參判申公實當之。然彼其神氣之所感宜不止是, 常以不得見爲恨。今於吾屹南軒申君文瑞而得之矣。文瑞自其前世居主屹之下, 而參判公實爲其高祖。其器識局量有名一時, 至今以長德鉅人稱。今文瑞又克肖之, 其貌魁然, 其度偉然, 其文詞又傑然也。與之語而觀其行, 則凡存乎中而見乎外者, 不離繩墨而卓絶磊落, 直欲追古君子爲徒。雖貧且窮, 一毫不苟取妄作。其處心律己, 峻潔如秋霜, 蓋所謂特立獨行之士, 而亦未嘗爲矯激嶄絶之行。衣弊履穿, 菜色滿面, 而肚裏有萬斛珠、千丈虹。人之始見而忽之者, 語未究, 莫不改容吐舌, 或至以國士稱之。余謂文瑞子之驚人, 得無如鄕者主屹山之驚我目耶？吾見南北之士多矣, 其奇俊似皆莫子若也。異哉！主屹之靈, 奚獨偏鍾於子之家也？然則子之以屹南名軒, 亦豈獨爲方居屹之南故耶？或曰：‘文瑞貧無家, 烏得有可名之軒？’余曰：‘屹之南若無斯人, 屹之南足稱乎？賴斯人而屹南稱焉。則無論誰之軒, 斯人之所如, 卽以屹南軒稱之可矣, 奚必渠之家哉？’已而文瑞至吾軒, 余笑曰：‘此軒亦屹南軒也。’文瑞亦笑。”】

박준원(朴準源) 1739-1807. 조선 후기. 본관은 반남(潘南). 자는 평숙(平叔)이고, 호는 금석(錦石)이며, 시호는 충헌(忠獻)이다.

❊ 名 - 準源　　字 - 平叔

【≪說文≫：“準, 平也。”】

김한동(金翰東) 1740-1811. 조선 후기. 본관은 의성(義城). 자는 한지(翰之)이고, 호는 와은(臥隱)이다.

❊ 號 - 臥隱庵

【≪損齋先生文集 · 臥隱庵記≫：“自古仕宦家常愛說隱字, 而罕有能踐其言者。蓋仕宦者, 名利之所聚也。名盛則人必忌, 利重則人必爭。忌與爭, 辱禍之本也。是以享大榮者, 必有大辱；處大利者, 必有大害。物理人事之反復, 未有有伸而無屈, 有得而無喪。其相感之端如陰之根陽, 其必至之勢如矢之登弦, 自非見幾燭微, 不俟終日者, 鮮不蹈於危機仕宦之難, 蓋如是矣。是故士之稍知自愛者, 莫不履盈盛而知懼, 涉險難而愈創, 思欲藏其身於山林寂寞之苑, 而津津說‘隱’字不置, 然而向所謂名利者, 已深喩其心, 與夫山林之思不能無彼此賓主之異。是以其重在彼，而卒不免於上蔡鸚鵡之譏，良可歎也。亦或有身享富貴之樂而假號山局，賭取美名者，一隱字亦龍斷也，尙何足與論哉？聞韶金令公翰東自嶺東謫所歸，卜築黃田山中，名其室曰'臥隱'，命余爲記。余未知公之隱於上數者果何居，而上焉者，公所未晰，下焉者，公所不躕，其亦出於涉難思藏之意乎？公少負奇氣，晚被殊遇，內外華膴，靡不歷敭。性又高亢，不肯隨俗嫵媚，遂以非辜遠謫關塞。流離四載，容色愈勝。其素患行患，庶幾無入而不自得，則況於山林隱居之樂，豈徒愛說而已？必將有以踐其言矣。噫！公誠隱矣。誠欲隱其身，則日用動靜無非隱者，又必欲隱於臥者，何也？夫人臥則無事，起則有事。有事則百千萬變，無所不有，而辱與禍之所萃也。此公前日所飽經而備嘗者，故深趣於一臥，欲將世間許多事變，一切都付之烏有，則其意遠矣。雖然，臥固無事，而有思慮之感焉，亦有夢寐之接焉。夫所感與所接，亦必由於平日所喩之事，則不待世間世變，而此心已先有事矣。心苟不能無事，事變之自外來者，又孰能禦焉？然則方公之高臥山中也，果能思慮湛靜、止水無波，則善矣。如其不然，則臥不得爲無事矣。夢寐安定，因想俱絕，則善矣。如其不然，則臥亦不得爲無事矣。若果如此，則身雖臥，而心未嘗臥也，公又安得隱於臥乎？公試以是自考而自勉焉。抑又有一說：公久侍靑筵，眷契有素。年齡雖邁，而精力尙強。他日倘來之會，未必無難處之事，則公雖欲固守其臥隱，何可得也？然則如之何而可也？昔程子自涪州歸，拜受西監之命，旣而遷延爲尋醫計。蓋以上新卽位，暫承德意，而遂初之志未嘗變也。後學之遇此事者，當取程子爲師，則其於出處之正庶矣乎！若是者，雖暫起，而心未嘗不臥也，夫然後眞個作臥隱庵主人而無愧矣。公以爲如何？公有命，余不能辭，敢妄爲之說以復焉。"】

유금(柳琴) 1741-1788. 조선 후기. 본관은 문화(文化). 초명은 련(璉), 자는 탄소(彈素)이고, 호는 기하실(幾何室)·착암(窄菴)이다.

❀ 初名－璉   字－連玉

【拆名爲字。】

❀ 改名－琴   字－彈素

【≪晉書·隱逸傳·陶潛≫："(陶潛)性不能音，而蓄素琴一張，絃徽不具。"】

❀ 號－幾何室

【《明皋全集》卷八《幾何室記》："《幾何》者，泰西之書之名也。泰西之書之名，而名朝鮮之人之室，亦已遠矣。昔泰西人利瑪竇浮海朝宗于中國，以其《幾何》之書，譯傳于太學士徐公光啓。徐公，明之賢大夫也。一見之，知其爲義和馮保之遺也。與友李之藻講明授受，以至於梅鼎九、薛鳳祚之徒出，而其術益藝衍昌熾矣。我國服事明，時節朝賀，遣使獻方物惟勤。明天子嘉其誠，凡禮樂文獻取之無禁。於是《幾何》之書又東出我國。然文澁而旨奧，亦未有知其妙者。近有文教授光道獨得其宗。與我伯氏參判公講明授受，如徐公之於明。余嘗請於公曰：'道者，形而上者也。藝者，形而下者也。君子語上而不語下。公之所好，無乃不擇於術乎？'公曰：'然。吾國無不知也。夫道無形而易眩，藝有象而難假。吾非不好道也，所惡名好道而實不道，并與所謂藝者而無得焉爾。'余雖不敢更請，猶未之信。及余從事於道十有餘年，卒未窺聖人之藩。而乃公之所造，如彼其卓犖。則未始不歎公之明，而服公之得一體也。柳琴彈素，又從伯氏學者也。扁其室曰'幾何'，徵余爲記。余謂朝鮮之去泰西，其遠不知幾何也。今世之後利氏，其遠又不知幾何也。然子得以名其室，書之無遠也。書者，心之跡也。故曰地相去千里，世相後亦千載，若合符節者，心也。子之於幾何，夫既得其術矣。又能善推所爲，使心之爲本者，無遠於堯舜禹湯之傳。則吾道之與幾何，高下又幾何也？吾以是卜幾何之說，而進吾子之志。子其勉之。"

《楓石鼓篋集》卷二《幾何室記》："疏者達者其學大，精而審者其學小，蓋由性之近。而聖人之敎之者，亦惟因其性爾，未有能抑其精審而強其爲大者也。是以觀其學，可以知其性。觀其性，可以知其人。今之學者不然，惟恐其學之不大，而不能因其性之近也。是故精審者逆其性而力爲之大，於是乎有違心之行，有拂志之言，有內愧之名。觀其學不可以知其性，觀其性不可以知其人，豈不惑歟？余嘗以爲，孔氏之學，其爲大也至矣。然其敎人也不一，故顏淵、閔子騫善言德行，宰我、子貢善爲說辭，冉求、季路之政事，子游、子夏之文學，其學焉而得之者有大有小有全有偏。夫二三子之得聖而師之如彼其專也，遊乎其門如彼其久也，而尙或不能盡其大者，豈非因其性之近，而觀其學可以知其性，觀其性可以知其人也乎？余夙與柳琴彈素相好。其爲人也，專詳靜密，學之而弗知弗措也，思之而弗得弗措也，幾乎其精審者矣。余嘗過其家於終南之麓，視其扁則曰'幾何室'。入而詰之曰：'子不聞之乎？藝，道之末也。而數，於藝又末也。若是，其小哉子之學也！’然察其色則亡歉焉。而左右者皆天文曆數之書，快然若自得者。蓋其性之固然也。余從而謝焉，曰：‘子其不以名易其性者也。且當擧世騖大之時，子獨不以小爲歉，亦可謂特立也已。’彈素以余爲知己，遂以記請。余曰：‘然。夫以子之因性而不趨名，雖不子之面，而聞其學，皆可以知子。矧余之相好久矣，顧安得默也？’遂書以贈之。使後之欲知斯人者，於焉取之。”】

박순원(朴淳源) ?-?. 조선 후기.

❈ 陽厓

【≪青莊館全書≫卷三≪陽厓記≫：“海包納二億三萬三千五百五十九水，水蓋屬陰而惟海陽。其象乎八部八柱八埏八紘八極之互內外者，皆不逃乎東南西北四位之外也。東果屬陽乎哉？而南較極矣。周天三百六十五度，十二宮二十八宿之所羅列爲經緯者，皆生于日，爲陽之榮也。北斗司命，爲天樞柄，陽又陽也。凡天地之數，分釐絲忽億兆京秭，皆莫不黃鍾以生之。黃鍾者，九數也。迺陽之成歟？距漢師西而南百里，巨海粘天，雄府介於旁，號曰南陽。海旣陽矣，地又曰南之陽，不其陽太赫赫乎？有里焉，曰斗九。海而南之陽，陽旣盛矣。里又曰斗之九，不其陽太炎炎乎？其村正南嚮，日恒暖炙，是謂陽地之村。有崖陡起峭絶，日之光偏受焉。我舅氏合以名之曰陽厓。厓又巖巖竦立，有陽之象也。海而南之陽，里而斗之九， 陽旣爀爀且炎炎矣。村與崖又各以陽名， 厓更有陽之象。不其亢於陽乎？立天地之道曰陽與陰。有日必有月，有火必有水。有長必有消，有盈必有虧。日焉而不月，月焉而不日。火焉而不水，水焉而不火。長焉而不消，消焉而不長。盈焉而不虧，虧焉而不盈。天地之道墮矣。凡茲者，陽與陰幷其行，不獨立之，大全也。今夫陽亢矣，無有一陰，己乎獨立，豈不懼也哉？計一歲，晴暘雨曀孰居多？計一月一日，言笑宴樂、憂患疾疹孰居多？古昔以來，治與亂多者爲誰？戴大圓，履大方，君子者小人者孰爲多而孰爲少也？噫！夫吉與善恒不足。凶與惡恒有餘。廓哉太虛，窅而難問。惟當循天往復，順受其命，毋敢疾怨爾。假使貪戀長生，無少須臾病且死，其可得乎？余也淺薄，雖不得大道之原，然竊嘗以爲芸芸穰穰，參天地而爲人者，統乎爲君子而無一小人，是無傷也。凡爲君子者，自修正吾身心始。大而忠信孝敬，微而動靜云爲。萬善具足，雖無絲毫惡，是無傷也。上古之世，十日五日風雨一之，民物熙皞，能善而壽。不幸有一小人爲惡，

朝廷屛之, 鄕黨棄之, 惟恐一惡之在己. 銘之以盤盂, 儆之以韋弦, 是所謂封屋之
治. ≪經≫曰: ‘惠迪吉, 從逆凶, 猶影響.’ 又曰: ‘作善, 降之百祥 ; 作不善, 降之
百殃.’ 然則反亂凶爲治吉, 亦在夫修之如何爾. 是吾所謂生天地間者, 無一小
人, 無絲毫惡, 皆無傷也. 如其援陰陽而乘之, 無奈陽屬於善而獨立者耶? 今立
四通九達之道, 終年閱來且去者日累千萬, 其修善而爲君子者凡幾何? 且南陽者,
海之濱也, 土瘠民貧. 其生所資, 但魚漁鹽煮爾. 故其俗强狠薄惡, 善欺誑, 好事
訟. 挾詩書而誦先王者, 百才一二. 嗟哉! 我舅氏不忍汩汩於俗習之若狂, 矯之
而爲善. 且其子相洪始弱冠, 能恥爲小人. 性愼重, 好讀書, 期於君子. 何其壯
也! 咄! 君子之爲善, 其亦難也已. 夫一日而起子時止亥時, 一月而起朔日止晦
日, 合推之以一歲, 起於元朝止於除夕, 當細檢吾身, 所以爲君子小人陽與陰之間
爾. 事上也, 御下也, 待人也, 言語也, 飮食也, 行步也, 果純乎善歟? 純乎惡歟?
或善多而惡少歟? 惡多而善少歟? 純乎善, 甚幸焉, 是陽之純如者. 純乎惡, 甚不
幸焉, 是陽之不純如者. 陽不勝陰, 不幸焉, 是惡多而善少者也. 惟善多而惡少
者, 是陰不勝陽, 是始雖少幸, 終不幸者也. 善居九, 惡居一, 亦非君子人, 斯非
吾所謂陽之獨立而且純如者. 善與惡, 其機甚危, 君子以之懼心惕惕. 雖早夜爲
善, 特立獨行, 死而後已, 愈往而愈恐其不純乎也. 以其吾身雖獨善, 奈衆人之不
善何? 是其天下之人, 雖不幸而不爲善, 惟吾所以作君子者, 當爀爀炎炎, 以至于
極, 恐其不善而象陰也. 旣不能使天下之人皆修極其善, 以至君子象陽之純如, 而
只獨善其身, 不留一惡, 象陽之純如者, 我舅氏曁相洪之所當勉焉者. 嗚呼! 其
亦重且大哉! 日月水火, 消長盈虧, 陽與陰之大全, 毋敢議焉. 暗陽雨暗, 言笑宴
樂, 憂患疾疹, 治亂吉凶, 陽少陰多, 天之所運, 無如之何矣. 惟善與君子之屬陽
者, 雖太剛而亢, 不害於天地之道也. 是故南海之旁, 南陽府斗九里陽地村, 陽崖
之積象陽, 而微陰不見于象, 是大無傷也. 或曰: ‘地之名適然. 何必區區强以象
之?’ 對曰: ‘昔之君子, 不飮盜泉, 里名勝母, 回車以辟. 名之設, 亦有象, 非徒適
然. 君試爲我讀≪陽厓記≫.’ 龍集癸未二陽月初吉, 舅氏之甥再拜撰.” 】

이덕무(李德懋) 1741-1793. 조선 후기. 본관은 전주(全州). 자는 무관(懋官)이고, 호
는 형암(炯庵)·아정(雅亭)·청장관(靑莊館)이다.

❖ 小字 - 鍾大

【≪青莊館全書≫卷七十≪先考積城縣監府君年譜上≫:"公姓李, 諱德懋, 字懋官, 初字明叔, 完山人 …… 辛酉六月十一日戌時, 公生于漢城中部寬仁坊大寺洞四街本第。時公之大人夢神人錫'鍾大'二字, 仍命小字。"】

❀ 名 - 德懋 改字 - 懋官

【懋官, ≪青莊館全書≫卷七十≪先考積城縣監府君年譜上≫:"戊子, 公二十八歲。正月初一日, 改字明叔爲懋官, 公自說畧曰:'余十六冠, 字以明叔, 行十二年。然字固可別而不相混、壹而不相歧, 十室之邑、一旅之聚, 以明叔字者益多矣。≪書≫曰"德懋懋官", 從今以往, 宜字我"懋官"。將書之譜牒, 刻之圖章。凡我族姻朋輩, 其宜呼我以"懋官"。'"】

❀ 號 - 雅亭

【≪貞蕤閣文集≫卷一≪雅亭集序≫:"懋官嘗應旨撰進≪城市全圖百韻≫, 御筆題其券曰雅, 仍以名其亭。"】

❀ 號 - 靑莊館

【≪燕巖集≫卷三≪孔雀舘文稿·炯菴行狀≫:"炯菴諱德懋, 字懋官, 炯菴其號也 …… 嘗有著書十二種, 曰≪嬰處稿≫, 卽少時所著詩文。自言持身謹行當如嬰兒處子, 因以名稿;曰≪靑莊舘稿≫, 靑莊卽鵁鶄之別名, 在江湖間, 不營求, 唯食過前之魚, 故一名信天翁, 其自號者有以也 ……"】

❀ 三湖居士, 炯菴, 憨憨子, 汎齋居士

【靑莊館全書卷之三≪嬰處文稿[一]·記號≫:"三湖居士弱冠豪氣有志於莊敬日强, 嘗號敬齋, 有志斯有指而欲至焉。於是又號八分堂。八分, 其庶幾乎君實之九分也?家貧, 屋如斗小而亦樂焉。乃弓諸玄蟬之殼、二叟之橘, 又號蟬橘軒, 欲所遇而修焉。又號以亭嵩, 燕其遞也。又號乙广, 而欲遞焉。其心欲水鏡焉, 故又號炯菴。夫敬事而修, 庶幾乎古人, 而淸心如水, 遞卧於矮屋下, 厨烟蕭瑟而點筆爲文章, 燁然如朝華, 斯人乎猶不居焉。哂曰:'是嬰兒之好弄也, 吾將守之如處子焉。'於是題其藁曰嬰處。其與羣居也, 韜眞而晦光, 憨憨如也。於端人莊士歡焉, 於市人亦歡焉。蓋虛舟獨汎, 無遑而不逍遙遊矣。於是人又爲之號憨憨子, 亦號汎齋居士。嘗家三湖, 自謂三湖居士, 斯號之始。"】

❀ 注蟲魚齋, 學屮木室

【≪淸脾錄≫卷三:"韓文公詩曰:'爾雅注蟲魚, 定非磊落人。'元道州詩曰'借問多

壽翁, 何方自脩育。惟云順所然, 忘情學草木。'余取此義, 扁之曰'注蟲魚齋', 亦曰'學艸木室'。"】

❀ 蟬橘堂

【《燕巖集》卷之七〇別集《鍾北小選・蟬橘堂記》："嬰處子爲堂而名之曰'蟬橘', 其友有笑之者曰:'子之何紛然多號也? 昔悅卿懺悔佛前, 發大證誓, 願棄俗名而從法號。大師撫掌笑謂悅卿:"甚矣汝惑! 爾猶好名。形如枯木, 呼木比邱。心如死灰, 呼灰頭陀。山高水深, 安用名爲? 汝顧爾形, 名在何處? 緣汝有形, 卽有是影。名本無影, 將欲何棄? 汝摩爾頂, 卽有髮故, 而用櫛梳。髮之旣剃, 安施櫛梳? 汝將棄名, 名匪玉帛, 名匪田宅。匪金珠錢, 匪食穀物。匪鼎匪錡, 匪鬵匪釜。匪筐筥卷, 杯牟瓶盎。及俎豆物, 卽匪佩囊。劍刀苣香, 可以解去。匪錦圓領繡鶴補子帶犀魚, 果可以脫去。卽匪鼓枕兩頭鴛鴦流蘇寶帳, 可賣與人。匪垢匪塵, 非水可洗。匪綉梗喉, 非水鳴羽, 可引嘔歔。匪癩乾痂, 可爪剔除。卽此汝名, 匪在汝身。在他人口, 隨口呼謂。卽有善惡, 卽有榮辱。卽有貴賤, 妄生悅惡。以悅惡故, 從而誘之。從而悅之, 從而懼之。又從恐動寄身, 齒吻茹吐。在人不知, 汝身何時可還? 譬彼風聲, 聲本是虛。着樹爲聲, 反搖動樹。汝起視樹, 樹之靜時, 風在何處? 不知汝身, 本無有是。卽有是事, 廼有是名。而纏縛身, 刿守把留。譬彼鼓鍾, 桴止響騰。身雖百化, 名則自在。以其虛故, 不受變滅。如蟬有殼, 如橘存皮。尋聲逐香, 皮殼之外。不知皮殼, 空空如彼。如汝初生, 喤喤在褓, 無有是名。父母愛悅, 選字吉祥。復喚穢辱, 無不祝汝。汝方是時, 隨父母身, 不能自有。及汝壯大, 廼有汝身。旣得立我, 不得無彼。彼來偶我, 逶忽爲雙。雙身好會, 有男女身。兩兩相配, 如彼八卦。身之旣多, 臃腫闒茸, 重不可行。雖有名山, 欲遊佳水, 爲此艮兌, 生悲憐憂。有好友朋, 選酒相邀, 樂彼名辰。持扇出門, 還復入室。念此卦身, 不能去赴。凡爲汝身, 牽掛拘攣。以多身故, 亦如汝名。幼有乳名, 長有冠名。表德爲字, 所居有號。若有賢德, 加以先生。生呼尊爵, 死稱美謚。名之旣多, 如是以重。不知汝身, 將不勝名。"此出大覺無經。盖悅卿, 隱者也, 最多名。自五歲有號, 故大師以是戒之。夫孺子無名, 故稱嬰。女子未字, 曰處子。嬰處者, 盖隱士之不欲有名者也。今忽以蟬橘自號, 則子將從此而不勝其名矣。何則? 夫嬰兒至弱, 處女至柔。人見其柔弱也, 猶以此呼之。夫蟬聲而橘香, 則子之堂其將從此而如市矣。'嬰處子曰:'夫若如大師之言, 蟬蛻而殼枯,

橘老而皮空，夫何聲色臭味之有？旣無聲色臭味之可悅，則人將求我於皮殼之外耶？"】

❀ 古中菴

【《貞蕤閣文集》卷一《古中菴記》："靑莊李子閉戶著書垂五十年矣，乃喟然而歎曰：'百爾思之，莫如古也。'名其室曰'古中'。其云'中'者何也？曰中華也。曷爲不曰'中古'也？避上古、中古之嫌文也。曷爲慕中華也？曰，吾旣讀其書矣，嘗至其地矣。浩浩乎穰穰乎，如海之不可以深淺量也。如神龍之變化，莫知其端倪也。無所不有曰富，人自得焉之謂樂。吾向也讀古人之書，以爲其文者皆吾邦之所出也。乃今知詩書禮樂之爲中華富且樂矣，如之何其不慕之也？方其俯而讀仰而思之，而古人之爲古人，有自來矣。故曰，不知中國之可慕者，不知古人之書者也。忽焉不知千世之往，而萬里之遙也。"】

❀ 八分堂

【《靑莊館全書》卷之三《八分堂記》："主人之室楹凡四，且欝濕。客不頻至，至亦語不移時卽揖去，非意疊疊相洽然者來不再。室之陋乃如是。夫主人性拙儉不暇憂，晝兀坐，夜安寢，意自適與華屋同。主人之安分亦如是。夫冬寒盛風刮入隙，燈搖搖然不定，妨照字。用素屛隔十之七，三居其外，七居其內。內自寢處焉，器用書帙貯其外。主人猶不以低狹嘆，杜門讀古人書不輟。客有來者，入戶欲擧手揖，屛將觸其額。客盰衡而嘲主人曰：'隘哉主人！昔吾囑子以廣其室，今不能廣之，乃反隔之。子居潤濱，名屋以蟬殼橘皮，志其小。此室亦奚名？'主人笑曰：'八分之堂。'曰：'奚居？'曰：'吾且小遲，子當自求。'客沉吟少間，東顧而笑曰：'其此壁乎？篆二楷八，是爲八分。今子書揭焉名之意，其此壁乎？'曰：'否否。奚在其名屋之小？更求焉。'客頗囁嚅，乃言曰：'屛之外餘幾尺地，若十之二。屋之名斯在焉。'主人乃粲然曰：'屛之外十之三，屋之名非七分，安在其八分？'曰：'然何居乎名？'主人於是太息曰：'余不佞，非以屋之大小焉爲名。今若慕其大矣，當名之以泰山之室；若慰其小矣，當名之以秋毫之室。是譎詭怪僻，君子不取焉。且蟬殼橘皮，心愛夫高潔芳香，不徒慕而慰。夫數之滿爲十，而百而千萬億及秭，皆不逃乎十之數焉。人之初降，天與其衷，無不有十分之性善。曁乎壯大，爲氣質拘，涸外物，淪本性，惡之勢駸駸，垂八九分，其去十分者幾希。若王莽、楊廣，元兇大惡，小人之無忌憚，是惡之滿十分者，彼亦初豈無善之十分者哉？但爲惡日甚，日亡其善。夫如是，安得不大懼？常人者，有善與惡互五分者焉，有善與惡互四分六分者焉。善之七分八分，至于十分，在進之如何爾。朱夫子曰：“顏子去聖人九分九釐。”邵先生曰：“君實九分人。”是皆論亞聖大君子之斷案實錄焉。亞聖與大君子，猶不滿一釐一分，其十分者，難矣哉！然到十分，只欠一釐一分，與常人較，其亦難矣哉？余不佞，其或善與惡互五分者。若能恥爲小人，至死爲善，幸庶幾到六分七分乎？其否乎？若八分者，去九分只一分，余不佞，烏乎敢！烏乎敢！然以五分跂九分，奈僭踰何？以五分居六分七分，奈立志不高何？孟子曰：“余何人？舜何人？”余不佞，遜而不敢焉。周子曰：“聖希天，賢希聖，士希賢。”余不佞，若或士而希賢者乎？其然乎？仰而慕之，跂而及之，不高不卑，雍容周旋於七分九分之間者，非八分而何？余不佞，奚暇憂欝濕低狹，以廣其居哉。客莫隘余之室，幸求余之志。’客曰：‘敬聞命。余之揣子淺哉！’客去，遂記而藏諸古篋，時尚章執徐上巳。”】

윤기(尹愭) 1741-1826. 조선 후기. 본관은 파평(坡平). 자는 경부(敬夫)이고, 호는 무명자(無名子)이다.

❖ 瑂窩

【≪無名子集≫文稿册一≪瑂窩記≫："余旣靡家而屢遷，竊自比於瑂氏之三刖，因名所處小屋曰瑂窩。客有問者曰：‘刖則信有取已，璧亦可謂云爾，已矣乎。‘曰：則吾豈敢！雖然，有說焉。當璧之藏於璞而隱於荊山也，特不過一拳石耳，樵夫遊人日見之而不顧。及其見知於瑂也，亦惟瑂一人而已。瑂思以其所知者知於人，卒三刖而不已。爲璧謀則善矣，爲身謀則吾不知也。洎璧之爲璧也，天下爭寶之。楚欲悅于趙，則明光奉而之邯鄲；趙欲售于秦，則相如以頭睨柱；秦欲餂之，則白起並四十萬於長平卒之虜，遷嘉而夷之：皆璧爲之祟也。然後單斯壽之技，作天子之璽，萬世相受，重於九鼎。璧則遇矣，而天下多不幸耳。堯舜抵璧之世，聞有授時之瑂，未聞有抱璞之瑂。又何嘗有傳國之璽也？然則瑂之刖，非不幸也。今余讓他識寶一隻眼，未免爲荊山下尋常樵夫，其不能爲璧謀固也。而爲身謀，則亦可謂匹夫無罪，豈若瑂懷璧以爲其罪耶？璧之爲璧，若不爲璧，廼非君子之所先也。而祟天下不幸，而使人謂己非不幸，又非吾所欲也。獨恨余幸生昭代，而無一能可以效芹曝之誠。自取陵陽之美名，顧踽踽焉徧國中，無與立談，東西飄泊, 朝莫棲遑, 反有似於泣刖, 故尙友以況之。盖瑂之所能, 固吾之所未能也。瑂之所爲, 又吾之所不爲也。而獨其所遭遇, 殆與之相類, 是之取爾。客唯唯而退, 遂書以爲記。"】

❀ 九樂軒

【≪無名子集≫文稿册一≪九樂軒記≫："昔有榮啓期者行乎郕之野, 鹿裘帶索, 鼓琴而歌曰: '天生萬物, 惟人爲貴。而吾得爲人, 一樂也。男女之別, 男尊女卑, 故以男爲貴。吾旣得爲男, 二樂也。人生有不見日月, 不免襁褓者。吾旣已行年九十, 三樂也。貧者士之常, 死者人之終。處常得終, 當何憂?'夫子曰: '善乎能自寬者也。'余嘗讀而慕之曰, 嗟乎! 往古來今有此三樂者不爲不多, 而能知其樂者盖榮啓期一人而已。此所以見稱於聖人。而其高風遺韻, 至今歷幾千百載, 猶足以令人景仰不已也。豈不誠偉人乎哉? 又反而求之曰, 之三樂, 奚獨之一人? 吾亦庶幾焉耳矣, 但未知能到得九十地界。而顧今屈指數九十已強半, 雖使過九十以往, 亦不過如斯而已。視彼不免襁褓者, 其樂盖與九十者無多讓焉。特自他人觀之, 差有五十步百步之別耳。旣又猶然而笑曰, 吾之樂, 奚獨之三者? 盖又三之矣。請自之三者以下, 足而數之。吾觀世之人獲天刑者, 多眇者、兀者、啞者、聵者、脣缺者、齒齴者、厄而尫者、攣而痿者、籧篨者、戚施者、贅癭者、駢枝者、偏枯而支離者, 千奇百怪, 不可殫擧。形旣生矣, 腕或爛於炭, 指或截於荎, 勢或啖於狗, 墮而折僂, 顚而痕疣, 又有癩痣瘮瘡、蟲食風中、口喎眼斜、病心喪性之疾, 亦不可勝紀而吾得免焉。此樂之四也。人生不辰, 遭遇板蕩, 或骨肉分散, 或肝腦塗裂。毋論戰國秦漢以下, 卽三代亦然。觀於≪詩≫≪書≫所載可知已。今天下雖曰晏然, 顧瞻周道, 盡入氊裘之域。微吾東, 吾其被髮左袵。而幸以殷父師遺民, 又際我聖朝至治, 偃仰自在, 歌詠太平。此樂之五也。人或有不學無識, 目眛一丁。己旣冥, 人不齒數, 盖其平生無非羞憤之日。而吾得粗傳家庭之教, 其於聖賢之訓, 古今之變, 略不無依俙髣髴焉者。此樂之六也。我國最有君子小人之別。哀彼小民, 禿指黧面, 終身不得休息。又皆編於行伍, 督急租庸, 動被鞭枷。至若奴隷之屬, 恐恐然恒以得免笞罵爲幸。而吾幸賴祖先之餘庥, 廼得冠儒冠, 服儒服, 獲厠於士君子之列。此樂之七也。人或有奇才美行, 而家世親屬一有世累, 則終身不齒, 爰及苗裔。或與人有世嫌, 出門輒拘礙。又有自玷其言行, 見擯於一時, 遺臭於後世者。而吾無是焉, 此樂之八也。人皆有親踈取舍, 以之爲恩怨禍福。怨有招於踈與捨, 禍或胎於親與取。而吾以迂踈拙訥之故, 人不甘之, 平居終歲, 無剝啄者, 吾亦不能事追逐, 遂與世莫往莫來。固已省拜揖酬應之煩, 全靜寂優閑之味, 儘有愜於懶散之性。而時或倦遊太學, 遇相識寒暄外, 彼輒漠然。吾以爲不可以絶物, 強欲與之談, 則乃冷答之, 甚則顧左右, 吾竟憮然而退。以故, 雖自視踽踽凉凉, 亦不見有切齒以脅之者, 是眞所謂無所與而超然者也, 又焉有恩怨禍福之可言乎?此樂之九也。夫以太倉稊米之至微者, 兼此九樂而有之, 此皆天也, 非人也。天之所以餉我者, 不亦厚乎?若其區區之科宦得失, 人世憂樂, 直外物之外物耳。雖幷日而食, 易衣而出, 如此而生, 如此而死, 敢以是爲憂耶?於是遂額所居小軒曰'九樂'。蓋演榮啓期之餘意, 而欲以其所以自寬者自寬也。子曰:'樂天知命, 故不憂。'又曰:'飯疏食飮水, 曲肱而枕之, 樂亦在其中矣。'余之所樂, 雖不敢妄議於此, 而其所以隨遇安分, 無求於外, 則或不至見笑於泰山丈人矣。人之見之者, 尙亦有以罪我而知我乎否?歲在圉朝之凉月下浣, 無名子書。"】

❊ 萬景齋

【≪無名子集≫文稿册五≪萬景齋記≫:"壬戌, 余自嶺外歸, 家于京城西門相望之西岸。所居小齋之東戶, 正與西譙相對, 而占地高。俯瞰城外萬家, 疊榭層樓掩映花柳, 澤車怒馬呵擁康莊。一帶粉堞, 南自木覓, 北跨仁王, 橫亙眼前。而衆樹木從城上露出, 不根而立, 隨意而列, 形形色色, 無所不有, 或蒼鬱如雲屯, 或偃蹇如人立, 或童童如幢蓋, 或矗矗如矛戟, 或权枒如雕刻, 或蕭踈如毛髮。鵲巢以點綴之, 鳥戲以玩弄之。綠重碧而爭媚, 紅闐黝而呈姸。紫於暮煙, 皚於寒雪。醉夢於霧, 梳洗於晴。長短曲辣, 各自爲奇。疎密駢特, 捻極其妙, 宛然一大畫屛廣張於空外。每拓戶而臨之, 悠然送目, 不知日之夕也。客有過者, 輒以此語而詫之。客笑曰:'子徒知近者之爲可悅, 而不知遠者之有無限景致乎?子試隨我所指而望焉。彼半落天外, 戌削而峰兀者, 三角山也。彼突起于三角之前, 蒼然如覆甕而端直尊嚴, 爲國都之主峯者, 白嶽山也。彼對宮闕而雄峙于南, 合沓逶迤, 萬松鬱茂, 而層城隱見者, 木覓山也。彼崚嶒聳西, 辣處尊而趨若揖, 絶壁嶄然, 城遇之而爲之曲者, 仁王山也。彼白嶽左麓, 邐迤飛舞而陡起于東, 狀若駝峯, 平遠娟妙者, 駱駝山也。彼仁王之下, 依城東向, 鬱然見松林, 葱葱有佳氣者, 慶熙宮後苑也。彼靑門之外土山遙橫, 又其外左出五峯高而秀, 如人擧五指而权開, 右露五巒低而均，如衆人並坐，而其髻累累然者，道峯山也。彼仁王之西，圓峙如露積，而遊人日雲集於其頂者，圓嶠也。彼圓嶠之北，有峯偉然秀出，如人戴兜鍪，從人左肩而窺，每夕輒擧平安火，以爲南山烽之兆者，峯峴也。彼如抱如携，如拜如走，如端章甫，如美女粧，如負兒如帶釖，如箕踞如跳躍，如屋兩角之軒擧，如人雙肘之屈曲，尖於缺疊於幽，駁於落勇於奮，近而如削鐵，遠而如抹黛者，盖不可盡知其爲某峯，而亦不能一一悉數之也。'余遂名小齋曰'萬景'，而記其說以代丹青。"】

이가환(李家煥) 1742-1801. 조선 후기. 본관은 여흥(驪興). 자는 정조(廷藻)이고, 호는 금대(錦帶)·정헌(貞軒)이다.

❀ 名 - 家煥　字 - 廷藻

【《論語·泰伯》："煥乎其有文章！"又《陸機·文賦序》："故作《文賦》，以述先士之盛藻。"《註》："《孔安國·尙書傳》曰：藻，水草之有文者，以喻文焉。"故以"藻"應"煥"。】

백동수(白東脩) 1743-1816. 조선 후기. 본관은 수원(水原). 자는 영숙(永叔)이고, 호는 야뇌(野餒)이다.

❀ 名 - 東脩　字 - 永叔

【宋歐陽修，字永叔。東脩，即東國之歐陽修也。】

❀ 號 - 野餒堂

【《靑莊館全書》卷之三《野餒堂記》："野餒誰號？吾友白永叔自號也。吾見永叔奇偉之士，何故自處其鄙夷？我知之矣。凡人見脫俗不羣之士，必嘲而笑曰：'彼人也，顏貌古樸，衣服不隨俗，野人哉！語言質實，行止不遵俗，餒人哉！'遂不與之偕，擧世皆然。其所謂野餒者，獨行于于，歎世人之不我與也，或悔而棄其樸，或愧而棄其質，漸趨于薄。是豈眞野餒哉？野餒之人其亦不可見矣。永叔，古樸質實人也。不忍以質慕世之華，以樸趨世之詐。崛強自立，有若遊方外之人焉。世之人羣謗而衆罵，乃不悔野，不愧餒，是可謂眞野餒哉！孰知之？吾能知也。然則野餒云者，世人之所鄙夷，吾之所期於君也。向吾所謂自處其鄙夷者，激乎心而言也。永叔以爲吾知其心，請其說，書而歸之。幸以此示巧其言、令其色

者, 必笑且罟曰'作此者尤野餕哉', 吾何慍也？辛巳月建寅庚申, 寒棲幽人書。"】

❀ 號 － 漸齋

【≪靑莊館全書≫卷三≪漸齋記≫: "永叔旣字其楣曰'漸', 仍求其說于余。余詢曰
: 漸之爲室名, 子心樂而自取歟？先生長者命之以爲號歟？有旨哉, 其眞永叔號
也！非重厚寬舒之人不足當。≪卦序≫曰: '≪艮≫者, 止也。物不可以終止, 故受
之以≪漸≫。'又曰: '緩進爲漸。進以序, 不越次, 所以緩也。'余以爲天下之萬類
萬事, 不出乎有終始焉、有本末焉。外乎此, 吾未見其成就也。吾嘗拱手斂容, 舒
舒以步, 入乎門, 進乎庭, 陟乎階, 升乎堂, 然後奠乎席, 儼然端坐, 休休而言, 其
言必有理。是日用威儀之終始本末也。無遑急迫蹙之意, 緩進不越次, 斯可見。
如異乎茲, 冠帶褐被, 步趨挑撻, 不但有顚沛躓蹶之患, 必不時而笑, 不度而言,
漸之義斯蔑焉。可不大懼也哉？世未有不正其心, 欲身修家齊者也。自小學進于
大學, 亦由乎斯焉。不獨是然也, 古聖賢千言萬語誘掖於人, 訓誨於後者, 究其用
心亦不外於此。嗚呼！永叔有心者。旣號曰漸, 又請我闡其義。其立志豈淺劣也
哉？如不以我爲妄, 盍試之日用細微之事乎？幸爲我拱手斂容, 舒舒以步入門升
堂如法, 休休而言, 旣久必有所得。子必曰: '明叔不妄人也。吾試之而如斯乎。'
吾亦從以喜曰: '永叔勉之哉！願成其末與終。'如不從, 必整色以箴曰: '永叔何其
淺也！漸之義安在？小大學次第之言掃如也。'子必聳然而懼, 幡然而改乎不乎？
吾於此, 決妄言與不妄言也。辛巳六月初六日記。"】

남한조(南漢朝) 1744-1809. 조선 후기. 본관은 의령(宜寧). 자는 종백(宗伯)이고, 호
는 손재(損齋)이다.

❀ 名 － 漢朝　　字 － 宗伯

【≪周禮·春官·大宗伯≫: "春見曰朝, 夏見曰宗, 秋見曰覲, 冬見曰遇。"】

❀ 山泉齋

【≪立齋先生文集≫卷二十九≪山泉齋記≫: "余友南君宗伯爲敎其子弟後生, 築
一齋於其居之傍, 屬余錫以名且爲記。余曰: 齋以'山泉'名, 可乎？≪易≫曰: '山
下出泉, 蒙。'君將敎蒙士於此, 而余觀齋之前有泉出於山下, 則是又≪蒙≫之
≪象≫也, 請卽≪蒙≫全卦而言其義。夫人於稚少之時, 其蒙昧不明固也。而惟其
有開發之理在於其中, 故聖人於此系之辭曰'蒙, 亨'。亨者, 開發之謂也。又曰'以

亨行', 亦謂以開發之道行之也。然則其開發之道當奈何？必也剛明如九二。而於
凡童蒙之來求者, 所以告之一惟時中而無所瀆, 然後方能盡開發之道矣。苟爲不
然, 或當告而不告, 或不當告而告之, 則是爲自失其剛明之體, 而無以行其時中之
用。己且不免於蒙, 尙何發蒙之可言乎？然而童蒙之來求者, 未必皆如六五之純
一。卽純一如六五者, 亦未必遽能開發於一再告之間。則敎之者又當知物性之不
齊與其進之有漸, 而爲之包容含忍, 寬以待之可也。又安得一槩取必, 而責效於
立談之頃乎？審如是, 則才之遺棄者多, 而蒙之開發者少矣。聖人於此所以又發
包蒙之義者, 亶以是夫？乃若初六之'發蒙', 利用刑人, 而以往則吝；上九之'擊
蒙', 利於禦寇, 而未能使之無寇。雖其義各有攸當, 而終不能無戒焉。則是與九
二之'包蒙', 其純駁何如？六四之'困蒙'與六五之'元吉', 其得失又何如哉？今者宗
伯有九二剛明之實, 而諸學於宗伯者, 又必有六五純一之誠。則其於敎養之道,
固無以議爲。然君子之於爲善, 愈至而愈求其至。願宗伯常以包蒙爲心, 而加勉
於時中。涵育薰陶, 必期開發而後已。諸學於宗伯者, 常以遠實爲懼。而益務於
致誠親炙虛受, 必期成就而後已。則養正作聖之方, 庶幾兩盡而無憾矣。宗伯以
爲何如？若夫《大象》所謂'君子以果行育德', 則無論敎者學者, 凡居是齋而觀山
下出泉之象者, 咸宜玩是辭而服膺焉。然又非敎學所尙之外, 別有所謂行與德也,
特於此而致其果育之功耳。夫吾之欲開發與彼之欲成就者, 初豈捨是而他求也
耶？是爲記。"】

우경모(禹景謨) 1744-?. 조선 후기. 본관은 단양(丹陽). 자는 사앙(士仰)이다.

❀ 名 - 景謨　　字 - 士仰

【《詩經·小雅·車舝》："高山仰止, 景行行止。"】

❀ 容燕舍

【《樊巖先生集》卷三十五《容燕舍記》："天地萬物有大有小。大小, 物之形也。
形之始, 其類已別, 夫孰可以移易也哉？然以小而大, 以大而小, 亦不無其理焉。
夫莫小者簞食豆羹, 而人有見於色者, 則是物小而人視以爲大也。莫大者晉楚之
富, 而聖人以爲'吾何慊乎', 則是物大而人視以爲小也。然則物未嘗有大小也, 在
乎人之心之所以處之者如何爾。禹上舍士仰宅於藥峯之下居焉, 區不滿數畝, 覆
以草, 葢屋之至小者也。士仰安之, 名其寢處之室曰'容燕舍', 言其僅足以容得燕

子之巢也。士仰嘗爲余言舍制，其色有自小者然。余笑曰：'君之舍誠小矣。小之則小，大之則大。在乎君而已。夫舍也既容君，以其餘又容君之妻與孥。庭際多種菊，每秋香色交集。簷外終南一帶，朝暮以倉翠送之。舍皆不讓而並受之，君之舍所容者多矣。然此皆外也，非內也。君讀書者，試近裏而思之。君之所以主宰乎身者，非心乎？心之位不過方寸，雖謂之至小之物可也。然以無限量無方所集義所生者爲卒徒，得其所養，則塞乎兩間。以故邵子曰："布被暖餘，藜羹飽後，氣吐胃中，充塞宇宙。"夫孰知安樂一窩，爲天地間許大之區也。今君以室而容君之身，以身而容君之方寸，以方寸而果能容塞乎兩間者，則推其所容之本，蓋莫非舍之爲之主。向所云容得燕子者，不亦爲泰山之毫芒也歟？'遂書之以爲士仰勉。"】

이광석(李光錫) 1745-1788. 조선 후기. 본관은 전주(全州). 자는 여범(汝範)·복초(復初)이고, 호는 심계(心溪)이다.

❁ 名－光錫　字－汝範

【≪詩·大雅·皇矣≫："因心則友，則友其兄，則篤其慶，載錫之光。"≪箋≫："王季之心親親而又善於宗族，又尤善於兄，大伯乃厚明其功美，始使之顯著也。大伯以讓爲功美，王季乃能厚明之，使傳世稱之，亦其德也。"字汝範者，言欲以此爲模範耳。】

❁ 號－心溪

【≪青莊館全書≫卷九≪雅亭遺稿[一]·宿心溪參時祭≫："溪名爲號拈來心，藹蔚英聲動士林。爾出吾宗儀物備，秋行時祭祖靈臨。階霜燭耿輝輝淨，廳月香升裊裊深。好禮奚徒資品粹，蓋緣長對直齋襟。"

按：李光錫爲李德懋族姪，故"爾出吾宗"足徵"溪名爲號拈來心"乃言心溪取號之義。】

이봉환(李鳳煥) ?-1770. 조선 후기. 본관은 전주(全州). 자는 성장(聖章)이고, 호는 우념재(雨念齋)·제암(濟庵)이다.

❁ 名－鳳煥　字－聖章

【≪論語·泰伯≫："煥乎其有文章！"故以"章"應"煥"。又≪論語·微子≫："鳳兮鳳兮，何德之衰也。"邢昺≪疏≫："知孔子有聖德，故比孔子於鳳。"故以"聖"應"

鳳"。】

❋ 號 - 雨念齋

【《東樊集》卷四《與黃山金公迫根書》："生之先祖雨念公，以文章名於英廟朝者四十餘年，晚受知遇於莊獻世子。世子每遣中使存問，紙筆墨及扇香諸種時時賜與，蓋宣出於好文之睿眷也。先祖由進士仕爲陽智縣監，當是時，奸臣搆世子。先祖知將有變，解印而歸，旣而復除廣興倉主簿。明年壬午，世子竟遇禍，先祖自劾而退，不復仕宦。取朱子詩'平生風雨夜，臥念名節難'之語，改號西汀曰雨念齋。"】

이정구(李鼎九) ?-?. 조선 후기. 본관은 전주(全州). 자는 중목(仲牧)이고, 호는 간수(簡秀)이다.

❋ 名 - 鼎九　　字 - 仲牧

【《左傳·宣公三年》："昔夏之方有德也，遠方圖物，貢金九牧，鑄鼎象物，百物而爲之備，使民知神姦。"】

김순행(金順行) 1737-?. 조선 후기. 본관은 안동(安東). 자는 이지(理之)이다.

❋ 名 - 順行　　字 - 理之

【《屛溪先生集》卷四十三《金順行字序》："天地之生萬物，萬物之遂其性，順而已。蓋天下之理順，故順之則成，不順則敗。人道亦惟順也。自心身動靜，以至應事接物，皆宜順之也。然天地無私，惟理是順，故順而已矣。人則形氣之偏，物欲之蔽，動靜云爲之間，不但不能一順於理。其所順之者，雖仁親之至，義嚴之極，或不無不當順而順之。則孝或歉於幾諫，敬或墮於阿順。是以孟子言'順受其正'，程子言'順理則裕'，朱子言'有順無彊'，此皆於性理之善者，順之而已。順之之道，必先明諸理。內而心身，外而日用應接，如父子君臣之際，莫不順其理而行之。是《禮》所謂大順之道，余冠于金君順行之首，字以'理之'。理之乎，其顧諟而勉之哉！仍告以祝云云。"】

강세백(姜世白) 1748-1824. 조선 후기. 본관은 진주(晉州). 자는 청지(淸之)이고, 호는 호린(皓隣)이다.

❊ 名－世白　字－淸之

【≪楚辭·離騷≫：“伏淸白以死直兮，固前聖之所厚。”】

❊ 一樂軒

【≪立齋先生文集≫卷二十九≪一樂軒記≫：“晉山姜淸之行年四十有五，父母俱
存，兄弟無故。而其大人萍窩公壽今七十，神明之用不少衰。屬以其季子文擧曾
經侍從，已受天爵而玉於頂，早晚更加一資，而又以勳冑襲封爲君，則金紫之掩映
於身者必益煒煌。而其大夫人壽今七十一，聞其起居尙無恙，其受爵與封，亦惟
夫子之視焉。次第以具命婦衣章，是於俱存中其康寧貴尊，又何如也！淸之有二
弟，其一仲廉，恬靜溫雅，處家庭不聞有子弟過。其一卽文擧，弱冠釋褐入奎閣，
抄啓有年，頃又佩銅西邑，榮養備至。所得俸祿，分以業伯氏家，而亦有能治聲。
淸之於今春始獲登第於陶山之試，時未及唱榜，而自上旣親擢爲壯元。卽又命抄
入格者凡四人文，鏤之板置書院，而印賜一本以寵之，蓋曠世之異數也。爲人膽
大量弘，練達事理，論者謂前途不可量。是於無故中其秀俊宦達，又何如也！淸
之於是卽舊居作新舍，以爲奉枕几供衾裯之所。名其軒曰‘一樂軒’而屬余記。余
曰：此一樂，孟子嘗置之二樂之上，而又謂王天下不與存焉。蓋中天下立，而定四
海民。使民與物無一之不得其所者，是固王天下之樂。然民不過吾之同類，物不
過吾之黨與。則彼其得所，豈若吾父母兄弟之俱存而無故哉？此王天下之樂所以
不得與於此一樂。而厥或父母雖俱存，不免於病且窮，長在袱褓而辱於泥塗。兄
弟雖無故，而不免於愚且賤，鬩牆於一生而糊口於四方，則是其樂亦未得爲全也。
環顧一世，若此者滔滔。今淸之父母俱存而其康寧貴尊又如是，兄弟無故而其秀
俊宦達又如是。是於此一樂，豈不爲獨得其全，而天下之所絶稀者耶？想當侍側
之際，上則鶴髮雙垂，象服交映，譬如赤松綠華，金骨不老，而星冠月佩，儼臨於
玄圃。下則鵷羽齊翔，俊彩迭起，譬如荀龍徐麟，風貌出凡，而家閥詞華，允合於
玉署。以君孝友之天至，當此榮華之鼎來。其所以詠≪南陔≫，歌≪常棣≫而祝
岡陵於高堂，和塤篪於一庭，以相與慶且幸者，其樂容有極乎？瀜瀜焉，洩洩焉，
仰而視則天下，惟吾之父母；怡怡焉，愉愉焉，顧而視則天下，惟吾之兄弟，而不
復知世間更有何樂可以易此。倘所謂王天下不與存焉者，淸之於此，豈不益知其
眞際耶？若余者，孤露終鮮，險釁無比。秖幸六旬之年，奉偏慈挈一弟。而親年今
七十有八，筋力雖衰，視聽寢飱尙如常。卯君亦有文有行，方其繞膝而承顏，對袱

而共被也， 則亦自謂極天下之至樂而無以復加。而及誦孟子'俱存無故'之語， 輒
復自傷其樂之不全。今於淸之之事， 實不勝健羨， 遂記之如此。且告之曰'君子之
樂凡三。淸之旣得其一， 如又並其二而得之， 使此軒爲三樂軒， 則豈不尤大善'
云。"】

신혜연(申惠淵) 1748-?. 조선 후기. 본관은 고령(高靈). 자는 희류(希柳)이다.

❀ 名 - 惠淵　字 - 希柳

【≪孟子·公孫丑上≫："柳下惠，不羞汙君，不卑小官。進不隱賢，必以其道。遺
佚而不怨，阨窮而不憫。"希，仰慕也。】

❀ 有志堂

【≪與猶堂全書≫第一集詩文集第十三卷≪有志堂記≫："申士翁名惠淵築室于桃
谷之北， 顏其楣曰'有志'。一日過余而言曰：'惟吾子之有識于斯也。'余作而曰：
'諾。敢問其志如何？志者心之所之也。心無常之，志爲之繁。故一人各有一志，
或一人兼有多志。鏞不敏，不識子之志，願有以明敎也。'申公笑曰：'吾志吾自知
之，不足以語人。唯子以子之志而識吾堂亦可也。'余惟彼旣不肯以其志語余，余
顧獨以吾志語彼哉？志本不可以語人者。志者在行之先，幸而行之，雖不以其志
語人，人固見其行而知其必先有是志也；不幸而不行之，雖以志語人無益，徒令
人笑耳。則余問公之志也，失之太早。今且休矣。將今年一往見之，明年一往見
之，又明年一往見之，見公之行而知公今日之志果安在也。將正衣冠，尊瞻視，儼
若泥塑，則知其志在道學也。將左圖右史，搦管呻吟，則知其志在文章也。將培
花蒔果，逍遙自適，則知其志在田園也。凡有所行，斯知其志。公又惡能使余不
識公之志也？是爲記。"】

서형수(徐瀅修) 1749-1824. 조선 후기. 본관은 달성(達城). 자는 유청(幼淸)이고, 호는 명고(明皐)이다.

❀ 號 - 明皐

【≪明皐全集≫卷八≪明皐記≫："長湍府西十里有廣明洞， 或云洞之裡圓暢開朗，
故名。或云洞之左偏故有廣明寺，故名。今不可詳。初我先考衣履之藏，在洞南
五里金陵壬坐之原，卽我曾王考貞簡公墓右麓。然靑烏家多言其不吉。余纔弱

冠，有志遷厝。與相地者李衡胤歲必一再遍于湍之四境。積五六歲，竟不得地。嘗牽驢緩步，從山脊行，至一堁陵之突兀處。李睠戀不能去，余問：'此豈有吉乎？'李曰：'案帶呈奇，砂水合法，吉不可言。'旣而隱隱林木間，望見數三塚纍纍左岡。岡外有小閣特立，朱簷粉壁，若豊碑藏于中。下有村落五六十戶，比屋連籬，人煙稠遭。余與李相視而笑曰：'吾輩幾喫人大梃。'遂去之。後又五六歲，我仲父議政公爲營菟裘，得兩地于湍。一曰桐子原，一曰廣明洞。乃親與相地者柳東亨、鄭道弘偕往觀焉，余亦隨之。及公卜決于桐原，仍以廣明歸余，而取次往觀焉，則昔與李所至處也。余固記其事而心喜之，柳鄭之言又過於李無不及。於是尋見其數三塚者，在元兆青龍之外岡。閣又居人旌孝之碑，而實在後洞。余亦卜遂決。乃以己亥中春，奉先考之葬于艮坐之岡。倍其直以與村人，俾移其室而斥其基。環四岡樹之松樟檜槲榛栗之屬，辨兆域被以金莎。域以外宮之爲田，雜種以芋菁蓏果。田畔除地爲壇，壇下有池，徑五六畝，袤十徑之七。斲石爲岸，盛植芙蕖。池左四五十步，負岡以建丙舍。前榮後寢，高明而靚深。窩曰樂樂，八分書也。軒曰五如，科斗書也。樓曰同余，艸書也。總而名曰'明皐靜居'，半艸半楷書也。廣明之名幾百年，而自余始改名明皐。明皐之經理粗成，嘗登皐而四眺，則翠黛環如彎弓，青龍狀出多字。喜幽宅之卽安，而釋然忘余憂也。拜墓而三周，則霜露起怵惕之感，風雨惹悲廓之思。怳音容之如覿，而愀然掩余泣也。入室而秉燭爇香，潛心對卷，則歎年光之迅邁，懼老大之蔑聞，思所以淑厥躬而紹先業也。臨池而賞花弄魚，隨意取適，則愧塵坌之難脫，悟榮祿之易玷，思所以棄弊屣而保家聲也。《禮》不云乎'墓大夫掌凡邦墓之地域而爲之圖'，圖之將以表其界而知所守也。圖之爲禮，則記之不愈禮也邪？是作《明皐記》，刻揭諸丙舍之楣。廣明本有二義，而余所謂明皐，兼有取於明發之明云。"】

❀ 五如軒
【《明皐全集》卷八《五如軒記》："孔子曰：'臧武仲之知，公綽之不欲，卞莊子之勇，冉求之藝，文之以禮樂，亦可以爲成人矣。'難哉成人之道也！雖然，不如此不成人矣。不成人矣，如三才何？天下之無人也久矣。天其獨運乎？地其獨處乎？日月其自往自來乎？四時其自序自謝乎？此陳同甫所以斷斷於架漏牽補之說，而謂管仲人者也。雖然，同甫之知猶未也。天下之曰人者衆矣。千金之裘，非一狐之腋；大廈之材，非一邱之木。比天下之人而取其長，何代不有成人乎？特人之視人，以一人爲人耳。雖然，此論世也，非論人也。以余一人之身，欲求成人之道，其殆揭竿者之海乎？然則吾何執？執知乎？執勇乎？執禮樂乎？侫侫然無所歸。會有誦之者曰：'疎懶如嵇中散，恬澹如陶栗里，雄放如蘇子瞻，多感慨如白樂天，口不臧否人物如阮嗣宗。'余卽欣然曰：'命之矣。夫恬澹，禮樂之實也。疎懶，不欲之效也。子瞻藝故雄放，樂天勇故感慨，嗣宗幾於知故不臧否人物。此五子之德，硜硜然小人哉！抑亦可以爲次，雖由此，成人不異矣。'遂名吾軒曰'五如'。軒之大，未數楹也。然宜於日寓淨斐之趣，宜於月移皎潔之操。遙黛近嵐，可以凝吾神。方塘池水，可以鑑吾心。而凡卉木之蒼翠，魚鳥之下上，各效其能，以供吾軒之觀。此又一軒之成也。夫以一軒之小，而其成也如此，則況人於軒者乎？雖然，五如之義嫩矣。非余自言，人必以爲自大。於是記之以揭諸楣。"】

❀ 樂樂寮

【《楓石鼓篋集》卷二《樂樂寮記》："白鶴之麓蜿蜒奔屬，南馳而低岸。回如抱疇，平如陸者曰明皋。吾仲父五如先生移卜先處士之宅兆，而築室于其下，名曰'樂樂寮'，蓋取諸《記》所謂'樂樂其所自生'者也。有渠請記之，以昭其命名之義曰：夫孝子之事親也，蓋亦多方矣，奚止於樂哉？然語其本之於心，以凝諸精而釋於神者，則樂爲大焉。今夫臭味足以悅其鼻口，聲色足以樂其耳目，寢處安逸足以適其四體，此世所謂善事親者也。然其悅之也樂之也適之也，皆在形而不在心，故君子小之。若乃致其和，致其敬，著誠而去僞，窮本而知變，融然凝諸精釋於神者，則其惟禮與樂乎？雖然，《記》不云乎'樂由中出，禮自外作'，世固有餙貌事親，而考其心則不掩者。所謂圓冠莪如，大裙襜如，坐而堯言，起而舜趨，不以孔孟之心爲心者是已，又豈徒曰禮爲哉？惟樂則不然。鐘鼓管磬羽籥干戚之器雖備，而必本之於心，會之於精神，然後器則從之。凡其哀樂喜怒、回邪曲直一感於心者，其聲與之然。此樂之所以樂其生也。是以君子致樂而事親，則陶陶焉遂遂焉，和氣暢於內，愉色婉容形於外。凡吾之凝諸精者，可以凝吾父母之精。吾之釋於神者，可以釋吾父母之神。故曰色不忘乎目，聲不絶乎耳，心志嗜欲不忘乎心，此皆樂之道歸焉爾。夫何也？以本於心者莫大乎樂，而其發見而不可以爲僞者又莫大乎樂也。宜先生之必取於斯也。寮旣成，先生有歸老之志，而有渠亦將以是歲改卜親葬于皋之南麓而往從焉。然則是扁也，非唯先生之寓警也，亦所以戒小子也。非唯小子之戒也，亦所以戒世世萬子孫毋變也。遂書以刻之，以垂諸後云。"】

❖ 必有堂

【≪明皐全集≫卷八≪必有堂記≫："天下之事, 可必者常, 而不可必者變。盖君子
論其常焉。故農夫秉耒, 必食其力。蚕婦執箔, 必收其功。百工居肆, 必售其殖。
此常也。風雨不時, 則農不必給其口。寒溫不適, 則蚕不必衣其身。貨財不興, 則
工不必嬴其資。此變也。孔子曰'耕也, 餒在其中', 晦菴氏曰'惟理可爲者爲之而
已', 其是之謂乎? 余無他長, 自幼喜讀書。從容一軒, 嘗十餘年無二事。及其年
稍進而識稍開, 則墨守少味, 漁獵有奇。凡山經海志, 墜典異聞, 無不旁搜窮探,
博極珍秘。尙歎其巾衍之藏未具, 聰明之及有限。悉斥其屏帳器用、車馬服餙之
屬, 率畀之購書之費。於是前後所得四部, 經類爲十九種, 史類爲三十種, 子類爲
二十五種, 集類爲三十四種, 摠一百單八。錦帕芸香, 次第鱗比, 斂之一堂, 顔曰
'必有', 取丁顗所謂'必有好學'者爲吾子孫之語也。夫人無不有遺子孫。諸葛氏之
八百桑十五田, 此遺之以農蚕也, 而未聞後世有上農夫作焉。曹邴氏之俛有拾、
仰有取, 此遺之以工商也, 而未聞後世有大賈子興焉。今以前人之所未得於農工,
而顧欲取必於士之好學者, 不慕艱與? 雖然, 農工之所操者, 物也;士之所操者,
理也。故理可常而物不可常。司馬談之世掌太史, 房輝遠之代傳≪五經≫, 曷嘗
與諸葛、曹邴同其不可必? 而丁顗之後, 有丁度其人者, 又非其可必之跡也乎?
然則余之必有, 盖亦論其常焉。且余曾以記注侍至尊, 自夫劉≪畧≫、班≪志≫,
以迄范閣、鮑樓, 多聞其所不聞, 仍俯詢臣藏書之室名, 臣以'必有'對。至尊可之
曰:'爾有是名矣, 將必有其實乎!'夫聖人之言, 信此尤其可必者也。"】

채우공(蔡友恭) 1749-?. 조선 후기. 본관은 평강(平康). 자는 백우(伯于)이다.

❖ 名 – 友恭　　字 – 伯于

【≪尙書·君陳≫:"惟孝友于兄弟。"】

❖ 樂一窩

【≪樊巖先生集≫卷三十五≪樂一窩記≫:"族弟前進士友恭居湖西之海美, 扁其
棲息之窩曰'樂一'。謁余曰:'願賜之言。'余曰:'聖人之所樂者三, 而君遺其二而
占其一。余雖欲有言, 奈不知君所樂何哉?'君曰:'吾父母皆年近七旬, 氣度康
衛。兄弟六人侍於前, 怡怡也。退而處於窩, 聯床讀書, 其聲未必不如笙簧金石
也。父母聞之, 每莞爾而喜。吾之樂孰樂於此?其下二樂, 非吾後生末學所可居

者。窩之以是名，不亦宜乎？'余曰：'然。夫聖所稱三樂，雖曰均爲之樂，抑其樂也有天人難易之別焉。父母之慶，兄弟之福，此天也。非人力所可必也。若下焉而不愧不怍，在乎己而已。而由天乎？而由人乎？又下焉者，不過以吾之有不愧不怍之實。而天下之英，自不能不同聲而求也。此學而時習之效，所以致朋來自遠也。樂之目雖殊，其事則未始非二而一者也。今君旣於人力之所不可必者，荷天之寵。景祿川至，斯可謂先其難矣。獨於在己者，不知其不難而欲退然不敢居，何也？況子之順父母，欲其悅也。父母之望於子，欲其善也。君能治心制行，戰兢臨履，知其爲可愧也，必猛省而力去之。知其爲不怍也，必實踐而力行之。使吾心無少慊於天人之間，旣成己焉，又因以及於人。斯可以不特樂吾之樂，將以吾之樂上以悅父母之心，如此然後其爲樂也不止三而已，而況於一乎？君歸而勉之。'”】

유득공(柳得恭) 1749-1807. 조선 후기. 본관은 문화(文化). 자는 혜보(惠甫)·혜풍(惠風)이고, 호는 영재(泠齋)·영암(泠庵)·고운당(古芸堂)이다.

❀ 名 - 得恭　字 - 惠風, 惠甫

【≪論語·陽貨≫：“子張問仁於孔子。孔子曰：'能行五者於天下，爲仁矣。'請問之，曰：'恭、寬、信、敏、惠。恭則不侮，寬則得眾，信則人任焉，敏則有功，惠則足以使人。'】

❀ 百花菴

【≪泠齋集≫卷十三≪金谷百花菴上梁文≫：“花而百而止耶？葢欲擧其成數爾。菴之名之何也？必須指其實事云。花主人誰？柳先生某。軒轅之苗裔，朝鮮一布衣。先五斗而已歸，學陶門之種柳。餘一策而遽泛，慕范舟之散金。”】

박제가(朴齊家) 1750-1805. 조선 후기. 본관은 밀양(密陽). 자는 차수(次修)·재선(在先)·수기(修其)이고, 호는 초정(楚亭)·정유(貞蕤)·위항도인(葦杭道人)이다.

❀ 名 - 齊家　字 - 次修, 在先, 修其

【≪貞蕤閣文集≫卷三≪小傳≫：“朝鮮之三百八十四季，鴨水之東千有餘里，其生也。出新羅而祖密陽，其系也。取≪大學≫之旨而名焉，托≪離騷≫之歌而號焉。”

《禮記·大學》:"欲齊其家者,先修其身 …… 身修而後家齊。"】

황덕길(黃德吉) 1750-1827. 조선 후기. 본관은 창원(昌元). 자는 이길(耳吉)이고, 호는 하려(下廬)·두호(斗湖)이다.

❀ 愼菴

【《下廬先生文集》卷十《愼菴記》:"德吉不天,未生世,先君子棄諸孤。先夫人嘗撫敎之,每道先君子遺事以爲式。命閱家中舊篋,出示先君子手帖。帖有'愼獨'二大字,題其傍曰以自警戒云。先夫人因謂之曰:'汝父有志爲己之學,嘗以此揭之座,日從事於斯。汝其識之。'德吉泣而對曰:'德吉雖不敏,請不敢忘。'遂奉襪之,至今二十有年。德吉旣經喪威,視息兩間,旣不能仰體先君子之志,又不能奉承先夫人之訓。問其齒則加矣,問其業則莽矣。不肖無狀,罪無所逃焉。於是揭其寢處之所曰'愼菴',以寓其永慕。竊惟爲學之要,莫先於愼其獨。曾子論格致誠意之序必於是,子思子述率性修道之功必於是。思誠之始也,持敬之本也,下學而上達也,實無以易此。嗚呼!德吉其敢不起居出入,常常焉仰止,怳然如將見之,愯然如有聞乎其聲,一出言而不敢忘,一擧足而不敢忘。不敢忘於是,則不敢忘父母也。詩曰'明發不寐,有懷二人',又曰'夙興夜寐,無忝爾所生'。嗚呼!德吉勉乎哉!竊恐其力莫能與也已。"】

❀ 八當藏

【《下廬先生文集》卷十《八當藏小記》:"昔尤延之於書靡不觀,觀書靡不記。嘗謂:'飢讀之以當肉,寒讀之以當裘,孤寂而讀之以當朋友,幽憂而讀之以當琴瑟。'余爲廣其說曰,渴者當酒醴,病者當蔘苓,好遊者當山水,裕後者當籝金。然裘久則弊,肉飫則噎,朋友數則踈,琴瑟繁則淫,酒醴或及於亂,蔘苓少愈而止,山水遠而致勞,籝金多而招怨。惟書取之無禁,用之不竭,斂之藏於密,施之彌天下,置之左右,日享其淸福,得之心身,不知老之將至,不亦多之云乎哉?余家古有一藏,恰受略干書帙,遂題曰八當藏。"】

❀ 號 - 斗湖精舍

【《下廬先生文集》卷十《斗湖精舍記》:"斗湖在古平陽。西湖之北曰巴山,帶長江,俯大野,秀而麗,陡然中立。山之北曰巴江,一曰投金。漢之下流西迆,橫經一縣界,入于海。江之南崖,纍纍然層巖疊起。小者人立,大者獸伏,不可以攀躋曰屈慕隅。山之一麓橫抽西北，如利劍脫鞘。麓之前爲孝寧大君草亭古址，址之下大石盤據麓趾，上可坐數十人。如渴駒吸川曰仙逗巖，巖之下曰斗湖。湖之發源自東南諸峯，中劃十里野，過漢橋之浦，會于江，如長虹橫亘于天半。自麓數十武而南，宅里表五烈，乃吾黃氏世傳別墅。居人戶數十，瘠田數頃。城邑隔一岡，囂閙不到。其巷僻，其居敞。俯臨南西郊，自作一區焉。昔我先兄嘗謂德吉曰：‘近日洛下大閙，就靜莫如鄉。鄉有弊廬秖數椽，吾將增修容膝，所以遂偕隱之志。’未幾先兄寢疾，洪歲正廟季年秋，吉陪先兄還舊廬，是年冬先兄歿。其後二十年間，喪禍荐疊未遑也。至己卯春，始營構三間茅，命淵孫董其事。既月而訖，中爲起居之所曰‘斗菴’，大于斗又濱于斗也。穿其北壁，書軸攸藏曰八當，識吾好也。西一間築土爲軒曰‘瞻桂’，桂之陰，先壠也。東簷下開三楅竹牖曰‘向陽’，取其明也。合而名之曰‘斗湖精舍’。舍之北古有槐，其大蔽牛，其方十弓。有時風乎蔭曰‘槐亭’。亭之側偃松倚壁如傾蓋，築小塲，聚村學子講誦，曰‘松壇’。東籬下列植菊九畹，培築三等曰‘菊塢’。環一麓手植以橡。未十年成林，曰‘橡園’。園中種以桃，宅前種以柳，曰‘桃岸’曰‘柳堤’，寓之物也。若夫萬古只麽不厭不負者，惟曰山。洪福屹乎北流，駐龍鎭乎西維。立容焉重爲桂陽，秀色焉奇爲蘇來，列爲吾精舍之重重屏幛。於是主人翁休焉息焉優焉游焉，以終老焉。”】

이제한(李濟翰) ?-?. 조선 후기. 자는 치규(穉圭)이다.

❋ 名 - 濟翰　字 - 穉圭

【≪周易·賁卦≫：“白馬翰如。”≪疏≫：“鮮潔其馬，其色翰如。”≪儀禮·士虞禮≫：“圭爲而哀薦之饗。”鄭玄≪注≫：“圭，絜也。”】

❋ 己齋

【≪下廬先生文集≫卷十≪己齋記己卯≫：“戴大圜，履大方，藐然處乎中，參爲三才，蓋己。云‘維天之命，於穆不已’。繼之者善，成之者性，故曰性善。存乎中則天德，著乎外則王道。命之所以本然，性之所以當然，敎之所以自然，無適而非己也。人莫不有己，知者鮮矣。世之學者俳于文癖于訓詁，牿于功利之說紛如以夸耀於世。爲己功爲己任者。非吾所謂己也。何異於舍其田不芸，芸人田也？棄自家寶藏，走査礦撥零金也？嘗聞諸夫子曰：‘古之學者爲己。’子思子述之曰：‘衣錦尙絅，惡其文之著。’志於學也。曰：‘知遠之近，知風之自，知微之顯。’進于學也。曰'潛雖伏矣，亦孔之昭。'人之所不見也，所以學之致其功也，爲己之學備矣。故君子反諸己而已。苟能盡其己，則德可大業可久，富貴不能淫，貧賤不能移。達則兼善，於己乎何加？窮則獨善，於己乎何損？惟爲己者可以盡其性，而庶無愧於俯仰矣。濟南李君稺圭嘗志於古，扁其室曰'己'，徵余言。余曰：'子既知其爲己，將以踐其實而至乎成己者歟？'酒闡厥義以勖之。"】

오규(吳珪) ?-?. 조선 후기. 자는 규옥(圭玉)이다.

❀ 名 - 珪　字 - 圭玉

【析名為字。】

❀ 芝溪幽居

【《下廬先生文集》卷十《吳圭玉芝溪幽居記甲子》："芝溪子卜居于溪之陽，乃徵諸走。邃樂爲之，告曰：'竊聞之，朱夫子經箕蕾舖，見壁上題云"煌煌靈芝，一年三秀。予獨何爲，有志未就。"於是三復而歎，以爲與予意會也。子蓋追夫子之志而願學之乎否？古之隱君子尚比德於芝，嘗論其衆卉穢而不移操，信也；風霜悴而不沫芬，強也；高山邃林，不見採於人而不怨，廉也。故楚左徒敍列蘭芷蕙椒之類，竊悲其變爲蕭艾而無可恃者，獨不言芝。芝不恒於世，恥列於衆芳，是保德之全，宜匹美乎高尙之人。人苟有入子室望子宇，則固亦三嗅而識其臭。子庸識哉！'"】

안경의(安景禕) 1781-?. 조선 후기. 본관은 순흥(順興). 자는 공미(公美)이다.

❀ 名 - 景禕　字 - 公美

【《爾雅·釋詁》："禕，美也。"】

❀ 順窩

【《下廬先生文集》卷十《順窩記辛巳》："生之理，性命也。性命之正，順也。《說文》'蓋順理也'云。理，本也，順道也。本立而道生，繼之者善理也，率性之謂道順也。君子之道惟曰順。知崇順乎天也，禮卑順乎地也。聖人順萬事而與天地合，純乎順聖也，造乎順賢也。志乎順，學者事也。學而至，則幾乎純也。學問思辨，知斯順也。誠正修齊，履斯順也。窮不失義，達不離道，體斯順也。居廣居，行正路，立正位，能盡天下之大順也。故《易》曰'順性命之理。'理在宇宙內，一而已矣。後之人認形氣爲理, 理微而氣顯。眞箇'順'字, 識者幾希。徇己私曰順, 從流俗曰順, 逐圓者爲中行, 倜儻者爲時措, 靡靡乎習俗如水之就下。彼所謂順者己也, 豈其性命之本也？毫釐差, 天壤易, 幾乎微哉！學者盍精察焉。安上舍公美從吾遊者稔, 嘗扁其居曰'順'。其知夫道之本乎？旣知之, 斯行之。知匪艱, 行惟艱。毋畫, 毋歧, 毋蹠等, 毋間斷, 毋半塗廢也。慥慥爾一於順, 則言不踰, 行不疚, 道不遠矣。惟公美, 懋哉懋哉！"】

이운경(李雲慶) ?-?. 조선 후기. 자는 기서(紀瑞)이다.

❂ 名 - 雲慶　字 - 紀瑞

【≪唐書 · 百官志≫: "景星慶云爲大瑞。"】

❂ 慕學堂

【≪下廬先生文集≫卷十≪慕學堂記≫: "古牛首南江之涯, 李君紀瑞世傳別墅在。扁其講學之堂曰'慕學', 徵言於余曰: '先人之壠南距十里而遙, 里號舊稱大學堂。小子縞制旣訖, 竊寓之追慕云。'余聞之, 人子之事親, 事生孺子慕, 事亡終身慕。孺子慕成, 性也；終身慕存, 存也。存, 存孝之純也。明發不寐, 夙夜慕也。霜露悽愴, 時序慕也。一出言, 慕其敬對也。一擧足, 慕其揖遊也。身體髮膚, 慕吾之所受也。心志嗜欲, 慕吾之不敢專也。遠之事君, 邇之立身, 無有乎不慕也。孝哉惟孝, 奚其不爲慕？吾夫子≪孝經≫, 蔽之一言曰'時以思之'。蓋孝子之永慕也。曾子旣授而傳習, 又著≪大學≫, 述夫子之言而推廣之。三綱八條, 本諸十四章。聖門七十子之徒, 曾子獨得斯學之宗。今也紀瑞先兆, 厥名旣符于曾傳堂之額, 蓋取諸喪紀章遺意, 斯可以語學, 學而后知, 知而后履之。≪孝經≫而立其基, ≪大學≫而入其門, ≪語≫, ≪孟≫而踐其闥, ≪中庸≫而造其奧, ≪詩≫而得性情之正, ≪書≫而契聖聖心法, ≪禮≫而明天理節文, ≪春秋≫而定天下之義理, ≪易≫而致乎極, 濂閩諸先生格言而發揮之, 繹于心, 體于身, 不能不措也。庶其無忝於生我之性, 使人謂之君子之子。貽令名者大孝, 心之慕, 莫學若也。勖哉紀瑞！"】

정약현(丁若鉉) 1751-?. 조선 후기. 본관은 나주(羅州). 자는 태현(太玄)이다.

❂ 望荷樓

【≪與猶堂全書≫第一集≪詩文集≫第十三卷≪望荷樓記≫: "壬子夏, 吾昆弟遭恤于晉州。旣反葬于荷潭之兆，歸而廬于苕川之居。服未闋而屋將壞，遴遺志葺而新之。伯氏特命工就屋之東南，割其半楹而樓之。旣而宗族隣里觀是樓之役者，僉訾毀之，謂其制狹小不便。伯氏弗撓也。服旣闋，扁其樓曰'望荷'。日興居其上，怊怊焉，悒悒焉，如有望而不見者。欷歔於邑，或窮日而不知反。於是嚮之訾毀樓爲不便者，咸知其出於屺岵之思，而不可有議也。夫荷之距苕殆二百里，崇邱峻嶂之間，其間者層疊繚繞，不可殫計。雖使起千尺之樓，而翹足引領於其上，顧安能微見其松杉之末哉？至其望之而不見，平地與樓同。奚以樓爲？雖然，孝子之心，徼幸已矣。虞而疑其魂反于室者，徼幸也。祭而希其神饗于食者，徼幸也。焫蕭而求于陽，灌酒而求于陰，思其笑語，思其居處，齊三日，冀見其所爲齊者，無往而非徼幸也。則爲人子而無徼幸之心者，不足與語是也。夫立乎二百里之外，而望其丘墓者，徼幸也。立乎地，望之不見，而欲增數尺之高，以幾其見者，亦徼幸也。自其望而不見者而言之，則千尺未嘗高也。自其孝子之徼幸者而言之，則斯樓未嘗卑也。登斯樓者，徐察夫二者之間，則庶乎其無議矣。伯氏屬余爲記，飲泣書此。"】

❀ 守吾齋

【≪與猶堂全書≫第一集詩文集第十三卷≪守吾齋記≫："守吾齋者，伯氏之所以名其室也。余始也疑之曰：'物之與我，固結而不相離者，莫切於吾。雖不守，奚適焉？異哉之名也！'自余謫鬐來，嘗獨處思慮靜密。一日恍然有得於斯，蹶然起以自語曰：'大凡天下之物皆不足守，而唯吾之宜守也。有能負吾田而逃者乎？田不足守也。有能戴吾宅而走者乎？宅不足守也。有能拔吾之園林花果諸木乎？其根著地深矣。有能攘吾之書籍而滅之乎？聖經賢傳之布于世，如水火然，孰能滅之！有能竊吾之衣與吾之糧而使吾窘乎？今夫天下之絲皆吾衣也，天下之粟皆吾食也，彼雖竊其一二，能兼天下而竭之乎！則凡天下之物，皆不足守也。獨所謂吾者，其性善走，出入無常，雖密切親附，若不能相背，而須臾不察，無所不適。利祿誘之則往，威禍怵之則往，聽流商刻羽靡曼之聲則往，見靑蛾皓齒妖艶之色則往。往則不知反，執之不能挽。故天下之易失者，莫如吾也。顧不當縶之維之扃之鐍之，以固守之邪？吾謾藏而失吾者也。幼眇時見科名之可悅也，往而浸淫者十年。遂轉而之朝行，忽爲之戴烏帽，穿錦袍，猖狂馳于白晝大道之上，如是者十二年。又轉而涉漢水，踰鳥嶺，離親戚，棄墳墓，直趨乎溟海之濱叢篁之中

而止焉。吾於是流汗脅息，遑遑汲汲，追吾之蹤而同至也。'曰：'子胡爲乎來此
哉？將爲狐魅之所引乎？抑爲海神之所招乎？子之室家鄉黨皆在苕川，盍亦反其
本矣？'乃所謂吾者，凝然不動而莫之知反。觀其色如有拘留者，欲從以反而弗能
也，遂執與之共住焉。是時吾仲氏佐郎公亦失其吾，而追而至於南海之中，亦執
與之共住焉。獨吾伯氏得不失其吾，而安然端坐於守吾之齋。豈不以其守之有
素，而得不失之也乎？此其所以名其齋者歟？伯氏嘗言曰：'先人字余曰太玄。吾
將獨守吾太玄。是以名吾齋。'此其託辭也。孟子曰：'守孰爲大？守身爲大。'誠
哉言乎！遂書其所自語者報于伯氏，以爲≪守吾齋記≫。"】

이만수(李晚秀) 1752-1820. 조선 후기. 본관은 연안(延安). 자는 성중(成仲)이고, 호
는 극옹(屐翁)·극원(屐園)이며, 시호는 문헌(文獻)이다.

❀ 名 - 晚秀　　字 - 成仲
【≪老子·四十一章≫："大方無隅，大器晚成，大音希聲，大象無形。"】

❀ 紅葉樓
【≪楓臯集≫卷三≪溪上折取楓枝有感≫詩注："丙寅秋，竹石遊金剛，以楓葉寄余
及屐翁。屐翁時觀察北關，構一樓適成，遂以紅葉名之。余摸其葉于帖，爲詩與
跋，名曰紅葉傳照，因以其葉裹藏于玉壺山房硯匣，至今不壞也。"】

❀ 書巢主人
【≪屐園遺稿≫卷二十≪書巢記≫："余藏書，經有≪易≫≪書≫≪詩≫≪語≫≪孟≫
≪庸≫≪學≫大全五十冊，史有三≪漢書≫八十八冊，子有≪朱子大全≫六十冊，
集有≪全唐詩集≫百二十冊，≪古文淵鑑≫□冊，而扁其壁曰'書巢'。或曰：'君子
厚於處己而廉於取名。子之書不滿一架，而遠自況於陸務觀，無已夸乎？'曰，子
不見夫居室乎？善居者蝸牛之廬可以諷詩書，旋馬之廳可以傳子孫。不善居者文
梁花甃，不足供秉燭一覽。吾書雖少，堯舜、禹湯、文武、周孔之道載焉，班范袞
鉞之筆著焉，紫陽夫子地負海涵之學存焉，秦漢以來幾千百載古作者軌範靡不具
焉。吾將左右庋閣，終身棲其中而有餘。君子夫豈多乎哉？不多也。且吾伯氏有
書數千卷，先王考題識、家大人印章宗在焉。吾弟松宅居士蚤有鄴侯之癖，其書
又不啻數千卷，藏之所謂萬松樓中。吾將居則讀吾書，出則伯氏松宅之藏卽吾書
也。伯氏松宅之居，卽吾巢也。吾之巢其庶幾乎邵堯夫十二行窩，奚獨自況於務

觀而止哉？雖然，巢者上古之居也。巢居變而宮室作，宮室作而淫技興。道之不行也，學之不明也，彼百家衆流充棟汗牛者爲之蔽也。吾以書名，蓋欲從先進意也，又安用多爲？是爲記。"】

❀ **緩帶亭**

【≪屐園遺稿≫卷二十≪緩帶亭記≫："直戟門東北數十武，山之左股邐迤內轉，營牙是抱，呀爲窈洞，雲霞出焉。躋磴而上，則西達無忘樓，東壓枕戈亭之背。洞之半翠壁卓地，嶄然有斧劈之勢。松楠楓栝，糾蟠偃嫵。丹碧經緯，文文章章。因壁之趾，制蠹鏾碻，壘臺及肩，前規後橢。有泉循臺瀯瀯，受以小池。可以觀魚，可以泛荷。縛茅于臺，轂盖乘楹，宗用擇勝之制。弓步而堞之，於焉射鵠。亭榜曰'緩帶'，蓋取諸羊叔子也。叔子風流儒雅，身不披甲，而沉機遠猷，折衝罇俎，竟就平吳之偉績。江漢之愛，播之載籍。迺余龍鍾老白首，謬膺鎖鑰，曾不克惕號莫夜，綢繆陰雨。日與兩三賓佐，決拾爲戲，欲追古人之犳跡，得無愧於伐檀之君子歟？若夫聖神休養，寰域清謐。疇昔百戰之地，今爲留臺之散局。使職於是者長嘯短吟，裘帶自放於山林亭沼之間，而人不怔焉，則叔子之所未得云。"】

❀ **玉簫亭**

【≪屐園遺稿≫卷二十≪玉簫亭記≫："玉簫以名亭，朱夫子鐵笛亭之意也。余治咸二年，一日宴坐，見園後老樹一幹偃蹇盤屈，儼出屋檐。萬葉含風，薜荔衣之。問諸土人，曰：'是樹也，俗稱認樹。每舶趁風來，海上諸船望樹顚而認歸路，故名。'余心異之，循磴而陟其趾。樹之所蔭園可五六畝，四角平正，如布碁局。其東則二陵佳氣，欝葱可拱；其南則樓櫓百雉，煙花萬室。澄江一道，縈帶而鋪練，夾于花島，東達于海。又南則原濕龍鱗，茫然平楚，野盡群山，若有若無。日邊之路，在雲鴻滅沒之外。其北則龍盤之脉，左顧右蹲，元氣磅礴，宗爲營牙之鎮。而萬松挺立，學宮是護。其西則山漸榏峷，朔氣橫霄，過黃草嶺則三甲是也。而大角臙脂之峰，若可振衣也。爲之佇立，爲之四顧，則擊毬知樂集勝萬甲之亭，樂民北山三釖三倚之樓，凡咸州八詠之勝，莫不來供於是園。而園之所處高爽而不危，邃靜而不僻，密邇而不淺露。軒翥如鳥翼，蘊蓄如洞府，坦帖如室堂。心目所慕，万象咸湊，卽又諸樓亭之所不得比。是不可以無亭。於是砌臺而表樹，立堞而耦射。芳草綠縟，以備燕飲。距樹北數十武，縛茅六楹，是爲玉簫亭。或曰：'斯亭之作，因樹而成，則盍以樹名也？'曰：'闢兹荒翳，有園有亭。樹固亦有功焉。若亭之勝, 則樹不得以盖之也。夫天地有自然之聲, 雲烟鳥獸, 可以觀韶之大全。流水高山, 可以化伯牙之琴。聲音之妙, 固不待乎吹竹彈絲敲金擊石也。斯亭也其境至高, 其德至清, 其遇至奇。其名之也, 不可以形器事物得其意。盖嘗憑欄而聽之, 山海空明之際, 虛籟自發, 由遠而近, 悠揚縹緲, 搖曳裊繞, 非磬非鍾, 非箏非瑟, 其惟玉簫乎? 豈非所謂天地自然之聲, 而惟斯亭可以當之也耶? 吾季南瑞喜佳山水, 曉音律, 待亭上月圓, 爲我吹洞簫一闋, 則安知無緱山鸞鶴翩然而至也?"】

❀ 屐翁樓

【≪屐園遺稿≫卷二十≪屐翁樓記≫："屐翁者誰? 東北面觀察使延安李晩秀也。何謂屐翁? 昔我先朝燕射禁苑, 侍耦諸臣咸有恩賚。以臣家居着屐, 事近不俗, 特命內府賜木屐一緉, 以御銘八句寵之。古有賜笏、賜帶、賜弓、賜盃, 而賜屐則從古人臣之所未得也。況臣龘材懶性, 不合曳履星辰。謝齒阮蠟, 乃分之宜。遂感激拜稽首, 受言藏之, 仍以自號也。何以名斯樓也? 夫涼竹簟之暑風, 曝茅簷之冬日, 回瞻玉堂, 如隔天上, 歐陽子之序內制也。況今仙馭莫攀, 星霜屢嬗, 皓首餘生, 千里遠寄。與塞垣老校, 決拾爲戲於荒園古堞之間。追念賜屐之恩, 怳然如前塵影事。瞻望梧雲, 輒不覺涕沾于衿。斯樓之名, 所以志感也。至若醉翁之名亭、野鶴之扁居, 非敢妄效古人高自標揭之意云。丁卯冬屐翁書。"】

❀ 小知樂亭

【≪屐園遺稿≫卷二十≪小知樂亭記≫："小者何? 小以喩大也。知者何? 知之謂知也。樂者何? 人樂其樂也。亭者何? 匪樓匪臺, 亭亭然也。小知樂亭者何? 咸州之勝, 知樂爲最。凡江海之滉瀁, 山野之綿邈, 城郭閭井桑麻烟火之殷麗衍沃, 鐵關以北方千里, 一擧目而得之。然而亭之所處, 長於高爽空濶豁達之觀, 短於窈窕邃靚幽適之趣。張樂洞庭之野, 連弩浙江之潮則似矣。瑯琊之巖泉, 靈壁之林園, 盖無之。造物者與之角則不與之齒也。予爲是病, 就燕寢之東, 鑿庭而沼, 種荷放魚, 縛茅爲亭, 日嘯咏棋樽于上。宛然一邱一壑之想, 可以補知樂之不足。而江聲海色之映發左右, 知樂之所有。又未嘗不兼, 則是爲小知樂亭也。夫先天下而憂, 後天下而樂, 范希文也。深衣大帶, 獨樂其園, 司馬君宲也。君子素位而行, 隨遇而安, 跡雖殊而心則一也。莊周氏所謂北溟之鯤, 化而爲鵬, 摶扶搖而上九萬里。濠上之魚, 出游從容。何者爲樂, 小大之辨, 惟知道者知之。"】

❈ 翠翠軒

【《屐園遺稿》卷二十《翠翠軒記》：“蜿蜿蜒蜒起起伏伏，山也。浮浮練練漾漾溶溶，江也。矗矗晶晶漭漭浩浩，海也。夷夷蕩蕩渺渺蒼蒼，野也。斜斜整整櫛櫛鱗鱗，閭閻也。軒軒䡾䡾朧朧輝輝，樓閣也。芸芸職職，民物也。隱隱啍啍，車馬也。魚魚雅雅，旗鼓也。遮遮掩掩曲曲幽幽，院庭也。葳葳蕤蕤紅紅白白，襟花也。森森落落踈踈密密，林木也。漣漣漪漪，小池也。泛泛田田，新荷也。潑潑喁喁，遊魚也。飛飛啼啼，百鳥也。面面亭亭，茅亭也。燕燕鴛鴛，紅妓也。濟濟鼛鼛，衆賓也。英英，雲也。ㄱㄱ，風也。滴滴，雨也。娟娟，月也。皚皚，雪也。藹藹，春也。熙熙，夏也。蕭蕭，秋也。肅肅，冬也。涼涼，朝也。陰陰，晝也。冥冥，夕也。寂寂，宵也。曛曛，酒也。淡淡，茶也。秩秩，書也。颸颸，詩也。丁丁，碁也。錚錚，壺也。剡剡，矢也。泠泠，琹也。幡幡，舞也。裊裊，歌也。呵呵，笑也。矇矇，眠也。躩躩，覺也。星星，髮也。堂堂，日也。依依，客也。擾擾，世也。閑閑，我也。惺惺，心也。玄玄，理也。翠翠，軒也。”】

이덕수(李德秀) ?-?. 조선 후기. 자는 사성(士聲)이다.

❈ 松桂堂

【《屐園遺稿》卷二十《松桂堂記》：“吾弟士聲爲三登宰，旣之任，貽書曰：‘弟遊宦於奔走，廢學久矣。玆縣地僻務簡，無所事於治。方收拾舊書，寓古人鳴琴之意。取“出宰山水縣，讀書松桂林”之句，以“松桂”名坐堂，請公扁之。’余復曰：‘士不可一日不讀書，讀書將以致用也。未知士聲之所以讀者，子游之絃歌歟？文翁之學舘歟？抑藍田縣丞之日哦二松而已歟？余曩按西節，省部過玆縣。縣介江峽之交，邑殘民貧，供億不能應。且況歲比告儉，新經兵燹，田疇汙萊，閭里懸罄。爲令長者恤恤焉撫字心勞，猶懼不濟。乃欲掩門下帷，竟日呫唔，以松桂自況，有非爲牧求芻之義，而得無近於挾策而亡羊乎？歐陽子爲夷陵令，無以自遣，夜閱囚案，理其枉直。《瀧岡表》所謂“死者與我俱無憾焉”者是也。君子之用心斯可見矣。且待士聲勞問疾苦，蘇捄瘡痍，野無不闢之畝，民絕無藝之徵。政成訟淸，人自得於百里。然後蕭然簾閣，讀君之書，夫孰曰慢厥職哉？雖泛樽鶴樓之月，挐舟鸚洲之秋，沿洄嘯咏於三十六洞之間，余不禁也。’遂以書語題其楣。”】

윤규범(尹奎範) 1752-1846. 조선 후기. 본관은 해남(海南). 초명은 지범(持範), 자는 이서(彝敍)이고, 호는 남고(南皐)이다.

❀ 名 - 奎範　　字 - 彝敍

【≪尙書·洪範≫："天乃錫禹洪範九疇, 彝倫攸敍。"】

❀ 寄園

【≪與猶堂全書≫第一集詩文集第十四卷≪寄園記≫："南皐尹彝敍旣釋褐十有餘年, 一秉之祿未或偶及, 時客游京師棲棲然。人有憐其寄而靡所止者, 或勸其挈家而北。如其言, 旣而無以爲家, 寄其從祖弟无咎之舍。適李君是釴貰小屋居其鄰, 得妻貲徙而之他, 以其屋與之, 彝敍遂寄于是。而屋後有杏園一區, 玆所謂寄園也。始彝敍之客遊也, 其寄者猶然一身, 且唯一處。今挈家而至, 卽其身與其老母與妻子咸與爲寄。而又屢易其處, 其爲寄與不已甚乎！雖然, 彝敍之以寄自命者, 豈以是哉？使彝敍得授中國之室, 以自養於崇構廣廈之上, 獨不得以寄自命也乎？今夫天下之人無非寄也。衆人蚩蚩, 安居而樂生。譬如桃源之人生長嫁娶, 不知其先爲避秦而來也。惟達者知世之不足以自安, 而生之有涯也。其視萬物如石火泡漚, 隨起隨滅, 曾不可以回戀。而後能蹤脫軒冕, 瓦擲金銀, 蜿蜿乎與世推移, 而不與物沈溺也。夫然後機辟布地而莫之陷, 網羅彌天而莫之攖。出世入世, 莫知其端倪。此寄之由乎我者也。至若修身潔行, 足以砥礪鈍俗。高文麗藻, 足以黼黻大猷。而刺史不以聞, 有司不以薦。嶔崎歷落, 不能一致身於游從之末。羈旅漂瀟, 如風葉荷珠倏轉倏瀉, 而莫肯相留。此寄之由乎人者也。我不敢知彝敍之寄, 由乎我邪？抑由乎人邪？由乎我, 寄也；由乎人, 亦寄也。我之自寄與人之寄我者, 無適而已非寄也。玆所謂自命其園者邪？"】

차좌일(車佐一) 1753-1809. 조선 후기. 본관은 연안(延安). 자는 숙장(叔章)이고, 호는 사명자(四名子)이다.

❀ 四名子

【≪四名子詩集≫附錄≪行狀[呂圭亨]≫："公諱佐一, 字叔章, 號四名子。母夫人禱于老姑山有孕, 夢唐賀知章來謁, 因字而號云。"

○唐賀知章(659-744), 字季眞, 號四明狂客。】

이시원(李始源) 1753-1809. 조선 후기. 본관은 연안(延安). 자는 경심(景深)이고, 호는 은궤(隱几)이며, 시호는 문간(文簡)이다.

❊ 名 - 始源　　字 - 景深

【黃庭堅≪養源堂銘≫: "必深其源, 源深則流長。"】

❊ 天雲堂

【≪金陵集≫卷十二≪天雲堂記≫: "余友前吏曹判書奎章閣學士李公景深, 卜居于楊州靈芝洞之先墓下。其地距京城不百里, 土肥而泉甘, 民淳而俗厖。景深樂之甚, 刬其翳爲之堂, 滌其污爲之池, 堂於冬夏宜凉宜奧, 池種蓮茇蒲藥, 魚蝦游泳其中。景深於是有歸老之志, 遂取昔賢詩語, 扁其堂曰'天雲', 屬余爲記。蓋景深高祖文貞公在顯廟間遁居于玆洞, 講明道學, 而以'太極靜觀'名其亭館。淸名重望, 至今爲學者所歆慕。而景深因其遺址, 修葺以居。則昔人所稱'肯構肯堂'者實在於此。而前後名扁之義, 淵源所自, 可得而論。君子所重, 進與退也。處乎廊廟之上, 仕宦顯達, 功名垂于竹帛, 此人之所願。而至於山林江湖, 自潔其身而高世者, 雖其所遇之不同, 而遺風餘韻, 其所被者亦遠矣。今公位於朝嚮用, 上下皆不捨公。公方未決歸, 而作斯堂而思之。人或疑公徒慕其名而無歸志, 甚者謂公受上厚恩, 旣位至公卿, 而乃思歸休爲便身之計。余謂二說皆未知景深之至者也。士大夫不必進, 亦不必退, 量己與時而已。其或旣進而不能遽退者, 此係於時而非己之所自由。珮玉而志在東山, 鐘鼎而不忘簞瓢。惟知者知之, 難與俗人道也。今夫巖居川觀, 閉戶遠跡, 竊淸名於時, 而其心則戀都市。有日遊都市而持守雅潔, 灑然抱嘉遯之志者。嗚呼! 其人之賢愚, 豈可同日語哉? 嘗見人有不能讀書者, 置經史架上, 日焚香摩挲, 常使書卷氣薰身。雖不如讀書, 而其與忘書者間矣。景深之不便歸而其不忘歸者, 亦類此。前七八年, 余作一小亭于溪上, 名曰'又思穎'。余亦慕古人而尙未踐言者。每誦'優游琴酒逐漁釣, 上下林壑相攀躋。及身康健始爲樂, 莫待衰病須扶携'之句, 未嘗不悵然久之。非景深, 吾誰與語此!"】

윤노동(尹魯東) 1753-?. 조선 후기. 본관은 해평(海平). 자는 성첨(聖瞻)이고, 호는 용서(蓉西)이다.

❊ 名 - 魯東　　字 - 聖瞻

【≪史記・孔子世家≫：“太史公曰：‘≪詩≫有之，高山仰止，景行行止。雖不能至，然心鄉往之。余讀孔氏書，想見其為人。適魯，觀仲尼廟堂車服禮器，諸生以時習禮其家，余祇回留之不能去云。天下君王至于賢人衆矣，當時則榮，沒則已焉。孔子布衣傳十餘世，學者宗之。自天子王侯，中國言六藝者折中於夫子，可謂至聖矣。’”】

❀ 松石齋

【≪寒水齋先生文集≫卷二十二≪松石齋記≫：“松青而石白，特其華也，其性則貞確而已。世之人只愛其形色乎外者，而其貞確之德性則渺莫能究之。若夫獨青於歲寒之後，屹立乎狂瀾之中者，且人愛之。其貞貞不可奪、確確不可損者，夫孰能以之？吾友尹聖照所過遇小松片石，輒嘯詠不能去。以他人視之，不過一纍纍一葱蒨而已。其好之之心，有甚於東坡之道友、米芾之拜丈。爲一世所笑者久矣。人笑之不慍，好之尤有甚焉，仍之以所居之齋名焉。齋之所有，亦不過纍纍焉葱蒨焉而已。則夫人之所好不以形，而唯性之求之也可知已。朝夕唯以松影石色環之左右，靜坐其間而潛自薰襲者，唯二物之德性。如桂中蠹自食桂中味，清香遍體。則吾知君他日之所用，無非出於此而警於世者也。乙未暮春，寒水翁書。”】

❀ 秋韻閣

【≪展園遺稿≫卷二十≪秋韻閣記≫：“安東府之愛蓮堂，在賓舘望湖樓之北。其始盖亭也，皇明正德丁丑。知府聾巖李公改搆爲堂，而愛蓮之號仍舊焉。前于丁丑二年，府使松齋李公堨嘗有詩揭壁上，又有退溪先生詩。松翁卽先生季父也。堂之修廢，俱載邑志。而近久荒頹，池陸而蓮不華者有年。吾友尹聖詹以貳卿重望涖是府，未週歲，士興于學，民樂于野。百度井井，咸曰來暮。治事之暇，慨然以堂之不修爲憂。捐財董工，廼度廼經。輪煥丹碧，指顧而成。仍其愛蓮之舊號，而又取退翁詩中‘荷爲秋凉韻更清’之語，扁曰‘秋韻閣’。馳書徵文于不佞。不佞作而言曰：‘韻者，如風之有韻。物遇之而動，人得之而感。流行不泯，逾遠而逾傳。不佞嘗唧命致酌于陶山書院，攝齋薦罍。肅然若侍丈席而奉德音，退而周行嶠左數百里，洋洋乎家詩禮而戶絃歌，至學語兒童言必稱退溪老先生。可以見先生之聲光典型猶有存焉，宜其爲鄒魯之鄉也。然則先生之杖屨所過，咳唾所留，莫非先生之遺韻。斯閣雖小，其有關於吾黨後學高山景行之思者，不亦綦重乎？且夫

濂溪朱子生於聖遠言湮之後, 獨得洙泗不傳之緒。而退翁之篤行正學, 遠紹洛閩
繼往開來之功, 卽吾東之濂翁也。蓮者, 一植物耳。兩夫子之爲說爲詩, 表章而
愛玩, 千載而若合符契。豈非光霽之襟韻, 不期同而同歟? 此愛蓮堂之所以修,
而秋韻閣之所以名也。《傳》曰"其人存則其政擧"。善於爲政者, 因其已知而神
明之, 故民之從之易。今聖詹興斯閣揭斯扁, 鑿沼種蓮, 還其舊觀。以重陽令節,
歌先生之詩而落之。一方之士民父老, 其必曰:"我侯之爲斯擧, 追先生之韻也。
追先生之韻者, 將以尊先生之道, 講先生之學, 與斯民更新也。"莫不驩然而喜,
斐然而作。聖詹之爲政可謂知所先務, 而先生之韻其將逾遠逾傳, 永百世而不泯
也。斯閣之興廢, 奚啻平山堂折荷行酒, 徒備遊衍之具已哉?'是爲記。"】

박민순(朴民淳) 1753-?. 조선 후기. 본관은 고령(高靈). 자는 숙항(叔恒)이다.

❋ 可軒

【《靑城集》卷七《可軒記》:"可不可之論, 莫篤於孔孟之書, 猶《易》之言利不
利也。利者, 通其用也。可者, 正其義也。比之器, 則圓徑之別, 而直道則一也。
故吾道之範世, 一是直也。可則曰可, 不可則曰不可。夫然後是非定而利害明, 孔
孟之所常言也。莊生之《齊物》曰:'可乎可, 不可乎不可。'蓋人謂之可則吾亦
曰可, 人謂之不可則吾亦曰不可, 是鄕愿之巧者也。鄕愿猶可惡也, 況侮聖之論
哉? 刑名家則曰事求可, 是亦不害爲核實之論, 而功利之心先之, 仲尼之徒所羞
道也。吾道之爲萬法宗也宜哉! 故孔子之專言可者多矣。'夕死之可矣', 甚言其可
也。'居簡之可也', 僅言其可也。以未可而證可, 則鄕人之好惡是也。以可而證未
可, 則適道與權是也。乃其自處則無可無不可也, 聖人時中而已, 故孟子以四可
讚之。可不可之義, 於是乎盡矣。若孟子之分析益明, 自可欲之善至聖而不可測
之神, 聖賢之階級備矣。行可際可, 則聖人之仕道備矣。非孟子之道醇, 焉能及
此哉! 後之君子見其可, 而亦可以知所處矣。高靈朴叔恒家世儒素, 世居陰城。
出而從仕, 仕亦隱現之間。今其歸田也亦已數年, 而名其居曰'可軒', 蓋以古君子
之可自處, 猶魯男子之介也。余乃爲之歷叙鄒魯之言可, 以廣其意, 兼言直道之
利於人者, 以爲吾黨勸。且辨弔詭刑名之論似可而實不可者, 以爲流俗戒。遂書
之爲《可軒記》, 以副叔恒之屬。"】

이서구(李書九) 1754-1825. 조선 후기. 본관은 전주(全州). 자는 낙서(洛瑞)이고, 호는 척재(惕齋) · 강산(薑山)이다.

❉ 名 - 書九　　字 - 洛瑞

【≪尙書 · 洪範≫：“天乃錫禹洪範九疇, 彝倫攸敘。”孔≪傳≫：“天與禹, 洛出書。神龜負文而出, 列於背, 有數至於九。禹遂因而第之以成九類常道。”又≪論衡 · 指瑞≫言“王者受富貴之命, 故其動出見吉祥異物, 見則謂之瑞”, 河圖洛書固為吉祥之徵, 故以“瑞”綴“洛”。】

❉ 素玩亭

【≪燕巖集≫卷三≪孔雀舘文稿 · 素玩亭記≫：“完山李洛瑞扁其貯書之室曰素玩而請記於余。余詰之曰：‘夫魚游水中, 目不見水者, 何也？所見者皆水, 則猶無水也。今洛瑞之書盈棟而充架, 前後左右無非書也, 猶魚之游水。雖效專於董生, 助記於張君, 借誦於東方, 將無以自得矣, 其可乎？’洛瑞驚曰：‘然則將奈何？’余曰：‘子未見夫索物者乎？瞻前則失後, 顧左則遺右, 何則？坐在室中, 身與物相掩, 眼與空相逼, 故爾莫若身處室外, 穴牖而窺之, 一目之專, 盡擧室中之物矣。’洛瑞謝曰：‘是夫子挈我以約也。’余又曰：‘子旣已知約之道矣, 又吾敎子以“不以目視之, 以心照之”, 可乎？夫日者, 太陽也。衣被四海, 化育萬物。濕照之而成燥, 闇受之而生明。然而不能爇木而鎔金者, 何也？光遍而精散故爾。若夫收萬里之遍照, 聚片隙之容光。承玻璃之圓珠, 規精光以如豆。初亭毒而晶晶, 俄騰焰而熊熊者, 何也？光專而不散, 精聚而爲一故爾。’洛瑞謝曰：‘是夫子警我以悟也。’余又曰：‘夫散在天地之間者, 皆此書之精, 則固非逼礙之觀, 而所可求之於一室之中也。故包犧氏之觀文也, 曰“仰而觀乎天, 俯而察乎地”。孔子大其觀, 文而係之曰“居則玩其辭”。夫玩者, 豈目視而審之哉？口以味之, 則得其旨矣；耳而聽之, 則得其音矣；心以會之, 則得其精矣。今子穴牖而專之於目, 承珠而悟之於心矣。雖然, 室牖非虛則不能受明, 晶珠非虛則不能聚精。夫明志之道, 固在於虛而受物。澹而無私, 此其所以素玩也歟？’洛瑞曰：‘吾將付諸壁, 子其書之。’遂爲之書。”】

윤치정(尹致鼎) 1754-?. 조선 후기. 본관은 남원(南原). 자는 형국(衡國)이다.

❉ 名 - 致鼎　　字 - 衡國

【≪文心雕龍‧程器≫：“孔光負衡據鼎。”≪注≫：“負衡據鼎，指處丞相位。衡，秤，表持平；鼎，三足，喻三公。”】

❊ 蛟淵亭

【≪旅庵遺稿≫卷四≪蛟淵亭記≫：“蛟龍山在南原府西七里，有密福二峯。其支東下蜿蜒，如雙蛟幷臥，故名以蛟龍。山不甚高大，而特起大野中，淸秀峭絶。望之使人悚然起敬，常有佳氣浮其上。山之四方，巨嶽峻嶺環而拱衛之，亦不敢褻狎以近。遠或至四五十里，東之般若，方丈之西峯也。名聞中國，杜工部咏之。西之月雞、高政、北之靈鷲、聖跡、南之寶連、屯嶺，皆穹崇嶂嵼，參雲霄者，而府特以蛟龍爲鎭山。百濟以古龍名郡，高麗以龍城號府。凡物之貴賤尊卑，不以形之大小也。有如藐少儒生，以一羽扇坐於錦壇之上。環眼戟鬚猛如熊虎之倫，執大刀長矛列侍左右，仰聽其軍律也。山之南麓下有村曰伊彦，文獻鄕也。國子生員尹致鼎家於是。庭有小池，經二丈餘。扁所居室曰‘蛟淵’，盖以山而名其淵，以淵而名其亭也。然而邵堯夫≪盆池吟≫曰：‘旣有蝌蚪，豈無蛟螭？’今子之池雖小，而比詩盆猶大，安知神龍不藏於其中乎？堯夫觀物，小之則以天地爲一丸，大之則以一盆爲湖海，會通萬殊而同歸於一貫也。不可以彼之小而侮之也，不可以我之大而驕之也。適意於一枝之棲，而不必羨人之大也；進步於百尺之竿，而不必自畫以小也。子在池上，所得必多矣。”】

허질(許瓆) 1755-?. 조선 후기. 본관은 양천(陽川). 자는 순옥(純玉)이다.

❊ 名 - 瓆   字 - 純玉

【≪厂敆集‧外孫許瓆字純玉說≫：“玭珠瓃玖，質遜於玉。紺綠縹紫，純不及白。故稱寶必稱玉，稱玉必稱白。又字書曰：玉，陽精之純。孔子曰：氣如白虹天也。盖有溫純潔白之質，而後可以爲珪璋而藉絺繡。故名爾曰瓆，字以純玉。爾宜持身如執玉，無或玷其美質。”】

송장휘(宋長輝) ?-?. 조선 후기. 자는 유구(悠久)이다.

❊ 名 - 長輝   字 - 悠久

【≪屛溪先生集≫卷四十三≪宋生尙輝明輝長輝字序≫：“崇禎後再丁丑仲冬，余自華陽歸宿西原之綱村。宋光寶謂余曰：‘第三子長輝將加冠于其首。今幸小子

即司城貞子, 而仲由之後之者亦有二三子矣。便一盛會, 長輝之三加進行於明日
壬戌, 願長者之敎之也。'余自顧衰劣, 不合當盛禮。重孤主人意, 遂登賓階, 祝而
醮之, 以悠久字長輝:'長, 久也。凡天下之理久則成。天地之博厚高明, 實由於
至誠不息之久。誠之者之形而著, 著而明, 以至光輝之發越, 皆和順積中, 英華發
外也。又其光輝之發越, 無時而不然者, 莫非表裏交養, 存中驗外, 能旣久而悠遠
也。此長輝之必字以悠久也。悠久其知之否?'悠久二兄起而前曰:'尙輝之字絅
汝, 明輝之字景晦, 雖非門下命而字之者, 冀得一言之賜以警焉。'余曰:'諾。君
子之德盛, 必有光輝。然詩人"尙絅"之語, 子思取之;"屛山晦根"之銘, 朱子服
之。豈非衣錦燁敷之言, 自得於己而已, 不欲其外昭而求知於人也耶?今德潤身
者, 自慊之效也。盎粹者, 內美之彰也。固自然之光輝發越, 如上所謂形著而明
之也。故君子之志, 惟闇然日章也。絅、晦俱可以識之歟?三輝之肇其名, 蓋欲
光輝之在身也。其必誠之悠久, 乃可以有其輝。雖輝之有, 而又必存絅晦之戒, 不
爲的然之亡, 終可以久其輝也。噫!爾三輝何但各顧而思其義也, 亦宜互體而相
資之也。其更勉之!'翌年之春分己巳, 屛翁書。"】

최북(崔北) 1712-1786. 조선 후기. 본관은 경주(慶州). 초명은 식(植), 자는 성기(聖器)·유용(有用)·칠칠(七七)이고, 호는 성재(星齋)·기암(箕庵)·거기재(居其齋)·삼기재(三奇齋)·호생관(毫生館)이다.

❀ 名-北　字-七七
【《金陵集》卷十三《崔七七傳》:"崔北七七者, 世不知其族系貫縣, 破名爲字, 行于時。"】

❀ 崔山水
【《金陵集》卷十三《崔七七傳》:"崔北七七者 …… 畫得意而得錢少, 則七七輒怒罵, 裂其幅不留。或不得意而過輸其直, 則呵呵笑, 拳其人, 還負出門, 復指而笑彼豎子不知價。於是自號毫生子 …… 七七畫日傳於世, 世稱崔山水。"】

❀ 毫生館
【《詩家點燈》卷五《指頭螺紋印成画》:"毫生為號者, 亦有其義。《容臺集》:'衆生有胎生、卵生、濕生、化生, 余以菩薩為毫生, 蓋從画師指頭放光, 拈筆之時菩薩下生矣。佛所云"種種意生身, 我說皆心造", 以此耶?南羽在余齋中寫大

師阿那漢, 余因贈印章曰"毫生館"。'崔七七亦取以為號也。"】

정약전(丁若銓) 1758-1816. 조선 후기. 본관은 나주(羅州). 자는 천전(天全)이고, 호는 일성루(一星樓) · 매심재(每心齋) · 손암(巽庵) · 연경재(研經齋)이다.

❀ 沙村書室

【≪與猶堂全書≫第一集詩文集第十三卷≪沙村書室記≫:"蠶之家有數箔, 大者廣輪終室, 其小者四分室之一, 或并其室而占其一。有箔焉以之安於筭, 恢恢乎其有餘地也。過而視之者, 視其大, 莫不豔慕;視其安於筭者, 莫不囅然一哂。然使賢婦人得沃葉, 飼之以法, 至其三眠三起而熟, 吐絲爲繭, 繰繭爲縷。小箔之蠶, 無以異乎大箔之蠶也。嗟乎!豈唯蠶爲然?世界皆箔也。天之布民於諸島, 猶蠶婦之布蠶於諸箔也。吾人以島爲箔, 其大者爲赤縣大夏, 其小者爲日本爲流求, 甚者爲楸子黑山紅衣可佳之屬。過而視之者, 其豔大而哂小也如箔。然苟有博學君子, 多蓄古典籍, 敎之以法, 及其離經辨志, 敬業樂羣, 因之爲聖爲賢, 爲文章爲經世之學。小島之民, 無以異乎大島之民也。余兄巽菴先生謫居黑山之七年, 有童子五六人從而學書史。旣而構艸屋數間, 榜之曰'沙村書室', 詔余爲之記。遂設蠶箔喩以告之。嘉慶丁卯夏"】

❀ 每心齋

【≪與猶堂全書≫第一集詩文集第十三卷≪每心齋記≫:"仲氏之歸苕川也, 名其齋曰'每心', 令余記之曰:'每心者, 悔也。吾多悔者也。吾每心不忘其悔者, 因而名其齋。汝其記之。'鏞竊聞之, 人有是形氣, 雖上智不能無過。其聖其狂, 唯悔吝是爭。故伊尹之言曰'惟狂克念作聖, 惟聖罔念作狂'。念者, 悔之云也。孔子曰:'雖以周公之才之美, 驕且吝, 其餘無足觀。'吝者, 不悔之云也。孔子曰:'假我數年, 卒以學≪易≫, 庶無大過矣。'夫以周公 · 孔子之聖, 宜若無過之可悔, 而其言若此, 矧凡人哉?≪周易≫, 悔過之書也。聖人之有憂患也, 不怨天, 不尤人, 惟過之自悔。故文王拘於羑里, 實始演≪易≫。孔子厄於陳蔡, 厥有≪十翼≫。而六十四卦多以悔吝立象。由是觀之, 聖人其無悔者邪?若聖人而無悔, 則聖人者非吾類也, 何慕焉?顔子之所以爲仁, 不貳過也。子路之所以爲勇, 喜聞過也。誠悔之, 不以過爲咎也。仲氏之名其齋者, 其志豈不弘哉?顧悔之亦有道。若勃然憤悱於一飯之頃, 旣而若浮雲之過空者, 豈悔之道哉?有小過焉, 苟改之,雖忘之可也。有大過焉, 雖改之, 不可一日而忘其悔也。悔之養心, 如糞之壅苗。糞以腐穢, 而壅之爲嘉穀。悔由罪過, 而養之爲德性, 其理一也。鏽之悔, 視仲氏將萬倍。乞以是名吾室, 可乎？在乎心, 雖不以名吾室可也。"】

권준(權晙) 1758-?. 조선 후기. 본관은 안동(安東). 자는 양중(陽仲)이다.

❀ 訥齋

【≪雪橋集≫卷四≪訥齋記≫："曩吾記權實甫默齋矣。實甫有弟曰陽仲, 又以其齋名訥者求吾記。吾曰：'子之兄弟, 其亦有異乎人哉？世之人, 兄多喧怒, 弟多囂怨, 常理廢絶, 乖氣橫放。豈以弟之怨囂, 而兄則怒喧耶？抑以兄之怒喧, 而弟則怨囂耶？初必一是, 末乃兩非。嗚呼！良可悲也！今子之默與訥, 視于彼者, 亦大不同矣。顧未知兄默而弟隨訥耶？抑弟訥而兄隨默耶？且其已默已訥耶？抑亦欲默而欲訥耶？吾將見子一家中之常道流行, 協氣洋溢, 獨能復淳古之隆矣。≪傳≫盖有之云："君臣父子兄弟, 終去仁義, 懷利以相接, 然而不亡者未之有也。君臣、父子、兄弟去利, 懷仁義以相接, 然而不興者, 未之有也。"夫懷利以相接也, 何由能默而能訥？懷仁義以相接也, 亦何由喧怒而囂怨？然則不喧怒而默, 不囂怨而訥, 乃去利懷仁義者之爲乎？家之興可待。而實甫年長, 蓋已知此者。故此語於陽仲少者之齋, 乃始悉之焉。'"】

서영보(徐榮輔) 1759-1816. 조선 후기. 본관은 달성(達成). 자는 경재(景在)이고, 호는 죽석(竹石)이다.

❀ 含哺鼓腹擊壤室

【≪展園遺稿≫卷二十≪含哺鼓腹擊壤室記≫："我春宮邸下寶齡躋七, 睿質天成。時敏日新, 令聞四達。右賓客竹石徐公以兩朝碩德, 詞苑宗匠, 夙夜匪懈, 殫誠輔導, 克追文淸公翼儲故事。一日晩秀訪公于杞菊小齋, 楣顔有扁曰'含哺鼓腹擊壤之室'。問其何義, 公曰：'此睿翰之仿書也。日者冑筵進講≪十九史畧 · 帝堯紀≫。講畢, 親御翰墨書下四幅, 第一曰壽富多男子, 第二曰含哺鼓腹擊壤, 第三曰茅茨不剪土階三等, 第四曰其仁如天其知如神。其一華封之祝, 臣等不敢有, 獻于邸下, 邸下康色而受之。其二賜臣榮輔。其三、其四分賜春桂坊官。臣拜稽袖而歸, 永作傳家之寶, 以此六字扁于室。臣承此寵光, 將爲耕田鑿井不識不知之氓, 歌咏睿澤于桑楡日月, 豈非至榮大幸乎？'仍出示睿翰。纔展紙, 祥光已驚戶牖。及敬覽, 結搆勻正, 神采流動, 端嚴敦厚, 貴氣盎然。盖冲齡運筆, 得自天機。性情所發, 畫前有事, 非筆苑臨池之士所可學而能也。乃擎玩累回, 不勝欽聳。攢頌曰：'有是哉。公之遭遇蒙被之盛, 誠曠世異數也！然公方與皐夔元凱, 贊章韶而歌星雲。擊壤之野老, 非其人也。邸下之書此而賜公者, 竊睿意欲使公承佐聖化, 薰陶睿德, 德化成而大猷升。環東土林林蔥蔥者咸得安生樂業, 歌帝力於仁壽之域, 而琹湖老漁亦化中物也。'遂相視而笑。居數日, 公膺保釐之命。晚秀蹶而起曰：'竹翁新涖之職, 卽古華封人之所居也。記昔乙卯之春, 我寧考奉慈駕幸華宮, 稱觴于奉壽堂, 設養老宴于洛南軒。鶴髮鳩杖, 于于皤皤, 各献其年。式至今傳爲盛事。然則壽富多男之祝, 於斯乎在；含哺鼓腹之謠, 亦於斯乎在。向者睿翰之宣賜, 今日竹翁之除命, 若有符契者存。奚但公扁于室、寶于家而止哉？宗社億万年無疆之基, 宗於斯乎在。於乎盛矣！晚秀雖屏跡田野, 不獲昵覲离光。今於竹翁之寵錫, 心竊與有榮焉。謹薰沐記其事, 又次燕長公賜書紫薇詩韻, 庸伸延頸之微忱。'詩曰：'四重樂歌雷出地, 八百洪基種樹戲。承華日關緝熙筵, 貳極門臨禁苑翠。寶齡猶未齒學年, 睿知聰明本乎天。竹石居士文清孫, 賓師輔導如蒙泉。講罷筵前拜寵賜, 雪色宮箋昭回字。曾氏史臯陶唐紀, 大筆特書光被四。良玉孚尹出于闐, 彩鳳翔舞朝陽鮮。就中康衢擊壤謠, 絕勝東坡紫薇篇。筆力重如喬嶽靜, 心畫已卜祈天永。睿思最在熙皞世, 游藝亦追勛華聖。字字星斗粲瑤空, 十襲擎出蓬萊宮。圖書小室銀鉤扁, 寶藏傳家誠阿戎。萬年承歡魯壽母, 三朝問安周文武。願君華祝祝离明, 耕鑿群生樂率普。'"】

장혼(張混) 1759-1828. 조선 후기. 본관은 결성(結成). 자는 원일(元一)이고, 호는 이이엄(而已广)·공공자(空空子)이며, 일명 장륜(張淪)이라고 불렸다.

❀ 名 - 混　字 - 元一

【≪老子≫："視之不見, 名曰夷；聽之不聞, 名曰希；搏之不得, 名曰微。此三者不可致詰, 故混而為一。"】

❀ 號 - 而已广

【≪而已广集≫卷十四≪平生志≫："玉流洞, 仁王山名區之一也。洞之形, 翳然而隱西北, 呀然而坼東南。其背則蒼厓古松, 望遼复也；其面則千門萬戶, 類盤困

678

也。平原縮其右，長岡揭其左。一往一復，如相衛焉。中貫淸流，尾蟠大溪。首注絶壑，淙淙琤琤，環珮琴筑，雨則奔瀑百折，甚可觀焉。闚流泉之會，左右林木，藜攢森映。鷄犬隱其上，居人廬其間。洞之闊，不容方軌。邃而不霫涇，闃而益爽塏。然而以其地介閭閻，俗參市井，過者不甚愛焉。洞行盡，薄山趾舊有某氏之敝舍，狹隘仄陋，然洞之美在斯。芟其穢，蠲其壅，方宅可十畝，宅前有井徑尺半。深如之，圓三之，劈石以鑿，泉出其縫。味甘冽，旱不渴。距井西五六步，盤石平，可衆坐。宅西有阜，脩廣高平，勢出屋簷，草茸茸如鋪毯。宅內怪石蒼巖，往往碁置，眞嘉遯者棲遲之所也。問其直，僅五十，使買其地。因其面勢，畫數堵之宮，而無瓦甓之飾、棟宇之傑。綠槐一樹植門前以蔭，碧梧一樹樹外軒，西受月影。葡萄架架其側以承陽，柏屛一曲樹外舍之右以塞門。芭蕉一本種其左以聽雨，桑樹籬下間之木槿、玫瑰以補缺。枸杞薔薇靠牆角，梅花藏外舍。芍藥、月桂四季置內庭，若榴及菊，分蓄內外舍。石竹、鷄冠散種內舍墌除，杜鵑躑躅木筆交栽于園。孩兒菊苦薏之屬紛披于岸，慈竹占宜土，而養含桃週內含西南隅，植桃杏其外。其陽處林禽丹柰柏樹栗樹羅植之，玉蜀黍播之閒燥地，葫一圃、冬葫一圃、葱一區，錯理東牆之東。葵菜、芥菜、紫蘇，區置舍南而橫從之。萊菔，菘菜，種舍之西而畦隔一兩席。茄子蒔圃畔，其色紫白。甘瓠、南葫，延四籬，援羣木。於是乎花焉而觀，木焉而息，果焉而摘，蔬焉而烹，信有優游自得者，豈獨丘園林泉之美與？獨居則撫破琴，閱古書而偃仰乎其間而已，意到則出步山樊而已。賓至則命酒焉，諷詩焉而已，興劇則歡也歌也而已。飢則飯吾飯而已，渴則飮吾井而已。隨寒暑而衣吾衣而已，日入則息吾廬而已。其雨朝雪晝、夕景曉月、幽居神趣，難可爲外人道也，道之而人亦不解焉耳。日以自樂，餘以遺子孫，則平生志願如斯則畢而已。其屯亨也、脩短也，聽吾天而已。故扁吾广以‘而已’。吁！買是土，營吾廬，其直不過三百貫，而寤寐苦心者十數年尙不就焉。嗚呼！非輕世尙志者不可此有，卒之其不能致也歟！婚嫁之畢，吾不待焉已。終老之計，定在斯乎？洞在山之陰，山在國都西。”】

남공철(南公轍) 1760-1840. 조선 후기. 본관은 의령(宜寧). 자는 원평(元平)이고, 호는 사영(思穎)·금릉(金陵)이다.

✿ 名 – 公轍　字 – 元平

【≪管子・形勢解≫:"天公平而無私, 故美惡莫不覆;地公平而無私, 故小大莫不載。"】

❀ 號 – 思穎亭

【≪愓齋集≫卷八≪思穎亭記≫:"相國金陵南公始解嶺藩, 卜居于廣州之遁村。地在漢水之南, 巖壑深窈, 田疇沃衍, 又有茂林名泉可供其遊息漱濯。公於是顧而樂之, 慨然有終老之志。而公方以清裁雅望顯庸于朝, 秉銓衡, 主文柄, 進位廊廟, 遂躋上相。既不得歸休於斯, 乃名其居曰'思穎'之亭, 盖有感於歐公之言也。夫歐公當嘉祐治平之世, 佐天子致太平, 與韓、富諸公並稱賢相。然任重則責備, 名高則謗隨。論議得失, 或未喻於士大夫之心。而細人求利者往往橫造口語, 其身不可謂不困矣。困則思休, 人之情也。其發於心而形於言者, 是宜愈老而愈切也。今公歷事兩朝, 位尊德崇, 而溫厚豈弟之風終是如一。雖事變交錯, 群議紛殽, 獨能不激不隨, 超然於是非之外, 可謂賢矣。然而山林幽靜之樂, 固未嘗一日忘也。抑其心猶有所不自得而然歟?人之所以養口體者, 莫良於酒食。及其醉飽之過, 殼之而不出, 導之而不下, 天下之困未有甚於此者也。君子之仕止出處, 皆所以養其心也。一有不自得, 其困於心、衡於慮者, 又豈特醉飽之過而已哉。≪易≫曰:'困于酒食, 朱紱方來。'聖人之情可見矣。然則以公之文章材識, 卒不得盡行其所學。徒使之久居其位, 雖名完身全, 有異乎歐公之所遇。公心之自以爲困, 而不欲以朱紱之華美, 易山林幽靜之樂者, 惡可已也。夫人患不思爾, 未有思之而不得者也。吾知公之得遂其志, 盖有日矣。余衰廢已久, 雖不能以幅巾藜杖, 從公徜徉於園林泉石之間, 窃自謂知公心者莫余若也。故遂爲之記, 以塞公命。公儻曰'是果知我也'否也?乙酉四月九日, 完山李某記。"】

❀ 號 – 又思穎亭

【≪金陵集≫卷十二≪又思穎亭記≫:"宜陽子平生慕歐陽子之爲人, 慕其文章德業, 而於慕思穎也爲尤甚。顧自立朝以來, 誤被不世之恩遇, 久忝邇列, 未敢言私, 非比歐陽子嘉祐治平之所遇。然而歸休之志, 未嘗一日有忘也。前四年, 宜陽子買亭于廣陵之玉磬山中, 遂以'又思穎'名之。宜陽子之慕歐陽子, 至此而愈切矣。自是以後, 屢值國家多事, 奔走內外, 不但身未歸穎, 幷與思穎之作而無一篇在者。然其目前長在之景、胸中不字之詩, 宜陽子獨自知之, 而人固不知也。宜陽子家有古書三千卷, 金石遺文數十種。性不喜飲, 而常置酒一壺。有一張不彈之琴，有一局不着之碁。雖不如歐陽子之多且富，而於宜陽子亦不少，足以樂而忘老也。一日，上特察其年雖未衰而其實病，非出於避事，使與五物者偕返田廬。軒裳圭組無勞于形，而憂患思慮無勞于心，則庶幾償其宿願焉。此亭之所以志也。客曰：‘子尙未去，而徒慕其名可乎？’宜陽子曰：‘始歐陽子買田潁上，時年四十有四。叨塵二府，周流青亳，至六十四得致仕。宜陽子今年亦四十四，若更得數十餘年爲六十四，則豈無踐言之日也？然則今之宜陽子，乃古之歐陽子也。’遂與客大笑而記此。”】

❀ 爾雅堂

【《青城集》卷六《爾雅堂記》：“兩漢以來文章盛矣，獨西京之文號稱爾雅，爾雅爲其近正也。曷之爲近正？爲其《六經》之餘也。夫文章莫盛於《六經》，道正故也。然《六經》得夫子而正。微夫子之刪正《詩》《書》之駁者，不幾爲世敎害耶？及夫子沒而微言絶，七十子喪而大義乖。百家諸子之言迭出，爲吾道之賊。周之末，文弊極矣。秦又烈之以火，經籍之禍酷矣。漢興，始立學官。武帝表章《六經》，而賈誼、董仲舒、司馬遷、劉向、揚雄之屬，各以其學持世。作爲文章，醇深典雅，不悖於《六經》之意，故繼《六經》而文者莫盛於西京。謂之爾雅，不亦宜乎？然文不能徒盛也，必也學以成之。西京之世去聖人不遠，微辭雅制尙有存者。其學又皆專門，仲舒、劉向之博而各主一經。是故西京之學皆典實有根據。論經術或局於度數而不害其精核，語灾異或涉於傅會而不害其深妙。寧師古而鑿，不師心而蕩。以故馭世則嚴，理國則强，朋黨不作，異端不興，後之爲治者莫敢望也。此無他，學術近正故爾。文章之爾雅，固其所也。後之爲學，固有精微於西京者矣。然其末也，遺事功而尙玄虛，夷狄之亂隨之，內虛故外侮之也。吾故曰‘欲救文弊，莫如西京之學’。宜春南公元平端居治文章，克紹其家學，而名其堂曰‘爾雅’，蓋以西京之文自期也。夫鑑後世之弊者，必有志於復古。公之志於西京者可知已，豈惟其文哉？將其學焉是就。嗟乎！學無當於實用，不如無學。文無裨於世敎，不如無文。元平勉之！”】

❀ 雲漢閣

【《金陵集》卷十二《雲漢閣記》：“聖上二十三年，余以關東之節來治原州。粵七月戊寅，值大碩人初度，與賓客宴于觀風閣而志喜焉，於是至尊賜詩而寵之，用朱子壽慶國卓夫人故事。渥之至也，榮之極也。遂就閣之西偏而奉之，取《詩·雲漢≫之義而名焉。天之施物博矣，語其至則曰曲遂其性。聖人則之，亦惟曰各從其欲而已。臣之不肖，誤被選擢，翱翔乎金門玉堂之上，俯仰十年之間，遂驟至宰列，而大碩人年益老矣。職忝邇密，厚被恩顧。自以臣子之義，身不暇自有，故不敢上乞郡之章。然而歸養之志，未嘗一日而忘也。今幸國家昇平，身又不當責任。而特畀閒藩，許其養親，此實出於聖上錫類之恩，推及螻蟻之微。而人子切至之願，得遂烏鳥之私也。臣之辭疏中'幸賴上天之仁，自有未言而格。特假一日之養，俾遂平生之願'者，出於實情也。況帝王文章如天球弘璧，龍圖寶文之所宜藏也。而今幸來臨下土，寵光所被，天香遠播，怳然若復尋花甒之步，而得侍翰墨之燕也。其爲傳家之寶而誇示邦人者，尤如何哉！謹拜手稽首，爲文而識之。不徒榮其賜也，後之覽者，知余之久於在外者，蒙上慈仁察其情私，而非出於爲乞身占閒之圖，則庶乎得其心矣。"】

❈ 不可諼亭

【≪潁翁續藁≫卷四≪不可諼亭記≫："余居廣州，庭前有竹樹數十本，可肩而摩挲。水面風來，其聲鏘鏘瑟瑟，如戞玉鳴琴。山上月出，其影扶疎，一竿而有萬尺之勢。余每吟詩其下，始則欣然而樂，終覺其幽爽清絕，消遣俗慮也。今樂齋李判書卽始興鄉居，伐竹爲亭，是竹之不幸。而苟無清聲疎影，直與凡木等，豈復竹乎？後見其名扁，乃知公竊有取乎詩人所咏切磋琢磨之工，與學問自修之事。然則公不求竹於聲影之間，而欲求竹之德而自勉也。彼華陽巾鶴氅衣，圍棋投壺，王翰林之記，反見其浮夸少實。而余之昔所樂之者，亦淺之知竹也。"】

홍우섭(洪遇燮) ?-?. 조선 후기. 자는 이장(而章)이다.

❈ 闇然齋

【≪金陵集≫卷十二≪闇然齋記≫："金珠潛淵，錦繡藏室，而畢竟充貢於王庭，飾之爲冠佩，施之爲黼黻者，豈其光氣文彩不得以自掩歟？人之於道亦然。苟其積於中者，有足以表見於外。則雖欲其不章，不可得也。余友洪而章，取≪中庸≫末章之語，名其游居之齋曰'闇然'，屬余爲記。其請至五六而勤，然余未果作也。今年五月，又自南方走使百里，其求責愈懇。余謂君子之爲學也爲己，爲己故其立志固。其立志固，故其自待也重。未嘗爲奇絕之行以自好，亦不求輝爀之名以要譽。含章自處，戒愼隱微。而及其著於道也，澹簡溫文，燦然成章而不自知也。小人反是。有一善焉, 恒汲汲思所以揚之也。故雖其暫時的然, 而幾何不銷鑠而亡也。≪詩≫曰'碩人其頎, 衣錦尙絅', 言惡其文之著也。又曰'鶴鳴于九皐, 聲聞于天', 言誠之不可掩也。有能知≪風≫≪雅≫之旨, 可以知闇然之義矣。知闇然之義, 則知所以自修矣! 而章沉潛好學人也, 金珠錦繡之終不能潛藏其文章者, 以其至寶之所在也。而章勉之矣。而章名遇燮, 唐城人。"】

윤행임(尹行恁) 1762-1801. 조선 후기. 본관은 남원(南原). 초명은 행임(行任), 자는 성보(聖甫)이고, 호는 방시한재(方是閒齋)·석재(碩齋)이며, 시호는 문헌(文獻)이다.

❀ 初名 - 行任　字 - 聖甫

【≪孟子·萬章下≫:"孟子曰:伯夷, 聖之淸者也;伊尹, 聖之任者也;柳下惠, 聖之和者也;孔子, 聖之時者也。孔子之謂集大成。"注:"伯夷淸, 伊尹任, 柳下惠和, 皆得聖人之道也。孔子時行則行, 時止則止, 孔子集先聖之大道以成已之聖德者也。】

❀ 改名 - 行恁

【≪碩齋遺稿·附錄·行狀(尹定鉉)≫:"府君諱行恁, 字聖甫。初諱行任, 純祖五歲手書姓名, '任'字加'心', 正廟命改之如元子宮所書。"】

❀ 號 - 碩齋

【≪碩齋遺稿·附錄·墓誌銘幷序[朴珪壽]≫:"謹按公諱行恁, 字聖甫 …… 正宗命改從元子所書, 又嘗取≪易≫'碩果不食'之義賜號碩齋。"】

❀ 號 - 方是閒齋

【≪碩齋稿≫卷十二≪方是閒齋記≫:"余得閒之趣多矣。自公退謝袍笏, 嗒然若坐忘。有客至則酬以應之, 歸輒宴晦。園有花木十數本悉臨池, 澹紫軟翠倒暎水中, 翳然如畫。時曳杖逍遙, 命酌微醉。或看古人文字, 有可以諷誦者, 讀三數回, 止則睡, 睡已又讀書, 居然而有歐陽子穎上之風焉。人有難之者曰:"子固知閒之趣矣, 未能會其時也。人非不知其趣也, 難會者時耳。子之出入禁闈且十年, 多見其入, 而出未之吾聞也, 子何以閒爲?"余曰:'噫嘻! 子不聞達觀之旨乎?在九閽之中而游八表之外者, 非吾, 而喩吾也。人方炎炎詹詹, 和顔而色笑, 我目之瞖焉;人方嗡嗡訯訯, 把袂而捉肩, 我耳之聾焉;人方睢睢盱盱, 戈戟而機括, 我身之如枯木焉;人方汨汨泯泯, 推狂瀾而助頹波, 我心之如砥柱焉:是豈非忙中

之閒乎？夫閒者狃閒， 不自知其趣， 忙而後始知之。然徒知其有趣而不能享有，
則其忙猶夫昔也。故余則以閒而制忙， 不待《思潁》之賦， 而已有歸潁之樂焉。
余年尙不滿三十歲, 繼此許多日月, 皆是閒中之所有也。古人所謂"未老得閒", 不
其然乎？'難之者曰：'子之時方是閒也。'余因名之齋。"】

❀ 留餘觀

【《碩齋稿》卷十二《留餘觀記》："花未至開, 月未至圓, 未濟之象。而藝祖削平
四海, 置燕雲十六州, 盖亦不盡其所欲焉耳。余故曰夷狄不必盡滅, 攘而已矣。小
人不必盡除, 退而已矣。猛獸不必盡蒐, 驅而放之而已矣。天下事不必盡知, 毋
失舊知而已矣。天下士大夫不必盡交, 從吾所好而已矣。天下華膴之職不必盡攬,
止其所止而已矣。以至園林鍾鼓、狗馬車服、珠玉金帛、歌兒舞女, 不必盡其意
也; 名山剩水、嘉花美卉、奇文異書, 不必盡其目也。蘇秦善用辯而不盡其術, 無
可奈何而後有入燕之擧。韓信善用兵而不盡其法, 無可奈何而後有背水之陣。張
良善用智而不盡其才, 無可奈何而後有霸上之謀。若不然, 則不必盡其所知也。其
盡之者豈樂爲哉？余旣讀《易》, 又有感於盛宋, 扁楣以留餘, 盖爲後子孫觀也。
不曰亭、榭、樓、臺、齋、閣、堂、窩, 而必曰觀者, 其亦有不盡之意也歟？"】

정약용(丁若鏞) 1762-1836. 조선 후기. 본관은 나주(羅州). 자는 미용(美庸) · 송보(頌
甫)이고, 호는 다산(茶山) · 삼미(三眉) · 여유당(與猶堂) · 사암(俟菴) · 자하도인(紫霞
道人) · 탁옹(籜翁) · 태수(苔叟) · 문암일인(門巖逸人) · 철마산초(鐵馬山樵)이며, 시
호는 문도(文度)이다.

❀ 名 - 若鏞　字 - 美庸

【《詩 · 大雅 · 靈臺》："虡業維樅, 賁鼓維鏞。"鄭玄《箋》："鏞, 大鐘也。"《詩 ·
周頌 · 那一》："庸鼓有斁。"《傳》："大鐘曰庸。"】

❀ 號 - 茶山

【《與猶堂全書》第一集《詩文集》第十六卷《文集 · 自撰墓誌銘》："戊辰春徙
居茶山, 築臺穿池, 列植花木, 引水爲飛流瀑布, 治東西二菴, 藏書千餘卷, 著書
以自娛。茶山在萬德寺西, 處士尹博之山亭也, 石壁刻丁石二字以識之。"】

❀ 號 - 與猶堂

【《與猶堂全書》第一集詩文集第十三卷《與猶堂記》："欲己不爲, 不得已而令

己爲之者，此事之不可已者也。欲己爲之，欲人勿知而令己不爲者，此事之可已者也。事之不可已者常爲之。然旣己不欲，故有時乎已之。事之欲爲者常爲之，然旣欲人勿知，故亦有時乎已之。審如是也，天下都無事矣。余病余自知之。勇而無謀，樂善而不知擇。任情直行，弗疑弗懼。事可以已，而苟於心有欣動也，則不已之；無可欲，而苟於心有礙滯不快也，則必不得已。是故方幼眇時，嘗馳騖方外而不疑也。旣壯，陷於科擧而不顧也。旣立，深陳旣往之悔而不懼也。是故樂善無厭，而負謗獨多。嗟呼！其亦命也！有性焉，余又何敢言命哉？余觀老子之言曰'與兮若冬涉川，猶兮若畏四鄰'。嗟乎！之二語非所以藥吾病乎？夫冬涉川者，寒螫切骨，非甚不得已弗爲也。畏四鄰者，候察逼身，雖甚不得已弗爲也。欲以書與人論經禮之異同乎，旣而思之，雖不爲，無傷也。雖不爲，無傷者，非不得已也。非不得已者，且已之。欲議人封章言朝臣之是非乎？旣而思之，是欲人不知也。是欲人不知者，是有大畏於心也。有大畏於心者，且已之。欲廣聚珍賞古器乎？且已之。欲居官變弄公貨而竊其羨乎？且已之。凡有作於心萌於志者，非甚不得已，且已之。雖甚不得已，欲人勿知，且已之。審如是也，天下其有事哉？余之得斯義且六七年，欲以顏其堂。旣而思之，且已之。及歸苕川，始爲書貼于楣，竝記其所以名，以示兒輩。"】

❊ 品石亭

【《與猶堂全書》第一集詩文集第十三卷《品石亭記》："余旣歸苕川之墅，日與昆弟親戚會于酉山之亭。飮酒啖瓜，讙呼爲樂。酒旣酣，有擊壺拍案而起者曰：'某人嗜利無恥，兜攬勢榮，可痛也！某人恬澹遠跡，湮晦不達，可惜也！'余酌一琖，跽而請曰：'昔班固品往古之人，而終連竇憲之累。許劭品當時之人，而卒被曹操之劫。人不可品也。敬用罰之。'旣而有喞喞嘖嘖而起者曰：'彼馬乎，不能販米之載而費芻豆。彼狗乎，不能穿踰之守而望骨鯁。'余又酌一琖，跽而請曰：'昔孟相國不答二牛之優劣，獸不可品也。敬用罰之。'諸公蹵然弗悅曰：'難乎游於子之亭矣。吾將緘口而結舌乎？'余曰：'是何言也？有終日叫呶而莫之禁者，請爲諸公先之。梟巖之石，崒然森辣，北排皐狼之怒濤，南鋪筆灘之明沙。是石之有功於斯亭者也。藍洲之石，磊砢歷落，分二水之襟帶，納五江之帆檣。是石之有情於斯亭者也。石湖之石，紫綠萬狀，曉挹明霞，夕擁餘靄，照映軒楣，爽氣自生。是石之有趣於斯亭者也。夫物之無知者，石也，終日評品而莫之怒焉。孰謂子緘口而結舌哉？'有難于余者曰：'昔留侯葆石而祠之，元章肅石而拜之。子之品石，獨奈何哉？'余曰：'善。夫如是也，故吾固譽之矣，何嘗慢侮不恭乎哉？'亭故無名，自玆名之曰'品石亭'，錄其所與答難者以爲記。"】

❀ 四宜齋

【《與猶堂全書》第一集詩文集第十三卷《四宜齋記》："四宜齋者，余康津謫居之室也。思宜澹，其有不澹，尙亟澄之。貌宜莊，其有不莊，尙亟凝之。言宜訒，其有不訒，尙亟止之。動宜重，其有不重，尙亟遲之。於是乎名其室曰'四宜之齋'。宜也者，義也。義以制之也。念年齡之遒邁，悼志業之頹廢。冀以自省也。時嘉慶八年冬十一月辛丑初十日，日南至之日，寔唯甲子歲之攸起也。是日讀《乾卦》。"】

심노숭(沈魯崇) 1762-1837. 조선 후기. 본관은 청송(靑松). 자는 태등(泰登)이고, 호는 효전(孝田)이다.

❀ 名－魯崇　字－泰登

【《詩·魯頌·閟宮》："泰山巖巖，魯邦所詹。"孔穎達《疏》："言泰山之高巖巖然，魯之邦境所至也。"崇，《說文》"嵬高也"。又《孟子·盡心上》："孔子登東山而小魯，登泰山而小天下。"】

조수삼(趙秀三) 1762-1849. 조선 후기. 본관은 한양(漢陽). 자는 지원(芝園)이고, 호는 추재(秋齋)이다.

❀ 一枝棲

【《秋齋集》卷八《一枝棲記》："鷦鷯，鳥之最小者也。朝出而翔，不過墟里。暮歸而息，一枝有餘地。其視扶搖之鵬上九萬息六月，積力而遠圖者，則顧不甚便安且易哉？吾儕小人謀食四方，棲屑平生。歸視其家，破屋數間，一榻一席而已。是何異鷦鷯之一枝乎？若夫高堂峻宇，文茵華床，求之勞而得之難，則大鵬者類非耶？何處無樹？何樹無枝？此鷦鷯之所安，而吾亦安之。故名吾居曰'一枝棲'。然鷦鷯生不離樊籠之間，余則飲啄棲息，寄寓而無定止，不能一日安於茅茨之下。是以有感於小鳥，而不羨夫大鵬之遠圖也。"】

❀ 養素閣

【《秋齋集》卷八《養素閣記》："余當寒有病，而所處公舘虛踈多風。每睡時入小閣中, 坐不能矯首, 臥不能展膝。始則氣悶, 欲叫起撒狂, 然顧其溫密, 便於調養, 故着力忍耐。一再宿則漸覺安適, 久之遂以謂高堂大廈無足居也。是便是安, 樂而至於相忘也。今天下廣大, 而人之處之也, 軒豁暢快者少, 局促迫隘者多。往往有過妄謬悖之事, 使其人皆能動心忍性而安樂之, 夫豈或如是也哉? 盖躁人居多, 氣使之然也。此君子所以素其位而行, 不願乎其外也。取以名吾閣曰'養素', 作斯記以告同志者。"】

서유구(徐有榘) 1764-1845. 조선 후기. 본관은 달성(達城). 자는 준평(準平)이고, 호는 풍석(楓石)이다.

❀ 名 - 有榘　字 - 準平

【≪韻會≫, 榘"同矩", 矩"正方之則也"。又≪漢書·律歷志上≫ : "繩直生準, 準正則平衡而鈞權矣。"榘爲正方之準則, 準爲水平之標準, 故相應。】

❀ 號 - 楓石庵

【≪明皐全集≫卷八≪楓石庵藏書記≫ : "從子有榘之居溶洲也, 方斲爲庭, 築石爲階。階上楓樹十餘株簇立錦帳, 階下茶圃數頃, 交錯溝塍。去階五六步, 負軒爲庵, 窈深潔淨, 琹書搘柱, 顔曰'楓石庵', 紀實也, 且志古也。志曰 : '頻斯國有楓林六七里, 樹東有石室。緝石爲牀, 牀上有竹簡篆文, 舊傳蒼頡造書處。'其言吊詭, 儒者不之信。然其不可信, 亦不可知。夫書之造自蒼頡, 且孰見而孰傳之? 蒼頡, 其有人乎, 無人乎? 有則皆有, 無則皆無。何獨至於楓石而疑之今之書籍, 皆蒼頡之遺也? 有榘家故貧, 所蓄書不滿一簏。及其博學詳說, 稍有日月, 乃力蓄書不輟。雖無郭永之錢、朱昂之俸, 而銖積寸累, 四部幾畧備矣。於是丌以尊之, 庵以閣之, 落落如連珠, 粲粲如列宿。又能晨夕其中, 吃吃無外事。吾知其志之不容廢也。夫造書者功流萬世, 蓄書者功被一家。雖小大不同, 爲功一也。抑不知是書之藏是庵, 其悠久不替也, 有若楓林之竹簡乎? 人之愛其人而傳其事, 又若蒼頡之造書乎? 人與書之傳不傳尙不能知, 而況於庵乎? 況於楓石乎? 姑存此, 留與靈威丈人竊之可也。是爲記。"】

한치윤(韓致奫) 1765-1814. 조선 후기. 본관은 청주(淸州). 자는 대연(大淵)이고, 호는 옥유당(玉蕤堂)이다.

❀ 名 － 致齋　　字 － 大淵

【析名為字】

조진구(趙鎭球) 1765-?. 조선 후기. 본관은 풍양(豊壤). 자는 국진(國珍)이다.

❀ 名 － 鎭球　　字 － 國珍

【≪廣韻≫：“球, 美玉也。”≪楚辭·招魂≫：“室中之觀, 多珍怪些。”王逸≪注≫：
“金玉為珍。”】

❀ 歲寒

【≪碩齋稿≫卷十二≪歲寒齋記≫：“陂陵、巖石、峒穴、丘壑、原麓之聚, 挺特千
仞, 庇蔭百畝, 不肯隨衆卉徇色相以較其多。威以雪霜, 蒙以風露, 而獨充其矯拂
崛強之意、耐死而不知變者。卽春夏而可知焉爾, 豈須歲且單寒而知乎哉？猶夫
子多其‘後凋’而輒稱‘歲寒’, 何哉？方春夏之交, 紛芳剩馥, 衣被衆卉, 直令人目駭
而心醉焉。其一時之榮, 可謂壯哉。彼乃矯拂崛強, 不自標異, 蓋亦有所待也。然
殊未有色相可以為人慕者, 故或眈視指點, 而不知其遠大之期也。及夫肅殺而閉
藏, 漠焉衆卉之受變, 而色與相俱空也。見其矯拂而益老健, 崛強而益沈欝, 始知
夫子之意不在春夏, 在歲寒。不徒在歲寒, 在其節也。譬如利劍鞘, 而童子狎之；
其氣白虹, 丈夫亦畏。嗟乎！不受知乎平常燕晏之時, 而始自見於事故百變之後
者, 豈得已哉！春夏者, 鞘也；歲寒者, 白虹也。歲不寒, 無以表其節；而非夫子
有言, 無以知後凋之為節也。故獨行之士、盡職之大夫以比焉。趙國珍家道峯之
陽, 治其小圃為讀書之齋。虛其左為樓, 抽其西為軒。有老植當其戶, 柯葉蒼翠
晻翳。琴樽日夕乎其下, 脩然聽其籟, 若有神與之會于境, 境與之幻于神, 灌之心
而歸之肺者。國珍, 公卿子, 生長富貴, 意氣偉然, 在當世不知天下有雪霜風露之
感。而乃退然如此者, 豈不所以哉？先相國忠定公守直道, 秉敦行, 聲聞及於四
方。一朝因朝廷不討賊, 忼慨不欲生, 解丞相印, 自放於原野之間以卒, 君子悲
之。夫所謂歲寒而後凋者, 非公之有之與？余嘗官史氏, 特書以盡職焉, 非以阿
公也, 興人之誦耳。昔公愛余甚, 奎署判花之夕, 許以襟韻。一言之重, 尙今不敢
忘。俛仰之間, 公墓之木將拱, 而余亦頤有鬚矣。每到奎署, 裵回愴恨不忍去。今
見國珍尙有典刑, 又能獨行無悶, 不欲藻繢其辭章、治餙其車馬、與庠序諸生相
追逐, 出國東門四十里, 處乎不爭之所, 廣莫之濱, 而遂以歲寒命其齋。如將拔

俗遺世，果忘而不返。不亦奇哉？人有問余以國珍乎？余將曰：‘國珍，善繩其先志，以辭一時之榮，而托遠大之期者也。’”】

서노수(徐潞修) 1766-1802. 조선 후기. 본관은 달성(達城). 자는 경박(景博)이고, 호는 홀원(笏園)이다.

❀ 名－潞修　　字－景博

【宋代名臣文彦博封潞國公。】

❀ 洗心軒

【《明皐全集》卷八《洗心軒記》：“從父弟景博，貌甚潔，志甚雅。從容一軒，庋圖書，晨夕咿唔。余命其軒曰‘洗心’。景博曰：‘孔子之言洗心也乎？’曰：‘否。’‘然則傅子之言洗心也乎？’曰：‘否。’‘然則佛氏之言淨心類乎？’曰：‘否。’‘然則道家之言淸心類乎？’曰：‘否。’景博竦然而起，茫然有間，曰：‘夫名之斯可言也，言之斯可服也。子旣名之矣，敢請其所可服者？’余曰：‘明皐子之言洗心也已。且女之始居軒也，則軒之廢奚若？’曰：‘壁漫而竈夷，庭蕪而石苔。伊威在室，蠨蛸當戶。乃葺治之，又糞除之。蓋旣月而軒之廢改觀焉。’余曰：‘女之治而除之，亦有年矣。能至于今改觀焉爾乎？’曰：‘因其改觀而日灑掃不輟，所以無改於始改觀也。’余曰：‘然。洗心之義盡之矣。夫存乎人者，莫洗乎心，其猶待人之洗乎？吾所謂洗，特氣之查滓，物之誘奪，紛然乎翳八牕而塞正路者，有如軒之廢矣。女有軒知洗之，至有心而不知洗，可乎？雖然，洗心亦多術矣。孔子之洗心主乎蓍卦，則非女所知也。傅子之洗心主乎功利，則非女所事也。佛之淨道之淸，言則類而實則非，皆女之所深闢也。惟講學以切磋之，克復以琢磨之，有能一日洗其舊染之汚。必因其已洗者而日日洗之，又日洗之，此汝之所當洗也。雖然，余嘗聞之矣，藐姑射之山有神人居焉，肌膚若氷雪，綽約若處子。若是者，何洗而至於此也。其固有耶？抑反之邪？夫英華之發，神明之腴也。毋曰“女太早計”。君子之道，孰先傳焉？孰後倦焉？’景博怡然諾曰：‘唯。請從事於斯。’”

《楓石鼓篋集》卷二《洗心軒記》：“好我而惡物，憂於窮而樂於亨，此人之常情也。然心卽虛明已。好惡憂樂，豈心之本有者哉？特物使之然，而虛明者應之矣。故君子之學，必也虛其虛明其明，使吾心之全體立。而物之在外者觸而不亂，至而能應，此君子之所以洗其心也。蓋衆人則以心殉物，故惑於物我之間，冥於窮亨之路。苟有一得於世，則必欣欣然見於色，發於聲；若不得者則大憂以懼。二者相尋於無窮，眩亂反復，七情橫生，而其虛明者無可以見，則其爲形也亦愚哉！是獨不知吾之欲無盡，而物之可以盡吾欲者有盡矣。豈不悲夫！若君子則不然。性之在我者盡之，命之在彼者安之。素富貴行乎富貴，素貧賤行乎貧賤，素患難行乎患難。上不怨天，下不尤人。蓋以其超於物之外，而吾之虛明自若也。此豈非洗心之致乎？余從祖叔父景博氏扁其居曰‘洗心’，謂余爲之記。余以爲君子之神明其德，生於吾心。洗乎吾心，奚以名軒爲哉？夫常人之心，虛明者嘗微，而外物之奪我心者嘗多。故古之人必有切磋之益，法誡之設，以擴其良心，而防其非辟之干。今吾叔以是名其軒，而出入警省之際，嘗若嚴師忠友之臨乎前，凡好惡愛樂之形於心者一以虛明洗之，使夫方寸能寫意於物，而不留意於物，則庶幾不畔於君子之應物。余故樂爲之道，且因以自警焉。”】

강준흠(姜浚欽) 1768-?. 조선 후기. 본관은 진주(晉州). 자는 백원(百源)이고, 호는 삼명(三溟)이다.

❀ 麗澤山房

【≪海左先生文集≫卷二十三≪麗澤山房記≫：“姜君浚欽今年二十五，姿貌朗秀，動止詳雅。察其識趣，有向上之志。喜爲文詞，體裁聲格壹循古作者軌法。近余宦游京師，君贄其業請益，蓋每見益進。後生可畏，誠君之謂矣。君名其讀書之室曰‘麗澤’，抵書余鶴城田廬求爲記。君之茂才實學固已超軼流俗，而又欲求朋友講質之益以自資，其進就胡可量耶？≪易‧兌≫之≪象≫曰：‘麗澤吉。君子以朋友講習。’言重澤爲麗，而朋友講學如麗澤之相資也。夫朋友道重，萬善須而成。故吾夫子有‘友三益’之訓，而孟子亦曰友一鄉一國天下之士，而又尙友古之人。蓋天下之義理無窮，而吾之知有未周，則取諸人爲善。故友直諒多聞之士，以攻吾之過失，而資吾之見識。猶懼夫游塗之不廣，而無以盡天下之善。故自鄉而國，自國而天下，以友其善士。猶懼夫今之人有不及古人之賢者，故尙友千載之人。夫然後倫彝物則之懿，天德王道之大，凡盈天地間萬事萬理，旁通而周達，卓然爲成德大人者，莫非朋友講劘切磋之力。則麗澤之益，詎不淵廣矣哉？雖然，夫子既曰‘學而時習之’，又曰‘有朋自遠方來，不亦樂乎’。吾之學苟不能溫繹熟習，自得于內，則遠方朋友有何慕悅之誠，資益之望，而就我而爲樂哉？譬如澤不成麗，而源委無所襲，流波無所受，立見其枯涸而已。烏有上下相悅而爲兌之理乎？君年力富强，輔以材識，進德之勢莫之能禦。其毋患人之弗我知，而患我無可知者。毋患朋友之弗我益，而患我無可益者。日勉焉孜孜，則德業益崇廣。而文詞末藝，特緖餘之發爾。迨是而令聞萃譽，達于四方，聲氣之感，水流火就，將見高朋勝友接軫而造門，盍簪之喜、斷金之利，有不可勝言者矣。雖然，以余索居窮山，無師友之輔，而白首寡陋，其何以助發高明麗澤之義，而効其一得之愚哉！盖將籍瞀說，而冀高明之有以澤我。故爲之言如此。"】

신위(申緯) 1769-1845. 조선 후기. 본관은 평산(平山). 자는 한수(漢叟)이고, 호는 자하(紫霞)·경수당(警脩堂)이다.

❖ **養研老人**

【《嘉梧藁略》册十二《養研老人詩集序》："翼考在春邸，紫霞申公以知申事周旋於講席，眷注日隆，朝夕侍左右，裨益弘多。一日賜硯一方，又下睿書四字曰'養研山房'，公感殊遇之逈異，榮寶墨之侈楣，仍自號而題其詩集之頁。"】

❖ **號 - 紫霞**

【《警修堂全藁》册十七《北禪院續稿一辛卯二月至五月·問菴以前韻再寄，又此謝答二首》其一"環山南北霞，古稱幽勝地"句注"冠嶽有東、西、南、北四紫霞之稱，敝居卽北紫霞也。"

《警修堂全藁》册十三《倉鼠存藁[一]丁亥正月至六月·水鑑先生歌贈術士李殷宜》注言："余年十六讀書紫霞山莊。一日於高麗塚下埋盌爲記，伊後年久，茫然不記。今年葬地開基之日，盌書出於犂頭，書曰：'歲在乾隆丙午九秋，紫霞洞主申漢叟登國士峯，弔高麗冢，遂至此邱。意樂之，埋盌爲記，宋聖同來。"】

❖ **文漪堂**

【《竹石館遺集》册三《文漪堂記》："申漢叟名其堂曰'文漪'，送書於予曰：'吾性樂水。而常恨闤闠中無泉池之觀。雖有觀水之術，無所於施。觀於天下地圖而有得焉。盖積水蒼然，九州萬國，大而如帆檣之布列，小而如鷗鷺之出沒。人之遍九州萬國者，皆水中物耳。此堂之所以名也。子其爲我記之。'予見而笑曰：'世固有無其實而處其名者。今子之名其堂，可謂無其實矣。雖然，子亦有說。今有家於海島之中者，人必謂之居水而不謂居山矣。島人固亦有環墻而宮，閉戶而坐者。以其不日狎於濤淵，而謂非居水，不可也。如是者人皆知其然矣，而何獨疑於子之言乎？大地，一島也。衆生，島人也。雖浮家泛宅而日與水居者，亦其勢不能以駐眼不移，必有暫時移視而須臾無心於斯時也。跬步與千里，一也。今子居於斯堂，而一欲觀乎水紋之淪漪也。雖朝於闤闠而將夕於江湖，其不能常目於水。子與彼無以異矣。或在於轉眄之久，或在於朝暮之頃。轉眄之比朝暮則有間矣。然盖將自其久者而言之，則俛仰之間已爲陳跡。自其不久者而言之，則千百年爲一朝矣。夫俛仰之爲久，而千百年之爲不久，則以轉眄唉朝暮，吾不知其可也。夫孰曰非其實也？'或曰：'子之言辯則辯矣。雖然，吾懼人之責漢叟以魚鼈爲禮也。'予曰：'苟如是。子能喚渡於歐陽子之畫舫齋乎？'相與大唉。"】

삼의당김씨(三宜堂金氏) 1769-?. 조선 후기. 본관은 김해(金海). 호는 삼의당(三宜堂)이다.

❀ 號 - 三宜堂

【≪茨山箚錄鈔≫："三宜堂取≪詩·桃夭≫，暗寓三同之義。幼從諸兄弟習經子諺解，仍及字畫，不煩敎訓，文從字順，頗能吟詠。"】

서기수(徐淇修) 1771-1834. 조선 후기. 본관은 달성(達城). 자는 비연(斐然)이고, 호는 소재(篠齋)이다.

❀ 名 - 淇修   字 - 斐然

【≪禮記·大學≫："≪詩≫云：'瞻彼淇澳，菉竹猗猗。有斐君子，如切如磋，如琢如磨。瑟兮僩兮，赫兮喧兮。有斐君子，終不可諠兮！'……'如琢如磨'者，自修也。"】

❀ 篠飮齋

【≪楓石鼓篋集≫卷二≪篠飮齋記≫："昔人謂竹君子，謂酒狂藥，狂之於君子遠矣。然余嘗怪愛竹者必善飮。嵇康、阮籍之徒居竹林，號竹林七賢。其愛竹也如此，而是七人者皆酒徒也。辛仲宣截竹爲罌以盛酒，曰：'我惟愛竹好酒，欲合之使常竝。'蓋此二者若相因而不相離者，其故何哉？竹使人淸，酒使人放。淸與放，一致而同趣。然則愛竹者善飮固宜。余由是知王子猷必善飮，劉伶必愛竹，惜傳記無其說可徵也。余再從叔父斐然素愛竹，獨不能盡一酌。然飮人以酒，輒大喜

以爲樂。今年夏, 扁其所居之齋曰'篠飮', 訪余于蓉洲, 屬以記。余曰：'昔晉之陸
機種竹齋東, 日飮其中。子之扁蓋取諸斯乎？夫坐翳蔭聽風竿, 擧白而飮, 此晉
人之淸放, 而韓愈所謂有託而逃焉者也。子富於年優於才, 固將立身砥行, 出而
爲世用, 尙何麴蘗之托而林麓之逃邪？吾以爲不倫也。仲尼之聞竹忘味, 惟酒無
量, 誠非貪聲嗜飮, 特假物而寓義。子之扁, 亦假焉已爾。孟子曰："伯夷聖之淸
者也, 柳下惠聖之和者也。"竹之風有伯夷之淸, 酒之味有柳下惠之和。過和則流
於放, 放非酒之罪也。余故曰酒狂匪眞狂, 迺狂狷之狂。然則謂酒君子亦可。'"】

김진명(金進明) 1772-?. 조선 후기. 본관은 경주(慶州).

❀ 居然亭

【≪性齋先生文集·續編≫卷四≪居然亭記≫："丁卯之歲, 有麟選士金進明, 因儒
生鄭頤基見余。余觀其儀狀端正, 辭氣雍容, 甚奇愛之。俄而登上庠, 每遊太學,
往來問辨, 益知其資質之美才藝之秀, 可與其進也。一日, 言所居之里曰雲谷、
洞曰伊川。入石門數百弓, 豁然而開。有亭於磵上, 扁以'居然', 銘其巖曰'花柳洞
天'、'泉石主人'。竊取程朱兩夫子詩中'訪花隨柳'、'居然泉石'之語以文之也。曰
：善乎！花柳者得天地生物之心而化工之妙也, 泉石者涵山水動靜之理而仁智之
術也。此兩夫子所以得之心而托於物, 托於物而起興於吟哦者也。孔子所謂爲此
詩者知道者是已。兩夫子既遠, 惟我退陶李子得其傳焉。而嶺以南爲東方之鄒
魯, 葛庵李先生又得退陶之傳, 而有麟爲葛庵之洙泗, 今其遺風餘韻尙有存者。
君欲學程朱, 則志葛庵之所志, 學退陶之所學, 庶乎爲行遠自邇之方云爾。"】

이재의(李載毅) 1772-?. 조선 후기. 본관은 전주(全州). 자는 여홍(汝弘)이다.

❀ 名－載毅　字－汝弘

【≪論語·泰伯≫："士不可以不弘毅, 任重而道遠。"】

❀ 簡素齋

【≪艮翁先生文集≫卷二十≪簡素齋記≫："李君汝弘舊家于西原之山東, 扁其小
齋曰'簡素', 請記於不佞。應之曰：'齋之名簡素何故？簡之道, 不可以孤行, 必有
以相輔而成。故在≪易≫乾坤之德則又必易也, 在≪書≫敎冑之道則又必無傲也,
在孔門論士之行則又必居敬也。或相配也, 或相矯也, 然後其德始備, 而救其偏

而納之於中。今君旣取乎孔徒，小子不知裁之。目衛伶官輕世傲物之詩，於中行固有愧矣。又繼之以繪事之所先則質而已，不及乎文也，非彬彬君子之道也。惡覩所謂或配或矯者歟？'君曰：'子言似矣，抑未喩吾所指也。吾觀聖人之道，其始也簡與素而已。自簡而至費，自費而至靡，自素而至文，自文而至僿，皆道之弊也。然時日益多事，世之理民物者雖欲厭其靡與僿，固未易遽去也。吾隱者，獨取太古之簡素，以治吾一身，奚不可也？行簡則不濫，言簡則不爭，食簡則易飽，衣簡則易製，無往而不宜簡也。而又持之以太素，皦而不累，儉而易守，吾誠樂之。且素非一義，《易》之素履、《中庸》之素位，孰非吾志之所存也？'不佞聞其言而善之，書以爲齋記。"】

유휘문(柳徽文) 1773-1827. 조선 후기. 본관은 전주(全州). 자는 공회(公晦)이고, 호는 호고와(好古窩)이다.

❀ **思誠齋**

【≪立齋先生文集≫卷二十九≪思誠齋記≫："孟子曰：'誠者，天之道也。思誠者，人之道也。'蓋誠者，眞實無妄之謂，而如是者惟天。天之外則惟聖人爲能如是。故≪中庸≫曰：'誠者不勉而中，不思而得。從容中道，聖人也。'未能眞實無妄而欲其眞實無妄者，卽思誠之謂。而必擇善，然後可以明善。而至於不思而得，必固執而後可以誠身而至於不勉而中。故≪中庸≫曰誠之者，擇善而固執之者也。擇善而固執之者，賢人也。而及其至則其眞實无妄，亦與聖天爲一，人之道未始不爲天之道焉。若是乎思誠之爲聖學宗旨也。雖然，倘非此心卓然有立，直以聖人自期而思勉之，不暫輟其工，其孰能與語於此哉？且也擇善之目有四，而約言之則一'知'字而已。固執之目有一，而要其歸則一'仁'字而已。若夫使知、仁極其至，則一'勇'字而已。而此三者皆一'誠'字致之。故程子曰所謂誠者，只是誠實此三者，三者之外，更別無誠。朱子曰'三者廢其一，則無以造道而成德'，而以誠爲其樞紐焉。於乎至哉！天下之理，其有加於此者乎？三峴柳君徽文，名其齋曰'思誠'，要我爲一言，遂以此復之。然此皆君之所已知也，吾又蔑實之甚者。縱使其言皆本於聖賢之訓，其何能少助萬分？但復竊有所獻。夫思誠固至矣，而在吾人進修之地，恐終不若一'敬'字爲其主宰。以而持爰初卓立之志，以而成今日思誠之工，則會見誠與敬打成一片，只此敬無少間時，所謂誠者居然而已極其至矣。

未知君以爲如何也耶？"】

기재선(奇在善) 1774-1837. 조선 후기. 본관은 행주(幸州). 자는 경지(敬止)이다.

❀ 名 - 在善　字 - 敬止

【≪禮記·大學≫："在止於至善。"】

❀ 立齋

【≪蘆沙先生文集≫卷二十二≪立齋記≫："方立齋公巾屨几案此齋也，決疑難，抱疾苦者四方來焉，素不義者趑趄憚入。齋之爲齋，在公顔貌語默，無以額爲，況記乎？公下世三十年，嗣子鳳鎭空其齋，移居數帳地。鳳鎭之出後子亮衍，懼夫先蹟之將泯也，謀諸堉，欲陶瓦代茇以壽之。約束旣定，先刻故玉流居士李三晩所染'立齋'二大字懸於楣，以記事之文屬其族父正鎭。正鎭於公，從父兄子也，平生偏蒙愛憐若親子。與之談往籍，話心內事如交友，器待奬詡之又過分。恩之深，義之重，凡係立齋公遺蹟事，豈敢以老廢文墨自解？嘗觀崔簡易作兩賢傳筆歌，其首句曰'公未三十立'，公指吾叔祖服齋公。聖人明言三十而立，今曰未三十立，不以誇乎？噫！不然也。聖人賢人其立自應有分數，規模綱領完實，不受事物侵亂，不與時俗俯仰，未有不如此而可以爲賢者，固亦非必待三十之年也。公之卓然自立，蓋得之天姿。吾謂未三十立，公實庶幾焉。吾門父行二公天姿高，其一進士諱在麟，其二則公。進士公如良玉不可緇涅，公如貞榦不可挫折。所稟各異，而皆衰世不可再遇。濟之以學問精透妙解，惟公爲然。其於立志立心之云，蓋嘗有內自許于心者。旣而是齋適以三十之年成，此錫名本末也。其址，里人口傳朴貞惠公守良舊基，而無信蹟可據。吾家下鄉以後十世墳墓，多在後山內外。從祖謹齋公自福興撤僑歸，始買山而營築焉。地勢高燥，以佛臺諸峯爲外朝，有眺望之勝。噫！肯堂肯構，桑梓恭敬。亮衍之意，固令人興感。而立齋公所立者何事，願夙夜講守勿墜，然後立齋公庶幾曰：'余有後，不棄基哉！'"】

홍석주(洪奭周) 1774-1842. 조선 후기. 본관은 풍산(豊山). 초명은 호기(鎬基), 자는 성백(成伯)이고, 호는 연천(淵泉)이다.

❀ 改名 - 奭周

【≪葦庵漫錄≫："洪奭周，字成伯。初名鎬基，正廟賜改今名。"召公奭乃輔周之

名臣。】

이언순(李彦淳) 1774-1845. 조선 후기. 본관은 진보(眞寶). 자는 경관(景寬)이고, 호는 농와(聾窩)이다.

❀ 棲雲亭

【≪定齋先生文集≫卷二十二≪棲雲亭記≫：“士仕於朝, 殫夙夜之勞。退而處於家, 有亭臺之勝。所以歌詠聖化, 賁飾太平, 非直爲菟裘之計也。其或承藉先業, 凡於一水一石莫不仰遺軌而寓至戒者。又事之盡善全美, 而未可但以窮勝事樂淸時者言也。小宰李景寬, 退陶先生後也。少年登朝, 歷敭華膴。旣老而倦也, 則爲亭於所居之西陶山之東。俯洛江而挹淸凉, 蓋所以歌詠而賁飾乎。而凡其煙雲魚鳥, 莫不經先生品題者。故其命名皆取先生詩。曰‘淵珍堂’者, 以‘歸來龍德政淵珍’也；曰‘如水室’者, 以‘歸來一室淸如水’也。曰‘在水願爲游波鷗’, 則樓爲‘游波’；曰‘一棹扁舟放碧瀾’, 則軒爲‘碧瀾’。合而扁之曰‘棲雲亭’, 取‘在山願爲棲雲鶴’之句也。碧瀾之東曰超然臺, 又其東爲果育泉。游波之西曰壽老壇, 又其西爲訪霞洞。堂之前爲塘, 曰妙一。皆取義於詩者也。夫以先生當日玩樂之遺韻, 地則是而景又是。假使無拳石寸木, 猶將使過者睠慕焉, 彷徨焉, 況之堂之室樓軒臺泉之命之而顔之者乎？是將入其室而如奉謦欬於春風座上, 況爲主於是亭而俛仰於是亭者乎？吾知其循遺軌而佩至戒, 且有不能已者矣, 若是則不徒爲歌詠而賁飾之者。而或者乃喜其楊花過燕子飛之氣象, 則其於當日玩樂之意無已遠乎？噫！亭猶鮮夫樂其樂者, 況曲肱飢臥之樂, 有在托物寄興之外者, 又誰能窺其際耶？得其言而不得其所以言, 則所謂棲雲者, 不過爲物外高標而已。賦興之旨, 豈徒然哉？蓋永矢不諼, 而樂亦在其中矣。願從登是亭者, 得其樂處所樂者何事。”】

유치명(柳致明) 1777-1861. 조선 후기. 본관은 전주(全州). 자는 성백(誠伯)이고, 호는 정재(定齋)이다.

❀ 名-致明　字-誠伯

【≪中庸≫：“自誠明, 謂之性；自明誠, 謂之敎。誠則明矣, 明則誠矣。”】

❀ 晩愚亭

【≪定齋先生文集≫卷二十二≪晩愚亭記≫：“亭以‘晩愚’名何？以其在晩年巖之

上愚巖之地, 而亦以寓主人自嘲之意也。主人年踰八十方置亭, 景已晚矣, 計亦愚矣。且夫以俗曹而擬高棲, 以下士而效賢躅, 托跡山局, 架築雲牕, 盜虛名而冒假容, 此又愚之甚, 而人且嘲侮之矣:'其亦有說乎?'曰:'主人雖不足以當乎是, 恥之則有矣。主人妄出塵塗, 名忝金閨, 未嘗不自顧退轉, 而未能超乎物外。幼從賢師友, 粗聞天賦之不可負, 而未能有諸己。此皆近似而愧於未實也, 故名之以愚, 所以見分之所不敢安也。'曰:'其爲區也, 介乎疊巘之中, 而不足以谿幽襟。處乎江岸之上, 而不能以爽遠眸。亦何取而勤蒞軸也?'曰:'人之好尙, 各視力量。主人平生所思不出常行, 所業只在佔畢。非有凌雲之氣, 超世之才也, 直一拙措大耳。今而築菟裘也, 亦不能出氣力, 事探選。只聽計於辜季, 倚辦於門族。朋友助其費, 鄰里效其力。占址結構, 一任而己不勞焉。距家近而便, 爲界窈而深。環抱若拱而耳目不煩, 處地稍高而煙雲藏護。循除則小澗琮琤, 結局則兩巖對峙。懸瀑響于谷口, 明沙鋪于眼底。江流時隱時見, 鷗鷺乍飛乍下。仰見藥岀拄空, 烽煙告晏。俯瞰氓戶對岸, 續燈星列。此山居之趣也。待其穿池引水, 漾淸鉤銀。長竹繞屋, 簸月響籟。養得躑躅緣山, 種取桃杏滿園。何渠不若丹崖翠壁、澄波碧瀾之爲勝也。'曰:'其爲亭也穹然高以大。爲室二間, 處在一隅。爲堂四間, 無所隔障。有損於拙約, 而不適於處從遊、便老少, 奈何?'曰:'一從簡省, 作事之始計也。貨舊材, 爲樸斲之不勞也。仍舊制, 爲更易之涉於煩張也。雖乖素尙, 亦拙之爲也。幸其疾病稍間, 肩輿入山。親朋萃至, 道情素而談桑麻。又或揖客關門, 境界靜寂, 則遊神古書, 從容玩繹, 若親奉袂承聆音旨於千百載之下, 其爲賞心樂事, 奚啻處膠擾而偸隙光也哉?此又山居之職事也。有時心曠神怡, 四大輕安。攜取冠童, 追踵舞雩。則咫尺陶淵, 峻壁懸河, 雄拔震撼。爰有處士穹碑, 可想當日風節。沿流下山門百許武, 則一曲仙倉, 別換意匠。石之縱橫錯落者盡兩涯, 而水被之, 爲激射, 爲轉輪。顚倒洄沈, 好作一塲戲劇。蓋彼擅勝於豪橫, 而此逞技於巧妙, 皆亭之山水外府也。乘興而往, 興闌而返。明牕淨几, 休養性情, 以盡吾桑楡晚景。雖不知年數久近之如何, 而庶幾不徒爲景物役也。旣以自樂, 且以語夫從我遊者。'"】

이원조(李源祚) 1792-1871. 조선 후기. 본관은 성산(星山). 초명은 영조(永祚), 자는 주현(周賢)이고, 호는 응와(凝窩)이며, 시호는 정헌(定憲)이다.

❈ 初名－永祚　　字－周賢

【≪詩經·大雅·既醉≫：“威儀孔時，君子有孝子。孝子不匱，永錫爾類。其類維何？室家之壼。君子萬年，永錫祚胤。”孝而有威儀，利於家國者自為賢人。】

❈ 晚歸亭

【≪定齋先生文集≫卷二十二≪晚歸亭記≫：“隱者爲高，故往而不返；仕者爲通，故溺而不止。二者皆非適於中也。而與其溺之爲通，寧往之爲高。以彼有繫戀之累，而此爲尙志之事也。然又豈若時行時止，不廢君臣之義，而無失進退之節也哉？吾輩仕宦，大抵皆旅進旅退。其進非能有爲也，其退非能有守也。其或器諝利用，世不我捨者，殆於有進而無退。有能志於退者，可謂賢矣。星山李侍郎周賢弱冠登朝，且五十年矣，常被器使，內外踐歷多華膴。而有意休退，問山水可置亭臺者，得州之伽倻山下布川之上洪開之洞。占殊勝，盡意匠，扁其楣爲‘晚歸亭’。旣又陞二品，貳西銓，聖主之知益隆，而朝野之望更新。吾恐亭名之爲慕虛，而素志之竟莫遂也。雖然，亦視其心而已。名亭之意豈徒然哉？蓋已遺外聲利，軒冕之來，特觽身之物耳。其於歸也何有？侍郎以超詣之才，早有志於本分。使其收之桑楡而有味焉，則山當益高，水當益深，其處也當益堅矣。至於一水一石之奇，曲欄橫檻之妙，不必言，亦已具於所自爲記云。”

≪性齋先生文集·續編≫卷四≪晚歸亭記李參判源祚所築≫：“名生於實。有實之名，名也。名以晚歸，晚歸之實寓於亭。晚歸亭者，吾友星山李大夫之所自作，而自名其實也。大夫自言：‘十八登科，歷敭內外，位躋二品。今已年至，計回榜之朞，才有七歲。知進而不知退，聖人之誡也。歸亦晚矣，將歌詠聖化，以畢餘生。是以築亭於武屹書堂隔一嶺之伽倻山上峯相對之地，武屹寒岡鄭先生讀書之堂，伽倻駕洛首露王諸子所封星山伽倻者。其洞洪開，洪荒始開也。其川布川，九曲流布也。其嶝三仙，仙人所遊也。其室炳燭，慕古人炳燭之工也。其軒踵雩，欲踵武於舞雩之風也。又離亭不遠而邇，有小樓曰萬山一瀑。樓之有，亦亭之有也。子其記之。’余惟亭之名非但副其實，凡亭之有，皆有其實而不虛其名，此可以爲虛名無實者戒，於是乎書。”】

강건(姜楗) ?-?. 조선 후기. 자는 건부(建夫)이다.

❈ 復齋

【≪定齋先生文集≫卷二十二≪復齋記≫: "姜君建夫, 故松西翁從弟也。翁旣歿, 建夫嗣而有志於此事。時時從余遊, 每見如見翁焉。間語余: '有慕於古人戶牖之銘, 欲以"復"名所居之室。懼其僭於號, 願得一言以竊識之。'余曰: '何懼之有? 非曰能之, 願學焉。何懼之有? 第未知君取義何居。欲復於無過乎? 欲復其本然乎? 是數者非截然各一事也。要其有下手處, 未若孔子之告顔淵以非禮勿視聽言動之各有其目, 而可據以復於禮也。夫視聽由於外, 言動由於內。苟不制乎外而誠於內, 必也物來奪之, 而情日熾矣。吾恐其無可據之實, 而終不足以復之也。且夫禮以篤厚懇惻爲本, 而溫恭辭遜爲文。是禮之本則仁, 仁之著則禮也。此其答問仁, 而以復禮告之者也。誠能從事於此, 則無過之可復, 而本然之善者得矣。抑天人一也, 一陽來復而羣陰消盡, 此顔子之至健所以爲乾道也。學之者雖未可騖於高遠而妄欲徑造, 亦未可捨此塗轍而不志於穀也。'余故忘其不逮, 而爲之說曰≪復齋記≫以贈之。"】

이상호(李相虎) 1778-1722. 조선 후기. 자는 문경(文卿)이고, 호는 죽재(竹齋)이다.

❀ 名 - 相虎　　字 - 文卿

【≪詩經·大雅·江漢≫: "江漢之滸, 王命召虎。式辟四方, 徹我疆土。"≪册府元龜≫卷三百二十三: "召公虎爲宣王卿士, 王命虎平淮夷, 尹吉甫作≪江漢≫之詩美之。"】

❀ 號 - 竹齋

【≪果菴先生文集≫卷十一≪竹齋李公墓碣銘并序≫: "自在童幼, 慕古人哲行, 必思傚效。長而刻苦讀書, 疾作不少懈。不事功令業, 專心義理之學, 尤邃於≪禮≫經, 凡疑文變節, 靡不研究, 有問輒應。所居有林壑之趣, 卽園後築室, 扁以'竹齋'。深衣幅巾, 終日危坐, 如對神明。或手弄琴絃, 飄颻有出塵想。"】

박기녕(朴箕寧) 1779-1857. 조선 후기. 본관은 함양(咸陽). 자는 치승(穉承)이고, 호는 하수(荷叟)이다.

❀ 號 - 荷叟

【≪山泉先生文集≫卷十三≪成均進士荷叟先生家狀≫: "公諱箕寧, 字穉承, 朴氏本新羅宗姓 …… 公以健陵己亥二月二十一日生 …… 先是, 亭有盆梅, 常以臘月開花, 至是伯氏歸本第, 是冬獨無花, 公異之。至翌年夏, 有自生蓮一二本浮在池面, 未數月, 蔓延滿池, 香郁襲人。公感而作≪梅蓮說≫, 有曰'草木知臭味, 各以氣類而應。梅宜於淸高篤守之士, 而余不及家兄高處, 故無花。蓮不鄙淤泥之地而自處卑, 故或迨我出耶？然能處濁而不染, 則尙不爲君子之棄乎？'因自號曰荷叟。後伯氏公沒, 梅枯死；公去亭, 而蓮亦衰, 豈其驗歟？……俄而正席而終, 享年七十九。"】

이의철(李懿喆) 1779-?. 조선 후기. 본관은 원주(原州). 자는 호민(好民)이고, 호는 용성(蓉城)이다.

❀ 半花堂

【≪成齋集≫卷十四≪半花堂記≫："人之患在於己, 不在於人；亦不在於窮, 在於達。窮則易於感物, 而於達者便成蔽於物。達與窮一從己有中出來, 烏關乎人之所使然哉？余嘗聞工於詩者易窮而感於物, 間於物而觀其微者謂之樂。東坡曰凡物'苟有可觀, 皆有可樂', 斯言得之。雖然, 樂以物者, 有始而鮮終, 纔直而反屈, 甚則哀多焉喜少, 嚘笑焉旋啼。斯皆過於極而莫知其折衷, 亦足諉之幷行而不可偏側者也。故天而盈虛爲氣, 地而陵谷爲變, 人而老壯爲時。盈也, 虛也, 陵也, 谷也, 老也, 壯也之外, 各自有萬物者, 曰盛, 曰衰, 曰榮, 曰悴, 曰溫, 曰凉者存。固一理之妙頤玄邃, 抑以爲觀物者之無盡藏也。繁英華盛, 人情之所不惡。零落摧謝, 物理之亦宜然。無厭華不欲衰, 亦人之情之類萬而大同者也。夫夫之於觀物, 知之以有華, 不知以有衰。知之以有樂, 不知以有憂者。懵懵若坐於大霧中, 甚嚘戲矣。高於斯一層, 出於浮埃, 遊於象外。觀人之所未觀, 感人之所未感。處中央而不失錙銖之分, 無違尺寸之別。進退呼吸, 置諸己而不求於人者, 求之往古幾希, 且今人未通之痼耳。如非窮於詩感於物者, 其未易歟？詩家有方外士, 蓉城李天民是已。天民何許人也？不愧夫詩家方外士歟？斯人也錦繡爲身, 烟霞爲性, 桃李爲容顏, 梅菊爲精神, 衆卉羣芳之譜爲日用圖書之資。全體和氣, 滿腔春風。融融如爛爛如, 自得藹藹然底氣像。今玆所處之堂, 起於向陽之方, 題其扁曰'半花', 屬余而命志。曷用辭焉？余以爲半花之義深且遠乎哉。取於半, 而不在於花歟？春之爲時, 物之發也。花之爲物, 春之精也。于時靑陽初回, 百品方殷。千樹萬樹, 蓓蕾玲瓏。弱蕊嫩葩, 娟妍蔥蒨。乍綻未綻, 欲笑不笑。對處醺嘆, 看到芳菲。嬌鳥美草, 暖日輕風。抱百種方萌之氣, 呈萬態未然之嬌。此其花之欲華而未盛之時歟？譬如天之氣方盈, 地之變方陵, 人之時方壯歟？至若紅紫璀璨, 芬華盛富。忽焉風雨一夜, 落盡多少。恨片時之春, 誦無再之句。玄鳥怊悵, 綠蔭醲茂。此其花之極貴而反衰之時歟？譬如天之氣方虛, 地之變方谷, 人之時方老歟？此實衆中賞花愛花者之目所覩記, 猶未能感於斯寓於斯。且非工於詩窮於物者, 所未能足以推之歟？嗚呼！邵翁詩語先得而言之矣。獲之於《未濟》之爻, 感之於未開之春。寄之無形, 發之有形, 是後學摸劃他不得處也。惟天民近之歟？非余曰天民窮於理學也。工於詩而得其神者歟？不獨謂之得於詩者也。亦足謂之感於物也歟？見物之感, 自有事理之通焉。會之於此, 用之於彼。方之於上, 運之於下。造次間存以三分七分之意, 奚徒專美於花之半歟？《傳》不云乎？'過、不及, 皆非中。'余以是爲子勉而取之。又況四時長在之春、靈壽長生之花, 無則已矣, 旣有之乎, 亦以是勉焉。遂爲之記。"】

김민수(金民壽) 1780-1817. 조선 후기. 자는 강수(康叟)이다.

❀ 名 - 民壽　字 - 康叟

【韓愈《送李願歸盤谷序》："飮且食兮壽而康, 無不足兮奚所望。"】

❀ 四而窩

【《定齋先生文集》卷二十二《四而窩記》："曾點沂雩之對, 　爲聖人所與。爲卽其所居之位, 樂其日用之常。而程子以爲堯舜氣象。然沂雩非常居之地, 風浴借景物之和, 則是猶有穀朝步屧之擇而從之也。豈若不事趁良, 不離牀衽, 身從祥風翶, 神與和氣遊, 以爲有生之常, 而忘其爲可樂, 如康衢老人之爲也哉？余友金康叟, 生長老于太平之世, 而不知國家休養生息之深者也。一日謂余：'吾以"四而"名窩, 子盍記之？'蓋以其所事不出乎日出日入之作息, 耕田鑿井之食飮也。余曰：'侈乎大哉！子之名窩也。夫旣爲賊世之逸民矣, 又欲挽回數千年前熙皥之風, 收之腦膈之間, 無已過乎？是將使聖門之曾點睅乎其退舍矣。'叟曰：'若所云, 吾豈敢！亦幸生無事之時, 事其事, 樂其樂而已。'遂笑而爲之記。"】

조인영(趙寅永) 1782-1850. 조선 후기. 본관은 풍양(豊壤). 자는 희경(羲卿)이고, 호는 운석(雲石)이다.

❈ 名 - 寅永　　字 - 羲卿
【≪尙書·堯典≫:"分命羲仲, 宅嵎夷曰暘谷, 寅賓出日。"】

이후(李壂) ?-?. 조선 후기. 자는 백겸(伯兼)이다.

❈ 名 - 壂　　字 - 伯兼
【≪周易·坤卦·象辭≫:"君子以厚德載物。"壂, 通厚。≪周易·坤卦≫:"謙亨, 君子有終。"兼, 通謙。】

❈ 活來亭
【≪雲石遺稿≫卷十≪活來亭記≫:"嶺東多水, 濱海而湖十數, 鏡湖爲最。環鏡湖三十里, 勾欄層樹, 蔚然相望。而林泉足以適性, 田園足以樂生。不待水而自成一區, 則又以烏竹軒、海雲樓稱。是離於湖數里地也。烏竹、海雲之間, 有李斯文伯兼仙橋庄。岡廻溪抱, 土沃宜穀, 果蓏魚錯。致之不以價, 兼有山海之美。昔余自楓山歸路過湖, 與伯兼遇。携酒泛月, 因叩其庄而樂之。每欲卜地於此, 約以爲東道主人。雖塵埃乾沒, 未能自辦, 意未嘗不在湖海間也。今年秋, 伯兼來言:'於庄左築堤而貯水, 以錢塘蓮種之。置亭其上, 取晦翁詩"活水來"之義扁曰"活來", 晨夕逍遙以自娛。吾之居, 子所賞也。其爲我記之。'余曰:'盖晦翁以心而喩諸水, 水固虛境也。今子眞以是淸澈淪漣者爲活水乎?且以水名者, 皆活物也。泉流而不息, 井用而不竭, 江海之大波浪萬狀, 不活不足爲水。況鏡湖東溟, 君家戶庭之所有耳。萬壑同注, 浩浩汪汪, 無增無減, 不見其涯涘, 乃天下絶特之觀, 而水之活者無過是也。何必規規於堂坳盆盎之涓滴者乎?然人之心本無有不活。而患不能活者, 由其有外物累之也。仕宦者憂寵辱, 庶民循利, 士無以爲衣食之奉、舟車之資。伯兼則不然。屢上春官, 雖不中, 輒夷然不以爲意。處樂土, 據名區, 已自脫灑而無拘攣矣。故東地諸勝, 能恣其遊。崇嶺巨浸, 反爲之厭飫。此斯亭所以斂迹息機, 欲寓其活於心者。然則會心處正不在遠, 而方塘尺水亦湖與海也。若其花樹掩映, 桑麻鋪棻, 白露蒼蒹, 魚鳥親人。卽臨眺之槃而未之述, 姑竢我復遊東海之上。'"】

김점운(金漸運) 1782-1852. 조선 후기. 자는 경홍(景鴻)이다.

❈ 名 - 漸運　　字 - 景鴻

【≪周易·漸卦≫:"九三, 鴻漸于陸。"】

❀ 愧窩

【≪定齋先生文集≫卷二十二≪愧窩記≫:"子思子言君子戒懼之事, 引'相在爾室, 尙不愧于屋漏'之詩。孟子亦曰:'耻之於人大矣。'惟愧, 然後至于不愧。余友金君景鴻少而有志, 惟躬之不逮是愧。未或爲人道志事, 持身若幼女, 七十歲如一日焉。間謂余曰:'我多愧者也。言愧于有餘, 行愧于不足, 做措愧於拙, 學業愧於陋, 是以愧名之或稱也。未甞有標揭, 今寓名於愧, 倘不愧其實, 盍爲我言之?'余曰:'人惟不愧, 是以多愧。公實愧之, 是其無愧必矣。甞想公一片靈臺安詳恭默, 幽暗之中庶幾有所保守。因而去外誘之私、絶嗜好之情, 可謂無所愧耻矣。於人顧不大歟?是公名窩之意, 乃其常所勉焉, 而非假借也。當於實而符於心, 何愧之有?若余者言浮於實, 而居之不疑, 可謂無耻之甚者也。請爲公樂道焉。'"】

강필로(姜必魯) 1782-1854. 조선 후기. 본관은 진주(晉州). 자는 치가(稚可)·중가(仲可)이고, 호는 노와(魯窩)이다.

❀ 芍藥山寮

【≪果齋先生集≫卷五≪芍藥山寮記≫:"太白之下羅浮北法溪上, 海隱姜先生寔居之。其堂弟仲可學士, 余友也。學士於法溪書室之越岡搆數椽屋, 書來諗余曰:'是搆也, 扁曰"芍藥山寮"。以太白之一名芍藥也。隔斷閭井, 管領雲山, 而人以拙搆少之。故有詩曰:"容膝何曾窄, 擡頭不是低。"此可知已。子其記之。'余不能文, 不敢當。旣而學士客于京, 面余輒申前說。余曰:'子之鄕山已僻矣, 居室苟完矣, 猶別搆乃爾, 其心必有以也。余何敢知?然竊甞聞之, 身爲小而心爲大, 將欲大之, 惟恐其不約。主靜所以立人極也, 藏密所以彌六合也, 亦未有外身而求心者。然則燕處超然, 其必有道, 愚於是得子之心矣。子不以寮觀寮, 而以心作寮, 寮之用大哉!惟其退藏于密, 何有乎低且窄也?於以常主乎靜, 無所處而非玆寮也。然余抑有感焉。惟子晦外而明乎內, 樸外而敏於中。有綜理事物之智, 有千萬必往之氣。進可以從容廈氈, 出可以經營四方。堂高數仞, 必不爲也。大庇萬間, 非不欲也。顧乃靜處山寮, 脫畧塵事, 疑若獨善其身者, 殆龍蛇之蟄歟?櫝玉之藏歟?愚且俟之。噫!子旣專乎內而忘其外, 則寮不足名, 況從而記其名乎?然余聞羅浮祖太白, 太白之宗曰芍藥。子必以芍藥名寮者, 知所本矣。此可與知者道也。若夫山林之樂閒而已，泉石之玩荒而已，又何足論淺深而評有無也哉？子之歸也，叙次是說以贈。願聞子之心，仍請仰質于函丈。'"】

이해응(李海鷹) ?-?. 조선 후기. 본관은 안릉(安陵). 자는 양수(揚叟)이다.

❖ 名 — 海鷹　字 — 揚叟

【《詩經·大雅·大明》："維師尙父，時維鷹揚。"毛《傳》："鷹揚，如鷹之飛揚也。"】

❖ 晩拙軒

【《定齋先生文集·續集》卷九《晩拙軒記》："拙者，不巧之謂也。故疎迂者謂之拙，以爲無所於用而詆之。余謂是不擇所宜者也。工不巧則器不成，士不拙則德不修。是以工欲巧，士欲拙。何也？夫小道之可觀，巧則巧矣，而致遠則泥；君子之不可小知，拙則拙矣，而可以大受。士固爲此而不爲彼也。下士晩聞道，聊以拙自修。豈眩於所擇哉？安陵李揚叟葢嘗有意於世，旣蹭蹬不前，則名其軒以'晩拙'，其意善矣，獨恨其不早耳。公葢我東高陽氏之世也。自夫存、葛兩先生，聲響未遠也。後賢嗣興，耳目可接也。使其早得淨掃閒軒，從事於家學，任天分以養吾拙，人雖以疎迂目之，而吾知其可大受者在此矣。顧今年至矣，聰明日減，智慮日消，吾恐其拙而已矣。雖然，尙平之債已了，而簞瓢之憂未甚，卽浮世一閒人耳。所棲又洛之上流也。曉旭方昇，江天晃朗。夜月初出，白露橫江。臨軒散步，襟韻灑然。魚鳥之自得、草樹之交暎，皆足以怡吾神，悅吾目，則是收天地之精華歸之肺腑也。其拙也反爲浩蕩而無涯，然是天之餉公，而非公之有所營求也。亦何害其爲拙也？軒在家右數十步，因其所居而名之，亦拙之爲也。"】

정원용(鄭元容) 1783-1873. 조선 후기. 본관은 동래(東萊). 자는 선지(善之)이고, 호는 경산(經山)이며, 시호는 문충(文忠)이다.

❖ 名 — 元容　字 — 善之

【《周易·乾卦·文言》："元者，善之長也。"】

❖ 三思樓

【《經山集》卷十二《三思樓記》："生我者父母也，育我者父母也。欲報其德，昊天其有極乎！純祖壬午仲秋，先大夫疾亟，執小子手授之以三言：'一避榮勢，一愼交結，一養精氣。'小子泣而受之。盖小子妙年貴顯，亨衢在前。本質脆弱，疾病易嬰。而世路巇巇，榮觀駘蕩。牙錦或引風浪，蘭金反招雲雨，執玉必壞鼎丹，爲此終身可行者三言以遺之也。及呼門造朝以來，名位日盛，遇境値事，憧憧是思。夫心之所存，思必從之。一有不思，是不存心。何敢一日而心不存而思不至乎？處鍾鼎鑾駟之尊，則思所以恬退。遇車笠膠漆之托，則思所以澹虛。對翠黛綺珍之麗，則思所以節嗇。上下馳騁於平陂升沈之塗者四十有餘年，而中書考廿四，入耆社且一紀矣。身名倖完，退休丙舍，筋力不至癃痼。每嘗步阡岡梓栢之間，思而復思，非小子識與力可致也，是我先大夫三言之賜也。吾子孫永世相傳之家訓，其在斯乎？"】

❇ 石林亭

【≪心庵遺稿≫卷二十九≪石林亭記≫："由花樹之西而爲春樹欄，之東而爲石林亭，相距倂三數十弓，而石林最後成。靠巉巖，受渾若之盈。雨作，衆流奔匯廢于下，穹林擢而四時之芳相續。據引慶禪，授支裔而全瞰城市。澶漫曲折，窮其睇無障蔽。此經山公經濟所及，而五器八簋所由集也。盖嘗論之，谿谷、叢莽、巉石之幽，非通都大邑所易有也。有矣而無其具，不能有其有矣。有其有矣而不能及身康強以自娛樂，亦匹乎無矣。公旣不出所宅之里，而斯干於玆。步履登降岡麓，辟靈壽之扶。潄經酌史，評品花木，不自知爲上相耆英之尊。而羣子弟牙笏盈床門庭，昕夕頷之爲率。公於是有其有，而無所不有矣。況五器八簋，古事也，必修而行之。爲導俗先，是亦訏謨之一欒，而留有餘之福。玆具可書。第酒後命筆，必屬之不佞，公之意何居？修辭於拙，莫吾若也。將借之爲哄堂笑也歟？老氏曰：'不笑無以爲道。'作≪石林亭記≫。"】

성근묵(成近默) 1784-1852. 조선 후기. 본관은 창녕(昌寧). 자는 성사(聖思)이고, 호는 과재(果齋)이며, 시호는 문경(文敬)이다.

❇ 諡號 - 文敬

【≪太常諡狀錄≫卷八≪贈資憲大夫吏曹判書兼成均館祭酒行通政大夫刑曹參儀兼經筵官成公諡狀≫："公諱近默，字聖思，號果齋 …… 文敬道德博文曰文，夙夜儆戒曰敬、文簡道德博文曰文，一德不懈曰簡、文靖道德博文曰文，寬樂令終曰靖。"】

김정희(金正喜) 1786-1856. 조선 후기. 본관은 경주(慶州). 자는 원춘(元春)이고, 호는 완당(阮堂)·감옹(敢翁)이다.

❀ 名 - 正喜　　字 - 元春

【《春秋·隱公元年》：“經，元年春王正月。”】

❀ 惕庵, 謙謙室

【《阮堂先生全集》卷六《謙謙室記》：“余讀《易》，深有感於《乾·九三》之義，顏其居曰惕庵。有金鎭恒者過而問焉曰：‘盛矣哉，惕之義也！先生，大人也。其將進修於大人之德業也。恒，小人也，於《謙》有所取焉。爲其山高而地卑，乃屈而止於下也。遂顏其室曰“謙謙”。願先生有以敎之也。’余曰：‘唯唯，否否。是非《謙》也。女先作一高之想，復設一卑之形，又强而下之，何《謙》之有？余昔治《易》得《謙》之《象》。《象》曰“地中”，不曰地下。見乃謂之象地下有山，人誰見之？於是學《易》者謂《易》有虛象也。六十四卦皆實象，安得虛？夫天中有地，地中有山。地在天中，菫一點耳。山在地中，亦不過一拳石一坏土而已。方存乎見少，又奚以自多？此所以《謙》之情、《謙》之義、《謙》之象也。是以項平甫曰地中有山，此實象也。世之不懋實久矣。如女之言，是老氏之學。欲依阿於其間，和光渾塵，爲全身遠害之計也，非大《易》之實象也。今女之於世，卽復一拳石一坏土之微耳。始無其高，終安有屈於卑而止於下者也？吾之所以陳此實象者，爲世之不懋實而內驕外謙者戒焉。此亦吾惕之義也。’鎭恒曰：‘善。請以是爲《謙謙室記》。’”】

최효술(崔孝述) 1786-1870. 조선 후기. 본관은 월성(月城). 자는 치선(穉善)이고, 호는 지헌(止軒)이다.

❀ 號 - 止軒

【《蘆沙先生文集》卷二十一《止軒記》：“有安而止者，於卦《艮》也。有有所待而止者，於卦《需》也。有爲物所畜而止者，於卦《大、小畜》也。翁之止，三者何居？願聞之。惟名及利，翁嘗求之，未老而止。曾思《易大傳》，翁嘗讀之，老而不止。止不止並行，而軒必曰止，其心蓋曰：‘止吾止也，不止亦吾止也。’以不止爲止，此翁之止所以異於人歟？白首相逢，無以爲贈，請以此爲相思之資。”】

이시원(李是遠) 1790-1866. 조선 후기. 본관은 전주(全州). 자는 자직(子直)이고, 호는 사기(沙磯)이며, 시호는 충정(忠貞)이다.

❀ 號 - 沙磯　　諡號 - 忠貞

【≪太常諡狀錄≫卷五≪贈大匡輔國崇祿大夫議政府領議政兼領經筵弘文館藝文館春秋館觀象監事判宗正卿府事行正憲大夫知宗正卿府事吏曹判書兼知經筵義禁府事春秋館事弘文館提學同知成均館事五衛都摠府都摠管李公諡狀≫："公字子直, 居沙磯, 故仍以爲號 …… ○忠貞危身奉上曰忠、淸白守節曰貞、文貞勤學好問曰文、淸白守節曰貞、文肅勤學好問曰文, 執心決斷曰肅。"】

조병현(趙秉鉉) 1791-1849. 조선 후기. 본관은 풍양(豊壤). 자는 경길(景吉)이고, 호는 성재(成齋)·우당(羽堂)이다.

❀ 名 - 秉鉉　　字 - 景吉

【≪周易·鼎卦≫："上九：鼎玉鉉, 大吉, 无不利。"】

서치성(徐稺成) ?-?. 조선 후기.

❀ 竹醉書室

【≪成齋集≫卷十四≪竹醉書室記≫："凡君子之居, 寓以物志其名, 於古有焉。伯機移松號其堂, 延年采茅贊其齋。於是乎物之所以寓於意而名其居者, 非徒在物, 盍由乎人之性之殊其途而取其趣也哉！我友有徐稺成, 冠齡青妙, 器蘊素谿。慨黃粱盈虛之夢, 通石火閒忙之理。違世不羈之思, 閱年遣心之法。惟是經籍圖史, 於詩尤工。所處之宅, 築三層騷樓, 建翰牖一間。蕙姿桐宦, 不讓於凌虛、超然等諸處；百卉衆木, 呈美於詞鋒筆陣之中。有時操觚展帖之暇, 分明桃園、金谷之罰。每以圓通居士與之酒爲之吟, 逍遙於叢叢憾憾間。非草伊馨, 非木伊直。既四時之不改, 何一日之可無。心兮本虛, 體則惟貞。斯日也, 淸風攬綠, 淡烟蘸黃。擲金捽珠之響, 剩助管絃；立氷凌雪之姿, 靡愧松栢。不獨動出文人之十分爽意, 抑亦俾識佳士之一節苦性。曷嘗無憐渠質之異凡, 見玆心之屬彼。儂亦逋世人也。天下桃李, 看作別人境界；深山白雲, 自任吾家計活。愛伊人之踈放淸高, 寄以文而序其室。雖然, 醒是我之病之深也, 不敢與人而求其醒；惟醉易於渾而減於悟, 豈我友勉旃！≪詩≫不云乎'瞻彼淇澳'？又不云乎'不醉無歸'？五月

十三日卽竹醉日也。先乎五十深宵，右管而左觶，忘拙舌而扁其額爾。”】

박영원(朴永元) 1791-1854. 조선 후기. 본관은 고령(高靈). 자는 성기(聖氣)이고, 호는 오서(梧墅)이며, 시호는 문익(文翼)이다.

❈ 名－永元　　字－聖氣

【≪公羊傳·隱公元年≫何休≪注≫：“變一爲元。元者，氣也。”】

❈ 四佳亭

【≪梧墅集≫冊十三≪四佳亭記≫：“凡境區之勝，有曠焉，有奧焉。曠而寥廓宏濶，奥而窈窕幽欝，二者不得兼之。殷州之勝曰澹澹亭。溪山暎帶，明媚爽塏，視關西諸名勝相伯仲。其地據峭絶，臨莽蒼，山原川野之森羅盈矚，莫不呈露其根。語其曠，盖莫能多也。由亭西南下，一麓邐迤行數百武，陡起爲小皐。四隅叢石離列。其中隆然如壘土，廣輪十尺，舊稱彈嘯臺。臺抵衙近，由後園可步屧而從。余甚宜之，遂編茅作小亭。亭視澹澹亭高不及數仞，處州治正當中央，位置甚奧如也。然環亭四面，涯界通敞，澹澹亭之浩盪悠漫者，皆坐而管領。乃更含包蘊藉，一邱一壑皆我几案襟袖。於是乎山愈深而岡巒紆餘，溪愈近而水光溶漾。邑屋低繞，原野平開。叢樾縟陰，參差隱暎。盖斯亭兼曠奥之勝，而爲殷州之眉也。以其得溪、山、野、村之佳，遂扁其亭曰‘四佳’。每簿書有暇，起居嘯詠，未嘗離斯亭也。今夫皐邱垤之小亭，不過數椽。居幽欝而瞰宏濶，攬寥廓而歸窈窕。取其曠可以致遠，取其奥可以藏密。物象意致，自得乎烟雲霏靄、魚鳥翔潛之間。雖增之以崇臺廣廈、雕甍繡楹，又何足重輕哉！然非斯亭，無以暢斯地之美。余懼夫亭有時毁，地因以晦，遂書余治亭之意，以俟後之君子。”】

❈ 綠泉亭

【≪梧墅集≫冊十三≪綠泉亭記≫：“亭以‘綠泉’名，何也？亭之勝多可名，而惟泉爲諸勝之最。是亭之作，爲是泉也。夫人之所須而生者，莫不資於水。饔饘、毛臛、酒漿、茶湯、烹煑、淹瀹之用，日浸灌口腹。水性之粹駁美惡，而能利病人、壽夭人。故善養生者，必擇水而居。泉者，山川之精液。其淸眞和潤，衆水之所不如也。故陸羽評水品，以乳泉石池漫流爲上焉。終南山之麓有曰鳳岡，乍迤而下，復陡而峙，環東而北，又廻轉向南，圍抱如屛障然。中開數畝之區而宅焉，卽世祖朝相臣權翼平所居，世傳禪師無學相之也。一姓相傳幾五百年始易主，爲余別庄。舊有後彫堂，今只有其址。新築小亭爲棲息之所，菫八楹也。有峭壁、層巖、穹广、嵌窪之奇觀，壽藤老幹之古跡，嘉花異卉之清供。居則管領一壑，陟則俯瞰萬戶。幽奧蕭灑，超然有塵表之象。時杖屨而至，心融神怡，樂而忘返，不省有組紱之絆身。此所謂亭之勝也。西南崖礎下石縫出水涓涓，甃而爲小井，世稱爲城南第一泉。其淺僅容瓢，其味甘冽，其色蒼玉，顧況詩所云‘石泉淨停綠’者是也。余素善病，思得靈泉而醫之。靈泉之名於國者可僂指數焉，而多在踔遠孤僻，跡不可常到。今於闤闠之中，階庭之間，得此瑤精瓊液，爲晚年醫病之良詮，豈非幸歟？漱於斯，濯於斯，牙頰生香，心肺覺爽，怳若沉疴之袪體，此所謂泉爲諸勝之最，而亭之勝亦因泉而顯也。或有問於余曰：‘子之名亭，無乃况古之綠野乎？’余曰：‘否。晉公，賢輔也，有德業事功，非余不才濫位者可方也。雖然，以余之遲徊塵輞，老不知休，視晉公之勇於斂退，則媿甚矣。亭名之偶相近，卽天誘余衷而警余之昏愚也歟？在《易》之《象》曰“山下出泉，蒙。君子以果行育德。”果者，斷其行也。育者，養其德也。余之遂志，亦將有時也歟？’”】

❋ **集勝亭**

【《梧墅集》冊十三《集勝亭記》：“綠泉莊之南數十武有阜陡起，岡巒廻複迤抱，其趾平如掌。另搆小亭，廣輪塵傘蓋之多也。然地高而處中央，環莊四面之勝隱見殊形者，如水雲聚。兼之眺瞰通谿，山靄村煙，朝旭夕暉，變態幻狀，無非斯亭之勝也。昔東坡翁在潁城作擇勝亭。鑿柄合散，隨水搬徙。㓜物之妙，銘辭殊夸。吾亭之大當不過於坡翁之亭，然跬步不移，諸勝具集，無事乎擇之也，無煩乎合散搬徙之也。此吾亭之所以名。雖坡翁復起，當讓一籌爾。嘗聞‘知者樂水，仁者樂山’，水行而動，山止而靜，性與體也。坡翁之擇勝，余之集勝，行止動靜，所遇地勢之使也。而抑亦有所樂之不同者歟？”】

최경천(崔慶千) 1791-1857. 조선 후기. 본관은 화순(和順). 자는 사진(士晉)이다.

❋ **名－慶千　字－士晉**

【《禮記·祭統》：“作率慶士，躬恤衛國。”】

❋ **竹軒**

【《溪堂先生文集》卷十三《竹軒崔公墓碣銘并序》：“公諱慶千，字士晉，姓崔氏。壬午上庠，不復擧。箕山下鑿池，名洗耳潭。潭下拓址，手植數畝竹，號‘竹

軒'。日與韻人學子釣詠徜徉於其間，風韻爽朗也。丁巳，公寢疾。觀化前三日，
盥浴正衣冠謁廟，招子孫曰：'某日時，余歸矣。汝曹勤業，勿陷不義，泉下瞑目
矣。'語不及家事。及期終，十二月十九日也。享年六十七。"】

김태기(金兌基) 1791-1858. 조선 후기. 자는 성택(聖澤)이고, 호는 어초자(漁樵子)이다.

❀ 名 - 兌基　　字 - 聖澤

【《周易·說卦》"兌爲澤"。】

❀ 號 - 漁樵子

【《松沙先生文集》卷四十《漁樵子金公墓誌銘幷序》："漁樵非公自號。家褭甚，
漁樵養親，甘旨無闕，時人擬之董安豐，稱公爲漁樵子。親沒，澹然無意於世。好
山水一區，漁樵自適，受以自號。蓋公雅號始終，而生平踐履亦可託此而槩見矣
…… 公諱兌基，字聖澤 …… 以宇萬有雅識而俾識其隱道，不辭而爲之銘曰：赤
壁之山可樵，赤壁之水可漁。漁於水，樵於山，我有甘旨問起居。赤壁之水可漁，
赤壁之山可樵。樵於山，漁於水，我有澗阿遠市朝。"】

민자의(閔子儀) ?-?. 조선 후기.

❀ 寒沙草堂

【《梣溪先生遺稿》卷五《寒沙草堂銘幷序》："友人閔子儀進士家于白門之西圓
嶠之下，有井甚洌而甘，名爲寒泉。蓋自立巖公居之百餘年而其屋圮，至老峰文
忠公改修之，驪陽文貞公增廓之，訒齋先生考終於斯。兄弟三公，皆爲國名臣。
後移去而屋圮又百餘年，子儀復尋舊址，而欲終老焉。扁其草堂曰'寒沙'，以泉之
左右皆沙也。不云寒泉者，不敢襲晦翁精舍之名。子儀記之詳矣。人事興癈，若
煙雲之變幻無常，唯是泉也不以今古遷。子儀世其德，其居與泉相終始，宜其愛
之而不能去，又從而慕之，守以卒歲也。子儀沐先訓以自修，學有本源。而其用
足以澤物，乃窮老不遇。朝夕一瓢飲，杜門却埽，泊然不滓。《易》曰'井渫不食，
爲我心惻'，子儀之謂歟？就是泉而卜築，老峰之後子儀而已。趾先汲古，其志一
也。帶方尹定鉉飲其泉而爲之銘曰：'守靜涵精瀏其淸，積厚而溢灆其出。是以君
子觀於水，濬而不窮衍在中。'"】

김진화(金鎭華) 1793-1850. 조선 후기. 본관은 의성(義城). 자는 성관(聖觀)이고, 호는 탄와(坦窩)이다.

❀ 號 - 坦窩

【《定齋先生文集·續集》卷九《坦窩記》：“吾友金矦聖觀宰茂松之三年, 以書來曰：‘平常患性氣峭峻, 思所以矯揉, 莫若處心以坦。是庸“坦”以名吾室。盍爲之記？’余復之曰：‘善乎, 矦之名其室也！夫人之患生於所長, 因而遂之, 斯爲過矣。矦以剛明果決稱, 是其所長, 而顧自以峭峻而思矯之。吾見其不至過於所長而補其不足, 其於進德也何有？雖然, 凡人有過, 明者能知之, 剛者能斷之, 是又能用其所長, 而善於矯揉者矣。矦旣以坦名其室, 名之斯好之矣, 好之斯樂之矣。其於所謂峭峻者, 去之必果決。是不惟不爲過, 而反獲其用矣。抑坦之爲道不一, 有去圭角、破崖岸, 詡詡以同於人者, 可謂坦矣, 而非君子之所貴也。有包荒納汙, 容民蓄衆者坦矣, 而循本則末也。蓋將自其本源而一歸之坦也, 則先須見理明徹, 然後可也。故《禮記·大學》言“心廣體胖”, 而曰“君子必誠其意”。所謂誠其意者, 格物致知, 以盡善惡之歸而好惡之。如好好色、惡惡臭, 方可以意無不誠, 心無愧怍, 而廣胖可幾矣。孔子曰“君子坦蕩蕩”, 朱子釋之曰“君子循理, 故常舒泰”, 孟子曰“居天下之廣居, 立天下之正位, 行天下之大道。富貴不能淫, 貧賤不能移, 威武不能屈”, 夫然後眞可謂心廣體胖而盡坦之道矣。惟昔先文忠先生以誠敬之學, 居廣居而行達道。矦其世嫡也, 邂逅撥轉之機, 安知不有以默誘其衷者耶？然其至於是則有其由。《易》曰：“履道坦坦, 幽人貞吉。”請矦味於斯, 志於斯, 以毋徒得其言, 而求以造其理也。’”】

홍현주(洪顯周) 1793-1865. 조선 후기. 본관은 풍산(豊山). 자는 세숙(世叔)이고, 호는 해거재(海居齋)·약헌(約軒)이며, 시호는 효간(孝簡)이다.

❀ 敬齋

【《淵泉先生文集》卷十九《敬齋記》：“吾弟世叔年十四, 重繹《小學》至敬身之篇, 惕然若有悟者。一朝盡捐其舊習, 擇言而發, 循武而步, 端坐讀書, 終日不勌, 遂自名其所居之堂曰‘敬齋’。請于余爲記。余嘗奇世叔天姿超邁如騏驥騕褭, 顧影躞蹀, 有一日千里之足。而又憂其橫軼奔放, 不可以覊靮馭。今乃能以成童之年, 脫棄幼志, 卓然有意於主敬之學, 何其異也！或謂世叔有揮斥八極之氣, 凌跨一世之才, 當使之馳騁縱放, 以極其所至。不宜抑心俛首, 規規於繩墨之中。嗚呼！是眞不知敬也！夫天下國家至重任也, 而知者能均之。三軍之帥至威也, 而勇者能奪之。九鼎至重也, 而強有力者能擧之以趨。方寸之心至微也, 七尺之軀至輕也, 耳目鼻口之欲萌於毫忽, 而操舍存亡之幾決於俄頃, 當是之時, 良、平無所施其智, 賁、獲無所施其勇, 唯繩趍匡坐不敢失尺寸者, 乃能以道制慾而不爲慾所勝。是以世有喑啞叱呼, 衡行萬夫之中, 而不能勝其一念之私, 以至於湛溺其身者。有言若不出口, 身若不勝衣, 而端委揖讓, 折衝於千里之外者。嗚呼！吾未見不規規於繩墨之中, 而能揮斥八極凌跨一世者也。程子曰'敬勝百邪', 子思曰'篤恭而天下平', 古之人豈欺我哉？世叔勉之哉！敬之爲道至大, 而持敬之方在讀書。居敬之工, 自容貌言辭行止之間始。他日吾訪敬齋, 而世叔迎吾於門, 吾將觀其隨我而步也, 吾將聽其迎我而言也, 吾將歷問其讀誦之勤怠也, 吾然後知世叔之能充其言以否也。充之則爲志士爲君子, 可以爲聖人；不能充之, 則空言而已矣, 兒戲而已矣。世叔勉之哉！"】

윤정현(尹定鉉) 1793-1874. 조선 후기. 본관은 남원(南原). 자는 정수(鼎叟)이고, 호는 심계(梣溪)이다.

❀ 名－定鉉　字－鼎叟

【≪周易·鼎卦≫："上九：鼎玉鉉, 大吉, 无不利。"】

김흥근(金興根) 1796-1870. 조선 후기. 본관은 안동(安東). 자는 기경(起卿)이고, 호는 유관(游觀)이며, 시호는 충문(忠文)이다.

❀ 名－興根　字－起卿

【≪爾雅·釋言≫："興, 起也。"】

❀ 一葉亭

【≪梣溪先生遺稿≫卷五≪一葉亭記≫："相國游觀公退休於城北之三溪洞, 疏溪之壅而泉眼出。其品甲於諸名泉, 泉之上下左右皆石也。水因石之勢, 懸而瀑, 夾而澗, 渟而潭, 各呈其奇。公甚樂之, 作亭於旁, 跨巖爲礎而施柱, 冪紙爲葢而覆茅。廻欄周楣, 鉤連紐結, 可復解而移之, 中僅容三數人坐。狀如扁舟, 倚于厓壁, 秋潦泛溢, 又似放乎中流。乃名亭曰'一葉', 公固有取之也。非舟而喩舟, 亦豈無寓意者存歟？然古人以不乘天地之資，而載一人之身，謂之一葉之行，此其偏小，何足擬於經世宰物之地也？今蒼生若涉大川，望公而有濟。公雖欲久樂於斯亭，竊恐不能不先天下之憂而憂也。”

≪心庵遺稿≫卷二十九≪一葉亭記≫：“輦下四維，山出泉而渫而冽，莫邿陰若。渫而冽而配惠山中泠不爲，莫窅老居，若不佞品泉文所繇起耳。游觀公謝政本歸高卧，悅飲濯。輒有事乎導伏剔隱，育馥郁，恢幽儁，意境之所至止於玆耳。日挈余兌行不三百弓，而曰：‘曷如駕耦崿穹陀，而爲宋栒楣楯關紐，施闔張機，猶擇勝，猶鵖舟在濤瀧中焉？而水從嶽頭奔，宴息起居受之。霈時行瀰湃，簾而練，否亦濊濊，恒不匱。且有旁出爨涌嵌竇幫其勢。夫榭於水，而天設地呈，位成置明，四求之於輦下乎？而又無與玆倫也。’夫有此山嬗千百烟霜矣，爲公所顓占且十數禩矣。而閟顯昧昭，得未曾有未思議。鍵抽局啓，類有俟乎今。泃道妙所臻，物來相焉。一葉，鵖舟謂也。墼而藏之，無不可者。作≪一葉亭記≫。”】

조두순(趙斗淳) 1796-1870. 조선 후기. 본관은 양주(楊州). 자는 원칠(元七)이고, 호는 심암(心庵)이며, 시호는 문헌(文獻)이다.

❊ 名－斗淳　　字－元七

【≪史記·天官書≫：“北斗七星，所謂璇璣玉衡以齊七政也。”】

박필영(朴弼寧) 1796-1872. 조선 후기. 자는 강수(康叟)이다.

❊ 名－弼寧　　字－康叟

【≪尙書·洪範≫：“五福，三曰康寧。”】

❊ 後齋

【≪山泉先生文集≫卷十三≪先考僉知中樞府事府君家狀≫：“府君諱弼寧，字康叟，我朴氏本新羅宗姓 …… 府君以健陵丙辰三月十七日生 …… 府君雖肫肫和厚，善於優容，至義理公私之判，嚴辭辨劈，人皆倚重，而媚忌者多不悅。府君晚甚悔之，專務斂退，名其室曰後齋，爲之記曰：‘吾少也自謂白直而恥詭隨，果決而薄回互，往往不免於事會言議之先發。而及其經歷之久，悔吝常多，吾於是乎覺先之不如後，動之不如靜，進之不如退，言之不如默。且吾嘗聞之後義矣。古之君子非不有也，斂之而若無；非不智也，畜之而似愚。含章韞櫝，不以賢能而先人者，非所謂後乎？古人猶如此，況今人乎？故吾觀於世，有以矜驕而先人則喪其家，以傲勝而先人則遇其敵，先之於形勢之道，不為之退避，則殆先之於傾陷之地，不思其防慎，則敗。凡天下之猜嫌忌嫉為吾之患害者，莫不由先而致之，其亦可畏也哉！故金人銘之曰：“君子知天下之不可上也，故下之；知眾人之不可先也，故後之。”吾將舍是而奚求哉？’……壬申五月二十八日考終于第，享年七十七。”】

허전(許傳) 1797~1886. 조선 후기. 본관은 양천(陽川). 자는 이로(而老)이고, 호는 성재(性齋)이며, 시호는 문헌(文憲)이다.

❀ 名 – 傳　　字 – 而老

【≪禮記·曲禮上≫："七十曰老，而傳。"】

❀ 號 – 性齋

【≪性齋先生文集≫卷十四≪性齋記≫："主人號其所居之室曰性齋。客有難之曰：'號之與名殊，號亦所獨也，故人必取己所獨有者而表稱之，亦使人表稱之。天命之性，夫人而有之。夫人而有之則夫人而為號可也，何子之敢獨有也？’曰：'吾惡夫獨有者，故是之取爾。今夫天下之患，未有甚於獨有者。井地廢而阡陌連，則農困於獨富；學校弛而薦選雜，則士困於獨貴。權沽獨利而商不出器，袄獨巧而工不通。獨異端而儒道泯，獨小人而君子沮。獨私而滅公，獨名而亡實，獨文而亂質。甚者子遺親而獨，臣倍君而獨。小大輕重，一不餘力而讓獨，若是乎獨有之患也。是性也，人與人同，生與生俱。我仁而人仁，人亦我也；人義而我義，我亦人也。禮焉而均是人也，智焉而均是我也，何必獨然後為吾有哉？且子但知夫人而有之，不知夫人而失之。夫人失之，故彼獨有之患由而生焉。’客曰：'人失而我有，是亦獨有也已。’曰：'子以為一人不有而墜於地，可乎？人非由我而失之，我非攫人之有而取之。人苟復之，豈取諸我而還之？我又豈還諸人而自失耶？人皆失之，故吾恐鮑化而失之。書諸齋，欲常目而有之，亦欲使人常目而勿失也。’客曰：'何如斯有之？何如斯復之？何如斯失之？’曰：'樂天知命，有之之謂也。好學力行，復之之謂也。自暴自棄，失之之謂也。’客曰：'有之者幾人矣。’曰：'由孟子以上，率五百歲而有之。由孟子以下，蓋千有餘歲而往往有有之者矣。’客曰：'千百歲而往往有有之，則其為獨有也孰大於是？’曰：'是獨有也。建諸天地而不悖, 質諸鬼神而無疑, 百世以俟聖人而不惑者也。我非曰能有之, 願復焉。'客曰: '乃今眞得獨有之術。吾亦願之。'曰:'諾。'客出, 遂書諸'性齋'之扁。"】

❀ 不倦堂

【≪性齋先生文集≫卷十五≪不倦堂記≫:"倦者, 萬事之所由廢也。倦一日則有一日之廢, 倦一時則有一時之廢, 不可少忽也。≪虞書≫曰:'朕耄期, 倦于勤。汝惟不怠。'舜禹大聖也, 必無倦怠之理。而其禪授之際, 丁寧告戒, 猶以爲言。則況於中人以下者乎?愚也魯, 聰明不及人。讀書不百遍不能誦, 作文不數日不成篇。是以自少鷄鳴而寤, 夜以繼日, 非聖賢經籍不接於目, 非聖賢事業不留於心, 然而至白首無所成名者, 猶有少忽於倦怠之戒也。心嘗兢惕。年至耄耋, 遭逢明時, 猥廁經筵。嘗於侍講之日, 上敎若曰:'卿之文學, 予已聞知。老而不倦, 手不釋卷。'于後侍講, 又敎曰:'卿之文章世皆知之。每於入對, 詳說文義, 理明而易曉, 予心豁然。此博學之致也。'于後侍講, 又敎曰:'以卿文學, 尚未經文任講官, 予意有在。'卽命授弘文館提學, 仍差日講官, 使之頻頻登對。于後侍講, 又敎曰: '卿老而不倦, 手不釋卷。眼精得無昏暗耶?'竊自惟念虛名之誤徹旒纊, 誠爲凜凜。而學問雖未得不倦之效, 蒙被恩遇, 不可不謂不倦之力。特書'不倦'二字於堂之顏, 以爲畢生之警。"】

조용구(趙龍九) ?-?. 조선 후기. 자는 경희(景羲)이다.

❀ 名 - 龍九   字 - 景羲

【≪左傳·昭公十七年≫:"太皥氏以龍紀, 故爲龍師, 而龍名。"羅泌≪路史≫: "太昊伏羲氏。"皥昊通。】

❀ 樛園

【≪性齋先生文集≫卷十五≪樛園記趙龍九≫:"上洛之曲木里, 侍讀學士趙君景羲桑梓之鄉也。夫木之枝曲而下垂曰樛。≪國風≫之≪樛木≫, 美君子之德逮下也。學士取其義, 名其居曰'樛園', 善乎逮下之義也。≪書≫曰'爲上爲德, 爲下爲民', ≪禮記·大學≫曰'明明德於天下', 德修于身而惠及于下, 致君澤民者之所能也。學士之志, 其在斯歟?今之時好德者尠矣, 惟嶺南有古君子遺風焉。學士自少時從余求入德之門, 旣出而仕, 猶拳拳乎爲己之學, 源源而來, 問業論道, 余亦老而忘倦。已而見吾道日孤, 士風日壞, 浩然有歸志曰:'樛園之土可以畊, 樛園之

木可以庇, 穆園之室可以讀.'因拜辭而去. 余無以贐行, 乃書此爲≪穆園記≫。】

성규호(成圭鎬) ?-?. 조선 후기. 본관은 창녕(昌寧). 자는 성회(聖會)이다.

❀ 我石亭

【≪性齋先生文集≫卷十五≪我石亭記≫:"天地之生, 久矣夥矣. 其不有傑然而秀, 巍然而大, 不遇而湮滅無稱者乎？在人猶如此, 況於物乎？而況於物之爲石而人所易忽者乎？然則僅僅見於書亦奇矣. 如太湖、零陵、平泉等石, 可謂百千載一遇. 然不遇章、崔、李諸貴公, 石何能自致也！今大嶺之南, 洛江之左, 其邑曰昌寧, 其洞曰石門, 其亭曰我石. 昌寧者, 成君之貫鄉而重世也. 石門者, 所居洞口有巨石屹然當門也. 我石者, 晦菴詩曰'居然我泉石'也. 君愛山水, 喜靜僻, 自樓浦徙入于洞中, 築亭以自謂云. 圭鎬, 君名也. 聖會, 君字也. 讀書, 君業也. 應擧而不汲汲於進取, 君守也. 從先覺而聞爲學之方, 君志也. 君亦奇士也. 石門之石, 由奇士而顯其奇, 奇益奇矣. 願君居是亭顧是名, 高則仰之, 堅則鑽之, 磨不磷轉不動, 學曾氏之壁立、孟氏之巖巖. 則石之奇可泐, 名之奇不可泐. 勉之哉！"】

허희(許禧) ?-?. 조선 후기.

❀ 林一軒

【≪性齋先生文集≫卷十四≪林一軒記許禧≫:"凡天下曰山曰野之蔚葱薈翳者, 皆林也. 畊漁樵棲息窟寐於是者, 皆林下人也. 詩人之發於咨嗟詠歎之間, 而必曰'林下何曾見一人'者何也？噫！我知之矣. 爲此詩者爲朝廷之士, 一往不返, 上不能以堯舜其君, 下不能以安國家利百姓, 昧於進退存亡之幾, 暗於明哲保身之道, 惟固寵樂勢是貪而作也. 今有布衣韋帶之士, 初非進步於班聯者, 則均是林下之人, 而乃反以'林一'名其軒者, 抑又何也？豈見世人之汩於名利, 雖山野棄其業次, 老少奔波, 逐影朶頤於車塵馬跡之間, 而故爲是警俗之語耶？是則責人厚以招人過, 非其意也. 盖其宅之里曰林, 隱之州曰一善. 隱於是林, 爲一鄉之善士可矣云爾. 昔人有詩曰'渭水空藏月, 傅巖深鎖烟', 好之樂之之不足, 而善形容殷周之氣像也. "】

이계여(李啓汝) ?-?. 조선 후기. 자는 상목(相牧)이다.

❀ 名 - 啓汝　字 - 相牧

【≪尙書·說命上≫:"爰立作相 …… 若歲大旱, 用汝作霖雨。啓乃心, 沃朕心。"】

❀ 石窩

【≪性齋先生文集≫卷十四≪石窩記≫:"均是竹, 解谷生六鳴之筒；均是馬, 冀北産千里之蹴。是以伶倫截之而爲律, 孫陽顧之而增價。此二物者, 未遇二人之時, 直與篠簜駑駘等耳。豈惟物哉？君子藏器於身, 待時而用。用與不用, 不由乎我, 我何與焉？友人李相牧啓汝甫, 嶠南大家也。賢而有志, 從事儒業。至白首矻矻, 屢戰藝於京師, 竟失意而歸。臨行要余爲石窩之記, 石窩其書室名云。余詰之曰: '奚以石？'曰: '昔唐李德裕愛平泉之居, 作記以誡其子孫曰: "鬻平泉者, 非吾子孫。以平泉一石與人者, 非佳子弟。"今吾先祖之號曰石潭, 世居之, 里曰石田。居石田之居, 言石潭之言, 行石潭之行, 讀石潭之書, 繼述石潭之志事, 而世世萬子孫守之勿失, 則奚翅平泉之一石而已哉？是名窩之旨也。'余復之曰: '善哉。誠如是, 石田之爲李氏之解谷、冀北也大矣, 必將有伶倫、孫陽者比肩接踵而至矣。'銘曰: '靜而不動重如石, 磨而不磷堅如石, 中正而守介如石。'"】

유모(柳蓍) 1798-1769. 조선 후기. 본관은 흥양(興陽). 자는 중유(仲裕)이다.

❀ 農隱

【≪果菴先生文集≫卷十二≪農隱柳公墓表≫:"親歿, 絶意科宦, 謝去囂塵, 惟以經史自娛。晩築室於嘉陵之虎鳴村, 扁以'農隱'。左右圖書, 日吟哦其中。至古聖賢警切語, 輒三復玩味。近居有水石之勝, 葛巾野服, 逍遙而樂之。或棹舟前江, 擊鮮置酒, 命子弟彈琴詠詩, 悠然忘歸。人望之如神仙焉 …… 己丑十一月十八日疾病, 屛諸婦女, 正冠脩然而逝。壽七十二。"】

기정진(奇正鎭) 1798-1879. 조선 후기. 본관은 행주(幸州). 자는 대중(大中)이고, 호는 노사(蘆沙)이다.

❀ 名 - 正鎭　字 - 大中

【≪左傳·文公十二年≫"鎭撫其社稷, 重之以大器", 故以"大"應"鎭"。又≪易·大有≫:"≪大有≫, 柔得尊位大中, 而上下應之, 曰≪大有≫。"王弼≪注≫:"處尊

以柔，居中以大。"故以"中"綴"大"】

❈ 號 – 蘆沙

【《蘆沙先生文集》卷十六《蘆沙說》："吾平生不喜別號。或有問其說，答曰：
'吾有名有字，長於我者名呼我，敵於我者字呼我，卑幼於我者字下加氏以呼，足
矣。吾有一名一字，尚患擔不起，復安用添負爲？'中年入京，有舊舘人請數行文。
旣不容辭，信筆寫去。寫到年月下頗窘，倉卒杜撰署曰潛叟，蓋潛其名之謂，非別
有所取也。其後有文字事，又一用焉。用不過再三，而遠近有呼我潛叟者，聞之
愧且駭。愧，愧非其本情；駭，駭其從何得聞也。自後雖有不露名文字，避不用潛
叟字，或稱蘆下病夫、侘傺子、無名窩人。然而不敢輕用疊用，怕人之以此呼我
也。叵耐歲月川流，年迫八十。就木，朝夕事耳。於是有閒商量，與曩時心異。
何者？竊人之財猶謂之盜。吾之賦命，一何虛僞也！閭巷無實之名，至於上欺四
聰，盜竊國家名器，置一身於憂懼羞赧之域者，五朝於此矣。生旣負罪，死亦包
羞，奈之何哉？雖然，瞑目尚是少歇泊處，若復以叨濫品職題於尺二寸栗板上，則
粉面決然槓發。此事有非後死所得任意，不可不自我區處。惟有占兩字一號，題
曰某居士，庶乎生死皆活潑哉！所居丘墓鄉直蘆山之下里濱江名曰下沙，'蘆沙'兩
字，紀實也。數年閒朋友往還，書封多言蘆沙，蓋先事之慮欲朋友預知也。蘆沙皆
滄浪氣色。後人或有認我爲漁翁者，此號亦近無實之名。然東人詩句有曰'愛月非
關惑，貪山不害廉'。盜漁翁之名，亦盜之淸者，何妨矣？"】

❈ 荷葉亭

【《蘆沙先生文集》卷二十一《荷葉亭記》："亭六稜，以象類求之，則詹蔔也。不
取，取荷葉者，象外意也。夫象起於方圓，方圓之變爲曲直尖側，句互丫串，委瑣
雜糅，甚至工畫不能寫其狀，蒼史不能製其名，是之積爲人間。世人以一身處於
其間，欲離象而獨立則象不可離，欲與象俱則萬有相攘。於是憂患之塗闢，是非
之門開，埋頭易，出腳難。求筏於無涯之津，非有象外意，何以哉？今夫亭前有
塘，塘一象也。塘中有荷，荷一象也。荷上有珠，珠一象也。荷不離塘而不囿於
塘，珠不離荷而不囿於荷。人之處世若是則亦幾矣，然猶以爲未焉者。彼亦適有
所宜，易地則乖矣。若所謂象外意，夫焉擇地哉？此意詩人有見之者，其言曰'鳶
飛戾天，魚躍于淵'。聖門言志之日有見之者，其言曰'莫春者，春服旣成。冠者五
六人，童子六七人，浴乎沂，風乎舞雩，詠而歸'。雖然，徒見不濟事，在乎養之。

養之之道, 千萬人中, 常知有己之語, 最不煩而易曉. 其接續生成, 鷄抱卵之喩盡之. 養之而成, 則雖以詹葍爲荷葉可也, 吾可無時而不荷珠矣. 是亭也羽用築之, 而成於鳴魯登科之年. 吾奇之一里兩科, 世之所榮, 吾之榮之亦與世同. 顧念憂患之塗, 是非之門, 出身者尤甚焉. 緣境順應, 不可不勉其本領. 故請名其亭曰'荷葉'. 而蕪辭隨之, 以表余惓惓, 兼以自諷焉."】

정석(鄭奭) ?-?. 조선 후기. 자는 주백(周伯)이다.

❀ 名-奭　字-周伯

【≪史記·燕召公世家≫:"召公奭與周同姓, 姓姬氏. 周武王之滅紂, 封召公於北燕."】

❀ 持齋

【≪蘆沙先生文集≫卷二十一≪持齋記≫:"士自就外傅來課, 曰伊吾非史則經. 及其長也, 或能背誦羣經. 然卒然問曰:'子於何經何語得下手處云爾?'則茫然若臨滄海失津筏, 罔知所以置對. 鄭周伯之以'持'爲齋, 吾聞之, 蓋深有味焉. '持'字惡乎來?非從鄒孟夫子來乎?請試溯其源而言之. 萬世治心之法, 舜禹十六言後, 孔聖'操則存'一句最簡括. 然而節度之說未之及也. 曷言節度?治心旣不可一息閒, 亦不可一息忙. 忙則繁, 閒則慢, 繁慢皆心之病也. 草木之得造化以生長也, 犯些閒生意不接續, 犯些忙生意必走失, 不閒不忙之間有道存焉. 此之謂節度. 孟子喫緊爲人, 其言曰:'必有事焉而勿正, 心勿忘, 勿助長.'又約之爲一句曰'持其志'. 蓋持在繁慢之間, 言持志, 則節度在其中矣. 羣經浩浩, 一持銘心. 周伯乎!周伯乎!其不失滄海之津筏乎?吾雖不見周伯, 聞其志行稔矣. 蓋未嘗皦皦以爲白, 而亦未嘗汶汶以爲濁, 此持志之效驗也. 老矣, 雖不見其學之成, 願寄聲以相勖焉."】

신좌모(申佐模) 1799-1877. 조선 후기. 본관은 평산(平山). 자는 좌인(左人)이고, 호는 담인(澹人)이다.

❀ 名-佐模　字-左人

【拆名爲字.】

정각(鄭塙) 1799-1879. 조선 후기. 본관은 청주(淸州). 자는 중교(仲喬)이고, 호는 진암(進菴)이다.

❀ 下下齋

【《性齋先生文集》卷十四《下下齋記》：“余至南方，聞星山處士之廬有人焉。往造其廬，環堵蕭然，褐衣冠帶而出迎。纔相見，知其爲豈弟君子也。入其室，几一案一，惟編袠滿架，皆聖賢經傳、先儒性理書，益信其爲學問中人也。仍留宿，辭氣之間謙謙自卑，是欲學顏氏之有若無、實若虛者耶？其言曰：‘君子知天下之不可上也，故下之物極於上，必復於下。君子下下吉。故所居之齋名以“下下”。’余應之曰：‘子其志於上乎？夫道，形而上者也。器，形而下者也。上下不相離。故地本居下，而其氣上升於天爲春，《泰》之乾下坤上是也。且九仞之山，一簣十也；百尺之竿，一步下也。下者，上之基也。此進德之序也。故習於灑掃應對日用之事，然後明於理氣性命天人之原。是謂下學而上達。子果志於上矣。’”】

홍우현(洪祐顯) 1799-?. 조선 후기. 호는 오산(午山)이다.

❀ 號 - 午山

【《性齋先生文集》卷十四《午山堂記洪祐顯》：“舊聞洪南仲之名，願一識之。晚而相見，蓋其人脫然不以世故亂其心，遍遊域中名山川。西過箕子故都，臨鴨綠水，登妙香山。東至楓嶽，歷南沃沮，踰嶺觀退陶遺風。大小白諸勝區，皆目涉而足履。豈欲學子長之遊者歟？癖於詩，至老不休。六十年間萬首詩，不獨古人然也。午山，其自號也。午山何？其鼻祖曰洪厓。洪厓公窀穸之藏在安東府之午山，晦庵所謂好風水三重案也。慕之心而寓之堂，善乎追遠之孝也。余乃爲《午山堂記》以應其求。”】

윤치정(尹致定) 1800-1865. 조선 후기. 본관은 해평(海平). 자는 사능(士能)이고, 호는 석취(石醉)이며, 시호는 문정(文貞)이다.

❀ 諡號 - 文貞

【《太常諡狀錄》卷五《崇政大夫行吏曹判書兼判義禁府事知經筵春秋館事同知成均館事弘文館提學知實錄事五衛都摠府都摠管石醉尹公諡狀》：“世襲珪組，身履崇貴，而軌物乎孝友，規範乎儒素，措諸事而剛確不撓，處其地而謙退愈光者, 予於石醉尹公見之矣。公諱致定, 字士能, 號石醉, 系出善山之海平縣……文貞勤學好問曰文, 清白自守曰貞、文肅勤學好問曰文, 正己攝下曰肅、孝貞慈惠愛親曰孝, 清白自守曰貞。"】

오상봉(吳相鳳) 1801–1884. 조선 후기. 자는 태지(台至)이다.

❀ 名 – 相鳳　　字 – 台至

【≪論衡·問孔≫:"太平則鳳鳥至, 河出圖矣。"】

❀ 止巢

【≪蘆沙先生文集≫卷二十二≪止巢記≫:"屋不自言爲巢, 命之者主人吳翁。巢不自言爲知止, 命之者翁之比閭知己洪翁。以止上有知, 爲近於畫蛇之足, 勸翁刪其知存其止者, 翁之晚契奇正鎭。蓋自構木世降, 棟宇取壯。亭榭樓臺, 何限美名?而鷦林一枝, 吾愛吾巢, 稱物微而托意遠, 吾於吳翁見之。黃鳥丘隅, 知其所止。聖訓昭垂, 人可不如?學筆存規, 友道珍重, 吾於洪翁見之。兩字扁額, 妄生存削, 措大亦有說乎?曰, 有矣。知其所止, 以人觀鳥云爾。以鳥自觀, 果自以爲知乎?鳶不自知其飛, 魚不自知其躍。鳥之于止, 亦若是焉已矣。翁方以鳥言自巢其屋, 而遽以人言加於其上, 吾懼其埋沒天機。巢居子以爲若何?巢在方丈山北。吾聞方丈, 古者逐波去來, 若水上之鷗, 六鰲戴之而後止。子之巢趾, 意者其有夔鼍老脚, 閱百秋而不霜者歟?吾將以子之歲寒一節卜之也。"】

박승휘(朴承輝) 1802–1869. 조선 후기. 본관은 밀양(密陽). 자는 광오(光五)이고, 호는 사고(社皐)이며, 시호는 문정(文貞)이다.

❀ 名 – 承輝　　字 – 光五

【≪集韻≫:"輝, 光也。火之光也。"】

❀ 諡號 – 文貞

【≪太常諡狀錄≫卷五≪憲大夫吏曹判書兼知經筵義禁府事弘文館提學知春秋館事五衛都摠府都摠管朴公諡狀≫:"公諱承輝, 字光五 …… 文貞勤學好問曰文, 清白自守曰貞、文肅勤學好問曰文, 正己攝下曰肅、孝貞慈惠愛親曰孝, 清白自守曰貞。"】

민재남(閔在南) 1802–1873. 조선 후기. 본관은 여흥(驪興). 자는 겸오(謙吾)이고, 호

는 청천(聽天)·자소옹(自笑翁)·회정(晦亭)이다.

❈ 號 - 晦亭

【≪蘆沙先生文集≫卷二十一≪晦亭記≫:"方吾之不見謙吾也, 曚然不知頭流山陰有閔高士謙吾. 此一晦也. 謙吾一日以一驢一僮偉然過我門, 使我一夜讀十年書, 於是晦者明矣. 謙吾旣去, 一年而二年, 二年而三年, 又曚然不知謙吾作何調度, 兼亦不知謙吾之不忘我能如吾之不忘謙吾否, 此又一晦也. 今日讀謙吾書, 知謙吾無恙, 又知向者一年二年, 二年三年, 皆肝膈上光陰, 於是晦者明矣. 第恨謙吾所居之亭, 其面勢若何, 結構若何, 洞之深淺若何, 山之高低若何, 孤山一幅, 世無工畫者, 雖復著意想像, 終是晦夜摸影. 若得芒鞋布襪, 一朝東遊, 與主人翁把酒臨風, 可以破此一晦. 而老且病, 末由也. 於是知世間萬事, 一晦一明, 有相禪者, 亦有終不能相禪者. 請問謙吾坐此亭上, 讀天下之書, 觀天下之物, 其晦明之相禪者幾何? 終不能相禪者幾何? 抑良將眼前無堅壁, 有不晦, 晦則必明. 不似瞽者坐在一半黑窣窣地耶? 謙吾苟有哉生明一著, 無忘此老友, 則幸矣. 聞謙吾之亭以'晦'爲扁, 故請書此以爲之記."】

김진구(金鎭龜) 1803-1849. 조선 후기. 자는 우서(禹瑞)이다.

❈ 名 - 鎭龜   字 - 禹瑞

【≪尙書·洪範≫:"天乃錫禹洪範九疇, 彝倫攸叙."≪傳≫:"天與禹洛出書, 神龜負文而出, 列於背, 有數至於九, 禹遂因而第之, 以成九類常道, 所以次叙."】

❈ 素隱

【≪定齋先生文集≫卷二十二≪素隱庵記≫:"鶴駕之山月安深處, 有白屋而深藏者曰金君禹瑞. 疏糲不繼, 布褐不完, 淡然無求於人. 獨白雲宿簷, 虛室幽淨. 朝日上嶺, 東牕晃朗. 整襟對案, 味人之所不味, 矻矻以窮年. 葢太素之室, 太素之人, 而與世日疎者也. 嘗謂友人柳誠伯:'吾屋不足以加飾, 人不足以受采, 爲素莫我若也. 跡不近城市, 名不出里巷, 爲隱亦莫我若也. 又草舍掩藹曰庵, 子盍爲素隱庵記, 以貽我而勉戒之, 旣而不少須矣.'余悲其不及供一粲. 旣又念之, 吾兩人者, 其交也以素, 素又不渝之謂也. 雖已各天, 其可渝素心哉? 禹瑞和而不流, 淡而不厭, 葢素而文者也. 惜乎其闇然而莫之知也. 今不能輔其所須, 但道其素自樂者, 以諗于嘗與禹瑞遊, 而知其隱而有求於其志者."】

홍종응(洪鍾應) 1803-1866. 조선 후기. 본관은 남양(南陽). 자는 사협(士協)이고, 시호는 문헌(文獻)이다.

❀ 諡號 - 文憲

【≪太常諡狀錄≫卷八≪崇祿大夫行吏曹判書兼判義禁府事知經筵春秋館事弘文館提學同知成均館事五衛都摠府都摠管經筵日講官知實錄事洪公諡狀≫："公諱鍾應, 字士協, 初字順甫 …… 文憲勤學好問曰文, 行善可紀曰憲、文靖文, 上同；寬樂令終曰靖、孝敏慈惠愛親曰孝, 好古不怠曰敏。"】

이상적(李尙迪) 1804-1865. 조선 후기. 본관은 우봉(牛峯). 자는 혜길(惠吉)이고, 호는 우선(藕船)이다.

❀ 名 - 尙迪   字 - 惠吉

【≪尙書·大禹謨≫："惠迪吉, 從逆凶, 惟影響。"孔≪傳≫："迪, 道也。順道吉, 從逆凶。"】

박문규(朴文逵) 1805-1888. 조선 후기. 본관은 순창(淳昌). 자는 제홍(霽鴻)이고, 호는 운소자(雲巢子)·천유자(天游子)이다.

❀ 名 - 文逵   字 - 霽鴻

【≪周易·漸卦≫："鴻漸于陸, 其羽可用爲儀, 吉。"朱熹≪本義≫："胡氏、程氏皆云陸當作逵, 謂雲路也。今以韻讀之, 良是。"】

❀ 號 - 雲巢子, 天遊子

【≪逸士遺事≫卷三："朴文逵, 開城人, 其先貫淳昌。字霽鴻, 故自號曰雲巢子, 或又曰天遊子。"】

조운주(趙雲周) 1805-?. 조선 후기. 본관은 풍양(豊壤). 자는 기서(岐瑞)이고, 호는 난휴(蘭畦)이다.

❀ 名 - 雲周   字 - 岐瑞

【≪國語·周語上≫言周興, 鳳鳴岐山。故岐山之祥瑞乃周興之徵。】

김립(金笠) 1807-1863. 조선 후기. 본관은 안동(安東). 본명은 병연(炳淵), 자는 성심

(性深)이고, 호는 난고(蘭皐)이며, 속칭 김삿갓이다.

❀ 金笠

【≪玉溜山莊詩話‧本論(下)≫ : “金炳淵以其祖益淳顯於洪景來, 故爲廢族, 常戴笠, 不見天日, 世稱以‘金笠’。”】

남고(南皐) 1807-1879. 조선 후기. 본관은 영양(英陽). 초명은 택환(宅煥), 자는 중원(仲元)이고, 호는 시암(時庵)이다.

❀ 明誠堂

【≪定齋先生文集≫卷二十二≪明誠堂記≫ : “世之置亭觀者, 必求山水之嘉者。名之雖不一, 而大抵多寓意於山水也。吾夫子有言 : ‘仁者樂山, 智者樂水。’惟體仁智之深者可以當之, 葢非得之深而寓其趣者不能也。吾友南仲元, 卜大遯山之東麓, 臨潭而名‘二樂臺’, 爲堂而顏之曰‘明誠’。夫舍其自有之名, 而別以明誠號之, 是必有義矣。葢欲然而求其適於仁智者歟 ? 明者, 啓其智者也。誠者, 造夫仁者也。明之與誠, 如車輪鳥翼之不偏廢, 然後仁智可幾, 而存乎己者厚重不遷, 周流無滯, 方始與山水內外昭融, 脗爲一體, 而其樂始可得而言矣。此仲元之志也。抑明之與誠雖是兩邊工夫, 而實交須互資。誠固有待於明, 而明亦有資於誠。顏子見所立卓爾, 在欲罷不能之後 ; 曾子一唯, 在隨事力行之餘。如此方可謂之明誠, 而優入仁智之域矣。患在不察切己而坐談龍肉, 不究日用而專靠書冊。此吾與仲元之所共勉勵也。山在寧海府之西南十數里, 於其居爲三之二。兩麓迤邐作洞府, 名武夷, 又名武陵, 三轉而爲妙藏庵之廢佛寺。其東北諸峯偃蹇, 往往爲峻壁蒼厓。叢篁老柏, 點綴其面。其下鳴瀑雷轟電奔, 匯而爲潭。其南石累爲臺者六七丈, 寔爲堂之所在也。堂東西置夾, 東爲時習, 西爲樂朋, 合而扁之曰大遯精舍云。”】

이돈우(李敦禹) ?-?. 조선 후기. 본관은 전주(全州).

❀ 晚晦亭

【≪性齋先生文集≫卷十四≪晚晦亭記李敦禹≫ : “晚晦亭者, 蘇湖李學士作之而名之者也。晚晦之義奚取焉 ? 晦者, 顯之反也。凡人之情, 莫不惡晦而好顯。故≪詩≫曰‘凡周之士, 不顯亦世’。夫士生聖人之世, 明良契合, 使是君爲堯舜之君,使是民爲堯舜之民, 身享富貴之樂, 名垂宇宙之間, 光輝發越, 赫赫顯顯, 君子之所願欲也。學士亦豈惡顯而好晦者哉？其心必謂'用之則行, 捨之則藏', 吾夫子之道也。'由我者我, 不我者天', 昌黎氏之言也。是其通籍三十三年, 年至七十三, 踰嶺者不幾步, 立朝者不幾日。難進而易退, 安貧而樂天。固守山樊, 說讀古人書。家而繼述乎大山先生之世德, 鄕而擩染乎退陶夫子之遺風。位不顯而名則顯, 身雖晦而跡不晦。晦也顯在其中矣。且況月朓則爲晦, 朒則爲朔, 此貞而復元之理也。"】

정지윤(鄭芝潤) 1808-1858. 조선 후기. 본관은 동래(東萊). 자는 경안(景顔)이고, 호는 하원(夏園)·수동(壽銅)이다.

❋ 壽銅

【≪逸士遺事≫卷一 : "鄭壽銅, 名芝潤, 字景顔, 籍東萊。世佐行人役, 生而有文在手曰'壽'。及冠, 取≪漢書≫芝生銅池事, 遂以壽銅自號, 通貴賤遠邇知與不知咸曰鄭壽銅也。"】

민주현(閔胄顯) 1808-1882. 조선 후기. 본관은 여흥(驪興). 자는 치교(穉敎)이고, 호는 사애(沙厓)이다.

❋ 果軒

【≪蘆沙先生文集≫卷二十一≪果軒記≫ : "凡物有根, 又植之得所, 則常永長久, 其生成也不禦。夫木未有不始於毫芒者, 而至於連抱百丈, 其根深也。其或連抱百丈, 一朝顚覆而不救者, 其根先瘁也。人之欲善也根於天, 又有聲名榮利以督之於外, 宜乎日滋月益, 善不可勝用。然人之大患, 善常不足, 不善常有餘。是曷故焉？噫！聲名榮利, 其善根之蟊賊乎？著一衣, 不要自家煖, 要人道著好衣；喫一飯, 不要自家飽, 要人道喫好飯。人不道好時, 衣飯可廢乎？尙幸衣飯外物也。以人道好之餘, 兼可取飽煖。善在內, 心一差, 善何有？是以聲名榮利日熾, 善日亡。人不知其爲蟊賊也, 而反欲於玆植根焉。求其生成也, 不亦難乎？善如登爲是。夫然則善奚根而可？亦求諸內而已矣。方其衆善之未萌芽也, 而徹底深固不待植而與生俱生者, 孰有先於愛親一念乎？善烏乎不在！愛也者, 善之最先者也。愛烏乎不在！愛親也者, 愛之最先者也。人根於親, 善根於愛親, 固其所也。兩家各有子焉, 孩提豈有不愛親者? 方其黃小也, 已有少衰者矣. 及其童丱也, 已有不顧者矣. 苟有一人進退周旋愼齊, 不敢疾行先長者, 則是必內愛之不衰者也. 是以人之欲善其身者, 致愛於親而已. 致愛於親, 而凡所以愛親之枝者, 自不容於不謹矣, 不善安從生! 古人以孝爲百行之源, 又曰'本立而道生', 此之謂也. 嗚呼! 父母雖沒, 身不亡愛, 亦不亡爲善, 則令名及於父母. 此而不果, 則非愛其親者也. 閔稺敎, 晚友也. 自失其先人儀形, 獨有槩於《戴記》之一言, 以'果'爲軒, 庸寓常目. 余嘉其作善之有根柢, 請以此書其扁之左方."】

금기효(琴夔孝) 1808-?. 조선 후기. 본관은 봉화(奉化). 자는 순여(舜汝)이다.

❀ 名 - 夔孝　字 - 舜汝

【《尙書·堯典》: "帝(舜)曰: '夔, 命汝典樂, 敎胄子. 直而溫, 寬而栗, 剛而無虐, 簡而無傲. 詩言志, 歌永言, 聲依永, 律和聲, 八音克諧, 無相奪倫, 神人以和.' 夔曰: '於! 予擊石拊石, 百獸率舞.'"】

❀ 二勉齋

【《守宗齋集》卷九《二勉齋記》: "琴君舜汝夔孝, 與余生同年, 遊同門, 相視甚厚. 每相對, 語欵欵, 間以笑諧. 是豈徒然而無所以哉? 舜汝業時文, 出入科場, 又能力田自給, 不累于衣食, 使其諸子不留心乎士農之外. 蓋其大人二勉齋翁厚修德基、固培善根以遺子孫者也. 翁少孤失學, 貧無以自資, 遂克勤于家以饒其生. 而年至大耋, 猶不遑暇逸, 深致恨于能知學問之爲貴而不得如其志. 晚以二勉自號其齋, 非欲自爲標榜也, 聊以勉夫後昆也. 夫古今天下事務何限? 而翁之所勉必於其二, 何也? 蓋自天地之大, 萬物之衆, 以至百工之事與夫國家之治亂. 人事之得失、性命之蘊奧、聖賢之模範、人之所以爲人者, 莫不備載於書. 人之有生, 不可與鳥獸同羣也, 又非如草木之自生自長也. 蚓之食土而飮泉, 非其廉也; 魚之相忘於江湖, 非其樂也. 是以古之聖人敎以稼穡, 設六府而穀居一焉, 重五敎而亦惟食也. 然則書者, 天下之至寶也; 農者, 天下之大本也. 非書則萬古只是長夜, 人何由而知其自貴乎物而能盡其道哉? 非農則人之類滅久矣, 用何術以濟其生乎? 抑遂其生, 而後乃可以求其知, 農莫是重於書乎? 曰, 是不可以執一而廢一也. 要當齊頭喫力、實心加勉以收其效. 然人而不知所以爲人, 則便是冥然頑然底物, 生亦何益? 翁之追悔於失學, 而幷識其所嘗勤勞而艱難者，以爲貽謀者，其意可謂至矣。其所以自勉而勉人者如此，則雖曰未學，亦可謂之學矣。厥父菑，厥子乃不肯播穫，≪周書≫所戒也。遺子黃金滿籯，不如敎子一經，漢儒至言也。爲翁子若孫者，於書而念其父祖之垂訓，于田而繼其父祖之服勤。不匱其孝，永錫其類，則翁之門必將益大而昌也。舜汝要余記實以顯其父，余嘉其意而書之。柔兆執徐流火節，宋達洙記。"】

유치엄(柳致儼) 1810-1876. 조선 후기. 본관은 전주(全州). 자는 중사(仲思)이고, 호는 만산(萬山)이다.

❀ 名 - 致儼　字 - 仲思

【≪禮記·曲禮上≫："毋不敬，儼若思。"】

❀ 枕磵亭

【≪三山先生文集≫卷六≪枕磵亭記≫："岐山之陽有瓢洞，洞之中有溪。余再從叔瓢溪公愛是溪，卜居之，就溪頭搆小亭。亭旣成，命記之。余按岐麓之分，有前後兩條。其前者西來，向南而止。儼然端重，爲亭之背。其後者自南而西，向北而前。若拱若揖，爲亭之面。溪從中谷來，十里而遙，循亭除而折旋。蓋山之初發，崖峽如束，故水瀉其中，湍急射鮒而已。及山之展拓寬曠，然後水亦縈廻灣環，膡有窈深幽靜之趣，而斯亭實據而有之。爲屋凡三間，中爲室，東爲堂，西爲藏書小樓。軒曰寄傲，室曰養慵，總而顏之曰枕磵亭。亭之制度不宏不侈，只蕭灑淨潔，欲其與山水稱也。軒前爲階兩級，階之間爲庭，庭內蒔菊種竹。階不使峻，庭不使廣，花木之植列不使繁而雜，要得端方整飭，又欲其與亭稱也。亭東巖面如削，上可坐七八人，名之曰自然臺。以其不砌不甃，無待於人力也。臺前種槐，高數尋。又種以桃，欲其遍成桃林，不記人閒甲子也。臺西石角陡起，僅可容足而坐，名之曰孤吟石。石之前有古柳，濃蔭以覆于石。雖盛夏亭午，驕陽翔舞而不敢下。亭之東南有峯孤圓尖秀，如端人莊士斂襟而坐者，水晶峯也。其下呀然成谷，樵歌牧嘯響於林霏之中者，洗耳洞也。前山之下桑麻寂歷，烟火依依者，數三茅屋也。亭之右卽大村。而亭之面勢向南而僻，能屛紛囂於咫尺之閒。公痛埽溉，燕坐其閒，惟聞澗聲泠泠若弄珩璜，久而益淸。或誦書，或哦詩，或曳杖散步，或倚樹流憩，或登臺舒嘯。凡其閒景物朝暮之變態、晴晦之殊狀、寒暑之異姿，皆悠然與公會，而公亦悠然會之，乃爲四韻詩以述懷。余惟古人謂'山水之與人必交相待’, 當斯亭之未作也, 人之過此者, 亦視爲荒皐耳, 涓涔耳。得公之修治之, 館宇之, 然後山若增以秀, 水若益以淸, 此則山水固有待於公也。公自彊仕之年立於朝, 人皆以大展蘊抱期之。一朝浩然歸來, 宜有如綠野、平泉之勝, 以爲退閒休養之所。而顧乃棲遲於寂寞之濱, 其不相適甚矣。豈可謂公之有待於山水耶？雖然, 公平生惡紛華而嗜淡泊, 厭煩鬧而愛閒靜。凡世閒是非得喪榮辱, 視之如無, 隨遇而安。今其卜築也, 山不必奇, 取其幽閒而已；水不必深, 取其澄潔而已。視衡門若廣樹, 視曲肱若累茵。樂天安分之在是, 怡神養性之在是。然則彼名園勝地, 固不足供公之樂, 而必若此靜僻之溪山, 然後眞可謂公之所待者也。夫玆丘得公之幸, 固無待於余言。而公之所以必待玆丘而樂者, 有不可不論。故特記之, 以告于從公遊是亭者焉。”】

금우열(琴佑烈) 1814-?. 조선 후기. 본관은 봉화(奉化). 자는 경조(景祖)이다.

❀ 名 - 佑烈　　字 - 景祖

【《尙書·伊訓》：“伊尹乃明言烈祖之成德, 以訓于王。”孔《傳》：“湯, 有功烈之祖, 故稱焉。”】

❀ 尙友室

【《性齋先生文集》卷十五《紫山精屛潭精舍者舍記》：“鳳城奉化古號治南一舍善谷之界, 有山曰太紫。豊樂在其北, 搴芝在其南。左淸凉, 右龍頭, 皆嶠嶺奇峯。洛江之水或遠或近。《輿地勝覽》云：‘舊有僧寺, 新羅王太子留宿, 故稱太子山。’山下有溪, 溪上有盤石。退溪先生嘗遊賞於此, 改子爲紫。有詩曰‘數層瀅淨石成窪, 寒水㶁㶁縠漾波’, 又曰‘千劫沙磨與溜穿, 滑於冰玉白於磂’, 其流風餘韻至今存焉。居士琴君佑烈搆數棟精舍於山溪之間, 以其平日所集我東名賢墨帖數千本藏之, 名其室曰‘尙友’。居士乃退溪門人梅軒公後孫也, 篤志好古, 內守家訓, 外承師敎, 以永厥世云爾。”】

이구하(李久夏) 1815-1863. 조선 후기. 초명은 경구(慶九), 자는 주경(疇卿)이다.

❀ 初名 - 慶九　　字 - 疇卿

【《尙書·洪範》：“天乃錫禹洪範九疇, 彝倫攸敍。”】

❀ 改名 - 久夏　　字 - 疇卿

【≪漢書·五行志上≫：“禹治洪水, 賜≪洛書≫, 法而陳之, ≪洪範≫是也。”禹即夏禹, 且≪洪範≫共九疇, 故名字相應。】

최형기(崔亨基) ?-?. 조선 후기. 자는 덕지(德之)이다.

❊ 名 - 亨基　字 - 德之

【≪周易·繫辭下≫：“履, 德之基也。”又≪周易·履≫：“履虎尾, 不咥人, 亨。象曰：履柔, 履剛也。說而應乎乾, 是以履虎尾, 不咥人, 亨。”≪注≫：“乾, 剛正之德也。”故以“亨”飾“基”。】

이연주(李演周) ?-?. 조선 후기.

❊ 安命窩

【≪梣溪先生遺稿≫卷五≪安命窩說≫：“凡世之人, 見人情脩短枯榮之不齊, 無望而得之。儻來而不得, 必曰‘莫非命也’, 一似夫知命者也。在己則貧賤而思富貴, 富貴而患其不足, 竭力焦思, 行險僥幸, 得之訑訑, 不得之戚戚。窮而濫斂, 羡而忮克。以之斲喪其良心, 夭閼其天年。詩人所刺‘大無信不知命’者皆是也。孔子曰：‘不知命無以爲君子。’君子者, 成德之稱, 固未易言。其有怡淡寡欲如白文公, 自謂富於黔婁, 壽於顔淵, 飽於伯夷, 樂於榮啓期, 健於衛叔寶, 茲豈非達人之安命者歟？余從李汝人進士游久矣。聞其尊甫安命翁居於萬山之中, 飯疏食, 衣縕袍, 到老窮約而顏髮不衰, 聰明強壯若少年。好養生家言, 終日看書不撤。人未見憂愁之色, 意必有自得者存。反讀其七十自叙, 有曰：‘初亦有意於世, 欲以所知及物。時不我與, 畢生於邱壑。雖無一長之可稱, 損人利己之事未嘗作於心。人有過惡, 若將浼焉而未嘗發諸口。禍患摧折, 瀕死者數矣。而過則忘之, 不識世間有所謂機權巧詐。’余不覺蹴然起敬。此其禀於天者慈諒, 修於己者清靜, 不累於外物, 不勞其七情, 泊然自守, 神完而氣專, 以致壽考康寧, 所以安之若命, 高出於世人, 由是而可幾於知命也。汝人持操耿介, 不求利達, 信乎其得於過庭者深矣。汝人其以吾說進於定省之時, 未知尊翁以爲人未有一面之接, 而知心於數百里之外否耶？”】

김병기(金炳冀) 1818-1875. 조선 후기. 본관은 안동(安東). 자는 성존(聖尊)이고, 호

는 사영(思穎)이며, 시호는 문헌(文獻)이다.

❖ 諡號 - 文獻

【≪太常諡狀錄≫卷八≪輔國崇祿大夫行議政府左贊成兼吏曹判書判義禁府三軍府事知經筵春秋館訓鍊院事五衛都摠府都摠管經筵日講官奎章閣提學思穎金公諡狀≫:"謹按公諱炳翼, 字聖夔, 號思穎 …… 文獻勤學好問曰文, 嚮忠內德曰獻、文肅文, 上同;正己攝下曰肅、孝憲慈惠愛親曰孝, 行善可紀曰憲。"】

정창익(鄭昌翼) 1822-?. 조선 후기. 본관은 청주(淸州). 자는 치범(稚範)이다.

❖ 雲北軒

【≪性齋先生文集≫卷十五≪雲北軒記≫:"泰山之陽, 魯地重多君子, 文學天性也。洙泗之間, 有孔子遺風斷斷焉。小白之南, 魯興寧洙泗。興寧之白雲洞, 紹修書院在焉, 晦軒文成公安先生俎豆之所也。東方學敎之興自晦軒始, 書院之設自紹修始, 故學者尊之。吾黨之士有內舍生鄭君昌翼, 居白雲之北。君以藥圃、牛川爲祖, 眞法家子也。以晦齋、退溪爲宗, 眞儒門人也。言動擧止, 不問可知爲嶺南人也。嘗遊太學半歲, 見儒風衰而士氣委靡, 慨然歎曰:'反而逶吾初服可矣。山可耕可樵, 水可飮可濯。讀古人書, 言古人言, 行古人行。是亦古人也已。'逶行。是爲記。"】

이경로(李景魯) 1822-?. 조선 후기. 자는 윤성(允星)이고, 호는 정와거사(靜窩居士)이다.

❖ 名 - 景魯　字 - 允星

【≪史記·天官書≫:"天精而見景星。景星者, 德星也。"】

❖ 號 - 靜窩居士

【≪性齋先生文集≫卷十四≪靜窩記≫:"靜窩居士造余而求靜窩之記曰:'大白之山, 鹿洞之地是負, 而重世也距京華于千里過半。嵒穴之邃, 卉木之幽, 輪鞅之遠, 市喧城囂之隔絶, 世故得失之不覩不聞, 凡屬外物, 無一可以觸形而動心者。無動則無事, 無事則簡, 簡則靜, 靜以名窩識也。'余應之曰:無所觸而無所動者, 一有所觸, 不能無動。其必有觸無動, 乃可以爲靜也。故曰靜制動。靜可以無欲, 可以入於敬, 可以養性。此學之之事, 非性之也。若夫性之者, 兼動靜者也。性卽理也。理也者，太極之體用也，動靜互爲其根。靜極而動，動極復靜。其於天地也，春而夏，夏而秋，秋而冬，冬而復春也。其於聖人也，仕而仕，止而止，久而久，速而速也。故曰靜者動之本。子其有意於動乎？然靜不極則不動，子其極於靜乎？"】

허훈(許薰) 1836-1907. 조선 후기. 본관은 김해(金海). 자는 순가(舜歌)이고, 호는 방산(舫山)이다.

❀ 芝泉精舍

【《性齋先生文集》卷十四《芝泉精舍記》："學者學聖人，將以至於聖人也。聖人與我同類者，其道只是率循天賦之性，而其體則仁義禮智，其用則事父母孝，移孝爲忠，夫和婦順，長長幼幼。韓子所云其道易明，其敎易行，以之爲己則順而祥，爲人則愛而公，爲天下國家，無所處而不當者也。此《禮記·大學》明明德、修身、齊家、治國、平天下者也。聖人旣沒，道在聖人書。生知姑勿論已，學知殆庶乎？而學非師、惑不解久矣，師敎之廢也甚矣。道之不行也。夫道不遠人，不離日用。自灑掃應對，以至成己成物，無非是道也，而皆吾所格致也。學者，學爲此者也。世人學不講，一或有焉，則羣聚而笑之曰：'徒跪而飾其外也。'獨昵近要路者，盜竊虛名，坐享爵祿，遙執朝權。則名曰山林，山林古無也。如古之隨、光、四皓、兩龔，所謂處士徵君，而皆遭時危疑，直不仕而獨善耳。仕遲久速，吾夫子時中之義也。許君薰少有志於學，不屑擧業，專心爲己之工。乃築室芝泉以居之，爲其近先壠也。爲其靜且有幽趣也。近先壠則思貽祖先令名，爲善必果。靜則外物不奪耳目，有幽趣則可以發舒精神也。謂余一言敎之。嘉其意，以平日所欲言者書之。"】

송병선(宋秉璿) 1836-1905. 조선 후기. 본관은 은진(恩津). 자는 화옥(華玉)이고, 호는 동방일사(東方一士)·연재(淵齋)이다.

❀ 名－秉璿　字－華玉

【璿，《說文》"美玉也"。】

❀ 號－東方一士, 淵齋

【《淵齋先生文集》卷五十三《行狀[宋秉珣]》："先生諱秉璿，字華玉，號淵齋……戊午冬, 伯父先生棄世, 棟樑之痛不翅罔涯, 深以家學廢墜爲憂, 益刻意劬經。若有疑晦, 輒就質于叔父立齋先生及舅氏丹臺先生, 且一世名碩聞達無不遍訪取正, 而立志必以遠大自期, 制行必以高潔爲尙。且守固窮之操, 自號曰東方一士。照菴鄭友海弼以≪中庸≫'淵泉'之義勉之, 故以淵齋二字揭于讀書室。"】

허석(許鉐) 1838-?. 조선 후기. 본관은 김해(金海).

❀ 三然齋

【≪性齋先生文集≫卷十五≪三然齋記≫: "退陶先生, 我東夫子也。小白以南, 洙泗也。士之生於斯鄕而欲爲君子者, 言退陶之一言, 行退陶之一行, 雖未得其全體, 猶可爲善士。於乎盛哉! 先生嘗有言曰: '山自然, 水自然, 我自然, 此太和與天地同流氣像也。夫仁者樂山, 山自然則仁自然矣; 智者樂水, 水自然則智自然矣; 萬物皆備於我, 我自然則萬物皆自然矣。'大哉自然之義也! 太學內舍生許君鉐, 國朝名相文敬公之玄冑也。爲人端正謹飭, 承家業, 有文行, 而所願則學退陶也。取先生所嘗稱之三言, 合以題之曰'三然', 顔其書室以爲常目之戒, 請余記之。余益之以三言曰: '先養吾浩然之氣, 然後乃可以不期然而然, 終至於莫知然而然矣。'"】

전우(田愚) 1841-1922. 조선 후기. 본관은 담양(潭陽). 자는 자명(子明)이고, 호는 간재(艮齋)·추담(秋潭)이다.

❀ 名 = 愚　　字 = 子明

【≪禮記·中庸≫: "人一能之, 己百之; 人十能之, 己千之。果能此道矣, 雖愚必明, 雖柔必強。"】

❀ 號 = 艮齋

【≪玄谷先生文集≫卷十九≪艮齋田先生墓碣銘≫: "諱愚字子明, 田氏 …… 以憲宗辛丑八月十三日生先生于全州府靑石橋第 …… 弱冠讀≪退溪集≫, 停身志學, 奉聽天公命, 贄謁全翁。全翁許以'吾道有所托', 寫≪艮≫象辭爲≪艮齋箴≫, 再賜'敦'、'艮'二字, 此其先生生平受用眞詮也。遂專心性理之學, 居敬致知, 互用其功。"】

노태현(盧泰鉉) 1845-?. 조선 후기. 본관은 풍천(豊川). 자는 응구(應九)이다.

❀ 名 － 泰鉉　　字 － 應九

【《周易·鼎卦》：“上九。鼎玉鉉, 大吉, 無不利。象曰：玉鉉在上, 剛柔節也。”】

❀ 屛潭精舍

【《性齋先生文集》卷十五《屛潭精舍記》：“屛潭精舍者, 渭城咸陽古號少年進士盧生泰鉉讀書之所也。其山曰霜山。霜之石白, 霜之水淸。洞邃而幽, 源遠而長。迴而爲八九曲, 曲曲奇絶。可以濯纓, 可以流觴, 可以洗心。九曲之下自然成潭, 澄泓可愛。潭之右, 石若素屛, 相聯而壁立者八疊。潭之名爲此也。精舍面屛而臨潭。溯而上, 湫曰龍；沿而下, 臺曰鳳。未知何代何人居於斯名於斯, 今皆爲精舍之管領。魚鳥樂其樂, 雲霞起於起。滿山之花、垂堤之柳、霜後之楓、雪裏之松, 皆足以供四時之吟弄, 而養心目, 舒精神, 消遣世慮者云。余聞而樂之曰：‘嶺外勝地不爲不多, 而此可以擅名於一方矣。地不自顯, 待人而顯。顯名之本在立身, 立身之本在進修。修其天爵而人爵從之, 則生之名顯於無窮, 將與屛之石不泐, 生其勉之！孟子曰：“原泉混混, 不舍晝夜。盈科而後進, 放乎四海。”生其觀於屛潭哉。潭哉潭哉！’”】

권도연(權敦淵) 1845-?. 조선 후기.

❀ 安仁齋

【《性齋先生文集》卷十五《安仁齋記》：“仁豈可易言哉！仲尼之門, 奉弘規而入室者七十有二人, 未嘗一以仁許之。獨於顏子稱‘三月不違仁’。又詔之以爲仁之目曰：‘非禮勿視, 非禮勿聽, 非禮勿言, 非禮勿動。’亦未嘗專以仁許之。仁豈可易言哉！夫仁者, 包五常而貫萬善, 渾然天地生物之心也, 惟性之者安而行之。安而行之者, 生知之聖也。然聖凡均是人也。生而知之、學而知之、困而知之, 雖有分焉, 及其知之, 一也。安而行之、利而行之、勉强而行之, 雖有分焉, 及其行之, 一也。苟以第一等人爲不可幾及而自畫者, 安於暴棄也。故曰‘士希賢, 賢希聖, 聖希天’, 謂‘下學而上達’, 此升高自卑、陟遐自邇之道也。權生敦淵承其大人之命, 請業於余。嘗問成德之方, 余應之曰：‘孟子曰“所願則學孔子”。余則曰, 欲學孔子, 先學顏子。欲學顏子, 當學不違仁之術。過於不違則可以安仁, 雖不及, 不失爲依仁之君子矣。其以“安仁”二字書諸室, 常目在之。’”】

기우만(奇宇萬) 1846-1916. 조선 후기. 본관은 행주(幸州). 자는 회일(會一)이고, 호는 송사(松沙)이다.

❀ 名 - 宇萬　　字 - 會一

【宋真德秀≪問格物致知≫：“萬物各具一理，萬理同出一原。”】

정우흠(鄭瑀欽) ?-?. 조선 후기. 자는 호경(好敬)이다.

❀ 名 - 瑀欽　　字 - 好敬

【≪說文≫：欽，“欠貌。一曰敬也”。】

❀ 芝隱

【≪松沙先生文集≫卷二十≪芝隱小記≫：“所居紫芝，徙宅又靈芝，吾友鄭居士瑀欽好敬其隱宜以芝。而以芝喻芝，不若以非芝喻芝。所宅之芝，未必是一年三秀。則所謂非芝者，而居士之芝遠有來歷。自愛日相公秉執卓然，芝已根矣。有根而不芽，豈以根之不若好敬乎？苗其芽而益茂其爲葉，則所謂喻芝者非耶？居與徙不離於芝，吾知居士之所聿修，果所謂有根者矣。如此歲暮，願以金丹消息相聞。”】

이기(李沂) 1848-1909. 조선 후기. 자는 백증(伯曾)이고, 호는 해학(海鶴)이다.

❀ 名 - 沂　　字 - 伯曾

【≪論語·先進≫：“(曾)點！爾何如？”鼓瑟希，鏗爾，舍瑟而作。對曰：“異乎三子者之撰。”子曰：“何傷乎？亦各言其志也。”曰：“莫春者，春服既成。冠者五六人，童子六七人，浴乎沂，風乎舞雩，詠而歸。”夫子喟然歎曰：“吾與點也！”】

❀ 質齋

【≪明美堂集≫卷十一≪質齋記≫：“李君伯曾訪余于貝州。余與伯曾別十數年矣，相見甚喜。是日余又聞赦，欣然無幽憂之懷。春雨濛濛竟夕，相與從容爲懽笑。間則發其篋，得詩、古文數篇讀之，又甚樂。伯曾忽改容曰：‘吾久游於外，求薄少爲老母養，苦不能滿。吾將歸矣。吾且去文而就質，韜踪匿景萬山之中，泯然以忘吾窮也。吾故以“質”名吾齋。子盍爲之記？’余聞之，不覺悵然有惜心焉。使伯曾之言果信也，吾不知何時復見伯曾。縱見之，伯曾之文去矣。吾何所讀而樂之如今日也？伯曾之文，錦繡也。使爲錦繡者一朝易其機杼而爲布帛，則吾未知其爲利孰多, 而其不足於觀者之目則有間矣。余方爲伯曾惜, 伯曾之自視又烏能無情乎? 雖然, 微獨伯曾耳。雖余之拙陋, 幸而操其藝術, 以自聘其區區之名, 不爲不久矣。而年歲之所遷, 人事之所更, 居然不能無今昔之異。而況伯曾乎? 昔子貢對棘子成曰:‘文猶質也, 質猶文也。虎豹之鞟, 猶犬羊之鞟。’其言若甚詳。而吾嘗讀之, 猶未能曉然於心。今伯曾旣已自擇於去就之分而無所恮, 其心必有以知之矣。吾又何足以爲伯曾言? 雖然, 吾觀伯曾近所爲文, 愈博辯奇麗, 惟意之所恣, 而不衷於常。使人驟見, 惝然而驚, 旣則津津然不能捨。若是而可以遽言去文哉? 草木之華, 必極其光艷而後厭, 而後落, 而後實成焉。今伯曾之於文, 光艷甚矣, 而尚鮮然無欲厭之意。以此卜之, 吾之爲伯曾惜者或過矣。而吾猶有幸焉, 姑書之以爲《質齋記》云。歲甲午二月日, 寧齋李建昌書。”】

김택영(金澤榮) 1850-1927. 조선 후기. 본관은 화개(花開). 자는 우림(于霖)이고, 호는 창강(滄江) · 소호당주인(韶濩堂主人)이다.

❈ 名 - 澤榮　字 - 于霖

【《尙書 · 說命上》:“若歲大旱, 用汝作霖雨。”及時之雨, 潤澤萬物。】

❈ 號 - 滄江, 韶濩堂主人, 雲山韶濩堂主人

【《韶濩堂文集定本》卷四《別號記》:“癸酉, 余讀書于開州之鴻山。時余苦火疾者有年, 每讀暇, 踞石觀水移時然後返, 覺胸間稍自爽然。遂以自號曰‘滄江’, 欲使其爽然者常在乎身心之間。其後讀元次山《湘中曲》, 愛其‘雲山韶濩’之語, 摘署于院谷之堂, 因又或自號曰‘雲山韶濩堂主人’。當是之時, 家門盈盛, 衣食裕足, 心無異患, 得以專其所好于文籍山水之間。則二者之托, 雖一時之偶然, 而蓋亦不爲甚妄矣。旣而時移事變, 自四十以來, 喪禍疊至, 親老食窘。遂求斗祿, 奔走風塵。則區區之形神日以消鑠, 而往日所好之存於今者十之一二已耳。然而二者之名尚存而不去。余雖不肖, 能無怍乎? 抑身在乎市井, 而心游乎滄江雲山。古不無其人矣, 然此豈余之所敢望也? 姑記其本末而自警之。”】

윤병수(尹秉綬) 1850-?. 조선 후기. 본관은 남원(南原). 자는 경조(景組)이고, 호는 념암(念庵)이다.

❈ 號 - 念庵

【≪韶濩堂文集定本≫卷四≪念庵記戊子≫："念庵者, 尹學士秉綬甫所自號也。余始識學士於京師鐘峴之宅, 一見已知爲天下長者。當是時, 學士以進士始仕爲洗馬, 休沐之暇, 亟接文士。若李泰鄰、朴景謨、黃雲卿諸人, 皆盡四方之精華, 而余厠其間, 適與學士同年生, 故學士尤好余而不能置, 每見必呼以'同庚'。于時, 李大夫鳳朝以文章先達, 與學士比屋而居, 亦相得甚懽。故諸人者無不交通李大夫。而余於李大夫相知尤最久, 則所以延譽導懽於其間者又不淺鮮。至其良辰美夜詩酒之讌, 余與諸人者鮮不畢在, 而學士與大夫競爲之主。甚或夷垣而從, 移廚而設, 東之犬西之吠, 可謂一時之盛事者矣。然余與彼諸人者, 大抵多沾沾自喜, 譚藝論古。往往目張腕脫, 殆若旁無人者。則雖以李大夫之剛之爲人, 而亦不能無繾綣合者。然學士則不然, 其貌益厚, 其口益訥, 其風流益閑靜, 而詞氣益平易, 不以磽磽絶俗, 而亦不蛇蛇隨物, 宛然有呂原明、司馬君實之家風。故每終席而退, 無不充然而飽, 窅然而喪, 相與慨然太息而歎質行之不易得、文彩之不足多也。昔韓退之稱崔羣之爲人曰: '稻粱膾炙, 人無不嗜。靑天白日, 奴隷亦知其淸明。'若學士者, 所謂其人者非歟?自壬午變故以來, 學士流落木川, 居七年, 登第, 授弘文校理, 一世士大夫已加額相慶, 而想望其風采矣。余賀之於京師之寓舍, 學士屬之酒而語之曰: '子不欲記吾念庵耶?'余竊聞之下風。在仁廟之世, 有忠貞公抗言斥和, 立殣瀋陽, 三學士之名聞於天下。憲哲之間, 孝文公好學如好色, 樂善愛才如飢渴。此二公者, 皆學士之遠祖若祖, 而其忠義文學師範古今者, 不出門而得之。周公之詩曰: '無念爾祖, 聿脩厥德。永言配命, 自求多福。'學士之所以思趾厥美, 念念在玆者, 庸有已乎?余是以叙論學士爲人之大槪, 以見其宜趾祖美之實。因念李大夫西歸已有年, 諸人者亦聚散不一, 遙遙不可合幷。而獨余以鹵莽寂寥之辭, 得托於箴規引喩之末, 以續曩日師友之懽。而學士之能虛己取人, 益進其質行者, 可以一讀而知之。嗟乎!孰謂文字之不可少又如此耶?重爲之太息而爲之記。"】

이기소(李箕紹) ?-?. 조선 후기. 자는 문선(文先)이고, 호는 성암(省菴)이다.

❀ 號 - 省菴

【≪韶濩堂文集定本≫卷五≪省菴記癸丑≫："呼余爲鄕先生而問及文字者, 有曰文先其人。近請記其所號省菴曰: '門生年今四十矣, 行且與草木虫豸同腐。願藉先生文以傳。'余曰：'噫嘻！夫人之所賴以傳者，非君國耶？生也其名傳於朝報，沒也其功傳於竹帛，皆因君國而有也。嗚呼！今我韓之君國安在哉？夫其失於君國如此，則惟道德與文章可以自傳，然君於斯又未可謂之至焉。則其言之悲，固宜至此。余之文雖不足以傳君，而所以圖其傳者，烏能已已哉。'書曰：'是姓李，名箕紹者也。'曰：'傳矣。'曰：'未也。是本安岳人，後爲開城人者也。'曰：'傳之詳矣。'曰：'未也。是於隆熙中仕爲宮內府主事，隷掌禮院。車輪曳踵於俎豆鐘皷之間歲餘，無其闕而罷者也。'曰：'已詳矣。'曰：'未也。其面長而晳，其性溫溫然。若其所謂省菴者，本於曾子之"一日三省"。然曾子急於內而不暇慮傳者，故姑不詳言，以警其進。斯義也，古之人謂之愛人以德。'"

왕한종(王翰宗) ?-?. 조선 후기. 본관은 개성(開城). 자는 태반(太磐)이다.

❀ 名 － 翰宗　　字 － 太磐

왕한승(王翰承) ?-?. 조선 후기. 본관은 개성(開城). 자는 중렬(仲烈)이다.

❀ 名 － 翰承　　字 － 仲烈

왕한영(王翰英) ?-?. 조선 후기. 본관은 개성(開城). 자는 계화(季華)이다.

❀ 名 － 翰英　　字 － 季華

【《韶濩堂文集定本》卷七《王原初三子字說辛酉》："王原初有三子，曰翰宗，翰承，翰英。一日致書，請命其字而繫之以說。余於原初，視之猶弟，則其子當以姪視。可以老頹辭諸？則爲之應之曰：'宗也，吾請字之曰"太磐"。取漢史"磐石之宗"之文也。承也，吾請字之曰"仲烈"。取《書》"丕承哉武王烈"之文也。英也，吾請字之曰"季華"。取《禮記》"和順積中，英華發外"之文也。雖然，說不止於是。宗也爲人之長子，可不孜孜幹蠱，固守祖產，有如磐石乎？承也，以賢兄之故而無衣食之亂心者矣，可不奮其事業之烈，以紹父祖乎？英也，得二兄之賢，尤無所憂，可不專意肆志於文學，爲英爲華，優閑淸勝，使父聲不隳乎？抑吾似不當以此三事之次序拘畫三人。然在三人者，則雖爲此三事所拘畫，而其亦何害於爲人之佳子弟也。而況先富後敎，先倉廩後禮節，聖人智士已有明言者乎？三人者其亦有以自愛也。昔蘇明允命二子軾，轍之字，其後軾，轍之平生皆如其言。故韓李星湖羣兄弟學問文章仕宦諸業，亦皆如其幼時所命之小名文章童，道學童之類，歷累世傳爲美談。未知吾之言之驗，能如蘇李二氏否也耶？"】

신기선(申箕善) 1851-1909. 조선 후기. 본관은 평산(平山). 자는 언여(言汝)이고, 호는 양원(陽園)이며, 시호는 문헌(文獻)이다.

❊ 名 － 箕善　　字 － 言汝

【≪孟子·離婁下≫："禹惡旨酒, 而好善言。"】

❊ 號 － 陽園, 六陽

【≪陽園遺集≫卷十一≪陽園說≫："余少時自以籍貫東陽, 降生漢陽, 慕紫陽、華陽之道而遊希陽之門, 遂自號曰'五陽'。希陽先生聞之曰：'陽之爻, 至於六然後爲純乾。盍曰"六陽"乎？'余對曰：'五陽則旣皆有據矣, 其如一陽之無所着落何？'先生曰：'君自居一陽, 何不可之有？'余心不敢, 然重違先生之命, 於是改以'六陽'。而常以一陽之虛位爲慊。旣而以六陽之號有乖於俗, 而人之問之者多, 不堪叙述之煩, 故乃改稱曰'陽園', 然六陽之義則實蘊於中矣。中歲獲罪謫興陽, 九年然後始得歸。六陽之數遂足, 而九者又陽數之極也。嗚呼！人生得失皆有前定, 豈人力之所能爲哉？但余虛標是號, 而未有自強惕厲之功, 是所愧也。"】

박수일(朴壽一) ?-?. 조선 후기. 본관은 밀양(密陽).

❊ 艮巖

【≪陽園遺集≫卷十一≪艮巖說≫："艮, 止也。惡乎止？止其所也。曷謂止其所？止乎所當止之地也。鳥止於林, 魚止於淵, 人獨無所當止之地乎？萬理洞然, 從心所欲不踰矩, 聖人之止也。知止有定, 思不出其位, 君子之止也。苟不明乎所當止之地, 雖欲止, 安所止乎？陽之生也, 起於震通於坎, 然後成於艮。彼崒然而高大者, 豈一朝一夕之故哉？止之爲道, 未易言也。雖然, 與其動而有悔, 不若止而無咎。忿而思難則止, 得而思義則止。外慕忘想, 思其無益, 則斯止矣。縱不明乎所當止之地, 苟一念之能止, 則其於爲人也思過半矣。此艮巖之所以自號也歟？聳眉凝眸, 骨格淸峭者, 艮巖之容也。安分守拙, 不營營於外者, 艮巖之心也。研義文之≪易≫、究物象之所止者, 艮巖之所從事也。勿滯於先入, 勿安於小成, 虛心觀理, 如止水之鑑物者, 艮巖之所當勉也。艮巖爲誰？咸陽朴壽一也。述之者誰？瀛海逐客申箕善也。"】

이덕하(李德夏) ?-?. 조선 후기. 자는 무경(懋卿)이고, 호는 해사(海史)이다.

❀ 名－德夏　　字－懋卿

【《尙書·仲虺之誥》：“德懋懋官，功懋懋賞。”孔《傳》：“勉於德者則勉之以官，勉於功者則勉之以賞。”】

❀ 號－海史

【《陽園遺集》卷十一《海史說》：“東海之東靈仁之陽，有磊落奇偉之士曰李德夏懋卿。懋卿讀書三十年，慨然以《春秋》之義自任。以《春秋》史書也，自號曰‘海史’。謂其友申箕善曰：‘嗟呼！我東僻在海陬，人文晚闢。士知尊聖人之道者，纔數百年矣。然聖人之道莫大於彝倫，而彝倫之大者莫過於《春秋》之義。屬自皇運告終，胡氛凌霄，《春秋》之義掃地而不復講焉。悲夫！吾道之厄一至斯極也。惟我朝聖化隆洽，儒風丕振。當丙丁陽九之厄，有若石室華陽三學士者隻手擎天，義聲亘宙。陽春一脉，賴而獨存。是則天以不食之碩果，寄之於我東也。奈之何世道浸降，慾浪滔天，士大夫昧於義利之辨，風節爲之靡然。區區一線之陽，幾何其不熄。然余不自揆，忘欲障其流而激其波，何如哉？’箕善竦然而對曰：‘壯哉子之志也！夫天道福善而禍淫，王政賞善而罰惡。自三代之旣遠，聖人者不得其位以行其賞罰，則乃私自褒貶，垂示後世，此《春秋》之書所以作也。盖其寥寥簡編，雖若空言無施，千載之下，起忠臣烈士之志，懼亂臣賊子之心，綱常之道終天而不墜，則此其所以當於一治而功高前聖者也。是書顯則叔季軼於唐虞，是書晦則冠裳淪於裔戎。百代治亂之跡，鑑戒已章章然矣。然書不自顯，待人而明。世衰道微，邪說橫流，則必有命世君子之明是書者出焉，子所稱數先正是也。生乎斯世，苟能抱剛大之氣，蘊經濟之學，則明《春秋》之責固不可得而辭也。懋卿旣以是自標矣，勉之哉！剛確不撓，盡力扶植，得志則以之格君心而正士趨，措之於禮樂，施之於政令，回一世之運，躋之九五之隆。不然，則退與一二同志講是書於西湖之濱，發之言論，敎當時之英材。著之文章，警後人於無窮。其於君臣之義、華夷之別、陰陽淑慝、君子小人之分，歸若霜日，凜乎其不可犯也。使世之爲善者恃子而有小勸，爲惡者懼子而不敢發，而後賢之夷攷者視子言而爲予奪，則夫《剝》陽上九、海東《春秋》之義，賴子而不泯矣。嗚乎欨矣！雖然，理明於心而後是非著於物，德積於躬而後勸戒專於人。苟不勉於問學自修，而遽然以言論風裁自任，則無益於事而徒致怨謗，所謂冒虛名而受實禍也。故任《春秋》之責者，當先求諸《四子》《詩》《書》。懋卿賢而多智，其必所先後矣。勉之哉！他

日余將訪子于靈仁之南，恭聽《春秋》之講也。'東陽申箕善謹書。"】

권종관(權鍾寬) ?-?. 조선 후기. 자는 순교(舜敎)이다.

❀ 心窩

【《陽園遺集》卷十一《心窩說》："窩者，實包通竅而可以藏物之名也。故獸穴燕巢皆謂之窩，而居室之小而僅通門戶者亦稱窩焉，如康節之安樂窩是也。友人權鍾寬舜敎甫淸古恬雅，不騖於外而內自修飭。晚卜居於舒之金丹里，而扁其室曰'心窩'。盖鼓山任先生之曾所命也。一日來語余曰：'心也者，一身之主、萬化之本也。靜而涵衆理，動而應萬變。立乎天地之間，而與天地參者，曰惟心爾。然氣拘欲蔽，而喪其良心者皆是也。故聖賢敎人，務令操存省察，而求其放心。先師之命吾窩亦是意也。余雖不敏，當從事於斯。常目寓之，喚醒此心。使之常存於吾窩之內而不少走作。子盍爲我一言以識之？'余曰：'不亦善乎，子之用功也！雖然，子將以瓮牖而蓬戶者爲宅心之窩，而不知子之心卽是窩乎？心居五臟之一，而如蓮花之未敷，中空而外竅，所以虛靈知覺而爲一身之主，萬化之本者，皆從此出。其爲形也，不過方寸之窩。而放之則彌六合、實八埏而不足以盡其大也。苟能時刻提撕，使此方寸之內常惺惺而不昧，則小而視聽言動，大而家國天下，無不畢具於是窩之中，燦然有條而不紊，井然並行而不悖矣。奚走作之足憂，而以彼瓮牖蓬戶數椽之第强名爲窩，欲使活潑流動之此心，卷束而藏其中乎？先師命名之意亦未必然也。子其思之。'舜敎莞然而會，莞爾而笑曰：'聞子之言，吾其有省矣。'遂書其說以贈。"】

이중인(李中寅) 1857-1944. 조선 후기. 자는 경빈(景賓)이다.

❀ 名 - 中寅　字 - 景賓

【《尙書·堯典》："分命羲仲，宅嵎夷，曰暘谷，寅賓出日。"】

정순태(丁舜泰) ?-1926. 조선 후기. 본관은 나주(羅州). 자는 재화(再華)이고, 호는 춘기(春沂)·학포(學圃)이다.

❀ 名 - 舜泰　字 - 再華

【《詩·鄭風·有女同車》："有女同車，顏如舜華，將翱將翔，佩玉瓊琚。彼美孟

姜, 洵美且都。"毛≪傳≫："舜, 木槿也。"】

홍승윤(洪承綸) 1871-?. 조선 후기. 본관은 풍산(豊山). 자는 공미(公美)이다.

❀ 三千六百釣齋

【≪韶濩堂文集定本≫卷五≪三千六百釣齋記乙巳≫："豊山洪君承綸者, 今上辛卯進士。居天安日峯山下, 有書室數楹。嘗請室名於其族兄汶園參判公。公曰：'以若之名觀之, 庶幾其經綸者乎？'乃取李太白≪梁父吟≫'君不見朝歌老叟辭棘津, 八十西來釣渭濱。寧羞白髮照淸流, 逢時吐氣思經綸。廣張三千六百釣, 風期暗與文王親'之語, 命之曰'三千六百釣齋'。古之世寄於天下者, 惟有一道術而已。行此之謂經綸, 宣此之謂文章。至於後世而道衰, 浮散蕩析, 各開門戶。有所謂道學家者, 有所謂經綸家者, 有所謂文章家者, 三者迭爲盛衰於歷代之間, 而是非紛然, 何其異哉！若我國家之俗尙尤有異焉。首道學, 次文章。用舍貴賤, 一準於是。而其於經綸, 掃如也。朝廷之上, 以率由舊章爲主；士大夫之間, 以喜功生事爲戒。惟日夜耽樂乎昇平, 見有或談兵務長短及討論疆外之事者, 輒大驚以怔, 指以爲不祥之人。故以李文成之得位掌兵, 而養兵之說尙不得施行。卒之一朝遇難, 莫能枝梧而爲。壬丙兩年之禍厄矣。柳磻溪、丁茶山之倫生於其後, 盖嘗慨其覆轍, 各述經綸, 爲書甚富。而其事已過, 猶之亡羊而補牢也, 言雖切而奚補哉？而況今之天下形勢大變, 視壬丙尤加難矣。使向之數君子當之, 猶將改其慮, 易其算, 而歎古今之殊異。汶園公之所以屬意於君者, 其以是歟？然竊覰君生於文學古家, 飄飄有詞翰才。雖其口說經濟, 而舊日之嗜好尙隱然在眉宇間。如魚鳥之於江湖山林, 所安所習, 猝難棄之。昔王世懋懲宋學之末弊, 有言宋儒氏每譏淸言致亂, 不知晉宋之于江左一也, 驅介冑而經生之乎？毋寧驅介冑而淸言也。夫以末弊之虛疎無實者言之, 何獨道學猶晉人之淸言？卽經濟亦或與淸言而同歸矣。君將若之何哉？嗟乎！吾與君俱不幸, 而不能生於太上道術純一之世, 以甘食美服, 至老不聞金鼓之聲, 而徒嘵嘵搖煩悶之舌至於此也。可慨已！"】

조긍섭(曺兢燮) 1873-1933. 조선 후기. 본관은 창녕(昌寧). 초명은 린섭(麟燮), 자는 중근(仲謹)이고, 호는 심재(深齋)이다.

❀ 初名 - 麟燮   字 - 魯見

【≪春秋・哀公十四年≫：“春，西狩獲麟。”≪春秋≫，魯史也。】

성달영(成達永) ?-?. 조선 후기.

❀ 名－達永　　字－孟立

성운영(成運永) ?-?. 조선 후기.

❀ 名－運永　　字－仲强

성진영(成進永) ?-?. 조선 후기.

❀ 名－進永　　字－季放

【≪嚴棲先生文集≫卷十七≪成氏三子名字說[甲寅]≫：“成君敬源冠其長子曰達永也，予爲之字曰孟立。君因徧請其仲、季者名字。於是謂其仲曰運永仲强，其季曰進永季放。君又請其所爲說者。夫達之爲言，行而無不得之謂也。然不能立而求其行之無不達，是欲仁而未知其方也。達也，欲其立焉而已矣。天運而不已，凡日月寒暑川流之逝者，皆道之體也。君子之體其運也，亦曰自强不息而已。是强者所以能運也。旣立而達矣，强而能運矣，惟浩浩然益其進焉爾。進而不已，如水之放乎四海，亦可以止矣。然達也，運也，行之發於始也。發於始者貴乎有本，故曰立、曰强，所以殖其本也。進則行之，要於終也。要於終者難乎造極，故曰放者，所以致其極也。一而能三，三而能一，次序之本末得矣。敬源樂善好義，其所以望於諸子者，有在於世俗榮利之外。諸子者其以予說自勖哉！”】

유영선(柳永善) 1893-1961. 본관은 고흥(高興). 자는 희경(禧卿)이고, 호는 현곡(玄谷)이다.

❀ 名－永善　　字－禧卿

【≪說文≫“善，吉也”，“禧，禮吉也”，同義相協。】

❀ 號－玄谷

【≪玄谷先生文集≫卷十六≪玄谷精舍記≫：“不佞樗櫟散材，幸賴庭訓，妄欲從事乎古人爲己之學，陪從王考，贄謁先師艮齋先生於瀛洲山房，先師常勗之以第一義。自後就養乘桴之日，晨夕十數載，厚受罔極之恩，而天喪斯文，奄哭山頹。乃奉親讀書，杜門謝世，牧拾若而族子，要不負先師眷眷之托爲畢生志願。家大人命卜築牟陽，家居之右，洞深而邃，境寬而平，背山面野，自成一區。東南數十里，峰巒參差高下, 羅列拱揖。煙朝月夕之景, 雲出鳥還之閒, 可堪畸人之息影自靖也。歲甲子秋經始, 翌年夏功告成。四架五梁, 堂市粗完。既落, 扁楣以玄谷精舍, 實先師昔年所命, 蓋因地名, 而且取揚子雲之語詔之曰:‘晦翁見疾於世人, 嘗云:"便要回面, 污行首身投免亦不可得, 只得守吾太玄。"尤翁與人書亦言:"某事我若強說以自訟, 眾心慰釋。然是內欺其心, 又非待人以誠之道, 固將守吾玄而死也。"小子識之!’此謹聞命矣。左右二齋倣朱子晦堂兩夾之義, 以持敬、明義名之, 且嘗夢承先師舉《易·坤》‘六二’曰:‘此爻可合汝學問出處, 宜終身受用。’更誦《文言》‘敬以直內, 義以方外, 敬義立而德不孤’, 而令勿失。蓋事不偶然也。後有一室, 取曾子臨淵履冰, 揭以淵冰。其南又有軒, 以孟子‘士尚志’而顏之, 佳花異卉、蔓藥盆荷之屬又皆列蒔庭除, 亦足以自適。而至若松菊之後凋晚香其寓戒者, 尤深矣。不侫學未成而浮謗溢世, 恒恐卒負其初心, 而或墜父師之教, 惟欲靠實下手, 不願乎其外;兢兢業業, 罔敢少放下。噫!天生男子豈偶然哉!竊觀古之聖賢, 亦未嘗不以怠惰荒寧爲懼, 而勤勵不息自強, 此天理之所以長存, 而人心之所以不死也, 可不惕念!世已忘我, 我已忘世, 則固將食吾田、飲吾泉, 守吾天、終吾年, 不忘先師所教朱、宋二夫子守玄之訓, 或庶幾乎習坎心亨之道而已。嗚呼!今與後之君子未知有登此堂而戚我情者否。旃蒙赤奮若秋七月上澣, 柳永善禧卿記。"】

이일해(李一海) 1905-1987. 본관은 재녕(載寧). 자는 여종(汝宗)이다.

❀ 自照

【《屈川文集附錄·行狀》:"屈川先生李公諱一海, 字汝宗。其先月城人高麗侍中諱偁倆封載寧君, 子孫仍以載寧爲貫 …… 癸未春返居庥津, 揭扁所居之室曰‘自照’, 蓋取義於古人‘湛然自照, 省我本來面目’之語也。"】

이가원(李家源) 1917-2000. 본관은 안동(安東). 자는 철연(悊淵)이고, 호는 연민(淵民)이다.

❀ 溫水閣

【《溫水閣藁己巳○小敘》:"李走余生而長於今安東陶山之溫惠洞古溪山房, 實我高王考古溪先生藏修之所。而溫溪之水經其南, 故嘗自署以溫水閣。"】

❀ 靈芝山館

【≪靈芝山館藁庚午○小敍≫：“靈芝山者，老祖退溪先生≪陶山記≫，所謂‘靈芝之
一支東出而為陶山’者也。余所居古溪山房在陶山之北，故亦嘗自署以靈芝山
館。”】

❀ 清吟石閣

【≪清吟石閣藁壬申○小敍≫：“古溪山房在溫溪之下，流清吟石之上，余幼時與村
兒輩作遊戲，歌於斯，詠於斯，抅先躅而起遐想。又以葛筆肄字於石上，故有清
吟石閣之署。”】

❀ 淨如鷗泛齋

【≪淨如鷗泛齋藁癸酉○小敍≫：“嘗讀老祖退溪先生≪與林士遂書≫，至‘瘦如絕
粒，哀如鵑哭，淨如鷗泛。僕固嘗辛苦而莫之近’之語，頗悟為詩之理。不揆其
僭，以為齋號，後同郡草庭金公海大，為我鈐成‘淨如鷗泛’四字石印。”】

❀ 青李來禽讀書館

【≪青李來禽讀書館藁甲戌○小敍≫：“晉人帖中有‘青李來禽’之字，古拙離奇，甚
可愛，乃集以揭之於動亂中，今不可見矣。”】

❀ 落帽山房

【≪落帽山房藁乙亥○小敍≫：“落帽峰在古溪山房之北，即龍頭山之南支也。少時
嘗登眺其顛，吟賞風景，歸而題其室曰‘落帽山房’。”】

❀ 因樹屋

【≪因樹屋藁丙子○小敍≫：“讀燕巖朴趾源≪許生後識≫有‘因樹為屋’之語。心竊
喜之，以為書屋之號。”】

❀ 海琴堂

【≪海琴堂藁戊寅○小敍≫：“昔伯牙聞海上水汨沒崩澌之聲，山林窅冥，群鳥悲
號。援琴而歌之，為天下妙手。堂以海琴名，適有感乎茲也。”】

❀ 青梅煮酒之館

【≪青梅煮酒之館藁己卯○小敍≫：“余嘗喜譚經世致用之學，兼之究研小說家言，
故取≪三國志演義≫中‘青梅煮酒論天下英雄’之語，以署其讀書之室。後柳劍如
熙綱為余鈐成石印一方。”】

❀ 雪溜山館

【≪雪溜山館藁庚辰○小敍≫∶"是歲余作≪雪溜書室記≫，而後中國書藝家心畬溥儒君為余作'雪溜山館'四字扁，今揭于明倫衚衕之玉溜山莊。"】

❀ 雪溜書室

【≪雪溜書室記山康批圈≫∶"日余至自溪上，適連宵大雪後也。所寄屋在嘉會洞，洞去街市不遠，然巖得雪較深，始覺其境界之與山尤不遠也。顧而樂之，久而入室，月素夜靜，一床書卷之外，惟有匣中朱絃，凍欲自宣耳。悄然若有失，已而更甚漏泠，有聲自庭際出，瀏亮可耳，警然異之。試出觀之，巖臍凍泉成溜，下團團矣。蓋溜之為物，水為之而清於水，巖泉得之，意韻越自清泠，使人聆之有省也。況其冰之為骨，玉雪為之氣魄，令我中宵側耳也。雖然，吾家有清溪數曲，每冬時瀧瀑凝成，非無此奇境，而獨有省於茲，亦何哉？豈不以今日之逆旅困頓，學殖荒落，不平已積，而物機適與之乘，感其來疾矣者乎？山康曰∶'問得好，答得好。'迺掬溜注研，奮然題其室曰雪溜，記其感之即也。然而室之寄吾暫也，未知明年復在何處。則使此室蝸去殼存，可乎？是或有可救者。夫容吾身，即吾室也。袁安臥雪，雪為室也；蘇長公畫雪，室亦雪也。余亦處山林之清邃，或市朝之湫隘，學夫二子者之為，則吾未嘗負雪溜也。且境或無比，苟心所寄，雪溜亦未能棄吾也。山康曰∶'環廻盡致。'又從而疾書其事為≪雪溜書室記≫，記其心之契也。而戶外溜聲尚滴，小者錯落，大者丁冬，與吾苦吟聲爭清。吾意其終夜不已，則滿地灼爍，皆化為明珠也。庚辰歲除前十夜書。"】

❀ 喜譚實學之齋

【≪喜譚實學之齋藁辛巳○小敍≫∶"余嘗喜譚實學，遂為家常語。有人求書，多以此四字應之，因名其齋。後鐵農李君基雨為之作'喜譚實學'石印一方。"】

❀ 德衣筆耕處

【≪德衣筆耕處藁壬午○小敍≫∶"詹園鄭翁寅普嘗字呼余以'德衣'，蓋取諸≪書經≫'衣德言'之義也。余遂題其讀書之室曰德衣筆耕處。"】

❀ 六六峰草堂

【≪六六峰草堂藁癸未○小敍≫∶"吾家之清涼山有十二峰，故先祖退溪先生時調≪清涼山歌≫中有'清涼山六六峰'之句。余十三歲時漢譯此歌，則'六六清涼奇又奇，仙期吾與白鷗為'者是也。後自署陽溪之草屋以'六六峰草堂'。"】

❀ 淵生書室

【《淵生書室藁甲申○小敍》：“前歲癸未冬，山康卞翁來訪余溪上之古溪先亭。將別去，作《淵生書室銘》以焜耀之。其辭靈妙，其風惊絕代，久而愈不能忘也。”】

❀ 小蓬萊仙館
【《小蓬萊仙館藁乙酉○小敍》：“往在辛巳秋，余滯京館，一夜夢中，狃到一處，則海上風景愜此幽懷。吟眺流連，口占一絕，覺而猶記其一句云：‘蓬萊秋水殷生波。’自不知其何所謂，題之壁間。後歸鄉第，名書室以小蓬萊仙館者，實昉於是。”】

❀ 鐵馬山莊
【《鐵馬山莊藁丙戌○小敍》：“是歲春，余始為往教之師於榮州農業高等學校，名其斗皇之傲屋曰鐵馬山莊。蓋榮州在小白山之陽，而有鐵呑山者為邑之鎮也。”】

❀ 黃鶴山房
【《黃鶴山房藁丁亥○小敍》：“是歲，余自榮州轉任於金泉女子中學校。金為小商業市，自無山水之可稱，然而其西北有黃鶴山，奇峰競秀，臥瀑爭流。乃名其傲居之屋曰黃鶴山房。”】

❀ 橘雨仙館
【《橘雨仙館藁戊子○小敍》：“余嘗於夢中得‘蓬萊秋水殷生波’之句，既題我陶山鄉第以‘小蓬萊仙館’，及到東萊之秋，一日雨中風景宛如昔時夢境所歷，乃足成一絕。有‘青鐙橘屋通宵雨’之句，名其漆山之傲屋曰橘雨仙館。蓋蓬萊，我語與居漆同義，而又東萊之古號也。”】

❀ 居漆山莊
【《居漆山莊藁己丑○小敍》：“余嘗傲東萊之漆山洞。漆山，即古居漆山國也。因名其居曰‘居漆山莊’。”】

❀ 草梁衚衕書屋
【《草梁衚衕書屋藁庚寅○小敍》：“自東萊之漆山移寓釜山之草梁，名其所居室曰草梁衚衕書屋。”】

❀ 東海漁杖之室
【《東海漁杖之室藁辛卯○小敍》：“余在少時，嘗躬自耕釣於芝山、洛水之塽。而今因世故南漂海上，一日自題其草梁之傲屋曰‘東海漁杖之室’。人多笑其鉋落無

所倚焉。”】

❉ 山幕草堂

【≪山幕草堂藁壬辰○小敍≫：“動亂以後，學園皆為兵站，釜山高等學校裝設天幕
教室於草梁之山幕洞，成均館大學亦以南遷借之以開講。余既有≪山幕雜記≫
之譔，而復題其所居之室曰山幕草堂。”】

❉ 明倫衚衕居室

【≪明倫衚衕居室藁癸巳○小敍≫：“是歲秋，自釜山之草梁還都，止於秘苑之東、
成均館之西。是為明倫洞之第三街，遂名其室曰明輪衚衕居室。”】

❉ 玉溜山莊

【≪玉溜山莊藁甲午○小敍≫：“秘苑之中有小瀑曰玉流川，其下流駛出其墻東巖石
叢林之間，而經我明輪衚衕居室之背，入於隱渠之中，故別署其室以玉溜山
莊。不以‘流’而改‘溜’者，取其尤雅也。春虛成君元慶方遊學臺北，得宗教授孝
忱篆四字扁而寄至。今妝而揭之於室之東壁，又名其自譔詩話曰≪玉溜山莊詩
話≫。”】

❉ 玉照山房

【≪玉照山房藁乙未○小敍≫：“余嘗癖於梅，雖流寓迸屑之中，必以梅自隨。蓋家
藏老祖先生手墨≪梅花詩≫，禪至此屏劣，已十有四世之悠矣。一日莊誦之餘，
則取≪用大成早春見梅韻≫中‘張約齋玉照風流’之語，敬題其室曰玉照山房。”】

❉ 李氏佛手研齋

【≪李氏佛手研齋藁丙申○小敍≫：“佛手研者，端產紫小石，象佛手，而以象牙為
宮。刻佛手葉兼實，實天下之尤物也。使善感者暫觸於目，可以憐極而生淚。昔
吳亦梅慶錫以數千銀得之於中國之琉璃廠，名其室曰‘佛手研齋’。傳其子葦滄世
昌，世昌亦嘗自稱以‘佛手研齋之二世’。而今歸於我矣，遂易其名為‘李氏佛手
研’，又題吾室曰李氏佛手研齋，急屬鐵農李君基雨鈐成一方石印。”】

❉ 猗蘭亭

【≪猗蘭亭藁丁酉○小敍≫：“余嘗有蘭癖，顧不下於梅。蓋蘭之韻或有遜於梅之
清，而梅之香又不能及於蘭之薰也。況此幽谷之物不以無人而不芳者，豈非孔
聖之所歎，而幽蘭在谷之調，又是我先君子退陶翁之所歌者乎？遂別署其室曰
‘猗蘭亭’。”】

❈ 為學日益之齋

【≪為學日益之齋藁戊戌○小敘≫：“余嘗愛李耳氏≪道德經≫中‘為學日益’之語。中國董彦堂作賓之來我韓也，為余作甲骨字為四字扁，揭之於紫甕館之北壁，因名吾室曰為學日益之齋。”】

❈ 綠天山館

【≪綠天山館藁己亥○小敘≫：“余酷愛芭蕉，自不下於梅與蘭。蓋以其淡白無倫，愈展而愈新也。昔僧懷素居零陵菴，東郊植此物，互帶數萬。取葉代紙，號其所曰‘綠天’，乃吾所以取之為山館之名也。”】

❈ 撫童嬋館

【≪撫童嬋館藁庚子○小敘≫：“童嬋者，淵之女弟子也。貌如玉雪，神如秋水。為余助寫實學研究之資，應對機警，筆墨妍麗，真天下之奇才也。淵甚愛之。”】

❈ 含英咀實之齋

【≪含英咀實之齋藁辛丑○小敘≫：“余得燕巖朴氏美仲所書‘含英之出，咀實其測’之八大字。粧為雙扁，揭之於堂，而別字其室曰含英咀實之齋。是歲秋始執筆箸≪燕巖小說研究≫。”】

❈ 蘭思書屋

【≪蘭思書屋藁壬寅○小敘≫：“淵之女弟子有蘭史者，其才情心貌並世殆虛其倫。鶩治我學，自有慧性，淵將託之衣缽。逮其遊學外洋，淵思之深，故別字其所居之室曰蘭思書屋。”】

❈ 玉免之宮

【≪玉免之宮藁癸卯○小敘≫：“中國綺話有‘月宮姮娥，玉免搗藥’之說，淵嘗夢自玉溜之莊，可到木覓之趾，有一美娥羽裳霓衣，恒舞婆娑於桂樹之廣場、白玉之屑宮。與之攜手，問以佳期，貽我道要，餉以仙樂，而其金扁玉字之題曰玉免之宮。”】

❈ 風樹纏懷之室

【≪風樹纏懷之室藁甲辰○小敘≫：“不肖實以是歲夏曆五月遭父憂，三年草土悲呻，自無韻語，因題其藁曰“風樹纏懷之室藁”，蓋取諸≪孔子家語≫中‘樹欲靜而風不停’之語也。藁中尚有韻文幾篇，皆五月以前就也。”】

❈ 如如佛研齋

【≪如如佛研齋藁乙巳○小敘≫："余有歙州石研一方，其色翠，斸之古拙，而環其緣飾者，皆如如佛字也。因名之曰如如佛研。是歲余守堊廬，梅梅其形，而獨有此友與之周旋。其情洵可悲，乃名其藁如是云。"】

❀ 惺顚燕癖之室

【≪惺顚燕癖之室藁丙午○小敘≫："'惺顚燕癖'四字，是我故友丁樂村稱我語。謂余顚於惺叟許筠，癖於燕巖朴趾源也。至是，余以所著≪燕巖小說研究≫受領文學博士學位於成均館大學校，故別字其喜譚實學之齋曰惺顚燕癖之室。"】

❀ 弘宣孔學之齋

【≪弘宣孔學之齋藁丁未小敘≫："李余生平自以弘宣孔學為己任，嘗鈐石印一方。遊臺之日，又屬聖裔孔達生德成作隸書小額，今尚未到矣。"】

❀ 箸書蟲吟樓

【≪箸書蟲吟樓藁戊申小敘≫："本藁≪有所思十絕≫有'海外學人爭拍手，世間一隻箸書蟲'之句，故嘗自署書樓以'箸書蟲吟'。"】

❀ 椶笠羽扇之堂

【≪椶笠羽扇之堂藁己酉小敘≫："是歲秋，余為參國際華學會議，赴中國之臺北，見有椶子笠者，蓋臺人田父市儈蔽陽之具，而天下至賤之物。然余甚愛而戴之，手執白羽扇，因別自號為椶笠羽扇居士。"】

❀ 花復花室

【≪花復花室藁庚戌小敘≫："本藁中有≪思母哀八絕≫，其第一絕有"采采東園花"之句，自注頗詳。"

又≪思母哀八絕≫其一"采采東園花復花"注："吾母嘗曰：'汝之胎夢，竟十朔，無日不采吉貝花。'我俗稱吉貝為花復花。"】

❀ 三秀軒

【≪三秀軒藁辛亥小敘≫："以陶山書院更張事頻到鄉山，輒望靈芝秀色，忽念至嵇康≪憂憤詩≫'煌煌靈芝，一年三秀。我獨何為？有志未就'之語，大有金丹歲暮之感。因自署甓館之北軒以三秀軒。"】

❀ 柔明清麗之齋

【≪柔明清麗之齋藁壬子小敘≫："余之愛蘭殆性也，故屢形於辭。≪淵淵夜思齋文藁≫中已存≪猗蘭亭藁≫矣。今有中國產蘭盆五，其最佳者方形紫色。有適然軒

主刻'柔明清丽'四字，因別字所居之室曰柔明清麗之齋。"】

❀ 龍山蝸屋

【《龍山蝸屋焚餘藁小叙》："余既刊《淵藁》，後因事至古溪先亭，盦篋中偶得亂藁，題以《芝仙小藻》，右方書'逢赤鼠梧秋'，乃余丙子手錄藁也。就最其稍可者略干篇，坿刊於此，唯《題吳空超相淳青銅詩卷》一篇則出於《玉溜山莊詩話》中，并署之曰"龍山蝸屋焚餘藁"。龍山，吾鄉之鎮山。余嘗以為我國有三蓮，平壤之牡丹峰，紅蓮也；金剛之毗盧峰，白蓮也；安東之龍頭山，青蓮也。"】

❀ 臥龍山莊

【《臥龍山莊藁癸丑小叙》："余所居頓西之屋，北與西為臥龍洞，故亦嘗別署以臥龍山莊。或有過之者詢之曰：'子其自擬於諸葛孔明者邪？'余笑而不答。"】

❀ 綠樹不盡聲館

【《綠樹不盡聲館記坿[檜山姜信和]》："四序去而循環不盡，天之道一也。故嬴秦于火，五季于亂，而起衰倡絕之儒作，朱先生所謂'陽德昭於寒威蔽野之日'也。惟我退陶先生，遺風餘澤之衣被承學者，固無遠近親疏之閒，而若夫傳承氣脈之流通，則豈不有別乎？古語云'孔世多賢'，良有以也。李斯文家源淵民君起屋于成均館之西，門對四五株綠樹。當綠陰滿地之時，吟詠上下，悠然興想乎先生與人書中'每夏月綠樹交陰，未嘗不懷仰兩先生之高風'之語，命其館曰'綠樹不盡聲館'。閒嘗援世契，責記於信赫，余唱然作而曰：淵乎，子之命館之意也！董氏云：'天不變，道亦不變。'道雖有盛衰之時，亦待人而復盛。猶重坤之月，線陽動，一之二之三則為泰。淵民既命其館矣，念念乎名館之意，勿挾所已至者，勿使徒有其名而虛其實也。身居於此，而一心焉如入淵源之坊，如望巖栖之軒。讀遺書講餘訓，則千古道統歷陳於屏銘，聖學始終備陳乎十圖。存心養敬，發匙乎《靜存齋箴》；性命精微，指掌乎《天命圖說》。實工眞積，不歧不貳，則奚但先生世胄孫已哉？方今禍酷於秦，世亂於五季。不有承學之人絕柔道牽，人類其將銷鑠矣。淵民肩上有千斤擔子，盍思懼貽謨之或墜，痛吾宗之永泯？則如信赫不佞，亦得分綠樹之陰，滌煩衿，而灑熱胸矣。癸丑仲春，晉山姜信赫記。"】

❀ 青蟾堂

【≪青蟾堂藁_{甲寅小叙}≫：“余嘗蓄一奇石，狀若巨蟾，其色青，故名其堂曰‘青蟾’。”】

❀ 碧梅山館

【≪碧梅山館藁_{乙卯小叙}≫：“余嘗以梅為家花，尤愛其色之碧者，故別稱玉照山房為碧梅山館。”】

❀ 東海居士之室

【≪東海居士之室藁_{丙辰小叙}≫：“余本不自命以筆家，而誤得虛名，人頗求之，輒倚興忘拙而為之。帋尾亦不媄一署，隨得隨書，此東海居士者，乃其一也。”】

❀ 洌上陶工、三洲窯夫

【≪洌上陶工之室藁_{丁巳小叙}≫：“與文少園及柳一池智元，往來利川，親陶於陶窯，因自號洌上陶工，又曰三洲窯夫，有≪洌上陶工之歌≫。”】

❀ 香學堂

【≪香學堂藁_{戊午〇小叙}≫：“余嘗譔≪春香傳小綴≫，其末段有‘香學昌明’之語。今乃箸刊≪春香歌≫以寄宇內諸賢，署其居曰香學堂。”】

❀ 古香鑪室

【≪古香鑪室藁_{己未〇小叙}≫：“余屢訪台灣，所擕美鈔輒購書籍。而今冬之行，得宣德年間製小香鑪及古董數品，因題其室曰古香鑪。”】

❀ 孶惺燕茶齋

【≪孶惺燕茶齋藁_{庚申〇小叙}≫：“余嘗喜讀惺叟許筠、星湖李瀷、燕巖朴趾源、茶山丁若鏞之文，故有此齋扁。而是歲秋譔成≪許筠的思想及其文學≫一論攷，以應中華民國中央研究院國際漢學會議之邀。”】

❀ 梅華書屋

【≪梅華書屋藁_{辛酉〇小叙}≫：“是歲秋，洌上之梅華書屋成，有終老於此之意，因以字藁。”】

❀ 逍搖海山之堂

【≪逍搖海山之堂藁_{壬戌〇小叙}≫：“是歲秋，余停年退任於延世的學校，欲將逍搖海山，乃遵海而南至智異，復狃度玄海，遊歷大阪、天理、奈良等地而返。”】

❀ 美哉欲居之室

【≪美哉欲居之室藁_{癸亥〇小叙}≫：“是年秋，余始遊美洲，赴哈佛大學國際學術會

議。至波士頓，泊厥將離，有‘美哉波士頓，老惹此欲居’之語。”】

❀ 夢逗娜江之室

【《夢逗娜江之室藁甲子小敍》：“是歲秋，余始遊歐洲諸國，至巴里，泛細娜之江，孤吟夷猶，欲僦一屋於江上，娛我殘年。而既不得，歸臥山莊，有時入夢。追憶曩日將離巴里，有詩，其篇末有‘我愛細娜江，似有宿世緣。僦屋此江上，吟詩可殘年。此亦不可得，搔首莫云邊。猶是夢來往，莊蝶欲翩翩’之語。”】

❀ 譜石齋

【《譜石齋藁乙丑小敍》：“是年，余吟《青蟾堂石譜詩》諸體四十四首，於此足以見余石癖痼深，乃別署其齋曰譜石。”】

❀ 和陶吟館

【《和陶吟館藁丙寅小敍》：“余於詩尊尚陶、杜，是歲夏日，有《和陶淵明飲酒二十首》，別字其齋以《和陶吟館》。”】

❀ 懷村欲居之室

【《懷村欲居之室藁戊辰小敍》：“是歲孟夏，得一菟裘之地於湖西永同之懷東村，喜而別字其居曰懷村欲居之室。”】

❀ 淵翁工作之室

【《淵翁工作之室藁己巳小敍》：“昔余之訪燕京也，書法名家大康康殷老伯為余作‘淵翁工作之室’小扁，歸而粧揭于梅華老屋之中堂。”】

❀ 訪蘇堂

【《訪蘇堂藁庚午小敍》：“是歲余初訪蘇聯，吟得數篇詩，因名茲藁以《訪蘇》。”】

❀ 七研齋

【《七研齋藁辛未小敍》：“余嘗癖於研，蓄古今名研，或圓或方，不下數十。而此獨七云者，昨今二載之間或畫或銘，不一其規，皆端產也。其一二皆圓，而俱有老惹自題銘，而中堂與古岩鄭昺例刻。其三梅華研，牛玄宋榮邦寫余梅華書屋，坐余于其央，余作銘，亦古岩刻。其四松月軒，牛玄寫老惹像，余有記，古岩刻，皆成於庚午歲莫者。其五驪龍衘珠研，少園文銀姬寫余像，余有銘，農山鄭充洛刻。其六大研，余有銘，青藍田道鎮刻。其七松鶴研，余有銘，中堂刻，皆成於辛未仲春者也。屬砂曲李崇浩景拓、蓮潭李孝友粧而為帖，因別署所居以七研齋，復以字茲藁。”】

❈ 烏石像齋

【《烏石像齋藁壬申小敘》："是歲得烏石，像七分淵翁，看《自然石像自贊》。"】

❈ 煮茶著史之室

【《煮茶著史之室藁癸酉小敘》："是歲始著《朝鮮文學史》，故以名茲藁。"】

❈ 七星劍齋

【《七星劍齋之藁甲戌小敘》："余有三尺七星劍，明代遺物，置之座右，可以屠倭，可以闢邪。"】

❈ 病鶴清淚之室

【《病鶴清淚之室藁乙亥小敘》："余寫《朝鮮文學史》，過勞得病，如病鶴秋風清淚。"】

❈ 洞庭龍吟之室

【《洞庭龍吟之室藁丙子小敘》："是歲菊秋，余與河有楫、姜澄、許捲洙三子遊歷台灣、香港，至中國之巴陵，登岳陽樓，聯吟七言八絕。其第一絕云：'西風遠上岳陽樓，杜甫詩邊黃葉流。豈意風詩蘇病骨，洞天寥沉老龍啾。'憑軒朗吟，不覺沉痾之去體。風詩之能蘇人病骨，果如是靈通耶？乃題其藁曰洞庭龍吟。"】

색인
索引

가나다순

人物索引

人名索引

表字索引

경인(景仁)*改字 김사원(金士元) 233

경임(景任) 윤형성(尹衡聖) 381

경조(景祖) 금우열(琴佑烈) 727

경지(敬止) 기재선(奇在善) 694

경지(敬之) 김구용(金九容) 45

경지(敬之) 남재(南在) 60

경지(敬之) 양여공(梁汝恭) 82

경지(敬之) 오상흠(吳尙欽) 496

경진(景進) 김신국(金藎國) 311

경질(景質) 남수문(南秀文) 94

경춘(景春) 박인을(朴仁乙) 42

경호(景浩) 이황(李滉) 184

경홍(景鴻) 김점운(金漸運) 701

경화(景和) 김덕함(金德諴) 286

경회(景晦) 권병(權炳) 600

경희(景羲) 조용구(趙龍九) 714

계겸(季謙) 유진융(柳晉隆) 381

계덕(季德) 한상덕(韓尙德) 74

계명(季明) 신여철(申汝哲) 440

계명(季明) 한계진(韓啓震) 526

계문(季文) 성중엄(成重淹) 152

계방(季放) 성진영(成進永) 741

계방(季方) 유의양(柳義養) 614

계상(季祥) 이길보(李吉輔) 544

계소(啓昭) 엄흔(嚴昕) 189

계승(季昇) 최현(崔晛) 289

계옥(季玉) 조석종(曹錫琮) 521

계온(季昷) 김종직(金宗直) 123

계용(季用) 김택삼(金宅三) 505

계운(季雲) 김일손(金馹孫) 141

계응(季鷹) 송한필(宋翰弼) 225

계주(季周) 이단하(李端夏) 420

계직(季直) 김상건(金尙謇) 297

계통(季通) 이시성(李蓍聖) 506

계통(季通) 홍명형(洪命亨) 330

계하(季夏) 이해창(李海昌) 366

계함(季涵) 심철(沈澈) 510

계현(契玄) 이지백(李知白) 376

계화(季華) 왕한영(王翰英) 736

계회(季晦) 정황(丁熿) 192

계휘(季輝) 오달제(吳達濟) 383

공리(公理) 정언섭(鄭彦燮) 518

공망(公望) 강석필(姜碩弼) 505

공미(公美) 안경의(安景禕) 661

공보(功甫) 신민일(申敏一) 320

공보(公甫) 한계미(韓繼美) 111

공서(公恕) 김치인(金致仁) 576

공서(公敍) 홍석(洪錫) 374

공섭(公燮) 양응정(梁應鼎) 204

공식(公識) 노인(魯認) 295

공실(公實) 성여신(成汝信) 245

공원(公遠) 설손(偰遜) 21

공작(公綽) 이지유(李志裕) 355

공직(公直) 김의정(金義貞) 177

공직(公直) 심충겸(沈忠謙) 243

과우(寡尤) 송언신(宋言愼) 237

과회(寡悔) 노수신(盧守愼) 199

관옥(冠玉) 김류(金瑬) 307

광보(光甫) 김경온(金景溫) 531

광서(光瑞) 조돈(趙暾) 575

광오(光五) 박승휘(朴承輝) 720

광중(光仲) 김익(金熤) 598

광지(光之) 강세황(姜世晃) 570

구중(衢仲) 윤풍형(尹豊亨) 169

구지(久之) 강재항(姜再恒) 524

구지(久之) 김수항(金壽恒) 432

국경(國卿) 김종서(金宗瑞) 85

국경(國卿) 홍주국(洪柱國) 400

국보(國寶) 홍석구(洪錫龜) 397

국이(國耳) 박광우(朴光佑) 177

국진(國珍) 조진구(趙鎭球) 687

국화(國華) 김광수(金光粹) 145

대중(大中)	기정진(奇正鎭)	716
대중(大仲)	이개립(李介立)	244
대천(代天)	박인량(朴寅亮)	3
대춘(大春)	양팽손(梁彭孫)	169
덕구(德求)	송상현(宋象賢)	253
덕구(德久)	최항경(崔恒慶)	279
덕노(德老)	박희재(朴希載)	197
덕문(德文)	송재도(宋載道)	608
덕병(德柄)	문극겸(文克謙)	6
덕보(德甫)	유석(柳碩)	356
덕소(德昭)	한원진(韓元震)	512
덕수(德秀)	정인인(鄭麟仁)	154
덕수(德叟)	허윤(許潤)	505
덕심(德心)	이현문(李顯文)	624
덕여(德輿)	이극감(李克堪)	117
덕여(德餘)	정백창(鄭百昌)	345
덕옹(德翁)	박인로(朴仁老)	282
덕요(德燿)	윤황(尹煌)	306
덕용(德勇)	조임도(趙任道)	339
덕원(德遠)	정천령(鄭千齡)	194
덕이(德而)	이만운(李萬運)	632
덕재(德哉)	남유용(南有容)	540
덕재(德載)	박민수(朴敏樹)	129
덕전(德全)	오세재(吳世才)	7
덕지(德之)	최형기(崔亨基)	728
덕현(德顯)	심광세(沈光世)	323
덕회(德晦)	장현광(張顯光)	264
덕훈(德薰)	이정형(李廷馨)	250
도원(道源)	김세렴(金世濂)	353
도원(道源)	김용(金涌)	272
도장(道長)	오태주(吳泰周)	487
도장(道章)	이소한(李昭漢)	362
돈서(惇敍)	김부륜(金富倫)	220
득원(得原)	오희도(吳希道)	335
로견(魯見)	조긍섭(曺兢燮)	740
만리(萬里)	백대붕(白大鵬)	244
만석(曼碩)	정총(鄭摠)	70
만천(曼倩)	유한준(俞漢寯)	624
망여(望如)	소두산(蘇斗山)	424
맹경(孟耕)	전록생(田祿生)	24
맹입(孟立)	성달영(成達永)	741
맹의(孟儀)	유창(劉敞)	65
맹주(孟周)	이정보(李廷俌)	54
명길(鳴吉)	한백겸(韓百謙)	254
명보(明甫)	송준길(宋浚吉)	378
명보(明甫)	이덕형(李德馨)	281
명보(明甫)	함경충(咸敬忠)	195
명서(明瑞)	배용길(裵龍吉)	270
명서(鳴瑞)	이봉징(李鳳徵)	448
명숙(明叔)	김원량(金元亮)	348
명숙(明叔)	신상철(申尙哲)	340
명술(明述)	박진경(朴晉慶)	331
명언(明彦)	기대승(奇大升)	216
명윤(明允)	신경(申暻)	537
명중(明仲)	강섬(姜暹)	200
명중(明仲)	송인(宋寅)	202
명중(明仲)	이우(李瑀)	146
명중(明仲)	조준(趙浚)	57
몽득(夢得)	곽여(郭輿)	3
몽득(夢得)	김하석(金夏錫)	448
몽득(夢得)	오천뢰(吳天賚)	298
무경(懋卿)	이덕하(李德夏)	737
무관(懋官)*改字	이덕무(李德懋)	641
무민(無悶)	채홍철(蔡洪哲)	17
무숙(茂叔)	임숙영(任叔英)	319
무회(無悔)*初字	김지복(金知復)	299
문경(文卿)	이기붕(金起鳳)	263
문경(文卿)	이상호(李相虎)	698
문길(文吉)	김첨경(金添慶)	213
문량(文良)	김수온(金守溫)	97
문백(文伯)	김학기(金學起)	100
문보(文甫)	허목(許穆)	356

別號索引

諡號索引

漢語拼音順序

人物索引

人名索引

德五 金德五 507	爾瞻 金爾瞻 41	光世 沈光世 323
德夏 李德夏 737	檥 權檥 156	光錫 李光錫 651
德誠 金德誠 286	範祖 丁範祖 598	光佑 朴光佑 177
德馨 李德馨 281	方善 柳方善 86	光煜 金光煜 327
德玄 權德玄 467	棐 尹棐 197	光洙 申光洙 566
德演 李德演 269	豊亨 尹豊亨 169	洸 李洸 235
德欽 李德欽 485	逢源 沈逢源 180	廣善 柳廣善 390
德章 柳德章 498	鳳煥 李鳳煥 651	珪 吳珪 661
頓 柳頓 355	鳳齡 具鳳齡 215	龜齡 李龜齡 162
地 林地 581	鳳瑞 具鳳瑞 360	貴達 洪貴達 127
鼎福 安鼎福 568	鳳徵 李鳳徵 448	貴榮 金貴榮 205
鼎吉 朴鼎吉 334	伏龍 康伏龍 280	袞 南袞 148
鼎九 李鼎九 652	福源 宋福源 242	國賓 趙國賓 303
鼎震*初名 韓元震 512	俯 孔俯 63	國藎 宋國藎 388
定鉉 尹定鉉 711	傅霖 咸傅霖 71	國士 宋國士 387
定載 李定載 596	復來 南復來 629	國珍 李國珍 145
定鎭 沈定鎭 605	復陽 趙復陽 384	海昌 李海昌 366
東龜 沈東龜 354	富倫 金富倫 220	海龜 羅海龜 331
東亨 李東亨 447	富軾 金富軾 5	海鷹 李海鷹 703
東汲 李東汲 635	富轍*初名 金富儀 4	漢朝 南漢朝 649
東溟 李東溟 401	漑 朴漑 192	漢傑 金漢傑 200
東脩 白東脩 648	漑 申漑 197	漢寯 兪漢寯 624
東一 朴東一 573	漑 尹漑 176	漢老 朴漢老 195
斗淳 趙斗淳 712	敢 李敢 68	翰弼 宋翰弼 225
斗卿 鄭斗卿 361	敢 朴敢 194	翰承 王翰承 736
斗山 蘇斗山 424	岡 李岡 33	翰英 王翰英 736
斗壽 尹斗壽 257	根 趙根 434	翰宗 王翰宗 736
斗文 權斗文 239	根壽 尹根壽 229	沆 李沆 146
斗寅 權斗寅 456	公弼 盧公弼 131	好閔 李好閔 261
逗春 李逗春 438	公濟 申公濟 147	好仁 兪好仁 131
端夏 李端夏 420	公升 李公升 6	好文 權好文 221
端相 李端相 427	公轍 南公轍 678	好問 成好問 197
兌基 金兌基 709	光弼 鄭光弼 141	好益 曺好益 244
謚 沈謚 307	光粹 金光粹 145	好元 朴好元 216
珥 李珥 228	光漢 申光漢 163	浩 朴浩 469
爾昐 金爾昐 42	光俊 李光俊 220	浩修 徐浩修 631
爾旰 金爾旰 41	光前 朴光前 215	賀朝 李賀朝 482

行恁 *改名 尹行恁　682	養源 李養源　554	寅 宋寅　202
行任 *初名 尹行恁　682	勱忠 李勱忠　196	寅亮 朴寅亮　3
行遇 李行遇　378	瀁 *改名 崔瀁　61	寅永 趙寅永　700
行遠 李行遠　351	溍 李溍　398	闉 朴闉　157
省曾 兪省曾　320	曄 許曄　201	隱 姜隱　55
省身 李省身　326	曄 鄭曄　286	胤昌 韓胤昌　158
省身 南省身　298	燁 鄭燁　534	胤禧 丁胤禧　220
性傳 禹性傳　237	一相 李一相　385	英 朴英　150
荇 李荇　155	漪 朴漪　367	英耈 宋英耈　271
烋 金烋　360	沂 李沂　733	瑛 申瑛　183
脩 韓脩　198	怡 金怡　18	應鼎 梁應鼎　204
秀蕃 李秀蕃　485	宜中 *改名 朴宜中　43	應孚 兪應孚　100
秀文 南秀文　94	儀 琴儀　8	應裵 裵應裵　241
秀彦 李秀彦　445	儀鳳 康儀鳳　276	應臨 河應臨　228
須 趙須　79	儀華 申儀華　447	應仁 權應仁　204
許愼 *改名 宋言愼　237	以敏 成以敏　295	應善 朴應善　314
潚 李潚　370	屹 李屹　275	應賢 崔應賢　121
玹 安玹　184	益 徐益　236	穎 柳穎　371
選 李選　435	益廉 金益廉　399	應時 辛應時　221
學逵 金學逵　396	益夏 卞益夏　510	永俊 朴永俊　192
學起 金學起　100	翊聖 申翊聖　345	永慶 崔永慶　217
椻 鄭椻　362	義集 申義集　504	永慶 柳永慶　251
薰 朴薰　163	義健 李義健　224	永瑞 李永瑞　98
遜 偰遜　21	義孫 柳義孫　90	永善 柳永善　741
言愼 *初名 宋言愼　237	義養 柳義養　614	永元 朴永元　707
演 河演　81	義耘 趙義耘　454	永祚 李源祚　696
儼 尹儼　227	義貞 金義貞　177	泳 金泳　473
彦弼 洪彦弼　154	億齡 林億齡　179	涌 金涌　272
彦迪 李彦迪　170	億齡 吳億齡　256	用和 韓用和　625
彦鎬 兪彦鎬　613	誼 楊誼　191	用休 李用休　557
彦光 沈彦光　167	翼 姜翼　210	用中 權用中　178
彦吉 兪彦吉　535	翼 趙翼　325	友恭 蔡友恭　657
彦世 李彦世　545	翼弼 宋翼弼　225	友赫 廉友赫　355
彦燮 鄭彦燮　518	翼相 申翼相　438	友明 盧友明　148
彦忠 洪彦忠　151	殷 權殷　194	有鳳 魚有鳳　492
晹 *初名 尹昕　294	殷輔 尹殷輔　145	有後 任有後　369
養 *初名 崔瀁　61	殷相 *改名 李殷相　391	有榘 徐有榘　686

表字索引

景博 徐潞修　688	敬夫 趙承肅　68	君益 廉友赫　355
景參 吳大益　612	敬夫 鄭守忠　91	君翊 丁時翰　422
景春 朴仁乙　42	敬甫 金禮蒙　93	君澤 申濡　384
景醇 姜希孟　114	敬甫 孫舜孝　117	君貞 李忠綽　207
景德 尹棐　197	敬叔 車軾　201	君徵 洪宇遠　376
景觀 趙國賓　303	敬叔 申欽　295	俊秀 李光俊　220
景浩 李滉　184	敬輿 任熙載　151	康叟 金民壽　700
景和 金德誠　286	敬之 金九容　45	康叟 朴弼寧　712
景鴻 金漸運　701	敬之 梁汝恭　82	可成 李芮　107
景晦 權炳　600	敬之 南在　60	可行 鄭忠信　319
景吉 趙秉鉉　706	敬之 吳尙欽　496	可久 徐敬德　169
景進 金藎國　311	敬止 奇在善　694	可明 李百之　53
景命 李用休　557	靜春 尹暉　306	可謙 李增　214
景龐*初字 金士元　233	靜而 洪宇定　353	可昇 李曦　252
景仁*改字 金士元　233	靜而 鄭之雲　190	可一 李致　70
景任 尹衡聖　381	久之 姜再恒　524	可遠 權近　62
景瑞 具鳳齡　215	久之 金壽恒　432	可鎭 崔壽峸　167
景三 李省身　326	巨卿 卞季良　77	可宅 丁克仁　91
景善 禹性傳　237	巨卿 朴處綸　131	克厚 柳珹　220
景深 李始源　669	君範 蔡之洪　513	克己 俞好仁　131
景受 權大器　210	君範 李箕鎭　519	克家 鄭昌基　385
景舒 朴漢老　195	君敬 李日躋　514	克禮 李仁復　23
景文 黃廷彧　223	君敬 鄭碏　224	樂道 安貧世　130
景文 李象靖　562	君亮 盧友明　148	樂甫 李賀朝　482
景文 趙仁奎　168	君美 柳頔　355	樂天 尹順之　350
景錫 丁胤禧　220	君平 鄭斗卿　361	理之 金順行　652
景羲 趙龍九　714	君饒 權景裕　120	禮之 韓用和　625
景陽 趙昱　183	君瑞 洪履祥　250	立之 崔岦　234
景仰 崔山斗　162	君山 李宗岳　607	立之 李春元　305
景仰 權斗文　239	君實 李誠胤　302	利見 金壽龍　524
景由 權轍　185	君實 李穟　140	利用 金崇德　626
景愚 姜希顏　105	君實 朴枝華　193	栗耳 愼居寬　183
景雲 鄭起龍　285	君奭 申翊聖　345	栗甫 宋處寬　97
景質 南秀文　94	君受 申景禛　316	良臣 洪錫輔　491
景祖 琴佑烈　727	君受 徐命膺　574	靈老 宋楠壽　229
淨元 全湜　290	君受 徐益　236	魯見 曹兢變　740
敬夫 朴信　75	君望 辛應時　221	魯叟 安景曾　626

別號索引

謚號索引

저자약력

劉暢, 女, 1988년생.

2011년 중국 남개대학교 중문과 문학학사학위 받음.

2011년-2013년 남개대학교 대학원 중국 고전문헌학 석사.

2013년부터 현재까지 남개대학교 대학원 중국 고대문학 박사.

주요저작: 『〈箕雅〉硏究』(合), 『韓國詩話人物批評集』(合).

허경진, 1952년생.

1974년 연세대학교 국문과 졸업. 연세문화상 받음.

1984년 연세대학교 대학원 문학박사학위 받음.

1984년-2000년 목원대학교 국어교육과 교수.

2001년부터 현재까지 연세대학교 국문과 교수.

주요저작: 『許筠詩硏究』, 『朝鮮委巷文學史』, 『사대부 소대헌 호연재 부부의 한평생』,
　　　　　『許筠評傳』, 『하버드대학 옌칭도서관의 한국 고서들』, 『中人』.

주요번역: 『西遊見聞』, 『三國遺事』, 韓國의 漢詩 50권.

주요연구성과 : 2008-2011 한국연구재단 토대연구 〈조선후기 통신사 필담창화집의 수집,
　　　　　번역 및 데이터베이스 구축〉(KRF-2008-322-A00073).

趙季, 1951년생.

1983년 중국 남개대학교 중문과 졸업.

1986년 남개대학교 대학원 문학석사학위 받음.

1986년부터 지금까지 남개대학교 중문과 교수.

주요저작: 『〈箕雅〉校注』, 『足本皇華集』.

주요연구성과 : 2013년 중국 국가 사회과학 핵심 프로젝트 〈韓國歷代人物名字別號關聯研
　　　　　究〉(13AZW006).

한국문인명
자호훈고사전

韓國文人名字號訓詁辭典

2014년 8월 21일 초판 1쇄 펴냄

지은이 劉暢 · 許敬震 · 趙季
펴낸이 이은경
펴낸곳 이회

등록 2001년 9월 21일 제307-2006-55호
주소 서울특별시 성북구 보문동7가 11번지 2층
전화 02)922-4884(편집), 02)922-2246(영업)
팩스 02)922-6990
메일 kanapub3@naver.com
http://www.bogosabooks.co.kr

ISBN 978-89-8107-546-0   91810

정가 50,000원